MIREILLE LESAGE

LES AILES DU MATIN

roman

Pygmalion

Les Ailes du matin, Paris, 1988
Les Noces de Lyon, Paris, 1989
ont été réunis ici en un seul volume.

Sur simple demande adressée à
Pygmalion, 87 quai Panhard et Levassor 75647 Paris Cedex 13,
vous recevrez gratuitement notre catalogue
qui vous tiendra au courant de nos dernières publications.

ISBN : 978-2-7564-0765-4

Principaux personnages historiques

ANNE D'AUTRICHE (1601-1666)
Infante d'Espagne, reine de France. Épouse de Louis XIII.

ATTICHY (Anne d')
Fille d'honneur de Marie de Médicis.

BARRADAS (François de)
Gentilhomme champenois. Favori de Louis XIII.

BASSOMPIERRE (François de) (1579-1646)
Gentilhomme lorrain. Ancien compagnon d'Henri IV. Colonel général des Gardes Suisses. Maréchal de France.

BAUTRU (Guillaume de), comte de Serrant (1588-1669)
Homme d'esprit. Futur académicien.

BÉRINGHEN (Henri de) (1603-1692)
Premier valet de chambre de Louis XIII.

BOIS D'ENNEMETS (Jacques-Daniel du) (1605-1627)
Gentilhomme normand au service de Monsieur.

BOISROBERT (1592-1662)
François le Métel, abbé de Boisrobert. Poète. Futur académicien. Protégé de Richelieu.

BOUTTEVILLE (François de) (mort en 1627)
Branche cadette des Montmorency. Duelliste célèbre.

BOUVARD
Médecin du roi.

CANAPLES (Charles de)
Fils de Charles de Créqui.

CANDALE (Henri de) (1591-1639)
Fils aîné du duc d'Épernon.

CASTILLE (Charlotte de)
Comtesse de Chalais.

CHEVREUSE Duc de (1582-1657)
Claude de Lorraine, troisième fils du duc de Guise « Le Balafré ».

CHEVREUSE Duchesse de (1600-1679)
Née Marie de Rohan-Montbazon. Épouse du connétable de Luynes, puis du duc de Chevreuse. Amie de la reine Anne.

CITOIS
Médecin du cardinal.

COEFFIER (Antoine), marquis d'Effiat (1581-1632)
Père du marquis de Cinq-Mars.

COMBALET (Marie de) (1604-1675)
Nièce de Richelieu. Veuve de M. de Combalet. Future duchesse d'Aiguillon.

CONDÉ Princesse de (née en 1593)
Née Charlotte de Montmorency. « Madame la Princesse ». Épouse du Prince de Condé. Dernier amour d'Henri IV.

CONTY Princesse de (1577-1631)
Louise de Lorraine, sœur aînée du duc de Chevreuse. Fille du duc de Guise, « le Balafré ». Amie de la reine mère.

CRÉQUI (Charles de)
Maréchal de France.

DAILLON (Roger de), baron de Pontgibault (1601-1626)
Frère cadet de Timoléon de Daillon, comte de Lude. Lieutenant du roi en Basse-Auvergne.

DESBOURNAIS
Intendant-valet de chambre de Richelieu.

DUSAUNOIS
Au service de Monsieur.

ELBÈNE (les frères d')
Au service de Monsieur.

ELBEUF Duchesse d'
Parente de Louise et Charles de Lorraine.

ÉTAMPES-VALENÇAY (Achille d') (né en 1593)
Commandeur de l'Ordre de Malte.

ÉTANGS (Théodoric des)
Écuyer de Bassompierre.

FARGIS (Magdeleine du)
Dame d'atours de la reine Anne.

GOMBAUD (Jean-Oger)
Poète.

GUISE Duc de
Charles de Lorraine, frère de la princesse de Conty.

HALLIER (du)
Officier des gardes du roi.

HAUTEFORT (Marie de)
Demoiselle d'honneur de Marie de Médicis.

LA LOUBIÈRE (Lustié)
Au service d'Henri de Chalais.

LA MEILLERAYE (Charles de)
Cousin germain du cardinal de Richelieu.

LAVAU-IRELAN (M. et Mme de)
Au service d'Anne d'Autriche.

LE COIGNEUX
Au service de Monsieur.

LEVIS-VENTADOUR (François-Christophe de) (1603-1661)
Comte de Brion. Premier écuyer de Monsieur.

LOUIS XIII (1601-1643)
Roi de France. Fils d'Henri IV et de Marie de Médicis.

LOUVIGNY (Roger de) (né en 1606)
Fils du comte de Gramont. Ami d'Henri de Chalais.

MALLEVILLE (Claude de)
Poète. Futur académicien. Secrétaire de Bassompierre.

MARIE DE MÉDICIS (1573-1642)
Née à Florence, reine de France. Épouse d'Henri IV, mère de Louis XIII et de Gaston.

MARILLAC (Louis de)
Maréchal de France.

MARILLAC (Michel de) (1560-1632)
Frère du précédent. Garde des Sceaux.

MAZARIN (Jules) (1602-1661)
Futur cardinal.

MELLO (Henry de)
Médecin nantais d'origine juive.

MONTJAY (François) (mort en 1630)
Premier concierge du château de Versailles.

MONTMORENCY (Henri), duc de (1595-1632)
Frère cadet de Madame la Princesse.

MONTPENSIER Mademoiselle de (1602-1627)
Fille du duc de Bourbon-Montpensier et d'Henriette de Joyeuse, première épouse de Gaston. « Madame ».

MORET (Antoine de) (1607-1632)
Fils d'Henri IV et de la comtesse de Moret.

MULOT Abbé (1568-1653)
Confesseur de Richelieu.

NOGARET (Louis de), cardinal de La Valette (1593-1639)
Fils cadet du duc d'Epernon.

OGNANO Duchesse d'
Parente de Louise et Charles de Lorraine.

ORLÉANS (Gaston d') duc d'Anjou, puis duc d'Orléans, Monsieur (1608-1660)
Frère cadet de Louis XIII.

ORNANO (Jean-Baptiste d') (1581-1626)
Colonel des Gardes Corses. Gouverneur de Monsieur. Maréchal de France.

OUALLI
Au service de Monsieur.

PEREGRIN
Au service de Monsieur.

PEYRE (Armand-Jean de)
Comte de Tréville. Mousquetaire du roi.

PONTIS (Louis de) (1580-1670)
Officier d'Henri IV, de Louis XIII, de Louis XIV.

PUYLAURENS (Antoine de Laage de) (1605-1635)
Conseiller de Monsieur.

RICHELIEU (Alphonse du Plessis de) (1582-1653)
Son frère, archevêque de Lyon.

RICHELIEU (Armand du Plessis de) (1585-1642)
Cardinal, ministre de Louis XIII.

SAINT-LARY (Roger de), duc de Bellegarde
Ancien écuyer d'Henri III. Premier gentilhomme de Gaston.

SAINT-SIMON (Claude de)
Favori de Louis XIII.

SOISSONS Comtesse de (morte en 1644)
Née Anne de Montafié. Mère du comte de Soissons.

SOISSONS Comte de (1604-1641)
« Monsieur le Comte ».

SUFFREN Père
Jésuite. Confesseur du roi et de la reine mère.

TALLEYRAND-PÉRIGORD (Henri de), comte de Chalais (1599-1626)
Grand-Maître de la Garde Robe royale.

TILLET (Charlotte du)
Dame de la cour.

TOIRAS
Maréchal de France.

TREMBLAY (Père Joseph du) (1577-1638)
L'« Éminence grise » de Richelieu.

TRESMES (de)
Officier des gardes du roi.

VAUTIER
Médecin de la reine mère.

VENDÔME (Alexandre de) (1598-1629)
Fils d'Henri IV et de Gabrielle d'Estrées. Grand Prieur. Général des galères de Malte.

VENDÔME (César), duc de (1594-1665)
Fils d'Henri IV et de Gabrielle d'Estrées. Gouverneur de Bretagne.

Les Lyonnais :

CHAPONAY (M. de), sieur de Feyzin
Prévôt.

DANGON (Claude)
Fabricant d'étoffes.

GRILLOT (père)
Jésuite.

Principaux personnages historiques

GROLIER (Nicolas), sieur du Soleil
Capitaine des arquebusiers.

MARCELLIN (Pancrace)
Médecin de l'Hôtel-Dieu.

NEUVILLE DE VILLEROY (Charles de), marquis d'Alincourt
Gouverneur de Lyon.

NEYRET (Claude)
Fabricants d'étoffes.

STELLA (Jacques)
Peintre.

Personnages romanesques

FLORIANE DE SAINT-ÉVY
Fille du comte Pierre de Saint-Évy, gentilhomme angevin, et de la comtesse Benoîte.

CHARLES, comte de Saint-Évy
Frère de Floriane. Au service de Monsieur.

ANTHONIE DE SAINT-ÉVY
Sœur Marie-Josèphe. Visitandine. Sœur de Floriane.

ALIX, comtesse de Montrouge
Cousine et tutrice de Floriane.

ARTUS, chevalier d'Ivreville
Gentilhomme normand au service de Louis XIII.

MELCHIOR, comte de Pontvallain, seigneur de La Faigne
Gentilhomme angevin.

OLYVETTE ARNOULLET
Amie de Floriane.

ERMELINDE FRUMENCE
Dame de compagnie de Floriane.

ROBERT CHAPELAIN
Maître paumier à Nantes.

JULIETTE CHAPELAIN
Son épouse.

DIANE, marquise de Flosnes
Amie d'Alix de Montrouge.

YVAIN, LE GOBBO, FAVOL
Créatures de Pontvallain.

MAÎTRE ROUSSE
Avocat nantais.

DAME GUILLOU
Hôtellière nantaise.

PÈRE TOUSSAINT
Bénédictin.

LUIS
Bohémien.

JOHANÈS LANDRY
Bourgeois de Lyon.

JEANNE LANDRY
Sa cousine.

JACQUES ET LOUISE LANDRY
Son oncle et sa tante.

ÉTIENNE ET CATHERINE BORDE
Ses grands-parents.

LUCRÈCE BONVISI
Sa cousine.

JULIEN LANDRY
Moine cordelier, son frère.

HAMELIN
Muletier.

LUCAS
Passementier, frère d'Hamelin.

LISE COQUET
Amie de Lucas.

ALICE DE SILVECANNE
Amie de Floriane.

CÉSAR
Bandit de grand chemin.

MALEMOUCHE
Son frère.

JULIETTE et MARGOTE
Leurs comparses.

M. ET MME BALMAIS
Bourgeois de Lyon.

MAÎTRE DEMANT
Notaire.

et les domestiques

MARIETTE
Servante de Floriane.

JEAN LA MUSETTE
Valet de Floriane.

LUBIN
Valet d'Artus.

TOINON
Servante de Floriane.

GILBERT
Valet de Johanès.

GASPARD
Au service d'Artus.

CLAUDIUS
Valet de La Majeure.

I

L'envol

(Mai-octobre 1625)

COMME UN LONG RUBAN CLAIR, le chemin fuyait dans le doux vallonnement des prairies et des coteaux boisés. C'était une journée radieuse. Le printemps triomphant d'une gloire insolente piquetait d'aubépines les buissons des talus. Courbée sur sa monture, la cavalière filait aussi vite que le vent.

— Vesper, tout doux ! Pourquoi tant de hâte ce matin ?

D'une main ferme, gantée de peau de cerf, Floriane de Saint-Évy retint sa jument. Vesper renâcla, le poil blanc et lustré, fringante, prête à s'élancer à nouveau.

— C'est le printemps qui te presse, ma belle ?

Toute la forêt, dorée par le soleil, verte et velouteuse, célébrait le vigoureux miracle. Oui, le printemps triomphait, chanté dans l'invisible des branches par les oiseaux aux pépiements désordonnés, éclatait en jets feuillus des châtaignes et des glands pourtant brûlés par l'hiver.

Il montait du sol une fragrance d'humus et de muguet que Floriane goûta jusqu'au vertige. Elle aurait voulu se fondre dans l'air aux transparences de bulle. La nature et sa fraîcheur acidulée, la nature et sa jeunesse insolente lui renvoyaient sa propre image. Une telle harmonie la comblait, en même temps que s'éveillait en elle un besoin vague et presque douloureux d'autre chose.

Au-delà de son émotion, de sa joie, Floriane le pressentait confusément, il devait exister un bonheur plus subtil encore, plus intense.

La jeune fille soupira :

— Ah ! Je voudrais, je voudrais… tout !

Ne sachant pas comment exprimer ses désirs, tant de rêves et de contradictions, Floriane finit par lâcher bride et laisser sa jument reprendre le galop.

Quittant l'abri de la forêt, elles coupèrent à travers champs, droit vers l'est. Des hirondelles piaillaient en rondes fugitives, de petits nuages s'étiraient sous un soleil déjà piquant. Le rire aux lèvres, tout l'azur du ciel dans les yeux, Floriane sentit le vent gonfler comme des ailes les pans de sa cape rouge. Les rubans de sa coiffure se dénouèrent. Ses longs cheveux, libérés, ondulèrent derrière elle comme un sombre étendard.

Aux confins du Maine et de l'Anjou, la campagne prenait des douceurs singulières et murmurait à la mémoire les émois des poètes. Le petit château de Saint-Évy était l'un des aimables et nombreux domaines qui jalonnaient élégamment la vallée du Loir. Sous le règne de François Ier, le seigneur des lieux, sacrifiant à la mode, avait fait édifier, à l'emplacement de l'ancienne forteresse, un ravissant château Renaissance dont le corps de logis chapeauté d'ardoise s'accommodait fort bien de deux tourelles d'angle, un rien sévère, seuls vestiges d'un passé belliqueux. Les comtes de Saint-Évy, entre deux séjours à la cour, y avaient mené joyeuse vie, courant les bois giboyeux d'alentour, festoyant le soir en compagnie nombreuse, aux sons grêles de musiques perdues dans l'ombre. Plus tard, entraînés dans le drame des guerres de Religion, ils avaient rapidement vu décroître leur fortune et peu à peu, comme le défunt père de Floriane plus récemment, ils avaient laissé le domaine à l'abandon. Visité tour à tour par les ligueurs [1] et les troupes du roi Henri de Navarre [2], le château maintenant, menaçait ruine.

Comme toujours au retour de ses chevauchées, Floriane ne put s'empêcher d'apprécier, une nouvelle fois, le charme nostalgique de l'antique demeure. À mesure qu'elle s'en rapprochait, elle distinguait mieux la pierre blanche où se concentrait la lumière, les parterres de fleurs, l'Aune dont le cours paisible serpentait sous les arbres. Soudain, un point insolite retint son attention. Quel était ce cavalier qui approchait à vive allure du château ? La jeune fille pressa sa monture. Pas assez vite cependant, car, au bout de quelques instants, comme elle franchissait le petit pont de pierre à la limite du parc, elle croisa l'inconnu qui repartait déjà.

Floriane fut déçue. Peu de visiteurs venaient à Saint-Évy. À en juger par son passage éclair, celui-ci ne pouvait qu'être un messager. De son frère Charles ou d'Anthonie peut-être ? Le premier était au service d'un prince ; la seconde, sa sœur, était religieuse, tous deux à Paris, loin d'elle. Paris ! La cour ! Tous les espoirs de Floriane, toutes ses impatiences étaient contenus dans ces mots. Dans l'imagination enfiévrée de la jeune fille, Paris et la cour devenaient un univers de couleurs et de clameurs, de duels et d'intrigues, de gloire et de passion. Un univers, elle n'en doutait pas, à la mesure de son âme ardente, loin, si loin, de Saint-Évy et de son îlot monotone. Brusquement, son insouciance s'envolait. La seule vue du cavalier réveillait en elle les démons de son cœur, des élans impétueux, irrésistibles.

Arrivée dans la cour, elle lança à la hâte les rênes à un valet. Sans attendre son aide, elle mit pied à terre, courut vers la maison. Cette fois, elle était bien décidée à vaincre sa timidité,

1. La Sainte Ligue fut fondée en 1576. Sous couvert de lutter contre les protestants, elle tentait de mettre sur le trône de France son chef, le duc Henri de Guise.

2. Henri de Bourbon, roi de Navarre, futur Henri IV (à la mort de son cousin de Valois, Henri III, en 1589).

l'appréhension qui la retenait toujours de questionner sa cousine. Alix de Montrouge était sa tutrice, soit ! mais cette réalité ne l'autorisait nullement à traiter sa pupille en irresponsable. Depuis qu'elle avait quitté l'abbaye de Fontevrault, après y avoir reçu pendant plusieurs années l'éducation des Bénédictines, Floriane vivait dans l'éternelle attente de connaître l'avenir qui lui était réservé, espérant chaque jour que sa cousine allait enfin lui parler. Mais en vain ! Jamais rien ne venait : ces incertitudes ne pouvaient plus se prolonger. N'était-elle pas en âge de savoir ?

Traversant le vestibule à grands pas, elle jeta à la volée sa cape, gravit l'escalier en courant, alla frapper résolument à une porte.

— Qu'est-ce ? fit une voix autoritaire.

— C'est moi, Floriane, répondit la jeune fille, pénétrant dans la chambre de sa tutrice !

— Entre, tu tombes bien.

Alix de Montrouge était encore vêtue d'une robe de chambre en « gros de Naples [1] ».

Trônant dans un fauteuil à haut dossier dont la tapisserie avait à jamais perdu ses couleurs vives d'antan, elle tenait à la main une lettre qu'elle agitait en direction de Floriane :

— Mon enfant, j'ai à te parler. Viens t'asseoir près de moi.

Alix de Montrouge n'avait jamais été jolie. Un nez proéminent dans un visage au teint mat, un corps osseux et de grands pieds n'avaient de prime abord rien pour séduire en ce siècle où une femme se devait, pour plaire, d'être rose, blanche et potelée. Pourtant, comme elle l'avouait elle-même, les hommages ne lui avaient jamais fait défaut, car ces disgrâces avaient été compensées par un port de reine, d'admirables yeux noirs pleins de feu et un esprit mordant que la soixantaine proche lui avait conservé. Alix, qui n'avait pas attendu d'être une jeune veuve fortunée pour agir selon son bon plaisir, avait largement profité de sa liberté et des amours qui s'étaient succédé dans sa vie à un rythme soutenu. Lorsque, après un long siège, Paris avait enfin

1. Tissu de soie, à gros grains, genre taffetas.

ouvert ses portes à Henri IV, qui avait abjuré le protestantisme pour conquérir la ville, Alix, suivant l'entourage royal, s'y était installée elle aussi.

C'était le temps heureux où, dans l'allégresse, l'on fêtait la fin des troubles. Des années de guerres civiles avaient lassé les cœurs et chacun souhaitait enfin goûter à la joie de vivre. La cour d'Henri IV, bien loin de posséder l'élégance raffinée qui avait fait le prestige des Valois, était alors peuplée de joyeux drilles qui agitaient la ville de leurs frasques et de leurs querelles. Rudes soldats, ils ignoraient pour la plupart les bonnes manières et enlevaient les femmes comme des forteresses, ce qui n'était pas toujours pour déplaire aux dames.

Lorsque sa cousine Benoîte était morte en donnant le jour à Floriane, Alix s'était fixée définitivement à Saint-Évy, décidant de veiller sur les enfants que laissait la jeune femme. Un dévouement familial qui se doublait d'un autre sentiment : elle avait quitté sans regret Paris, la ville, depuis la mort d'Henri IV, ayant pour elle perdu tous ses attraits. De plus, le cœur et les entrailles du défunt ayant été recueillis par les Jésuites du collège de La Flèche, ville relativement peu éloignée du château, elle voyait dans sa retraite volontaire l'expression d'une fidélité et d'un attachement à son roi qui défiaient la mort et le temps.

Le soleil égayait les ors ternis, les meubles patinés et les lames blondes du parquet. Une servante achevait de recouvrir un lit immense, aux tentures défraîchies. Comme toutes les autres pièces du vieux manoir, comme la chambre de Floriane, cette chambre n'était plus que le pâle reflet d'un temps d'opulence et de fastes passés.

— Auriez-vous reçu des nouvelles, ma cousine ? demanda Floriane en s'efforçant de prendre un ton détaché.

Alix ne répondit pas immédiatement.

— Je suppose, ma chère, que tu as faim après ta course matinale. C'est bon, Nicole, laisse ce lit et apporte-nous du lait et des tartines.

Son regard acéré se posa sur Floriane, assise sur un tabouret, si sage en apparence dans sa vieille robe rouge, avec son collet blanc pudiquement fermé. Si sage mais frémissante et dévorée de curiosité, Alix le savait.

— Tu es très en beauté, ce matin ! finit-elle par lui dire.

Un teint clair et frais d'Angevine, rosi par l'air, d'épaisses boucles noires, des yeux effilés vers les tempes où, selon l'heure et l'humeur, le gris ou le bleu l'emportait, des pommettes hautes, encore enfantines mais déjà un corps de femme, des rondeurs gracieuses, une taille bien prise : tout en Floriane laissait présager une beauté à l'aube de son épanouissement. On devinait sans peine à son air décidé, aux furtifs froncements de ses sourcils noirs, à son regard droit et fier, une force de caractère peu commune, un appétit de vivre, qu'une nature fougueuse et généreuse avait bien du mal à contenir.

Alix était trop avare en compliments pour que celui-ci ne fût pas agréablement recueilli par Floriane. À quinze ans, n'a-t-on pas constamment le besoin de vaincre ses incertitudes ? Et puis, avec Alix, on ne savait jamais… Sarcastique, impérieuse, elle régentait tout le monde, sans que personne osât ouvertement regimber sous sa tutelle.

Pendant que Nicole déposait un plateau à leurs côtés, Alix continua d'examiner la jeune fille :

« Cette petite ressemble à Benoîte, se dit-elle songeuse. Dieu merci, elle est plus robuste. Pour le reste, je crains qu'elle n'ait hérité de l'esprit paternel, fantasque et ombrageux. Prudence donc ! La donzelle ne va pas être facile à manier. »

La porte aussitôt refermée sur la servante, Mme de Montrouge prit la parole :

— Je crois, fillette, que le moment est venu de t'informer de mes projets.

Floriane reposa son bol. Alix allait au-devant de ses questions. Enfin ! Qu'allait-elle lui apprendre ? Qu'avait-elle choisi pour elle ? Le couvent ? Le mariage ? Et dans ce cas, avec qui ? Peut-être un bourgeois, fier de s'allier à leur noblesse ancienne, un homme de robe assez riche pour rendre à leur maison son lustre d'antan, comme celui qui avait été proposé à sa sœur ? Mais voilà : dédaignant le prétendant, Anthonie lui avait préféré le cloître, et Alix avait failli en mourir de dépit.

Floriane croisa les bras afin que sa cousine ne vît pas trembler ses mains. Que lui faudrait-il faire à son tour ? Certes, ses goûts et ses aspirations ne la portaient nullement vers la vie religieuse, encore moins vers un mariage imposé contre son gré. Face à sa tutrice sûre d'elle et imbue de ses pouvoirs, elle se sentait soudain bien démunie.

— Confiance en Notre Seigneur ; obéissance ; méfiance à l'égard des élans du cœur et des passions…

Elle entendait encore la voix de l'abbesse de Fontevrault rappeler aux enfants qui lui étaient confiées les chemins du devoir. Ces bons conseils n'avaient jamais empêché Floriane de rêver, tendance qui s'était fortement accentuée depuis son retour à Saint-Évy par la lecture des romans qu'elle avait découverts dans l'ancienne chambre de sa mère et qu'elle dévorait en cachette. Ainsi, depuis quelque temps, l'univers de Floriane s'était-il peuplé de chevaliers au grand cœur, Amadis, Artaban, Arthur et son épée magique Excalibur. Elle s'enflammait pour Lancelot et ses compagnons de la Table Ronde, s'identifiait aux héroïnes et princesses lointaines, victimes d'enchanteurs maléfiques. Elle était la belle Ariane, Églantine d'Avalon dans son vaisseau doré emportée sur les terres comme sur les océans, dans un voyage sans fin. Elle vibrait à l'unisson de l'Amant toujours jeune, beau et valeureux, souffrant mille morts pour sa Dame. L'amour étant encore pour elle sans objet, elle s'abandonnait aux rêves les plus fous, se vouait, avec délices, à d'imaginaires et inaccessibles héros. Elle-même connaîtrait-elle, un jour, une folle passion ? Elle l'espérait et l'attendait confusément, cherchait dans les étoiles mille signes pour y croire, se persuadait même qu'elle la vivrait bientôt, tout en sachant, avec une lucidité assez rare pour son âge, qu'il serait peut-être difficile de calquer la réalité sur ses aspirations.

— Redescends donc sur terre, ma mie ! poursuivit Alix semblant beaucoup s'amuser de l'anxiété qu'elle devinait chez sa pupille.

— Mais je vous écoute, ma cousine, repartit Floriane, piquée de n'avoir pas su cacher son trouble.

— Bon ! rappelons d'abord les faits, veux-tu ? Bien que tu ne puisses te souvenir beaucoup de ton père, tu sais sans doute qu'il s'est peu préoccupé de ses enfants. Ce pauvre Pierre était davantage épris de frasques et d'aventures que d'ordre et d'harmonie familiale. La mort de votre mère n'arrangea rien et la fin de mon malheureux cousin, dans un duel stupide, ne surprit donc personne. Avant de mourir, ton père eut cependant le temps de me confier la responsabilité de votre établissement à tous trois. Pour Charles, après ses études chez les Jésuites du collège de Boncourt, j'ai trouvé une charge auprès du duc d'Anjou [1]. Pour Anthonie… tu connais la suite. La sotte a refusé un beau mariage et la voici maintenant sous le voile des Visitandines. Passons ! Reste : toi !

Alix se tut, le temps d'avaler une gorgée de lait, laissant à Floriane le loisir de se persuader que sa vénérable cousine prenait une joie maligne à la faire languir.

— Il n'est pas si facile, tu t'en doutes, de trouver un bon parti quand la dot est aussi maigre que la tienne, reprit Alix. Sans compter qu'il m'était impossible de m'engager auprès de quiconque sans t'avoir revue, toutes ces années à Fontevrault ayant pu faire de toi un laideron difficile à caser. Heureusement, il n'en est rien, continua-t-elle en riant. Aussi, ai-je écrit voici deux mois au gentilhomme sur lequel mon choix s'est finalement porté, en accord avec ton frère évidemment. Cette personne m'a fait parvenir sa réponse ce matin par un domestique, ces petites négociations t'expliquant l'ignorance dans laquelle je t'ai maintenue jusqu'ici.

— Et cette réponse, ma cousine ? demanda Floriane d'une voix que voilait l'émotion.

1. Frère cadet de Louis XIII.

— Favorable. Nous aurons, demain, la visite du comte Melchior de Pontvallain, seigneur de La Faigne, annonça la vieille dame avec emphase.

— Melchior de Pontvallain, murmura Floriane en écho, cherchant à deviner l'homme derrière le nom. Et… comment est-il ?

Alix sourit :

— Tout à fait bien, je t'assure. Ne fais pas cette mine. Tu n'oses me questionner, on dirait que tu as peur. Ta curiosité est pourtant légitime.

— Vous vous méprenez, cousine. Je n'ai pas peur. C'est vous qui vous complaisez dans un mystère irritant.

— Il n'y a aucun mystère. Melchior de Pontvallain est un homme très bien de sa personne, en outre le plus riche seigneur de la région après les Daillon du Lude. Il connaissait ton père pour avoir souvent chassé avec lui, jadis, du temps où ta pauvre mère était encore de ce monde. Avant ta naissance, par conséquent. Depuis, je ne l'ai guère revu. On le dit très proche du cardinal de Richelieu. Je sais en tout cas qu'il a fait son chemin à la cour. Pour toi qui désires tant y être présentée, Melchior est le parti idéal, inespéré. Bien sûr, la décision t'appartient. Mon affection pour toi est trop vive pour que je t'oblige à te marier contre ton gré et je n'abuserai en aucun cas des pouvoirs que ton père m'a donnés. Seulement, songe à ceci : ton manque de fortune ne te permet guère de faire la fine bouche. Un beau nom, de l'esprit et un joli minois ne suffisent pas toujours à réussir dans le monde et une occasion comme celle-ci risque de ne pas se représenter avant longtemps.

Oui, Floriane comprenait tout cela. Elle comprenait aussi que cette demi-liberté dont elle pouvait à la rigueur user, elle la devait à la bonté d'Alix, bien sûr, mais surtout à la disparition prématurée de ses parents.

— Ce gentilhomme était un ami de mon père ? fit-elle. Mais alors… il ne doit pas être de toute jeunesse ?

Alix se récria comme si on l'outrageait :

— Que dis-tu là ? Melchior a une quarantaine d'années. Un âge merveilleux, je te l'affirme, moi qui en ai vingt de plus et me porte comme un charme.

Floriane eut un petit sourire en songeant à la belle « santé » de sa cousine qui poursuivait :

— Et crois-moi, ma mie. Foin des jeunes freluquets ! Pour ton apprentissage en amour, rien ne vaudra un homme d'expérience.

Le lendemain, l'humidité était si pénétrante qu'Alix avait fait allumer quelques bûches dans la grande salle. Assise auprès du feu, elle présentait à la flamme ses mains longues et nerveuses tandis que Floriane, debout derrière la fenêtre, guettait l'arrivée du visiteur. Son souffle léger embuait les petits carreaux voilés de pluie.

Un carrosse surgit soudain de l'allée. Flambant neuf, il rutilait sous l'averse malgré la boue qui avait giclé sur ses roues vernies et les dorures éclatantes des armoiries peintes sur les portières. Floriane entrevit une silhouette en descendre et grimper prestement l'escalier. Un bruit de pas se fit entendre dans l'entrée. Elle se retourna, la porte s'ouvrit.

Melchior de Pontvallain était bel homme, de taille moyenne, mais bien proportionné. Une élégance discrète se dégageait de toute sa personne vêtue d'un habit gris-de-fer passementé d'argent. Ses cheveux blonds, coupés court, blanchissaient à peine aux tempes, et seules les rides qui marquaient son front et le tour de ses yeux clairs trahissaient la maturité de son âge. Un mince collier de barbe soulignait le menton énergique et les lèvres minces. Il sourit en saluant Alix, découvrant des dents encore belles, puis se tourna vers Floriane que lui présentait Mme de Montrouge.

La jeune fille se tenait toute droite dans le contre-jour. Ses cheveux tirés en arrière, sous une résille noire, mettaient en valeur la pureté de son visage et l'éclat de ses yeux. Elle portait une robe ayant appartenu à sa mère et qu'Alix, la veille, en fouillant dans un coffre, avait ressortie.

Le velours bleu de ciel à ramages n'avait pas trop souffert. Nicole l'avait longuement épousseté dans le jardin et avait cousu de petits sachets de lavande dans la doublure pour dissiper l'odeur de renfermé qui s'en dégageait. Parfaitement à la taille de la jeune fille, la robe lui conférait un charme désuet et mystérieux comme en possèdent certains portraits de jadis.

Floriane fit une courte révérence et se redressa. Pontvallain avait soudain perdu de son aisance. L'espace d'une seconde, il demeura figé, le sourire enfui de ses lèvres. De ses yeux froids, il regardait intensément la jeune fille comme s'il avait un spectre devant lui. Fut-ce une illusion ? Elle crut entendre le gentilhomme murmurer quelques mots qu'elle ne put saisir mais parmi lesquels elle eût juré reconnaître le prénom de sa mère. Tout se passa d'ailleurs si rapidement qu'elle crut bientôt avoir rêvé. Pontvallain la salua avec courtoisie tout en se déclarant enchanté de faire sa connaissance tandis qu'Alix semblait, elle, n'avoir rien remarqué.

Tous trois s'assirent près de la cheminée.

— Par ce temps, la route devait être difficile, dit Mme de Montrouge pour rompre le silence.

— Mais non, pas trop, répondit le comte. En fait, j'ai trouvé la pluie à une lieue de chez vous.

— Le ciel nous réserverait-il ses rigueurs ?

— Ce n'est qu'une pluie passagère, croyez-m'en. Le printemps a bel et bien gagné l'offensive.

— Souhaitons-le, mon cher.

Sous le propos banal, on devinait Alix heureuse d'une présence masculine. Elle ne manqua pas toutefois de s'adresser à Floriane et de la faire participer à la conversation. Mais la jeune fille demeura silencieuse. Pontvallain avait une manière de la fixer de ses yeux pâles qui la mettait très mal à l'aise.

— Sans soleil, ma cousine est fort malheureuse, elle qui aime tant folâtrer dans la campagne. N'est-ce pas, Floriane ?

— Les intempéries ne m'ont jamais effrayée, murmura cette dernière, l'air fermé.

— J'aime également beaucoup la campagne, reprit Pontvallain, sans prendre garde, sembla-t-il, à la froideur de ses paroles. D'ailleurs, je m'y installe pour quelque temps. Nous aurons ainsi l'occasion de nous revoir et nous mieux connaître.

Le comte ne prolongea pas sa visite et sollicita avant de prendre congé la permission de revenir, permission qui fut, bien entendu, accordée par une Alix rayonnante.

— Alors, qu'en penses-tu ? demanda-t-elle lorsqu'elles se retrouvèrent seules.

Floriane ne répondit pas tout de suite. Elle restait songeuse, le sourcil froncé :

— Cousine, ressemblé-je à ma mère ? dit-elle enfin.

— Quelle question saugrenue ! C'est vrai, tu lui ressembles mais là n'est pas le propos. Melchior est un homme agréable, conviens-en.

— Oui, oui, murmura Floriane sans enthousiasme.

Sa cousine s'agita :

— Enfin, oui ou non, te plaît-il ?

— De grâce, cousine Alix, laissez-moi en paix. Comment vous répondre dès la première rencontre ? Permettez-moi de réserver mon opinion.

— Eh bien, c'est cela, réserve ton opinion, reprit Alix imitant la jeune fille. Je soutiens, moi, que Pontvallain est un très beau parti et que la visite d'aujourd'hui est tout à fait prometteuse. Si, bien sûr, tu daignes te montrer plus aimable…

Floriane sortit sans répondre.

*

Ce matin-là, Floriane descendit le perron comme Jacquemain, le vieux palefrenier, amenait Vesper, pimpante et lustrée sous ses harnais de cuir rouge. Légère, impatiente de goûter à l'ivresse d'une course matinale, elle sauta en selle et partit au galop.

Quittant la fraîcheur de l'allée cavalière, Floriane piqua vers une prairie emperlée de rosée dont la lointaine extrémité bordait le Loir. Parvenue près de l'eau, elle sauta à terre, prit Vesper par la bride et regarda pensivement l'onde transparente courir sous les saules. Ce jour-là n'était pas tout à fait comme les autres. C'était en effet son anniversaire. Le galop d'un cheval la tira de sa rêverie. Se retournant, elle aperçut un cavalier venir dans sa direction, et reconnut, non sans contrariété, Melchior de Pontvallain.

— Quoi d'étonnant ? se gourmanda-t-elle. Je suis sans doute sur ses terres.

Elle l'avait revu lors d'une seconde visite qu'il leur avait faite, sans que ses sentiments à son égard en fussent changés, la politesse extrême et souriante du comte ne parvenant pas à lui faire oublier le côté inquiétant qu'elle trouvait au personnage. Elle ne put s'empêcher, toutefois, d'admirer l'aisance avec laquelle il montait un superbe cheval bai et l'élégance du salut qu'il lui adressa avant de mettre pied à terre.

— Quelle charmante rencontre ! dit-il aimablement en s'approchant, le feutre à la main. J'espère que je ne suis pas importun ?

— Non pas, monsieur, répondit-elle sur la réserve.

— Oh, voilà, pourtant un air qui annonce le contraire. Mais, rassurez-vous, je ne vous en fais pas grief. J'apprécie trop moi-même le plaisir d'une chevauchée solitaire.

Il lui sourit et Floriane ne put faire autrement que de lui rendre son sourire, d'autant plus volontiers qu'elle n'avait aucune envie de voir se ternir la douceur de cette belle journée.

Melchior était maintenant tout près d'elle. Un court instant, elle garda les yeux fixés sur les siens avant de les détourner avec gêne.

— C'est donc vous que j'ai aperçue tout à l'heure, galopant comme si vous vouliez atteindre le soleil ?

— Dieu m'en garde, monsieur ! fit-elle avec un rire charmant. J'aurais trop peur de m'y brûler les ailes.

— La course aux chimères n'est certes pas sans danger, murmura Pontvallain, mais combien belle et enivrante !

En silence, ils firent quelques pas le long de la rivière qui mêlait son murmure au chant des oiseaux. Soudain, Melchior se dirigea vers une haie d'églantines et de sa main gantée de cuir cassa une branche fleurie qu'il tendit à Floriane.

— Prenez garde aux épines. Le présent est modeste pour un jour comme celui-ci, pardonnez-moi.

La jeune fille s'empourpra, aussi confuse qu'étonnée :

— Comment, monsieur, vous connaissez le jour de ma naissance ?

Pontvallain ne répondit pas. Il la regarda avec insistance puis fit un geste de la main comme pour se saisir d'elle. Le mouvement de recul de la jeune fille fit sourire le comte. Maudissant intérieurement sa stupidité, Floriane approcha la branche de son visage et en respira le discret parfum.

— Soyez certaine, ma chère, que je considère n'avoir aucun droit sur vous, malgré les projets que nous avons faits, votre cousine et moi. Vous seule me jugerez digne ou non de recevoir votre main. Daignez seulement ne voir en moi qu'un ami sincère et respectueux et laissons au temps le soin de vous aider dans votre choix.

C'était là une proposition qui convenait tout à fait à Floriane. Mais il y avait dans la voix de Melchior certaines inflexions ironiques qui ne lui échappèrent pas. Aussi fut-ce sur le même ton qu'elle répondit :

— J'accepte volontiers, monsieur, et vous sais gré infiniment de votre aimable compréhension.

Ayant regagné leurs montures, Pontvallain aida Floriane à se remettre en selle. Botte à botte, ils galopèrent quelques instants ensemble puis se séparèrent à une croisée de chemins.

Flattant l'encolure de sa jument, Floriane repartit alors à vive allure, éparpillant sur son passage les fleurs d'églantines.

*

Devant la garde-robe modeste sinon piteuse de Floriane, Alix jugea nécessaire d'emmener sa cousine à Angers. Dans un confortable carrosse aimablement prêté par Melchior, elles partirent un matin de juin tout occupé de fenaison. À Angers une amie de Mme de Montrouge les accueillit dans son petit hôtel Renaissance qui enchanta Floriane tout autant que sa propriétaire. Diane de Flosnes était une exquise vieille dame au visage doux et racé. Simple et généreuse, elle avait le charme des femmes qui ont beaucoup vécu d'amour mais plus subtile, plus raffinée qu'Alix. Floriane passa des heures savoureuses à les écouter toutes deux égrener leurs souvenirs d'un autre siècle. On n'oublia pas toutefois le but du voyage.

Après le fiévreux pillage des merciers et des drapiers, les visites, chez Diane, du meilleur tailleur de la ville, Floriane put rapporter à Saint-Évy, dans des bagages flambant neufs, l'arsenal complet de la séductrice. Robes de velours noir, ouvertes sur corsages et jupes de soie claire, bien tendues sur le vertugadin, grosses manches ballonnées, collets de dentelle, hongreline [1] de chasse, robe de chambre, manteau mais aussi lingerie de bombasin [2] blanc, souliers, gants, chapeaux et colifichets divers : Floriane découvrait l'élégance.

Et qui remercier pour tous ces bienfaits ? Sa cousine ? Diane ? Non ! Floriane le découvrit incidemment : Pontvallain. Il avait donné toute liberté à Alix de dépenser sans compter pour la transformation de sa « fiancée ». Floriane feignit d'ignorer la provenance de l'argent si agréablement utilisé. Elle quitta Diane avec regret, regardant briller à son doigt le saphir que lui offrit en partant la vieille dame.

Melchior de Pontvallain ne tarda pas à leur rendre à nouveau visite. Floriane qui, d'ordinaire, observait avec lui une réserve polie, le reçut avec prévenance et courtoisie, comme si de le

---

1. Casaque longue et large à grands pans, portée l'hiver ou à la chasse, par les hommes comme par les femmes.

2. Futaine.

revoir lui causait un vif plaisir. Elle ne manqua pas elle-même de s'en étonner car ses sentiments envers le comte n'avaient guère évolué. Mais sans doute avait-elle finalement trop entendu parler d'amour pour que la présence d'un homme tel que Pontvallain la laissât complètement indifférente. Charmé par l'accueil de Floriane, il se montra plus empressé que de coutume, plus chaleureux aussi, avec dans le regard une lueur franchement admirative. Avoir une toilette neuve et pouvoir la montrer, n'était-ce pas là l'un de ces plaisirs anodins qui pourtant ont tant d'effets sur une âme féminine ? Floriane, à la coquetterie naturelle, aux quinze ans passionnés, goûtait à la joie d'être courtisée.

Ils prirent l'habitude de se rencontrer presque chaque jour pour de longues randonnées à cheval. Ils parlaient peu durant ces promenades mais semblaient se rejoindre en leur amour commun de la nature et des grands espaces. En fait, tous deux restaient confinés dans le secret de leurs pensées respectives, tout en s'épiant mutuellement, le sourire aux lèvres. Lorsque la chaleur de l'été était trop forte, ils gagnaient les frondaisons épaisses et fraîches des chênes qui les abritaient de l'ardeur du soleil. En sortant des bois, Floriane se laissait envahir par la lourde torpeur qui planait sur les champs moissonnés et les routes sèches où se mouraient les corolles fragiles des coquelicots.

À chaque visite, Melchior lui apportait un nouveau présent : peignes d'ivoire, chapelet de cristal, mouchoirs dentelés, petite montre d'émail bleu… Imperceptiblement aussi, le comte se montrait un rien plus tendre. C'était un baiser un peu plus appuyé sur la main de la jeune fille, un bras plus ferme autour de sa taille, des doigts qui s'attardaient sur sa cheville lorsque Melchior l'aidait à se mettre en selle. Mais curieusement, en même temps qu'elles la troublaient agréablement, ces attentions lui rappelaient la crainte instinctive et la méfiance que lui avait tout d'abord inspirées Pontvallain. En apparence docile, Floriane se sentait en fait de plus en plus réticente et nerveuse.

Ne trouvant de bien-être nulle part dans la maison, elle avait fait du fond du parc sa retraite favorite, là où les eaux de l'Aune s'y arrondissaient à l'ombre des branches, formant une vasque profonde avant de se perdre sous le mur. Resurgissant de l'autre côté, la rivière longeait sur quelques mètres la route d'Angers à La Flèche, filait sous un pont de pierre pour rejoindre le Loir un peu plus loin. Ne résistant pas à l'attrait de l'onde frissonnant sur les cailloux, Floriane venait s'y ébattre chaque jour, avec toute l'impudeur et la grâce d'une nymphe antique. S'étant contentée tout d'abord de suivre des yeux les frissons de l'onde courant sur les cailloux verdis de mousse, elle s'était vite enhardie, et, bas ôtés, robe retroussée, avait commencé par barboter comme une gamine jusqu'au jour où, n'y tenant plus, elle avait envoyé sur l'herbe jupe et camisole et s'était laissée choir dans l'eau. Dans un jaillissement de gouttelettes étincelantes elle avait alors plongé, avec délices, son corps aux formes à la fois rondes et graciles, laissant échapper de son chignon sa chevelure en longues torsades noires sur son cou, sur sa gorge, jusqu'à ses hanches d'une blancheur de lys. Maintenant elle savait même nager depuis que Toinon, l'une des jeunes servantes du château, l'ayant surprise un après-midi, lui avait donné quelques leçons.

Au fil de l'eau fraîche, le calme revenait dans le cœur indécis de Floriane. Son esprit s'allégeait. Ne restait qu'un bien-être physique, une sorte d'insouciance passagère.

Alix, bien entendu, ignorait ces baignades. Elle passait alors dans sa chambre de longs moments à rédiger missive sur missive dans un état d'intense jubilation. Elle avait prévenu Charles, fait venir un notaire et rencontré le curé de Saint-Évy. Pour elle, en effet, le mariage ne faisait aucun doute et seul le fichu caractère de sa pupille en retardait l'annonce.

— Patience ! la mignonne est sous le charme, c'est évident. Faisons comme ce cher Melchior qui a bien du mérite : respectons encore ses petites pudeurs de jeune fille et ses hésitations. Il faut l'apprivoiser.

La méthode, sans doute, avait quelque mérite, car, peu à peu, l'emballement d'Alix et la cour maintenant pressante de Pontvallain entamaient la résistance de Floriane. Tout ce qu'elle demandait à la vie, les honneurs, la richesse, le plaisir, le comte le lui offrait. De plus son attachement, sa flamme paraissaient très profonds, tant et si bien que Floriane en venait même à s'étonner de sa propre attitude.

— Qu'ai-je donc à tant tergiverser, soupirait-elle, à attendre, à repousser sans cesse une inévitable reddition ? Il faudra bien me décider.

Ainsi passa l'été. Puis les événements se précipitèrent.

*

Un matin, Melchior annonça qu'une affaire pressante l'obligeait à s'absenter pour un voyage qu'il espérait court. Avant son départ, il invita quelques amis à une partie de chasse qui devait être suivie d'un repas offert chez lui.

Le rendez-vous ayant été fixé le matin de bonne heure au lieu-dit la Croix-Brette, Mme de Montrouge et Floriane quittèrent Saint-Évy à l'aurore et prirent au trot un sentier de traverse.

Une brume légère s'attardait au ras du sol et voilait l'horizon. Un air plus humide, plus piquant, quelques branches effleurées de roux annonçaient déjà la fin des beaux jours. Aucune mélancolie ne perçait cependant dans le doux paysage. Le soleil fidèle, un joyeux envol sur l'étang, l'odeur fraîche des nids de champignons émoustillaient les cavalières qui ne regrettaient pas leur sommeil écourté.

Floriane montait ce jour-là une superbe haquenée à la robe brune, galamment prêtée par Melchior pour la circonstance. Plus fougueuse que Vesper, qu'Alix avait retrouvée, la jument obéissait pourtant docilement à Floriane.

En lisière d'un bois d'ormes et de chênes, s'élevait une simple croix de pierre grise. Elle avait été érigée en souvenir de la bataille de Pontvallain que le connétable Du Guesclin avait remportée jadis sur les Anglais. Inférieurs en nombre, les Bretons les avaient surpassés en vaillance. La Croix-Brette, depuis lors, rappelait leur gloire. Melchior de Pontvallain s'y trouvait déjà, en compagnie de quelques invités dont un beau garçon brun, Roger de Daillon, baron de Pontgibault, au sourire éclatant. Voyant arriver les deux femmes, Pontvallain poussa son cheval dans leur direction. Les accueillant avec empressement, son regard se porta aussitôt sur la jeune cavalière.

— Ma chère, vous êtes ravissante ce matin.

Il détailla sa poitrine, moulée sous le corsage, sa taille fine et ses jambes qui se dessinaient sous les plis de sa jupe avec une insistance qui la fit rougir sans toutefois lui faire baisser les yeux. Elle lui sourit même avec la fière assurance d'une femme qui se sait admirée.

— Je vous saurais gré de ne point me quitter pendant la durée de la chasse, Floriane, elle peut être dangereuse parfois.

C'était la première fois qu'il l'appelait par son prénom et il le faisait avec une autorité fiévreuse totalement dépourvue de tendresse.

— J'essaierai de me montrer digne du cavalier que vous êtes, répondit-elle, feignant d'ignorer le ton péremptoire de la recommandation.

Mais sans attendre sa réponse, Melchior avait déjà ordonné le lâcher des chiens. Avec des jappements aigus ils s'élançaient en bondissant vers la chênaie, suivis de toute la chasse. À midi, à l'issue d'une course effrénée, débusqué au fond d'une combe sauvage, un sanglier énorme était pris au piège. Trépignant, soufflant, grommelant avec rage, la bête fit face aux chasseurs. Ce fut Pontvallain en personne qui lui enfonça l'épieu au travers du corps.

Le château de Pontvallain reflétait dans l'eau ses quatre tours, ses toitures dentelées de plomb, ses énormes cheminées que l'on pouvait apercevoir de loin, au-dessus des arbres. Complètement cerné de douves, il n'était accessible que par un pont-levis abaissé en permanence. Les cavaliers le franchirent avec un grondement d'orage et se retrouvèrent dans la vaste cour pavée qu'entourait, sur ses quatre côtés, une façade magnifique construite au siècle précédent par Pierre Lescot.

Le logis était à l'image de son propriétaire : sobre mais d'une richesse indéniable. Dans le vestibule orné de boiseries à caissons s'ouvrait la porte de la chapelle, où miroitaient dans l'ombre les taches multicolores des vitraux et le faible éclat des ors de l'autel. À droite, une porte masquée par une tenture cachait aux regards indiscrets les appartements du maître de céans. À gauche, on pénétrait dans une vaste salle, préparée pour le festin. Les murs étaient décorés de trophées de chasse, d'armes diverses, d'armures ciselées et d'immenses tapisseries représentant des scènes de vénerie. Au centre de la pièce, était dressée une table immense, drapée de blanc.

Les invités s'étant brièvement rafraîchis et ayant mis de l'ordre à leurs habits, on gagna la table. Melchior fit asseoir Floriane à sa droite, tandis que chacun s'installait à sa guise, selon l'agréable laisser-aller souvent de mise à la campagne.

Floriane se tourna vers Melchior qui posait sur elle un regard brûlant et lui sourit :

— Quelle belle demeure vous avez là, monsieur, dit-elle tout en sachant qu'elle s'engageait sur un terrain délicat.

Pontvallain, en effet, saisit l'occasion offerte :

— Il ne tient qu'à vous qu'elle soit vôtre, vous le savez bien.

— La perspective est séduisante, répondit l'audacieuse en portant son verre à ses lèvres.

— Floriane, vraiment, consentiriez-vous enfin…

— Comte ! Je n'ai pas dit cela, murmura-t-elle avec une petite moue de reproche et de coquetterie. Pas encore…

Melchior, d'un geste brusque, lui prit la main :

— Croyez-vous que je sois homme dont on puisse indéfiniment se moquer ? souffla-t-il d'un ton farouche.

Prisonnière de sa poigne et devinant instinctivement qu'elle ne devait pas jouer trop longtemps avec lui, elle se pencha à son oreille et murmura avec douceur :

— Mais je n'ai jamais rien pensé de tel.

— Alors ? Quand vous déciderez-vous ?

— À votre retour, je vous le promets, Melchior.

Sous les doigts de Pontvallain, sa main se fit palpitante comme une aile. Étourdie par la chevauchée au grand air autant que par les vins capiteux servis en abondance, elle se sentait soudain profondément troublée par la présence du gentilhomme, sa violence contenue, son insidieuse séduction. Son émoi ne lui échappa pas.

— Puis-je espérer une décision favorable à mes vœux ? demanda-t-il.

Fascinée par ses yeux fixés sur les siens, n'ayant plus conscience que de la pression de sa main sur la sienne, elle balbutia :

— Oui, vous le pouvez.

Melchior, triomphant, lui baisa le bout des doigts.

Les plats se succédaient à une cadence prodigue, pâtés de venaison faisant suite aux gibiers et aux rôtis. Se levant alors, Pontvallain étendit la main afin d'apaiser le tumulte jovial des chasseurs échauffés par la richesse des agapes :

— Mes amis..., commença-t-il, mes amis, je ne vous infligerai pas le supplice d'une harangue. Soyez rassurés sur ce point. Je désire simplement vous dire le plaisir que j'ai à recevoir si joyeuse et si flatteuse compagnie.

Un murmure appréciateur s'éleva.

— Vous revoir tous, très bientôt, sous mon toit est l'un de mes souhaits les plus chers, surtout si nos retrouvailles coïncident avec la réalisation d'un projet qui me tient particulièrement à cœur.

Regards et sourires entendus convergèrent vers Floriane qui, brutalement, se sentit mal à l'aise.

« Mon Dieu, que va-t-il raconter là ? » se dit-elle angoissée.

— Mes amis, continua-t-il, je vous propose de porter un toast à Mlle de Saint-Évy, amie chère entre toutes, que j'ai été heureux de vous présenter aujourd'hui.

Le petit discours de Pontvallain fut accueilli avec une joie bruyante et chaleureuse. Si un doute avait encore subsisté quant aux relations du comte et de la jeune fille, il était maintenant tout à fait balayé et, apparemment, ces relations-là faisaient l'approbation de tous.

Une tranche de pain rôtie fut donc disposée au fond d'un hanap dans lequel le maître d'hôtel versa jusqu'à ras bord un vin de Bourgogne à la robe chatoyante. Chacun, à son tour, en but une gorgée et lorsque le hanap parvint à Floriane, force fut à la jeune fille de le vider jusqu'à la dernière goutte et de manger la testée sous les applaudissements des convives.

Irritée par l'initiative du comte décidé maintenant, elle le sentait, à brûler les étapes et à lui arracher de force son consentement, Floriane, prétextant la fatigue, prit congé de son hôte, entraînant avec elle sa cousine, qui, l'esprit passablement embué par ses excès de table, n'opposa guère de résistance.

— Mais quelle mouche l'a piqué, brusquement ? éclata-t-elle un peu plus tard sur le chemin du retour dans le carrosse que Melchior avait mis à leur disposition, ses domestiques suivant sur leurs montures. Une annonce officielle d'épousailles n'eût pas été plus claire.

La véhémence de la jeune fille échappa à Alix que sa copieuse lippée laissait somnolente, l'œil vague errant sur la campagne où grandissaient les ombres du soir.

— Ma foi, murmura-t-elle, voilà qui est fort bien. Depuis le temps que tu remettais ta réponse… Cette décision me réjouit grandement.

— Mais enfin, Alix, vous ne comprenez rien !

— Et quoi donc, ma chère ? fit Mme de Montrouge en bâillant.

— Que je n'ai nullement donné mon accord à Pontvallain !

— Allons ! Je connais Melchior. Il n'eût certainement pas agi de cette manière s'il avait décelé en toi la moindre réserve.

Floriane frappa du pied, rageuse :

— Il a mal interprété mes paroles, je vous assure.

Alix eut un petit gloussement :

— Tu semblais pourtant du dernier bien avec le comte. Je t'ai observée aujourd'hui : sourires, lèvres boudeuses, apartés, rires de gorge, regards voilés. Bref ! Tout y était et je dois reconnaître que tu as déployé avec art tout l'éventail des ressources féminines. Il n'y a pas à dire : on possède ce talent-là de naissance ou on ne le possède jamais et tu me sembles, pour ta part, remarquablement douée.

— Puisque je vous répète, Alix, que je n'aime point M. de Pontvallain et ne souhaite pas l'épouser, reprit Floriane feignant d'ignorer les dernières paroles de sa cousine.

— Quel esprit versatile ! Demain, tu riras toi-même de tes tergiversations ridicules.

Poussant un soupir excédé, la jeune fille ne répliqua pas et resta muette jusqu'à leur arrivée. Épuisées l'une comme l'autre, mais pour de différentes raisons, elles se retirèrent dans leurs chambres respectives sans même se dire bonsoir.

Lointaine, une chouette lança son appel. De petits craquements furtifs perçaient le silence de la chambre qui fleurait bon les touffes d'herbes sèches jetées sur le sol. Malgré sa fatigue, Floriane ne dormait pas.

Tout le jour écoulé lui revenait en images précises. Il lui semblait entendre encore la voix de Pontvallain, dure, pressante, la questionner, la forcer, lui faire oublier tout bon sens. Mais pouvait-elle vraiment lui en vouloir de s'être mépris sur son attitude ? Pourquoi ne pas l'avouer ? Elle s'était laissé griser par les hommages d'un homme mûr, sûr de lui et manifestement très épris. Cet homme avait fait d'elle la reine de la journée. Beaucoup plus qu'une émotion du cœur, un sentiment de triomphe l'avait envahie et pendant quelques instants elle avait éprouvé un vertige, une sorte d'apaisement à ne plus lutter contre ce que le destin semblait lui imposer. Maintenant, loin de Pontvallain, elle se libérait de ses sortilèges et de toutes ses forces, de tout son être, elle se refusait à lier pour toujours sa vie à la sienne.

— Non, je ne peux pas ! murmura-t-elle dans l'ombre. Il faut que je lui dise. Que je lui explique. Mais quoi, au juste ? Qu'il m'a mal comprise ? Que ma décision n'est pas encore prise ? Que je ne l'aime pas ?

Tournant et retournant de beaux discours dans sa tête, elle finit par sombrer enfin dans un sommeil agité de quelques heures pour s'éveiller à l'aube. Aussitôt levée, elle s'habilla rapidement, descendit l'escalier sans faire de bruit et gagna l'écurie.

Jacquemain était déjà debout. Il l'aida à seller Vesper et la regarda s'éloigner au triple galop, tout en mâchonnant un brin de paille.

— Faut-il qu'elle ait le diable au corps ! bougonna-t-il, en hochant la tête.

Les quelques lieues qui menaient de Saint-Évy à Pontvallain furent franchies en un temps record, tant Floriane craignait que le comte ne fût déjà parti. La vue du carrosse lorsqu'elle arriva dans la cour la rassura. Abandonnant ses rênes à un laquais, auquel elle recommanda de ne pas s'éloigner, elle grimpa lestement les marches du perron et traversa le vestibule. La porte conduisant aux appartements de Melchior était entrebâillée. Avant de frapper, Floriane prit une large aspiration pour calmer les battements de son cœur et reprendre courage, puis se décida.

— Qu'est-ce ? fit la voix de Pontvallain, occupé à trier des papiers éparpillés sur une table.

Apercevant Floriane sur le pas de la porte, il eut une seconde d'étonnement, mais vite alla au-devant d'elle, la main tendue. Il était en tenue de voyage, son manteau, son feutre et son épée déjà préparés sur un fauteuil.

— Vous, ma chère ! s'écria-t-il. Est-ce pour me souhaiter bonne route que vous me faites la joie de venir me surprendre de si bon matin ?

— Pas tout à fait, Melchior, répondit-elle avec un peu d'embarras. En fait, je suis venue vous parler.

— Quelle mine sérieuse ! dit le comte tout à sa bonne humeur. Mais ne restez pas là, voyons. Entrez…

Il referma la porte derrière elle, lui prit les mains, la déganta. Ses lèvres s'attardèrent au creux tendre des poignets.

Floriane se libéra doucement :

— Non, Melchior. Vous ne pouvez pas.

Il releva la tête.

— Que ne puis-je pas ? Vous embrasser ? Oseriez-vous me refuser un baiser d'adieu ?

Passant un bras autour de ses épaules, il l'attira à lui d'un geste brusque.

— Oseriez-vous ? reprit-il sourdement.

Floriane, sans répondre, tenta de se dégager, mais Melchior resserra son étreinte :

— Cette fois, ma mie, vous voilà bel et bien prisonnière. Il y a si longtemps que j'attends ce baiser.

Il se pencha et prit ses lèvres. Trop surprise pour esquisser le moindre geste, Floriane retint son souffle. Lorsqu'elle sentit la langue de Melchior s'insinuer, fouiller sa bouche, un frisson la parcourut et elle chercha à le repousser. En vain ! Celui-ci ne se maîtrisait plus. Sans interrompre son baiser, il dénoua d'une main les aiguillettes qui fermaient son corsage, et chiffonnant sa chemise, dévoila ses seins. Le mouvement de ses doigts se fit alors si violent que les petites pointes roses se durcirent, happées bientôt par une bouche avide.

Ployée en arrière, éperdue, la jeune fille s'offrait malgré elle aux caresses brutales, comme si toute volonté l'avait soudain abandonnée.

— Non, supplia-t-elle, laissez-moi !

Mais Melchior ne l'entendait plus.

— Enfin, répétait-il d'un ton rauque, enfin, tu es à moi ! Il y a si longtemps que j'attends…

La saisissant dans ses bras, il la porta sur son lit, couvrant de baisers son visage, son cou, sa poitrine, promenant sur son corps des mains fébriles, comme pour s'assurer d'une possession à laquelle il n'osait encore croire.

Fascinée par son regard, par ce visage penché sur elle, où le désir semblait se teinter de douleur, Floriane se sentait emportée dans un tourbillon de violence, aussi fragile et impuissante qu'un oiseau pris dans la tempête.

Quand Melchior, enfin, releva ses jupes, découvrant ses jambes bottées et ses cuisses, une nouvelle fois elle demanda grâce.

— Non ! cria-t-il, d'une voix méconnaissable, non, tu es à moi ! À moi, tu entends ! Ah ! ma beauté, ma cruelle, mon orgueilleuse. Ah ! Benoîte, mon inoubliable.

Comme si elle avait reçu une gifle, la jeune fille, d'un bond, se redressa, croyant avoir mal entendu.

— Qu'avez-vous dit là ? Est-ce… Est-ce le nom de ma mère ? balbutia-t-elle.

D'inquiétantes lueurs dansaient dans les yeux de Melchior. L'air hagard, il essaya de la ramener contre lui.

— Ma mère est morte, monsieur ! hurla-t-elle, bouleversée par l'incroyable aveu.

— Non, Benoîte n'est pas morte. Elle est là, en toi, qui lui as pris la vie… Floriane, Benoîte, mes deux amours…

— Vous êtes fou ! s'écria-t-elle, cherchant de toutes ses forces à se libérer de ses bras.

Ils luttèrent un instant. Enfin, la peur et le dégoût décuplant ses forces, Floriane parvint à se dégager. D'un coup de genou, elle déséquilibra son adversaire et, vive comme l'éclair, traversa la chambre, puis le vestibule, tout en rajustant sa toilette à la hâte. Dehors, elle aperçut Vesper qui attendait docilement au fond de la cour. Elle courut à sa jument, libéra l'animal accroché à un anneau du mur, bondit en selle et s'élança vers la campagne.

Quand Melchior, revenu de sa surprise, apparut en haut des marches du perron, il était trop tard : la cavalière franchissait déjà les douves.

Prenant alors conscience des regards ahuris des valets, furieux, Pontvallain rentra précipitamment dans le château, l'écume et les jurons aux lèvres. Livide et haletant, parvenu dans sa chambre à l'abri des regards, il laissa éclater son dépit :

— Garce ! Sale petite garce ! Je saurai bien te retrouver.

Redoutant d'être poursuivie, Floriane, de son côté, avait éperonné sa monture au sang et franchissait, ventre à terre, tous les obstacles, au risque de se rompre les os à chaque seconde. Lorsque, enfin, elle fut certaine d'être hors d'atteinte, elle ralentit l'allure, passa au trot, puis au pas, laissait Vesper vagabonder à sa guise pour reprendre son souffle.

Hors d'haleine elle-même, il lui semblait s'éveiller d'un cauchemar. Était-il possible vraiment qu'elle n'eût pas rêvé la scène qu'elle venait de vivre ?

Ainsi Melchior venait-il de lui livrer son secret, dévoilant du même coup les raisons de son étrange comportement. Et ce secret n'était autre qu'un amour lointain et malheureux pour sa mère disparue, amour curieusement reporté sur elle-même, pour les assujettir toutes deux, par-delà la mort, à une seule et tyrannique passion. Encore tremblante d'émotion, meurtrie, honteuse d'être venue elle-même si légèrement se jeter dans un piège, la jeune fille s'essaya, non sans mal, à recouvrer totalement ses esprits.

Les bois tout proches de Tartifume dressaient autour d'elle leur solitude protectrice. Seuls, le chant d'un oiseau et le bruit sec et régulier que faisait Vesper broutant l'herbe occupaient le silence. La nature sereine apaisait le cœur de Floriane qui laissa volontairement s'écouler le temps. De petits détails lui revenaient en mémoire : la robe de Benoîte qu'elle portait lors de sa première rencontre avec Pontvallain qui avait paru si curieusement troublé, le fait qu'il se fût souvenu de son jour de naissance, qui était aussi l'anniversaire de la mort de sa mère, le geste exalté qu'il avait eu en lui offrant des églantines, le peu d'attirance qu'elle avait toujours éprouvée envers lui, même lorsque leurs relations avaient paru se resserrer. Se rappelant la peur instinctive qu'il lui avait tout d'abord inspirée, elle ne s'étonnait maintenant qu'à demi d'avoir découvert chez lui pareil déséquilibre.

— Rentrons, ma belle ! fit-elle, flattant amicalement Vesper. Allons annoncer à ma cousine que tout projet de mariage s'est envolé. J'entends déjà ses cris !...

La première chose qu'elle fit, toutefois, en rentrant au château, fut de se rendre à l'office. Elle trouva la cuisinière, assise auprès de la cheminée, occupée à plumer des chapons avec une ardeur faisant plaisir à voir. Le duvet voletait partout et allait se poser en flocons éphémères sur les marmites et les lèchefrites accrochées au mur.

— Perrette, sois bonne fille : fais-moi une tartine de rillettes bien épaisse.

Loin de couper son appétit, les émotions de la matinée lui redonnaient soudain des envies d'ogresse.

— À la bonne heure ! fit Alix qui entrait dans la salle, en apercevant sa pupille piocher allégrement dans le pot de rillettes. Il n'y a rien de tel qu'un galop aux aurores pour vous creuser l'estomac.

Floriane avala une dernière bouchée, et se leva.

— Ma cousine, puis-je vous entretenir un moment ?

— Bien volontiers, mon enfant. Viens dans ma chambre, nous y serons plus à l'aise. J'ai demandé à Nicole de faire une flambée. Cette pluie sent l'automne, déjà !

Elles prirent place auprès du feu.

— Eh bien ? s'enquit Mme de Montrouge, ne cherchant nullement à refréner son impatience.

Floriane, qui ne tenait pas à donner à sa cousine plus de détails qu'elle ne le jugeait nécessaire, commença lentement, en cherchant ses mots :

— Voilà. Tout à l'heure, je... me suis rendue auprès du comte...

Alix l'interrompit avec un cri joyeux d'approbation :

— Je le savais ! Tes discours, hier, dans la voiture, étaient à dormir debout. Melchior a dû beaucoup apprécier ta visite.

— Vous n'y êtes pas du tout, cousine. Je suis allée chez lui pour lui signifier mon refus de l'épouser. J'ai jugé plus honnête de le prévenir que je ne l'aimais pas.

— Quoi ! s'étrangla la vieille dame. Tu lui as réellement dit… Oh ! La sotte ! Et que t'a-t-il répondu ?

— Rien, car en fait je n'ai pas eu le temps de lui annoncer la chose, certaines circonstances… s'y étant opposées.

— Vraiment ? Et quelles circonstances ?

Floriane s'empourpra :

— Alix, ne m'obligez pas à donner certaines précisions qui me semblent inutiles…

— Ah, je comprends ! Pontvallain a quelque peu anticipé sur ses droits, le bougre !

— Je vous en prie, ma cousine !

— C'est donc cela !

Alix se mit à rire.

— Tu es plus forte que je ne le pensais. Ah ! on se refuse, on réapparaît, on s'éclipse. Oui, oui. Subtile tactique… Ce pauvre Melchior va nous revenir plus vite que prévu.

Floriane frissonna.

— Je ne le reverrai de ma vie ! dit-elle d'un ton farouche.

— Que dis-tu ?

— Vous m'avez parfaitement entendue. Je ne veux plus rencontrer cet homme. Je ne veux plus que vous m'en parliez jamais.

— Mais enfin, tu es folle ! s'exclama Alix cette fois sérieusement alarmée ! Explique-toi ! Pourquoi ce brutal revirement ?

Pourquoi ? Comment Floriane aurait-elle pu révéler à Alix les raisons de sa décision, l'effroi qui l'avait saisie en découvrant la passion trouble et malsaine du comte qui profanait la mémoire de sa propre mère ?

Révoltée par une telle indignité, condamnée au silence par un inavouable secret, Floriane, la gorge de nouveau nouée par l'émotion, tourna brusquement les talons devant sa cousine médusée, et s'enfuit en courant pour cacher ses larmes.

Floriane n'avait plus désormais qu'une idée en tête. Partir, oui, partir ! Fuir le comte, rejoindre son frère Charles, demander sa protection. N'était-il pas le véritable chef de la famille ? Oui, il fallait oublier, ensevelir en elle le spectre de cette union odieuse. Partir ? Mais comment ? À moins de prendre seule et sans argent la route de Paris, elle n'en avait aucun moyen. Cloîtrée dans sa chambre, le front appuyé contre la vitre de sa fenêtre, elle regardait, sans la voir, la pluie qui ne cessait de tomber depuis plusieurs jours. Jamais Floriane ne s'était sentie aussi seule, aussi désemparée, échafaudant mille projets tout aussitôt abandonnés.

Le temps s'étant enfin amélioré, elle put, un après-midi, retourner au bord de l'Aune, grossie par les pluies, toute dorée sous la voûte mouvante du feuillage.

Insoucieux de la mauvaise saison à venir, les oiseaux, eux, chantaient à l'unisson dans les branches.

L'un d'eux, plus hardi que ses compagnons, vint à deux pas de Floriane plonger le bec dans l'eau à petits coups saccadés qui parsemèrent de gouttelettes le corps dodu au plumage gris-brun. L'oiseau prenait un plaisir si évident à s'asperger que la jeune fille décida de l'imiter.

« L'un des derniers bains de l'année, sans doute », se dit-elle en évitant de songer à l'avenir.

La vivacité et la fraîcheur du courant la saisirent ; aussi nagea-t-elle vigoureusement, sur le dos, sur le ventre, traçant de savantes arabesques dont les ondes emmêlées détachèrent la mince pellicule verdâtre qui tapissait le fond. Des deux mains, elle se hissa sur une pierre large et chaude encore du soleil qui venait de la quitter et s'y allongea avec un soupir voluptueux. Nul, ainsi, ne pouvait la découvrir, protégée qu'elle était d'yeux indiscrets par des buissons fournis et, derrière elle, par le mur qui la séparait de la route. Éparpillant ses cheveux tout autour de sa tête afin de mieux les sécher, elle ferma les yeux. Le bain lui ayant procuré une impression de légèreté, il lui semblait être libérée de son propre corps et vagabonder haut dans l'air tiède où, inlassable, le bourdonnement des insectes ajoutait une note grave au joyeux concert. Gagnée peu à peu par une torpeur béate, elle perdit la notion du temps, crut un instant entendre le galop d'un cheval mais loin, très loin, puis finit par s'endormir tout à fait.

Un bruit léger, un froissement furtif l'éveilla en sursaut : là, tout près d'elle, entre brindilles et feuilles sèches, une grosse couleuvre se glissait, attirée par l'eau sans doute. Poussant un grand cri, Floriane se releva d'un mouvement si brusque que son pied glissa sur le bord visqueux de la pierre et qu'elle disparut dans la rivière, faisant jaillir une grande gerbe scintillante qui arrosa la berge copieusement. Toussant, hoquetant, suffoquant encore de peur et de dégoût, elle refit bientôt surface, et constata avec soulagement que le serpent avait fui depuis longtemps dans les fourrés.

C'est alors qu'elle entendit fuser un rire au-dessus d'elle. Levant la tête, elle aperçut un jeune homme assis sur le faîte du mur, qui la contemplait d'un œil moqueur mais visiblement charmé.

— Tudieu, s'écria-t-il, la belle apparition !

Sous l'ombre d'un grand feutre où frisaient des plumes rouges, son visage était aussi basané que celui d'un Maure et ses dents étincelaient entre la fine moustache brune et la mince « royale [1] » que Louis XIII lui-même, faisant un beau matin la barbe à ses gentilshommes, avait mise à la mode. Il était vêtu simplement d'un colletin [2] sombre en peau de buffle qui épousait un torse puissant, laissant dépasser les manches bouffantes d'une chemise de fine toile, et de chausses étroites se perdant dans de hautes bottes cavalières de cuir noir. De toute sa personne émanaient une force tranquille, une franche gaieté. On le sentait solide, sain, bon compagnon. Mais il ne manquait pas de noblesse et un rien d'arrogance se décelait dans la courbe

1. Petite touffe de poil au menton.
2. Casaque sans manches que portaient parfois les cavaliers.

énergique de son nez, dans sa façon tout à la fois orgueilleuse et négligente de tenir la garde de son épée, l'autre main appuyée sur la hanche. Sifflotant doucement, il balançait ses longues jambes, tout en détaillant Floriane qui, revenue de sa surprise, ne laissait plus dépasser que sa tête au ras de l'eau. Elle avait croisé les bras sur sa poitrine et de son air le plus digne tentait, tant bien que mal, de se dissimuler aux regards du cavalier. Mais elle comprit vite à la façon dont il penchait comiquement la tête, que perché comme il l'était il ne pouvait rien ignorer de son anatomie. Le pourpre vint aux joues de Floriane et ses yeux s'allumèrent d'éclairs de défi :

— Monsieur, je vous en prie, allez-vous-en !

Un éclat de rire salua sa protestation :

— Partir ! C'est impossible. Il me faut d'abord, gentille nymphe, m'assurer que je ne rêve pas et contempler de plus près les divins appas qui m'éblouissent !

— Je ne tiens pas à goûter du satyre ! rétorqua-t-elle avec colère, espérant clouer le bec à l'insolent.

L'inconnu, qui faisait mine de vouloir sauter à terre, arrêta son geste et ne répondit pas. Pensant avoir affaire à quelque paysanne, la réponse de Floriane le surprenait. Il examina alors plus attentivement la jeune fille, nota la finesse et la blancheur de la peau, le port de la tête fièrement redressée, la moue dédaigneuse, l'éclat vif et velouté des yeux levés sur lui.

Les secondes passèrent, dans l'air chaud. Une éternité. Semblant soudain changé en statue comme si un charme l'avait pétrifié, le jeune homme ne bougeait pas. Quant à Floriane, envahie par un trouble qui ne cessait de croître, elle ne savait plus si elle désirait que le temps s'arrêtât ou s'il lui valait mieux fuir, sans attendre, ce regard doré.

— Vous êtes belle, murmura-t-il enfin.

Sa voix était grave, profonde comme le bronze, caressante comme la soie.

L'eau ondoyait autour d'elle, l'enveloppait d'une douce étreinte. Quel était ce séduisant et fier cavalier dont elle devinait la puissance féline ? N'était-il pas l'inconnu entrevu dans ses rêves, le chevalier errant qui, tant de fois, avait hanté ses lectures ? L'idée folle qu'il était venu pour elle, qu'il allait l'emporter de par le monde, la subjugua un instant. Les secondes passèrent, irréelles et lumineuses.

Un appel qui venait de la route brisa l'enchantement.

— Monsieur ! Hé, monsieur ! Vos amis arrivent ! C'est pas le moment de traîner. Paris est encore loin !

Brutalement rendu à la réalité, le jeune homme parut hésiter. Son visage devint grave. Sur la route, plusieurs cavaliers approchaient. Rester, c'était révéler à d'autres la présence de sa jolie baigneuse. À cette idée de possession bien masculine s'ajoutait en lui-même un sentiment plus subtil : l'impression d'avoir vécu et partagé quelques minutes privilégiées, trop précieuses pour être déflorées par des intrus.

Son esprit de décision reprenant le dessus, il souleva d'un geste ample son large feutre, découvrant une toison épaisse et bouclée aux reflets cuivrés. Il avait repris son air rieur :

— Quel dommage de vous quitter si vite ! Adieu, ma douce ! Et béni soit le Ciel de m'avoir permis de vous admirer. Dire que sans ce ruisseau providentiel et votre ravissant tapage, j'eusse poursuivi mon chemin, ignorant votre miraculeuse présence ! Soyez certaine, toute belle, que votre image m'accompagnera tout le long de ma route. Je ne vous oublierai pas.

Il soupira, se recoiffa et, avant de disparaître, ajouta encore :

— Ah, la vie a parfois de bien cruelles plaisanteries !

Floriane entendit ses bottes toucher le sol de l'autre côté du mur, puis un bruit de galop rapproché, quelques éclats de voix joyeux qui se perdirent vite dans une cavalcade. Sans perdre une seconde, elle sortit de l'eau, courut vers le mur, y grimpa juste assez pour voir la petite troupe s'éloigner à vive allure dans un tourbillon de poussière. Le vent de la course courbait le panache rouge de celui qui allait en tête. Longtemps, elle le regarda décroître, petit point mouvant à l'horizon, jusqu'à ce qu'il disparût complètement.

Floriane frissonna. Retournant prendre ses habits, elle se sécha et se rhabilla avec des gestes d'automate. Avec l'inconnu venait de s'évanouir le vent de l'aventure. Il la laissait frustrée, malheureuse, éblouie. Soudain agacée, elle voulut chasser de sa mémoire celui qui venait de la surprendre avec une telle désinvolture. Allait-elle maintenant se laisser tourner la tête par le premier venu qui la détaillait sans vergogne, surtout après l'expérience malheureuse qu'elle venait de vivre avec le comte de Pontvallain ? Aussi, s'indignant contre elle-même, trouvant dès lors tous les prétextes pour nourrir son ressentiment, fut-elle, tout le restant du jour, d'une humeur exécrable, s'acharnant à détruire dans son cœur l'espoir qu'un seul regard avait fait naître en elle.

*

Non sans regret, le chevalier Artus d'Ivreville avait lancé son cheval sur la route de Paris. Sans l'impatience de Lubin, son valet – impatience justifiée par l'importance de la mission dont ils étaient chargés –, sans la présence de ses compagnons surtout, Artus se fût volontiers attardé auprès de la jeune naïade dont la silhouette et le visage gracieux papillonnaient dans son esprit émerveillé.

« Qui es-tu, belle inconnue, rose et fraîche comme une fleur ? » se dit-il, esquissant un sourire. Voluptueuse et orgueilleuse, elle avait pourtant un côté si tendre, si fragile qui donnait envie de la protéger, de la prendre dans ses bras. Hélas, tant de perfection et d'harmonie ne pouvaient être que l'effet d'un mirage…

Comme le voyageur assoiffé dans les sables d'Afrique croit voir miroiter une source, le chevalier avait simplement croisé sous le soleil et le vent de la route l'image fugitive et illusoire de la beauté, celle que tout homme espère sans trop y croire. Et pourtant à l'émotion qu'il avait ressentie, Artus savait intimement que la vision trop brève avait été réelle. Jamais, au hasard de ses nombreuses conquêtes, son cœur n'avait ainsi battu. Ses bonheurs vite oubliés, ses nuits n'étaient que plaisirs éphémères et charnels ; les femmes n'occupaient dans son existence pas davantage de place qu'une soirée au cabaret ou une partie de jeu de paume. Mis à part quelques amis fidèles, seul comptait pour lui le service du roi Louis XIII.

Indépendant et solitaire, ayant un sens aigu de l'honneur qu'il devait à la longue et noble lignée de ses ancêtres normands, Artus d'Ivreville était toujours prêt en effet à affronter les périls les plus grands pour son roi, fier d'être désigné le premier pour toutes les missions de confiance, les grandes entreprises.

Aujourd'hui, précisément, il revenait de Saint-Martin-de-Ré, où la flotte royale, sous les ordres du duc de Montmorency, venait de défaire les rebelles protestants, capturant ou mettant en fuite leurs navires. Artus, ayant vaillamment participé à l'opération à bord du vaisseau amiral, galopait à bride abattue vers Paris pour rendre compte à son souverain de l'exploit. Il était donc exclu de folâtrer en chemin, le service de Sa Majesté primant sur tout.

Ainsi, derrière lui, le chemin se voilait de poussière et l'oasis charmante s'éloignait de plus en plus. Seuls dansaient encore dans sa mémoire un visage de fleur et de grands yeux inaccessibles. Alors, éperonnant son cheval avec rage, il s'efforça d'écarter sa vision.

*

Depuis la mort d'Henri IV[1], les années avaient passé, mais jamais Louis XIII n'avait oublié le chagrin que lui avaient causé la disparition de son père et sa solitude d'enfant-roi méprisé, négligé par sa mère, Marie de Médicis, régente du royaume pendant sa minorité ; il avait grandi dans l'ombre, en compagnie de domestiques et d'obscurs petits gentilshommes auxquels il s'était

1. 14 mai 1610.

attaché. Parmi eux Charles d'Albert de Luynes avait eu la préférence. La présence de cet aîné, affable et séduisant, chargé de la volerie royale, apportait dans son cœur, sevré de tendresse, des douceurs inconsciemment exaltées par sa nature trouble et mystérieuse. Passionné de chasse, occupé par ses oiseaux, sa meute et les menus travaux manuels qu'il affectionnait, Louis, écarté des affaires de l'État, rongeait son frein. Cette période d'amertume et d'humiliation avait tué le côté primesautier de son caractère, qui, enfant, faisait son charme, et avait développé chez lui un esprit sérieux, renfermé, morose, qui avec le temps allait en s'accentuant.

Pourtant, quel amour, quelle vénération il portait à sa mère ! Une Marie de Médicis colérique, nonchalante, voluptueuse et charnue dans ses voiles de veuve, qui s'était grisée du pouvoir. Elle avait bouleversé à plaisir les desseins de son défunt époux, coquetant avec l'Espagne, payant fort cher aux grands seigneurs une fidélité sans cesse compromise, laissant toute liberté à un aventurier sans scrupules : le maréchal d'Ancre, Concino Concini. Ah ! combien Louis avait haï cet Italien, ancien travesti de tripots, maintenant chef véritable du gouvernement, aux coffres lourdement garnis – amant de sa mère, chuchotait-on à tort ou à raison à ses oreilles d'enfant jaloux. Combien aussi avait-il haï et redouté la maréchale, amie d'enfance de Marie, cette Leonora Galigaï aux inquiétantes pratiques de sorcellerie et aux crises de démence !

Des années durant, Louis avait dissimulé, patienté, avec une fierté et une opiniâtreté rares chez un être si jeune. Puis un jour, sur son ordre tacite, une poignée de fidèles avait supprimé l'arrogant Italien. La rébellion de Marie de Médicis et d'un groupe de nobles ambitieux avait entraîné la guerre civile. S'y étaient ajoutés le soulèvement, en Guyenne et en Languedoc, des protestants, défendant âprement leurs droits conférés par l'Édit de Nantes [1], et les menées de l'Espagne autour du

1. Signé en 1598 entre Henri IV et les protestants.

royaume ; la France s'affaiblissait, l'image du souverain était bien effacée. Louis était-il voué à l'échec ?

Luynes, le cher Luynes, devenu le tout-puissant favori, n'avait pas eu, ensuite, l'envergure nécessaire pour aider son roi, déçu, dans sa lourde tâche et il était mort, sans éclat.

Même le mariage de Louis avec l'infante Anne d'Autriche s'avérait désastreux. C'est à peine s'il y avait eu une courte éclaircie lorsqu'il s'était enfin décidé à approcher la petite reine blonde et fraîche, aux yeux verts pétillant de gaieté, qui avait bien cru pouvoir s'attacher ce timide époux. Mais des malentendus, leurs caractères trop dissemblables, la présence de Marie de Médicis jalouse de ses prérogatives avaient bien vite rompu l'harmonie conjugale.

Quel être ambigu était donc ce jeune roi aux allures d'athlète, passionné de chasse, rude soldat malgré une santé délicate ! Esprit grave, méfiant, austère, qu'il était solitaire parmi la jeune cour ardente et avide de plaisirs qui l'entourait !

Depuis un an maintenant, une mince et haute silhouette vêtue de rouge était apparue à ses côtés. Mais il y avait longtemps que M. de Richelieu, évêque de Luçon, récemment promu cardinal, se mêlait de politique dans l'entourage de Marie de Médicis qui le protégeait.

Louis n'avait jamais aimé le beau prélat et ne lui pardonnait pas les intrigues menées durant tant d'années dans l'ombre de la reine mère dont il avait partagé heurs et malheurs. Il avait dû cependant vite céder et consentir à appeler le cardinal au Conseil. Le roi, en effet, s'était réconcilié avec sa mère. Auprès d'elle, il goûtait l'illusion d'un amour maternel qu'il voulait trouver doux après tant de combats et de déchirements. Pour placer son protégé, Marie de Médicis avait entrepris un siège en règle et comme la diplomatie n'était pas son fort, ce n'avaient été que scènes et criailleries jusqu'à ce que, de guerre lasse, Louis déclarât forfait.

Il n'avait d'ailleurs pas tardé à être subjugué par les qualités du cardinal, reconnaissant en lui une volonté égale à la sienne, une souplesse et une habileté qui lui faisaient défaut. Avec un art consommé, une intelligence presque diabolique, très vite, Richelieu avait su devenir indispensable et, quelques mois plus tard, il avait été nommé chef du Conseil.

« Le roi vient d'être inspiré de Dieu ! » Ce bel hommage était venu du vieux Sully lui-même, du fond de sa retraite. Toutefois, tout le monde ne partageait pas, depuis, son enthousiasme. Le but principal du roi et du cardinal était en effet de mettre de l'ordre dans le royaume, de rabattre la superbe des grands seigneurs, au sang trop vif, de rendre à la couronne son prestige disparu. C'est pourquoi la nouvelle que leur apportait Artus d'Ivreville n'allait qu'encourager les deux hommes à poursuivre leur entreprise. Le chevalier, cependant, se moquait bien de complaire au cardinal ; sans rejoindre le groupe de ses adversaires, il avait toujours soigneusement évité son emprise.

Arrivés à Paris le surlendemain après un train effréné, Artus et ses compagnons se séparèrent sitôt les portes franchies parmi les charrettes chargées de légumes et de jarres de lait crémeux venues ravitailler la cité.

Dès les premiers pas, le chevalier, suivi du jeune Lubin, fut saisi par le vacarme de la rue et par l'odeur nauséabonde qui lui piqua désagréablement les narines. Elle montait du sol où se mêlaient, en une boue noirâtre, le crottin des chevaux, les détritus des boucheries dont les étals s'appuyaient sur les remparts souvent éboulés, l'eau des éviers et des latrines. À cette heure matinale, les boueux de la voirie, de grands gaillards vêtus de cottes sombres, agitaient la petite clochette de leur tombereau et, pelles et balais en main, tentaient de débarrasser le pavé de sa crotte. La rue retentissait des cris et des rires que lançaient les artisans et les commis se rendant à l'ouvrage. Car, entre les maisons bâties de guingois, chapeautées de pignons et de cheminées biscornues, hérissées d'enseignes aux couleurs vives, on démolissait, on construisait avec fièvre. De prime abord, Paris ressemblait à un immense chantier, bourdonnant au son des cloches qui se faisaient écho, à l'infini.

Artus hésita : passerait-il d'abord à l'auberge du Lièvre blanc, dans le quartier Saint-Julien où il occupait une chambre lors de ses séjours dans la capitale ? Il décida finalement qu'il se rendrait au Louvre sans perdre de temps, tel qu'il était, tout poudreux du voyage. Le roi, il le savait, ne s'en formaliserait pas.

Le Louvre… Les siècles avaient déposé une crasse épaisse et noirâtre sur ses grosses murailles, ses tourelles et ses tours massives, inquiétantes, silencieuses, muettes dépositaires de secrets oubliés qui se détachaient sur le ciel laiteux du petit matin. Artus et Lubin arrivèrent dans l'étroite rue d'Autriche [1] juste au moment où les archers de la prévôté vêtus de bleu ouvraient la grande porte de Bourbon, du nom du vieil hôtel qui lui faisait face, et se mettaient en faction, hallebarde au côté, les gardes suisses égayant les murs sombres de leurs uniformes rouge, bleu, blanc et jaune. Venait s'ajouter encore à ce va-et-vient la cohorte des domestiques, huissiers, pages, cuisiniers et lavandières, petit monde coloré et bruyant se hâtant vers ses différents services.

Artus mit pied à terre et confia son cheval à son valet [2]. Maintenant, courtisans et visiteurs affluaient de plus en plus nombreux. Leur emboîtant le pas, le jeune homme traversa le pont dormant et le pont-levis sous lesquels croupissait l'eau des fossés et, passant la barrière, s'engouffra sous la seconde porte plus étroite entre les deux énormes tours rondes, souvenirs du règne de Philippe Auguste qui avait fait édifier la forteresse. Au bout de la voûte obscure, le chevalier arriva dans la cour. Quelques valets, la mine ensommeillée, balayaient des immondices ; autour d'eux et malgré l'heure matinale, une foule déjà nombreuse s'affairait.

Le décor ne laissait pas de surprendre, tant était fort le contraste entre les bâtiments antiques et quelque peu délabrés

1. À la hauteur actuelle du pont des Arts.

2. Seuls avaient le droit de pénétrer au Louvre à cheval ou en carrosse le roi, les princes du sang et quelques rares privilégiés.

et les ailes Renaissance que Pierre Lescot avait merveilleusement édifiées en angle, à l'ouest et au sud du vieux palais. Certes, on aurait pu s'attendre à plus grandiose demeure pour abriter un roi de France, mais tant de magnificence et de décrépitude réunies ne manquaient, somme toute, ni de charme ni d'allure.

Artus traversa la cour et franchit à grands pas une porte qui donnait accès à la salle basse des Suisses. Au fond, sur la droite, s'élevait un escalier monumental, remarquable ouvrage ciselé et sculpté, héritage du roi Henri II. Du jeune seigneur empanaché au pamphlétaire à l'affût d'un potin, là aussi s'agitait toute une faune hétéroclite : financiers, bourgeois en litige, hobereaux de province, grandes dames, ministres affairés se bousculaient sur les degrés de marbre où tout en haut s'élevaient quatre colonnes massives aux tons rosés encadrant une grande porte de bois blond.

N'en franchissait pas le seuil qui voulait. Un huissier-cerbère dans une livrée de serge bleue en défendait l'entrée et il veillait bien, le bougre ! Il fallait, pour l'amadouer, montrer patte blanche, et plus d'un faisait demi-tour, furieux, sous les regards moqueurs et les quolibets, rejoignant le troupeau disparate des malchanceux animé d'une pensée unique : voir le souverain, pénétrer dans le sanctuaire !

Seuls quelques jeunes Gascons audacieux, bien souvent sans titre, sans relation, réussissaient à forcer le passage. Un habit scintillant, une moustache conquérante, une galéjade adroitement lancée, et l'huissier s'adoucissait, daignait sourire même, laissait passer.

La fameuse porte franchie, on pénétrait dans la Grand-Salle sur laquelle s'ouvrait aussi l'antichambre royale. Somptueuse, impressionnante, avec d'énormes lustres de cristal suspendus au plafond de bois doré, elle arborait fièrement, accrochés à ses murs, les portraits des grands rois et reines trépassés. Dans un bourdonnement feutré, les courtisans déambulaient vêtus d'étoffes vives, emplumés, enrubannés, peu soucieux des édits qui essayaient en vain d'atténuer un luxe trop tapageur, s'harmonisant mal, il est vrai, avec l'austérité vestimentaire de Louis XIII.

Artus, n'ayant nulle envie de croiser ces agités faisant le pied de grue des heures pour apercevoir le souverain, traversa la salle des Suisses et se dirigea sur la gauche jusqu'à une porte d'angle d'où s'élançait un escalier étriqué, sombre et peu engageant : le célèbre « petit degré », conduisant directement au pavillon du roi. Gravir le « petit degré » était un privilège dont ne bénéficiaient que les rares visiteurs admis à partager un court instant l'intimité royale.

Quelqu'un l'arrêta juste au pied des marches.

— Vous voici de retour, mon cher Ivreville !

— Barradas ! Bonjour !

Les deux gentilshommes se saluèrent avec chaleur. Depuis qu'Artus avait au cours d'un guet-apens sauvé la vie du chevalier François de Barradas, une solide amitié liait les deux jeunes gens. Artus arrivait alors de sa Normandie natale, sans appui, sans argent, avide d'offrir son épée au roi. En reconnaissance, Barradas l'avait présenté à Louis XIII.

Pourtant, lorsqu'il avait rencontré le jeune homme, Artus aurait pu avoir toutes les raisons de maintenir entre eux une certaine distance. Tout Paris en effet faisait des gorges chaudes sur ce protégé du roi et Artus avait entendu les horreurs et les clabauderies qui couraient les tripots, les salons et la cour sur l'origine de cette bienveillance royale : page de la petite écurie, François de Barradas avait été remarqué par Louis XIII qui avait fini par le nommer Premier Écuyer. Cette promotion, disait-on, lui avait tourné la tête et n'avait pas amélioré, tant s'en faut, son naturel orgueilleux et vindicatif. Mais devant une exubérance si pareille à la sienne, un regard si franc et si droit, Artus n'avait pu s'empêcher d'éprouver une irrésistible sympathie pour l'impétueux Barradas.

Aucune jalousie, aucune rivalité entre eux. Jamais Ivreville n'aurait songé à prendre la place du favori. Simplement leur façon d'aimer et de servir le roi était différente. Artus appréciait trop sa liberté pour supporter en permanence les humeurs d'un monarque lunatique et pour accepter l'inévitable contrôle de Richelieu. Cette attitude convenait tout à fait à Barradas même si ce dernier s'en montrait agacé parfois, quelque peu envieux d'une indépendance que son rôle à la cour lui interdisait.

Apprenant que l'expédition contre ces « parpaillots [1] » du diable avait réussi, il laissa éclater son enthousiasme et se répandit en éloges.

— Je suis sûr d'ailleurs, continua-t-il sur sa lancée, que vos exploits guerriers se sont doublés de prouesses galantes. Allons, avouez, traître, combien de belles éplorées avez-vous abandonnées en route ?

L'image troublante d'une jeune fille, rose et nue dans une rivière, revint taquiner l'esprit d'Artus. Il n'en souffla mot cependant, se contentant de répondre avec brièveté :

— Aucune, mon cher. Comment, diable, en aurions-nous trouvé le temps !

Barradas, nullement dupe de la dérobade de son ami, n'en crut évidemment rien, mais ne put insister, car tout en devisant, ils étaient arrivés devant la porte des appartements du roi.

Comme chaque jour, Louis XIII avait été réveillé à six heures par le premier valet de chambre qui dormait toujours près de lui. Il avait pris son bain et assisté à l'office matinal dans la chapelle du Louvre et, lorsque Artus et le chevalier pénétrèrent dans l'antichambre, le roi commençait à déjeuner. Il prenait son repas seul, entouré, comme de coutume, par son maître d'hôtel, son aumônier et le vieil Héroard, son médecin dont la mine docte somnolait au-dessus du sévère habit noir. Artus reconnut le capitaine des gardes, M. du Hallier, et des visages familiers à la cour : le cardinal de La Valette et sa laideur sympathique, le séduisant comte de Chalais, grand maître de la garde-robe et quelques autres qui restaient là debout, silencieux, réprimant de petits bâillements sournois, figés par l'ennui. Le duc de Chevreuse,

1. Protestants.

grand fauconnier de France, qui conservait malgré l'approche de la cinquantaine sa belle prestance, en tant que seigneur présent de plus haut rang, venait d'offrir au roi la serviette empesée. Quand Louis XIII aperçut Barradas, il ne put réprimer un mouvement de joie et son visage austère, au teint cireux sous les épais cheveux noirs, s'anima un peu.

— Ah ! vous voilà, monsieur le Premier [1], s'écria-t-il, avec le léger bégaiement dont il était affecté, vous n'êtes guère matinal, ce me semble.

Barradas s'inclina, le feutre à la main.

Mais il n'eut pas le temps de trouver une excuse car Louis avait aperçu Artus :

— Ivreville ! Déjà de retour ! Et tout crotté à ce que je vois. Bon cela, bon…

Artus fit un pas et salua respectueusement, prêt à répondre aux questions du souverain. Mais à la déception générale, Louis ne s'occupa plus que de son assiette. Il y eut de légers murmures. Chacun sortait de sa torpeur, la curiosité éveillée : « Mais oui, c'est Ivreville. Revient-il de l'Ouest ? Que s'est-il passé ? Le roi ne semble guère pressé de le savoir… » Les chuchotements s'amplifiaient, glissaient de l'un à l'autre, rapides, indiscrets, insinuants. Comme par magie ils ne tardèrent pas à gagner la Grand-Salle, et les appartements de la reine où celle-ci, absorbée dans sa toilette, disparaissait sous un nuage de poudre et de soie.

Cependant, le déjeuner royal se poursuivait. Louis XIII, en véritable Bourbon, était un gros mangeur, et les parties de chasse épuisantes, les longues chevauchées qu'il affectionnait ne faisaient qu'aiguiser davantage son appétit féroce. Artus, quant à lui, suivait avec l'intérêt que donne un estomac creux, l'impressionnant défilé des potages et hachis qui se succédaient sur la table. Le roi avait d'ailleurs confectionné lui-même l'omelette onctueuse aux laitances de carpes dont il semblait se régaler car il ne dédaignait pas, en homme aux goûts simples, de mettre

1. Titre donné au Premier Écuyer de la Petite Écurie.

parfois la main à la pâte ou de mijoter des confitures. Enfin, après une dernière gorgée de vin clairet, Louis se leva.

— Suivez-moi, messieurs, fit-il à l'adresse d'Ivreville et du chevalier.

Tous trois prirent alors un petit couloir tendu de cuir repoussé, qui de l'antichambre conduisait à la chambre de parade.

Monté sur une estrade qu'entourait une petite balustrade, le lit, imposant et solitaire, occupait une bonne partie de la pièce avec ses piliers à torsades et ses rideaux de satin brodés assortis au ton bleu de ciel des fauteuils. Malgré la richesse des tentures ourlées de soie, les torchères en bois doré, le plafond peint à caissons, les bûches crépitantes dans la cheminée, la chambre manquait d'intimité et de chaleur. Par les fenêtres blasonnées aux trois lys d'or pénétrait une faible clarté automnale qui achevait de conférer à l'atmosphère mélancolique de la pièce une note tout à fait en harmonie avec l'austérité de son royal occupant âgé seulement de vingt-quatre ans.

L'indifférence de Louis n'avait été que feinte. Il prit les lettres que lui envoyait Montmorency et interrogea vivement Artus :

— Maintenant que nous voici loin des indiscrets, contez-moi tout, Ivreville.

Le récit du chevalier le combla d'aise et à la fois d'un certain regret de ne pas avoir été de la partie.

— Ah, je vous envie, s'exclama-t-il. Une échauffourée victorieuse ; un galop sur nos grandes routes ; les bottes poussiéreuses, le cheval à demi mort : vous êtes un homme heureux !

— Sire, je me tue à vous répéter qu'on étouffe au Louvre, s'empressa de se plaindre Barradas. Ce n'est pas un palais mais une prison. Vous auriez dû me laisser accompagner Ivreville.

— Monsieur le Premier, votre service exige que vous restiez près de moi, trancha Louis d'un ton doux mais sans réplique.

Puis il fixa longuement Artus, regarda à nouveau Barradas qui jouait distraitement avec les glands d'or d'un coussin. Quels sentiments agitaient cette âme soupçonneuse ? Quels tourments jaloux, quelles souffrances secrètes ? Artus se sentait toujours un peu mal à l'aise lorsque le roi et son Premier Écuyer se querellaient devant lui.

— Bah, laissons donc à Ivreville l'action et le grand air, reprit diplomatiquement Barradas souhaitant chasser les interrogations sournoises qu'il devinait effleurer l'esprit de son maître.

Ce dernier s'anima alors :

— Oui, à chacun son rôle. Nous allons occuper comme il convient notre coureur d'aventures. Monsieur, je vous envoie en Angleterre, déclara-t-il en souriant à Artus. Vous y porterez quelques missives à ma sœur Henriette-Marie [1] et à notre ambassadeur. Vous aurez également à y remplir deux ou trois petites missions que je vous expliquerai plus précisément. Ensuite, vous reviendrez me conter ce que ces damnés Anglais complotent contre nous.

Artus savait que Louis XIII ne les prisait guère depuis que le beau duc de Buckingham, l'année précédente, lors d'un séjour en France, avait sans vergogne courtisé Anne d'Autriche. L'attitude étourdie de son épouse qui n'était pas restée tout à fait insensible aux propos du séducteur avait cruellement blessé l'âme jalouse du souverain.

— Ainsi, êtes-vous prêt à repartir, monsieur d'Ivreville ?

— Quand il plaira à Votre Majesté, acquiesça Artus simplement.

La vie était un tourbillon qui ne laissait place aux regrets. Pour faire briller à nouveau le nom d'Ivreville, Artus offrait sans compter l'ardeur et les dons de sa jeunesse.

— Eh bien, soit, je vous remettrai après-demain les dépêches. En attendant…

Louis se dirigea vers un petit coffre placé au chevet de son lit et en retira une bourse aux maillons serrés qu'il tendit au jeune homme.

— Maintenant, allez, monsieur !

---

1. Sœur de Louis XIII, elle épouse, en 1625, le roi d'Angleterre Charles Ier.

Artus s'inclina devant le roi, salua Barradas et se retira sans attendre.

Le soir même, il rejoignit tout un groupe de joyeux compagnons au cabaret de la Boissellière qui n'avait pas son pareil dans Paris, fit bombance jusqu'à une heure avancée. Puis, deux jours plus tard, après une nouvelle et rapide entrevue au Louvre où Louis XIII lui remit ses dépêches, le jeune homme prit la route de Londres, son fidèle Lubin à ses côtés.

*

Une pluie battante frappait de plein fouet les fenêtres du manoir. Dehors, les bourrasques étaient si violentes que le vent s'engouffrait partout en sifflant, dans la cheminée, sous les portes, soulevant même, par instants, le bas des rideaux, courbant jusqu'aux flammes des chandelles allumées plus tôt que d'habitude, en raison de la pénombre de plus en plus envahissante.

— Fichu temps ! grommela Alix en disposant son jeu en éventail. Floriane, à toi de jouer !

Visiblement Floriane était ailleurs. Insensible à la tempête, indifférente aux cartes, son esprit, malgré elle, vagabondait au bord de la rivière, en quête du souvenir d'un cavalier au panache rouge…

— Ah, non ! C'en est trop ! fulmina Alix. Tu n'es pas au jeu ! Fais attention ou j'abandonne.

Au même instant, on frappa à la porte. C'était Nicole.

— Madame, annonça la servante, il y a sur la route une voiture sérieusement endommagée. Les voyageurs ont envoyé au château un serviteur afin de demander aide et hospitalité.

— Eh bien, s'écria Alix, qu'attends-tu ?

— J'ai envoyé Jacquemain avec la carriole.

— C'est bon ! Nous recevrons tout ce monde. Toi, tu veilleras à héberger les domestiques. Nicole, dis à Perrette que nous allons avoir des invités ce soir. Qu'elle cuisine en conséquence ! Au fait, ces voyageurs sont-ils nombreux et qui sont-ils ?

— J'ai cru comprendre qu'il s'agissait d'une personne de qualité, Mme de Chevreuse, je crois.

— Seigneur Dieu ! s'exclama Alix.

En entendant ce nom, Floriane s'était levée, elle aussi, brusquement en proie à l'émoi le plus vif. Se pouvait-il que la duchesse de Chevreuse vînt ici s'abriter sous leur toit ? Elle dont la vie tumultueuse était aussi célèbre que la beauté, l'une des plus grandes dames de la cour et l'amie de la reine ? Floriane suivit Alix qui déjà ouvrait grand la porte d'entrée en dépit de l'intempérie. Bientôt la charrette apparut en cahotant et, derrière Jacquemain qui la conduisait, les cousines aperçurent plusieurs silhouettes, le dos arrondi sous l'averse. Jacquemain arrêta le mulet au bas de l'escalier et aida une dame à en descendre. Celle-ci, riant sous la pluie, grimpa les marches et entra en courant dans la maison.

— Ouf ! fit-elle en dénouant les rubans de sa capuche dégoulinante, nous sommes mieux ici.

Des boucles châtain clair apparurent ; une odeur fraîche d'étoffe mouillée, mêlée aux effluves d'un parfum de tubéreuse, envahit le vestibule. Alix, raide et cérémonieuse, s'avança pour accueillir la voyageuse.

— Mme de Montrouge, pour vous servir, dit-elle en s'inclinant, et voici Floriane de Saint-Évy, ma cousine. – La jeune fille fit une révérence. – Madame, nous sommes infiniment heureuses, honorées de vous recevoir. Nous espérons simplement votre indulgence pour l'hospitalité improvisée que nous vous demandons d'accepter pour vous-même et votre suite.

La duchesse eut un sourire charmant :

— Madame, c'est une grande chance pour nous d'avoir eu cet accident si près de chez vous. Avec ce déluge, la route n'est plus qu'ornières affreuses ! À ce que l'on m'a dit, le mouton [1] de

1. Pièce de bois servant à la suspension des carrosses.

mon carrosse s'est rompu, et la voiture transportant mes bagages a filé devant nous !

— Cette demeure est la vôtre, déclara Alix. Venez, je vous en prie, et que vos gens se sèchent et se restaurent aux cuisines.

Après un séjour dans ses terres de Couzières, près de Tours, et un crochet par Angers, Mme de Chevreuse regagnait Paris : l'incident de parcours dont elle venait d'être victime ne semblait nullement l'avoir affectée. Elle était de ces natures heureuses qui s'accommodent de tout, même des situations les plus difficiles, ne perdant ni leur bonne humeur ni leur joie de vivre.

Sa présence, en tout cas, chassa comme par enchantement l'atmosphère pesante et la grisaille de la maison. Elle jeta son manteau sur un dossier de chaise, dispersa, çà et là, sac, gants, éventail, égrena son joli rire, désordonnée, curieuse de tout, charmant tout le monde.

Plaire était à Marie de Rohan, fille du duc de Montbazon, aussi naturel que respirer. Toute jeune, lors de son premier mariage avec le duc de Luynes alors bien-aimé favori du roi, elle n'avait eu qu'à paraître à la cour pour faire tourner les têtes. Belle, elle l'était, avec une allure élégante, deux yeux d'aigue-marine, un petit nez aux narines palpitantes, une bouche rouge et sensuelle. Un esprit fantaisiste, brillant et primesautier, qui lui avait valu le surnom de Chevrette, soutenait sa parfaite beauté à laquelle seul, le chaste Louis XIII demeurait insensible – du moins en apparence. En fait, il craignait comme la peste l'extravagante duchesse et ses moqueries et ne pouvait voir que d'un œil réprobateur l'amitié qui la liait à son épouse Anne d'Autriche. À dire vrai, son mécontentement avait souvent des raisons d'être : la conduite et les conseils de Mme de Chevreuse n'étaient pas précisément un exemple pour une reine de France. Aussi, le mécontentement du roi s'était-il transformé en colère lorsque, au cours d'une folle galopade dans la grande salle du Louvre, la reine, entraînée par la duchesse et Mlle de Verneuil, avait un jour fait une chute grave provoquant une fausse couche immédiate. Chassée de la cour, la belle imprudente était cependant revenue un mois plus tard au bras de son nouvel époux, le duc de Chevreuse, reprendre triomphalement sa place auprès de sa chère souveraine.

Admirative, intimidée, Floriane à son tour succombait au charme de la jeune femme. Elle aurait eu mille questions à lui poser mais sa fascination était si grande qu'elle en perdait complètement la parole.

Alix de Montrouge, en revanche, jouait avec entrain son rôle d'hôtesse et plaisanta tout au long du repas servi à son illustre invitée.

— Une omelette aux cèpes ! s'exclama avec ravissement cette dernière en voyant arriver un plat. J'en raffole !

— Je suis heureuse que notre table vous plaise, duchesse, minauda Alix. Hélas, je n'aurai tout à l'heure qu'un bien médiocre lit à vous proposer. Le mien, en l'occurrence, car tout ici est vétusté, et très inconfortable.

— Ne vous mettez pas en peine pour moi, je vous assure. Je m'en voudrais de vous importuner. En voyage, je change souvent de lit et m'en soucie fort peu. Gardez donc le vôtre ce soir, n'importe lequel fera pour moi l'affaire.

— Duchesse, je m'y refuse ! protesta Alix.

Mais la jeune femme n'en voulut pas démordre.

Elle demanda à visiter la demeure sans attendre. On se leva de table, on gravit l'escalier en badinant, on trouva une chambre et un lit conformes à ses désirs. La duchesse demanda simplement qu'on veuille bien préparer une flambée pour assainir l'air et tiédir ses draps. Puis elle prit congé pour la nuit, visiblement très amusée par l'aventure.

Floriane, une fois couchée, se remémora longuement les événements de la soirée. Comme la vie allait paraître terne après le départ de l'étourdissante duchesse ! À moins, à moins qu'elle accepte… Une idée se mit à germer dans l'esprit de la jeune fille. Oui ! Pourquoi pas ? Il fallait essayer, elle devait oser…

Sitôt prête, le lendemain matin, elle se rendit cœur battant auprès de Mme de Chevreuse qu'elle trouva assise sur un lit, occupée à brosser ses longs cheveux, l'air passablement endormie. Les horaires de la vie à la campagne ne devaient guère correspondre à ceux auxquels elle était accoutumée. Nicole avait déjà apporté sur une petite table une cuvette emplie d'eau, quelques objets de toilette et un bol de lait à demi plein.

— Qu'est-ce ? fit la duchesse en bâillant lorsque Floriane frappa à sa porte. Ah ! C'est vous..., ajouta-t-elle d'un ton indifférent tout en continuant à se coiffer.

Décontenancée par la froideur de l'accueil, la jeune fille se raidit. Ainsi donc, avant même qu'elle n'ait pu s'expliquer, on lui faisait sentir qu'elle était indiscrète. Elle faillit faire demi-tour mais parvint à se contenir.

— Avez-vous bien dormi, madame ?

— Pas assez, répondit la duchesse en bâillant. Il y a eu du bruit.

— Nos fantômes, sans doute, répliqua Floriane avec une pointe d'ironie. Je leur dirai, la prochaine fois, d'être plus discrets.

Interloquée, la duchesse resta un moment immobile, sa brosse à la main, et examina Floriane. Bien que regrettant déjà son impertinence, la jeune fille ne cilla pas. Marie de Chevreuse sourit, d'un sourire malicieux et charmant qui creusa une fossette sur sa joue gauche.

— Tiens, tiens ! dit-elle, vous aurais-je mal jugée ? La petite oie muette d'hier au soir me semble avoir le caquet bien emmanché. Votre insolence me plaît, fillette.

Elle tapota le lit auprès d'elle.

— Tenez, venez vous asseoir près de moi et dites-moi deux choses. D'abord, pourquoi vous n'avez pas ouvert la bouche de la soirée et, ensuite, pourquoi vous me rendez visite de si bon matin. Je gage que vous avez d'autre raison en tête que de savoir si j'ai, oui ou non, fermé l'œil.

Rassérénée et rose de plaisir, Floriane s'installa auprès de la jeune femme.

— C'est que, madame, pour répondre à votre première question, vous m'intimidiez fortement.

— Moi ? s'écria Marie de Rohan, la main sur le cœur. Allons donc ! Ai-je l'air d'un croque-mitaine ?

Elle semblait s'amuser prodigieusement.

— Oh ! non, plutôt d'une fée !

— Vous le pouvez, madame, et voici ma seconde réponse : je suis venue vous supplier de m'emmener à Paris.

— Vous emmener ? dit la duchesse surprise. Bien sûr. Mais cependant… J'ai cru comprendre que vous résidiez ici…

« Cette petite, pensa-t-elle, semble adorable et pleine d'esprit, mais de là à en prendre la responsabilité… »

— Et d'abord chez qui souhaitez-vous vous rendre à Paris ?

— Chez mon frère ! répondit Floriane à la question posée, au soulagement de la duchesse imaginant déjà quelque intrigue épineuse ou galante.

— Dans ce cas, mon enfant, je ne vois pas d'inconvénient à ce que vous m'accompagniez. Vous connaissez Paris ?

— Pas du tout, madame, mais j'en rêve.

— L'innocente ! Pourtant, vous avez raison, c'est une ville merveilleuse. Et seul, votre frère vous y attend ? demanda-t-elle d'un petit air entendu.

Floriane rougit :

— J'y ai aussi une sœur…

La jeune fille hésita mais devant cette femme qui la regardait avec curiosité et bienveillance, prête semblait-il à tout comprendre, elle se décida. Elle confia donc, sans se perdre dans les détails, qu'elle refusait de se marier contre son gré.

Mme de Chevreuse écouta avec beaucoup d'attention ses confidences. Floriane lui plaisait. Elle décida de l'aider. D'autant plus volontiers qu'elle connaissait un peu le comte de Pontvallain pour lequel elle n'éprouvait guère de sympathie.

— C'est dit, petite, promit-elle en tapotant la main de Floriane. Je vous conduirai à votre frère et me charge d'en informer votre cousine. Ne vous inquiétez de rien.

— Oh ! merci, merci, madame ! Vous ne pouvez vous imaginer ma reconnaissance !

Laissant la duchesse terminer sa toilette, Floriane s'en fut d'un pas léger à la recherche de Toinon afin que celle-ci l'aidât à préparer ses bagages. Elles se mirent toutes deux à fourrager dans la garde-robe et commencèrent à remplir, pêle-mêle, les malles et les sacs de peau de vache, neufs et brillants.

En pensant que c'était à la générosité de Melchior qu'elle devait ces parures et cette lingerie fine, Floriane, dans un sursaut d'orgueil, faillit renoncer à les emporter. Mais elle se ravisa vite. Était-elle, en effet, censée le savoir ? Et puis, il n'était ni pensable ni convenable d'arriver à Paris vêtue comme une pauvresse. Aucune femme ne pouvait consentir à un tel sacrifice. Pour étouffer ses derniers scrupules, elle décida seulement de laisser les objets et bijoux que lui avait personnellement offerts Pontvallain. Elle demanderait à sa cousine de les lui remettre en lui annonçant en même temps son départ sous un prétexte qu'elle lui laissait le soin d'imaginer.

À l'idée d'affronter Alix, l'excitation joyeuse qu'elle éprouvait depuis son entrevue avec la duchesse s'estompa quelque peu. Rassemblant tout son courage, elle descendit néanmoins sans attendre chez la vieille dame. Celle-ci ne lui laissa pas le temps de placer un mot.

— Inutile ! Je viens de voir Mme de Chevreuse, siffla-t-elle d'une voix glaciale refusant d'un geste toute explication. Elle m'a fait part de tes intentions. Bravo ! Tu as bien mijoté ton coup.

C'était un revers douloureux pour l'autorité et l'orgueil de Mme de Montrouge. Mais il n'était pas dans ses habitudes de montrer ses blessures. Floriane envolée, qu'allait-il lui rester ? Rien, sinon le tourment de savoir sa petite tête de mule, son enfant chérie courir le monde avec un cœur trop tendre. Plus fort que la piqûre d'amour-propre, le chagrin adoucit un court instant le visage fermé d'Alix. Floriane s'en aperçut. Non, sa cousine n'était pas l'insensible dragon auquel elle s'était plu souvent à la comparer et l'idée de la quitter sur un malentendu lui fit mal.

— Alix, écoutez-moi…, commença-t-elle d'un ton désolé.

Mais déjà Mme de Montrouge s'était reprise :

— Point, ma chère. Tu veux t'en aller ? Tu refuses un parti intéressant, préférant l'aventure ? Parfait. À ta guise ! Je te souhaite même bonne chance et aussi bien du plaisir à ce pauvre Charles. Mais laisse-moi tout de même te dire ceci : tu n'es qu'une écervelée dont je me désintéresse totalement.

— Alix !

Faisant la sourde oreille, l'air plus impérieux que jamais, inflexible, Mme de Montrouge se détourna tel un juge ayant prononcé sa sentence. Navrée, comprenant qu'il était inutile d'insister, Floriane quitta la chambre.

Dans la cour, le carrosse réparé attendait les voyageuses. Quelques serviteurs l'entouraient. Floriane, pressée maintenant de partir au plus vite, monta en voiture pendant que la duchesse prenait congé d'Alix qui n'avait pas daigné jeter un dernier regard à sa pupille. Même souhaitée, une séparation griffait toujours un peu le cœur et Floriane avait de la peine. Au dernier moment, Toinon demanda à suivre sa jeune maîtresse à Paris. Personne ne s'y opposa et la petite servante s'installa sans demander son reste au bout de la banquette, son balluchon sur les genoux. La duchesse les rejoignit. On abrégea les adieux. Elles partirent enfin.

Sur l'or humide des feuilles mortes qui jonchaient l'allée, les chevaux prirent un trot allègre. Au sortir du bois, le ciel apparut pommelé de nuages épais. Mais on devinait, derrière eux, un soleil tout proche ne demandant qu'à poindre. Floriane voulut y voir un heureux présage. Le visage à la portière, les larmes aux yeux, elle regarda un instant le château s'éloigner, puis disparaître. Respirant alors à pleines bouffées la brise légère du matin, messagère des plus enivrantes promesses, elle sourit, toute son ardeur de vivre revenue.

II

Les jeux de Paris

(Automne-hiver 1625-1626)

LES DEUX CARROSSES s'immobilisèrent en haut d'une côte et les cochers laissèrent souffler les chevaux. Mme de Chevreuse resserra son manteau autour d'elle et se recala plus commodément contre la banquette capitonnée.

— Descendez un moment vous dégourdir les jambes, proposa-t-elle à Floriane. Vous pourrez apercevoir Paris, au loin.

Il y avait maintenant deux jours qu'elles avaient quitté Saint-Évy. Au Mans, la duchesse avait retrouvé ses gens qui l'attendaient avec la seconde voiture, n'osant quitter l'auberge où ils s'étaient arrêtés, très inquiets quant au sort de leur maîtresse. Bien que le mauvais état des routes en eût ralenti l'allure, le voyage s'était passé fort agréablement pour tout le monde et Floriane était enchantée par le luxe de l'équipage et l'aimable gaieté de Marie de Chevreuse. Après avoir traversé la plaine de la Beauce où tournaient aux vents d'automne les grands moulins de bois, elles arrivaient donc en vue de Paris.

Un air vif fouetta les joues de Floriane et s'engouffra dans les plis de son manteau. Toute joyeuse, elle quitta la route et grimpa sur un talus herbeux.

Le souffle coupé, elle découvrit alors le plus serein des paysages où s'effilochait une brume légère, comme pour en souligner la douceur. Aussi loin que pouvaient porter les yeux, s'étendaient le vallonnement des coteaux couverts de vigne aux feuilles rousses, des prairies coupées de rivières, des chemins bordés de bosquets, reliant en fin lacis les chaumines des hameaux ou de coquettes demeures aux pignons cossus, le tout enchâssant comme un joyau une ville plus grandiose encore que ses rêves le lui avaient fait imaginer.

Entouré de ses remparts que ponctuaient tours et bastions et contre lesquels se pressaient par endroits les maisons des faubourgs, Paris offrait de loin un aspect redoutable et majestueux mais en même temps ne manquait ni d'élégance ni de fantaisie avec sa marée de toits d'ardoise ou de tuile brune, hérissés par des centaines de flèches et de clochers.

Jamais il n'avait été donné à Floriane de contempler plus magnifique spectacle. Dans ses yeux qui reflétaient tout le gris des nuages, la surprise le cédait à l'extase. Longtemps, comme dans un rêve, elle regarda la ville étendue à ses pieds et ne fut arrachée à sa contemplation que par la voix de la duchesse la rappelant à la réalité :

— Allons, petite amie ! Il est temps de poursuivre notre route.

En approchant de la ville, l'animation se fit croissante et leurs carrosses se trouvèrent bientôt pris dans un flot de véhicules de toutes sortes, gros coches de province ou équipages de particuliers, ralentis par les chariots des maraîchers qui, vides, repartaient vers leurs campagnes. Les maisons, jusqu'alors espacées par de paisibles jardins, se rapprochaient aussi les unes des autres en alignement serré. Les deux voitures dépassèrent les grands bâtiments des Carmélites du faubourg Saint-Jacques, puis franchirent la porte du même nom où les gardes, reconnaissant les armes de la duchesse peintes sur les portières, s'effacèrent avec respect devant l'équipage.

En y regardant bien, les remparts qui de loin dégageaient une force redoutable et tranquille dans leur austère régularité, semblaient plutôt en fâcheux état avec leurs pierres disjointes fourrées de lichen, et de fréquents éboulis qui glissaient dans les fossés à demi pleins d'une eau vaseuse. Penchée à la portière, Floriane découvrit, non sans surprise, les hautes fortifications affaiblies. Un petit groupe d'hommes, vêtus de guenilles, était justement occupé à remettre en état un pan de muraille sous l'œil acéré du « commissaire des pauvres » venu voir où en étaient les travaux. Il s'agissait de gueux, recrutés dans les rues, employés ainsi à bon compte à la restauration des édifices publics. Non loin d'eux, des gamins, en équilibre au bord du fossé s'amusaient à chasser à l'aide de frondes les corneilles qui nichaient entre deux créneaux.

Non sans mal, les voitures s'engagèrent dans le tortueux dédale des rues étroites, déjà obscurcies par la hauteur des maisons de bois et que le jour d'automne, déclinant, achevait de voiler d'ombres. Quelques lumières commençaient à apparaître tandis que les derniers acheteurs se pressaient dans les échoppes encore ouvertes. Un vent brusque fit grincer les innombrables enseignes de fer et ce bruit aigu résonna comme une plainte. Mais lorsqu'ils eurent quitté les rues tumultueuses et gagné les quais de la Seine, Floriane reçut comme un choc la vision du fleuve et de ses hôtes : ici un bateau se déchargeait de sa cargaison de gros fûts venus de Bourgogne, là-bas des chevaux entraient dans l'eau jusqu'au poitrail, attelés à des charrettes chargées de tonneaux que des hommes emplissaient. Plus loin, de lourdes barges remontaient lentement le courant tandis que les petites barques des passeurs faisaient la navette entre les deux rives. Mme de Chevreuse lui nomma le Louvre qui se profilait sur la berge opposée et aussi le Pont-Neuf bruissant de rires et de cris qu'ils empruntèrent pour traverser la Seine.

Le vent faisait palpiter les auvents de toile des petits marchands de pacotille installés dans les niches arrondies du pont et chaque bateleur rassemblait autour de lui un groupe de spectateurs : là, un singe vêtu de vert dansait en s'accompagnant d'un tambourin ; ici, trois horribles naines prenaient des poses grotesques avec force gestes obscènes, à la grande joie du public. Enfin, sur un échafaud, dressé à l'angle de la place Dauphine, tout drapé de toiles jaunes et vertes, un homme à la mine majestueuse haranguait :

— Oui, gentes dames, nobles seigneurs ! Moi, Mondor, je me fais fort de vous guérir sur l'heure. Il ne vous en coûtera que huit sols. Huit sols pour un petit flacon miraculeux.

Près de lui, sur une table, s'alignaient des bouteilles emplies d'un liquide sombre qu'agitait un valet à l'air chafouin, reprenant derrière son maître, d'une voix nasillarde :

— Tout ! Ce remède guérit tout : un nez qui goutte, les douleurs de tête. Un cul bouché comme un cul trop lâche. Les maux de Vénus, un membre trop mou et les pucelages usés !

Il mimait les maladies énumérées devant des visages hilares, désignant chaque fois une personne différente prise au hasard dans l'assistance.

Habiles Mondor et Tabarin ! Rois du Pont-Neuf, ils y avaient amassé une fortune. Parmi les vendeurs d'orviétan, ils partageaient la vedette avec Desiderio Descombes à la mine patibulaire, qui, tout de noir vêtu, officiait en brandissant des reptiles et en vantant ses drogues dans un charabia abscons, digne d'un médecin.

Comment résister à l'entrain du Pont-Neuf, à la joie de vivre qui fusait de partout, à son tumulte, à ses couleurs, à ses farces ?

— Si vous avez l'humeur mélancolique, il se peut que votre médecin vous conseille un tour par ici, expliqua la duchesse qui s'amusait fort de la stupeur émerveillée de Floriane. À condition, bien sûr, de mettre au préalable sa montre et sa bourse à l'abri des tire-laine, la fréquentation du Pont-Neuf fait oublier tout souci.

Pour l'heure en tout cas, l'humeur de Floriane était proche de la jubilation. Dans la grisaille humide qui estompait la ville, ses yeux brillaient, ses joues avaient la fraîcheur d'un pétale de rose. La gaieté de sa compagne, la découverte de Paris, le plaisir qu'elle éprouvait à l'idée de revoir son frère, tout contribuait à son euphorie juvénile, exprimée avec un naturel charmant, presque enfantin.

La voiture, chargée des hardes [1] et des domestiques de la duchesse, prit alors la direction de l'Hôtel de Chevreuse, les laissant toutes deux poursuivre leur chemin en direction de la rue Coquillière.

Grâce à la générosité du duc d'Anjou qui appréciait son zèle, le jeune comte de Saint-Évy y louait depuis peu une maison cossue, à deux étages, dans laquelle il avait rassemblé ce qu'il restait de meubles et de tapisseries de famille. Par le portail ouvert sur une étroite cour pavée, Floriane aperçut des lumières aux fenêtres attestant que son frère devait être chez lui. En effet, le bruit que firent voiture et chevaux, les appels des gens de la duchesse attirèrent d'abord les domestiques puis un jeune homme qui s'avança, tête nue, visiblement intrigué par l'intrusion chez lui de l'équipage. Mais d'un coup d'œil, lui aussi avait reconnu le blason des Chevreuse.

— Madame, que me vaut l'honneur…

Il n'eut pas le temps d'achever. Une silhouette féminine, élégamment vêtue, avait sauté sans plus attendre du carrosse et se précipitait avec transports dans ses bras.

— Charles ! Charles ! C'est moi !

Après quelques secondes de stupéfaction, Charles, éberlué, reconnut sa sœur qui l'embrassait avec fougue.

Restée dans le carrosse, la duchesse assistait à la scène en riant :

— Eh bien, mon cher comte, êtes-vous content ? C'est une surprise, n'est-ce pas ?

— Madame… je ne sais… je ne comprends guère…, bredouilla Charles cherchant comiquement à se soustraire aux effusions de Floriane.

1. Effets personnels au XVIIe siècle.

— Grâce à votre sœur, j'ai fait un voyage charmant, continua la duchesse avec son sourire d'enjôleuse.

Abandonnant son frère, Floriane, à ces mots, vint vers elle et lui prit la main :

— Ah, madame, comment pourrais-je, un jour, vous remercier pour toutes vos bontés ?

— En venant me rendre visite, petite amie. N'est-ce pas, comte ? Envoyez-moi bien vite cette enfant.

— Mais, madame, bien sûr..., répondit Charles qui s'était quelque peu ressaisi mais ne comprenait toujours rien à cette arrivée inopinée. Croyez que nous sommes infiniment sensibles à l'intérêt flatteur que vous semblez porter à notre maison.

Toinon, pendant ce temps, descendait de voiture et prenait en charge les bagages de sa maîtresse qu'un valet avait déposés devant la porte.

— À bientôt donc ! fit Mme de Chevreuse.

— À très bientôt, madame, je vous le promets.

Le frère et la sœur regardèrent le carrosse quitter non sans mal la cour exiguë. Enfin, lorsqu'il eut disparu, Charles considéra Floriane comme s'il doutait encore de sa présence, puis avec un soupir résigné, l'invita à entrer.

La précédant dans un petit vestibule, il poussa une porte et la fit pénétrer dans une pièce longue, assez accueillante malgré le véritable fouillis qui y régnait, papiers, couvre-chefs, épées, bottes, souliers, reliefs de repas traînant pêle-mêle sur la table de noyer, les coffres et les fauteuils.

L'œil critique de Floriane enregistra le désordre :

« Un homme tout seul dans une maison, quelle folie ! » pensa-t-elle. Mais elle n'eut pas le temps d'exprimer son affectueux reproche.

Bras croisés, la toisant l'œil furibond, son frère l'apostropha sans ménagement :

— Maintenant, tu vas m'expliquer ce que tu viens faire ici !

Floriane le regarda. Elle le trouvait changé. Leur dernière rencontre remontait à près d'un an, lorsqu'il était venu chercher

Anthonie à Fontevrault, juste avant que leur sœur ne rompît ses fiançailles. Son service auprès de Monsieur avait mûri le jeune homme. Il était aujourd'hui plus élégant que dans son souvenir, sa taille mince prise dans un pourpoint de velours puce, au collet de dentelle blanche. Il semblait plus viril aussi, avec ses grandes bottes à entonnoir, sa large rapière au côté, ses nouvelles et conquérantes moustaches. Et puis ce maintien sévère, ce visage allongé le faisaient paraître, à vingt ans, plus âgé qu'il n'était vraiment.

Toute prête à se jeter de nouveau à son cou, Floriane réprima ses ardeurs. Soudain elle se sentait intimidée, refroidie dans ses élans. Leurs retrouvailles, cette fois, ne se teintaient pas de l'affectueuse complicité de jadis lorsque, enfants, ils jouaient à Saint-Évy. De combien de patience, de gentillesse Charles faisait-il preuve alors, face aux taquineries et facéties de ses sœurs, avec un faible pour elle, Floriane, pourtant des deux la plus tyrannique !

— N'es-tu donc pas heureux de me revoir ? lança-t-elle d'une voix désolée.

La déception chiffonnait son joli visage. L'élégante et joyeuse jeune personne de tout à l'heure redevenait, en un instant, la petite fille d'autrefois prête à pleurer, la petite fille dont Charles se rappelait avec beaucoup de tendresse et d'émotion.

« Mon Dieu ! Qu'elle est ravissante ! » pensa-t-il brusquement adouci.

Son regard noisette, son visage maigre s'éclairèrent d'un sourire que Floriane reconnut. Elle se blottit dans les bras qu'il lui tendait enfin.

— Floriane, sœurette ! Mais oui, je suis heureux ! s'écria-t-il, la serrant contre lui. Ah, ma diablotine, j'étais si loin de penser à toi !

— Je l'ai bien vu, et c'est très mal, répondit Floriane avec reproche.

— Eh bien, raconte-moi tout, dit-il libérant avec impatience deux sièges encombrés d'objets. Enlève ton manteau, là ! Et dis-moi tout. Qu'as-tu fait d'Alix ? Et de Pontvallain ? Je te croyais sur le point de l'épouser.

— Non, Charles, dit gravement Floriane en s'asseyant. Il n'en est plus question.

— Mais comment ? Aux dires de notre cousine, tu acceptais ce mariage de bon gré.

Brièvement Floriane raconta à son frère que l'attitude de Pontvallain à son égard n'avait pas été celle d'un gentilhomme, et qu'elle préférait désormais le couvent à la perspective de s'unir à lui.

Charles regarda sa sœur avec inquiétude :

— J'espère, au moins, qu'il ne t'a pas brutalisée ? Dans ce cas, je saurais lui en demander raison !

Floriane n'en exigeait pas tant.

— Non, rassure-toi. Rien d'irrémédiable ne s'est produit. Je préfère cependant oublier à jamais cette aventure fâcheuse. N'en parlons plus, veux-tu ?

Comprenant qu'il n'en saurait pas davantage, Charles acquiesça.

— Comme tu voudras.

— Tu comprends qu'il ne m'est maintenant plus possible de demeurer à Saint-Évy. Le passage inopiné de la duchesse au château m'est apparu providentiel pour m'en aller.

— Bien sûr…

— Alors, tu veux bien de moi, n'est-ce pas ?

— Mais oui, tu es la bienvenue…

En fait, Charles ne savait pas trop s'il devait se réjouir de l'initiative de Floriane. Pris par sa charge, ses habitudes de célibataire, qu'allait-il faire d'une jouvencelle aussi décidée que semblait l'être sa sœur ?

— Ça n'a pas l'air de te faire tellement plaisir, murmura-t-elle avec tristesse.

Comprenant que son manque d'enthousiasme la peinait, Charles, de nouveau, se sentit envahi de tendresse, du désir de la protéger du monde et des hommes, de sentiments confus dont il avait à peine conscience. Il lui prit la main :

— Mais si, Floriane, ma sœurette, je suis heureux, très heureux que tu sois là.

Avec entrain, Floriane s'installa rue Coquillière. Les premiers jours passèrent sans qu'elle s'en aperçût tant lui plaisait son rôle tout neuf de maîtresse de maison. Comme elle se l'était promis, elle mit rapidement de l'ordre et procéda à quelques aménagements dans le logis de son frère.

Laissant deux pièces à Charles, elle se réserva au premier étage une chambre et un cabinet dans lequel s'installa Toinon qui n'avait aucune envie de partager avec les autres domestiques les étroits et obscurs galetas du second.

Floriane ne pouvait pénétrer dans sa chambre, tendue de damas bleu, sans marquer un léger temps d'arrêt, n'arrivant pas encore à croire que tout dans cette pièce était à elle, réalisant chaque jour davantage la chance qu'elle avait eue de pouvoir orienter son destin à sa guise. Cette satisfaction lui faisait supporter les petits inconvénients de Paris. Surtout le manque d'air et de lumière.

Encastrée parmi d'autres, dont les pans irréguliers s'enchevêtraient, ne formant entre eux que d'étroits boyaux, la maison restait toujours dans l'ombre. Il fallait se pencher à la fenêtre pour apercevoir, entre deux murs, une petite parcelle des jardins de l'Hôtel de Soissons. Floriane évoquait alors avec nostalgie Saint-Évy où souvent, le matin, venait la taquiner un rayon de soleil qui parvenait à s'infiltrer à travers les rideaux. Sous sa fenêtre, le vaste parterre de fleurs et de buis rejoignait les chênes et leurs odeurs fraîches et amères n'étaient jamais aussi drues qu'à l'aube. C'était l'instant le meilleur pour un galop avec Vesper.

Mais elle se reprochait vite ces regrets, refusant de se laisser aller, déjà, à des pensées nostalgiques. Sotte qu'elle était ! Paris n'était pas la campagne et elle faisait taire Toinon qui ne savait que maugréer :

— Pas d'air ! Pas d'espace ! Pas d'eau !

L'eau, il est vrai, était un élément précieux que chaque matin les domestiques devaient aller quérir à l'une des quelque trente fontaines publiques que possédait la ville. Mais qu'importe ! Il y avait tant à voir dans Paris.

Hélas ! Le peu de liberté que lui laissait Charles rendait l'entreprise difficile. Pour le moment, en effet, il n'autorisait à Floriane, hormis les offices de Saint-Eustache, l'église voisine, que ses visites à Anthonie et à Mme de Chevreuse.

Avec des larmes de joie et de douces effusions, les deux sœurs s'étaient retrouvées dans le couvent de la Visitation de la rue du Petit-Musc. Avec compassion et fermeté, la jeune religieuse avait totalement approuvé Floriane d'avoir refusé l'homme qu'elle n'aimait pas, la mettant toutefois en garde contre une trop grande impulsivité. Elle avait également cherché à la rappeler à plus de patience chrétienne.

— Tu es sous la responsabilité de Charles, lui avait-elle dit. Il est sage et saura te guider, te présenter à la cour, te trouver un bon mari le moment venu.

— Pour ça, je n'ai besoin de personne, avait répliqué Floriane agacée par des sermons qu'elle jugeait excessifs.

Heureusement, il y avait les heures passées chez la duchesse, des heures légères, pétillantes, heures trop courtes pour la jeune fille de plus en plus charmée par sa Chevrette.

Celle-ci habitait rue Saint-Thomas-du-Louvre [1] où s'insinuait la paix odorante de la campagne proche. Bordée sur la droite par un terrain vague qui rejoignait le Louvre et, sur la gauche, par une rangée de maisons entourées de jardins derrière lesquels s'étendaient les parterres du château des Tuileries, la rue se faisait gloire de posséder deux des demeures les plus belles de Paris : l'Hôtel de Rambouillet de briques roses à chaînages de pierres,

1. Emplacement du Carrousel.

et tout à côté, bâti à l'ancienne mode par l'architecte Métezeau, en pierres de taille et aux toits recouverts de tuiles verdies de mousse, l'imposant, l'élégant et serein Hôtel de Chevreuse.

Lorsqu'elle n'était pas auprès de la reine, la duchesse y accueillait Floriane dans un petit cabinet capitonné de cuir doré où flambait un feu vif. Elle l'installait près d'elle, faisait servir des dragées et du vin chaud. Retrouver le parfum suave de Marie de Chevreuse et cette gaieté un peu folle qu'elle savait si bien dispenser autour d'elle était à chaque visite pour Floriane un plaisir teinté d'une émotion sans cesse renouvelée.

Il arrivait que le duc lui-même vînt les rejoindre. C'était un homme d'âge mûr, de belle prestance, qui aimait surtout à parler de ses exploits, petit travers que ses amis lui pardonnaient aisément car il était réellement brave, hardi à la guerre et bretteur redouté. Sans doute était-ce surtout l'homme d'action qui avait séduit son épouse alors qu'elle était encore Mme de Luynes, car rien au demeurant, si ce n'était le goût du faste, ne semblait devoir rapprocher la brillante coquette de cet esprit plutôt médiocre.

Floriane, bien sûr, l'écoutait poliment. Mais venait vite le moment où, malgré son manque de finesse, le duc se sentait importun. Il s'éclipsait alors, laissant les deux jeunes femmes à leur babillage.

Auprès de Mme de Chevreuse, Floriane apprenait tous les potins de la cour et de la ville. Elle s'initiait surtout aux intrigues politiques dans lesquelles la duchesse évoluait comme un oiseau dans l'air, réussissant à communiquer à sa jeune amie, pourtant modérément intéressée, ses engouements et ses aversions. L'enthousiasme de la duchesse qui si souvent aidait Anne d'Autriche à oublier ses ennuis et lui faisait retrouver les rires de son âge – quand, plus dangereux, il ne la jetait pas dans quelque folle aventure –, ce bel enthousiasme qui faisait la joie de la cour, aurait gagné Floriane à n'importe quelle cause.

Or, depuis longtemps, les esprits n'avaient été aussi échauffés qu'en cette fin d'année 1625, un seul être cristallisant sur lui tous les mécontentements, haines et jalousies : le cardinal de Richelieu.

Lorsque, surmontant son aversion et ses rancunes, Louis XIII l'avait appelé au Conseil, il avait donné naissance à une association que la mort seule viendrait défaire. Scrupuleux à l'extrême, ayant une conscience aiguë de sa grandeur royale en même temps que de ses limites et ses faiblesses tout humaines, Louis avait besoin d'un habile politique comme Richelieu qui reconnaissait en son souverain, dépendant de Dieu seul, une essence quasi divine dont il souhaitait faire briller l'image. Pour cela, l'intérêt unique du royaume devait entrer en jeu.

Aux impatiences guerrières de Louis XIII qui aimait l'odeur de la poudre, Richelieu préférait la diplomatie. Aussi, plutôt que de voir s'allumer une nouvelle rébellion, avait-il traité à l'amiable avec les protestants. Ainsi La Rochelle, première place forte huguenote, s'était-elle engagée à ne plus armer de vaisseaux de guerre, à laisser les catholiques en paix et avait-elle accepté que le fort Louis où était installée une importante garnison royale ne fût pas détruit. La ville, en revanche, avait conservé ses remparts et bénéficié de toutes les libéralités de l'Édit de Nantes. Pareille modération soulevait l'indignation de tous les ultramontains [1] de France, indignation décuplée par la politique extérieure du cardinal. Car la guerre civile avec les huguenots n'était pas l'unique menace. En Italie du Nord, les troupes françaises au secours du petit peuple des Grisons avaient pris d'autorité les forts de la Valteline, cette vallée étroite qui constituait le meilleur des passages pour les Espagnols installés en Allemagne mais, pour la France, le risque de se voir trop facilement encerclée. Le pape qui avait tenté de s'y opposer s'était vu proprement repoussé, à la plus grande indignation des dévots de Paris réunis autour de la reine mère. Au conflit intérieur avec les protestants risquait donc de s'ajouter une guerre étrangère avec la très catholique maison d'Autriche. Des pamphlets hostiles au cardinal,

1. Partisans du pape.

distribués à la sauvette par des colporteurs en guenilles, couraient les rues, attisant les passions.

Où allait-on avec pareille politique ? Souffrirait-on encore longtemps les fantaisies de ce « bouffon », de ce petit nobliau de province qui prétendait régenter tout le monde ? La plupart des seigneurs de la cour, s'estimant lésés, supportaient de plus en plus mal le joug du ministre et l'on sentait qu'il suffisait d'un rien pour qu'éclatât l'orage.

Curieusement, c'était Marie de Médicis qui avait poussé inconsciemment les mécontents à s'unir en exhumant un vieux projet du roi Henri relatif au mariage de Monsieur. Pour Gaston d'Anjou, son fils préféré, le choix était fait depuis longtemps et quel choix ! Le plus beau parti du royaume, l'une des plus grosses fortunes d'Europe en la personne de Mlle de Bourbon-Montpensier. Le cardinal, qui, depuis qu'il était au pouvoir, n'avait que trop tendance à oublier sa vieille protectrice, avait donc été heureux d'adopter son idée. Marier le turbulent duc d'Anjou était, à coup sûr, un moyen de l'assagir et de le fixer à la cour. Or, la nouvelle d'éventuelles fiançailles du jeune prince, banale en soi, allait allumer un feu qui n'attendait qu'une étincelle.

La reine Anne d'Autriche l'apprit un matin au sortir de l'office.

— Si vous aviez vu l'état dans lequel se trouvait Sa Majesté ! raconta Mme de Chevreuse à Floriane. Ce mariage ? Mais ce serait sa fin à elle qui compte déjà si peu ! Délaissée par son époux, harcelée par sa belle-mère, tyrannisée par le cardinal qui ne lui a jamais pardonné d'avoir repoussé ses avances, imaginez quelle serait sa situation si Monsieur, héritier du trône, se mettait à avoir des enfants ! Non, non ! Ce mariage ne peut se faire et ne se fera pas, dussé-je employer tous les moyens.

Que la duchesse était donc jolie lorsque, comme en cet instant, ses yeux d'aigue-marine brillaient d'un ardent courroux, lorsqu'elle mettait toute sa fougue dans un dévouement que ses amis n'avaient jamais sollicité en vain !

Floriane avait déjà surpris, dans les propos de Charles, ces projets d'épousailles qui semblaient d'ailleurs fort controversés.

— Qu'en pense le roi ? demanda-t-elle à la duchesse.

— Peuh ! répondit Mme de Chevreuse avec un parfait mépris. Si je vous disais qu'il est allé pleurer de jalousie dans le giron de son confesseur, se plaignant que sa mère, décidément, défendait toujours mieux les intérêts de son jeune frère ; qu'en tout et toujours Gaston avait été favorisé. Ce qui ne l'a d'ailleurs pas empêché de se rallier aux vues du cardinal. Quel malheur pour ma petite reine d'être mariée à ce sot !

Son amitié pour la reine se doublait d'une véritable aversion pour le cardinal qui l'avait, elle aussi, courtisée en vain. Elle ne lui pardonnait pas non plus certains propos qu'il avait tenus l'année précédente alors qu'elle séjournait à Londres. Richelieu avait déclaré que le « Bouquinquant [1] » se faisait gloire de bouquiner une chèvre de France, persiflage que la Chevrette n'oubliait pas et s'était promis de faire payer très cher.

Mme de Chevreuse saisit le bras de Floriane :

— Vous verrez quelle gracieuse souveraine, quelle femme charmante elle est. On ne peut rencontrer Sa Majesté sans l'aimer, sans souhaiter la voir heureuse. Ce bonheur, je saurai le lui procurer.

Il fallait tout d'abord que Monsieur refusât d'épouser Mlle de Montpensier.

— Pour cela, j'ai bon espoir, affirma la duchesse. Je trouverai un moyen d'influencer cette tête folle.

Une tête folle, Gaston d'Anjou ? Charles, qui vénérait son prince, ne l'avait pas présenté ainsi à Floriane.

— Mon frère me tient à l'écart de tout, se plaignit-elle à la duchesse soudain songeuse. Je ne connais même pas un seul de ses amis.

Marie de Chevreuse caressa la jolie tête posée sur ses genoux.

— Sans doute vous met-il ainsi à l'abri de leurs entreprises. L'entourage de Monsieur n'est guère recommandable.

---

1. Nom donné au duc de Buckingham par les Français.

— À ce point ? s'étonna Floriane imaginant mal son frère mêlé à des débauches. Enfin qu'importe ! Je saurais bien, s'il le faut, me garder toute seule.

— J'en suis certaine, petite amie. À bien des égards, je vous trouve même beaucoup plus sensée que votre frère avec ses beaux principes.

Le jeune homme, néanmoins, s'obstinait à traiter sa sœur en enfant. Aussi, un soir, protesta-t-elle vivement auprès de lui, allant jusqu'à éclater en sanglots dans ses bras. Le moyen de rester de marbre devant un tel désespoir ? Charles, de mauvaise grâce, consentit à lui faire rencontrer Monsieur et ses amis : Antoine de Puylaurens, Jacques-Daniel de Bois d'Ennemets, deux anciens pages de Gaston, rivaux dans son amitié et ses faveurs, le comte de Moret, l'un des bâtards d'Henri IV dont il avait hérité le profil spirituel, le gentil Brion-Ventadour, M. Le Coigneux, et d'autres jeunes insouciants, bref ! tout le Conseil de Monsieur, son Conseil de Vauriennerie comme il l'appelait, ce qui voulait tout dire, enfin Monsieur lui-même, dix-huit ans, l'œil bleu, le cheveu noir, la bouche fraîche comme une cerise, le chapeau en bataille.

Parce que le roi, son frère, s'obstinait à le tenir écarté des affaires de l'État, parce que la cour et ses obligations l'ennuyaient, parce qu'il avait toujours été un enfant gâté, Gaston d'Anjou était passé maître en frasques et équipées nocturnes. En cachette de Louis XIII, il s'éclipsait du Louvre et courait la ville. Il n'avait pas son pareil pour jurer, entonner un refrain à boire ou siffler comme un loriot.

Voler le manteau de passants attardés, mettre le feu à l'auvent d'une échoppe, promener en croupe des ribaudes toutes nues, écumer tavernes et lupanars étaient pour lui et ses amis des passe-temps privilégiés.

Ses gentilshommes l'adoraient d'ailleurs et ne manquaient jamais de rappeler à ses détracteurs son cœur généreux, son humeur joyeuse, sa simplicité, son goût pour les arts et les lettres. Quant à ses fredaines, elles n'étaient point méchantes.

Maintenant qu'ils avaient fait la connaissance de Floriane, les compagnons de Charles demandaient à lui rendre visite, à l'emmener en promenade, permissions que le comte de Saint-Évy accordait du bout des lèvres sans lâcher sa sœur d'une semelle. Veillée étroitement par un frère jaloux de sa vertu, la jeune fille n'eut jamais à se plaindre de l'attitude de ses galants qui, bon gré mal gré, furent bien obligés de mettre un frein à leurs ardeurs.

Floriane rencontra également l'une des maîtresses de Monsieur, Olyvette Arnoullet, une rousse pétulante qui avait fui l'autorité d'un père pour mener une vie d'aventures et de plaisir. S'étant engouée de Floriane, elle l'envahissait parfois d'une amitié un peu encombrante.

— Vous ne vous laisserez donc séduire par aucun de nos amis ? demanda un jour Olyvette qui continuait à entretenir avec Monsieur une liaison suivie.

Elles étaient toutes deux rue Coquillière, à demi étendues sur des coussins jetés devant les flammes dont la chaleur donnait à leur visage un doux éclat rosé. Floriane haussa les épaules :

— Il n'y a entre nous que badinage et cela me suffit, croyez-moi.

— Mais enfin pourquoi ? Pourquoi renoncer aux caresses, aux tendres égarements, aux mille folies de l'amour ?

— Qui vous dit que j'y renonce ? s'impatienta Floriane. J'attends, voilà tout.

Olyvette se mit à rire.

— Je vois, mademoiselle attend l'Amant. Le Vrai, l'Unique, le Beau Chevalier qui viendra délivrer la Belle Enfant de son affreuse solitude.

— Eh bien, oui, et je n'en ai pas de honte ! répondit la belle enfant en question. Apprenez qu'il n'est pas de mon fait de me donner au premier venu… comme certaines.

Offusquée, Olyvette se redressa :

— Est-ce pour moi que vous dites cela ? Le premier venu ! Monsieur ! Comme vous y allez !

Luttant un court instant contre un accès de mauvaise humeur, mais trop bonne fille pour en vouloir longtemps à Floriane, elle poursuivit :

— Ainsi, vous n'avez jamais rencontré quelqu'un que… qui vous inspire ?

Le silence de son amie intrigua Olyvette.

— Floriane, répondez-moi.

— Quelle curieuse vous faites ! Eh bien, oui, là ! Oui, j'ai rencontré un homme, un jeune homme qui m'inspire comme vous dites. Êtes-vous contente ?

— Qui est-ce ?

Floriane ferma les yeux. Tout à coup ses pensées s'envolaient. Il lui sembla entendre le murmure de l'Aune courant sur la mousse et l'éclat joyeux d'un rire moqueur. Au plus profond d'elle-même brillait encore le regard du cavalier qui l'avait bouleversée et dont, depuis longtemps, elle ne cherchait plus à chasser le souvenir.

— Je ne sais, finit-elle par répondre. Un inconnu croisé sur le chemin.

Olyvette médita un moment et soupira :

— Et qui ignore sans doute les sentiments que vous lui portez. Comme c'est dommage.

D'une main légère, elle frôla les chevilles de Floriane dont les petites mules découvraient la finesse, caressa les jambes qui se dessinaient sous les plis de la robe, pressa la taille souple.

— Tout ce joli corps ignoré…

Floriane s'engourdissait dans un bien-être doux-amer. La chaleur du foyer, les souvenirs, les questions insidieuses d'Olyvette, ses caresses, tout cela…

— Floriane, ma douce mie, laissez-moi vous aimer…

La voix d'Olyvette ramena brusquement la jeune fille à la réalité.

— Ah, non, finissez ! s'écria-t-elle en l'écartant d'un geste brusque. Vous êtes insupportable ! Sont-ce des façons entre filles ?

La roussette prit un air chagrin.

— Mon Dieu, que vous êtes prude et bornée, ma chère. Le plaisir a-t-il des lois ? Ignorez-le donc tout à votre aise, tant pis pour vous ! Quant à moi, je ne vous importunerai pas longtemps.

D'un geste preste, elle se leva, tapota ses jupes, les yeux plus noirs que jamais et s'en fut sans dire un mot. Plusieurs semaines se passèrent sans que Floriane la revît.

Début janvier, Floriane se rendit à l'Hôtel de Chevreuse présenter à la duchesse ses vœux de nouvel an. La jeune femme l'accueillit avec enthousiasme.

— Vous tombez bien, je pars à l'instant chez un personnage qui peut jouer un rôle d'importance dans les mois prochains. Venez avec moi. En chemin, je vous conterai tout cela. Vous souvenez-vous de ce que je vous ai confié à propos du duc d'Anjou ? demanda la duchesse à Floriane dans le carrosse qui les emmenait toutes deux. Il nous fallait trouver une personne d'autorité et de prestige afin de le persuader de refuser son mariage avec Mlle de Montpensier. Je pense que son gouverneur, M. d'Ornano, saura le convaincre. C'est chez lui que nous nous rendons aujourd'hui. Nous devons le pousser à soutenir le parti de la reine.

Lorsque son valet de chambre vint lui annoncer l'arrivée de la duchesse, M. d'Ornano, déjà entouré de plusieurs dames, avait revêtu une brassière en satin de Florence rose pâle, troqué sa coiffe de nuit pour un coquet bonnet de même couleur – essayant par là d'atténuer un teint fâcheusement brouillé. Bien calé contre une confortable épaisseur d'oreillers, il accueillit du haut de son lit ses nouvelles visiteuses. Car M. d'Ornano, colonel des gardes corses, gouverneur de Monsieur, souffrant d'un « ressentiment de colique », était obligé de garder la chambre.

Le malade était l'enjeu d'une guerre charmante : c'était à celle qui lui présenterait sa potion, lui remonterait sa courtepointe, lui offrirait une coupe emplie de grains de coriandre. Quel homme de quarante-cinq ans aux cheveux gris, au visage profondément marqué, bref ni beau ni jeune, n'eût été flatté d'un tel intérêt ? Surtout lorsque celui-ci émanait de femmes si séduisantes telles la jolie Mme de La Valette, la comtesse de Soissons, la toujours sémillante princesse de Conty, la princesse de Condé, Mme de Chevreuse maintenant et une jeune fille brune, au ravissant minois.

— Cher ami, permettez-moi de vous présenter la sœur du jeune comte de Saint-Évy, dit la duchesse.

— Mademoiselle, commença d'Ornano, je suis profondément charmé…

Mme de Chevreuse l'interrompit avec bonne humeur :

— Je vous préviens, mon cher, qu'elle s'appelle Floriane, tout simplement.

Ces dames se mirent à rire, imitées par leur hôte qui avait trop d'esprit pour ne pas se moquer de lui-même. Tout le monde connaissait sa dévotion particulière pour la Très Sainte Vierge et de ce fait son attirance pour les femmes prénommées Marie.

— Qu'importe le prénom s'il est porté avec grâce !

Parmi le petit bataillon de résolues qu'avait regroupées la duchesse et qui étaient maintenant réunies autour du lit du gouverneur, la princesse de Condé n'était pas de moindre poids. Courtisée par M. d'Ornano, elle ne pouvait que le gagner à la cause d'Anne d'Autriche qui était aussi la sienne, les Condé, en effet, ne pouvant laisser une Montpensier approcher le trône de France de si près.

La comtesse de Soissons, qui briguait pour le compte de son fils la main de la fiancée, joignit ses arguments aux siens.

Tout charmé par ces dames et tout affaibli par son indisposition qu'il était, le gouverneur était toutefois trop habile homme et trop ambitieux pour prendre une décision sans avoir préalablement envisagé son intérêt. Prétextant un regain de coliques, il sauta du lit, enfila vivement une robe de chambre fourrée de chat et courut dans sa garde-robe afin de réfléchir plus à son aise sur sa chaise percée.

Mme de Chevreuse avait prévu cette réaction bien naturelle chez un homme pondéré ; aussi attendit-elle son retour sans impatience, ayant en réserve un argument propre à surmonter tous les obstacles.

— Vous sentez-vous mieux, cher ami ? demanda-t-elle à M. d'Ornano qui réintégrait sa couche à petits pas.

— Un peu, soupira-t-il. Ah ! Maudite soit cette bourriche d'huîtres que j'ai mangée voilà deux jours ! On ne se méfie jamais assez.

— Encore, connaissez-vous la nature de votre mal, reprit avec affabilité Mme de Chevreuse. Voyez le roi ! depuis quelque temps, il a perpétuellement ce genre de malaises sans cause apparente.

— Le roi est bien faible en effet, renchérit Mme de Conty.

— Médecins et astrologues s'accordent à dire qu'il ne fera pas de vieux os, ajouta l'irrévérencieuse Mme de La Valette.

— Ah ! Gaston Ier, beau nom pour un roi de France ! murmura la duchesse.

Le regard qu'elle échangea avec d'Ornano lui fit voir qu'elle avait été comprise. Quant au gouverneur, un vertige l'avait saisi. Louis XIII disparu – et avec une santé aussi chancelante, c'était à prévoir – le duc d'Anjou prenait sa place. Qui mieux alors que lui, Jean-Baptiste d'Ornano, serait à même d'être écouté du prince ? Remplacer un jour le cardinal exécré, quelle enivrante perspective…

— Et quel beau couple il formerait avec la reine Anne, poursuivit la diabolique Chevrette.

— Il est de fait qu'on ne voit pas la différence d'âge entre Monsieur et la reine, renchérit la princesse de Condé. Ils s'harmonisent à merveille.

Tout d'un coup M. d'Ornano avait bien meilleure mine :

— Transmettez mes respects à Sa Majesté, dit-il en prenant congé de ses visiteuses. Qu'elle dispose de moi entièrement. Dès lors, les intérêts de la reine sont les miens et seront aussi ceux de Monsieur, j'en réponds.

— Alors, petite mie, que vous en semble ? demanda Mme de Chevreuse à Floriane sur le chemin du retour.

— Que la reine a beaucoup de chance d'avoir une amie telle que vous.

— Vous lui serez présentée bientôt, je lui ai déjà parlé de vous.

— Une autre chose cependant me chiffonne, reprit Floriane. Si vous me permettez toutefois d'exprimer un avis, sans grande compétence politique.

— Mais bien sûr, dites, mon enfant.

— Monsieur…

— Eh bien, oui, Monsieur… ?

— Toutes ces dernières semaines, j'ai eu l'occasion de l'approcher souvent. C'est un gentilhomme charmant et un cœur d'or. Mais ne le trouvez-vous pas… un peu léger ? Il fait penser parfois à une girouette, humant le vent, suivant ses propres humeurs. Et s'il lui prenait la fantaisie de s'enticher vraiment de Mlle de Montpensier ?

— Je sais, répondit la duchesse. C'est pour cette raison précisément que ses amis doivent user auprès de lui de toute leur influence. Or M. d'Ornano, en particulier, en a beaucoup. J'ai confiance, nous réussirons.

Floriane retrouva carrosse et domestiques qui l'attendaient à l'Hôtel de Chevreuse. Maintenant elle était pressée de rentrer chez elle, avant la nuit.

Elle réfléchissait à ce qu'elle avait entendu au cours de la journée, aux personnages qu'elle avait rencontrés et à leur importance lorsqu'elle s'aperçut que sa voiture s'était immobilisée à l'angle d'une rue et ne semblait plus pouvoir avancer. Écartant les rideaux de cuir, elle se pencha au-dehors :

— Holà, Macloud, qu'arrive-t-il ? cria-t-elle au cocher.

— Un charreton de paille qui s'est renversé barre la route.

Voyant que la maison était à deux pas, elle se demanda si elle n'avait pas intérêt à planter là son équipage et à rentrer à pied. Il faisait un tel froid…

Un cavalier qui débouchait d'une ruelle voisine l'aperçut qui hésitait et s'approcha. Elle remit vivement son masque de chevreau noir, pas assez vite toutefois pour n'être pas reconnue du gentilhomme.

— Floriane de Saint-Évy ! Par quel heureux hasard… ?

Elle essaya de deviner qui lui souriait entre un feutre à large bord et un col de manteau frileusement relevé. Des yeux très clairs, des cheveux noirs… Soudain, elle se souvenait :

— Baron ! Vous ici !…

Avec un plaisir mitigé elle tendit la main à Roger de Daillon, baron de Pontgibault. Le baron, en effet, lui rappelait certaine partie de chasse et des moments pénibles qu'elle avait préféré oublier.

— J'habite tout près, chez mon frère, rue de Bouloy. Mais vous-même ?

— Je loge aussi avec mon frère, à quelques pas d'ici, dit-elle. Il semble que nous voilà immobilisés pour un moment.

— Je vais voir.

Roger de Pontgibault alla examiner l'importance de l'obstacle. Cris et jurons s'entrecroisaient. D'autres véhicules attendaient le passage en sens inverse et leurs conducteurs invectivaient sans ménagement le propriétaire de la charrette renversée.

— Je crains que les choses ne durent, annonça Pontgibault en revenant. Les brancards ont heurté un étalage de légumes. Les paniers de choux et de raves ont roulé partout.

— C'est fâcheux, murmura Floriane. Nous ne pouvons même plus reculer. Eh bien, tant pis ! dit-elle en ouvrant la portière. Je vais tenter de me faufiler à pied.

— Ah, non, j'ai mieux à vous proposer, intervint vivement le cavalier. Je vous en prie, montez en croupe derrière moi, mon cheval saura bien, lui, se frayer un chemin.

Le baron lui tendit les bras. Elle hésita à peine. Comme une plume il l'enleva et l'assit derrière lui.

Elle noua ses bras autour de la taille du baron qui, l'épée d'une main, repoussant paniers et bottes de foin, piqua au passage quelques postérieurs encombrants. Riant comme des fous devant les têtes furibondes, les deux jeunes gens parvinrent sans encombre à un endroit plus calme. Pontgibault arborait fièrement un chapelet d'oignons et de carottes enfilés sur la lame de son épée.

— Pour votre potage de ce soir ! dit-il à Floriane en brandissant ses trophées.

— Mille fois merci pour le cadeau ! répondit-elle gaiement. Je les lègue à votre cheval. Il a vaillamment monté à l'assaut. Voilà, je suis arrivée ! ajouta-t-elle en désignant sa maison du doigt.

Pontgibault l'aida à descendre et la pressa un court instant contre lui.

— Hélas ! soupira-t-il. Vous mériteriez que l'on bravât pour vous des armées entières. Je n'ai eu qu'à piquer des fesses de manants et à me battre contre des légumes.

— Je n'en ai pas moins apprécié votre aide, répondit Floriane lui tendant sa main à baiser. Bonsoir, monsieur.

— Vous reverrai-je ?

— Sans doute, puisque nous sommes voisins.

Poussant le battant du portail, elle ignora le geste de Pontgibault qui tentait de la retenir et s'esquiva dans l'ombre.

*

X — Encore un petit verre ? demanda le baron.

Floriane repoussa l'offre.

— Je n'ai que trop fait honneur à ce clairet, dit-elle. La tête me tourne. Sortons, voulez-vous ?

Sur le seuil du cabaret de la Maison-Rouge où ils venaient de se régaler de tartes au verjus, une bise aigre venue du nord leur fouetta le visage. La petite tonnelle était jonchée de rameaux morts d'une vigne appauvrie par l'hiver mais par-delà les treilles, le regard ravi découvrait, au pied de la colline, les courbes du fleuve entre les rives jaunes et, plus loin, les toits de Paris surmontés d'un lacis de fumées qui s'entrecroisaient dans le crépuscule.

D'un pas rapide, Floriane et Pontgibault dévalèrent le sentier qui de Chaillot descendait vers la Seine. Arrivé le premier au bas de la pente, Roger attendit la jeune fille. Emportée par son élan, elle se jeta contre lui, essoufflée et rieuse.

— Floriane, Floriane, mon petit cœur…, murmura Pontgibault, son visage pressé contre le cou tiède.

Elle ne dit rien, heureuse de sentir contre elle le corps souple et musclé du baron mais ne voulant le laisser deviner, par pudeur ou prudence, savourant secrètement le plaisir croissant qu'elle éprouvait auprès de lui.

— Floriane, que m'avez-vous fait ? murmura Pontgibault. Voilà que je me découvre amoureux et pour la première fois de ma vie incapable d'exprimer les folies de mon cœur.

Elle releva la tête et sourit. Roger, ne pouvant résister à la tentation des lèvres offertes, y pressa les siennes d'un geste brusque et passionné. Mais Floriane s'attendait à plus de douceur. Non sans mauvaise humeur, elle se dégagea des bras du jeune homme et poursuivit son chemin.

Pontgibault la rattrapa :

— Floriane, ma cruelle, ne vous fâchez pas !

— Je ne me fâche nullement, mais je n'apprécie guère ce genre de guet-apens, répondit-elle sans ralentir son allure.

— Désormais je serai sage, je vous le promets. Mais pardieu ! Arrêtez-vous !

Elle fit volte-face et lui lança un coup d'œil sévère :

— Monsieur de Pontgibault, combien de fois m'avez-vous fait pareille promesse ?

Il baissa la tête d'un air tellement penaud, qu'ensemble ils éclatèrent de rire.

— Allons, ne gâchons pas notre promenade, dit-elle en lui tendant la main.

— Oui, vous avez raison, soupira-t-il, Astrée et Céladon devisant au bord du Lignon… Ah ! ajouta-t-il avec un air de martyr, qui eût cru que le fier et fringant Pontgibault se transformerait un jour en amoureux transi ?

— Roger, je vous adore ! s'écria Floriane en riant.

— Voire ! grommela-t-il.

Il était pourtant vrai que Roger lui plaisait, qu'il se superposait, malgré elle, chaque jour davantage à la vision fuyante d'un cavalier au panache rouge. Ce sentiment se précisait, s'intensifiait même à chacune de leurs rencontres. Et puis Floriane aimait de plus en plus la drôlerie, l'élégance de Pontgibault qui contrastait tellement avec le petit groupe de Charles et des amis de Monsieur. Comment d'ailleurs ne pas être séduite par la beauté du gentilhomme qui traînait tous les cœurs après lui ? Lui tenir la dragée haute donnait encore à leurs relations un piquant supplémentaire.

Bref, de fil en aiguille, ils se retrouvaient maintenant presque chaque jour et çà et là on commençait à s'interroger sur l'identité de la belle inconnue qui accompagnait le baron au jeu de paume ou aux offices, tant et si bien que Charles, fatalement mis au fait de ces rencontres, était entré dans une fureur extrême.

— Je t'interdis de sortir seule avec cet homme, lui avait-il dit hors de lui. Connais-tu seulement sa réputation ? Mais, malheureuse, il n'est de mari à Paris qui ne tremble lorsqu'il s'approche d'une épouse ! Culbuter une femme et en rire après, voilà le passe-temps de celui que tu as cru bon de choisir pour ami. Ah, je t'ai donné trop de liberté et cela va changer !

Là-dessus, Charles lui avait promis la prochaine tutelle d'un chaperon mais bien entendu cela n'avait pas empêché Floriane de revoir Pontgibault.

— Il nous faudra revenir ici au printemps, murmura ce dernier en désignant les arbres nus qui se courbaient au-dessus de l'eau.

La neige avait fondu, et le paysage dépouillé de sa féerie s'étiolait en teintes brunes et grises. Mais pour Floriane, la nature était toujours belle quelle que fût la saison.

— Respirez ! fit-elle en humant l'air à pleins poumons. Ces odeurs d'herbes amères, de terre mouillée me rappellent Saint-Évy. Au sortir de Paris, que c'est bon !

— Floriane, me permettez-vous de vous poser une question, une seule, qui me brûle depuis que je vous ai rencontrée ?

— Faites, mon ami, je vous en prie.

— Qu'a été exactement pour vous le comte de Pontvallain ? Longtemps, je vous ai crus fiancés… Pardonnez-moi si je vous importune, continua-t-il voyant le visage de Floriane s'assombrir.

— Mais non, pas le moins du monde. Le comte a seulement pris ses désirs pour des réalités. Voilà tout.

Pontgibault eut le bon goût de ne pas insister.

— Je préfère cela, dit-il en pressant la main de la jeune fille. Je n'aurais pu supporter de vous savoir à lui.

Au bout du chemin, ils aperçurent le carrosse qui les avait amenés. Des lambeaux de brume glacée montaient lentement de la Seine et s'étiraient de barrières en buissons. Au loin, de temps à autre, de grands vols de corbeaux assombrissaient le ciel. Troublés tous deux par le grand silence de la campagne, ils se regardèrent l'un et l'autre, peu pressés de retrouver la ville et de rompre le charme de l'instant présent. D'un même mouvement très doux, leurs visages se rapprochèrent et leurs bouches s'unirent dans un long baiser qui sembla ne jamais vouloir s'interrompre.

S'arrachant non sans mal à cette étreinte, Floriane fut la première à reprendre ses esprits.

— Roger, rentrons, il se fait tard ! dit-elle doucement.

— Ah, ma mie, vous me damnez ! soupira-t-il en la serrant contre lui. Mais soit ! Je saurai vous attendre.

Une chanson aux lèvres, encore sous le charme de son après-midi, Floriane ne remarqua pas la tête des mauvais jours qu'arborait Toinon en lui ouvrant la porte. Ce ne fut qu'en apercevant une forme noire, tassée sur la banquette du vestibule, qu'elle descendit de son radieux nuage.

— Qu'est-ce que cela ? s'écria-t-elle.

— Des ennuis pour vous, à coup sûr, répondit Toinon l'air pincé.

Floriane s'approcha et examina la petite femme replète, entre deux âges, qui dormait les mains croisées benoîtement sur son giron, un léger chuintement gonflant sa bouche ronde. Tout était rond, d'ailleurs, dans ce visage lisse comme une pomme sous un bonnet de taffetas usagé.

— M. Charles a trouvé cette personne pour vous chaperonner, lâcha Toinon d'un air de profond mépris.

— Non !

L'exclamation de Floriane éveilla la bonne femme qui se leva brusquement.

— J'ai dû somnoler un peu, pardonnez-moi, fit-elle en écarquillant les yeux. Grand Dieu, que vous êtes jolie, madame ma mie ! Je me présente : Ermelinde Frumence, tout à vous. Vous n'aurez qu'à vous louer de mes services. Discrète, efficace, aveugle, sourde et muette, telle est ma devise.

Le dernier adjectif devait être pour le moins inexact. Ce fut en tout cas l'avis de Floriane étourdie par ce flot de paroles.

— Aussi menue qu'une souris, aussi fidèle qu'une levrette, aussi…

— Écoutez, dame Ermelinde, l'interrompit Floriane, je ne mets pas en doute vos qualités. Mais il y a certainement une erreur. Je n'ai nul besoin de dame de compagnie.

Le caquet cloué, l'autre la regarda de ses gros yeux ronds comme des billes.

— Mais comment ? M. le comte, au contraire, m'a affirmé…

— Mon frère s'est trompé, voilà tout.

— Nous n'avons en effet que faire d'une espionne, marmotta Toinon.

La bonne figure de dame Ermelinde s'était toute ratatinée.

— C'est bon. Il n'est pas dans ma nature de m'imposer là où ma présence s'avère indésirable, bredouilla-t-elle d'un air déconfit. Adieu donc !

Ramassant le pauvre petit bagage qu'elle avait à ses pieds, elle se dirigea vers la porte. Dehors la nuit était tombée et un vent froid fouettait les murs. Floriane eut pitié d'elle.

— Où allez-vous ?

— Ne vous mettez pas en peine. L'une de mes parentes loge à deux pas et me recevra volontiers.

— Un domestique va vous accompagner.

— Inutile ! Personne ne peut en vouloir à une vieille comme moi.

— À votre guise, dit Floriane.

La main sur la rampe de l'escalier, elle s'apprêtait à monter à sa chambre lorsqu'un bruit de sabots dans la cour l'arrêta. Quelques secondes plus tard, Charles entrait et eut une exclamation de satisfaction en apercevant Ermelinde Frumence.

— Ah, très bien, vous êtes là ! Alors, mesdames, avez-vous fait connaissance ?

Il fronça le sourcil devant l'air furibond de Floriane. D'un œil critique il examina l'élégante toilette de sa sœur, ses joues rosies par le grand air et ses cheveux en désordre.

— D'où viens-tu, toi ?

Floriane n'eut pas le temps de lui répondre.

— Du sermon des Minimes de la place Royale ! s'écria dame Ermelinde. Oh ! l'éloquence de ce prêtre ! ajouta-t-elle les mains jointes en un élan d'extase. Nous en fûmes bouleversées. Mlle Floriane et moi.

Le jeune homme ne parut pas tout à fait convaincu :

— Mais comment… Est-ce bien exact ?

— Puisqu'on te le dit ! rétorqua sa sœur en haussant les épaules.

Était-ce là l'explication de son mécontentement… Serait-elle matée ? se demanda le gentilhomme. De la fermeté, mais oui, une pression énergique, voilà ce qui convenait à cette petite turbulente.

Soulagé, content de lui, Charles grimpa à sa chambre quatre à quatre.

— Bravo, très habile ! glissa à mi-voix Floriane, à dame Ermelinde.

— Il ne faut pas s'en laisser conter par les hommes, madame ma mie. Ce sont des despotes et d'éternels enfants capricieux. Pourquoi suis-je restée fille, hein ? Me laisser tyranniser par un époux toute ma vie ? Non, très peu pour moi ! Croyez-moi, pour une femme, rien ne vaut une liberté digne.

Dame Ermelinde secoua la tête avec véhémence. Floriane se mit à rire.

— Je suis heureuse de vous l'entendre dire. Toinon va vous conduire à votre chambre. Demain nous ferons ensemble une petite mise au point.

Ainsi donc Ermelinde Frumence resta et Floriane dut employer des ruses de guerre pour la semer lorsqu'elle voulait sortir avec Pontgibault. Car si la demoiselle de compagnie avait d'emblée pris le parti de la jeune fille contre son frère, elle n'entendait pas pour autant la laisser à la merci du premier venu.

— Veiller n'est pas surveiller, répétait la vieille fille qui, par principe, se méfiait de tous les hommes.

Cela mis à part, c'était une femme charmante et, tout compte fait, Floriane n'eut qu'à se féliciter de sa présence. Quant à Charles, rassuré pour sa sœur, il la laissa dorénavant en paix.

Était-elle amoureuse ? Cent fois par jour, Floriane se posait la question et chaque fois refusait d'y répondre.

« Je verrai bien », se disait-elle.

Avec une coquetterie féline, elle essayait ses griffes sur le cœur de Pontgibault qui acceptait ses défaites avec autant de plaisir qu'elle prenait à le vaincre. Comblée de présents et d'attentions galantes, elle ronronnait, permettait un baiser pour mieux s'échapper ensuite.

Un jour, Charles surprit un des petits billets que le baron se plaisait à envoyer. Sans soupçonner la véritable étendue de leurs relations – ayant toute confiance en l'efficacité d'Ermelinde –, le jeune homme éclata pourtant d'une franche colère :

— Le gredin ! Il s'obstine ! Je m'en vais, moi, lui faire passer le goût des sonnets avec la pointe de mon épée. Et si je ne le fais pas, d'autres s'en chargeront. M. de Chalais par exemple, que le baron a bel et bien fait cocu.

— M. de Chalais est amoureux de la duchesse de Chevreuse. Que va-t-il se mêler d'être jaloux de sa femme ? dit Floriane d'un ton serein.

— Et son honneur, qu'en fais-tu ? Le voici la risée de la ville. Tiens, je dois justement avoir sur moi une de ces chansonnettes…

Le jeune homme fouilla dans les poches de son pourpoint et en sortit un petit billet chiffonné qu'il jeta sur les genoux de sa sœur :

— Allons, lis donc les hauts faits de ce faquin…

Pontgibault se vante
D'avoir vu la fente
De la comtesse d'Alais,
Et dit qu'elle est plus charmante
Que celle de la Chalais.

D'un geste nerveux, Floriane froissa le papier et le jeta dans les flammes.

— Clabauderies dont nous n'avons que faire ! Laisse le baron à ses plaisirs et ne te mêle donc pas du ménage de M. de Chalais.

Son apparente indifférence réussit à calmer son frère mais sitôt Charles parti elle laissa éclater sa rage dont Ermelinde et Toinon firent les frais.

— Le traître ! le félon ! l'ignoble personnage ! Se traîner dans tous les lits de la cour. Il ose !

— Au moins, pendant ce temps, ne traîne-t-il pas dans le vôtre, fit Ermelinde sans se troubler.

Interloquée, Floriane ne sut que répondre à si belle logique mais ne s'apaisa pas pour autant.

— Alors, monsieur, qu'avez-vous à dire à cela ? demanda-t-elle un peu plus tard à Roger à qui elle venait de lancer les noms de ses dernières conquêtes.

Ils avaient laissé la voiture du baron près de la bastille Saint-Antoine et avançaient à pas lents sur le mail qui s'étendait le long de l'Arsenal. Très prisée à la belle saison, la promenade était en ce moment déserte, à l'exception de deux ou trois gamins qui ramassaient du bois mort et d'un vieux joueur de vielle, aveugle, dont la complainte s'égrenait en petites notes frêles et tristes.

Le gentilhomme qui avait écouté la diatribe avec un amusement évident se contenta d'éclater de rire, ce qui eut le don de mettre Floriane hors d'elle-même.

— Auriez-vous le toupet de nier ? s'écria-t-elle ?

— Nier ? Mais pas du tout. J'avoue bien au contraire et je pourrais même rajouter d'autres noms à votre liste qui est loin d'être complète.

Indignée et ne voulant pas en entendre davantage, Floriane fit demi-tour. Aussitôt, Pontgibault lui fit faire volte-face. Il avait l'air ravi.

— Floriane, mon petit cœur ! Seriez-vous jalouse ?

— Jalouse, moi ? Vous voulez rire ! J'aimerais seulement ne pas être prise pour une imbécile.

— Me croyez-vous donc capable de pareil sentiment ? fit-il mi-fâché, mi-moqueur. Vous me peinez. Moi qui vous aime et voudrais tant vous le prouver.

— Grand merci, mon cher ! Pour vous gausser de moi ensuite et établir des comparaisons d'un goût plus que douteux entre moi et ces dames...

Pontgibault prit la main de Floriane et la porta à ses lèvres.

— Écoutez-moi, chérie, et cette fois je suis sérieux. Des maîtresses j'en ai eu, je n'ai pas honte à le dire. Mais jamais, je le jure, je n'ai ressenti auprès de l'une d'elles ce ravissement, cette douce faiblesse que vous me faites éprouver. Vous vous refusez à moi. Fidèle à ma manière, je devrais vous laisser à vos vertueuses résolutions et courir ailleurs. Au lieu de cela, vous me tenez enchaîné et j'en suis heureux. Oh, Floriane, croyez-moi : je vous désire mais je vous aime tout autant.

Il saisit la jeune fille dans ses bras et la berça doucement contre lui.

— Quittez cet air d'enfant boudeur. Ne sentez-vous pas ma sincérité ?

Elle hocha la tête sans rien dire, ébranlée sans vouloir capituler trop vite.

— Et vous ? demanda-t-il. M'aimez-vous un peu ?

Pour toute réponse, elle noua ses bras autour du cou de Roger, posa ses lèvres contre les siennes. Tout à coup, il leur sembla que le vielleux faisait éclore sur son instrument un petit air guilleret qui donnait des envies de danser.

Ce fut le soir même qu'en rentrant chez elle, Floriane trouva l'invitation de la reine pour le mercredi suivant. Quatre jours ! Elle avait seulement quatre jours pour se préparer, choisir sa toilette et ses accessoires. Jamais Ermelinde et Toinon ne furent plus houspillées qu'à ce moment-là.

— Calmez-vous, madame ma mie, répétait la bonne Ermelinde qui ne perdait jamais patience. Sinon, vous allez vous gâter le teint.

— Ne parlez pas de malheur, s'écriait Floriane en se signant. Aidez-moi plutôt. Que vais-je porter, Grand Dieu !

Au comble de l'énervement, elle ferma sa porte à tout le monde – Roger compris – qui n'était pas tailleur ou fournisseur et attendit le grand jour avec fièvre.

Lorsque enfin il arriva, Charles vint la chercher vers les cinq heures. Elle apparut en haut des marches tel un rayon de printemps.

En fin de matinée, Toinon aidée de deux servantes avait monté dans sa chambre une grande cuve tendue d'un drap épais et Floriane avait pris un long bain d'eau chaude où elle avait jeté un mélange de poudre de Chypre, de romarin et de bois de rose.

Ses cheveux lavés et parfumés à la violette avaient été frisés en « bouffons » sur son front et ses tempes, puis enroulés sur sa nuque en une torsade épaisse nouée par un ruban de soie blanche. Pas de maquillage ou si peu : un nuage de poudre « à la maréchale [1] » pour unifier le teint à peine relevé aux pommettes d'un soupçon de rose. Entre ses lèvres avivées d'une pâte de corail, ses petites dents frottées d'un dentifrice mêlé de miel luisaient comme des touches de nacre. Quant à sa robe de soie grise et mauve du ton exact de ses yeux, c'était un miracle de fraîcheur et d'élégante simplicité. Les manches gonflées, resserrées aux poignets par un revers de dentelle, accusaient la finesse du buste doucement renflé et l'étroitesse de la taille lacée de rubans à ferrets d'argent. Par un caprice soudain, Floriane avait refusé au dernier instant de mettre l'encombrant vertugadin bourré d'étoupe. Soutenue simplement par l'épaisseur de trois jupons superposés, sa jupe épousait librement chacun de ses mouvements, donnant à son allure une aisance et une légèreté pleines de grâce. Un collier de jais et de turquoises, présent de Charles, soulignait enfin la délicatesse de son cou et complétait sa parure.

En voyant sa sœur, Charles ne put contenir son admiration.

— Tudieu ! Tu vas révolutionner le Louvre...

Puis, au comble de l'enthousiasme, il l'aida à passer son manteau de velours fourré de loutre, et fit appeler leur carrosse.

Situés dans l'une des nouvelles ailes du palais, les appartements de la reine étaient vastes et généreusement éclairés par de

1. Du nom de la maréchale d'Aumont qui avait créé le mélange d'iris, de musc et d'ambre gris.

hautes fenêtres ouvrant sur la Seine. Le coup d'œil était magnifique sur des jardins piquetés de cyprès et d'orangers, s'étageant en terrasses où courait une galerie à arcades – vestige du mur de Charles V.

La vaste antichambre tendue de « verdures » des Flandres chatoyant sous les lustres était déjà envahie par les courtisans lorsque Charles et Floriane arrivèrent. Dès qu'elle les aperçut, Mme de Chevreuse se précipita à leur rencontre.

— Vous êtes très en beauté, s'exclama-t-elle en embrassant Floriane. Je suis fière de vous. Venez, Sa Majesté vous attend.

À l'entrée du trio, un murmure courut dans la foule. À l'affût de la moindre nouveauté, chacun voulait voir à quoi ressemblait la jeune Saint-Évy qui, c'est le moins qu'on puisse dire, ne laissa personne indifférent.

— Peste ! le joli tendron…

— Pas mal, pour une brune.

— Doux Jésus ! fit une jeune femme. Que je sois pendue si elle n'est pas nue sous sa robe.

La fantaisie vestimentaire de Floriane avait tout de suite été devinée par les regards perspicaces des dames auxquelles échappait rarement ce genre de détails.

— Déjà à moitié déshabillée, elle perdra moins de temps, insinua une autre voix féminine.

Bien loin de se douter des réactions qu'elle suscitait, Floriane avançait, redressant la tête avec orgueil pour mieux masquer son émotion : à quelques pas d'elle, elle avait deviné la reine.

Tandis que Charles la présentait, elle ploya en une révérence parfaite, une fois, deux fois, une autre fois encore jusqu'à ce qu'elle fût aux pieds de la souveraine.

Elle était loin, l'image de la petite infante de quinze ans, assise au milieu de ses dames d'honneur, vêtue à la mode espagnole d'une sévère robe de satin vert fermée d'une fraise blanche, l'air timide et sérieux sous un curieux bonnet vert, piqué d'une plume de héron noire, telle qu'elle était apparue pour la première fois aux yeux des Français. Anne était maintenant une grande et belle jeune femme dans tout l'éclat de ses vingt-cinq ans qui accueillait Floriane avec bonté.

— Ainsi donc, voilà la petite amie de ma Chevrette. Elle ne m'a pas menti. Vous êtes très jolie.

— La duchesse ne m'a pas non plus menti en me louant l'extrême bienveillance de Votre Majesté, répondit Floriane toute troublée.

Relevant la tête, cependant, elle osa mieux regarder la reine. Des boucles châtain clair encadrant un visage grave, des yeux verts au doux éclat, une petite bouche fraîche : Anne d'Autriche avait beaucoup de charme que ne parvenaient pas à gâter un nez un peu fort et un teint parfois trop vif. De sa rigide enfance espagnole, elle conservait un maintien réservé que compensaient des gestes pleins de grâce, soulignés surtout par le mouvement de ses mains longues, fines et blanches, des mains admirables – et admirées.

— Relevez-vous mon enfant et rejoignez nos amis. Je veux que vous conserviez un souvenir joyeux de votre première visite au Louvre.

Aussitôt, Floriane fut entourée d'une nuée de courtisans la soûlant de questions et de compliments auxquels elle répondit de son mieux tout en cherchant un visage de connaissance. Elle sentit soudain une main ferme lui saisir le bras et l'entraîner à l'écart des curieux.

— Roger ! s'écria-t-elle, heureuse de le retrouver, admirant, une fois encore, la recherche avec laquelle il était vêtu, un habit de velours et de soie « colombin [1] » épousant étroitement son corps d'athlète et accentuant le modelé presque trop parfait de son visage.

— Que vous me plaisez ce soir, bel ami ! murmura-t-elle.

— Serais-je enfin digne de vous ? demanda-t-il, les yeux plus brillants que jamais.

Ils se sourirent, complices, soudain seuls tous les deux au milieu de la foule.

1. Lie-de-vin.

— Pourrais-je connaître l'heureuse mortelle qui me ravit mon Daphnis ? fit une voix, rompant le charme.

Un petit homme, âgé d'environ trente-cinq ans, s'était approché d'eux. Il avait un visage plaisant et rieur, et un frais parfum de framboise s'échappait de son pourpoint ennuagé de dentelles.

— Boisrobert ! Toujours à l'affût, hein ? Floriane, je vous présente M. de Boisrobert qui est, on ne le devinerait pas, abbé, chanoine et poète. Et présentement au service du cardinal dont il est le bouffon.

— Oh ! le méchant ! s'écria le curieux personnage en parvenant à feindre la contrariété.

Il soupira en dévisageant les deux jeunes gens :

— Aussi beaux l'un que l'autre ! Lequel de vous choisir ? Lequel de vous haïr ? Mon Dieu, quel dilemme !

Son air était si comique que Floriane et Pontgibault pouffèrent.

— Ah ! Roger ! continua l'abbé. Cruel ! Repousser mon amour si sincère…

— Ne l'écoutez pas, Floriane. L'abbé a des goûts un peu hétéroclites et souhaiterait les faire partager. Cela mis à part, c'est un joyeux compagnon mais pas précisément pour une jeune fille.

— Ah ! traître, tu me navres ! déclama Boisrobert en saluant très bas. Je vous laisse à vos pures amours, laissez-moi à mes larmes.

Au fond de la salle, les musiciens attaquaient un branle avec entrain. Roger prit la main de Floriane.

— Venez, mon cœur, allons danser.

Caroles, courantes et voltes de Provence se succédèrent alors en un tourbillon effréné sans parvenir à lasser les danseurs, Floriane n'était pas la moins passionnée. Elle virevoltait, glissait de l'un à l'autre comme un papillon ivre de légèreté et d'insouciance.

La main dans celle de Bois d'Ennemets, elle venait de commencer une gaillarde lorsque les violes se turent brusquement. Tout à leur ardeur et à leur plaisir, les deux étourdis ne cessèrent pas pour autant, sans prendre garde au silence qui, soudain, s'était fait. Emportés dans un élan fougueux, ils heurtèrent un gentilhomme vêtu de noir qui venait de faire son apparition. Sous les yeux étonnés de Floriane, Bois d'Ennemets s'empourpra, bredouilla quelques mots indistincts et finit par s'incliner devant le personnage. On entendit derrière eux de petits rires étouffés : visiblement la scène amusait bien du monde.

— Eh bien, monsieur de Bois d'Ennemets ! Qui est donc votre enragée partenaire ?

— Mlle de Saint-Évy, Sire, balbutia tout confus le jeune homme en s'inclinant à nouveau devant le roi, imité cette fois par Floriane qui n'en menait pas plus large que son cavalier.

Louis XIII ne goûtait guère les plaisirs mondains et ce n'était que par pure courtoisie qu'il venait, deux fois par jour, saluer la reine, la petite cour joyeuse d'Anne d'Autriche se passant d'ailleurs fort bien de sa présence. Qu'avait-on, en effet, à faire au milieu des concerts, des parties de cartes acharnées, des mille et une petites intrigues galantes, d'un rabat-joie comme lui ?

En la circonstance cependant, chacun guettait sa réaction et certaines âmes que le succès de Floriane avait chiffonnées n'eussent pas été fâchées qu'un royal courroux vînt rabaisser la superbe de la petite intrigante.

Aussi la reine se tenait-elle prête à intervenir en faveur de sa protégée lorsque, à la stupéfaction générale, le roi tendant la main à la jeune fille l'aida à reprendre contenance.

Fut-ce l'extrême jeunesse de Floriane, sa beauté sans artifices, son élégance discrète qui suscita son indulgence ? Nul ne put le dire. Ce qui est toutefois certain, c'est que Louis prisait peu le commerce des femmes, à plus forte raison si elles se montraient provocantes, étant allé un jour jusqu'à cracher une gorgée de vin dans un trop généreux décolleté… Or Louis en l'occurrence souriait sans lâcher la petite main.

— Puisque vous semblez tant apprécier la danse, il faudra assister au prochain ballet que je prépare, mademoiselle, dit-il avec son léger bégaiement.

Floriane lui rendit son sourire, réconfortée sous le doux regard noir, ayant même l'impression que finalement le roi était peut-être le plus intimidé des deux.

— Ce sera un grand honneur pour moi, Sire. Je n'ignore pas les dons de musicien et de danseur de Votre Majesté…

Louis XIII, en effet, s'amusait parfois à composer des airs religieux ou profanes. Il aimait surtout à monter une fois l'an, à l'époque du Carnaval, de somptueux ballets dont il dessinait les costumes et réglait lui-même la mise en scène. Il n'y mettait aucune frivolité mais, comme dans tout ce qu'il faisait, beaucoup de sérieux et d'application.

Suivi de ses gentilshommes, il se détourna, alla s'incliner devant la reine et ne tarda pas à prendre congé.

Charles avait rejoint sa sœur, visiblement fort contrarié par son exploit.

— Mais qu'as-tu donc toujours à te faire remarquer ?

— Oh, Charles, je t'en prie ! Ne me gâche pas ma soirée et offre-moi plutôt un verre de sirop. Il fait une chaleur…

— Inutile, nous rentrons.

Floriane fit la moue :

— Non ! Pas déjà !

Mais le jeune homme semblait bien décidé. Voyant alors Gaston d'Anjou s'approcher, frais et vermeil comme à son habitude, elle vola vers lui.

— Ah ! Monsieur ! De grâce, venez à mon secours, je me meurs de soif !

Bras dessus, bras dessous, ils partirent à l'assaut du buffet, sous l'œil excédé du jeune comte de Saint-Évy qui commençait à trouver son rôle de frère protecteur bien encombrant et délicat.

Tard dans la nuit, il parvint cependant à arracher sa sœur à ses admirateurs et la ramena à leur hôtel. Les rues étaient désertes et, à la lueur des flambeaux que portaient des valets à cheval, s'animaient brusquement d'ombres furtives happées tout aussitôt par l'obscurité. Floriane fredonnait un refrain à la mode en battant la mesure d'un pied alerte, sans prendre garde à Charles, ce qui ne tarda pas à le faire exploser.

— Donc, une fois de plus, tu t'es ostensiblement affichée au bras de Pontgibault ! Dis-moi, je te prie, où tu comptes en venir ?

Floriane préféra ne pas répondre directement à la question.

— Pourquoi t'acharnes-tu sur lui ? J'ai dansé aussi avec Bois d'Ennemets, Puylaurens, et d'autres.

— Floriane, Pontgibault n'est pas des amis de Monsieur.

— Ah ! là, mon pauvre Charles, tu me déçois beaucoup. Ainsi te laisses-tu dicter ta conduite ? Eh bien, moi, je reste libre de choisir amis ou ennemis.

Charles n'insista pas. Décidément, il était inutile de discuter avec un tel poison. D'ailleurs, ils arrivaient.

Le carrosse allait entrer dans la cour, lorsqu'une étrange silhouette se détacha du mur, tout près du portail, celle d'un petit homme bossu, vêtu de guenilles et coiffé d'un chapeau plat, frangé de peluche. L'homme tenta de regarder à l'intérieur de la voiture.

— Chassez-moi ce maraud ! cria Charles.

Le gnome ne demanda pas son reste. Floriane le vit détaler au bout de la rue, clopinant sur ses jambes torses, l'allure aussi inquiétante que grotesque, et elle ne put s'empêcher de frissonner.

Cette première soirée au Louvre avait fait sur Floriane une profonde impression. Pour tout dire, elle l'avait totalement grisée. En si peu de temps, la vie lui offrait ce dont elle avait toujours rêvé : succès, plaisirs, honneurs aussi en perspective grâce à son frère apprécié du duc d'Anjou et à la protection pour elle-même de Mme de Chevreuse. Et puis, il y avait l'amour… Car pouvait-elle donner un autre nom à la tendre attirance qu'elle éprouvait pour Roger de Pontgibault ?

Derrière les rideaux bleus soigneusement tirés de son lit, se remémorant le bal de la veille, elle pensait à lui avec une joyeuse insouciance, ses doigts jouant distraitement avec l'une de ses nattes tressées pour la nuit, qui dépassait de son petit bonnet de futaine blanche. Elle poussa un profond soupir de satisfaction. Si elle n'avait pas su secouer le joug familial, elle serait à l'heure présente l'épouse déçue du comte de Pontvallain et non la jeune fille libre de décider de son propre destin.

Subitement pourtant sa joie se ternit. Insaisissable et sournoise, une crainte irraisonnée s'insinuait en elle, subtil pressentiment que le destin, difficile à soumettre, allait se montrer contraire. Mais elle se traita aussitôt de sotte. Que pouvait-il arriver ? Chassant son accès d'inquiétude, elle se tourna sur son oreiller de dentelle et ne tarda pas à s'endormir.

— Mademoiselle Floriane !

La voix de Toinon et des bruits insolites venaient du rez-de-chaussée… Elle se dressa d'un bond sur son lit.

— Qu'est-ce donc ?

— Les… les gens du cardinal… ! bredouilla Toinon à côté d'elle. Ils sont là, en bas.

— À cette heure ! s'écria Floriane, mais que veulent-ils ? Et mon frère qui n'est pas là ! Aurait-il fait des siennes ? Avec cette nouvelle loi interdisant les duels…

Chassant à Saint-Germain, Monsieur avait le matin même entraîné tous les officiers de sa suite. Charles ne serait pas de retour avant le lendemain.

— De toute façon, fit Toinon, c'est vous qu'ils veulent voir.

— Moi ?

Voilà qui était surprenant, incroyable ! Sautant du lit, Floriane, soudain résolue, s'enveloppa de sa robe de chambre, chaussa ses mules et descendit.

Trois laquais en livrée écarlate et un vieil homme replet, vêtu d'un manteau noir, l'attendaient dans le vestibule. L'apercevant, l'homme vint vivement à elle et la salua.

— Mademoiselle de Saint-Évy ? C'est un honneur pour moi, mademoiselle, mais aussi une grande confusion de vous déranger si tard.

Il salua de nouveau.

— Qui êtes-vous ? demanda sèchement Floriane.

D'un coup d'œil, elle avait détaillé le visiteur : de petits cheveux rares et grisonnants autour d'un visage mal rasé, des yeux larmoyants, un nez du plus bel incarnat qui laissait supposer que son propriétaire aimait à taquiner la dive bouteille et aussi l'odeur sans équivoque d'un corps ignorant le savon.

— L'abbé Mulot, belle demoiselle, répondit l'autre, saluant encore. Troublé, confus, ravi…

— Il suffit, coupa-t-elle. Dites-moi plutôt l'objet d'une visite à pareille heure.

— Ordre m'a été donné de vous conduire à mon maître, Son Éminence, le cardinal de Richelieu, énonça l'abbé cérémonieusement.

— Vraiment ? Et vous pensez que je vais croire pareille fable ? Sortez, monsieur, avant que mes gens ne vous jettent dehors.

— Je ne sortirai qu'avec vous ! rétorqua l'autre brandissant un billet, le visage devenu aussi rouge que son nez. Une fable ! Tenez, lisez !

— Un chiffon, qui ne prouve rien, répondit avec hauteur Floriane, sans même regarder le rouleau de papier scellé de cire qu'il lui tendait.

L'abbé Mulot, cette fois, se fit implorant. Il tapota d'un doigt crasseux le cachet ovale de cire rouge et désigna l'écu aux trois chevrons surmonté du chapeau de cardinal.

— Et ça, alors ? Ça ! Que va dire mon maître, si je ne vous conduis pas auprès de lui ?

Se jetant à genoux aux pieds de Floriane, il se mit à la supplier. La scène avait pris un tour ridicule et la jeune fille se demandait comment y mettre fin lorsqu'elle entendit la voix d'Ermelinde :

— Eh bien, monsieur Mulot ? Quelle posture pour un homme de votre âge et de votre condition !

L'abbé redressa la tête :

— Dame Frumence ! s'exclama-t-il, soudain ragaillardi, venez vite à mon aide !

— Mais de quoi s'agit-il ? Quel est donc ce remue-ménage nocturne ? Expliquez-vous, je vous prie.

Floriane se tourna vers sa dame de compagnie.

— Ce M. Mulot, qui m'a l'air bien agité, m'a fait tirer du lit et prétend tout simplement me conduire sur-le-champ auprès de M. de Richelieu !

— M. Mulot n'est pas fou, répondit Ermelinde, du moins pas comme on l'entend d'ordinaire. S'il est venu vous chercher ce soir, c'est qu'il en a reçu l'ordre. L'abbé est l'aumônier du cardinal et l'un de ses hommes de confiance.

— Je conteste le terme d'aumônier, protesta l'abbé. Je suis le confesseur de Son Éminence.

— Allons, tout ceci est insensé ! s'écria Floriane perdant patience.

— Je ne le pense pas et vous n'avez d'ailleurs pas d'autre choix que de suivre M. Mulot, grommela Ermelinde. Écoutez-moi bien, l'abbé : je vous confie expressément Mlle de Saint-Évy. J'en ai la charge. Tâchez donc de nous la ramener au plus vite et sans dommage.

— Ne craignez rien, ma bonne Ermelinde. Mon maître ne lui veut que du bien. Quant à moi… Je ne suis, hélas, plus à un âge dangereux pour les belles…

— Sans doute. Mais vous êtes toujours un infatigable biberon.

— Que voulez-vous ? soupira l'inénarrable bonhomme. Le vin est un don de Dieu et celui du cardinal est particulièrement délectable.

Pendant ce temps, Floriane, résignée, était montée troquer son peignoir contre une robe et un manteau.

— Allons, l'abbé, dit-elle d'un ton autoritaire, prête à partir. Quand vous daignerez…

Ils grimpèrent dans un carrosse aux mantelets baissés et la jeune fille ne s'occupa plus du pauvre Mulot tout vexé de n'avoir pas su capter ses bonnes grâces. En fait, ce n'était pas un méchant homme. Précepteur du cardinal lorsque celui-ci n'était encore qu'un jeune garçon avide de s'instruire et bien loin de songer à la prêtrise, il s'était toute sa vie dévoué à son ancien élève, partageant ses revers comme ses bonnes fortunes. Parmi le curieux entourage le plus souvent cupide ou débauché de Richelieu, il faisait partie, avec Boisrobert, le père Joseph et M. Bouthilier, du petit groupe désintéressé des fidèles et, lorsque le cardinal souffrait d'angoisses ou de brusques accès nerveux, c'était lui et Boisrobert qui s'efforçaient de le soulager en multipliant facéties et attentions.

Afin de se rapprocher du Louvre [1], le cardinal de Richelieu avait acheté, tout près de la vieille porte Saint-Honoré, l'ancien Hôtel d'Angennes et d'autres vieilles bâtisses qu'il avait fait démolir pour entreprendre la construction d'une demeure digne d'un Premier ministre et de son ambition. En attendant la fin des travaux, il logeait au Petit-Luxembourg que Marie de Médicis venait de lui offrir pour mieux conserver auprès d'elle son cher cardinal. La reine mère, en effet, s'était installée l'année précédente dans son palais tout neuf – que les Parisiens s'obstinaient à appeler « Luxembourg » du nom de l'ancien propriétaire des lieux –, reflet du palais Pitti de Florence où elle avait passé sa jeunesse.

Durant tout le trajet, Floriane s'efforça à grand-peine de faire taire son appréhension. Dévorée de curiosité mais maîtresse d'elle-même, elle suivit l'abbé Mulot le long d'un étroit corridor au bout duquel une porte à demi fermée laissait apparaître une lumière.

— Mlle de Saint-Évy, Monseigneur.

— C'est bon, l'abbé, laisse-nous.

La pièce où venait d'entrer Floriane était un cabinet intime et confortable, réchauffé par des boiseries blondes, des bibelots précieux et des tapis. Des livres aussi garnissaient les murs en

1. Emplacement actuel du Palais-Royal.

rayons ordonnés. Deux chats d'un gris souris retroussé d'argent dormaient sur une table parmi des dossiers. Un troisième chauffait sa fourrure tigrée, roulé en boule devant l'âtre. Mais la jeune fille n'eut aussitôt d'yeux que pour l'homme qui la recevait debout près du feu, une main posée sur le dossier d'un haut fauteuil. Et sa surprise fut grande, car le personnage qu'elle avait devant elle ne correspondait pas du tout à celui qu'elle avait imaginé, quelque méchant vieillard, rabougri, tassé dans sa robe cardinalice comme une fée malfaisante, ou bien une sorte de juge, assis derrière sa table de travail, l'air sévère et arrogant. Or, ce grand seigneur élégant qui la saluait avec déférence était tout autre.

À quarante ans, Armand du Plessis de Richelieu conservait, en effet, une séduction que les maladies et les souffrances physiques n'avaient pas encore altérée. Grand, élancé, il avait une majesté naturelle que flattait un riche habit de velours, dentelles aux épaules et aux poignets. Dans son visage ivoirin aux traits réguliers, soulignés par la petite barbe en pointe, l'éclat de ses yeux gris, surtout, retenait l'attention.

— Monseigneur…

Floriane salua d'une courte révérence.

— Approchez, mademoiselle. Venez vous asseoir là, en face de moi, dit le cardinal désignant un fauteuil qui lui faisait vis-à-vis.

La voix était caressante, presque mélodieuse, d'une parfaite distinction. C'était de cette voix autant que du regard que M. de Richelieu avait conquis jadis Marie de Médicis à qui il devait sa fortune. Floriane, en tout cas, elle-même sur la défensive, ne put s'empêcher d'en subir le charme.

Il s'assit en face d'elle, croisa ses jambes bottées de cuir fauve. Comme s'il n'attendait que cela, le chat tigré sauta sur son maître. La voix séductrice reprit :

— Tout d'abord, pardonnez-moi ce procédé désinvolte qui vous a sans doute importunée et inquiétée. Mais je voulais faire votre connaissance en toute tranquillité et une convocation au grand jour aurait eu un caractère officiel que je ne désirais pas pour une entrevue amicale.

— Monseigneur, c'est trop d'honneur..., souffla Floriane intimidée. Mais peut-être Votre Éminence daignera-t-elle m'expliquer cet intérêt soudain ?

Elle avait pris un ton mondain afin de mieux masquer sa gêne et son attente nerveuse.

— C'est que l'écho de votre succès à la cour comme à la ville est parvenu jusqu'à moi. J'étais très impatient de rencontrer cette jeune personne qui remporte tant de suffrages.

— Vous me flattez, Monseigneur !

— Mais non, mais non, mademoiselle. On m'a même d'ailleurs laissé entendre que vous aviez conquis Leurs Majestés elles-mêmes.

La longue main souple du prélat caressait d'un mouvement lent et délicat le poil brillant du chat qui ronronnait. Où voulait-il en venir avec ces compliments ?

— J'en ai surtout été heureux pour le roi qui est un cœur fier et solitaire, très avide d'une sincère amitié.

— Le roi a son épouse à ses côtés, répondit Floriane d'un air innocent, ainsi que la reine mère. Et il vous a, Monseigneur, vous qu'il honore de sa totale confiance.

— Bien sûr, bien sûr, reprit le cardinal. Mais la douce présence d'une jeune fille discrète, dévouée, d'une amie, ne saurait être superflue. Qu'en pensez-vous ?

— Votre Éminence ne peut avoir songé à moi pour remplir ce rôle ! s'étonna sincèrement Floriane. Malgré tout mon dévouement pour le roi, ce serait surestimer mes possibilités.

— Je ne le pense pas. Mme de Chevreuse elle-même, si exigeante dans le choix de ses amitiés, ne tarit pas d'éloges sur vous.

— La duchesse est beaucoup trop indulgente.

Rester prudente, temporiser... Floriane sentait que Richelieu n'était pas homme à dévoiler brutalement ses véritables intentions mais que peu à peu il y viendrait.

— Voyez-vous, nous vivons aujourd'hui une époque où la fidélité au souverain est souvent un vain mot. Les gens se trouvent sans cesse mécontents, jalousent ceux qui travaillent pour le bien de l'État, complotent… Vous qui allez dans le monde, vous avez dû vous en rendre compte.

Le cardinal avait parlé doucement, d'un ton presque las.

— Moi, Monseigneur ? Je m'intéresse si peu à la politique, c'est un domaine ardu, complexe, auquel je me sens totalement étrangère…

Le chat, brusquement, s'étira en ouvrant sa petite gueule rose, armée de crocs pointus. D'un bond, il sauta sur Floriane et se mit à la piétiner avec ardeur.

— Vous ignorez la politique, dites-vous, poursuivit le cardinal avec douceur, et cependant vous fréquentez des personnes qui, elles, s'y intéressent de très près. Je me suis laissé dire, entre autres, que vous étiez l'autre jour chez M. d'Ornano en compagnie de quelques grandes dames…

Ainsi Richelieu était au courant du petit « conseil de guerre » de la duchesse. Que savait-il au juste ?

— C'est exact, dit-elle, affectant la plus complète innocence. Mais je ne me souviens nullement y avoir entendu autre chose que des propos anodins.

— Mademoiselle, je ne mets pas en doute l'innocence de cette réunion, mais je constate, à regret, que vous me refusez votre aide et votre confiance.

Levant les yeux sur lui, Floriane ne fut pas peu surprise de découvrir des larmes perler dans le regard du cardinal. Tout-puissant, il savait donc montrer ses faiblesses, en jouer habilement, et peut-être s'y serait-elle finalement laissée prendre si au fond d'elle-même elle n'avait senti monter soudainement l'indignation. En fait, Richelieu lui proposait tout simplement un rôle d'espionne et seule la prudence la retint de lui lancer au visage ce qu'elle pensait de ses manœuvres et de ses procédés mielleux.

— Loin de moi cette idée, Monseigneur, s'empressa-t-elle de répondre. Mais je crains que vous ne vous mépreniez : je ne suis pas à la hauteur. Le roi et vous-même méritez des services plus dignes de ceux que je pourrais vous proposer.

Richelieu s'était rapidement repris. Il se pencha, et sa main vint se poser près de celle de Floriane sur l'échine soyeuse du chat ravi de la double caresse.

— Vous avez même conquis ce petit félin, murmura-t-il. Pas à la hauteur, vous ? Ne soyez pas si modeste.

Floriane sentit contre ses doigts frémir les doigts anguleux du prélat. Toujours sur les mêmes notes veloutées, il continua :

— Je comprends bien ce que la vie à la cour doit avoir d'intimidant pour une jeune fille réservée comme vous l'êtes. Sans doute, préféreriez-vous la chaleur et l'ombre discrète d'un foyer ?

Il soupira :

— J'avais encore récemment ma nièce auprès de moi, à peine plus âgée que vous. Hélas ! Elle m'a quitté pour les Carmélites de la rue Saint-Jacques. Il m'était difficile d'aller contre sa vocation religieuse mais son départ me pèse. Il manque désormais, sous mon toit, l'éclat de la jeunesse, de la beauté. Consentiriez-vous à lui prêter les vôtres ? Le pouvoir, la fortune ne sont rien sans le réconfort d'un rayon de tendresse. La solitude m'est parfois insupportable.

Des bouffées de chaleur montaient au cou et aux joues de Floriane. Son cœur battait comme un gong affolé. L'habile homme, sans en avoir l'air, raffiné, insinuant, lui proposait tout simplement de devenir sa maîtresse ! Certes, la proposition avait de quoi tenter une jeune fille ambitieuse et sans scrupules. Le grand ministre, le confident du roi, puissant et redouté, offrant protection et fortune avec des manières exquises, une voix suave, un regard magnétique… Avec un tel appui, aucune espérance ne pouvait connaître de limites. Et pourtant ce n'était qu'avec horreur, répulsion, que Floriane écoutait l'offre stupéfiante.

Avec effort, elle essaya néanmoins de contenir son indignation tant elle craignait tout à coup le redoutable politique.

— Croyez bien, Éminence, que je suis extrêmement sensible à la bienveillance que vous me portez. Mais je ne peux accepter… Je ne vis pas seule. J'ai un frère et…

Le cardinal l'interrompit :

— Si ce n'est que cela, nous pouvons nous occuper de ce jeune homme et tout à son avantage.

Il voulut lui prendre la main, mais, cette fois, elle se leva non sans une certaine brusquerie, ce qui fit atterrir le chat aux pieds de son maître.

— Monseigneur, une fois encore, je vous remercie. Mais l'existence que nous menons, mon frère et moi, nous empêche…

— Mademoiselle, je ne veux pas d'autres explications. Dommage, mais je n'insiste pas !

Il quitta son fauteuil et reprit le chat dans ses bras.

— Oui, dommage, répéta-t-il à l'animal, sans regarder Floriane. Si jeune, tourner ainsi le dos à la cour et aux honneurs. Je n'entendrai donc plus parler de vous. Tant pis !

L'avertissement était clair. Elle ne s'y trompa pas. Pouvait-on, en effet, plus nettement lui signifier qu'elle avait intérêt désormais à rester dans l'ombre et à se faire oublier ? Face à elle se dresserait maintenant un ennemi puissant et implacable.

Il tendit le bras et agita une clochette d'argent posée sur la cheminée. Un valet de chambre parut aussitôt.

— Desbournais, qu'on raccompagne mademoiselle.

— Bonne nuit, Monseigneur.

Une dernière fois, Richelieu toisa Floriane d'un regard aigu et pénétrant. Puis, d'un ton monocorde et courtois, il murmura :

— Serviteur, mademoiselle.

L'entrevue n'avait duré que quelques minutes, mais il sembla à Floriane que des heures s'étaient écoulées depuis qu'elle avait franchi la porte du petit salon. Son cœur battait toujours la chamade et elle éprouvait le besoin de respirer à grands coups. Une telle intensité dans un affrontement avec un si redoutable adversaire avait de quoi ébranler les nerfs les plus solides.

Tout en suivant Desbournais, Floriane se demanda si elle avait su jouer de façon convaincante le rôle de la jeune insouciante, un brin naïve, qu'elle avait essayé de tenir pour parer les attaques et les propositions insidieuses de Richelieu.

Dans la pénombre du corridor, un homme vêtu d'un pourpoint bleu venait en sens inverse. Il marchait vite, tête baissée. Pourtant, lorsqu'il croisa Floriane, elle crut le reconnaître. Elle se retourna, examina la silhouette qui s'éloignait en direction des appartements du cardinal. Prise d'une impulsion subite, elle fit mine de rajuster son soulier. De loin, elle vit l'homme pénétrer dans la pièce qu'elle venait de quitter et, à pas de loup, s'approcha de la porte.

— Vous avez la lettre ? demanda la voix du cardinal.

— La voici, Monseigneur.

— Et l'homme ?

— Il est mort, Monseigneur.

Cette intonation ! Non, elle ne se trompait pas. Mais déjà Desbournais, inquiet de l'avoir perdue, revenait à pas précipités. Elle baissa la tête, sembla s'absorber dans la recherche de quelque chose à terre.

— Ah ! le voici ! s'exclama-t-elle d'un ton triomphant, se penchant comme si elle ramassait un objet.

Puis se relevant, elle brandit un de ses gants sous le nez du valet. Ils reprirent alors leur chemin et rejoignirent Mulot qui ronflait près de l'entrée. Floriane avait hâte maintenant de se retrouver chez elle et de mettre un peu d'ordre dans ses idées. Oui, elle venait de reconnaître dans le mystérieux visiteur Favol, un domestique de Pontvallain. Qu'avait-il donc à faire avec Richelieu ? Travaillait-il en même temps pour le compte de Melchior ? Et ce ton qu'il avait eu, sinistre, glacial : « Mort, Monseigneur ! »

Melchior était-il au courant du rôle de son domestique ? Elle l'eût juré.

Alors qu'elle avait tant fait pour le chasser de son esprit, voici qu'indirectement le comte de Pontvallain revenait la tourmenter.

Pour se rassurer, elle se rappela ce que Charles lui avait dit au retour d'un voyage à Saint-Évy au cours duquel il avait rencontré Melchior. Ce dernier avait accepté sans difficulté la rupture de leurs fiançailles, ayant, avait-il ajouté, toujours considéré Floriane comme libre de son choix. Alors, à quoi bon s'inquiéter ? Et puis Paris était si grand qu'en admettant même qu'il s'y trouvât, il y avait vraiment peu de risques de le rencontrer.

Autrement plus sérieuse était l'offre que venait de lui faire le cardinal et son propre refus. Aussi, estimant qu'elle ne pouvait pas garder cette entrevue pour elle seule, elle se confia à Charles et à Mme de Chevreuse.

— Voilà ce que tu gagnes à te mettre en avant sans cesse et à te mêler de ce qui ne te regarde pas ! s'écria le jeune homme après avoir écouté sa sœur.

— Oh ! Tu m'ennuies à la fin ! fit-elle, excédée. Où est ma faute ? Tout ce que je demande est de vivre en paix et de m'amuser.

— Ce qui est certain en tout cas, c'est qu'il faut que tu évites surtout de te montrer pendant quelque temps. En tant que proche parente d'un gentilhomme de Monsieur, il est inutile que tu attires davantage l'attention sur nous qui mijotons la perte du Richelieu.

— Charles, prenez garde ! Tu ne peux te figurer combien il est redoutable et vigilant.

— Tu exagères ! Il a presque tout le monde contre lui.

— Sans doute, mais le roi ?

— Le roi, au fond, le craint et ne l'aime guère. Ce n'est pas un obstacle.

La duchesse, quant à elle, lui tint à peu près le même langage.

— Ne soyez pas en peine, petite amie. Je trouve que l'offre que vous a faite le cardinal est, somme toute, naturelle. Vous êtes jeune, belle et vous plaisez. Vous placer auprès du roi était une bonne idée. Vous placer auprès de lui en était une autre tout aussi excellente pour un avantage, il est vrai, différent. Quel être démoniaque ! ajouta-t-elle. Profiter de votre innocence…

— Ce qui est quelque peu inquiétant, insista Floriane, qui aurait préféré oublier l'entrevue, c'est la manière dont il est renseigné sur nos moindres actions. Voyez notre visite à M. d'Ornano : il la connaissait. Peut-être même sait-il tout du complot ? Son réseau d'espionnage fonctionne admirablement…

La duchesse eut un geste désinvolte de sa main gantée.

— Rassurez-vous. Chaque fois que nos amis se retrouvent, toutes les précautions sont prises. Nos réunions ont toujours l'apparence de mondanités et de frivolités.

— L'un des vôtres pourrait un jour trahir.

— C'est impensable ! se récria Mme de Chevreuse. Absolument impensable !

Floriane était assise à sa table de toilette drapée de ce chatoyant damas bleu clair qui meublait sa chambre. La matinée était déjà bien avancée mais la jeune fille avait dormi tard. En robe de chambre bordée de cygne presque impalpable, elle déplaçait pots et flacons, désœuvrée, n'ayant pas encore décidé l'emploi du temps de sa journée. Le temps, d'ailleurs, ne favorisait guère les projets. Un vent chargé de neige fondue soufflait depuis la veille et ne donnait pas envie de délaisser, sans nécessité impérieuse, le coin chaud de l'âtre.

Ermelinde et Toinon, occupées à mettre de l'ordre dans la chambre, allaient et venaient en silence. Floriane étouffa un bâillement. Si seulement Roger avait l'idée de venir la distraire ! Elle se sentait si seule ! Pris par ses affaires, il ne lui avait pas rendu visite depuis quelques jours. Il est vrai qu'il lui avait envoyé de nombreux billets tendres accompagnés chaque fois d'un cadeau. Non, elle ne pouvait se plaindre de Roger, mais son absence lui manquait plus qu'elle ne voulait se l'avouer.

C'est alors qu'on frappa à la porte et qu'un valet annonça justement la visite du baron de Pontgibault.

— Fais-le monter, vite ! s'écria-t-elle joyeuse.

Un nuage de poudre, quelques gouttes de parfum d'iris et de violette. Floriane s'humecta les lèvres et se jeta, dans la glace, un coup d'œil sans complaisance. Allons ! Elle n'était pas trop mal, fraîche, éclatante, dans son petit négligé du matin.

— Recevoir le baron dans cette tenue ! fit Ermelinde. Vous n'y songez pas, madame ma mie.

— Dame Ermelinde, de quoi vous mêlez-vous ?

Mais il était trop tard, Roger de Pontgibault entrait, tout imprégné de froid et d'humidité.

— Ah ! L'adorable écrin ! s'exclama-t-il en admirant la chambre. Si chaud, si douillet… – Il baisa avec entrain les doigts de Floriane. – Et vous, au milieu, ma divine, scintillant avec l'éclat et la douceur d'une perle.

— Vous avez les mains gelées, baron, approchez-vous du feu, roucoula Floriane ravie.

Pontgibault salua au passage Toinon et Ermelinde qui avaient pris l'une et l'autre un air renfrogné franchement comique.

— Vous deux, dit Floriane, laissez-nous un moment.

— Mais je…

— Il suffit, dame Ermelinde ! J'ai à dire un mot en particulier au baron. Je vous rappellerai plus tard.

À court d'arguments, les deux fidèles sortirent visiblement à contrecœur, ce qui amusa beaucoup Roger.

— Vous voilà bien protégée, chérie. Tudieu ! Le regard assassin que m'a lancé cette bonne Ermelinde.

Il s'approcha de Floriane, toujours assise devant sa petite table. Debout derrière elle, il posa les mains sur les fines épaules, caressa le satin brillant, remonta d'un mouvement léger vers la nuque dégagée par un chignon noué haut sur la tête qu'effleurait le duvet de cygne. Floriane goûtait la caresse, les yeux clos. Lorsqu'elle les rouvrit, son regard rencontra celui de Roger dans le miroir. Immobiles, ils laissèrent l'émoi s'emparer d'eux, ne cherchant pas à dissimuler leur plaisir réciproque.

— Floriane, ma beauté, mon cruel tourment…

Il se rapprocha encore, si près d'elle qu'elle ne put cette fois ignorer son trouble.

Les doigts de Roger glissèrent le long de son cou, entrebâillèrent le col à la recherche des seins tièdes que l'émotion soulevait à un rythme de plus en plus violent.

Brusquement, Floriane se leva et se retrouva aussitôt pressée dans les bras de Pontgibault qui s'était emparé de ses lèvres.

— Floriane, vous me rendez fou. Ah ! mon Dieu ! Ce visage, ce corps…

Tombant à genoux, il écarta les pans du peignoir, chiffonna la chemise. À travers la fine percale, Floriane sentit ses mains presser ses hanches, la chaleur de sa bouche caresser son ventre.

— Roger ! soupira-t-elle.

Il leva la tête, craignant un refus, ses beaux yeux verts implorants.

— Mon cœur, voulez-vous ?

Elle ne savait pas. Prisonnière de ses souvenirs, elle n'était pas prête, non, pas encore, malgré l'attirance qu'elle éprouvait pour lui.

— Laissez-moi seulement vous tenir dans mes bras, supplia le jeune homme devinant son indécision.

Floriane sentit fondre toutes ses résolutions et ne résista pas lorsqu'il l'entraîna sur le lit. D'ailleurs, elle se sentait suffisamment maîtresse d'elle-même pour interrompre leurs ébats quand elle le jugerait bon…

— Madame ma mie, madame ma mie !…

Voyant que ses appels restaient sans effet, Ermelinde avait poussé la porte. La vue du couple enlacé confirma ses craintes.

— Doux Jésus ! Les insensés ! s'écria-t-elle.

Les amoureux se redressèrent. D'un regard plus expert que son état de vieille fille aurait pu le faire supposer, dame Ermelinde jaugea la situation.

— Ouf ! il n'est pas trop tard !

Quant à Floriane, elle avait vivement ramené son peignoir contre elle.

— Ermelinde ! Comment osez-vous !

— Pas de temps à perdre ! Votre frère vient d'arriver, il sera là dans un instant.

— Mon Dieu !

Floriane se leva, fila dans sa garde-robe, suivie de Toinon qui referma la porte sur elles. Pontgibault, lui, allait s'esquiver lorsque dame Ermelinde, d'un geste autoritaire, le poussa sur la banquette, encastrée dans l'embrasure de la fenêtre.

— Non, ce serait une erreur, restez là.

Vite, elle tapota le lit, tira les rideaux tout autour. Elle venait juste de s'asseoir auprès de Roger quand Charles entra dans la chambre. La scène n'avait pas duré deux minutes.

— Ma sœur n'est pas là ? demanda Charles d'un air soupçonneux.

— Non, elle s'habille, répondit Ermelinde. Nous l'attendons.

— Une femme à sa toilette n'a jamais la notion du temps qui passe, ajouta Pontgibault qui avait retrouvé ses esprits et s'était levé pour saluer Saint-Évy.

Sa présence sans conteste déplaisait fortement à ce dernier qui ne tarda pas à manifester son hostilité.

— Vos assiduités auprès de ma sœur m'importunent, baron. Il y a un bon moment qu'il me démangeait de vous le dire.

Pontgibault mit instinctivement la main à son épée mais réussit à maîtriser sa colère.

— Mes sentiments et mes intentions envers Mlle de Saint-Évy sont parfaitement honnêtes.

— Voyez-vous, j'aimerais en être certain.

Sur ces entrefaites, la voix de Floriane volontairement enjouée leur parvint :

— C'est toi, Charles ? Patientez une minute encore, j'arrive !

Elle apparut en effet, presque aussitôt, toute souriante dans une robe de velours gris, rehaussé de dentelles écrues.

— Eh bien ! Vous avez l'air de deux loups-garous prêts à s'entre-dévorer, s'efforça-t-elle de plaisanter en les regardant. Fi ! Les vilains qui se querellent chez moi ! Tu tombes bien, Charles.

Je voulais justement te demander si le baron pouvait m'accompagner, mardi, au ballet de l'Hôtel de Ville.

Charles agita nerveusement son feutre qu'il tenait à la main.

— Il n'en est pas question !

Floriane se garda bien de se mettre en colère. Tout au contraire, elle se fit enjôleuse, glissa un bras sous celui de son frère :

— Je t'en prie, Charles ! Puisque je ne peux plus me rendre à la cour, je ne vais pas être en plus cloîtrée ici ! Voilà des jours que je ne sors pas.

Ses yeux se voilèrent de larmes. Après toutes ces émotions, éclater en sanglots n'était pas difficile.

— Comte, je me permets de mêler mes prières à celles de votre sœur, intercéda Pontgibault, ému lui aussi, et pour cause !

Charles n'avait jamais pu supporter de voir pleurer Floriane. C'était assurément une de ses faiblesses et il n'était pas dans sa nature de jouer au sévère barbon. En outre, il n'avait aucune raison suffisamment valable, si ce n'est peut-être de sentir qu'un autre prenait une place dans le cœur de sa sœur, d'en vouloir à Pontgibault, ce qu'il reconnut en lui-même avec sincérité.

— Eh bien, soit, puisque tu le veux, j'y consens ! finit-il par murmurer, en réussissant même à grimacer un pauvre sourire au baron. Ah ! que ne ferait-on pour éviter les larmes à ces beaux yeux !

Paris, selon sa coutume, fêtait joyeusement le Carnaval. Les tavernes ne désemplissaient pas d'étudiants en goguette, de ribauds éméchés. Artisans, petits ou grands bourgeois, gens de cour allaient de pantomimes en mascarades, de mascarades en ballets. Rues animées où flottaient les chauds parfums des rôtisseries, lumières aux fenêtres, lanternes en papier aux coins des maisons, la ville n'était qu'une grande fête où ripailles, libations, chansons et rires éclataient soudain dans le creux de l'hiver.

La soirée la plus recherchée dans ce frivole tourbillon était à coup sûr celle du Mardi gras où comme chaque année

Louis XIII présentait le ballet qu'avec sa petite troupe de musiciens, machinistes et costumiers, il avait longuement préparé et répété à l'avance. C'était le roi aussi qui avait choisi, parmi les meilleurs danseurs de la cour, les gentilshommes dignes de figurer dans le spectacle, honneur obtenu même pour un petit rôle, à force d'intrigues et de bassesses. Présenté généralement dans la Grand-Salle du Louvre, dont les portes exceptionnellement ce jour-là étaient ouvertes à tous, le spectacle attirait une foule telle que la cohue et le désordre y étaient indescriptibles, allant jusqu'à rendre difficile la représentation. Aussi Louis avait-il décidé cette année de danser deux fois le ballet tant attendu, d'abord au Louvre, ensuite à l'Hôtel de Ville.

Seule à ne pas se laisser gagner par la liesse générale, cette auguste maison, au contraire, n'était jamais aussi laborieuse qu'en cette période où Paris engloutissait le double de denrées et de barriques qu'à l'ordinaire, le premier rôle du prévôt des marchands, des quatre échevins et des conseillers étant d'assurer l'approvisionnement de la capitale.

Louis XIII avait aussi une bonne raison d'honorer de sa présence ces messieurs de la Ville. Travailleuse, riche et forte de sa milice nombreuse et armée, la bourgeoisie était une puissance que le souverain avait tout intérêt à ménager.

Panique, affolement, inquiétude aussi quant aux dépenses occasionnées pour la circonstance, la réaction du prévôt M. de Bailleul et de son entourage à l'annonce d'un tel honneur n'avait pas été, pour le moins, d'une folle gaieté. Pourtant, ils s'étaient courageusement mis à l'ouvrage ; les invitations avaient été lancées, et au jour dit, le 24 février 1626, tout était prêt à l'Hôtel de Ville pour les festivités.

Grâce à son frère qui avait un petit rôle aux côtés de Monsieur, Floriane n'avait eu aucune difficulté à obtenir des places pour elle et Ermelinde.

En prévision de la longue nuit qui les attendait, elle avait dormi la plus grande partie de la journée puis s'était longuement absorbée dans sa toilette. À neuf heures, enfin, elle était descendue de sa chambre, habillée de velours pourpre à passements noirs, tenant sur le bras un manteau noir doublé de rouge assorti à la robe et guettait l'arrivée de Roger. Elle ne s'était pas retrouvée seule en sa présence depuis leur scène d'amour interrompue et ce n'était donc pas sans appréhension qu'elle le revoyait.

Songeuse, elle s'approcha de la fenêtre et souleva la tenture pour scruter l'ombre de la cour. Un carré de lumière se reflétait des cuisines où les servantes achevaient leur tâche du soir, un bruit assourdi de bavardages et de vaisselle heurtée se mêlant au hennissement des chevaux dans l'écurie.

Devant le portail grand ouvert sur la rue, une petite silhouette se profila, celle d'un bossu coiffé d'un chapeau, galette effrangée qui rapetissait encore sa courte taille. Un instant, le bonhomme s'arrêta pour jeter un coup d'œil dans la cour, puis vite, disparut derrière un pan de mur.

Instinctivement, Floriane avait lâché le rideau et reculé d'un pas. Ce bossu était celui entrevu déjà à son retour du Louvre. Comme ce soir-là, il semblait guetter quelque chose, ou quelqu'un… Mais elle n'eut guère le temps de se poser davantage de questions, car un bruit de roues sur les pavés l'avertit de l'arrivée de Roger.

— Bonsoir, mon cœur, dit-il avec un tendre sourire en entrant dans le vestibule.

Puis tout doucement, il posa un baiser au bord de ses lèvres.

— Laissez-moi vous regarder, noire et flamboyante comme un ciel à son aurore. Ces couleurs vous conviennent à merveille ; vous brillez, vous resplendissez mais qui peut dire ce que cache l'ombre de vos yeux ?

— Que d'emphase, mon cher ! s'écria Floriane en riant. Je suis comme tout le monde : j'ai mes petits secrets.

Pontgibault saisit entre ses mains la tête de la jeune fille et plongea son regard dans le sien.

— Qu'y a-t-il donc amour, derrière cette eau si claire et ce joli front lisse ? dit-il gravement.

Pour toute réponse, elle piqua un baiser sur le bout de son nez et prit un air mutin.

— Vous êtes trop curieux Roger. Est-ce ce bel habit qui vous donne tant d'assurance ?

Le gentilhomme portait, en effet, avec superbe un manteau court « à la Balagnie » rejeté sur l'épaule, donnant tout loisir d'admirer le pourpoint mordoré taillé en pointe sur des chausses très ajustées. Des plumes rousses du chapeau aux rubans qui garnissaient les chaussures, en passant par les gants et le baudrier de velours, tout était « à la petite oie », c'est-à-dire on ne peut mieux assorti.

— Il faut bien donner une leçon à ces bourgeois qui se piquent d'élégance et ne sont souvent que ridicules, répondit Roger prenant à son tour un ton badin. À propos, avez-vous remarqué que, depuis votre apparition au Louvre, le vertugadin se porte moins ? Vous voici promue arbitre des élégances, ma chérie. Mais fichtre ! Que vois-je ? Dame Frumence…

Ermelinde faisait en effet son apparition, elle aussi vêtue de ses plus beaux atours qui avaient dû connaître leur vogue sous le règne précédent mais qui gardaient une certaine allure.

— À nous trois, mes belles, nous allons révolutionner l'Hôtel de Ville, fit Roger avec un grand rire en prenant la main de ces dames.

Ils faillirent pourtant ne jamais pouvoir y accéder.

De mémoire de Parisiens, il y avait longtemps que la place de Grève n'avait connu pareille affluence et c'était cependant l'un des endroits les plus fréquentés, les plus populaires de la capitale. Outre le va-et-vient quotidien de ceux que leurs affaires appelaient à l'Hôtel de Ville, la proximité des ports de la Seine où les bateaux déchargeaient leurs cargaisons de bois, de vin, de foin ou de blé, faisait de l'étroite place en trapèze un haut lieu du commerce. Toute la journée, des valets sans emploi, dans l'attente d'un maître à qui se louer, « faisaient la Grève » selon l'expression consacrée, jouant aux dés au pied de la croix gothique, disputant le pavé à une foule de mendiants attirés par la cohue marchande.

— Vramy ! s'écria dame Ermelinde, leur carrosse se trouvant soudain immobilisé. Je n'ai jamais vu un tel monde depuis l'exécution de la maréchale d'Ancre, il y aura bientôt neuf ans de ça ! J'étais avec ma cousine dans une maison qu'avait louée à prix d'or une dame de ses amies. Les gens semblaient déborder des fenêtres. Certains même avaient grimpé sur les toits. J'ai bien cru ce jour-là que le peuple allait faire sauter les chaînes derrière lesquelles il se massait et renverser les soldats du guet. Il faut dire, ajouta Frumence, que voir décapiter et brûler une sorcière ou prétendue telle était un spectacle de choix et que, ma foi, la Galigaï a su mourir dignement. Chacun en a eu pour son argent.

— Voulez-vous bien vous taire, horrible Ermelinde !

La Grève, ce soir-là, avait oublié l'atmosphère lourde et sinistre des jours d'exécutions. Une multitude de petites lanternes et de pots à feu pendus aux façades des maisons éclairaient, de la rue du Mouton à la Seine, de la rue du Martroi à la rue de la Tannerie, du nord au sud, d'est en ouest, une marée de carrosses et de chevaux au-dessus de laquelle, tel un grand vaisseau de pierre blanche d'où s'échappaient des airs de violons, étincelait l'Hôtel de Ville. Vivement éclairées, ses fenêtres se découpaient comme autant de flammes, et la statue équestre du roi Henri au-dessus de la porte, les six chevaliers portant bannières, sculptés sur l'arête de la toiture, paraissaient tous d'or vivant.

— Eh bien, l'ami, tu avances ? lança Pontgibault au malheureux cocher qui ne savait plus dans quelle direction lancer son équipage.

— C'est impossible, mon maître, voyez vous-même !

— Ce que je vois, pendard, c'est que ces dames ne peuvent descendre de voiture sans risquer d'être piétinées. Allons, vous autres, démenez-vous donc un peu, cria-t-il aux laquais de l'escorte.

À force de coups de fouet, de coups de bâton, d'horions et d'injures, le carrosse réussit enfin à se frayer un chemin et, miracle, à trouver une place tout contre la fontaine de la Renommée, à deux pas de l'Hôtel de Ville.

Floriane et Ermelinde cramponnées chacune à un bras du baron, le trio parvint sans dommage au perron d'entrée. Un jeune archer de la milice tout de bleu vêtu, portant crânement un chapeau empanaché, les précéda dans la grande salle du premier étage où, depuis quatre heures de l'après-midi, affluaient les invités, chacun s'étant installé où il avait pu, dans les galeries aménagées le long des murs ou sur les sièges disposés face au théâtre monté tout au fond de la salle. C'est pourquoi, une fois sa place trouvée, il n'était plus question de s'en éloigner, même une seconde, sous peine de la voir prise d'assaut, et c'était en vain que la musique invitait à la danse.

— Nous sommes là, au deuxième rang, dit Roger en entraînant ses compagnes…

Ils étaient fort bien placés, juste derrière le duc de Montbazon, gouverneur de Paris et invité d'honneur, qu'entouraient le prévôt, M. de Mesmes – le président du Parlement – et leurs épouses couvertes de bijoux.

Des laquais passaient entre les rangs et distribuaient un livret expliquant le spectacle avec texte à l'appui.

— *Le Grand Bal de la douairière de Billebahaut*, lut Floriane sur la première page.

Couvrant presque les musiciens, les voix bourdonnaient, créant un bruit confus et assourdissant. Floriane sentit soudain une main se poser sur son épaule et une tête contre la sienne.

— Je vous retrouve donc.

— Olyvette !

— De grâce, faites-moi une petite place. Voilà des heures que je piétine en haut des gradins.

Ce ne fut pas facile, mais en rapprochant les fauteuils, Olyvette put s'installer et Floriane se trouva coincée entre elle et

Pontgibault, ne sachant lequel des deux se montrait le plus tendre.

La jolie rousse donna un petit coup de coude dans les côtes de Floriane.

— C'est lui ? souffla-t-elle, avec un regard dans la direction de Roger.

— Peut-être ! répondit Floriane en souriant mystérieusement.

— Auriez-vous enfin trouvé… J'en serais heureuse pour vous, ma mie.

— Et vous-même ? demanda Floriane. Je vous trouve élégante, florissante. Tout va bien ?

— Je n'ai pas à me plaindre. Monsieur continue à venir de temps à autre. Mais vous le connaissez : insaisissable, inconstant. Heureusement, je n'ai pas que lui.

— Quelle honte ! Vous vous dévergondez ! souffla Floriane moqueuse.

— Non, je gagne ma vie, répondit Olyvette d'un air digne. Et ma foi, le plus agréablement du monde.

Floriane continua à la taquiner.

— Monnayer ses charmes a un nom…

— Ma mie, encore une fois vous me peinez en refusant de me comprendre.

— Allons, allons, Olyvette. Ne vous fâchez pas et dites-moi plutôt qui vous rencontrez.

— Des gens de cour… Votre frère, par exemple.

— Charles ?

Floriane, qui considérait son frère comme un homme à part, en fut suffoquée.

— Mais oui ! Une fois ou deux, il est venu et… tenez : en souvenir de vous, je n'ai rien voulu accepter. Pas même un tout petit cadeau…

Cette fois Floriane se mit à rire.

— Oh, ma douce mie, si vous le vouliez…, soupira Olyvette en s'appuyant contre elle, son pied pressant le sien.

Se sentant délaissé, Roger murmura quelques mots à l'oreille de Floriane qui fut heureuse d'abandonner un peu Olyvette et sa trop chaleureuse amitié.

Le temps passant, deux fois déjà les valets avaient dû regarnir les flambeaux. Le baron fit apporter un pichet de vin frais qui ragaillardit ces dames. L'atmosphère en effet était devenue suffocante et l'odeur des corps échauffés, des parfums lourds embrumait les têtes. Quelqu'un eut l'heureuse idée d'ouvrir une fenêtre, mais déjà une grande partie de l'assistance ne dissimulait plus ses bâillements et commençait à s'assoupir.

Floriane somnolait donc contre l'épaule de Roger, Olyvette contre Ermelinde, lorsque le bruit des canons disposés au bord de la Seine, annonçant l'arrivée du roi, réveilla tout le monde.

M. de Bailleul et M. de Mesmes, entourés des plus hauts magistrats, accueillirent Louis XIII et sa suite et les escortèrent dans les bureaux du greffier et du procureur transformés pour la circonstance en loges d'artistes. Une heure d'attente s'écoula encore avant que les danseurs eussent revêtu leurs costumes, mais il n'était plus question maintenant de dormir et de montrer au souverain et à sa cour un laisser-aller inconvenant. Les spectateurs remirent de l'ordre dans leurs toilettes et leurs coiffures, l'œil soudain plus clair et la mine éveillée, et cinq heures du matin sonnaient aux églises de la ville lorsque, enfin, s'envolèrent les premières notes du prélude.

Ridicule, bouffonne, en tout cas irrésistible était cette douairière de Billebahaut, vieille bique édentée, victime de joyeux plaisants, persuadée que les princes du monde entier en voulaient à ses charmes. La comédie dura trois heures, déchaîna les rires, bref, enchanta toute l'assistance.

Louis XIII en personne chanta sous l'habit persan, dansant avec une grâce et un art consommés ; M. de Barradas prit part au défilé, costumé en eunuque tout en bleu, M. de Nemours, en bailli du Groenland, Monsieur, enfin, en cacique africain, monté sur son éléphant !

... L'Afrique à mon ambition
Offre des bornes trop petites...

déclama, sans craindre les sous-entendus, Gaston d'Anjou.

Floriane, reconnaissant son frère sous les traits peinturlurés d'un maure de l'escorte, battit des mains.

Grenadins d'Espagne succédèrent ensuite aux danseurs de sarabande, parmi lesquels le roi se tailla encore un beau succès.

Puis les guitares remplacèrent les violons, et commença le ballet des Doubles Femmes, qui fut très apprécié. D'un côté, les danseurs portaient le masque de jeunes personnes belles et sages, de l'autre, le masque de vieilles aussi laides que tous les péchés réunis. Impossible, dans ces conditions, de différencier le devant du derrière !...

Enfin reparut la vieille Billebahaut, et tous réunis, les pseudo-souverains entonnèrent en chœur :

Ces monarques, de leur grandeur jaloux,
Viennent, tant ils sont braves,
En qualité d'esclaves,
Mourir près de vous.

Le final provoqua le délire dans la salle, Louis XIII et ses gentilshommes remportant un triomphe tout à fait mérité.

Prenant par la main Mme de Mesmes rougissante et ravie, Louis conduisit le branle.

— Regardez le roi, dit Floriane admirative, pressant le bras de Roger. Il ne paraît pas du tout fatigué. Quelle métamorphose !

Une collation avait été préparée dans une salle voisine. Toute l'argenterie déployée, les tables croulaient sous les victuailles qu'avait livrées la Coiffier dont le cabaret de la rue du Pas-de-la-Mule était renommé pour sa bonne chère. Poissons, volailles artistement décorées de leur plumage, marmelades et confitures, il y avait là de quoi satisfaire les appétits les plus exigeants. Les invités, arrivés pour la plupart en fin d'après-midi, qui avaient sagement et sans manifester d'impatience supporté une si longue attente, qui avaient applaudi avec tant d'enthousiasme au ballet royal, pour la plupart bourgeois dignes et compassés, se révélèrent soudain aussi violents et affamés que des loups en plein hiver. Et tandis que Louis XIII levait son verre de vin de Montmartre en compagnie de ces messieurs de la Ville, le buffet fut pris d'assaut, les plats se vidèrent, se renversèrent, chacun piétinant allègrement son voisin pour attraper les meilleurs morceaux.

Courageusement, Roger s'était lancé dans la mêlée avec l'espoir de rapporter quelque chose à ses compagnes restées prudemment à l'écart.

Il revint avec un plateau chargé d'un petit pâté et d'une moitié de poulet.

— Il faudra vous contenter de ces quelques rescapés. Quelle bataille, mes amies !

Autour d'eux, on commentait le spectacle avec ardeur. Ermelinde, pour sa part, ne cachait pas son plaisir mais avouait n'avoir pas apprécié la présence, sur la scène, d'un vrai cheval.

— Un ballet n'est pas comme la comédie qui se veut le reflet de la nature. C'est le domaine de l'imagination, de la fantaisie pure. Une machine de fer et de carton aurait mieux convenu.

Floriane et Olyvette ne partageaient nullement son avis.

— Ce cheval était superbe avec ses pompons, ses plumes et ses rubans ! s'écria Olyvette. Et il marchait même en cadence. Avez-vous remarqué ?

De nouveau, les canons tonnèrent. Le roi regagnait le Louvre, la fête était finie. Le jour s'était levé sur une matinée fraîche et légèrement brumeuse. De-ci, de-là, une lanterne encore allumée brillait à une fenêtre.

Olyvette avait suivi Monsieur. Roger avait presque porté la chère Ermelinde épuisée jusqu'à la voiture où elle ronflait déjà comme une bienheureuse. Le baron ordonna au cocher de prendre lentement par les quais. Comme Floriane, il n'avait pas du tout hâte de rentrer.

Par le rideau relevé, un air vif tout chargé des senteurs de la Seine venait rafraîchir leurs visages tout proches l'un de l'autre. Pontgibault avait ramené un pan de son manteau sur les épaules de sa compagne. Ses gestes étaient très doux.

— Êtes-vous bien ? chuchota-t-il.

Elle acquiesça d'un signe de tête.

— Ah, vous garder ainsi, toujours, tout contre moi, continua-t-il, l'embrassant furtivement sur la tempe, voilà mon rêve le plus tendre, le plus cher. Mon cœur, écoutez-moi. Au printemps, je quitterai Paris. J'ai un gouvernement en Auvergne et je dois le rejoindre. L'idée de me séparer de vous m'est insupportable. Vous m'avez métamorphosé, Floriane : le jeu, les femmes, les cabarets, tout ce qui faisait ma vie m'indiffère maintenant. Je ne vois plus que vous, je ne songe plus qu'à vous. Floriane, je vous veux à moi, de toute mon âme. Aujourd'hui même, si vous me le permettez, j'irai demander à votre frère la permission de vous épouser.

Le brillant, le joyeux, le désinvolte baron de Pontgibault avait parlé d'une voix douce, presque humble, qui bouleversa Floriane. Elle voulut répondre. Il l'en empêcha en mettant un doigt sur ses lèvres.

— Non ! Ne dites rien encore, je vous en prie ! L'Angevine que vous êtes, habituée à une nature clémente et paisible, ne peut imaginer la vie dans mon Auvergne.

Roger parla alors de ses paysages solitaires, âpres et sauvages, des volcans et des vallées, des torrents impétueux bondissant sur des roches noires. À Pongibault [1], le château de ses ancêtres La Fayette était justement bâti de ces pierres noires, une vraie forteresse impressionnante.

— Bien différente des riantes maisons des bords du Loir, reconnut le baron soudain tout songeur.

Mais que lui racontait-il ? Floriane, elle, ne se souciait ni du pays ni du logis qui l'attendaient. L'important était de les

1. Le nom Pongibault s'orthographie maintenant Pontgibault.

découvrir et de les habiter avec Roger. Elle le lui dit. Le visage du jeune homme s'illumina.

— Vous m'aimez donc un peu ? Oh ! Floriane, ma beauté, vous m'aimez ?

L'espace d'une seconde, Floriane hésita, puis chassant délibérément tout souvenir, ne voulant vivre que l'instant présent, elle murmura, sans réserve, en fermant les yeux :

— Oui, Roger, je vous aime.

Ils s'embrassèrent longuement. Roger avoua ensuite qu'il s'était préparé, en cas de refus, à se retirer tout près de Pongibault dans l'une de ces vallées perdues, à la chartreuse Port-Sainte-Marie. L'homme chéri de la cour et de la Ville aurait donc renoncé à tout pour elle ? Floriane en fut toute remuée.

— Je ne veux en rien vous contraindre, vous bousculer, dit encore Roger, ne dissimulant plus sa joie. Réfléchissez encore, mon amour. Disons, deux jours.

— Pourquoi attendre ? demanda Floriane.

— Je vous veux sûre de vous.

— Mais je le suis !

Elle avait répondu d'un ton subitement anxieux, les mains agrippées au pourpoint du jeune homme.

— Oh ! Roger ! s'écria-t-elle, je vous en prie, ne me laissez plus loin de vous, emmenez-moi tout de suite !

— Floriane, ma chérie, qu'avez-vous ? demanda-t-il étonné de cette soudaine véhémence.

Mais elle continuait à s'accrocher à lui, comme pour mieux s'assurer de sa chaleureuse présence, se persuader de la réalité d'un bonheur qui n'était peut-être que chimère.

— Qu'avez-vous, ma mie ? répéta Roger inquiet maintenant de voir ses yeux si suppliants. Vous tremblez, vos mains sont glacées…

Elle réussit à sourire, fit un effort pour chasser le froid inexplicable qui soudain lui étreignait le cœur. Elle rassura Roger.

— Vous avez surtout besoin de dormir un peu, dit-il. C'est ma faute, j'aurais dû vous raccompagner plus tôt.

Elle était maintenant redevenue elle-même :

— Mon frère sera à la maison ce soir. Venez lui faire votre demande. J'aurais eu le temps de lui parler.

Il l'embrassa de nouveau.

Ermelinde émit de petits grognements indistincts et se tassa plus à son aise sur la banquette. Dormait-elle vraiment ?

— Heureusement pour vous que dame Frumence vous accompagne, même dans son sommeil, chuchota Roger à l'oreille de Floriane. Je me suis toujours senti gaillard le matin, mais tudieu ! comme aujourd'hui jamais ! Seule une journée de chasse me donnera la patience d'attendre ce soir.

Se tournant et se retournant sur son lit, Floriane ne parvint à dormir que quelques heures d'un sommeil agité. Toute frissonnante, la tête lourde, elle finit par se lever et sonna Toinon.

Du jardin de l'Hôtel de Soissons montaient les voix claironnantes des jardiniers qui s'interpellaient. Quelqu'un entonna une chanson d'un timbre de fausset qui déplut à la jeune fille. Ses gestes étaient fébriles, maladroits. Une nuit blanche suffisait-elle à expliquer autant de nervosité ?

Elle aimait Roger et la vie était courte. Il désirait l'épouser. Rien ni personne ne pouvait les empêcher d'être heureux. Pas même Charles. Surtout pas lui qui ne saurait s'opposer au bonheur de sa sœur. Alors ? Pourquoi ce malaise ? N'était-elle pas vraiment sûre d'elle-même ? Pourquoi ne chantait-elle pas, elle aussi, la joie d'aimer et d'être aimée ?

Elle se fit servir en bas un dîner léger auquel elle toucha à peine. Quatre heures… Et son frère qui ne rentrait pas ! Les heures semblaient s'égrener comme du plomb dans la maison silencieuse.

Cette dernière journée avait été, en effet, rude pour le jeune comte de Saint-Évy. Après le ballet dansé au Louvre puis à l'Hôtel de Ville, la joyeuse ripaille faite ensuite à la Fosse-aux-Lions avec ses amis et quelques filles, il s'était réveillé un peu plus tard, sans trop savoir comment, au côté de Bois d'Ennemets, dans le lit d'une brune plantureuse. Il avait alors filé au jeu de paume se dérouiller le corps et l'esprit dans une partie acharnée qu'il avait perdue et, jugeant avoir assez donné de sa personne, s'était enfin décidé à rentrer chez lui.

Il trouva donc sa sœur, attablée devant plats et assiettes, le menton posé sur ses mains jointes, le regard perdu dans le vague. Absorbée dans sa rêverie, elle ne l'avait pas entendu venir.

S'arrêtant au milieu de la pièce, Charles contempla un instant Floriane, admirant une fois de plus la douceur et la perfection du profil se découpant dans le contre-jour. Une émotion à peine palpable effleura le jeune homme, amena sur ses lèvres un sourire :

— Tu m'attendais, sœurette ?

Un sursaut fit voleter les boucles noires ondulant harmonieusement sur ses épaules.

— Ah, Charles. Enfin, te voilà !

Il s'assit en face d'elle, se servit un verre de vin.

— Ouf ! Je suis mort, fit-il en buvant d'un trait.

— Charles…

— Eh bien…, dit-il, la moustache toute perlée de gouttes sanguines, n'ai-je pas droit à quelques compliments pour mes talents conjugués de danseur et de comédien ?

Elle eut un mouvement agacé de la main.

— Oui, oui. Bien sûr. Tu étais magnifique. Tout le ballet l'était d'ailleurs. Mais il ne s'agit pas de cela.

Le jeune homme bâilla, peu enclin à faire les frais d'une conversation, ayant une irrésistible envie de dormir.

— Charles, écoute-moi. Il s'agit de M. de Pontgibault.

— Encore ce baron du diable ! s'exclama-t-il. Il n'est donc question que de lui aujourd'hui !

— Comment ça ?

— Je quitte à l'instant le comte de Chalais, fou de rage. Il vient d'apprendre que le baron passait la journée avec sa femme. Imagine sa colère. Cette fois il est bien décidé à en finir avec ce foutu planteur de cornes !

— Mais c'est impossible ! cria Floriane.

— Je t'affirme que si. Je faisais équipe avec Chalais à la paume lorsque quelqu'un est venu le prévenir de son infortune. La partie a même été interrompue le temps de me trouver un autre partenaire. Le comte a filé dare-dare rechercher Pontgibault.

Pétrifiée, Floriane écoutait son frère. Non, non, ce n'était pas possible. Roger n'avait pu courir rejoindre une ancienne maîtresse après l'avoir quittée si tendrement ce matin. Ses baisers, ses mots d'amour, leurs doux projets... Il n'avait pu aussitôt leur être parjure ! Tout son cœur, tout son être lui clamaient leur confiance. Cette histoire ne tenait pas debout. Roger ne lui avait-il pas affirmé qu'il avait cessé de voir la comtesse, que M. de Chalais lui-même avait fini par se calmer, se contentant de l'ignorer quand il leur arrivait de se rencontrer ? Il y avait donc autre chose, un malentendu, une simple médisance.

— Qui a prévenu M. de Chalais ?

— Je l'ignore. Un messager, porteur d'un billet.

— Mais ce messager ? Qui était-il ?

— Mais quelle importance enfin ? explosa Charles, agacé par l'insistance de sa sœur. Autant que je me souvienne, une espèce d'avorton, bossu, laid à faire peur, un inconnu ! Es-tu contente ?

À ces mots un étau se referma sur la gorge de Floriane et le sang se retira de son visage.

— Un petit homme contrefait, balbutia-t-elle d'une voix blanche, avec un grand chapeau aplati sur la tête...

Surpris, Charles regarda la jeune fille.

— Oui, en effet, mais comment le sais-tu ?

— Oh, Charles ! Ce n'est pas la première fois que ce bossu se trouve sur mon chemin. Rappelle-toi, une nuit, en rentrant du Louvre... Et pas plus tard qu'hier encore...

— Coïncidence ! En quoi serais-tu concernée ? Tout ceci ne regarde que M. de Chalais.

— Et M. de Pontgibault ! fit-elle en se levant brusquement. Roger n'est coupable que de m'aimer. Il doit venir tout à l'heure s'en expliquer avec toi. En attendant, il m'a dit qu'il chasserait toute la journée hors de Paris et j'ai les meilleures raisons du monde de le croire. Son rendez-vous avec Mme de Chalais est une calomnie !

Charles avait lui aussi quitté sa chaise.

— Tu l'aimes donc ? dit-il d'un ton presque douloureux.

— Oui, et c'est pour cette raison même que je le crois incapable d'une trahison. Mon Dieu, c'est une machination ! La présence de ce bossu en apporte la preuve.

Son angoisse grandissante, sa certitude commencèrent à ébranler son frère.

— Mais enfin, qui est ce bossu ?

— Je ne sais pas, Charles ! Il faut à tout prix empêcher ce duel. Il faut avertir Roger, prévenir le comte de Chalais avant qu'il ne soit trop tard.

Il eut un soupir résigné.

— Soit ! Puisque tu le veux, je m'en charge.

Le jeune homme fit tournoyer sa cape, rajusta feutre et baudrier.

— Attends ! s'écria Floriane. Toinon ! Mon manteau, vite ! Je t'accompagne et surtout n'essaie pas de m'en empêcher.

Résigné, Charles haussa les épaules. Comment s'y opposer en voyant son émoi ?

— Le mieux, dit-il, est d'aller tout de suite rue de Bouloy. Peut-être Pontgibault est-il déjà chez lui.

La journée avait été assez belle. Dehors, la rue gardait encore une lumière feutrée qui s'attardait, léchant les flaques d'eau, les vitraux et les heurtoirs de bronze des maisons. Comme tous les jours à pareille heure, la ville s'animait sous l'ultime grondement de la houle précédant le calme étale – du moins en apparence – de la nuit. Agrippée au bras de Charles, Floriane l'entraînait, sentant monter en elle une indicible appréhension à mesure qu'ils approchaient de l'Hôtel de Lude.

La première, elle aperçut de loin le comte de Chalais, entouré d'un petit groupe d'amis et de serviteurs, faisant les cent pas à l'entrée de la rue. Il paraissait attendre, guettant de tous côtés l'arrivée de quelqu'un. Roger n'était donc pas encore de retour. Floriane en fut soulagée à l'extrême. Avec un peu d'habileté, de conviction, elle saurait bien mettre fin à la vindicte injustifiée d'un époux, arrêter cette stupide querelle. Il était encore temps.

— Vite ! dit-elle en pressant le bras de son frère.

Au même moment, tournant l'angle de la rue des Petits-Champs, une voiture apparut et Floriane n'eut pas besoin de voir sur la portière l'écusson d'azur à croix engrêlée d'argent des Daillon pour savoir que c'était le carrosse de Roger.

Le comte de Chalais l'avait lui aussi reconnu et, l'épée au poing, il s'élança à sa rencontre.

Roger de Pontgibault somnolait, la tête appuyée contre le cuir capitonné de la banquette, les jambes, prisonnières de grosses bottes de campagne, étendues devant lui. Des heures de chevauchées au grand air avaient apaisé ses ardeurs sans pour autant effacer de son cœur l'image chérie de Floriane qui n'avait cessé de l'accompagner.

Une voix vomissant des injures le tira de son rêve. La voiture s'était arrêtée et la portière s'ouvrit sous la main brutale d'un homme tremblant de fureur, au visage déformé par la haine, en qui Roger eut bien du mal à reconnaître le séduisant grand maître de la garde-robe royale.

— Descendez vite, larron ! hurla le comte, hors de lui-même.

En même temps que Chalais, Floriane et Charles s'étaient mis à courir, criant son nom, espérant le rattraper à temps, et pouvoir encore empêcher l'affrontement.

Mais il était trop tard. Tout se passa très vite.

Au bout de la rue, Floriane vit Roger descendre du carrosse et tirer son épée. Un dernier éclat de soleil s'accrocha à une croix de pierre au pied de laquelle se battaient les deux gentilshommes. Floriane arrêta sa course, joignit les mains, les yeux pleins d'effroi. Semblant s'agrandir démesurément au-dessus des adversaires, allumée par le rouge du crépuscule, la croix flamboyait comme le sceau sanglant d'une volonté divine, implacable, sans appel.

Au même instant Pontgibault s'effondra.

— Roger !

Le hurlement de Floriane troua le silence de la rue et s'étrangla comme la plainte d'un oiseau blessé. Ramassant les plis de sa robe, elle se remit à courir, bousculant tout le monde, et tomba à genoux auprès du baron gisant sur le pavé.

L'attaque en surprise de Chalais, qui s'ajoutait à la fatigue d'une grande journée de chasse, avait eu raison de la défense de Pontgibault. Mal préparé à ce duel soudain, il n'avait pas riposté avec l'ardeur et la conviction nécessaires et Chalais avait été plus prompt que lui.

Tout doucement, Floriane glissa son bras sous ses épaules et essuya sur le beau visage aux yeux clos les traces de boue qui le maculaient, ses gestes d'une légèreté infinie contrastant étrangement avec les battements fous de son cœur en déroute.

— Roger ! implora-t-elle, Roger !...

Avec horreur, elle s'aperçut que le linge qui bouillonnait à l'échancrure du pourpoint commençait à se teinter de pourpre.

Une main se posa sur elle.

— Il faut le transporter chez lui, fit la voix de Charles.

Levant la tête, les yeux embués de larmes, Floriane vit sans vraiment le distinguer un groupe d'hommes qui se penchaient aussi sur le blessé.

Bien sûr, on allait l'emmener, le soigner, le sauver sûrement. Oh ! Dieu... la blessure ne pouvait être grave, une estafilade, plus spectaculaire que sérieuse... Cette pensée tournoyait à toute vitesse dans son âme, s'accrochait chimériquement à l'espoir.

Un murmure indistinct agita les lèvres du baron. Floriane se pencha, son visage tout contre le sien, son souffle soulevant une mèche noire sur le front pâle du gentilhomme. Ayant l'impression qu'on lui enfonçait dans la poitrine une pointe acérée, elle rencontra les yeux de Roger levés sur elle, déjà ternis d'un voile glauque.

— Flor… ria…

Elle reçut le message, sut y lire, avec une certitude qui la transperça comme une vrille, l'ultime aveu d'amour qu'il renfermait.

Sous ses doigts, la longue main nerveuse conservait une souplesse molle d'où la vie s'était retirée. Abandonné, le corps du gentilhomme pesait sur son bras. Désespérément, elle le pressa contre elle, imprimant une dernière fois dans sa chair le souvenir de leur union inachevée et, d'un geste lent, effaça ce regard qui ne la voyait plus.

« C'est fini… Il est mort… » En écho au cri intérieur de Floriane, le murmure courut dans la foule qui l'entourait, remonta la rue Coquillière pour aller se perdre plus loin.

Charles aida la jeune fille à se relever. Elle se laissa faire, privée de force, regardant les domestiques du baron transporter le corps de leur maître dans la voiture. Déjà prévenu de l'accident survenu à son frère, Timoléon de Daillon accourait en hâte, vêtu seulement d'une robe de chambre. Floriane remarqua sur ses pantoufles des petites roses de satin, coquettes et frisées, pimpantes malgré la boue qui avait giclé jusqu'aux chevilles gainées de blanc. Elle s'accrocha à ce détail : des roses de satin rouge et Roger qui venait de mourir. Et la croix qui tout à l'heure rougeoyait au-dessus des deux têtes…

Le comte de Chalais qui pendant tout ce temps était resté un peu en retrait s'avança vers M. de Daillon.

— Monsieur, le combat a été mené selon les règles, en présence de témoins.

Il désigna de la main M. de Louvigny qui l'accompagnait – un petit homme noiraud, hirsute, au regard sombre – et aussi Charles ainsi que tous les valets et badauds.

Floriane se tourna vers lui. Elle avait maintenant les yeux secs mais ils étincelaient d'une lumière insoutenable.

— Prenez garde ! lui cria-t-elle. Le signe de Dieu était aussi sur vous !

Sa voix avait pris un tel accent que certains la regardèrent convaincus que le chagrin lui avait troublé les esprits.

— Ne restons pas là, Floriane, viens…

Le carrosse emmenant Roger se mit en route, fut bien vite happé par la porte voûtée de l'Hôtel de Lude. La foule se dispersa lentement, bavards et curieux continuant, par petits groupes, à échanger leurs commentaires.

Bientôt, il ne resta plus rien. Rien que l'ombre qui s'était étirée peu à peu, et sur le sol, au pied de la croix de pierre grise, une minuscule tache de sang.

III

Le panache rouge

(Printemps 1626)

La rencontre entre le comte de Chalais et le baron de Pontgibault, qui avait coûté la vie à ce dernier, avait fait grand bruit. Une fois de plus, l'orgueil exacerbé et la fougue indomptée de jeunes gentilshommes avaient fait une victime. Le vieil interdit frappant les duels – déjà promulgué par Henri IV – fut encore invoqué sans que l'on aille au-delà de palabres et de critiques. Le roi quant à lui ne dit rien ; le cardinal ferma les yeux. Le grand maître de la garde-robe se savait de trop haute importance pour craindre des représailles. D'ailleurs, à la cour comme à la Ville, son geste avait l'approbation de la majorité. Un mari bafoué se devait de noyer dans le sang son déshonneur. Rien que de très normal. Il eût été au contraire impitoyablement méprisé de laisser cette injure impunie. Il n'y eut que ceux qui aimaient Roger pour protester et clamer vengeance. Et encore ! Même parmi les amis du disparu, beaucoup ne purent qu'approuver Chalais.

Floriane, elle, resta à l'écart de tous ces remous. Elle ne sortait que très peu, tout au plus une visite à Anthonie – maintenant, devant Dieu, sœur Marie-Josèphe – et restait de longues heures dans sa chambre à lire ou penchée sur quelque ouvrage de tapisserie. Ce calme, l'absence de colères promptes, d'éclats capricieux inquiétaient ses proches. Charles ne reconnaissait plus son démon bien-aimé et Ermelinde, comme Toinon, en venaient même à regretter les violentes mercuriales dont elles faisaient les frais en temps ordinaire.

Et puis, surtout, Floriane ne pleurait pas ! Aucun sanglot, pas la moindre larme, pas le plus léger gémissement. Cette attitude insolite en la circonstance déroutait tout le monde.

Toujours est-il que ses fidèles veillaient, présences discrètes, avec sollicitude. Si Charles ne pouvait lui-même accompagner sa sœur lors de ses rares sorties, il prenait soin de la confier à son valet Nicot, Macloud et une petite garde de domestiques sûrs, ceci pour tenter d'effacer dans l'esprit de Floriane sa dernière lubie.

Ne s'imaginait-elle pas être, en effet, l'objet d'une surveillance suspecte ? Toinon, qui dormait dans la garde-robe, avait même rapporté au jeune homme que, dans les rêves agités de sa maîtresse, il était souvent question d'un mystérieux bossu. Il est vrai qu'avec cette lie de gueux, ces graines de bas-fonds qui souillaient la ville, tous ces mendiants et ces estropiés vrais ou faux, des bossus, il en pullulait. Et celui-ci, même Ermelinde, pourtant aux aguets, ne l'avait jamais vu. Charles ne s'inquiétait donc pas outre mesure de ces fantasmes.

— Seul le temps effacera votre peine, lui dit la duchesse venue la voir. Vous voyez que je ne cherche pas à vous consoler. Les mots sont si vains…

— Plus que jamais, tu dois te tourner vers Dieu, conseillait, de son côté, sœur Marie-Josèphe.

Mais, mis à part des messes demandées à Saint-Eustache pour le repos du baron, Floriane ne semblait pas puiser réconfort dans la foi et les prières.

Olyvette vint aussi, débordant d'affection, envahissante comme toujours. Et aussi Boisrobert, le gentil Boisrobert au visage tout défait qui pleurait son ami. Le chagrin avait fait éclore, sous la plume du bon abbé, une vibrante élégie à la mémoire du beau cruel, de l'irremplaçable, et sans le moindre égoïsme, sans la moindre rancune pour celle qui avait été l'élue, il venait l'offrir à Floriane.

Pleurez, Muses, pleurez. Daphnis n'est plus au monde.
Sa belle âme a volé dans un autre séjour…
Las, j'ai vu de sa vie éteindre le flambeau.
Pleurez, Muses, pleurez. Daphnis est au tombeau.

Certes, les vers étaient émouvants et beaux et la jeune fille avait remercié Boisrobert d'un petit sourire triste :

— Au moins avez-vous la poésie pour soulager votre chagrin. Moi, je suis seule, avec le mien.

Non, vraiment, rien ne semblait la toucher. Elle était là, apparemment résignée, mais si lointaine, si indifférente à tout.

Boisrobert avait l'air si désolé de ne rien pouvoir pour elle qu'Ermelinde en eut pitié et prit l'initiative de faire servir des rafraîchissements. Elle força Floriane à boire avec eux :

— Goûtez ce vin. Il est bon.

Du muscat aux reflets d'ambre s'envolait un doux parfum fruité.

L'abbé claqua la langue, en connaisseur :

— Il me rappelle certain breuvage que l'on déguste dans les cabarets de campagne. Je pense en particulier à un aubergiste de Chaillot qui en a un divin !

Les paroles de Boisrobert pénétrèrent en Floriane comme un tourbillon.

Chaillot ! La colline jaune et rousse un peu embuée, le charme hivernal des berges de la Seine, les tartes au verjus. Et Roger… Oh ! Mon Dieu, Roger ! Elle éclata, soudain, en sanglots.

L'émoi fut général.

— Mon Dieu ! La pauvrette !

— Eh bien, eh bien ! Qu'arrive-t-il à cette enfant ? s'écria Boisrobert d'un air consterné.

— Enfin ! Enfin ! Enfin ! soupira dame Frumence.

— Qu'avez-vous donc avec vos « enfin » ? On dirait que le chagrin de Mlle de Saint-Évy vous fait plaisir.

— Ne comprenez-vous donc pas ? fit Ermelinde. Elle n'avait pas encore versé une larme. Et toute cette eau retenue lui tournait les humeurs, j'en suis persuadée. Maintenant…

Boisrobert prit la main de Floriane, enveloppant la jeune fille de sa fraîche odeur de framboise.

— Chère petite ! Nous l'aimions tant notre héros, notre Daphnis ! Mêlons nos pleurs, voulez-vous ; enivrons-nous de nos chagrins amers ; distillons ensemble une triste volupté à la mémoire du disparu, à cette belle âme que la mort nous a ravie.

Pleurez, Muses, pleurez. Daphnis n'est plus au monde !

Floriane sanglotait toujours. Boisrobert avait l'œil humide et la main de plus en plus caressante. Elle s'était emparée d'un genou qui s'arrondissait sous la robe et le pétrissait avec ardeur.

— Allons, allons, bon abbé, calmez-vous, dit Ermelinde.

— Me calmer ? Au contraire. J'offre mon corps à ce cœur meurtri. Le bonheur des sens sera un baume à nos communes blessures.

Floriane, enfin, leva la tête. Elle regarda Boisrobert comme si elle le découvrait pour la première fois, son air désolé ne convenant guère à ses joues pleines, à son col de dentelles légèrement de travers. Et d'imaginer qu'elle et lui… Subitement, elle se mit à rire, un rire fou mêlé de larmes. Elle hoquetait, chercha son mouchoir, s'y moucha bruyamment, rit encore sous les regards stupéfaits.

— Sa raison s'égare…

— Madame ma mie, reprenez-vous.

— Que c'est bon ! Dieu, que c'est bon ! Laissez-moi rire, mes amis, rire et pleurer.

Elle s'essuya les yeux et se moucha encore.

— Merci, l'abbé, de m'avoir consolée.

La joie de Boisrobert en voyant la jeune fille renaître à l'existence se teintait de dépit :

— Ainsi, vous semblez refuser mon… soutien.

— Vous êtes gentil, mais c'est bien inutile.

— D'ailleurs, l'abbé, vous dites toujours préférer pages et laquais…, susurra dame Frumence.

— Mais tout est bon pour le plaisir, marmonna l'incorrigible libertin. Se borner en amour – comme en maintes choses, d'ailleurs – à ne goûter qu'aux mêmes parfums dénote une nature aussi stérile que mesquine…

« Voilà qui ne déplairait pas à Olyvette », songea Floriane. Elle se sentait légère, si légère, libérée du triste fardeau qui depuis des semaines l'écrasait.

Floriane, désireuse soudain de mettre rapidement un terme aux « états d'âme » du poète, le remercia de sa visite et de ses attentions, puis prétextant une grande lassitude, l'obligea à se retirer promptement.

Elle savait bien que Roger en mourant avait emporté à jamais une part d'elle-même, de son cœur et qu'il lui serait toujours douloureux d'y penser. Mais la vie continuait et elle savait aussi qu'elle ne pouvait y renoncer en s'enfermant dans un chagrin et des regrets stériles.

*

L'hiver s'achevait. Un air plus doux, plus rieur, de la pluie certes, mais vite coupée par un soleil fantasque, jouant parmi les nuages, un soleil si jeune, si vif qu'on lui pardonnait bien volontiers ses caprices : le printemps s'annonçait par bonds irréguliers. Personne ne doutait de son arrivée en découvrant dans les clos et jardins la poussée quotidienne des bourgeons gluants et barbus, en voyant toits et clochers se festonner de nids nouveaux et duveteux, en humant les violettes que des gamines offraient pour un sol, si bien que l'on se prenait même à trouver à certaines rues un souffle acide et léger de feuilles tendres, un petit air de fête qui, pour fugace qu'il fût, n'en réjouissait pas moins les cœurs.

En retrouvant Mme de Chevreuse, Floriane s'aperçut que la conspiration fomentée par son amie et qu'elle avait vue naître chez M. d'Ornano, s'était précisée, amplifiée même, rassemblant tous ceux qui avaient à se plaindre de Richelieu, et Dieu sait s'ils faisaient légion…

La signature du traité de Monçon, au début du mois de mars, avait porté un rude coup aux partisans de la maison d'Autriche : les Espagnols, en effet, s'y engageaient à détruire leurs forts en Valteline récupérée par les Grisons. Seul le roi et un petit noyau qui se donnait le titre de « bons Français » soutenaient le cardinal dans sa politique. Quant aux autres, ils perdaient de plus en plus patience.

Aux Condé, aux Soissons, au duc de Montmorency, aux Rohan, bref ! aux plus grands noms de France s'étaient joints les deux frères Vendôme, César et Alexandre, fils légitimés d'Henri IV et de Gabrielle d'Estrées. Le premier, gouverneur de Bretagne, estimait que pour un fils de France, il était singulièrement tenu à l'écart de tout. Il piaffait, avide de jouer un rôle à la mesure de ses ambitions. Alexandre, le grand prieur, avait, lui, sans résultat, sollicité auprès du cardinal la charge de grand amiral, rebuffade que l'on ne pardonnait pas à un valet parvenu.

En outre, tous les amis, tous les gentilshommes de Monsieur avaient avec enthousiasme adopté ce qu'on appelait maintenant « le parti d'aversion au mariage » destiné à mettre en échec Richelieu. Persuader Gaston d'Anjou de refuser la main de Mlle de Montpensier n'avait, en effet, présenté aucune difficulté.

Allait-il, lui, frère héritier du roi, obéir comme une levrette au moindre caprice de sa mère, à la première fantaisie du cardinal exécré qui l'avait toujours considéré comme un être négligeable ? Allait-il aussi se priver si facilement de sa joyeuse liberté ? On savait ce que valait le mariage : contraintes, obligations, jérémiades de l'épouse à la plus petite encoche dans le contrat. Il avait bien le temps de s'y résoudre et sans doute avec meilleur parti, quelque princesse étrangère qui lui permettrait une position plus assise en face de Louis et de son ministre, le moyen de leur fermer le bec le cas échéant.

Et puis certains intimes ne manquaient pas de rappeler au prince la faible santé du roi, la jeune et malheureuse veuve que ferait la reine Anne, la sympathie qu'il éprouvait pour sa jolie belle-sœur. M. d'Ornano avait toujours su chapitrer son élève.

Floriane, quant à elle, ne s'était pas trompée en soupçonnant Richelieu d'être au fait du complot. D'ailleurs, peu de temps après qu'il eut reçu la visite de ces dames, M. d'Ornano avait été nommé maréchal. Sans aucun doute, on essayait d'acheter ses services. Manœuvre bien inutile, le choix de M. d'Ornano étant fait.

La conspiration avait pris maintenant un tour trop définitif pour que la duchesse et le maréchal, aussi soutenus fussent-ils dans leur action, ne cherchassent pas également à nouer des intelligences extérieures et à s'assurer d'un asile éventuel.

Pour distraire Floriane, Mme de Chevreuse, gentiment, lui proposa un jour d'assister à l'une de leurs réunions où ils devaient ensemble examiner leurs appuis, se trouver de nouveaux atouts, inventorier leurs forces. La politique n'était-elle pas le meilleur des remèdes pour un cœur éprouvé ? Charles prit mal la chose. Il lui répugnait visiblement que sa sœur fût mêlée à des intrigues graves. Quel rabat-joie ! Enfin, tout s'arrangea avec la promesse que Floriane ne chercherait en rien à participer à la discussion et qu'elle se contenterait d'écouter sans mettre son grain de sel. La jeune fille promit tout ce qu'il demandait, ravie de jouer les conspiratrices, même dans un rôle effacé.

Le soir du rendez-vous, la nuit enveloppait la ville. Elle semblait plus profonde, plus noire dans le quartier du Châtelet. Les Parisiens n'ignoraient pas ce qu'abritaient les murs épais de la lourde forteresse renflée de tours et de donjons où siégeait la justice : salles de tortures, geôles sinistres, morgue infâme où s'alignaient les cadavres en attendant d'être cousus dans des linceuls par les filles hospitalières de Sainte-Catherine et ensevelis aux Innocents, inconnus ramassés dans les rues au petit matin ou noyés rejetés par la Seine.

En outre, la proximité du lieutenant de police, des lieutenants civil et criminel, de la cohorte des juges et des bourreaux, dégageait une impression assez sinistre pour que les désagréments du voisinage vinssent compléter fâcheusement le tableau.

Dans la Vallée de Misère, en bordure de la Seine, c'étaient les volailles que l'on saignait, partout des cages pleines de poules ou de chapons, de dindes et de pintades, caquetant, gloussant, battant de l'aile en attendant l'heure dernière. Fientes et plumes engluées de sang rejaillissaient jusqu'aux murs et les fumets des rôtisseurs voisins ne parvenaient pas à chasser l'odeur tenace de poulaillerie.

À l'ouest, rue Pierre-à-Poisson, les pêcheurs d'eau douce déversaient leurs barils sur les étals des harengères. L'eau des caniveaux charriant écailles et viscères distillait une senteur violente de vieille marée qui de tous ces effluves provocants n'était cependant pas le pire. Car, à l'opposé, les rues de la Tuerie et de l'Écorcherie, la ruelle du Pied-de-Bœuf, la rue de la Triperie et bien d'autres encore où les bouchers tuaient et dépeçaient bœufs, veaux, porcs et moutons, formaient un véritable labyrinthe sanguinolent, boyaux fétides où pourrissait le déchet de viandes dans la clameur des bêtes et des gens.

Onze heures ! Le vacarme diurne avait cessé. Le silence était troublé seulement par un beuglement esseulé et la petite sonnette glaciale du « crieur des morts » qui ne craignait pas de s'enfoncer dans cette pestilence. En haut de son clocher, l'énorme statue de saint Jacques se dessinait contre le ciel d'un bleu sombre que la lune tachait d'or pâle.

Venant de la rue Saint-Leufroy, deux silhouettes traversèrent d'un pas rapide la petite place de l'Apport-de-Paris où se tenait le jour un marché en plein vent, longèrent les murs de la Grande-Boucherie et se dirigèrent vers l'église Saint-Jacques.

— Que cherchez-vous, promeneurs ? chuchota une voix à leur approche.

Elle paraissait venir des sculptures de pierre qui ornaient la façade de l'édifice. Un murmure lui répondit, distinct cependant :

— La gloire d'une reine.

— Elle passe par ici, reprit la voix.

Au même instant, sans le moindre bruit, une porte s'entrouvrit, comme actionnée par une poussée invisible. Une petite lumière aux reflets rouges clignotait à l'intérieur de l'église. Les deux silhouettes se faufilèrent, laissant la main mystérieuse refermer le battant derrière elles.

Un souffle froid chargé d'une odeur humide et indéfinissable les prit au visage.

Délaissant à leur gauche la nef plongée dans une obscurité totale, elles se dirigèrent vers la lumière qui semblait leur faire signe. Elle était assez forte pour que, jointe à la faible clarté des vitraux découpés tout en haut du mur, elle éclairât leur chemin. Leurs pas prudents suivirent ainsi une galerie étroite, éveillant à peine une résonance sur le sol dallé.

La lumière se rapprocha, dévoilant la rupture de la galerie qui s'arrondissait, formant à droite un petit renfoncement d'où surgirent des ombres.

— C'est vous, comte ?

— Oui !

— Alors il ne manque plus que le maréchal. Il ne saurait tarder.

Quelqu'un saisit la main de l'un des nouveaux venus.

— Vous, petite amie, restez près de moi.

Ce parfum, cette voix affectueuse, si familière… Floriane se rapprocha de Mme de Chevreuse.

Elle s'était maintenant habituée à cette demi-obscurité et s'aperçut qu'ils étaient déjà plusieurs à se trouver dans une sorte d'absidiole au mur peint de couleurs vives et récentes. Avec un brin d'attention, elle put même aisément deviner quelques scènes qui de toute évidence évoquaient les images de l'Apocalypse. La fresque était interrompue, à intervalles réguliers, par de petites niches où s'entassaient des restes de squelettes, crânes et tibias à la pâleur grisâtre.

Au fond, quelques marches se creusaient dans la pierre. Floriane distingua en bas la masse sombre d'une porte, le reflet d'une ferrure de bronze. Et toujours cette odeur fade, légèrement écœurante.

— Ne sentez-vous pas ? chuchota-t-elle à la duchesse. Cette église empeste.

— Et pour cause ! rétorqua Marie de Chevreuse en étouffant un rire. Nous sommes juste dans une galerie de charniers. Il y en a douze comme celui-ci, nouvellement construits. Et au-dessous de chacun – elle frappa légèrement le sol de son talon – des caveaux déjà bien remplis.

Un bruit de pas furtifs annonça quelqu'un.

— Me voici, me voici ! fit une voix que Floriane reconnut.

M. d'Ornano rejoignit ses amis.

— Je crois que nous sommes au complet, déclara la duchesse, comptant jusqu'à dix le nombre de personnes présentes à l'étrange réunion.

— N'attendons plus.

La voix de Monsieur vibrait d'impatience joyeuse. Car Gaston d'Anjou était là, avec ses fidèles Puylaurens et Bois d'Ennemets. La princesse de Condé était venue aussi, avec le comte de Soissons, tandis que Mme de Chevreuse était arrivée en compagnie du grand prieur de Vendôme. Tous dissimulés sous de grands manteaux noirs, le feutre rabattu sur le nez, armés jusqu'aux dents de pistolets et de rapières, ils avaient quitté leurs hôtels respectifs par des sorties dérobées pour gagner discrètement le lieu du rendez-vous.

Qui avait choisi l'église Saint-Jacques-la-Boucherie ? Floriane ne s'en souvenait plus, mais elle devait avouer que la trouvaille était ingénieuse. De si hauts personnages dans un quartier aussi sordide et populeux, il y avait là de quoi dérouter le plus habile des espions de Richelieu chargés de les surveiller. Car l'affaire cette fois était trop sérieuse pour en délibérer chez soi à la merci d'un bavard.

Ces taches mouvantes de lumière dans le noir, les silhouettes de ses compagnons, leurs chuchotis et les bruits qui résonnaient sourdement dans tous ces coins et recoins invisibles, le sous-sol et sa lugubre contenance, l'odeur collée au froid humide qui sourdait autour d'eux, tout cela faisait vivre à Floriane d'étranges minutes au goût d'irréalité, ce qui n'était pas pour lui déplaire. Elle était en effet restée si longtemps indifférente à tout, les sens et la curiosité comme détruits, qu'elle goûtait intensément cette nuit insolite.

La duchesse de Chevreuse fit quelques pas au milieu de ses amis, les bras tendus comme pour mieux les rapprocher les uns des autres.

— Je ne rappellerai pas ce qui nous amène, ce soir, à nous réunir ici, nos intérêts à tous qui se trouvent également ceux d'une reine injustement traitée et que je sers, notre haine commune envers un faquin que nous devons abattre avant de nous trouver nous-mêmes ruinés. Vous connaissez tous le but poursuivi. Mais avant d'entreprendre la moindre action, il s'agit de connaître nos positions exactes, les aides sur lesquelles nous pouvons compter, celles que nous pouvons solliciter. Richelieu est un habile renard : nous devons rassembler de notre côté le maximum de chances. Je propose donc que chacun d'entre nous annonce ses cartes maîtresses. Pour moi – je garde encore la parole une minute –, je puis déjà vous assurer deux choses. La première est que mon cousin Rohan est prêt à soulever son armée de protestants en Languedoc. La seconde concerne les amitiés fidèles que j'ai laissées en Angleterre. Vous connaissez aussi les sentiments du duc de Buckingham pour notre reine, sa ferveur, son dévouement qui ne demandent qu'à s'exprimer. L'Angleterre vient d'armer six vaisseaux, pour combattre l'Espagnol. Ces six vaisseaux, le duc est décidé à les mettre à la disposition de La Rochelle si la ville décidait de se révolter. Enfin, en cas de fuite – prévoyons le pire –, il va sans dire que nous trouverions à Londres le meilleur des accueils.

L'ombre du beau Lord Holland, qu'elle avait aimé naguère et jamais oublié, passa dans la galerie. Pourtant la Chevrette conserva une voix ferme, gardant ses attendrissements pour elle seule. Elle avait parlé en maîtresse femme mais elle sut retrouver une modestie plus conforme à son sexe pour laisser M. d'Ornano diriger le débat.

— À vous, maréchal, puisque vous êtes en quelque sorte l'âme de notre complot.

L'habile démone !

D'Ornano fit quelques façons :

— Non pas, non pas !

Et se tournant vers Monsieur :

— Monseigneur, vous avez d'abord droit à la parole. Que nous apprendrez-vous ?

Gaston d'Anjou, le chapeau en bataille comme à son habitude, avança un pied, une main fièrement posée sur la hanche.

— J'ai écrit en Piémont à ma sœur Christine [1]. Elle a toujours su mener son bossu de beau-père par le bout du nez. Elle n'aura donc aucun mal à attiser la hargne qu'il éprouve pour les menées du cardinal.

— Oui, ricana le grand prieur. Le duc de Savoie n'a pas digéré le fait d'avoir été totalement négligé lors du traité de Monçon. D'ailleurs, qui songe, jamais, à lui demander son avis ?

— C'est bien la raison pour laquelle, reprit Gaston d'Anjou qui n'appréciait pas l'interruption de son demi-frère, d'après ce que m'affirme Christine, le duc serait tout disposé à nous envoyer dix mille hommes au besoin.

— Bien, bien cela ! dit le maréchal. Pourtant un soutien politique et militaire s'il n'est pas étayé par quelque subside important…

1. Seconde fille d'Henri IV et Marie de Médicis, née en 1606. A épousé le prince Victor-Amédée de Savoie en 1619.

— J'offre, moi, quatre cent mille écus à Monsieur, s'il décide de quitter la cour et d'entamer les hostilités.

Le jeune comte de Soissons avait parlé avec la violence qui lui était coutumière. Sa proposition fut accueillie par un silence qui en disait long sur l'étonnement de l'auditoire. Fichtre ! Pareille somme… Il était vrai que si M. le comte [1] réussissait à épouser Mlle de Montpensier, ces quatre cent mille écus seraient un judicieux placement.

Le maréchal rompit le silence :

— Chacun, je pense, est sensible au dévouement de M. le comte et à sa générosité. Pour ma part, toutefois, je souhaite que nous puissions triompher tout en évitant un affrontement pénible.

Tout le monde, apparemment, ne partageait pas les vues pacifiques de M. d'Ornano.

— Prendre les armes serait pourtant un excellent moyen d'écraser l'impudent ministre ! s'écria Alexandre de Vendôme. De toute manière, inutile de vous rappeler que vous pouvez compter sur la Bretagne. Je parle ici au nom de mon frère : sa province est ouverte à Monsieur.

Dans son gouvernement de Bretagne, César de Vendôme exerçait son autorité avec un certain succès et un prestige dû en partie à son mariage avec la dernière descendante de la grande et célèbre famille bretonne des Penthièvre.

— Languedoc et Bretagne, dit M. d'Ornano, voici donc deux gouvernements dont nous pouvons être sûrs. Je suggère que nous contactions les gouverneurs des autres provinces.

— Le faire sans être certains de leur sympathie ? N'est-ce pas imprudent ? demanda Mme la princesse.

— Pas si nous restons dans le vague, si nous présentons l'affaire de façon hypothétique : quelle réaction auriez-vous si Monsieur, pour une raison ou pour une autre, quittait la cour et se présentait à votre porte, par exemple ? Sans précision, sans la moindre allusion à un complot quelconque…

1. Il était d'usage de désigner le comte de Soissons par son titre.

— J'approuve, dit la duchesse. Longueville en Normandie, Nevers en Champagne, Éperon en Guyenne… Tous doivent être sollicités.

— J'enverrai mon aumônier, l'abbé d'Obasine, au duc d'Éperon, fit Gaston d'Anjou. Il sera ravi de faire ce petit voyage et moi aussi de le voir respirer un autre air que le mien pendant quelques jours. C'est un brave homme, mais…

— Excellente idée ! dit la duchesse en riant. Et qui soupçonnerait ce bon abbé ?

On dressa alors la liste des personnages importants, des pays dont l'aide pouvait être précieuse : Pays-Bas, Venise, Lorraine…

Puylaurens, Saint-Évy et Bois d'Ennemets proposèrent avec enthousiasme de servir de messagers.

— Dans deux jours, au plus tard, les lettres seront prêtes, dit le maréchal. Je vous ferai prévenir.

— Je crois que nous avons vu l'essentiel, conclut Mme de Chevreuse. Merci de votre détermination à tous.

La réunion prit fin. Tous convinrent de se séparer aussi discrètement qu'ils étaient venus, seul, ou deux par deux, afin de ne pas attirer l'attention.

Une petite pluie fine, presque douce, les accueillit au-dehors. Charles sortit sa rapière et attira sa sœur contre lui. Un valet les suivait, un pistolet à chaque main. Floriane elle-même, grisée par le danger, serrait un petit poignard. C'était le moment d'avoir l'oreille aux aguets et l'œil vif, prêt à déceler la moindre ombre suspecte. Les rôdeurs savaient se confondre avec les murailles et fondre sans bruit sur le passant attardé. Mais ils eurent la chance d'effectuer leur retour sans incident.

— Charles, dit Floriane, un peu plus tard – leur sortie nocturne leur ayant ouvert l'appétit, ils s'étaient installés ensemble devant un souper consistant et étaient occupés pour le moment à terminer un plat de truites au bleu –, Charles, si tu pars en mission quelque part, pourrai-je t'accompagner ? J'ai un tel besoin de changer d'air.

Le jeune homme prit le temps d'extraire une arête de ses lèvres avant de répondre.

— C'est impossible, sœurette. Le voyage risque d'être long et dangereux, de toute façon trop fatigant pour toi. Il ne sera pas question de se prélasser en carrosse sur les routes. Si tu éprouves l'envie d'un changement, pars quelques semaines à Saint-Évy.

Elle ignora la proposition.

— Que crois-tu donc ? Je sais me tenir à cheval et…

D'un coup de poing rageur Charles fit sauter les couverts sur la table et renversa son verre :

— J'ai dit non, Floriane, c'est non ! Ne reviens pas là-dessus !

Le ton était catégorique.

Mais lorsque, deux jours après, Charles reçut un message du maréchal, elle revint à la charge. Son frère s'apprêtait à partir avec Puylaurens porter à Rouen une lettre au duc de Longueville, gouverneur de Normandie, destinée à sonder ses intentions en cas de rupture entre le roi et Monsieur.

Cette fois, Floriane insista avec tant d'habileté – et Puylaurens plaida sa cause avec tant de chaleur – que Charles fut bien obligé de céder. Soit ! Sa sœur les accompagnerait !

Sûre de sa victoire, Floriane avait déjà tout prévu, en particulier un seyant habit de cavalier en velours vert et brun, des bottes courtes à revers écrasés de gros daim gris, gants de même, un feutre dont la plume blanche se recourbait jusqu'à lui caresser la joue, un petit sac de voyage aussi qu'elle accrocherait à la selle.

Ignorant le visage maussade de son frère, elle fut prête le jour dit, montée sur un petit genet à la robe brune. Le Favori était un cheval robuste à l'humeur égale qu'elle avait déjà eu l'occasion de monter lors de promenades avec Pontgibault.

Au petit trot, elle franchit donc le portail derrière Charles, Puylaurens et leurs valets.

Il était là, blotti contre le mur, à peine distinct, comme un tas de guenilles informe sous son chapeau effrangé. Surpris par sa présence, le Favori fit un écart, vite maîtrisé par Floriane qui poursuivit son chemin, essayant de chasser le malaise que lui procurait une fois de plus la vue du maudit bossu.

Qui était-il ? Que voulait-il ? Qui guettait-il ainsi, depuis des semaines ? Charles ? Elle-même ? Qui l'avait chargé d'une telle surveillance ? Le cardinal ? En suivant le sillage de la duchesse, Floriane se doutait bien qu'elle serait sur la liste des suspects et le refus dont elle avait gratifié Richelieu n'était pas un affront que celui-ci pouvait aisément oublier. Pourtant, tout n'était pas très clair. Le bossu n'avait-il pas aussi joué un rôle dans la mort de Roger ? Alors, coïncidence ou vengeance d'un ministre bafoué ?

Quoi qu'il en soit, l'espion n'était guère discret ni perspicace. Elle était, en effet, certaine que le bossu ne l'avait pas reconnue sous les traits virils d'un jeune cavalier et cette pensée la fit sourire, dissipant un peu sa contrariété.

Dehors la rue s'animait, sous les reflets gris et roses d'une aube qui annonçait une belle journée d'avril. Les boutiquiers rabattaient les volets de bois posés devant les fenêtres et le volet devenait étal, bientôt chargé de marchandises. Un boulanger et sa famille avaient installé leur charrette à un carrefour et l'odeur de leurs gros pains ronds dorés à point, avec juste ce qu'il fallait de traînées blanches et poudreuses, attirait les premières ménagères.

Un crieur d'eau-de-vie, vêtu de haillons, proposait aux passants de petits gobelets d'un alcool pâle à l'arôme puissant : de quoi permettre au plus faiblard d'attaquer la journée d'un pied ferme. Mais Floriane n'avait certainement pas besoin d'une gorgée de feu pour se sentir pousser des ailes. Ayant toute liberté d'action sous un habit qui, outre sa commodité, lui offrait la meilleure des protections, elle rayonnait.

Au bout de la rue, se profilèrent les deux grosses tours arrondies et vétustes de la porte Saint-Denis [1] où, comme toujours, l'arrivée des villageois et de leurs charrettes créait un tohu-bohu

1. Située à une cinquantaine de mètres au sud de la porte actuelle.

à travers lequel Floriane poussa d'autorité le Favori. Le pont-levis enfin franchi, ils piquèrent des deux vers l'ouest sur une route toute droite – l'ancienne voie romaine, d'ailleurs, qui jadis reliait déjà Lutèce à Rouen.

Finalement, Charles oublia sa mauvaise humeur et ce fut un voyage plein d'agrément, avec des haltes dans des auberges charmantes.

Les jeunes gens ne s'attardèrent pas à Rouen. Sitôt la lettre remise au duc de Longueville, ils reprirent la route de Paris.

Il pleuvait. Une pluie cinglante, ininterrompue, noyait le décor écrasé par le ciel bas, épais comme du coton grisâtre. Le chemin n'était plus qu'un lourd sillon de boue qui rejaillissait sur les touffes d'herbe, maculant les fleurs tendres, crottant les chevaux, giclant jusqu'aux bottes des cavaliers qui faisaient le dos rond sous l'averse. À Magny-en-Vexin, jugeant qu'ils avaient suffisamment chevauché, ils décidèrent de s'arrêter pour la nuit à l'Épi couronné.

En pénétrant dans la longue salle au plafond bas, d'où pendaient jambons, tresses d'ail et gerbes de blé nouées d'un ruban, ils ne virent que l'énorme cheminée où ronflait un feu d'enfer, tourbillon de flammes éclatantes qui, même de loin, répandait la chaleur dont ils avaient tant besoin. Ils s'approchèrent. Un jeune marmiton, les joues écarlates, y faisait tourner deux porcelets qu'il caressait de temps à autre d'un bouquet de sauge imbibé d'huile. Les gouttes de graisse crépitaient en tombant dans le brasier et la légère odeur qui s'en échappait complétait avec bonheur l'enivrant fumet de viande rôtie.

Une mignonne aux tresses blondes leur apporta un hypocras sucré, poivré, relevé d'épices qui courut dans les gorges, glissa dans les veines, amena aux joues des ondes vermillon. Un hypocras si bon qu'ils en réclamèrent un autre pot.

— Ah ! Voilà qui fait du bien ! soupira Floriane.

Après la froide humidité de la journée, cette soudaine chaleur, et le vin généreux, tout en la réconfortant, lui enlevaient ses dernières forces.

— Mes amis, pardonnez-moi si ce soir je vous fausse compagnie. Je l'avoue sans honte : je suis morte de fatigue et préfère me retirer.

La mine des deux garçons s'allongea.

— Le repas va être triste sans vous, murmura Puylaurens tout déconfit.

— Je ne saurai être une convive agréable. Ne regrettez rien, dit-elle en tendant sa main au jeune homme.

Soucieux de n'être pas désagréable à Saint-Évy que l'on savait si jaloux de sa sœur, Puylaurens ne manquait cependant jamais de manifester son admiration à Floriane qui se contentait, pour sa part, d'accueillir ses hommages avec une gentille indifférence. Antoine de Puylaurens était un ami charmant, voilà tout. Doucement, elle retira sa main.

Charles lui souhaita bonne nuit.

— J'ai glissé la pièce à l'aubergiste. Tu ne seras pas importunée.

La petite blonde de tout à l'heure accompagna Floriane à l'étage. Elles suivirent la galerie, puis un petit couloir au sol inégal. Une porte était ouverte. Floriane pénétra dans sa chambre. Celle-ci était assez grande, et fort bien tenue ; elle plut tout de suite à la jeune fille. Sur la droite, le lit, énorme, aux courtines rouges qui masquaient à demi les draps bien blancs, occupait une grande partie de la pièce. Au fond, sous la fenêtre, était placé un coffre lourd, à gauche, un feu joyeux pétillait dans l'âtre, dont les lueurs jouaient sur les tommettes brillantes.

La servante revint avec un baquet d'eau, étendit devant la cheminée la cape de Floriane, lourde de pluie et disposa sur une table victuailles et flacons. Floriane, avec entrain, s'attabla.

Son repas fini, elle s'approcha de la fenêtre et, sans vraiment la voir, regarda la cour ruisselante où se reflétaient, brouillées, les lumières de l'auberge. Le jour s'estompait, la pluie continuait à tomber. La fatigue envahissait Floriane et avec elle une tristesse indéfinissable, un sentiment pénible de vide, de solitude noyée dans les méandres confus d'un corps et d'un cœur insatisfaits.

Sans doute, le temps affreux n'était pas étranger à sa nostalgie ! Aussi décida-t-elle d'écouter l'averse bien blottie entre ses draps.

Avant de se coucher, Floriane tira de son sac un flacon d'iris et de violette et en versa une bonne dose dans le baquet. Puis, dévêtue, elle s'aspergea longuement le corps de cette eau fraîche. Elle enfila ensuite une chemise propre, hésita une seconde devant ses vêtements, avant de se décider, prudente, à remettre ses chausses. Soufflant la chandelle, elle se mit au lit.

Elle devait dormir depuis plusieurs heures déjà lorsqu'elle fut réveillée par des coups insistants, frappés à la porte. Il ne restait qu'un petit tas de braises dans la cheminée et au-dehors une véritable tempête se déchaînait. Croyant que c'était son frère qui avait besoin d'elle, elle sauta du lit et ouvrit la porte.

Elle eut un mouvement de surprise en reconnaissant l'aubergiste. Une bougie à la main, il s'inclina bien bas et se confondit en excuses.

— Pardonnez-moi, monsieur. Mais il y a là un gentilhomme qui vient d'arriver et… je ne sais où le loger. Avec ce temps, mon auberge est comble. Alors, voilà… j'ai pensé que, peut-être, il pourrait partager votre chambre ?

Le gredin bredouillait, la mine confuse, alors qu'il devait être au fond ravi des affaires de la soirée. Et dire que Charles lui avait graissé sa vilaine patte pour assurer à Floriane une nuit tranquille ! La jeune fille furieuse allait vertement rétorquer que les couche-tard n'avaient qu'à se faire pendre ailleurs et ne pas interrompre le repos d'autrui lorsqu'une voix lui parvint de l'obscurité.

— Je suis gentilhomme, au service du roi, monsieur. Si je suis resté jusqu'à cette heure en chemin, je ne le dois qu'à un malencontreux accident : un cheval qui s'est effondré. Bref, je suis désolé de vous importuner. Si ma présence doit être une gêne pour vous, je m'installerai en bas, dans la salle.

Le ton était courtois mais décidé. Floriane ne voyait pas le visage de l'homme ; tout au plus distinguait-elle une haute silhouette dans l'ombre du couloir. Mais elle devinait au son de sa voix qu'il n'était pas de ceux que l'on repousse impunément.

L'aubergiste se récria, avec un air outré :

— Pas question, monsieur ! Quel déshonneur pour l'Épi couronné ! Je préférerais vous voir occuper mon lit.

Que faire Grand Dieu ? Ameuter l'hostellerie par un refus faisant fi des plus élémentaires lois de l'hospitalité et de solidarité entre voyageurs ? Risquer une querelle avec un officier du roi par-dessus le marché ? Sans réfléchir davantage, sa décision fut prise.

— Veuillez entrer, monsieur, dit-elle en tournant le dos aux deux hommes pour regagner son lit.

L'inconnu pénétra dans la chambre et referma la porte doucement. À la lueur de la bougie, il n'était qu'une ombre gigantesque qui se déformait sur les murs. Tout en se débarrassant de son manteau, de son chapeau, de son épée qu'il plaça prudemment au chevet du lit, il renouvela ses excuses, se confondit en remerciements, avec un ton qui n'était, lui, pas spécialement confus. Floriane aurait même parié volontiers qu'il se moquait éperdument de la déranger tout en cherchant à se rappeler où elle avait déjà pu entendre cette voix. Certains accents gais et moqueurs…

Pour l'instant, il avait entrepris de se débotter et cela ne se faisait pas sans efforts. Une odeur de cheval et de cuir mouillé flottait maintenant dans la chambre qui avait perdu son ordre et sa chaude quiétude. Floriane entendit barboter dans le baquet puis la silhouette réapparut. L'homme n'avait conservé que ses chausses.

— Je vous souhaite bonne nuit, monsieur, dit-il jovialement. Soyez tranquille : je suis un dormeur paisible.

Il se pencha au-dessus de la bougie pour l'éteindre. Une seconde, la flamme l'éclaira : un torse musclé, lisse, avec juste une petite touffe de poils sombres dans son milieu, des épaules larges qui contrastaient avec la taille mince, pas une once de graisse mais une peau dorée semblant coulée dans le métal. Et le visage ! Floriane retint un cri. Elle n'avait aperçu qu'un dur profil, orgueilleux et moqueur sous une masse de cheveux cuivrés mais point n'était besoin d'en découvrir davantage ! Cet homme était l'inconnu des bords de l'Aune, celui auquel elle avait si longtemps songé, tour à tour furieuse et attendrie. Certes son souvenir, peu à peu, s'était estompé, mais voilà qu'il lui suffisait de le reconnaître pour retrouver du même coup toutes ses émotions anciennes. Le revoir ainsi, au hasard des grandes routes, dans une auberge inconnue, lui, entre tous, tenait d'un véritable prodige ! Il faut dire qu'aussi les circonstances étaient particulièrement délicates ! Le cœur de Floriane battait si violemment qu'il lui semblait que toute la chambre résonnait. Pourtant, sans se douter du tumulte que sa présence soulevait chez son compagnon de fortune, le jeune homme s'approcha du lit et s'y glissa avec un soupir de bien-être. Quelques instants plus tard il s'endormait comme quelqu'un n'ayant pas à gaspiller son sommeil.

Mais c'en était fini, hélas, du repos de Floriane ! Elle s'était réfugiée à l'extrémité du lit, craignant sans cesse qu'un mouvement ne les rapprochât et pourtant – ô Dieu, devait-elle se l'avouer ? – désirant follement se blottir contre ce corps d'homme dont elle sentait l'attirante chaleur.

Jamais encore elle n'avait ressenti pareil trouble et elle s'en voulut, en voulut surtout à cet inconnu dont elle percevait la respiration régulière. Qu'avait-il donc de si particulier pour la bouleverser à ce point ? Des hommes séduisants, elle en connaissait et certainement plus élégants que celui-ci. Antoine de Moret par exemple et Brion, ce beau ténébreux. Puylaurens n'était pas mal non plus avec ses cheveux blonds, ses yeux d'azur. Et Roger ! Roger, avec son visage d'une si rare perfection, son regard de source sous ses longs cils noirs, Roger qui avait tourné tant de têtes, vaincu tant de cœurs !...

Qui était-il donc, cet homme qu'elle avait entrevu l'espace d'un instant ? Plus que sa haute taille, ses yeux dorés et la régularité de ses traits – ô combien elle s'en souvenait ! – sa gaieté, sa force tranquille, son assurance qui semblait vouloir défier le monde, l'avaient conquise.

Les heures s'écoulèrent, lentes, éprouvantes, interminables. Bouleversée par ce brusque retour en arrière, Floriane pourtant avait voulu qu'elles fussent éternelles, tant elle savourait l'extraordinaire jouissance de cette nuit douce-amère. Épuisée, anéantie par l'émotion, elle finit par sombrer dans un demi-sommeil, curieusement bercé par le doux clapotis de l'Aune, sa petite rivière.

À l'aube, le premier chant d'oiseau l'éveilla.

Avec d'infinies précautions elle se leva, rassembla ses effets et enfila ses bottes. L'inconnu n'avait pas bougé. Dans un instant, il ne serait à nouveau qu'un souvenir et cette nuit étrange compterait seulement au nombre des imprévus, des aventures que vous offraient les voyages. Elle finissait de boutonner son pourpoint lorsque – horreur ! – on tambourina à la porte. Épouvantée, Floriane entendit la voix de son frère.

— Ho ! Ho ! réveille-toi !

Pétrifiée, elle ne répondit pas :

— Floriane ! Floriane ! M'entends-tu ? Nous descendons. Dépêche-toi, paresseuse !

Elle entrebâilla la porte :

— Oui, oui, j'arrive, chuchota-t-elle.

Elle n'osait plus maintenant regarder du côté du lit lorsqu'un rire fusa derrière elle, un rire qu'elle aurait, entre mille autres, reconnu.

— Floriane ! Hum… Joli nom pour un gentilhomme.

Elle se retourna. D'un bond il avait sauté du lit et s'était campé devant elle, bras croisés, boucles en bataille, l'air profondément amusé.

— Ainsi nous avons partagé la même couche, mystérieuse Floriane, en y dormant chacun de notre côté ? Foi d'Artus d'Ivreville, savez-vous bien que vous êtes la première femme à qui survient pareille inconvenance ?

Ah ! çà, ne trouverait-elle point un mot pour faire taire le bec de l'insolent ? Floriane était furieuse. Il était dit qu'en face de cet homme elle serait toujours à son désavantage. Rassemblant courage et dignité, elle lança :

— Monsieur, croyez que je me serais fort bien passé de cette « inconvenance » et que c'est uniquement pour vous obliger que je m'y suis contrainte.

Elle s'aperçut trop tard qu'elle avait dit une stupidité et aurait giflé le jeune homme qui riait de plus belle.

— Délicieuse candeur ! Voyons ! Montrez-moi un peu votre visage et je vous dirai si mes regrets s'en trouveront avivés.

Il s'approcha d'elle et lui prit le menton, l'obligeant à se tourner vers la fenêtre où l'aube pointait sa clarté laiteuse. Sans vergogne il l'examina. Son visage très pâle, ses yeux aussi durs, aussi froids que l'acier, Floriane soutint fermement son regard.

— Monsieur, lâchez-moi, je vous prie.

— Où ai-je déjà vu ce ravissant minois ? murmura-t-il sans prendre garde aux paroles de la jeune fille. Où ai-je vu ces douces fossettes… et cet air de reine outragée ?

Il parlait doucement, l'air réellement intrigué, son visage basané penché tout près au-dessus du sien.

— C'est vous, ma belle naïade. Je vous reconnais, dit-il de sa voix grave.

Ainsi il ne l'avait pas oubliée ! Floriane était fascinée. Les yeux dans les yeux, ils restèrent face à face quelques secondes, comme figés à jamais. Puis il referma les bras sur elle, la serra contre lui à l'étouffer, écrasa ses lèvres d'une bouche impérieuse. Surprise, Floriane chercha d'abord à se dégager de cette folle étreinte puis elle s'y abandonna bien vite, emportée dans un tourbillon d'éblouissements insoupçonnés. Combien de temps restèrent-ils ainsi, enlacés, l'un contre l'autre, chancelants, dans le clair-obscur de la chambre ? Floriane n'aurait su le dire. Seuls, les appels de Charles dans le couloir, ses coups de poing redoublant contre la porte les arrachèrent à leur extase.

— Floriane, Floriane ! Que fais-tu donc, sacrebleu ?

Il y eut un silence. Enfin, elle parvint à répondre d'une voix qui lui sembla appartenir à une autre :

— Une minute ! Je viens.

— Qui est-ce ? demanda Artus avec un mouvement du menton en direction de la porte.

— Le comte de Saint-Évy, mon frère.

— Ah !

Il la tenait toujours aux épaules, ne cessant de la dévisager intensément.

— Serait-ce indiscret de vous demander la raison de votre déguisement ?

— Je le trouve plus commode pour voyager, répondit-elle avec effort.

— Oui, bien sûr. C'est un point de vue…, fit-il en souriant non sans malice.

Sans trop savoir pourquoi, Floriane se sentait désemparée après leur geste de folie. Que pouvaient-ils se dire de plus ? Mieux valait se séparer vite, sans attendre. Elle se dégagea des deux mains qui la retenaient.

— Maintenant, monsieur, laissez-moi prendre congé…

Mais Artus ne paraissait pas décidé à la voir s'échapper si vite. Sans même chercher à masquer sa curiosité, il demanda :

— Votre frère est l'un des intimes du duc d'Anjou, n'est-ce pas ?

Toujours cette nuance d'ironie dans la voix…

— Oui, en effet, dit-elle sur la défensive.

Pourquoi toutes ces questions ? La mission de Charles et de Puylaurens exigeait la plus grande discrétion, il convenait d'être prudente. Partout rôdaient des espions de Richelieu. Artus d'Ivreville était peut-être l'un d'eux ? Elle jugea donc qu'il était préférable de ne pas céder à son inclination et de rétablir des distances plus normales entre elle et le chevalier :

— Et vous-même, monsieur, qui êtes-vous ?

— Je suis au service du roi, mademoiselle, comme j'ai eu l'honneur de vous le dire hier soir. Rassurez-vous, ajouta-t-il comme s'il devinait son inquiétude, le cardinal n'est pas de mes amis.

Floriane ne put s'empêcher de rougir.

— Je ne comprends pas ce que vous voulez insinuer, fit-elle avec toute la morgue dont elle était capable.

Artus se mit à rire.

— Allons, nous savons bien que gens de Monsieur et gens du cardinal ne font pas précisément bon ménage en ce moment. Je tenais simplement à vous tranquilliser.

Leur conversation prenait un tour inattendu, la politique venant empoisonner un tête-à-tête dont Floriane aurait voulu garder un souvenir sans nuage. De quoi se mêlait-il ?

— Je n'ai aucun besoin d'être tranquillisée et ne me sens nullement intéressée par tout ceci, répliqua-t-elle vivement. Sachez, monsieur, qu'en ce qui me concerne, je suis au service de la reine !

— En suivant la fortune de cet étourneau de Monsieur ?

Le jeune homme se mit à rire de nouveau.

— La reine est une femme malheureuse, bafouée chaque jour par une belle-mère abusive et un ministre sans scrupules, ne put s'empêcher de s'écrier Floriane. La rapprocher du légitime héritier du trône…

— Ne vous emballez pas !

Artus leva une main.

— Le roi n'est pas encore mort que je sache !

— Vous savez aussi bien que moi et que tout le monde que sa santé est chancelante, que…

— Il est peut-être plus solide qu'on le croit, coupa Artus. En tout cas, il peut encore donner un dauphin au royaume.

Floriane fit une moue dubitative qui amusa le gentilhomme.

— Oui, admit-il, je vous le concède. En fait d'époux, il y a sans doute mieux. D'ailleurs, ce n'est un secret pour personne, le roi éprouve certains penchants, tendant à l'éloigner quelque peu de sa femme ! Mais enfin… tout peut arriver. Si la reine y mettait un peu du sien ; si elle n'était pas aussi mal conseillée…

— Si vous faites allusion à Mme de Chevreuse, je vous préviens qu'elle m'honore d'une amitié que je lui rends de tout mon cœur.

Artus se pencha et glissa un doigt sous le menton de Floriane. Il avait l'air soudain plus grave.

— Petite imprudente ! Prise au piège de l'enchanteresse ! Croyez-moi : aimez la duchesse de loin ! Ses intrigues sont trop dangereuses pour une enfant comme vous.

Floriane secoua la tête, l'air buté et ne répondit pas.

— À votre guise ! soupira Artus. Je vous aurai prévenue. Ne croyez pas que l'on puisse longtemps se jouer du cardinal.

— Floriane, mais que fais-tu ? Descendras-tu enfin !

Cette fois, la voix de Charles montait de la cour. Elle chassa l'embarras soudain de Floriane qui ramassa son sac, et rajusta sa coiffure. Bras croisés, Artus la regarda faire, mais au moment où elle ouvrait la porte, il la retint par la main.

— Floriane…

Il n'y avait plus la moindre trace de moquerie dans sa voix redevenue douce comme le velours.

— Floriane, nous nous connaissons à peine et déjà nous nous chicanons pour des broutilles, murmura-t-il en souriant.

Elle crut qu'il allait lui en demander pardon. Il n'en fit rien mais posa sur ses doigts un baiser d'une telle ferveur qu'elle se sentit touchée à l'âme. Elle essaya de lui rendre son sourire ; ses lèvres tremblaient.

— Adieu, monsieur, dit-elle en retirant sa main.

— Nous nous reverrons bientôt, lui promit Artus, tandis qu'elle fuyait dans le couloir d'un pas mal assuré, toute remuée, désenchantée.

Dans la cour, son frère, Puylaurens, les valets l'attendaient auprès des chevaux. Les bêtes piaffaient. Il ne pleuvait plus ; l'air irisé, léger, annonçait une journée magnifique. Ils sautèrent tous en selle et s'élancèrent, dans un joyeux martèlement de sabots. Floriane leva les yeux : là-haut, à la fenêtre, elle aperçut le visage d'Artus qui lui souriait.

Alors, comme par enchantement, sa tristesse s'envola. Éperonnant sa monture avec ardeur, elle ébaucha un geste vers la fenêtre et partit au galop à la poursuite de ses compagnons.

Prenant appui des deux mains sur le rebord du balcon, Artus d'Ivreville la suivit des yeux et regarda les cavaliers disparaître derrière les premières maisons du village.

Au même instant, un jeune garçon aux cheveux si pâles qu'ils semblaient d'argent, sortit de l'écurie, tenant deux chevaux par la bride.

— Bonjour, mon maître ! lança-t-il d'une voix claire. Que pensez-vous donc de cette beauté brune ? Elle paraît solide et alerte… Avec ça, des jambes ! Capables de vous mener au bout du monde…

Du haut de sa fenêtre, Artus ne put retenir un sursaut et, sur le coup, resta interloqué avant de comprendre que le cher Lubin était tout simplement en train de lui vanter les charmes d'une magnifique pouliche à la robe sombre.

— Avec elle, sûr que vous ne regretterez pas le pauvre Finaud, reprit le jeune écuyer.

— Sans doute, fit Artus, songeur, sans doute…

Avec autant de vivacité que les fraîches senteurs du matin, une joie inconnue l'envahissait, et prenait possession de son cœur. Non sans y faire, par sa puissance même, une blessure profonde dont il n'avait nullement l'intention de guérir.

Il aimait ! Et cette fois non par simple attirance, il le sentait dans chaque fibre de son corps, dans la moindre de ses pensées. L'amour l'enflammait. Pour la première fois, un regard, une voix, un visage s'emparaient de son âme. Oui, il aimait !

L'envie folle de se lancer sur les traces de la jeune fille le tenailla, mais la perspective de ne pas retrouver Floriane seule brisa net son élan.

S'emplissant alors les yeux de toute la lumière d'avril, Artus se répéta le nom que lui apportait le destin :

— Floriane, Floriane…

À double reprise, leur rencontre n'avait tenu qu'à un hasard, insolite et capricieux. Ainsi, cette nuit, sans un accident survenu à son cheval, serait-il, sans le savoir, passé à côté du bonheur.

Toute la chambre se chauffait au soleil matinal. Artus regarda le lit défait, entre les rideaux rouges, les deux oreillers posés côte à côte qui conservaient encore leurs empreintes. Il prit celui sur lequel avait reposé la jeune fille, l'approcha de son visage. Un parfum de fleur y restait qu'il reconnut, qu'il huma jusqu'au vertige, stupéfait de découvrir l'intensité de sa tendresse et la violence de son désir.

*

— Bonjour, madame ma mie ! lança Ermelinde en entrant dans la grande salle du rez-de-chaussée. Avez-vous bien dormi ?

Des coulées de soleil se répandaient sur meubles et parquet, accrochant au passage des étincelles pailletées aux chandeliers d'argent, au grand miroir vénitien, sur les cristaux et l'argenterie disposés sur la table dressée pour le dîner[1]. Assise sur la banquette qui s'encastrait dans l'angle de la fenêtre, Floriane s'étira sur ses coussins avec la voluptueuse paresse d'un jeune chat.

— Admirablement bien, ma bonne Frumence.

Depuis une semaine qu'elle était de retour, elle n'avait pour ainsi dire pas quitté cette place d'où elle guettait les allées et venues de la cour, semblant attendre on ne savait au juste quoi.

Ermelinde, qui avait eu du mal à digérer cette escapade mijotée sans son avis, n'osait même pas la questionner tant le visage de la jeune fille reflétait d'expression lointaine où parfois s'allumait, fugitive, la lueur d'une secrète émotion.

Floriane était changée, à coup sûr ! La fine Ermelinde soupçonnait quelque chose et se promettait de surveiller étroitement sa jeune maîtresse, ne serait-ce que pour ne pas la voir de nouveau s'envoler sans prévenir, un beau matin.

1. Pris entre dix et onze heures.

Charles, dès son retour, s'en était allé retrouver Gaston d'Anjou qui, à pied, confit dans la plus modeste des dévotions, se préparait à faire ses Pâques en visitant les églises de Paris et de ses environs, louable entreprise dont il fallait bien quinze jours pour venir à bout. Saint-Évy et Puylaurens s'étaient donc joints au pieux pèlerinage et, sitôt les fêtes de Pâques terminées, avaient suivi le prince à Fontainebleau où étaient le roi et la cour.

Charles n'avait fait que passer prendre quelques effets rue Coquillière et donner ainsi, à sa sœur, les dernières nouvelles.

— M. d'Ornano a tout lieu d'être optimiste. Le roi est enfin décidé, semble-t-il, à laisser son frère participer au Conseil. Il aura dix-huit ans le 25, il n'est donc que temps pour lui de jouer son rôle dans les affaires de l'État. Et une fois Monsieur au Conseil, tu penses bien que le maréchal aura toutes les chances d'y entrer lui aussi.

Floriane avait eu une grimace sceptique. Elle entendait encore les avertissements d'Artus auxquels s'ajoutaient ses propres craintes. Il semblait qu'elle seule entrevoyait la réelle puissance de Richelieu et l'appui solide que lui apportait Louis XIII.

— M. d'Ornano ne devrait peut-être pas se réjouir si vite. Des promesses ? On sait ce qu'il en est.

Charles, alors, avait pris sa sœur aux épaules, l'avait longuement regardée de son air sévère et soucieux :

— Écoute-moi, Floriane. Je désire une fois pour toutes que tu cesses de t'occuper de tout cela. J'ai beaucoup de respect pour la duchesse, Dieu sait ! mais je n'ai jamais beaucoup apprécié le fait qu'elle te mêlât à notre cabale. Tu es trop jeune, sans la protection d'un grand nom en cas de représailles. Promets-moi d'être sage.

— De m'ennuyer, veux-tu dire ? avait grommelé Floriane, levant vers lui un petit visage têtu et renfrogné.

— À mon retour de Fontainebleau, c'est promis, je m'occuperai de toi. Nous envisagerons… Enfin, pour le moment, je t'en conjure, reste tranquille !

« Allez ! avait-elle marmotté, une fois seule. Complote ! Amuse-toi ! Tout le monde va se goberger au festin que, samedi, Monsieur donne pour son anniversaire. Toute la cour jouit du printemps à Fontainebleau que l'on dit magnifique. Et moi ? Moi, que fais-je entre mes quatre murs, abandonnée de tous ? J'attends. »

Elle n'osait même pas s'avouer quoi, ou plutôt qui, et avait vaillamment repoussé une furieuse envie de pleurer.

Artus ne venait toujours pas. Pourtant, ne lui avait-il pas promis qu'ils se reverraient bientôt ? Elle ne pouvait donc croire qu'il ne tiendrait pas son serment, et que leur fulgurante rencontre resterait sans lendemain.

Soudain la rue sembla s'enfler d'un remue-ménage insolite : des cris, des galopades, un roulement de tambour. Floriane, de son observatoire, vit Macloud et les valets sortir sur le pas du portail. Deux servantes de cuisine, auxquelles s'était jointe Toinon, traversaient la cour en courant, leurs jupes retroussées bien haut sur leurs jambes et pointaient, elles aussi, leurs visages curieux. Que se passait-il donc ? Floriane ouvrit la fenêtre et appela Toinon. Peine perdue !

— Quel toupet ! marmonna-t-elle. Ils vont tous oublier notre dîner. Dame Ermelinde, allez donc voir et rappelez-moi vite tout ce monde à l'ordre.

Toinon revint alors, très excitée.

— Eh bien ? Qu'est-ce donc ?

— Une affiche…

— Comment ça, une affiche ? Qu'y a-t-il de si extraordinaire à une affiche puisque tu ne sais pas lire ?

— Macloud sait, lui, s'exclama la jeune servante tout excitée. Et puis le tambour nous l'a annoncé : un trio de farceurs donne la comédie à l'Hôtel de Bourgogne. On y chante, on y rit. Il paraît que c'est le spectacle le plus drôle du monde.

— Sans doute aussi le plus grossier, ajouta Ermelinde.

Toinon se tourna vers elle.

— Pourquoi dites-vous ça, dame Frumence ? fit-elle d'un ton de reproche. Moi qui veux y accompagner Mlle Floriane. Rire un peu lui ferait du bien.

— Merci de ta sollicitude, répondit Floriane, amusée. Est-ce toi ou moi qui désire tant se distraire ?

Toinon n'apprécia pas la taquinerie et son visage se rembrunit.

— Je ne suis jamais allée au théâtre. Voici des mois que nous sommes à Paris sans jamais avoir un petit plaisir. Vraiment, cette maison est triste. Vous-même n'êtes plus comme avant. Je m'ennuie, oui. J'ose le dire et bien souvent je regrette Saint-Évy. Au moins, là-bas, j'allais et venais à ma guise, je dansais au village, je…

Toinon s'arrêta brusquement, craignant que sa franchise fût mal appréciée.

— Ainsi, tu n'es plus heureuse auprès de moi ? murmura Floriane découvrant avec surprise les états d'âme de la petite.

— Ce n'est pas ce que j'ai voulu dire…

— Loin de moi l'idée d'entretenir sous mon toit un climat de morosité et de t'empêcher de te distraire, ma fille.

— Vous m'accompagneriez voir les farceurs ?

Floriane lança un coup d'œil du côté d'Ermelinde. Les lèvres pincées, la brave femme affichait sur son visage rond un mépris du plus haut comique. Manifestement, elle désapprouvait. Floriane eut envie de la taquiner.

— T'accompagner, pourquoi pas ?

Dame Frumence eut un haut-le-corps.

— Madame ma mie ! Vous n'y songez pas. Une femme qui se respecte ne fréquente pas ce genre de spectacle.

— Qu'a-t-il donc de condamnable ?

— Mais… des plaisanteries douteuses, un public vulgaire qui s'y bouscule.

— Bah ! Sornettes ! Et puis Toinon a raison : on s'encroûte ici dans une ridicule austérité. Amusons-nous !

Floriane prenait un malin plaisir à voir naître les mines offusquées d'Ermelinde. Un après-midi au théâtre ? Au fond, l'idée était excellente. Au lieu de rester là à se morfondre, à ressasser les mêmes pensées.

— Que dira le comte quand il apprendra votre nouvelle lubie ? demanda Ermelinde. Car, cette fois, je ne serai pas complice.

— À votre aise ! Je me moque de ce que dira mon frère. Eh bien, Toinon ? À quelle heure la représentation ?

— Deux heures.

— Alors, vite mon dîner. Et préviens Macloud. Qu'il prenne avec lui deux ou trois valets.

Ignorant la mauvaise humeur d'Ermelinde, Floriane se mit à table.

Il était singulier qu'une ville de l'importance de Paris, si friande de spectacles, ne possédât pas de théâtres permanents. À l'exception des bateleurs comme Mondor et Tabarin ou le baron Grattelart que les Parisiens pouvaient voir chaque jour sur le Pont-Neuf, ou encore Jean Farine, ce marchand de drogues, bouffon installé sur le Pont-au-Change, la capitale n'était pas mieux lotie que la moindre ville de province, et ses divertissements dépendaient du passage des troupes itinérantes, françaises ou étrangères, qui ne s'arrêtaient jamais plus que quelques semaines. Il faut dire que la tyrannie exercée par les Frères de la Passion à l'endroit des comédiens ne favorisait pas non plus l'éclosion d'une vie théâtrale. Depuis plus de deux siècles, l'auguste confrérie avait, par privilège royal, le monopole de tous les spectacles de Paris. Propriétaires de l'ancien hôtel des ducs de Bourgogne, ils y avaient aménagé une salle qu'ils louaient à prix d'or, traquant les troupes qui préféraient jouer dans les cours ou dans les jeux de paume. Les pauvres comédiens qui oubliaient de s'acquitter de leurs devoirs envers les redoutables confrères se voyaient immanquablement traînés devant les juges du Châtelet.

Quant au répertoire… Malgré l'effort de quelques auteurs qui tentaient de l'affiner, il offrait surtout les bonnes grosses farces chères à un public populaire.

La troupe de Robert Guérin, dit Gros Guillaume, depuis des années déjà, remportait un succès jamais démenti. Gros Guillaume, et ses deux compères Gaultier-Garguille et Turlupin, faisaient les délices d'une foule que les subtilités littéraires n'inquiétaient pas.

De ce qui avait été jadis la vaste résidence des ducs de Bourgogne, il ne restait que la haute tour de pierre [1] encrassée, construite par Jean sans Peur pour en rappeler la grandeur. Le reste avait été morcelé, coupé en deux par la rue Française, transformé en boutiques ou en maisons particulières, le tout enserrant le théâtre dont l'entrée était rue Mauconseil.

Dans la rue, une multitude se bousculait, se battait pour entrer avant son tour, étudiants miteux, pages arrogants qui narguaient les militaires, chevau-légers, mousquetaires, cadets de la garde royale dont les tuniques rivalisaient de couleurs et de broderies. Des soldats du guet exerçaient un semblant de police.

Encadrée de ses trois laquais solidement armés de dagues et de bâtons, suivie de très près par une Toinon dont l'entrain s'était brusquement atténué à la vue de la faune environnante, Floriane se fraya hardiment un passage dans la foule. Elle n'y eut d'ailleurs pas trop de mal : on s'écarta d'instinct devant cette femme élégante qui, bien que masquée, laissait deviner qu'elle était d'une autre graine que les filles qui paradaient au bras de leur barbeau. Des sifflements admiratifs saluèrent son entrée. La présence, ici, d'une dame de qualité était de toute évidence assez rare pour être remarquée.

La salle était sombre, tout en longueur. Au fond, un petit amphithéâtre en gradins de bois surplombait le parterre où le menu fretin restait debout et, sur les côtés, deux galeries de loges accueillaient, pour dix sols la place, un public plus choisi.

Il était juste deux heures, mais le rideau qui masquait la scène ne semblait pas vouloir s'entrouvrir. Déjà des spectateurs s'impatientaient. Sifflets et lazzis fusaient dans la salle agitée d'orageux remous.

1. Toujours existante, rue Étienne-Marcel.

Floriane rajusta son masque, se cala comme elle put sur sa chaise étroite, essayant de garder patience et surtout d'oublier les forts effluves qui montaient du parterre.

— Commencez ! Commencez ! Ah !…

Un petit homme venait d'apparaître sur le devant de la scène. On ne voyait de lui que l'énorme paire de lunettes de carton noir qui lui mangeait le visage.

Pédant, orgueilleux, jonglant en artiste consommé avec les mots, les citations, les paradoxes, le latin de cuisine et les pires grossièretés, Bruscambille était un pitre dont le public goûtait fort les préambules.

Dans un véritable galimatias, il proclama que les seuls, les uniques, les authentiques rois de la farce étaient maîtres Gros Guillaume, Gaultier-Garguille et Turlupin et que tous les autres auprès d'eux n'étaient que fiente de merle et pipi de chat. Il y eut donc Gaultier-Garguille et ses chansons lestes ; Turlupin et son habit multicolore, entonnant son célèbre refrain :

Vive la chair, vive la soupe
Et vive l'amour quand je soupe
Car boire sec comme un lapin,
Sont les amours de Turlupin !

La profession de foi de Turlupin entraîna orchestre et spectateurs en un rythme diabolique. Dans la salle, les gens scandèrent le refrain en frappant du pied.

Il fallut le reconnaître : le drôle avait la manière de vous communiquer sa gaieté et Floriane l'applaudit comme les autres. Auprès d'elle, Toinon trépignait et les valets martelaient allègrement de la poignée de leurs dagues les cloisons de la loge.

La jeune fille commençait pourtant à difficilement supporter les odeurs de la canaille échauffée et son désordre grandissant. Pressant contre son nez un fin mouchoir imbibé de violette, elle attendit la suite avec, déjà, moins de calme.

Dans la « Farce très bonne et très joyeuse sur l'obstination des femmes », on retrouvait Gaultier-Garguille en mari berné,

Turlupin dans le rôle du valet filou qui se jouait de son maître. Quant à la femme, Gros Guillaume lui prêtait sa ronde figure enfarinée.

La finesse n'était pas le meilleur atout du bon Guillaume. Mais il n'avait qu'à paraître avec son gros ventre bardé de ceintures, l'une serrée autour de la poitrine, l'autre au bas de la bedaine qui semblait ainsi doubler de volume, pour soulever l'hilarité générale.

Les trois complices s'en donnaient à cœur joie, prenant les spectateurs à témoin, pimentant leur texte de rots et de pets sonores.

Hélas ! Les vents dans la salle n'avaient, eux, rien de fictif. Le parfum de violette ne suffisait plus à masquer les relents nauséabonds qui assaillaient les narines de Floriane. Brusquement, elle lança une bourrade dans les côtes de Toinon qui pleurait de rire.

— Cela suffit ! Nous rentrons.

— Mais…

— Pas de commentaires. Allons ! Venez, vous autres.

Elle se leva sous l'œil déconfit de ses domestiques brutalement arrachés à leur jubilation. Le couloir qui desservait les loges était désert. Elle se retrouva bien vite dehors et aspira avec volupté une profonde goulée d'air frais.

Personne non plus dans la rue Mauconseil. Floriane vit son carrosse qui attendait un peu en retrait sur la gauche, mais de Macloud point. À coup sûr, il était au cabaret des Trois-Maillets, juste en face, trompant son attente devant une chopine en compagnie des gens du guet. Floriane se retourna : Toinon et les autres ne l'avaient pas suivie. Ils devaient traîner derrière, grappillant encore des visions de Gros Guillaume et de sa bedaine. Dès qu'on lâchait un peu la bride, les coquins en profitaient. Au fond, elle eût mieux fait de rester chez elle. Ermelinde avait raison : ces farceurs n'étaient bons que pour le vulgaire.

Le portier, en la voyant, sortit de son réduit :

— Le spectacle n'est-il pas de votre goût ? demanda-t-il d'un air inquiet.

— Si fait, si fait ! répondit-elle distraitement.

Dans sa livrée rouge aux dorures éteintes, l'homme sembla se gonfler d'aise.

— C'est que, voyez-vous, pas une troupe ne peut se vanter d'avoir des comédiens de cette trempe. Les Italiens eux-mêmes n'ont qu'à repasser les montagnes. Moi, qui vous parle, j'ai vu le trio cent fois et, malgré tout, je ris toujours de bon cœur, comme au premier jour. Quel esprit !

Les rires de la salle leur parvenaient par rafales régulières.

— Attendez ! fit le portier qui trottina vers sa loge.

Il en sortit plusieurs feuillets de grossier papier jaune qu'il tendit à la jeune fille.

— Ce sont là quelques chansons de messires Turlupin et Gaultier-Garguille. Je les connais toutes, savez-vous, ajouta-t-il fièrement.

Floriane garda les feuillets et glissa deux piécettes dans la main du brave homme.

D'un pas vif, elle s'approcha de son carrosse, ouvrit la portière et abaissa d'un petit coup sec le marchepied. Elle allait prendre son élan pour grimper à l'intérieur lorsqu'elle se sentit saisie à la taille et violemment poussée par-derrière tandis que deux mains la happaient dans l'ombre de la voiture. Elle n'eut même pas le temps de se débattre ou de crier. Un capuchon avait été aussitôt rabattu sur sa tête. Elle entendit la portière se fermer et tout de suite l'équipage s'ébranla.

La surprise avait été telle que Floriane resta quelques secondes sans pouvoir réagir et se laissa choir sur la banquette comme une poupée de son.

Mais son inertie fut de courte durée : recouvrant sa vigueur en même temps que la frayeur déferlait en elle, elle essaya d'arracher le capuchon tout en luttant contre l'un de ses ravisseurs qui tentait de lui maintenir le bras. Il eut d'ailleurs, sans grand mérite, vite raison des forces de la jeune fille, paralysée par l'émotion. Épuisée bientôt par cette lutte inégale, au bord de l'asphyxie, elle cessa de gémir et chercha à reprendre souffle.

Combien étaient-ils dans le carrosse ? Bien qu'ils n'eussent pas encore prononcé un mot, Floriane eût juré qu'ils n'étaient pas plus de deux hommes auprès d'elle, celui qui continuait à lui broyer le bras dans une poigne énorme et un autre, assis juste en face, dont elle distinguait très faiblement la silhouette à travers l'étoffe noire.

Passé le premier instant de panique, elle s'efforça de garder son calme et surtout de maîtriser la peur qui l'étreignait. Que lui voulait-on ? Qui ? Pourquoi ? Quel sort horrible lui était réservé ? Et si c'était une méprise ? Non, non ! De tout ceci, elle se préoccuperait plus tard. Il s'agissait pour le moment de ménager ses forces, d'attendre. Qui sait ? une seconde propice pour...

Les pavés faisaient rebondir les roues de la voiture, menée sans nul doute par un cocher habile et hardi. Floriane pouvait entendre sa voix crier « Gare ! Gare ! ». Pareille allure dans les rues de Paris frisait la démence. Et ce n'était sûrement pas Macloud... Au fait ! Qu'avait-on fait de ses serviteurs ? Ils avaient dû aussitôt s'apercevoir de sa disparition, se lancer sur ses traces. On n'enlève pas quelqu'un en pleine ville, au milieu du jour, sans être remarqué. Ah ! Si elle avait pu crier, attirer l'attention d'un passant !

Les doigts refermés sur son bras avaient relâché leur étau. En face d'elle, l'ombre semblait toute petite, tassée sur la banquette, immobile. Floriane tourna la tête. Les rideaux de cuir mal joints laissaient se découper un fin rectangle de clarté qu'elle voyait nettement. Elle n'hésita pas.

Glissant brusquement entre les mains qui la retenaient encore, d'un bond elle fut à la portière, écarta les rideaux, pencha la tête et agita désespérément un bras au-dehors. Du capuchon sortirent des appels étouffés qui se muèrent vite en cris de rage lorsque ses deux ravisseurs se jetèrent sur elle. Elle fut si rudement repoussée sur son siège que sa tête heurta violemment la cloison de bois. Floriane perdit connaissance.

Elle ne sut pas au juste combien de temps dura son évanouissement, peu sans doute. Lorsqu'elle reprit conscience, une douleur aiguë lui vrillait le crâne. Floriane voulut y porter la main, mais elle s'aperçut alors qu'elle avait les poignets solidement liés et sentit que ses chevilles étaient également entravées.

Ficelée comme un saucisson sur la banquette, voilà ce qu'elle était ! Elle faillit oublier ses bonnes résolutions et se mit à pleurer de dépit, de douleur et d'angoisse. Quelques larmes s'en furent imbiber le maudit capuchon.

L'un des deux hommes, pris subitement d'un accès de toux, se ramona la gorge en bruits déplaisants et cracha un jet sonore sur le plancher. Du coup, Floriane en oublia ses pleurs. Elle ignorait quels pouvaient être les rustres qui l'accompagnaient, mais en tout cas, ils n'auraient pas la joie de voir leur captive s'effondrer devant eux. Elle se mit à prier en silence autant pour recevoir de Dieu une aide que pour éviter de penser à ce qui l'attendait.

Le carrosse pendant ce temps poursuivait une course d'autant plus folle qu'il roulait sur une route droite et sablonneuse. Plus de cahots sur les pavés, plus de virages dangereux et d'imprécations lancées par un passant malmené : on avait maintenant gagné la campagne.

Floriane se demandait si le mystérieux voyage dont elle faisait les frais allait se poursuivre encore longtemps, lorsque la voiture, virant brusquement, s'engagea sur un terrain plus mouvementé, oscilla, tressauta, secouant ses occupants sans la moindre douceur, avant de s'arrêter, enfin !

On libéra les chevilles de Floriane, on l'aida à se relever, à descendre de voiture. Sûrement, la ville était bien loin. Un silence seulement troublé par les chevaux qui reprenaient haleine et secouaient leurs harnais, ou un lointain chant d'oiseau accueillit la jeune fille. Elle sentit ses pieds fouler des touffes d'herbe et perçut aussi, malgré la cagoule, un souffle humide et parfumé de senteurs forestières.

Guidée par une poigne solide, elle fit quelques pas et devina que son guide lui faisait franchir un seuil. Tout ceci, sans brutalité d'ailleurs. Un mètre encore et elle trébucha contre une marche. D'autres la suivaient : un escalier couvert de gravats, étroit et tortueux, dans lequel elle se fût certainement étalée sans le fidèle – et muet – soutien. Une porte grinça, trois pas à nouveau et enfin ! on lui délia les mains, délicatement, on lui ôta son capuchon. Elle aspira une grande bouffée d'air et regarda autour d'elle.

Elle ne vit tout d'abord qu'une espèce de géant planté devant elle et occupé à la dévisager avec autant de curiosité qu'elle-même l'examinait. Une masse, vêtue de chausses et d'une tunique d'un bleu délavé, deux pattes énormes glissées dans un gros ceinturon de cuir, un torse massif aussi large que haut et, au-dessus de cet amas de muscles et de graisse, quel surprenant visage que celui qui se penchait vers elle ! En tout cas, il ne correspondait en rien à la redoutable stature : des joues rondes et roses, imberbes, une bouche minuscule, deux yeux d'un bleu séraphin sous les cheveux mi-longs, d'un blond doré, quoique crasseux, le géant avait la douce physionomie d'une jeune fille.

Rompant le silence pour la première fois, il dit d'un ton de fausset :

— J'espère ne pas vous avoir trop bousculée, mademoiselle. Votre souper vous sera servi un peu plus tard.

Avant de sortir, il s'inclina avec une certaine grâce. Floriane allait le rappeler, lui demander qui il était et pourquoi il l'avait amenée ici, mais les mots s'étranglèrent dans sa gorge.

Dans l'ombre, quelqu'un que le géant lui avait jusqu'alors masqué, quelqu'un qui trop souvent déjà s'était trouvé sur son chemin, quelqu'un qu'elle découvrait avec stupeur et dégoût, l'observait. Car ce personnage n'était autre que ce damné bossu ! Toujours les mêmes guenilles, toujours le même vieux chapeau plat, frangé de peluche, trop grand pour lui, toujours ce corps difforme dont les jambes torses semblaient avoir peine à soutenir l'énorme bosse qui gonflait l'épaule gauche. Mais de si près,

Floriane pouvait découvrir, aussi, une face ravinée, un nez en pied de marmite piqué d'une verrue, un être sans âge, hideux déchet d'une nature capricieuse qui tordait les humains ou donnait aux géants des visages de demoiselle.

Comme s'il devinait les sentiments de Floriane, le gnome ricana et, esquissant d'une pirouette une révérence moqueuse, s'esquiva derrière son compagnon. La porte claqua sur eux. La jeune fille entendit le bruit du verrou qui se refermait : elle était seule.

Un long moment elle resta immobile, les yeux perdus dans le vague, pressant ses mains l'une contre l'autre en un geste nerveux et répété.

Ainsi, le danger que depuis si longtemps elle sentait rôder autour d'elle, cette menace ressentie dès la première fois en apercevant le bossu, venue ensuite obscurcir le bonheur tout neuf offert par Pontgibault, n'avaient donc pas été d'absurdes chimères ? Si son voyage en Normandie et sa nouvelle rencontre avec Artus les lui avaient fait oublier, voici que, brutalement, elle était de nouveau précipitée en plein cauchemar. Qui donc en était l'auteur ? Qui donc lui en voulait assez pour l'avoir entraînée jusqu'ici, dans cette geôle perdue ?

Seulement alors elle prit conscience qu'elle n'avait pas même fait attention à l'aspect de sa prison. Elle s'ébroua, repoussant les pensées qui venaient de l'assaillir. Plus tard… Pour l'instant, il lui fallait bouger, reprendre vie. Elle regarda autour d'elle.

Non sans étonnement, elle découvrit qu'elle se trouvait dans une sorte de grange ou, plutôt, de pigeonnier si elle en croyait les traces qui piquetaient le sol, malgré un évident balayage. Crottes et duvets s'incrustaient dans les dalles disjointes et les poutres qui s'enchevêtraient sous le toit de tuiles apparentes en étaient maculées. La pièce aux murs de plâtre et de pierres était ronde. Une seule fenêtre l'éclairait. Floriane s'aperçut que la vitre venait d'être récemment posée, tout comme la serrure neuve de la porte, détails contrastant avec la vétusté des lieux manifestement aménagés en son honneur. Pour elle aussi, un mobilier donnant à sa prison un faux air de confort : un tabouret, un lit étroit dont elle souleva d'un doigt méfiant la couverture apparemment propre, un rideau enfin masquant pudiquement la toilette, si l'on pouvait ainsi nommer l'escabeau sur lequel étaient posés seau et cuvette d'eau.

Floriane s'approcha de la petite fenêtre où filtraient les dernières lueurs du crépuscule. Elle vit une étendue marécageuse, vite barrée par une forêt qui s'étendait à l'infini. Il lui fallait se rendre à l'évidence. Comme dans les livres dont l'année précédente, à Saint-Évy, elle s'était tant repue, elle était prisonnière.

— Eh oui, ma chère cousine, fit-elle à mi-voix avec un sourire triste en pensant à Alix de Montrouge qui avait toujours traité ces romans de fariboles, les enchanteurs malveillants existent aussi dans la vie. Mais quel prince charmant viendra me délivrer ?

Elle n'avait personne qui l'aimait. Son frère ? Ses amis ? Certes ! Mais ils étaient tous si préoccupés d'intrigues et de politique. Non. Le seul dont elle aurait tant voulu retenir le cœur avait poursuivi son chemin sans se préoccuper d'elle. À cette pensée, réalisant brutalement l'importance et la profondeur du sentiment qu'elle éprouvait, la douleur la submergea. Et tout cela presque pour un inconnu, un homme qui se souciait, sans doute, fort peu d'elle !... Elle laissa couler ses larmes, sanglotant doucement, à petits coups, toujours immobile devant la fenêtre sur laquelle maintenant venait se poser la nuit.

Un bruit de pas dans l'escalier la tira de son tourment. Vite, elle sortit son mouchoir, s'essuya les joues, ne voulant, pour rien au monde, être surprise à se laisser aller, surtout si son visiteur nocturne était celui auquel elle devait cette épreuve. Aussi fut-elle à la fois déçue et rassurée de voir le bossu lui apporter son repas. Il déposa sur le tabouret une bougie allumée avec force contorsions, feignant le respect exagéré d'un humble page servant une dame illustre, dans l'espoir sans doute d'attirer l'attention de Floriane. Espoir vain, car la jeune fille ne lui accorda pas même un regard.

Dès qu'il se fut éloigné, elle s'allongea tout habillée sur le lit et regarda les ombres osciller doucement sur les murs et les poutres, animées d'une vie invisible et intense qu'augmentait le silence de la nuit. Combien étaient-ils à la garder ? De l'extérieur lui parvenait maintenant le murmure à peine audible de voix chuchotant, lui semblait-il, au pied de la tour, couvert de temps à autre par les accents frêles et étouffés d'une flûte qu'elle écouta longtemps avant de s'endormir, enfin.

Un autre jour passa. Dès la nuit tombée, on vint lui apporter la lumière en même temps qu'une assiette bien garnie. Mais, cette fois, il s'agissait du diable gigantesque au visage affable et Floriane en fut heureuse, car si elle éprouvait une profonde aversion pour le gnome, elle ne parvenait pas à ressentir une réelle antipathie envers ce grand et gros garçon. Un objet qui dépassait de la poche du haut-de-chausses bleu clair attira son attention.

— Est-ce toi, fit-elle en tendant le doigt, que j'ai entendu jouer hier si joliment ?

Il sortit la petite flûte de bois et la caressa avec tendresse.

— Oui ! J'aime la musique, répondit-il avec simplicité, et c'est une fidèle compagne. Je jouerai ce soir, si vous le désirez.

Soudain, l'air embarrassé, comme s'il regrettait d'avoir été trop disert, il marmonna, se balançant à la manière pataude d'un gros pachyderme :

— Je… je dois redescendre maintenant. Bonsoir, mademoiselle.

La journée suivante fut semblable aux précédentes : des heures lentes à tourner en rond comme un rat pris dans une trappe. Floriane fortifiait sa colère pour ne pas sombrer dans l'abattement. Car n'était-ce pas justement ce que « l'on » attendait ? Un désespoir, un accablement qui la rendraient encore plus fragile, oiseau frissonnant et apeuré devant le chasseur ? Voyons : ses gens avaient dû alerter Ermelinde qui certainement avait aussitôt prévenu Charles. Trois jours de recherche devaient sûrement avoir permis à son frère de retrouver sa trace.

Dehors, s'écoulait une chaude journée de mai, gaie, dorée. De petites touches colorées de jaune et de blanc fleurissaient les herbes hautes du marécage entre lesquelles miroitaient des traînées d'eau. Devant la fenêtre, c'était un infatigable chassé-croisé d'oiseaux qui nichaient sous le toit, et que Floriane ne se lassait pas d'accompagner du regard tout comme elle suivait, non sans envie, les allées et venues de ses gardiens, une petite poignée d'hommes, traînant nonchalamment autour du pigeonnier, lançant parfois de gros rires comme pour mieux narguer leur prisonnière. Le bossu lui-même ne manquait pas, lui non plus, de venir faire ses mines grotesques, grattant entre ses bras un luth imaginaire mimant l'aubade d'un troubadour à sa belle, avant de se sauver en saluant Floriane d'un magistral pied de nez.

Il faisait encore jour lorsqu'elle entendit des pas monter l'escalier. La porte s'ouvrit sous le bruit métallique du verrou. Indifférente, ne sachant s'il s'agissait du curieux musicien ou de l'autre, Floriane avait gardé le front collé à la fenêtre. Mais comme un silence insolite s'installait, elle se retourna. Un homme était là, à quelques pas derrière elle. Il l'observait sans mot dire. Sans manifester une surprise excessive, elle reconnut alors Melchior de Pontvallain.

Il n'avait pas changé depuis leur dernière rencontre. Hautain, très grand seigneur dans une mise sobre aux tons gris et perle, il la toisait, l'air narquois, la main appuyée sur le pommeau de son épée, rehaussée d'un rubis aux reflets sanglants. Comme le comte de Pontvallain, muet, tenant son feutre de sa main gantée, continuait à fixer Floriane, elle détourna la tête et se remit à contempler le paysage.

Il y eut encore quelques instants de silence que Melchior rompit enfin :

— Eh bien, ma chère, quelle indifférence ! J'avoue, ma foi, que j'attendais dans nos retrouvailles, sinon plus de chaleur, du moins plus de vivacité.

Frissonnante, Floriane haussa les épaules :

— Qu'eussiez-vous voulu ? Des cris ? Des larmes ? Des protestations ? Des remerciements peut-être pour l'hospitalité que vous m'offrez si généreusement ?

Masquant sa peur, elle avait pris volontairement le ton détaché de la mondaine importunée par un fâcheux.

— Non, répondit Melchior sardonique, non, pas précisément, je connais votre damné petit orgueil, mais au moins un brin d'étonnement. Ma vue ne semble pas vous surprendre…

Elle se retourna avec lenteur et ironisa à son tour :

— En trois jours, figurez-vous, j'ai eu le temps de réfléchir. Or, qui pouvait agir de façon aussi inqualifiable, sinon vous ?

Elle sourit à nouveau :

— Un moment, j'ai pensé au cardinal avec lequel j'ai eu un petit différend. Je le sais rancunier, ombrageux… Mais j'ai vite abandonné cette éventualité. Quelque chose me chiffonnait. Je ne me voyais d'abord pas autant d'importance et puis, apparemment, aucun rôle à jouer. Non, ce n'était pas dans sa manière. Il aurait plutôt choisi de m'envoyer méditer dans un couvent ou dans ma province, sur les inconvénients qu'il y a à braver son autorité. Et il l'aurait fait tout de suite. En outre, il n'ignore pas que monseigneur d'Anjou honore notre famille de son amitié. Il eût donc été malhabile, de sa part, de nous porter atteinte. Alors, qui ? Un mystérieux adorateur m'enlevant pour mieux me séduire ? Il existe des moyens plus efficaces pour charmer une femme, des lieux plus enchanteurs, plus propices aux élans amoureux. Et puis un galant homme ne fait pas languir trois jours une femme dans de telles conditions ! Ne restait donc parmi mes connaissances que vous, comte, capable d'agir avec un esprit si courtois, une pareille délicatesse.

Floriane raillait autant pour gagner du temps que pour éviter de trop penser aux intentions véritables de Pontvallain.

— Vous persiflez, ma chère ! Et moi qui venais tout exprès vous parler d'amour ! répliqua-t-il l'air faussement contrit.

— Joli endroit, belles manières, je vous le répète ! Et puis qu'avons-nous encore à nous dire ? Mon frère, ce me semble, avait réglé avec vous…

— Votre frère a cru ce qu'il voulait. Pensiez-vous que j'allais, aussi facilement, en finir avec vous ? – Melchior eut un petit rire sec. – Un long séjour à l'étranger m'a empêché de vous retrouver plus tôt, mais je ne vous ai jamais pour autant négligée.

— Que voulez-vous dire ?

— Ah ! Voici que je vous intéresse ! Sachez, ma toute belle, que je n'ai pas ignoré un seul de vos gestes depuis votre arrivée à Paris.

— De l'espionnage donc ! s'indigna Floriane. Et par cet ignoble petit déchet humain, je présume !

— Précisément, le Gobbo ! Par lui, j'ai appris bien des choses sur vous-même, sur vos relations.

Le ton de Melchior se fit soudain plus dur, haineux même :

— J'avoue que vous avez vite su vous introduire dans les milieux les plus prisés. Je n'en ai pas été surpris, d'ailleurs. Vos airs d'angelot cachent en fait une âme de petite garce ambitieuse que je ne connais que trop.

Floriane le regardait, l'air prêt à le mordre.

— Et tous s'y laissent prendre, continua-t-il, comme moi-même je l'ai été ! Seulement, aux autres, vous n'avez rien refusé !

— Est-ce pour m'insulter que vous m'avez conduite ici, monsieur ?

— Pour cela et autre chose encore, nous y viendrons. Ah ! ajouta-t-il, frappant nerveusement de son feutre noir le plat de sa main, ai-je été assez sot, l'été dernier, de me laisser tenir la dragée haute ! J'ai patienté, écoutant les conseils de votre cousine Montrouge prétextant votre jeunesse, votre innocence. Et moi, oubliant ma haine, j'y croyais aussi, me laissant retenir aux pièges de vos petits airs, aux promesses de vos yeux.

— Je n'ai rien promis ! s'écria Floriane.

La haine, venait-il de dire ?...

— Allons donc ! Et le jour de la chasse, à table, souvenez-vous !

La jeune fille baissa la tête...

— C'est vrai, je vous l'accorde. Ce jour-là, j'avais enfin décidé d'unir mon sort au vôtre, murmura-t-elle.

Puis elle se redressa.

— Mais vous savez bien ce qui m'a fait changer d'avis !

— Vous vous êtes moquée de moi, haleta Melchior en la saisissant aux épaules. Une allumeuse, une sale garce qui a fait de moi la risée du voisinage.

— Lâchez-moi !

Mais il ne l'écoutait pas, la secouant d'une main de fer, sa voix conservant une politesse insultante plus inquiétante encore que son dépit.

— Dire que j'avais cru retrouver en vous Benoîte, l'incomparable, l'inoubliable aimée qui jamais, elle, n'aurait failli. Et vous, sa fille, offerte à tous, baisée par tous !...

Sous ses yeux brillants comme des lames, Floriane éperdue gardait un silence plein de morgue. Pontvallain finit par la lâcher.

— Moret, Puylaurens, Bois d'Ennemets, énuméra-t-il en arpentant la pièce ronde à grands pas rageurs, poursuivi par son obsession. Et Monsieur enfin ! tous y sont passés. Le duc de Chevreuse lui-même, ce qui ne vous empêche pas d'être le joujou de la duchesse. Rien ne vous rebute, décidément ! À chaque nouvel amour, il m'a pris des envies de meurtre.

Que répondre à cet esprit malade ? Le Gobbo avait bien pimenté ses rapports. Ou n'était-ce pas plutôt la folle jalousie de son maître qui lui avait fait broder autour de faits anodins ? La gorge serrée, Floriane revoyait dans ses yeux les lueurs dangereuses qu'elle avait déjà découvertes, un certain jour.

— Le pire, poursuivit-il, a été votre liaison avec Pontgibault. Ah ! vous tressaillez ! ajouta-t-il, tout heureux de la faire souffrir. Oui, j'ai haï Pontgibault parce que celui-là, j'en suis sûr, vous l'avez aimé.

L'angoisse, l'horrible sensation de soudain étouffer... Floriane, avec une certitude acquise depuis longtemps, savait ce qu'il allait lui dire.

— L'abattre ! Le détruire en vous brisant le cœur ! Mais sans me compromettre moi-même. La chose avait plus d'ironie cruelle en le faisant supprimer sur un malentendu. Ce pauvre Chalais a admirablement joué son rôle de cocu vengeur, sans soupçonner une seconde que c'était moi qui armais son bras.

Elle avait toujours su que la mort de Roger n'était pas due à un malencontreux hasard. Roger ne l'avait pas trahie, et c'était par sa faute à elle qu'il avait disparu.

Ah, si Floriane avait eu, en cet instant, une arme sous la main, elle l'aurait sans hésiter plongée dans la poitrine de ce monstre qui la narguait avec délectation.

— Vous n'êtes qu'un assassin doublé d'un lâche ! cria-t-elle, un être immonde et répugnant !

— Sachez, ma chère, que j'évite de me salir les mains. D'autres s'en chargent. Favol, par exemple, ce bon Favol qui n'a pas son pareil pour occire quelqu'un.

Floriane s'était laissée tomber sur un tabouret et, d'un geste las, arrangeait les plis de sa jupe.

— Croyez-vous me faire peur ? Favol n'est qu'un vulgaire espion du cardinal, tout juste bon aux basses besognes…

— Tiens ! Vous savez cela ? fit Melchior, surpris un instant. Favol ne fait qu'obéir à mes ordres. C'est moi qui suis au service de M. de Richelieu.

— Joli rôle ! lança-t-elle méprisante, il vous convient fort bien. Trahisons, meurtres… Voyez-vous, je crois bien que, dès notre première rencontre, j'ai décelé le sinistre personnage que cache le noble comte de Pontvallain.

Un rire l'interrompit.

— Je ne le nie pas. Il n'est pas de mauvais moyens pour consolider sa fortune et le cardinal n'est pas un ingrat. À son service, j'ai pu agrandir Pontvallain, redonner du lustre à mon nom. Je suis même en droit d'espérer une gloire plus grande encore : une place au Conseil, un titre de duc, des…

— Brisons là, monsieur ! Suis-je donc ici retenue prisonnière pour voir vanter votre odieuse et dérisoire vanité ? Que m'importent des honneurs si bassement acquis ?

— Jugeriez-vous une couronne de duchesse indigne de votre jolie tête ?

— Je ne comprends pas.

— C'est simple, gloussa Melchior d'un ton suave : en m'épousant vous devenez duchesse de Pontvallain et l'une des femmes les plus en vue de la cour. De quoi rivaliser avec les Chevreuse de façon éclatante, n'est-ce pas ?

Floriane se leva d'un bond.

Ainsi, c'était là son dessein, ce pour quoi il avait imaginé cette séquestration, toute cette mise en scène.

— Il n'est pas question que je vous épouse ! Oseriez-vous m'y contraindre par la force ?

— J'espère que cela ne sera pas nécessaire.

— Vous êtes fou, monsieur ! balbutia Floriane cherchant désespérément à s'accrocher à une pensée solide, à l'espoir de voir vite s'achever cette sinistre comédie qui commençait sérieusement à ébranler son apparente fermeté. Croyez-vous me retenir prisonnière longtemps encore ? Mon frère me recherche. Il a des appuis influents lui aussi. L'amitié de Monsieur, celle du maréchal d'Ornano valent bien la protection du cardinal.

— Vous m'amusez énormément, Floriane, reprit Melchior avec une ironie tranquille. Votre esprit pourtant intelligent, j'en conviens, s'embarrasse à tort de fausses espérances… Monsieur ! Le maréchal ! Mais que pèsent-ils face au cardinal qui peut d'un seul mot les briser ? Ils ne sont rien, rien, vous dis-je ! Monsieur fera ce que le roi et son ministre ordonneront. Quant à d'Ornano, sa future résidence est prête : le donjon de Vincennes, pour ne pas le nommer, l'attend. Vous voyez ce qu'il en coûte de faire le mauvais choix en matière politique et que vous n'avez rien à escompter de ce côté-là.

Atterrée par la nouvelle, Floriane en oublia sa propre situation.

— Le roi ferait donc, selon vous, arrêter M. d'Ornano ? fit-elle, incrédule.

— C'est imminent ! Vous voilà dans les secrets d'État, ma chère.

Arrêter M. d'Ornano, mais alors, cela signifiait sinon la fin du complot, à coup sûr sa découverte, Monsieur si faible, plié à l'autorité royale, les projets envolés, les adversaires du cardinal dénoncés peut-être, la reine abandonnée. Et elle, Floriane, que pouvait-elle faire pour avertir ses amis, Charles surtout et la duchesse ?

— N'espérez donc pas, continua Melchior, une aide quelconque de votre frère. En admettant même qu'il vous trouve, que ferait-il ? Constater que vous êtes devenue ma femme et qu'il a tout intérêt à se féliciter du mariage de sa sœur avec un homme puissamment soutenu. Saint-Évy, croyez-m'en, aura particulièrement besoin des relations de son beau-frère.

— Mais que dites-vous donc ! s'écria Floriane exaspérée. Mon frère n'admettra jamais un mariage à la Jean des Vignes [1] et d'ailleurs, moi, je ne l'accepterai jamais. Dussiez-vous m'enfermer ici des mois, des années ! M'entendez-vous ?

Au comble de la rage, ne pouvant supporter son regard, elle tourna la tête vers la fenêtre.

Melchior vint derrière elle et la serra fortement contre lui. Elle ne pouvait voir son visage mais elle sentit sa bouche collée à son oreille et son souffle sur sa peau.

— Ma belle, écoutez-moi bien. Je vous veux. Je pourrais bien sûr vous prendre ici, de force. Mais je désire davantage. En devenant votre époux, j'aurai bien plus que votre corps : une revanche sur les années de détresse pendant lesquelles j'ai soupiré pour votre mère, une revanche sur ses refus, ses froideurs. Par loyauté envers votre père, par indifférence ? Benoîte n'a pas voulu de mon amour. Vous dire combien je l'ai aimée est impossible. Les mots me trahiraient.

Melchior soupira et brusquement resserra son étreinte.

— Vous tuer, vous responsable de sa mort, j'en eus longtemps l'idée. Mais un jour je vous vis. Vous étiez enfant encore,

1. Mariage secret, irrégulier.

et j'eus soudain l'impression de retrouver Benoîte. Vous lui ressemblez. Un je ne sais quoi dans la silhouette, votre sourire, vos yeux… Oh ! Oui ! Vos yeux sont les siens. C'est pour cela que j'ai accepté, plus tard, la proposition d'Alix de Montrouge. En vous voyant à Saint-Évy, j'ai ressenti la même émotion que jadis.

— Et vous me haïssez.

— Oui… oui, Floriane…

D'un violent mouvement d'épaules, elle réussit à se dégager et fit face à Melchior. Il avait l'air étrange, à la fois absent et brûlant d'une passion inapaisée.

— Vous divaguez, votre cerveau s'égare. Reprenez-vous, comte ! Forcer ainsi la fille d'une femme que vous prétendez avoir adorée, n'est-ce pas là insulter vos propres souvenirs ?

— Inutile de continuer. Vous ne m'ébranlerez pas. Ce soir, un prêtre sera là, qui nous unira. Présentée ensuite au roi, au cardinal, à toute la cour, vous ne pourrez plus être que Mme de Pontvallain.

— Je dirai au roi que je vous ai épousé contre mon gré ; je lui dirai…

— J'ai des lettres de votre cousine prouvant sa satisfaction de me donner sa pupille. J'ai le contrat de fiançailles que votre benêt de frère n'a pas songé à me réclamer…

— Et si je refuse malgré tout ? s'obstina Floriane.

Pontvallain eut un mince sourire. En guise de réponse, il alla ouvrir la porte et lança un ordre dans l'escalier.

Quelques instants plus tard parut Favol, bientôt suivi de deux hommes que Floriane n'avait encore jamais vus, de ces coquins portant panache et longue rapière de ces « bottés sans chevaux [1] » comme on les dénommait, errant dans Paris, prêts à tout pour une poignée de pistoles. Le joueur de flûte était présent, lui aussi ; il évita de regarder la jeune fille et sembla vouloir faire disparaître sa masse dans l'épaisseur des murs. Quant au Gobbo, le chapeau sur le nez, il se faufila et vint se placer près de son maître.

1. Ou « Chevaliers de la Samaritaine ».

À leur vue, Floriane n'avait pu retenir un frisson. La pièce parut rétrécir et s'imprégna vite d'une odeur forte d'hommes négligés.

— Allons, ma chère, ces messieurs vous feraient-ils peur ? persifla Pontvallain. Les hommes jusqu'ici ne vous ont cependant jamais effarouchée et ceux-ci sont de vrais mâles, n'en doutez pas. Même le Gobbo, malgré sa courte taille…

Pour toute réponse le Gobbo massa de manière obscène le haut de ses chausses. Floriane frissonna de dégoût et de peur, une peur horrible face à ces regards avides, ces forces retenues mais prêtes à se déchaîner. Elle comprit que d'un mot Pontvallain pouvait la livrer à ces brutes.

Floriane regarda Melchior qui souriait.

— Vous feriez cela ? murmura-t-elle d'une voix blanche.

— En doutez-vous, ma chère ?

Non, elle n'en doutait pas. Poussé par la haine, il était capable du pire.

Le Gobbo, enhardi, vint tout près de Floriane. D'un geste aussi vif qu'imprévisible, il lui saisit la main, lui happa un doigt. Elle sentit une langue épaisse, des chicots durs heurter son ongle. Elle se dégagea avec un cri de répulsion.

Habitué à attendre les ordres de Pontvallain, Favol restait silencieux, de même que les deux spadassins dont les mines concupiscentes en disaient long sur le plaisir qu'ils escomptaient.

Nullement découragé par ses rebuffades, le Gobbo avait pris les deux mains de Floriane qu'il tenait cette fois bien serrées dans ses pattes griffues. Les lèvres arrondies en un simulacre de baiser, il leva vers elle son visage ravagé où les rides s'incrustaient de crasse.

Melchior s'approcha d'eux et d'une bourrade envoya le Gobbo rouler à terre.

— Eh bien, belle enfant, êtes-vous décidée ? Ces messieurs seront-ils les témoins de nos noces, ou, au contraire, les heureux bénéficiaires de vos faveurs ?

Floriane gardait la tête baissée. Les nerfs rompus, sa volonté enfuie, elle laissait maintenant couler ses larmes.

— Répondez ! la pressa Melchior d'une voix cinglante. Serez-vous ma femme ?

Alors, d'un hochement de tête, sans mot dire, elle accepta.

Sur le lit étroit, la robe de noces s'étalait, aussi opalescente qu'une tache de lune. Douce au toucher : Floriane avait, d'un doigt, apprécié la finesse du drap d'argent que festonnaient de précieux bouquets de perles et de fils d'or. Une toilette digne d'une princesse en vérité, à laquelle ne manquaient ni la chemise de toile fine et le petit caleçon de soie fluide, ni les bas incarnadins aux jarretières enrubannées, ni les chaussures pomponnées de roses. Rien ne manquait, non vraiment. On avait aussi apporté des pots de fards, de poudre et d'onguents, des flacons de parfums, des épingles à cheveux, toutes piquées d'une perle et même une boîte d'émail, emplie de mouches de taffetas noir.

— Je vous veux, très belle, lui avait dit Melchior avant de la laisser seule.

Belle et plus sûrement à sa merci, songeait la jeune fille. En effet, le « corps de cotte [1] » comme le plastron, les manches à gigot comme le volumineux vertugadin masquaient sous le tissu précieux, les broderies et le semis de perles, un dur corset de bois, d'os et de fer, que la mode présente avait réussi à atténuer.

Mais cette tenue somptueuse n'était-elle pas d'un autre âge ? Il n'était besoin de considérer l'énorme fraise empesée pour se convaincre que Pontvallain, une fois encore, cherchait à recréer en Floriane la silhouette d'une jeunesse perdue.

Avec un long soupir, elle commença à se dévêtir, pas mécontente, au fond, de quitter les vêtements qu'elle portait depuis trois jours. Résignée ? Non, mais il n'y avait pour l'instant pas d'autres moyens de lutter contre les volontés du comte.

1. Corsage.

Elle se rafraîchit, se frictionna énergiquement d'eau d'ange, se sentit mieux alors, libérée du malaise, proche de la crise nerveuse qui l'avait secouée une heure auparavant.

Sur son chignon haut relevé, aux brillants reflets de nuit, elle piqua comme de minuscules étoiles les perles rondes puis toucha, enfin, d'un soupçon de rouge, ses joues et ses lèvres, négligeant le pot de blanc de céruse, la pâleur de son teint ne devant rien aux artifices.

Elle passa une première jupe, la « secrète », puis une seconde, la « friponne », enfin, par-dessus la « modeste » que recouvrit la robe elle-même, largement fendue sur le devant. Se vêtir seule s'avérait ardu et Floriane entama une petite lutte exaspérante avec les crochets de la cotte qui se fermait dans le dos.

— J'arrive à point, à ce qu'il me semble, fit la voix de Melchior qu'elle n'avait pas entendu entrer.

Il s'approcha d'elle et, d'une main adroite, eut raison du corsage rebelle. Ensuite, il noua lui-même les cordons de la fraise et fit faire un demi-tour à Floriane afin de mieux l'examiner.

Elle se dressait devant lui, scintillante et virginale comme un grand lys d'argent. Melchior chercha en vain à deviner les pensées qui palpitaient derrière le front pur et bombé : Floriane baissait les yeux, le souffle retenu. Elle ne bougea même pas lorsque les lèvres de Pontvallain se posèrent sur sa tempe et que ses bras l'emprisonnèrent. Cette froideur exaspéra le comte.

— Encore quelques instants et je te posséderai, rugit-il. Écrasé, ton petit corps. Écartelé, pantelant…

Sous les visions qu'il évoquait, Melchior s'échauffait, perdant peu à peu le contrôle de lui-même.

— Tu vas connaître mon sexe, sa force, garder son empreinte, violée, oui, fouillée jusqu'au tréfonds de toi.

Sous son étreinte, les baleines du corset meurtrissaient la chair de Floriane mais toujours sans réaction apparente, elle le laissait poursuivre son délire lubrique. Allait-il la prendre maintenant, sans plus attendre, ivre de désirs anciens si longtemps refoulés ?

On frappa à la porte. Melchior, surpris, lâcha la jeune fille si brutalement qu'elle chancela.

— Qu'est-ce ? fit-il d'une voix altérée.

— Le père Toussaint, monsieur le comte, répondit Favol. Et aussi messire Yvain.

Melchior s'était vite ressaisi :

— C'est bon, entrez. Qu'on en finisse vite.

Un moine apparut, vêtu de la robe sombre des Bénédictins. Du capuchon rejeté en arrière, jaillissait un cou long, si mince qu'il semblait avoir quelque peine à soutenir la tête tonsurée, légèrement penchée en avant. C'était un homme jeune encore, au visage pâle, étroit et non dénué de bienveillance. D'une voix neutre, il donna un ordre ou deux à Favol qui l'aidait dans ses préparatifs.

Un autre personnage était présent que Floriane n'avait encore jamais vu. Digne dans sa tenue bourgeoise, il avait dans son attitude un rien de servilité : un obligé de Pontvallain, sans doute, qui, avec le fidèle Favol, servirait de témoin à cette mascarade.

Le Gobbo n'avait pas voulu manquer la fête. Tapi sous la fenêtre, il entendait ne pas perdre une miette d'un spectacle dont il se réjouissait par avance. Floriane n'accorda un regard à aucun. Comme un automate, elle se laissa guider par Melchior qui lui avait pris la main.

Le jour était encore clair malgré un ciel qui, peu à peu, s'était chargé de nuages gris plombé. Si la pluie s'annonçait, elle laissait cependant le soleil se coucher dans un foisonnement de lumière et un souffle tiède qui pénétrait dans le pigeonnier avait une douceur en bien lointain rapport avec la scène qui s'y jouait.

Le père Toussaint s'était éclairci la gorge et entamait un petit discours empreint d'onction.

— Seigneur Dieu qui nous voyez en ce jour…

Auprès de Melchior, Floriane continuait obstinément à fixer le sol.

« Seigneur Dieu qui nous voyez en ce jour, ne laissez pas s'accomplir pareil forfait », supplia-t-elle en un cri muet.

— Nous vous conjurons, au nom de Jésus-Christ, votre fils et Notre Seigneur, ô Père infiniment miséricordieux, d'avoir pour agréable de bénir l'union de deux de vos serviteurs qui se présentent à vous.

« Je vous conjure, mon Dieu, de me venir en aide, continuait Floriane. Ce n'est pas possible. Non, non, je ne veux pas ! *À periculis cunctis libera me, Virgo Gloriosa et benedicta.* Et vous, bonne sainte Agathe… » Dans sa détresse, elle se souvint de la petite sainte qu'elle aimait invoquer naguère.

Les mains jointes en un geste désespéré, elle mêlait révoltes et prières, retrouvant tout naturellement les mots latins tant de fois répétés, à Fontevrault. Elle attendait le miracle, luttant contre une envie folle de clamer sa rage, sans faire un seul mouvement, telle une statue de métal précieux, lançant ses reflets argentés.

— Floriane, Marguerite, Renée de Saint-Évy, acceptez-vous de prendre pour époux Melchior, Jean, Henri, seigneur de La Faigne, comte de Pontvallain, ici présent ?

Seul, un chant d'oiseau, lointain, vrilla le silence. Tout le monde semblait avoir imité Floriane et s'être pétrifié. Les secondes qui passèrent parurent se charger du poids immense de l'éternité. Le père Toussaint réitéra sa question. La main de Melchior se noua sur le bras de Floriane.

— Répondez ! souffla-t-il d'un ton sans réplique. Je vous ordonne…

Répondre ? Se lier à cet homme qui lui faisait horreur ? Floriane n'eut pas même un battement de cil. Mais une lutte intérieure, acharnée, la déchirait. « Accepte, accepte ! la pressait une voix. Tu trouveras bien un moyen de fuir, de lui échapper, de te faire justice. » « Non, non ! Je ne pourrai pas. Jamais ! Plutôt mourir », répondait son cœur qui s'affolait.

Ce contretemps fâcheux avait surpris le moine et les témoins qui s'entre-regardaient non sans une certaine consternation. Un faible ricanement, pareil à un chuintement, s'échappa du Gobbo.

— Ma fille, avez-vous entendu ma question ? susurra le père Toussaint.

On lui avait raconté une touchante histoire d'amour contrarié que son zèle allait faire triompher. Mais cette jeune personne dont il n'avait pas encore croisé le regard avait-elle bien toute sa raison ? Son attitude était si peu conforme à celle qu'il eût attendue d'une fiancée enfin unie à celui qu'elle aimait…

Les doigts de Melchior s'étaient incrustés dans le bras de Floriane.

— Dites oui, dites oui, intimait-il. Ou sinon.

— Non !

Un véritable hurlement jaillit jusqu'aux poutres du toit. Floriane avait bondi et d'un geste vif arraché l'épée qui pendait au côté de Melchior.

— J'embroche le premier qui s'approche, gronda-t-elle.

Elle tenait l'arme de ses deux mains, comme on tient un glaive. On eût dit un archange vengeur, au regard flamboyant. Se demandant s'ils n'étaient pas en présence d'une apparition céleste, le père Toussaint, Favol et l'autre compère reculèrent d'un pas.

Comme s'il venait répondre à leur interrogation, un grondement encore lointain roula parmi les nuages. Furieux de voir sa volonté contrariée, le visage blême, seul Pontvallain n'avait pas bronché.

— Ne soyez pas ridicule, Floriane, fit-il d'une voix s'efforçant d'être calme. Qu'espérez-vous donc ? Nous trucider tous ?

Il fit un pas dans sa direction, ignorant l'arme pointée sur lui.

— N'approchez pas, comte ! dit-elle dans un souffle.

Une détermination farouche se lisait sur son visage, l'envie irrépressible de se défendre jusqu'au bout, jusqu'au meurtre. Tous le ressentirent sans l'ombre d'un doute. Messire Yvain imita le bénédictin qui s'était signé, tous deux également partagés entre la crainte et l'ahurissement. Favol, lui, s'était ressaisi, excédé de s'être laissé impressionner par cette gamine insensée. Lentement il sortit de son fourreau la dague qu'il avait à son ceinturon.

— Laissez-moi la calmer, monsieur. Une simple estocade…

— Non, Favol ! coupa Melchior.

Il s'était encore rapproché et l'épée, toujours résolument pointée par Floriane, effleurait maintenant son pourpoint.

— Qu'espérez-vous ? répéta-t-il. Me tuer ? Soit ! Mais après ? Pensez-vous être de taille à lutter contre nous tous ici présents, sans compter les autres en bas ?

Un éclair doré stria les ombres du crépuscule. Les échos de l'orage se rapprochaient. Sous l'assaut du vent, l'une des tuiles se détacha et s'en alla glisser bruyamment le long du toit pentu. La petite fenêtre, mal refermée, craqua, mue par un souffle en saccades. Un éclat de voix monta dans le pigeonnier suivi du fracas d'une porte fermée avec violence. Puis ce fut soudain le silence que seuls vinrent troubler grincements et entrechoquements annonçant la tempête.

Le geste de la jeune fille n'avait été qu'une impulsion, un réflexe instinctif de défense ne s'appuyant sur aucun plan précis.

Oui, Melchior avait raison. Elle allait succomber sans aucun doute. Mais lui au moins elle le tuerait d'abord.

— Allons, ma chère, ne faites pas l'enfant ! fit-il, ne la quittant pas des yeux. Rendez-moi cette épée, je vous l'ordonne.

Au même instant, un bref et violent coup de tonnerre ébranla les murs et fit gémir les poutres, tandis que la fenêtre, sous une formidable poussée, volait en éclats dans la pièce, laissant passage à une ombre gigantesque qui fut d'un bond au côté de Floriane.

— Vous pouvez rendre son épée au comte, lui dit une voix joviale qui fit trembler son cœur de joie.

Artus ! C'était Artus, rapière en main, l'œil brillant sous le feutre où s'enroulaient des pennes rouges, Artus d'Ivreville vêtu de buffle brun, que jamais elle n'avait vu si grand, si fort, si sûr de lui, Artus qu'au plus secret d'elle-même elle avait tant attendu et qui enfin était venu à son secours.

Elle n'hésita pas une seconde et jeta l'épée qui roula sur les dalles jusqu'aux pieds de Melchior.

Les deux gentilshommes allaient croiser le fer lorsque Favol, qui était resté légèrement en retrait, s'élança tout à coup sur le chevalier, le poing haut levé. Comme s'il avait prévu ce geste, Artus l'évita en se rejetant vivement en arrière, échappant à la dague que d'un moulinet rapide il envoya voler avant de pourfendre l'assaillant. Cela dura le temps d'un éclair. L'intendant s'écroula près de messire Yvain qui se mit à trembler de terreur, tournant vers le père Toussaint un regard éperdu sans trouver auprès du représentant du Seigneur le réconfort escompté. Le bénédictin en effet s'était d'un seul coup agenouillé en prières, son cou si long, si mince, penché au-dessus de ses mains jointes, retiré, semblait-il, bien loin de l'agitation dérisoire du monde, si bien qu'il ne restait plus, pour les défendre contre les attaques de ce démon, que l'épée du comte de Pontvallain.

Melchior se battait bien. Moins grand qu'Ivreville, il avait toutefois autant de résistance et de brio. Sobre dans sa manière, le muscle souple et rompu au combat, il était un bretteur redoutable et la haine décuplait ses forces. Ivreville, au contraire, menait son jeu avec une apparente désinvolture comme s'il ne s'agissait pour lui que d'une amusante badinerie. Cependant, pour qui le connaissait un peu – et Floriane n'avait eu besoin que de le rencontrer deux fois pour deviner ses émotions cachées –, le muscle fortement serré des mâchoires et un léger plissement de ses sourcils laissaient pressentir chez l'officier du roi une volonté sans faille de vaincre l'adversaire. On ne pouvait s'y méprendre : entre eux, c'était un duel sans merci, la lutte sempiternelle de deux mâles rivaux, que seule la mort viendrait départager.

Le temps passa. Combien de minutes au juste ? Floriane ne le sut jamais. Elle avait perdu toute notion de ce qui n'était pas Artus et Melchior. Leurs épées se croisaient, se décroisaient, en heurts métalliques, un fer glissant sur l'autre, arrêtant en toute extrémité la pointe mortelle. Aussi Floriane avait-elle également joint les mains en une muette supplication. Mais loin de s'éloigner du drame qui se nouait, sa prière l'en rapprochait davantage. À chaque assaut, à chaque parade, elle tressaillait, son corps rythmant douloureusement un combat qu'elle tremblait de voir s'achever funestement en entraînant la mort de celui qu'elle aimait.

Si absorbée qu'elle était, elle n'avait pas vu une petite silhouette ramper le long du mur et se saisir furtivement d'un objet abandonné dans la pénombre. Lorsqu'elle vit le Gobbo se redresser, il était trop tard : d'un bond, il était près d'Artus et, de sa main armée de la dague de Favol, frappait le chevalier au hasard, aussi haut que le lui permettait sa courte taille. Artus, sous l'attaque imprévue, trébucha mais très vite se reprit et, sans cesser de se battre contre Pontvallain, tenta, d'un coup de pied, de se débarrasser de l'avorton. En vain. Celui-ci, évitant avec agilité la botte du chevalier comme une mouche harceleuse, revint à l'attaque. Mais il n'eut pas le temps de frapper une seconde fois.

Floriane, en effet, voyant Artus blessé, s'était élancée sans hésitation. Instinctivement, sa main avait cherché une arme et saisi le premier objet rencontré. Un tabouret en l'occurrence. De toutes ses forces, elle l'avait brandi et abattu sur la tête du Gobbo.

Le gnome parut encore s'amenuiser. Sous le chapeau ridicule, il fléchit, se tassa jusqu'à ressembler à un monstrueux champignon, puis d'un coup s'écroula aux pieds de la jeune fille. Avec stupeur, elle vit les yeux grands ouverts, sans le moindre cillement, la bouche tordue par un rictus de surprise, tout le visage raviné déjà figé : le Gobbo était mort. Le Gobbo qui avait essaimé sa laideur, tel un génie silencieux et malfaisant, messager hideux de la mort de Roger, spectre obstiné de ses cauchemars. Le Gobbo était mort et c'était elle, Floriane, qui l'avait tué. Une joie irrépressible et primitive l'envahit, et si le duel ne s'était poursuivi tout près d'elle, elle eut sans doute sans vergogne ni remords harcelé de coups de pied le cadavre informe.

— Vous vous lassez, monsieur !...

Pour la première fois depuis le début de leur affrontement, la voix du comte de Pontvallain rompait le silence.

Floriane qui redoutait de déceler chez Artus le moindre signe de souffrance regarda Melchior. Apparemment, le comte ne manifestait aucune marque de fatigue ; à peine était-il essoufflé par l'effort soutenu. L'intervention du Gobbo n'avait provoqué chez lui aucune réaction, mais en revanche son œil exercé avait aperçu le mince filet de sang qui peu à peu empourprait le justaucorps de son adversaire. Artus n'en laissait rien paraître, mais manifestement sa blessure l'affaiblissait.

— Je sens, ma chère Floriane, je sens que notre mariage ne sera plus longtemps retardé.

Artus, lui, ne broncha pas. Mais soudain il sembla rassembler ses forces, éviter fioritures et feintes impertinentes. Sa blessure lui faisait mal et il voulait en finir avant que la souffrance devînt insupportable, en finir au plus vite avec ce diable d'homme si exaspérément maître de lui. Une pointe au niveau du cœur d'Artus fut évitée de justesse et Floriane crut défaillir d'angoisse.

Alors, sûr de lui et de sa victoire, Melchior tenta une fois encore un coup bas que le chevalier, pris à contre-pied, esquiva à grand-peine. Au prix d'un prodigieux effort, Artus parvint cependant à retrouver son équilibre et, se fendant du même coup, l'épée bien tendue en avant, atteignit Pontvallain à la gorge. Transpercé par la lame, il s'effondra aussitôt.

Un court instant, Artus d'Ivreville contempla le comte gisant sur le dos, immobile, bras en croix, puis il essuya calmement son épée et la glissa dans son baudrier.

— Fine lame, murmura-t-il imperturbable en reprenant son souffle. Dommage...

Ce fut là sa seule oraison funèbre.

Puis il lança à l'adresse du moine, tout tremblant, toujours confit dans ses prières :

— Nous venons de vous alourdir quelque peu la tâche, mon père ! Trois cadavres à bénir en place d'une cérémonie d'épousailles, vous m'en voyez confus. Bien entendu, il convient d'oublier complètement le funeste projet du comte. Mlle de Saint-Évy ne doit en aucun cas être l'objet de ragots qui entacheraient son irréprochable réputation.

— Soyez-en pleinement assuré, approuva le bon père qui, sous le coup de l'émotion, comprenait parfaitement les choses.

Artus se tourna alors vers messire Yvain, ses lèvres étirées en un lent sourire sous sa fine moustache brune.

— Je pense qu'un mot lancé comme ça, à la légère, sur les événements de cette charmante soirée risquerait fort d'être néfaste à l'étourdi bavard. C'est bien là votre avis, monsieur ?

— Heu… oui…, bien sûr…, bredouilla l'autre, vert de peur.

— Parfait ! Il ne nous reste plus dans ces conditions qu'à prendre congé. Serviteur, messieurs ! Allons, ma chère, venez, voulez-vous ?

Floriane ne répondit pas. En réalité, l'échange de propos qui venait d'avoir lieu lui avait totalement échappé. Depuis que Melchior était tombé, elle n'avait d'yeux que pour lui et surtout pour la petite tache rouge, ronde et nette, juste au-dessus du collet blanc, à la base du cou. Envolé le plaisir sauvage qu'elle avait éprouvé à constater la mort du Gobbo. Envolé l'instinct de meurtre satisfait. Devant celui qui pourtant avait été son pire ennemi, elle ne ressentait plus qu'un vide à peine teinté d'horreur.

Ce fut imperceptible, pourtant. Floriane crut voir soudain s'agiter faiblement la main du comte. D'un élan, elle se jeta à genoux et se pencha sur lui.

Le visage, hâlé d'ordinaire, se nuançait déjà de gris. Seul un peu de rouge lui restait encore aux pommettes. La sueur collait au front des mèches de cheveux blonds striés d'argent.

— Vous… êtes… près de moi…

Melchior n'avait pas ouvert les yeux mais devinait la présence de Floriane. Il ne parlait pas mais soufflait ses mots, grimaçant de douleur.

— … Pardon…

Elle crut avoir mal entendu et se pencha davantage. Le comte souleva ses paupières sur un regard terni qui lui rappela cruellement un autre visage touché par l'ombre de la mort. Roger, lui aussi, en mourant, avait eu ce même regard voilé. Roger que Melchior avait aussi sûrement assassiné que s'il avait lui-même tenu l'épée de Chalais.

« Vengé mon doux ami, tu es vengé. Dors en paix. Et Vous, Seigneur, pardonnez à cet homme comme je lui pardonne. »

Floriane pleurait maintenant sur ses amours détruites, sur tout ce sang versé par sa faute.

— Mon amour… pardon…

Un peu de sang, s'incurva près des lèvres et se perdit dans la barbe du mourant.

« Il croit voir Benoîte, songea Floriane. C'est à elle qu'il s'adresse en cet ultime instant. Mon Dieu, pourquoi m'a-t-il fait payer si cher sa passion déçue ? »

— Floriane…, chuchota Melchior dans un hoquet, comme pour démentir ses pensées.

Sa main tâtonna. Ses doigts tentèrent de se refermer sur la robe de la jeune fille mais retombèrent sans force, éraflant le tissu. Puis sa tête bascula très légèrement sur le côté et il ne bougea plus.

Durant cette brève scène, Artus d'Ivreville était resté à quelques pas d'elle. Campé sur une jambe, une main appuyée fortement sur sa hanche blessée, respectant ce dernier tête-à-tête.

— Allons, venez ma mie, murmura-t-il doucement, aidant Floriane à se relever.

Elle acquiesça d'un signe de tête et, main dans la main, ils quittèrent en silence le lieu sinistre qui avait bien failli être fatal à tous les deux.

En bas, dans une sorte de salle des gardes aménagée, un spectacle insolite les attendait.

En riant, Artus désigna à Floriane les deux fiers-à-bras que Melchior avait fait monter auprès d'elle dans l'après-midi.

Présentement le long d'un mur, les coquins avaient beaucoup perdu de leur superbe. Les mains croisées sur leurs têtes, par-dessus leurs chapeaux, ils paraissaient hypnotisés par la fenêtre entrouverte où pointait la gueule allongée d'un mousquet. Artus alla secouer la porte verrouillée de l'extérieur.

— Ohé ! Lubin ! Tu peux ouvrir.

Une petite tête hérissée d'un chaume dru surgit à la fenêtre. Une main se glissa entre les battants et jeta un objet.

— Voici la clef, monsieur ! Ouvrez vous-même. Moi je continue à surveiller ces galefretiers [1]. Je les ai prévenus : le premier qui bouge, je tire !

Artus ouvrit la porte et se tourna vers Floriane figée au bas de l'escalier.

— À vous la liberté, ma mie ! lança-t-il, la saluant largement de son feutre.

Sans hésiter, Floriane s'élança au-dehors.

Il ne pleuvait plus mais de larges gouttes d'eau tombant encore du toit vinrent rafraîchir son front et ses joues. Le ciel restait au nord et à l'est d'un bleu sombre d'ardoise qui s'opposait au couchant baigné d'or. Ce contraste saisissant soulignait les nuances mouvantes des herbes vertes et de la ligne feuillue du bois. De toute la campagne montait une odeur d'eau mêlée de terre, une senteur profonde, un peu âcre qui fit palpiter les narines de Floriane. Le grand air, l'espace qui s'ouvrait devant elle, toute cette vie palpitante, après la tempête, l'étourdissait, la menait au bord du vertige.

Artus la soutint d'un bras :

— Vous sentez-vous mal, ma mie ?

— Non, non, ce n'est rien, fit-elle en lui souriant.

Tout à coup, elle se souvint du coup de dague reçu par Artus et se reprocha de ne pas s'être plus tôt inquiétée de sa gravité.

— Mais vous-même, chevalier, votre blessure ?

— Je n'y pense déjà plus, la rassura-t-il. Simple égratignure !

1. Fripons.

Il prit soin de refermer la porte derrière lui.

— Gardez-vous de remuer un cheveu, grondait Lubin, toujours en faction, deux pistolets, en plus du mousquet, garnissant sa ceinture.

Trois chevaux attendaient, attachés à un anneau scellé dans le mur.

— J'ai laissé s'échapper les autres, dit Artus en aidant Floriane à se mettre en selle. Le temps que les rescapés de notre petite équipée réagissent et nous serons loin. En admettant qu'ils aient l'intention de nous poursuivre, ce dont je doute. Ils n'ont plus aucun motif de le faire.

À son tour, Artus monta à cheval et Floriane eut alors l'impression que son visage se crispait sous l'effet de la douleur.

— Vous souffrez ?

— Pas du tout ! s'exclama-t-il en riant, faisant tourner bride aux chevaux, et jetant un dernier regard à la longue échelle restée appuyée sous le toit du pigeonnier au bord de la fenêtre.

— Alors, petit ? Tu viens ? En route !

Laissant le mousquet menacer seul les deux coquins, Lubin ne demanda pas son reste. Prestement, il rejoignit son maître, sauta à cheval, et ils partirent au galop.

*

Floriane ne se souvenait pas avoir jamais connu une telle ivresse. Tout ce qu'elle avait jusqu'alors vécu paraissait se fondre dans un flou lointain et sans importance. Aujourd'hui, elle renaissait, ardente, ouverte à tous les appels que la vie lui lançait. Parce que l'homme qu'elle aimait était venu à elle, son cœur s'envolait comme un papillon de sa chrysalide loin de l'ombre et du malheur, un seul coup d'œil, de temps à autre, vers le beau profil d'Artus qui chevauchait à ses côtés, suffisant à entretenir son allégresse.

Au-dessus d'eux, la forêt avait refermé une nuée palpitante de feuilles d'où s'égouttait la pluie. Aucune fuite animale ne se manifestait à leur approche : la petite faune se terrait encore, n'ignorant pas que l'orage n'en avait pas fini. Seuls, quelques frôlements ailés saluaient leur passage.

Une averse les surprit au sortir du bois avec une violence telle qu'ils retinrent leurs montures et restèrent à couvert sous les arbres.

En face d'eux, sur le flanc d'un coteau, se devinait, blotti en rond autour d'un vieux donjon et du clocher aigu d'une église, un petit village noyé dans un rideau de pluie. On pouvait voir aussi, piqué sur le flanc d'une éminence voisine, un moulin dont les ailes restaient immobiles et, dominant légèrement l'ensemble, un manoir de brique rouge où s'enchâssaient des chaînons de pierres immaculées, sommé d'un toit d'ardoise bleue. C'était un petit château sans prétention, tranquille et provincial, dont la tache tricolore déchirait heureusement la grisaille du paysage. Du village, un chemin sablonneux descendait doucement, serpentant parmi des marécages et des étangs mouchetés de fleurs blanches qui se mouvaient sous les rafales. Le chemin coupait au loin un autre village qui se distinguait à peine tant il pleuvait à verse et puis encore des bois, des bois à perte de vue.

Étendant le bras, Artus désigna ce point de l'horizon.

— Sèvres, dit-il. La route de Paris.

Il regarda Floriane qui frissonnait dans la délicate robe d'argent.

— Avec ce temps, nous ne pourrons y être avant la nuit. Il fait déjà bien sombre et dans quel état seriez-vous, ma tendre fleur ?

Le visage battu par la pluie, Floriane lui sourit.

— Peut-être trouverons-nous une auberge dans ce village ? Nous pourrions nous y reposer…

Elle ne le disait pas, mais son inquiétude était revenue. Artus souffrait, elle en était sûre. Et, puisqu'il craignait que le chemin qui les séparait encore de Paris ne fût pour elle trop difficile, il fallait saisir le prétexte.

— À la Corne-du-cerf ? J'ai mieux à vous proposer, dit Ivreville. Je connais quelqu'un…

— Messire Montjay ! intervint Lubin qui lui aussi avait deviné que son maître était blessé plus sérieusement qu'il n'y paraissait mais se gardait bien de le questionner, de crainte d'une rebuffade.

— Parfaitement !

— Où sommes-nous ? demanda la jeune fille.

Artus rendit avec tendresse son sourire à Floriane et chassa d'un doigt les gouttes qui roulaient sur ses joues.

— En un lieu que j'ai eu maintes fois l'occasion de parcourir sous des cieux plus cléments, à l'occasion de chasses inoubliables. L'étang que vous voyez là, c'est l'Étang Puant. Par forte chaleur, seulement, son nom est justifié. Ce clocher est celui de l'église Saint-Julien et nous voici sur la seigneurie de Versailles, propriété de M. de Gondi, archevêque de Paris.

— Pensez-vous que monseigneur voudra nous héberger ?

— Il s'agit bien de monseigneur ! Ce soir, nous serons les hôtes de Sa Majesté le roi de France !

Artus éclata de rire et, faisant fi de l'eau qui giclait autour de lui, d'un coup de talon relança son cheval aussitôt suivi de Floriane et de Lubin.

Artus d'Ivreville l'avait dit : toute la région constituait un véritable paradis pour un chasseur. La forêt regorgeait de gibier de tous poils : renards, chevreuils et cerfs, troupeaux beiges de centaines de biches, hardes de sangliers. Et dans les plaines rases, les doux coteaux où étaient clairsemés les villages, Villepreux, Saint-Cyr, Trianon, Noisy, on pouvait « voler » la caille en lançant sur elle éperviers ou émerillons. Sur les perdrix, on lâchait le lanier ou bien encore l'autour, faisant fondre le gerfaut sur lapereaux et lièvres. Au bord des étangs enfin, le milan était préféré pour abattre le héron, le faucon réservé pour les canards sauvages.

La volerie, science sans pareille ! Combien fallait-il de jours de patient dressage pour que, peu à peu, les oiseaux de proie apprennent à obéir à la voix de l'homme, sachant atteindre plus sûrement qu'une flèche la proie désirée, après s'être acharnés sur des « leurres » de cuir rouge ? Chasser à la volerie demandait persévérance, adresse et beaucoup d'amour, ce dont ne manquait pas Louis XIII, cet art étant l'une de ses rares passions.

Le roi avait découvert Versailles, il y avait longtemps, alors que, petit dauphin aux boucles noires, il lâchait déjà ses oiseaux et ses chiens avec l'habileté d'un vieux chasseur. Depuis, il y était revenu souvent, couchant dans le vieux château des Gondi lorsqu'il était trop tard pour regagner le Louvre ou Saint-Germain, jusqu'au jour où – environ deux ans auparavant – il s'était décidé à acquérir un bout de terre et à faire construire sa maison.

C'était le petit château si neuf et si pimpant que Floriane avait découvert tout à l'heure et vers lequel ils se dirigeaient maintenant tous les trois, l'isolement de son site et sa simplicité en disant beaucoup plus long sur le caractère du monarque que tous les commentaires.

— Ohé ! Messire Montjay ! On entre ici comme dans un moulin…

Ils venaient de passer à hauteur de la maisonnette, près de la grille d'entrée, où se tenaient d'ordinaire plusieurs sentinelles en faction, mais personne ne les avait arrêtés. Quatre gardes bien à l'abri à l'intérieur, occupés à battre le carton autour d'une table, apparemment peu empressés à se mouiller la couenne pour trois malheureux cavaliers.

— Messire Montjay ! Ho !

La voix d'Artus, couverte par le crépitement de l'averse, resta sans effet. Personne n'apparut dans la cour où la pluie ravinait le sable fin. Il faisait sombre maintenant, le mauvais temps précipitant la nuit. Une lumière brillait au rez-de-chaussée, à une fenêtre de l'une des deux ailes qui flanquaient le corps de bâtiment central.

Le jeune homme tendit les bras à Floriane qui sauta à terre, empêtrée dans sa robe détrempée qui plaquait contre elle l'encombrant vertugadin.

— Occupe-toi des bêtes, petit ! dit-il à Lubin en lui lançant les rênes. Quant à nous... Venez, ma mie. Il doit bien y avoir quelqu'un, céans.

Ils coururent serrés l'un contre l'autre jusqu'à une porte proche de la fenêtre éclairée.

Justement, le battant s'ouvrait. Une femme apparut, plus très jeune, vêtue sobrement d'une robe de futaine bleu foncé qu'adoucissaient un collet et des manchettes de quintin [1] immaculé. Un grand tablier blanc drapait les rondeurs confortables de son giron. À sa taille était accroché un trousseau ou tintinnabulait un nombre impressionnant de clefs. Floriane ne distingua pas très bien les traits du visage rond qui s'épanouissait sous une coiffe de taffetas noir mais la voix qui les accueillit était tout à fait aimable.

— Chevalier d'Ivreville, est-ce bien vous ?

— Trempé, rompu, à demi mort de froid et de faim, oui, c'est bien moi. Et voici une jeune personne en aussi piètre état que votre serviteur, chère dame Apolline.

Apolline Montjay poussa des cris en voyant les mines piteuses de ses visiteurs. Ruisselants, les cheveux collés sur la figure et le cou, les vêtements informes, Artus et Floriane paraissaient rescapés du déluge. À leurs pieds, sur les tommettes cirées de la cuisine où ils étaient entrés, s'arrondissait déjà une flaque d'eau.

— Doux Jésus ! Mais comment...

— L'orage nous a surpris alors que nous avions perdu la chasse que nous suivions assez loin d'ici. Pour moi, il importait peu mais pour Mlle de Saint-Évy que voici, un refuge s'imposait. Et j'ai songé à vous aussitôt, dame Apolline. Floriane, Mme Montjay est la meilleure maîtresse de maison, à des lieues à la ronde. Elle a réussi l'exploit de faire d'une demeure royale un véritable foyer, plein de chaleur.

— Eh là, eh là... Incorrigible flatteur, fit-elle d'un ton légèrement ironique, laissant entendre que si elle acceptait les compliments

1. Toile fine et claire.

d'Ivreville, elle n'était pas forcément dupe de ses explications. Soyez donc les bienvenus et venez vite là, près de ce beau feu.

Elle poussa les deux jeunes gens vers la cheminée qui ronflait au fond de la pièce.

Sol, fontaines de cuivre, bois de la table, des bancs et de la crédence, tout rutilait. Sur les murs pendait une kyrielle de casseroles, grandes et petites, poêles et lèchefrites, marmites, chaudrons et coquemars, seaux et brocs de cuivre, d'étain ou d'airain, imposante batterie soigneusement astiquée, qui n'était pas superflue lorsque le roi et ses intimes s'en revenaient affamés d'une journée de chasse.

Dans un coin de la cuisine, deux jeunes garçons achevaient de laver la vaisselle du repas du soir.

— Voyons, il reste encore de ce pâté, soliloquait dame Apolline en furetant dans le garde-manger. Et du poulet… Des perdrix aux saucisses aussi, et un biscuit que j'ai cuit cet après-midi même ! C'est maigre…

— C'est parfait ! reprit Artus. Mais où est votre époux ?

— Il va venir. Il vérifie si les fenêtres et les volets sont tous bien clos. La pluie était si forte tout à l'heure qu'il a plu dans le cabinet du roi. Le billard tout neuf en a même reçu.

Apolline Montjay ne cessait de regarder Floriane qui depuis un moment tentait de redonner un semblant de tenue à sa toilette. Elle avait commencé par dénouer la trop peu discrète fraise qui n'avait cessé de lui démanger le cou et tapotait maintenant sa robe sans grand espoir d'y voir réapparaître l'élégance de naguère.

— Si j'osais, commença dame Apolline, je proposerais à Mlle de Saint-Évy de se changer. Nous n'avons pas la même taille, certes, et nos goûts vestimentaires sont différents mais je la vois si mal à l'aise. Jamais ce tissu ne sera sec avant demain.

— Hélas ! Je le crains, soupira Floriane.

— Venez par ici, proposa dame Apolline. Nous vous trouverons bien des vêtements convenables.

Floriane mit d'autant plus d'empressement à accepter son offre que la robe lui rappelait de trop mauvais souvenirs. Sèche ou non, il lui serait agréable de la quitter au plus tôt.

François Montjay avait été nommé par Louis XIII « écuyer, archer des gardes du corps du roi, concierge et garde-meuble pour Sa Majesté en son château de Versailles ». Aidé de son épouse, d'une petite compagnie de soldats et de quelques domestiques, il remplissait sa charge avec tout le sérieux et la fierté qu'elle impliquait. Outre les écuries, la ferme et les communs, un potager fécond et un parc tout récemment dessiné et planté de jeunes arbres, le château comprenait vingt-six pièces que se partageaient les capitaines des gardes et les invités du roi, celui-ci réservant quatre pièces pour son propre usage. On y reconnaissait là encore les goûts modestes de Sa Majesté : un simple damas vert et or pour le lit et ses bonnes grâces, pour les rideaux et les escabeaux frangés ; du velours vert encore pour la chaise percée et la toilette ; des vêtements simples et confortables, comme on aime les porter à la campagne, pendus dans la garde-robe et, aux murs, l'histoire de Marc Antoine en immenses tapisseries des Flandres. Pour les autres, le confort était plus rudimentaire et quant à ceux qui n'avaient pas de chambre attitrée, ils se contentaient de paillasses étendues dans les salles du rez-de-chaussée. Mais personne ne s'en plaignait. À Versailles, l'atmosphère était toujours rieuse, détendue et bon enfant. Il n'y avait là que des invités choisis, fidèles au roi et partageant avec lui sa passion pour le tir, les battues et les longues chevauchées, pour une vie saine et dépouillée des artifices de la cour. Des langues vipérines insinuaient que des penchants communs, moins innocents que la chasse ou le jeu de l'oie, rassemblaient les invités. Il est vrai qu'on ne voyait jamais une femme dans ces escapades champêtres. Même les reines n'y étaient pas conviées. Ainsi la médisance publique avait beau jeu.

— Une femme, mieux, une jeune fille, ici, à Versailles, la chose est rare, reconnut justement dame Apolline. En fait, vous êtes la première que j'y vois.

— J'en suis très flattée, répondit Floriane se rappelant les moqueries et les ragots entendus ici et là.

Pouvait-elle y prêter foi ? Bien sûr, il y avait l'amitié tendre de Louis XIII pour Barradas. Mais qui pouvait prétendre connaître et juger le souverain ? Artus était lui aussi souvent venu au château et il était exclu de soupçonner ses mœurs.

Si la chambre du roi ne s'embarrassait pas de luxe superflu, celle de messire Montjay et de son épouse, en revanche, était meublée avec soin, voire même avec raffinement. Le ménage y avait rassemblé ses richesses tout en respectant le bon goût.

D'un coffre, dame Apolline sortit une robe et la tendit à Floriane.

— Essayez-la.

Floriane se débarrassa de la sienne et revêtit l'autre dont le velours noir laissait échapper un parfum de camphre et de menthe sèche que Mme Montjay conservait parmi son linge dans de petits sacs de toile.

Les deux femmes s'entre-regardèrent : l'effet était désastreux. Dans le grand miroir, Floriane se voyait, silhouette informe, perdue dans les plis et replis d'un vêtement deux fois trop large pour elle.

— Je le craignais : votre taille est si fine ! Même en piquant des épingles, en serrant les rubans, cela restera disgracieux.

Dame Apolline fourrageait dans ses coffres, passant toute sa garde-robe en revue.

— Ça ? Non, impossible. Et cette cotte ? Non… pas davantage. Oh ! ma chère, vous me voyez navrée.

— Montrez-moi ceci, l'arrêta Floriane d'un geste. Non ! là, le pourpoint que vous teniez à l'instant.

— Ça ? s'étonna dame Apolline en montrant un justaucorps de satin gris. Je crains que… C'est un costume qu'un page du duc de Montbazon a oublié l'autre jour. Voici la culotte et les bas. Tout est propre mais…

L'excellente femme regardait d'un air incrédule Floriane qui s'était emparée du paquet.

— Vous n'envisagez tout de même pas de vous vêtir en homme ?

— Et pourquoi pas ? Regardez comme ce vêtement me sied. On le dirait taillé à mes mesures. – Elle avait déjà enfilé les chausses bleues à crevés blancs. – Pouvez-vous m'agrafer derrière ? Là, merci !

Dame Apolline ne put s'empêcher d'admirer la métamorphose, mais toutefois y mit quelques réserves.

— Ma foi, cela vous va très bien, j'en conviens. Mais avouez que vous aimez à vous travestir. Cela dit sans vous fâcher ; votre robe de tantôt n'était guère une tenue de chasse. Regardez dans quel état elle est ! Une véritable fortune ainsi abîmée !

En ménagère avisée prisant les vertus d'économie bourgeoises, elle réprouvait le gâchis. Sa remarque prouvait aussi que l'arrivée des deux jeunes gens en pareil équipage n'avait pas manqué d'éveiller une curiosité bien légitime. Mais elle en fut pour ses frais.

— Je suis sûre que vous saurez la remettre en état, se contenta de répondre Floriane. Et vous la garderez, en remerciement de votre hospitalité.

— Il n'en est pas question ! s'indigna dame Apolline. Nous estimons trop le chevalier pour accepter la moindre chose.

— Je vous en prie… – Floriane se fit toutes grâces et sourires… – Faites-le au moins en gage de notre naissante amitié.

Son élégance un peu équivoque eut raison de l'humeur bougonne de Mme Montjay.

— C'est bon, j'accepte puisque vous le voulez. Dieu juste ! Je ne sais ce que penseront ces messieurs de votre tenue, mais je dois reconnaître que vous êtes plaisante. Ah ! jeunesse, jeunesse !…

Elle fouilla dans son coffre de nouveau et y trouva un grand béret de velours noir garni d'une simple plume de héron. Gaiement, comme si soudain elle se prêtait au jeu de la jeune fille, elle le posa elle-même sur le chignon que Floriane venait de renouer.

— Allons, venez vite maintenant, à table ! Il est grand temps.

Dans la cuisine, elles retrouvèrent Artus toujours près de la cheminée en compagnie d'un homme aux cheveux mi-longs d'un blanc neigeux dont le visage poupin n'était pas sans rappeler celui de dame Apolline : les époux Montjay après des années de vie commune et de félicité conjugale avaient fini par se ressembler. Messire François salua Floriane avec une raideur un peu militaire puis offrit à tout le monde un verre de vin de Beaune.

En réapparaissant métamorphosée, la jeune fille avait aussitôt recherché dans l'œil d'Artus la lueur d'admiration amusée qu'elle était sûre d'y trouver. Sa féminité, son intuition l'en persuadaient. Son costume ne pouvait manquer d'évoquer pour le chevalier des événements récents qui les avaient – ô combien ! – rapprochés. En vain. Le regard doré s'était assombri et même le sourire semblait forcé. La déception de Floriane céda vite la place à un souci plus lancinant. Artus n'était plus le même. Pâle, buvant à peine, mangeant encore moins, il resta silencieux à table tandis que messire François et son épouse qu'un second repas n'avait pas effrayés, assumaient seuls les frais de la conversation.

— … et j'ai dit à Sa Majesté que si elle désirait recevoir les reines à Versailles qu'elle m'en avertisse suffisamment à l'avance pour que nous préparions la maison en conséquence. Ce sera une fête. Nous avons déjà notre petite idée là-dessus, n'est-ce pas, mon amie ?

Dame Apolline opina en servant à la ronde des écuelles pleines de fraises.

N'y tenant plus, Floriane se pencha par-dessus la table et posa sa main sur le bras d'Artus.

— Je suis sûre, monsieur, que votre blessure vous fait mal. Laissez-moi vous soigner.

— Blessé ! Il est blessé et vous ne le disiez pas ! s'écria leur hôtesse en se levant.

Il n'y eut pas de réponse : avec un soupir, Artus d'Ivreville venait de glisser de sa chaise, évanoui.

D'un bond, Floriane fut auprès du jeune homme, scrutant avec une douloureuse avidité le visage aux yeux clos. Pas lui ! Ah non, pas lui ! suppliait au fond d'elle-même une voix éperdue. Tout allait-il donc recommencer ? Des espoirs sans lendemain, des amours fauchées, du sang étouffant un dernier soupir ? Sa main glissa sur son front en une inlassable caresse.

— Artus, répondez-moi. Artus, pas vous… non, non ! Ne me quittez pas. Pas vous. Pas vous…

Messire Montjay s'approcha d'elle et l'écarta avec douceur mais fermeté.

— Allons, allons ! Calmez-vous mon petit et dites-moi vite où le chevalier a été touché.

Sa voix tranquille aux intonations paternelles rendit à Floriane sa maîtrise d'elle-même. Elle montra le côté droit du jeune homme. François Montjay dénoua les lacets qui fermaient le pourpoint et souleva la chemise qui, imbibée de sang, collait à la peau.

Le Gobbo avait frappé juste au creux de la taille. La blessure était étroite et les chairs tuméfiées. Le gentilhomme y posa des doigts précautionneux, palpa tout autour de la plaie. Sous l'examen, Artus gémit.

— Tout doux, monsieur, tout doux…

Le chevalier revenait à lui et ses yeux cherchaient Floriane.

— Ah, ma mie, je dois faire bien piètre figure…

La jeune fille lui sourit, incapable, tant son angoisse était grande, de lui dire un seul mot.

— Rien de bien méchant ! conclut messire François en se relevant. Vous avez eu de la chance : aucun organe n'est atteint et j'ai là-dessus une certaine connaissance. En ai-je vu, à l'armée, qu'on ramassait en bouillie ! Seulement, chevalier, avec tout ce sang perdu vous voilà dispensé de saignées au moins jusqu'à l'hiver.

De son côté, son épouse n'avait pas perdu de temps. Sur son ordre, deux laquais avaient installé une paillasse dans une petite salle séparée de la cuisine par un étroit couloir et qui servait au château d'apothicairerie. Dame Apolline y gardait là toutes les plantes du jardin médicinal et celles que l'on trouvait dans les prés, dans les bois ou le long des étangs, soigneusement cueillies et conservées sous forme d'élixirs, de pâtes, de mucilages, d'huiles, de graines, de décoctions ou de poudres, dans toute une série de flacons et de pots de céramique. Elle y rangeait aussi des toiles pour la charpie, des clystères d'étain, des bassines et des lancettes dont les médecins qui accompagnaient le roi faisaient sur sa personne un assez fréquent usage.

On allongea le chevalier sur le matelas recouvert d'un drap blanc et dame Apolline elle-même lava la blessure, avec un mélange de vin et de décoction de consoude propre à la désinfecter en même temps qu'elle devait la cicatriser rapidement. Elle y appliqua ensuite une compresse imbibée d'huile de millepertuis qu'elle maintint à l'aide d'une bande de toile étroitement resserrée autour de la taille du jeune homme. Ses gestes étaient vifs, précis, légers. En un tournemain, Artus se retrouva pansé et rhabillé en même temps qu'un coussin était glissé derrière sa tête et qu'une courtepointe était étendue sur ses jambes.

— Dame Apolline, vous faites un chirurgien merveilleux. Nous prendrions plaisir à faire le malade pour recueillir vos soins.

— Allons, allons, taisez-vous, n'allez point vous fatiguer en débitant des fadaises. Vous n'êtes pas si vaillant.

— Je me sens pourtant déjà mieux.

Mais la bonne hôtesse ne le tenait pas quitte pour autant. Elle agita une petite cuillère au fond d'un gobelet dans lequel elle avait versé différentes mixtures aussi savantes que mystérieuses.

— Et vous boirez ceci, pour passer une bonne nuit, ordonna-t-elle. Rien de comparable au pavot pour donner le sommeil.

— Oui, c'est ce qu'il vous faut maintenant, renchérit messire François. Une nuit de repos. Je vous crois tiré d'affaire mais nous serons tout à fait fixés sur votre état demain matin.

— Allons, buvez ! fit dame Apolline.

— Pas tout de suite, répondit Artus en souriant. Laissez-moi un peu goûter de la vie qui semble me revenir. Tudieu ! C'est la première fois que je m'évanouis. Quel étrange sentiment de flou, de lointain…

Dame Apolline tendit le gobelet à Floriane qui n'avait pas quitté le chevet du blessé tout le temps qu'avaient duré les soins.

— Je vous passe le relais, lui dit-elle. Avec vous, notre malade sera sans doute plus docile. Quant à moi, je me retire. Si vous avez besoin d'aide, n'hésitez pas à m'appeler.

Il n'y avait pas besoin d'être mage pour deviner que les deux jeunes gens désiraient être seuls. François et Apolline Montjay l'avaient compris, et, puisque Artus semblait être hors de danger, il n'était pas nécessaire de repousser plus longtemps un tête-à-tête qui paraissait si ardemment souhaité. La blessure du jeune homme n'était pas de celles que l'on se fait en courant le cerf. Cela ajouté à leur apparition qui ressemblait à une fuite avait fait naître en eux l'idée que leur arrivée impromptue cachait plutôt une intrigue amoureuse qui avait mal tourné. Ayant trop de courtoisie et de sens hospitalier pour poser la moindre question, ils se retirèrent sans autre commentaire, après un dernier bonsoir.

Autour de la bougie laissée sur la table, s'arrondissait en tremblant un cercle de lumière jaune pâle qui peu à peu devenait ombre pour mourir doucement dans les angles noirs de l'apothicairerie. À la fenêtre, se plaquait une nuit sombre, agitée encore de rafales pluvieuses qui couvraient les murmures et les appels nocturnes venus du fond des bois. Il faisait bon et tranquille. Un parfum d'encens, émanant de l'huile de millepertuis, masquait toutes les autres senteurs tant l'odeur de cette plante était tenace. La maison se taisait, endormie, ses murs trop neufs n'ayant pas eu le temps de retenir encore le souvenir des rires ou des larmes de ses occupants.

Floriane et Artus se turent quelques instants, savourant le bonheur simple et fort d'être seuls. Trop certains de leurs sentiments réciproques, les mots pour eux s'avéraient inutiles, leurs yeux brillants d'une même lumière, reflétant beaucoup mieux la ferveur éblouie de leur premier aveu.

Ce fut Artus d'Ivreville qui rompit le silence.

— Posez ce gobelet quelque part et venez près de moi, ma mie. Je ne veux pas vous voir jouer les dames d'hôpital. Vous êtes trop belle et je vous aime trop pour cela.

— Mais… votre potion ?

— Tout à l'heure. Tenez, blottissez-vous là, contre mon bon côté et donnez-moi votre main. Voilà. Êtes-vous bien ?

Allongée contre Artus, Floriane acquiesça avec un petit grognement béat.

— Nous dormirons ensemble. Ce ne sera pas la première fois, n'est-ce pas, mon beau page ?

— Vous allez être mal. Dame Apolline a fait installer un autre lit près du vôtre. J'y dormirai.

— Impossible. Si vous me quittez une seconde, je le sens, je serai pris d'un brusque accès de fièvre quarte. (La voix d'Artus se fit tendre et moqueuse). Craindriez-vous pour votre vertu ? Dans ce cas, rassurez-vous. Votre serviteur, en l'instant, serait bien incapable de vous servir.

Floriane se mit à rire et se serra contre lui encore davantage.

— Et elle rit, la cruelle ! Pourtant vit-on jamais deux amants plus accablés que nous par un sort contraire et grotesque ? Nous voici pour la seconde fois réunis dans le même lit sans pouvoir goûter les vraies joies de l'amour, est-ce bête ! Ah, maudite blessure !

— Chut… Vous allez rouvrir votre plaie.

Artus porta la main de Floriane à ses lèvres. Elle tressaillit en sentant son souffle tiède et sa bouche possessive courir sur ses doigts, les retourner, trouver le creux de la paume, transmettre à tout son corps une myriade de frissons délicieux. À ce jeu, la bienheureuse et paisible intimité risquait vite de devenir supplice, et Floriane, bien qu'il lui en coûtât, se hâta de faire diversion.

— Comment m'avez-vous retrouvée ?

Elle ne demandait pas pourquoi, sûre de l'amour d'Artus.

— Ce ne fut pas si simple, répondit-il avec de nouveaux baisers piqués maintenant sur chacun de ses ongles bombés. J'étais donc venu chez vous, comme promis, rue Coquillière, essayant vainement de me faire entendre d'une espèce de cerbère en jupons, joufflue et caqueteuse, qui refusait de me dire où vous étiez et à quelle heure vous seriez de retour…

— Ermelinde ! La taupe.

— C'est cela même, Ermelinde Frumence. J'allais me retirer, renonçant à gagner sa sympathie, lorsqu'un triste cortège est entré dans la cour. Imaginez : un cocher avec son fouet mais sans son équipage, deux laquais penauds et une fille en larmes annonçant que sa maîtresse avait disparu. Enlevée ! Voici votre Ermelinde toute retournée, gémissant à fendre l'âme et toute la maisonnée en émoi accourant et se lamentant.

— Les pauvres ! murmura Floriane…

— Du coup, poursuivit Artus, en me voyant rester maître de moi, chacun m'entoure et me presse : « Retrouvez notre maîtresse. Aidez-nous à la retrouver ! Nous vous en prions ! » Et Ermelinde, pitoyable soudain, de m'appeler le sauveur…

— Cette bonne Ermelinde…, renchérit Floriane ne craignant pas de se contredire si rapidement.

— De fait, votre frère absent de Paris avec la plupart de vos connaissances, je tombais bien.

— Mais comment…

— Attendez ! Tirer quelque chose de cohérent du récit de vos domestiques ne fut guère aisé. À les entendre, c'était la faute de Gros Guillaume ! Au vrai, on avait fait boire le cocher, et les trois autres n'avaient eu que le temps de vous voir poussée dans votre carrosse qui avait aussitôt démarré à un train d'enfer. Le témoignage était mince et avec Lubin nous avons dû parcourir bien des rues et interroger nombre de passants pour découvrir une piste. Il semblait que votre voiture, conduite par le diable lui-même, s'était volatilisée dans Paris. Bref, votre frère, aussitôt prévenu, s'est mis également à vous rechercher et doit chercher encore, au fait. Ayant enfin découvert votre trace, je n'ai guère eu le temps de l'avertir.

Ce qu'Artus d'Ivreville taisait, c'est qu'il avait souhaité avant tout retrouver seul la jeune fille sans en partager le mérite avec un autre.

— Fouillez dans ma poche, à gauche. Vous trouvez ? Oui, ce papier a été le premier indice important. Il m'a mis sur la voie.

Floriane reconnut l'un des feuillets jaunes où étaient imprimées les chansons de Gaultier-Garguille qu'elle avait achetées au portier de l'Hôtel de Bourgogne pour lui faire plaisir. Providentielle charité !

— C'est un gamin qui l'a ramassé. Il était tombé d'un carrosse alors que celui-ci franchissait la porte Saint-Germain à une vitesse défiant l'imagination. Mais ce qui l'avait le plus intrigué, me dit-il, avait été la vision d'une femme, penchée à la portière, qui criait, vision rapide, d'ailleurs, car la tête avait vite disparu à l'intérieur. Une fois hors de Paris, j'ai donc questionné les gens des faubourgs, de la campagne. L'endroit où vous étiez retenue ne m'était pas étranger. Par divers recoupements, je l'ai vite localisé. Je connaissais ce vieux pigeonnier. Le reste a été facile.

Artus se tut, ne voulant pas blesser Floriane en l'interrogeant sur des événements trop récents dont il ne connaissait pas les causes et qu'elle tenait, sans doute pour l'instant, à garder secrets. Elle lui sut gré de sa délicatesse mais tint à lui donner quelques explications. Tout devait être lisse et sans nuages entre eux pour être tout à fait oublié. Ainsi, Melchior de Pontvallain fut-il une fois pour toutes évoqué. Bien sûr, tout ne pouvait être dit. Si jeune qu'était Floriane, elle devinait que le plus attentionné des amants n'était pas toujours le plus compréhensif. Il était inutile d'éveiller la jalousie d'Artus en relatant certaines faiblesses qu'elle avait pu avoir et encore moins en parlant de Roger. Elle raconta donc de son mieux l'essentiel des faits, en insistant surtout sur l'esprit tortueux et torturé de Melchior qui s'était cru des droits sur elle.

— Je n'en suis pas surpris, commenta Artus lorsqu'elle se tut. Cet homme m'a toujours paru pour le moins bizarre et, en tout cas, bien peu attirant.

Sa main se referma avec force sur celle de Floriane.

— Quand je pense à ce qu'il voulait de vous ! gronda-t-il. Ah, je voudrais le tuer à nouveau !

— Artus, oubliez tout cela, je le veux. Quant à moi, je ne souhaite me souvenir que de vous, que de votre aide chevaleresque. Vous avez risqué votre vie pour moi. Pour moi, vous avez tué les démons qui me retenaient.

— Ma mie, vous avez beaucoup lu ! fit Artus légèrement taquin. Pour les démons, vous avez pris grandement votre part. Quel beau coup avez-vous donné à ce bossu !

Une bouche tout offerte, avide, se posa sur la sienne. Floriane n'avait trouvé que ce moyen pour couper court aux évocations de son passé qui risquaient de devenir pénibles.

— Ah, coquine, vous seriez capable d'enflammer un moribond, soupira Artus cherchant à dégrafer le pourpoint de la jeune fille.

Elle l'arrêta d'un geste leste.

— Halte là, mon doux sire. Il vous faut maintenant boire votre potion, et dormir bien sagement.

— Vous ne perdez rien pour attendre, diablesse ! marmonna-t-il, acceptant sa défaite. Quant à votre potion, merci ! Je me passerai de cette fichue drogue.

— Et vous allez dormir ?

— Si vous dormez vous-même.

— Alors bonsoir, chevalier. Je vous laisse toute la place.

Artus essaya de la retenir mais elle s'était déjà éclipsée.

— Que faites-vous, damnée petite traîtresse ?

Sans répondre, Floriane tira l'autre paillasse tout près de la sienne et s'y allongea. Sa main tâtonna, trouva celle du jeune homme.

— N'est-ce pas mieux ainsi ?

— Si vous le dites…

Ils ne s'endormirent pas tout de suite. Bien des « bonsoir » furent chuchotés, bien des confidences et des serments échangés. Des « êtes-vous bien ? », « n'avez-vous pas trop froid ? » ponctuèrent leur dialogue d'une infinie tendresse. Leurs doigts jouaient en caresses le long de leurs poignets, se nouaient, se séparaient pour mieux se reprendre. Une union totale, subtile, plus profonde que toutes les étreintes.

*

Sur trois notes aiguës, un oiseau annonça l'aube. Il fut, un moment, le seul, en apparence, à deviner le jour derrière l'imperceptible filet gris qui barrait l'horizon entre ciel et terre, là-bas, très loin du côté de l'est. Partout ailleurs, la nuit régnait encore, fraîche et douce maintenant que la pluie s'était effacée. Nullement découragé, mais sûr de lui, le soliste se lança dans une telle envolée de trilles que son brio ne put rester sans effet. D'autres voix s'élevèrent, se mêlant en un rythme lent, d'apparence régulière, en fait vite cassé par la fantaisie des virtuoses.

Floriane s'éveilla à la première roulade, plus grave, des tourterelles. Le sentiment étrange, presque angoissant, de ne plus savoir où elle était, comme si elle avait été rejetée sur une rive inconnue par les flots du sommeil et des rêves, la tourmenta quelques secondes. Puis elle reconnut l'odeur familière des plantes et, surtout, devina, penchée au-dessus d'elle, une ombre qui lui masquait à moitié le rectangle un tout petit peu plus clair marqué par la fenêtre. Sa main rencontra un visage tout proche, une moustache soyeuse, le contact rugueux d'une joue ; elle glissa sous les cheveux, écarta le col de la chemise et ploya plus près d'elle la nuque large et tiède qui se fit docile. Un baiser doucement et savamment prolongé arracha quelques soupirs, manière exquise quoique particulière de célébrer laudes.

— Artus..., gémit Floriane tout contre son cou, ne sachant comment exprimer autrement le merveilleux bonheur de s'éveiller ensemble.

Il la sentit tremblante d'un désir qu'il partageait, désir mêlé chez elle, il le devinait, d'une certaine frayeur que lui causait sa force même.

— Petite fauvette…, murmura-t-il, refoulant l'envie irrésistible qu'il avait de ce corps souple, collé au sien, attendri par tant de confiance, de candeur, d'amoureuse provocation.

— Artus, êtes-vous réellement guéri ? demanda-t-elle avec une anxiété soudaine.

— Mais oui, ma mie. Je me sens tout à fait bien. Cela ne se devine-t-il pas ? fit-il, riant à son oreille.

— Ne plaisantez pas ! J'ai fait un rêve affreux. Je vous perdais. Vous n'étiez pas mort, non. Mais je crois que c'était pire que ça. Vous étiez loin, très loin. Vous ne m'aimiez plus. J'étais si seule…

Elle était au bord des larmes, comme une enfant accablée par un chagrin réel.

— Rêver de moi, c'est bien. Mais pas de cette façon, petite sotte chérie. Ne plus vous aimer ? Chassez donc ce cauchemar ! Ne plus vous aimer alors que je commence à peine à me pénétrer de ce grand bonheur ? J'ai trouvé un amour et ses joyaux. Pour la première fois de ma vie, me voilà riche. Me croyez-vous assez fou pour renoncer à ce trésor et me retrouver comme avant, pauvre hère dénué de tout ?

Floriane ne put s'empêcher de rire.

— Permettez-moi de douter de votre pauvreté en ce domaine, chevalier. Vous ne me ferez jamais accroire que vous n'avez trouvé que vulgaires cailloux sur votre chemin. Allons, un peu de franchise au moins !

— Tout au plus quelques verroteries sans valeur, concéda Artus en mordant le lobe d'une oreille qui cherchait à se dérober.

— Je vous en prie ! Ne nous lançons pas dans de douteuses estimations lapidaires. Je vous laisse votre passé puisque vous m'offrez le présent.

— Je ne veux rien d'autre que vous, Floriane, vous le savez bien.

Il avait glissé un bras autour d'elle, ses doigts emprisonnant un sein qui se dressait rond et ferme, l'autre main explorant tendrement un corps qui hantait d'autant plus sa mémoire qu'il n'avait été que deviné.

Une lueur pâle et fragile comme le blanc laiteux d'une perle naquit avec l'aurore au-dessus d'eux. Ils purent alors distinguer leurs visages où brillait leur mutuelle passion.

Enlevés pourpoints et chemises, leurs torses nus, ils découvraient maintenant le premier contact de leurs peaux l'une contre l'autre, toucher miraculeux, complété par leurs lèvres et leurs mains qui ne cessaient de courir et d'effleurer, de presser, de meurtrir, de caresser une épaule, une bouche, des boucles de cheveux, un cou renversé, tout un corps qui s'abandonnait. Floriane, les yeux mi-clos, attendait Artus, reconnaissante envers le jeune homme d'avoir su refréner ses élans afin de la mieux guider, avec une savante lenteur, vers la révélation attendue. Sa main osa s'aventurer plus bas, rencontra le sexe gonflé, le pressa avec une hardiesse malhabile mais ardente.

— M'aimez-vous assez pour ne pas, un jour, regretter ce moment ? demanda Artus scrutant le doux visage où l'amour, déjà, chassait les airs encore enfantins de naguère.

— En doutez-vous ? Je vous aime, Artus. Depuis ce jour où vous m'avez surprise dans la rivière et où je vous ai pourtant si fort détesté, je n'ai plus espéré que vous.

Et c'était vrai, en cet instant, tout était oublié, tout son passé, amours funestes, intrigues, aventureuses équipées. Seuls comptaient Artus, ses bras, son visage dur qui savait se faire tendre, son sourire enjôleur, son odeur, ses baisers, bientôt sa force mâle qui la ferait sienne et qu'elle appelait maintenant avec une impatience irrésistible.

Pourquoi fallut-il alors que tout s'écroulât soudain ?

Une phrase, une simple phrase, détruisit son bonheur près d'éclore, lui ferma lentement, impitoyablement, les portes de l'extase.

La voix d'Artus, pourtant, s'était faite encore plus basse ; des accents plus rauques trahissaient son émotion.

— Distillons chaque minute, petite mie, murmurait-il. Nous avons le temps pour nous, l'éternité, la journée entière. Restons ici, voulez-vous ? J'enverrai à Fontainebleau un message d'excuses au roi. Nous ferons aussi prévenir votre frère. Le malheureux doit être fou d'inquiétude.

D'une main sûre, Artus avait dénoué l'aiguillette de Floriane, flattait le ventre velouté qui frémissait sous ses doigts.

— Au fait, savez-vous pourquoi j'ai rendu visite à votre Ermelinde ? Je craignais que vous ne fussiez à Fontainebleau avec votre frère. Il s'y prépare un fort beau coup de théâtre auquel je préfère vous savoir étrangère, connaissant vos goûts aventureux et vos amitiés politiques… Mais par bonheur vous êtes là, à ma merci. Je vous tiens ma belle !

En riant, il se pencha sur ses lèvres, l'écrasant de son poids, sûr de sa proche et tendre victoire.

« Un fort beau coup de théâtre ! » Floriane, tout à coup, revit Melchior dressé devant elle, l'accablant de son ironie en s'écriant : « Ainsi vous voilà dans les secrets d'État, ma chère ! »

Le roi projetait d'arrêter M. d'Ornano ! Elle l'avait oublié. Tant d'amour lui avait fait tourbillonner le cœur et la tête. Peut-être d'autres arrestations étaient prévues. L'étendue du complot était trop grande pour ne pas craindre les pires éventualités. Il fallait à tout prix prévenir le maréchal. Mais alors ?…

Pendant quelques secondes, se livra en Floriane l'un des plus cruels combats auxquels elle avait eu à faire face. Courir à Fontainebleau, c'était abandonner Artus sur-le-champ, renoncer à la félicité qui s'annonçait, qui l'envahissait déjà. Pire : c'était se heurter au jeune homme qui n'accepterait sans doute pas de la voir s'échapper en pareil moment et pour pareille cause. Non, jamais Artus ne la laisserait partir et au fond d'elle-même, c'était ce qu'elle désirait aussi : obéir à son amour et à sa raison. Oublier donc ! S'en remettre au destin, se dire qu'elle, Floriane, si dénuée – une plume dans la balance, dans la partie jouée par de si grands personnages –, ne pouvait en rien influer sur une affaire d'État.

Et pourtant ? S'il existait la moindre chance ? Non qu'elle eût pour le maréchal une affection particulière, mais trop de personnes qu'elle chérissait, Charles, Mme de Chevreuse, Puylaurens et la reine elle-même, dépendaient de sa bonne fortune. Les abandonner était impossible. Sa décision fut donc vite prise.

Artus eut tôt fait de sentir la jeune fille répondre moins à ses ardeurs. Ses baisers se firent distraits, son étreinte moins forte. Nul doute : la belle se dérobait, absente tout à coup.

— Ma mie, qu'avez-vous ? Que se passe-t-il ?

Floriane eut du mal à masquer son désarroi.

— Rien… rien…, balbutia-t-elle, le regard perdu.

— Vous n'êtes plus la même, brusquement. Ai-je été maladroit ?

— Mais non, Artus, non…

Il tenta de la ramener contre lui, de reprendre le voluptueux entretien, mais le charme était brisé.

— Vous ne voulez plus, Floriane. Aurais-je mal compris, tout à l'heure ?

— Mais non, non ! Je… je ne me sens pas très bien, voilà tout, répondit-elle très vite en baissant les paupières.

— Quel égoïste je fais ! s'exclama Artus avec une délicatesse qui broya le cœur de sa compagne. Il fallait le dire. Que puis-je faire ?

— Rien ! Un peu d'eau à la cuisine… Ne bougez pas ! ajouta-t-elle en voyant Artus se lever. J'y vais moi-même.

Elle était debout, renfilant son justaucorps de page.

— Je reviens ! lança-t-elle.

Elle avait déjà disparu, laissant Artus une seconde désemparé.

« Les femmes ont de ces volte-face ! songea-t-il. Mon Dieu ! Avec elles rien n'est simple, jamais… »

Pourtant, il s'en voulut aussitôt d'associer Floriane au souvenir de ses précédentes conquêtes. Floriane n'était comparable à nulle autre : un doux oiseau pur et léger, un peu inconséquent, ne manquant pourtant pas de cervelle, tellement charmeur, tellement charmant. Un petit oiseau qu'il saurait apprivoiser. Il se promettait toute la patience nécessaire.

— Cette fois, mon cher, te voilà pris pour de bon ! reconnut-il entre ses dents, riant de lui-même.

La porte ne tarda pas à se rouvrir sur une Floriane ayant bien sagement renoué ses cheveux. Elle portait deux verres et une carafe de vin.

— Croyez-vous ce vin nécessaire pour nous redonner du cœur à l'ouvrage ? plaisanta-t-il. Qu'importe ! Une rasade est toujours la bienvenue.

— Avez-vous vu le temps qu'il fait ? demanda Floriane en remplissant un verre.

Le jeune homme ouvrit la fenêtre et jeta un coup d'œil sur le jardin : une zébrure lumineuse passant au ras des buissons et des plates-bandes allongeait les ombres et faisait miroiter l'eau qui glissait encore le long des herbes et des fleurs malmenées par l'orage de la veille. Avec le parfum vif de la nature au réveil pénétra encore davantage le vigoureux pépiement matinal.

— Une belle journée s'annonce, approuva-t-il, respirant profondément la fraîcheur du matin.

Profitant de ce qu'il avait le dos tourné, Floriane saisit un gobelet abandonné sur la table, et en vida rapidement le contenu dans l'un des verres. Lorsqu'il se retourna, elle était souriante et sereine, contemplant, l'air innocent, le sombre chatoiement du vin contre le cristal.

— À notre amour ! fit Artus, levant le verre qu'elle lui avait offert.

— À notre amour ! renchérit-elle d'un ton grave. Ayons foi en lui, toujours, quoi qu'il advienne.

Ils burent d'un trait, les yeux dans les yeux.

— Pouah ! grimaça le chevalier. Une vraie piquette ! Je croyais messire Montjay plus judicieux dans le choix de ses crus.

Floriane vint se jeter contre lui dans un élan si brusque qu'elle heurta sa blessure.

— Aïe ! Je l'avais oubliée, celle-là !

— Pardon ! Oh ! Artus, pardon ! gémit-elle tout contre lui.

— Mais, ma mie, ce n'est rien. Allons, ma douce, ma folle biche…

Puis, voyant qu'elle pleurait et continuait à lui demander pardon :

— Floriane, ma toute petite, ce n'est rien, rien, vous dis-je. Calmez-vous ! Mais qu'y a-t-il donc ? Là… là…

Et il la berça contre lui, caressant tendrement la torsade lustrée de ses cheveux noirs.

Soudain, elle le sentit vaciller et ce fut alors le jeune homme qui s'accrocha à elle, de tout son poids. Elle eut même toutes les peines du monde à le soutenir jusqu'à la paillasse et manqua de tomber avec lui lorsqu'il s'y écroula.

— Floriane, que m'arrive-t-il ? eut-il encore la force de murmurer avant de sombrer dans le plus profond des sommeils.

On ne pouvait que louer dame Apolline pour l'efficacité de ses élixirs. Un bref instant, Floriane le regarda dormir, la tête légèrement rejetée en arrière, dévorant des yeux le visage volontaire, un rien faunesque, tant aimé. Elle pleurait sans pouvoir s'arrêter à la pensée du tour qu'elle lui jouait, impardonnable, pour un homme aussi fier qu'Artus. Elle pleurait parce que d'ici quelques minutes elle serait séparée de lui et que cette séparation, elle le craignait, risquait d'être définitive. De sa cuisine, dame Apolline aperçut Floriane qui traversait la cour. La jeune fille marchait la tête baissée, d'un pas rapide, la plume de héron dressée sur sa toque que faisait trembler la brise.

— Mademoiselle de Saint-Évy, bonjour ! Comment se porte le chevalier ?

Floriane se retourna. Les bras posés sur le rebord de pierre, l'aimable hôtesse penchait son visage épanoui à la fenêtre. Un large sourire plissait ses joues pleines et colorées.

— M. d'Ivreville va bien. Il dort.

— Le pavot ! fit en riant dame Apolline. Le pavot ! Allons, j'en suis bien aise.

Elle remarqua la pâleur de Floriane et ses yeux rougis.

— Vous vous êtes inquiétée, pauvre petite.

François Montjay apparut à son tour et salua la jeune fille après avoir lui aussi demandé des nouvelles d'Artus.

— Vous êtes bien matinale, constata-t-il.

— Je dois rentrer à Paris, très vite. Mon absence a dû inquiéter les miens. Je laisse M. d'Ivreville à vos bons soins. Il a besoin de cette journée de repos. Vous m'excuserez auprès de lui, à son réveil. Il comprendra.

— Restez, si vous le voulez ! Nous ferons prévenir votre famille.

— Je vous remercie, monsieur. Mais il me faut partir.

— Dans ce cas, l'un de nos valets vous accompagnera.

Floriane voulut tout d'abord refuser mais se ravisa et accepta l'offre du gentilhomme qui donna aussitôt ses ordres.

— Vous ne nous quitterez pas sans manger quelque chose, proposa dame Apolline. Venez donc.

— Vous êtes gentille, non, merci, répondit Floriane qui avait la gorge trop serrée pour avaler quoi que ce fût.

— Puis-je aller voir mon maître ? demanda une voix aiguë à ses côtés.

Elle eut alors l'impression que le jeune Lubin qui sortait des écuries tout ébouriffé, de la paille confondue à ses cheveux blonds, la regardait d'un air soupçonneux.

— Non, il dort encore.

— Juste une minute ? répéta-t-il d'un ton buté.

Floriane haussa les épaules.

— Si tu veux.

Il trottina vers la maison.

La cour, trouée de flaques, scintillait de même que les toits ardoise, les vitres, les pierres blanches. Des laquais ouvraient bien large volets et fenêtres pour laisser le soleil se couler dans la maison. De la cuisine, s'envolait déjà une alléchante odeur de rôti.

Un valet parut, tirant deux chevaux sellés. Floriane courut vers dame Apolline qui était sortie sur le pas de sa porte et, la prenant aux épaules, l'embrassa sur les deux joues.

— Au revoir, dame Apolline. Je vous serai toujours reconnaissante à vous et à votre mari.

— Chut, pas de cela entre nous ! fit Mme Montjay lui tapotant la main. M. d'Ivreville va bien regretter votre absence.

— Je sais, dit Floriane en détournant les yeux, je sais...

Elle avait hâte maintenant d'échapper aux regards étonnés de ses hôtes que son départ précipité surprenait visiblement, et craignait qu'Artus ne s'éveillât plus tôt que prévu. Aussi, à peine franchie la grille, après un dernier signe d'adieu aux époux Montjay qui agitaient la main dans la cour, lança-t-elle son cheval à vive allure sur le chemin.

Elle ne s'arrêta que lorsqu'elle eut dépassé le village et trouvé l'abri d'un petit bois. Le valet qui la suivait la rejoignit sous les arbres.

— Pour Paris, il faudrait prendre plus à gauche, lui dit-il.

Floriane rajusta sa toque.

— Tu rejoindras la route tout à l'heure. Pour le moment, indique-moi la direction de Fontainebleau.

— Font... Mais je croyais que nous allions à Paris, fit l'autre qui avait autant de mal à suivre la pensée de Floriane qu'à comprendre si elle était réellement un page ou une fille déguisée.

— Est-il borné ! Tu vas bien à Paris et moi à Fontainebleau, si tu m'en indiques la route.

— Mais messire Montjay m'a dit...

Floriane tenait là une trop bonne occasion de se défouler pour qu'elle laissât passer l'aubaine. Son chagrin se transforma subitement en une rage effrénée qu'elle déversa sainement sur le pauvre garçon ahuri qui laissa passer l'orage. Jamais de sa vie, pourtant prodigue en coups de gueule, il n'avait eu loisir d'entendre un tel flot d'injures et d'imprécations, lancées, qui plus est, par une voix angélique de jouvencelle. La fréquentation de Monsieur dont le vocabulaire ne manquait pas de pittoresque avait au moins enrichi Floriane d'un lot de grossièretés choisies qu'elle jeta avec un plaisir malin à la tête du malheureux. Enfin, lasse mais apaisée, elle sourit comme si de rien n'était et redevint le gentil page de quelques instants plus tôt.

— Tu vas à Paris, rue Coquillière, à côté de l'Hôtel de Soissons, trouver chez lui M. de Saint-Évy. Tu lui dis que sa sœur est saine et sauve et l'attend à Fontainebleau. Compris ? Répète !

Il répéta en ânonnant chaque mot.

— C'est bon. Maintenant, montre-moi mon chemin.

Ils se séparèrent une lieue plus loin. Le ciel se dégageait peu à peu de ses nuées roses et donnait champ libre, sur toute la campagne, à un soleil de mai encore doux aux reflets d'or fin.

Floriane se retourna. Au loin, sur une colline, le petit château de Louis XIII dans sa verdure semblait vouloir, à lui seul, capter tous les rayons, tant ses murs neufs resplendissaient de clarté. Écrin précieux et scintillant, il conservait son cœur. Sentant les larmes lui venir aux paupières, elle tourna la tête et s'enfonça dans la forêt.

*

Pour rejoindre au plus simple la grande route qui reliait Paris à Fontainebleau, lui avait dit le valet de messire François, il fallait à Floriane rencontrer une suite de petits villages dont on se répétait les noms comme on fredonne un refrain : Vanves, Montrouge, Gentilly, Ivry. À partir de là, la route filait toute droite, enfin peu s'en fallait. D'ailleurs, il se trouverait toujours un passant pour la renseigner. Ce n'était peut-être pas le plus court, mais le mieux était d'éviter les fallacieux raccourcis. Auparavant, elle devait traverser la forêt, suivant, sans s'en écarter, le chemin principal, le reste n'étant qu'un réseau inextricable de sentes étroites dont elle devait se garder.

Il faisait sous les arbres une fraîcheur humide de vieille église. Parmi la couche de feuilles mortes qui achevaient de pourrir sur le sol, de toutes petites fougères pointaient leurs crosses pâles et frisées. Les muguets formaient des tapis entiers de feuilles d'un vert brillant mais de clochettes, point encore, il n'y avait que de grosses violettes aux pétales mauves, celles tardives qui ne sentent pas. Frissonnant sous le souffle mouillé de l'immensité forestière, Floriane éperonna son cheval.

Il lui semblait qu'elle chevauchait maintenant depuis une éternité. Au début, elle s'était laissé bercer au rythme du galop, donnant libre cours aux souvenirs si neufs, les laissant même la torturer à loisir. Penser à Artus, même avec ce flot amer de regrets, de remords et de peine, était malgré tout un plaisir. Peu à peu elle en venait maintenant à se dire que peut-être le jeune homme ne lui tiendrait pas rigueur de la façon cavalière dont elle l'avait quitté et que, sans rire de la mauvaise farce – qui sait ? –, il en comprendrait peut-être finalement les motifs. Après tout, lui non plus ne pouvait ignorer le sens des mots fidélité, amitié, cause, même s'il les attribuait à des objets différents de ceux de Floriane. Revigorée par cet espoir, elle prit alors seulement conscience du temps écoulé sans que le plus petit indice fût venu lui signaler l'approche de l'orée du bois. Prompte à saisir la moindre émotion, elle s'inquiéta aussitôt, inquiétude qui céda vite à la panique. Sans aucun doute, elle s'était perdue. D'ailleurs, le chemin qui jusqu'alors se traçait large et régulier entre troncs et taillis n'avait-il pas changé d'aspect ? Il était maintenant plus touffu, plus mince, plus sinueux... Sûrement à un moment d'inattention, elle avait laissé son cheval s'engager dans l'un de ces sentiers dont elle ne sortirait jamais. Et pour comble sa monture, ralentissant l'allure, se mettait à boiter. Floriane mit pied à terre.

Ce n'était rien : une épine coincée entre le fer et le sabot. Cela suffit pourtant à faire jaillir les larmes. Seule, elle ne saurait jamais soulager la pauvre bête. Elle n'avait rien, rien que ses mains nues et toutes ces lieues qui restaient à parcourir ! Non, jamais elle ne pourrait atteindre Fontainebleau.

Mis à part une biche qui coupa le chemin, il n'y avait évidemment personne et pourtant la forêt donnait, une fois de plus, l'inévitable impression de foisonner d'êtres agités et mystérieux. Floriane n'eût pas été surprise de voir soudain s'enfuir des nymphes, les cheveux épars, mêlés aux voiles légers qu'aurait gonflés leur course devant les bonds de satyres grimaçants et avides, dardant leurs sexes impérieux. Mais la forêt cachait bien ses secrets. Hôtes païens, fées et lutins, magiciens, enchanteurs, chevaliers errants aux amours captives, tous se mouvaient dans l'invisible... On ne pouvait qu'en percevoir les bruits.

Floriane cessa de pleurer et tendit l'oreille. Un son lui parvenait, insolite et cependant totalement en accord avec sa propre imagination, un son léger, tendre, harmonieux : celui qu'égrenait une flûte toute proche. Les notes éveillèrent chez la jeune fille un souvenir récent. Prenant son cheval par la bride, elle avança de quelques pas. Il n'y avait pas si longtemps qu'elle avait entendu cet air du vieux Boësset [1] et ne fut donc pas étonnée de reconnaître le musicien. Assis au pied d'un arbre, son dos énorme adossé au tronc, le géant au visage de fille lançait son aubade. Près de lui un cheval mâchonnait des brins d'herbe.

Lorsqu'il vit Floriane, le garçon s'arrêta de jouer, l'examina attentivement et enfin, l'ayant reconnue, se leva non sans efforts pour la saluer.

— Mademoiselle de Saint-Évy..., fit-il, une nuance de respect dans sa douce voix.

Elle ne lui rendit pas la politesse mais le regarda, plutôt perplexe, ne sachant encore si la rencontre était heureuse. En tout cas, elle ne parvenait pas à craindre le jeune homme. Mauvais garçon ou pas, il lui avait toujours été sympathique. Pourtant, ce fut d'un ton rogue qu'elle l'apostropha :

— Eh bien, que fais-tu donc ici ? Pourquoi n'es-tu pas resté auprès de tes amis dans ce délicieux pigeonnier-prison ?

— Ce ne sont pas mes amis.

1. Compositeur à la mode.

— Amis ou pas, vous n'en étiez pas moins tous mes geôliers.

— En tout cas, je ne le suis plus. Vous voilà libre, ce me semble.

— Laisse là tes insolences, veux-tu !

Le garçon sourit d'un air gêné, faisant rebondir ses joues duveteuses qui se teintaient d'un rose pêche.

— Mon idée n'était nullement de vous manquer d'égards. Je suis sincèrement heureux que vous ayez échappé au comte.

Floriane haussa les épaules.

— Ce n'est pas grâce à toi.

Du rose, le jeune musicien vira au ponceau sous la poussée d'une violente confusion.

— Je vous demande pardon. Oui, pardon de vous avoir enlevée, d'avoir aidé les autres à vous retenir. Pardon d'avoir servi de vils desseins. Je l'ai fait comme tout le monde : pour quelques écus. Ma vie est ainsi faite que je tâte ici et là de tous les métiers, de toutes les occasions qui se présentent. Je sais, je n'ai pas d'excuses, excepté peut-être, si vous voulez l'accepter, le fait de vous avoir courtoisement servie en désavouant secrètement mon rôle. J'essaierai d'être plus exigeant dans le choix de mon prochain emploi. L'orage venu, j'ai fait halte pour la nuit sous ces arbres et maintenant je pense aller tenter ma chance à Paris.

Floriane écouta ses explications sans dire mot, mais un petit sourire prouva au moins que sa rancune s'effilochait. Encouragé, il continua :

— Vous comprenez, je ne pouvais deviner. Et vous voir si jeune, si fragile, si belle, ajouta-t-il en baissant les yeux, traitée ainsi, à la merci de ces soudards… Oh ! Je sais. Peut-être aurais-je pu vous aider à fuir. Je ne suis pas très courageux au fond et, lorsque le moine est arrivé, j'ai préféré partir, lâchement, pour ne pas assister à ce mariage auquel on vous forçait. C'est alors que j'ai vu les deux cavaliers. Ils paraissaient se cacher pour approcher de notre repaire. Je les ai suivis et de loin ai assisté à l'escalade de l'un d'eux.

— Sans intervenir, coupa Floriane, narquoise.

— Je vous l'ai dit, fit-il d'un air quinaud. Je ne suis pas un batailleur. Et puis, d'ailleurs, tout s'est bien terminé.

— Oui, tout s'est bien terminé, répéta Floriane, et je ne t'en veux pas.

Désireuse de ne pas revenir sur cet épisode douloureux, elle poursuivit :

— Alors, comment t'appelles-tu ?

— On me nomme Jean la Musette, répondit-il de son timbre si particulier. Et il tint à préciser : la Musette, parce que je jouais souvent de cet instrument jadis. Je l'ai troqué contre cette petite flûte, moins encombrante.

— Eh bien, la Musette, peut-être pourras-tu te racheter et me tirer de l'embarras où je me trouve.

— Dites, oh ! dites ! s'écria-t-il, je suis prêt à vous servir aveuglément.

Floriane se mit à rire :

— Pour le moment, je ne désire que deux choses. D'abord, enlever une épine du sabot que voilà, dit-elle en tapotant le jarret avant gauche de son cheval, ensuite, sortir de cette forêt et rejoindre la route de Fontainebleau où je dois me rendre le plus vite possible, cela étant une question de vie ou de mort.

— Je ferai tout ça, s'écria la Musette, et plus encore. Ah, si vous le voulez, je serai votre serviteur fidèle aussi longtemps qu'il vous plaira !

— Qu'ai-je à faire d'un poltron ? le taquina Floriane.

— J'ai tout de même quelques qualités, se défendit-il d'une mine modeste.

— Soit ! Je t'engage, à titre d'essai.

Dans son euphorie, Jean la Musette souffla quelques notes joyeuses et Floriane médusée le vit esquisser un pas de guimbarde avec la grâce d'un damoiseau.

Son cheval débarrassé de la fâcheuse épine, la jeune fille se remit en selle, imitée, pesamment, par la Musette. Elle s'était alarmée pour rien. À peine cinq minutes plus loin, une arche lumineuse s'ouvrait entre les arbres et l'on apercevait, au bas d'une pente, le clocher d'une église de village qui piquait hardiment un ciel radieux.

Par de petits sentiers, des coupes à travers champs, des gués traversés dans un joyeux éclaboussement d'eau claire, des forêts et des halliers qui paraissaient n'avoir aucun secret pour lui, Jean la Musette l'entraîna dans une course endiablée, en cavalier émérite que sa corpulence ne laissait guère supposer. Il semblait si sûr de lui que son assurance, jointe à la confiance instinctive qu'il lui avait inspirée, ne fit pas une seconde douter la jeune fille d'être dans la bonne direction. Elle bénit le Ciel de l'avoir rencontré. Avec les explications confuses de ce niais de valet et, il fallait bien se l'avouer, sa propre incapacité à s'orienter seule, à coup sûr elle se serait perdue.

Le soleil avait atteint son zénith et lançait maintenant des flèches brûlantes que l'ardeur de la course rendait incommodantes. Une moiteur collait le poil des chevaux ; un peu d'écume frangeait les mors. Sous la toque noire, Floriane sentait bourdonner ses tempes. Elle avait chaud et soif surtout. Cependant, ignorant tout de la distance qu'ils avaient à couvrir, elle ne voulut pas interpeller la Musette : vite, avait-elle ordonné. Il allait vite et sans se retourner.

Grimpant légèrement entre deux haies d'aubépines, le chemin atteignit un monticule herbu puis bascula sur l'autre versant où il glissa comme une couleuvre pour finir happé par une route large, polie et sablonneuse qui traversait un village de quelques maisons. Au-delà, se finissaient la campagne, les prairies grasses, les sillons bruns où poussaient déjà dru le blé, l'orge et le seigle. Y succédait l'océan sombre d'une forêt immense que l'infini semblait avoir attirée. Jean la Musette s'arrêta.

— La forêt de Bierre, fit-il.

Le geste ample de son bras souligna l'accent quelque peu emphatique qu'avait pris sa voix.

— À peine trois lieues encore et nous serons au château.

— Eh bien, ne traînons pas. Allons !

La Musette retint le cheval de Floriane qu'elle poussait déjà sur la pente.

— Attendez ! Nos chevaux ont besoin de souffler un peu et nous aussi. Je ne sais ce qui vous presse et qui vous allez retrouver, mais mieux vaut ne pas nous faire remarquer par une arrivée en trombe, écumants et poussiéreux.

— Poltron mais aussi circonspect, commenta Floriane. Que sais-tu au juste ?

Elle plissa les yeux pour mieux scruter le visage rougi par l'effort de son compagnon qui resta imperturbable sous l'examen. Il s'épongea le front et le cou :

— Rien ! répondit-il. L'expérience m'a rendu prudent, voilà tout. Et la cour de France est l'endroit du monde où cette qualité est la plus nécessaire.

Parce que la Musette connaissait la cour et ses pratiques ? Décidément, le garçon ne laissait pas d'intriguer Floriane. Elle le soupçonnait même d'avoir quelque peu écouté derrière la porte son affrontement avec Melchior.

— Alors, que proposes-tu ?

— Un arrêt à l'auberge de Chailly, je vous signale au passage qu'elle en vaut la peine, et nous repartirons, frais et dispos. Ou à peu près.

— Tu m'as l'air d'avoir fourré ta grosse carcasse partout.

— J'ai pas mal roulé ma bosse, c'est vrai, admit la Musette qui avait plus que jamais l'air d'un séraphin bien nourri.

— Soit, je t'accorde cette halte. Mais une demi-heure, pas davantage.

Il était au-dessus de ses forces de repousser la perspective de boire frais. Et puis… Jean la Musette avait raison : il était inutile de se faire remarquer.

Cernée de hauts murs, dont le faîte était couvert de tuiles brunies, le portail grand ouvert sur la route, l'auberge était une grosse bâtisse cossue qui jouxtait l'église, faisant pendant à la cure avec laquelle on aurait pu la confondre sans les allées et venues de gens et de chevaux autour d'un abreuvoir immense, sis au milieu de la cour et une enseigne, énorme, peinturlurée de bleu, d'or et de blanc qui annonçait fièrement la Bannière de France. Tous les voyageurs du royaume semblaient s'y être ralliés. Floriane et la Musette ne purent trouver quelqu'un pour soigner leurs montures parmi les voitures, les chevaux de selle et les mulets. Tout le monde s'interpellait, criait, piaffait dans une chaude odeur de crottin et de fricassée.

— C'est toujours comme ça lorsque la cour réside à Fontainebleau, remarqua le jeune musicien.

C'était peut-être aussi pour la même raison que la majorité des clients arborait un uniforme coloré.

— Hé ! madame de céans !

La Musette agita un bras en direction d'une jeune femme coiffée du bonnet noir des veuves qui servait à boire à deux officiers d'un régiment de gardes. L'aubergiste vint au-devant des nouveaux venus.

— Mon compagnon et moi sommes très pressés et assoiffés, dit la Musette.

— Que voulez-vous, mes beaux messieurs ? Muscadet ? Beaune ? Anjou ? Romény ?

— Je préférerais un pichet de godalle [1], dit Floriane qui craignait qu'un vin par cette chaleur et sur son estomac vide ne lui embrumât les idées.

— Moi aussi, fit la Musette. Avec de petits échaudés, si vous en avez.

Gourmand, il se pourléchait à l'avance.

— Dites-moi, ma bonne mie, demanda-t-il lorsqu'il eut enfourné une poignée débordante de gâteaux et réclamé un autre pot de bière, les militaires ont-ils investi la place ?

Lui aussi avait donc remarqué leur nombre insolite.

— Je n'en ai jamais tant eu que ces jours-ci. Il paraît que notre roi fait des manœuvres. Je ne sais. En tout cas, ça va, ça vient, ça remue quoi !

1. Bière anglaise *(good ale)*.

Mais trop de temps s'était déjà écoulé au gré de Floriane. Elle pressa la Musette de repartir.

— L'aubergiste a raison, dit-il lorsqu'ils eurent fait quelques pas sur la route qui s'engageait dans la forêt. Il n'y en a jamais tant eu. Tenez, regardez !

Des gardes à cheval trottaient devant eux, sans se presser, comme à la promenade. Un peu plus loin, un petit groupe devisait à un carrefour et les regarda passer avec indifférence. Les couleurs et les dorures des tuniques s'étoilaient comme de monstrueuses fleurs vives sous le couvert des arbres.

— Toutes les routes sont bien gardées, reprit la Musette. Que craint-on ? Une attaque extérieure ? Ou ne serait-ce pas au contraire qu'on veuille rendre toute fuite impossible ?

Son œil bleu interrogeait Floriane qui préféra ne pas répondre, hésitant à se confier à ce garçon que jusqu'à maintenant elle pouvait considérer comme un ennemi.

Un parfum de résine s'échappait des pins sylvestres que le soleil caressait. Parmi les hêtres et les chênes, un chaos de grosses pierres blanches rivées dans la mousse rompait parfois l'alignement des fûts. Les feuillages n'étaient pas encore assez touffus pour empêcher la lumière de se couler à loisir et de nimber d'or clair tout le sous-bois.

Origines mystérieuses des mots ! Fontaine Bleau, du nom d'un lointain propriétaire, ou, plus joliment en accord avec la magie des lieux, fontaine de belle eau, Fontainebleau avait été, voici des siècles, choisi par les rois de France séduits par la profondeur sauvage de ses bois, la transparence de ses eaux, la pureté de l'air qui en faisaient l'enchantement. Floriane, qui en fait de maisons royales, le Louvre excepté, ne connaissait que le petit château de Versailles, ne put qu'être émerveillée en découvrant l'immense demeure de pierre blanche et lumineuse avec ses hauts toits bleutés érigés de cheminées énormes, en brique rouge. D'autres bâtiments, nombreux, moins élevés, de brique également et de pierre, la prolongeaient de tous côtés, abritant des appartements, la conciergerie, les communs et les offices, enserrant cours et jardins, et formaient un ensemble grandiose mais non pas écrasant tant on y découvrait d'élégance. Louis XIII y était né un jour de septembre, il y avait près d'un quart de siècle. Il continuait à y faire de courts séjours, et si le château n'était plus le théâtre des fêtes grandioses de jadis, du moins ne sombrait-il pas dans l'oubli.

Les cordons de cavalerie qui barraient les routes à l'entrée du village les laissèrent passer sans difficulté mais confirmèrent Floriane dans ses craintes. À la porte de la conciergerie ils mirent pied à terre.

— Maintenant que me voici arrivée, quittons-nous ici, Jean la Musette, dit-elle à son compagnon. Tiens…

Elle fouilla ses poches à la recherche d'un peu d'argent et se souvint alors qu'elle n'avait pas un sou sur elle. Elle sourit. L'autre secoua la tête.

— Je vous l'ai dit, je veux vous servir.

— Tu n'y gagneras rien.

— Qu'importe, si j'en ai envie !

Elle se sentait trop seule, présentement, pour refuser l'offre. D'un haussement d'épaules, elle accepta.

*

Il y avait beaucoup de monde dans l'allée qu'ils suivaient maintenant, la Musette tenant leurs chevaux par la bride. Floriane, quelque peu désorientée, ne sachant à qui s'adresser pour se rendre aux appartements de la duchesse, cherchait un visage de connaissance parmi ceux qu'elle croisait.

Soudain, elle sentit son cœur bondir. Un peu plus loin, devant elle, marchait un gentilhomme dont l'allure lui était familière. Elle connaissait bien cette silhouette mince et nerveuse et ces cheveux châtains qui dépassaient du feutre noir. Lui aussi semblait chercher quelqu'un. Il allait lentement, s'arrêtait et tournait la tête à gauche et à droite. Une main, soudain, se posa sur son dos tandis qu'une voix joyeuse tintait à son oreille :

— Charles ! Oh ! Charles, quel bonheur !

Un page aux chausses poudreuses, le visage écarlate et luisant de sueur sous une toque posée de travers, s'agrippait à lui avec transports.

Le jeune comte de Saint-Évy savait depuis longtemps qu'il devait s'attendre à toutes les surprises de la part de sa sœur, mais de la retrouver là, sale et défaite, n'ayant apparemment pas perdu une once de sa vitalité après une disparition mystérieuse de plusieurs jours, voilà qui dépassait son bon vouloir et son entendement. Et que disait-elle, au fait, toute surexcitée qu'elle était ?

— Où est M. d'Ornano ? Je dois lui parler tout de suite. Oh ! Charles, si tu savais !

Ce que Charles savait, à coup sûr, c'est ce qui n'allait pas manquer de faire jaser toutes les mauvaises langues de la cour avant ce soir s'ils restaient plantés ainsi tous deux : « Saviez-vous que Saint-Évy donne dans le jeune page ? Nous l'avons vu tantôt avec un petit brun qui ne lui lâchait pas le cou. » Lui, le grave et très sérieux Charles accusé de mœurs particulières !

— Viens, ne restons pas ici, dit-il plutôt sèchement.

— Pour un accueil…, murmura la jeune fille, froissée.

— Et lui, que veut-il, celui-là ? demanda Charles, voyant la Musette s'approcher d'eux en se dandinant avec sa gaucherie coutumière.

— C'est mon nouveau serviteur, répliqua Floriane non sans mauvaise humeur. Ah, au fait, donne-lui quelque chose. Il m'a beaucoup aidée.

« Et à quoi donc, Seigneur ? » pensa le gentilhomme se contentant de soupirer et de remettre une petite bourse au pachyderme blond que sa sœur maintenant traînait dans son sillage.

— Je prends mes quartiers au cabaret de la Salamandre, dit la Musette, saluant aussi bas que sa panse le lui permettait, avant de faire demi-tour et se perdre très vite dans la foule.

— Viens ! répéta Charles.

Comment, sans son frère pour la guider, Floriane se serait-elle dirigée ? En ailes formant de longues galeries, en escaliers, en portiques, le château se divisait, s'enroulait, s'ouvrait pour se refermer autour de grandes cours pavées, ou, tout au contraire, s'épanouissait sur le parc coloré de massifs et de vasques débordantes de fleurs, ou sur l'étang lisse comme un miroir. Charles marchait d'un pas vif. Poussant une porte qui donnait sur un vestibule étroit et sombre d'où s'élançait un escalier, il s'effaça pour laisser passer sa sœur.

— Là, tu vas pouvoir m'expliquer. Où étais-tu ?

— Écoute, Charles, il ne s'agit pas de cela pour le moment. Il me faut absolument voir M. d'Ornano.

— Mais que lui veux-tu enfin ? s'écria Charles en lui prenant le bras. Explique-toi ! Tu disparais, enlevée d'après Toinon qui en a fait une jaunisse. Toute la maison en émoi se lance à ta recherche. Des heures d'affreuse angoisse…

Il s'en étranglait de colère et d'émotion, et Floriane remarqua alors combien il était pâle, ses traits tirés, ses yeux rougis à force de s'être tourmenté, désespéré.

— Je t'assure, je commençais à croire que nous ne te reverrions jamais lorsque ce matin un homme est venu me dire que tu m'attendais ici ; je n'osais le croire. Oh ! Floriane, Floriane !…

À son tour, il l'avait prise aux épaules et la serrait contre lui, à l'étouffer.

— Floriane, Floriane !…, répétait-il en couvrant son visage de baisers.

— Mais arrête, grand fou ! s'exclama la jeune fille en riant, se dégageant non sans peine de la brusque et envahissante tempête fraternelle.

— J'ai eu si peur, murmura-t-il, le nez enfoui contre son cou. Où étais-tu ?

Elle comprit qu'il n'aurait de cesse qu'elle eût tout raconté.

— Asseyons-nous là, proposa-t-elle en montrant l'escalier. Tu sauras tout.

— Nous devons beaucoup au chevalier, dit Charles lorsqu'elle eut fini.

Une petite pointe de dépit perçait dans sa voix. Ce n'était pas lui qui avait sauvé sa sœur. Floriane devina sa jalousie et lui prit la main.

— J'espère qu'il n'est pas sérieusement blessé, reprit-il. Bien que n'étant pas de ses amis, je le considère comme honnête et bon gentilhomme. Quant à Pontvallain, quelle conduite infâme ! Jamais je n'aurais imaginé… Ah ! Comme j'aurais voulu le tuer moi-même de l'épée que voilà !

— Alors, que fait-on pour M. d'Ornano ? demanda Floriane qui ne tenait pas à s'éterniser sur les conséquences des passions qu'elle suscitait.

— Je n'arrive pas à y croire, murmura Charles. Il est vrai que moi aussi j'ai remarqué le renforcement de la garde. En tout cas, j'ai quitté le maréchal il y a à peine une heure. Il s'apprêtait à accompagner Monsieur à la chasse. Il n'a aucun soupçon, j'en suis sûr.

— Rien n'est donc perdu.

— Non, rien. Le mieux est que nous allions sans tarder voir Mme de Chevreuse. Elle doit être mise au courant. Et puis, elle sera heureuse de te voir. Je lui avais appris ta disparition. Elle aussi s'inquiétait beaucoup. Ah ! Floriane, sœurette, soupira-t-il, moi qui voulais tant te garder de toutes ces intrigues. Mais on te voit, on t'aime et ton étourderie fait le reste.

Il hocha la tête d'un air soudain très malheureux. Floriane lui mit un baiser sur la joue :

— Ne sois pas triste, allons viens !

À l'appartement de la duchesse, ils ne trouvèrent qu'un valet qui leur apprit que sa maîtresse était auprès de la reine mais qu'elle ne tarderait pas à revenir changer de toilette et se préparer pour la soirée. Le frère et la sœur s'assirent dans la petite antichambre et attendirent en silence. Floriane, épuisée, s'écroula presque sur la banquette de velours rouge et regarda, sans les voir vraiment, les murs qui l'entouraient. Peints jadis par le

Primatice, ils avaient à peine pâli. Vénus et Vulcain, Vénus et Mars, Vénus et Hermès, Vénus et Cupidon, Amour rose et joufflu à la moue taquine : sous le plafond à petits caissons de bois peint de fleurs, les couleurs chaudes et blondes chantaient la belle, l'incomparable déesse de l'amour dont la Chevrette, dans toute sa beauté, aimait à suivre les lois.

Soudain, il y eut un bruit de pas dans le couloir. Floriane reconnut la voix claire dont certains accents graves soulignaient la distinction. Elle se leva, imitée de Charles qui ôta son feutre et salua la duchesse à son entrée.

— Comte, vous ici ?

Puis elle avisa le page qui souriait et n'attendait qu'un mot pour s'approcher.

— Mais… je rêve ! Petite amie, est-ce bien vous ?

Floriane saisit la main qui se tendait et la porta à ses lèvres. Affectueusement, la duchesse l'embrassa sans plus de façon sur les deux joues.

— Oh ! non, madame ! s'écria Floriane confuse. Je suis sale à faire peur.

— Mais c'est vrai, ça ! Comme vous voilà faite : cette tenue, cette mine… Que vous est-il arrivé ? Nous étions morts d'inquiétude. Dites-moi tout.

Prenant Floriane par la main, elle l'entraîna dans sa chambre, une vaste pièce qu'elle avait l'habitude d'occuper lors de ses séjours au château et dont les hautes fenêtres avaient vue sur les jardins. Les murs étaient couverts de boiseries dorées où s'élançaient fleurs et feuillages de couleurs vives. Le lit à piliers torsadés de bois doré également, sommé aux quatre coins d'aigrettes frissonnantes, occupait une bonne place avec ses rideaux bien tendus de velours incarnat. Dans toute la pièce flottait le parfum de tubéreuse cher à Marie de Chevreuse auquel s'ajoutait, cet après-midi-là, la senteur d'un énorme bouquet de lilas mauve.

La duchesse s'assit à sa toilette, et sa femme de chambre commença à défaire le savant édifice de sa coiffure. Charles et Floriane furent invités à s'asseoir, et cette dernière dut, une seconde fois, raconter les péripéties de ces derniers jours. De véritables cris de compassion et de ravissement saluèrent son récit, l'esprit fantasque et primesautier de la duchesse y trouvant parfaitement son compte.

— Bien fait pour cet affreux Pontvallain ! Ah ! Chère petite, comme vous avez dû savourer votre triomphe ! Oui, enfin… pas exactement, dirait-on, ajouta-t-elle en regardant Floriane qui visiblement ne partageait pas son enthousiasme. En tout cas, vous ne vous êtes pas laissé faire et je vous en félicite. Oui, ce chevalier d'Ivreville, je le connais de vue. Il dédaigne quelque peu la cour et ne se plaît qu'à courir monts et vaux. Un fidèle du roi, du roi seul, mais un homme follement séduisant.

Le rire de Mme de Chevreuse ne rencontra aucun écho chez les jeunes Saint-Évy, l'un comme l'autre ayant de bonnes raisons pour entendre avec malaise les louanges d'Artus.

— Si nous en revenions à notre affaire, madame, intervint Charles avec nervosité. Qu'en pensez-vous ? M. d'Ornano doit être mis en garde au plus vite.

— Êtes-vous sûre, Floriane, de ce que vous a dit le comte de Pontvallain ?

— Tout à fait sûre. Il semblait parfaitement au courant des projets du cardinal et je sais qu'il était de ses intimes. D'après le comte, Richclicu pcut, d'un souffle, balayer Monsieur et ses fidèles.

— Tout de même ! Le faquin s'illusionne. Il n'oserait pas ! Comte, guettez le retour de la chasse. Voyez le maréchal. Mais soyez prudent, je vous en prie ! Ne parlez pas à Monsieur. Dieu seul connaît la réaction qu'il peut avoir. Il serait capable d'aller sur-le-champ se plaindre au roi. Ne prévenez qu'un petit nombre de nos amis, les plus discrets. Inutile d'ameuter tout le monde. Nous vous attendons ici.

La duchesse, vêtue maintenant d'une seule robe de chambre rose pâle, ferma les yeux et renversa légèrement la tête en arrière, faisant ainsi cascader le flot épais et brillant de ses cheveux que la femme de chambre se mit à brosser. Floriane réprima l'envie de caresser les longues mèches annelées aux reflets changeants. Auprès de Mme de Chevreuse et de sa rayonnante beauté que flattaient encore son élégance et l'aisance inimitable qu'elle avait dans le moindre geste, Floriane se sentait toujours un peu intimidée. Elle éprouvait aussi un plaisir presque sensuel à côtoyer son luxe raffiné, à respirer son parfum, captive, lui semblait-il, d'une sorte d'aura dont elle n'avait nulle envie de s'échapper.

— Il y a bien les étuves, proposa Marie de Chevreuse, rompant le rêve admiratif de Floriane, mais ce serait long, et à cette heure vous risqueriez d'y trouver affluence. Voulez-vous vous contenter de ma garde-robe ? Une domestique vous y apportera le nécessaire.

Le nécessaire et le superflu. Car outre un cuveau d'eau chaude capitonné d'un linge blanc, Floriane y trouva un choix de chemises de bain en fine toile et de « frottoirs » de tissu plus grossier pour la tête, plus un lot considérable de pots de senteurs, de poudre et d'opiat [1] qu'une servante disposa près d'elle. Elle se laissa frotter, laver, sécher, masser avec un sentiment de bien-être que depuis longtemps elle n'avait ressenti. Enfin, fleurant la rose et le romarin, le cheveu flou, la main enduite d'un onguent aux amandes, le teint que sa course du jour avait coloré, adouci d'un souffle de poudre claire, vêtue d'une cotte et d'un corsage de soie marron et jaune prêtés par la duchesse, Floriane retrouva celle-ci qui achevait de se parer.

Sa robe était du même bleu que ses yeux et une canetille [2] d'argent en soulignait le plissé. À la ceinture, étaient glissés l'éventail et le miroir ; au décolleté frisait une dentelle de Hollande ; les cheveux haut relevés et bouclés tout autour du visage dégageaient le lobe des oreilles, ornés chacun d'un oiseau de saphirs. Cette fois, Floriane ne put se contenir et vint se blottir contre elle en un geste charmant de tendre abandon.

1. Dentifrice mêlé de miel.
2. Broderie de fils d'or ou d'argent, formant des spirales.

— Vous sentez-vous mieux, belle ? demanda Mme de Chevreuse, en caressant les cheveux noirs qui se roulaient en spirales le long du cou.

Le visage enfoui contre la robe bleue, Floriane émit un petit grognement qui pouvait passer pour un « oui ».

— Quelle aventure ! Je crois que j'eusse aimé… Comment le trouvez-vous ? ajouta la duchesse après une minute de rêverie.

— Qui ? demanda Floriane en levant la tête.

— Eh bien, voyons… M. d'Ivreville ?

Sans se décourager devant le mutisme de sa jeune amie, la Chevrette continua son inquisition, à travers laquelle Floriane, trop émue soudain, ne décela pas l'ironie.

— Vous le connaissiez ? En tout cas, lui vous connaît certainement, car, sinon, se serait-il lancé aussi courageusement à la recherche d'une inconnue ?

Un silence suivit.

— Tout à fait entre nous, poursuivit la duchesse, comme si de rien n'était, convenez qu'il est bel homme. Il me rappelle M. de Buckingham. C'est amusant !

La duchesse partit d'un éclat de rire :

— Oh ! Floriane, chérie. Si vous vous voyiez ! Vous avez la mine penaude de quelqu'un pris en faute et qui voudrait être à cent lieues. Allons, avouez donc !

— Avouer quoi, madame ? Je ne vois pas.

— Ce qu'est pour vous M. d'Ivreville.

Floriane ne savait plus comment masquer sa gêne et, malgré le fard, ses joues flambaient du plus beau feu.

Sous le regard d'aigue-marine, Floriane n'eut pas la force de feindre l'indifférence. Elle avoua son amour d'une petite voix.

— Et lui vous aime, cela est évident.

— Ce n'est pas aussi simple, soupira la jeune fille.

— Enfin, ne vous a-t-il pas sauvée au péril de sa vie ?

— Bien sûr. Mais je crains n'avoir pas très bien agi envers lui, en tout cas, pas avec… la reconnaissance qu'il était en droit d'espérer.

— Vous voulez dire que vous avez refusé d'être sa maîtresse ? Quelle vertu, petite amie ! À votre place, je n'aurais sûrement pu résister.

Les larmes aux yeux, Floriane se redressa avec une brusquerie qui fit taire le rire de Mme de Chevreuse.

— Comprenez-moi : c'était lui ou vous, vous tous, mes amis, le maréchal…

— Chut ! Ne pleurez pas.

La duchesse s'était levée et enveloppait de ses bras Floriane qui sanglotait.

— Pardonnez-moi ces taquineries, ma chérie. Vous avez préféré servir l'amitié bien qu'il vous en coûtât. J'aime votre loyauté. Elle est d'un cœur généreux et noble, digne du meilleur de notre race. Mais ne croyez pas votre amour sacrifié. Le chevalier saura comprendre vos raisons et ne pourra que vous aimer davantage. C'est un vrai gentilhomme, j'en suis certaine.

Elles entendirent s'ouvrir une porte et des voix résonner dans l'antichambre.

— Séchez vos larmes, petite belle. Voici sans doute nos amis. Ils ne doivent rien savoir de notre secret.

Une fossette se dessina sous le sourire de Mme de Chevreuse. Floriane ne put qu'y répondre avant de courir au miroir pour y réparer les dernières traces de son chagrin.

C'était Charles accompagné de Puylaurens qui précédaient de peu le duc de Vendôme et l'un des deux frères du maréchal d'Ornano, M. de Mazargues, écuyer de Gaston d'Anjou, que Floriane avait déjà eu l'occasion de rencontrer. Lui et l'abbé d'Ornano étaient de zélés partisans de la fortune de leur frère aîné dont, bien sûr, la leur dépendait. Avant que Mme de Chevreuse n'ait pu dire le moindre mot, le duc, qui avait tout juste salué les deux jeunes femmes, s'écria :

— Quel est ce conte que nous fait Saint-Évy ?

— Ce conte, malheureusement, m'a tout l'air d'être une affaire sérieuse, lui rétorqua la duchesse avec hauteur, ne semblant guère apprécier sa morgue.

Il se tourna vers Floriane :

— Il paraît que c'est à vous, mademoiselle, que nous le devons. Peut-on savoir comment vous êtes si bien renseignée ?

Floriane n'aimait pas César de Vendôme. La beauté de ce prince, une beauté blonde et altière que lui avait léguée sa mère, ne parvenait pas à faire oublier l'air suffisant que dégageait toute sa personne ; M. de Vendôme était imbu de sa naissance jusqu'au plus fol orgueil. Peut-être n'en faisait-il tant de gloire que parce qu'il était, au fond, peu sûr de ses origines. Bien avant le roi Henri, le duc de Bellegarde avait lui aussi prisé les beautés de Gabrielle d'Estrées et la médisance publique – dont Alix de Montrouge aimait à se faire l'écho, ayant toujours un œil glissé entre les rideaux des alcôves – n'avait pas manqué de rapprocher des dates et de compter jusqu'à neuf. Mais même reconnu fils de roi et légitimé, César ne se consolait pas de n'être qu'un bâtard écarté du trône par des lois impitoyables. Ce n'était pas la première fois qu'il se rebellait contre son frère et, s'il haïssait Louis XIII, celui-ci le lui rendait bien. Le duc entendait faire de son gouvernement de Bretagne une souveraineté indépendante qui donnerait enfin une couronne à sa tête orgueilleuse. Il toisait donc Floriane comme si elle-même se dressait en obstacle sur le chemin de ses ambitions. D'ailleurs, il n'aimait pas les femmes, leur préférant de fiers jouvenceaux. N'était-ce pas justement, disait-on, en le conduisant auprès de la ravissante Mlle Paulet, dans l'espoir qu'il s'attacherait enfin aux charmes du beau sexe, qu'Henri IV avait péri sous le couteau de Ravaillac ?

— Eh bien, parlez ! Qui vous a renseignée ? répéta-t-il en froissant de ses doigts gantés une touffe de lilas happée au passage.

— Pardonnez-moi, monsieur, mais je ne puis répondre.

— Ah, non, mademoiselle, vous conviendrez que l'affaire est trop grave pour que nous nous contentions de mystères !

« Tu ne sauras rien, rien, beau muguet ! » songea irrévérencieusement Floriane qui avait pris son air buté et se serait laissé étrangler sur place plutôt que de prononcer les noms d'Artus et de Melchior.

Dans un coin de la chambre, Charles chuchotait avec Puylaurens. Mme de Chevreuse posa un bras protecteur sur les épaules de la jeune fille.

— Messieurs, écoutez-moi ! Je peux vous affirmer que les sources de Mlle de Saint-Évy sont sûres. Les connaître ne vous servirait en rien. L'important est de prendre les dispositions nécessaires pour soustraire le maréchal à une éventuelle arrestation. L'avez-vous prévenu, comte ?

— Oui, répondit Charles. Mais il ne m'a guère paru frappé.

— Vous voyez bien, fit le duc. Le cardinal n'osera pas. Ce serait offenser mon frère d'Anjou et nous tous par la même occasion. Il n'ignore pas que nous avons les moyens de riposter et quelles en seraient les conséquences, tout comme le roi, qui, vous l'avez sans doute remarqué, a fait bonne mine à M. d'Ornano durant ces jours derniers. Enfin, hier encore, vous les avez vus comme moi sur la terrasse de la reine mère. Ils n'ont cessé de deviser pendant toute la course de bague [1].

— Justement, dit M. de Mazargues qui ne s'était pas encore manifesté. Mon frère m'a rapporté un fait qui pourrait bien aller dans le sens des mises en garde de Mlle de Saint-Évy. Vous connaissez cette petite fenêtre grillée qui donne sur la cour ? Sa Majesté la lui aurait montrée en disant : « Monsieur le maréchal, c'est dans cette chambre qu'a été enfermé le maréchal de Biron. » Il est à craindre qu'il ne lui réserve un sort semblable.

Le fantôme du célèbre conspirateur, arrêté sur l'ordre d'Henri IV et conduit à la Bastille où il avait été décapité en 1602, rôdait toujours dans la chambre en question.

— Perfidie ou sottise de la part du roi, allez savoir, opina non sans inquiétude Mme de Chevreuse.

— N'oublions pas non plus la présence des gardes, renchérit Charles. Le château est cerné, les avenues surveillées.

---

1. Dans ce jeu, le cavalier lancé au galop doit attraper un anneau au bout de sa lance.

— Présence que ne justifient pas les simples exercices dont on nous a régalés ce matin dans la cour du Cheval blanc [1] avança Puylaurens à son tour.

La duchesse se tourna vers lui.

— Allez trouver M. d'Ornano et amenez-le ici. Il y a une chance pour qu'il écoute Floriane. Quant à moi, je vais chez la reine. Si nous devons aider le maréchal à fuir, elle seule peut nous en donner le moyen.

— S'il le faut, il ne trouvera meilleur asile ailleurs que chez moi, en Bretagne, décida César de Vendôme qui brusquement se ralliait au sentiment général, ne tenant surtout pas à abandonner tous les mérites de l'entreprise aux seules mains de la duchesse. Je vais de ce pas lui préparer la route.

— Surtout, tenez Monsieur à l'écart de tout ceci, recommanda la duchesse. Il saura bien assez tôt.

*

La nuit vint. Le long des corridors et des galeries du château, les laquais allumèrent les torchères dont les flammes accrochèrent aux murs et aux plafonds une myriade de paillettes vacillantes. Des airs de musique, des éclats de voix, les grandes fenêtres ouvertes sur la nuit ne semblaient refléter que luxe feutré et douceur de vivre. Fallacieuses apparences…

Floriane était fort éloignée de goûter la féerie de l'heure. Ce rôle dont la duchesse la chargeait, allait-elle savoir le remplir ? Un grand découragement s'ajoutait à la fatigue des derniers jours. En arrivant à Fontainebleau, elle avait cru naïvement pouvoir aussitôt prévenir le maréchal et facilement le persuader que sa liberté était en péril. N'avait-elle pas présumé du poids réel de sa conviction ? Avait-elle mal interprété les paroles de Pontvallain, celles d'Artus ? Ou seulement exagéré leur importance ?

1. Actuelle Cour des Adieux. La statue était un moulage en plâtre du cheval de Marc Aurèle.

Ses pensées bouillonnaient. Elle en venait à douter de tout, d'elle-même, des autres et de leur juste droit. Sans la présence de ses amis, de Charles, de la duchesse, elle eût sans hésiter fait demi-tour et couru à la recherche d'Artus, priant Dieu qu'il ne fût pas trop tard.

Puylaurens, sur ces entrefaites, revint et annonça qu'il n'avait pu joindre d'Ornano : le roi l'avait fait appeler dans sa chambre.

— Un domestique est venu le prévenir. Il paraît que le roi jouait de la guitare et voulait simplement parler au maréchal.

— Mon Dieu, l'imprudent ! s'écria la duchesse.

Un pli soucieux rayait son front. Trouvant chez elle, d'ordinaire si encline à l'optimisme, un reflet de leurs propres craintes, ses amis cherchèrent à la rassurer :

— On ne reçoit pas en musique un homme que l'on destine à la prison, objecta Brion-Ventadour. On ne lui envoie pas non plus un valet de chambre mais un capitaine des gardes.

Puylaurens repartit aux nouvelles.

— Il n'y a plus qu'à attendre, dit Mme de Chevreuse ouvrant et refermant son éventail d'un coup habile du poignet.

Cela ne fut pas long. La porte s'ouvrit brusquement sous la poussée de Puylaurens qui, tout essoufflé, sans chapeau et au comble de l'émoi, avait retrouvé toute l'impulsivité du jeune page qu'il était naguère pour annoncer sans ambages :

— Il y a du vilain !

— Et le maréchal ?

— Toujours dans la chambre du roi. Ce gros buffle d'huissier n'a jamais voulu me laisser passer. Mais ce n'est pas tant cela qui m'inquiète, ce sont tous ces gardes que j'ai croisés et qui s'agitent dans tous les sens comme s'ils étaient sur le pied de guerre. M. du Hallier lui-même est arrivé. Il fait les cent pas dans le corridor.

— M. du Hallier ? Le maréchal est perdu ! s'exclama la duchesse en entendant le nom du capitaine des gardes du roi.

— Il faut prévenir Monsieur.

— Oui, oui, allons-y, approuva Brion tout aussi ému que les autres.

Tous sortirent comme des fous, abandonnant les jeunes femmes dans l'angoisse. Mme de Chevreuse se laissa tomber sur un tabouret et tendit la main à Floriane.

— Asseyez-vous près de moi, mon enfant. Je n'ai plus même la force de dire une prière tant je tremble à l'idée de ce qui se trame.

— Si au moins nous pouvions savoir, murmura Floriane en serrant fort les doigts de la duchesse.

Elles surent bientôt. Charles de Saint-Évy revint auprès d'elles leur annoncer la nouvelle : M. d'Ornano venait d'être arrêté !

Le cataclysme le plus effroyable s'abattant soudain sur le château n'eût pas causé plus grande panique que celle qui saisit les proches du maréchal en apprenant son infortune. Tout le monde se précipita vers les appartements du roi, mais personne ne put aller plus loin que la salle des gardes. Chacun essaya de savoir ce qui se passait derrière les portes closes où Louis XIII avait convoqué sa mère, Marie de Médicis, les princes et les ministres – à l'exception du cardinal de Richelieu qui résidait à Fleury –, et bien sûr Monsieur, pour leur faire part de sa décision. Quelle allait être l'entrevue des deux frères ? On eut beau tendre l'oreille, rien ne filtra de leur entretien.

Tous les courtisans, amis ou non de M. d'Ornano, avaient accouru et c'était un flux de questions, d'exclamations, d'apostrophes. L'arrestation s'étant faite en catimini, les suppositions les plus folles quant à ses causes, son déroulement et ses conséquences allaient bon train. Enfin, Gaston d'Anjou sortit de chez son frère encadré de deux de ses gentilshommes, le comte de Saint-Évy et le comte de Puylaurens.

Chacun put voir alors que le jeune prince était en larmes. Se rabattant sur les ministres, les curieux les soûlèrent de questions, se répétèrent leurs commentaires, coururent informer les autres, bref, brassèrent tant de vent que la tempête ne s'apaisa qu'au milieu de la nuit lorsque, enfin lassés de tant de discours, ils allèrent se coucher.

Chez Mme de Chevreuse, l'atmosphère était lourde d'angoisse et de deuil. Les beaux yeux aigue-marine de la Chevrette aux paupières rougies par les larmes reflétaient toute l'affliction du monde, affliction violemment partagée par la princesse de Condé et la comtesse de Soissons venues pleurer le désastre chez leur amie. Aucune ne le formulait à voix haute mais toutes avaient les mêmes visions : M. d'Ornano traîné en justice, un procès retentissant où des noms seraient immanquablement cités – et quels noms ! –, l'étendue du complot découverte, la hache du bourreau pour certains, l'exil pour d'autres, la fin de rêves grandioses et le triomphe d'un ministre abhorré.

— Hélas, hélas ! qu'allons-nous faire sans notre « bouclier » ? soupira Mme la princesse.

Tout le parti de l'aversion au mariage, privé de son arme la meilleure, allait-il s'écrouler sous les coups adverses ?

— Mais comment cela a-t-il pu se faire ? répétait la comtesse de Soissons.

N'osant quêter elles-mêmes de plus amples informations, elles durent attendre que Charles de Saint-Évy revînt leur conter par le menu comment les choses s'étaient déroulées.

En fait, la décision d'arrêter M. d'Ornano avait été prise assez récemment. Non que Richelieu n'y eût songé auparavant, mais il espérait toujours pouvoir fléchir le maréchal et éviter des remous fâcheux voire une franche agitation politique. Le roi, lui-même, ne souhaitait pas entrer en conflit avec son frère qu'il aimait malgré sa jalousie. C'est ainsi que quelques jours plus tôt, par l'entremise de M. de Fontenay-Mareuil, le cardinal avait promis au maréchal toutes les charges futures de la maison de Mlle de Montpensier s'il persuadait Gaston d'épouser cette dernière. M. d'Ornano avait alors déclaré laisser Monsieur libre de son choix. Le fait que l'on essayât d'acheter ses services le fortifiant dans la haute confiance qu'il avait de lui-même et de son pouvoir, il n'avait pas compris que son refus poli signait irrémédiablement sa perte. En ce soir funeste du lundi 4 mai, il s'était donc rendu, tout à fait sûr de lui, chez Louis XIII.

Celui-ci l'attendait dans son cabinet ovale, assis dans un gros fauteuil d'ébène, avec entre les mains une guitare ornée de rubans verts qu'il caressait lentement. Un air mélancolique et tendre accueillit le maréchal, achevant, si besoin était, de le rassurer tout à fait.

— Comment mon frère s'est-il comporté aujourd'hui à la chasse ? demanda le roi sans cesser de jouer.

— Le mieux du monde, Sire. Nous avons volé l'alouette et le cochevis en si grand nombre que nos émerillons n'ont pas su où donner du bec.

Amicale, la conversation se poursuivit un instant sur les mérites comparés de différents oiseaux de proie. Dans la cheminée de marbre noir et blanc se consumait une bûche. Il faisait bon dans la chambre aux dauphins d'or, aux volets fermés, sur lesquels se dessinaient, entrelacées parmi feuilles et fleurs, les initiales du roi Henri et de son épouse.

La guitare n'avait cessé d'égrener ses notes. Tout en jouant, le roi se leva enfin et se retira dans sa garde-robe, laissant M. d'Ornano si pénétré de la douceur de l'atmosphère qu'il ne vit pas tout de suite M. du Hallier qui venait d'entrer à son tour.

— De par le roi, monsieur le maréchal, j'ai ordre de vous arrêter. Veuillez me remettre votre épée, je vous prie.

Dire que M. d'Ornano fut surpris serait faible. Il eut l'air soudain de quelqu'un venant d'être projeté d'un autre monde, tombé de nues lointaines, complètement abasourdi par la chute.

— Mais je n'ai rien fait qui mérite ce traitement, balbutia-t-il. Je viens, à l'instant même de parler au roi. Sa Majesté ne m'a rien dit pouvant laisser prévoir ma disgrâce.

M. du Hallier eut une mine navrée.

— Je sais, vous faites votre devoir, soupira d'Ornano qui comprit vite qu'il n'avait qu'à se résigner. J'obéirai donc moi aussi à la volonté du roi.

Quelques instants plus tard, enfermé dans la chambre occupée jadis par le maréchal de Biron, il eut tout loisir de méditer sur la duplicité des grands, avant d'être conduit à Vincennes par un détachement de chevau-légers.

Gaston d'Anjou protesta en vain de l'innocence du maréchal, mettant en cause les malfaisants qui par leur médisance l'avaient discrédité auprès de son frère. Louis XIII, avec toute sa douceur, se contenta de calmer son chagrin et son indignation.

— Je vous aime, mais je vous assure que le maréchal est un méchant homme et qu'il voulait vous perdre.

— C'est faux, protesta Monsieur d'un ton farouche, le visage empreint d'un courroux presque enfantin. Soyez certain que si je découvre l'auteur des calomnies fatales à M. d'Ornano, je le tuerai et que je ferai en sorte que mes laquais lui mangent le cœur.

*

Sous les courtines de velours incarnadin, Mme de Chevreuse avait fini par s'endormir, tard dans la nuit, et Floriane, qu'elle avait priée de rester auprès d'elle et de partager son lit, l'avait imitée, brisée par une longue journée qui ne lui avait épargné aucune émotion.

Floriane n'ignorait pas quelles seraient les conséquences d'un procès ouvert contre le maréchal. Charles de Saint-Évy convaincu d'avoir pris part au complot, la duchesse compromise, elle se retrouverait seule, sans protection aucune ni sou vaillant, avec pour toute ressource un piteux retour auprès de sa tutrice, Alix de Montrouge. Envolés les rêves de gloire, de charges, d'honneurs ! Détruits aussi les beaux rêves d'amour ! Car, même si Artus lui pardonnait de s'être jouée de lui, pourrait-il s'allier, lui gentilhomme du roi, à la sœur, à l'amie de malchanceux accusés de traîtrise ?

Aussi, bien des larmes avaient roulé dans les boucles de couleur châtain et les boucles noires, imprégnant les oreillers de dentelle avant que les belles éplorées ne s'endorment. Pourtant, lorsque quelques heures plus tard les deux jeunes femmes ouvrirent les yeux, leurs visages étaient frais bien que soucieux. Une courte nuit de sommeil n'altère pas un minois de seize ans et, malgré dix années de plus, la duchesse était d'une beauté trop authentique pour en souffrir elle aussi. Une toilette raffinée et le plaisir d'être ensemble, de pouvoir donner libre cours à leur indignation comme à leur inquiétude, achevèrent de leur rendre tout leur allant. Ni l'une ni l'autre n'était de nature à longuement se lamenter.

Une matinée éclatante faisait de Fontainebleau une symphonie de couleurs vives et harmonieuses : bleu violacé des iris, écarlate des pivoines épanouies, blanc de la pierre, azur du ciel sur le fond de verdure des jardins et de la forêt, avec aussi les mille nuances des livrées, des habits, des robes et des uniformes dans les cours et les allées. L'air doux était aux jeux et aux ris. Hélas, les mauvaises nouvelles ne cessaient d'affluer.

Coup sur coup, on apprit que les deux frères de M. d'Ornano venaient d'être conduits à la Bastille, que Mme d'Ornano était elle-même tenue en résidence surveillée dans sa maison de Gentilly. Un à un, tous les familiers de la maison étaient frappés.

— À qui le tour ? gémit Puylaurens.

— Allons-nous rester à attendre, avec ce procès qui nous menace tous, tel Damoclès et son épée suspendue au-dessus de la tête ? demanda Mme de Chevreuse.

Elle avait recouvré toute sa vigueur et son esprit combatif. Autour d'elle était de nouveau réuni le petit groupe des conjurés.

— Il faut libérer d'Ornano, et vite !

— Mais comment ?

— Je réitère mon offre, lança le comte de Soissons. Je mets toujours à la disposition de Monsieur quatre cent mille écus s'il quitte la cour. Il lève des troupes et par la force nous anéantissons Richelieu et délivrons le prisonnier.

— Avant d'en arriver à cette extrémité, Monsieur devrait rencontrer le cardinal, proposa Mme la princesse. Protester, l'intimider, que sais-je ? Après tout, Richelieu n'est rien auprès d'un prince.

— En effet, il n'est rien ! rétorqua M. de Vendôme. C'est pour cela que nous n'avons que faire d'égards et de palabres. Nous saisir de lui par la force, au besoin le supprimer, voilà le parti à prendre. Bon Dieu ! Éliminons sans balancer cette bête puante !

La perspective n'était pas pour déplaire à la plupart des amis de Gaston d'Anjou. Ils connaissaient trop le naturel hésitant, timoré du jeune homme pour l'imaginer face à Richelieu et lui imposer ses volontés, alors qu'en fait, il en avait une peur bleue. Aussi le poussèrent-ils sans relâche à frapper un grand coup. Cependant, de discussions sans fin en projets bâtis puis abandonnés, le temps passa sans modifier quoi que ce fût.

Floriane, elle, resta à Fontainebleau contre l'avis de Charles qui voulait qu'elle rentrât à Paris et se tînt en dehors de leurs intrigues. Ce ne fut pas sans mal mais, heureusement soutenue par Mme de Chevreuse, elle obtint ce qu'elle voulait et s'installa chez la duchesse, partageant son lit si le duc n'y venait point. Dans l'autre cas, elle gagnait discrètement la garde-robe où elle avait un matelas près des deux femmes de chambre. À vrai dire, le duc de Chevreuse fit peu d'apparitions, l'intimité conjugale ayant beaucoup perdu des flammes des premières années. Un après-midi, elle accompagna la duchesse chez la reine qui l'accueillit avec bonté. Elle assista surtout aux débats toujours aussi passionnés qu'infructueux des adversaires du mariage de Monsieur, sans toutefois y participer, réservant ses réflexions pour Charles ou la duchesse.

— Monsieur saura-t-il tenir bon sans le maréchal à ses côtés pour le maintenir dans son refus ? demanda Floriane lorsqu'elles furent de retour dans l'appartement de la duchesse. Mon frère et ses amis ne lui parlent que de vengeance et d'action. Il manque d'un conseil plus ferme, plus mesuré. Ne croyez-vous pas ?

— J'y songe, justement.

— Cette nuit, vous irez rêver dans la garde-robe. J'ai une visite.

La Chevrette, en robe de chambre de satin à grandes ramures d'argent brodées au col et aux manches, jetait les effluves de son parfum de tubéreuse dont elle s'était généreusement aspergée.

Floriane fit la moue.

— Me voici donc en disgrâce. Pourtant, je croyais le duc à Paris pour deux jours.

— Il y est.

L'étonnement de Floriane la ravit.

— Aussi n'est-ce pas mon époux que je reçois ce soir mais mon amant [1]. Et ne faites pas cette mine. Ma parole, vous me rappelez mon confesseur qui roule toujours des yeux ronds en m'écoutant.

Mme de Chevreuse riait gaiement.

— Vous ne me demandez pas le nom de l'élu ? Non ? Eh bien, je vous le dirai tout de même, car j'ai confiance en vous. Il s'agit du comte de Chalais.

Le visage de Floriane s'assombrit. Ce nom évoquait pour elle des heures trop douloureuses pour lui être indifférent. La duchesse devina ses pensées et lui sourit avec gentillesse.

— Je sais, petite amie. Je comprends votre ressentiment. Mais maintenant que vous savez que le comte n'est pas tout à fait responsable de la disparition de M. de Pontgibault, ne pouvez-vous lui pardonner ? Il n'a agi qu'en homme d'honneur, trompé par un odieux mensonge, victime en quelque sorte.

Elle prit la main de la jeune fille.

— Si vous le connaissiez, vous ne pourriez que le trouver charmant. Il est séduisant, brave, plein d'esprit.

— Et il vous aime, soupira Floriane.

— Il est vrai que cela lui donne un attrait supplémentaire, admit la duchesse, avec un air languissant.

1. Au XVIIe siècle, ce mot était souvent employé dans le sens de « soupirant ».

— Vous… Lui… Avez-vous déjà… ?

La voix de Floriane s'était faite timide avec une pointe de chagrin qui n'échappa pas à la fine Chevrette.

— Rien, je n'ai rien accordé encore. Et ce n'est pas pour ce soir. M. de Chalais devra savoir me mériter. Vous vous souvenez de ce que vous m'avez dit, hier : Monsieur a besoin d'une présence conseillère.

— Pensez-vous que M. de Chalais puisse remplir ce rôle ?

— Il se pourrait. Allons, un sourire. Je n'aime pas vous voir triste.

— La croix… La croix sanglante…, murmura Floriane sans paraître remarquer l'air étonné de la duchesse. Prenez garde, madame, cet homme a offensé Dieu !

*

— À quoi songez-vous, Floriane ? demanda Antoine de Puylaurens.

Ils glissaient tous deux sur l'étang des Carpes, assis dans une petite embarcation peinte de rouge et de blanc. De grosses volutes dorées couraient en relief sur les flancs de la coque et se terminaient à la proue en un triton barbu. Floriane était assise à l'arrière sur la banquette de cuir, sa robe étalée en corolle jusqu'aux pieds du jeune homme qui ramait en douceur. Une brise matinale, assez fraîche, porteuse de toutes les senteurs vertes d'eau dormante et de vase, agitait la petite coiffe de dentelle posée en pointe sur ses cheveux. De la berge voisine, leur parvenaient les voix des jardiniers et le chant des oiseaux. Promptes comme des traits, les hirondelles rasaient l'étang où Floriane pouvait voir glisser les grosses carpes grises. Il faisait bon se laisser porter ainsi et goûter une sérénité bien rare depuis ces derniers jours.

La conversation qu'elle avait eue la veille avec Mme de Chevreuse lui avait rappelé Roger et les instants de bonheur qu'ils avaient connus ensemble, si fugitifs, deux mois à peine, vite engloutis dans le passé. Oui, elle avait revu en rêve Roger de Pontgibault ou, plutôt, son visage aussi beau, aussi pur que dans son souvenir, mais baigné de larmes et penché sur elle avec une tristesse et une tendresse infinies. « Floriane, pauvre Floriane », avait murmuré Roger qu'elle avait essayé de retenir mais qui avait fui ses mains tendues. Puis elle avait eu la vision d'un paysage inconnu, de bois, de montagnes et de torrents grondant sur des roches noires. « L'Auvergne, lui avait dit un jour le baron, évoquant son pays, est âpre et rugueuse, mais sa beauté saura vous retenir. » Cette nuit, elle en était certaine, elle avait tenté de l'y rejoindre, recherche solitaire, presque désespérée, qu'un rire avait interrompue. Elle s'était réveillée en pleurs bien avant l'aube. Près d'elle, les deux suivantes de la duchesse dormaient dans la plus grande quiétude. Ouatée, la garde-robe ne laissait filtrer aucun bruit. Ce rire, semblable à nul autre, elle l'avait donc rêvé lui aussi : Artus ne la laissait jamais longtemps en paix et venait la narguer jusqu'au fond de ses songes.

— Floriane, vous m'entendez ? À quoi pensez-vous ?

— À rien, rien de précis, répondit-elle, happant un filet d'eau dans le creux de sa main.

Pauvre Antoine qu'elle ignorait si franchement pour mieux ressasser ses pensées et ses amours perdues !

— Comme vous paraissez lointaine ! Vous n'avez pas répondu à ma question.

— Laquelle, cher ami ?

— Je vous demandais ce que vous pensiez du projet de M. de Vendôme. Devons-nous tenter un coup contre Richelieu ? Cela me plairait assez...

Floriane leva les yeux au ciel et soupira avec une grimace d'exaspération.

— De grâce, Antoine, laissons cela pour le moment. Je n'ai pas accepté cette promenade pour vous entendre rabâcher ce qui nous préoccupe tous du matin au soir. Parlons d'autre chose. De... De ce qu'il vous plaira...

— Floriane...

Antoine de Puylaurens avait cessé de ramer. Ses yeux bleus regardaient la jeune fille. Mieux : ils la détaillaient de la tête au bout de ses souliers de cuir rouge avec une expression qu'elle ne lui avait encore jamais vue. Stupéfaite, elle découvrait l'inclination de Puylaurens pour elle sans qu'il en eût dit un mot. Bien sûr, elle savait, depuis longtemps déjà, qu'elle lui plaisait. Mais, il y avait Charles. Il y avait toujours eu Charles, et les sentiments que Puylaurens éprouvait pour elle avaient été refrénés. Il s'en était tenu à une cour assez discrète, à un aimable badinage auxquels elle s'était accoutumée, mais aujourd'hui, tout autre était le penchant qu'il lui révélait.

Antoine se leva, enjamba la banquette du milieu et vint s'asseoir à côté d'elle. Ses doigts se refermèrent sur le poignet de Floriane et tout doucement il attira sa main encore mouillée, la fit glisser sur son visage. Un peu de sueur perlait à la racine de ses cheveux blonds.

— Que votre main est fraîche, murmura-t-il les yeux fermés sous la caresse.

— Antoine…, protesta-t-elle gentiment en cherchant à se libérer.

Mais le jeune homme la retint, il baisa le creux de sa paume, et en même temps, de l'autre bras, l'attira contre lui.

— Ne bougez pas et laissez-moi vous dire, pour une fois que nous sommes seuls, vous et moi : je vous aime. Vous le savez, et je sais bien, hélas, que je ne suis pas le seul. Il n'est pas un de nos amis qui ne soit amoureux de vous. Bois d'Ennemets, Moret, Brion…

— Voulez-vous vous taire ! Croyez-vous habile de m'énumérer mes galants ? se moqua Floriane qui avait laissé sa tête sur l'épaule du jeune homme.

— Habile, je ne le suis guère, admit-il. Et puis je vous sais bien gardée. Votre frère nous a tous prévenus : « Si l'un de vous touche à un seul de ses cheveux, il devra m'en rendre raison. »

— Il vous a dit cela ?

— Mot pour mot. Et Monsieur le soutient. Il ne veut pas de zizanie entre nous.

Ainsi, en plus d'un frère jaloux, un prince mettait son grain de sel ! De quoi se mêlait-il, celui-là ? Ne pouvaient-ils la laisser libre de son cœur ? Elle coula un regard à Puylaurens qui s'égratignait le menton sur sa coiffe.

— Vous bravez donc pour moi l'épée d'un ami et le courroux d'un maître ? Quel courage, cher Antoine !

Ses yeux pleins de malice démentaient son ton faussement admiratif. Ils se mirent à rire comme des espiègles qu'ils étaient tous deux, puis soudain, Puylaurens, se pencha et croqua la bouche qui riait si près de la sienne. Floriane accepta le baiser sans déplaisir mais sans répondre à la fougue qu'on y apportait.

— Assez de folie, Antoine. Rentrons maintenant, voulez-vous ?

Déçu, le jeune homme frappa du pied comme un enfant privé de confitures et le petit bateau se mit à osciller dangereusement.

— Antoine ! Vous êtes fou ! Cessez vos caprices et ramenez-moi.

— Vous ne m'aimez pas du tout ?

— Mais si ! Je vous aime beaucoup. Mais nous sommes ici au su et au vu de toute la cour. Voulez-vous me compromettre ?

— Non, vous ne m'aimez pas, répéta Puylaurens regagnant sa place.

— Allons… Un mot de plus et ma promenade sera gâchée, souffla-t-elle.

De mauvaise grâce, il s'essaya à lui sourire et le retour se fit dans un silence boudeur.

Ils n'avaient pas mis le pied dans la cour de la Fontaine qui bordait tout un côté de l'étang qu'elle sentit le sang lui venir au visage. Près de la statue d'Hercule encadrée de quatre thermes d'où jaillissait l'eau, se tenaient deux gentilshommes. L'un, brun, élégant, empanaché de bleu, portant un pourpoint en toile d'argent ouvert « à la négligence [1] » sur une camisole de satin

1. Façon de se vêtir, de parler, d'être, alors en vogue.

blanc, lui était tout à fait inconnu. Mais l'autre, de mise plus sobre, d'une taille au-dessus de la moyenne, s'était découvert à leur approche et les saluait bien bas, avec dans le regard une expression de cruelle moquerie qui lui déchira le cœur. Accrochée au bras de Puylaurens, elle passa près d'eux aussi raide qu'un tisonnier et répondit d'un petit signe de tête au salut d'Artus d'Ivreville.

— Oh, oh ! Joli tendron, apprécia François de Barradas, en suivant des yeux Floriane. Je ne connaissais pas un goût si sûr à cet écervelé de Puylaurens. Qui est-ce ?

Artus ne répondit pas. Le dos tourné, il s'était mis à jeter des cailloux dans l'étang, apparemment fort absorbé par les cercles qui se formaient et s'entremêlaient à la surface de l'eau.

— Est-elle aussi belle ? demanda Barradas.

— De qui parlez-vous ?

Le premier gentilhomme de la chambre du roi – le jeune homme en avait obtenu le titre en décembre dernier, titre assaisonné de quelques autres dont celui de lieutenant du roi en Champagne – se mit à rire.

— Pardi, de votre dernière amourette, chevalier ! Vous disparaissez plusieurs jours pour un motif inconnu et je vous vois revenir avec une tête à faire peur et les esprits embrumés. Ne me dites pas que vous faisiez pénitence ou, alors, avouez que c'était en compagnie de quelque séduisante pécheresse ayant autant de mal à s'amender que vous.

Le silence d'Artus fit exploser le bouillant Barradas :

— Quel sournois ! Rien ! Vous ne me livrez jamais rien de vous, à moi qui vous donne mon amitié sans calcul, qui ne vous cache rien de ma vie ! Vous êtes… Tenez, vous êtes un ingrat.

— François, François… ne vous fâchez pas ! Je vous ai déjà averti que votre caractère emporté vous jouerait un mauvais tour.

— Laissez mon caractère en paix. Il vaut le vôtre.

Comme toute la cour dont c'était le principal sujet de conversation, les deux gentilshommes commentaient l'arrestation du maréchal. L'agitation de Monsieur et de son entourage suscitait tout particulièrement leur ironie.

— Richelieu a lancé un beau coup de pied dans leur fourmilière. Les voyez-vous grouiller dans tous les sens ?

— Les insensés ! renchérit Artus en hochant la tête. Ils espèrent encore avoir le dernier mot, s'obstinent à ignorer la puissance du cardinal.

— Sa puissance..., sa puissance a des limites ! Je suis bien placé pour savoir que le roi n'est pas toujours en accord avec lui. Tenez, puisque nous parlions de Monsieur : Sa Majesté ne tient pas vraiment à le voir marié. Si son frère a un fils, c'en est fait de son pouvoir. Nous sommes plusieurs à critiquer ce projet. Tronson, Senneterre, pour ne citer qu'eux. Nous ne voudrions pas que le roi cède aux manigances de la reine mère qui a toujours agi contre son intérêt, et nous le lui avons dit.

— Prenez garde, Barradas !

— À quoi donc ? Vous ne partagez pas nos vues ?

— Si, bien sûr ! Je ne tiens pas davantage que vous à voir notre souverain amoindri. Mais au lieu de vous dresser imprudemment contre Richelieu et Marie de Médicis, employez-vous plutôt à rapprocher le roi de la reine.

Barradas haussa les épaules :

— Je ne l'en éloigne pas. Contrairement à ce que certaines calomnies laissent penser, je ne suis pas ennemi de la reine. Elle a joué de malchance avec toutes ses fausses couches et elle joue les imprudentes en continuant à fréquenter Mme de Chevreuse et ses amis. Qu'y puis-je ?

Artus d'Ivreville appuya une main amicale sur le bras de son compagnon.

— Rien, soupira-t-il. Aussi faites comme moi. J'obéis au roi, à lui seul, en essayant de satisfaire d'abord et toujours à l'honneur. Le roi est un être solitaire, mais il a le sens du bien, de la grandeur, du sacrifice. Imitons-le.

— Je sais, Artus, je sais…

L'élégant François de Barradas avait soudain l'air triste, comme si, tout à coup, ses années de jeunesse passées à la rude école de la cour l'accablaient de leur poids d'amertume, d'intrigues, de solitude. Se maintenir au faîte des honneurs lorsqu'on ne dépendait que de l'humeur de Louis XIII demandait un renoncement personnel que Barradas avait bien du mal à accepter.

— Ah, je vous envie, chevalier, dit-il en soupirant. Vous servez le roi sans doute. Mais vous êtes libre.

— On porte toujours des chaînes, quelles qu'elles soient, murmura Artus sombrement.

Puis, comme pour contredire cet aveu, il redressa la tête et lança son rire joyeux.

— Pardieu, ami, nous voilà bien moroses ! Après le dîner du roi, nous irons festoyer au village. Et à vos frais ! Nous avons tous deux nos chaînes, mais reconnaissez que les vôtres sont d'or.

— Si vous le vouliez, d'un mot je pourrais vous obtenir une charge, un…

— Non, coupa Artus. Je vous l'ai dit cent fois. Mon rôle de messager, mon indépendance me conviennent. Ne m'emmêlez pas dans vos ficelles.

— Vous êtes aujourd'hui d'une amabilité rare, marmonna Barradas qui aimait trop Artus pour se fâcher.

Ainsi il l'avait vue ! Elle en était certaine. Il l'avait vue ! Mais aussi, comment avait-elle pu être assez sotte pour se laisser embrasser au milieu d'un étang offert à tous les regards ? Et pourquoi avait-il fallu qu'Artus se trouvât justement là, dans cette cour de la Fontaine pratiquement toujours déserte le matin ? Floriane se serait battue au sang et par la même occasion aurait battu de la même manière Puylaurens qu'elle rendait responsable de sa légèreté et de sa malchance.

Elle avait tant espéré revoir Artus tout en redoutant la rencontre, pour se justifier, le convaincre, le reconquérir. Tout était gâché maintenant.

— À ce soir, chuchota Puylaurens à son oreille lorsqu'ils parvinrent à l'appartement de la duchesse, quémandant un autre baiser.

Furieuse, désespérée, Floriane lui opposa un refus farouche, et lui claqua la porte au nez.

*

Le grand prieur Alexandre de Vendôme, « le Cadet Pisseux » comme l'appelaient jadis ses frères dont Louis, avec qui il avait été élevé – Henri IV mêlant bâtards et enfants légitimes –, n'avait ni la prestance ni l'autorité de son frère César. Ce fut lui cependant qui mit un terme à toutes leurs hésitations et palabres stériles. Reprenant l'idée de son aîné, il exposa un plan qui, simple et redoutable à la fois, offrait toutes les chances de renverser la situation au bénéfice des conjurés.

Un petit groupe parmi les plus proches de Gaston d'Anjou, équipé en chasseurs, se rendrait au matin au château de Fleury, demanderait hospitalité et couvert pour Monsieur en annonçant son désir de s'y arrêter et d'y dîner au retour de la chasse. Le cardinal ne pouvait qu'accepter de leur ouvrir sa demeure. Et c'est là qu'ils devaient tous agir avec autant de promptitude que d'habileté. Sous un prétexte quelconque, il s'agissait de provoquer une querelle vite transformée en pugilat, au cours duquel il serait aisé de porter un coup fatal à Richelieu. Une lame perdue, en quelque sorte, dans un jeu de dagues et de coutelas.

Un enthousiasme unanime suivit la proposition du grand prieur. Tous s'exaltèrent à la pensée de répéter le geste historique et fatal de M. de Vitry et des autres qui jadis avaient abattu le Concini. Puylaurens, Saint-Évy, Marcheville, Brion, Maulevrier, tous applaudirent, frémissant déjà de courir sus au ministre abhorré. Parce qu'elle n'aimait pas les solutions extrêmes et surtout parce que le comte de Chalais assistait à la réunion, Floriane ne se joignit pas à l'élan général.

— Vous auriez dû vous en tenir au projet d'enlever Richelieu. Le sang versé ne vous mènera à rien de bon, dit-elle à Charles un peu plus tard, le voyant avec inquiétude approuver la violence de ses compagnons.

— C'est pourtant le seul moyen qui nous reste de donner à Monsieur la place qui lui revient et de sauver d'Ornano.

— Charles, laissons ces cabales et partons.

Son frère la regarda, autant surpris par la proposition que par le ton de lassitude assez rare chez elle.

— Ma pauvre sœurette, ne comprends-tu pas que j'agis par honneur et par conviction ? Partir ! Où ? Si quelqu'un doit partir, c'est bien toi pour attendre sagement à Paris que tout s'éclaircisse et s'achève enfin.

Sans se soucier des nuages gris qui ouataient le ciel, Floriane jeta un manteau sur ses épaules et sortit dans la cour Ovale. Elle parut déçue en constatant que le vent piquant et la pluie qui menaçait n'avaient pas découragé les courtisans, la cour Ovale étant leur point de rencontre favori. Toutes les nouvelles vraies ou fausses, intrigues, potins en tous genres y foisonnaient à l'envi. Abrités derrière la colonnade qui soutenait, sur toute la façade, le balcon du premier étage, ils étaient nombreux à attendre, en bavardant, les premières gouttes de pluie. Floriane décida d'aller plus loin chercher un peu de solitude.

En franchissant la porte du Baptistère, elle croisa un couple qui venait en sens inverse. La jeune femme, une blonde qu'elle ne connaissait pas, était appuyée familièrement au bras de son compagnon. Celui-ci semblait beaucoup s'amuser de ses propos.

En un éclair qui la brûla toute, Floriane découvrit la jalousie. Rassemblant ses jupes, elle se mit à courir en direction des parterres, fuyant Artus qu'elle venait de reconnaître, retenant sur ses lèvres le cri de son amour blessé. Elle courut droit devant elle, traversa les jardins sans les voir, contourna les cascades pour arriver au canal à bout de souffle.

Ses yeux glissèrent sur l'eau qui avait pris une couleur de plomb. Elle s'étonna de ne pas s'y jeter dans un beau geste de désespoir. Elle ne pleurait pas mais continuait à se meurtrir l'âme, ne pouvant effacer la terrible vision, écartelée entre la douleur et la rage.

— Comment a-t-il pu ? Comment a-t-il pu ? répétait-elle, figée au bord du canal.

Sur l'eau ridée par le vent, surgissaient, mêlées aux nuages qui s'y reflétaient, les images de leur passion, le visage d'Artus, les lèvres d'Artus, ses yeux qui ne voulaient plus d'elle. Une idée s'imposa tout à coup : fuir à l'instant même.

Comme elle faisait demi-tour, elle l'aperçut. Seul cette fois, il venait à sa rencontre. Sur son chapeau de castor noir, s'agitait un brin de plume rouge comme il aimait à les porter, note vive, insolente, toute à sa ressemblance. Il souriait, très à l'aise. Mourant d'envie de se jeter sur lui toutes griffes dehors, de lui hurler sa peine et sa colère, Floriane, froidement, répondit à son salut.

— Votre amie de tout à l'heure ne vous accompagne pas ? fit-elle, se maîtrisant avec peine.

— Mais où est donc passé M. de Puylaurens ? rétorqua Artus faisant mine de chercher autour d'eux.

Ah ! cette impudence avec laquelle il vous clouait le bec ! Ulcérée, car le coup avait porté, Floriane adopta le seul parti conforme à sa dignité. Haussant les épaules, redressant le menton, elle resserra son manteau et poursuivit son chemin.

Mais, apparemment, Ivreville ne comptait pas la lâcher si vite. Il lui emboîta le pas.

— Vous êtes comique, en vérité, avec vos airs de reine qu'on outrage ! Si l'un de nous deux doit se montrer offensé, ce n'est, je crois, pourtant pas vous.

Comme si elle refusait de l'entendre, elle continua à regarder droit devant elle, sans répondre. Il poursuivit :

— Ayez au moins l'honnêteté de reconnaître que vous avez agi de façon on ne peut plus inattendue envers moi et que j'ai toutes les raisons du monde de vous en vouloir. M'ayant condamné à une journée de sommeil, vous m'avez privé du plaisir de vous faire l'amour au moment même ou j'avais tout lieu de croire que vous en mouriez d'envie. Je savais les manières des femmes imprévisibles, mais à ce point ! Je ne cherche d'ailleurs aucune justification de votre part. Gardez donc vos secrets, je ne vous les reproche même pas, car les reproches je les adresserais plutôt à moi-même. Quel imbécile ai-je été !

Floriane obstinément gardait les lèvres closes, les yeux fixés au loin. Son mutisme ne découragea pas Artus.

— Parfaitement ! Un imbécile de croire à vos pudeurs de jeune fille, à vos airs d'innocence, à vos élans de passion ! De croire enfin à votre amour qui semblait totalement répondre au mien.

La voix d'Artus avait soudain perdu de son ironie détachée. Elle trahissait une émotion qui atteignit Floriane. Sans en avoir l'air, elle buvait ses paroles qui étaient des aveux. Hélas, son enchantement ne dura guère.

— Un simple geste a suffi pourtant à tuer en moi tout sentiment. Encore une fois, je ne vous demande donc pas vos raisons. Rien ne peut, en effet, justifier une traîtrise. Vous m'avez trahi, voilà tout !

Elle se retourna et chercha son regard. Ses yeux dorés se posèrent sur elle avec un détachement qui lui fit mal.

Pourquoi ne lui demandait-il pas la raison de son attitude ? Pourquoi l'accusait-il de trahison ? S'il l'aimait véritablement, il n'avait pas à douter d'elle !

— Écoutez…

— Non, ma chère. Je ne vous écoute plus. Réservez vos confidences pour d'autres. Pour M. de Puylaurens, par exemple…

— Mais il ne m'est rien, s'écria-t-elle.

— Pas plus que le baron de Pontgibault peut-être ?

Il vit qu'il avait fait mouche. Une subite rougeur avait envahi les joues de Floriane.

Alors, il lui prit le bras, approcha son visage d'elle avec l'expression d'un rapace griffant sa proie.

— Ne prétendez pas le contraire. Vous avez aimé Pontgibault !

Elle lui en voulut de toute son âme. Tant de jalousie et de reproches pour l'innocent baiser d'Antoine quand lui-même pouvait lutiner la première venue lui étaient tout à coup insupportables. Allait-elle renier Roger et ce qu'elle avait éprouvé pour lui alors qu'en même temps, elle regrettait la douceur et l'indulgence que le baron lui avait toujours témoignées ?

Excédée, persuadée qu'elle était victime d'une injustice, Floriane pensa qu'Artus méritait une leçon.

— Eh bien, oui ! Je l'ai aimé ! Je l'ai aimé ! cracha-t-elle, triomphant de voir que le beau visage pâlissait.

— Vous avez été sa maîtresse !

Ivreville, les traits défaits par la souffrance, avait dans les yeux des lueurs de folie meurtrière. Le désir mauvais de le pousser à bout, de rabaisser enfin l'orgueilleux insolent, fit perdre tout contrôle à Floriane.

— Oui ! Oui ! Je l'ai aimé ! Oui. Et je m'en glorifie !

Artus lâcha son bras. Sa pâleur avait quelque chose d'effrayant. Floriane s'attendit à un geste irrémédiable, qu'il la giflât ou encore qu'il l'étranglât, pourquoi pas ? Mais il n'en fut rien. Le jeune homme recouvra bien vite toute sa maîtrise de soi.

— C'est bon, Floriane. Adieu ! dit-il simplement.

Elle ne fit pas un geste pour le retenir et le regarda s'éloigner à grands pas, ravalant son amère victoire qui lui donnait envie de sangloter.

L'expédition pour Fleury était prévue pour le lendemain matin, très tôt. Charles vint trouver sa sœur dans la soirée et approuva sa décision de retourner rue Coquillière.

— Il vaut mieux en effet que tu t'éloignes de la cour tant que nous ignorons l'issue de notre entreprise. On ne sait jamais.

— Sois prudent, Charles, je t'en prie. Je n'ai désormais plus que toi.

Blottie contre son frère, elle tenta vainement de refouler ses larmes causées par un autre. Son abandon émut Saint-Évy.

— Ne pleure pas, sœurette. Nous réussirons.

— Ne me laisse pas sans nouvelles.

— Tu en auras. Je te le promets.

La duchesse ne posa aucune question au sujet de la décision de Floriane et ne tenta pas de l'en dissuader, son visage bouleversé en disant long sur la nature de son chagrin. Elle lui proposa sa voiture et une petite escorte pour l'accompagner à Paris le lendemain.

— L'amour saura un jour se montrer clément, murmura-t-elle en embrassant sa protégée avant de s'endormir.

Des voix étouffées venues de l'antichambre s'amplifiant jusqu'à devenir l'écho d'une véritable altercation, réveillèrent les deux jeunes femmes.

— Entendez-vous ? dit Mme de Chevreuse.

— Oui, il semble qu'on se querelle, acquiesça Floriane.

— C'est la voix de Ferrand. Après qui en a-t-il ?

Précisément, ledit Ferrand, valet de la duchesse, qui dormait la nuit sur une banquette de l'antichambre, entrebâillait la porte et jetait un coup d'œil vers le lit.

— Qu'est-ce donc que ce vacarme, Ferrand ?

— Madame, c'est un gentilhomme. Il prétend vouloir parler à…

Floriane étouffa un cri. Elle avait reconnu la haute stature et le fier maintien de celui qui attendait derrière la silhouette trapue du valet.

— Lui !

D'un bond, elle se leva, courut vers Artus qui tournait en rond dans la petite antichambre. Il s'arrêta lorsqu'il la vit apparaître, un rien enfantine dans sa longue chemise blanche. Sa grâce virginale n'eut pas l'air, pourtant, d'effleurer le jeune homme. Il ne laissa pas à Floriane le temps de s'étonner de sa visite, pour le moins inattendue après la scène qui les avait opposés l'après-midi même.

— Votre frère est-il à Fleury ? demanda-t-il sans autre préambule.

— Mais… Qui vous permet ?

— Je vous en prie ! L'heure n'est plus aux questions ni aux cachotteries. Je sais tout du complot et vous demande si votre frère y participe. Vous aussi devez être dans le secret.

Sous le choc de l'émotion Floriane s'assit sur une chaise.

— Comment… Comment…

— Est-il du complot, oui ou non ?

— Oui, murmura-t-elle, mais…

— Dans ce cas, j'y vais, déclara Artus qui s'apprêtait déjà à sortir.

— Attendez !

Elle s'élança et le retint par le bras.

— Expliquez-moi, monsieur, ce que signifie votre venue. Que voulez-vous à mon frère ? Je ne vous laisserai pas repartir tant que vous ne m'aurez pas dit…

— Allons, calmez-vous et écoutez-moi. Je connais le projet d'assassinat du cardinal : le repas de chasse organisé à Fleury, la provocation suivie d'un tumulte où quelqu'un enverrait Richelieu ad patres… Bref ! Je sais tout, vous dis-je, et le plus grave est que Richelieu sait, lui aussi.

Floriane resta anéantie.

— Que dites-vous ? Mais comment a-t-il appris ?

Artus d'Ivreville eut l'air de se moquer de sa stupeur.

— J'étais à Fleury, hier soir. Un message du roi à porter… Enfin, qu'importe ! Vers les onze heures, le cardinal a reçu une visite, celle de deux hommes pour être exact, bien renseignés sur ce qui se trame, puisque c'est d'eux que je tiens mes informations.

— Ces hommes, qui étaient-ils ? s'écria Floriane.

— Inutile de dire que Richelieu a aussitôt pris les dispositions nécessaires, fit-il sans répondre à la question.

— C'est terrible ce que vous dites là. Il ne faut en aucun cas que Charles se rende à Fleury. Je dois le prévenir, les autres aussi.

— Trop tard !

— Mon Dieu ! Mais quelle heure est-il donc ?

— Près de quatre heures. Le jour ne va pas tarder à venir.

— Quatre heures ! Vous me dites avoir entendu les mystérieux visiteurs du cardinal vers onze heures. Pourquoi avoir attendu tout ce temps pour venir me trouver ? Il fallait empêcher mon frère et ses amis de partir…

Artus se pencha et lui prit les mains.

— Écoutez-moi. Je m'étais juré de ne plus vous adresser la parole de ma vie. D'autre part, je me moque éperdument de Monsieur et de ses intrigues. Vos cabales, vos complots, je m'en amuserais s'ils n'étaient pas néfastes au roi et donc méprisables. Vous laisser récolter le fruit de vos trahisons à tous était tentant. Vous me pardonnerez d'avoir hésité, ma chère.

— Peut-on connaître ce qui vous a décidé à m'avertir ?

— Saint-Évy est une tête folle, comme les autres, mais il m'est sympathique. Et puis… il est votre frère.

— Artus ! souffla Floriane.

L'air distant que conservait le chevalier tout en la saluant avec une courtoisie affectée, le ton ironique de ses propos la retinrent de se laisser aller à l'attendrissement.

— Qu'allez-vous faire ? demanda-t-elle.

— Galoper jusqu'à Fleury, bien sûr, et prévenir vos amis qu'un détachement de soixante chevau-légers et autant de gentilshommes, tous envoyés par le roi et la reine mère, s'apprêtent à aller les surprendre.

— Le roi sait aussi ?

— Le cardinal m'a envoyé lui apprendre le danger qui le menaçait.

Floriane n'hésita pas une seconde.

— Je vous accompagne !

— Avez-vous perdu la tête ? Je n'ai nullement besoin de vous.

— Et moi je vous dis que je vous suivrai, répliqua-t-elle avec détermination. Vous ne m'en empêcherez pas !

Artus ne put se retenir de rire en voyant ses yeux flamboyer sous l'effet d'une ardeur juvénile irrésistible.

— Soit ! Venez ! Mais dans une autre tenue...

Elle traversa comme une flèche la chambre de Mme de Chevreuse et fila dans la garde-robe sans se soucier d'y réveiller les deux filles. Elle s'habilla à la va-vite d'un corps de cotte et d'une jupe, enfilés par-dessus sa chemise, et chaussa sans même mettre ses bas une petite paire de mules qui se trouvaient là. Dans sa poche, elle glissa sa bourse de mailles.

— Prenez au moins un manteau.

La Chevrette s'était levée.

— J'ai entendu M. d'Ivreville, chuchota-t-elle en couvrant les épaules de Floriane d'un manteau de velours noir. Vous avez raison de le suivre. Dieu fasse que vous n'arriviez pas trop tard !

*

Lancer son cheval dans le clair-obscur d'un jour qui se lève, s'imprégner jusqu'à l'ivresse de toutes les senteurs de la terre, entendre sur son passage les bêtes s'éveiller, surprendre leur course au détour d'un chemin, guetter à l'horizon les premiers rayons du soleil étaient des joies que Floriane avait souvent goûtées dans ses chevauchées matinales avec Vesper. L'aube était un moment privilégié qu'elle aimait. Qu'Artus fût auprès d'elle, en d'autres temps, l'eût comblée. Mais ce matin-là, en plus du souci d'arracher son frère et les autres à un dangereux guêpier, elle en voulait trop à Ivreville pour jouir de sa présence. Elle lui reprochait son orgueil, son ironie blessante, cette désinvolture qui faisait fi des sentiments les plus délicats. Elle lui reprochait aussi sa jalousie brutale pour Roger dont le souvenir n'appartenait qu'à elle, et ne lui pardonnait surtout pas la souffrance et l'humiliation ressenties sous la porte du Baptistère quand elle l'avait surpris au bras de cette fille. Et pourtant...

Pourtant, il était accouru à son aide alors que tout les avait séparés. Il défendait une cause qui n'était pas la sienne uniquement pour elle, qui lui avait cependant fait l'aveu impardonnable d'en avoir aimé un autre.

Le court trajet [1] qui menait à Fleury se fit, de part et d'autre, dans le silence le plus complet et, quand ils arrivèrent, il faisait tout à fait jour.

À Fleury, Richelieu habitait une grande demeure de brique et de pierre mise à sa disposition par son propriétaire, Nicolas Clausse, lorsque le roi résidait à Fontainebleau. Une cour immense, entourée de vastes communs, ouvrait sur la route par un grand portail frappé d'un saint Michel en pierre. Flanqué d'une grosse tour blanche surmontée d'un clocheton, c'était un château magnifique se mirant paisiblement dans les douves qui le cernaient. Les deux cavaliers passèrent leur chemin sans s'arrêter mais non sans avoir remarqué des chevaux sellés groupés autour d'un abreuvoir. Quelques mètres plus loin, Artus tourna à gauche. Lorsqu'ils eurent dépassé un groupe de maisonnettes et furent parvenus au pied de l'église, ils mirent pied à terre et se dissimulèrent derrière un buisson. Le château était à deux pas.

— Avez-vous vu les chevaux ? chuchota Floriane, reprenant haleine. Ce sont les leurs certainement. Comment les prévenir ?

— Sûrement pas en s'annonçant à découvert. Vous, vous êtes censée tout ignorer. Moi... n'oubliez pas que j'appartiens au camp adverse.

Artus, tout en parlant, inspectait attentivement les environs. La route restait déserte. Tout paraissait calme. Des pigeons, perchés sur le toit de l'église, s'envolèrent tout à coup jusqu'au clocheton.

— Les gardes du roi et les gens de la reine mère ne sont pas encore arrivés, mais ils ne tarderont pas.

1. Environ treize kilomètres séparent Fleury de Fontainebleau.

— Que faire ? dit-elle tout bas, les yeux anxieusement fixés sur la demeure où le drame allait peut-être se jouer d'un instant à l'autre.

Une cloche sonna juste au-dessus d'eux. Trois femmes, vêtues de futaine noire et brune et coiffées de toile bise, sortirent du château et vinrent dans leur direction. C'était le premier office du jour.

— Si nous pouvions attirer l'attention de l'une d'elles, peut-être pour un peu d'argent pourrait-elle nous aider ? marmonna Artus comme se parlant à lui-même.

— J'ai une idée, proposa Floriane. J'entre à l'église. J'essaie discrètement de faire signe à quelqu'un et lui demande d'aller tout aussi discrètement prévenir l'un des gentilshommes du duc d'Anjou qu'une dame l'attend ici. Qu'en pensez-vous ?

— C'est à risquer… Mais je peux aussi bien le faire moi-même. Inutile de vous montrer.

— Vous avez fait assez pour nous, monsieur ! Ne vous compromettez pas davantage. J'y vais.

Il n'eut pas le temps de la retenir. Elle fit rapidement le tour de l'église et, rabattant son capuchon sur la tête, franchit résolument l'entrée. L'intérieur heureusement était assez obscur pour que l'assistance, quelques villageois et domestiques qui écoutaient le sermon, ne la remarque pas. Ayant avisé une gamine d'environ douze ans, assise à l'écart des autres, elle attira son attention. L'enfant parut surprise, hésita puis finalement vint rejoindre Floriane qui l'entraîna au-dehors.

— Dis-moi, dit-elle avec douceur, le cardinal a des visites ce matin ?

La petite hocha la tête.

— Que font ces gens ?

Un haussement d'épaules fut la seule réponse.

— Si tu veux gagner cette pièce d'argent, tu dois m'aider. Peux-tu retourner au château et dire à l'un des visiteurs que je désire lui parler ?

La gamine opina :

— Lequel ?

Floriane hésita à donner un nom :

— Celui que tu voudras. Tu en choisis un et tu me l'amènes ici. Mais attention ! Ne parle à nul autre. Un seul suffira. Et prends garde à n'être remarquée de personne. As-tu compris ?

Il semblait que oui. La gamine avait l'air éveillé et lorgnait la pièce qui brillait aux doigts de la belle inconnue. Elle fila au château et Floriane rejoignit Artus à l'abri du buisson. L'attente ne fut pas longue. Ils virent revenir la petite accompagnée d'un gentilhomme en qui Floriane reconnut tout de suite Bois d'Ennemets.

— Par ici, hep !

Le jeune homme vit avec surprise la tête de Floriane dépasser à peine le mur de l'église et son bras s'agiter dans sa direction.

— Vous ! Mon Dieu, que se passe-t-il ?

La jeune servante ayant reçu sa récompense et de nouvelles recommandations de silence et de discrétion, Floriane entraîna Bois d'Ennemets vers Artus. Connaissant Ivreville et la place qu'il occupait au service du roi, le jeune homme eut un bref mouvement d'hésitation.

— Que se passe-t-il ?..., répéta-t-il, se tournant vers Floriane.

— Je vous expliquerai tout plus tard. Pour l'instant, retournez vite auprès de vos amis. Dites-leur que tout est perdu. Le cardinal connaît tout du complot, le roi aussi. Un détachement de chevau-légers va incessamment arriver pour le protéger et vous arrêter.

— Nous arrêter ! Et pourquoi ? Nous n'avons rien fait de répréhensible. Le cardinal a volontiers accepté de nous prêter sa maison où nous préparons la venue de Monsieur et le repas qu'il prendra tout à l'heure en rentrant de la chasse. Où est le crime ?

Artus d'Ivreville intervint à son tour :

— Monsieur, gardez votre fable pour d'autres et ne vous mettez pas en peine pour moi. Vous avez été trahis. Je n'ignore rien de vos projets. Je sais que ces préparatifs ne sont qu'une habile mise en scène, que Monsieur ne viendra pas et que vous

vous apprêtez tout bonnement à occire accidentellement le cardinal sous couvert d'une rixe.

— Monsieur…

— Faites confiance au chevalier, intervint Floriane sentant Bois d'Ennemets encore sur la réserve.

— Regardez ! fit Artus en tendant le doigt.

À travers les arbres, des cavaliers en uniformes se postaient de part et d'autre du portail d'entrée, du côté de la route.

— Si je peux vous convaincre de déguerpir en vitesse, sachez qu'il va en arriver bien d'autres et qu'eux n'attendront pas que vous ayez frappé Richelieu pour vous faire prisonniers. Ils ont ordre de vous arrêter dès que le cardinal en donnera le signal. Croyez-moi : il a bien préparé sa défense. Le renard sait éviter les pièges.

— Je… monsieur, j'ignore les raisons qui vous font agir ainsi, mais croyez à ma profonde gratitude. Si, un jour, je peux vous être de quelque utilité…

Artus l'interrompit :

— Vous m'obligeriez en ne soufflant mot de mon rôle dans cette affaire : oubliez mon nom et mon intervention.

Bois d'Ennemets s'inclina :

— Vous avez ma parole. Je n'ai vu ni vous ni Mlle de Saint-Évy.

— Pas question, bien sûr, de sortir par le portail. Prenez vos chevaux et galopez vers la forêt en contournant le château. Le temps qu'ils reviennent tous de leur surprise, vous serez loin.

Bois d'Ennemets salua une fois encore.

— Faites vite ! supplia Floriane en le remerciant d'un sourire. Et que Dieu vous garde !

Le jeune homme les quitta aussitôt et tous deux se remirent à guetter l'évolution de la situation. Maintenant, ils entendaient très distinctement des bruits sourds de sabots sur la route.

— Je pense que le cardinal ne va pas tarder à donner le signal. Que font-ils donc, Bon Dieu ! Ils vont se faire prendre comme des rats.

Au même moment, une poignée d'hommes qui sortaient du château traversèrent à toute allure la cour d'honneur et le pont de pierre qui enjambait les douves. Une main sur leur chapeau, l'autre retenant leur épée, ils s'élancèrent vers leurs chevaux qu'ils enfourchèrent en voltige. Les premiers gardes alertés par la galopade surgirent dans la cour, mais il était trop tard : les conjurés gagnaient déjà le couvert des arbres.

Floriane avait suivi toute la scène le cœur battant, essayant de reconnaître Charles parmi les fuyards. Maintenant qu'ils étaient hors d'atteinte, elle poussa un profond soupir et regarda Artus : ses yeux dorés brillaient sous son chapeau de castor. Bras croisés sur la poitrine, il étirait sa moustache d'un sourire narquois.

— Belle envolée de moineaux !

Elle reconnut que cette fuite manquait de gloire, mais ce commentaire moqueur la blessa, pour son frère, pour elle-même. Un profond découragement la saisit devant les échecs répétés de leur parti.

— Regardez, le cardinal sort de chez lui, fit Artus. Le roi l'attend, je le sais. Que l'on mijote de tuer son ministre l'a beaucoup affecté.

Un carrosse s'était en effet avancé jusqu'à la porte où était apparu Richelieu entouré de secrétaires et de pages vêtus de la livrée écarlate. Le capitaine des gardes donnait des ordres à ses hommes qui formèrent une haie de chaque côté de la voiture. Floriane assista au départ, consciente plus que jamais de la puissance d'un homme dont elle-même et les siens avaient tout à redouter.

— Vous avez parlé de trahison à M. du Bois d'Ennemets. Qui est venu informer le cardinal ?

— Connaissez-vous le commandeur de Valençay ?

— Non. Ah, oui, peut-être l'ai-je déjà rencontré, en effet…

— C'était l'un des visiteurs d'hier au soir. Et vous comprendrez mieux lorsque vous saurez que celui qui l'accompagnait n'était autre que son neveu, notre sémillant grand maître de la garde-robe.

— M. de Chalais ! s'exclama Floriane.

— Lui-même ! Il a eu la langue un peu longue, pour vos intérêts, en allant raconter vos projets au commandeur. Celui-ci, qui est tout dévoué à Richelieu, a fait honte à notre étourneau : « Comment, vous, un serviteur du roi, attenter à la vie de son conseiller ? »… Vous imaginez la scène : Chalais tout penaud, poussé par le commandeur jusque devant Richelieu, a dû tout avouer.

— Le traître ! Ah ! Le traître ! Je l'ai su dès le premier jour : cet homme-là devait porter malheur.

Entouré de sa brillante escorte, le carrosse avait pris la route de Fontainebleau et Fleury avait retrouvé le charme tranquille d'une résidence de campagne. Plus de cavaliers, plus de gardes : un troupeau de vaches piétinait maintenant la poussière du chemin qu'avaient soulevée les chevaux.

Quittant le village sans se faire remarquer, les deux jeunes gens s'engagèrent dans un petit sentier forestier et laissèrent trotter leurs montures à leur guise. Floriane suivait Artus sans prendre garde où ils allaient tant son esprit bouillonnait d'indignation, de déception aussi, de lassitude et de dégoût.

— Artus !

Le jeune homme ne parut pas entendre. Il ne se retourna pas.

— Artus ! Soyez du fond du cœur remercié pour ce que vous venez de faire. Je n'oublierai jamais.

Toujours sans répondre, le chevalier poursuivit son chemin pendant quelques minutes, laissant Floriane toute décontenancée. Enfin, il s'arrêta, mit pied à terre, lia la bride de son cheval à un tronc d'arbre, invita la jeune fille à descendre à son tour. Ils se trouvaient dans une petite clairière entourée de bouleaux et de châtaigniers, dont le sol sablonneux se tapissait de bruyère et de mousse.

— Floriane, je ne veux pas de vos remerciements ! C'est d'ailleurs la dernière fois que je me mêle de vos affaires. J'espère que vous avez compris, vous-même et vos amis, que vous jouez là une partie dangereuse et inutile et que vous saurez désormais vous montrer plus sensés.

Floriane cueillit une branche et entreprit de l'effeuiller :

— Sans doute avez-vous raison. Oui, nous avons agi un peu à tort et à travers, luttant contre un ennemi qu'il est impossible d'abattre. En fait, la plupart d'entre nous se sont lancés aveuglément dans ce complot comme dans une folle partie de plaisir servant de pions aux grands personnages qui ont mené le jeu. Je ne parle pas de Monsieur, c'est un charmant étourdi, ni de Mme de Chevreuse. Elle seule a agi sans ambition personnelle, uniquement par amitié pour la reine, heureuse de pouvoir éliminer le cardinal.

Elle rejeta la branche dépouillée :

— Je vous remercie, une fois encore.

Artus s'approcha d'elle, un étrange sourire aux lèvres :

— Vous me remerciez comment ?

— … Artus, non !

Ivreville l'avait prise dans ses bras et cherchait sa bouche.

— Mais cessez donc !…

Il n'en fut rien. Le chevalier parvint à écraser ses lèvres d'un baiser brutal qu'elle ne put éviter.

— Vous êtes fou ! s'écria-t-elle réussissant à se dégager un peu. Vos façons…

Il lui renversa la tête en arrière, la regarda au fond des yeux avec une rudesse qu'elle ne lui connaissait pas.

— Mes façons ! ricana-t-il. Elles sont ce qu'elles auraient toujours dû être. La douceur ne m'a guère réussi avec vous. Foin des palabres et des préliminaires ! Passons aux actes, ma belle, sans plus attendre.

Elle tenta en vain de le repousser. Sans ménagement, il l'avait couchée sous les arbres et, étendu sur elle, entreprenait de découvrir ses jambes.

— Non, Artus, implora-t-elle. Pas maintenant. Pas comme cela !

— Et comment s'y prenait Pontgibault ? gronda-t-il, meurtrissant son cou de baisers rageurs.

Il releva sa jupe et sa chemise, dévoila ses cuisses blanches et douces, les entrouvrit du genou, prit possession du duvet noir. Cessant de lutter, Floriane se laissa prendre comme on se laisse aller au désespoir, avec déchirement et révolte, mais non sans éprouver une volupté résignée. Il était trop tard pour faire comprendre à Artus qu'il se trompait, qu'il gâchait à tort un don précieux. Mais reconnaissant en même temps combien elle était, elle aussi, fautive, partagée entre son inclination et son ressentiment, elle s'abandonna malgré elle à son désir.

Artus avait fini par la déshabiller entièrement, et certain cette fois de posséder son corps tant convoité, il pénétra en elle avec l'ardeur victorieuse d'un soldat à la picorée. Un cri accompagna le sien, mais celui de Floriane n'exprimait que douleur. Sous l'effet conjugué de la surprise et de la confusion, Artus s'immobilisa sur elle.

— Floriane, mon amour, je croyais…

Elle s'était mise à sangloter.

— Vous avez tout gâché, gémit-elle.

— Mais vous m'aviez dit… je pensais… Oh ! mon ange, mon doux ange, je ne suis qu'une brute.

Désemparé soudain devant tant de chagrin et de jeunesse, il ne savait plus que dire ni faire. Maladroitement, il effleura d'une main les joues de Floriane, essuya ses larmes sous des baisers. La souffrance qu'il venait involontairement de lui infliger le perçait jusqu'à l'âme. Bouleversé, il découvrait avec bonheur qu'elle ne l'avait jamais trahi, que ses aveux n'avaient été qu'enfantines bravades.

— Floriane, mon amour, je t'aime, souffla-t-il, esquissant un sourire contrit.

Sentant son désir renaître, il reprit alors possession d'elle, avec cette fois d'infinies précautions. Tout doucement, puis à un rythme accru et régulier, il l'obligea fougueusement à le rejoindre peu à peu.

C'est donc cela, pensa-t-elle, recevoir un homme en soi, s'étonnant, la fulgurante douleur passée, qu'il fut si simple de s'unir à un autre.

La forêt, avec ses odeurs, ses chants d'oiseaux, paraissait s'entrouvrir et vouloir les happer tous deux dans ses profondeurs mystérieuses. Il aurait été si facile à Floriane de se laisser entraîner par la houle voluptueuse qui déferlait en elle.

Dans un dernier sursaut d'orgueil et de rancune, elle s'y refusa pourtant, luttant de toute sa volonté contre la félicité que lui offrait Artus, et le laissa seul se fondre dans le plaisir.

Tenant la jeune fille étroitement enlacée, il ne tarda pas à s'endormir, vaincu par la fatigue d'une nuit sans sommeil et ses dernières émotions amoureuses. Lorsque son étreinte se fut un peu relâchée, Floriane se libéra, doucement et, les larmes aux yeux, le contempla longtemps. Fallait-il oublier leur querelle et tout recommencer ? Mais voyant Artus dormir avec l'innocence d'un enfant, elle s'écarta soudain de lui, reprise à nouveau par sa révolte. Plus que jamais elle se sentait blessée, frustrée, meurtrie. Faisant glisser lentement le manteau qui les enveloppait, elle se dégagea et se rhabilla à la hâte.

La tête vide, le cœur en désarroi, elle détacha sa monture sans bruit, guida la bête sous les branches, sauta en selle et disparut sans se retourner.

*

Il n'était pas midi lorsque Floriane entra dans l'auberge de la Bannière de France. Elle s'assit près d'une fenêtre, dans le coin le plus reculé, le dos tourné à la salle. L'air sentait l'ail, le beurre, les viandes rôties et le pain chaud, avec aussi les souffles frais d'une cave vineuse dont la porte s'ouvrait sous un escalier de bois.

Malgré toutes ces invites gourmandes, Floriane se contenta de commander un simple bouillon. Elle réclama plume et papier, rédigea un court billet à la duchesse pour la rassurer sur l'heureuse issue de l'aventure du matin et lui confirmer son prochain retour à Paris. Elle écrivit ensuite un mot à la Musette, lui disant qu'elle l'attendait à l'auberge avec la voiture et les bagages. Un valet partit avec les deux messages à Fontainebleau.

« Fasse le Ciel que la Musette ne traîne pas ! » se dit-elle avec un soupir.

Elle se sentait lasse, à la dérive. Artus… Une folle envie de le rejoindre la tarauda un instant mais toujours le même et vain orgueil la retint. Elle resta donc postée derrière la fenêtre à guetter fébrilement l'arrivée du musicien.

Dans un superbe fracas, le carrosse peint de rouge sombre aux armes des Rohan et Chevreuse envahit la cour, suivi de trois valets à cheval. Juché auprès du cocher, Jean la Musette fit un joyeux signe de la main en apercevant Floriane et sauta lourdement à terre.

— Emmène-moi vite, Jean, je n'en puis plus.

Il vit son air égaré, son visage meurtri par la fatigue et les larmes. Plus ému qu'il ne l'aurait pensé, mais ignorant la cause de son chagrin, il l'aida à monter en voiture.

Épris de sa maîtresse, Jean la Musette ? Et quand bien même ? La nature l'avait ainsi fait que l'amour chez lui ne pouvait être qu'un trouble du cœur. Pas davantage. Il n'en servait que mieux sa jeune demoiselle.

Que d'émotions, de cris de joie, de larmes, rue Coquillière, au retour de Floriane ! Ermelinde Frumence, la serrant sur son cœur, ne sut que balbutier des « madame ma mie » et essuyer ses gros yeux bleus. Les filles de cuisine étaient toutes sorties dans la cour. Macloud que Charles avait chassé pour le punir de s'être laissé enivrer pendant que se volatilisaient carrosse et maîtresse, les deux laquais congédiés également pour leur négligence, mystérieusement avertis de son arrivée, étaient accourus aussitôt pour réclamer le pardon de Floriane, tandis qu'une Toinon amaigrie, jaunasse et sanglotante, s'abattait à ses pieds, incapable de proférer un seul mot. On pardonna à tous et chacun retrouva sa place dans un concert de louanges et de serments indéfectibles. La Musette, présenté et bientôt adopté, acheva de réjouir toute la maisonnée en déployant habilement ses talents appréciés de joueur de flûte.

Qu'il était bon de se retrouver chez soi ! La chambre bleue de Floriane l'attendait, calme et douillette. Elle aurait voulu se couler bien vite dans ses draps, et, derrière les rideaux tirés, revivre, les yeux clos, ces jours de folie en pleurant tout à son aise. Mais Ermelinde et Toinon ne l'entendirent pas ainsi. Elles exigeaient « toute la vérité », et force fut à Floriane de satisfaire – en partie – leur curiosité, y mettant toutefois deux conditions : que Toinon séchât définitivement ses larmes et que la bonne Frumence gardât pour elles les flots de reproches qu'elle commençait à débiter.

*

— Vous êtes un jean-foutre !

Gaston d'Anjou mit dans ce cri tout ce que son cœur contenait de rancœur, de haine, d'humiliations ravalées, de crainte et de bravade, de dépit et de stupeur.

Monsieur s'éveillait à peine, lorsque la porte de sa chambre s'était ouverte sous la pression d'une longue main éburnéenne. Un léger bruit de soie avait traversé la pièce et s'était arrêté près du lit. Son œil encore lourd de sommeil s'était alors arrondi de surprise. Légèrement incliné, présentant toutes les marques de respect appropriées, le cardinal de Richelieu tendait la chemise au prince, comme le voulait l'étiquette.

— Combien je regrette que Votre Altesse ne m'ait pas averti plus tôt de cette flatteuse visite à Fleury. J'aurais pu ainsi préparer ma maison à l'avance.

Et devant le jeune homme pantois, le redoutable comédien avait poursuivi :

— Vos amis l'ont sans aucun doute trouvée indigne de vous recevoir puisqu'ils en sont partis. Assez précipitamment, dois-je dire. Vous m'en voyez navré.

Ses airs de chattemite ne trompaient point. S'il n'avait pu deviner ce qui s'était passé à Fleury, Gaston d'Anjou avait compris tout de suite que le cardinal avait éventé la mèche et que, par sa présence, il était venu le narguer.

— Vous êtes un jean-foutre ! répéta-t-il rageur.

Ce fut son unique et dernier sursaut de révolte ouverte. Mais pour qui connaissait la timidité maladive qu'il éprouvait en face de Richelieu, cette injure, à première vue puérile et dérisoire, relevait au contraire de la plus grande témérité.

L'affaire prenait des proportions effarantes. À telle enseigne que le grand prieur de Vendôme, nullement découragé par un premier échec, avait même, paraît-il, tenté d'enlever Richelieu qui, une fois encore prévenu à temps, avait emprunté une autre route. Ne disait-on pas aussi que le gouverneur de Lyon, M. d'Alincourt, avait toutes les preuves d'un projet d'assassinat sur la personne du cardinal ? Bouleversé, Louis XIII ne s'en était senti que plus solidaire encore de son ministre qui n'avait pas manqué de venir hautement protester auprès de lui et de la reine mère, sortant grandi des pièges auxquels il venait d'échapper. Louis lui avait bien sûr renouvelé sa protection et assuré de sa fidélité. Marie de Médicis, plus que jamais, le comblait de sa bienveillance. Restait maintenant à morigéner Monsieur sans faiblesse.

Ce fut chose faite le 31 mai, jour de Pentecôte, au château que Richelieu possédait à Limours, lors d'une réunion grandiose. Gaston d'Anjou, tel un petit garçon coupable, comparut devant sa mère, son frère et le cardinal, essuya leurs remontrances, écouta leurs bons conseils, avoua ses fautes et promit sur les saints Évangiles tout ce qu'on voulut, s'en remettant à Louis pour que fût bien traité M. d'Ornano.

« Moi, Gaston d'Anjou, frère du Roi, reconnais les mauvais desseins de ceux qui en mon nom ont voulu troubler l'État. Je déclare promettre de mourir plutôt que de suivre leurs conseils et en même temps de révéler tous les faits qui viendraient à ma connaissance, capables de troubler la paix de l'État. De plus, j'affectionnerai tous ceux que Sa Majesté honorera de sa confiance. »

Il s'appliqua en signant ce bel engagement fraternel, avec la contrition d'un gamin à la fois penaud et impatient de courir retrouver ses plaisirs. En fait, la réconciliation n'était qu'apparence, le repentir qu'une façade. Plus enragée que jamais, la cabale avait en effet repris.

L'arrestation de M. d'Ornano avait laissé Mme de Chevreuse seule âme réelle du parti de « l'aversion » au mariage. Mais son but maintenant était double puisqu'il lui fallait venir en aide au maréchal. Une femme, fût-elle l'admirable, l'incomparable Chevrette, ne pouvait agir que derrière de mâles épaules. M. de Chalais lui avait paru être l'homme ayant assez d'influence et de persuasion pour conseiller Monsieur. Aussi, le rôle qu'il avait tenu lors du complot de Fleury lui semblait-il non pas une trahison – elle l'en jugeait bien incapable –, mais une légèreté dont elle s'accusait elle-même, ne lui ayant pas jusqu'ici témoigné toute l'attention et la confiance que ses sentiments méritaient, ne l'ayant pas suffisamment non plus intéressé au parti de la reine qu'elle avait choisi avec tant d'ardeur. Persuadée, en outre, qu'il était habile de faire tenir un premier rôle à un homme dont le cardinal n'avait nulle raison de se défier, elle avait donc décidé de s'attacher solidement le jeune homme en utilisant le plus sûr des moyens : lançant ses rets de sa ferme et jolie main, elle les avait refermés sur un amoureux dévotieux, prêt à tout pour conserver le bonheur qu'elle lui avait offert un après-midi lumineux de la fin de mai, dans sa propre chambre.

Lorsque Floriane apprit que, non content de recevoir son pardon, le comte s'était vu octroyer l'ultime faveur, elle osa clamer son indignation :

— Cet homme n'est digne ni de votre amour ni de votre confiance !

Mme de Chevreuse ne s'offusqua pas du reproche. Au contraire, elle sourit avec indulgence à l'audace de sa jeune amie dont les yeux clairs étincelaient.

— Nous pouvons faire confiance à M. de Chalais. Outre les promesses qu'il m'a tenues, ses intérêts rejoignent les nôtres. La charge qu'il occupe l'ennuie. Il voit plus grand et brigue la fonction de maître général de la cavalerie que Richelieu s'obstine à lui refuser. Et puis, il est Talleyrand-Périgord, ne l'oubliez pas ! ajouta-t-elle avec morgue, comme si l'appartenance à une maison illustre excluait toute fourberie. Et sa mère est une Montluc. Allons ! Faites bonne mine à M. de Chalais, je vous le demande.

Mais Floriane eut beau s'appliquer, la vue du comte, aussi séduisant fût-il, déployant tout son charme envers elle, évoquait de trop pénibles images et ne lui inspirait que malaise. Aussi évitait-elle le plus possible de le rencontrer tout comme son ami Louvigny qui ne le quittait guère. Intéressant contraste que présentaient les deux inséparables : le premier, blond, brillant, élégant ; l'autre, petit, brun de poil et de peau, habillé de quatre sous, comme un gueux de grand chemin. De toute manière, elle n'aimait ni la suffisance de l'un, ni les regards appuyés que lui lançait l'autre, et seule son amitié pour la duchesse la contraignait à la plus élémentaire des politesses.

Sur ces entrefaites, le roi quitta Paris et toute la cour, suivit. Inquiet de la superbe grandissante de ses frères Vendôme et de leurs menées, Louis avait en effet décidé de se rendre chez eux et de réunir à Nantes les États de Bretagne, la Bretagne si proche, trop proche de l'Angleterre et toujours sur le qui-vive, voisine de La Rochelle où César de Vendôme cachait à peine ses intentions de s'appuyer sur les protestants.

Exclue du voyage, auquel Charles, lui, était convié, Floriane se désespérait. Aucune invitation n'était venue la tirer de son exil, encore moins supportable depuis Fontainebleau où elle avait goûté, bien qu'invitée clandestine, aux vanités subtiles de la cour. Déchirée nuit et jour par l'obsédant désir de retrouver Artus, mais refusant toujours de faire elle-même le premier pas, elle n'attendait qu'un signe de lui pour aller se jeter dans ses bras.

Aussi sa déception se changeait-elle en rage, tournée contre Charles qui affichait son soulagement de la voir rester en dehors des cabales, et contre la perfide Ermelinde qui, pour une fois, approuvait le jeune homme. Les amitiés comme les amours, les honneurs comme les amitiés, tout s'offrait à Floriane pour mieux se dérober.

Jamais pourtant, mieux qu'en ce resplendissant printemps, Paris n'avait été nimbé d'une telle lumière azur et or aux couleurs des rois. On oubliait les ruelles étroites et crottées de certains quartiers, le fumet de ses rigoles, l'encombrement des rues, les cris et l'insolence des passants, pour n'admirer que les vastes perspectives de ses cours, de ses jardins, les façades blondes de soleil des hôtels entrevus derrière les portes cochères, pour suivre du regard un beau visage furtivement entrevu derrière les rideaux d'un carrosse.

Dans les jardins des Tuileries ouverts à tous, excepté à la gueusaille, impitoyablement refoulée, les fontaines chantaient sur les pelouses, les tonnelles foisonnaient d'oiseaux, et l'on venait voir les animaux de la ménagerie royale s'étirer dans la chaleur retrouvée, tigres et lions montrant leurs crocs avec nonchalance. Sur le quai de l'École, les lavandières frappaient leur linge avec entrain, s'éclaboussant de l'eau de la Seine et échangeant des lazzis avec les bateliers :

Pour danser la pavane et vert gai
Le mois de mai au vert bocage,
Écoutant le pinson ramage
Et cueillant le gentil muguet,

chantaient-elles de leurs voix aiguës tandis que s'époumonaient aux carrefours les joueurs de vielle ou de flageolet. Les Parisiens avaient tous en tête des folies champêtres et filaient le dimanche venu dans les cabarets de Vaugirard ou de Vanves s'ils n'allaient jusqu'à Suresnes, y goûter son vin incomparable. Même la pluie, douce et tiède, en averses clairsemées, était accueillie avec bonne humeur, car elle apportait avec elle des senteurs d'eau et de fleurs et faisait miroiter davantage feuillages et toits de lauzes.

« Un temps pour aimer ! » songeait amèrement Floriane venue se recueillir à l'ombre protectrice de Notre-Dame dans l'espoir d'oublier un peu les tourments de son cœur.

Excepté une courte visite d'adieu à Olyvette qui dans le sillage d'un nouvel amant était partie à Venise, Floriane était restée des jours et des jours chez elle, à espérer la visite ou, à défaut, un message d'Artus. Vainement… Triste, déçue, renonçant à comprendre l'attitude du jeune homme, elle s'obligeait maintenant à fuir sa douloureuse retraite.

« À quoi bon toute cette beauté et pour qui ? » se répétait-elle, nullement apaisée.

Tombant des vitraux pâlis par les siècles, des lueurs faiblement colorées vacillaient sur les visages des petits chanteurs coiffés du bonnet carré, aux surplis blancs, finement plissés, qui recouvraient jusqu'à la taille leurs robes rouges. Un chant virginal, aux tonalités de cristal, s'échappait de leurs lèvres enfantines. Derrière eux, leur répondait le mâle « bourdon » des chantres où se mêlaient parfois les voix « glorieuses » des hautes-contre. Cette manière de chant à « mi-parties » faisait la réputation du chœur de Notre-Dame dirigé par M. Fremart, le maître de chapelle.

Une surprise attendait Floriane au sortir de l'office. Un jeune gentilhomme se tenait auprès de la Musette et du carrosse.

— Jacques-Daniel !

Que faisait Bois d'Ennemets à Paris alors que la cour devait être loin déjà ?

— Vous êtes belle comme les iris violets et veloutés, s'enflamma le jeune homme. Fragile et droite, fièrement dressée.

Floriane ne put cacher sa surprise.

— Voyez le galant ! Vous ne m'avez pas habituée à ce genre de couplet.

— Vous ne m'en avez jamais laissé le loisir.

— Est-ce pour cet aveu que vous avez abandonné Monsieur et tous nos amis ?

— Non, hélas ! Mais je suis chargé d'une bonne nouvelle pour vous.

— Oh ! souffla Floriane. Les bonnes nouvelles en ce moment...

— Laissez-moi parler. On m'a prié de venir vous annoncer que vous pourriez rejoindre la cour ces jours prochains et...

Il ne put poursuivre.

— Quoi ! La cour ! Et vous ne le disiez pas tout de suite ! Ah ! Jacques-Daniel, je ne sais si je dois vous battre ou vous embrasser.

— Oserais-je opter pour le baiser ? demanda le jeune homme. Des lèvres reconnaissantes se posèrent au coin des siennes et sa moustache trembla un peu.

— Racontez-moi tout, obscur messager ! Cachottier ! Faiseur de mystères ! Ténébreux bourreau !

Le gentil, le limpide Bois d'Ennemets but, comme à une source amoureuse, le flot d'épithètes qu'elle lui lançait. Il raconta.

Éperdu de reconnaissance envers celle dont l'intervention à Fleury les avait tous sauvés d'une situation périlleuse, il n'avait pu se tenir d'en toucher un mot à Monsieur, lui montrant qu'un tel geste ne pouvait rester sans récompense. Il était injuste qu'une jeune personne de ce mérite fût condamnée à demeurer dans l'ombre par le caprice d'un tyran exécré. Puisque l'heure était à la réconciliation, pourquoi ne pas en parler au roi ? Ce dernier n'avait-il pas été sensible, malgré son austérité, au charme de Mlle de Saint-Évy ? Seul, en lui choisissant une charge à la cour, il avait le pouvoir de l'accueillir. Il allait de soi que Monsieur avait plaidé la cause de la sœur d'un serviteur fidèle et non d'une complice de ses brigues.

— Le roi a pensé vous faire dame d'honneur de la reine mère.

Floriane fit la moue. Marie de Médicis, plus que jamais, chérissait Richelieu et se mêlait de gérer l'État. Elle ne l'avait jamais rencontrée, mais elle la savait coléreuse et son entourage, en tout cas, fort dévot. Faire partie de sa maison ne l'enchantait guère. Cependant Bois d'Ennemets poursuivait :

— Mme de Chevreuse, consultée par Monsieur, a demandé alors que vous soyez attachée à son service et le roi a accepté. Vous devrez la semaine prochaine rejoindre la cour à Blois où elle s'arrêtera quelques jours. Un message écrit vous parviendra d'ici là.

Floriane rayonnait. Sans se soucier des regards curieux que sa joie attirait, elle battit des mains en gamine ravie puis entourant le cou de Bois d'Ennemets, elle lui dévora la joue de baisers.

— Jacques-Daniel, comment vous remercier ? Vous avez tant fait. Je vous adore.

— Hélas ! Si cela pouvait être vrai.

Elle vit son chagrin réel et eut pitié de lui :

— Vous êtes mon ami.

— Oui, je ne peux être que cela, je sais.

Un silence flotta et elle sut qu'il pensait à Artus. Elle rompit les chiens :

— Croyez-vous que Monsieur saura garder le secret ? Avec tout le respect que nous lui devons, vous savez comme moi qu'il aime à bavarder. N'a-t-il pas posé de questions ? Demandé comment…

— Rassurez-vous, dit Bois d'Ennemets, je suis resté très évasif. D'ailleurs, je n'en sais guère plus moi-même et ne cherche pas à savoir. Je n'ai prononcé d'autre nom que le vôtre et Monsieur m'a promis de se taire.

IV

Les ombres sur la Loire

(Juin 1626)

LE MESSAGE LUI ENJOIGNANT de prendre la route parvint un soir comme elle allait se coucher. Elle en oublia un peu son chagrin pour donner quelques ordres. Les chevaux étaient prêts, les coffres fermés. Avant quatre heures le lendemain matin, avant l'aube fraîche et rosée, l'équipage se mit en route dans un Paris encore somnolent. Deux valets, juchés sur des mules, suivaient le carrosse de ces dames tandis que, sur le Favori, la Musette soufflait un air de marche repris hardiment par Macloud qui, ayant combattu les huguenots dans les guerres du Languedoc, se souvenait de la vieille chanson de Marignan, toujours chantée sur les champs de bataille :

Franfrerelelan fan feine.
Frerelelan fan fan !...
Suivez François,
Le roi François,
Suivez la couronne !

L'humeur guerrière et enjouée de leur escorte n'empêcha pas les trois voyageuses de vite reprendre un somme trop tôt interrompu.

Ciselé sur le fond du ciel qui s'empourprait entre des déchirures de nuages couleur d'encre et de cendres, Paris diminua peu à peu dans le lointain. La route devant eux était encore plongée dans la nuit.

La vigueur de Macloud n'alla pas jusqu'à lui faire mener ses chevaux à train de courrier. L'heure du dîner les trouva paisiblement en vue de Châtres [1] où ils firent halte pour un repas copieux avant de reprendre la route. Cette fois, Jean la Musette avait un air soucieux. La région n'avait pas bonne réputation. Bordé à gauche d'une forêt profonde, à droite d'une montagne de rochers et de taillis, toujours baigné d'ombres sinistres même par un temps radieux, le chemin se rétrécissait dans l'étroite vallée de Torfou, malaisé, sinueux, à demi dévoré par les arbres qui lançaient leurs branches par-dessus la chaussée et par des éboulis de pierres, idéal en somme pour des embuscades. Les voleurs, habitués des bois, le savaient bien, qui ne se privaient pas d'y rançonner les voyageurs. Que pèserait leur petite escorte face à une bande armée ?

— Tenez vos pistolets à portée de la main, conseilla Jean la Musette qui luttait lui-même vaillamment contre sa poltronnerie naturelle.

Las ! Il fallut alors faire taire les gémissements d'Ermelinde et de Toinon, et ce ne fut pas sans mal. Elles étaient enfin calmées, ou à peu près, lorsque le carrosse, qui amorçait la passe difficile, se trouva soudain, au détour de la route, cerné par une horde bizarre qui fit courir, à des degrés divers, des frissons sur les voyageurs.

Il y avait là une bonne dizaine d'individus vêtus d'oripeaux bariolés, les hommes coiffés de chapeaux coniques, piqués de plumes de coq vertes et rousses ; les femmes têtes nues, des rubans glissés dans leurs longs cheveux, des anneaux d'or aux oreilles et aux bras, les épaules largement découvertes. Plus que

1. La ville prendra le nom d'Arpajon au XVIIIe siècle.

leur accoutrement, c'étaient leurs peaux sombres et leurs cheveux aux luisances de jais qui, de prime abord, inquiétaient. Certains portaient un ballot jeté sur l'épaule et deux femmes traînaient un petit enfant accroché à leurs jupes.

Formant une haie aux vives couleurs, les « fils d'Égypte » saluèrent le passage du carrosse et l'un d'eux grimpa sans plus de façon au côté de Macloud.

— Avec semblable cortège, les bandits, s'il y en a, n'auront qu'à se tenir cois, dit Floriane, soulagée de la rencontre.

— Peuh ! Ces gitans ne valent peut-être guère mieux, grommela Ermelinde qui se tassa dans son coin.

— Oh ! dame Frumence, ils ne peuvent être méchants, fit Toinon qui, curieuse, pointait son nez au-dehors. Regardez donc les tout-petits et celles-ci qui dansent.

Trois jeunes filles, crasseuses, rieuses et fières, dans un envol de jupons, frappaient du tambourin aux portières.

— Quelle insolence ! dit Floriane avec un mélange de mépris et d'amusement.

Une tête apparut, celle d'un jeune homme aux yeux très noirs, ardents comme une braise, le visage basané, imberbe, barré d'un sourire de carnassier. Ses longs cheveux étaient serrés en une tresse attachée par un ruban jaune.

— Bonjour !

Floriane se sentit frémir mais, cette fois, ce n'était plus de crainte. Tudieu ! Il avait une manière de vous regarder ! Fascinée par son regard, l'espace d'une seconde, elle se sentit accrochée à cet homme par un lien charnel aussi puissant que si elle lui avait appartenu. Elle ne put s'empêcher de rougir et le gitan, devinant son émotion, se mit à rire :

— C'est donc une reine que nous accompagnons ?

Furieuse contre elle-même, Floriane essaya de dominer sa lamentable faiblesse. Un coup de coude d'Ermelinde, profondément choquée par son attitude extatique et l'audace du vagabond, l'aida à recouvrer ses esprits.

— On nous avait signalé des pillards.

— Ne craignez rien, la belle. Ils n'oseront se frotter à nous.

Une main longue et nerveuse sous le hâle et la crasse vint cueillir celle de Floriane : l'homme y posa ses lèvres aussi galamment qu'un habitué du salon de Mme de Rambouillet.

— Luis ! Luis !

L'une des danseuses tirait le jeune homme par sa tresse et l'invectivait d'une voix acide dans une langue étrangère qui laissait cependant deviner la jalousie. La gitane cracha contre le carrosse et s'adressa à Floriane avec force gestes des bras et des mains, mystérieux et saccadés comme ceux d'un automate. Son compagnon l'entraîna.

— Cette fille vous a lancé un sort ! fit Ermelinde d'un air pincé.

— Quelle insolence ! répéta Floriane.

Sur le dos de sa main, elle sentait encore comme une petite brûlure et ce n'était pas désagréable.

La route s'était faite si étroite qu'elle aurait pu cueillir au passage les grandes fleurs blanches des sureaux ou arracher des guirlandes de chèvrefeuille qui grimpaient à l'assaut des chênes en s'y mêlant au lierre. Une fraîcheur de sous-bois pénétra dans la voiture plongée dans l'ombre. Puis, soudain, ce fut une éclaboussure de lumière en même temps qu'une bouffée d'air chaud. Les deux petits barbes qui tiraient le carrosse retrouvèrent un sol lisse et pentu. Ils n'eurent pas besoin de sentir le fouet les effleurer pour s'élancer en direction du soleil qui dorait la campagne. Le gitan assis près de Macloud sauta et s'en alla rouler dans l'herbe. Ses compagnons massés à la lisière de la forêt regardèrent s'éloigner voiture et cavaliers dans une volute de poussière jaune.

Tout le monde se trouva soudain heureux d'être libéré de l'étau incertain des arbres et des rochers, et de pouvoir à nouveau laisser les regards se perdre sur l'infini d'une plaine.

Floriane et ses deux compagnes allaient s'assoupir lorsqu'il leur sembla que les cahots coutumiers à la route s'accentuaient.

Toinon glissa sur Ermelinde comme si la banquette s'était brusquement inclinée. Sous elles, la voiture parut vouloir aller à droite puis à gauche avec des grincements aussi inhabituels qu'inquiétants. Ce mouvement de balancelle se fit de plus en plus violent. Elles étaient maintenant toutes les trois accrochées aux portières, essayant de découvrir la cause de ces soudaines brutalités. Floriane héla Jean la Musette et cria à Macloud de s'arrêter. Trop tard !

Brusquement, le carrosse se scinda en deux : les chevaux continuèrent à tirer le cocher sur son siège et les quatre roues. Quant à la caisse elle-même, dans laquelle hurlaient trois créatures terrorisées, elle parut prendre son envol comme un lourd et étrange oiseau, retomba aussi vite au bord de la route, roula de côté et s'immobilisa enfin, dans une touffe de hautes herbes. Pendant quelques secondes, pas le moindre signe de vie ne s'y manifesta. La Musette et les valets qui avaient fait demi-tour s'en approchèrent avec angoisse et tirèrent sur une portière, sûrs d'y découvrir un triste spectacle.

Ils ne virent tout d'abord qu'un amas d'étoffes dans lequel, enfin, s'agita un petit pied chaussé de cuir rouge. Ils devinèrent une jarretière de rubans bleus, un bras, deux jambes nues, une autre gainée de coton noir, puis… Là, les yeux des gaillards se firent tout ronds, fascinés par un morceau de chair blanche, bien fendu en son milieu – qui appartenait à qui, au fait ? Une main battit l'air.

— Au secours !

La voix d'Ermelinde arracha les valets à leur béate contemplation. Des bras secourables se tendirent, tirèrent, extirpèrent. Les pauvres accidentées se retrouvèrent étendues sur le talus, le goulot d'une flasque promené sous leur nez.

— Comment vous sentez-vous ? demanda la Musette.

Floriane sentit un peu de liquide couler entre ses lèvres. Elle ouvrit les yeux, vit une tête penchée sur elle qui se découpait sur un fond de ciel bleu.

— Ouh ! Quel chaos ! Je suis brisée.

De leur côté, Ermelinde et Toinon recouvraient l'existence sous les tapes des laquais et des gorgées de vin, les unes et les autres généreusement administrées. Allons, l'aventure avait été heureusement plus spectaculaire que dangereuse.

Macloud avait rebroussé chemin et, pied à terre, regardait sans y croire ce à quoi était réduit son attelage. Il avait déjà vu bien des brancards et des essieux rompus, des roues détachées, des chevaux déferrés et même des voitures couchées sur la route, mais jamais un carrosse s'envoler ainsi avec ses occupants. Le brave homme en était tout déconfit.

— Je n'y comprends rien. Rien de rien, répétait-il.

Les autres l'avaient rejoint et se penchaient sur le châssis dénudé.

— Les courroies se sont rompues, dit Jean la Musette.

— Toutes à la fois ?

Macloud se tourna vers Floriane :

— Ce n'est pas possible, mademoiselle. Des courroies si solides. Une peut-être, mais toutes à la fois ?

— On les a peut-être aidées, murmura la Musette en examinant de plus près un morceau de cuir.

Tout le monde se tourna vers lui.

— Explique-toi, dit Floriane en lui prenant le bout de courroie des mains.

— C'est le sort qu'on vous a jeté, fit Ermelinde qui achevait de remettre un peu de tenue à sa toilette. Souvenez-vous de cette Égyptienne.

— C'est bien elle ! L'Égyptienne !

L'un des valets prenait la parole.

— Je l'ai vue.

— Comment cela ? Dis-nous.

— Oui, oui. Ça me revient maintenant. C'était juste avant la lisière de la forêt. À un moment, j'ai aperçu quelqu'un se glisser sous la voiture. Même que j'ai pensé : voilà une femme bien singulière, acrobate et sans vergogne. Tous ses jupons étaient retroussés dans sa ceinture. Je croyais qu'elle voulait, comme ça, se faire traîner.

Tous les regards convergèrent sur Floriane. Ceux d'Ermelinde étaient particulièrement venimeux.

— Elle a voulu donner un coup de pouce à ses sortilèges, fit le musicien d'une voix douce. Avec un coutelas bien tranchant.

— En tout cas, nous avons manqué périr. Et tout ça pour un...

— C'est bon, Ermelinde ! Vous êtes vivante, nous aussi. N'en parlons plus.

Elles avaient failli, en effet, bien cher payer le sourire et les galanteries d'un sauvage. Floriane se jugea suffisamment punie des émois plaisants qu'elle avait ressentis devant le premier audacieux venu et décida d'être à l'avenir un peu plus vigilante.

Hélas, ce n'était pas tout ! Occupés qu'ils étaient tous à chercher la cause de l'accident, ils ne virent pas des silhouettes se faufiler jusqu'aux chevaux de l'attelage, les détacher rapidement et, tout aussi vite, les enfourcher. Le bruit de la galopade les alerta : trop tard ! Les gitans s'enfuyaient.

— Inutile de les poursuivre, jugea Floriane d'un ton résigné.

La Musette qui conservait le Favori n'en avait d'ailleurs nullement l'intention.

Ils convinrent tous qu'au fond cela aurait pu être pire.

Les hommes arrimèrent tant bien que mal la voiture sur son châssis et ils y attelèrent le Favori. Floriane, Ermelinde et Toinon se partagèrent les deux mulets, la Musette et les domestiques les suivant à pied.

Ce fut en cet équipage et à petite allure qu'ils arrivèrent en vue d'Étampes comme la journée s'achevait.

En d'autres occasions cette halte eût ravi Floriane, car en vérité Étampes était une bien charmante petite ville, aux maisons resserrées dans ses remparts qui, à l'heure présente, chauffaient leurs pierres blondes aux rayons d'un soleil finissant. Tout verdoyait alentour, baigné par les innombrables ruisselets de la Juine, de la Louette et de la Chalouette qui se multipliaient à l'envi. Un essaim carillonnant s'éleva des clochers des églises comme les voyageurs pénétraient dans la ville.

Le lendemain, à la même heure, ils y étaient toujours ; s'ils avaient pu facilement trouver des chevaux de rechange, le carrosse, lui, était encore dans son état lamentable et les attraits d'Étampes s'étaient bien affaiblis.

Le méchant sort de la gitane semblait les poursuivre : des deux bourreliers de la ville, l'un était cloué sur son lit par une fièvre maligne ; le second, héritier de toute la pratique environnante, s'avouait complètement dépassé par ce surcroît de travail. Prières, promesses, menaces, pièces d'or sous le nez : rien n'y avait fait. Les courroies devaient attendre et Mlle de Saint-Évy n'avait qu'à en faire autant.

Par bonheur, Floriane avait trouvé gîte et couvert dans une confortable hostellerie située à l'ombre de l'église Saint-Basile. Elle tenta de tromper son attente, le temps partagé entre les messes paroissiales et les promenades dans la ville. Elle en eut vite fait le tour d'ailleurs, et au bout d'une journée avait déjà arpenté le port aux grains et au vin où se chargeaient les grosses barques qui remonteraient vers Corbeil, et fait trempette dans la Chalouette qui traînait, dans son courant, de longues herbes vertes et velues, semblables à des pattes monstrueuses et tentaculaires. Les ombres fidèles d'Ermelinde et de Toinon la suivaient sans mot dire, l'une boudant sans discontinuer, l'autre fâchée pour sa maîtresse de ce contretemps, toutes deux encore sous l'effet de la frayeur que leur avait causée l'accident.

Au soir, Floriane aperçut un carrosse tourner le coin d'une rue et rouler dans la direction de son hostellerie.

L'attelage élégant, accompagné de valets à cheval qui se donnaient des allures de gentilshommes, laissait deviner qu'il s'agissait là d'un grand seigneur. Un détail d'importance frappa le regard de Floriane : les portières étaient pourvues de vitres. Une seule personne dans tout le royaume avait l'apanage d'un tel luxe, d'une telle particularité, et ce carrosse ramené d'Italie était aussi célèbre que son propriétaire. Jamais Floriane n'avait rencontré le maréchal de Bassompierre mais elle le connaissait de réputation.

Floriane se rappela les confidences de sa cousine de Montrouge qui avait compté parmi les amies du maréchal. Mme de Chevreuse lui avait vanté son dévouement. Lorsque Louis XIII l'avait éloignée de la cour, lassé par l'exemple qu'elle donnait à la reine, c'était à l'intervention de M. de Bassompierre qu'elle avait dû son retour en grâce. Un tel homme ne pouvait laisser dans l'embarras une jeune et jolie voyageuse.

Comme elle l'espérait, Floriane vit le carrosse du maréchal arrêté dans la cour de l'auberge. Elle se hâta, sûre de se trouver en présence d'un cavalier sur le retour, pour ne pas dire un barbon. Quelle erreur !

François de Bassompierre, marquis d'Harouet, était l'un de ces êtres élus du destin. Ses mérites auraient pu à eux seuls justifier sa légende : homme de guerre courageux, fin diplomate et ami fidèle, au demeurant fort instruit, ami des lettres et des sciences, doué d'une mémoire prodigieuse, aussi bon musicien que bretteur habile et parfait cavalier, ce gentilhomme lorrain – son nom en fait était Betstein – familier de la cour ducale de Nancy avait reçu une éducation plus raffinée que ne l'était en général celle des nobles de son temps. Louis XIII auquel il devait son bâton de maréchal l'appréciait et lui avait confié plusieurs ambassades, notamment en Espagne et tout récemment en Suisse. Le jeune roi savait qu'il pouvait compter sur l'indéfectible fidélité de l'ancien compagnon de son père.

François de Bassompierre était à la France depuis le jour déjà lointain où il avait été présenté à Henri IV. La bonhomie du Vert Galant et la grandeur du souverain avaient conquis notre Lorrain. Malgré une amitié qui ne fut pas sans nuages, l'affection demeura constante entre le roi et son serviteur.

Mais le prestige qui l'entourait n'était pas dû qu'aux mérites du soldat ou du politicien.

Mars loge dans ton courage,
Et l'amour dedans tes yeux.

François de Bassompierre avait été le plus beau et le plus galant des cavaliers. D'une taille haute et mince, il avait un visage aux traits énergiques, d'une parfaite régularité et des yeux bleus qui savaient se faire caressants lorsqu'ils ne jetaient pas sur les êtres et les choses des regards empreints de moquerie. Sous la moustache, la bouche sensuelle laissait fuser goguenardises et plaisanteries. Ses ennemis l'accusaient même de préférer, à la perte d'un bon mot, celle d'un ami. Qu'importait ! Suprêmement élégant, menant grand train, généreux et prodigue, joueur impénitent, Bassompierre conservait sa bonne humeur et courait avec une santé insolente du Louvre aux champs de bataille, des chancelleries aux grands chemins d'Europe, des tripots aux ruelles, remportant en ce dernier domaine ses victoires les plus enviées. L'incorrigible séducteur savait pourtant goûter à des plaisirs plus tranquilles, sinon sans saveur, et cultivait depuis longtemps une amitié amoureuse et charnelle avec la trépidante princesse de Conty. Il possédait au plus haut point l'art de bien vivre et un comportement élégant, un certain panache qui avait fait de son patronyme le symbole du charme et du don de plaire. « C'est un vrai Bassompierre ! » avait-on coutume de dire de quelqu'un de particulièrement aimable et gai. Les années n'avaient pas atténué sa gaillardise. À quarante-sept ans, toujours fringant, la taille à peine épaissie par la bonne chère, les muscles conservés souples et fermes par la pratique des armes et du cheval, les rides rieuses dans un visage hâlé, le maréchal de Bassompierre faisait encore des conquêtes.

Son œil de vieux viveur s'alluma en voyant la jeune fille. Tout allait pour le mieux. Justement, il rejoignait la cour à Blois. Si Mlle de Saint-Évy – là il évoqua aimablement le souvenir de son père qu'il avait connu et apprécié jadis aux armées –, si Mlle de Saint-Évy, donc, acceptait son offre, ils chemineraient ensemble. Quant à son carrosse, un mot et ce diable de charron allait se mettre à l'instant à l'ouvrage. Il lança un ordre : un valet fila.

La calme auberge semblait métamorphosée par sa présence. Chacun s'affairait, prêt à satisfaire le moindre désir de l'illustre visiteur. Les servantes lui préparaient la meilleure chambre. On y monta des brassées d'herbes cueillies dans le clos que l'on jeta aux quatre coins pour rafraîchir et assainir l'air. Une symphonie prometteuse de cliquetis et de parfums emplit les cuisines. Tout ceci dans un empressement joyeux, sans la moindre servilité.

Bassompierre convia Floriane à partager son souper.

Ermelinde se rengorgeait, entourée du jeune Théodoric des Étangs, écuyer du maréchal, et de son secrétaire, Claude de Malleville, un petit brun au teint d'olive, vif et drôle, qui réussit à faire rire la vieille fille de ses saillies. À quelques pas, Floriane et Bassompierre étaient assis face à face, l'un et l'autre visiblement enchantés. La salle des repas avait pris un air de fête. Tirés des coffres du maréchal, des nappes blanches, brodées à son chiffre, et des flambeaux d'argent faisaient des tables de lumineux autels où apparurent les mets les plus choisis : potage confit au jus de citron, saumons frais de la Loire sur un lit d'écrevisses, pâté de héron aussi savoureux que le servait le cabaret de la Tour-d'Argent du quai de la Tournelle, des légumes frais et une pièce de bœuf rôtie. Melons, pêches et cerises s'érigeaient en pyramides colorées sur des plats d'étain. Le vin était parfait. C'était un cru léger des environs de Chinon, frais et parfumé comme une violette.

— Ce vin m'illusionne, dit Bassompierre d'un air rêveur. Son beau rubis sombre, son odeur et sa saveur me donnent l'impression que c'est vous-même que je déguste à petits coups de langue.

Floriane portait une robe de satin rouge foncé, dont la nuance se reflétait sur sa gorge et jusqu'à son visage dont le teint s'accentua sous l'image évoquée. Un sourire presque tendre chassa l'expression goguenarde du maréchal. En familier des femmes, il devinait chez celle-ci une écorce bien tendre et une petite âme fière sous le minois ravissant.

— Vous me rappelez une charmante enfant connue jadis au fin fond de la Bohême.

Il s'amusait de la fausse indifférence de son invitée et but encore. Floriane avait déjà remarqué le gobelet qu'il portait à ses lèvres. Il semblait lourd, travaillé de dessins étranges. Ni de métal ni de verre, on l'eût dit plutôt d'une pierre creusée, noire et veinée de rouge sang.

— Vous avez là un bien extraordinaire objet, monsieur, fit-elle observer pour détourner la conversation d'un domaine où elle se sentait peu sûre de l'avantage.

Il le lui tendit afin qu'elle y bût.

— Buvez dedans avec moi et je vous en conterai l'histoire.

Elle détourna sa main doucement mais fermement, refusant l'invite qu'il lui faisait avec la même chaleur qu'il aurait eue à lui proposer de partager son lit.

— Qui me dit que votre secret vaut pareille familiarité ?

— Alors, petite curieuse, vous préférez rester sur votre faim ? Et à propos de faim…

Il cessa de la taquiner et lui découpa une tranche du pâté de héron.

— Mangez, mangez, farouche enfant. Vous n'êtes pas, que je sache, astreinte comme moi à un régime.

Bassompierre ajouta que ce régime était fort heureusement provisoire et était dû à son récent séjour en Helvétie.

— Ces Suisses… Je n'ai jamais vu semblables biberons, moi qui suis pourtant capable de vider d'un trait ma botte pleine de vin. Et avec ça, d'un appétit et d'un estomac fait pour digérer leurs montagnes.

Avec verve, Bassompierre se mit à conter sa dernière ambassade. En qualité de colonel du régiment des Suisses et parlant parfaitement l'allemand, il était tout désigné pour remplir ce rôle. Louis XIII l'avait chargé de la délicate mission de s'assurer de l'appui des cantons catholiques dans l'affaire de la Valteline et de renouveler l'alliance séculaire qui voulait que les hommes de Soleure, d'Uri ou de Claris fournissent aux armées du roi de France des troupes d'hommes solides et sûrs.

La tâche du maréchal n'avait pas été facile. L'hiver était rude là-bas. L'esprit des gens y manquait de vivacité ; leurs réactions étaient lentes. S'y étaient ajoutées les manigances du nonce du pape et la jalousie mesquine du marquis de Cœuvres, ambassadeur en place, qui se voyait dépossédé de ses pouvoirs. Enfin, il avait fallu haranguer, haranguer sans cesse les bons Helvètes, et comme ces derniers ne concevaient pas un discours sans repas, l'estomac de Bassompierre avait été mis à rude épreuve.

Heureusement, le succès avait adouci la rigueur des sacrifices, et Bassompierre avait pu rapporter à Louis XIII et à Richelieu les promesses d'appui des cantons.

— Bassompierre a plus fait par ses vins généreux que par de durs combats nos généraux heureux, déclama Claude de Malleville en levant son verre en direction du maréchal.

Tous l'imitèrent.

— Vous avez admirablement résumé l'affaire, mon bon Malleville. Il est vrai que cette victoire m'a coûté autant que les guerres en Languedoc, conclut Bassompierre en vidant son gobelet, imité par Floriane qui riait aux éclats devant son air exagérément sérieux.

Le vin, après les pêches douces et sucrées, laissa dans sa bouche un goût vert et velouté qu'elle apprécia avec gourmandise. Les fenêtres ouvertes donnaient à la fois sur la rue où le jour s'attardait et sur la cour traversée sans cesse par les servantes et les valets bavards. On entendait fourrager les chevaux dans les écuries. Un chien aboya tandis que dans la campagne si proche par-delà les remparts, criquets, hulottes et grenouilles chantaient à leur tour la belle nuit d'été.

Un bien-être confinant au plaisir s'était emparé de Floriane. La tête lui tournait un peu. Elle avait trop attendu Artus ; elle avait trop pleuré ; elle s'était suffisamment morfondue en regrets stériles, en souvenirs vains. Ce soir, soudain, l'envie la prenait d'oublier le jeune homme et leur amour gaspillé. Délibérément elle se laissait griser par l'heure frivole. Lucidement, parce qu'elle désirait tout effacer de son chagrin, elle se laissait charmer, fasciner par un gentilhomme qu'elle connaissait pourtant à peine. « Hier, un bohémien de grande route, ce soir, un maréchal de France, tes goûts ne manquent pas de diversité, ma mie », se dit-elle, tout en souriant aux yeux gourmands de Bassompierre. Elle admit bien que l'esprit du maréchal avait de quoi séduire mais elle mit une joie féroce à se condamner. « Peuh ! Dans l'état où tu es, ma fille, même l'abbé Mulot réussirait à te troubler. » La vision d'un abbé Mulot amoureux comblé la fit s'étrangler de rire.

— J'adore voir rire une femme, s'écria son hôte. Elle semble alors s'offrir sans retenue, plus libérée souvent que dans l'amour.

— Je crains, monsieur, que l'effet du vin ne fausse quelque peu les images. Si vous le permettez, je vais monter à ma chambre. Cette soirée m'a ravie. Je vous en remercie.

— N'en faites rien, ma violette. Le ravissement fut pour moi.

Bassompierre se leva et l'accompagna à l'étage jusque devant sa porte. En duègne zélée, Ermelinde suivit sa maîtresse dont elle partageait la chambre. Ses compagnons de table lui firent escorte, rivalisant de prévenances et de galanteries qu'elle accueillit avec distraction, l'œil rivé sur Floriane dont la main était prise dans celle du maréchal.

— Bonsoir, bonsoir encore, monsieur…

Soulagement ? Contentement ? Déception vague de s'être quittés ainsi sur le pas d'une porte ? En tout cas, il y avait longtemps que Floriane n'avait passé un moment aussi délicieux.

— Vite, couchons-nous, Ermelinde, nous partons tôt, très tôt.

Elle eût voulu être à demain, déjà.

*

Légère, Floriane sauta par-dessus une flaque d'eau, retenant ses jupes d'un gracieux mouvement de la main, le coude fermement soutenu par François de Bassompierre qui l'avait accueillie dans la cour. Il faisait beau et clair, mais une petite pluie de juin, peu avant l'aube, avait laissé quelques traces et rafraîchi la brise. Çà et là, les chevaux avaient essaimé leur crottin à l'odeur chaude et familière et se laissaient docilement harnacher par les laquais.

— Avez-vous bien dormi, petite violette ?

— Admirablement bien, monsieur.

Elle levait vers lui un visage lisse et rosé où les yeux, d'un azur sans tache, recelaient tant de douceur et de joie de vivre que Bassompierre fut un instant muet, fasciné par tant de jeunesse et de limpidité.

— Les démons nocturnes ne tourmentent que les vieilles barbes comme moi, fit-il d'un ton de plaisanterie.

Elle crut, cependant, y déceler un rien d'amertume, car spontanément elle s'écria :

— Ne dites pas cela, monsieur. Pas vous !

Bassompierre la remercia en pressant légèrement ses doigts dans les siens. Son habit de voyage était d'une rare élégance, taillé dans une étoffe puce, rehaussé de nœuds de satin gris. Une simple dentelle étroite festonnait son collet et ses poignets de batiste blanche. Il était coiffé du grand « castor » à la Bassompierre – lui-même en avait lancé la mode –, un couvre-chef à large bord dont la calotte, assez basse, s'entourait d'une couronne de plumes. Floriane apprécia d'un coup d'œil connaisseur.

— Votre carrosse ne tardera pas. Il devrait être réparé.

— Déjà ?

— Bien sûr, répondit-il, amusé de sa surprise.

Comment avait-elle pu douter de l'efficacité des ordres du maréchal ? Quelques minutes plus tard, Floriane vit Macloud faire irruption dans la cour. La Musette se chargea aussitôt de fixer les bagages.

Un valet de l'auberge s'avança, portant avec précaution un plateau chargé d'écuelles et d'assiettes d'oublies.

— Du lait à la cannelle ou de l'hypocras ?

Floriane opta pour le lait à la cannelle et Bassompierre décida de l'imiter.

— Soyons sérieux, encore quelques jours.

Dame Frumence était apparue sur le seuil de l'hostellerie et Floriane la héla :

— Venez boire avec nous !

Ermelinde fit deux pas avec circonspection puis s'arrêta devant la flaque d'eau si élégamment franchie, tout à l'heure, par sa jeune maîtresse. L'obstacle n'était pas de ceux qu'un bout de femme rondelette comme l'était la bonne Frumence pouvait aisément sauter. Que faire ? La chère femme hésita, avança un pied et le retira aussitôt.

— Je vais devoir me dévouer, murmura Bassompierre à l'oreille de Floriane qui s'amusait comme lui du manège de la vieille fille.

La corvée lui fut épargnée. Un de ses valets, un beau garçon jovial et carré d'épaules, s'était élancé. Sans plus de manières, il avait saisi Ermelinde à bras-le-corps et la déposait sur le sol sec avec une esquisse de salut. Et comme Ermelinde le remerciait :

— Il ne sera pas dit, déclara-t-il avec orgueil, qu'un laquais de M. le maréchal de Bassompierre ait laissé une dame dans l'embarras.

— Ce brave mériterait d'être promu au rang de valet de chambre, opina le maréchal ravi de la scène. Il faudra que j'y songe.

Claude de Malleville les rejoignit au même moment, apportant les cassettes de son maître. Il fut décidé qu'ils s'installeraient tous les quatre – Ermelinde comprise – dans le carrosse du maréchal, Macloud suivant derrière avec Toinon et toute la troupe à cheval veillée par la Musette et Théodoric des Étangs.

Enfin prêts, ils quittèrent Étampes sans un nuage à l'horizon.

Assise face à Bassompierre sur de moelleux coussins de velours rouge sang, Floriane leva les yeux sur le maréchal qui l'observait de son air goguenard. Auprès d'un tel homme, on ne pouvait que se sentir bien et savourer l'heure présente et le moindre plaisir qu'elle contenait. Cela en était un par exemple, que de pouvoir suivre le défilé du paysage au travers d'une vitre qui arrêtait l'assaut du vent et des poussières. Un système coulissant permettait de l'ouvrir à volonté et un rideau de velours pouvait éventuellement protéger l'intérieur du soleil ou des indiscrétions. Quelle invention prodigieuse ! Elle en fit la remarque au gentilhomme.

— Les Italiens ont toujours eu un raffinement que nous sommes loin d'atteindre quoique cherchant à l'égaler.

— Et dans les domaines les plus divers, commenta Malleville, mi-figue, mi-raisin. Il n'est que de voir l'effort louable de certains de nos galants en matière d'amour à l'italienne.

— Oh ! De ce côté-là, si j'ose dire, nos bougres [1] n'ont rien à envier à nos amis transalpins. La sodomie a chez nous ses lettres de noblesse. Du prince de Condé à Boisrobert en passant par ce cher duc de Bellegarde, l'échantillon est éloquent.

— Hum, hum…

Une toux rauque d'Ermelinde interrompit l'intéressante étude comparée des mœurs franco-italiennes.

Bassompierre se pencha vers Floriane, très près, jusqu'à l'envelopper de son chaud parfum de Chypre et d'ambre gris :

— Un galop vous tenterait-il ? On étouffe un peu ici, ne trouvez-vous pas ?

Elle accepta avec le sourire, un œil malicieux jeté en coin sur Frumence.

Théodoric des Étangs, sur l'ordre de son maître, amena à la portière du carrosse deux chevaux sellés sur lesquels montèrent Floriane et Bassompierre. La Musette eut le même mouvement que le jeune écuyer qui voulut suivre le couple. Mais déjà celui-ci partait à un trot rapide et Bassompierre se retourna avec un geste pour refuser leur escorte. Aussi alerte et adroit cavalier qu'un jeune homme, il entraîna Floriane dans une course allègre qui les dissimula bien vite aux yeux de leurs serviteurs.

1. Au XVIIe siècle, bougre désignait souvent un sodomite.

Il semblait à Bassompierre qu'il avait vingt ans. « Excepté qu'à vingt ans, j'aurais depuis belle lurette culbuté la charmante », se disait le maréchal en mâchonnant un brin d'herbe.

Les gerbes de marguerites mêlées aux tiges longues et mauves des sauges auraient fait une couche parfaite pour sceller un accord que tous deux ne pouvaient nier. Au lieu de cela, ils étaient assis côte à côte, à l'ombre d'un bouquet d'arbres, laissant leurs chevaux se désaltérer au fil d'une petite rivière.

« Plus le temps vous est compté et moins on se presse, philosophait en lui-même le comte de Bassompierre. Cette petite sera à moi, pourtant. Je la veux. Mordious ! comme disait mon Henri, je la désire comme jamais il me semble avoir désiré une femme. Henri... Dire que je traitais de séniles ses dernières passions et me voici presque arrivé à son âge, subjugué par une enfant. Oui, je la veux. Mais patience. Elle devra me venir d'elle-même ! Mordious ! »

Sans se douter des bouillonnements intérieurs qui agitaient son compagnon, Floriane s'était laissée aller le dos contre un arbre et s'interrogeait sur les causes de cette joie de vivre que lui procurait la présence du maréchal.

« Voyons : il se moque toujours de tout ; ses plaisanteries sont parfois douteuses et il n'est plus jeune. »

C'était pourtant ce dernier point qui la séduisait le plus. Elle était lasse de ces étourneaux qui ne pouvaient rester cinq minutes auprès d'elle sans lui déclarer leur flamme, impatients, trépidants, avides. Tous les hommes rencontrés jusque-là avaient quémandé ou imposé leurs désirs. Et Artus ? Là, il y eut le temps d'un battement de cœur. Artus était comme les autres, trop prompt à dévorer la vie avec une fougue égoïste qui ne respectait rien et faisait fi de ses pensées à elle. Auprès de Bassompierre, Floriane se sentait femme sans cesser d'être l'enfant que l'on ménage et protège. Et quel grand seigneur ! Elle glissa un regard sous ses cils à demi baissés et l'observa. La lumière crue du jour accentuait ses rides, une certaine fatigue de la paupière et découvrait de nombreux fils d'argent dans ses cheveux bouclés.

Il n'en était pas moins fort séduisant. Bassompierre surprit les yeux qui le détaillaient. Elle se sentit en faute et tourna la tête, retira la main qu'il avait emprisonnée dans les siennes.

Un roulement qui allait se rapprochant leur parvint.

— Ce sont nos gens, dit-elle.

— Ils arrivent à pic, je crois, grommela le maréchal.

Elle se tourna vers lui avec un adorable sourire. Ignorant volontairement la remarque de Bassompierre, elle renchérit :

— Je sens que je vais m'écrouler sur la banquette, les pieds posés sur ma brave Frumence.

— Et le reste sur moi ?

Elle rit sans répondre et fit de grands gestes en direction des carrosses qui s'approchaient.

La chaleur était devenue si forte en ce milieu de journée, qu'ils décidèrent d'attendre un peu sous les arbres. Les valets sortirent les coussins des voitures et les étalèrent dans l'herbe. Ils servirent des melons, rafraîchis dans la rivière, et des carafes de vin. Les dames préférèrent se contenter d'eau fraîche. Puis tout le monde dormit çà et là, dans un air pesant, tout bourdonnant d'insectes.

Au soir, lorsque les couleurs s'adoucirent, dominées par une gamme de verts de toutes nuances, ils poursuivirent leur voyage. Une brume estompait l'horizon.

Lorsque Orléans fut atteint, la nuit s'était faite depuis longtemps déjà.

— Voyez-vous, mon cher Malleville, les vieilles carcasses de mon genre sont encore les plus solides, confia Bassompierre à son secrétaire.

Seuls clients à cette heure avancée, ils s'attardaient devant une bouteille dans la salle de l'hostellerie des Coches.

Ses combats contre les Turcs, ses duels, les fièvres et les blessures trouvées dans les guerres contre les huguenots, les plaisirs de la table trop goûtés comme ceux de l'amour, loin de l'amoindrir, avaient cuirassé son corps, et Bassompierre, frais comme un gardon après une journée de route, savourait avec complaisance son insolente santé.

— Les jeunes gens n'ont plus notre résistance. Vous avez vu notre amie ? Épuisée ! Il s'en fallait de peu qu'elle ne se fît porter dans sa chambre.

— Qui vous a empêché de le faire ? demanda Malleville avec un sourire plein d'astuce… Pas son insupportable chaperon, j'espère ?

— Celle-là… Un bon mâle, bien membré, lui aurait certainement forgé un autre caractère.

— Il n'est peut-être pas trop tard.

Bassompierre porta la main à son cœur :

— Dans ce cas, je vous laisse volontiers accomplir cette bonne œuvre, mon cher. Je pense que vous êtes équipé pour ça.

Un rire plissa le spirituel visage olivâtre. Malleville secoua la tête puis murmura sur un ton de confidence :

— Je ne vous reconnais plus, monsieur. Voici deux nuits que vous laissez se coucher seule une belle enfant qui ne me semble, pourtant, point trop farouche.

— Qu'en savez-vous, finaud ? demanda Bassompierre avec un haussement d'épaules. Que savez-vous de l'âme d'une jeune fille, hein ?

— Amoureux, n'est-ce pas ? insista l'autre.

— … En tout cas, intéressé et… mais oui, – pourquoi ne pas le reconnaître ? – peu habitué à ce genre de jouvencelle visiblement honnête, à la fois timide et spontanée. Une fleur qui s'ouvre, que l'on pense cueillir et qui d'un coup se referme. Je me demande si elle est encore pucelle. Ah ! soupira le maréchal, cela me change de mes belles de cour et de mes margots de village.

— Vous êtes pris, je le gagerais.

— Ne dites pas de sottises, Malleville, et lancez vos dés. Moi, je gage de vous gagner au jeu toutes vos économies.

Lorsque Floriane et Ermelinde descendirent de leur chambre le lendemain matin, elles ne virent que Jean la Musette qui leur dit que le maréchal et son écuyer s'étaient rendus au port afin de trouver un batelier pour les conduire à Blois. Malleville ronflait dans sa chambre, cherchant sans doute dans le sommeil à se consoler des pertes sévères subies la veille à la rafle [1]. La Musette ne cachait pas son bonheur d'avoir de nouveau « sa » dame tout à lui. Il proposa un petit tour de la ville qu'au hasard de ses pérégrinations, il avait déjà découverte.

Orléans était une cité prospère, aux rues charmantes, spacieuses et animées. Les promeneurs avaient le choix entre le mail, le jardin des apothicaires ou ceux du palais épiscopal, autant d'ouvertures verdoyantes et fleuries qui faisaient d'Orléans un séjour plein d'attraits. Deux siècles après son passage, le souvenir de Jeanne d'Arc y demeurait vivace. Ermelinde, dont l'humeur enjouée surprit agréablement, fit son petit effet en narrant les exploits de la bonne Lorraine comme si elle y avait elle-même assisté. Elle semblait vouer un véritable culte à la pieuse guerrière. Entraînant Floriane et la Musette, elle accomplit une sorte de pèlerinage à travers la ville. Il fallut visiter les églises. À Saint-Paul, elle voulut prier la Vierge noire devant laquelle Jeanne s'était souvent agenouillée et fut déçue lorsqu'un sacristain, croyant bien faire, leur expliqua qu'il ne s'agissait là que d'une copie, l'original ayant été brûlé par ces « maudits parpaillots ».

Floriane profita de ses heureuses dispositions pour lui faire gentiment quelques remontrances :

— Que n'êtes-vous toujours aussi aimable, ma bonne Ermelinde ! Depuis plusieurs semaines, vous ne m'avez guère ménagée.

— Je n'agis que pour votre bien, madame ma mie. Croyez-vous que j'ignore vos faiblesses ? Je vous vois partie avec le maréchal comme avec les autres. Le premier qui passe...

— Ermelinde !

— Depuis la mort du baron de Pontgibault, vous ne savez plus où donner du jupon.

1. Jeu de dés.

— Ermelinde ! répéta Floriane, vous vous oubliez ! Je vous interdis de me parler du baron.

— Au fond, lui seul vous convenait, poursuivit Ermelinde sans se soucier des regards furibonds que lui lançait la jeune fille. Quel malheur tout de même de vous voir gaspillée ainsi ! Le maréchal ? Peuh ! Avec sa réputation, il ne vaut pas mieux qu'un bohémien, que l'un de vos blondins ou encore qu'un chevalier sans sou ni maille.

— De qui voulez-vous parler ? demanda vivement Floriane.

— Heu... Mais de personne en particulier, marmonna Frumence comme prise en faute.

— Je ne sais ce qui me retient de vous expédier sur l'heure à Saint-Évy, gronda Floriane. Ma cousine Alix saurait bien vous rabattre le caquet.

— Vous ne pouvez voyager sans chaperon, madame ma mie. Je ne vous quitterai qu'après vous avoir remise à M. le comte, votre frère.

Jean la Musette, qui avait suivi leur conversation sans en avoir l'air, crut bon d'intervenir en leur signalant qu'ils arrivaient au fleuve.

Au débouché de la rue qui s'étirait bien sagement entre deux lignées de maisons resserrées, l'horizon parut soudain s'envoler, large, coloré, bruyant et remuant avec, en son milieu, comme un serpent énorme et somnolent, la Loire chargée de limon, qui miroitait au soleil. Une véritable flottille hérissait son cours. Petites barques, cabanes [1], gros bateaux marchands, gonflaient leurs voiles sous le vent ou s'alignaient coque contre coque, le long du quai étalé sous les remparts. Un pont curieusement étriqué en regard de la majesté du fleuve, supportant des maisons étroites et deux ou trois moulins, rejoignait la rive d'en face où l'on apercevait des maisons et des clochers nichés dans la verdure. Rien de comparable, en vérité, au cours de la Seine qui n'était large que de moitié. Floriane eut plaisir à la retrouver.

1. Bateaux plats qu'empruntaient les voyageurs et qui descendaient jusqu'à Nantes.

Devant la statue de Jeanne d'Arc qui s'élevait à l'entrée du pont, l'admiration d'Ermelinde fut à son comble et se traduisit en fiers alexandrins déclamés d'une voix vibrante qui stupéfia Floriane et la Musette :

> *La douceur de mes yeux caresse ma patrie,*
> *Et ce glaive en fureur lui rend sa liberté.*

— Je ne vous connaissais pas ces talents de rimeuse. Bravo, Ermelinde !

— Vos vers méritent d'être mis en musique, renchérit le musicien. Tenez, que diriez-vous de ceci ?

Il tira de sa flûte quelques notes martiales en battant la mesure du pied.

Ermelinde Frumence protesta d'un air modeste.

— Non, non. Ces vers ne sont pas de moi, dit-elle en riant. Je serais bien incapable d'aligner deux mots. Mlle de Gournay en est l'auteur. C'est une femme à la plume remarquable.

Ils n'eurent pas plus tôt fait quelques pas sur le quai, qu'un essaim d'enfants les prit d'assaut, proposant chacun les services d'un batelier ou d'un passeur qui à dix, vingt, trente, attendaient le client. Collées aux remparts, des baraques de planches bâchées de couleurs vives abritaient buvettes et marchands de pâtisseries. Des entrepôts, un peu plus loin, recevaient les marchandises. Une foule pressée se bousculait avec bruit sur le pavé boueux et Floriane, qui avait espéré apercevoir le maréchal, préféra faire demi-tour.

Bien lui en prit. Bassompierre les attendait déjà à l'auberge des Coches et leur annonça que le départ se ferait en fin d'après-midi. Ils avaient tout le temps, par conséquent, de faire honneur au dîner qu'il venait de commander. Deux bateaux avaient été retenus. Le premier se chargerait du carrosse et des chevaux du maréchal et en plus, bien entendu, des voyageurs. Sur le second embarqueraient le reste de son équipage et celui de Floriane. S'ils parvenaient à éviter les bancs de sable que les basses eaux découvraient à la belle saison, les bateliers – et ils juraient bien entendu de leur adresse – avaient promis l'arrivée à Blois pour le lendemain, dans la matinée.

D'une main distraite, Floriane déplaça les tiges d'un bouquet de roses pâles posé sur le bord d'une fenêtre. Des bouquets semblables garnissaient un peu partout la coquette auberge.

— Demain, à la même heure, nous serons à Blois, murmura-t-elle comme pour elle seule.

Elle n'était pas très sûre de s'en réjouir. Ce voyage était un enchantement tel, qu'elle ne pouvait en envisager la fin qu'avec regret.

Comme devinant ses pensées, en accord avec les siennes, François de Bassompierre s'approcha et lui prit la taille, la tenant d'une main afin de la conduire à la table. Le geste, en apparence, était d'une banale courtoisie mais Floriane frémit au contact des doigts du gentilhomme. Leurs épaules se touchèrent. En marchant, elle sentit la jambe de Bassompierre épouser les mouvements de la sienne. Une haleine chaude et un parfum chypré caressèrent son visage.

— Venez… profitons de ce jour qui nous reste. Je ne connais que deux choses capables de le meubler agréablement : une table raffinée et une couche assez grande pour deux. Partageons au moins la première.

Il semblait à Floriane que l'auberge tout entière devinait son trouble. Elle fit un effort pour répondre d'un ton badin :

— Au moins, dans ce domaine, vous suivrai-je bien volontiers. Les dévotions de ce matin m'ont creusée. Notre Ermelinde ne nous a fait grâce d'aucune église.

— Vous aurez de quoi faire glisser vos Ave et vos Pater avec le repas qui nous attend.

D'un geste du bras, Bassompierre convia tout le monde à s'asseoir à table. Il n'avait pas menti. Le dîner était à faire oublier les prières les plus austères, ou plus exactement il reprenait à son compte les notions de recueillement, de piété et de divin tant il tendait à la perfection. Des petites alouettes bien grasses, couchées sur un lit de croûtons frits aux ris de veau nappés de verjus à l'oseille, incitaient à la plus dévotieuse des dégustations. Orléans étant la patrie des cognassiers, il y avait des coupes pleines de cotignac, délicieuse confiture de coings dont on se pourléchait.

— C'est ici l'une des plus fines cuisines du royaume, croyez-moi, dit Bassompierre qui, oubliant son régime, piquait le dos d'une alouette de la pointe de son couteau.

Les invités n'avaient pas eu besoin de son affirmation pour s'en persuader. L'aubergiste, radieux, vint recevoir les compliments de ses hôtes et en même temps une bourse lancée par le maréchal. Floriane profita du moment pour monter se reposer dans sa chambre. Toinon lui avait préparé une chemise propre et une autre robe. Sur le volet tiré, le soleil appuyait de toute son ardeur. C'était le moment du jour que Floriane détestait. Elle s'allongea sur le lit et ferma les yeux, ne bougeant pas à l'entrée d'Ermelinde.

Partager sa table et partager son lit. Dieu ! Saurait-elle résister avant Blois à l'attrait de ce diable d'homme ? Sans rien exiger, en créant simplement un climat de joyeuse gaillardise et en lui faisant goûter à l'art de bien vivre qu'il avait toujours mis en pratique, Bassompierre la charmait plus sûrement que ne l'avaient fait toutes les galanteries qu'on lui avait débitées jusqu'alors.

« Je finirai par lui tomber toute rôtie entre les mains, comme une alouette, pensa-t-elle. Et pourtant, ce n'est pas lui que j'aime. Pas lui », répéta-t-elle avant de s'endormir, bras et jambes écartés, repue, insatisfaite, amusée, tourmentée, bienheureuse.

Le batelier lança un ordre. Un homme détacha l'amarre. Un autre donna un vigoureux coup de perche. Lentement, les deux bateaux plats décrivirent une courbe et gagnèrent le milieu du fleuve. De là, Orléans était superbe. Tours, clochers et toits d'ardoise, remparts où venait mourir la grève captaient à cette heure vespérale tous les rayons d'un soleil glorieux. Ils croisèrent une multitude d'embarcations qui regagnaient le port. Ils longèrent ensuite les faubourgs. Puis, peu à peu, les bateaux se firent plus rares ; le cours de la Loire parut s'élargir encore ; les berges de sable blond clair rencontrèrent des prairies d'herbes hautes : les voiles hardiment gonflées par un vent favorable, les deux cabanes avaient pris la route sur la plus belle des voies fluviales.

Bêtes et voitures avaient été embarquées à l'arrière. À l'avant, deux petites tentes de toile avaient été installées pour la commodité des voyageurs, mais, pour le moment, ceux-ci s'étaient assis sur des coussins jetés à même le pont et, vivifiés par la brise, oubliaient la fournaise de la journée.

Malleville ne cessait de s'empresser auprès d'Ermelinde à tel point que la chère vieille fille ne savait comment recevoir ces avalanches de galanteries, à la grande joie de son entourage.

— Un verre de vin, chère dame Frumence ?

Il ne fallait point trop la prier dans ce domaine-là.

— Oui, oui. Mais ce sera le dernier. La tête me tourne.

Elle vida néanmoins son verre d'un trait, révélant de vieilles habitudes.

« Elle finira par rouler par-dessus bord », se dit Floriane qui finissait par ne plus pouvoir la supporter.

Ermelinde bâilla et porta la main à sa tempe.

— Dieu, que j'ai sommeil ! Madame ma mie, accompagnez-moi, la tête me tourne.

Des bras obligeants l'aidèrent à se relever. On la conduisit à la tente réservée aux voyageuses.

— C'est la chaleur, suggéra Malleville.

Chaleur ou vin, ou les deux ensemble, Ermelinde s'écroula sur son matelas, déjà endormie.

— Occupe-toi d'elle, dit Floriane à Toinon. Moi, je préfère respirer encore un peu.

Elle fit quelques pas et s'appuya sur la corde épaisse tendue tout autour du bateau en guise de protection. À l'horizon, la Loire semblait rencontrer la fin du monde tant l'occident paraissait tourmenté. Le soleil avait disparu. Restait un ciel couleur de flammes où s'étiraient des nuages noirs et fins comme des traits d'encre de Chine. La campagne n'était qu'ombres d'arbres ou de haies. À peine une lueur, çà et là, révélait un village ou une maison isolée. Des voix et des rires lui parvinrent de la berge où elle devina un petit groupe de paysans qui prenaient un bain de rivière. Le doux clapotis de l'eau sous la coque ne parvenait pas à masquer le chant des grillons cachés sur la rive. L'air était délicieusement frais et parfumé par les foins et les fleurs où se mêlaient les odeurs de vase et de plantes aquatiques. Floriane entendit venir quelqu'un qui s'arrêta derrière elle et posa les mains sur le cordage de chaque côté des siennes, la tenant ainsi emprisonnée. Elle connaissait bien ces mains longues et fortes aux veines marquées sous le hâle de la peau.

Elle fut heureuse que le maréchal l'eût rejointe.

— C'est votre premier voyage sur la Loire ?

Elle fit oui de la tête.

— Vous avez de la chance. Cette nuit promet d'être magnifique.

Ils regardèrent un moment filer l'eau noire du courant, puis il l'entraîna vers sa tente et la fit asseoir sur des coussins. Tout un pan de toile était relevé sur l'eau, le ciel et la nuit qui maintenant était là tout à fait. Bassompierre s'installa près de Floriane. Ils étaient entièrement cachés aux regards de l'équipage. Un mince filet de fumée, dégageant une plaisante odeur de citronnelle, s'échappait d'une petite casserole posée à terre, éloignant ainsi les moustiques, véritable peste des nuits de rivière. Entre eux deux, il y avait une bouteille et deux verres et sur un tabouret un jeu de dés.

— Aimez-vous le jeu ?

Floriane avait cru à une invite galante : François de Bassompierre la conviait à une partie de dés ! Rien, avec lui, ne pouvait être prévisible.

Il lui était difficile de répondre non. Bassompierre lui proposa une rafle qu'elle accepta.

— Quelles en seront les enchères ? demanda-t-il en remplissant les verres.

Floriane remarqua qu'il avait sorti son étrange gobelet.

— Pour vous, l'histoire de cet objet si mystérieux, proposa-t-elle.

— Soit ! Et pour vous-même, le nom de celui que vous aimez. Elle plissa les yeux en buvant une gorgée de vin blanc qu'il lui avait servi :

— Qui vous fait croire que j'ai un nom à vous révéler ?

— Ah, violette, vous vous dérobez !

— Soit ! fit-elle en reposant son verre. Jouons franc jeu.

Bassompierre lui tendit le petit cornet d'ivoire et d'ébène.

— Vous connaissez le principe ? Un maximum de points sur un doublet.

— Je connais.

D'un petit coup sec, elle lança ses dés : cinq-cinq.

La chance était aux côtés de Floriane. Accumulant les doublets, elle gagna la partie, sur le joli score de cent deux points à soixante-dix.

— J'ai gagné ! s'écria-t-elle radieuse. Et maintenant j'écoute.

C'était une belle histoire que la voix grave et sensuelle de Bassompierre évoqua dans la tiédeur envoûtante de la nuit d'été, une histoire d'amour qui finissait mal, un conte de fées. Car il s'agissait bien d'une fée qui, un jour lointain, séduisit le jeune comte d'Orgerweiller, ancêtre de la famille des Bassompierre. Tous les lundis, durant deux ans, le comte avait retrouvé sa belle dans un pavillon isolé. Ce fut là qu'un jour son épouse les surprit. La fée dut partir, malgré les larmes de son amant, malgré leur amour, mais elle laissa au comte trois présents qui apporteraient bonheur et prospérité à lui et à ses descendants : une bague, une cuillère et un gobelet, tous trois taillés dans la même pierre rude. La branche des Bassompierre avait hérité du gobelet.

— Et nous n'avons jamais eu à nous plaindre du sort, conclut le maréchal.

— Quelle est donc cette pierre qui possède un tel pouvoir ?

— Je ne sais, dit-il en retournant le gobelet entre ses doigts. Mon père racontait qu'une de nos aïeules fit tomber ce gobelet qui se cassa en plusieurs morceaux. Elle les remit dans leur étui, voulant au moins les conserver, et eut l'heureuse surprise, le lendemain, de les trouver ressoudés tout seuls ! Je ne me risquerais pas à tenter l'expérience, je vous l'avoue.

Une lune ovale, au blanc de perle, était agrafée comme un somptueux bijou au manteau bleu sombre du ciel. Son reflet s'étirait en un long faisceau sur la Loire, faisant jaillir alentour une clarté de songe, une douce brillance où les fées devaient pouvoir surgir, danser et charmer les mortels ! À l'arrière du bateau, la Musette jouait sur sa flûte un chant ancien et doux qui, lui aussi, semblait irréel.

Floriane sentit Bassompierre lui glisser le gobelet entre les doigts.

— Acceptez d'y boire.

Elle caressa la pierre chaude et polie, y posa ses lèvres.

Les voix des bateliers vinrent troubler la magie de l'instant.

— Une autre partie ? demanda Bassompierre.

— Avez-vous encore une légende à me raconter ?

— Cette fois, il ne s'agira pas de légende mais de ceci.

Devant Floriane intriguée, il prit un bouton de son pourpoint et tira dessus, cassant net le fil qui le tenait cousu. Il y eut comme une étincelle. Sur la paume tendue, elle vit luire doucement un diamant de la plus belle eau, gros comme un pois vert. Comment n'avait-elle pas mieux détaillé la richesse de l'habit que le maréchal portait ce soir ? Pour ce voyage en bateau, il était aussi paré que s'il dansait au Louvre. Floriane s'avisa que toute la rangée des huit boutons était composée de diamants semblables à celui-ci.

Bassompierre, qui savait la jeune fille sans fortune, ne pouvait la pousser à un enjeu de cette taille sans une malice derrière la tête. Floriane lui trouvait l'air encore plus goguenard que de coutume. Elle se sentit vulnérable, face à cet homme mûr, rompu aux chausse-trapes de la vie et de ses jouissances. Elle s'efforça de rester naturelle :

— Il me sera difficile de vous suivre. Je n'ai que ce modeste saphir à vous opposer, dit-elle en montrant la bague de Diane.

— Croyez-vous ? demanda Bassompierre en faisant rouler le diamant sur sa paume. Et que faites-vous du fabuleux joyau si bien protégé sous vos cottes et vos dentelles ?

Elle aurait dû le quitter là et se retirer vertueusement auprès d'Ermelinde. Elle n'était pas de taille à lutter contre cet homme. Qu'était-elle donc face à lui ? Un oisillon sorti de l'œuf. Elle surprit le coup d'œil du maréchal, le vit insolent, aigu et… mais oui, très amusé. Elle fut persuadée que François de Bassompierre se moquait d'elle, tout simplement. Le démon ! Il allait voir.

— J'accepte. Je joue donc ma personne mais ce sera contre votre rangée entière de boutons !

— Bravo ! Enjeux acceptés ! Que vous me plaisez, violette, mordieu !

Elle empoigna le petit cornet et jeta les dés sans plus attendre. Cinq-cinq de nouveau.

Au début, elle gagna, réalisant trois tours de suite des doublets élevés. Bassompierre semblait condamné à végéter sur de médiocres jets. Imperturbable, il marquait les points sans regarder son adversaire qui voyait déjà s'achever la partie à son avantage. Mais, peu à peu, les lancées se firent plus égales et Bassompierre reprit sur Floriane. La cadence s'accéléra. Les dés roulaient en coups secs à un rythme de plus en plus rapide. Les joueurs eurent bientôt le même nombre de points. Une lutte acharnée s'ensuivit qui se termina par un magnifique doublet final – six-six – emporté par Bassompierre. Floriane avait perdu.

Elle eut une grimace dépitée, mais ne montra pas sa déception davantage. Ce n'était certes pas les diamants qu'elle regrettait mais bien le piège dans lequel elle s'était fourrée par simple bravade.

— Bien joué, violette ! Mais… Que diable faites-vous donc ? demanda le maréchal en la voyant s'étendre sur les coussins.

— Une dette de jeu est sacrée. Payez-vous, monsieur ! lança-t-elle avec morgue.

— Tout doux ! Pourquoi cette méchanceté ?

Il caressa le cou renversé, rond et blanc et suivit le contour des petites oreilles toutes tièdes sous les boucles noires. Les yeux fermés, elle accepta la caresse. Elle ne pouvait voir l'expression du maréchal. Les traits de celui-ci, tendus par le masque du désir, étaient presque pathétiques, en tout cas bien loin du visage habituellement rieur et moqueur du joyeux compagnon.

— Je vous tiens quitte de votre dette, murmura-t-il en lissant la courte frange qui frisait sur le front de Floriane. Chacun garde sa mise. Peut-être pour une prochaine fois.

Elle se redressa brusquement sur un coude :

— Croyez-vous que je vous aurais laissé vos diamants si le hasard m'avait fait gagner ? Vous faites la fine bouche, maréchal. Le gain vous paraît sans doute sans valeur comparé à vos précieux boutons.

Il n'aurait su démêler la plaisanterie de la réelle indignation. Elle n'aurait pas su dire elle-même ce qu'elle ressentait réellement. Ils s'affrontèrent un instant du regard. La lune toujours aussi lumineuse éclairait sur la route fluide, à quelques centaines de mètres, un petit groupe d'îlots sablonneux couverts d'aulnes dont les branches s'allongeaient jusqu'au ras de l'eau. L'un des bateliers, posté en vigie, le signala à ses compagnons. Floriane et Bassompierre ne voyaient qu'eux-mêmes. L'héroïsme du gentilhomme atteignit ses limites. Brusquement, elle se retrouva dans ses bras, les joues frissonnantes sous sa moustache, les lèvres forcées par ses lèvres, la bouche ouverte par une langue savante qui ne rencontra pas la moindre résistance. Encouragé et sans interrompre son baiser, Bassompierre laissa glisser ses mains, remonta le long du dos, détacha le collet de dentelle qui couvrait les épaules et la poitrine de Floriane afin de mieux dégager ses seins tièdes dont il palpa le velouté. Le baiser se prolongeait, tour à tour léger et vorace. Floriane perdait souffle. Elle sentit Bassompierre prendre sa main et la guider doucement le long de son torse où la sueur plaquait la chemise, jusqu'au bas-ventre, viril, tendu, sans équivoque. Elle voulut se dégager. Le gentilhomme n'insista pas.

— Effrayée ? demanda-t-il simplement.

Elle fit non de la tête et cacha son visage contre l'épaule de Bassompierre.

— Mais vous pensez à quelqu'un d'autre, n'est-ce pas ?

Elle acquiesça, toujours sans rien dire, car c'était bel et bien la pensée d'Artus qui venait la retenir dans son abandon.

Bassompierre avait trop l'habitude des femmes pour être contrarié par l'aveu. Néanmoins, il aurait donné cher pour connaître le nom du trouble-fête et le chasser de la jolie tête posée contre lui. Il se mit à rire.

— On y prend même goût très vite. Vous verrez, après deux ou trois leçons.

Elle se mit à rire aussi, renversant la tête en arrière, offrant visage et gorge aux baisers qui ne se firent point attendre. Avec une délicatesse qu'elle n'eût pas espérée de la part d'un trousseur de jupons blasé, Bassompierre la coucha sur les coussins. Découvrant ses jambes, il ôta l'un après l'autre les petits souliers de peau blanche, puis les bas incarnadins et déposa un baiser sur chaque pied. Floriane sentit de nouveau sa moustache, accompagnant deux lèvres actives, frôler sa peau, remonter le long de ses jambes, s'arrêter aux genoux puis s'insinuer entre les cuisses qui s'entrouvrirent sur la plus jolie des féminités.

Haletante, appelant l'étreinte de Bassompierre qui accentuait son baiser, ce fut elle cette fois qui l'attira et tendit la main pour dénouer les aiguillettes de ses chausses, aussi impatiente que le gentilhomme de se lier dans leur plaisir commun.

— Tiens bon la barre, Bassompierre !

Le cri déchira la nuit silencieuse et par la même occasion sépara les amants avant même qu'ils ne fussent unis.

Bassompierre s'était levé d'un bond et se rajustait pendant que Floriane rabattait vivement sa robe. Il n'y avait personne devant leur cabine, seulement le même pan de ciel rencontrant l'eau argentée, mais le plaisantin ne pouvait être loin.

— Je vais châtier l'insolent ! grommela le maréchal furieux. Ne bougez pas.

Floriane entendit le bruit de ses bottes sur le pont. Il y eut des voix mais elle eut beau tendre l'oreille, elle ne put comprendre ce qui se disait. Tout à coup, à sa grande surprise, elle entendit le rire sonore et jovial de Bassompierre. Comment pouvait-il rire après ce qui venait de se passer ? Alors que quelqu'un s'était ouvertement moqué d'eux ? Elle fut blessée par cette flagrante désinvolture. Bassompierre la rejoignit toujours riant mais ne remarqua pas son air boudeur.

— Ah ! Les monstres ! L'aventure est cocasse. Devinez, mais devinez ce qu'ils ont inventé.

— Qui ça « ils » ? demanda-t-elle sèchement.

— Les bateliers, pardi !

— Ce sont les bateliers qui...

— Oui ! Et ce n'est pas du tout ce que nous avions imaginé. Sachez que nous venons de rencontrer une passe difficile. Quand je dis « nous », précisa le gentilhomme avec ironie, je veux parler du bateau. Les parages de ces îles menaçaient de nous ensabler. Celui qui tient le gouvernail vient de faire de la belle ouvrage avec une adresse remarquable. Ses camarades ont voulu l'encourager et...

Le maréchal riait encore.

— Et ?

— Le cri d'encouragement s'adressait à lui ! On le surnomme « Bassompierre » car il est, paraît-il, toujours de belle humeur et fort galant. Je vous répète là les paroles des bateliers. Je ne pensais pas être réputé à ce point.

Bassompierre se rassit auprès de Floriane qui n'avait pas bougé et lui caressa la joue du dos de la main.

— Avec tout ça, ma violette, je crains de ne plus être tout à fait en train. C'est payer bien cher ma popularité. M'en voulez-vous ?

Elle eut le bon goût de sourire.

Floriane eût été une femme d'expérience, la mésaventure l'eût laissée affamée et mécontente. Mais elle n'était qu'une jeune fille aux connaissances amoureuses encore limitées. Certes, elle était déçue et son corps tenaillé par de malicieux petits regrets mais tout cela de façon confuse. Elle découvrait que Bassompierre n'était pas le pourfendeur infaillible que la renommée laissait croire mais qu'il avait lui aussi ses faiblesses. L'âge, peut-être. Le héros s'effaçait devant l'homme. Et loin de lui en vouloir, dans un paradoxe bien féminin, elle fut tout attendrie de le sentir plus accessible. Aussi, lorsqu'il s'excusa auprès d'elle de se montrer si piètre amoureux, le fit-elle taire bien vite et se nicha-t-elle contre lui.

Le cœur humain n'est jamais sans surprise. Bassompierre qui avait joui des femmes – et ne s'en privait pas encore – jusqu'à en éprouver une sorte de détachement, Bassompierre qui les méprisait dans l'ensemble, ne donnant son amitié qu'à de rares élues comme la princesse de Conty, Bassompierre qui n'avait aimé qu'en mettant prudemment son cœur à l'abri, Bassompierre fut ému, troublé, et pour tout dire conquis par le geste d'une charmante enfant se jetant dans ses bras.

— Ma petite violette, balbutia-t-il, éperdu de tendresse.

Il se mit à caresser Floriane d'une main et d'une bouche légères, murmurant tous les mots que l'amour, cent fois, avait mis sur ses lèvres, mais avec une douceur toute neuve. Ses gestes étaient lents, dévotieux, efficaces puisque Floriane sentit peu à peu croître son plaisir, découvrant son propre corps à chaque nouvelle caresse. En artiste prodigieux, Bassompierre créait l'ivresse avec seulement ses doigts et ses lèvres, habilement égarés sur un être trop jeune pour ne pas y répondre avec fougue et bonheur.

Un soupir. Floriane s'amollit sur les coussins, étonnée d'avoir découvert que le plaisir pouvait aussi se cueillir ainsi.

— Vous êtes heureuse ?

Elle n'osa pas regarder le gentilhomme, se sentant vaguement coupable d'un égarement égoïste.

Une fois encore, il la devina.

— N'ayez pas honte, dit-il en se mettant à rire. Quelle enfant vous faites ! Vous en êtes encore à l'âge où les jeunes filles voient l'homme en perpétuel état d'érection, courant sus pour leur propre compte. Savoir faire jouir une femme procure déjà bien des satisfactions, croyez-moi.

D'un geste paternel, cette fois, il renoua le ruban du collet de Floriane.

— Voulez-vous encore un peu de vin ?

Elle refusa et se cala plus commodément sur les coussins. Le bateau avait retrouvé son calme. On n'entendait que les bruits furtifs habituels : les pieds nus sur le bois, l'eau fendue sous la coque, les voix assourdies. Un souffle presque froid fit frissonner la toile tendue au-dessus d'eux. Bassompierre couvrit Floriane de son manteau de satin et la regarda s'endormir.

*

Éveillés aux premiers signes du jour, ils regardèrent se dissiper les ombres sous l'avancée de traînées laiteuses. La campagne peu à peu redevenait une réalité de couleurs et de bruits. Tout luisait comme neuf, sous un soleil fougueux, et la Loire retrouvait son satin d'émeraude sombre. Ni l'un ni l'autre n'eut plaisir à voir, au loin, se profiler la ville de Blois et les étendards royaux claquer dans la brise matinale sur le sommet de la tour de Foix. Ils savaient tous deux que la vie à la cour ne leur permettrait pas de retrouver la merveilleuse intimité goûtée au cours de ce voyage. Chacun serait pris de son côté – le cœur, les affaires. Bassompierre, qui avait su se montrer discret dans le premier domaine, se permit de donner quelques conseils quant au second. Il y alla de considérations d'ordre général sur la vie de la cour qu'il pratiquait depuis longtemps. S'étant toujours gardé des cabales, ayant pris garde de ne pas faire de jaloux, ménageant l'un ou l'autre, même disgracié – car sachant la fortune capricieuse –, rendant service sans jamais se mêler des affaires d'autrui, il avait réussi le tour de force de rester en place et en faveur pendant près de trente ans. Aussi, n'avait-il eu de maître que le roi lui-même. Floriane lui paraissait bien vulnérable, lancée dans ce théâtre bouillonnant avec, pour seule garantie, l'amitié de Mme de Chevreuse. Jugeant son frère trop compromis dans les folies de Monsieur, il lui proposa son appui, en cas de besoin.

— Je serais contrarié, petite violette, de vous savoir mêlée aux intrigues qui agitent la plupart d'entre nous. La duchesse est une femme charmante et, qui plus est, l'épouse d'un vieil ami. Mais, Dieu, quelle trublionne ! Un petit maréchal en jupon qui mène ses troupes à une guerre bien dangereuse. Quant à Don Gaston, ce n'est qu'un écervelé qui aime tout le monde et personne et craint, avant tout, les complications. Déjà tout petit, il faisait les pires sottises mais avait une telle façon de rire et de promettre d'être sage qu'à chaque fois il échappait aux punitions. Pendant ce temps, son frère faisait l'opiniâtre et recevait le fouet.

Le maréchal soupira d'un air morose :

— Comme ses fils sont différents de mon bon Henri !

Tout le bateau était sur pied et regardait grossir de plus en plus les premières maisons de la ville. Seule Ermelinde continuait à ronfler, anéantie depuis la veille dans un sommeil de plomb. Cela en devenait même étonnant. Un peu d'eau de rivière versée sur sa ronde figure l'éveilla comme le bateau touchait à quai. La Musette la porta dans le carrosse. Pensant que c'étaient là les conséquences de trop fortes libations, Floriane n'avait pu que se réjouir de ces vapeurs prolongées. Dans les bras de Bacchus Ermelinde lui avait fichu la paix. Le hasard avait bien arrangé les choses. Elle ne tarda pas à apprendre que le hasard, en l'occurrence, avait pris le visage de pruneau rieur du sieur de Malleville qui avait cru amical de verser quelques gouttes d'un soporifique dans le verre de dame Frumence ; Bassompierre l'avoua en riant à la jeune fille :

— Je ne peux que bénir son geste et croire que vous l'appréciez, vous aussi.

Floriane glissa sa main sous le bras du gentilhomme :

— Cette nuit restera parmi les plus beaux souvenirs de ma vie, répondit-elle gravement.

Que n'eût donné le bouillant Lorrain en cette minute pour faire disparaître bateliers, domestiques et gens massés sur le quai ? Revenu de ses émotions nocturnes, il se sentait à nouveau capable d'épuiser les plus fougueux appétits d'une fille de seize ans. Il se domina mais sa voix était altérée lorsqu'il murmura en caressant le visage de Floriane d'un œil ému :

— Restez toujours telle que vous êtes, ma violette, si fraîche, si franche…

Les carrosses étaient prêts. Ils se séparèrent.

— Hue ! Hue ! Dia !

La rampe d'accès au château était en pente rude. Cavaliers et gens à pied s'y bousculaient dans les deux sens. La matinée n'était qu'à peine entamée mais déjà la chaleur était dense et les chevaux, énervés par leur randonnée sur l'eau, avaient du mal à grimper la côte.

— Hue ! Hue !

Devant eux, le carrosse de Bassompierre avait disparu tout comme le port ; les bords de Loire grouillants de monde et de bateaux étaient maintenant invisibles, cachés au bas de ces rues et de ces jolies maisons claires chapeautées d'ardoise. Indifférente aux beautés de Blois et aux difficultés de la circulation, Floriane laissait se dévider le fil lumineux et multicolore des heures passées.

— Hue ! Hue, donc !

Un valet, descendu de sa mule, saisit l'un des chevaux près du mors et tira, joignant ses cris aux cris de Macloud. Le carrosse parvint enfin à la hauteur de l'Hôtel d'Amboise et tournant à droite, à angle net, déboucha dans la « basse-cour » du château.

La cohue y était telle, Seigneur ! que Floriane fut brusquement tirée de ses songes.

— Nous arrivons, dame Frumence ! s'écria-t-elle en secouant la vieille fille.

La Musette vint lui dire qu'il valait mieux se garer ici, tout de suite, et ne pas chercher à approcher de l'entrée avec la voiture. Chevaux, carrosses, litières, charrettes et fourgons à bagages parmi lesquels se faufilaient les jeunes pages, les gardes, des hommes et des femmes de toutes conditions comme en témoignait la diversité des habits, lingères, paysannes, dames, palefreniers, laquais, bourgeois, petits-maîtres et cavaliers, formaient une mêlée hétéroclite et bruyante dans laquelle courageusement Floriane se jeta, accrochée aux basques de la Musette, et remorquant une Ermelinde encore hébétée.

Levant les yeux, elle regarda la façade du château où se trouvait l'entrée principale. Sertissant les briques patinées par le temps en chaînages, pilastres et lucarnes, la pierre blanche s'ornait d'écussons retenus par des anges et dans lesquels s'inscrivaient les chiffres et les armes de Louis XII et d'Anne de Bretagne, fleurs de lys et queues d'hermine ciselées. Entre deux fins piliers ouvragés, s'ouvrait la grande porte surmontée d'une niche peinte en bleu azur et décorée de fleurs de lys d'or où une statue équestre du même Louis XII rappelait combien le roi avait aimé et embelli ce château, héritage des Orléans : il y était né et l'avait apporté à la couronne. D'ailleurs, on reconnaissait l'emblème de la famille, le porc-épic, au-dessus d'une autre porte plus petite que Floriane allait franchir toujours flanquée de ses deux compagnons. Un homme en sortait qu'elle heurta au passage. Elle reconnut Gaston de La Loubière, écuyer de M. de Chalais, et voulut lui demander où logeait la duchesse et s'il savait où elle pouvait trouver son frère. Elle le héla mais le jeune homme paraissait fort pressé et ne se retourna pas. Peut-être, tout simplement, ne l'avait-il pas entendue ? Elle le vit enfourcher un cheval qui l'attendait et le lancer avec impatience au travers de la foule. C'était sans importance puisque le garde, à l'entrée, lui indiqua obligeamment son chemin.

Ils traversèrent une nouvelle cour, cernée sur ses quatre côtés par les façades du château, aussi grande que la précédente et aussi animée. Floriane aperçut Bassompierre en grande conversation avec des officiers de la garde royale. Il la salua de loin avec un sourire complice mais ne vint pas vers elle et elle ne chercha pas à le rejoindre. Il était inutile de déjà se montrer avec lui.

François de Brion la croisa, la reconnut mais ne lui fit qu'un signe distrait sans s'arrêter. Il courait presque.

« Qu'ont-ils donc tous ce matin ? » se dit-elle, surprise par l'attitude de Brion d'habitude si doux et si courtois.

Il était de fait que les gens qu'elle rencontrait lui paraissaient bien agités. Il était encore tôt et Floriane espérait trouver Mme de Chevreuse seule à sa toilette, sinon à peine levée. Point du tout.

Dès l'antichambre, elle vit du monde, des amis de Monsieur pour la plupart et qu'elle connaissait donc, tous avec des mines si catastrophées, des chuchotis coupés d'exclamations et des signes si évidents de trouble, qu'elle crut à un malheur. Avisant Bois d'Ennemets, elle courut à lui :

— Jacques-Daniel, que se passe-t-il ? Est-il arrivé quelque chose à la duchesse ?

Charles, qu'elle n'avait pas vu, était en conciliabule avec le président Le Coigneux, chancelier du Conseil de Gaston. Il se retourna en entendant sa sœur avec un visage aussi défait que les autres. Il ne laissa pas à Bois d'Ennemets le temps de répondre.

— Ah ! tu arrives maintenant ! s'exclama-t-il comme si la venue de Floriane ajoutait encore à la dramatique situation.

— Qu'y a-t-il, Charles ? Dis-moi vite, je meurs d'angoisse.

Ce fut Louvigny qui se chargea de la renseigner :

— Le roi a fait arrêter MM. de Vendôme.

— Ah !

Ouf ! Ayant craint le pire pour sa bienfaitrice et amie, Floriane accueillit la nouvelle avec moins d'affliction qu'elle aurait dû en montrer. D'ailleurs, elle n'avait jamais éprouvé une inclination particulière pour les deux bâtards royaux. Charles lui reprocha son indifférence.

— Laissez, Saint-Évy, laissez, ironisa Louvigny qui jouait avec la pointe de son coutelas. Votre sœur n'a aucun cœur, nous le savons tous.

Floriane ignora la remarque et tourna le dos au désagréable personnage.

— Pourrais-je voir la duchesse ?

— Elle reçoit M. de Chalais. Attends un peu.

Floriane eut du mal à retenir un signe de contrariété. M. de Chalais ! Évidemment, M. de Chalais, toujours lui, était là, derrière cette porte, paré, parfumé, emplumé, avec son sourire piqué dans sa blondeur et ses dentelles, M. de Chalais qui devait déployer son éventail de séducteur pour consoler une jolie duchesse effondrée sous ce nouveau coup du sort. Floriane se rappelait le chagrin et l'inquiétude qui avaient si fort rongé Mme de Chevreuse lors de l'arrestation du maréchal d'Ornano et elle éprouva une profonde compassion pour cette femme active, passionnée et dévouée à une cause difficile. Chère et séduisante duchesse. M. de Chalais ne pouvait l'aimer autant qu'elle, en tout cas, pas de manière aussi désintéressée, décida Floriane qui, n'écoutant plus les explications de Charles et de Bois d'Ennemets qui lui racontaient l'arrestation des Vendôme, alla frapper à la porte de la chambre.

L'assistance murmura derrière l'audacieuse. Son frère se précipita sur elle et la tira par le bras :

— Es-tu folle ? Le comte nous a bien recommandé…

— Je me moque du comte, souffla-t-elle pour lui seul.

Le pauvre jeune homme n'en crut pas ses oreilles.

— Enfin, sœurette ! Ce n'est pas le moment de déranger la duchesse. Tu te doutes bien que…

Une voix claire se fit entendre dans la pièce voisine :

— Oui ? Entrez !

Floriane ouvrit la porte doucement et entra dans la chambre de Mme de Chevreuse. Elle s'attendait, au mieux, à trouver une jeune femme en larmes avec à ses pieds un gentilhomme empressé, chaleureux. Une scène plus intime encore ne l'aurait, au vrai, pas du tout surprise quoiqu'elle la redoutât. Eh bien, pas du tout ! Mme de Chevreuse, assise à une petite table, une plume à la main, avait le visage animé et résolu. C'était Henri de Chalais, posé sur une fesse dans l'embrasure d'une fenêtre, qui paraissait sombre et nerveux. Il fronça un sourcil à la vue de Floriane mais celle-ci, ne lui accordant pas un regard, plongea dans une révérence aux pieds de la duchesse.

— Petite amie, c'est enfin vous !

— Pardonnez-moi, madame.

— Vous pardonner quoi ? D'arriver si tard ? Je vous attends depuis deux jours.

Une main aux doigts longs et fins caressa la joue, saisit le menton arrondi et obligea la jolie tête brune à se redresser. Floriane vit alors briller les célèbres yeux aigue-marine et une fossette se creuser à gauche d'un sourire éclatant. L'enchanteresse l'accueillait avec sa grâce incomparable et, en cette minute même, Floriane oublia tous les avertissements que lui avaient prodigués Artus, Anthonie et, le matin même, Bassompierre. Elle oublia ses propres réticences. Elle ne vit plus qu'un beau visage ; ne sentit plus qu'un doux parfum de tubéreuse caché dans le taffetas rose d'une robe.

Ces retrouvailles chaleureuses ne parurent point être du goût de M. de Chalais oublié par les deux jeunes femmes dans son coin de fenêtre. Un toussotement répété le rappela à leur mémoire. Le comte salua Floriane et crut bon d'ajouter :

— Nous commencions à nous inquiéter de votre retard.

« Menteur, va ! Tu avais ta duchesse tout à toi. Tu ne m'aimes pas. Je ne t'aime pas et tu le sais. »

— C'est très aimable à vous, dit Floriane poliment.

Puis elle se tourna vers Mme de Chevreuse.

— Je viens d'apprendre...

— Oui, oui. Un méchant coup mais pas surprenant. J'avais fait prévenir le grand prieur. Mais, bien entendu, il n'a rien voulu entendre.

Marie de Chevreuse lissa la plume blanche et grise entre le pouce et l'index. Où était la créature éplorée que Floriane avait pensé trouver ? Sous la table, un petit pied chaussé de rose battait impatiemment le plancher.

— Il fallait s'y attendre. Le duc de Vendôme ne prenait même plus la peine de cacher ses intentions. Il montait ses places fortes à la barbe du roi et se clamait déjà duc de Bretagne. Quant au grand prieur, vous connaissez comme nous son caractère violent. À l'entendre, il aurait fallu occire tous les ministres ! Et avec ça, quel orgueil, mes amis ! Je n'irai pas jusqu'à dire que leur arrestation nous facilite la tâche, mais au moins n'entendrons-nous plus ces deux forts museaux. Sans compter que le roi, tout comme Richelieu, se calmera sûrement après ce coup d'éclat. À nous d'en profiter. Justement, comte, je vous disais…

La duchesse était inquiète. Le bruit courait que Monsieur était prêt à accepter d'épouser Mlle de Montpensier. Il fallait redoubler de vigilance et de conseils, mettre s'il le fallait le jeune prince à l'abri de la cour et de ses mauvaises influences.

— Je compte sur vous, insista-t-elle avec un geste de la main en direction de M. de Chalais qui s'en empara et la pressa sur son cœur.

Floriane trouvait au jeune homme un air de gêne, voire fautif. Elle l'écouta protester de son zèle, et de son amour. Pour Mme de Chevreuse, oui, il ferait tout, entièrement dévoué à sa cause. Monsieur n'aurait meilleur ni plus efficace conseiller.

« Puisse cela être vrai ! » songeait Floriane. Pour l'amour d'une femme telle que la duchesse, il n'était pas impossible après tout qu'un homme faible devînt loyal. Agenouillé près de sa maîtresse, le comte offrait l'image même du chevalier fidèle ; nimbé d'un soleil qui entrait à profusion dans la chambre, il était beau, éclatant et Mme de Chevreuse rayonnait elle aussi comme une femme sûre de ses pouvoirs et qui se sait passionnément aimée. Leur couple était d'une exceptionnelle beauté. Floriane soupira et détourna la tête. Elle voulut sortir mais un mot de la duchesse la retint.

— Restez ! Vous, mon cher, rejoignez nos amis. Je compte sur vous. Au fait, avez-vous prévenu M. de Soissons ?

— Oui. La Loubière vient de partir.

— Nous nous verrons cet après-midi à la promenade de la reine.

Il était visible que Chalais quittait à regret les jeunes femmes.

— Et maintenant, à nous deux ! s'écria la duchesse. Ces beaux yeux fatigués semblent vouloir m'avouer bien des choses. Dites, dites-moi…

Féfé Vendôme et le Cadet Pisseux… Il ne fallait pas s'étonner du sort des Vendôme. Louis avait pris sa revanche. Les arrogants qui lui disputaient autrefois l'amour tant recherché de son père étaient punis. Louis était le roi. « C'est assez que c'est moi qui le veux, écrivit-il à Richelieu qui, souffrant, était resté dans son château de Limours. Assurez-vous que je vous protégerai contre qui que ce soit et que je ne vous abandonnerai jamais. »

La duchesse avait deviné cette détermination et la complicité plus étroite que jamais entre le roi et le cardinal. Elle sentait aussi Gaston d'Anjou se rapprocher de son frère et de sa mère. On disait que le roi avait envoyé le marquis de Fontenay avec cinquante cavaliers chercher Mlle de Montpensier et que les fiançailles étaient imminentes.

— Et vous croyez toujours que M. de Chalais aura le pouvoir de changer tout cela ? demanda Floriane après avoir écouté la duchesse.

Elle-même avait rapidement évoqué son voyage et comment Bassompierre l'avait tirée de son séjour forcé à Étampes.

— Rancunière, toujours, murmura la duchesse qui haussa brusquement la voix pour ajouter impétueusement : Chalais fera ce que je lui dirai de faire. C'est un ambitieux, un extravagant et j'ai toujours été la folie des extravagants.

Son rire secoua Floriane. Il claironnait la bonne humeur et la certitude d'être aimée. Floriane eut la nette impression que

Marie de Chevreuse se moquait comme d'une guigne du beau Chalais et cela la mit en joie.

Un valet avait apporté sa malle et elle put faire un peu de toilette pendant que Mme de Chevreuse rejoignait la reine. Charles vint la retrouver, escorté d'Ermelinde qui, tout à fait éveillée, rechignait à l'idée de se remettre en route.

— Il n'y a pas de place pour vous à la cour, dame Frumence. Toinon et Macloud vous attendent. Saint-Évy vous plaira, j'en suis certain. Notre cousine Montrouge est une femme très agréable, vous en serez charmée.

Charles s'ingéniait à réconforter la vieille fille.

— Ce qu'elle regrettera, c'est de ne plus pouvoir me tourmenter, ne put s'empêcher de lancer Floriane.

— Non, non ! Monsieur, n'en croyez rien. Je n'ai fait que suivre vos directives : protéger votre sœur, en dépit d'elle-même.

— Et vous avez parfaitement rempli votre rôle. Floriane les regarda tous deux avec une expression de mépris chagriné :

— Ah ! Vous pouvez être fiers de vos sordides petits complots ! Que veut dire « en dépit d'elle-même », dame Frumence ?

La bonne Ermelinde se troubla, blessée par la dureté du regard bleu qui la dévisageait sans complaisance.

— Madame ma mie, pardonnez-moi. J'ai toujours agi au mieux de votre intérêt.

— Et qu'avez-vous tant fait dans mon intérêt ?

Qu'avait donc manigancé la perfide Ermelinde sous couvert d'œuvrer pour son bien ? Floriane eût donné cher pour le savoir.

— Cela suffit ! décida Charles. Cesse de harceler Ermelinde. Ton escapade en Normandie, ton enlèvement ne t'ont-ils pas suffi ? N'as-tu donc pas eu ton compte de mésaventures ? On ne peut te laisser seule cinq minutes sans que tu t'élances, yeux fermés, dans le premier guêpier venu.

« Si tu savais tout, pauvre fol », songea Floriane sans répondre.

Ermelinde partit donc après des adieux assez froids et Floriane prit ses fonctions auprès de la duchesse l'après-midi même. À vrai dire, c'était une charge bien légère, Mme de Chevreuse agissant plus en amie qu'en maîtresse. Floriane retrouva l'air inimitable de la cour. La reine Anne lui fit ses grâces. Le roi daigna la gratifier d'un sourire timide. La reine mère à laquelle elle fut présentée l'accueillit avec le mélange de bonhomie et de froideur qui lui était coutumier. Floriane la trouva trop grasse, un tantinet vulgaire bien que moins antipathique qu'elle ne l'eût pensé. Son accent italien, il fallait l'avouer, avait quelque chose de cocasse et puis Bassompierre était là qui accompagnait sa jeune amie et c'était le meilleur des parrainages aux yeux de Marie de Médicis.

Chasses et promenades, soupers, danses et jeux vous entraînaient dans le plus gai des tourbillons, à quoi s'ajoutait le souffle exaltant d'une cabale qui rebondissait.

Courroucé, Monsieur se présenta un soir chez la duchesse, son visage d'enfant insoucieux tout crispé de mécontentement. Le roi, malgré ses gentillesses et sa bonne volonté, lui refusait toujours la liberté de M. d'Ornano !

— Puisque c'est comme ça, je m'en irai ! Et ça fera du bruit, croyez-moi ! Les places ne manquent pas qui m'accueilleraient avec enthousiasme. Tiens, et si j'allais à La Rochelle ?

Une clameur s'éleva. Puylaurens, Saint-Évy, Bois d'Ennemets se récriaient :

— Monseigneur, vous n'y pensez pas ! Trouver asile chez les huguenots ? Quel péché contre la religion !

— Bon, bon, mes amis. Calmez-vous. Je ne désire pas la mort de votre âme, fit Gaston en riant.

Il rabattit son chapeau sur l'œil et se campa devant Floriane.

— Notre petite Saint-Évy n'aurait-elle pas meilleure idée ? Floriane ne put s'empêcher de rire avec le facétieux.

— La question est grave, Monsieur. Toutefois je pencherais pour une retraite sans grand fracas, dans une ville qui ne soit aux mains ni des huguenots ni des étrangers. Ainsi le roi ne pourrait vous accuser de trahison.

Gaston d'Anjou siffflota d'un air admiratif :

— Peste ! Il y en a dans cette jolie tête.

Mme de Chevreuse approuva :

— Malheureusement, il ne faut plus que nous comptions sur Le Havre. Mme de Villars nous l'avait promis, mais son gouverneur de mari en décide autrement. Il en va de même pour Laon où cette mule de Malortie s'entête à ne pas nous céder son fort.

— Eh bien, galopons jusqu'à Paris. Je verse à poignées des sacs de blé sur mon bon peuple. Je l'ameute. Je lui apprends qu'on a voulu me séquestrer, comme on séquestre mes frères Vendôme, comme on voudrait séquestrer le comte de Soissons. Je mets une petite armée sur pied et nous courons sus à Vincennes où j'extirpe mon pauvre d'Ornano de son donjon.

Monsieur s'exaltait, le chapeau en bataille, se voyant déjà au cœur d'une mêlée furieuse. La duchesse attiédit son ardeur :

— Paris ? La ville n'est jamais vraiment sûre. Trop de factions s'y opposent. Quant au donjon, il est trop bien gardé. Non… Peut-être Chaulnes nous recevrait-il à Amiens ? Sinon, il resterait Metz.

On l'approuva. Metz, ville française, proche des frontières de l'est, était la retraite rêvée. Chalais s'engagea à écrire à M. de La Valette qui y commandait au nom de son père, le duc d'Épernon.

— Monsieur me fera mourir, soupira la duchesse. Il est aussi instable qu'un cabri.

C'était bien l'avis de Floriane. Pour un peu, elle eût plaint la Chevrette de gaspiller autant d'énergie et d'intelligence : autant vouloir capter un zéphir que diriger un être aussi fantasque que le duc d'Anjou. Dire que le sort de la reine en dépendait !

L'ombre inhabituelle sur le visage de Mme de Chevreuse s'estompa aussi vite qu'elle s'y était posée et Floriane respira mieux. L'heure n'était pas au découragement. Ce soir on se devait d'être gaie, spirituelle et élégante. Il y avait bal au château de Blois, une fête parmi la grande fête d'un été étincelant.

Des fleurs vivantes ! La plus jeune avec juste ce qu'il fallait de simplicité et de modestie pour ne pas éclipser son aînée.

La robe noire qui d'ordinaire s'ouvrait sur la toilette du dessous avait été supprimée. Apparaissait donc, dans tout son éclat, la soie légère d'une cotte et d'un corsage, rouge clair pour Mme de Chevreuse, gris perle pour Floriane. Les différences résidaient dans la profondeur du décolleté – celui de la jeune fille un tantinet plus discret – et dans le choix des parures. Des agrafes de grosses perles enchâssées d'or retroussaient les manches volumineuses de la duchesse et retenaient les plis superposés de ses nombreux jupons. Un « esclavage » de perles enserrait son cou mince et des rubis de tailles diverses étincelaient à ses doigts et dans son chignon. Chez Floriane, hormis le saphir qui ne quittait jamais son doigt, des « galans » gaufrés d'un bleu profond remplaçaient les joyaux. Mais ces petits nœuds bleus, piqués jusque dans les cheveux bouffants de chaque côté du visage, ne donnaient-ils pas à celui-ci un air de jeunesse impertinente qui valait bien tous les trésors du monde ?

— Vous allez encore semer la discorde dans la joyeuse bande de Monsieur fit la duchesse en donnant un petit coup d'éventail sur le bras de Floriane, et nous verrons ce sérieux Saint-Évy fulminer une fois de plus contre sa jolie peste.

Leurs éclats de rire et un nuage mêlé de tubéreuse et de violette les accompagnèrent jusque chez la reine qui les attendait pour se parer.

La halle ou salle des États – ainsi nommée depuis qu'Henri III y avait naguère réuni les États généraux – était située au rez-de-chaussée du château, dans sa partie la plus ancienne. Elle avait été transformée ce soir-là en la plus somptueuse salle de bal jamais rêvée. Sous l'éclat de milliers de bougies rassemblées en bouquets, elle était comme une immense cathédrale où chantaient les couleurs peintes sur les antiques murailles : rinceaux blancs et verts, corniches noires et pourpres, rosaces violettes, lisérés et soutaches d'or. Au sol, une faïence verte se mêlait à la teinte chaude de la terre cuite. Là-haut, très haut entre les bois de l'énorme charpente, la voûte d'un bleu azur se constellait de fleurs de lys formant autant d'étoiles dorées. Oui, la salle était belle, et majestueuse avec ses deux nefs gracieusement séparées par une rangée de sept colonnes rouges et bleues, cannelées en trompe l'œil.

Les musiciens s'étaient installés sur les deux galeries qui jouxtaient l'escalier de bois par lequel Leurs Majestés devaient apparaître.

La salle se remplit peu à peu et le bruit des voix se mêla aux premières notes d'essai. Aux couleurs vives du décor, s'ajoutaient celles des habits, celles-ci plus brillantes, plus chatoyantes que des pierres précieuses au fond d'un coffret.

— Je suis éblouie, avoua Floriane à Bassompierre qu'elle avait retrouvé au pied de l'escalier.

— Enfant ! Tout ceci n'est rien. Ces fichus édits nous condamnent tous à une austérité navrante. Où est le faste d'antan ? Où sont les grandes fêtes folles et élégantes que j'ai connues ? Vous n'en avez ce soir qu'un médiocre reflet. Le roi s'acharne contre le luxe avec une constance qui me désole.

— Vous n'en avez pas l'air, monsieur, rétorqua Floriane et je cherche en vain sur votre personne un signe d'austérité.

Chemise de fin linon, dentelle au col, aux poignets et aux revers des bottes, pourpoint de soie couleur « racine » rebrodé d'argent, le brillant maréchal, comme beaucoup d'autres, interprétait les édits rigoureux [1] à sa façon. L'œil bleu pétillant, le sourire malicieux, il détaillait l'assistance.

— Tout le monde ne peut comme vous resplendir dans une simple tenue de violette. Alors on triche un peu. On cache ses misères.

L'orchestre attaqua un air lent et cérémonieux. Les têtes n'eurent qu'un même mouvement et se tournèrent vers l'escalier où Louis XIII venait d'apparaître. Anne d'Autriche et Marie de Médicis, accompagnées de leur suite, descendirent à leur tour.

1. Le roi avait, à plusieurs reprises, promulgué des édits somptuaires interdisant broderies, passements, dentelles, etc.

Réunis pour un branle, le roi et la reine entraînèrent derrière eux une double colonne de danseurs qui n'attendaient que le signal. Monsieur avait pris la main de la jolie Charlotte de Castille, M. de Bautru, celle de Mme de Chevreuse, Charles dansait avec Mlle d'Attichy, une fille d'honneur de la reine mère. Sous les jupons de Floriane, ses petits souliers de taffetas bleu trépignaient en mesure.

— Ohé, Betstein ! s'écria Gaston d'Anjou en passant devant le maréchal. Qu'attends-tu pour conduire Mlle de Saint-Évy ?

Bassompierre se tourna vers Floriane avec un air contrit :

— Je n'ai jamais su danser, confessa-t-il. Que voulez-vous, on ne peut tout avoir : cerveau et pieds agiles.

Floriane n'eut pas le temps d'être déçue, car Puylaurens et Bois d'Ennemets fondaient sur elle dans un même élan de frères rivaux.

— Débrouillez-vous avec vos jolis cœurs, lui souffla à l'oreille Bassompierre. Moi, je m'en vais deviser avec la reine mère et ma vieille amie Conty. Mais attention ! Je garde un œil sur vous.

— Antoine ! Jacques-Daniel ! Messieurs, je vous en prie, ne vous entre-tuez point. Il y aura une danse pour chacun de vous.

En riant, Floriane se débattait aux prises avec les jaloux.

— Celle-ci est pour moi.

— Pardon ! Je l'ai demandée le premier.

— Gros nigauds, s'écria-t-elle. Vous allez me la faire manquer.

Une main sèche et brune agrippa la sienne, comme une griffe. M. de Louvigny la tira sans ménagement parmi les danseurs, laissant les deux autres tout interdits. Résister eût été du plus mauvais effet et Floriane dut, bon gré, mal gré, accepter la danse. Si Louvigny en avait espéré un quelconque rapprochement, il en fut pour ses frais. La jeune fille garda ses distances ; ne fit que le frôler juste ce qu'il fallait pour satisfaire aux figures, et pas une seule fois ses yeux ne croisèrent les siens.

— Eh bien ! Mais vous en faites une mine ! dit le comte de Chalais qui dansait tout près d'eux. Louvigny, mon vieux, qu'as-tu donc fait à notre petite Saint-Évy ? Tu ne sais jamais t'y prendre avec les femmes. Allez ! On échange.

Profitant d'une volte, il fit tournoyer sa cavalière, une petite rousse qui se retrouva sans rien y comprendre aux côtés de Louvigny tandis que lui-même récupérait Floriane.

Pour la première et sans doute la seule fois de sa vie, celle-ci offrit toutes ses grâces au comte de Chalais, ravie de planter là un être aussi antipathique que le sombre jeune homme. Mais sa joie fut de courte durée lorsqu'elle vit l'expression du danseur éconduit. Une haine farouche brûlait dans ses yeux noirs, et curieusement ce n'était pas sur elle que ce regard se posait mais bien sur Henri de Chalais, l'ami, l'inséparable, le plus que frère.

Une fois de plus, ces deux-là avaient gâté son plaisir. Sitôt que la musique cessa, elle fila droit sur Puylaurens qui continuait à parlementer avec Bois d'Ennemets et d'autorité lui prit le bras. À lui la prochaine ! Jacques-Daniel attendrait son tour.

Les heures s'enfuirent aussi légères et gaies que la musique qui étourdissait les têtes. On avait à peine le temps de souffler un brin que vite une nouvelle voix venait murmurer une invite à l'oreille, un nouveau bras s'emparait du vôtre et l'on repartait de plus belle dans la joyeuse mêlée. Malgré les fenêtres ouvertes, la chaleur était devenue étouffante. Floriane sentait la sueur tremper sa chemise. Avec son mouchoir, elle se tamponna le cou, le front et agita frénétiquement son éventail de plumes bleues. Elle but avec plaisir des gorgées de citronnade offerte par Puylaurens et déclarant forfait, du moins pour un moment, elle sortit faire quelques pas dans la cour.

Une brise suave lui redonna vie. Par petits coups, elle respira la nuit tiède et, la tête rejetée en arrière, lança ses yeux dans l'infini étoilé d'un ciel bleu sombre.

— Bonsoir !

Le cœur soudain en déroute, elle tressaillit, l'esprit éparpillé, le corps tout entier tremblant au son d'une voix unique qui simplement lui disait bonsoir. À deux pas d'elle, Artus d'Ivreville, le feutre à la main, la saluait avec une raideur cérémonieuse.

— Bonsoir, monsieur, répondit-elle d'une voix douce. Elle attendit, incapable de prononcer autre chose. Le bonsoir échangé, allait-il s'éloigner ou, au contraire, parler enfin ?

— Charmante soirée, n'est-ce pas ?

Ainsi, il l'avait prise au cœur d'une forêt complice. Ainsi tous deux avaient été amants. Elle l'avait quitté, endormi comme un enfant, tout moite encore de sa chaleur à elle. Elle avait espéré, pleuré, attendu pour entendre ces mots banals jusqu'à lui donner la nausée : « Charmante soirée, n'est-ce pas ? »

— Tout à fait exquise.

Ravalant sa déception, elle eut cette réponse aimable et mondaine qui, compte tenu des circonstances, tenait du miracle. Artus d'Ivreville s'éclaircit la gorge :

— Sachez que je suis… soulagé, oui, soulagé de constater que vous ne semblez pas me tenir rigueur de ma conduite, dit-il. Je sais ce qu'elle a pu avoir de grossier et d'outrageant. Votre attitude, ensuite, m'avait fait craindre de ne pas être pardonné. J'ose espérer maintenant qu'il n'en est rien.

Que disait-il ? Son attitude ? Quelle attitude ? Ah ! Sans doute voulait-il parler de sa fuite dans la forêt ? Elle avait agi avec une telle impulsivité, sous le coup de la rancœur. Il aurait dû comprendre et la rattraper. Ils se seraient expliqués. Comment le faire, ce soir, avec tant de monde autour d'eux ? Il fallait à tout prix trouver, un moyen de se revoir seuls, de se parler. S'il s'excusait, s'il lui demandait son pardon à genoux avec toute l'humilité et la douceur qu'elle était en droit d'espérer, alors tout pourrait être oublié.

— Au fond, c'est vous qui aviez raison, poursuivit le chevalier en regardant le bal qui se découpait dans l'embrasure de la porte. Les circonstances ne pouvaient se prêter à un lien quelconque entre nous si ce n'est, peut-être, celui d'une simple amitié.

Une simple amitié ! Il lui proposait son amitié ! Il lui jurait un éternel amour ; la boudait ; revenait à la charge ; la prenait de force et soulagé de ne pas l'entendre se plaindre et récriminer, monsieur, grand seigneur, lui offrait son amitié ! Et ce ton détaché qu'il employait comme si rien, jamais, n'avait palpité entre eux ! Un poids impitoyable parut lui broyer la poitrine dans le sillon de deux seins houleux sous la soie légère. Elle n'avait plus qu'une chose à faire : rivaliser d'indifférence avec lui et rayer, cette fois définitivement, jusqu'à la plus petite ombre de son souvenir. Elle le toisa avec arrogance :

— Vous êtes quitte de tout lien, monsieur, dit-elle d'un ton cinglant. Seule doit rester ma reconnaissance. Vous avez tant fait pour moi. Je n'oublierai jamais.

Artus d'Ivreville se recoiffa d'un mouvement brusque :

— Oubliez cela, surtout, c'est ce que vous pourrez faire de mieux. Serviteur, mademoiselle.

Le coup était rude et surtout inattendu. Elle avait tant espéré de leur rencontre, toute prête à se montrer généreuse et clémente, sûre au fond d'elle-même de l'amour d'Artus. Mais voilà : il ne l'aimait pas, il ne l'avait jamais aimée. Il l'avait simplement désirée, tout bêtement, tout vulgairement désirée, et cette pensée lui causa une déchirure à chaque seconde plus insupportable. Subitement, elle eut envie d'éclater en sanglots.

Voulant surtout masquer son émotion, elle attendit quelques instants avant de retourner dans la salle. Artus s'était joint aux danseurs, lui qui lui avait dit, un jour, ne pas aimer la danse. Il tenait contre lui une jeune femme blonde et paraissait s'amuser beaucoup.

Non ! Non ! Plutôt que de voir ça…

— Où courez-vous, ma violette ?

Elle ne s'était pas aperçue que Bassompierre était près d'elle et qu'il la dévisageait avec une vive curiosité. Au moment où elle allait quitter le lieu de son supplice et regagner sa chambre pour y pleurer tout à son aise, le maréchal l'avait arrêtée d'un geste. Elle sentit sa main presser son coude replié et l'obliger à faire demi-tour.

— Où fuyez-vous, devrais-je dire ? précisa le perspicace Lorrain.

— Oh ! François, si vous saviez, murmura-t-elle avec une furieuse envie de se jeter contre la robuste épaule du maréchal et d'inonder de larmes ses précieuses dentelles.

— Allons, allons... redressez-moi cette jolie tête. On nous regarde, ma chère.

Elle haussa le menton d'un mouvement aussi crâne que pitoyable. Bassompierre en sourit !

— Venez danser. Tant pis pour vous et pour la mesure !

Jean la Musette, qui possédait la bienheureuse faculté propre aux domestiques en général et aux personnes de son volume en particulier de pouvoir dormir n'importe où et n'importe quand, avait élu pour l'heure domicile sur une banquette de pierre, sise dans l'encoignure d'une fenêtre, tout à côté de l'appartement de Mme de Chevreuse où Floriane avait, pour elle, un petit cabinet.

Lorsque les derniers accords de musique s'étaient envolés dans la nuit, lorsque tout le monde avait regagné ses pénates et que, les dernières bougies soufflées par les valets, un silence approximatif avait repris possession du château, la Musette avait fermé les yeux. Il pouvait s'endormir : Mlle de Saint-Évy, précédant de peu la duchesse, était rentrée chez elle.

Une porte s'ouvrit sans bruit ; une petite ombre fit quelques pas sur la pointe des pieds ; une main se posa sur sa grosse carcasse et d'une poigne ferme se mit à le secouer. Il lui fallut un long instant pour reconnaître Floriane et s'étonner de sa présence. Plus surpris encore, il le fut lorsque la jeune fille lui chuchota au creux de l'oreille ce qui l'amenait à pareille heure.

La conduire chez M. de Bassompierre ? Lui demander cela, à lui précisément ! Si le corps de la Musette, par anomalie congénitale, était à l'abri des servitudes charnelles, en revanche, son cœur débordait de sentiments avec la capacité de souffrir des petits assauts de la jalousie. La conduire, en pleine nuit, chez le maréchal ! Le voyage, au fil de la Loire, ne leur avait donc pas suffi ? Et que devenait, dans tout cela, ce chevalier si gai et si hardi pour lequel la belle semblait avoir flanché ? Veiller sur une jeune fille n'était pas une sinécure.

Cependant, il n'était pas dans la nature et dans le rôle du bon la Musette de rechigner. Il accompagnerait Floriane dans la multitude de galeries et de couloirs et, bien sûr, ne poserait pas de questions.

De l'aile construite par François Ier dans laquelle ils logeaient, il fallait gagner le vieux bâtiment de Louis XII où Bassompierre ainsi que d'autres seigneurs influents avaient leur chambre, si ce n'était un appartement, à la différence des officiers ordinaires qui se contentaient d'un galetas sous les combles ou d'une chambre en ville. Traverser directement la cour eût été, bien sûr, plus rapide. Mais à cause des torches et des gardes qui y veillaient, Floriane y avait renoncé. Il leur fallait donc faire un grand détour dans le labyrinthe de l'antique demeure.

Sans bruit, Floriane et la Musette s'étaient mis en route. Une rare chandelle oubliée dans un coin et un rayon de lune traversant un carreau suffirent à les guider tout en conservant au décor le mystère que réclamait pareille escapade. Une odeur de bois et de vieux murs, des craquements subits, des ombres qui paraissaient vouloir, comme eux, se faire discrètes, ajoutaient à l'étrangeté de la promenade. Quel fantôme allait soudain surgir, là, devant eux, blafard ou sanguinolent dans ses ors ternis ? Celui de la douce reine Claude dont on trouvait parfois sur les murs le cygne percé d'une flèche qu'elle avait pris pour emblème ? Celui sombre et replet de Catherine de Médicis qui était morte ici même, dans ce château ? La haute silhouette du duc de Guise, transpercé par le poignard des Quarante-Cinq, à l'étage inférieur, là, juste à leurs pieds ! Floriane prit le bras de la Musette et fit presser le pas.

Comment faisait ce bon gros la Musette pour se mouvoir à l'aise en tout lieu et toujours se reconnaître ? Les couloirs de Blois lui étaient aussi familiers que les galeries du Louvre ou les allées du cours Saint-Antoine. Il était toujours au courant de tout, à l'affût, mine de rien, avec sa figure bonasse et son allure de pachyderme. Il mena Floriane au logis de Bassompierre sans le soupçon d'une hésitation.

L'étonnement de Théodoric des Étangs qui vint ouvrir à la jeune fille fut de courte durée. Il la fit entrer dans une pièce étroite et assez basse de plafond, encombrée de malles et de coffres de voyage. Une couverture étendue dans un coin devait servir de couche au jeune écuyer. Une porte, protégée d'une tapisserie, donnait accès à une autre pièce.

— Je vais prévenir le maréchal, dit Théodoric en s'inclinant.

Ce fut inutile. Bassompierre venait d'apparaître sur le seuil de sa chambre, somptueusement vêtu d'une robe d'intérieur en damas de Florence brun et argent. Derrière lui, la lumière d'un chandelier, soulignant par contraste sa forte carrure, le faisait paraître assez impressionnant et ourlait ses cheveux châtains d'une auréole d'or.

— Bonsoir, dit-il simplement. Veuillez entrer, je vous prie.

Il s'effaça pour la laisser passer.

Aucune comparaison n'était possible entre cette pièce-ci et la précédente. Le mauvais entretien, l'humidité, l'austérité naturelle de cette partie ancienne du château, négligée par les derniers souverains, où régnaient à titres divers rongeurs et moisissures, tout cela avait été gommé par le doigt magique d'un enchanteur. Charmée, Floriane le fut dès la porte franchie et ne put cacher sa surprise admirative.

Les murs avaient disparu, recouverts en partie par des tentures d'un cuir gaufré et doré qui garnissait également le fauteuil et les tabourets et par une tapisserie de Bruxelles chantant les amours d'Éros et de Psyché. Pour compenser l'extrême volupté qui se dégageait de la scène mythologique, une toile d'un maître italien, représentant le martyre de saint Sébastien, était accrochée juste à l'opposé. Au-dessus du lit tendu de damas, ses mille facettes semblant s'être transformées en or liquide, un splendide miroir de Venise doublait le ravissement.

Bassompierre se plut un moment à contempler le plaisir de Floriane.

— Mon domaine vous plaît-il ?

— Je ne sais comment vous dire..., murmura-t-elle. C'est prodigieux.

Voyager, errer d'auberge en château, c'était bien gentil. Fallait-il pour autant vivre comme un moine dans sa cellule ou un soldat sous sa tente ? Pas la moindre notion de confort n'entrait en jeu : l'époque ne s'en souciait guère. Mais un seigneur digne de ce nom savait en toute occasion s'entourer de magnificence.

Les pièces du lit avaient été démontées et rangées dans des fourreaux de cuir, les meubles protégés par des housses, la vaisselle casée dans des « bouges » ou sacs de cuir, les habits pliés et les chapeaux fermés dans leurs cartons. Tout ce train formidable avait alors quitté Paris, précédant Bassompierre de quelques jours.

— Je suis flatté, dit-il en réponse à Floriane, et flatté surtout par cette visite nocturne et inattendue. Je vous ai quittée tout à l'heure épuisée, autant par vos danses que par... Enfin, vous aviez l'air de succomber sous le sommeil. Et vous voici. Pourquoi ?

Il la regardait. Son habituelle goguenardise ne parvenait pas à masquer sa curiosité et un réel plaisir à voir apparaître au milieu de son antre de magicien une enfant ravissante et fragile comme une fée.

Oui, pourquoi était-elle venue ? Floriane elle-même semblait se le demander. Le bal fini, lorsqu'elle s'était retrouvée dans sa chambre, le chagrin, la déception et la solitude l'avaient tout à coup étreinte d'un poids insupportable et toutes les larmes si vaillamment refoulées s'étaient nouées dans sa gorge à l'étouffer. L'idée de n'avoir été qu'un objet que l'on repoussait après s'en être si complaisamment servi la menait au bord de la crise de nerfs. Si, tout à l'heure, Bassompierre n'était pas intervenu à temps, Dieu seul sait ce dont elle eût été capable. Son bras avait été comme une branche salvatrice au milieu de la tempête qui l'engloutissait.

Soudain, Floriane s'était redressée sur son lit. L'image de Bassompierre avait comme par magie repoussé son tourment. Brusquement, elle s'était sentie saisie d'un impérieux besoin de retrouver sa bonhomie et la chaleur sensuelle dont il savait l'entourer. Elle n'avait pas réfléchi davantage. Et voilà qu'elle était chez lui, éblouie par tant de richesse, rougissante sous son regard insistant, consciente de ce que sa visite avait d'audacieux et de provocant. Il était temps encore de faire demi-tour. Par son silence, Bassompierre lui en offrait galamment le choix.

Elle leva les mains et dénoua le ruban qui retenait son manteau. Son capuchon glissa sur ses cheveux dénoués. Le vêtement de soie noire tomba à terre. Elle apparut seulement vêtue d'une chemise de nuit en toile blanche, aussi pure et aussi racée qu'une vierge antique.

— Pourquoi êtes-vous venue ? répéta-t-il. Ne serait-ce pas un quelconque dépit qui vous pousse ici, ce soir ?

— J'ai toujours une dette envers vous, monsieur. Je me ferai un plaisir de m'en acquitter.

Ce fut dit d'une voix ferme et accompagné d'un sourire si charmant que Bassompierre n'y résista pas.

Floriane se trouva enlevée comme une plume par deux bras vigoureux, la joue pressée contre un damas rêche qui fleurait bon la poudre de Chypre. S'y mêlait l'odeur plus âpre et plus troublante d'un homme viril et sain qui se hâtait de la porter vers le lit. D'une main, Bassompierre arracha la courtepointe et déposa Floriane au creux d'un nid de dentelles et de toiles fines.

— Du plaisir, dit-il d'une voix sourde en enlevant sa chemise à Floriane, tu en auras. Nous en aurons. Rien ne viendra nous l'ôter. Je te le jure.

Rares sont les promesses aussi pleinement tenues que celles-ci.

Assis au bord du lit, Bassompierre admira le corps mollement étendu, les rondeurs, les courbes, une peau très claire, à peine teintée d'un or rosé par la lueur douce du chandelier, un visage gracieux, très jeune encore, un regard, enfin, étonnamment beau, alangui par le désir qui faisait trembler les coins de sa bouche.

François de Bassompierre se débarrassa de sa robe de chambre. Il apparut puissant avec un torse d'athlète, massif, les muscles durs et noueux. Des poils blonds et blancs couvraient ses avant-bras, le creux de sa poitrine, son bas-ventre et ses jambes, pas suffisamment toutefois pour que n'apparussent point les traces de terribles blessures que la guerre et les duels avaient occasionnées. Floriane avait sous les yeux un homme marqué, endurci, d'une force soigneusement dissimulée d'ordinaire sous la brillance des pourpoints et surtout d'une virilité qui se tendait pleine de vigueur et d'appétit. Jamais encore elle n'avait contemplé un corps dans toute sa mâle splendeur. Ses doigts se tendirent et voulurent compléter le toucher du regard. Bassompierre se prêta avec complaisance à son jeu, guidant ses mains parfois malhabiles. Des gestes tout à coup timides succédaient aux audaces les plus folles, attendrissant le gentilhomme qui contenait mal des élans de tigre féroce. Il y eut enfin un moment où il ne put résister à l'appel que lui répétait tant de jeunesse gourmande. Il se jeta sur Floriane et, avec un cri rauque d'ivresse triomphante, la fit sienne.

Cette nuit-là, la jeune fille oublia tous des baisers et des étreintes qu'elle avait pu donner ou recevoir dans le passé. Cette nuit-là, elle eut le plus prestigieux des amants et reçut de lui le grand, le merveilleux, l'insoupçonnable secret d'amour.

Lorsqu'ils se retrouvèrent l'un contre l'autre, un peu apaisés, elle voulut le lui dire, lui dire combien elle lui avait de gratitude pour tout ce bonheur qu'il lui apportait. Bassompierre la devança.

— Heureuse, ma violette ?

Elle lui coula un regard noyé et sourit en murmurant un « oui » qu'elle accompagna d'un baiser sur la robuste épaule.

— Heureuse est un mot bien faible pour ce que je ressens.

— Alors, ne dis rien, fit-il. C'est moi qui parlerai. Petite fille, petit trésor, libertine chérie, mon enfant sage. Tu m'as fait le plus beau des dons. Merci. Merci de m'avoir laissé le premier cueillir ta jeune beauté. En me donnant ta virginité, tu m'as rendu toute ma jeunesse et la fraîcheur de mes amours perdues.

Le souffle lui manqua une seconde.

Ainsi Floriane avait trompé Bassompierre ! Lui qui avait tenu tant de femmes entre ses bras ! Bassompierre pour qui la vie n'avait plus de secrets ! Elle ne voulut pas de cette méprise : quelle malhonnêteté ! Il fallait lui dire que c'était faux, qu'elle avait eu un passé, bien léger peut-être mais enfin ! Elle chercha à se dégager des bras qui la tenaient bien serrée et se redressa sur un coude.

— Vous...

Le visage de Bassompierre au-dessous du sien la fit taire. Il reflétait tant de fierté, d'émotion, d'admiration, de reconnaissance qu'elle n'eut pas le courage de le détromper. Elle n'ajouta rien et se coula de nouveau contre lui. À quoi bon ternir ce moment unique par de difficiles révélations ? Non. Bassompierre avait raison. C'était bien lui qui l'avait faite femme. Une page était tournée : le reste n'avait été que cruels enfantillages.

— Floriane ! Floriane, réveillez-vous, mon petit !

Elle ronronna, peu désireuse de renoncer au sommeil auquel elle venait de céder un instant. Bassompierre lui caressa le flanc.

— Les nuits de juin sont courtes. Si vous ne filez pas maintenant, vous risquez au petit jour de faire des rencontres importunes. Vous souciez-vous de votre réputation ?

Elle se mit à rire, le visage enfoui dans les dentelles de l'oreiller.

— Figurez-vous, mon bon, que ce vieux faune de Betstein est encore bien dru, murmura le maréchal en imitant le ton cancanier du courtisan. Oui, oui, oui. Il déflore toujours les pucelles. Ainsi, vous connaissez la jeune Saint-Évy ?

— Ciel ! s'écria Floriane en sautant du lit.

Elle chercha sa chemise et l'enfila en toute hâte.

— Eh bien ! se moqua Bassompierre. Il y a donc tant de honte à coucher avec moi ?

— Taisez-vous, démon ! Et aidez-moi plutôt à retrouver ma pantoufle. Je n'en ai qu'une. Ah ! La voilà.

De nouveau enveloppée dans son manteau noir, elle fut prête à sortir mais ne se décidait pas. Bassompierre lui rabattit sa capuche sur le front. Il n'y avait plus que le bout de son nez qui dépassait.

— Allez vite !

— Nous retrouverons-nous ? demanda-t-elle en se pendant à son cou.

— Je l'espère. Je le veux. Je languis déjà, répondit-il en lui baisant les lèvres.

Elle ne s'arracha à lui qu'à regret.

Théodoric des Étangs, qui ne dormait que d'un œil, eut la discrétion de ne pas bouger de son coin. Floriane retrouva la Musette qui somnolait, assis par terre dans le couloir.

— Rentrons vite ! souffla-t-elle.

Comme tout lui paraissait sombre et froid après l'îlot d'amour et de lumière qu'elle venait de quitter. Tout était calme, pour une heure encore.

Alors qu'ils approchaient des appartements de Gaston d'Anjou, ils virent une porte s'ouvrir et quelqu'un s'éloigner rapidement devant eux en esquissant des petits pas de danse. Floriane retint un sourire. Elle avait reconnu, dans son élégante robe de chambre vert céladon, le comte de Chalais, qui venait sans doute de faire la leçon à Monsieur. Ils devaient à coup sûr, tous deux, raffoler de jouer aux conspirateurs. Comme le comte allait disparaître au détour de la galerie, un homme que Floriane n'avait pas vu, car il était dissimulé dans le recoin d'un mur, s'élança sur ses traces en prenant bien garde de ne pas s'en faire remarquer.

— Monsieur de Béringhen, murmura la Musette.

L'un des hommes de confiance du roi ! Qui sans aucun doute allait lui apprendre l'existence de mystérieux conciliabules entre son frère et le grand maître de la garde-robe. À moins… à moins que le roi ne les connût déjà. Chalais ne prenait même pas de précautions. Il fanfaronnait toujours, se flattant ouvertement d'avoir de l'influence, beaucoup d'influence sur Monsieur. Quel jeu jouait-il ? Le soupçon vint à Floriane que le séduisant ambitieux plaçait ses atouts sur les deux côtés du plateau. Elle essaya de repousser l'idée. Non, non ! C'était impossible. Il avait donné sa parole à Mme de Chevreuse ! Pourtant, c'était ce même homme qui une fois déjà avait trahi ses amis, ce même homme qu'elle avait vu l'épée à la main en assassiner un autre dans ce qui n'avait jamais été un duel digne de ce nom.

« J'en aurai le cœur net », se dit-elle.

Tout dormait encore chez la duchesse quand Floriane se glissa dans son lit avec un soupir de volupté. Son être frémissait encore des caresses reçues. Elle avait sur les lèvres, sur les mains, des pieds à la tête, l'empreinte des baisers de Bassompierre et son odeur à la fois rude et raffinée. Le sommeil la prit alors qu'elle évoquait pour la centième fois l'heure d'extase qu'elle venait de vivre.

*

Les lendemains de bal, on dormait en général plus tard que de coutume. Floriane s'éveilla vers huit heures juste à temps pour aider Mme de Chevreuse à son lever. Sa tâche était douce : veiller aux robes et aux bijoux de la duchesse, l'accompagner à la promenade et aux offices de la chapelle Saint-Calais – bien souvent M. de Chalais s'en chargeait lui-même –, lui lire quelques pages de *L'Astrée* ou de *La Vie des saints* – les goûts exprimés étant fort éclectiques – et la plupart du temps, bavarder avec elle à bâtons rompus. Floriane avait parfaitement conscience de sa situation privilégiée.

La journée se passa pour elle dans une semi-béatitude. Vers le soir, comme les deux femmes s'apprêtaient à aller dîner chez la reine, un valet du maréchal vint trouver Floriane, porteur d'un petit paquet grossièrement enveloppé de papier gris. Il salua et repartit sans un mot.

Le papier défait révéla un écrin de cuir bleu marqué au chiffre de Floriane. Elle l'ouvrit.

Sur un velours bleu sombre scintillait un collier. Fait d'un simple entrelacs d'or, il était d'une finesse exquise et les pierres qui s'enchâssaient à intervalles réguliers éblouirent Floriane de leur éclat. C'étaient des diamants de la grosseur d'un petit pois, aussi purs que des larmes de rosée. Ils étaient au nombre de huit. C'étaient ceux-là mêmes qui avaient été mis en enjeu à la partie de rafle. Bassompierre savait se montrer un gagnant généreux. Le meilleur orfèvre de Blois avait dû travailler tout le jour pour livrer cette merveille le soir même.

Un petit billet accompagnait le magnifique présent. Parce qu'il était un incorrigible farceur, Bassompierre avait simplement écrit : « On ne peut pas bien faire l'amour et bien faire des vers. »

Au milieu de la nuit, elle alla le remercier. La porte se referma sur eux et sur un océan de passion dont les vagues, longtemps après, les ramenèrent à demi morts sur le rivage du lit. Bassompierre félicita Floriane des progrès étonnants accomplis en un jour :

— À ce rythme-là, vous me tuerez, jeunesse !

Elle n'aimait pas qu'il lui rappelât l'énorme différence d'âge qui existait entre eux. « Elle ne nous sépare pas, pensait la jeune fille. Bien au contraire. L'aimerais-je s'il n'était qu'un blondin écervelé ? Tel qu'il est, il saurait en remontrer à plus d'un. »

Bassompierre se leva et remplit son gobelet magique à ras bord d'un vin très parfumé :

— Une odeur excellente, n'est-ce pas ? Goûtez ! Ceci vous réjouira le cœur. C'est une recette personnelle.

Il expliqua à Floriane comment il versait du musc et de l'ambre gris dans de l'esprit-de-vin et exposait le mélange au soleil. Après évaporation, restait une poudre rouge qu'il ajoutait souvent à un bon verre de vin. Le résultat flattait agréablement le palais. D'autres effets ne tardèrent pas à se faire sentir. Revigorés par la troublante mixture, Floriane et Bassompierre se retrouvèrent dans les bras l'un de l'autre plus fougueux que jamais.

Cette fois elle regagna sa chambre juste comme les premières traces du jour effleuraient les fenêtres. La Musette avait failli s'en trouver mal tant il craignait que les folies de sa maîtresse ne fussent découvertes.

Elle convint que ces rendez-vous nocturnes étaient imprudents. Des deux, Bassompierre était encore celui qui sut se montrer le plus raisonnable. Il la dissuada de venir la nuit suivante.

— Croyez bien qu'il m'en coûte autant qu'à vous, dit-il en voyant sa mine désolée. Moi, je n'ai rien à perdre. C'est à vous qu'il faut songer. Je ne veux pas que l'on ternisse votre nom.

Ils avaient pu se rejoindre quelques minutes en milieu de matinée, au sommet de la tour de Foix. Catherine de Médicis y avait fait construire jadis un petit pavillon de brique consacré à Uranie, d'où ses astrologues scrutaient le ciel. Restait une table de pierre oscillant sur elle-même qui, lorsque Bassompierre la frappa du pommeau de son épée, tinta comme le bronze d'une cloche.

La vue, de la tour de Foix, embrassait un panorama immense. On sautait d'abord par-dessus les pentes des toits et des pignons, à droite sur le clocher de la collégiale Saint-Sauveur [1], on survolait les nombreux et riches hôtels dont on découvrait les jardins, avant d'atteindre la Loire et ses rives vertes et boisées, les étendues de vignobles et les forêts.

Bassompierre montra un point à la sortie de la ville :

— Voyez-vous cette maisonnette entre le fleuve et la route ? Oui, celle-là même où vous apercevez ce groupe de chevaux. C'est l'hostellerie du Petit-Maure. Je vous y attendrai demain

1. Détruite à la Révolution.

tout l'après-midi. Tâchez de vous échapper un moment. Mais, pardieu, soyez prudente !

Elle y vint en effet, montée sur le Favori, sous l'aspect d'un très jeune homme qu'accompagnait un énorme valet. Ce fut une heure charmante, volée à un après-midi de soleil et de vent léger. Floriane revint au château ventre à terre pour tenter de rattraper son retard. La duchesse se demandait où elle était passée.

Floriane aimait tellement à se travestir qu'elle récidiva. Une fois, elle alla chez Bassompierre vêtue en page du roi puis de nouveau en cavalier. Le lendemain, ce fut à une jeune servante coiffée d'une sorte de cornette que le maréchal ouvrit la porte et, la nuit suivante, ce fut un petit moine paillard qu'il troussa avec délectation. La Musette fournissait les diverses tenues. Il n'était jamais à court de ressources. Ces précautions parurent être efficaces puisque pas un bruit ne courut sur les visites que recevait François de Bassompierre. Dans le monde clos et curieux de la cour, cela tint de l'exploit. Mis à part Théodoric, il n'y eut que Malleville pour connaître cet amour clandestin – il s'y attendait depuis si longtemps ! En ces deux-là, on pouvait avoir confiance. Ils savaient se taire.

Une fine mouche, cependant, perça le secret.

Un matin que Floriane était avec Mme de Chevreuse occupée à lui faire la lecture de quelques poèmes de Ronsard, la duchesse qui se limait les ongles l'interrompit :

— Où en êtes-vous avec M. d'Ivreville ?

La question inattendue troubla Floriane :

— Mais... mais nulle part, bredouilla-t-elle.

— Ha, ha ! La réponse est amusante. Je l'ai observé hier au soir, au jeu de la reine. Il vous regardait quand vous ne le voyiez pas. Ensuite, c'était vous qui lui lanciez des coups d'œil lorsqu'il vous tournait le dos. Le manège était intéressant, et j'en ai conclu que, si vous n'étiez pas fâchés, alors vous étiez amants.

— Ni l'un ni l'autre, murmura Floriane en lissant les pages de son livre.

La Chevrette se tut un moment et se frotta les ongles à l'aide d'une toile teinte d'écarlate jusqu'à ce qu'ils devinssent comme de jolies griffes roses.

— Pourtant, vous avez un amant, reprit-elle d'une voix douce et sérieuse alors qu'en fait elle s'amusait comme une folle à asticoter sa protégée.

Cette dernière fit comme si elle n'avait rien entendu. Mme de Chevreuse leva la main à la hauteur de son visage et admira le résultat de tous ses soins.

— Vous avez un amant, répéta-t-elle. Depuis quelques jours vous êtes dans la lune et même souvent ailleurs. Vous apparaissez ; vous disparaissez et, le matin, je vous vois l'œil battu. Et cet amant, je crois même pouvoir vous dire qui il est. La petite comédie des regards qui s'évitent, je l'ai également observée entre vous et un autre personnage, un homme qui vous dévore des yeux, un homme qui vous accroche une merveille autour du cou, un homme qui use de poudre de Chypre dont je vous sens, au matin, curieusement imprégnée. Vous savez combien j'ai le nez fin.

Floriane se cacha le visage dans ses mains :

— Mon Dieu, madame, c'est affreux !

— Et quoi donc ? Pour ma part, j'ai toujours trouvé M. de Bassompierre follement attirant.

Floriane se tourna vers la duchesse. Elle la vit rieuse, une tendre indulgence dans son sourire et dans ses yeux. Elle alla se blottir contre elle comme elle en avait souvent l'habitude.

— Si d'autres que vous l'apprenaient…

— Non ! D'ailleurs, je les ferais taire. L'aimez-vous ?

Au fait, l'aimait-elle ? Une question qu'elle ne s'était jamais posée. Elle admirait l'homme, son allure, son personnage et lui accordait une confiance illimitée. Elle raffolait de l'amant. L'aimait-elle ? Certes, quoique l'amour, l'ayant souvent blessée, eût cessé d'être le but de ses recherches.

— Oui… Je ne sais pas… Il me rend heureuse, c'est tout.

La duchesse lui caressa les cheveux :

— Et c'est beaucoup. N'en demandez pas davantage. Bassompierre ne vous donnera rien de plus. Vous n'avez pas fait un mauvais choix. Mon premier mari, Albert de Luynes, avait quelque vingt ans de plus que moi. Je m'en suis toujours félicitée. Apprendre l'amour avec un homme de votre âge vous égratigne le cœur et vous gâche souvent le reste. Il est préférable de se le réserver pour après.

Floriane porta la fine main à ses lèvres :

— Quel bienfait que de vivre auprès de vous ! Vous savez tout. Vous devinez toujours.

— Je voudrais votre bonheur, mon petit, soupira Mme de Chevreuse. J'y songe. Voyons d'abord comment tourneront nos projets.

Elle ne put s'empêcher de demander :

— Et M. d'Ivreville dans tout cela ?

— Mais rien, je vous l'affirme. Tout est fini.

— Bien, bien. Puisque vous le dites…

Près de deux semaines s'étaient écoulées, aussi impalpables, aussi enchanteresses que le plus doux des rêves, aussi rapides, hélas ! Prise par ses amours, Floriane en oubliait un peu le reste. Elle avait voulu parler à Chalais, sonder un peu ses réelles intentions mais l'occasion ne s'en était pas offerte et elle n'y avait plus pensé. Le séjour à la cour s'achevait. Le roi voulait être à Nantes début juillet et y retrouver le cardinal qui, sa santé s'étant améliorée, venait de se mettre en route. L'idée d'avoir à quitter Blois assombrissait la jeune fille. Une crainte imprécise lui disait que les heures d'insouciance et de plaisir qu'elle y vivait seraient longues à revenir.

Était-ce la chaleur qui l'oppressait ? Occupée à rassembler quelques vêtements qui allaient être bientôt rangés dans les malles, elle s'arrêta pour boire un verre d'eau et se passer une compresse mouillée sur le cou et les bras. Par la fenêtre grande ouverte, elle voyait en bas s'étager les jardins avec leurs fleurs et leurs tonnelles et, plus loin, s'élever les premiers arbres de la

Garenne, parc touffu qui rejoignait la forêt où le roi était parti chasser. Elle pouvait voir passer et repasser dans les allées, comme jouant à cache-cache avec les arbres et le soleil, les courtisans vêtus de couleurs vives. Il devait faire frais sous les ombrages, plus frais en tout cas que dans sa chambre minuscule.

Avant de sortir, elle jeta un coup d'œil au miroir et s'estima satisfaite. L'amour lui mettait le rose aux joues et des flammes dans le regard. Elle se trouva un air à la fois languide et hardi qu'elle jugea très avantageux.

Les œillades admiratives qu'elle reçut dès qu'elle eut mis le pied sur la terrasse lui prouvèrent qu'elle ne s'était pas surestimée. Deux jeunes gentilshommes s'offrirent même à l'accompagner. Elle les en remercia et suivit toute seule la galerie des Cerfs.

Ainsi nommée à cause des têtes et des bois de cerfs qui en faisaient la principale ornementation, la galerie était construite sur un pont, prolongé d'un pont-levis qui reliait la terrasse du château aux jardins. D'abord, le jardin haut, tout foisonnant de noisetiers et de mûriers qui grimpaient le long de cerceaux tendus au-dessus des allées, formant ainsi de délicieux petits tunnels de branchages. Une galerie de pierre abondamment sculptée ouverte en arcades et qui n'avait pas été tout à fait terminée, conduisait aux jardins bas, sillonnés d'allées, quadrillés de massifs fleuris, avec çà et là, quelques bâtiments peu élevés où logeaient les officiers du roi chargés de leur entretien. On y retrouvait aussi des allées couvertes et des cabinets de verdure si touffus que le soleil ne parvenait pas à en distraire la pénombre [1]. Bien sûr, il y avait du monde dans chaque coin et recoin. Des rires et des voix fusaient derrière chaque palissade. Tous les bancs disséminés çà et là sous le feuillage étaient occupés.

Floriane marchait lentement depuis un moment déjà, perdue dans ses rêveries, lorsque, au détour d'une allée, elle faillit être renversée par Bois d'Ennemets qui venait en sens inverse.

1. La plupart de ces bâtiments et de ces jardins ont été détruits par les travaux exécutés plus tard par Gaston d'Orléans et par la ville de Blois.

— Holà ! Où courez-vous donc par cette chaleur ?

Le jeune homme s'excusa.

— Je cherche le comte de Chalais. Nous avons décidé d'aller nous baigner dans la Loire et Monsieur tient à tout prix à ce qu'il vienne avec nous.

— Le comte est avec Mme de Chevreuse, répondit Floriane. Ils sont partis se promener il y a bien longtemps déjà mais je ne les ai pas rencontrés.

— Quelqu'un les a vus entrer dans le pavillon d'Anne de Bretagne. J'avoue que cela me gêne un peu d'aller les importuner.

Cela ne dérangeait pas du tout Floriane qui prenait toujours un malin plaisir à contrarier l'avantageux Chalais. Elle proposa à Bois d'Ennemets de l'accompagner.

— Mais de grâce ! fit-elle, pas si vite. J'ai assez chaud comme cela.

Un roulement à peine distinct perça la toiture de noisetiers. Un orage devait craquer quelque part, en tout cas assez loin d'ici. Floriane prit le bras de Jacques-Daniel.

Au carrefour d'allées bordées de fleurs et de plantes rares telles que les avait aimées Anne de Bretagne, se trouvait un ravissant édifice de forme octogonale. L'endroit était tranquille et charmant, un peu à l'écart du réseau des charmilles goûtées des promeneurs. Sur le toit d'ardoise festonné de plomb doré, roucoulaient des tourterelles. En son milieu, tout là-haut, était posée une sorte de petite lanterne vitrée et scintillante qui abritait un saint Michel. L'archange y brillait de tous ses feux et c'était de lui et non du soleil que semblait émaner la lumière qui jouait sur ce havre fleuri. Un berceau de roses anciennes aux tons pâles et doux comme l'envers d'un coquillage, tout bourdonnant d'abeilles, distillait un parfum sucré qui s'alourdissait dans l'air trop chaud. La douce et pieuse petite reine bretonne qui avait passé tant d'heures dans ce lieu, y avait laissé bien autre chose que sa cordelière et ses mouchetures d'hermine, attributs délicatement taillés dans la pierre. Il y flottait une beauté discrète, méditative, entêtante comme devait l'être Anne de Bretagne.

Bien qu'étant fort éloignés de songer à cette souveraine d'un temps trop ancien pour leur jeunesse étourdie, les deux jeunes gens s'arrêtèrent, charmés, en découvrant le petit pavillon et son jardin enchanteur.

L'écho du tonnerre se fit plus proche, et les secoua dans leur rêve. Ils se décidèrent à frapper à la porte.

Une fois. Bois d'Ennemets sur l'injonction muette de Floriane recommença. Le pauvre garçon était vraiment mal à l'aise. Enfin, Henri de Chalais vint ouvrir et le moins qu'on puisse dire est qu'il n'avait pas l'air ravi de la visite :

— Ah ! C'est vous ! Et notre chère petite Saint-Évy…

Bois d'Ennemets lui communiqua le message de Monsieur.

— Un bain dans la Loire ? grommela Chalais qui avait sans aucun doute plus étourdissantes occupations.

— Cela vous ferait beaucoup de bien, mon ami, fit la voix de la duchesse.

Floriane essaya de regarder à l'intérieur du pavillon mais, les volets étant tirés, il y faisait assez sombre et ses yeux conservaient encore l'éblouissement du soleil. Mme de Chevreuse l'invita à entrer et Chalais s'effaça de mauvaise grâce.

Après la fournaise du dehors, c'était comme plonger dans une grotte fraîche où chantaient les sources. Au centre de la pièce, s'élevait une grande fontaine de marbre blanc, sculptée sur tous ses contours des mêmes porcs-épics, hermines et feuillages qu'on retrouvait un peu partout. L'eau jaillissait d'une première vasque, la plus petite, s'écoulait ensuite dans une seconde placée en dessous et cascadait enfin dans un grand bassin creusé dans le sol, une eau cristalline, musicale, s'échappant en gouttes qui vous taquinaient au passage le visage et les bras, une eau telle que l'on rêvait d'en entendre et d'en sentir au cœur d'une journée si lourde.

— Cet endroit est le plus plaisant du château, dit Mme de Chevreuse en réponse à sa muette admiration.

Floriane l'aperçut, à demi étendue sur une banquette, le dos appuyé contre le lambris sculpté qui habillait les murs. Elle se sentait maintenant confuse d'avoir violé une retraite si quiète, insoupçonnée, et en demanda pardon à la duchesse.

— Bah… Si c'est pour faire plaisir à Monsieur, dit-elle en s'étirant. D'ailleurs, quelle heure est-il ? Ciel ! La reine m'attend moi aussi. Je lui avais promis de l'accompagner à vêpres.

La duchesse sauta sur ses pieds, tapota sa robe, ses cheveux, s'assura que la petite mouche posée au coin de son œil était toujours en place. Chalais et Bois d'Ennemets continuaient à discuter sur le pas de la porte.

— Vous venez, Floriane ?

Non, elle n'avait pas envie de retrouver tout de suite le monde, le bruit et la chaleur.

— Avec votre permission, madame, je resterai encore un peu.

— À votre aise, ma mie. Messieurs, je vous accompagne !

Lorsqu'ils furent partis, Floriane s'aperçut que M. de Chalais avait oublié son manteau sur la banquette. Une excentricité, ce manteau ! Court, le col frisé d'un satin « fleur de veuve [1] » tout moucheté, c'est-à-dire constellé de trous qui laissaient apparaître artistement la doublure rouge vif, il fallait avoir l'audace et la désinvolture du comte pour le porter, rejeté en arrière, flottant, léger comme les ailes d'un papillon rare et précieux, sans pour autant sombrer dans le ridicule comme tant d'autres coureurs de mode.

Il était encore temps de héler le comte et de lui signaler son oubli. Elle n'en fit rien toutefois et s'approchant du bassin, elle s'assit sur le rebord et plongea ses mains dans l'eau. Le rayon de soleil qui glissait d'un vitrail, faisant miroiter les fines paillettes du marbre blanc, disparut, brutalement happé par un nuage, avec toujours un grondement qui s'était encore amplifié. L'obscurité du pavillon s'accrut.

La porte s'ouvrit avec un petit grincement qui la fit tressaillir, mais aussitôt elle reconnut la silhouette de Bassompierre et, tout

1. Mauve-violet.

heureuse de cette rencontre imprévue, elle courut se jeter dans ses bras.

— Peste ! L'accueil est charmant, fit-il en riant, les bras refermés sur un corps affectueusement pressé contre lui.

— Je ne pensais pas vous voir. Ne deviez-vous pas aller chasser avec le roi ?

Elle avait vu, le matin même, partir le groupe des chasseurs et parmi eux Artus d'Ivreville, aussi sombre qu'un diable, vêtu de noir et monté sur un cheval de jais.

— Une folie par cette chaleur qui n'est plus de mon âge, répondit Bassompierre. Ils vont revenir sous la pluie, vous verrez. Trempés comme des rats. Je ne parle pas du roi, bien sûr, qui garde la tête haute même sous la pire averse. D'ailleurs, la sent-il seulement ? À voler l'oiseau, il oublie tout. Non... J'ai commencé mes bagages et suis sorti faire un tour. Puis je vous ai vue et suivie. Mais vous étiez accompagnée et je n'ai osé interrompre votre galante promenade.

Floriane lui tirailla la moustache et la petite touffe de barbe qu'il avait au menton.

— Vous dites des bêtises, monsieur le Maréchal.

— Et ça ? Ce sont des bêtises ?

Le gentilhomme posa ses lèvres sur une oreille attentive et murmura quelques mots qui menèrent jusqu'au vermillon les joues de la charmante.

— Oh ! s'écria-t-elle choquée par le propos leste. Vous n'êtes qu'un grivois !

Il rit sous le mot et sut bien vite étouffer le juvénile courroux sous un baiser appliqué et irrésistible. Floriane se laissa aller contre lui.

Blois ne pouvait plus maintenant échapper à l'orage. Les nuages, comme une épaisse fumée grise et noire, couraient sur la ville. Un vent brutal traversa les jardins dans de grands froissements de branches et de feuillages. Un coup de tonnerre fit trembler les vitres et la porte mal refermée. Bassompierre alla la repousser et mit le verrou par précaution.

— Nous voici seuls dans la tourmente, violette, dit-il en la reprenant dans ses bras.

Il voulut l'entraîner sur la banquette, mais Floriane résista. Faire l'amour à l'endroit même où, tout à l'heure, la duchesse et Chalais avaient sans doute… Non ! Elle ne pourrait pas. Plutôt s'en priver. Bassompierre crut à un jeu et prolongea son baiser. Peu à peu il la sentit glisser contre lui. Insensiblement, elle l'entraîna jusqu'à ce que tous deux fussent à terre, allongés sur le dallage frais.

Ce fut une étreinte comme jamais ils n'en avaient connu ensemble, violente comme la pluie qui faisait rage dans des craquements de fin du monde. Dans l'ombre et le mystère d'un vieux logis un peu oublié, ils s'aimèrent avec frénésie, enivrés, enfiévrés par l'orage, luttant l'un contre l'autre pour mieux se fondre enfin dans un déluge furieux et inéluctable. Un cri long et sourd s'échappa de la gorge de Floriane que Bassompierre écouta monter, s'enfler, le cueillant comme la plus éclatante des récompenses avant de le laisser se perdre dans le fracas de la tempête.

Ils ne bougeaient plus. La pluie qui crépitait sur le toit courait dans la gouttière et s'échappait dans un bruit torrentiel. Ils n'entendaient plus chanter l'eau du bassin qui continuait pourtant à couler de ses vasques blanches. Ils n'entendaient même pas les battements de leurs mains jointes et leurs corps à demi soudés dans un plaisir long, lui aussi, à disparaître.

Peu à peu, l'orage s'éloigna. S'il pleuvait toujours, les bruits perdirent de leur force, se firent plus réguliers. Le jour reprit de sa clarté. Floriane et Bassompierre se décidèrent enfin à bouger. Il rouvrit la porte. Devant eux, l'allée s'était transformée en ruisseau.

— J'aurai donc encore le bonheur de vous prendre dans mes bras, dit-il, en se tournant vers Floriane.

Elle ne lui avait jamais vu autant de douceur et de tendresse dans le regard.

— François…

Elle se sentait triste, des larmes dans la gorge et dans les yeux, impuissante à retenir ce qui déjà fuyait dans le passé, un moment unique, une heure envoûtante qui vous laissait à la fois riche et désarmée. Une main forte pressa son épaule, une bouche se posa sur son front :

— Réjouissons-nous d'avoir reçu cela, petite enfant : un cadeau du Ciel et le souvenir qui reste.

Elle releva la tête et inspira profondément l'air mouillé. Le sourire revint sur ses lèvres. Il n'y avait jamais moyen d'être morose avec un être tel que le maréchal. Dominant toujours ses émotions, il en conservait le meilleur, bonté, tendresse, amitié, générosité, douceur, faisant fi du reste, les larmes et les apitoiements sur soi-même. Se rire de tout, cacher ses peines et remercier Dieu pour ses bienfaits, la vie pour Bassompierre ne se résumait pas autrement.

— Nous y allons ?

Floriane courut prendre le manteau de Chalais.

— Qu'il serve au moins à quelque chose, dit-elle en riant.

Bassompierre la souleva comme un fétu et courant, pataugeant dans l'eau, il gagna le couvert des tonnelles. Au-dessus d'eux, Floriane tenait étendu le somptueux, le délicat, le rutilant manteau rouge et violet qui, tant bien que mal, les protégea de l'averse. D'allée en terrasse, toujours sous leur abri de satin coloré, ils coururent jusqu'à la galerie des Cerfs. Ils n'avaient pas rencontré un chat mais, arrivés là, ils se séparèrent et Floriane fila tout droit à sa chambre.

Elle se débarrassa aussitôt de ses souliers de chevreau blanc et allait dégrafer sa cotte dont le bas était tout maculé de sable et de boue, lorsque quelqu'un fit irruption dans la pièce. Elle poussa un cri.

Louvigny s'avançait vers elle et son aspect était tel qu'elle crut être face à un dément. Il était trempé, des pieds à la tête, les vêtements collés au corps, le rabat sale et chiffonné autour du cou, le baudrier de travers. Sans chapeau, ses cheveux noirs collant à son visage maigre et jaune. Les yeux injectés de sang, la moustache tremblante, il écumait.

— Où est-il ?

Elle le regarda, trop stupéfaite pour réagir. Certainement, il était fou.

— Où est-il ? Le traître ! Le faux frère ! Nous devions tout partager. Je lui ai laissé la Chevreuse, mais vous ! Ah ! non ! Je veux ma part !

Elle comprit alors que Louvigny s'en prenait à Chalais et lui faisait tout simplement une scène de jalousie.

— Vous divaguez. Sortez d'ici immédiatement !

— Où est-il ? Où est Chalais ?

Le jeune homme tournait sur lui-même, tapant du pied comme s'il s'attendait à voir le comte surgir de sous le lit.

— Je n'en sais rien, mais pas ici en tout cas.

— Tu n'en sais rien ? Tu n'en savais rien tout à l'heure quand il te baisait ? Car il t'a baisée, hein ? Je vous ai vus. Je vous ai vus sortir du pavillon. Il te portait. Je t'ai entendue rire.

L'insensé ! Qu'avait-il bien pu voir ? Se trouvant par hasard aux abords du pavillon quand précisément Floriane et Bassompierre en sortaient, il avait, tout au plus, deviné ce qui avait pu se passer entre un homme et une femme derrière une porte close. Et un manteau trop voyant avait été suffisant pour qu'il se méprît sur l'identité de l'homme en question.

— Et ça ? Hein ! Et ça ?

Louvigny ramassa le vêtement trompeur qu'elle avait jeté sur le dossier d'une chaise. Mouillé, froissé, il n'était plus qu'un chiffon pitoyable dont le jeune homme fit une boule qu'il jeta à terre.

— Encore une fois, sortez ! répéta-t-elle.

— Ce qui est à lui est à moi, dit-il en s'approchant.

Elle recula devant les éclairs dangereux de ses yeux sombres. Louvigny avait bu. Une haleine forte, épaisse de vin, le précédait qui aurait agressé narines moins délicates que celles de Floriane.

— Ne me touchez pas ! cria-t-elle.

Elle ne le supporterait pas. Elle n'en supportait pas l'idée, affolée de se trouver seule et sans défense contre ce forcené. L'appartement était vide. La duchesse n'était pas rentrée. Ses deux servantes étaient invisibles, certainement occupées à bavarder dans un coin. Ferrand, le valet, avait lui aussi disparu. Et la Musette ? Elle l'appela.

Louvigny ne fit qu'en rire, continuant à avancer, un pas, un autre. Sa main se tendit, il agrippa Floriane au corsage et d'une secousse brutale la ramena contre lui. Elle esquiva de justesse une bouche humide et vorace qui, frustrée, alla mordre la chair tendre, à la base du cou. Sous la douleur, Floriane cria et d'un revers de main gifla par deux fois Louvigny. Elle attendit la riposte, rassemblant déjà ses forces pour la lutte, prête à rendre coup pour coup. Au lieu de cela, elle vit le jeune homme tomber à genoux ; elle sentit ses bras enserrer ses jambes, le visage pressé contre elle, enfoui dans sa robe, mordant, baisant l'étoffe en bredouillant des mots sans suite.

Le dégoût décupla sa rage. Elle se mit à lui frapper la tête et les épaules à coups de poing, lui griffer les joues et les oreilles, lui tirer les cheveux, le marteler à s'en faire mal aux mains. Sa fureur et sa répugnance ne connurent plus de bornes lorsqu'elle s'aperçut que, loin de chercher à les éviter, Louvigny acceptait les horions avec des grognements de plaisir. Et elle le vit, vautré à ses pieds, la retenant toujours prisonnière de ses bras, le visage livide, crispé sous l'effet d'une jouissance perverse que, bien malgré elle, elle lui offrait.

Elle se mit à l'insulter, crachant sa haine et son mépris, cherchant désespérément à mettre fin à cette étreinte révoltante.

Enfin le jeune homme lâcha prise. Il s'affala sur le plancher, les mains pressées contre lui, achevant, solitaire, sa course au plaisir, secoué de spasmes, le râle à la bouche. Ce fut le pitoyable spectacle que découvrit la Musette qui accourait enfin aux cris de sa maîtresse.

— Enlève-moi ça ! Enlève-moi ça ! hurla-t-elle au bord de la nausée.

Il ne fallut guère d'efforts au doux musicien pour soulever le corps grêle de Louvigny et le jeter proprement dans le couloir comme il l'eût fait d'un sac d'immondices. Pleurant, hoquetant, Floriane s'accrocha à lui, ne cessant de répéter :

— Mais où étais-tu ? Où étais-tu ?

Sans plus de façons, la Musette mit son bras sur l'épaule de Floriane et tenta, non sans gaucherie, de calmer ses nerfs éprouvés.

— Là, là… Je vous demande pardon. J'étais aux cuisines : je mangeais.

Elle vit sa bonne figure toute contrite. Son pourpoint bleu sentait le beurre et l'oignon frit. Elle ne put s'empêcher de rire. Un coup de vent humide entra par la fenêtre ouverte en même temps qu'un rayon de soleil qui bravait la dernière averse, chassant l'atmosphère pénible laissée par les égarements de Louvigny.

— Que dirais-tu d'un galop dans la campagne, mon brave la Musette ? Avec, à la clef, un bon casse-croûte au Petit-Maure. Voilà qui me remettrait les esprits en place.

Il lui semblait tout à coup bien dur, le combat mené contre les hommes et leurs démons : il y avait eu Melchior et sa haine amoureuse ; Roger et son amour insinuant, puis Artus et ses volte-face cruelles, Antoine et Jacques-Daniel et leur puérile rivalité, maintenant François et sa puissance voluptueuse. Voici que s'y ajoutait une fureur jalouse née chez une brute qui s'était toquée d'elle sans qu'elle l'eût cherché. Il lui prenait soudain une irrésistible envie d'échapper à ces dévorantes passions et de se retrouver en paix avec son propre cœur.

Le Favori fut lancé comme un météore par un jeune cavalier qui semblait fuir l'armée de Satan. La Musette suivait de près. Se riant des flaques, des ravines et des arbres terrassés le long de la route, ils galopèrent comme des fous jusqu'à la nuit tombée. Essoufflés et radieux, ils s'écroulèrent à une table du Petit-Maure, clamant bien haut leur soif et leur faim.

L'incognito plaisait à Floriane. Sous son chapeau rabattu, elle observait d'un œil amusé les clients de l'auberge. Elle en reconnaissait certains. Qu'auraient-ils dit s'ils avaient deviné sous l'habit masculin la présence d'une des plus jolies filles de la cour ? Son beau minois commençait à être connu, apprécié et recherché. Elle croisa ses jambes bottées avec insolence et se fit servir par la Musette une seconde assiettée de salade de museau.

À une table voisine, La Loubière, l'écuyer de Chalais, vidait une chopine en compagnie d'un autre homme, un certain Lustié que Floriane savait également au service du comte. Les entendant mentionner la ville de Metz, elle se fit plus attentive et chercha à mieux entendre leur conversation ; en l'occurrence il s'agissait de la fameuse lettre demandant appui à M. de La Valette que le comte avait rédigée en présence de Monsieur et de la duchesse. Bien entendu, l'écuyer ignorait tout du contenu du message, mais ce qu'il disait intéressa Floriane infiniment. Comme La Loubière sortait une pistole de sa poche et la posait sur la table en faisant signe à l'aubergiste, son compagnon siffla d'un air impressionné :

— Peste ! Te voilà riche.

— Figure-toi que j'en ai trente-neuf comme celle-ci au fond de ma poche. Pour le voyage. Notre maître s'est montré généreux. Il est vrai que ce sont les pistoles du cardinal.

L'autre sembla en douter.

— Tu veux rire ? C'est la guerre entre eux.

La Loubière secoua la tête :

— Mon vieux Lustié, c'est fini tout ça. Et j'en suis d'ailleurs bien content. M. de Chalais est revenu au roi. Il me l'a dit lui-même.

Le jeune écuyer leva son verre. Il avait un visage honnête et ouvert qui reflétait toute la simplicité de son âme. Il n'en parut pas moins aux yeux de Floriane comme un dangereux félon. Mais bien vite sa fureur se retourna contre le véritable traître.

— Oh ! maudit Chalais ! siffla-t-elle entre ses dents serrées.

La Musette avait entendu lui aussi et lui fit signe de garder son calme. Ils attendirent que les deux hommes fussent partis pour se lever à leur tour et rentrer bien vite au château.

Floriane entra en trombe dans la chambre de la duchesse et sans reprendre haleine lui conta l'incident, y ajoutant les doutes et les soupçons qu'elle nourrissait depuis longtemps envers le comte. Une fois encore, Mme de Chevreuse ne voulut rien entendre.

— Vous vous trompez, mon petit. Chalais ne fait qu'endormir la méfiance du roi et de Richelieu avec de fausses promesses et un semblant de soumission.

— Il joue double jeu, dis-je ! J'en suis sûre.

— Et moi je suis sûre du contraire, rétorqua Marie de Chevreuse qui commençait à perdre patience. Vous conviendrez que j'ai de meilleures raisons que vous de croire à la bonne foi du comte.

À bout d'arguments, Floriane frappa du pied d'un mouvement plein de rage et de dépit.

— Je vous trouve bien excitée, remarqua la duchesse. Vous faites irruption chez moi à une heure indue, dans une tenue surprenante. Vous sentez la fumée et le vin. Auriez-vous bu ?

C'était la première fois que Floriane l'entendait lui parler sur ce ton. Il n'y avait plus trace dans ses yeux de son habituelle, de son inépuisable indulgence. Sa sévérité lui fit mal. Elle n'osa, malgré son envie, se jeter contre elle et ne sut que balbutier :

— Madame…

La duchesse vit son air pitoyable, un petit visage rouge et chagrin sous un feutre trop grand. Son regard s'adoucit :

— Je ne vous demande pas d'aimer Chalais, mais seulement de lui faire confiance. Croyez-moi. Il m'a donné des preuves… – Et elle appuya sur le mot. – … qui ne peuvent tromper une femme. Vous comprenez ce que je veux dire.

Floriane hocha la tête sans insister davantage. Elle voulut aider la duchesse à se vêtir pour la nuit mais celle-ci refusa et la jeune fille se retira sur un simple bonsoir. Elle en ressentait beaucoup de peine et une hargne accrue contre le fautif.

Il lui fallut cependant patienter jusqu'au matin pour une entrevue avec le comte. Il était tard et la journée avait été féconde en émotions. Floriane se glissa dans son lit, bien lasse tout à coup et lourde d'une inquiétude qui ressemblait à une angoisse.

Henri de Chalais était encore en robe de chambre occupé à rédiger son courrier lorsqu'elle s'annonça chez lui assez tôt le lendemain. S'il fut surpris de sa visite, il eut le bon goût de n'en rien laisser paraître. Comme beaucoup d'hommes fort beaux – et le sachant – il faisait toujours le meilleur accueil à une femme, même indifférente, avec une machinale courtoisie. Il n'y manqua pas, traitant Floriane avec les égards nuancés d'une certaine indulgence amusée que l'on réserve d'ordinaire aux jeunes personnes pas tout à fait adultes. Elle ne fut pas dupe. Elle savait que sa visite, de si bonne heure, était importune, que Chalais n'avait pas de sympathie particulière pour elle et ne lui faisait bonne figure que pour ne pas déplaire à la duchesse.

Elle répondit distraitement à son bonjour et laissa son regard errer sur la pièce claire et peu meublée quoique richement. Sur le lit défait, le valet de chambre avait étalé un habit de soie bleu foncé et jaune citron. Un chapeau tout ennuagé de blanc coiffait un vase précieux. Chalais était rasé de frais, peigné, poudré, parfumé. Il acheva de sabler sa lettre d'un sable doré pour bien montrer à la jeune fille qu'il n'avait guère de temps à gaspiller.

— Notre petite Saint-Évy, si matinale, chez moi ? Asseyez-vous, ma chère. Je n'ai guère l'habitude, savez-vous, de recevoir d'aussi ravissants messagers.

De toute évidence, il s'attendait à ce qu'elle lui remît un message quelconque de la part de Mme de Chevreuse et cachait mal une certaine impatience.

Floriane secoua la tête contre le dossier de son fauteuil et d'une voix douce mais bien timbrée annonça sans ambages ce qui l'amenait.

— Monsieur le Comte, je suis venue vous poser une simple question : quel parti soutenez-vous ?

Le blond sourcil se haussa :

— Vous plairait-il de répéter ?

— Vous me comprenez parfaitement : êtes-vous, comme vous le prétendez, le zélé partisan de la reine et de Monsieur, l'appui précieux de Mme de Chevreuse, ou servez-vous les intérêts du cardinal ?

Henri de Chalais se mit à rire :

— Voyez-vous ça ! Quelle est cette chanson ?

— Répondez-moi, comte.

— Répondre ! Mais répondre quoi à vos coquecigrues ?

— Si, oui ou non, vous jouez franc-jeu avec nous tous, fit-elle sans se démonter.

— C'est donc pour discourir de politique que je vous vois ici de bon matin ? dit le comte qui décidément s'y entendait à esquiver l'attaque.

Floriane joignit ses mains :

— Vous refusez de me répondre : fort bien. Mais prenez garde, comte. Vos manigances ne demeureront pas longtemps ignorées. À trop vouloir gagner, vous risquez de vous retrouver un jour les mains vides et les pieds dans la boue.

Chalais ne riait plus. Il était visiblement agacé :

— Des menaces maintenant ? Vous ne manquez pas de toupet.

Puis il ajouta bien vite avec une inquiétude qu'il ne put retenir :

— Est-ce la duchesse qui vous envoie ?

Floriane haussa les épaules :

— Vous vous souciez donc d'elle ?

Le jeune homme se leva brusquement. Les deux mains sur chacun des accoudoirs du fauteuil, il se pencha au-dessus de Floriane :

— De quoi vous mêlez-vous ? Qui vous permet de fouiner dans mes affaires et dans mes sentiments ? Que savez-vous ? Que pouvez-vous comprendre à des vues qui ne concernent en rien une gamine obscure et insolente ?

Il ne l'impressionnait pas. Tout grand seigneur qu'il était, elle le méprisait trop pour le craindre. Elle repoussa ses bras et se leva à son tour, lui faisant face.

— Pardon ! Je me sens concernée lorsque des personnes qui me sont chères risquent de pâtir de vos trahisons.

— Il suffit ! Si vous étiez un homme, je vous demanderais raison !

Il était devenu très rouge et contenait mal une envie terrible de gifler l'arrogante. Eh bien, il n'avait qu'à oser un seul geste. Floriane avait gardé son calme mais, vibrante comme une lame, elle n'était pas près de rompre.

— Un duel ? Parlons-en. Je sais comment vous concevez l'honneur : je vous ai vu assassiner le baron de Pontgibault.

Il y eut un éclair de meurtre dans l'œil de Chalais et ce fut miracle s'il se domina. Croisant les bras, il toisa Floriane :

— Vous remâchez donc cette vieille histoire ?

Cette vieille histoire ? Le visage de Roger maculé de terre et de sang, l'ombre qui avait voilé son beau regard vert et ses mots d'adieu balbutiés dans un pitoyable effort, toute cette horreur qui la hantait encore certaines nuits !

— Contrairement à ce que vous affirmez, ce fut un combat loyal.

Chalais paraissait s'être calmé. Son attitude changeait. Floriane n'était plus la dangereuse peste de tout à l'heure, mais simplement une femme amoureuse et vengeresse qui pleurait encore son amant disparu.

— Oubliez tout ceci ! dit-il d'un ton qui se voulait conciliant. La duchesse vous protège. Vous êtes choyée de tous. La vie est douce pour vous.

Ce fut au tour de Floriane de se mettre à rire.

— Vraiment, comte ? Merci de me le faire constater. Je n'ai donc plus qu'à ronronner dans les délices de mon existence et vous laisser continuer vos sordides intrigues jusqu'à ce que vous meniez tous vos amis à leur perte.

— Il n'y a rien de mieux à faire, en effet, approuva-t-il d'une bouche moqueuse. Et vous pourrez toujours tenter d'ameuter le monde avec vos soupçons. Tous vous prendraient pour la folle Mathurine qui court les rues de Paris en divaguant. Vous récolteriez autant de considération qu'elle. Allons, oubliez tout ça, répéta-t-il, et sauvez-vous vite. Vous me pardonnerez, mais j'ai tant à faire.

Il avait repris son air paterne et la mettait doucement à la porte. Elle sourit finement.

— Vous ne serez pas toujours vainqueur, monsieur, dit-elle avant de sortir.

— J'y compte bien pourtant.

Il la salua profondément, exagérément, sur le seuil, la main sur le brocart de sa robe de chambre, ayant retrouvé tout son allant de séducteur. Elle agita ses doigts avec désinvolture en guise d'au revoir.

Elle était loin pourtant d'éprouver l'insouciance qu'elle affectait. Son entrevue avec Chalais n'avait rien donné. Qu'aurait-elle pu changer d'ailleurs ? Elle n'avait fait que confirmer ses craintes. Hélas ! Le fourbe avait raison : qui pouvait la croire ? Mme de Chevreuse, si fine, si avisée, n'avait rien voulu entendre. Elle tenterait bien de mettre Charles en garde, sans se faire d'illusions. Lui aussi ne jurait que par Chalais, subjugué comme les autres par la brillante apparence du jeune homme. Elle seule avait découvert, sous les oripeaux, les ambitions, les lâchetés, les ambiguïtés d'un grand seigneur. Qu'il aimât la duchesse, elle n'en doutait pas cependant. C'était peut-être, chez lui, le seul sentiment sincère. Mais l'idéal de sa maîtresse, la cause de la reine, les droits de Monsieur, pfutt ! Bien beau, tout cela. Mais autant se ménager une porte de secours, si par aventure leurs affaires tournaient mal. Chalais serait au plus fort et au plus offrant.

Sa propre impuissance la désolait. Que faire sinon rester vigilante ? Ce n'était certes pas pour elle-même qu'elle se tourmentait.

— Vous étiez chez lui !

Une ombre noire s'était jetée au-devant d'elle et lui barrait le passage. Louvigny ! Encore cet obsédé odieux ! Elle voulut l'ignorer et presser le pas sans lui répondre, mais il continua de marcher devant elle, à reculons, lui coupant le chemin. Elle fit demi-tour. D'un bond, il se retrouva nez à nez avec elle. Pas moyen d'y échapper.

— Comment avez-vous le front de vous montrer après votre conduite d'hier ?

Louvigny se pencha jusqu'à lui effleurer la joue de ses cheveux emmêlés.

— Tu m'as fait jouir. Nous recommencerons.

Le dégoût la fit trembler de la tête aux pieds :

— Laissez-moi passer !

Il eut un rire mécanique et réussit à la coincer contre le mur de la galerie, lui débitant toutes sortes d'insanités, déballant ses fantasmes sexuels avec une crudité inimaginable.

— Assez ! Taisez-vous ! Vous me faites horreur ! s'écria-t-elle en cherchant désespérément à fuir le dément.

— Monsieur de Louvigny !

Le jeune homme, surpris, tourna la tête, et Floriane en profita pour s'esquiver dans la direction du nouveau venu à l'intervention providentielle.

— Merci, monsieur, murmura-t-elle.

Elle connaissait le comte de Candale. C'était un homme jovial et plaisant, ne manquant pas de charme malgré une petite taille et un visage irrégulier.

— Me permettez-vous de vous raccompagner chez vous ? demanda-t-il en s'inclinant avec courtoisie.

Elle prit son bras avec empressement. C'était sans compter avec Louvigny, furieux d'être interrompu. Il apostropha le trouble-fête :

— Hé, là ! De quoi vous mêlez-vous ?

M. de Candale ignora sa grossièreté.

— Mlle de Saint-Évy ne semble guère apprécier votre conversation, monsieur. Je l'en délivre donc.

— Vous m'insultez ! Est-ce que je m'occupe de vous et de vos maîtresses ?

— Si nous étions seuls, monsieur, je vous châtierais bien à coups d'épée, dit Candale en maîtrisant une légitime colère. Allons, venez, madame.

— C'est ça ! Battons-nous, battons-nous tout de suite ! cria l'autre en sortant son épée.

— Êtes-vous fou ? s'écria Floriane. Messieurs !

Le bruit avait attiré le comte de Chalais qui ouvrit sa porte, habillé cette fois, quoique encore chaussé de ses pantoufles. Son valet suivait à deux pas en portant ses bottes.

— Eh bien, que se passe-t-il ? Serviteur, Candale ! dit-il en saluant le comte. Louvigny ! Dans quel état es-tu ? Tout débraillé de grand matin ! Vous vous querellez ?

Ses yeux allaient de l'un à l'autre. Il avait aussitôt compris ce qui avait dû se passer en voyant Floriane les joues toutes pâles agrippée au bras de Candale et nul doute qu'il vouait ce poison aux feux de l'enfer.

— Il s'agit bien de débraillé, lui jeta Louvigny avec hargne. Veux-tu me servir contre monsieur que voici ? Nous devons nous battre.

Chalais étendit les mains en signe de paix et voulut calmer son ami.

— C'est sûrement un malentendu. L'affaire doit pouvoir s'apaiser, dit-il en se tournant vers Candale.

Ce dernier haussa les épaules.

— Je ne demande pas mieux, bien que cela me semble difficile. Toutefois, je suis prêt à accepter des excuses.

— Sûrement pas ! cracha Louvigny.

— Je refuse d'appuyer cette querelle, dit Chalais. Désolé, Louvigny. Pense à la réputation de Mlle de Saint-Évy. Calme-toi, vieux frère ! Ce n'est guère le moment de braver les édits du roi et de le narguer avec un duel.

L'hypocrite ! Comme s'il se souciait lui-même de ces édits, agités comme des marottes par Richelieu qui avait décidé de « couper la gorge aux duels ». Et d'ailleurs, quel gentilhomme s'en préoccupait ? Non. La vérité était que Chalais avait tout intérêt à ménager Candale qui n'était autre que le fils du duc d'Épernon, donc le propre frère de M. de La Valette dont la belle et solide Metz était si fort convoitée. Floriane le soupçonna de prendre aussi un certain plaisir à la défendre contre Louvigny dont il n'ignorait pas l'amour bizarre et la jalousie aussi démesurée qu'inexplicable.

— Tu refuses de me seconder ? Ah ! Tu me le payeras cher.

Leur tournant le dos brusquement, Louvigny s'enfuit en courant, laissant flotter un certain malaise entre Floriane et les deux gentilshommes. Chalais eut un geste signifiant que les états d'âme d'un fou ne valaient pas la peine de s'y arrêter et, après force salutations et protestations d'amitié, il rejoignit sa chambre.

Floriane remercia vivement Candale, se montrant confuse d'être la cause de tant de troubles. Le comte la rassura : les excès de Louvigny n'étaient apparemment pas une nouveauté.

La querelle fit quelque bruit bien que l'on en ignorât le véritable objet. L'opinion générale fut que Louvigny, dont l'indélicatesse était notoire, avait cherché noise à Candale, et il ne se trouva personne pour le soutenir. Il ne fut pas question de Floriane.

Obsédé par Chalais, Louvigny s'accrochait à ses pas, l'épiant maintenant jour et nuit, laissant de ce fait la jeune fille libre de vivre à sa guise ses réelles amours. À dire vrai, c'est à peine si elle eut le temps d'embrasser Bassompierre avant que la cour ne quittât Blois.

*

C'était comme un jour nouveau lorsque la petite flotte de Sa Majesté prit le large du fleuve. L'orage avait laissé un paysage frais, neuf et pimpant.

Bannières fleurdelisées claquant dans la brise, couleurs des uniformes, des pourpoints et des panaches frissonnants, musique s'envolant au-dessus de l'eau, c'était un spectacle saisissant et magnifique que de voir défiler les bateaux du roi. Les curieux s'attroupaient le long de la Loire et lançaient des vivats. Majestueuse, lente, colorée, formidable, la vision mettait longtemps à disparaître et ne s'effaçait pas des cœurs.

Le gros de la cour cheminait par la route, où étaient déjà partis les fourgons de meubles et de vaisselle. Il n'était possible d'avancer qu'au pas. Auberges et relais regorgeaient de monde. Des cavaliers couraient d'un carrosse à un autre pour bavarder un brin avec les occupants. On avait toujours perdu un ami, un bagage ou un serviteur. On s'interpellait, jurait, riait. Bref ! C'était comme de coutume une joyeuse et indescriptible pagaille.

Sur le bateau de tête, deux jeunes hommes bavardaient à l'écart de l'entourage royal. Leurs silhouettes, également hautes et bien prises dans de stricts pourpoints de voyage, se découpaient sur un horizon tout éclaboussé par le lent soleil des soirs d'été où les hirondelles filaient comme de petites flèches noires.

— Artus ! Pour la centième fois, vas-tu me dire ce qui ne va pas ? S'il s'agit d'une femme, d'une ingrate, oublie-la. Sinon, dis-moi ce que je puis faire.

— Rien ! Je te le répète. Rien ! Tu finis par m'agacer, mon cher.

Il n'en fallait pas davantage pour faire prendre la mouche à François de Barradas.

— C'est ça ! Je supporte depuis des jours une mine longue d'une toise. Amical, je questionne, m'inquiète. Qu'ai-je en retour de ma sollicitude ? Des silences ou des rebuffades. Chevalier, vous réussiriez à décourager la plus tenace des amitiés.

Artus d'Ivreville posa une main sur l'épaule du jeune homme :

— Dieu m'en garde ! J'en ai trop besoin, dit-il d'un air grave que Barradas était peu habitué à lui voir.

— Pourquoi manquer de confiance à ce point ? Deux amis se doivent de tout partager. Vous savez tout de moi. N'est-ce pas à vous seul que j'ai avoué mon bonheur tout neuf ?

Barradas était amoureux. D'une fille d'honneur de la reine. Gabrielle de Coligny de Cressia, plus communément appelée la belle Cressia, appellation amplement méritée par la blonde et douce personne qui de son côté n'était pas insensible à la prestance de M. le Premier.

Un sourire triste éclaira le visage hâlé d'Artus.

— Et vous avez bien fait. Gardez votre secret le plus longtemps possible. Vous vivez les meilleurs moments de l'amour : la lente découverte, les heures volées dans l'ombre, l'espoir enivrant de chaque matin.

— Hé ! Hé ! Vous parlez d'expérience.

— Sans doute. Mais ce ne sont plus que souvenirs.

Barradas exultait :

— Enfin nous y sommes ! Vous avouez un chagrin d'amour.

— Pourquoi nécessairement un « chagrin » ? se piqua Artus en lui tournant le dos.

Le favori du roi, célèbre pour sa mauvaise humeur et l'impatience de son caractère, qui, pour Artus, mettait un frein à son impulsivité, ne put contenir son exaspération. Il eût voulu expédier le Normand dans la Loire.

— Que la peste te brûle la gorge !

Un gentilhomme fort élégant les observait à quelques pas d'eux. Barradas le prit à partie, heureux de faire partager sa rogne à quelqu'un.

— Monsieur de Bassompierre, je vous prends à témoin, vous qui êtes homme d'expérience. Aidez-moi à faire entendre raison à cet entêté. Il se ronge, je le sais, à cause d'une cruelle mais refuse mon secours, repousse mon amitié. Il ne dit rien et me pousse à bout. J'enrage !

Bassompierre avait vu arriver Barradas tout gamin à la cour. Il le connaissait bien et savait ce superbe athlète impulsif, irréfléchi et foncièrement bon, pour qui tout devait être simple et sans détour. Le mutisme d'Artus était une injure à son attachement. Le regard moqueur du maréchal s'arrêta sur Artus avec une curiosité non dissimulée.

— Mon cher Barradas, respectons le silence du chevalier. Après tout, qui vous dit qu'il s'agit d'une femme et d'un amour malheureux ?

Artus d'Ivreville se retourna. Face au soleil, ses yeux dorés prirent des lueurs félines. Il avait de nouveau son visage insouciant.

— C'est pourtant vrai, monsieur le Maréchal. Mais je me garderai de vous importuner avec mes peines de cœur.

— J'y prends le plus vif intérêt, au contraire.

— Que nous conseillez-vous ? demanda Barradas ravi de voir Artus se dérider et ne faisant pas le moins du monde grief à Bassompierre d'avoir réussi là où lui-même s'acharnait en vain.

Il n'était pas rare que les jeunes gens de la cour vinssent trouver le maréchal, quêtant un avis judicieux aussi bien dans le domaine sentimental que sur le plan politique. Bassompierre adorait donner ces petites consultations privées.

— Eh bien… chevalier, je ne connais pas votre histoire, mais à votre place, je voudrais en premier lieu être certain que la dame en question ne m'aime pas.

— J'en suis certain, soupira Ivreville.

— Vous l'a-t-elle dit ?

— Non ! Mais elle me l'a clairement laissé entendre. Laissons tout cela, voulez-vous ?

Bassompierre n'avait pas envie du tout de lâcher si vite son rôle savoureux de confesseur. Il ignora la demande d'Artus.

— Une femme ne semble plus vous aimer et elle vous en donne toutes les apparences. Comment se fier à ces oiseaux adorables ? Moi qui vous parle, il m'arrive justement le contraire.

Une créature délicieuse m'offre toutes les preuves d'amour qu'un homme puisse désirer et pourtant elle ne m'aime pas.

— Comment ! Quelle hypocrisie ! s'écria Barradas. Et vous souffrez cela, vous !

— Je le souffre et… j'en souffre, avoua Bassompierre. Oui, moi ! Mais ne condamnez pas cette personne. Elle-même croit être sincère. Il est difficile, chevalier, d'être lucide et de ne pas se prendre aux pièges des apparences. Demandez simplement à votre élue : M'aimez-vous ? Oui ou non ? Visez droit au cœur !

— Et si elle dit non ? demanda Barradas apparemment plus ému qu'Artus et en tout cas très impressionné par le discours de Bassompierre.

Le galant maréchal eut une moue rieuse.

— Ce ne serait qu'une idiote et j'en doute.

Louis XIII, assis à l'avant du bateau, se leva brusquement et parut chercher quelqu'un. Il aperçut les trois gentilshommes qui bavardaient un peu plus loin et fit une grimace maussade.

— Monsieur le Premier ! appela-t-il. Que complotez-vous avec ces deux brigands ? Venez ici !

Le ton était sans réplique et, sous la plaisanterie, on devinait l'inquiétude jalouse.

— Tout de suite, Sire, bougonna le jeune homme. Tout de suite.

— N'oublie pas, pour ta belle Cressia, lui souffla Artus avec un mouvement du menton en direction du roi, reste discret.

— Oui, oui. Je sais, soupira Barradas qui comprit l'avertissement voilé. Cela ne va pas être facile.

Crottés, poussiéreux, les cavaliers s'étaient arrêtés à une fontaine de village et plongeaient bras et visages dans l'eau fraîche d'un bassin de pierre.

— Louvigny, en voilà assez ! Boutteville, de grâce, aidez-moi à calmer ce forcené.

Les lubies de son ami n'amusaient plus Chalais. Au début, il avait ri de sa surveillance et même l'avait taquiné au sujet de

Floriane, laissant sous-entendre que de la petite Saint-Évy, ma foi, il était prêt à ne faire qu'une bouchée. Le jeu commençait à tourner à l'aigre. Louvigny ne cessait de le harceler au sujet de Candale et de ce duel qu'il voulait à tout prix.

— Si vraiment tu n'es pas l'amant de cette petite, alors bats-toi à mes côtés contre ce vieil imbécile !

Mais Chalais ne voulait pas se battre. Il regardait Louvigny d'un œil autre après des années d'amitié, d'intrigues et de plaisirs partagés. Tout les différenciait. L'un attirait les regards, faisait sourire les cœurs. L'autre décourageait le plus petit élan de sympathie. Malgré cela, accentuant même leur dissemblance, ils s'étaient accordés, ne concevant pas la vie l'un sans l'autre.

Chalais s'était lassé le premier. Ses hautes visées, son exercice de corde raide entre les deux clans adverses, l'amour désiré et conquis de Mme de Chevreuse l'entretenaient dans une griserie permanente qu'il ne pouvait partager avec quiconque. Louvigny, qui l'avait toujours admiré comme un astre unique, le sentait s'échapper. Floriane avait curieusement cristallisé sur elle jalousie, amour et déception. Frustré, il mâchonnait son dépit, laissant la haine supplanter peu à peu l'amitié. Mais il s'accrochait encore. Et dans son esprit étrange, ce duel était pour lui le symbole des liens disparus.

— Je ne te pardonnerai pas ton abandon. Ça, non ! Je ne pourrai pas, murmura-t-il d'une voix rauque alors qu'ils se remettaient en selle pour continuer leur route.

Les clochers de la vieille collégiale Saint-Martin, dominant Tours et ses maisons, accrochaient encore les ultimes lueurs du couchant lorsque le dernier voyageur atteignit la ville.

Les visites de ses bonnes villes offraient au roi le même cérémonial : réception des échevins, banquets, discours, et pour finir bals où se pressait tout ce qui comptait dans la province. La cour était logée au petit bonheur, disséminée çà et là, qui près du couple royal et de la reine mère, qui dans des auberges ou des maisons amies. Trouver une chambre libre à ce moment-là relevait du prodige.

Deux jours plus tard, on se remit en route pour gagner Saumur. Saumur à forte tendance huguenote, active et peuplée, solidement plantée autour de son château piqué tout en haut d'un escarpement vertigineux. Saumur où le lendemain matin, de bonne heure, profitant enfin d'un moment de liberté, Floriane put rejoindre Bassompierre.

Il s'était installé dans un logis charmant, blotti contre l'enceinte que baignait la Loire. Floriane repéra de loin l'enseigne rouge et dorée doucement balancée par la brise, une tête d'homme barbu croquant d'une bouche lippue et gourmande dans une grappe de raisin. Vive, sensuelle, l'image invitait à goûter à d'autres plaisirs que Floriane n'évoqua pas sans un agréable frémissement. Elle rajusta son masque.

Sous l'encorbellement de la façade, des pots de géraniums, posés au bord des fenêtres, entremêlaient leurs ramures pomponnées de bouquets écarlates. Floriane cueillit une feuille au passage et la chiffonna sous ses narines, humant le parfum amer et corsé qui se libéra.

Théodoric des Étangs vint lui ouvrir. Elle vit aussi Malleville qui lui souhaita le bonjour. Comme il allait grimper le mince escalier de bois qui menait aux chambres, elle le retint.

— Non ! J'y vais moi-même.

Elle trouva en haut un couloir à peine éclairé par un vitrail de couleurs et poussa la première porte qu'elle aperçut.

François de Bassompierre dormait dans un grand lit, massif et provincial, de noyer sombre et luisant de cire tout comme les boiseries des murs qui en renvoyaient la bonne odeur domestique. Les volets n'étaient poussés qu'à demi sur la fenêtre entrouverte. Floriane devina au-dehors un pan de jardin où s'ébattaient des oiseaux – le chant au bec, l'aile vive et soyeuse – et un petit miroitement fluide que renvoyait la Loire. Elle quitta son manteau et s'approcha du lit.

Bassompierre était couché sur le côté en chien de fusil, un bras replié sous sa tête. Un souffle régulier agitait un coin de sa moustache. La chemise s'entrouvrait sur le cou et la poitrine doucement soulevée dans un sommeil que rien apparemment ne venait troubler. Floriane regarda dormir le gentilhomme, tout attendrie de lui voir cet abandon paisible et presque enfantin. Elle goûta un instant la paix et la douceur de cette chambre rustique, enclose sur un confort discret et cossu, bien loin des rutilances habituelles du maréchal.

D'un mouvement léger, elle lui passa sous le nez la feuille de géranium. La caresse remonta sur la joue, glissa sur l'oreille et devint frénétique en atteignant le cou. Bassompierre voulut chasser de la main le chatouillement importun qui continua de plus belle.

— Quoi ? Qu'est-ce donc ?

Un rire cristallin lui répondit et une ombre légère s'écroula sur sa poitrine.

— Je dors encore ? Floriane, petite coquine ! Quelle heure est-il donc ?

— À peine sept heures.

Bassompierre s'étira avec un grognement de félicité :

— C'est prodigieux ! Je rêvais justement que j'avais entre mes bras une brunette ravissante qui vous ressemblait beaucoup.

— Et que faisiez-vous donc avec cette ravissante brunette ? demanda Floriane en posant ses lèvres sur le trait rose d'une cicatrice ancienne.

Avant qu'elle eût réalisé ce qui lui arrivait, elle se retrouva bien vite dépouillée, toute nue dans le grand lit austère et ne tarda pas à savoir que Bassompierre peuplait ses rêves de jeux gaillards et délicieux.

— Vous êtes toute fraîche, violette chérie ! Un vrai bouquet sous la rosée, dit-il, ses deux mains fermement posées sur ses hanches courbes et polies comme un marbre blanc.

Ses lèvres ne se lassaient pas de courir sur sa peau, de la goûter, d'en aspirer la douceur à petits coups de langue qui laissaient des traînées de feu. C'était bon, l'amour du matin, quand une course par les rues tranquilles, à peine ensoleillées, avait éveillé votre sang et vous faisait battre le cœur. Floriane se fondit dans la tiédeur du lit, sous le corps robuste et chaud de Bassompierre. Il s'empara d'elle avec une faim pressante, violente, une force qu'il ne contenait pas, mais en même temps avec une telle attention, un tel désir de voir son bonheur partagé, qu'elle y répondit une fois encore avec une ardeur joyeuse et le rejoignit dans le plaisir.

— Comme j'aime des matins comme celui-ci ! soupira Bassompierre. J'ai eu hier une soirée plutôt lassante, un souper qui aurait pu être très agréable si un jeune fou n'en avait pas gâché la moitié : Louvigny. Vous connaissez, bien sûr !

Bien sûr, elle connaissait.

— Il était ici avec son inséparable Chalais et quelques amis dont Boutteville, vous savez, le célèbre bretteur. En fait, Chalais voulait que je le sermonnasse au sujet d'une rencontre à éviter à tout prix avec le comte de Candale pour lequel, soit dit en passant, j'ai beaucoup d'admiration. J'ai donc joué mon rôle bien volontiers, cherchant à apaiser les ardeurs belliqueuses de l'exalté. En vain ! Il l'a même très mal pris et le souper a failli dégénérer en pugilat. Finalement le Louvigny nous a quittés et nous avons pu terminer notre repas en paix. Ouf ! Mon personnage d'arbitre expert auprès de notre turbulente jeunesse n'est pas toujours de tout repos. Aviez-vous entendu parler de cette histoire ? Il s'agit d'une femme, je crois.

— Oui, vaguement.

Elle avait l'air distrait, lointain, une ombre sur le visage. Bassompierre l'observa, la devinant perdue dans des secrets où il n'avait point part. Elle s'appuya contre lui.

— Je voulais vous dire, mon petit… Le moment n'est peut-être guère choisi pour une conversation sérieuse et ce n'est pas mon goût, vous le savez. Cependant, il faut que vous sachiez que vous êtes libre, entièrement libre de vous-même, que vous ne me devez rien, de quelque manière que ce soit et qu'enfin, si vous décidiez de me quitter maintenant ou demain, je ne réclamerais de vous qu'une franchise sans équivoque.

Floriane se redressa et le regarda étonnée :

— Quel étrange discours ! Dois-je comprendre que vous ne voulez plus de moi et que vous avez trouvé là une manière élégante de me le signifier ?

— Ne fais pas la sotte, dit François de Bassompierre en caressant ses cheveux noirs, épars sur la chemise. Le jour n'est pas venu où je me lasserai de toi.

— J'en ai autant pour votre compte, murmura-t-elle.

— Il n'y a donc personne dans votre cœur pour vous disputer à moi ?

— Personne.

— Pas même celui auquel vous pensiez lors de notre voyage sur la Loire ? Celui qui vous a fait pleurer un soir de bal à Blois ?

Ces mots chuchotés avec tendresse et une petite lueur indéfinissable dans les prunelles éveillèrent en Floriane une peine mal effacée. Si elle avait réussi à combattre victorieusement le souvenir d'Artus, si elle ne tressaillait plus, ne souffrait plus à sa vue, son image évoquait toujours le regret tenace d'un bonheur manqué.

— Il n'y a personne d'autre que vous, dit-elle d'un ton grave, les yeux plus brillants, plus limpides que jamais, reflétant tout l'amour qu'en ce moment elle portait à Bassompierre, Bassompierre si fin, si pénétrant, si plein d'une délicatesse trop bien cachée sous ses rides et ses lazzis.

Que savait-il ? Que devinait-il ? L'aveu de Floriane l'envahit d'une joie qu'il n'aurait pas cru possible, qu'il ne dissimula pas et qui balayait une sorte de tristesse résignée, à laquelle il avait cédé un court instant.

— Ces yeux, ces yeux ! répéta-t-il en se noyant dans le regard azuré.

Leurs lèvres se rejoignirent. Leurs bras se lièrent, réunissant leurs deux corps jamais las l'un de l'autre.

— Ma violette, aimante et soumise ! Tu éveilles en moi des fringales de barbaresque, chuchota-t-il en la renversant sur le lit.

Le clocher de Saint-Pierre, carillonnant les neuf heures, arracha Floriane à un pillage librement consenti.

Elle regagna le château, courant presque, les mots de Bassompierre dansant dans sa tête, les sens comblés et le cœur à l'envers. Pourquoi toutes ces questions ? Avait-il voulu sonder ses sentiments pour se rassurer ou, se doutant de quelque chose, avait-il offert à Floriane un moyen de rompre aisément ? Rompre, elle n'en avait pas envie. Au fil des semaines, son amour pour Bassompierre s'était éveillé et affermi. Elle s'efforçait de faire comme lui : cueillir l'amour en évitant des coups d'œil sur l'avenir. Et comme pour être mise à l'épreuve, elle rencontra Artus juste au moment où, franchissant la poterne, elle ôtait son masque. La voyant, il eut un geste surpris. Il parut hésiter puis se décida enfin à faire un pas dans sa direction et à la saluer, sans empressement toutefois et avec une réserve confinant à la froideur.

En un éclair, elle revit le visage de Bassompierre contre le sien et entendit sa propre voix lui affirmer qu'il n'y avait que lui, lui seul dans sa vie et dans son cœur. D'un mouvement dédaigneux, elle tourna la tête et, ignorant superbement le chevalier d'Ivreville, poursuivit son chemin.

— Quel remue-ménage ce matin ! s'écria la duchesse lorsque Floriane entra dans sa chambre tout encombrée de coffres et de vêtements éparpillés. Les gens ont sûrement le feu quelque part. Le roi repart aujourd'hui. Il tient à faire son entrée à Nantes le 3 juillet. Le cardinal y sera. Mais avant il veut s'arrêter aux Ponts-de-Cé et à Ancenis.

Un doigt précautionneux sur ses joues pâlies par un savant nuage de poudre : les pommettes de la Chevrette se haussèrent d'un éclat rose, sans laisser deviner la moindre trace d'une pâte quelconque. Sous l'artifice, le gracieux, le spirituel visage atteignait au divin. Et ce n'était plus Vénus ce matin, mais plutôt la guerrière Minerve, au bord du courroux, les cheveux frisés, relevés autour de la tête, en un casque de métal doré.

— Monsieur est venu me voir : le malheureux est tout retourné. Le roi s'est plaint de Puylaurens, de Bois d'Ennemets et de votre frère. Leur influence est néfaste, paraît-il. En plus, il est question de durcir encore la captivité de M. d'Ornano. Quant à la maréchale, elle est bel et bien prisonnière à La Ferté-Bernard ! Cela ne peut durer. Il faut en finir, prendre une décision rapide. M. de Chalais est de mon avis. Monsieur doit fuir et vite !

— Ah ! Vous avez vu le comte de Chalais ? demanda Floriane comme si de rien n'était.

— Il sort d'ici ! Dans tous ses états, car, en plus, il n'a pas vu M. de Louvigny depuis hier au soir. Ils se sont querellés et il craint un coup de folie chez son ami. La belle affaire ! Entre nous, je supporte difficilement ce Louvigny. Et vous qui disparaissez dès potron-minet. Où étiez-vous ?

— À la messe !

Du coup, Mme de Chevreuse en oublia ses soucis :

— Vraiment ? pouffa-t-elle. Et pourquoi pas après tout ?

Louvigny disparu : bon vent ! On se passerait de sa déplaisante bobine. Floriane ouvrit grand l'étroite fenêtre découpée dans un mur épais qui donnait à la chambre une excessive fraîcheur. Le soleil entra comme un ruisseau d'or. Elle se mit à rire, elle aussi, simplement heureuse de recevoir la caresse d'un air déjà chaud qui embaumait les foins et le feu de bois. Il n'y avait qu'un seul pays, son cher pays de Loire, pour resplendir ainsi sous un ciel unique et palpiter d'une douceur sans égale, pluie ou vent, soleil ou frimas. Elle pensa à sa maison de Saint-Évy et à ceux qu'elle y avait laissés. Mais elle n'avait qu'un regret : celui de ne pouvoir faire un détour par Angers pour embrasser Diane.

Artus d'Ivreville vit s'éloigner la petite silhouette ondoyante et se recoiffa de son large chapeau de castor d'un geste lent et distrait. Un demi-sourire tendait le coin de sa bouche. Ses yeux se plissèrent comme ceux d'un chat méditatif et secret.

Lubin regarda, lui aussi, Floriane disparaître. Il cracha par terre avec mépris puis il leva la tête et chercha à deviner ce que son maître pensait. Le garçon semblait inquiet. À sa grande surprise, il vit un visage ironique, deux lèvres s'arrondir sous une moustache aiguë pour laisser échapper le petit air connu d'une chanson de cabaret. Le chevalier n'était ni furieux ni abattu. C'était comme si cette damnée femelle n'avait jamais croisé son chemin. Le chevalier sifflotait et d'une main amicale octroyait sur ses minces épaules, à lui, Lubin, une tape à écraser une mule.

— Eh bien, petit ! Tu en fais une tête !

Lubin chancela, réussit vaillamment à rester sur ses pieds et à sourire à son maître.

— Heu… Non, non, monsieur.

Mais Artus ne l'écoutait pas. Il jeta un coup d'œil sur le ciel matinal où croisait un vol de pigeons ramiers, huma l'air de la journée qui annonçait un temps superbe et entraîna Lubin aux écuries où les attendaient leurs chevaux.

— Je me sens dans l'état d'un homme brusquement dégrisé, soliloquait Artus tout en passant la sangle sous le ventre de sa jument noire. Ou mieux, d'un prisonnier remonté de son cachot. Sauvé ! Libéré ! Je respire et j'y vois clair après des semaines passées à tirer sur mes chaînes, à gémir, à attendre et espérer un rien, comme un imbécile. Tu as vu comme moi ce mépris, cette intention flagrante de m'offenser ? Hé, petit drôle ! Justement ! « On » ne m'a pas offensé. Pas du tout. « On » a effacé au contraire, d'un geste, tous les regrets pitoyables que je traînais. Tudieu ! Je me sens un autre homme.

Ils sortirent dans la cour et se mirent en selle d'un même mouvement. D'une fenêtre, François de Barradas les héla et au signe que lui fit Artus, il fit comprendre qu'il ne pouvait pas les rejoindre. Ivreville eut une grimace où entrait plus de pitié que de déception.

— Mon vieux, je te souhaite bien du courage avec ta belle Cressia, marmonna-t-il pour lui-même. Pour moi, on ne m'y reprendra plus. Je le jure.

Ses confidences avaient rassuré Lubin et en même temps lui avaient procuré une joie qu'il avait du mal à dissimuler.

— Où allons-nous, monsieur ?

— Nous distraire ! répondit Artus en lançant son cheval sur la pente raide qui dévalait jusqu'à la ville.

V

L'échafaud de Nantes

(Juillet-août 1626)

LE CIEL S'ÉTAIT TERNI SOUS LA POUSSÉE de nuages agités comme des fumées grises, pressés, bousculés par un souffle humide qui laissait deviner, bien qu'encore lointains, une force inconnue, un monde infini, redoutable, mystérieux, dont le vent se faisait l'écho : la mer.

En quittant Ancenis, on quittait aussi le royaume de France. Bien que la Bretagne eût été rattachée à la couronne, depuis plus d'un siècle, elle restait encore, pour la plupart, terre étrangère et étrange, un pays âpre et profond de forêts de légendes, de landes pelées, à demi englouti par un océan vorace et impitoyable. Et que dire de son peuple, rude, souvent hostile, cultivant d'antiques croyances, berçant la nostalgie d'un passé glorieux où les hermines clamaient bien haut la puissance de leurs ducs ? Pour ceux et celles qui n'y avaient jamais mis les pieds, la Bretagne leur était aussi barbare qu'une lointaine contrée des Amériques, et les Bretons aux barbes longues, aux cheveux flottants sur les épaules n'étaient guère plus qu'une peuplade de sauvages.

Pourtant, à mesure que le cortège royal avançait en direction de Nantes, rien ne laissait supposer que l'on pénétrât dans les ténèbres d'un pays fruste. Le cours de la Loire toujours paisible et familier, entre ses îles boisées, ses collines où se dressaient églises et donjons, ses vignes mûrissantes, avait de quoi rassurer les esprits inquiets. Des myriades effrénées de papillons blancs voletaient au-dessus des champs de blé brunis où se mêlaient, indissolubles, le bleu et le rouge des bleuets et des coquelicots. Non, rien n'avait changé si ce n'était ce vent lourd d'exhalaisons marines qui balayait la lumineuse chaleur de juillet.

Les carrosses s'étaient arrêtés. Floriane regarda au-dehors et vit les voitures des reines immobilisées sur une petite éminence qui permettait de découvrir le but du voyage, Nantes, qui s'étirait un peu en contrebas.

Surgie du paysage aux tons doux de vert et de brun, la ville avait la finesse et la précision d'une enluminure, prise dans une enceinte de pierre qui ne comportait pas moins d'une trentaine de tours. Du cœur de la ville, le château ducal, les églises innombrables, la magnifique cathédrale Saint-Pierre-Saint-Paul, la vieille forteresse lançaient à l'assaut du ciel bas leurs flèches et leurs donjons par-dessus les maisons où la tuile rivalisait avec l'ardoise. Du premier coup d'œil, on devinait une cité martiale, prospère et pas le moins du monde repliée sur les vestiges de son brillant passé comme en témoignaient les faubourgs qui s'agrandissaient au-delà des portes : Sauvetout au nord où se finissait la route de Vannes et de Rennes, la porte Saint-Pierre, à l'est, par où le roi allait entrer et la porte Rateau, au confluent de la rivière de l'Erdre et de la Loire.

La Loire ! On la retrouvait plus que jamais reine, baignant au sud toute la ligne des remparts. Elle se mouvait entre les îles, se divisait en bras, allait lécher les pieds du château, courait sous les ponts construits de maisons et longs, très longs, de plus d'un quart de lieue. La Loire qui n'était déjà plus une voie majestueuse et tranquille mais qui, à Nantes, se gonflait de courants venus de très loin la chercher, pour l'entraîner dans l'immensité océane.

En amont, barges, gabares, cabanes, chalands, coches d'eau tissaient un lien entre la ville et le cœur des provinces. C'était le sel des salins de Guérande, les fûts de vin blanc, des cargaisons de morues et de harengs péchés durant la mauvaise saison et tous les voyageurs qui allaient remonter la rivière. En aval, étaient ancrés les voiliers, galions espagnols, hourques hollandaises, de tonnages modestes, peut-être, mais tous bateaux de haute mer qui déversaient toiles fines, épices rares et vins ambrés. Il y avait là deux mondes, deux dimensions, se rencontrant depuis des siècles sous le regard de Nantes pour sa gloire et son profit.

Louis XIII connaissait les trésors que pouvaient offrir la mer en général et une place comme Nantes en particulier. Il connaissait aussi les sautes d'humeur d'une province toujours prompte à se rebeller contre le roi dans le fallacieux espoir de retrouver la fière indépendance de jadis. Son frère Vendôme n'aurait guère eu de mal à souffler la révolte et rassembler derrière lui les Bretons au cœur farouche. Il s'agissait en même temps d'éteindre toute velléité de rébellion et de présenter aux États de Bretagne les projets formés avec Richelieu : créer des compagnies maritimes, des chantiers navals, des commerces outre-mer où, il fallait – hélas ! – le constater, trônaient l'Espagnol et surtout l'Anglais. La compagnie de Saint-Christophe, la compagnie de la Nacelle de Saint-Pierre fleurdelisée, sous la poésie chantante de leurs titres, attendaient de prendre forme dans les bagages du ministre. Il fallait réveiller les marchands nantais, faire trembler les têtes rétives, il fallait s'imposer, mater, briller. Toute la cour devait y participer, avec pour clou des réjouissances, le mariage de Monsieur.

C'était la fin de l'après-midi. Il faisait doux malgré le vent incessant qui agitait, sur le sommet de chaque tour, les oriflammes bleues, blanches et noires aux couleurs de la France, de la Bretagne et de Nantes.

Parvenus aux abords de la ville, les bateaux du roi s'étaient arrêtés et Louis XIII avait rejoint les reines. Monsieur était là, assis dans le carrosse de sa mère, de même que les principaux seigneurs de sa maison et de celle du roi. Sur les remparts, des hérauts d'armes vêtus de noir et de blanc embouchèrent leurs trompettes, la porte Saint-Pierre s'ouvrit et une délégation s'avança au-devant des illustres visiteurs.

En tête marchait le maire de la ville, l'épée au flanc, entouré de ses six échevins portant la robe noire. Ils étaient suivis de jeunes gens des meilleures familles, de représentants de la milice et d'une poignée d'archers aux casaques blanc et noir, cohorte dont faisaient encore partie huissiers et greffiers de mairie, le gouverneur et le prévôt, tous empanachés, sérieux, graves, qui s'inclinèrent devant le roi.

Une nouvelle sonnerie de trompettes éclata au-dessus d'eux, puis le maire y alla de son compliment avant de présenter au roi les clefs de la ville couchées dans un bassin d'argent. Louis XIII remercia comme il se devait et comme le voulait aussi l'usage ; il prit les clefs et les rendit au maire en assurant qu'elles étaient entre des mains dignes de les conserver, gardant le bassin d'argent décoré aux armes de la ville.

Une nouvelle envolée de trompettes : le cortège se reforma derrière le roi et les édiles qui franchirent l'énorme porte creusée dans la pierre. Ce fut à ce moment-là que, du château, fut tiré le premier coup de canon saluant l'entrée du souverain.

Ce n'était pas un mince événement dans l'existence d'une ville que l'entrée solennelle d'un haut personnage. La fierté qu'elle occasionnait, la joie du populaire et l'espérance que tous avaient d'en retirer de substantiels bénéfices ne faisaient pas oublier la bonne secousse portée aux finances de la commune. En outre, la formation du cortège était l'occasion de sourdes rivalités entre diverses personnalités, corporations et confréries, chacune luttant pour la préséance.

Pourtant rien ne transparut de ces petites luttes intestines et tout se passa dans le calme et la dignité. À mesure que s'avançait l'escorte de Louis XIII, tout le monde prit rang à son tour dans la file et c'est dans un ordre parfait que l'on gagna la place Saint-Pierre, devant la cathédrale, où une batterie de tambours ouvrit le ban.

Derrière le corps de ville venaient donc, en tout premier lieu, le chapitre de la collégiale de Notre-Dame et celui de la cathédrale, serrés de près par la chambre des comptes et le présidial et les représentants de l'université. La milice, sous les armes, rendait les honneurs. Afin d'éviter toute jalousie, les différentes compagnies avaient tiré leur place au sort, à l'exception de la compagnie du quartier de la Fosse qui se mettait où bon lui semblait et, en l'occurrence, fermait la marche. Les visages farauds, enorgueillis, rougissaient sous l'effort de paraître à leur avantage.

Tous les corps de métiers étaient là, avec en avant la fine fleur des marchands, l'aristocratie du commerce, les six corps : drapiers, orfèvres, merciers, pelletiers, tapissiers et apothicaires, bourgeois cossus, respectables et respectés, qui arboraient fièrement les attributs de leur négoce. Une hiérarchie rigoureuse régnait dans tout le petit monde actif de la ville. Le gabarier et le batelier de la Loire prenaient le pas sur un boucher, un savetier et un cordier, plus méprisés qu'un boulanger ou qu'un tisserand. Haut levés bannières, cierges et torches décorés d'emblèmes et de couleurs, les confréries marchaient d'un pas lent et sage : confrérie de la Véronique, celle de la Passion composée de notables, les confréries des paroisses Sainte-Croix et Saint-Saturnin, Saint-Léonard, bref, toutes les paroisses de la ville, des quartiers les plus riches aux quartiers les plus modestes, tout un monde où l'argent, le rang, le rôle, le métier, avec leurs devoirs et leurs privilèges, gardaient chacun à sa place et n'admettaient pas que l'on empiétât sur son voisin.

La cathédrale avait ouvert ses portes sur la nef éblouissante de blancheur où ruisselait la lumière des cierges. Une volée de cloches sembla vouloir faire fi de la chape de nuages qui s'alourdissait toujours. Elles résonnèrent encore lorsque les orgues chantèrent la fin de la messe, à laquelle tous avaient assisté. Le cortège se reforma jusqu'au château où le roi devait séjourner.

Pauvres archers et gens de milice ! Une foule joyeuse, visiblement ravie de l'auguste visite, les bousculait sans vergogne, du moins ceux qui n'avaient pu trouver place aux fenêtres et sur les toits des maisons. Ils étaient venus de partout, les portefaix du port Maillard, les filles du quartier de la Fosse et les poissonnières du pont de la Saulzaie. Tapisseries, draps et étoffes de soie coulaient le long des murs, effaçaient les colombages, le bois et le torchis, réchauffaient la pierre, frangeaient les pignons. Partout les lys se mêlaient aux hermines, et l'on pouvait lire souvent le vieux souhait formulé jadis lorsque la petite duchesse Anne s'était mariée au roi Charles VIII :

> *« Dieu qui a par sus eux puissance*
> *Veille unir Bretagne et France. »*

Ils ne demandaient pas mieux, eux tous qui saluaient le roi et sa famille et applaudissaient au passage des bannières. Du vin distribué çà et là à travers la ville entretint tard dans la nuit une saine allégresse qu'un feu d'artifice, tiré sur la Loire, porta à son comble. Dans certains quartiers, on dansa même jusqu'au petit jour, au son de violons aigrelets et de musettes.

*

Un très jeune gentilhomme, simplement vêtu de chausses de satin bleu et d'un pourpoint sans manches, ouvert sur une chemise de toile, était assis sur un tonneau vide, un peu en retrait de l'agitation qui bourdonnait sur le port Maillard en ce début de matinée. Il faisait chaud et de temps en temps le jeune homme s'éventait de quelques coups de chapeau qu'il quittait et recoiffait aussi vite sur ses cheveux épais et sombres qu'il portait assez longs. Plusieurs gamins, grimpés sur des barques noires, sautèrent sur la grève, tout près de lui et tirèrent leurs petites embarcations. Jetés au fond, des poissons brillaient comme des morceaux de métal et s'agitaient encore. Les enfants n'avaient pas leurs pareils pour se jouer des courants, tourner autour des piles des ponts et longer les abords herbus de l'île de la Saulzaie [1]. Ils en rapportaient toujours une pêche miraculeuse. Ils en proposèrent au jeune homme qui les observait mais celui-ci refusa en souriant.

Une ombre soudaine le recouvrit. Quelqu'un s'était glissé derrière lui, masquant le soleil, un petit homme encore jeune, alerte et sautillant, élégamment vêtu de soie claire, le pied chaussé de chevreau blanc qui par miracle avait évité les ravages du sable, de la vase et des détritus nombreux qui faisaient du port un bourbier redoutable.

Les mains du nouveau venu se posèrent sur les yeux du jeune homme solitaire avant que ce dernier n'ait eu le temps de se retourner.

— Coucou !

Les doigts, étroitement gantés, étaient petits et fins comme ceux d'une dame de qualité. Ils émergeaient de poignets volantés d'une dentelle de Raguse ; ils étaient surtout imprégnés d'un délicat parfum de framboise qui fit frémir le petit nez du jeune homme et fit naître un rayon de joie sur son visage sérieux.

— Boisrobert !

Le frivole, le précieux, le sémillant abbé de Boisrobert ouvrit les bras et accueillit avec ravissement des effusions spontanées et joyeuses.

— Ainsi je ne m'étais pas trompé. C'est bien vous, belle Floriane. Ah ! Que je baise ces chères mains : elles sont de neige et pourtant elles me brûlent.

Floriane se mit à rire.

— Vous ne changez pas. Ah ! Que je suis contente ! Tenez… asseyez-vous près de moi si vous ne craignez pas de tacher vos chausses. Et dites-moi ce qui vous amène ici. Quelle surprise !

Boisrobert posa un derrière prudent sur le tonneau.

1. Plus tard : île Feydeau.

— Je suis arrivé à Nantes en même temps que Son Éminence. En fait, nous logeons à la campagne, à Beauregard, un logis ravissant : du vert, des fleurs, des oiseaux et des nymphes bocagères. Tout pour éblouir les yeux et l'âme. Pourtant, je l'avoue, mon Paris, mon doux Paris me manque déjà et je suis venu en ville ce matin respirer des senteurs citadines un peu plus corsées.

— Vous êtes servi. Cela empeste ! Il y a du fumier aux carrefours, des chiens crevés dans les douves sans parler des relents de marée. Surtout ici ! Boisrobert, mon ami, votre habit ne tiendra pas une heure. Quelle idée vous a poussé à venir dans ce port vêtu avec une telle élégance ?

Le visage empreint de malice du petit abbé prit un air mystérieux et son œil roula en coin, dans la direction des petits pêcheurs aux jambes nues et brunies qui lançaient leurs poissons dans des paniers aussi grands qu'eux.

Floriane comprit et lui envoya une chiquenaude :

— Fi ! Vous n'avez pas honte, l'abbé ? Contentez-vous de trousser vos pages vicieuses et ne venez pas débaucher ces innocents.

Son air de vertu froissée n'impressionna pas le moins du monde l'incorrigible.

— Mais vous-même, digne Floriane ? Que faites-vous ici, dans vos habits de garçon ? N'auriez-vous pas découvert sous cette défroque un moyen original de traquer le plaisir ?

La jeune fille se récria puis se mit à rire de nouveau :

— Non, non. Je laisse la perversité aux gredins de votre espèce. La vérité est plus honnête, l'abbé.

Que d'aventures depuis leur dernière rencontre ! Elle fit le tri, gomma beaucoup, simplifia de même pour raconter à Boisrobert ce qu'elle était devenue et la raison de sa présence à Nantes. Elle leva les yeux et indiqua le château qui se dressait à leur gauche, à l'extrémité du port Maillard.

— Je loge là-haut, chez Mme de Chevreuse.

— Diable ! belle bâtisse, estima Boisrobert qui se moquait en fait éperdument de l'admirable construction, à la fois élégante et guerrière.

— Ce matin, la duchesse a accompagné la reine Anne, en visite au couvent des Clarisses. J'ai profité de ma liberté pour rêver un peu devant la Loire. Cet habit me permet d'aller et venir à mon aise et surtout de n'être pas importunée.

— Il vous va bien en tout cas ! Croiriez-vous que je m'y suis laissé prendre ? Tiens, tiens, me suis-je dit tout à l'heure en vous apercevant, voici un bien fier jouvenceau qui mériterait d'être examiné de plus près. Et puis j'ai vu votre visage. Vous ne pouviez plus me tromper.

Boisrobert prit la main de Floriane.

— C'est extravagant et merveilleux de nous rencontrer ainsi. Si nous allions nous restaurer ensemble pour fêter ce doux moment ?

Ils passèrent la poterne, marchèrent quelques instants avant de se retrouver assis l'un en face de l'autre dans un cabaret de la rue Sainte-Croix. Le marché quotidien de la place du Bouffay, qui s'ouvrait à deux pas à l'ombre du vieux château ducal transformé en prison, attirait toujours beaucoup de monde. Aux pieds de la potence et du pilori – pour le moment inemployé –, des gens de la campagne venaient vendre légumes, fruits et volailles en petites quantités qui assuraient l'excellence des produits.

Levant son verre, Boisrobert proposa de boire à la mémoire de leur ami commun et aimé, trop tôt disparu.

— J'aime être avec vous car il me semble sentir Daphnis bien vivant. Ma beauté, soupira-t-il, vous me fascinez toujours. Et sous cet habit ! Ah ! C'est bien simple, j'en deviens aussi stupide qu'une souche.

— Je finirai par le croire : vous ne dites que des bêtises.

Boisrobert fit une grimace chagrinée.

— Parce que je suis poète, vous me croyez fantasque. Vous ne me prenez pas au sérieux. Vous me pensez plus attentif à mitonner un mot qu'à soigner une femme. On peut savoir faire des vers et être aussi un bon amant.

Floriane faillit s'étrangler avec sa gorgée de vin. C'étaient les mots de Bassompierre mais signifiants le contraire.

— Si, si, je vous l'assure, insista le petit abbé.

Sous la table, il avait réussi à lui emprisonner les pieds et elle ne parvenait pas à se défaire de son étau.

— Je ne mets pas vos dons en doute, mon ami. Mais au risque de vous décevoir, je vous avoue que je suis depuis peu pourvue d'un amant qui me comble et me suffit.

— Je parie qu'il s'agit d'un quelconque vaurien de Monsieur, dit Boisrobert, dépité. Toute cette petite bande me fait grise mine parce que j'appartiens au cardinal. Les sots ! qui ne veulent pas reconnaître ce grand homme et ce grand esprit.

Il était jaloux. Oh ! La souffrance n'était pas bien méchante, une petite écorchure tout au plus que Floriane soulagea vite en pressant sa botte contre le fragile soulier de Boisrobert. Son sourire était à damner un ange et l'enjoué petit homme n'avait rien d'un séraphin.

— Halte là ! dit-elle. Évitez de me chanter les louanges du Richelieu si vous voulez au moins de mon amitié.

— Perfide ! murmura-t-il tendrement.

Ils se firent servir un canard tout embaumé d'aromates, emprisonné dans un pâté croustillant. Sans rancune, Boisrobert prépara lui-même des tartines de pain et de beurre qu'il tendit à Floriane.

— Goûtez ! Le beurre nantais est pour moi le meilleur.

Ils burent encore. Leurs éclats de rire attiraient maintenant des regards surpris et réprobateurs.

— Je te désire, belle âme. Tu me tyrannises. Tu m'arraches des pleurs. Personne ne peut t'aimer comme je le fais. Un baiser ou je trépasse.

Il n'eut pas son baiser mais put étreindre d'un genou furieux deux jambes fines qui ne se dérobèrent pas, et dut s'en contenter. Sans grand-peine d'ailleurs. Sans compter son penchant pour son propre sexe, il n'avait guère envie au fond de modifier les rapports ambigus qu'il entretenait avec Floriane.

Ils se quittèrent à l'entrée du château. Boisrobert voulait rendre visite à Marie de Médicis. Floriane ne savait trop que faire.

Arrivée dans la cour, à la hauteur du puits monumental, elle rencontra Bassompierre qui la salua d'un geste amical.

— Bonjour, jeune homme ! Hé ! hé ! Quelque chose qui ne va pas ?

Ses yeux malins avaient tout remarqué de son visage rouge, de son air vague, de son pas traînant.

— Il faut s'aérer. Prendre le frais hors de la ville, murmura-t-il d'un ton prometteur. Deux chevaux et, si vous voulez, nous partons jusqu'à ce soir.

Elle se sentait lasse mais la perspective d'un après-midi avec Bassompierre la fouetta.

Ils traversèrent Nantes, le Favori derrière le cheval du maréchal car les rues n'étaient bien souvent que d'étroits couloirs, assombris par des maisons hautes, souvent biscornues. Des enseignes curieusement étoilées, des boutiques obscures, une odeur plus tenace d'huile et d'épices différenciaient ce quartier. Nombreux étaient les juifs d'Espagne ou du Portugal – les « marranes » comme on les appelait – qui, fuyant l'Inquisition, avaient installé ici leurs commerces. Peu à peu, le nombre des droguistes, médecins ou marchands de tissus s'était accru à l'ombre de Saint-Nicolas ou de Saint-Saturnin.

Des feux d'herbes sèches, allumés à certains croisements de rues, crachaient une fumée épaisse, à la forte odeur qui piquait les yeux et faisait tousser. Chassaient-ils vraiment les miasmes mortels qui couvaient de partout ? À voir ces ruelles enfoncées, ces boyaux sans air, ces rigoles pleines d'une eau stagnante et épaisse, on comprenait les fréquentes attaques de peste. Pas une fontaine, rarement une place, un dégagement. Un puits était une exception.

Le spectre hideux de la mort rôdait dans les venelles, traçait un sillon de pestilence.

L'été, le fléau des fièvres s'abattait avec une force accrue. Les moines récollets ou capucins, courageusement, s'efforçaient de secourir les malades qui s'entassaient au Sanitat.

Floriane fut heureuse d'apercevoir enfin la porte Saint-Nicolas et d'échapper à ce quartier populeux. Elle rattrapa Bassompierre.

Ils galopèrent sans un mot sous un soleil qui hors de la ville s'était allégé, porté par une brise venue de l'ouest et qui piquait plaisamment les visages. Au début, ils longèrent des champs travaillés, des cultures ordonnées, des prairies grasses. Les chemins se bordaient de buissons de noisetiers où s'entortillaient des ronces à fleurs d'un blanc grisâtre.

Puis, peu à peu, le sol se fit sablonneux sous la foulée des chevaux. Des fougères se mêlèrent à la bruyère violette, aux plaques de mousse sombre. Le paysage offrit alors une étendue vaste et monotone de marécages où se disséminaient çà et là des touffes d'arbustes et des bouquets de roseaux.

La Loire retrouvée était tout autre. Il était difficile d'en distinguer la rive opposée tant son cours s'était élargi. Floriane était médusée par la métamorphose. Ses yeux volèrent à l'horizon, se perdirent sur une étendue plane et mouvante sans rien sur quoi s'accrocher, happés, noyés dans ce bleu et ce blanc où se fondait le ciel. Floriane n'avait jamais vu la mer. Elle regarda le fleuve qui s'y jetait, le cœur à l'unisson du grondement sourd qui montait des flots vainqueurs.

François de Bassompierre se retourna et vit son visage scintillant d'une émotion profonde, sa bouche entrouverte sur un soupir muet de surprise et d'émerveillement.

Ils firent encore près d'une lieue, jusqu'à n'avoir devant eux, à perte de vue, qu'une plage déserte d'un sable presque blanc, d'une finesse irréelle, une véritable portion de lune, battue par des vagues crénelées de mousse blanche. Ils s'arrêtèrent enfin.

— Que faites-vous ? s'écria Floriane.

Bassompierre, qui avait sauté à terre, avait déjà quitté ses bottes et ses chausses et, tout en courant, enlevait pourpoint, chemise et pour finir chapeau, qu'il éparpilla sur le sable. Nu comme un triton, il se lança dans l'eau où il disparut. Floriane cria et poussa son cheval vers la mer.

— François ! François ! Mon Dieu !

Et soudain, elle le vit, porté par une vague, s'ébrouant, barbe et cheveux hisurtes, riant, crachant et lui faisant de grands gestes. Il fallait être le maréchal de Bassompierre pour se livrer à une telle excentricité.

— Venez ! Venez, violette ! Savez-vous nager ?

Oui, oui. Elle savait. Mais où était-il son doux ruisseau de l'Aune où elle aimait tant barboter ? La mer belle et sauvage, au bruit d'orage assourdissant, avec ses rouleaux d'écume sans fin répétés, la mer où se mouraient les fleuves et qui emportait les bateaux loin, si loin avec une force triomphante, la mer lui faisait peur. Elle regarda avec méfiance mourir les vagues sur les sabots du Favori.

— Allons ! Petite fille, venez ! répétait Bassompierre entre deux plongeons. Vous vous privez d'un rare plaisir. Un peu de courage !

Du courage ? La prenait-il pour une mauviette ? Elle se sentait un peu stupide, piquée là sur son cheval, frustrée de ce plaisir que – sans elle ! – il prenait visiblement avec une fougue et une joie juvéniles. Elle se décida.

Vêtue de sa seule chemise, elle mit un pied dans l'eau. Hou ! C'était froid mais stoïquement elle posa l'autre. Une vague un peu plus forte lui battit les mollets, remonta sur ses cuisses. Téméraire ? Certainement pas. Elle fit demi-tour.

Deux bras noueux la saisirent. Elle n'eut guère le temps de se débattre. Bassompierre lui arracha sa chemise et l'entraîna avec lui. Elle se trouva submergée, roulée, le froid sur tout le corps, un voile opaque devant les yeux, et puis bien vite retrouva le soleil qui brillait toujours à la surface et le grand rire de Bassompierre qui la soulevait.

— Pouah ! C'est salé.

— Petite sotte ! Vous ne vous en doutiez pas ?

Elle rejeta ses cheveux vers l'arrière et s'essuya les yeux. Ils avaient dépassé la frange écumante. De l'eau à la poitrine, Floriane se sentait bercée par une poussée régulière, les pieds enfoncés dans un sable doux. Vexée, elle l'était profondément. Il allait voir ! Elle s'allongea et se mit à nager, doucement, sans effort, avec la grâce d'une sirène.

Elle vit que Bassompierre la regardait étonné et sincèrement admiratif et multiplia brasses et volutes, fière de sa science et de pouvoir, pour une fois, renverser les rôles et surprendre à son tour.

Sous la transparence glauque, son corps apparaissait semblable à une conque mystérieuse, inconnue, apportée de très loin du fond de l'océan ; coquillage rare de nacre rosée, frangé d'algues noires que caressaient les flots. François de Bassompierre s'était figé, fasciné, émerveillé comme si les dieux marins eux-mêmes lui offraient l'un de leurs plus précieux trésors.

Sa vie passée se dissolvait tout entière dans la brise qui courait en direction de la plage et des terres : ses souvenirs amoureux, ses déceptions, ses méfiances, ses joies et ses peines, son bonheur sage et depuis si longtemps vécu auprès de la princesse de Conty, ses entreprises gaillardes, toujours réussies et follement goûtées. Et sa carrière glorieuse de serviteur habile et constant ? Sa volonté farouche et narquoise de ne jamais, au grand jamais, laisser quiconque, le roi excepté, aliéner sa liberté joyeuse ? Tout cela s'estompait devant la belle image dont il ne pouvait se lasser. Bassompierre n'était plus qu'un homme au cœur enfin ouvert sur un amour total, simple, infini, un homme qui recevait le plus rare des présents : une jeunesse intacte, la sienne, retrouvée au travers d'une autre. Cette jeunesse oscillant et scintillant au gré de la vague, il eût fallu être fou pour la laisser s'échapper. Il tendit le bras et frôla une main à demi ouverte sur l'eau.

— Venez, ma belle Néréide…

Il ne voulut pas en dire davantage mais il sut aimer Floriane sur le sable d'or pâle de la grève et se soûler avec elle du parfum que la mer avait laissé sur leurs peaux.

La marée se retira, les laissant enfin apaisés, légèrement frissonnants. Des ombres s'allongeaient venues de nuages apportés par le soir.

« Lui dire, lui dire que je la veux désormais tout à moi, au regard de tous, se répétait Bassompierre. Une enfant, peut-être. Mais la femme dont j'ai toujours rêvé assurément. Ma femme... »

Floriane était à la fois langueur et vif-argent. S'il n'eût tenu qu'à elle, elle eût pris la direction opposée à celle de Nantes et eût continué, sans fin, de cheminer auprès de Bassompierre. Peut-être se seraient-ils embarqués sur cet océan qui l'avait si fortement impressionnée mais lui avait procuré aussi tant de bonheur ? Elle suivit sur la ligne d'horizon, sur l'eau obscure qui reflétait le flamboiement du ciel, la silhouette fine d'un bateau qui s'éloignait. Une fois de plus, le gentilhomme la devina :

— Vous n'échappez pas à l'envie que soulève toujours un navire qui s'en va, ma violette. Vous aimeriez connaître les Amériques ?

— Pas vraiment. Je voudrais... François, je voudrais quitter la cour et partir avec vous.

Il la serra sur son cœur sans répondre, avec une force brutale de vainqueur.

Derrière eux, les nuages gris se festonnaient d'or, lorsqu'ils reprirent leur route. Quelques rayons affaiblis luttaient encore contre l'ombre qui avait envahi le vallonnement des champs et les bouquets d'arbres. La belle journée finissante appelait quelques chauves-souris au vol affolé d'aveugles. Le galop de leurs chevaux résonna longuement dans la campagne qui s'endormait.

Ce fut avant d'entrer dans la ville que Floriane fut saisie d'une peur brusque et tout à fait irraisonnée. Une chouette chevêche, blottie dans un arbre, poussa son cri plaintif. La jeune fille se signa et freina le Favori.

— François !

Bassompierre se retourna :

— Qu'y a-t-il ?

Elle n'osa lui confier son angoisse. Il en rirait sûrement et à juste titre.

— Embrassez-moi encore.

Il rit et l'attira contre son épaule. Leurs bottes étaient pressées l'une contre l'autre. Les chevaux allaient d'un trot docile et doux.

— Ces moments ne devraient pas avoir de fin, soupira Floriane.

— Nous en aurons d'autres et même beaucoup plus, promit Bassompierre.

Ardent, un roc sans faille, protecteur et puissant, attentif et aimant, contre lui elle sentait aussitôt renaître son assurance.

Les portes du château étaient encore grandes ouvertes. Le roi dînait chez les échevins et la majeure partie de la cour, selon son humeur, s'égayait encore dans divers bals et cabarets de la ville. Floriane rentra bien sagement attendre le retour de Mme de Chevreuse qu'elle n'avait pas vue depuis le matin, mais la fatigue eut vite raison d'elle. Sur les coups de minuit, la duchesse la trouva endormie sur une chaise et ce fut elle qui, inversant les rôles non sans amusement, déshabilla et coucha sa curieuse demoiselle de compagnie. La jeune fille se réveilla au petit jour toute confuse de se retrouver allongée auprès de la duchesse qui dormait paisiblement.

*

Floriane se leva sans bruit et, pieds nus, passa dans la petite antichambre dont elle ouvrit la fenêtre. Le ciel était bas. Il s'en dégageait une vapeur fine, pas même un crachin. Pierre, ardoise, nuages, l'air même s'enrobaient de gris. Tout était calme encore.

Des lingères traversèrent la cour, portant d'énormes paniers de linge. Un domestique du cardinal sortit en courant du Grand Gouvernement où logeait Louis XIII et disparut par la porte principale. La jeune fille remarqua qu'une double rangée de gardes royaux était postée de chaque côté, beaucoup plus que la petite poignée qui habituellement bavardait sans grand souci de sa tenue. La porte du logis du roi se rouvrit à nouveau. Floriane vit d'abord sortir M. de Tresmes, capitaine des gardes, suivi de deux exempts et au milieu d'eux, nu-tête, ses cheveux blonds lumineux comme un soleil dans toute cette grisaille, elle reconnut avec stupeur le comte de Chalais !

L'heure matinale, le déploiement de forces et l'attitude du jeune homme surtout, sans épée au baudrier, un je-ne-sais-quoi dans sa démarche, l'épaule effacée, la superbe disparue, ne lui firent pas douter une seconde de la gravité de l'événement.

Le gentilhomme se retourna et leva les yeux dans sa direction. Avait-il senti son regard ? Voulait-il plus simplement envoyer un adieu muet à l'appartement de la duchesse ? Il aperçut la jeune fille penchée à la fenêtre et son visage déjà fort pâle devint blême, les traits subitement creusés. Il parut sur le point de parler. Mais non. Il tourna la tête et suivit les officiers. La haie de gardes se referma derrière lui. Henri de Chalais disparut mais Floriane resta un moment à fixer l'entrée du pont-levis, bouleversée par l'expression haineuse et méprisante qu'elle avait lue dans ses yeux.

On piétina dans le couloir. Une voix, que Floriane connaissait bien, celle de Charles, bousculait Ferrand. La porte s'ouvrit brutalement. Le frère et la sœur se trouvèrent nez à nez.

— Ah ! Floriane, c'est terrible !

— Je sais, coupa-t-elle.

— Comment…

Elle montra la fenêtre ouverte.

Le jeune homme était la proie d'une émotion violente, habillé à la diable, pas rasé :

— On l'a arrêté ! Te rends-tu compte ? Un de ses laquais est venu nous prévenir. Le Coigneux et Puylaurens se sont aussitôt rendus chez Monsieur. Bois d'Ennemets essaie d'en savoir plus. Il faut avertir la duchesse.

— Je vais le faire.

Saint-Évy retint sa sœur, ses deux mains serrées à lui faire mal autour de ses poignets.

— C'est très grave, tu sais, murmura-t-il.

Elle hocha la tête sans répondre et se dégagea doucement.

Marie de Chevreuse dormait toujours. Les longues mèches de ses cheveux frisés, épais, satinés, formaient une nappe brillante sur laquelle reposait le visage dépouillé de ses fards, parfait dans son ovale pur. Le drap de dentelle épousait les formes pleines d'une femme qu'avaient épanouie l'amour et les maternités.

— Madame ! Madame ! chuchota Floriane.

Elle posa une main légère sur son épaule et précautionneusement la secoua :

— Réveillez-vous…

Un éclat d'aigue-marine luit sous la frange fournie des cils :

— Déjà levée, petite amie ?

— Madame… Le comte de Chalais vient d'être arrêté.

Floriane crut d'abord que la duchesse s'était rendormie et ne l'avait pas entendue. Pas un muscle du visage n'avait bougé. Les yeux restaient clos. Ce fut à peine si la poitrine à demi voilée par un fin linon se souleva sur un soupir.

— Madame…

Les grands yeux clairs s'ouvrirent enfin. Ils se posèrent sur un point lointain de la chambre, sans effleurer Floriane, sans même paraître la voir.

— Cette fois, je crains que tout ne soit perdu, dit simplement la duchesse.

On avait prédit, un jour, au comte de Chalais que la vie lui apporterait bonheur et puissance avant de le faire sombrer dans le plus noir malheur. L'arrogant jeune homme, l'enfant chéri du destin, n'avait cru qu'à la première prédiction, faisant fi des tristes augures des devins. Maintenant sonnaient pour lui les heures sombres.

Le roi avait nommé une commission criminelle composée dans sa grande majorité de conseillers d'État, de maîtres des requêtes et de membres du parlement de Rennes dont le rapporteur était un certain M. Descartes [1], homme probe au demeurant, tout comme l'ensemble des magistrats d'ailleurs. Deux commissaires furent également choisis par Louis XIII : MM. d'Effiat et de Valençay, la présidence de ce tribunal d'exception étant confiée au garde des Sceaux, Michel de Marillac. La fermeté de caractère, voire l'entêtement de ce vieux renard n'étaient pas à prouver, non plus que son dévouement à la reine mère et au cardinal. La commission s'installa au couvent des Cordeliers.

Une formidable machine judiciaire fut ainsi mise sur pied dont Chalais tout d'abord ne comprit pas l'importance. Assommé, hébété, il répétait son innocence et noyait de lettres amis et ennemis auxquels il jurait le même dévouement. Était-il seulement capable de s'y retrouver, perdu dans ses propres mensonges et sa faiblesse ?

Son arrestation souleva un vent de panique chez Monsieur. Depuis des semaines, sa fuite s'était dix fois décidée, préparée et dix fois avait été remise. La ville était bien gardée et Monsieur n'avait pas l'audace de risquer d'être ramené auprès de son frère par une compagnie de chevau-légers. Maintenant, il n'hésitait plus. Toute la journée, un véritable conseil de guerre se tint chez lui. Au soir, un plan était arrêté.

Le lendemain, Gaston d'Anjou se leva sereinement vers les huit heures et assista à l'office auprès de sa mère et de sa belle-sœur, avec un grand recueillement. La mine aussi épanouie qu'à l'ordinaire, sifflotant comme un oiseau en rentrant chez lui, qui l'eût soupçonné de révolte ? Et pourtant, il était résolu à profiter

1. Père du philosophe.

de la partie de chasse qui devait avoir lieu l'après-midi même pour se sauver avec tous ses amis. Floriane vint trouver les jeunes gens au logis de Monsieur. Ils achevaient de dîner.

Elle crut avoir devant elle une troupe de chevaliers errants, échappés du roman d'Amadis. Casaques anonymes et usagées de drap noir ou gris, bottes extravagantes, rapières interminables, grands feutres retroussés et piqués de plumes hardies, ils s'étaient tous équipés pour la grande aventure qu'ils espéraient et redoutaient tout ensemble au comble de l'exaltation romanesque. Ils s'imaginaient déjà luttant de vitesse avec les coureurs royaux, ferraillant, galopant d'abri en refuge, de Blois à Paris, de Paris à… ? Ils ne savaient pas encore. L'Europe tout entière n'était-elle pas prête à accueillir le prince en exil ? Le doux Brion, le silencieux Marcheville, le bouillant Puylaurens, l'aimable Jacques-Daniel et Le Coigneux avec sa mine patibulaire, Charles et son sérieux de vieux docteur – aussi fou que les autres d'ailleurs… Leurs moustaches relevées en pointes téméraires en disaient long sur le plaisir qu'ils se promettaient de prendre à l'équipée.

Les jeunes gens se levaient de table. Le moment des adieux était venu. Floriane s'approcha de son frère. C'est alors que l'on s'aperçut que les gentilshommes servants de Monsieur, qui devaient aussi l'accompagner dans sa fuite, n'avaient pas dîné !

— Cela nous est égal, Monseigneur, fit stoïquement Guy d'Elbène, chambellan de Gaston.

Son frère et les autres maîtres d'hôtel, Ouailli, Peregrin et Dusaunois, renchérirent.

— Nous dînerons en route, Monseigneur.

— Il n'en est pas question, mes bons amis ! s'écria Gaston. Vous mangerez avant de partir. Le voyage risque d'être rude.

Une demi-heure de plus ou de moins…

Le grand élan qui avait déjà jeté les autres à cheval se brisa net. Charles qui avait un peu bousculé Floriane se rapprocha d'elle. Ses compagnons en firent autant et voulurent profiter un peu de sa présence. Mais elle les sentait brusquement désemparés, incertains. Puylaurens et Bois d'Ennemets piaffaient autour d'elle. Le Coigneux ruminait dans un coin.

— Monsieur le président, vous en faites une tête ! lui lança Monsieur qui tournait en rond.

L'autre gardait ses paupières baissées sur ses yeux noirs et triturait la jarretière qui retenait son épée.

— C'est que… je réfléchis.

— Ho ! Ho !

Le Coigneux prit son temps, s'exprimant avec un certain embarras :

— Voyez-vous, Monsieur, je me demande si cette fuite… Rompre les ponts si brutalement… N'y aurait-il pas moyen de composer ? De discuter avec le roi, le cardinal ?

— Le cardinal ? Jamais ! cracha Monsieur avec mépris.

Tout le monde approuva.

— Pourtant, reprit l'autre avec son visage de vendeur d'orviétan, il vaudrait peut-être mieux savoir ce qu'il veut. Partir, c'est abandonner entre ses mains le sort de M. de Chalais et de M. d'Ornano.

Il y eut un petit flottement. Le nom de son ancien gouverneur attendrissait toujours Monsieur.

— Vous me dites cela maintenant, alors que j'étais si décidé.

Gaston d'Anjou était déçu car déjà son envie de s'échapper de la cour le quittait. Il ne savait plus très bien que faire. Ses gentilshommes le regardaient, ébranlés eux aussi.

— On gagne beaucoup par la douceur, susurra Le Coigneux. Une brouille déclarée entre le roi et vous-même serait grave, très grave.

— Vous êtes bien prudent, tout à coup, lui dit Bois d'Ennemets qui ne l'aimait guère et s'en méfiait un peu.

— Que me conseillez-vous alors ? demanda Monsieur tout prêt à s'accrocher à une nouvelle idée.

— Allez voir le cardinal, dit Le Coigneux. Il pourra peut-être arranger les choses.

C'était vague mais suffisant pour Gaston d'Anjou. Déjà il imaginait son nouveau rôle, celui d'un fin politique rusant et déjouant les pièges du redoutable homme rouge. Cela pouvait être aussi enivrant que de courir les grands chemins. Aussi ne fut-ce finalement pas une troupe de fuyards qui s'éloigna de Nantes peu après, mais simplement un petit groupe de cavaliers galopant en bon ordre en direction de Beauregard où résidait Richelieu.

Floriane s'indigna auprès de la duchesse à qui elle venait de rapporter la scène :

— Et tout ça parce que ses maîtres d'hôtel avaient faim ! À l'heure qu'il est, ils seraient loin maintenant. C'est à croire que Le Coigneux joue aussi sur les deux tableaux.

— Je sais, murmura Mme de Chevreuse, sans paraître noter le « aussi » allusif. Et vous verrez que le cardinal n'aura aucun mal à entortiller Monsieur.

La duchesse voyait juste. Bien calé dans un fauteuil, piochant d'une main friande des prunes de Gênes qui emplissaient une coupe d'onyx, Gaston d'Anjou écoutait Richelieu et ses bons conseils. Conseils gentiment assaisonnés de reproches comme les eût donnés un père autoritaire mais clément à un rejeton enclin aux fredaines.

Soit ! Gaston d'Anjou resterait à la cour. Et l'on trouverait bien moyen de s'accommoder. Pas de tempêtes ; pas de brouilles définitives avec Louis, avec sa mère. Chalais ? Il s'en tirerait sûrement. Et puis M. d'Ornano avait tant besoin de son aide ! Gaston se persuada facilement qu'il cédait plus à ces bonnes raisons qu'aux doucereux avis du cardinal et, pour prouver qu'il s'en méfiait, il décida de placer hors de portée de ses griffes ses trois meilleurs amis, Puylaurens, Saint-Évy et Bois d'Ennemets qui, le cœur chaviré mais obéissants, se résignèrent à partir.

Charles vint le soir même prévenir Floriane. Elle se jeta à son cou.

— J'ai grande envie de t'emmener, sœurette, soupira-t-il. Au passage, je te laisserais à Saint-Évy. Tu y serais en sûreté et moi j'aurais l'esprit en repos, car l'air de la cour est devenu empoisonné.

— Crois-tu que j'abandonnerais la duchesse en ce moment ? s'indigna Floriane. Ces poisons-ci, je ne les crains pas. Je ne crains rien d'ailleurs si ce n'est pour toi.

Ils s'étreignirent et Saint-Évy cacha son visage contre le cou de sa sœur. Bouleversé, il ne se décidait pas à la quitter, sentait, au contact de ce corps ferme et tiède, remonter des émois qu'il s'était toujours appliqué à refouler.

— Jure-moi de rester tranquille et discrète, dans le sillage de Mme de Chevreuse. Ne te mets pas en avant. Surtout, ne te mêle de rien !

Voilà qu'il recommençait son prêche ! Pauvre Charles ! Chez Floriane, l'émotion s'envola, chassée par une bouffée d'exaspération.

— Oui, oui, je promets ! Va ! Et que Dieu te garde !

— Je reviendrai, assura-t-il. Je t'arracherai à ce guêpier. Je te ferai une vie digne de toi, honorable, comblée…

— Oui, oui, plus tard…

Le moins qu'on pouvait dire était que le chemin s'en éloignait diantrement. Mais la bonté de Charles, le souci qui le rongeait à cause d'elle la touchèrent. Les larmes lui vinrent qu'elle ravala avec difficulté.

— Oui, Charles, nous aurons tout cela.

Il partit enfin, la laissant à son inquiétude et à son chagrin. Seul Bassompierre aurait pu la consoler mais elle le voyait si peu ! Ces intermittences, cette clandestinité la froissaient. Si naguère elle y avait trouvé du piquant, elles la laissaient maintenant inassouvie. Se déciderait-il un jour enfin à sortir leur amour de l'ombre ? Contre toute raison, elle l'avait espéré. Aujourd'hui, elle doutait.

— J'arrangerai tout, avait promis Monsieur. Vous pourrez, tous trois, revenir sans risque, très vite.

Très vite, en effet. Deux jours plus tard, les jeunes gens étaient de retour, préférant la menace de la prison à la douleur de la séparation d'avec un maître bien-aimé.

Il faut dire que ce dernier avait su chaleureusement plaider leur cause, cause qui était aussi la sienne. Oui, Monsieur avait des torts. Oui, il les reconnaissait. Oui, il avait voulu s'enfuir et avait tâté ici et là, auprès des gouverneurs de province et un peu à l'étranger, aussi. Mais il ne recommencerait pas, il le jurait et ses amis sauraient aussi rester sages. Monsieur parla, parla, noyant son frère et sa mère d'un flot de confidences confuses, avouant tout et rien. Il fit tant qu'on le laissa en paix. Tout guilleret, ravi d'avoir récupéré ses compagnons favoris, il embarqua tout son monde sur une petite flottille qui descendit la Loire jusqu'à Saint-Nazaire. De là, tels des fous, ils galopèrent jusqu'au Croisic, semant la panique dans les petits villages traversés.

— Je ne sais ce que Monsieur a raconté au roi et au cardinal, soupira Anne d'Autriche, mais leur bonne entente apparente ne me dit rien qui vaille.

Mme de Chevreuse partageait les mêmes craintes que la reine mais se gardait bien de le montrer. Il y avait de quoi trembler pourtant. Mlle de Montpensier venait d'arriver à Nantes, accompagnée depuis Paris par M. de Bellegarde et une solide escorte tant on craignait que la fiancée si peu désirée ne fût enlevée en route ! La duchesse n'ignorait pas que Monsieur, à longueur de journées, était harcelé par son frère, par Marie de Médicis et surtout, plus redoutable encore, par le cardinal, qui lui faisaient tous miroiter la perspective d'un riche apanage, en cadeau de noces. Elle ne nourrissait donc que peu d'espoir sur la résistance du jeune homme.

— Propos sans conséquences, dit-elle pourtant, en réponse à la reine. Souvenez-vous de ce qu'il nous a répété avant de partir : « J'aimerais mieux être diable que marié. » Monsieur donne le change pour protéger son entourage, voilà tout.

La reine piqua son aiguille avec nervosité sur son petit tambourin de tapisserie. Elle supportait de plus en plus difficilement les tensions de ces derniers jours. Les folies, l'insouciance, les éclats de rire intempestifs, tout cela paraissait si loin désormais, tout comme les quelques années de bonheur goûtées auprès du roi qu'avait balayées son humeur mesquine. Une encombrante belle-mère, un prélat jaloux : la vie était cruelle pour la jolie reine blonde.

On toqua à la porte.

— Floriane, mon petit, allez voir.

La jeune fille ouvrit à l'huissier qui annonça un exempt de la Garde écossaise, un dénommé de Lamont. Il apportait un message à Mme de Chevreuse de la part du comte de Chalais et attendait la réponse.

La duchesse lut le billet.

— Dites au comte que je m'occupe activement de ses intérêts, fit-elle avec calme à M. de Lamont, mais que je ne peux lui écrire pour l'instant. Il doit le comprendre. Dites-lui aussi que je lui donne cent mille baisemains.

Aussitôt l'exempt sorti, elle reprit le message et en lut une partie à voix haute : « Puisque ma vie dépend de vous, je ne crains pas de la hasarder pour vous faire savoir que je vous aime ; recevez-en donc ce petit témoignage et ne condamnez pas ma témérité. Si ces beaux yeux que j'adore regardent cette lettre, j'augure bien de ma fortune, et s'il advient le contraire, je ne souhaite plus ma liberté puisque j'y trouve mon supplice. » Le malheureux ! En vérité, le comte est fou de m'écrire pareilles choses. C'est la troisième lettre qu'il m'envoie ! Ne se doute-t-il pas que nous sommes tous épiés, guettés ? Qu'il ne peut que me compromettre ? Ce Lamont qui est-il ? Comment s'y fier quand Richelieu sait si bien placer ses créatures ? Ah, si je pouvais en toute confiance toucher Chalais…

*

L'idée fit son chemin et Floriane en dit un mot à la Musette.

— Il me faut à tout prix voir le comte. Débrouille-toi. Tu dois bien connaître quelqu'un dans la prison.

Bien sûr, il connaissait mais cela l'ennuyait d'y conduire Floriane. Il se proposa comme messager : elle refusa. Chalais serait certainement plus convaincu par sa visite à elle. D'autre part, une raison obscure la poussait à revoir le jeune homme.

Mme de Chevreuse s'opposa à son projet.

— Petite amie, votre dévouement me bouleverse mais c'est trop risqué. Vous devez rester en dehors de cette malheureuse affaire.

— Le comte doit réaliser que de son attitude dépend votre sort. Un mot de vous le fortifiera, l'encouragera à résister habilement.

La duchesse accepta enfin d'écrire un petit billet à Chalais que Floriane devait détruire sur place ou rapporter.

Elle ne chercha pas à savoir comment se débrouilla la Musette pour la faire pénétrer sans difficulté dans le château-prison du Bouffay. Une bourse pleine, habilement partagée, avait fait beaucoup pour amadouer les consciences. Le reste fut l'affaire de l'étrange musicien. Floriane avait revêtu son pourpoint de cavalier, et, chapeau sur l'œil, passa prestement la poterne à ses côtés, le suivit dans la cour et entra dans l'antique forteresse. Il était très tôt. Tout était calme.

— À cette heure, la relève de la nuit n'est pas encore faite, avait dit Jean la Musette. Les gardiens dorment à moitié ; c'est le bon moment.

Quelques soldats achevaient leur veille en jouant au lansquenet dans une petite pièce à l'entrée. Ils ne prêtèrent aucune attention à eux. Après un air extérieur assez doux, le froid humide des murs glaçait jusqu'aux os. Un homme fit signe à Jean la Musette, se leva et vint au-devant des visiteurs.

— Par ici, messieurs, chuchota-t-il.

Ils traversèrent une grande salle voûtée, jonchée de débris de paille où s'ouvrait une porte basse qui les obligea à courber la tête. Un escalier à vis tournait dans la pierre. En bas, c'était un couloir sombre, inégal, un souffle de cave suintante, un air raréfié, alourdi par les siècles. Le gardien avait allumé une lanterne. La faible lumière miroitait sur les taches efflorescentes des murs où croissaient lichens, mousses, pruines et salpêtre que Floriane frôla avec dégoût. Le silence étonnait ; les pas résonnaient dans les profondeurs. N'était son amitié pour Mme de Chevreuse, Floriane eût fait demi-tour sans hésiter.

Le passage s'élargit, éclairé soudain par un large soupirail percé dans le mur. Des portes de bois cloutées et grillagées s'entrebâillaient à gauche et à droite. L'une d'elles était fermée. Un homme somnolait, assis devant sur un escabeau. Il s'éveilla en sursaut.

— Une visite pour le comte.

Il y eut un bruit de clefs, un verrou que l'on tirait. Floriane fit un pas, la porte se referma derrière elle. Elle était dans la cellule de Chalais.

D'une fente, pratiquée très haut dans le mur, tombait une faible lumière qui venait soutenir la lueur d'une chandelle posée dans une petite cavité creusée dans la paroi pierreuse. Le cachot était tout en longueur, propre et aussi confortablement aménagé qu'il était possible. Sur la table étaient posés une écritoire, quelques livres, un verre et une assiette portant les reliefs d'un repas. Un seau, une bassine dans un angle faisaient office de « retrait ». Un grand crucifix de bois était accroché au-dessus du lit sur lequel un homme était étendu, enveloppé d'une couverture. Les yeux de Floriane s'étaient accoutumés à l'obscurité. Ils avaient eu vite fait le tour du décor et s'étaient avidement posés sur le visage du dormeur. La sensation oppressante qui avait manqué lui faire rebrousser chemin tout à l'heure revint plus violente. Après cette descente au sein des profondeurs ténébreuses, la vue de cette pâle figure, émaciée, mangée de barbe et de cheveux, de ce corps agité jusque dans le sommeil de soubresauts nerveux, doubla son malaise. À quel degré de déchéance physique Chalais était-il déjà parvenu après trois semaines de captivité ? Elle regretta d'être venue, touchée par le spectacle pitoyable d'un homme vaincu et ne voulant pas, par sa présence, ajouter à son humiliation. Elle se retourna vers la porte, prête à rappeler le gardien. Trop tard !

Chalais, dans son sommeil fragile, avait dû deviner une présence. Il se leva d'un bond.

— Quoi ! Qu'est-ce ? Qui êtes-vous ? Que voulez-vous ?

Il se passa la main sur le visage, repoussa ses cheveux mal soignés. Oh ! Dieu ! Où était donc le superbe maître de la garde-robe royale, le si raffiné jeune homme, flambant toujours aux avant-postes de la mode ? Frileusement entouré de la couverture, son corps amaigri, voûté, flottait dans un habit froissé. De larges cernes creusaient ses joues. Jamais, jamais, en proie à ses plus vifs ressentiments, elle n'avait souhaité pareille adversité au jeune homme. Le sort la vengeait sans lésiner mais elle n'en éprouvait qu'une pitié immense qui noyait son cœur.

Chalais qui ne reconnaissait pas Floriane en ce visiteur matinal répéta :

— Que voulez-vous ?

La jeune fille se décida. Elle s'approcha et ôta son feutre. Ce fut au tour du gentilhomme de reculer.

— Vous ! Vous ici ?

Il s'était mis à trembler. Ses mots sortaient avec peine.

— Qu'êtes-vous venue faire ? Me narguer ? Vous voilà satisfaite, n'est-ce pas ? Vos petites menaces ont eu finalement leurs effets.

Floriane agita la main.

— Non, non. Vous vous méprenez.

— Allons donc !

Chalais lança un rire qui ressemblait à un sanglot.

— Réjouissez-vous ! Repaissez-vous du spectacle. Je suis terrassé, mademoiselle de Saint-Évy, comme vous me le prédisiez, et peut-être même y êtes-vous pour quelque chose.

Sa douleur bouleversa la jeune fille. Ainsi c'était là ce qu'il pensait ! Elle en avait eu prescience.

— Pour l'amour de Dieu, taisez-vous ! Comment pouvez-vous me prêter une telle noirceur ? Je ne suis, en aucune façon, responsable de vos malheurs. Je viens de la part de la duchesse. Tenez.

Elle lui tendit le message cacheté de cire dorée.

— Elle daigne enfin..., grommela-t-il.

Il hésita puis s'empara du papier, le déplia avec une sorte de frénésie.

— Oh ! L'ingrate, l'ingrate, murmura-t-il. Elle ne m'a jamais aimé, je m'en doutais d'ailleurs.

— C'est faux, protesta Floriane qui savait le contenu de la lettre. Vous voyez bien que la duchesse vous garde toute son affection et partage vos souffrances. Elle veut simplement que vous compreniez qu'elle ne peut rien pour vous. Un mot, une démarche la compromettraient à jamais et, à travers elle, à coup sûr, la reine. Ne lui écrivez plus.

Chalais n'écoutait pas.

— Je l'ai aimée plus que tout, plus qu'on ne peut dire, comme un astre, comme une divinité. Ma déesse de l'amour ! J'ai tout perdu pour elle et je ne pourrais pas le lui dire, le lui crier ! Elle m'interdirait de lui offrir mes larmes, mes tourments, ces heures affreuses que je passe dans ce trou, loin de mon soleil !

Des larmes roulaient sur ses joues hâves.

— Cruelle ! Cœur de pierre ! Je me ronge donc en vain. Je n'ai plus qu'à me laisser mourir maintenant ou à m'écraser la tête contre ce mur.

Floriane lui prit le bras, le secoua :

— Par Dieu, ne parlez pas ainsi ! Êtes-vous chrétien ou non ? Vous vous acharnez à vous détruire. Vous n'êtes pas abandonné, je vous le répète. Vos amis vous restent fidèles quoi que vous en pensiez.

— Ne me touchez pas ! Pas vous ! s'écria-t-il en repoussant sa main.

Il se laissa tomber sur le lit, un étrange sourire aux lèvres :

— Des amis ? Voulez-vous parler de Monsieur et de sa clique qui ne pensent qu'à faire la fête et dont la cervelle a la taille d'un pois ? Ou de notre chère duchesse qui n'a sûrement pas attendu ma première nuit en prison pour me trouver un remplaçant ? Ce sont eux qui m'ont précipité dans mon malheur. Je n'en attends plus rien. Les amis véritables, je commence à les reconnaître.

— Ressaisissez-vous, monsieur, dit-elle doucement, à court d'arguments, ne sachant plus que dire sans blesser son interlocuteur, le cœur à vif, assoiffé d'amour, de liberté, de vengeance, que la réclusion et les interrogatoires répétés avaient mené aux limites de la déroute mentale.

Elle n'avait plus qu'une hâte maintenant : partir. Mais, auparavant, il lui fallait s'assurer que le message était bien détruit.

— Ce billet… La duchesse vous demande de le supprimer, dit-elle avec précaution.

Chalais ricana :

— On craint donc pour sa chère personne ? Et poltronne avec ça !

— Monsieur…, insista Floriane.

— Je le garde en souvenir. C'est tout ce qui me reste.

— Soyez raisonnable.

— Raisonnable ? Sûrement, je m'y emploierai.

Il agita le bout de papier sous le nez de Floriane :

— Au revoir, la belle ! Merci pour la visite !

Elle avait renoncé à le convaincre. Le mépris remplaçait la pitié. La veulerie, l'égoïsme forcené de cet être qui n'avait de gentilhomme que le nom l'écœuraient. Elle ne pouvait rien pour lui. Personne d'ailleurs ne pourrait désormais le retenir sur la pente fatale. Il n'y avait plus qu'à le laisser croupir et ruminer de bas calculs au fond de sa cellule. Mais non sans avoir terminé sa besogne… D'un geste vif, elle lui arracha le billet et avant que Chalais n'ait eu le temps de l'en empêcher, elle l'approcha de la chandelle où il prit feu aussitôt.

— Arrêtez ! Espèce de folle ! Mon billet ! Mon billet !

Il voulut le lui reprendre, se brûla à la flamme et lâcha le papier qui acheva de se consumer par terre.

— Garce ! Sale garce !

Floriane esquiva un coup de justesse et courut vers la porte. Alertés par les cris, les deux gardiens et la Musette repoussèrent le prisonnier et refermèrent précipitamment le battant sur lui.

— Voilà que ça lui reprend, grommela le gardien en verrouillant la serrure. Sûr qu'il est devenu fou.

Chalais s'était jeté contre la porte et la martelait du plat de la main.

— Floriane ! hurlait-il, je vous maudis ! Toutes les deux ! Oui, je vous maudis toutes les deux ! Vous serez damnées !

Dans les entrailles de la forteresse, ses cris et ses injures avaient des résonances sinistres qui poursuivirent Floriane jusqu'à ce qu'ils eussent atteint le rez-de-chaussée et l'air libre. Elle remercia vivement le gardien et entraîna la Musette, se retenant pour ne point courir. Dans la cour, elle aperçut, parmi un petit détachement de gardes écossais, Lamont qui les regarda s'éloigner avec surprise.

— Vite ! Vite, sortons d'ici.

Place du Bouffay, ils retrouvèrent avec soulagement la cohue du marché et se hâtèrent de gagner les ruelles avoisinantes où, enfin, ils respirèrent, certains de n'avoir pas été suivis et reconnus.

Floriane avait été trop secouée par cette entrevue pour en cacher le moindre détail à la duchesse. Lorsque celle-ci apprit l'état dans lequel se trouvait son ancien amant, elle fut toute retournée. Se sentant responsable de sa triste situation, elle déclara à Floriane qu'elle ne partageait pas son mépris pour le jeune homme et comprenait et excusait sa faiblesse et sa vindicte.

— Il faut faire quelque chose. Je ne peux le laisser se détruire ainsi, ajouta-t-elle.

Sa fidélité, sa loyauté habituelle la décidèrent, négligeant toute prudence, à rendre visite à Richelieu. Lui seul pouvait alléger les peines du prisonnier.

Monsieur était revenu enchanté de sa petite expédition. À l'entendre, ils avaient même failli, tous, être enlevés par des barbaresques dont les bateaux croisaient près des côtes. Le récit de ses folies réussit à amuser le roi et Anne d'Autriche. Ce furent, hélas ! les derniers éclats de rire que la cour connut pour longtemps.

Richelieu avait, pour ainsi dire, dressé un siège en règle autour de Gaston. Tiraillé, pressé, sans appui réel et sans connaître un moment de répit, le jeune homme finit par se rendre à l'adversaire. Las, étourdi par toutes les questions posées, enferré dans des demi-aveux, des mensonges, ne sachant plus que faire, désirant plus que tout retrouver son insouciance, il se résigna à dire oui : Mlle de Montpensier serait sa femme et qu'on lui fiche la paix !

Il y eut une scène pénible à laquelle, bien malgré elle, Floriane assista. Anne d'Autriche s'était jetée aux pieds de Gaston, imitée par Mme de Chevreuse. Les deux jeunes femmes, en larmes, le supplièrent de refuser ce mariage. Jamais de sa vie, le prince inconstant et frivole n'allait connaître vision plus affligeante et plus embarrassante que celle de ces deux grandes dames implorantes et éplorées. Son visage juvénile lutta contre l'émotion. En vain. Il pleura lui aussi en aidant sa belle-sœur à se relever et en tendant la main à la duchesse.

— Pardonnez-moi, mesdames. C'est un ordre du roi ! C'est un ordre du roi !...

Ce fut tout ce qu'il put dire. Lâchement, il prit la fuite. La partie avait été trop rude pour lui.

La pluie noyait Nantes. L'eau ruisselait sur les murailles du château et grossissait le bras de la Loire qui venait battre ses flancs. Malgré les voix vibrantes du chœur qui emplissaient les murs épais de la chapelle des Jacobins, nul ne pouvait ignorer les rafales de vent chargées d'eau qui mugissaient dehors. Sans les bougies allumées par centaines, l'assistance se serait trouvée dans une pénombre vespérale bien qu'il fût à peine onze heures.

Triste temps en vérité pour de bien tristes épousailles. La cour et les notables de la ville étaient rassemblés pour célébrer le mariage de Monsieur, désormais duc d'Orléans et de Chartres, comte de Blois, lesté d'une rente annuelle de 56 000 livres sans compter des milliers et des milliers de livres de revenus ordinaires et autres pensions, avec Mlle de Montpensier dont la fortune était tout aussi fabuleuse. Mais les sourires étaient absents et les cœurs étaient lourds.

La veille, dans l'antichambre du roi, Richelieu, assisté du curé de la paroisse, avait béni les fiançailles. Il triomphait enfin, et Marie de Médicis avait pu se rengorger d'avoir offert, à son fils préféré, l'avantageuse union qu'elle souhaitait depuis si longtemps. Ils étaient parmi les rares à se réjouir de l'événement, avec bien sûr Mme de Guise, la mère de la fiancée, leurs familiers et amis, et la fiancée elle-même, tout éperdue de fierté, qui savourait son triomphe, propulsée sur les marches du trône et comptant bien y jouer son rôle. Elle n'était pas belle mais resplendissait dans une robe blanche sur laquelle s'accrochaient de gros bouquets de perles. Des perles encore, dans ses cheveux cendrés, à son cou frêle, à ses poignets, bijoux prêtés par la reine mère et Anne d'Autriche qui cachait son amertume et levait haut la tête en digne fille des Habsbourg. La toilette somptueuse de Madame contrastait péniblement avec la tenue de Monsieur. On lui avait déjà vu plusieurs fois cet habit de tabis [1] vert, aux manches pendantes, simplement passementé. Seul, le collier des ordres du roi ornait sa poitrine. On remarqua que Monsieur avait triste mine et n'avait même pas mis une plume neuve à son chapeau. Son entourage arborait des visages qui n'auraient pas choqué lors de funérailles et même le roi paraissait chagrin.

Louis XIII ne pouvait oublier ce que ces noces avaient soulevé d'intrigues. D'Ornano, les Vendôme et Chalais, dans leurs prisons, en étaient les vivants symboles. Il savait aussi qu'en mariant son frère, il œuvrait contre lui-même. Il suffisait que Dieu

1. Tissu de soie moirée.

envoyât à Gaston l'héritier que lui-même espérait vainement et c'en était fait de son pouvoir. Certains ne s'étaient pas privés de le lui rappeler. On murmurait que son secrétaire Louis Tronson, MM. de Saint-Julien et de Marsillac allaient faire les frais de leur franchise et que Barradas ne devait qu'à la longue amitié du roi d'éviter de justesse la disgrâce.

Au sortir de la messe, il pleuvait toujours. La cour se dispersa. Le dîner ne devait réunir que la proche famille des deux époux. Ni bal ni violon : on se passa de musique. Monsieur et Madame se mirent au lit de bonne heure.

Les jeunes mariés s'apprêtaient à remplir consciencieusement la clause essentielle de leur contrat, lorsqu'une levrette oubliée sous la couche nuptiale se mit à japper et à gémir comme une martyre. Il fallut toute l'énergie de Mme de Guise, qui rôdait dans le corridor, pour la faire décamper. La belle-mère surgit dans la chambre, sous les yeux étonnés des deux jeunes gens, bien décidée à ne pas laisser le diable s'en mêler sous les traits d'une innocente levrette et faire échouer ce qui avait été conquis de si haute lutte. Troublé en un pareil moment, Monsieur ne risquait-il pas de voir son aiguillette se nouer ? L'horreur ! Des esprits chagrins et superstitieux virent dans l'incident un signe néfaste. Décidément, on augurait bien mal de ce singulier mariage.

— Ah ! Le traître ! L'infâme !

Avec fureur, Mme de Chevreuse se débarrassa de ses gants, de sa bourse et de son éventail qu'elle jeta au travers de la chambre et se laissa choir sur son lit.

— Qu'on m'apporte à boire ! cria-t-elle aux deux filles qui tentaient de réparer les désordres infligés par l'ouragan. Seigneur ! J'ai tellement parlé, parlé. Et tout cela pour rien !

Elle but avec avidité un grand verre d'eau coupé de fleur d'oranger et fit signe à Floriane d'approcher.

— Pour rien ! répéta-t-elle. Je suis trahie.

La duchesse, contre l'avis de la jeune fille, s'était rendue chez le cardinal. M. de Bautru qui était une de ses vieilles connaissances l'y avait encouragée et l'avait accompagnée à Beauregard. Chalais avait bien besoin de l'appui de tous ses amis à la veille d'être jugé par la chambre de justice criminelle. Maintenant que Monsieur était marié, on pouvait être en droit d'espérer un geste de clémence envers le pauvre prisonnier. Mettant de côté prudence et orgueil, Mme de Chevreuse avait donc courageusement déployé, pour plaider la cause du gentilhomme, des trésors de chaleur et d'éloquence, que Richelieu avait écoutés fort courtoisement mais avec une lueur moqueuse dans les yeux qui ne laissait présager rien de bon.

— Le faquin ! Il m'a laissée discourir sur les mérites de Chalais, rageait la duchesse, une demi-heure au moins, se gardant bien de m'interrompre. Et lorsque j'eus enfin terminé, des larmes dans les yeux, des trémolos dans la voix, persuadée d'avoir été convaincante, que m'a dit ce Machiavel de bas office ? Ah !...

Floriane crut que la jeune femme se trouvait mal et se pencha sur elle avec inquiétude.

— Vous aviez raison, mon petit, reprit la duchesse. Je me suis lourdement trompée ! Chalais ne méritait pas ma confiance. Il s'est tourné contre nous tous, contre moi surtout et en quels termes ! Richelieu s'est délecté à me rapporter ses paroles, que je vous tairai d'ailleurs, tellement les propos sont ignobles. Chalais m'a dénoncée, moi qui lui avais accordé ma créance, mon amitié et le reste. Ô Miséricorde ! Comment peut-on être traître et parjure à ce point ? Richelieu sait tout du rôle que j'ai joué dans cette malheureuse affaire. Il m'a reproché mon amitié avec M. d'Ornano, avec le grand prieur, m'a franchement accusée d'avoir comploté son assassinat à Fleury. Bref ! Chalais lui a tout raconté, absolument tout. Mais il y a plus grave.

La duchesse ferma les yeux.

— Qu'y a-t-il, madame ? demanda Floriane. Vous m'effrayez.

— La reine... Que Chalais se soit acharné sur moi, après tout, cela peut s'expliquer par sa rage d'amoureux s'étant cru bafoué. Mais il a poussé la bassesse et la félonie jusqu'à accuser la reine d'avoir souhaité la mort du roi pour se remarier avec Monsieur !

Ce dernier trait avait eu raison de la grandeur d'âme de la Chevrette qui décida de rendre coup pour coup. Chalais l'avait dénoncée, traînée dans la boue. Il y en aurait autant à son service. Le dépit et la colère au cœur, elle avait chargé son ancien amant.

— Je vous jure que je ne l'ai pas ménagé ! dit-elle avec hargne. Le cardinal ne pouvait plus me faire taire.

— Allez-vous l'apprendre à la reine ? demanda Floriane.

Mme de Chevreuse soupira :

— Je le dois, hélas ! Qu'elle se prépare à supporter les conséquences de cette lamentable trahison. Je l'y aiderai de mon mieux.

Puis, ouvrant grand les bras à Floriane, elle l'attira contre elle.

— Petite amie, je crains le pire et je m'en veux de vous avoir mêlée à tout ceci.

— Je ne vous quitterai pas, promit Floriane.

Le doux parfum de tubéreuse l'enveloppait, baignait sa peine. L'affection immense qu'elle portait à la duchesse n'avait d'égale que son admiration. Pas une plainte, pas un soupçon d'apitoiement sur son propre sort, soucieuse avant tout des autres et de se conduire avec honneur, telle était Mme de Chevreuse. On pouvait ne pas partager ses goûts et ses choix, désapprouver son caractère fantasque. On ne pouvait jamais être insensible à sa fougue généreuse et à sa loyauté.

*

Le lendemain matin, Floriane reçut deux lettres. La première lui fut apportée par un jeune page à la tournure de fille. Elle venait de Boisrobert et laissa échapper de son vélin précieux une petite note de raffinement frivole qu'elle jugea inopportune en ces heures graves. « Ma divine, pouvez-vous me rejoindre en milieu de matinée dans ce si charmant cabaret où nous dînâmes l'autre jour ? J'ose insister car j'ai certaines choses à vous dire qui me semblent importantes pour vous. En attendant le moment béni de vous revoir, chères délices de mes jours, recevez mes soupirs et mes tendres hommages. » En post-scriptum, Boisrobert avait ajouté : « Connaissez-vous un certain Yvain ? » Non, le nom ne lui disait rien. Qu'avait encore inventé l'imprévisible rimeur ? Elle n'avait guère l'humeur encline au badinage mais décida néanmoins de rejoindre Boisrobert, ne serait-ce que pour connaître ces choses importantes qui la concernaient. Mme de Chevreuse ne lui refuserait pas quelques heures de liberté.

Floriane achevait de se vêtir lorsque Théodoric des Étangs s'annonça porteur d'un court billet que le maréchal avait hâtivement griffonné : « Je serai vers dix heures au Puylory, à l'enseigne de la Cigogne couronnée. Si ma violette a un instant... »

Il ne fut plus question de Boisrobert ! Depuis l'après-midi qu'ils avaient passé hors de Nantes, elle n'avait pas rencontré Bassompierre seule à seul. Deux mots échangés ici ou là, au bal ou à l'église, en traversant la cour ou l'antichambre de la reine, voilà à quoi s'étaient résumées leurs relations. Elle en souffrait. Le château de Nantes ne se prêtait pas comme Blois aux visites nocturnes et clandestines. Et puis les circonstances étaient autres, les événements lourds de conséquences. Ce rendez-vous venait à point pour apaiser un cœur – et un corps ! – tourmentés par une solitude forcée.

— Dites au maréchal que c'est oui, fit-elle avec un sourire radieux à Théodoric qui attendait la réponse.

Et l'abbé ? Floriane ne pouvait décemment faire languir son ami qui l'eût maudite, le nez dans un verre. Elle décida de lui envoyer la Musette mais celui-ci fut introuvable. Elle laissa donc un message à Ferrand : dès que le musicien serait de retour, qu'il se rende dans le cabaret de la rue Sainte-Croix. Elle embrassa la duchesse et, les ailes aux pieds, fila retrouver Bassompierre.

Haute sur ses pattes, couronnée d'or, la cigogne se balançait sur une enseigne fraîchement repeinte, à l'angle de la Grande Rue. Floriane, qui avait couru tout au long du chemin, reprit souffle avant de toquer à la porte. C'était un logis de torchis, haut de quatre étages, tout bardés de poutres de bois sculpté, divisés en chambres et appartements qu'une dame Guillou louait à des hôtes de passage, voyageurs, marchands ou gentilshommes lorsqu'il ne s'agissait pas de clients et clientes infiniment plus pressés et discrets qui venaient ici à deux et repartaient bien vite. Floriane ne voulut pas fouiner dans le détail et se formaliser du sourire complice de dame Guillou qui la fit entrer.

— Le monsieur vous attend, dit-elle avant même que la jeune femme n'ait ouvert la bouche.

La logeuse cherchait d'un œil de belette à déceler, sous son masque, les traits de l'élégante inconnue qu'attendait un non moins élégant cavalier. Dame Guillou reniflait une odeur de cour et d'adultère et s'en pourléchait.

— Pardon de vous recevoir dans un endroit pareil, mon enfant chérie, dit Bassompierre une minute plus tard quand Floriane se fut jetée dans ses bras. Je n'ai trouvé que ce moyen. Je n'en pouvais plus de vous désirer.

Un baiser embrasé lui fit comprendre qu'il était tout excusé et que surtout on partageait son impatience. Sans même prendre le temps de se dévêtir, ils roulèrent tous deux sur le lit et s'étreignirent avec une impétuosité d'affamés. Ce ne fut qu'un peu plus tard que Bassompierre, patiemment, ôta un à un les vêtements de Floriane et se mit à caresser lentement le corps aimé.

— En voilà une petite mine, murmura-t-il avec tendresse. Pâlotte, les yeux battus, ma violette aurait-elle des ennuis ?

Floriane lui avoua qu'elle s'inquiétait au sujet de la duchesse, ne lui cachant rien de l'odieuse attitude de Chalais sans toutefois lui parler de sa visite à la prison du Bouffay.

— Je suis au courant, dit le maréchal en faisant glisser de longues mèches de cheveux noirs entre ses doigts. La Chevrette a joué de malchance ou plus exactement a trouvé un adversaire trop retors pour les partenaires qu'elle s'était choisis.

— Pensez-vous qu'elle ait à redouter quelque chose du roi et du cardinal ?

— Franchement, oui. Et elle ne sera pas la seule. Ne m'en veuillez pas de le dire, mais cette fois Monsieur et ses amis y ont été un peu trop fort.

— Vous pactisez avec le cardinal ! lança-t-elle d'un air offensé et furieux.

— Pas du tout ! Pas du tout ! nia-t-il en riant.

Il fit semblant de se protéger d'une éventuelle agression :

— Peste ! La politique vous rend belliqueuse.

— Je défends qui j'aime. Je dois tout à la duchesse et n'oubliez pas que mon frère est aussi du complot.

— Hélas ! Je sais, soupira Bassompierre. Il serait temps que quelqu'un de raisonnable prenne réellement soin de vous.

Voulait-il signifier par là que lui-même ne demandait qu'à le faire ? Floriane ne dit rien. Le cœur battant, elle attendit que prît forme cette ébauche de proposition. Mais rien ne vint.

— Autre chose, fit le maréchal en changeant de ton. Je crois que le roi me mijote une nouvelle ambassade.

— Ah !

C'était tout ce qu'il avait à lui annoncer, son prochain départ ? Elle eut du mal à cacher sa déception.

— Oui, continuait-il, très enjoué. Et en Angleterre, cette fois-ci. La reine Henriette-Marie a fait appel à son frère. Rien ne va plus dans le ménage royal. Charles apparemment n'est pas mauvais mari, mais c'est l'entourage qui gâte tout. Une guerre sans merci : Anglais contre Français, anglicans contre catholiques. La reine se plaint de brimades, cela tourne à l'affaire d'État. Notre roi voudrait que je mette de l'ordre dans tout cela. Entre nous, je m'en passerais.

— Allons donc ! marmonna Floriane en s'asseyant sur le lit.

Elle enfila sa chemise avec des gestes nerveux qui trahissaient sa contrariété.

— Qu'y a-t-il ? demanda Bassompierre, le visage faussement ingénu. Êtes-vous fâchée ?

Cette fois, elle ne put se contenir :

— Fâchée ? Parce que vous allez partir, me laisser seule, tandis que vous irez voir comment sont faites les Anglaises ? Fâchée ? Pas du tout, monsieur !

Bassompierre se mit à rire. Il la renversa près de lui et la dévora de baisers.

— Et vous ? Aimeriez-vous voir les Anglais de près, violette chérie ? Je vous emmène.

— Vous... Vous m'emmèneriez ?

— Pourquoi pas ?

— Oh ! François. Mais comment serait-ce possible ?

— Je ne sais pas, dit-il en faisant mine de réfléchir. En vous faisant maréchale de Bassompierre, par exemple.

— Que... Que... Vous..., vous m'épouseriez ?

L'émoi, la surprise la faisaient suffoquer, refoulant les mots, attirant les larmes. Elle se trouva complètement stupide et craignit de le décevoir déjà. Mais lui, riait toujours.

— Qu'en pensez-vous ? C'est une idée lumineuse.

— Oui, François, je suis bouleversée. Je...

Il posa un doigt sur les lèvres de Floriane :

— Alors, chut ! Nous en reparlerons plus tard. Pour le moment, nous avons mieux à faire.

Ses mains peu à peu avaient commencé de nouvelles caresses. Son corps recouvrit le corps de Floriane, reprit possession de lui, imposant sans heurt son propre rythme et, docile, elle se laissa mener à la jouissance que tous deux appelaient.

Il voulait l'épouser, lui, l'indépendant, l'éternel célibataire que pas une femme, n'avait réussi à enchaîner ! Et c'était elle, Floriane de Saint-Évy, obscure, sans fortune et sans mérites particuliers, par la grâce seule de son minois et de sa jeunesse qui lui faisait renoncer à sa précieuse liberté. Elle n'osait le croire tout à fait tandis qu'elle suivait la rue du Château. Bassompierre l'avait laissée partir la première pour sauver les apparences. Bientôt, il ne serait plus nécessaire de se cacher. Ils allaient pouvoir s'aimer au grand jour. Elle en aurait chanté de joie. À son bonheur, elle avait l'honnêteté de se l'avouer, s'ajoutait une bonne dose de fierté. Maréchale de Bassompierre ! Il y avait de quoi vous tourner la tête. Elle allait être parmi les puissants de la cour. Le prestige de son futur époux valait un titre de prince.

Son nom porte sa gloire et qui dit Bassompierre,
Dit le plus haut mérite où l'on puisse monter.

Claude de Malleville n'allait pas trop loin dans sa louange. C'était un homme tout à fait remarquable auquel elle allait s'unir et dont le rayonnement l'atteindrait elle-même.

Floriane n'avait guère envie de rentrer et pas davantage de retrouver Boisrobert qui d'ailleurs devait être reparti après avoir vu la Musette. Mais elle pensa que la duchesse devait l'attendre et hâta le pas. Elle regrettait de ne pouvoir partager la bonne nouvelle avec son amie. Bassompierre, qui n'avait pas encore parlé de son projet au roi, lui avait demandé de garder le secret quelques jours.

Elle entra dans la chambre de la duchesse au moment où celle-ci revenait de chez la reine avec qui elle avait dîné. La jeune femme ne manqua pas de remarquer les yeux brillants de Floriane, le rose de ses pommettes et un rien sur toute sa personne qui respirait l'entrain et le bonheur.

— Vous avez l'air gai, petite.

Et parce que sa réflexion sembla gêner Floriane, elle ajouta bien vite :

— Ce n'est pas un reproche. Les sourires se sont trop faits rares ces temps-ci pour ne pas être réjouie de voir une mine comme la vôtre. Toujours amoureuse ?

— Plus que jamais, madame !

— Tant mieux ! Je ne vous demanderai pas de qui, la taquina Mme de Chevreuse.

— Vous saurez tout bientôt, madame, je vous le promets.

Ferrand glissa la tête dans l'entrebâillement de la porte et toussota :

— Mademoiselle de Saint-Évy, avez-vous vu votre laquais ?

— Non, j'arrive à l'instant.

— Il vous cherche. Je l'ai envoyé rue Sainte-Croix, comme vous me l'aviez dit, et il est revenu. Même qu'il paraissait bien soucieux et bien contrarié de ne pas vous voir. Il m'a demandé où vous étiez. Dame ! J'ai répondu que je n'en savais rien. Il est reparti en courant.

— C'est bon, Ferrand, merci.

En courant ? Qu'avait pu raconter Boisrobert à la Musette pour faire courir le gros garçon placide ? Le fait était assez inhabituel pour intriguer Floriane tandis que sur la demande de la duchesse elle prenait son luth et égrenait les premiers accords d'une pavane. Pendant ce temps, les filles aidaient leur maîtresse à changer de toilette. Les reines, Madame et quelques dames de leur maison avaient projeté une promenade à la campagne, le long de la vallée de l'Erdre. Le soleil donnait à toutes des envies de fraîcheur et de verdure. Floriane y était aussi conviée personnellement par Madame, particulièrement aimable avec les familiers du duc d'Orléans. Sachant le comte de Saint-Évy au mieux avec son époux, elle en cajolait la sœur. Il était même question qu'elle lui donnât une place de fille d'honneur, ce que Floriane n'envisageait pas sans réticences. Elle se trouvait fort bien aux côtés de sa Chevrette.

Un sourire frôla ses lèvres. Bientôt, il ne serait plus question de Madame. Elle voguerait sur la mer au bras de François de Bassompierre, son mari, et les langues de la cour marcheraient bon train.

Des coups frappés à la porte interrompirent ses pensées : sans même en recevoir l'invitation, la Musette fit irruption dans la chambre avec la discrétion d'un bélier abattant une muraille. Son entrée fut plutôt mal accueillie sans qu'il en fût affligé pour autant.

— Pardon, madame, dit-il à la duchesse.

Puis il se tourna vers Floriane :

— Je vous cherche partout. J'arrive de chez votre frère, vous n'y étiez pas. À la chapelle non plus. Je suis même passé chez M. de Ba… ! Enfin, personne encore…

— Que se passe-t-il donc, mon bon la Musette ? demanda Floriane qui grattait toujours son luth en sourdine. Que t'a donc fait ce coquin de petit abbé ?

La plaisanterie n'eut pas l'air d'amuser le brave garçon.

— L'abbé ne m'a rien fait. Il est inquiet. Et je le suis aussi. Pour vous. Pour vous deux, précisa-t-il en regardant la duchesse.

Sans plus de façon, la Musette s'assit sur un tabouret et répéta ce que lui avait dit Boisrobert.

Tout d'abord, Louvigny ! Depuis Saumur, le jeune homme avait disparu. Volatilisé ! Personne n'avait su dire où il était allé porter sa haine. Certains avaient cru le voir rôder dans les environs de Nantes mais sans certitude.

Louvigny n'était pas allé très loin, en effet. Après sa dispute avec Chalais, il avait galopé tout droit sur Beauregard où Richelieu s'était installé et là n'avait été que trop heureux de trahir son ami.

— Car c'est lui qui a dénoncé le comte de Chalais, madame, affirma la Musette en réponse au cri poussé par Mme de Chevreuse. Boisrobert est bien placé dans l'intimité du cardinal pour savoir beaucoup de choses. Vous savez comme il aime fouiner partout. Il a même pu lire certaines lettres de Chalais que le père Joseph ou ce Lamont – vous aviez raison de vous en méfier – ont rapportées. Pitoyables, paraît-il ! Chalais se prosterne ; il baise les pieds du ministre, du roi, de la reine mère ; il se noie en flatteries, offre ses services, prêt à faire n'importe quoi pour avoir sa grâce.

— Taisez-vous ! murmura Mme de Chevreuse, consternée, les joues toutes pâles.

— Oui, la Musette, dit Floriane, nous savons tout cela. Mais qu'y puis-je ? Que me voulait Boisrobert ?

Les révélations empoisonnées de Louvigny ne s'étaient, hélas, pas bornées là. L'insensé n'avait pas vidé tout son fiel. L'arrestation de son ancien ami ne lui avait pas suffi. Il surenchérissait et accusait maintenant Chalais, Monsieur et quelques autres d'avoir voulu assassiner le roi. Parmi les noms cités : Puylaurens, Bois d'Ennemets, Saint-Évy, Mme de Chevreuse et Floriane !

Il y eut un silence et une stupeur qui cloua les deux jeunes femmes sur leur fauteuil. Une ombre soudain voila la fenêtre ouverte au soleil. Floriane vit la duchesse méconnaissable, tout le sang retiré du visage, vieillie soudain de dix ans. Leur imputer ce projet odieux qui jamais, une seconde, n'avait effleuré l'esprit de l'un d'eux, c'était les livrer au bourreau sans l'ombre d'un doute. Ils avaient comploté, certes, unis contre un adversaire unique, Richelieu, mais tous gardant enraciné au cœur le respect de la personne royale.

La Musette s'agitait.

— Il y a autre chose. Cet Yvain, vous souvenez-vous ? demanda-t-il à Floriane.

Que pouvait-il y avoir de plus terrible ? songeait celle-ci, incapable d'une réaction quelconque. Elle ne connaissait personne de ce nom-là. La Musette continuait, de plus en plus véhément, voulant à tout prix la sortir de sa prostration.

— Si ! Rappelez-vous ce petit homme que Pontvallain avait choisi comme témoin du mariage auquel il vous forçait. Un petit notaire de rien du tout, indélicat, douteux, qui devait beaucoup au comte.

Pontvallain ! Pourquoi cette vieille histoire, oubliée déjà – elle l'avait voulu de toutes ses forces –, resurgissait-elle et sous la forme d'un vilain bonhomme qu'elle avait à peine regardé ?

— C'est bien un sieur Yvain que le cardinal a reçu dans son cabinet hier matin. Boisrobert est formel. Il n'a pu entendre ce qui a été dit mais il est sûr que votre nom a été prononcé. La figure du petit notaire ne lui a pas plu et vous connaissez l'abbé. Il s'est demandé ce que vous pouviez bien avoir en commun avec un si piteux personnage.

La Musette se pencha sur Floriane.

— Tout ceci ne me dit rien qui vaille.

— À moi non plus !

Mme de Chevreuse, la première, reprenait ses esprits. Le moment de stupéfaction passé, elle retrouvait toute sa combativité. Elle comprit tout de suite que les révélations de la Musette cachaient quelque chose de très grave qui menaçait Floriane.

— Le cardinal vous mijote un tour à sa façon, n'en doutez point, lui dit-elle. Et vous devez partir d'ici. Tout de suite.

Floriane émergeait enfin de son engourdissement. Le danger était là, tout près, sans qu'elle sût sous quelle forme il allait surgir. Elle le sentait, tous les sens en alerte. Pontvallain, Favol, le Gobbo, leurs ombres semblaient rôder autour d'elle, réclamant le prix du sang versé.

Elle courut vers la duchesse et lui prit les mains.

— Je partirai, madame, mais pas sans vous. Vous avez tout à redouter vous aussi.

La jeune fille se serra contre sa protectrice et amie.

— Non, fit doucement Mme de Chevreuse. Moi je serai toujours en mesure de me défendre. Mais, vous, je crains que l'on ne se contente pas de vous reprocher le crime de lèse-majesté et que c'est d'un crime tout court que vous soyez accusée.

— Mais pourquoi ? Pourquoi tout cela ?

La duchesse haussa les épaules.

— Il faut croire que Richelieu prend plaisir à s'acharner sur les femmes qui lui ont résisté. La reine, vous, moi-même. Et il n'est pas le seul. La conduite de Louvigny le prouve. Je sais qu'il vous courtisait.

Elle eut un fier mouvement de tête :

— Ils ne savent pas, les misérables, à qui ils osent s'attaquer.

Elle était prête à la riposte. En quelques minutes, elle avait tout organisé. D'abord, un mot d'excuses à la reine et à Madame. Souffrante, elle n'irait pas à la promenade et gardait Mlle de Saint-Évy près d'elle. Puis, une lettre à son intendant et au capitaine du château de Dampierre, que le duc possédait dans la vallée de Chevreuse et où la duchesse avait décidé d'envoyer Floriane. Pour peu de jours. En attendant qu'elle trouvât quelque chose. La duchesse réfléchissait vite, très vite.

— L'Espagne, peut-être. Avec les recommandations de la reine. Je lui parlerai de vous, bien sûr. Ou bien l'Angleterre. J'y ai là-bas tant d'amis.

— L'Angleterre, oui, dit Floriane pensant à Bassompierre.

Il fallait le prévenir. Il comprendrait bien qu'elle ne pouvait rester là à jouer les victimes consentantes. La duchesse se chargeait de tout lui expliquer ainsi qu'à Charles.

Floriane avait enfilé son pourpoint et ses chausses, pendant que la Musette préparait les chevaux. Mme de Chevreuse lui mit dans la main une bourse bien remplie et ne voulut entendre un mot de remerciement. En revanche, elle ouvrit grand les bras à la jeune fille qui posa sa joue contre la sienne.

— Madame, madame, balbutia Floriane, le cœur serré à l'idée de quitter sa Chevrette.

— Courage, petite amie. Je veillerai sur vous, de loin.

— Mais vous, madame ?

— Je vous l'ai dit. N'est point encore né celui qui aura raison de Marie de Chevreuse. Nous nous reverrons. Je le sais.

— Dieu le veuille, madame.

La Musette revenait. Il ramassa le petit sac que Floriane avait préparé pour le voyage. Mme de Chevreuse détacha une grosse perle taillée en poire qui ornait son corsage et la donna à Floriane.

L'après-midi commençait à peine. Les fugitifs auraient, devant eux, de longues heures de jour pour prendre de la distance. Il fallait partir sans trop penser à ce que l'on laissait derrière soi : l'éclat d'une cour semée de chausse-trapes où pouvaient se moissonner pourtant tous les honneurs, une chaude, précieuse, rare amitié offerte par la plus délicieuse des femmes et l'amour généreux d'un homme d'exception. S'attarder serait donner la part belle aux larmes qui ne demandaient qu'à ruisseler. Hardiment Floriane marcha vers la porte.

Ils étaient dans le couloir, alignés contre le mur, six hommes, solides, rigides et superbes dans l'uniforme tricolore des gardes françaises, habit bleu, collet et parements rouges, culotte et bas rouges, liséré blanc et, devant eux, la silhouette puissante et l'honnête visage de M. de Pontis, lieutenant du roi. La jeune fille recula dans la chambre et laissa entrer l'officier qui la regardait avec insistance. Son œil exercé d'homme de guerre avait immédiatement décelé ce que cachait le costume masculin. Pontis salua Mme de Chevreuse et demanda :

— Mademoiselle de Saint-Évy ?

Avec encore un regard appuyé sur Floriane qui signifiait qu'il n'était pas dupe et l'avait reconnue.

— Que lui voulez-vous ? fit la duchesse d'une voix neutre dans laquelle Pontis eût en vain cherché une trace d'émotion.

Et pourtant ! Son cœur avait manqué un battement lorsqu'elle avait vu l'officier. Pour laquelle des deux venait-il ? Elle se sentait prête pour elle-même à tout affronter. Son unique souci était Floriane qu'elle avait entraînée dans cette aventure. Et voilà que c'était bien Floriane qu'on venait chercher, une enfant innocente qu'elle n'avait pas su protéger et qui paierait les erreurs commises par d'autres. Elle lança à la jeune fille un regard de détresse impuissante.

— Je suis chargé de l'arrêter au nom du roi, répondit simplement M. de Pontis.

Seul la Musette fit entendre un non timide, plus un gémissement désolé qu'une protestation véritable, et laissa choir le sac de voyage.

Floriane ne cilla pas. Dès l'instant où elle avait vu les gardes, elle avait compris qu'il était trop tard, que le destin lui décochait un coup inattendu, difficilement acceptable car totalement injustifié, mais qu'elle devait l'encaisser avec courage. D'un mouvement gracieux elle enleva son chapeau de castor, découvrant mieux son visage ravissant que l'orgueil transfigurait.

— Je suis Floriane de Saint-Évy. Faites votre devoir, monsieur.

Pontis s'inclina.

— Dans ce cas, veuillez m'accompagner, mademoiselle.

Il présenta ses excuses à Mme de Chevreuse. Celle-ci ne répondit pas. L'espace de quelques secondes, les yeux d'aiguemarine et les yeux de ciel s'accrochèrent. « Va ! sembla dire la Chevrette. Tu es bien de ma race, noble de sang et de cœur. »

Le soleil l'enveloppait toute, droite et fière dans une robe rouge qui renvoyait la lumière, les épaules blanches, laiteuses entre la fine dentelle du collet et les boucles de cheveux châtain clair qui se déroulaient comme des copeaux d'or, image même de la grâce éternelle et de l'énergie triomphante dont Floriane se pénétra, y puisant la résolution dont elle avait besoin.

Pontis, qui pourtant en avait vu d'autres, ne put s'empêcher d'admirer le cran de ces deux jolies femmes que plus d'un homme leur eût envié. Le service du roi n'était pas toujours une plaisante routine et il eût cent fois préféré se battre contre une compagnie de huguenots plutôt que d'arrêter cette fille singulière qui n'avait apparemment rien d'une dangereuse intrigante. Il aperçut au milieu de la chambre le sac de voyage abandonné par la Musette.

— Ce bagage est-il à vous ?

Floriane acquiesça d'un hochement de tête.

— Vous aurez besoin sans doute d'effets personnels, emportons-le.

Pontis fit un signe à l'un des gardes qui vint ramasser le sac, puis il s'effaça près de la porte et salua encore, invitant la jeune fille à sortir. Ce qu'elle fit après un dernier adieu muet à la duchesse qui n'avait pas bougé.

*

La cloche de la chapelle sonna matines [1]. Floriane, les yeux grands ouverts, en écouta chaque note, claire, frêle bien

1. Vers deux heures trente, trois heures du matin.

qu'impérieuse, se fondre dans le silence total qui baignait le couvent. Elle ne pouvait entendre les religieuses se rendre au premier office, mais les imaginait glissant encore endormies le long des couloirs sur lesquels se détachait un écriteau rappelant la règle absolue de silence, ombres noires et blanches, âmes ardentes du plus exigeant des cloîtres, le Carmel.

Depuis que le père Bérulle avait amené d'Espagne quelques carmélites et avait fondé le premier couvent de Paris, les Carmels s'étaient créés nombreux en France. À Nantes, dès l'année 1618, avait été ouverte, sous l'influence de Mme de Breil et de sa fille, une maison entourée de jardins du quartier Sainte-Radegonde, là où M. de Pontis avait conduit Floriane.

On l'avait logée à part dans l'une des chambres réservées à des pénitentes qui venaient faire retraite. Elle se rendait à la chapelle pour entendre la messe, le matin et le soir, séparée des moniales par une grille, toujours accompagnée d'une sœur novice qui nuit et jour la veillait, figure pâlotte et muette à laquelle Floriane ne prêtait d'ailleurs aucune attention.

Mis à part ces deux sorties quotidiennes, elle passait ses journées dans sa chambre qui eût mérité le nom de cellule : des murs blancs, une croix noire sans Christ, une paillasse propre jetée sur une planche. La nourriture et l'hygiène étaient à l'avenant du décor, suffisantes mais sans le moindre superflu.

Bien entendu, elle avait dû quitter chausses et pourpoint, troqués contre une robe de toile noire, et cacher ses cheveux sous un bonnet. Ainsi attifée, elle passait des heures sur sa paillasse, trop étourdie encore par l'attaque brutale qu'elle essuyait pour songer à gémir ou à pleurer.

Mme de Breil et le doyen du chapitre l'avaient accueillie fort courtoisement. Ni l'un ni l'autre ne connaissaient les raisons pour lesquelles ils recevaient Floriane dans leur sainte maison. Une demande leur était venue de l'évêque, Mgr Philippe de Cospeau, sur un ordre envoyé de très haut, demande formelle de veiller sur cette jeune fille regrettablement mêlée à une grave affaire d'État. Soit ! Ils n'avaient pas cherché à en savoir davantage. Floriane serait bien gardée, voilà tout.

Elle l'était, sans cachot sinistre, sans garde, sans arme et sans verrou. Le Carmel était une prison sûre qui ne se laisserait pas envahir. Inutile de rêver ! Les filles de sainte Thérèse étaient bien protégées dans leur cloître. Floriane le savait : on ne sortait pas du Carmel.

Le troisième jour, son fidèle cerbère la conduisit au parloir où, de l'autre côté d'une grille, l'attendaient un commissaire mandaté par le roi, un huissier de justice et un greffier.

Aux questions concernant le crime de lèse-majesté dont on l'accusait, Floriane répondit ne rien connaître, que jamais elle n'avait entendu qui que ce fût parler d'attenter à la vie du roi. Des intrigues de MM. d'Ornano et de Chalais, du grand prieur, de Mme de Chevreuse et de Monsieur, elle déclara ne rien connaître, étant au service de la duchesse depuis peu de temps, la plus noble et la plus loyale des créatures. Le commissaire qui menait l'interrogatoire n'insista pas et passa à la deuxième accusation.

Selon des témoins, Mlle de Saint-Évy avait à répondre de la fin tragique du comte de Pontvallain, retrouvé mystérieusement assassiné au printemps dernier.

Floriane avait beau s'y attendre, elle ne put s'empêcher de frissonner et bénit la pénombre qui l'enveloppait. Toutefois la réponse était prête. Elle n'avait pas ruminé en vain ces derniers jours. Non ! Elle nia avoir été mêlée de près ou de loin à la mort de M. de Pontvallain avec lequel, effectivement, elle avait été fiancée un temps, mais sans rien d'officiel, fiançailles rompues depuis près d'un an. Quels étaient donc ces témoins ?

Ces messieurs de justice ne lui répondirent pas et s'en tinrent là pour cette fois. La novice raccompagna Floriane dans sa cellule.

La jeune fille se laissa choir sur sa couche, tremblant des pieds à la tête, le cœur en déroute. Ces hommes l'avaient plus effrayée que la demi-douzaine de gardes qui étaient venus l'arrêter l'autre jour. Face à leurs questions insidieuses, elle se sentait coupable elle ne savait de quoi, peut-être seulement de sa propre faiblesse, de ce sentiment terrifiant d'être seule et désarmée devant un rouage implacable.

Elle se rappela questions et réponses, essayant de se persuader d'avoir dit ce qui convenait. Nier lui avait paru la seule solution pour les deux accusations dont on la chargeait. Dans le premier cas, accabler Chalais, comme elle aurait pu et avait été tentée de le faire, était jouer contre Mme de Chevreuse et ses amis. Son jeune âge, son rang modeste étaient la meilleure des couvertures. Quoi ? Elle aurait pu, elle, avoir un rôle à remplir dans des visées qui la dépassaient ? Clamer sa réelle fidélité au roi, c'était tout ce qu'elle avait à faire. Dans l'histoire de Pontvallain, elle ne pouvait raconter la vérité, l'enlèvement, la contrainte et l'arrivée inattendue d'un sauveur sans compromettre le sauveur en question. D'ailleurs, sans connaître l'identité de celui-ci – Dieu ! elle l'espérait ! – Richelieu en connaissait l'existence, lui qui avait si bien monté sa machination. Mais pour mieux la perdre, il préférait l'oublier et l'accuser seule du crime. Peut-être s'attendait-il à ce qu'elle dévoilât le nom de l'inconnu ? Dans ce cas, il se trompait lourdement. Plutôt mourir que de laisser le nom d'Artus sortir de ses lèvres.

Artus d'Ivreville ! Brutalement, à la pensée du chevalier, elle sentit craquer la petite cuirasse de résistance qu'elle s'était forgée. Elle ne fut plus qu'une pauvre épave désemparée et misérable qui sanglota et hoqueta tout l'après-midi, recroquevillée sur sa paillasse.

Elle s'apaisa enfin. C'était bientôt l'office du soir, elle le devinait à la lumière changeante que versait une petite fenêtre placée au-dessus de sa couche. Floriane fouilla son sac à la recherche d'un mouchoir. Ses doigts rencontrèrent un objet dur et arrondi. Qu'était-ce donc ? Elle découvrit avec ravissement un petit flacon d'eau de violette, symbole d'une liberté perdue, de la vie, de ses bonheurs qui déjà paraissaient si loin. Avec volupté, comme jouissant d'un plaisir défendu, elle versa quelques gouttes au creux de sa main.

— Ma violette…

Elle crut entendre une voix chaude, sensuelle et grave. François… Que faisait François de Bassompierre à l'instant même où elle l'évoquait dans un vertige ? Et que faisaient Charles, la duchesse, tous ses amis qui connaissaient son infortune ?

Les pas de la novice qui s'approchait de la porte mirent fin provisoirement à ses questions inquiètes. Elle rangea le flacon de parfum et croisa les mains sur ses genoux dans une apparente résignation.

Le cloître et son petit jardin de roses qui grimpaient sur les arceaux du puits, une statue de la Vierge nichée dans le buis, la nef un peu sombre où les carmélites chantaient leur divin amour, l'odeur si particulière des couvents, cire, chaux, savon, vapeurs d'encens, parfum des fleurs mêlé au bois, aux relents humides des pierres, terre remuée du potager, fumée des cuisines, tout paraissait simple et l'était. Cependant, au travers de ces réalités tangibles, prenant élan sur elles, l'âme était conduite au-delà, dans un pays de lumière dont elle ne revenait plus. Floriane ressentait l'attrait de ce voyage, elle que tant d'attaches retenaient au monde. Dans ce nid de silence et de prières, il pouvait être tentant et peut-être aisé de rompre les amarres tant on se sentait déjà loin de tout et de tous, flottant entre deux univers. Était-elle ici depuis trois jours ou trois ans ? Ceux qu'elle aimait ne l'avaient-ils pas déjà oubliée ?

Elle devait avoir une réponse le lendemain matin.

Le commissaire et l'huissier revinrent, toujours flanqués du greffier, avec tout de suite une bonne nouvelle. Sur les instances de son frère, le duc d'Orléans, qui avait hautement protesté de son innocence et de celle de ses plus chers amis, le roi n'avait pas signé les décrets de prise de corps les concernant – à l'exception de Chalais – et avait décidé d'interrompre toute poursuite à leur endroit. Le roi pardonnait donc et Floriane bénéficiait elle aussi de la royale mansuétude. Malheureusement, elle demeurait toujours accusée du meurtre du comte de Pontvallain !

Son procès aurait lieu le jour suivant dans le palais du Présidial qu'abritait le vieux logis de Bouffay.

— Un procès ! s'écria-t-elle.

Soudain, elle éclata de rire au nez des magistrats effarés. Une comédie ! Une mascarade, dont elle pouvait d'avance prédire l'issue – elle serait coupable, bien sûr – et dont elle remerciait déjà l'auteur, l'ingénieux, le tout-puissant cardinal qu'elle maudissait de tout son être.

— Vous pouvez le lui dire, messieurs !

Il y eut une minute de stupeur, puis, dans un bel ensemble, une agitation comique chez les respectables hommes de loi. Même la novice que l'on aurait pu croire endormie, agita les mains et fit signe à une autre religieuse postée dans l'ombre.

Ce fut alors que le greffier, ajoutant à la confusion générale, éparpilla ses papiers dans tous les sens. Il courut, sauta à droite et à gauche pour les ramasser, comme une poule prise de panique, et se baissa juste sous la grille derrière laquelle Floriane s'amusait de la scène. Il était près d'elle, très près. D'une main, il agitait une poignée de feuillets et sur l'un d'eux, elle vit, se détachant des lettres noires ordinaires, de gros caractères écrits à l'encre rouge : « Confiance ! On veille sur vous. »

Ce fut comme un éclair sous ses yeux. Déjà le greffier reculait sous l'œil réprobateur des deux autres. Des doigts s'accrochaient sur la manche de Floriane et la tiraient en arrière. Elle regagna sa cellule, l'espérance au cœur.

Elle n'était pas abandonnée. Ses amis se préoccupaient de son sort, œuvraient pour la tirer de son guêpier. Qui ? La Chevrette ? Bassompierre ? Charles ? Tous ensemble, peut-être ? Le procès ne l'effrayait plus. Elle s'accrochait à son côté dérisoire. Même l'inévitable condamnation qui s'ensuivrait, elle ne voulait l'envisager. Richelieu n'était pas encore gagnant.

Une seconde visite lui fut annoncée dans l'après-midi et, cette fois-ci, c'était une femme qui l'attendait, assise dans le parloir.

Floriane crut d'abord qu'il s'agissait de Mme de Chevreuse à voir la silhouette élégante et les boucles aux reflets dorés qui s'ordonnaient autour d'une petite coiffe de satin noir. Elle s'aperçut bien vite de son erreur et fut déçue. La jeune femme qui se leva à son arrivée, n'était autre que la marquise de Combalet, la nièce du cardinal, au service de Marie de Médicis depuis juin dernier.

Splendide, un air de Junon malgré son jeune âge, plutôt grande, potelée, altière, elle était belle. Plus exactement, elle aurait pu être très belle, rectifia Floriane, sans cette nuance jaune d'hépatique qui lui gâtait le teint et l'air doucereux et faussement modeste qu'elle affichait.

Boisrobert la détestait, car elle menait une guerre sournoise contre tous les familiers de son oncle. Il racontait avec délectation des horreurs sur son compte mais les ragots du poète bavard n'étaient que l'écho de ce qui se murmurait à la cour où Mme de Combalet ne comptait pas que des amis. Ses mines de dévote, de sainte martyre arrachée au couvent – où elle voulait, disait-elle, finir ses jours pour obéir à la volonté de son oncle qui la voulait près de lui –, ses mises de vieille fille, son obstination ridicule à se déclarer pucelle après avoir été l'épouse d'un réputé gaillard, tout cela avait agacé prodigieusement et faisait crier à l'hypocrite. Son influence sur le cardinal n'était un secret pour personne et la raison sur toutes les lèvres : la marquise était la maîtresse du ministre ! Vrai ou faux, en tout cas Boisrobert l'affirmait. Il ajoutait aussi que cette liaison n'était pas le seul débordement de l'étrange veuve qui portait aux jeunes filles un intérêt aussi violent que soigneusement dissimulé.

Floriane avait ri des cancans de Boisrobert. Aujourd'hui, la présence de la marquise ne la réjouissait en rien et la mettait sur ses gardes. Mme de Combalet s'avança, un doux sourire aux lèvres, un petit bouquet de pâquerettes au corsage.

— Ma venue vous surprend, sans doute. C'est naturel. Nous n'avons pas eu jusqu'ici le loisir de nous bien connaître, étant à la cour depuis peu vous et moi. Je le regrette, jolie Floriane. Vous permettez que j'use de votre ravissant prénom ?

— Si vous y tenez…

Le ton était des moins chaleureux mais ne découragea pas la marquise.

— Marie. Je m'appelle Marie.

Floriane sentait croître son exaspération à mesure que l'autre multipliait les affabilités.

— Floriane – Mme de Combalet suçotait son prénom comme une friandise –, quelle tristesse de vous voir ici ! Chacun s'interroge. Vos malheurs ont soulevé des vagues de consternation et moi-même, je suis… je suis désolée. Mon oncle m'a appris ce qui vous est réellement reproché.

Elle en avait l'air. Floriane se serait laissé émouvoir par une compassion qui avait toutes les apparences de la sincérité, n'était la parenté qui unissait la marquise à son ennemi personnel.

— C'est très aimable à vous, marq… Marie, de vous pencher sur ma disgrâce. Vous me permettrez toutefois de m'en étonner, car vous ne devez pas ignorer à qui je la dois.

Mme de Combalet soupira et eut l'air profondément affligé.

— Bien sûr, vous faites allusion à mon oncle, le cardinal.

— En effet. N'est-ce pas lui qui m'accuse d'un crime que je n'ai pas commis ?

— Non ! protesta la marquise avec énergie. Non ! Des personnes sont venues le trouver, sachant l'amitié qui le liait au comte de Pontvallain. Ces personnes vous ont mise en cause. L'histoire menaçait de s'ébruiter et prenait des proportions telles que mon oncle ne pouvait rien empêcher. Il a été contraint de laisser la justice s'emparer de l'affaire bien que déplorant le tort que cela vous causerait.

Le tort ? Le mot était faible en regard de ce que Floriane souffrait depuis quelques jours.

— Je le pensais tout-puissant, fit-elle avec une froideur méprisante.

Mme de Combalet se redressa avec orgueil :

— Il l'est ! Mais son sens du devoir est chez lui plus fort que toute autre considération.

— Quitte à lui faire traîner une innocente en justice.

La marquise s'adoucit :

— Voyez-vous, il y a chez mon oncle deux faces tout à fait opposées : celle, publique, d'un grand ministre, redouté, sévère et juste, tout entier à sa rude tâche. L'autre, la face cachée que je connais bien – et comment ! ricana Floriane en son for intérieur –, celle d'un homme bon et compatissant, un homme de cœur, un gentilhomme que sa position ne lui permet pas, hélas, de souvent dévoiler. Et c'est ici qu'intervient ma modeste personne, chère Floriane. Je représente, en quelque sorte, cette seconde face. Je vous apporte son réconfort, son amitié et son soutien et les miens par la même occasion.

Et contre quoi, Grand Dieu ? Le lit de l'oncle ou celui de la nièce ? Cela était un peu fort. Floriane n'avait pas oublié les propositions que lui avait faites Richelieu l'hiver dernier. Décidément, elle plaisait à la famille. Pour un peu, elle en aurait ri si l'envie de traiter l'hypocrite comme elle le méritait n'avait pas été si tentante.

— Grand merci ! dit-elle d'un ton ironique. Cela m'aidera certainement, demain, à affronter mes juges et leur verdict.

— Ne vous mettez pas trop en peine pour ce verdict. Il ne sera pas bien redoutable.

— Qu'en savez-vous ? J'ai tué un homme, il paraît. Cela se paie, non ?

Mme de Combalet eut un léger rire de gorge.

— Voyez la petite sotte qui ne veut rien comprendre ! Le cardinal est tout-puissant, nous en sommes convenues tout à l'heure. Il serait facile de faire pencher la balance en votre faveur. Le procès est à huis clos. Cette regrettable affaire n'a pas été officiellement publiée. Peu de gens sont au courant. Oui, un effet de la bonté de mon oncle qui peut aller jusqu'à, comment dire ? orienter les juges à votre avantage. Il le ferait. Je suis prête à l'en supplier.

Floriane hocha la tête.

— Mon innocence doit suffire à convaincre mes juges.

— L'entêtée !

— Vraiment. Mais quel mal vous vous donnez ! Je ne peux comprendre en échange de quoi.

— De rien, de rien, protesta l'autre.

— Je ne le crois pas, Marie.

Elle appuya sur le prénom, l'ironie plus acerbe encore.

Mme de Combalet s'approcha tout contre la grille. Elle glissa une main au travers des barreaux et prit la main de Floriane. Elle respirait fortement, ses seins, arrondis sous la gorgerette, soulevaient le petit bouquet d'une houle agitée.

— Vous avez raison de ne pas me croire, avoua-t-elle en baissant les paupières, puisqu'en échange je demande votre amitié.

Ses doigts pétrissaient les doigts de Floriane. Elle posa sa tête contre la grille comme prise d'un vertige. Floriane vit la fine sueur qui brillait à son front, ses lèvres entrouvertes et tout son visage tourmenté par un trouble incontrôlable que la jeune fille reconnut. Elle se rappela Olyvette, mendiant un baiser et même davantage, son émoi, son désir semblable à une souffrance que Floriane repoussait, un peu mal à l'aise, un peu amusée, agacée en tout cas, mais sans répugnance.

Sur son poignet, les doigts de la marquise avaient le froid et la souplesse d'anneaux de serpent, leur force aussi qui la retenait prisonnière.

— Vous sentez bon, murmura la marquise. Vous sentez le printemps, la violette. Oui, j'aimerais être votre amie.

D'un geste brutal, Floriane arracha sa main. Ses yeux criaient son dégoût plus encore que sa voix qui cingla :

— C'est non ! Vous n'y trouveriez pas votre compte !

— Que… Que voulez-vous dire ?

Surprise et frustration altéraient le visage de Mme de Combalet.

— Que je crains que nous n'ayons pas la même conception de l'amitié. Il est inutile donc de vous mettre en embarras pour moi… Marie.

Ce fut une métamorphose. Sourires et mots suaves, sucre, miel et roses, tout s'évanouit. Pour le coup, la marquise vira au jaune citron, le regard aussi perçant que celui d'un aspic visant sa proie.

— Imbécile ! Pour qui te prends-tu ? Mon oncle avait raison. Tu peux bien croupir dans ton couvent ou rejoindre le bourreau. Je ne lèverai pas un doigt pour t'aider. Tu m'entends ! Niaise… Sale petite…

Le reste fut pour elle seule. Floriane avait déjà disparu, la laissant cracher son dépit et son venin.

Ce fut un jeune exempt qu'elle ne connaissait pas qui vint la chercher tôt le matin, avec une voiture fermée et une escorte de six gardes. Elle espéra tout au long du trajet que quelque chose se passerait, l'empêchant d'atteindre le Présidial. Elle guetta en vain un signe, un bruit. Rien ! Derrière les mantelets baissés, elle était parfaitement isolée du reste du monde.

Puis ce fut vite la vieille salle voûtée de l'ancienne demeure médiévale, les murs lourds et sombres, de longues tables derrière lesquelles avaient pris place le lieutenant criminel et ses conseillers ; non loin d'eux, les gens du roi, avocat et procureur. Tous vêtus de la longue robe. Près du lieutenant criminel à la barbe en broussaille, sur une fraise à l'espagnole, étaient assis un greffier et un notaire garde-notes qui achevaient de tailler leurs plumes. Face à eux tous, une table, un tabouret et un fauteuil où la fit asseoir un huissier. On introduisit un petit personnage vêtu de noir, le cheveu rare, trois poils sur le menton mais des touffes grises lui sortant des oreilles, deux griffes émergeant des manches, un vieillard, qui se présenta, maître Rousse, son avocat.

Car elle avait un avocat ! Ahurie, elle le regarda s'approcher, la saluer. Une ombre d'homme, un fantoche. Avec ça, elle serait bien défendue ! Pendue ? Rouée ! Étranglée ? Floriane connaissait le sort réservé aux assassins. Elle frémit en découvrant que tout avait été mis en place pour la perdre, le choix de cette marionnette en était la preuve, de même que la silhouette replète que l'huissier fit avancer, messire Yvain, qui s'inclina devant les juges mais se garda bien de la regarder.

L'audience fut ouverte.

Un fatras de mensonges artistement amenés, le faux témoignage d'Yvain qui décrivit avec beaucoup de précisions comment il avait vu Floriane armée d'une dague tuer le comte de Pontvallain puis plonger son arme dans le corps de Favol, serviteur du comte, qui venait à son aide. Là intervenait une curieuse déposition posthume : Favol avant de mourir avait eu le temps de se faire conduire par ledit Yvain chez un ami de son maître auquel il avait tout raconté. Mlle de Saint-Évy, sincèrement aimée par M. de Pontvallain, avait poussé ce dernier à des épousailles secrètes, mais pour d'obscures raisons ils s'étaient querellés, et l'accusée, prise de fureur, avait frappé. L'infortuné serviteur avait payé de sa vie son dévouement à son maître. Il n'y avait aucune raison de mettre ses paroles en doute puisque, outre messire Yvain, ici présent, ce témoignage avait été recueilli par Son Éminence, le cardinal de Richelieu, dont la parole ne pouvait être suspectée.

Des jours de séquestration, des hommes d'armes, du Gobbo et même du père Toussaint, il ne fut bien entendu pas question.

— Plaidez ! dit alors le lieutenant criminel à maître Rousse.

Ce ne fut qu'une suite de murmures, de borborygmes et de toussotements. Surnageaient, dans ce naufrage, des phrases tronquées : innocente jeunesse, victime de l'amour, etc. Le brave maître Rousse, envoyé là par hasard défendre une cliente qu'il n'avait jamais vue et dont il ignorait l'histoire, fit ce qu'il put, c'est-à-dire rien et laissa la parole à Floriane.

Elle croisa les mains et fit un terrible effort sur elle-même pour assurer sa voix et son maintien. Enfin, elle remercia maître Rousse, puis elle déclara être innocente de tout ce dont on l'accusait, qu'il devait s'agir d'une méprise et que l'on devait la confondre avec une autre personne. Elle jura sur le salut de son âme de n'avoir pas tué le comte de Pontvallain et son domestique Favol. C'était tout ce qu'elle avait à dire. Elle se rassit.

Les minutes passèrent ensuite avec une mortelle lenteur. À ce moment-là, l'impression d'irréalité s'intensifia. Floriane croyait voir une autre qu'elle pétrifiée devant les juges qui délibéraient à voix basse. Tout dans ce procès sentait le ficelé, le grossier montage : son déroulement à Nantes alors que le prétendu crime avait eu lieu sur une autre sénéchaussée, des invraisemblances dans l'accusation et une défense inexistante. Comment ces hommes de justice ne devinaient-ils pas le coup monté ? Le nom du cardinal, bien sûr, éclairait la voie et guidait les consciences.

— Où sont les gens du roi ? s'écria le lieutenant criminel. Qu'ils concluent !

C'était l'usage lorsqu'une affaire paraissait difficile. Les magistrats nantais avaient-ils flairé la louche combinaison ? Ils s'en remettaient maintenant au procureur et à l'avocat choisis par le roi, en l'occurrence par son ministre. La partie était d'avance perdue.

— Écrivez, greffier : Attendu que nous avons en cette affaire – la mort du comte de Pontvallain, seigneur de La Faigne et de son serviteur Favol – des témoignages dignes de foi et dénués de tout intérêt personnel, si ce n'est l'amour porté à la vérité et à la justice, la demoiselle de Saint-Évy est déclarée coupable des deux crimes susdits. Par faveur extraordinaire, en raison de l'extrême jeunesse de l'accusée, il ne sera pas ordonné de peine capitale mais la réclusion perpétuelle dans le couvent qu'il plaira à Sa Majesté de désigner.

Et voilà ! Une vie brisée, un nom, un visage bientôt soustrait au monde, une jeunesse perdue, engloutie au fond d'un cloître dont jamais elle ne ressortirait, un honneur détruit, une réputation souillée même si les raisons de sa disgrâce n'étaient pas publiées, Floriane voyait s'anéantir tous ses espoirs, se dissiper sa rage de vaincre, sa force de vivre. Elle en venait à regretter de ne pas être livrée au bourreau. Qu'était-ce que la mort sinon une délivrance lorsque grâce à elle vous étaient épargnées des années, de longues années de claustration ? Désespérée, révoltée, ulcérée, Floriane concentra le peu de forces qui lui restaient pour tenter de garder la tête haute. Ses yeux étaient brouillés de larmes. Il lui semblait que l'air allait lui manquer.

En attendant la décision du roi, elle devait retrouver les carmélites du quartier Sainte-Radegonde. L'exempt l'attendait dans la cour, la portière du carrosse ouverte.

Floriane sentit les chevaux tourner dans la cour et ralentir en passant sous la porte d'entrée. Elle les devina traversant la place du Bouffay, entendit les gardes demander que l'on fît place. Elle sentait toute proche la foule habituelle, foule insouciante des gens libres qui s'écartaient avec un peu de curiosité devant cette voiture fermée, inconfortable, étouffante, une vraie prison déjà.

*

Floriane s'était effondrée sur la rude banquette, ne pouvant plus contenir ses pleurs, épuisée, anéantie. La chaleur suffocante du carrosse, qui était resté de longues heures au soleil, ajoutée à la pénombre intensifièrent son malaise. Elle crut s'évanouir et chercha un peu d'air. Malheureusement les rideaux de cuir, attachés de l'extérieur, ne laissaient pas le moindre souffle s'infiltrer.

— Place ! Place ! criaient les gardes.

Dans un sursaut de rage, elle se jeta sur la portière et tira sur le rideau de toutes ses forces.

— Ah ! les misérables ! Ils me feront mourir !

Ses doigts griffèrent le cuir. Non ! Non et non ! Elle ne se laisserait pas enfermer comme un rat pris dans une boîte. Elle saurait bien s'échapper. Et d'abord le rideau ! Elle s'acharna dessus de plus belle.

Pendant ce temps, le carrosse suivait son chemin. Chaque tour de roue la rapprochait des carmélites. À se démener, elle était en nage. L'air devenait irrespirable mais Floriane ne se calma pas pour autant.

Soudain, les chevaux s'arrêtèrent. Un obstacle dans ces rues étroites ? Certainement. On ne pouvait être déjà arrivé. Floriane reconnut la voix de l'exempt qui chevauchait près de la portière demander ce qui se passait au cocher.

— Des gens qui se querellent, monsieur le lieutenant.

— Place ! Place ! Dégagez la rue !

Les injonctions des gardes qui marchaient en tête restèrent sans effet. Le carrosse ne bougea pas.

— Mais qu'est-ce donc ? s'impatienta l'exempt.

Les échos d'une vive discussion parvenaient jusqu'à Floriane qui continuait à s'escrimer sur son mantelet. Elle tira dessus tant et tant qu'enfin l'une des attaches de cuir finit par se rompre. Elle passa le nez dans l'ouverture.

Ce fut pour elle, pendant quelques secondes, un sentiment puissant de résurrection. Bien qu'au-dehors tapât dru un chaud soleil d'août, Floriane sentit comme une coulée fraîche. La vie lui revenait et avec elle toute l'acuité de ses sens. Elle tourna légèrement la tête, glissa un œil et jugea qu'ils devaient se trouver au commencement de la rue de la Juiverie. Étroite, active, donc toujours encombrée, cette rue ne permettait pas à l'exempt, coincé entre le carrosse et l'étal ouvert d'une boutique, d'aller voir ce qui barrait la route à l'avant. Floriane n'apercevait rien elle non plus, mais en revanche elle entendait assez bien, pour imaginer la scène, les vociférations aiguës d'une dame qui manifestement n'était pas contente du tout.

— Ce n'est pas une façon de traiter une honnête femme !

Floriane mit l'oreille dans l'ouverture du rideau.

— Frères moines, je vous en conjure ! C'est à vous de sermonner ce gredin.

Cette voix ! Il semblait à Floriane que certains accents précieux lui étaient familiers et pourtant non, elle ne parvenait pas à la reconnaître. De violentes protestations s'élevèrent.

— Non, messires capucins ! Sur mon salut, je n'ai jamais pincé les fesses de madame.

— Menteur ! Menteur ! glapit l'offensée.

Des badauds avaient dû s'approcher du groupe. Des rires coururent, des plaisanteries fusèrent.

— La bourgeoise a dû prendre ses désirs pour une réalité.

La dame s'indigna avec véhémence. Floriane entendit des remous. La querelle ne tarderait pas à se propager parmi certains curieux qui ne manqueraient pas une occasion de se défouler.

— Qu'on me chasse tout ce monde-là ! intima l'exempt d'un ton furieux.

Facile à dire ! Comment disperser une foule bien décidée à ne rien perdre d'un spectacle savoureux et pas le moins du monde impressionnée par des soldats vociférants ?

— Donnez le fouet !

La présence des deux capucins qui tentaient de prêcher le calme à la multitude fit hésiter les gardes. Alors ? Effectuer un demi-tour était impossible. Le lieutenant ordonna de faire reculer le carrosse jusqu'à la rue Sainte-Croix. Ils emprunteraient un autre chemin.

Le cocher, doucement, commença à guider ses chevaux en arrière. Un pas, deux pas… Puis Floriane entendit un grand bruit de roues et de sabots crépitant sur les pavés, des jurons, des cris.

— Hé ! Halte ! Halte là !

Elle sentit un choc à l'arrière du carrosse qui s'arrêta pile et elle alla taper de la tête contre la cloison. Ensuite, tout se passa très vite. Il y eut une bousculade, des appels et le bruit caractéristique des lames s'entrechoquant. Floriane sut aussitôt que l'on se battait là, à moins d'un mètre, et que c'était pour elle. Elle souleva le rideau et cria à l'aide.

— Floriane !

Qui l'appelait ? Qu'importe ? Elle n'était plus seule. On venait. On allait la délivrer. Le cauchemar prendrait fin.

— Oui, oui ! Vite !

Quelqu'un ouvrit la portière. Elle se retrouva nez à nez avec un homme vêtu de noir, le visage entièrement masqué, qui la fit descendre en la tenant d'une main, l'autre armée d'une épée.

Autour du carrosse, c'était une furieuse mêlée. Les gardes étaient accourus et se battaient avec quatre hommes également masqués et habillés de noir, des bottes au chapeau, combat inégal à deux ou trois contre un, mais que semblaient toutefois mener les mystérieux défenseurs de la jeune fille tant ils ferraillaient avec ardeur. On eût dit une poignée de démons qui sautaient de droite, de gauche, virevoltaient, croisant le fer, parant, repoussant, attaquant, l'épée agile, étincelante, aussi vive que l'éclair.

Floriane vit arrêtée, à quelques pouces derrière le carrosse, une grosse charrette bâchée qui tenait toute la rue et d'où vraisemblablement les inconnus masqués avaient surgi.

— Vite ! Par ici ! fit celui qui la maintenait contre lui, lui montrant du menton, en face, un mince passage pratiqué entre deux maisons.

Il fallait pour y arriver se faufiler entre les adversaires. Les hommes en noir manœuvrèrent habilement afin de dégager la voie. Floriane vit que déjà deux gardes gisaient sur le pavé. Elle rassembla ses jupes et s'élança à la suite de son guide. Ils allaient atteindre le passage lorsqu'elle se sentit saisie à bras-le-corps. Quelqu'un la fit pirouetter et la rejeta en arrière. Elle reconnut l'exempt qui s'élança sur l'homme qui l'accompagnait. Elle voulut retenir son bras mais le jeune officier la repoussa d'une violente bourrade. Floriane trébucha et roula à terre. Sa tête alla heurter un montoir de pierre. Elle perdit connaissance.

Elle ne savait pas où elle était ; n'avait aucune conscience du temps écoulé ; ne savait plus si c'était encore le jour ou si la nuit était venue. Les formes, les couleurs s'étaient estompées. Elle ne cherchait même pas à les deviner. Elle avait très mal à la tête mais cela aussi paraissait sans grande importance parce qu'elle ne voyait qu'une chose et ce qu'elle voyait était tellement miraculeux, l'emplissait d'un tel bonheur qu'elle crut être la proie d'un rêve ou d'une illusion et referma les yeux.

— Floriane…

Elle les rouvrit. La vision était toujours présente et lui avait parlé. Dans cette voix vibraient toute l'inquiétude et tout l'amour du monde qu'elle avait lus sur le visage penché au-dessus du sien. Un regard doré de félin cherchait ses yeux.

— Artus...

Elle essaya de se relever mais retomba dans les bras qui la soutenaient. Les bras d'Artus. Elle soupira et se laissa aller avec bien-être dans une semi-inconscience.

— Comment est-elle ?

— Bien commotionnée.

— Changeons-nous vite. Je ne sais si notre barricade tiendra encore longtemps. Vous, chevalier, vous porterez Mlle de Saint-Évy. Toi, fais un paquet de ces bardes et débarrasse-t'en. Vous, courez à la voiture. Qu'elle se tienne prête, nous arrivons avec deux blessés.

Ce ton autoritaire habitué à commander, ces inflexions vibrantes ne pouvaient appartenir qu'à un seul homme. Bassompierre était là lui aussi. Floriane sentit son cœur battre à grands coups désordonnés, plein d'une confusion imprécise et désagréable. Elle tenta de l'apercevoir et tourna la tête avec difficulté, ne réussissant qu'à voir plusieurs paires de bottes qui piétinaient un sol herbu. Une douleur vrilla sa nuque, s'étendit jusqu'au sommet du crâne. Elle s'évanouit.

*

Lorsqu'elle reprit connaissance, elle était cette fois allongée sur un lit confortable, des coussins partout, une couverture sur les jambes. Elle se trouvait dans une chambre assez petite et plongée dans une pénombre agréable, entretenue par des volets à demi poussés. Une sensation de fraîcheur baignait toute sa tête. Elle souffrait moins, bien qu'il lui semblât entendre comme des coups sourds résonner contre ses tempes à intervalles réguliers. Aussitôt elle pensa à Artus. L'avait-elle réellement vu ? Elle ne parvenait pas à se souvenir en quelles circonstances. Pourtant, elle était sûre de ne pas avoir rêvé.

Une main passa sur son front. Quelqu'un était assis à côté d'elle mais ce n'était pas le chevalier d'Ivreville.

— Notre *pequeña* se réveille. Mon vin d'absinthe a fait son effet. Voyez ce rosé qui lui revient aux joues.

Celui qui parlait d'une voix chantante où dominait un accent étranger était un homme d'âge mûr au visage assez beau, fortement typé, un teint mat, des yeux sombres, un nez long et busqué, des cheveux noirs à peine grisonnants portés très longs sur un habit de médecin.

— Je suis presque certain qu'il n'y a pas de traumatisme. Le choc sur ce montoir a été rude mais n'est pas la seule cause de cette syncope prolongée. Cette jeune personne a dû subir une secousse d'un tout autre genre.

De nouveau sa main glissa sur son visage.

— Que d'orages ont dû traverser cette jolie tête ! Mais ils sont déjà loin, n'est-ce pas ?

Il questionnait sans attendre de réponses, comme s'il les connaissait, habile de la main, de la voix, du regard, à sonder les âmes aussi bien que les corps. Floriane se sentait palpée, devinée et curieusement n'en éprouvait aucune gêne. Elle ouvrit grand les yeux et adressa un faible sourire à l'inconnu. Il en parut charmé.

— Là, que disais-je ? Je me présente, Henry de Mello, médecin, pour vous servir *pequeña*.

L'un de ces juifs, sans aucun doute, que Nantes avait accueillis et qui avaient apporté avec eux la science et les secrets des Maures d'Espagne.

— Je vous ai fait un cataplasme d'hysope. Dame Juliette que voici vous le renouvellera ce soir et vous donnera à boire de cette teinture céphalique. Nous nous reverrons demain.

Floriane vit une femme plus très jeune mais pleine d'un charme qui tenait surtout à son air rieur et enjoué. Sa robe d'armoisin [1] vert et sa collerette brodée au petit point enveloppaient un corps qui avait conservé tous ses appas.

— Bonjour ! dit-elle.

Floriane se contenta de la saluer à son tour sans poser de questions. Elle préférait laisser doucement la réalité revenir à elle. Elle se sentait comme au creux d'un cocon et répugnait à l'effort. Elle en avait tellement fait !

— Vous êtes ici chez moi, fit doucement dame Juliette. Vos amis sont là, aussi. Nous vous soignerons bien.

Elle se tourna vers Henry de Mello qui achevait de boucler sa mallette de cuir.

— Puis-je les faire entrer maintenant ? Ils doivent s'impatienter.

Le médecin acquiesça.

— Oui, oui, bien sûr. Nous allons les faire entrer s'ils promettent de ne pas bousculer ma jolie *pequeña*. À demain !

Il sortit accompagné de dame Juliette. Floriane resta seule quelques instants. Les mêmes résonances étouffées continuaient à battre dans sa tête. Où était-elle ? Qui dame Juliette était-elle allée chercher ?

— Il paraît que nous avons permission de voir la blessée ?

François de Bassompierre avait ouvert la porte avec précaution et s'approchait du lit. Il n'était pas seul. Jean la Musette avait fait deux pas dans la chambre qu'il écrasait de sa masse, souriant et emprunté, visiblement impressionné par le bandage qui maintenait la compresse sur la nuque de Floriane.

Bassompierre s'assit près d'elle sans plus de façons et lui prit la main qu'il baisa avec délicatesse.

— Sacrée petite tête dure, dit-il en se moquant gentiment.

Sa sollicitude l'envahit, une chape chaude et douce comme sa voix.

— François, oh, François ! Vous ne pouvez savoir…

1. Taffetas.

Elle ne put achever et se jeta dans les bras du maréchal, nichant sa tête au creux familier de l'épaule et pleura, pleura à ne plus pouvoir s'arrêter.

— Je sais déjà beaucoup de choses, murmura-t-il, et vous allez me dire le reste.

Il rit doucement :

— Et maître de Mello qui m'a recommandé de ne pas vous fatiguer ! Vous allez m'attirer ses foudres. La Musette, passe-moi un mouchoir. Calmez-vous, enfant chérie, dit-il en tamponnant les paupières ruisselantes.

Floriane prit le mouchoir et souffla dedans avec vigueur, ce qui eut pour effet de faire naître dans son cerveau une vive douleur, comme si un trait de feu lui traversait la tête.

Pourtant elle était beaucoup mieux, un bon poids d'amertume déjà envolé. Le reste allait suivre. Car elle voulait parler, raconter ces affreuses journées, ce procès honteux, son humiliation, sa solitude, tout ce qu'elle avait dû déployer de volonté pour faire front. À Bassompierre, elle pouvait le dire. Il l'écoutait si bien, mi-tendre, mi-amusé, capable de tout comprendre. Elle lui raconta son histoire, depuis le début. Tout y passa, Melchior, Roger de Pontgibault, son enlèvement et ce qui s'ensuivit, ses petites incursions dans les complots de Monsieur, son entrevue avec Richelieu, Chalais, Louvigny, tout, excepté bien sûr sa brève aventure avec Artus, qu'elle présenta de telle manière qu'on pouvait le croire un ami de la famille. Bassompierre l'écouta, hochant parfois la tête. Sa main n'avait pas lâché la sienne.

— Oui, fit-il, lorsqu'elle se tut. Mme de Chevreuse m'avait déjà mis au courant, succinctement, de vos démêlés avec Pontvallain. Que de tempêtes peut soulever une jeune beauté comme la vôtre ! Et vous en êtes, malheureusement, la première victime.

Pensif, il caressa le poignet mince, remonta un peu le long du bras.

— Je savais Richelieu retors et rancunier, mais pas à ce point.

Épuisée d'avoir autant parlé, Floriane s'était renfoncée dans ses coussins, corps amaigri, grands yeux pathétiques grignotant ses joues pâles. Bassompierre lutta contre la tentation de la prendre dans ses bras. D'un rire qu'il réussit à faire sonner gaiement, il détendit l'atmosphère.

— Tout malin qu'il est, le cardinal l'est moins que nous, violette. Nous l'avons joué de belle manière et ce n'est pas fini.

— C'est à votre tour, François, de me raconter vos prouesses. Qui m'a extirpée de ce fichu carrosse ? Un peu plus et c'était une mourante que les gardes ramenaient chez les carmélites.

— Pauvre petite violette…

Que c'était bon d'être plainte, dorlotée, d'entendre gentiment rire de ses malheurs ! Bassompierre, comme toujours, lui communiquait sa force et sa bonne humeur. Confiante, détendue, elle écouta le récit qu'il lui fit de ce qui s'était déroulé après sa surprenante arrestation.

La Musette avait aussitôt couru le chercher et il avait alors retrouvé la duchesse qui lui avait dit toute l'histoire. Charles, prévenu lui aussi, avait alerté Bois d'Ennemets, préférant se confier à ce dernier plutôt qu'au bavard Puylaurens. S'était joint à leur groupe, un peu plus tard, le chevalier d'Ivreville qui, ayant appris de Pontis l'arrestation de Floriane, offrait spontanément ses services à Charles auquel semblait le lier une solide amitié. Là, Floriane baissa les yeux, quelque peu mal à l'aise. Enfin, le fidèle Boisrobert était accouru, et tous réunis autour de la duchesse, ils avaient pu élaborer leur plan d'action.

Au début, cela avait été difficile. Ne sachant rien, ils ne pouvaient rien entreprendre. Attaquer le Carmel, il n'en était pas question. Heureusement, par Boisrobert ils avaient pu connaître certains détails, les visites que le commissaire et ses deux acolytes rendaient à Floriane, puis la date et le lieu de son procès. Ils avaient aisément pu convaincre le greffier, avec un peu d'argent, de lui transmettre leur message. Ensuite, cela avait été relativement aisé de décider des moyens d'action. En l'occurrence, Ivreville s'était avéré le plus inventif d'eux tous. Bassompierre avait enrôlé aussi Malleville et Théodoric, et tout le monde avait joué son rôle à merveille.

— Même toi, mon brave la Musette, tu t'es battu pour moi ?

Le musicien rougit et ne voulut point des remerciements de Floriane.

— Non, non, moi je n'ai pas fait grand-chose. Les coups d'épée, les échauffourées, ce n'est pas de mon goût. Je suis poltron, moi, vous le savez bien.

Sa confession piteuse amusa beaucoup Floriane et Bassompierre.

— Et pourtant, tu as bien tenu ta partie, mon garçon.

— Eh ! J'ai fait le moine, dit-il simplement.

Le moine ? Alors ces deux capucins, arbitrant la dame et le galopin, c'étaient…

— La Musette et Malleville. Il fallait créer un obstacle sur votre chemin. Le musicien et le poète, doux pacifiques, mais amis fidèles, s'y sont employés de même que notre Boisrobert, impayable, travesti en dévote.

— Il m'avait semblé reconnaître sa voix. Comme je regrette de ne pas l'avoir vu !

Du rire, Floriane passa brutalement aux larmes, son mouchoir ne parvenant pas à en sécher le cours, Bassompierre et la Musette s'entre-regardèrent, sans comprendre cette fois-ci la raison de ce nouveau déluge.

— Vous… Vous êtes tous si bons, hoqueta-t-elle. Tout ça pour moi…

— Mais nous y avons pris plaisir ! s'écria le maréchal. Pour ma part, je me suis senti rajeunir à ferrailler contre les gardes. Et vous demanderez à nos jeunes amis s'ils n'ont pas, eux aussi, joui de l'aubaine, Bois d'Ennemets, Théodoric, Ivreville. Ils se sont battus comme des lions.

C'était le jeune Lubin, valet du chevalier, qui avait tenu tête à Boisrobert. Nicot avait bien sûr accompagné Charles et guidé la charrette. Ayant plus ou moins éliminé les gardes, ils s'étaient tous engouffrés dans le passage qu'ils avaient bouché tant bien que mal. Des habits de rechange les attendaient dans une arrière-cour qui possédait une seconde issue où était rangé un carrosse de louage mené par un domestique du maréchal. Le chevalier d'Ivreville y avait transporté la jeune fille évanouie. Puis, par prudence, ils s'étaient tous séparés, Bassompierre se chargeant, avec la Musette et Nicot, de conduire Floriane et son frère dans cette maison.

Elle s'avisa seulement que Charles aurait dû être ici, auprès d'elle, « au moins lui », pensa-t-elle en essayant d'ignorer la déception que lui causait l'absence d'Artus. Elle remarqua alors les visages embarrassés des deux hommes lorsqu'elle s'enquit de lui.

— Votre frère est blessé, finit par dire le maréchal.

— Blessé ! Je veux le voir. Où est-il ?

— Dans la chambre à côté, entre les mains de maître de Mello. Vous le verrez plus tard, dit Bassompierre d'une voix sans réplique en maintenant Floriane sur son lit.

— Dites-moi au moins si sa blessure est grave ?

— Nous ne savons pas encore. Il a été touché par le lieutenant des gardes alors qu'il vous menait à l'abri.

C'était donc Charles qui l'avait sortie du carrosse. Mon Dieu, en cet instant, à cause d'elle, il souffrait !

— Vous devez faire confiance à ce médecin juif. Il est habile et de plus discret comme un homme qui a eu son paquet de tribulations. Vous pouvez compter sur lui comme sur le dévouement de dame Juliette.

Au fait, Floriane ignorait toujours qui était cette femme et où son frère et elle-même étaient hébergés.

— Vous êtes rue des Carmes, violette. Dans le jeu de paume Saint-Léonard que tient maître Chapelain, le mari de notre hôtesse. Je connais cette maison et ses propriétaires depuis 1598, année où se rendit à Nantes le roi Henri que j'accompagnais alors. Comptez le bail que cela fait. Le Béarnais était un fervent joueur. Il a lancé ce tripot [1]. Nous avons fait ici des parties

1. De l'ancien français triper : trépigner. Le mot prendra plus tard un sens péjoratif lorsqu'il désignera les salles de jeu de cartes où sévissaient les tricheurs.

inoubliables. Les époux Chapelain s'en souviennent ainsi que, comment dire, de quelques menus services que j'eus l'occasion de leur rendre. Avec eux, les mots amitié et reconnaissance prennent toute leur valeur. Pas une seconde, ils n'ont hésité lorsque je leur ai demandé de vous offrir leur toit.

Un jeu de paume ! Floriane s'expliquait enfin l'origine de ces bruits : les raquettes qui frappaient l'esteuf[1] de cuir blanc, bourré d'étoupe, les voix des joueurs.

Bassompierre caressa la joue de Floriane.

— Vous pouvez être sûre de leur discrétion et d'avoir trouvé ici le meilleur asile. Vous resterez cachée quelque temps. Il vaut mieux vous faire oublier.

Elle prit la main de Bassompierre, la retourna, posa un baiser sur la paume large et creusée de sillons.

— Je ne savais pas, je n'imaginais pas que vous vous souciiez de moi à ce point.

— Sotte !

— Je viens de vivre un cauchemar insensé. Je ne sais plus où j'en suis. Charles blessé, la disgrâce… Je ne veux pas vous entraîner dans mes malheurs, François.

— Et moi je ne veux pas vous voir cet air battu de victime. Je ne veux pas vous voir dévorée crue par Richelieu.

— Nous ne pouvons pas lutter contre lui, soupira-t-elle. Je l'ai appris à mes dépens.

La voix du gentilhomme se fit singulièrement dure :

— Je prétends que le maréchal de Bassompierre ne s'inclinera pas devant un parvenu. Il n'est pas roi que je sache et c'est au roi que j'en référerai. Soyez patiente quelques jours, poursuivit-il en s'adoucissant. Et ne désespérez pas. Vous me faites confiance ?

Oh ! oui, absolument, totalement confiance. Pour toute réponse, elle se jeta dans ses bras.

— Je reviendrai demain, enfant chérie, dit-il en la baisant au front. Reposez-vous maintenant.

1. Balle.

Il se leva et se tint un moment près du lit, puissant, magnifique d'allure et de générosité.

— Ah ! une chose encore. Mis à part votre frère et Mme de Chevreuse – et la Musette ici présent –, je suis seul à savoir le pourquoi de votre procès. Boisrobert lui-même, avec ses questions, ses recherches de fouine, est loin de tout connaître. Nous n'avons pas jugé bon de mettre nos amis dans la confidence, M. d'Ivreville surtout, qui n'aurait pas manqué de courir s'accuser de la mort de Pontvallain. Inutile, vous en conviendrez, de précipiter ce jeune homme dans des ennuis sans fin quand nous pouvons peut-être vous sortir de cette affaire plus discrètement. Toutefois, si vous estimez un jour devoir le mettre au courant... Vous verrez vous-même.

Floriane acquiesça en silence.

— J'estime beaucoup le chevalier d'Ivreville, poursuivit Bassompierre. C'est un gentilhomme de courage et de valeur. Il ira loin, je pense, si l'on sait discerner ses mérites.

Entendre Bassompierre chanter les louanges d'Artus mettait Floriane au supplice ; aussi fut-elle presque soulagée de voir partir le maréchal.

Quel tour nouveau lui jouait donc son cœur ? Elle aimait François de Bassompierre ; pas une seconde elle n'en doutait. Pourtant, sur un regard échangé avec Artus, sur une inflexion de voix qu'elle avait cru saisir, voici que son imagination battait la campagne, que les souvenirs affluaient, qu'elle se sentait prise d'une émotion aussi douce qu'irrésistible.

Un toussotement de la Musette qu'elle avait complètement oublié, la ramena à d'autres réalités. Elle se reprocha ses égoïstes états d'âme alors que Charles souffrait tout près d'elle et à cause d'elle. Elle envoya son valet prendre des nouvelles du blessé.

Ce fut dame Juliette elle-même qui les lui apporta.

— Votre frère est lavé, pansé et maître de Mello vient de lui administrer une potion qui l'endort déjà. Il faut attendre demain pour connaître la réelle profondeur du mal.

Elle montra, sur le mur de la chambre, une gravure assez naïve, aussi colorée qu'une enluminure, représentant deux jeunes garçons aux boucles dorées, vêtus d'une longue tunique blanche, qui tenaient chacun une palme et marchaient en souriant au-devant du martyre qui les attendait : la hache d'un soldat romain.

— Saint Donatien et son frère saint Rogatien, dit Juliette. Les protecteurs de Nantes et des Nantais mais aussi de tous ceux qui savent les prier sincèrement. Je leur ai déjà demandé de venir en aide à ce pauvre jeune homme.

Juliette prit sur la table un flacon plein d'un liquide noirâtre et en versa quelques gouttes dans un verre d'eau.

— Il vous faut prendre votre potion.

Floriane fit la grimace.

— L'aspect est peu engageant, convint Juliette, mais ce ne doit pas être désagréable. J'ai vu le médecin faire sa préparation : essence de lavande et de bergamote, mélangées à de la teinture de mûre et de l'esprit-de-vin. Sentez…

Floriane mit le nez au-dessus du verre. Il s'en dégageait un parfum aimable que la vue de la mixture ne laissait pas présager. Elle but sans dégoût et tendit le verre à Juliette Chapelain en lui demandant de lui pardonner les tracas et l'embarras qu'elle et son frère lui apportaient.

— Cela ne nous gêne nullement, dit l'aimable femme. La maison est grande, j'ai deux servantes dévouées. Et nous sommes heureux, mon mari et moi, de rendre service au maréchal. Nous étions jeunes et sans un sou lorsque nous avons hérité de ce jeu de paume que désertaient les joueurs. La guerre civile ne poussait pas au plaisir, vous savez. Ajoutez à cela la peste. Nous étions au bord de la ruine. Durant tout son séjour dans nos murs, le roi a fréquenté notre maison. Il nous a même donné un petit coup de pouce assez généreux. Ce fut un second souffle. Le succès ne s'est pas démenti depuis.

Dame Juliette poussa un soupir qui en disait long sur sa nostalgie.

— Quelle joyeuse équipe il y avait alors ! Mais le plus aimable d'eux tous était sans conteste M. de Bassompierre.

Son regard se fit franchement rêveur. Un brin d'espièglerie entrouvrit ses lèvres.

— Lorsque je l'ai revu après tant d'années, il m'a semblé que ma jeunesse me faisait signe. Hélas ! Elle est bien loin, pourtant. Et le maréchal est, lui, toujours aussi bel homme.

Ma parole, elle en était amoureuse ! L'idée vint à Floriane que les prétendus services rendus jadis par Bassompierre avaient surtout été de galants moments octroyés à dame Juliette qui avait dû être une fort jolie personne. Elle en était même sûre, ces choses-là se devinant d'instinct.

— Tout cela pour vous faire comprendre, ma chère, que notre maison est la vôtre pour autant qu'il vous plaira. Nous savons vaguement que vous avez eu certains démêlés avec le cardinal. Cela nous suffit. Gardez vos secrets et rétablissez-vous.

— Vous êtes bonne, dame Juliette.

— N'en parlons plus, intima celle-ci. Et maintenant, que diriez-vous d'un petit repas ? Léger, m'a recommandé ce juif du diable. Enfin, il doit savoir ce qu'il dit. Un potage ? Un hachis de chapon ? Des confitures et un doigt de vin ?

Elle ferma complètement les volets sur le soir qui tombait.

— À cause des moustiques, expliqua-t-elle en allumant une bougie au chevet de Floriane qui retrouvait la volupté de se faire servir.

*

Le lendemain, elle s'éveilla fraîche et dispose malgré une superbe bosse derrière le crâne. Elle envoya promener son bandage et fit sa toilette au chant des oiseaux. Un minuscule jardin s'étendait sous sa fenêtre avec en son milieu un puits, avantage dont peu de Nantais pouvaient s'enorgueillir.

Lorsque Juliette Chapelain entra dans la chambre, elle trouva Floriane en chemise, poussant du pied la triste robe que les carmélites lui avaient fait porter pendant huit jours.

— Voici justement de quoi vous changer, dit-elle en déposant un tas de vêtements sur le lit. M. de Bassompierre a envoyé tout ceci ce matin. Quel goût exquis, n'est-ce pas ?

— Oui, répondit Floriane.

Un goût exquis, une attention jamais en défaut. « François, François, que vous donnerai-je en échange de tout cela ? » songea-t-elle prête à pleurer.

Juliette l'aidait à s'habiller, babillait, parlait chiffons. Sur sa poitrine appétissante, brillait une petite croix d'or. Sa robe verte tournoyait gaiement.

Elle avait de beaux yeux, un ton de mousse piqueté d'or. Floriane le lui dit. Elle savoura le compliment avec une joie de jeune fille.

Il n'y avait qu'un étroit palier à traverser pour se rendre auprès de Charles. Elles trouvèrent le jeune homme encore endormi et Nicot qui avait passé la nuit sur une chaise, à veiller son maître. Le valet salua Floriane.

Elle se pencha, scruta le visage aussi blanc que le drap. Sous la chemise, toute la poitrine était bandée. Elle remarqua que son frère respirait avec un petit sifflement assez pénible à entendre. Cela mis à part, il semblait calme. Le front qu'elle toucha n'était même pas chaud. Floriane s'assit près de lui.

— Va te reposer un peu Nicot, je reste près de mon frère.

Elle y passa tout le matin et attendit avec impatience la venue du médecin.

— *Pequeña* ! Que faites-vous ici ? Vous devriez être encore couchée ! s'écria-t-il en la voyant.

— Je me sens parfaitement bien grâce à vous, affirma-t-elle. Mais mon malheureux frère… Maître de Mello, je vous en prie, ne me cachez rien. Son état est sérieux, n'est-ce pas ?

Le médecin inclina son grand nez jusqu'à toucher son rabat. Puis il redressa la tête et planta ses yeux noirs dans ceux de Floriane.

— Oui, très sérieux. La lame a percé un poumon. Mais je ne peux rien augurer encore, seulement soigner ce gentilhomme du mieux que je peux.

Floriane n'en doutait pas et lui sut gré de sa franchise. Elle aussi ferait tout son possible pour aider à la guérison de Charles. Dieu, Lui, ferait le reste.

Dans la journée, les visites se succédèrent qu'elle reçut dans sa chambre, Théodoric des Étangs et Claude de Malleville. Ensuite ce fut Bois d'Ennemets dont la peine fut profonde à constater l'état de Saint-Évy. Il raconta à Floriane que sa disparition avait fait grand bruit. Pour tout le monde, Charles avait enlevé sa sœur et tous les deux s'étaient mystérieusement dissous dans la nature, bien loin de la ville. Des chevau-légers avaient été envoyés dans toutes les directions avec le signalement des deux jeunes gens. Monsieur avait été tout d'abord piqué de ne pas avoir été mis dans le secret, puis il avait applaudi de bon cœur au tour que Saint-Évy avait joué au cardinal. Bois d'Ennemets affirma qu'il faisait dire des messes pour que fût protégée la fuite du frère et de la sœur.

— Et la duchesse de Chevreuse ?

Elle embrassait Floriane et ne pouvait que prier elle aussi.

Bassompierre, qui vint un peu plus tard, lui donna de plus amples nouvelles. Elles n'avaient rien de réjouissant. Du complot de l'aversion au mariage, écroulé, parti en fumée, Mme de Chevreuse restait la principale coupable. Compromise jusqu'au bout par Chalais, elle attendait maintenant que se décida son sort. Pour le moment, elle n'avait pas le droit de s'éloigner de Nantes. Elle passait ses journées auprès de la reine dont la position était tout aussi inconfortable.

— Quel beau gâchis ! ajouta Bassompierre.

Floriane ignora son commentaire :

— À votre avis, que risque la duchesse ?

— Je ne sais pas. N'oublions pas qu'elle est l'épouse d'un duc et pair de France. Je ne pense pas que le roi aille jusqu'à la mener devant le parlement. Un procès soulèverait tous les grands de ce pays. Il faut attendre que le cas de Chalais soit réglé.

— Mais quand ?

— Bientôt, soyez-en sûre.

Puis, changeant de ton, il badina :

— Je vous retrouve, belle enfant. Votre robe de nonnette m'a tant effrayé hier que j'en eus des cauchemars toute la nuit.

Il était lui-même, éclatant de force mûre et virile, dans sa tenue de joueur de paume, camisole de satin, chausses resserrées aux genoux, chaussons de cuir. Elle lui rendit son baiser avec plaisir puis se dégagea de ses bras.

Tous les visiteurs de Floriane venaient dans la même tenue, même Boisrobert à qui elle narra l'entrevue qu'elle avait eue avec Mme de Combalet.

— Une bigote, une fourbe, je vous l'avais dit, jubila-t-il. Et alors ! Que fit-elle ?

Il insista jusqu'à ce qu'il obtînt tous les détails dont il grossit le croustillant.

Un jeu de paume aussi fréquenté que celui-ci permettait toutes les allées et venues sans risque d'être remarqué. Le prétexte était bon. Entre deux parties, on montait voir Floriane. Cela la distrayait un peu d'être enfermée à s'inquiéter sans relâche pour Charles dont l'état ne s'améliorait pas. Juliette multipliait les gentillesses. Cette femme naturellement bonne et aimante qui, par un méchant caprice de la nature, n'avait jamais pu avoir d'enfants, reportait ses élans frustrés sur Floriane. Son mari ? Un bonhomme actif et jovial, la cinquantaine un rien rebondie. Robert Chapelain possédait le même sens de l'hospitalité et la même gaieté que sa femme. Il avait aussi la faconde et l'entrain que requérait son métier. Habile maître esteufier et maître raquetier, ses balles et ses raquettes en parchemin ou en vessie de porc aussi bien que la bonne tenue de sa maison en portaient loin la louangeuse renommée.

Cependant, malgré toutes les preuves d'amitié dont elle était entourée, Floriane comptait les heures sans pouvoir s'empêcher de céder à la mélancolie et surtout d'espérer l'unique visite qu'elle n'avait pas eue.

Elle n'avait pas revu Artus. C'était mieux, bien mieux ainsi, ne cessait-elle de se répéter. Qu'auraient-ils pu se dire ? Tout était fini entre eux depuis longtemps et ce court intermède n'avait rien pu y changer. Pourtant, lorsque la Musette qui passait ses journées là-bas à observer les joueurs vint lui dire que le chevalier avait fait plusieurs parties de paume en fin de matinée, elle fut violemment déçue. Si près d'elle, il n'était pas monté la saluer ! La moindre des politesses eût été qu'il vînt prendre des nouvelles de Charles.

— Si le chevalier revient, préviens-moi, la Musette. J'aurai deux mots à lui dire.

Le soir même, elle demandait à Juliette de lui prêter un masque...

— Un masque ? Dieu, pour quoi faire ? Vous ne prétendez pas vouloir sortir de la maison ? Le maréchal a bien recommandé la patience quelques jours.

— Je sais, coupa Floriane. Je n'ai pas l'intention d'aller me promener, seulement de descendre dans la salle me divertir un peu à regarder la paume.

Juliette Chapelain secoua la tête.

— Pauvre petite ! Le temps vous dure, je le comprends. Néanmoins, il ne serait pas prudent de vous montrer, même masquée. Imaginez que quelqu'un vous reconnaisse ! Nous ne sommes pas à Paris où les spectatrices se bousculent dans les loges. Les dames sont rares ici et celles qui viennent, sauf exceptions, sont... trop connues de ces messieurs ! Vous seriez vite repérée. Une tournure comme la vôtre ne passe pas inaperçue.

Mais Floriane ne s'avoua pas battue. Elle demanda à la Musette de se débrouiller pour lui fournir des vêtements d'homme, demande qu'il satisfit aussitôt. Elle cacha soigneusement aux regards curieux de Juliette l'habit les bottes et le chapeau qu'il lui apporta.

Le lendemain, alors qu'elle raccompagnait Henry de Mello sur le palier, elle vit apparaître dans l'escalier la figure séraphique de la Musette. Par les signes qu'il lui fit, elle comprit qu'Artus était en bas. Elle prit congé du médecin et courut se changer.

Floriane avait déjà fréquenté en compagnie de Roger de Pontgibault les salles où se jouait la courte paume, par opposition à la longue paume qui se pratiquait à l'air libre. Le jeu Saint-Léonard ne se différenciait guère des tripots de Paris et comportait une salle longue, dallée de pierre polie, d'environ vingt-cinq mètres, étroite et coupée en sa largeur par le filet. À gauche, c'était un mur très haut, peint en noir, percé, presque à hauteur de la charpente de bois, d'une rangée de fenêtres ouvertes tout du long sur un après-midi radieux. Une galerie de bois occupait tout le mur d'en face. Une petite statue de sainte Barbe, patronne de la Confrérie des maîtres paumiers, était encastrée au-dessus de la porte d'entrée. Plusieurs portes, donnant accès à de petites pièces servant de vestiaires, s'ouvraient sur cette même galerie où venaient se reposer les joueurs parmi les spectateurs et les parieurs. Floriane s'y faufila discrètement et s'assit un peu en retrait. Elle reconnut quelques gentilshommes de la cour, entre autres Bautru pérorant au milieu d'un groupe qui semblait beaucoup rire de ses facéties.

Les temps étaient lointains, déjà, où les joueurs se renvoyaient la balle à main nue. Maintenant, on se protégeait avec des gants de cuir qui permettaient de tenir fermement la raquette sans que celle-ci glissât ou brûlât la peau.

Quatre joueurs disputaient une partie acharnée. Bondissant, pirouettant, ils avaient la grâce et la souplesse de danseurs, le chausson souple et léger sur le sol brillant, la raquette battant l'air, hop ! hop ! La balle de cuir blanc volait d'un camp à l'autre devant l'écran noir du mur. Tous les quatre étaient jeunes, minces et pleins d'une fougue qui trahissait leur plaisir. Au noble jeu de paume, les corps s'exaltaient en même temps que s'allégeaient les esprits. Jarret fléchi, bras prompt, l'œil aux aguets, le joueur s'enivrait de saine fatigue et ceux-ci s'en donnaient à cœur joie comme en témoignaient leurs cheveux collés par la sueur et leurs chemises de soie mouillées et plaquées sur les torses ruisselants.

Les yeux de Floriane n'avaient pas eu besoin de chercher longtemps pour reconnaître Artus, le plus grand, le plus habile mais aussi le moins exubérant. Lui ne se dispersait pas en sauts inutiles ni ne criait sa joie ou son dépit. Bien campé sur ses jambes légèrement écartées, tous les muscles parés à la riposte comme à l'attaque, il lançait ses balles comme un canon ses boulets et menait la partie rude à ses adversaires. Floriane admira son jeu, fascinée par tant de force liée à tant d'élégance tranquille. Artus était beau, aussi redoutable et racé qu'un léopard dont il avait le regard d'or et présentement l'éclat cruel. De fait, il ne fit qu'une bouchée de l'équipe adverse.

— Le diable vous emporte, Ivreville ! Je ne jouerai plus contre vous.

Artus évita de justesse la raquette qu'on lui lança par-dessus le filet.

— Soyez beau joueur, Barradas, dit son partenaire qui n'était autre qu'Henri de Montmorency.

— Laissez-le dire, fit Artus avec un dédain amusé. Monsieur va pouvoir gagner maintenant. Je m'en vais !

Il se dirigea d'un pas nonchalant vers la galerie où l'attendaient les compliments et les bravos enthousiastes des connaisseurs et de ceux qui avaient misé sur lui. Floriane le vit agiter la main en protestant pour la forme. Puis il disparut dans l'un des vestiaires.

Elle attendit un court instant. Une nouvelle partie s'engageait. L'attention se reporta sur la salle. Elle se décida et suivit le jeune homme.

Il régnait dans le vestiaire une acre et tenace odeur de transpiration dont ni l'aération régulière ni les soins vigilants de dame Juliette ne pouvaient venir à bout. Les mâles effluves de corps échauffés imprégnaient les murs depuis près d'un siècle. Aucune narine ordinaire n'y prêtait attention.

Floriane trouva Artus torse nu devant un baquet d'eau, dont il s'aspergeait copieusement. Il ne remarqua pas ce nouveau venu. Elle s'accorda le plaisir d'admirer le grain mat et serré de sa peau, gainant des muscles harmonieux, sa tête fièrement dégagée des épaules puissantes, sa crinière rebelle aux reflets cuivrés. Artus prit un linge et se bouchonna avec vigueur.

— Bonjour, chevalier.

Il la regarda étonné, la reconnut. Son visage se ferma aussitôt.

— Bonjour, marmotta-t-il.

Il jeta sa serviette par terre et se mit à fouiller dans une sacoche de cuir d'où il tira une chemise propre.

— Que faites-vous ici ? dit-il enfin. Vous n'êtes guère prudente.

Elle haussa les épaules.

— Personne ne peut me reconnaître et il fallait bien que je vienne à vous puisque vous n'avez pas daigné me faire une visite.

— Pour quelle raison l'aurais-je faite ?

Floriane baissa les yeux. Son cœur battait comme un oiseau pris dans les rets du chasseur. Elle tricha :

— Vous auriez pu venir voir mon frère. Il est très mal, vous savez.

— Oui, le maréchal me l'a dit et j'ai pris de ses nouvelles auprès du maître paumier. Je suis navré…

Il s'habillait et semblait vouloir ignorer Floriane qui soudain regrettait amèrement d'être là. Son indifférence la déchirait. S'en aller ? Elle en fut tentée.

— Merci d'être venu à mon aide, fit-elle d'une toute petite voix.

— Je vous en prie. Qu'il n'en soit plus jamais question.

— Vous l'avez fait cependant. Pourquoi ?

Artus ricana :

— Le sais-je ? Peut-être ai-je une fâcheuse tendance à jouer les héros ? Le preux chevalier qui vole au secours des belles. Toutes ces fadaises de romans que je lisais en cachette de mon père, vous les connaissez : Roland, Tancrède, Amadis… Je n'ai jamais pu m'en dépêtrer tout à fait, voilà tout. Bien que je n'aie pas toujours agi galamment avec vous…

Elle rougit. Cela lui faisait mal de l'entendre dénigrer ces lectures qui l'avaient enchantée et dont elle recherchait toujours plus ou moins le reflet dans sa vie quotidienne. Ce cynisme ne convenait pas à Artus. Comment parviendrait-elle à briser cette cuirasse ? Dans un effort désespéré, elle s'accrocha à l'image gaie et tendre qu'elle avait tant aimée naguère et qu'il avait si stupidement piétinée.

— Dites-moi, Artus. Pourquoi ? Pourquoi ? implora-t-elle.

Le jeune homme s'approcha d'elle et croisa les bras. Son sourire, le ton qu'il prit pour lui répondre lui firent l'effet d'une piqûre de guêpe.

— Que cherchez-vous donc à me faire dire, ma chère ?

Elle sursauta, tout en orgueil blessé, petit coq dressé sur ses ergots face à la haute stature d'Ivreville qui paraissait vouloir l'écraser.

— Rien ! cracha-t-elle. Pour qui vous prenez-vous, M. d'Ivreville ? Coureur de route, petit chevalier d'aventures, sans sou ni maille mais riche en vanité. Ah, çà ! vous n'en manquez pas. Et de toupet aussi pour empoisonner l'existence des autres ! Je vous défends, vous m'entendez bien, je vous défends désormais de vous mêler de mes affaires. Je préfère cent fois le couvent ou la prison au déplaisir d'être secourue par vous !

Alors elle tourna les talons et s'enfuit, laissant le gentilhomme tout ébaubi qui ne fit pas un geste pour la retenir. Elle courut dans la galerie, faillit renverser la Musette posté à la porte et grimpa comme une flèche l'escalier qui menait aux appartements privés.

Floriane commença par se jeter sur son lit, déversant toutes les larmes de son corps, mordant et martelant l'oreiller qui étouffa de véritables cris de rage et de chagrin. Mais la crise dura peu. Floriane glissa du lit et s'appuya à la fenêtre ouverte. Si elle pleurait toujours, elle le faisait maintenant sans révolte, sans fureur. Son amour-propre venait de subir une sérieuse défaite, certes, mais son cœur davantage. Elle réalisait qu'en le laissant s'ouvrir, son amour pour Artus s'en était échappé bien vivace, aussi total qu'au premier jour alors que si longtemps elle l'avait cru mort. Aussi pleurait-elle plus encore de s'être trompée que d'avoir été repoussée par le jeune homme.

Le jardin et ses roses lui renvoyaient un parfum délicat, aérien, fragile comme l'amour qu'elle avait cru saisir. La journée s'achevait.

La porte de la chambre s'ouvrit derrière Floriane qui ne se retourna pas, croyant qu'il s'agissait de Juliette et ne voulant pas lui montrer qu'elle avait pleuré. Quelques secondes passèrent.

— Floriane… Floriane, je vous demande pardon.

Aucune humilité dans la voix, pas davantage dans l'attitude. Artus ne venait pas en vaincu quémander sa grâce. Comment d'ailleurs l'imaginer ainsi, lui qui respirait la liberté, la fougue et l'orgueil ? Il était là parce qu'il avait enfin compris l'évidence et que cela devait être dit. Floriane ne s'y trompa pas. Ses yeux le lurent dans les yeux d'Artus intensément fixés sur elle. Leurs bras se tendirent en même temps. Un pas, et il fut auprès d'elle, contre elle, l'étreignant à la briser, ses lèvres trouvant les siennes qui les cherchaient. Oh ! Ce baiser !…

Puis vint le besoin de parler, de savoir. Chacun harcelait l'autre et voulait comprendre pourquoi ils avaient gaspillé tant de jours. Honnêtement, Floriane avouait à Artus qu'elle lui en avait beaucoup voulu après l'aventure de Fleury mais qu'un geste ou un mot d'excuse aurait tout effacé. Elle lui reprochait son orgueil têtu, sa cruauté, reproches qu'elle entrecoupait de baisers partout sur son visage, sur la pointe des moustaches, l'arc volontaire des sourcils, les mains nouées sur sa nuque qui se pliait pour être plus près d'elle.

— Ce geste, je l'ai eu ! protesta-t-il. C'est vous la cruelle, ma mie.

Elle faillit se mettre en colère mais une bouche amoureuse et vorace calma son ressentiment.

— C'est vous, petite traîtresse, qui m'avez fait comprendre que vous ne vouliez plus de moi.

— Mais non, vous dis-je ! Vous n'avez rien compris.

— C'était pourtant parfaitement clair et je me disais qu'après tout, j'avais mérité votre rigueur.

— Nigaud chéri, quelle rigueur ? Je vous attendais comme une misérable.

— Pourquoi, alors, m'avoir dit le contraire ? Je suis venu vous voir dès le lendemain mais vous n'étiez pas chez vous. Je vous ai alors écrit. Vous ne m'avez pas répondu. Votre billet ne laissait aucun doute : c'était un congé en règle.

Par un malencontreux hasard, Artus était venu lorsqu'elle était chez Olyvette. Pourtant, Ermelinde n'en avait rien dit, de même qu'elle ne lui avait remis aucune lettre.

Floriane ne comprenait plus très bien. Son billet ? Un congé ? Que voulait-il dire ? En aucune circonstance, elle ne lui avait écrit. Soudain tout devint limpide, une vérité d'une simplicité étonnante, désolante pour Floriane qui se sentit fléchir sous le poids de la fatalité.

Ermelinde Frumence ! Bien sûr, c'était elle la méchante fée dont le petit coup de pouce avait fait basculer le destin. Floriane se rappelait maintenant son trouble, ses réticences, ses allusions mystérieuses et ses protestations de dévouement comme si elle ne s'était pas senti la conscience très nette. Ermelinde Frumence qui à deux reprises avait reçu Artus en l'absence malencontreuse de Floriane et, la seconde fois, lui avait remis ce fameux billet soi-disant écrit par la jeune fille, dans lequel elle signifiait à Artus qu'il n'avait rien à espérer et qu'elle ne voulait plus le revoir. Perfide Ermelinde qui avait pensé agir de bonne foi. Pourquoi Artus se serait-il méfié d'elle ?

« J'ai protégé votre sœur en dépit d'elle-même. » Ne l'avait-elle pas déclaré à Charles en la présence de Floriane ? C'était donc cela. Ermelinde ne voulait pas du chevalier d'Ivreville. Quels mirifiques projets la vieille fille mitonnait-elle pour le bonheur de sa protégée ?

— Elle ne m'a pas trouvé digne de vous, sans doute, murmura Artus en berçant Floriane contre lui. À quoi bon lui en vouloir ? Il n'est pas trop tard. Nous effacerons vite ces trois mois maudits.

Elle aurait voulu pouvoir l'affirmer. Ces trois mois maudits, comme il disait, s'ils lui avaient apporté leur lot de chagrin, lui avaient aussi fait rencontrer un amour qu'il ne serait pas facile d'oublier.

Elle soupira et ferma les yeux, se laissant aller contre Artus, docile sous son baiser passionné qui sut vite lui en faire estomper d'autres. L'image de Bassompierre s'effaçait. « J'y penserai plus tard. Demain. Oui, c'est cela, je réfléchirai demain. »

Le lendemain, lorsque le maréchal vint comme d'habitude lui rendre visite, elle n'eut pas le courage de lui parler comme elle s'y était résolue et pas davantage le jour suivant.

Peut-être, Bassompierre se fut-il montré plus ardent, eût-elle été obligée de tout lui avouer. Mais elle n'avait pas à le repousser. Il gardait ses distances. Affectueux, tendre, protecteur, l'oreille attentive et le sourire chaleureux. Il était plus paternel qu'amant et cela ne rendait pas la tâche aisée à Floriane qui mesurait tout ce qu'elle devait à cet homme et les sentiments qu'elle lui portait.

Lorsqu'il repartait, elle se mettait à pleurer, se reprochant pêle-mêle faiblesse, cruauté, ingratitude, déplorant surtout d'avoir à quitter un amour de ce prix.

— Je ne peux pourtant pas les aimer tous les deux en même temps, gémissait-elle.

Pourtant, si ! La chose n'était pas impossible. Ce qu'elle éprouvait pour Artus n'était pas comparable à ce qu'elle ressentait pour Bassompierre : l'amour passion, l'amour tout court n'empêchait pas ce sentiment très fort de tendresse et d'admiration, pimenté encore par l'attrait physique, qu'elle portait au maréchal.

Heureusement, Artus ne soupçonnait rien. Il attribuait sa tristesse à l'état de Charles qui restait préoccupant. D'ailleurs, en sa présence, elle reprenait vite de l'entrain, oubliait ses soucis pour ne plus songer qu'à eux deux et leur amour dont ils reprenaient la trame à son début.

Artus faisait sa cour. Floriane en était d'autant plus éprise qu'elle devinait les efforts qu'il faisait pour dompter ses impatiences. Certes, elle n'eût pas résisté si le jeune homme l'avait sur-le-champ entraînée au creux du lit dont le voisinage était bien tentant. Forte était leur envie de se retrouver chair contre chair, corps emmêlés, affamés qu'ils étaient l'un de l'autre. Mais combien étaient doux ces moments où maîtrisant leurs appétits, ils se découvraient dans un mutuel ravissement. Artus était autre chose que le joyeux drille moqueur, égoïste et farouchement indépendant dont elle avait longtemps eu l'image. Ses airs de félin pleins de morgue et de mystère cachaient un cœur qui savait idéaliser et adorer la femme aimée. Quant au chevalier, il apprenait que la séduisante et remuante petite peste qui savait si bien enflammer les hommes était encore une enfant, aimante, fragile, déjà blessée, qui réclamait avant tout protection.

— Je ne vous quitterai plus, jurait Artus. Désormais, je serai toujours à vos côtés. Il ne pourra plus rien vous arriver.

Lui aussi voulait plaider sa cause auprès du roi. Elle avait eu toutes les peines du monde à l'en empêcher, se servant pour le convaincre des mots mêmes de Bassompierre : patience, temps, oubli provisoire, ruse, etc. Elle s'avouait d'ailleurs compter davantage sur l'aide du maréchal. Un homme de son âge, de son expérience, de son crédit, aurait plus facilement gain de cause qu'un chevalier sans renom qui risquait de ne récolter dans l'affaire que des ennuis.

*

Henry de Mello qui était resté longuement penché sur Charles, se redressa avec lenteur. Son visage coloré contrastait violemment avec la blancheur grise, à peine touchée de rosé violacé aux pommettes, du blessé.

Floriane essaya de rencontrer les yeux qui l'évitaient. Le médecin tendit le récipient dans lequel il avait examiné les urines à Nicot qui lui aussi n'avait pas perdu un seul de ses gestes.

— Maître de Mello, dites-moi…

Sa voix se cassa. Sa main effleura le drap bien lissé sur le jeune homme dont la respiration prenait d'heure en heure une force bruyante et douloureuse.

— Rien ! répondit assez durement le médecin juif.

Puis il parut regretter sa brusquerie et ajouta d'un ton plein de compassion et de regrets :

— Il n'y a rien à dire. Nous avons fait notre possible. Ce n'était pas assez. La science est si faible…

Floriane regarda l'expression de Nicot, une tristesse infinie, un peu étonnée, qui conférait de la noblesse à son visage. Un malaise montait de sa gorge. Elle aurait aimé pleurer. Elle ne pouvait que répéter :

— Charles ! Mon Dieu, Charles…

Charles se mourait. On ne pouvait qu'attendre la fin, impuissants.

Un bras entoura ses épaules. Une joue se posa contre la sienne.

— Ne restez pas là, mon petit, murmura dame Juliette. Vous n'avez pas bougé depuis des heures. Venez manger un morceau, boire au moins quelque chose, dit-elle sur le refus de Floriane.

Docilement, la jeune fille se laissa entraîner hors de la chambre.

— Vous serez bonne de faire venir un prêtre.

Juliette Chapelain fit oui de la tête.

En bas, à la cuisine, carrelée de noir et de blanc, elles retrouvèrent Robert Chapelain qui vidait un gobelet de cidre.

— Quel calme ce matin ! Nous n'avons pour ainsi dire pas vu un chat. Ces messieurs désertent.

— Même le maréchal n'est pas venu, dit Juliette, heureuse d'aborder un sujet moins pénible que le triste état de Charles de Saint-Évy.

C'était exact. Floriane en était assez contrariée car si Bassompierre venait cet après-midi, il risquait de se retrouver là en même temps qu'Artus et elle ne se sentait pas le courage de les recevoir tous les deux à la fois.

— Il fait peut-être trop chaud, suggéra-t-elle.

— Non, dit Robert Chapelain. C'est plutôt qu'il se passe quelque chose du côté des Cordeliers. M'est avis que du nouveau se trame à propos du comte de Chalais.

Dame Juliette jeta un regard de mise en garde au maître paumier. Ne sachant pas si Floriane était réellement mêlée à cette retentissante affaire politique, il valait mieux n'en rien dire.

Ils s'assirent à table et parlèrent du beau temps qui persistait depuis une quinzaine de jours.

Le couvent des Cordeliers. Là siégeait la commission judiciaire qui depuis des semaines démêlait les fils embrouillés de l'intrigue dans lesquels, comme une araignée prise à sa propre toile, se débattait Henri de Chalais. Floriane avait appris de Bassompierre la profonde misère physique et morale du jeune homme. Ses gardiens avaient maintenant toutes les peines du monde à l'empêcher d'attenter à sa vie tant le désespoir le minait, le poussait à renier même sa foi et l'aide de Dieu. En même temps, il criait justice et implorait clémence, offrant tous ses services au cardinal en échange de sa liberté.

Floriane ne s'attarda pas à la cuisine où les commis du maître paumier risquaient d'entrer à tout moment. Elle se contenta d'un verre d'eau.

— Non, vraiment, Juliette, je n'ai pas faim, fit-elle en refusant l'assiette garnie que la chère femme lui faisait préparer.

Elle savait ses hôtes malheureux pour elle et les remercia d'un sourire. En passant, elle jeta un coup d'œil à Charles. Il n'avait pas bougé, toujours fidèlement gardé par Nicot. La Musette, à son habitude, faisait la sieste, allongé au fond du couloir, sous la fenêtre où il captait les souffles d'air.

Elle alla se recoiffer et se rafraîchir un peu dans sa chambre, se regardant machinalement dans le miroir d'étain prêté par Juliette. Son visage pâle prenait un teint voilé, comme un ciel de crépuscule, ses yeux clairs s'animant d'ombres mystérieuses.

Elle épingla la perle de Mme de Chevreuse au creux de son décolleté. Le bijou précieux avait les mêmes blancheurs lisses et lactescentes que sa gorge et ses épaules. Floriane eut une conscience aiguë de sa beauté mais, pour une fois, n'en retira aucun plaisir. Beauté était synonyme de jeunesse et de joie. Pouvait-elle en goûter alors qu'elle perdait son frère ? Il avait été le témoin des premières années de sa vie. Avec lui, elle sentait encore près d'elle la protection d'une famille. Il emporterait tout cela.

Dans l'après-midi, Juliette monta, accompagnant un vieux curé qui, vu l'état du malade, se contenta de lui accorder sa bénédiction après avoir récité un *De profundis* :

— *Quia apud Dominum misericordia et copiosa apud eum redemptio… Requiem aeternam dona ejus, Domine et lux perpetua luceat. Requiescat in pace. Amen.*

— Amen, murmura Floriane. Nicot, Juliette et son mari, la Musette et les deux servantes de la maison l'imitèrent. Tous se signèrent ; les femmes pleuraient doucement.

Floriane remercia le prêtre et lui remit de l'argent, remarquant la soutane verdie par l'usure, le rabat chiffonné, le visage rongé, rougi par les intempéries. Robert Chapelain avait été le chercher dans l'un des plus pauvres quartiers de la ville, au Marchix, près des marais de l'Erdre où sévissaient les moustiques dans les émanations impitoyables des eaux dormantes. Il portait avec lui toute la misère du monde et la pauvreté qu'il essayait de soulager chez les autres. Il traça un petit signe de croix sur le front de Floriane, puis repartit aussi silencieux qu'un spectre retournant dans son royaume.

Combien de temps Charles allait-il lutter, avant de rejoindre lui aussi l'autre monde ? L'unique consolation de Floriane était de penser qu'il ne souffrait pas. Henry de Mello le lui avait assuré. Il ne sentait rien, n'avait aucune conscience. Pour la plupart des gens, mourir comme ça, sans s'y être préparé, était la pire des fins chrétiennes. Floriane y voyait au contraire un bienfait du Ciel. Elle n'aurait pu supporter de voir Charles se débattre contre la douleur.

— Violette, ma chérie…

Floriane se retourna. Bassompierre arrivait, tenant son feutre à la main. Il parlait bas. Elle se jeta contre lui en sanglotant. Ses bras l'enserrèrent avec force. Il posa ses lèvres sur ses cheveux.

— Je sais. J'ai rencontré en bas le prêtre qui sortait. Les Chapelain m'ont appris qu'il n'y avait plus d'espoir.

Au cours de ses guerres, il avait trop souvent vu des hommes mourir pour se faire illusion sur l'état du jeune comte de Saint-Évy.

— J'ai tant de peine pour vous… Votre frère était un brave cœur.

Soulagée de pouvoir pleurer à son aise, elle ne s'en priva pas. Le contact de Bassompierre et sa force paisible réussirent peu à peu à enlever de l'âpreté à son désespoir. Elle se calma et lui proposa d'aller dans sa chambre.

— Je ne suis pas vraiment surprise, murmura-t-elle. Je crois même avoir su, dès le début, que mon frère n'en réchapperait pas.

Elle ajouta une phrase dont il ne comprit pas le sens :

— C'était d'ailleurs inévitable.

Les angles arrondis de son visage se durcirent. Une détresse profonde, une sorte d'effroi agrandirent son regard. Mais ce fut fugitif.

Ils s'étaient assis près de la fenêtre, l'un en face de l'autre, les mains dans les mains. La Musette leur avait monté du vin. Leurs verres étaient posés côte à côte sur le rebord de la fenêtre. Pendant un moment, Floriane parla de Charles, évoqua son caractère et leurs souvenirs communs. Bassompierre comprenait d'autant mieux que lui aussi avait deux frères, et une sœur tendrement aimée et maintenant disparue.

— Ma sœur Diane est morte il y a près de vingt ans et je la pleure encore.

Une tendre complicité les enveloppa. Dans les yeux de Bassompierre dansait un petit rayon que Floriane connaissait bien et qui la fit rougir.

Elle lui dit, d'un air doux :

— Je ne pensais plus vous voir aujourd'hui.

Le maréchal prit son verre. Le charme dangereux s'envolait. La jeune fille respira.

— Nous avons attendu toute la journée l'arrêt de la Commission. Elle l'a rendu il y a une heure.

— Et alors ?

Bassompierre planta son regard dans le sien et lança d'un trait :

— Chalais est coupable de lèse-majesté. Ce sera la torture, l'infamie et… la mort, prévues pour demain soir. Chalais ne sait rien encore lui-même.

— La torture et l'infamie ?

Ce dernier mot, surtout, avait frappé Floriane car elle en ignorait le sens. Par conséquent, il lui semblait signifier un châtiment plus monstrueux que la mort elle-même qui ne pouvait être, dans le cas d'un gentilhomme comme l'était Chalais, que la décapitation.

— Qu'est-ce que cela signifie, l'infamie ?

— Cela signifie que le magnifique M. le Grand sera coupé en quatre morceaux que le bourreau attachera sur des potences elles-mêmes dressées dans les quatre rues principales de Nantes tandis que sa tête charmante garnira l'une des portes de la ville. Voilà ce que cela signifie, c'est le sort réservé aux traîtres.

— Taisez-vous !

Floriane se cacha la figure entre ses mains.

— C'est affreux !

Il se pencha, écarta ses doigts et essuya tendrement ses larmes qui coulaient.

— Pardon, chérie, je ne suis qu'une brute imbécile. Vous qui avez déjà tant de chagrin… J'aurais dû ne rien vous dire.

— Au contraire, François. Je veux tout savoir, tout connaître de ce qui s'est passé.

Bassompierre haussa les épaules et prit le temps de boire un peu de vin.

— Rien d'imprévisible, tout compte fait. Chalais s'est cru le plus fort. Il a trop misé sur lui-même, sur sa propre importance et s'est laissé berner de la plus belle manière par Richelieu et le père Joseph qui lui avaient promis tout ce qu'il voulait en échange de ses confidences. Et vous savez comme moi que le pauvre garçon n'en a pas été avare. Tous ceux qui, de près ou de loin, ont trempé ne fût-ce qu'un doigt dans le complot ont eu leur compte. En fait, le cardinal avait dès le début arrêté son sort. Il voulait la tête de Chalais : il l'aura.

— Mais pourquoi ? Pourquoi ?

Tous les torts, les erreurs, les fautes de Chalais justifiaient-ils l'implacable décision ?

— Le cardinal veut un exemple. On a osé se dresser sur sa route. Ne pouvant supprimer ni Monsieur ni les Vendôme ni Mme de Chevreuse, il a choisi un jeune étourneau de haute lignée sans être trop proche du roi tout de même.

— Et le roi justement ? Il ne peut approuver le jugement. Au fond, Chalais n'est pas plus coupable qu'un autre. Quelles preuves réelles a-t-on qu'il ait voulu tuer le roi ?

— Vous oubliez le témoignage de Louvigny.

— Louvigny ?

Ce nom haï revenait, porteur de traîtrise.

— Bien sûr. Il a comparu devant la Commission pour raconter une édifiante histoire. Jugez-en. Au cours d'une chasse, alors que Louvigny satisfaisait à un besoin naturel, dissimulé par des buissons, il aurait entendu des inconnus parler d'un complot visant à supprimer Louis XIII. Ces inconnus, qui sont-ils ? Mystère, il n'a pu les reconnaître, mais ce dont il est sûr c'est qu'il a entendu prononcer le nom de Chalais. Chalais faisait partie des assassins !

— Tout ceci ne tient pas debout.

— Aussi, pour étayer cette déposition a-t-on ajouté les déclarations d'un certain La Loubière qu'on a trouvé porteur de lettres fort compromettantes. Je dirais, moi, conclut Bassompierre, que Chalais meurt à cause de son manque de cervelle.

Floriane secoua la tête, l'air triste et absent.

— Pour autre chose encore, dit-elle à mi-voix, comme pour elle-même.

Il ne sembla pas y prendre garde.

— À moins que le roi ne fasse grâce, mais je n'y crois guère.

La Musette vint annoncer avec une cérémonie inhabituelle l'arrivée du chevalier d'Ivreville. Le maréchal ? Le jeune Normand ? La sympathie de la Musette, comme le cœur de sa maîtresse, oscillait entre les deux hommes. Qu'elle prenne le bon ! avait fini par souhaiter, fataliste, le musicien.

Ivreville entra et Floriane cacha sa joie et l'élan instinctif qui la poussait vers lui à le découvrir si beau, jeunesse virile et conquérante, visage hâlé, torse moulé dans un cuir fin, les manches bouffantes de toile légère et les jambes gainées de fauve. Leurs yeux se sourirent tandis qu'il s'inclinait le plus courtoisement du monde.

— Pardonnez-moi, monsieur, dit-il à Bassompierre, mais j'ai surpris vos derniers mots. Le roi fera-t-il grâce ? Tout est là, en effet. Je le quitte à l'instant, il est bouleversé. D'autant plus qu'il vient de recevoir Mme de Montluc et que ce fut pour lui assez éprouvant.

La mère du condamné ! La belle et fière Jeanne de Montluc, balayant tout orgueil, portée par son amour maternel et sa douleur éperdue, s'était jetée aux pieds de Louis XIII. En vain ! Elle avait pleuré, gémi, supplié. Elle avait rappelé que, depuis l'âge de huit ans, son fils était au service du roi. Elle avait rappelé la blessure dont il avait failli mourir quelques années plus tôt à Saint-Jean-d'Angély, toujours pour la gloire de Sa Majesté. Elle avait évoqué enfin le dévouement sans faille de toute sa famille, de génération en génération. Le roi devait faire miséricorde et oublier l'ingratitude d'un jeune étourdi. Mais le roi était demeuré inflexible. Présents dans le cabinet royal, Ivreville et Barradas, n'y tenant plus, n'avaient pu s'empêcher d'ajouter leurs prières à celles de la malheureuse.

— Hélas ! dit Artus. Sans résultat ! Et pourtant j'ai vu le roi trembler de la tête aux pieds après le départ de Mme de Montluc. Il avait les larmes aux yeux.

— Il y a peut-être encore un espoir, émit Floriane.

— N'y comptez pas trop, dit Bassompierre. Sa Majesté se fait une trop haute idée de la justice pour écouter les attendrissements de son cœur. Et quand bien même serait-il tenté, croyez-moi, le cardinal a dû lui faire la leçon.

— C'est vrai, renchérit Artus. J'ai entendu Richelieu évoquer la trahison du connétable de Bourbon que, pour son malheur et celui de la France, François Ier avait laissé filer. Sans le connétable, l'armée royale n'aurait jamais connu la terrible défaite de Pavie. Richelieu a démontré au roi qu'il ne devait pas commettre la même erreur.

— Comment peut-il comparer les deux hommes ? dit Floriane.

Ses notions historiques étaient peut-être vagues mais le royaume de France lui semblait loin d'un désastre militaire. Chalais eût été bien incapable, d'ailleurs, de soulever une armée.

— Richelieu ne chipote pas sur les détails, fit Bassompierre. Vous le savez mieux que personne, ma chère enfant.

Il la regardait avec une attention particulière. Elle détourna les yeux.

— Mes amis, ne m'en veuillez point, dit-il en se levant. Je vais faire un tour à la paume. Il faut bien justifier ma présence ici.

Dès qu'il fut parti, Artus s'inquiéta.

Il avait remarqué, malgré les efforts qu'elle faisait pour le dissimuler, le chagrin qui dévorait son visage, les cernes sous ses yeux rougis, la main qui nerveusement tournait et retournait sa bague autour de son doigt. Il ne pensait pas que la sentence des juges bouleversait à ce point la jeune fille.

— Floriane, ma mie, qu'avez-vous ? Serait-ce votre frère ?

— Il est perdu.

Artus ne dit rien. Il vint seulement derrière elle et posa les mains sur ses épaules. Elle savait qu'il partageait son chagrin et que son estime pour Charles avait été sincère mais qu'il ne le lui dirait pas car ce genre de manifestation n'était pas dans ses habitudes. Artus avait des réserves et des pudeurs qu'elle apprenait à connaître.

— Voulez-vous que je reste veiller votre frère avec vous ?

Elle refusa :

— Non, Artus, c'est inutile. Je ne veux pas prendre votre temps. Je ne suis pas seule. Les Chapelain, nos valets m'entourent constamment.

Il protesta que son temps était à elle. Floriane se leva et s'appuya contre lui.

— Vous le devez au roi avant tout. Je le sais bien.

Il baisa les lèvres qui allaient à la rencontre des siennes.

— Merci de le comprendre, ma mie. Mais vous savez aussi que je vous aime.

— Oui, Artus, oui.

*

Elle retrouva Charles dans la même position, le souffle âpre et regretta amèrement toutes les fois où elle avait nargué le pauvre garçon, n'écoutant rien de ses avis, se mettant au travers de sa route, usant et abusant de sa tendresse. « Et pour finir, il meurt à cause de moi. » Il n'était pas le seul. La même idée torturante qu'elle avait failli tout à l'heure avouer à Bassompierre revint la hanter. La mort, bien trop souvent, fauchait sur son chemin.

Bois d'Ennemets vint interrompre sa veille douloureuse et solitaire ; il la trouva pétrifiée dans l'obscurité près de cette forme blanche qui était son ami et qu'il venait lui aussi pleurer.

Il était tard. La nuit s'était faite sans que Floriane s'en fût aperçue. Nicot alluma deux bougies et Jacques-Daniel prit un tabouret.

Penchés l'un vers l'autre, les jeunes gens se mirent à chuchoter sans quitter Charles des yeux.

— M. d'Ivreville m'a prévenu. Je n'ai malheureusement pas pu venir plus tôt. Toute la maison de Monsieur est sens dessus dessous depuis que nous avons eu connaissance de l'arrêt de la Commission.

Son visage, naturellement réfléchi, avait perdu toute trace juvénile. Les traits accusés, fatigués, pathétiques, disaient assez l'accablement du jeune homme. Le destin, cruellement, frappait en même temps deux de ses proches.

La flamme des bougies faisait scintiller les mêmes larmes dans leurs yeux.

— C'est bien d'être venu, Jacques-Daniel.

— Monsieur va quitter Nantes demain. En aucun cas il ne veut assister au supplice de M. de Chalais. La vue des gardes qui s'agitent, de ces préparatifs lui est insupportable.

— Alors, c'est sûr ?

— Oui. Monsieur a tenté une dernière démarche auprès du cardinal par l'intermédiaire de Le Coigneux. Sans succès. Le Coigneux est revenu avec un non très sec pour toute réponse. Que faire ? Tout est arrivé si vite. Si nous pouvions retarder l'exécution, gagner un peu de temps pour mieux faire front et sauver Chalais !

— Avez-vous une idée ?

— Pas pour l'instant. J'ai laissé Puylaurens et les autres qui cherchaient un moyen : difficile quand on sait qu'une évasion ne peut être envisagée.

— Et Louvigny ? demanda Floriane.

Un rictus de mépris anima une seconde le visage accablé de Bois d'Ennemets.

— Introuvable ! Monsieur avait demandé qu'il fût gardé à vue jusqu'à ce qu'il fût en mesure de prouver ses accusations. N'oubliez pas qu'il nous a tous impliqués dans le complot,

Monsieur en tête. Mais, comme par miracle, l'ordure a pu disparaître. Impossible de lui mettre la main au collet. Comme nous serions heureux, croyez-moi, de pouvoir lui faire rentrer ses mensonges dans la gorge !

Les mains jointes, Bois d'Ennemets se tourna vers Floriane. Il était à bout, tremblait de rage contenue par égard pour le lieu où il se trouvait.

— Floriane ! Pourrons-nous un jour oublier tant d'infamie, de malheurs, de déchirures ? Je crois que ce sera impossible.

La main de Floriane vint se poser sur son bras. Elle ne cherchait pas à apaiser le jeune homme, au contraire. Ses doigts incrustés dans sa chair, à travers la soie du pourpoint, disaient que cette révolte était aussi la sienne, qu'elle partageait la même indignation, le même désespoir, la même impuissance mêlée de terreur.

Un mouvement imperceptible mais qu'ils devinèrent pourtant tous les deux en même temps, les fit se retourner. Charles avait bougé. Oh ! si peu, qu'ils crurent avoir rêvé. Mais non. Sa bouche frémit – un souffle sous la moustache – et s'entrouvrit. Floriane regarda Bois d'Ennemets.

Ni l'un ni l'autre n'osait bouger.

— Peut-être a-t-il soif ?

Elle appela Nicot.

— Donne-moi un verre d'eau. Là, essayons.

Aidée de Bois d'Ennemets qui soulevait légèrement la tête du blessé, elle fit couler quelques gouttes sur les lèvres blêmes.

— Charles ! Est-ce que tu m'entends ? C'est moi, Floriane.

Elle lui prit la main et la caressa avec précaution.

— Si tu m'entends, essaie de me serrer la main aussi fort que tu peux.

Elle attendit dans l'angoisse. Bois d'Ennemets et Nicot guettaient eux aussi, espérant le miracle. Puis, enfin, ils virent les doigts de Charles remuer faiblement et se refermer aussi fragiles qu'une aile sur ceux de sa sœur.

— Il m'entend ! Ô ! Merci, mon Dieu ! Charles, mon chéri, je suis là. Ton ami Bois d'Ennemets aussi et Nicot qui m'aide à te soigner. Tu as été blessé gravement mais maintenant ça va mieux, oui. Tout ira bien maintenant.

Elle riait à travers ses larmes et parlait sans s'arrêter. Balayé le silence mortel qui s'était dressé en sentinelle autour de son frère. Il l'entendait ! Il revivait !

— Je ne te quitterai pas. Nous partirons tous les deux à Saint-Évy dès que tu auras recouvré quelques forces. Alix te remettra sur pied, tu verras ! Dis, tu veux bien que nous allions à Saint-Évy ?

La main du jeune homme trembla dans la sienne. Il eut un soupir, un gémissement rauque comme une cassure. Bois d'Ennemets se pencha sur son ami. Floriane avait tressailli. Le souffle lui manqua mais elle n'en continua pas moins son soliloque.

— Je serai sage, Charles. Je ne te ferai plus enrager. Je te soignerai.

— Floriane…

— Et puis tu pourras rejoindre Monsieur et toute la petite bande.

— Floriane ! répéta Bois d'Ennemets qui pleurait.

Alors la jeune fille s'abattit sur le corps de son frère en sanglotant :

— Je le sais bien, je sais bien qu'il est mort !

Charles était mort, aussi dignement et discrètement qu'il avait vécu sa courte vie. Méthodique, réservé, pudibond même, sa seule grande passion avait été sa jeune sœur. On pouvait être en droit de penser qu'il avait été heureux de mourir pour celle qu'il aimait tant. En tout cas, l'expression de son visage n'était ni douloureuse ni désespérée, au contraire. Très jeune, détendu, il paraissait sourire sur une joie secrète qu'il emportait avec lui.

Ils attendirent en priant et en pleurant que l'aube se levât puis procédèrent à une toilette rapide du jeune homme. Nicot avait nettoyé et conservé l'habit noir et les bottes qu'il portait lorsqu'il avait été blessé par l'officier des gardes en voulant sauver Floriane. C'était… il y a cinq, six jours… Elle ne savait plus au juste. La fatigue s'ajoutait au chagrin. Sa mémoire se brouillait.

Bois d'Ennemets tira son épée et la glissa entre les mains croisées de Charles, geste de gentilhomme à gentilhomme, ultime témoignage d'amitié d'un compagnon de folies et de drames. Floriane ressentit pour Bois d'Ennemets une vague de gratitude qu'elle savait être pour toujours. Côte à côte, un bras du jeune homme passé sur ses épaules, ils contemplèrent Charles, dernier comte de Saint-Évy, paisible dans son ultime sommeil, chacun prisonnier de ses propres pensées mais fraternellement unis dans la même peine.

Au petit jour, la Musette entra le premier, vite suivi des Chapelain sincèrement affligés à la vue du corps gisant sur le lit, Juliette surtout qui reprocha délicatement à Floriane de ne pas l'avoir prévenue tout de suite.

À l'heure de l'ouverture des boutiques, le maître paumier s'en alla chez un menuisier de sa connaissance commander le cercueil. Par hasard, l'artisan en avait un de disponible que les deux hommes rapportèrent dissimulé dans un chariot bâché. Le tripot, comme la plupart des jeux de paume, possédant une double entrée située au fond d'une allée parallèle au jardin de Juliette, le cercueil fut monté dans la maison sans avoir éveillé la curiosité du voisinage.

Bassompierre et Ivreville arrivèrent ensemble en milieu de matinée, juste au moment de la mise en bière. Floriane s'étonna un peu de les voir déjà là mais elle comprit en voyant réapparaître la Musette, sorti tôt le matin, que le garçon avait dû les prévenir tous les deux en même temps.

— Mme de Chevreuse vous envoie toute sa tendresse, dit Bassompierre en l'embrassant.

Artus se retira dans un coin de la chambre après l'avoir saluée et lui avoir présenté ses condoléances et c'est au bras de Bois d'Ennemets qu'elle assista à la mise en bière. Enveloppé dans le plus beau drap du ménage Chapelain, Charles disparut pour toujours à ses yeux. Elle ne pleurait plus mais elle était agitée par moments de tremblements nerveux qu'elle ne parvenait pas à maîtriser et qui durèrent jusqu'au moment où le menuisier eut fini son ouvrage. Alors elle accepta que son frère ne soit plus qu'un souvenir, une ombre chère qui l'accompagnerait désormais. Elle sortit de la chambre, suivie de ses amis.

Maître Chapelain qui était influent dans son quartier, avait proposé de conduire clandestinement le cercueil à l'église Saint-Léonard où, moyennant une somme généreuse, les curés ne refuseraient pas l'inhumation. Mais Floriane avait une autre idée. Elle voulait que Charles retournât à Saint-Évy. C'était la dernière volonté de son frère. Elle n'en démordrait pas ! On lui objecta que son domaine d'Anjou était certainement surveillé, depuis qu'elle-même était recherchée. Et puis qui ramènerait le jeune comte chez lui ? Il n'était pas question que ce fût elle.

Artus et Bois d'Ennemets s'offrirent en même temps. Les risques, elle les connaissait. Personne ne pouvait faire ce voyage sans se compromettre à l'exception de quelqu'un qui n'avait rien à perdre.

— Nicot ramènera Charles. Il lui était entièrement dévoué.

Et si le valet était arrêté, interrogé ? Elle y avait songé. Nicot pouvait raconter une histoire toute simple et fort plausible. Le frère et la sœur avaient pu rester cachés quelques jours dans une cabane des marais de la Brière. Son frère disparu, la jeune fille avait pu trouver une barque et un marin complaisant qui l'avait emmenée pour une destination inconnue de lui, pauvre valet dont l'unique devoir était d'accompagner son maître à sa dernière demeure, auprès des siens. Le récit se tenait et pouvait être aisément accepté. Tout le monde approuva.

— C'est fort habile, opina lui aussi Bassompierre. Vous semblez pourtant oublier une chose.

— Laquelle ?

— Comment sortir de la ville sans laissez-passer ? Les issues sont toutes contrôlées.

Le problème était de taille en effet. Floriane flancha à nouveau.

Le secours lui vint d'une manière inattendue en la personne de Boisrobert qui commença par se jeter dans ses bras et pleurer avec une abondance un peu ridicule, bien que sincère.

— Mon amie, ma tendre, ma pauvre belle, ah !... Mon cœur saigne. Votre blessure est la mienne. Je l'aimais aussi, ce cher jeune homme.

Il était indescriptible, frais et rose à croquer comme une framboise, rubans, nœuds et dentelles frémissant sous les secousses de ses sanglots. Floriane lui apprit les difficultés auxquelles elle se heurtait pour faire sortir Charles de la ville. La figure larmoyante de Boisrobert s'éclaira.

Un laissez-passer ? Rien de plus facile. Il se chargeait de l'obtenir. Ce n'était qu'une affaire de quelques heures, le temps de retourner à Beauregard et de revenir. Il promit à Floriane de faire vite, l'adjura de ne plus pleurer et de lui faire confiance, et, sans plus d'explications, repartit aussi vite qu'il était venu.

Juliette ne cacha pas sa façon de penser :

— Croyez-vous que ce... cet homme soit sérieux ?

— À sa manière, oui, la rassura Bassompierre. S'il dit pouvoir aider notre jeune amie, nous devons le croire.

— Je le crois, moi aussi, dit Floriane.

Elle semblait ivre d'épuisement.

Dormir ! Elle le désirait de tout son corps exténué, mais auparavant elle voulait connaître les derniers événements de la matinée qu'elle demanda avec impatience à Bassompierre et Ivreville.

Cette nuit fatale, du 18 au 19 août 1626, allait laisser à Louis XIII le souvenir terrible d'un cauchemar éveillé. Il avait lutté contre les visions atroces d'un corps jeune et vigoureux livré au bourreau. Le corps d'un gentilhomme de son âge qui avait partagé ses jeux d'enfant, presque un frère puisqu'il était le filleul d'Henri IV, un compagnon en tout cas, officier de sa maison, dont la trahison le déchirait. Car Louis ne doutait pas une seconde de la culpabilité de Chalais, comme il ne doutait pas de celle de Monsieur, de Mme de Chevreuse et de la reine. Ils avaient désiré et comploté sa mort ! Son propre frère ! Sa femme ! Richelieu avait réussi à l'éloigner à jamais des deux êtres qui pourtant lui étaient les plus proches par les liens du sang comme par les liens du mariage. Désormais, personne ne s'interposerait entre lui et son ministre.

Louis XIII pouvait faire grâce, bien sûr. Mais comment pardonner sans donner le champ libre à tous les factieux ? Comment pardonner un tel crime contre la personne du souverain sans déchoir de son rôle sacré de représentant de Dieu, en son royaume de France ? Le roi devait ignorer la clémence tandis que l'homme, lui, pleurait sur les souffrances et la mort qu'il ordonnait. Avait-il le pressentiment que d'autres nuits semblables à celle-ci, où l'affreux dilemme le poignardait, l'attendraient le long de sa vie de solitaire ?

Incapable de supporter seul plus longtemps les ombres qui le tourmentaient, Louis avait fini par appeler Artus d'Ivreville et Barradas postés dans la chambre voisine. En voyant l'état dans lequel se trouvait le souverain, les jeunes gens avaient envoyé chercher Héroard, son médecin, qui n'avait pu que prescrire un sédatif.

Quelques heures de sommeil lui avaient donné un répit jusqu'à l'aube. Il informa alors les juges de son irrévocable décision : Chalais serait exécuté le soir même. Seuls la torture et les outrages à sa dépouille initialement ordonnés étaient supprimés.

Lorsque le condamné s'assit sur la sellette pour entendre lecture de l'acte d'accusation et de l'arrêt rendu par la chambre de justice, chacun s'attendait de sa part à une réaction désespérée, voire violente. Il n'en fut rien, tout au contraire. Chalais sembla reprendre soudain conscience de celui qu'il était, de l'aberration et de l'ignominie de sa conduite. Son premier mouvement fut de remercier le roi pour son geste de bonté puis de pardonner à ses ennemis et à ceux qui lui avaient fait du mal. Enfin, il rétracta tout ce qu'il avait dit accusant la reine et Mme de Chevreuse.

Sa mère et son confesseur, le père Derosiers, l'accompagnèrent ensuite dans sa cellule pour l'aider à se préparer à mourir. Il les chargea tous les deux d'aller trouver la duchesse afin d'implorer son pardon.

— Pardon qu'elle lui a accordé de bon cœur, conclut Bassompierre. C'est bien le moins que puisse faire une âme charitable.

« Pour une femme aussi généreuse et magnanime que la duchesse, songea Floriane, quel sera le prix à payer ? »

Elle y songea surtout lorsque, les deux gentilshommes l'ayant quittée, elle s'allongea sur son lit pour prendre un peu de repos.

Combien en ce moment elle aurait aimé se trouver auprès de sa Chevrette ! Pleurer avec elle. Avec elle, s'accrocher à un nouveau rayon d'espérance que sa noblesse et son courage lui auraient sans doute fait bientôt découvrir. Mais, seule dans sa chambre, Floriane avait l'impression d'errer sur un océan de ténèbres. Le sommeil la prit brutalement au milieu de ses larmes. Elle dormit jusque tard dans l'après-midi.

À son réveil, elle apprit que Boisrobert avait tenu parole. Juliette lui montra le précieux sauf-conduit qu'il avait déposé sans vouloir que l'on dérangeât Floriane. Le laissez-passer portait le cachet du cardinal que l'abbé s'était procuré Dieu seul savait comment, peut-être tout simplement en se servant lui-même. Boisrobert était assez malin pour s'introduire dans le bureau du ministre et y prendre ce qu'il voulait ou bien faire faire la besogne par un de ces jeunes pages qui lui étaient acquis.

Rien ne servait d'attendre davantage. Le chariot couvert stationnait près de la petite porte du fond. Robert Chapelain, avec l'aide de la Musette et de Nicot, y descendit précautionneusement le cercueil. Floriane les regarda de la fenêtre de sa chambre. Du bout des doigts, elle adressa un adieu à Charles qui la quittait pour son dernier voyage. Nicot avait été lesté d'une bourse solide qu'il avait soigneusement dissimulée, du sauf-conduit bien sûr et aussi chargé d'un message verbal à l'adresse d'Alix de Montrouge.

Les murs qui protégeaient les jardinets du quartier, l'écheveau de venelles entre les maisons hautes ne lui permirent pas de voir le chariot bien longtemps. Une demi-heure après environ, la Musette revenait lui apprendre que tout s'était bien passé : Nicot et son triste convoi avaient franchi sans encombre les portes de Nantes.

Elle eut un bref sourire, presque heureux, qu'il ne lui avait pas vu depuis longtemps. Pourtant, ce n'était pas cela qui l'étonnait mais le fait que Floriane eût revêtu ses vêtements masculins, bottée, chapeautée, prête à sortir, et surtout, repris un air farouche qui ne laissait présager rien de bon.

— Où est dame Juliette ? demanda-t-elle.

— … En bas, dans la cuisine. Que voulez…

— Descends lui dire que je me suis recouchée et que je voudrais dormir encore un peu. Puis sors par l'entrée principale et viens me rejoindre. Je serai derrière, à la porte du jardin.

La Musette semblait avoir quelques difficultés à comprendre. Elle lui donna une tape sur la panse avec les gants à crispin qu'elle tenait à la main.

— Quitte cet air ahuri, mon bon. Je sors et tu m'accompagnes.

— Bien, bien. Où allons-nous ?

— Voir mourir M. de Chalais, répondit-elle sans ambages en sortant de sa chambre d'un pas résolu.

*

La Musette avala péniblement sa salive avant de lui emboîter le pas. Connaissant Floriane, il savait qu'il eût été inutile d'essayer de la retenir. Il accueillit cependant avec la plus grande réserve sa nouvelle initiative.

Qu'est-ce qui la poussait à courir par la ville au risque d'être reconnue ? À quelle impulsion, à quel sentiment obéissait-elle ?

Floriane aurait eu du mal à répondre avec précision à toutes ces questions. En fait, elle ne se les posait même pas tant s'était imposé son désir : aller sur les lieux du supplice, voir Chalais, se rendre compte par elle-même qu'elle ne vivait pas un simple mauvais rêve, essayer de comprendre ce qu'avait voulu le destin en se montrant impitoyable. Non qu'elle fût poussée par une curiosité morbide ni qu'elle fût prise d'une soudaine sympathie pour le condamné. Les liens qui l'unissaient à lui étaient presque aussi forts que ceux de l'amitié ou de l'amour. Bien qu'involontairement, le jeune homme avait été intimement mêlé à sa vie et en avait infléchi le cours. Sans Chalais, Roger aurait été encore de ce monde. Mais cruel retour des choses, sans la jalousie de Louvigny, Chalais n'aurait pas été près de le rejoindre dans la tombe. Ainsi elle, Floriane, avait-elle été le pivot de ces deux drames. Pourquoi l'amour qu'elle inspirait entraînait-il la mort ? Par quelle insupportable fatalité ? Floriane en venait à se croire marquée d'un charme maléfique. La mort de Charles et l'arrêt qui frappait Chalais en étaient une double preuve. Artus, Bassompierre, tous ceux qu'elle aimait, seraient-ils épargnés ?

Elle marchait vite en entraînant la Musette qui s'essoufflait à son rythme. Il n'aimait pas, mais pas du tout, ses mâchoires serrées, son regard fixé droit devant elle, sa démarche mécanique toute tendue vers un but qu'il désavouait entièrement tout en se promettant vigilance.

Les rues s'étaient vidées de leurs passants. La plupart des boutiques étaient fermées, les volets étaient tirés. Ceux qui n'étaient pas place du Bouffay pour assister à l'exécution étaient rentrés chez eux ou priaient dans les églises.

La ville était parfois le théâtre de peines capitales auxquelles on se rendait comme partout ailleurs, comme on va au spectacle.

Jadis, au temps de l'occupation romaine, Nantes avait connu le martyre des deux jeunes chrétiens Donatien et Rogatien. Plus tard, un brasier s'était élevé pour un monstrueux assassin. Un grand seigneur, Gilles de Rais, prodigue et cultivé, compagnon d'armes de Jeanne d'Arc et cependant coupable de crimes si atroces sur des centaines d'enfants que des siècles après on en tremblait encore d'effroi.

Le châtiment du comte de Chalais rejoignait ces grands moments. Sa jeunesse, son charme, son nom, les complots auxquels il avait été mêlé lui conféraient ce fatal prestige. Richelieu n'était pas populaire, le roi guère aimé, tous les suffrages allaient à Gaston d'Orléans. De là à s'attendrir sur le sort du malheureux Chalais, le pas avait été vite franchi.

Une rumeur parvint à Floriane et à la Musette avant que ceux-ci ne fussent en vue de la place du Bouffay. Parvenus au bout de la rue Sainte-Croix, ils aperçurent la cohue qui l'obstruait déjà complètement.

— Nous ne pourrons jamais passer, dit la Musette en s'épongeant le front.

— Il le faudra. Je compte bien sur toi.

Le brave garçon roula des yeux effarés.

— Vous croyez que je vais nous frayer un chemin dans cette multitude ? Pardonnez-moi mais vous rêvez. Moi seul avec ma taille et mon poids j'y arriverais sans doute. Mais vous ? Vous seriez écrasée, piétinée.

Floriane dut reconnaître qu'il avait raison. À moins de se tailler un passage à coups d'épée dans toutes ces jambes, ces dos et ces chapeaux qui formaient barrage, elle était condamnée à trépigner derrière eux.

— Et pourtant il me faut passer !

Contourner le pâté de maisons, essayer par la rue des Trois-Bouchers ou celle de la Monnaie ? Elle savait que c'était inutile, que la foule était partout. En levant les yeux, elle vit les gens perchés sur les toits, agglutinés à chaque fenêtre.

— Rentrons, fit doucement la Musette. De toute façon, ce n'est pas un divertissement pour vous.

Elle le toisa :

— Si près du but ? Non, je ne renoncerai pas. De quoi te mêles-tu ? Que sais-tu faire d'autre, toi, gros pachyderme, en dehors de souffler dans ta flûte ?

Elle ignora l'air profondément vexé de son compagnon et son exclamation peinée, car en disant ces mots une idée lui venait. Une idée un peu folle mais tentante.

— Au fait, l'as-tu sur toi ?

— Quoi ?

— Cette flûte !

La Musette digérait mal l'insulte reçue, la première méchanceté que lui lançait Floriane depuis qu'il la connaissait. Mais était-ce bien Floriane ce jeune maigriot, prêt à mordre, aux lubies aussi inattendues qu'étranges ?

— Je l'ai toujours dans la poche. Vous ne prétendez pas m'en faire jouer maintenant ?

Si, précisément ! C'était là son idée. Puisqu'ils ne pouvaient fendre la foule par la force, ils essaieraient la douceur et mieux, la musique, un bon air bien décidé, entraînant et sonore, au moins assez pour surprendre les gens, les faire s'écarter ne serait-ce qu'une seconde, juste le temps d'avancer un peu, de gagner du terrain et un champ de vision.

Sa proposition n'eut pas l'air d'enthousiasmer la Musette.

— Le problème reste le même. Que je passe en écrasant le monde ou en le charmant, vous resterez en rade derrière moi.

Elle secoua la tête et sa voix retrouva les inflexions câlines qu'elle savait si bien prendre.

— Non, mon bon la Musette. Je serai avec toi et même plus : sur toi ! Car je serai sur tes épaules.

Aussi loufoque que pût paraître cette idée, ce fut pourtant une réussite totale. Les notes guillerettes qui s'élevèrent brusquement et la vue de ce galopin juché sur le dos d'une sorte de géant vêtu de bleu, aux doigts dansant sur une flûte champêtre, furent assez insolites pour troubler les badauds et ébranler un instant leurs positions. Tant bien que mal, la Musette et son fardeau se faufilèrent sur la gauche, jusqu'à une maison qui bordait la place. Floriane put s'asseoir sur une saillie de bois qui dépassait du mur. Son équilibre était précaire, le dos de la Musette, appuyé contre ses jambes, lui servant de garde-fou, mais au moins elle dominait tout le monde et pouvait voir la place du Bouffay dans sa totalité.

Ce n'était qu'un moutonnement diversifié de têtes et de couvre-chefs. Hommes, femmes, enfants, commerçants et militaires, marins et prêtres, filles pierreuses [1], chambrillons et bourgeoises, seigneurs et gueux, tous étaient là, debout, à guetter l'entrée du château. Il en était arrivé de partout. Certains, même, avaient réussi à grimper du quai Mellier sur les remparts. Des grappes de curieux garnissaient chaque fenêtre, chaque lucarne ; les toits étaient occupés par les plus audacieux. C'est dire si le cordon des gardes à cheval et des Suisses avait forte besogne pour empêcher tout ce monde d'approcher de l'échafaud dressé au milieu de la place. C'était une haute estrade de bois où était posé un billot et à laquelle s'appuyait une échelle. Un passage bordé d'archers des deux côtés la reliait à la porte de la prison-forteresse d'où le prisonnier allait sortir. Pour le moment, on attendait le bourreau. Il était six heures, la foule commençait à s'impatienter.

À un mètre de Floriane, sur sa droite, six ou sept personnes s'étaient groupées à une fenêtre et pour passer le temps, croquaient des pâtes de fruits.

Rien ne semblait bouger du côté du Bouffay. Les gardes restaient impassibles. Le cœur de Floriane battait comme un forcené. Elle pensa à ce que lui avait dit Bois d'Ennemets : il fallait retarder l'exécution pour donner une chance à Chalais. Peut-être fallait-il voir dans ce retard la réussite d'un plan qu'ils avaient pu mettre sur pied ?

Un murmure parcourut la foule :

— On a enlevé le bourreau !

Les voisins de Floriane, informés sans doute par quelqu'un à l'intérieur de la maison, se penchaient à la fenêtre et renseignaient, avec des airs d'importance, tous les gens à la ronde.

— C'est Monsieur ! C'est le duc d'Orléans et ses amis !

---

1. Ribaudes.

Incroyable ! À défaut de faire fuir le condamné, les jeunes gens avaient escamoté son bourreau ! Et sans bourreau, pas d'exécution ! Pendant quelques minutes, l'excitation fut à son comble. Le soulagement de certains était égal à la déception des autres qui se voyaient déjà privés d'une distraction de choix. L'attente angoissée se prolongea. Puis il y eut un remous. Un homme apparut, s'avança entre la double rangée des archers, grimpa sur l'échafaud. Qui était-ce ?

Vêtu d'une casaque usagée et de chausses qui découvraient ses mollets nus, épais, couverts de poils en abondance, il avait plutôt l'air d'un bandit de grand chemin, misérable et inquiétant, que d'un justicier. Les Nantais connaissaient bien le maître bourreau et ses aides habituels. Celui-ci leur était inconnu. L'homme s'appuyait sur une longue épée à double tranchant, épaisse et lourde comme celles que portaient les Suisses. Sa face brutale toisa la foule puis se tourna vers la porte de la prison.

Le bruit courut vite sur son identité et les espoirs qui avaient pu naître durant un moment dans certains esprits durent s'évanouir pour de bon. La défection du bourreau n'avait pas désorienté les juges bien longtemps, et la tentative de Monsieur, pour louable qu'elle fût, allait être vaine. On avait rapidement trouvé, au fond d'un cachot, un criminel que la justice avait condamné au gibet, un individu méprisable qui n'ayant plus rien à perdre, hormis son existence, avait accepté le rôle d'exécuteur public en échange de sa liberté.

Désormais, le sort de Chalais était scellé. Il n'avait plus qu'à paraître lui-même. Tout était en place pour l'acte final de la tragédie.

Des nuages blancs, gonflés, glissant comme de grosses bulles sur le ciel bleu, ne cachaient pas le soleil encore tiède qui lentement descendait derrière les tours du vieux château du Bouffay. Des mouettes, en arcs élégants, s'envolaient des berges du fleuve dans un cri lancinant, tournaient au-dessus des remparts et de la place avant de repiquer vers la Loire.

Lorsque Henri de Chalais franchit la porte de la prison, les lèvres se turent, le temps resta en suspens une, deux secondes, comme le prisonnier qui marqua un arrêt en découvrant la foule et, juste devant lui, l'estrade nue où un homme l'attendait. Son hésitation fut brève. Il se remit en marche.

Les doigts de Floriane se crispèrent sur les épaules de la Musette qui lui jeta un regard anxieux. S'il n'était resté qu'un soupçon de mépris, une miette de rancune dans le cœur de la jeune fille, l'apparition eût suffi à les balayer. Car c'était véritablement une apparition que cette silhouette, immense, amaigrie, perdue dans une large camisole blanche de toile grossière qu'une corde nouait à la taille. Henri de Chalais était tête et pieds nus, les cheveux coupés très courts sur la nuque et les oreilles. À ses mains, liées devant lui, était enroulé un chapelet dont il baisait la croix avec ferveur. Dans la mémoire de Floriane dansa un court instant le souvenir diapré d'un manteau rouge et violet, délicat comme des ailes de papillon dans lequel le comte de Chalais avait virevolté, dans tout l'éclat de sa gloire et de ses amours. Qu'il était beau alors, arrogant et superbe ! Pourtant, jamais il n'avait eu la grandeur, la noblesse qu'il affichait si naturellement aujourd'hui. Malgré l'infinie simplicité de la mise et l'humilité de l'attitude, on ne pouvait s'y tromper. C'était bien un grand seigneur qui, fièrement, bravement, s'avançait au-devant de la mort.

Le père Derosiers l'accompagnait, tendant un gros crucifix de bois et d'argent. Il l'aida à monter l'échelle avant de le rejoindre sur l'échafaud.

L'heure fatale était venue. Un silence extraordinaire se fit sur la foule. Chalais leva la tête et regarda le ciel. Puis il s'agenouilla devant le billot et porta une fois encore son chapelet à ses lèvres. Le bourreau s'approcha pour lui bander les yeux. Alors on entendit distinctement le condamné.

— Ne me fais pas languir, fit-il d'une voix qui ne tremblait pas.

Mourir, oui, puisqu'il le fallait ; puisqu'il avait accepté son destin ; puisqu'il s'était déjà remis entre les mains du Seigneur. Il y était prêt et l'on sentait chez lui comme une hâte à en finir, à quitter ce monde qui le rejetait, auquel il avait déjà renoncé.

À genoux, le bandeau sur les yeux, les mains jointes devant lui, Chalais baissa la tête et offrit sa nuque à l'épée.

Floriane sentit tout son corps se contracter lorsque l'homme éleva son arme, jambes écartées, les deux mains fermement resserrées autour de la garde, rassemblant toutes ses forces pour le coup mortel.

— Han !

L'épée s'abattit et en même temps une clameur jaillit de l'assistance ; que s'était-il passé ? Comment s'y était pris ce bourreau d'occasion pour manquer le condamné et le faire glisser du billot ? Car Chalais gisait maintenant sur l'échafaud, blessé mais vivant. On pouvait le voir remuer faiblement, le haut de sa chemise tout ensanglanté. Une seconde fois, l'épée frappa sans plus d'effet que le précédent coup.

— Jésus, Maria !

Une troisième tentative ne réussit qu'à arracher ce cri au malheureux.

La foule ne comprenait pas. L'homme non plus, qui, avec une sorte de rage, frappa encore.

— Remettez-lui la tête sur le billot ! s'écria le père Derosiers qui brandissait toujours son crucifix.

Tant bien que mal, le bourreau traîna Chalais et le remit en position sur le bloc de bois. Du pauvre corps mutilé, montaient des gémissements de douleur et toujours cette invocation répétée, désespérée :

— Jésus, Maria !

Floriane avait joint les mains sur sa bouche pour ne pas crier avec le supplicié. Haletante, les yeux exorbités, elle ne pouvait détourner la tête du spectacle qui la révulsait. Et tous étaient comme elle, même la Musette qui avait tenté au début de l'empêcher de regarder. La foule, hypnotisée, fondait dans l'horreur. Le calvaire d'Henri de Chalais n'était que commencé.

Renonçant à se servir de l'épée, son tortionnaire réclama une autre arme mieux affilée cette fois. Il attendit quelques minutes avant qu'un garde ne lui tendît ce que l'on avait trouvé, en l'occurrence une hache, ou plus exactement une doloire dont se servaient habituellement les tonneliers. Alors, sans relâche, levant et abaissant les bras avec une sorte de frénésie, pressé d'en finir, énervé par sa propre maladresse, l'homme s'acharna sur Chalais. Dans le murmure de l'assistance où certains s'étaient mis à prier, où d'autres comptaient les coups, courait toujours la même plainte.

— Jésus, Maria !

Le gentilhomme n'était plus qu'un pantin sanguinolent ; sa tête pendait à demi décollée et malgré tout, il avait encore la force de dire sa foi et d'implorer sa délivrance. À genoux devant lui, le père Derosiers priait et pleurait, soutenant de toute son âme cette âme dont la mort ne semblait pas vouloir.

Dix ! Onze !...

Floriane n'en pouvait plus. Elle se laissa glisser le long du mur, chancela sur ses jambes, se raccrocha à la Musette.

— Viens, viens, murmura-t-elle.

Douze ! Treize ! Quatorze !

Les voix scandaient le martyre. Floriane se prit d'une haine féroce pour tous ceux dont la curiosité si violemment satisfaite l'emportait sur le dégoût et la pitié.

— Quinze ! Seize ! Dix-sept !

— Jésus, Maria !

La plainte de Chalais ne lui parvenait plus que très faiblement. Sa révolte était si puissante qu'elle lui rendit assez de force pour réussir à coups de coude, à coups de pied, à gagner la rue Sainte-Croix. Là, elle respira un peu mieux. La Musette ne l'avait pas suivie.

— Dix-huit ! Dix-neuf ! Vingt !

— Jésus, Maria !

Cette fois, ce ne fut plus qu'un souffle apporté par le vent qu'elle crut deviner plutôt qu'elle ne l'entendit. Bientôt un bourdonnement s'enfla, les mots prirent forme.

— Il est mort. Chalais est mort.

Floriane poussa un soupir et se signa. Enfin, Dieu avait eu pitié et, quelles que fussent les fautes commises, le gentilhomme pouvait être assuré maintenant de son pardon. À ce prix !

Henri de Talleyrand-Périgord, comte de Chalais, était mort, mais sa tête n'était toujours pas tombée [1], et l'homme là-bas, éclaboussé de sang, continuait son immonde besogne. Il n'avait pas craint, lui, de se damner !

*

Floriane avait l'impression d'avoir ouvert la porte de l'enfer. Au-delà du malaise physique qui lui donnait la nausée, il lui semblait avoir mis le pied sur le seuil d'un monde innommable qu'elle devait fuir, fuir à tout prix. Devant elle, la rue Sainte-Croix était déserte. Sans plus réfléchir, elle se mit à courir à toutes jambes, pleurant tout haut, saturée d'horreur et de chagrin.

Elle s'arrêta au bout de quelques dizaines de mètres. Elle avait présumé de ses forces. Prise d'un vertige, elle dut s'appuyer à un mur pour ne pas tomber. Comme elle se sentait faible ! Un voile devant les yeux, les oreilles emplies d'un grondement semblable au bruit de la mer. Pendant quelques secondes, elle ne vit plus rien, n'entendit rien d'autre que ce déferlement de vagues dans lequel elle se noyait. Puis, petit à petit, la lumière revint. Son pouls reprit un rythme normal. Le bruit cessa. Elle fit deux pas, la main toujours posée sur le mur. Une venelle sombre s'enfonçait à sa droite. Un air humide et froid y courait qui contrastait avec les rayons du soleil traînant encore dans la rue. Cette coulée de fraîcheur, bien qu'assez nauséabonde, lui fit du bien. Elle avait soif. L'idée qu'il lui fallait rentrer chez les Chapelain, que là-bas, elle trouverait un abri, lui vint, la première depuis de longues minutes où son esprit s'était égaré. Elle se retourna.

1. Les détails concernant l'exécution du comte de Chalais, le 19 août 1626, sont rigoureusement authentiques.

Au même moment, un homme apparut à l'entrée de la venelle et lui barra le chemin. Assez petit, mince, entortillé à la diable dans une méchante cape, le chapeau noir profondément enfoncé sur le front, il tournait le dos à la lumière et elle distinguait mal son visage. Elle le reconnut cependant avec un haut-le-corps : Louvigny !

— C'était bien toi. Je ne m'étais pas trompé.

Il la tutoyait. Elle remarqua aussi que sa voix était changée, avec des intonations désespérées, le balbutiement d'un homme en proie à une violente émotion. Floriane se mit à trembler de la tête aux pieds. La haine qu'elle avait ressentie pour les badauds sans pudeur lui remonta à la gorge, décuplée par le mépris, la rancune, la révolte. Quoi ! Il était là ce traître, ce Judas qui avait envoyé son ami, son frère à une mort horrible et imméritée ! Elle grimaça de dégoût.

— Assassin !

Il ne bougea pas, ne répondit pas.

— Assassin ! Assassin ! Assassin !

Les cris de Floriane frisaient l'hystérie et, comme Louvigny restait sans réaction, elle se jeta sur lui pour le frapper. D'une main dure, il l'arrêta :

— Tais-toi ! Tu n'as pas le droit de me dire ça.

Elle s'aperçut avec stupeur que le jeune homme pleurait. Son visage peu avenant était déformé par les larmes. Loin d'en être attendrie, Floriane ressentit cette vue comme une indécence.

— Pas le droit ! s'écria-t-elle. Après ce que je viens de voir ? Après ce que Chalais vient d'endurer par ta faute ? C'est toi qui l'as conduit à cette boucherie.

Louvigny l'avait prise aux avant-bras et la secouait pour la faire taire.

— Assez ! cria-t-il. La faute en est à Monsieur, cet imbécile avec son idée de faire disparaître le bourreau. Le vrai bourreau, lui, aurait fait son travail proprement.

Floriane eut l'impression de recevoir un nouveau coup. Elle perdit de sa virulence, désespérée, étouffée par les larmes, obligée, elle aussi, de se rendre à l'évidence. Sans l'intervention de Monsieur, Chalais n'eût pas souffert ce martyre. Sa mort eût été propre, nette, rapide. Croyant bien faire, ses amis l'avaient crucifié. Elle leva les yeux et vit Louvigny grimacer dans ses larmes. Elle ne put supporter de le sentir dans le vrai.

— C'est toi qui as dénoncé Chalais, qui l'as accablé. Tu l'as tué !

— Non !

Il se jeta sur elle si brutalement qu'elle faillit tomber en arrière. Louvigny la rattrapa et l'agrippa au cou.

— Non ! Je n'ai pas voulu ça. Il était mon ami ; je l'aimais. Tais-toi !

— Jamais ! Tu l'as tué ! répéta-t-elle en se débattant.

Il la tenait bien. Dans la lutte son manteau avait glissé. Il collait Floriane contre lui, crachant une odeur forte en même temps que des accusations insensées.

— C'est ta faute à toi, petite garce. C'est toi qui nous as séparés. Tu lui as tourné la tête, tourné, tourné jusqu'à ce qu'il la perde. Diablesse ! Succube ! Je vais te renvoyer à Satan, ton maître.

Ses deux mains encerclaient le cou de Floriane. Il s'était mis à la secouer, accentuant sa pression, imprimant à sa tête un va-et-vient douloureux auquel elle ne parvenait pas à se soustraire. De ses poings, elle lui frappait le dos, les côtes tout en cherchant à lui donner des coups de pied, mais il la tenait de telle manière que ses propres tentatives jouaient contre elle. À chaque mouvement qu'elle faisait, les doigts de Louvigny se refermaient un peu plus sur sa gorge. Elle étouffait.

Les secondes passaient, terrifiantes. La douleur montait. Devant elle, ce visage honni, ce visage de fou au rictus triomphant, deux yeux noirs injectés de sang, allumés de lueurs fauves. Elle ne pouvait plus lutter. Ses forces l'abandonnaient. Elle voulut essayer, en un ultime effort, de repousser l'étau de Louvigny. Ses mains remontèrent le long de ses flancs, pesamment, comme si chacune était de pierre. Non, elle n'y arriverait pas. Ses jambes fléchirent sous elle et elle dut se retenir au jeune homme qui, lentement, avec jouissance, la tuait.

À moins d'un miracle, elle allait mourir là, dans une minute ou deux. D'un œil désespéré, elle regarda si quelque passant dans la rue voisine pouvait l'entendre crier à l'aide. Si, par chance, la Musette arrivait. Hélas ! Elle ne vit personne et d'ailleurs, aurait-elle eu la force d'appeler ? De loin, ils auraient été pris tous les deux pour un couple équivoque et enlacé.

Son esprit affolé se refusait pourtant à accepter l'inéluctable.

Un miracle ? Accrochée à la taille de Louvigny, elle heurta un objet dur, s'y arrêta. Elle se souvint qu'il avait l'habitude de porter, glissé dans un ceinturon, à la place d'une épée, un grand coutelas dont il s'amusait souvent à passer la pointe entre deux doigts. Si par une chance extraordinaire elle pouvait… Elle ne réfléchit pas davantage. Un instinct de vie la ranima, sa main se referma sur le manche, tira, s'abattit.

La lame pénétra dans le dos avec une facilité qui l'étonna. Aussitôt, la poigne de Louvigny s'amollit, l'air revint et coula dans la gorge meurtrie de Floriane. Elle recula d'un pas, regarda tomber le jeune homme. Il avait toujours les yeux fixés sur elle, mais ils ne la voyaient plus. Louvigny était mort. Elle enjamba son cadavre et s'enfuit en titubant.

— Hé ! Ho ! Attendez-moi !

La voix de la Musette la rattrapa mais elle ne voulut pas se retourner.

— Hé ! Attendez !

Le garçon la rejoignit au moment où elle allait s'affaler.

— Je n'ai pas pu vous suivre tout de suite, expliquait-il, tout essoufflé. Impossible de passer…

Il ajouta plus bas :

— Vous savez, il est mort au vingtième coup. Mais il en a fallu dix de plus pour…

Il s'arrêta, conscient de son impardonnable balourdise.

— Pardon, fit-il tout contrit.

Floriane avait les mains posées sur sa gorge. Elle paraissait avoir toutes les difficultés possibles à parler. Il crut qu'elle allait vomir.

— Vous êtes malade ?

Avec maladresse, il sortit un petit linge de sa poche, essuya la sueur qui perlait à son front. Floriane fit non de la tête et écarta les doigts. Ce que vit la Musette – sur la peau blanche, si fragile du cou, ces stries rouges, affreuses – lui tira un cri.

— Qui ? Qui vous a fait ça ?…

— Lou… vigny, parvint-elle à articuler.

— Mais où ? Où ?

Du menton, elle lui désigna la venelle. Il y courut, y jeta un coup d'œil, revint toujours courant.

— Vous lui avez fait son compte. Et je n'étais pas là…

La Musette se rongeait. Qu'il le voulût ou non, il esquivait la bagarre, arrivait toujours trop tard et trouvait, en l'occurrence, un petit corps marqué, pitoyable mais qui apparemment avait su diantrement se défendre tout seul.

— Sauvons-nous d'ici, dit-il en prenant Floriane par la taille. Dans une minute, tout le monde va rappliquer du Bouffay.

Soutenue par la Musette, elle se remit à courir.

Dans la rue des Carmes, ils reprirent une allure normale, d'une part pour éviter d'attirer l'attention sur eux et, d'autre part, à cause de l'épuisement de Floriane. Elle n'avançait qu'à force de volonté, tout son poids pesant au bras de la Musette. Arrivés à hauteur du couvent des Carmes, alors qu'ils approchaient du jeu de paume, la jeune fille s'arrêta. La porte de l'église était entrebâillée comme lui faisant signe.

— Entrons, dit-elle.

La pénombre, le silence, la paix céleste enveloppaient ses voûtes. On aurait voulu s'en draper, s'assurer qu'ils existaient bien. Mais le Ciel voulait-il encore de Floriane qui, bien malgré elle, avait provoqué tant de malheurs et venait maintenant de tuer un homme ?

— C'était ma vie ou la sienne, fit-elle, essayant de prier.

Les mots ne venaient plus. Elle avait peur. Peur d'un Dieu qu'elle avait vu se montrer si terrible dans le châtiment d'Henri de Chalais. Errante comme une âme en peine, elle fit quelques pas dans l'église.

— Suis-je coupable, mon Dieu ? implora-t-elle à mi-voix, cherchant désespérément un signe d'espérance, la lueur d'un pardon et d'un renouveau.

Un écho lui répondit, s'amplifia puis décrut en gémissements doux, hachés de sanglots. Quelqu'un se lamentait, là, à deux pas derrière un pilier, pudiquement, sans ostentation, une plainte simple, discrète, d'une grande dignité. Floriane s'avança sans bruit, se pencha. Elle vit une femme toute vêtue de noir, agenouillée devant une statue de la Vierge. Ses mains fines, élégantes, très blanches, émergeant des manches de velours, soutenaient sa tête penchée où des mèches grises rayaient les cheveux sombres de son chignon. La prière de la malheureuse était aussi extrême que son chagrin. Secouée par autant de détresse, Floriane allait passer son chemin lorsque la femme releva la tête. C'était Jeanne de Montluc !

Jeanne de Montluc pleurait son fils. Pour ne pas lui ôter son courage, préférant le soutenir par ses prières plutôt que par sa présence, elle ne l'avait pas accompagné sur l'échafaud mais s'était réfugiée dans ce lieu saint.

À travers elle, Dieu envoyait à Floriane la réponse à ses supplications ! La vue d'un être dont elle avait brisé la vie même si cela avait été sans le vouloir !

Dieu la rejetait. Elle était maudite. Louvigny avait eu raison : c'était elle, Floriane, qui avait tué Chalais comme elle avait tué Roger et Charles. Elle poussa un cri, se précipita vers la porte de l'église où l'attendait la Musette et tomba sans connaissance devant le musicien.

*

La porte arrière de la maison, poussée d'un vigoureux coup de pied, attira dame Juliette. Elle resta sans voix en voyant la Musette porter dans ses bras le corps d'un jeune garçon et son étonnement devint de la stupeur lorsqu'elle reconnut Floriane.

— Elle est morte ?

On pouvait le croire en voyant le visage d'un blanc de cire, les membres inertes qui pendaient.

— Que s'est-il passé ? Où est-elle allée ? Et cet habit ? Par saint Rogatien dites-le-moi, la Musette !

Il ne répondit pas et monta à l'étage, prenant bien soin de ne pas cogner Floriane aux cloisons de bois. Juliette le suivit et l'aida à coucher la jeune fille. La découverte des traces de strangulation acheva de bouleverser la brave femme.

— Morte ! Étranglée !...

La Musette eut du mal à la calmer. En peu de mots, il lui expliqua que Floriane, agressée par un inconnu, avait réussi à s'en défaire et que son évanouissement était certainement dû à la frayeur qu'elle avait eue, ajoutée à l'épreuve qu'avait été pour elle, comme pour tout le monde, l'exécution du comte de Chalais.

— Elle y est allée ! murmura Juliette, en écartant d'un geste maternel les boucles noires collées sur le front moite. Pauvre trésor !

Elle recouvrait ses moyens. Un peu d'eau fraîche, des sels, du vinaigre furent passés sous le nez de Floriane. Sans résultat. La syncope se prolongeait. Au bout d'une heure enfin, elle bougea un peu, ouvrit les yeux et se mit à parler, mais ce qu'elle dit était tellement incohérent et insensé que Juliette Chapelain et la Musette décidèrent ensemble d'appeler Henry de Mello.

— Faites quelque chose, maître de Mello. Elle a perdu l'esprit. Elle se croit l'envoyée du démon, nous repousse, nous montre ses mains. Elle les voit tachées de sang.

Et cette obsession surtout, de vouloir mourir !

La mort ! Comme un leitmotiv, le mot revenait sur ses lèvres blêmes. Floriane voulait mourir. Elle appelait, elle suppliait jusqu'à crier. Son visage était méconnaissable. Creusé, livide, les yeux démesurés d'un bleu presque blanc qui ne cillaient plus et paraissaient refléter toute l'horreur du monde.

Le médecin hocha la tête. La Musette lui avait raconté succinctement la même histoire qu'il avait rapportée à Juliette. Le pauvre garçon tordait ses doigts gras et courts, visiblement malade de voir Floriane sombrer dans la démence.

— Laissez-moi avec elle, fit Henry de Mello. Je vous en prie, dame Juliette, et vous aussi, mon ami, sortez. S'il y a une chance de sauver cette enfant, je ne peux que la tenter seul.

Il tira doucement la porte sur eux et poussa le verrou. Il ferma ensuite les volets intérieurs et alluma une bougie assez épaisse qu'il avait sortie de son sac. Coulée dans de la cire rose, elle distillait un parfum sucré auquel s'ajouta celui de bâtonnets de santal qu'il avait allumés à la flamme.

Pendant un moment, il écouta les divagations de Floriane, capta les images de son passé qu'elle évoquait par bribes, toujours les faits tragiques qu'elle avait provoqués, du moins l'affirmait-elle. Des noms revenaient, souvent les mêmes, et maître de Mello penchait son beau profil, questionnait parfois de sa voix chaude et gutturale et tout en écoutant mâchonnait gravement des pastilles qu'il puisait dans une petite boîte.

— Vous désirez vraiment mourir, *pequeña*.

De toute son âme à la dérive, de tout son corps qui la faisait souffrir, rompu, brisé, désarticulé – le moindre geste lui arrachait une plainte ; sa gorge s'enflammait ; sa tête était prête à éclater –, elle serait délivrée, enfin !

Henry de Mello acquiesça sans mot dire et lui fit boire un verre dans lequel il avait versé le contenu d'un flacon comme il en avait tant, alignés dans de petits casiers au fond de son sac. Elle l'avala non sans difficultés mais sans rechigner, tout comme elle resta parfaitement docile lorsque le médecin commença à la déshabiller. Tout lui était indifférent.

Lorsqu'elle fut entièrement nue, Henry de Mello prit dans un petit pot un peu de crème d'un blanc-vert de l'équivalence d'une noix, s'en enduisit les mains et se mit à masser lentement le cou meurtri de Floriane. Elle se laissa faire, inerte. Elle ne réagit pas non plus lorsque de la gorge, il glissa lentement sur la poitrine, descendit et remonta le long des côtes, palpa doucement le ventre.

Floriane tressaillit. Elle ferma les yeux et s'immobilisa. Les paumes huileuses et chaudes continuaient leur chemin, frottant les muscles des cuisses, les mollets endoloris, les chevilles délicates. Un fort parfum de camphre enveloppait Floriane d'une nuée fraîche et stimulante.

Henry de Mello reprit un peu d'onguent, la fit se mettre sur le ventre et recommença son lent et puissant travail, tantôt pétrissant le dos sans ménagement, tantôt l'effleurant d'une caresse aérienne. Chaque pouce de peau était pressé, tapé, malaxé, pas un coin de chair n'échappait à la vigoureuse friction. Triturée, malmenée, Floriane se laissait aller, docile comme une pâte. À mesure que son corps s'échauffait sous le massage à la fois énergique et doux du médecin, elle sentait son esprit épars se ramasser, s'alléger, prendre son envol pour s'échapper haut, très haut, des brumes qui l'engluaient.

Les mains d'Henry de Mello l'avaient quittée. Elle se retourna et le vit qui s'essuyait à une serviette.

— Vous sentez-vous mieux ?

Pour toute réponse, elle eut un étirement de chat au réveil et soupira, parfaite de grâce et de lumineuse impudeur. La bougie rose qui tremblait un peu opalisait son corps blanc, huilé et lui prêtait la beauté irisée de cette pierre précieuse. Floriane avait perdu de ses rondeurs mais y avait gagné en délicatesse. Fragile, elle n'en était que plus désirable.

Les yeux de braise du médecin juif glissèrent sur elle sans qu'elle en fût gênée. Au contraire, ce regard augmentait son bien-être. Elle s'y offrait sans honte. Sous les cils à demi baissés, filtrait une eau bleutée qui épiait chaque geste d'Henry de Mello. Elle tendit la main, prit la sienne et la reposa sur elle, d'abord sur le doux nid de la taille puis sur l'un de ses seins. Il sourit, fit ce que l'on exigeait de lui. Entre ses doigts nerveux, les pointes bistres se durcirent, la poitrine se gonfla d'un soupir et, sur le lit, Floriane se mit doucement à remuer. Alors, le jeu des mains sur son corps reprit. Il ne s'agissait plus cette fois d'éveiller simplement des muscles, de la chair, des membres las mais son être tout entier. Du plus profond de lui-même, il se mit à vibrer et à onduler sous la caresse.

Floriane avait bel et bien tout oublié de la terrible angoisse qui l'avait terrassée. Souple, féline, gourmande, elle s'ouvrait comme une fleur, se repliait comme une sensitive froissée, ronronnait, roucoulait, grondait parfois d'impatience, dirigeait elle-même les mains joueuses lorsque celles-ci ne répondaient pas assez vite à son attente.

Le camphre et le santal, l'odeur suave de la bougie et ce goût étrange que lui avait laissé la potion mélangeaient leurs parfums et leurs violences, montaient en ivresse, chassaient toutes pensées qui n'étaient pas plaisir et volupté. Floriane s'était échappée si loin, sa jouissance était si vive, le moindre attouchement sur sa peau exacerbée si délicieux, qu'elle ne désirait même pas qu'Henry de Mello la possédât réellement. Elle n'y pensait pas. Elle retrouvait les sensations goûtées auprès de Bassompierre sur le bateau qui les menait d'Orléans à Blois mais avec une intensité telle, que lorsqu'elle eut atteint le point suprême de son extase, elle s'arc-bouta et poussa un cri avant de retomber inanimée sur le lit, le visage transfiguré.

Et maître de Mello dans tous ces débordements ? Esthétiquement parlant, il avait été comblé. Pareille impudicité, pareil délire érotique chez une beauté comme Floriane étaient de ces spectacles rares et savoureux qui ne pouvaient que réjouir et galvaniser un œil mâle et connaisseur. Pourtant le médecin était resté étrangement calme. Et maintenant encore, alors que Floriane dormait, c'était avec des gestes dépourvus de passion qu'il lui remettait sa chemise et la bordait dans ses draps. Un sourire étira ses lèvres fortes et lui donna un aspect méphistophélique tandis qu'il rangeait dans son sac le mystérieux flacon dont Floriane avait bu le contenu. Le pouvoir de ses drogues était son affaire et ne le trahissait pas. La preuve ? Ces pastilles dont le prévoyant Henry de Mello avait prudemment fait usage. Sans elles… « Sans elles, je ne serais pas au bout de mes tourments. Il doit être bougrement difficile d'oublier une diablesse comme celle-ci lorsqu'on y a goûté une fois, se dit-il, philosophe. N'empêche, c'est dommage. Oui, bien dommage… »

Il se pencha, baisa la bouche de Floriane dont le souffle régulier et paisible prouvait le bon sommeil.

— Tu as repris goût à la vie, n'est-ce pas, *pequeña* ?

Floriane dormit plus de douze heures. Sur le premier coup de midi, elle s'éveilla, la gorge encore un peu endolorie, le corps languissant, mais vibrant encore de réminiscences voluptueuses, loin d'être déplaisantes. Quant à l'esprit, il semblait avoir tout à fait repris son équilibre et son bon sens. Assise dans son lit, elle fit un tour minutieux de la situation.

La fin tragique de Chalais ? Dût-elle vivre cent ans, elle savait qu'elle ne l'oublierait pas, même si elle parvenait, avec le temps, à en chasser les détails atroces, ce qui serait, de toute façon, très difficile. Mais en prendre la responsabilité ? Non. Floriane n'était coupable de rien d'autre que de sa beauté et d'un amour profond de la vie. Elle avait tué Louvigny, soit ! Ce geste n'était pas un crime. Ce n'était que juste châtiment. L'homme ne valait rien. Le dernier des lâches, pis qu'un assassin. Floriane n'avait été que l'instrument d'une volonté divine. Jamais elle n'aurait dû douter de Dieu et du bien-fondé de Ses exigences. Seul, le souvenir de Charles restait douloureux. Mais sa peine était une autre manière d'aimer son frère. Elle ne pouvait ni ne voulait la chasser.

Devait-elle vraiment le retour de sa sagesse, de sa raison, à la frénésie sensuelle qui l'avait emportée ? N'aurait-elle pas dû, au contraire, en avoir honte, au sein de tant de deuils ? Eh bien, non ! En réveillant son corps, même au moyen d'artifices – car elle ne doutait pas d'avoir été droguée –, Henry de Mello lui avait fait prendre conscience qu'un courant de vie, d'élans, de joie, de promesses, bouillonnait en elle, qu'elle n'avait pas le droit, que ce n'était pas l'heure d'y renoncer. Le procédé était peut-être discutable, mais ô combien efficace. Ce diable de Mello ! Elle ne parvenait décidément pas à lui en vouloir. Grâce à lui, la voilà qui repartait dans la vie pleine d'entrain, de courage et de fougue.

— Ah ! Si Artus était là, soupira-t-elle.

Le mauvais rêve était fini. Elle ne voulait plus penser qu'à l'amour. Une tête coiffée d'un bonnet noir passa par la porte entrebâillée.

Juliette Chapelain avança avec la plus extrême prudence.

— Comment vous sentez-vous, mon petit ?

— Bien, très bien. J'ai dormi comme une bienheureuse.

Le soulagement de Juliette fit un bruit de bulles. Elle souffla, gloussa, se précipita enfin sur Floriane, pour l'embrasser.

— Quelle peur nous avons eue ! Vous étiez dans un tel état !

— Je m'en doute, mon amie. Aussi n'en parlons plus. Ce ne sera qu'un mauvais souvenir.

Juliette l'épiait du coin de l'œil, cherchant visiblement à s'assurer que sa bonne santé physique et mentale était véritablement revenue.

— Avez-vous besoin de quelque chose ? Voulez-vous manger ?

Avec elle, on pouvait toujours être sûr de ne pas jeûner. Son souci majeur était et resterait une assiette pleine.

— Oui, un peu. Mais, auparavant, j'aimerais un bon bain dans de l'eau très chaude.

— Bien sûr, mon petit. J'aurais dû y penser tout de suite. Je cours prévenir les servantes et dire à la Musette que vous êtes rétablie. Le pauvre garçon est si inquiet…

Vingt minutes plus tard, Floriane était assise dans un baquet garni d'un drap et penchait la tête sous l'eau que lui versait Juliette.

— Tout de même, faisait celle-ci qui ne pouvait s'empêcher de dire ce qu'elle avait sur le cœur, vous avez agi avec la dernière imprudence. Si quelqu'un vous avait reconnue ? Vous m'avez fait des cachotteries.

— M'auriez-vous laissée sortir si je vous avais dit mon intention ?

— Certainement pas ! Et j'aurais eu raison. Pour ce que cela vous a réussi !

— Nous devions ne plus en parler.

Juliette prit le savon et se mit à lui frotter le dos d'une poigne ferme. Mais le silence ne convenait guère à l'excellente femme.

— On ne peut qu'admirer l'habileté de maître de Mello. Ses potions sont miraculeuses.

— En effet, elles le sont, approuva Floriane qui avait posé ses orteils sur le rebord du baquet et les inspectait avec le plus grand soin.

Cette fois, elle souriait franchement.

Juliette Chapelain l'aida à se sécher et à revêtir du linge propre. Pour cacher les vilaines marques laissées par Louvigny, Floriane mit un collet de toile blanche, fermé assez haut sur le cou, et laissa pendre ses cheveux sur les épaules, les retenant seulement à l'arrière à l'aide d'un peigne d'écaille.

— Que vous êtes belle, mon petit cœur, s'exclama Juliette. Si le chevalier vous voyait, il serait tout à fait rassuré. Vous êtes éblouissante.

— Rassuré ? demanda Floriane. Il est donc venu ?

— Oui, ce matin, et le maréchal aussi, un peu plus tard. J'ai bien été obligée de leur dire ce qui vous était arrivé. Il fallait voir leur tête et le souci qu'ils se sont fait ! J'ai eu du mal à les empêcher de monter dans votre chambre. Maître de Mello m'avait surtout recommandé de vous laisser dormir. Ah ! Vous pouvez vous vanter d'être aimée ! M. de Bassompierre ne serait pas plus dévoué à sa propre fille s'il en avait une. Je sais, il me l'a expliqué, qu'il remplace auprès de vous votre père qui était son ami. Quel gentilhomme !

C'était en effet ce que Bassompierre avait laissé entendre et ce que tout le monde pensait. Artus en particulier.

Bavarde Juliette ! À cause d'elle, Floriane allait être obligée de rendre des comptes aux deux hommes qui se croyaient – à juste titre d'ailleurs – des droits sur elle. Quant au pseudo-amour paternel que lui portait le maréchal, c'était une belle écharde qu'elle avait là, fichée dans le cœur, et qu'il lui fallait arracher sans tarder, quoi qu'il lui en coûtât.

On aurait dit que Bassompierre avait fait exprès d'être aussi séduisant ce jour-là. Habit superbe, manteau court, léger, à la « clystérique », baudrier de soie brodé de bleu, ses cheveux châtains fraîchement frisés, sa barbe et sa moustache taillées en pointe, insolentes et charmeuses. Il vint droit sur Floriane, lui prit les mains, plongea dans ses yeux.

— Ma folle enfant chérie ! Si j'avais su que vous alliez vous rendre à ce carnage, car il n'y a pas d'autre mot, je vous aurais enfermée à double tour dans votre chambre.

— Il y avait la fenêtre, dit-elle avec une pointe de défi.

Bassompierre sourit :

— C'est vrai. Rien ne vous arrête jamais.

— François, il fallait – et elle appuya sur le mot – que j'aille place du Bouffay. Comprenez-vous cela ?

Il la prit contre lui, l'étreignit :

— Peut-être. Oui. Mais pourquoi ne pas me l'avoir dit ? Je vous y aurais accompagnée soutenue, empêchée de voir... certaines choses.

— Je ne regrette rien, dit-elle avec simplicité.

— Vous êtes courageuse, ma violette. Je sais aussi que vous avez été malmenée par un inconnu, une crapule.

— Oh ! J'ai déjà oublié, fit-elle précipitamment.

— À propos du Bouffay, dit Bassompierre, comme s'il changeait totalement de conversation, figurez-vous que l'on a retrouvé le corps de Louvigny gisant dans une ruelle toute proche, son propre poignard planté dans les reins.

D'un doigt tendre, il écarta les mèches de cheveux qui ondulaient le long du cou de Floriane et caressa délicatement les meurtrissures qu'elle avait cherchées avec tant de soin à dissimuler.

— Il vous a bien arrangée, ce chien !

Elle ne broncha pas.

— Pour en revenir à Louvigny, poursuivit Bassompierre, j'en connais plus d'un qui doit pavoiser. Ils étaient beaucoup à vouloir lui faire la peau et celui qui l'a occis peut être assuré de leur bénédiction.

Persuadée qu'il avait tout deviné, Floriane ne répondit rien. Comment ? Son agression, son accès de folie la veille, ce que lui en avaient dit Juliette et la Musette ? Mais la Musette n'avait pas trahi. Malin, perspicace, Bassompierre en avait tiré ses propres déductions.

— Ma courageuse, répéta-t-il, tendrement.

Dans ses yeux ne brillaient qu'amour et admiration. Elle détourna la tête.

— J'ai tout de même une nouvelle moins lugubre à vous apprendre. J'ai sollicité une audience du roi : il me recevra demain matin. Le mieux est de demander l'annulation pure et simple de votre procès. Je me fais fort de prouver qu'il y a eu erreur sur la personne et que Favol et Yvain ont été victimes d'une ressemblance. Je soulignerai votre jeunesse, votre innocence, le dévouement que vous portez à Sa Majesté. Je lui jurerai que vous n'avez jamais comploté contre lui et que vous n'attendez qu'un geste de sa part pour vous jeter à ses pieds. Le roi ne profitera pas de la situation pour savoir où vous vous cachez. Il est loyal et me connaît trop pour croire que je dévoilerai le secret. Enfin, je lui avouerai que mon bonheur dépend de sa bonté et que mon intention est de vous épouser. Qu'en pensez-vous ?

Toujours muette, Floriane l'avait laissé donner libre cours à son enthousiasme. Elle gardait la tête baissée, obstinément.

— Floriane chérie, regardez-moi ! Qu'avez-vous ?

Son baiser força ses lèvres. Pour la première fois, elle l'esquiva.

— Non, François.

Les dés étaient jetés. Ce n'était plus charmante partie où amour et hasard badinaient au fil de l'eau sous le ciel complice de l'été. Le jeu devenait échange cruel et les deux partenaires risquaient d'en sortir tous les deux blessés.

— Non ? dit Bassompierre. Je vous affirme qu'il y a toutes les raisons d'espérer en la compréhension du roi.

Floriane secoua la tête avec lassitude.

— Vous n'irez pas trouver le roi. C'est une prière que je vous fais. Ne vous préoccupez plus de moi. Vous avez été merveilleux. D'une bonté…

— Qu'est-ce que c'est que cette chanson ? s'exclama-t-il.

Elle joignit les mains.

— J'ai été trop compromise pour que vous ne le soyez pas aussi en essayant de m'aider. Songez à votre position à la cour, à votre réputation.

— Précisément, j'y songe. Et c'est bien grâce à elle que je peux me permettre d'être votre avocat sans risque d'être suspecté. Sa Majesté a tant de preuves de ma fidélité que je ne redoute rien.

— Mais pas au point de m'épouser !

— Allons, allons ! Que vous arrive-t-il, petite folle ?

— Je ne suis rien, gémit-elle. Qu'est-ce que ma famille auprès de la vôtre ? Je n'ai à vous offrir qu'un nom entaché bien qu'à tort. Reprenez votre parole, François. Je n'ai pas le droit de ternir votre éclat en devenant votre femme.

D'un air grave, Bassompierre prit le menton de Floriane dans sa main et l'obligea à le regarder.

— Parlez-moi franchement : est-ce réellement par souci de ma gloire que vous refusez de m'épouser ?

Comme elle ne disait rien, il la secoua rudement.

— Répondez ! N'y a-t-il pas une autre raison ?

Floriane était au supplice.

— François !

Il la lâcha si brutalement qu'elle trébucha et s'appuya au dossier d'une chaise.

— Je vous croyais courageuse, ma chère, fit-il d'un ton sarcastique.

Tout plutôt que d'endurer son mépris et ses rebuffades. Elle rassembla ses forces, prit une profonde inspiration et dit très vite :

— Il y a en effet une autre raison. Je…

Ah ! Comme l'aveu avait du mal à s'arracher d'elle. Elle tirait dessus, s'y épuisait, se déchirait le cœur au passage. Pour finir, elle tergiversa.

— Je ne vous aime pas assez pour cela.

Les mots sonnaient faux. Elle mentait, malgré elle. Ses sentiments pour Bassompierre auraient cent fois suffi à faire d'elle la meilleure et la plus aimante des épouses… s'il n'y avait pas eu Artus.

— Vous ne m'aimez pas assez parce que vous en aimez un autre, rectifia le maréchal devinant ce qui n'était pas dit.

Il avait recouvré son calme. Floriane acquiesça d'un simple hochement de tête. Bassompierre eut un rire court, sans joie. Il revint près d'elle et la prit aux épaules.

— C'était donc si difficile à dire ? Pauvre petite violette ! Je vous ai froissée comme une brute jalouse. Pourtant il fallait bien que je vous oblige à m'avouer enfin ce terrible secret que vous avez si bien réussi à me cacher depuis plus de deux mois.

— Non, François ! protesta-t-elle. Je ne vous ai pas trompé. Je ne savais pas alors. Croyez-moi !

— Mais oui ! Vous avez été honnête. Rassurez-vous. Je ne vous accuse ni de mensonge ni d'infidélité. Vous avez cru bien sincèrement m'aimer et remplacer avec moi un amour plus ancien. Seulement voilà : votre cœur, lui, ne voulait pas changer…

Floriane le regarda, interdite :

— Comment savez-vous tout cela ?

Étonnant Bassompierre ! Il avait toujours su lire en elle comme dans un paysage en pleine lumière. Rien chez elle ne lui restait ombreux et caché. Son esprit perspicace, son sens aigu des êtres, joints aux dons de clairvoyance que donne souvent l'amour, lui avaient fait tout deviner.

Il ne lui répondit pas directement :

— Dès notre première nuit sur le bateau... Vous vous rappelez ? Oui, bien sûr. Je crois que tout comme moi vous en garderez un souvenir attendri...

Il pouvait encore plaisanter ! Floriane, elle, avait beaucoup de mal à retenir ses larmes pendant qu'il poursuivait :

— Dès ce moment-là, donc, j'ai su qu'il y avait un autre homme dans votre vie. Vous m'en avez fait d'ailleurs l'aveu vous-même. Grâce à une observation discrète, pas d'espionnage, faites-moi la gentillesse de me croire, j'ai vite compris qui occupait vos pensées. Un soir, à Blois, lors d'un bal où vous avez été particulièrement bouleversée, vous souvenez-vous ? Dois-je vous dire encore le nom de l'élu ?

— François, François..., balbutia-t-elle.

— Le plus piquant, c'est que ce même soir, vous m'avez rejoint dans ma chambre. Dépit ? Désespoir ? Provocation ? Les motifs qui poussent une femme dans les bras d'un amant sont si complexes que la personnalité de l'amant en question et les sentiments que lui porte la dame restent bien souvent secondaires. Toutefois, j'ai la fatuité de croire que je ne vous ai pas été totalement indifférent et que j'ai réussi à me faire aimer pour de bon. Me trompé-je ?

— Taisez-vous !

Mais Bassompierre continuait, creusant, fouillant leur proche passé avec un dangereux plaisir qui lui faisait mal autant qu'à elle.

— Non, je ne me trompe pas. Nous avons été heureux. Vous vous êtes donnée à moi avec tant de fraîcheur. Un don total ou presque ! Songez ! Une enfant de seize ans, exquise, qui s'offrait toute, dont je pouvais user et abuser. Ah, morbleu, je ne m'en suis pas privé !

Son rire était affreux. Floriane se mit à pleurer pour de bon.

— Taisez-vous, François ! supplia-t-elle encore. Vous nous torturez tous les deux.

— C'est juste, soupira Bassompierre. Pardonnez-moi. Je ne suis qu'un vieil imbécile. Mais aussi ! Le coup est rude même lorsqu'on s'y est préparé. Malgré tout, on espère toujours. Je savais qu'Ivreville vous aimait…

Là ! Il avait prononcé son nom !

— … et que fatalement, un jour, vous vous retrouveriez, tout en me disant que, peut-être, il vous était devenu indifférent.

— Je l'ai cru moi-même…

— Jusqu'au moment où vous vous êtes retrouvée dans ses bras à moitié assommée, acheva-t-il. Le regard que ce jour-là vous avez eu pour lui ! Même un idiot l'aurait compris. Dès cette minute, j'ai attendu que vous vous décidiez à me dire la vérité.

— Ce n'était pas si simple, François.

Elle avait une toute petite figure d'enfant triste. Il remarqua combien elle avait maigri, sa violette si pimpante naguère. Maintenant, il ne pouvait même plus la prendre dans ses bras pour la réconforter ! Bassompierre étouffa un juron, ramassa ses gants, son chapeau.

— Je verrai le roi demain, comme prévu. Il ne sera question que de vous. Le maréchal de Bassompierre gardera son célibat. Il y est voué.

Le gentilhomme ricana :

— La première fois, le roi Henri m'a volé ma fiancée, Charlotte de Montmorency, la princesse de Condé. La seconde fois, c'est moi qui au dernier moment n'ai pas voulu de ce poison d'Entragues. Les tracas que j'en ai récoltés ! Maintenant, c'est vous qui ne voulez plus de moi. Juste retour des choses. La boucle est fermée. Ne soyez pas en peine, ma chérie.

Puis il ajouta d'une voix sourde :

— Il est donc si difficile d'avouer à un homme qu'on ne l'aime plus ?

— Jamais je ne pourrai vous dire cela, François. Vous le savez bien.

Un silence. Il la regarda gravement.

— Merci.

Et il la salua, ignorant la main qu'elle lui tendait.

Elle se sentit, tout à coup, pitoyablement seule, dépouillée d'une moitié d'elle-même, appauvrie, tremblante, regardant un peu hébétée la porte par laquelle s'en était allé un être d'exception dont elle n'avait pourtant pas voulu. Elle s'assit sur une chaise et se mit à sangloter, tout doucement, les doigts pressés sur sa bouche.

— Oh ! Artus, Artus ! C'est pour toi, pour toi.

Soudain elle était prise d'un besoin irrésistible de voir le jeune homme, de se réchauffer à lui, de s'emplir de sa présence, de son amour. Mais Artus ne vint pas. Elle reçut un billet hâtif dans lequel il s'excusait d'être obligé de s'absenter jusqu'au lendemain. Le roi l'envoyait en mission quelque part, il ne disait pas où. Après avoir beaucoup pleuré, Floriane se dit que finalement cette absence était la bienvenue. Ainsi, allait-elle pouvoir se remettre de sa douloureuse rupture et retrouver Artus avec sérénité.

*

Un coq chanta à la première pâleur grise. Réveillée par le froid des fins de nuit, Floriane avait frileusement ramené sur elle drap et courtepointe. Ne s'étant pas rendormie, elle regarda à la fente du volet se préciser le jour.

On gratta à la porte et, sans attendre de réponse, Juliette entra, un bol de soupe au lait fumant entre ses doigts.

— Il est l'heure, dit-elle à mi-voix.

— Oui. Bonjour, Juliette.

Celle-ci posa le bol sur un tabouret, près du lit. Sa robe de chambre verte, entrebâillée, laissait voir sa camisole. Floriane vit qu'elle avait la mine tirée de quelqu'un qui n'a guère dormi.

— Juliette ! Vous allez me promettre de vous reposer un peu. Vous êtes lasse et c'est à cause de moi.

— Ne dites pas cela !

Juliette Chapelain se laissa tomber sur le lit et embrassa la jeune fille, ne pouvant retenir sa peine.

— La maison va retrouver son calme et vous vos petites habitudes.

— Et moi, je vais tourner en rond, toute seule, comme une vieille femme stérile, dit Juliette avec amertume. Comme vous allez nous manquer, mon petit !

Ses mots s'étranglèrent. Elle se mit à pleurer. Floriane la prit par le cou.

— Ne m'enlevez pas mon courage. Vous m'aviez promis hier d'être raisonnable.

— Oui, oui, renifla Juliette. Mais je ne peux m'en empêcher. Vous comprenez, avec vous, j'avais enfin trouvé une enfant à dorloter. Ma fille… Dieu sait maintenant si je vous reverrai.

— Espérons-le, Juliette.

— Vous partez ce matin. Le maréchal doit lui aussi quitter Nantes. La vie va reprendre, fade et sans surprise pour maître Chapelain et pour moi.

Floriane imagina leur routine paisible dans une ville que la cour allait bientôt laisser après deux mois d'orages et de tensions, un bouillonnement de gens et de drames qui avait jeté ses vagues jusque dans un ménage à l'ordinaire sans histoires. Elle était triste, elle aussi.

Juliette se leva avec un profond soupir.

— Je vous retarde avec mes jérémiades. Buvez vite votre soupe. Je vous laisse vous préparer.

Cela n'allait pas être long. La veille, Floriane avait rassemblé le peu d'objets qui lui appartenaient. Ses vêtements de garçon avaient été lavés, repassés et l'attendaient sur le dossier d'une chaise avec son chapeau et ses bottes perchées sur la cheminée. Sa tenue de voyage.

Elle s'habilla après une rapide toilette et tira les volets. Il faisait clair. Ils auraient beau temps.

Floriane regarda sa chambre, le lit défait aux draps blancs et épais, la gravure naïve de saint Rogatien et saint Donatien qui souriaient dans leur cadre et là, en bas, le jardinet soigné, odorant, vert et fleuri, le petit royaume de Juliette. En quelques jours, elle s'y était attachée comme à sa propre maison.

François de Bassompierre était revenu la voir le lendemain. Il sortait de chez le roi. En apparence, il était comme si de rien n'était, courtois et de bonne humeur, le même, attitude qui réussit à mettre Floriane presque à l'aise. Elle n'osa toutefois le questionner et attendit qu'il lui parlât le premier de l'entrevue qu'il venait d'avoir.

Ni une totale réussite ni une raison de désespérer. Louis XIII était si profondément marqué par l'exécution de Chalais qu'il avait été particulièrement attentif et réceptif à la plaidoirie de Bassompierre. Interrompant soudain le gentilhomme, qui, avec chaleur, présentait Floriane comme une enfant aimable et insouciante, une victime innocente, il avait murmuré : « Elle danse à ravir et elle aime la musique. »

— Le roi a dit ça ? dit Floriane avec surprise.

— Oui et sans animosité, je vous le jure. Bien au contraire. Il a simplement déploré que votre chemin ait croisé celui de Mme de Chevreuse.

— Et… Et mon procès ?

Le roi n'avait pas caché sa contrariété et son embarras. Ce procès n'avait pas été son affaire mais celle de Richelieu. Faire casser le jugement ou l'annuler, purement et simplement, effacer toute l'histoire, c'était désavouer le cardinal au moment où tous les deux s'épaulaient mutuellement pour faire front, ensemble, à une crise grave. La conspiration avait échoué, certes. Mais ils en restaient meurtris. Tous les coupables n'avaient pas été châtiés. Des mesures restaient à prendre pour éviter qu'à l'avenir pareils troubles resurgissent. Le roi n'était rien sans son ministre et vice versa. Bassompierre devait donc être patient. Qu'il laissât faire le temps et préparât son départ pour l'Angleterre.

— C'est tout ? demanda Floriane, déçue.

— Le roi a aussi ajouté, en souriant cette fois, que ma protégée devait rester sagement dans sa cachette et garder espoir. Tout se fera à mon retour d'ambassade.

— Quand ?

— Le sais-je ? répondit le gentilhomme. Dans trois ou quatre mois tout au plus. Cela passera vite et vous verrez que le roi saura tout arranger.

Floriane soupira profondément.

— J'aimerais partager votre optimisme. Que vais-je faire d'ici décembre, tapie dans cette maison, à demi cloîtrée ? Car si je comprends bien, je ne peux toujours pas me montrer. Saint-Évy me reste interdit.

— En effet, dit Bassompierre. Le roi ne veut pas entendre parler de vous pour le moment ou, plus justement, il vaut mieux que le cardinal n'entende pas parler de vous. Mais vous ne pouvez rester ici, je le sais bien. Tôt ou tard, on remarquerait votre présence. Les Chapelain ne méritent pas de désagréments. J'y ai pensé. Aussi, je vous propose de vous rendre chez moi, en Lorraine, dans mon château d'Haroué. Nul ne songera à vous y chercher et là…

Floriane l'arrêta :

— Je vous remercie mais il n'est pas question que j'accepte. Non, François.

— Entêtée ! s'écria-t-il. Où irez-vous alors ? En Normandie, chez M. d'Ivreville ?

Il se calma un peu en voyant le reproche de son regard.

— Où voulez-vous aller ? reprit-il plus doucement. Vous ne connaissez personne. Vous-même me l'avez dit.

— Si, je connais quelqu'un, répondit Floriane. Quelqu'un qui m'accueillera avec tendresse, chez qui je trouverai l'asile le plus sûr, le plus charmant.

— Peut-on savoir qui est cette secourable personne et où elle niche ? demanda-t-il, moqueur, sans chercher à dissimuler sa jalousie.

Floriane sourit avec un brin de malice.

— Diane de Flosnes, dit-elle. Elle habite Angers.

Et tout avait été décidé très vite. Ne pouvant accompagner Floriane lui-même, Bassompierre lui adjoignait Malleville et un domestique, fournissant les chevaux pour elle et pour la Musette, plus tout l'argent dont elle allait avoir besoin, pendant plusieurs mois. Il se montra si généreux qu'elle protesta mais dut bien vite battre en retraite devant son insistance. La duchesse avait elle aussi mis sa part, n'abandonnant pas sa petite amie même au milieu des pires tracas.

— Elle sera sans doute chassée de la cour et condamnée à l'exil, dans ses terres, soit en Touraine, soit à Dampierre. Mais, ajouta Bassompierre, je la soupçonne de cuisiner au cardinal un tour de sa façon.

— Puissiez-vous dire vrai !

— Je crois notre Chevrette femme de ressources. Elle saura reprendre son destin en main. La reine aura moins de chance. La cour est sa prison.

Le duc d'Orléans et ses amis n'avaient pas encore regagné Nantes qu'ils avaient fui deux jours plus tôt.

— Don Gaston sera peut-être plus docile maintenant. Il a vu ce qu'il en coûtait de cabaler. Le mariage va-t-il l'assagir ?

Floriane imaginait bien mal Monsieur en époux modèle et pondéré.

Comme pour Charles, ils firent appel à Boisrobert qui se débrouilla une fois encore et put fournir, dans la journée, un blanc-seing du cardinal qu'il avait lui-même rempli au nom d'un certain baron Roger de Daphnis escorté de son valet, clin d'œil qui attendrit et amusa Floriane, tout à la fois.

— Je pense que nous n'avons rien oublié. Sortez de la ville demain peu après l'ouverture des portes. Malleville vous attendra à une demi-lieue sur la route d'Angers.

Bassompierre allait et venait dans la chambre. Elle percevait sa nervosité qui répondait à la sienne. Ni l'un ni l'autre ne pouvait se résoudre à prononcer les inévitables et banales paroles d'adieu.

— François, dit-elle enfin, je vous remercie. Vous avez fait preuve d'une telle élégance, d'une telle générosité que je me sens redevable et bien maladroite à exprimer ma reconnaissance.

— Je n'en veux pas ! Vous ne m'en devez pas ! Grâce à vous j'ai vécu les mois les plus charmants de ma vie. C'est donc moi qui avais une dette à effacer, petite violette.

Floriane dressait bien haut le menton pour ne pas se laisser aller à une émotion fâcheuse tout en se demandant si une vulgaire crise de jalousie et une séparation avec pertes et fracas n'eussent pas mieux valu pour son repos que tant de grandeur d'âme.

Bassompierre lui répondit à son habitude, comme si elle s'était exprimée à voix haute.

— Les cris, les injures, les supplications, les reproches, les scènes, en un mot, ne sont plus de mon âge. Un homme mûr, jaloux et vindicatif, sombre dans le ridicule. Autant donner dans la magnanimité, dit-il en souriant.

— Ne rabaissez pas tant de noblesse, murmura-t-elle.

— Vous n'avez rien à m'envier dans ce domaine.

— Comment cela ?

— N'avez-vous jamais songé, enfant chérie, qu'il vous était facile d'épouser le vieux barbon, et son nom et sa fortune, tout en vous réservant le jeune amant de cœur ?

Floriane suffoqua d'indignation.

— Oh ! François ! Jamais l'idée ne m'a effleurée un seul instant.

— C'est bien pour cela que je vous rends la politesse et qu'à mon tour je salue votre droiture. D'ailleurs, ajouta-t-il, je crois que le chevalier d'Ivreville n'aurait pas accepté la situation. Il ne manque pas de délicatesse lui non plus.

Bassompierre éclata d'un rire tonitruant :

— Mes aïeux ! Que de galanterie ! Que de compliments ! Nous sommes vraiment des gens très bien. Ma petite violette, je vous laisse sur ces grandioses échanges. Je pars à la fin d'août en Angleterre. Je sais bien que vous aurez l'appui de M. d'Ivreville mais si vous avez besoin de moi et quelle qu'en soit la raison, n'hésitez pas à me faire signe. Courage, chérie, et à très bientôt.

Alors, n'y tenant plus, Floriane avait couru vers lui, s'était jetée contre lui, tendant sa bouche pour un dernier baiser. François de Bassompierre eut un mouvement de recul. Il rejeta légèrement la tête en arrière et, fermement quoique sans brusquerie, se dégagea de son étreinte :

— Épargnez-moi ça, pour l'amour du Ciel ! fit-il d'une voix brisée.

Il partit très vite, sans se retourner, fuyant l'attrait défendu du trop joli visage. Le fier maréchal, le raffiné gentilhomme dont la courtoisie était la plus belle arme, l'injure à la bouche, la fureur mauvaise, fonça dans le premier cabaret rencontré.

Lorsque Amour me faisait mourir
Bacchus m'est venu secourir…
Et Vénus n'a rien que de laid
Si son hameçon, pour nous prendre
N'a la forme d'un gobelet.

Un gobelet, empli, encore et encore ! Et ce foutu vin qui avait le goût de violette !

Dans la chambre ouverte à l'aube naissante, Floriane s'attardait sur les souvenirs de la veille en vidant son bol de soupe.

Lorsque Artus était enfin venu, elle l'avait d'abord accueilli comme une affamée, ne se lassant pas de l'embrasser pour, tout à coup, se mettre à l'accabler de reproches. Elle avait failli mourir et, malgré ça, il était parti, la laissant seule avec sa fièvre et son chagrin ! Consciente de sa mauvaise foi, elle en rajoutait, hargneuse et contente de l'être.

Ivreville n'était pas du genre à se laisser harceler sans riposter. Floriane avait l'humeur querelleuse ? Elle allait être servie.

— Votre fièvre, vous l'avez bien cherchée ! Si je vous avais vue place du Bouffay, je vous aurais ramenée ici par les cheveux ! Non, quand j'y pense ! Quelle inconscience ! Vous êtes impossible. Quel besoin vous a poussée là-bas ? Et par-dessus le marché, on vous étrangle à demi !

— Excusez du peu !

— Très drôle ! Vous ne ratez pas une sottise.

Doux réconfort qu'elle avait là ! Artus avait vite abandonné son rôle d'amoureux fervent. Elle le lui dit. L'escarmouche s'envenima. Ils se fâchèrent. Floriane jubilait. Elle oubliait Bassompierre et sa trop grande bonté qui lui donnait un sentiment de culpabilité mesquine.

L'orage cessa lorsqu'elle eut annoncé qu'elle partait le lendemain et que le maréchal avait rencontré le roi.

— Bien sûr, le maréchal était certainement plus désigné que moi pour effectuer ce genre de démarche et je n'en aurais pas obtenu plus que lui. C'est un homme remarquable et d'un dévouement rare.

Voilà que les louanges recommençaient, et dans l'autre camp cette fois. Cela en devenait presque lassant, avait songé Floriane, déplorant de sentir autant d'amertume dans la voix d'Artus.

— Un jour, je vous le promets, je serai en mesure de vous protéger moi-même sans le secours d'un autre. Je serai assez influent, assez puissant pour ça.

— Que m'importe, Artus ! Je vous aime tel que vous êtes.

Pouvait-elle lui avouer qu'elle venait de dédaigner pour lui seul, si modeste gentilhomme fût-il, tout ce à quoi il aspirait ?

— Je n'ai pour l'instant que mon cœur et mon épée à vous offrir. Mais, un jour, j'aurai mieux que cela, ma mie.

Il accompagna sa promesse d'un baiser tel qu'elle ne put que lui donner foi. Mais, lorsqu'elle eut précisé que c'était Claude de Malleville qui la conduisait à Angers, Ivreville se fâcha pour de bon.

— Ah, non ! Tout obscur que je suis, je sais me tenir à cheval et courir les routes. C'est même ma spécialité pour le moment. C'est moi qui vous accompagnerai. Je m'en arrangerai ce soir avec M. de Bassompierre.

— Artus, et votre service auprès du roi ?

— Il attendra une semaine. Je peux très bien avoir reçu des nouvelles de ma mère, m'obligeant pour raisons familiales à me rendre en Normandie.

Partir ensemble ! Elle n'osait croire à la possibilité d'un tel bonheur. L'avoir à elle seule plusieurs jours, sans contraintes, sans curieux, sans obligations.

— Ce serait bon, avait murmuré justement Artus, d'être un peu seuls tous les deux. Au fond, nous nous sommes toujours aperçus entre deux portes, entre deux voyages, entre deux disputes ou deux « enlèvements ».

Il se moquait gentiment d'elle.

— Nous avons à faire connaissance.

C'était vrai. La perspective des découvertes qui l'attendaient, de l'intimité qu'allait leur offrir le voyage, lui avait fait battre le cœur et chasser ses derniers regrets.

Floriane, brusquement décidée à partir très vite, se coiffa, empoigna son sac et dégringola l'escalier.

La vue des Chapelain faillit lui ôter son enthousiasme tant leur peine, pour digne qu'elle était, semblait touchante. Jusqu'aux servantes qui larmoyaient et au chat qui vint renifler ses bottes. Elle les embrassa tous, sans d'autres mots que : Merci, merci, mes bons amis. Le visage de Juliette lui fit mal. Elle s'enfuit lâchement et courut au fond du jardin où la Musette et les chevaux l'attendaient.

Ils traversèrent la ville encore tranquille qui se préparait aux tâches de la journée. En passant au Puylory, Floriane vit la Cigogne couronnée étinceler au soleil levant. Elle ne put s'empêcher de ressentir un assez douloureux pincement au cœur.

Malgré elle, elle tourna la tête à droite et essaya d'apercevoir les tours et les étendards du château où logeait Bassompierre.

— Tout va bien ? demanda la Musette avec un sourire bon enfant, que démentait l'inquiétude de ses yeux.

— Cela ira mieux lorsque nous aurons franchi cette maudite porte, bougonna-t-elle.

À la porte Saint-Pierre, elle tendit son laissez-passer. Le garde y jeta un œil distrait et passablement endormi. Une volée de cloches, soufflée par la cathédrale sonnant la première messe, salua leur sortie de Nantes. Floriane avait tellement peur que le garde ne se ravisât qu'elle faillit tomber de cheval en le lançant brutalement dans un galop effréné. Lorsqu'elle fut certaine d'être hors de portée de voix et à peu près rassurée, elle craignit alors qu'Artus ne fût pas au rendez-vous. Avait-il pu se justifier auprès du roi ? Avait-il pu convaincre Bassompierre qu'il remplacerait efficacement Malleville ? Le maréchal avait peut-être été tenté de lui mettre des bâtons dans les roues ? Elle chassa vite cette pensée mesquine, indigne de lui, mais elle traversa les faubourgs de Nantes et leurs jardins, l'angoisse en tête.

Au-delà, la route s'amorçait toute droite. Floriane aperçut deux cavaliers arrêtés sous un arbre, trop loin pour qu'elle pût déjà les reconnaître. Vite, vite, l'éperon furieux, elle voulut savoir. Les deux silhouettes se précisèrent. Sur la tête de l'une d'elles, elle voyait maintenant flamboyer un panache de plumes rouges, un panache frissonnant, hardi, joyeux comme l'amour lui-même. Agitant la main, clamant sa joie, galopant comme une folle, elle passa en trombe devant les deux hommes sans s'arrêter.

— Où court-elle comme ça ? cria Artus à la Musette qui avait plusieurs longueurs de retard sur l'étoile filante.

Il scruta sa gauche avec inquiétude, s'attendant à voir débouler une horde de gardes lancés à sa poursuite. Rien ! Sinon une envolée de poussière. Rassuré, Artus fit signe à Lubin et piqua des deux.

La cage était ouverte. L'oiseau s'était envolé. Finis les remugles, le soleil parcimonieux, les murs, encore les murs pour seul horizon durant des semaines, à l'exception du jardinet de dame Juliette ! Sevrée de mouvements et de grand air, Floriane jetait son carcan et se lançait à corps perdu dans l'espace, essaimant sur son passage tout ce qui alourdissait son âme.

La campagne était sèche et poudreuse, languissante et fatiguée par l'été qui en avait épuisé les verdoiements.

Artus avait mené son cheval derrière Floriane et la laissait galoper seule en tête, devinant et respectant l'allégresse qu'elle ressentait. Il connaissait bien l'attrait des chevauchées en plein vent et le sentiment de puissance, confinant à la jouissance physique, ressenti à mener sa monture, bête et cavalier soudés l'un à l'autre, domination et complicité étroitement partagées, le souffle unique de la liberté vous desséchant les lèvres.

Lorsque Floriane s'arrêta enfin, elle se retourna et le regarda venir. Il l'enlaça d'un bras et mordit dans sa bouche rieuse.

Autour d'eux, les champs pépiaient sous un soleil bien dégagé de ses nuages. Il faisait frais et doux. Un troupeau de moutons passa près du couple, l'encercla, croupes mouvantes, bêlant à assourdir le monde, mais ne parvint pas à les séparer. Rivée à Artus, Floriane sentait le désir naître et croître, aiguisé par le contact de la selle chaude sous ses cuisses et le bruit, l'odeur forte des moutons.

La route avait repris son aspect de ruban tranquille. Le premier village était encore loin, lové au creux d'un vallon. À distance respectueuse, Lubin et la Musette avaient fait halte, eux aussi, et attendaient que leurs maîtres voulussent bien continuer leur voyage. Apparemment, ceux-ci avaient d'autres projets. Les deux garçons virent le chevalier descendre de cheval et aider Floriane à en faire autant. Mais loin de la poser à terre il la garda contre lui, bien serrée, et fit quelques pas en direction d'un bosquet de noisetiers. Le jeune homme marchait lentement, s'arrêtant souvent pour se servir un baiser langoureux qu'on lui offrait avec ardeur. Floriane avait perdu son chapeau et ses cheveux noirs et soyeux prenaient à la lumière des reflets de métal. Bientôt, on ne vit plus rien que ce chapeau garni de rubans bleus qui gisait dans l'herbe haute.

Les deux valets se regardèrent, se comprirent sans un mot et se résignèrent à sauter de cheval eux aussi. Ils s'assirent au bord du chemin.

La Musette sentait sur lui le regard curieux et légèrement hostile de Lubin qui mâchonnait un brin de paille, allongé à plat ventre, le menton dans les mains. Il était de ces moustiques que le gros la Musette pouvait d'une patte anéantir. Mais le bon musicien avait des moyens beaucoup plus pacifiques de se faire respecter par les autres et de leur plaire. Il sortit sa flûte, la polit sur sa manche et se mit à en jouer.

C'était joli et frêle, des airs de chansons qui couraient les rues de Paris, colportées par les vielleux. Lubin n'y résista pas. Sa prunelle brilla. Il battit en mesure l'air de ses pieds. Enfin, il se mit à fredonner les paroles qu'il connaissait.

Ma bergeronnette, ma mie.
Ma bergeronnette, mon souci.

Les branches de noisetiers, touffues, s'entremêlaient, s'allongeaient à ras de terre, s'écartaient en arceaux naturels et secrets.

Ma bergeronnette, ma mie… C'est là qu'Artus déposa Floriane.

Il défit les premiers boutons de sa chemise, passa sa main dans l'encolure. Elle accueillit sa caresse, passive, muette, les yeux fermés, distillant chaque geste, sachant que, derrière ces quelques minutes de douce quiétude, allaient déferler délire et passion aussi violents, aussi revigorants qu'un orage au cœur d'une lourde journée d'été.

Autre chose la retenait.

Artus n'allait-il pas s'étonner de sa science amoureuse ? Depuis leur décevante aventure de Fleury, un maître était passé qui l'avait éduquée, façonnée, rendue habile aux jeux de l'amour, un maître dont elle devait tout oublier maintenant, visage et leçons, pour se donner à l'homme qu'elle avait choisi et qu'elle aimait.

Floriane ouvrit les yeux. Il était là, fier et hâlé, le regard d'or, le corps puissant et souple, couché sur le sien, tel un grand félin allongé sur sa proie. Elle sentait combien il se contenait, muscles durs, mâchoires serrées sous l'effet du désir qui se faisait de plus en plus exigeant. La première fois, il avait été impatient et brutal. Elle comprit qu'il hésitait, tenaillé par un remords ancien, craignant par-dessus tout de la décevoir encore.

Floriane sourit. Ses scrupules s'étaient d'un coup envolés. Artus attendait qu'elle vînt au-devant de lui. Ce n'était pas d'une jeune fille timide et soumise qu'il avait besoin, mais d'une femme, une vraie, ardente, audacieuse, généreuse, esclave et maîtresse à la fois.

Elle se dégagea doucement, se déshabilla très vite bien que la hâte la rendît malhabile. Puis elle se coucha dans l'herbe, menue, délicate et rose comme une fleur fauchée. Bras tendus, jambes ouvertes, elle se laissa admirer et convoiter mais au moment où Artus, n'y tenant plus, allait tomber sur elle, d'une poussée adroite elle le renversa et ce fut elle qui vint se prendre à lui, rapide, légère, aérienne.

Il n'y avait plus de bons ou de mauvais souvenirs. Leurs corps étaient neufs, éblouis l'un par l'autre, égaux devant l'amour qu'ils mordaient à belles bouches au creux d'une nature complice.

Pour Floriane l'amour effaçait les larmes et les peines d'hier, lui donnait le courage d'affronter celles de demain.

Artus ne lui avait-il pas donné son cœur et son épée ? Avec eux, elle serait invincible.

VI

Déchirure

(Septembre-octobre 1626)

UNE BRISE NOCTURNE DISPERSA LES NUAGES. La lune apparut, aussi polie, aussi brillante qu'une opale. Sa clarté laiteuse se répéta en paillettes tremblantes sur les eaux de la Maine, allongea les ombres du château et de ses tours, se coula sur l'écaille argentée des toits d'ardoise, repoussant les ténèbres autour d'Angers endormie dans son plaisant fouillis de maisons et d'églises.

Le rayon de lune glissa sur les façades de bois ou de tuffeau, fit briller une fenêtre entrouverte. Entraînant alors avec lui un souffle léger, monté des jardins et de la rivière, il se faufila entre deux rideaux et parvint ainsi au plus secret d'une chambre.

Ce fut un enchantement soudain : meubles sombres et tentures frémirent sous un jeu subtil d'ombres et de chatoiements ; un grand lit apparut à demi, dans la blancheur éclatante de ses dentelles et de ses draps rejetés ; la lumière enfin révéla un corps abandonné au sommeil.

C'était celui d'une très jeune femme. Inconsciente et charmante, elle offrait à la caresse de l'indiscret rayon des cheveux noirs, épais, une peau à l'éclat de gemme, tout le mystère voluptueux et la lointaine splendeur d'une nuit étoilée.

— Floriane, mon bel astre…

À ses côtés, dans la pénombre, une voix chuchota sa ferveur, sa tendresse.

— Floriane, ma lumineuse, mon insaisissable…

L'admiration prit le pas sur le désir ; une main se tendit vers la dormeuse :

— Pardonne-moi si je te réveille, mais je t'aime trop. Viens, mon amour, viens…

Sous les doigts qui effleuraient sa peau, Floriane s'étira.

— Artus ! protesta-t-elle faiblement.

Elle ouvrit les yeux. Appuyé sur un coude, le jeune homme la dominait de ses larges épaules. Dans l'ombre, elle devina son regard doré. Fleur de nacre, elle lui tendit les bras.

Une fois de plus, ce fut pour eux un bouquet de joies fulgurantes, un éblouissement, un embrasement où ils chavirèrent éperdus dans de vertigineux abîmes. Au-delà de l'amour, au-delà du plaisir, ils savaient désormais que la vie l'un sans l'autre ne serait plus qu'un éternel et insupportable déchirement.

— Floriane…

— Artus… chuchotèrent-ils ensemble, conscients de s'être tout dit sans prononcer un mot.

L'obscurité revint dans la chambre. Floriane se blottit contre son amant.

Artus !… Jeune, séduisant, fougueux, elle l'aimait depuis leur première rencontre chaque jour davantage. Mais sa noblesse, sa fierté, son indépendance farouche la touchaient plus encore que ses attraits physiques.

— Je voudrais que cette nuit ne finisse jamais, murmura-t-elle d'une voix étouffée.

Il l'étreignit plus étroitement sans répondre. Chaque parole, il le savait, ne pouvait qu'approfondir leur désarroi. Son séjour à Angers prenait fin. Huit jours de bonheur s'envolaient avec la légèreté d'un zéphyr. Il fallait se quitter maintenant et cette perspective était intolérable.

— Tu m'as enchaîné, mon amour, et ces liens, j'ai bien peu de courage pour m'en défaire.

— Artus, jure-moi au moins que tu me reviendras vite, très vite…

— Je te le jure, Floriane. Je [illegible] sois triste, surtout pas. Sinon, [illegible]

Il caressa ses cheveux te[illegible] comme une enfant.

— Je te l'ai déjà dit, fit-il [illegible] n'est que l'affaire de deux ou [illegible] je serai de retour. Nous pour[illegible]ous aimer sans nous cacher. Tu verras…

Avec emportement, Floriane posa ses lèvres sur les siennes.

— Je t'attendrai.

Dehors s'annonçait le jour. La gorge nouée, ils le devinaient à des bruissements furtifs, à une pâleur indécise. Une dernière fois, ils se laissèrent emporter par leur passion, les larmes aux yeux, leur chagrin décuplant leur désir.

À l'aube, ils se quittèrent. Floriane, le cœur brisé, écouta les chevaux franchir le portail, leurs pas décroître dans la rue tranquille. Entre elle et Artus, subsistait encore un fil ténu, un lien ultime, plus doux que tous les chants d'oiseaux qui pépiaient sous la fenêtre, plus grave que les premiers carillons des églises. Puis il n'y eut plus rien, pas même un écho. Alors, elle se mit à pleurer.

Prié par Louis XIII d'accompagner le maréchal de Bassompierre dans une importante ambassade à Londres, Artus n'avait pu se dérober à la volonté royale, sa fidélité envers le roi justifiant d'ailleurs la confiance de ce dernier et augurant favorablement de son avenir.

La reine d'Angleterre, qui n'était autre que la sœur de Louis, réclamait son aide : une véritable cabale se déchaînait contre les

Français de sa suite. Sous la houlette de Bassompierre, cette mission ne pouvait qu'apaiser les dissentiments et être couronnée de succès. À leur retour d'Angleterre, il y avait donc tout lieu d'espérer que le roi ne serait pas avare de faveurs. Artus pourrait alors lui demander la main de Floriane et surtout obtenir sa grâce. D'ici là, il était plus sage qu'elle restât à Angers chez son amie Diane de Flosnes. Personne ne la découvrirait sous son pourpoint de gentilhomme.

Pour tout le monde, en effet, Floriane de Saint-Évy était le baron Roger de Daphnis, et portait le costume masculin dans lequel elle avait fui Nantes, victime d'un procès inique qui avait coûté la vie à son frère Charles et fait d'elle une criminelle, son évasion n'ayant finalement réussi que grâce à Artus et Bassompierre.

La matinée s'avançait vite. Diane devait l'attendre. Par courtoisie et par amitié, Floriane s'obligea à surmonter sa peine et sécha ses pleurs. Après sa toilette, elle jeta un dernier coup d'œil à son miroir et descendit auprès de la vieille dame.

Celle-ci somnolait, le visage frais comme un camée, sous des cheveux lissés en bandeaux neigeux. Une levrette enrubannée de rose avait posé le museau sur ses pieds. En entendant la porte se refermer doucement, Diane ouvrit les yeux et vit la pauvre mine de sa protégée.

— Allons, beau gentilhomme, courage ! murmura-t-elle affectueusement. Un jour, la fortune te reviendra. Tu retrouveras ta place et ta maison, tu verras !

*

Une semaine plus tard, parvint à Floriane une lettre de Mme de Chevreuse. En hâte, elle gagna le fond du jardin afin de la lire à son aise.

Des feuillets aussitôt dépliés, s'envola un délicat parfum de tubéreuse. Fugace et léger, le visage de la Chevrette apparut quelques secondes devant ses yeux. Elle crut entendre sa voix, précieuse et grave, distante, chaleureuse, sensuelle et gaie comme la duchesse elle-même. La lettre avait été écrite au château de Dampierre où Mme de Chevreuse avait été exilée après la condamnation de Chalais.

« Petite amie, il me faut quitter la France. Il paraît que, même reléguée au fond de mes terres, je puis encore menacer la paix de l'État et influencer ma pauvre reine. Tout idiot qu'il est, le roi ne se trompe guère, car je n'aurai de cesse de m'être vengée. Ah ! le cardinal ne me connaît pas ! Ce faquin me croit uniquement occupée à des coquetteries mais l'avenir prouvera le contraire, car je m'abandonnerai à un soldat des gardes plutôt que de ne pas tirer raison de mes ennemis [1]. J'eusse préféré gagner l'Angleterre où, vous le savez, j'ai beaucoup d'amitiés. Le roi s'y oppose. J'irai donc en Lorraine. Je sais que le duc Charles [2] n'aime pas Richelieu. Il ne demandera qu'à écraser ce cardinal du diable et je me fais fort de rallier aussi l'Espagne, l'Angleterre, la Savoie sous ma bannière. Tremblez, vilain magot rouge et vous, pauvre roi incapable ! La Chevrette repart en croisade et vous entendrez parler d'elle. »

Floriane ne put s'empêcher de sourire : capable du pire et du meilleur, sachant emmêler avec un art démoniaque l'écheveau politique, la duchesse, en effet, n'était pas créature à se laisser dompter. La jeune fille reprit sa lecture.

La reine Anne, accusée par Chalais, avait subi l'humiliation d'être traduite devant un conseil auquel assistaient le roi, Richelieu et la reine mère. Avec vaillance et fierté, elle avait tenu tête, jurant de son innocence. Non ! Elle n'avait pas désiré la mort du roi pour se remarier avec son beau-frère. « J'aurais trop perdu au change », avait-elle lancé. On s'en était tenu là. Bien que peu convaincu, Louis XIII avait pardonné à sa femme. Belle-mère et belle-fille s'étaient alors réconciliées. Anne avait ignoré le cardinal responsable de tous ses maux. Quant à Monsieur… Gaston

1. Phrases historiques.
2. Charles IV, duc de Lorraine, État indépendant en 1626.

d'Orléans découvrait les joies d'un mariage contre lequel tous pourtant avaient conspiré, lui le premier. Il s'amusait. Le sang versé, les amis disparus, les terribles soupçons du roi à son égard n'avaient en apparence pas entamé sa joie de vivre et son insouciance. Le bal, la comédie, l'amour de sa jeune femme faisaient oublier le reste à l'étourdi de dix-huit ans. Floriane soupira. Elle connaissait Monsieur ! Bon cœur certes, mais l'âme aussi dansante qu'une girouette.

« Petite Floriane, achevait la duchesse, je sais que vous êtes hébergée par une amie sûre. Cependant, vous avez toujours votre place près de moi. Si vous désirez me rejoindre à Nancy, n'hésitez pas. Je vous aime. Tendrement vôtre, Marie de Rohan, duchesse de Chevreuse. »

Suivait un court post-scriptum assez terrifiant dans sa brièveté : « J'apprends que M. d'Ornano est mort le 2 septembre dans son donjon de Vincennes. Rétention d'urine, dit-on. Je vois plutôt là un nouveau crime de Richelieu et une raison supplémentaire de nous venger de lui. »

La disparition de d'Ornano en effet, l'un des principaux membres du complot, évitait un procès pénible mettant en cause de très hauts personnages. Chalais décapité, d'Ornano mort – empoisonné ? – la duchesse en exil, la reine mortifiée…

Dans le jardin d'Angers, le vent soudain, courant sur les roses alanguies de septembre, parut fraîchir. Floriane se sentit lasse, presque incommodée par le parfum doucereux des fleurs ou bien peut-être par le rappel des jours tragiques qu'elle-même et ses amis venaient de vivre. La lettre de Mme de Chevreuse la troublait profondément. Incorrigible Chevrette ! Ah ! elle était loin de posséder sa fougue ! Comme cela lui arrivait sans cesse depuis le départ d'Artus, elle sentit les larmes lui venir aux yeux.

Diane et la Musette se désolaient d'ailleurs de la voir ainsi. Aussi, se sentant scrutée, épiée, mal à l'aise, s'enfuyait-elle souvent pour galoper, solitaire, dans de longues courses autour de la ville.

À dire vrai, la marquise de Flosnes ne reconnaissait plus dans sa jeune pensionnaire la ravissante enfant, épanouie et rieuse, qui l'année précédente avait séjourné chez elle avec sa cousine Alix de Montrouge, tout occupée alors de robes et de chiffons. Elle le lui dit, un soir, avec une sollicitude anxieuse.

— Comme j'étais insouciante…, murmura Floriane.

— Tu étais surtout plus grasse et cela t'allait bien, insista Diane. N'est-ce pas, la Musette ?

Le garçon ne put qu'approuver, lui dont la bedaine tendait à craquer l'immuable pourpoint de futaine bleue.

— À la prochaine visite de M. Turlet, mon médecin, je lui demanderai de t'examiner. C'est un homme discret et…

— Pour qu'il m'ordonne lavements et saignées ? Grand merci !

Floriane regretta aussitôt sa mauvaise humeur. Toute contrariété rendait la vieille dame fébrile et désemparée.

— Ne vous faites pas tant de soucis pour moi, chère Diane. Je me sens tout à fait bien.

— Alors, fais-moi plaisir, mange un peu.

Mais, décidément non, Floriane n'avait pas faim. La désolation se lisait dans l'œil de Jean la Musette :

— Plutôt que M. Turlet, c'est le juif qui vous a soignée à Nantes qu'il vous faudrait assurément.

Expert à sonder les âmes, à soulager les corps, oui, Henry de Mello aurait été bien précieux. Hélas ! il appartenait maintenant au passé et Floriane restait seule face à elle-même.

Cherchant un jour un livre dans la bibliothèque de Diane, elle tomba par hasard sur un traité de plantes médicinales et le parcourut avec le secret espoir de découvrir un remède à son angoisse :

« 100 g de feuilles d'armoise infusées dans du vin blanc, auxquelles on ajoutera des feuilles de sauge officinale finement broyées. »

La Musette, qui ne rôdait jamais très loin de sa maîtresse, la surprit en train de se livrer à la mystérieuse préparation.

— Laisse-moi tranquille ! s'écria-t-elle. Qu'as-tu encore à m'espionner ?

Sans répondre, le garçon regarda la mixture puis avisa le livre ouvert et y jeta un œil.

— Je t'ai demandé de sortir d'ici ! Tu m'horripiles !

Mais la Musette ne broncha pas. Sa figure rose et candide avait toutefois un air effaré, ses yeux allant de Floriane aux pages du livre. Il n'osait croire ce qu'il lisait.

— Tu ne veux donc pas obéir ? fit la jeune fille d'une voix menaçante.

— Si, si, bien sûr, opina la Musette, aussi bouleversé qu'ébahi.

Alors elle le chassa de sa chambre et comme par défi avala l'infusion d'un trait, essayant de se persuader de la toute-puissance des herbes.

— Jean…

Ce ne fut pas un cri mais un très faible râle qui parvint à l'oreille de la Musette resté aux aguets derrière la porte. Il se précipita dans la chambre et trouva sa maîtresse pliée en deux, secouée de hoquets et de nausées. Il n'eut que le temps de tendre les bras ! Floriane s'affala contre lui, le remède n'ayant pas eu l'effet escompté.

Floriane qui avait cru d'abord à un simple retard de la nature, s'était ensuite sérieusement alarmée en constatant l'arrêt du cycle normal des choses, étant assez ignorante sur ce point. On s'occupait d'amour mais non de ses conséquences. Elle avait en tête de vagues images de servantes au ventre rond, de bébés braillards. En fait, elle ne savait pratiquement rien, ou presque, sur la question. Alors, à qui se confier ? Qui pouvait donc lui expliquer ?

De sa patte énorme, la Musette caressait avec maladresse la petite fille qui pleurait sur son épaule. Lui savait, connaissait les symptômes, les dates à rapprocher. Mais entre valet et maîtresse, c'était bien sûr assez difficile à mettre au clair. Il trouva cependant dans son adoration platonique pour Floriane les mots qu'il fallait pour susciter sa confidence et tout le tact nécessaire.

La jeune fille sécha ses larmes. Son malaise se dissipait. Les explications de la Musette éveillaient des souvenirs. Elle revit une ruelle tortueuse de Nantes, l'enseigne de la Cigogne couronnée et, derrière les murs du logis, un homme qui l'avait aimée passionnément. Oui, elle en était certaine ; comme dans les contes, la cigogne lui avait offert un enfant.

— Un enfant, disait justement la Musette, ce n'est pas une maladie. Après tous ces deuils, c'est le bonheur qui revient. Je suis sûr que le chevalier d'Ivreville sera heureux et fier en apprenant la nouvelle.

Un ricanement douloureux lui répondit.

— Le chevalier ! Si je t'ai bien compris, il n'y est pour rien. Cet enfant est celui du maréchal de Bassompierre.

— En êtes-vous sûre ? balbutia la Musette.

Floriane hocha la tête sans rien dire.

Il lui fallait accepter l'inimaginable, dompter la répulsion que lui causait l'idée d'être enceinte, recouvrer son calme, redonner cohérence aux idées qui se bousculaient dans sa tête.

— Ce n'est pas possible ! Mon Dieu, mais que vais-je faire ?

Attendre le retour d'Artus ? Ne rien lui dire, le laisser croire à sa paternité ? Solution assurément la plus commode mais la moins honnête. Or c'était celle que, précisément, lui conseillait la Musette :

— Nul ne saura la vérité. Le chevalier vous aime.

— Mais moi aussi je l'aime ! lança-t-elle dans un sanglot. Et c'est pour cette raison que je ne pourrai jamais le tromper si bassement.

Non, pour rien au monde elle ne dresserait un tel mensonge entre eux. Plutôt ne jamais le revoir, même si cette éventualité devait la faire mourir de chagrin.

En sacrifiant Artus d'ailleurs, elle n'en retrouverait pas pour autant Bassompierre. Elle avait refusé tout ce qu'il lui avait offert, nom, fortune, amour. Mais cette pensée aussitôt formulée, son beau raisonnement s'écroula. Bassompierre, elle le savait, n'hésiterait pas à la reprendre. Il ne faillirait pas à l'honneur en apprenant son état, lui rouvrirait les bras sans hésitation. Les larmes lui revinrent au souvenir du maréchal. Pouvait-elle jouer avec le cœur d'un gentilhomme tel que lui ? Bafouer sa grandeur d'âme, s'enfuir avec un autre puis revenir comme une gamine repentante ? Floriane l'estimait trop pour imaginer seulement un si vil calcul !

— Ah ! mon Dieu, pourquoi ? Pourquoi est-ce arrivé ? gémit-elle. Hélas ! Tout effacer est impossible !

— L'auteur de ce traité en indique peut-être le moyen ? suggéra timidement la Musette.

— Que veux-tu dire ? On ne peut revenir sur l'irréparable.

Elle était décidément l'innocence même et il n'osa insister. D'ailleurs, la vision du corps de sa maîtresse se tordant sous les déchirures d'un poison ou livré aux mains de matrones avorteuses, le révulsait. Certes, il n'avait lui-même d'homme que le nom mais éprouvait intensément d'obscurs désirs d'amour et de paternité, un certain sentiment de puissance protectrice. Floriane n'était pas seule puisque lui était là, capable d'un immense dévouement qui balayait toutes ses faiblesses et sa poltronnerie.

Acceptant avec gratitude ces preuves d'attachement et de vénération, Floriane se sentit un peu rassérénée.

— Il ne faut surtout pas que Mme de Flosnes se doute de quelque chose, murmura-t-elle. Sa santé est fragile et elle se tourmente déjà beaucoup trop pour moi. Maintenant, la Musette, va-t'en. Je voudrais me reposer, réfléchir à tout cela. Tu me joueras de petits airs sous ma fenêtre, n'est-ce pas ? ajouta-t-elle, s'efforçant à sourire et lui désignant du menton la flûte qui dépassait de sa poche.

Restée seule, Floriane sombra à nouveau dans le découragement. Pourquoi le destin s'acharnait-il ainsi sur elle, multipliant épreuves et cruautés ? Une fois encore, il allait falloir abandonner ses rêves, voir ses projets crouler comme châteaux de cartes sous le souffle de quelque esprit pervers. Une fois encore, il allait falloir ravaler ses larmes et douloureusement changer de route.

S'obligeant malgré elle à ne pas songer à Artus dont la seule pensée lui était une véritable torture, Floriane parvint peu à peu à se reprendre.

« Je vais avoir un enfant », se répétait-elle, le fait lui paraissant tellement monstrueux que l'horreur le disputait à l'incrédulité.

Aussi sa décision fut-elle vite prise : elle partirait. Le plus difficile était de l'annoncer à Mme de Flosnes et plusieurs jours passèrent sans qu'elle osât le faire. Comme elle avait maintenant du mal à cacher ses fréquents malaises, Diane parla à nouveau de faire venir son médecin et même d'appeler discrètement Alix de Montrouge restée à Saint-Évy. Ces retrouvailles étaient tentantes bien sûr mais Floriane redoutait la perspicacité de sa cousine Alix, crainte qui balaya ses dernières hésitations.

— Diane, je vais rejoindre M. d'Ivreville, annonça-t-elle un soir à la vieille dame. Je ne peux rester à l'attendre. Cette inaction me rend malade bien que votre hospitalité, votre affection me soient très douces. Comprenez-moi.

Il lui en coûtait de mentir, serrant contre sa joue les mains fragiles aux veinules bleues, de longues et fines mains, baguées de saphirs. La marquise soupira. Sa voix était toute cassée.

— Oui, je te comprends. Moi aussi, j'ai été amoureuse. Va, va donc mais sois prudente. Ah ! tu me manqueras, tu sais !

*

Ils quittèrent Angers de bon matin. Une dernière fois Floriane se retourna pour tenter de reconnaître, niché contre la cathédrale Saint-Maurice, le charmant petit Hôtel de Flosnes où elle avait été si heureuse. Puis, sous le grand feutre qui la coiffait, elle ferma brusquement les yeux comme si elle ne voulait plus voir une ombre chère qui continuait à la hanter.

Outre leurs chevaux, les voyageurs avaient deux montures de rechange et deux valets armés par Diane qui avait absolument tenu à leur remettre aussi une bourse généreuse. Cet argent joint à celui qui avait déjà été donné à Nantes par la duchesse et Bassompierre leur ôtait tout souci financier.

À une lieue de la ville, Floriane leva la main et la petite troupe s'arrêta. On était censé jusque-là suivre la route de Paris. La Musette lui-même ne savait au juste où l'on allait, toutes ses questions n'ayant rencontré que mutisme. À chacun des valets, Floriane tendit deux lettres.

— Toi, porte ceci à Paris, rue des Petits-Champs, à M. de Bassompierre et ensuite cet autre pli quartier Saint-Julien, à l'auberge du Lièvre blanc où loge M. d'Ivreville. Toi, fit-elle à l'autre domestique, galope jusqu'à Boulogne où ces messieurs doivent appareiller pour l'Angleterre. Le maréchal ne projetait pas de partir avant le 1er octobre. Si ce n'est à Paris, mes lettres donc les toucheront avant qu'ils ne s'embarquent. Je compte sur vous.

Leur ayant à tous deux donné une somme coquette et leur ayant promis une autre récompense lorsqu'ils auraient accompli leur mission, Floriane les regarda s'éloigner avec confiance en direction du nord.

— Me direz-vous enfin où nous allons ? demanda alors la Musette.

Mais Floriane répondit par une autre question.

— Toi qui as tant voyagé, connais-tu l'Italie ?

L'Italie ! Qu'avait-elle encore inventé ? L'Italie ?

— Oui, j'y ai accompagné un évêque à Rome, jadis.

— Cette fois, mon bon, c'est Venise que tu visiteras !

Venise ! Pour le coup, le garçon resta bouche bée, s'étant imaginé, non sans logique, que sa maîtresse allait rejoindre Mme de Chevreuse à Nancy.

— J'ai d'abord pensé gagner la Lorraine, expliqua-t-elle, comprenant sa surprise. Mais je ne veux pas me présenter dans mon état chez la duchesse, abuser de sa bonté, rajouter à ses soucis. Quant à la vie de cour, ses intrigues, ses bassesses, non, j'en ai assez ! J'ai besoin de respirer un autre air. Te souviens-tu de mon amie Olyvette ?

Rousse et vive, aimante et enjouée, Olyvette Arnoullet, un jour de printemps, était partie pour Venise, rejoindre un homme qui avait su lui plaire. Un peu plus tard, dans une lettre, elle avait décrit avec enthousiasme la ville et ses amours, invitant Floriane à venir goûter, du moins, aux plaisirs de la première. En plein cœur de l'affaire Chalais, sa lettre avait été vite oubliée. Mais maintenant Olyvette semblait la seule personne vers laquelle pouvait se tourner avec confiance la jeune proscrite.

Un long chemin s'annonçait pour Floriane et la Musette. Mais ils avaient finalement tout leur temps. Jusqu'à fin novembre, les passages des Alpes restaient ouverts. L'automne naissant n'était que soleil et luxuriance. Bêtes et gens ne manifestaient aucune agressivité, aucun désir violent. On s'apprêtait à récolter les présents de la terre, de la vigne et des bois. On allait engranger, abriter soigneusement, sans hâte, dans la plénitude d'une saison féconde, fruits, fleurs, champignons, grappes qui s'alourdissaient encore aux ceps, gibiers à profusion. Quelques années sans guerre et sans armées et le pays renaissait dru et prolifique.

Ce matin-là, le jeune baron Roger de Daphnis qui avait les meilleures raisons du monde pour ne pas galoper comme un forcené, huma donc l'air grisant des grandes routes. Il avait en poche des papiers à son nom, tout à fait en règle, que lui avait fournis son astucieux ami Boisrobert. Il n'avait plus qu'à laisser aller son cheval à l'allure tranquille de la Musette.

De mémoire, Floriane se répéta la lettre écrite à Artus. Elle l'avait recommencée cent fois ; elle en avait pesé chaque mot, se montrant volontairement distante. Mais derrière sa sécheresse apparente, cette lettre n'était qu'un cri d'amour.

« Artus, j'ai décidé de partir. Je sais le mal que vous causeront ces lignes. Je souffre assez moi-même en les traçant. Cependant il vaut mieux nous séparer. Depuis ce malheureux procès, et bien que sans reproches, je ne suis, aux yeux de la loi, qu'une criminelle. Qui pourra jamais effacer mon humiliation ? Le pardon du roi ? Me pardonnera-t-il seulement, lui qui s'est mis sous le joug du cardinal ? Et quand bien même le ferait-il, le nom des Saint-Évy n'en resterait pas moins, et à jamais, entaché. Songez qu'une épouse perdue d'honneur compromettrait votre carrière, ternirait votre renommée. Vous protestez, Artus ? Je connais votre noblesse et votre générosité mais ne me résoudrai jamais à faire entrer l'ombre et le scandale dans la maison d'Ivreville. Artus, je vous en prie, oubliez-moi, et ne cherchez jamais à me revoir. »

Elle n'avait pu se retenir d'ajouter un post-scriptum : « Que Dieu te garde ! Pardon… »

— Veillez sur lui, ô mon Dieu, murmura-t-elle une nouvelle fois, donnez-lui la force de surmonter sa peine, cette force qui me fait si cruellement défaut !

Elle se rappelait maintenant le billet plus laconique mais tout aussi douloureux destiné à Bassompierre :

« Votre violette ne peut faillir à l'honneur. C'est pour cela que je pars. Vous m'avez toujours fait confiance. Vous comprendrez donc que d'impérieuses raisons me font agir ainsi. Cela sera plus dur pour M. d'Ivreville. Il va avoir besoin de vous. »

Allons, il ne fallait plus maintenant regarder en arrière mais tout oublier, s'efforcer uniquement de concentrer ses pensées sur le voyage qui commençait.

*

En d'autres circonstances, Floriane eût apprécié de cheminer avec la Musette. Bon cavalier, toujours de bonne humeur, faisant preuve envers sa maîtresse d'attentions et de soins constants dignes d'une nourrice dévouée, il avait aussi le mérite de tout connaître du royaume de France. Chaque étape dans une ville le métamorphosait en guide expert qui tentait de capter son intérêt. En vain. Elle quitta les bords de Loire dans l'indifférence ; aborda le Berry, plus austère, murée dans un chagrin où rien ne semblait plus pouvoir l'atteindre. Pâle, le visage crispé, elle allait silencieuse, farouche, impénétrable…

Pour la dérider, la Musette, pourtant, tentait l'impossible. Mais auberges accueillantes, raccourcis surprenants, découvertes culinaires, moqueries à l'égard des coutumes rustiques n'avaient guère de succès. Ne voulant désarmer, le brave garçon parlait alors de lui-même en abondance, de sa naissance intervenue un quart de siècle plus tôt au bord d'une route. Ses parents, montreurs de marionnettes, sillonnaient alors le pays, comme tant d'autres « gens de pié » que l'on croisait toujours : bateleurs, moines mendiants, filles de joie, vagabonds, quand ce n'étaient des soldats en rupture de régiment. Le petit Jean avait eu souvent la belle étoile pour enseigne. Ses parents morts, il avait tâté de divers métiers : secrétaire, chantre, arracheur de dents, palefrenier, jardinier, comédien, musicien… et mauvais garçon. Mais ça, Floriane le lui avait depuis longtemps pardonné et adorait son bon, son gros la Musette aux délicatesses de fille. Le seul reproche qu'elle pouvait lui faire était une couardise tenace dont lui-même avait honte. Mais il l'avouait avec une telle candeur dans les yeux… Bah ! Les brigands tant redoutés des voyageurs – et de la Musette – semblaient s'être dissous dans la nature. Octobre, mois flamboyant, déployait ses lumières. Les ormes ou les noyers, plantés au début du siècle par Sully, le long des routes, pour la construction des affûts de canon, avaient poussé et nappaient d'or le pas des chevaux. À mesure que l'on avançait, l'été paraissait se prolonger. Tant de beauté accablait encore davantage le cœur de Floriane.

Les premières pluies firent leur apparition après La Palisse, et les deux cavaliers arrivèrent à Roanne sous une averse violente qui transformait « le grand chemin royal » en un mauvais bourbier où ils avaient l'impression de s'engluer. C'est à peine s'ils distinguaient le vieux château fort piqué sur son éminence et le pont de charpente jeté sur la Loire. Malgré la pluie, le quartier des bords de l'eau conservait une activité justifiée par l'arrivée du coche d'Orléans et le trafic habituel des barques marchandes.

Beaucoup d'auberges, pour ce premier port sur la Loire, se mêlaient à deux ou trois riches hôtels et à un amalgame assez sinistre de petites maisons, taudis et chaumines où grouillait la faune des mariniers.

Floriane et la Musette entrèrent dans l'auberge Saint-Nicolas où le mauvais temps avait rassemblé un échantillon coloré d'individus qui emplissaient une salle de bois et de terre battue de leurs voix bourdonnantes et d'odeurs puissantes. Un feu de fagots soufflait un fumet amer qui n'était pas le plus désagréable. Le tout dans un clair-obscur car aucune chandelle n'était allumée.

Tous les bancs étaient occupés en grande partie par les voyageurs qui étaient arrivés par le coche ; les femmes étaient peu nombreuses.

Floriane et la Musette enjambèrent quelques ballots que des colporteurs avaient posés près d'eux et trouvèrent enfin un coin de table où était assis un jeune homme de mine cossue qui buvait du vin blanc. Un barbier ambulant avait installé cuvette et rasoir près du feu et taillait le poil d'un militaire. Deux moines franciscains, les pieds crottés, le froc poussiéreux, se faisaient des politesses au-dessus d'une miche de pain ronde et brune, chacun voulant réserver à l'autre le soin de dire le bénédicité.

Laissant la Musette vider seul une chopine de vin de Saint-Pourçain, Floriane se jeta sur un plat de corneilles aux choux. Les nausées n'étaient plus qu'un cauchemar et avaient fait place à un appétit d'ogresse que le grand air décuplait. Elle se le reprochait d'ailleurs. Comment pouvait-elle se préoccuper d'autre chose que de son tourment ? Se laisser aller à la gourmandise ? Loin d'Artus, elle n'avait pourtant de joie à rien. Après les corneilles, on leur apporta quelques herbes [1], un saumon, des poires et des beignets au miel. La table avait un raffinement que le gîte ne laissait guère espérer.

1. Salade ou légumes.

Soudain des éclats de voix vinrent troubler leur repas. L'une des servantes, une blondasse un peu niaise, apparemment en difficulté avec des clients, avait appelé le patron à la rescousse. Face à eux, deux très jeunes garçons sirotaient leurs verres d'un air insolent, ignorant injures et menaces qui pleuvaient sur leurs têtes.

— Fripons ! Galefretiers ! Vous allez les donner mes huit sols ?

L'aubergiste montra du doigt un écriteau, accroché bien en évidence sur le mur, entre deux jambons. En grosses lettres était écrit : « Crédit est mort ». Auberges et cabarets exhibaient tous le même avertissement.

— Et ça ? C'est valable pour tout le monde.

L'un des garçons secoua une tête rousse comme un cuivre bien astiqué :

— On sait pas lire.

— C'est pas une raison, petit rogneux.

— C'est pas une raison aussi pour me pincer le derrière ! renchérit la servante d'une voix pointue. Y zont pas arrêté, maître, depuis qu'y sont entrés.

— Hou… la camuse ! la vilaine louve ! pouffa le rouquin.

— On te connaît, reprit l'autre. Ça veut faire la bourgeoise ! Et va donc, madame au cul cassé !

La pauvre fille crut s'étouffer, d'autant plus que les rires de l'assistance n'étaient pas tous pour elle, ses fesses aux rondeurs de courge, qui frétillaient entre les tables, ne pouvant qu'attirer des mains folâtres.

L'aubergiste fit sien l'outrage de sa servante.

— Cessez d'insulter une honnête fille ! Payez et hors d'ici !

Payer ? Les deux filous en avaient-ils l'intention ? Ils firent mine de fouiller leurs poches et se lancèrent un coup d'œil entendu. Alors, d'un bel ensemble, ils sautèrent par-dessus la table et prirent prestement la fuite.

— Au voleur ! Arrêtez-les !

Mais avant que quiconque n'ait eu le temps de réagir, ils avaient ouvert la porte et l'un d'eux filait déjà dehors. Le rouquin eut moins de chance. Se prenant les pieds dans des bagages entassés à l'entrée, il s'affala de tout son long et l'aubergiste d'un bond fut sur lui.

— Petite vermine ! s'écria-t-il en le prenant au col. Ah, tu vas voir ! Je m'en vais de ce pas te remettre aux gardes.

Gigotant comme un diable, le rouquin implora pitié, son visage uniformément rose, moucheté de taches de rousseur qui semblaient faites au pinceau, virant à l'écarlate sous ses cheveux ardents. Tout le monde regardait, fasciné, et attendait la suite, ravi de voir le souper se pimenter d'un spectacle gratuit.

— Oh là, messire l'aubergiste ! Lâchez donc ce garçon !

Les têtes se tournèrent. Floriane s'était levée et dans son habit de cavalier, placidement, s'approchait de l'hôtelier qui agrippait toujours le garnement. Sa parfaite assurance, le velours gris et noir de son pourpoint de voyage, ses bottes hautes de cuir fin, son visage racé de gentilhomme à demi dissimulé par un feutre à grand panache impressionnèrent favorablement l'assistance.

— Lâchez ce garçon, répéta le pseudo-baron de Daphnis d'une voix douce et calme.

L'aubergiste obtempéra à contrecœur :

— Mais vous avez vu ce qui s'est passé, monsieur ! Voilà des gredins sans foi ni loi, de la graine de potence.

Le « baron » hocha la tête et approuva :

— Oui, je sais, je sais…

Puis il regarda le rouquin qui, ayant retrouvé son insolent toupet, le bravait des yeux.

— Tout de même, grommela l'autre en insistant. Ils m'ont volé !

Les protestations de l'hôtelier cessèrent comme par enchantement dès qu'il sentit quelques écus glissés dans sa main.

— Sachez pardonner en bon chrétien que vous êtes, conseilla le « baron ». Et toi, qui ne l'es sûrement pas, allez, file maintenant et qu'on ne t'y prenne plus !

Le jeune lascar ne se le fit pas dire deux fois. Mais avant de disparaître sous la pluie qui tombait toujours, il esquissa une révérence moqueuse à l'intention de Floriane en lui lançant :

— Avec les plus vifs respects de Malemouche, monseigneur !

Floriane regagna sa place, indifférente aux courbettes de l'hôtelier comme aux murmures des clients et des servantes qui n'osaient pas trop montrer leur désapprobation.

« Quelle bizarrerie lui a donc traversé l'esprit ? se demanda quant à lui la Musette, en croquant une poire d'un air pensif. Cela vient-il de son état ? Il est vrai que je l'ai toujours connue ainsi : impétueuse, téméraire, imprévisible… En tout cas, elle prend intérêt à ce qui l'entoure. Très bon signe cela. »

Espérant donc retrouver bientôt sa Floriane d'autrefois, Jean la Musette se garda cependant d'émettre le moindre commentaire. Floriane s'amusa fort de sa mine sérieuse. L'incident la revigorait mentalement. Ce petit – comment s'appelait-il déjà ?… Malemouche ?… drôle de nom ! – lui avait été instinctivement sympathique et elle n'avait pu supporter l'idée de le voir en prison au souvenir récent des quatre murs de sa propre cellule.

Durant toute la scène, le jeune homme assis à sa gauche ne l'avait pas quittée des yeux. Il finit par se lever et se présenta :

— Johanès Landry. Serviteur, monsieur.

De taille moyenne, les cheveux tirant sur le blond, il avait un air réservé et digne qui le faisait paraître plus âgé qu'il ne devait l'être réellement. Seuls, ses yeux bruns, brillant d'intelligence et de bonté, rehaussaient un physique passablement falot. Devinant sans peine qu'il condamnait son intervention, Floriane se nomma à son tour.

— Permettez-moi de vous dire, monsieur, que j'ai trouvé imprudent votre geste de tout à l'heure.

Floriane haussa les épaules avec désinvolture :

— Vraiment ? Voulez-vous laisser punir un gamin pour une bagatelle ?

— Gamin peut-être mais qui a sûrement une longue expérience de filou derrière lui.

— Allez savoir…

— Ce garçon, j'en suis sûr, ne méritait pas votre générosité, poursuivit Johanès Landry. Ce pays est infesté de racaille. Partout, ce ne sont que bandes organisées. Je parierais que ce rouquin et son complice appartiennent à l'une d'elles. Leur tactique consiste à observer les va-et-vient, espionner le monde, évaluer les biens et les marchandises que transportent les voyageurs. Une fois renseignés, leurs chefs attaquent dans un lieu désert, en toute impunité, hélas ! J'en parlais l'autre jour à M. d'Alincourt, le gouverneur de Lyon qui est aussi sénéchal de cette province. Il faut impérativement prendre des mesures pour que cesse le danger permanent que nous courons à voyager.

Apprenant que le baron de Daphnis et son valet se rendaient eux aussi à Lyon, messire Landry leur proposa de se joindre à lui le lendemain, prétextant qu'on n'était jamais trop nombreux sur les routes. Floriane accepta sans difficulté, non pas parce que le prudent Johanès avait réussi à lui communiquer ses craintes mais parce que son comportement, de manière frappante, lui rappelait son frère disparu.

— Et puis, cela nous distraira peut-être, confia-t-elle nostalgiquement à la Musette, trop heureux de continuer leur voyage en rassurante compagnie.

*

— Ah ! c'est vous, Malleville, comment se porte le chevalier ?

Le visage maigre et mat du secrétaire se plissa d'un air dubitatif.

— Il est plutôt mal en point mais les médecins affirment qu'il s'en tirera.

— J'y vais, dit Bassompierre.

Le chevalier d'Ivreville occupait un petit appartement au premier étage de la somptueuse résidence de Wallingford, à proximité de Charing Cross, où Bassompierre s'était installé en arrivant à Londres. Pour le moment, il paraissait dormir, veillé par Lubin, affairé de manière touchante à rafraîchir avec un linge le visage fiévreux de son maître.

— Pauvre insensé ! murmura le maréchal en s'asseyant au bord du lit.

Depuis qu'à Boulogne on leur avait remis les deux messages de Floriane, il avait pressenti le drame et n'avait cessé de surveiller Ivreville durant toute la traversée. L'arrivée à Douvres, plus tard la remontée sur la Tamise dans les barges envoyées par le roi et la reine, l'entrée triomphale par la Tour de Londres, la réception grandiose du comte de Dorset, rien de tout cela n'avait paru concerner le jeune homme. Pour le sortir de sa désespérance, Bassompierre avait tout tenté, l'intéressant à chacune de ses démarches. Que diable ! la situation avait pourtant de quoi faire oublier tout souci personnel ! Buckingham, en effet, multipliait auprès d'eux les visites secrètes, l'insolent et superbe duc entretenant à l'insu du roi Charles Ier et contre la reine Henriette-Marie un climat de mesquineries et de brouilles bien difficile à éclaircir. De leur côté, les Anglais ne savaient qu'inventer pour honorer leur présence. Bals, réceptions, présents se succédaient, et les dames n'étaient pas en reste pour briller en toutes circonstances. On avait même vu apparaître, un soir, sur les tables du vicomte de Doncaster, des pâtés d'ambre gris, de musc et de perles – dix livres la pièce, au moins. Une véritable folie !

Or, quel était le but de cette prodigalité ? Faire admettre à lui, François de Bassompierre, ambassadeur de Louis XIII, que l'on ne voulait plus des serviteurs français de la reine et en particulier de son aumônier, M. de Harlay-Sancy. C'était bien méconnaître son savoir-faire ! En tout cas, il avait réussi à réconcilier le roi et la reine, à rabaisser le caquet de Buckingham et à conserver l'aumônier litigieux.

Mais, dans ce tourbillon de conciliabules, d'escarmouches diplomatiques, de fêtes et d'amourettes, Ivreville était demeuré une ombre, un spectre, indifférent à tout. Quoi d'étonnant, dans ces conditions, de l'avoir retrouvé un matin, gisant grièvement blessé dans une rue mal famée de Londres ?

— Insensé ! répéta Bassompierre, avec une sorte de tendresse dans le regard, teintée peut-être d'une secrète envie.

N'avait-il pas lui aussi eu le cœur brisé par la même petite fille, ensorcelante comme une fée ? Mais, désormais, il n'avait plus l'âge de vouloir en mourir, juste celui de cuirasser son cœur et de taire ses sentiments.

« Que t'est-il arrivé, ma violette, pour t'enfuir ainsi, sans te soucier de ceux qui t'aiment ? » se demanda-t-il une fois de plus.

Son écuyer, Théodoric des Étangs, qu'il avait chargé de découvrir, sinon la fugitive, du moins les raisons qui l'avaient poussée à disparaître si mystérieusement, était revenu de France, bredouille. Mme de Flosnes croyait la jeune fille déjà en Angleterre avec Ivreville. Ses valets avaient déclaré l'avoir quittée avec la Musette, à quelques lieues d'Angers. De là, on avait perdu leur trace. Floriane de Saint-Évy s'était dissoute dans la nature. Que s'était-il réellement passé ? Artus affirmait qu'ils ne s'étaient en rien querellés, qu'elle lui avait juré de l'attendre patiemment. Alors ? La rage s'ajoutait à son chagrin.

— Ses scrupules ne sont que prétextes, répétait-il sans cesse. Elle se moque bien de mon honneur ! La vérité est qu'elle ne m'aime pas, qu'elle ne m'a jamais aimé !

Le maréchal, lui, tendait plutôt à croire que la Chevrette avait entraîné Floriane dans une nouvelle folie, sans pouvoir convaincre Artus du bien-fondé de ses suppositions.

Ce dernier, cependant, s'agitait. Ouvrant les yeux, il découvrit Bassompierre à son chevet.

— Voyez, monsieur, balbutia-t-il avec effort, la mort n'a pas voulu de moi.

— Elle n'aurait pas été glorieuse, chevalier.

— Sans doute. J'essaierai de faire mieux la prochaine fois.

— Vous êtes aussi triste et borné qu'un Anglais, mon cher, plaisanta le maréchal. Guérissez vite de votre blessure et nous reparlerons alors d'un meilleur moyen d'en finir. Si toutefois vous en avez encore envie.

Artus soupira, son beau visage crispé par une douleur plus forte que ses souffrances physiques.

— Vous êtes un bienheureux homme, monsieur, d'ignorer les ravages d'un amour malchanceux.

Le teint naturellement coloré du maréchal vira, d'un seul coup, au rouge brique. Une franche envie de tuer alluma ses yeux. Le jovial, le courtois Bassompierre se métamorphosait sous les regards stupéfaits d'Artus et de Lubin.

— Qu'en savez-vous, triple sot ? lança-t-il brusquement.

Puis il sortit en faisant volontairement claquer la porte.

— Le maréchal a raison, finit par admettre à voix haute Ivreville, revenu de sa surprise. Je me suis conduit comme un lâche et un imbécile. Gémir, traquer la mort dans de méchantes querelles est indigne du nom que je porte.

Sa vitalité naturelle reprenait le dessus.

— Sitôt sur pied, je courrai sur les traces de Mlle de Saint-Évy, la retrouverai, la sommerai de s'expliquer, morbleu ! Ah ! elle croyait s'en tirer avec cette cruauté, cette désinvolture ! Elle va voir ! Ce n'est qu'une coquette, une sans-cœur, une…

Épuisé, Artus se laissa retomber sur son oreiller, et ne pouvant davantage étouffer son amour, ajouta pour lui-même d'une voix étranglée :

— Floriane, ma Floriane, ma tête folle, tu ne m'échapperas pas. Malgré toi, je te retrouverai, toujours…

*

La cour de l'auberge Saint-Nicolas était cernée de bâtiments de pierre et de bois dans lesquels se creusait un passage large et voûté, débouchant sur la rue. Un brouillard assez dense en estompait les contours, assourdissait les bruits. Quoique affairés, nombreux, pressés de partir, bêtes et gens semblaient se mouvoir dans un monde de rêve, sans consistance, chaque mouvement se diluant dans la grisaille silencieuse.

Les « avoués du roi » ou chevaux de la poste royale étaient prêts au départ. Le « L » et la fleur de lys marquaient leurs cuisses solides, soigneusement étrillées. Dans le coche public, avaient pris place un couple âgé, M. et Mme Balmais, les deux moines de la veille et messire Landry. Ils se serrèrent pour permettre à Floriane, arrivée bonne dernière, de s'asseoir. La Musette, après s'être occupé de leurs chevaux, grimpa à son tour à côté du cocher.

Six heures sonnaient à un clocher du voisinage quand l'équipage quitta Roanne. Plus de vingt lieues les séparaient de Lyon que l'on espérait bien atteindre le lendemain.

Le rythme lent du coche sur la route grimpante et sinueuse entretint un moment une somnolence générale. Puis on s'ébroua. M. Balmais révéla sous ses abords réservés et méfiants une nature joviale, ne demandant qu'à s'extérioriser. Lui et sa femme semblaient s'être résignés aux allures équivoques du baron de Daphnis et s'étaient mis à vanter les beautés de leur ville natale. Lyon faisait d'ailleurs l'unanimité parmi les voyageurs, tout heureux de trouver une oreille nouvelle et attentive à leurs propres louanges.

Oubliés le paysage maussade, noyé de brume, les cahots, les aboiements du cocher, les cris des garçons de tête. Lyon et ses collines, Lyon et ses antiquités, Lyon et ses fleuves, dévoilait ses merveilles, s'ouvrait à l'imagination de Floriane.

— Ville noble entre toutes, clama sentencieusement l'un des moines, puisque baignée du sang des premiers martyrs chrétiens.

— « Sagona » ou « sang » a donné ainsi son nom à la Saône, renchérit tout aussi solennel le second franciscain.

Beaucoup plus simplement, Johanès Landry en vint alors à expliquer que, sans effacer la grandeur romaine, les siècles avaient su préserver tout son lustre à la capitale des Gaules. Et d'évoquer l'origine du nom ancien *Lugdunum* ou *« lucens mons »*, le mont des lumières.

— N'allez surtout pas croire ceux qui prétendent que « lug » signifie marais ou corbeaux ou je ne sais quoi encore, par exemple qu'il s'agit d'une divinité gauloise. Non ! Lug égale *lux* : c'est l'évidence.

— Historiquement d'ailleurs, cela se vérifie, précisa Mme Balmais. Le temple de Vénus, bâti sur la colline de Fourvière, était coiffé d'un miroir qui pouvait se voir jusqu'en Savoie. Souvenez-vous des vers de Sénèque : « Je vis au pied d'un mont doré par l'Orient, deux fleuves réunis en un large torrent… »

Johanès Landry crut déceler un brin d'ironie chez Floriane.

— J'espère que vous demeurerez quelques jours en notre belle ville et je serais très heureux de vous faire constater moi-même que nous n'exagérons pas.

Une invitation en règle à séjourner chez lui suivit cette proposition sincère, le jeune homme semblant avoir particulièrement à cœur d'observer le principe d'hospitalité propre aux Lyonnais. Floriane accepta sans se faire trop prier, se sentant décidément incapable de résister à quelqu'un qui lui rappelait de plus en plus son frère ! Un air à la fois juvénile et sérieux, une apparence d'honnêteté, un même sourire s'effaçant aussi vite qu'un rayon de soleil.

Le repas pris – on dîna tôt, peu après dix heures –, un malaise s'installa chez Floriane. Elle étouffait dans le coche fermé.

— Je crois que je vais prendre l'air, s'excusa-t-elle auprès de ses compagnons.

Elle appela son valet et se fit amener son cheval. Le jeune Landry déclara aussitôt que lui aussi ferait volontiers un peu d'exercice et demanda si le baron voulait bien de sa compagnie jusqu'au relais de Tarare, demande à laquelle on consentit d'un sourire.

La route se transformait en un lacet raide et étroit. Bientôt les voyageurs seraient obligés de descendre de voiture et de cheminer à pied. En attendant l'effort, l'estomac repu, ils sommeillaient pour l'instant paisiblement.

Le brouillard à peine moins opaque que tout à l'heure avait des senteurs de feuilles écrasées, de résine et de champignons. À gauche, des branches rousses et jaunes couvraient la pente avant d'atteindre des sapins noirs. De l'autre côté, on devinait, tout en bas, un ravin profond empli de brume.

Ensemble, Floriane et Johanès éperonnèrent leurs montures et s'éloignèrent du coche au petit trot.

*

Qu'avait-on fait d'elle ? Les reins vrillés par une douleur insupportable, les membres tremblants, les tempes où battait la fièvre, la gorge en feu où s'étouffaient les cris, Floriane n'avait plus la force d'esquisser le moindre geste, d'avoir la moindre pensée cohérente. Pauvre corps brisé elle assistait impuissante et horrifiée à un rite démoniaque dont elle était la victime.

Où se trouvait-elle ? Dans quel antre effroyable, quelles profondeurs ténébreuses ? Un énorme brasier aux langues pourpres léchait par intermittence les parois chaotiques d'un trou obscur où se déchaînaient, en une ronde échevelée, les sorcières du Sabbat !

Impudiques et lascives, chevelures déployées, jupes haut relevées sur les cuisses, elles tournoyaient, rasant les flammes qui doraient leur peau et les chaînes qui battaient leurs seins nus. Leurs rires stridents, leurs cris recevaient en écho les grognements impatients et sourds de mâles en rut tapis dans l'ombre. Quelqu'un tendit un bras pour happer au passage l'une des créatures. Un autre l'imita et Floriane vit alors les couples s'étreindre, à même le sol, dans une joute furieuse qui ressemblait à un combat, ivresse attisée par la chaleur du brasier, lutte frénétique et bestiale où sorcières et démons soudés par une rage lubrique sacrifiaient à Satan, leur maître.

C'est alors que Floriane remarqua, terrifiée, une haute silhouette drapée de noir, immobile à l'écart de l'infernale assemblée. Le profil était vague mais bien distinctes étaient les cornes, hardiment fichées sur sa tête. Il était là, dominant ses esclaves, savourant sa puissance, lui, le Malin, le Prince des ténèbres, le diable qui gardait Floriane prisonnière. Et voici que maintenant une barre de fer rougie dans les flammes s'approchait d'elle, brandie par l'Invisible. Les yeux dilatés par l'épouvante, elle sentait déjà la chaleur du métal incandescent qui allait la mutiler, marquer à jamais sa chair de l'empreinte maudite. Elle voulut crier mais ne put que gémir et s'évanouit.

La barre de fer brûlante plongea dans une cruche de vin posée à terre. Il y eut un chuintement, quelques bulles et des éclaboussures. Puis une main versa un peu du vin chaud dans un gobelet et tenta, vainement, d'en abreuver Floriane.

— Inutile de te fatiguer, gamin, siffla la silhouette noire. Elle n'en a plus pour longtemps. Tu aurais bien mieux fait de la jeter dans le ravin, avec les autres.

— J't'ai déjà dit, César. C'est une dette d'honneur. À Roanne, sans elle, j'étais cuit.

César secoua la tête d'un air de doute. Il portait une longue cape miteuse et une sorte de bonnet de feutre où se dressaient des plumes de coq retroussées comme des cornes, sur de grands cheveux noirs et bouclés encadrant son visage morne et patibulaire.

Un gros rire, amplifié par la voûte basse et rocheuse, fusa dans la caverne :

— Ah, ce Malemouche, quel coquin ! Il sauve un fringant cavalier et se retrouve avec une femelle sur les bras !...

— Elle est fichue, grogna une voix avinée. Petit, pourquoi t'en embarrasser ?

Peu à peu, la folie ambiante s'atténuait. Assommés par l'alcool et la luxure, beaucoup somnolaient maintenant, hommes et femmes emmêlés comme après chaque forfait réussi. D'autres continuaient à festoyer goulûment autour d'un mouton grillé et de tonneaux en perce. Aujourd'hui le butin avait été d'importance malgré les chevaux du coche malencontreusement tombés dans le ravin. Les moines, bien sûr, s'étaient révélés menu fretin mais de l'argent et des objets de valeur avaient été récupérés sur les corps des autres voyageurs. Quant à la prise de Malemouche, elle avait été très fructueuse, puisqu'il avait trouvé deux bourses pleines et des bijoux. Chacun avait empoché sa part et César avait gardé le reste sans soulever de commentaires. Du Lyonnais au Forez, du Bourbonnais au Charolais, il était sans conteste le plus habile et le plus redouté des chefs de bandes dont ces provinces étaient infestées. Ses hommes, la plupart des soldats déserteurs, le respectaient et lui obéissaient aveuglément car ils le savaient impitoyable, sauf à l'égard de son jeune frère, Malemouche, pour lequel il avait toutes les faiblesses. C'est pourquoi César avait accepté que le jeune rouquin ramenât dans leur repaire, contre tout usage, le gentilhomme blessé qui s'était vite révélé une femme agonisante.

En dépit des quolibets, Malemouche s'acharnait à sauver sa protégée.

— Hé ! la Julienne, la Margote, au lieu de ronfler comme des bêtes, venez plutôt m'aider.

Lesdites Julienne et Margote, deux jolies filles malgré leurs oripeaux et leur crasse, écroulées dans un coin, mirent un moment avant d'ouvrir l'œil. Mais Malemouche les secoua avec tant d'ardeur qu'elles finirent par se lever, de très mauvaise grâce.

Margote souleva le manteau de Floriane. On lui avait ôté ses vêtements d'homme, et elle ne portait plus que sa chemise trempée de sang. Son visage était blême, satiné par la sueur.

— Pouah ! elle n'est pas fraîche, bougonna la fille.

— On ne peut plus rien pour elle, fit l'autre d'un air dégoûté, sans poursuivre l'examen. Elle est bien trop sonnée.

— J'sais bien. Elle s'est fait piétiner par le cheval du bourgeois qui était avec elle. Mais, Bon Dieu, on peut pas la laisser comme ça ! César, qu'est-ce que j'fais ?

César haussa les épaules avec indifférence. Lui aussi voulait dormir. Son frère n'avait qu'à se débrouiller et jouer au Bon Samaritain si ça lui chantait. L'âge et les hommes se chargeraient vite de transformer l'oisillon en rapace.

Pour Malemouche, c'était clair : tout le monde se désintéressait de lui et de la blessée. Au fond, cela valait peut-être mieux. Ainsi personne n'aurait la tentation de mettre fin à ses souffrances d'un malencontreux coup de poignard.

« Sans elle, à Roanne, j'étais pincé », se répéta-t-il encore pour mieux s'expliquer un geste qui le déconcertait lui-même. Non, il ne pouvait l'abandonner. Sa résolution fut vite prise.

Personne ne le vit sortir de la grotte. Hissant Floriane tant bien que mal sur le dos de son cheval, Malemouche se mit en selle et partit au petit jour, à travers la montagne.

Les Sauvages… Le nom convenait bien à ces monts, à ces vallées rudes et secrètes où perdurait le souvenir de Taranus, l'impressionnant dieu du Tonnerre. Dans le vent et le grondement des eaux du Taret gonflées par les dernières pluies roulant jusqu'à Tarare, quelle contrée, ce matin-là, pouvait mieux que les Sauvages faire écho aux faibles gémissements qui accompagnaient Malemouche dans sa périlleuse descente ?

À Tarare, il n'était plus question que de l'attaque du coche. Des paysans des environs avaient transporté sur une charrette les corps des victimes retrouvés au fond du vallon parmi les débris de la voiture et les cadavres des chevaux. Le seul rescapé du sanglant guet-apens était Johanès Landry que les brigands avaient laissé pour mort sur le chemin. Le barbier-chirurgien de la petite bourgade était venu lui apporter les premiers soins, à l'auberge du Loup d'or. Des contusions, une estafilade, une énorme bosse sur le crâne : le jeune homme ne s'en tirait pas trop mal.

Les corps des moines avaient été confiés au prieuré de Saint-André. Les cercueils des Balmais étaient exposés dans l'église. Johanès, qui connaissait leur famille, se chargeait de les ramener à Lyon, les notables de Tarare lui offrant toutes facilités et escorte pour le reste du voyage.

Johanès Landry pria longuement, agenouillé dans la petite église puis, vers le soir, revint à l'auberge. Demeurant sous le choc, il restait profondément traumatisé par la tragédie de la veille, accablé par la fatalité, ne parvenant à s'arracher à l'horrible vision. Chaque détail lui revenait avec une précision impitoyable.

Sur le chemin roux et brumeux, il était parti au trot, botte à botte avec le baron de Daphnis. Tous deux n'avaient pas échangé un mot. Mais ils avaient senti entre eux s'établir irrésistiblement un courant vrai de sympathie. Le baron était si différent des gentilshommes hâbleurs et suffisants que Johanès avait eu trop souvent l'occasion de rencontrer ! Son charme à lui venait de son extrême jeunesse, de sa réserve tranquille, sans l'ombre d'une ostentation.

Heureux tout simplement de chevaucher ensemble, sans chercher pour autant à approfondir les raisons de leur entente naturelle et tacite, ils avaient peu à peu distancé le carrosse, quand soudain l'irréparable s'était produit. Autour d'eux, des coups de feu avaient claqué, les forçant immédiatement à faire demi-tour. Ils avaient voulu alors rejoindre le coche mais des bandits, sortis du couvert des arbres, une douzaine d'hommes, leur avaient barré la route. Johanès voyait encore le cocher et les valets riposter bravement puis s'écrouler submergés par le nombre ; le baron et lui-même, l'épée au poing, essayant de repousser l'adversaire ; les chevaux du coche devenus fous basculant dans le ravin, les cris de terreur ; son propre cheval prendre le mors aux dents ; le baron jeté à terre ; un coup brutal, enfin, sa chute et l'inconscience.

Qu'était donc devenu le baron de Daphnis ? Était-il seulement en vie ? Les paysans étaient formels : personne, répondant à son signalement, n'avait été retrouvé sur les lieux de l'embuscade. Il avait sans doute été emmené en otage. Que fallait-il faire maintenant pour essayer de sauver celui qui, en acceptant sa compagnie hors du carrosse, l'avait du même coup arraché à la mort ?

— Messire !

Le patron du Loup d'or qui l'attendait dans la cour, manifestement très agité, interrompit ses sombres interrogations.

— Monsieur Landry ! On vient de nous amener une voyageuse gravement blessée. Était-elle avec vous ?

— Non. Il n'y avait qu'une femme dans le coche, Mme Balmais. Où a-t-on trouvé cette dame ?

— Je l'ignore. Un jeune rouquin peu bavard l'a déposée et est reparti aussitôt, sans vouloir donner la moindre explication.

— Un rouquin ? À quoi ressemblait-il ? questionna Johanès se souvenant en avoir rencontré un très récemment. Et cette femme, on ne sait donc rien d'elle ?

— Non ! Le barbier l'a examinée et ma femme s'en occupe. Par malheur, l'infortunée est enceinte. Pourra-t-elle conserver son enfant si elle-même survit ?... Je me demande bien ce qui lui est arrivé ! Un sacré accident, pour sûr ! En tout cas, je l'ai dit à ma femme, il ne faut plus bouger de chez nous ! Les routes sont trop dangereuses, avec toute cette lie qui grouille dans les bois ! Être dévalisé n'est rien à côté de tant de vies perdues.

Johanès opina un instant en écoutant gémir l'aubergiste. Puis ils mirent au point les détails de son retour à Lyon.

— C'est entendu, monsieur Landry. Demain, cinq heures. Je vais voir maintenant où en est la blessée. Si elle pouvait nous renseigner sur sa famille. Tout ce qu'elle réclame, pour l'instant, c'est sa musette.

— Sa musette ?

— Sa musette. Bizarre, non ? La fièvre, sûrement. Mais qu'avez-vous, monsieur Landry ?

— Je veux voir cette femme.

Tout tremblant, Johanès courut au chevet de l'inconnue, une certitude au cœur. Avant de voir, il savait, c'est tout.

Au premier coup d'œil, il reconnut son compagnon de voyage qui reposait, veillé par le curé et l'épouse de l'aubergiste. Comment n'avait-il pas deviné plus tôt qu'un tel visage, une telle finesse, ne pouvaient appartenir qu'à une femme ? Dans l'immobilité proche de la mort, Floriane avait la grâce et la pureté d'une gisante, exerçant sur lui une irrépressible fascination.

Sur-le-champ, Johanès décida de prendre en main la destinée de sa mystérieuse inconnue. Contre l'avis de tous qui pensaient que jamais elle ne supporterait le voyage, il résolut de transporter la blessée à Lyon, là où les meilleurs soins pourraient lui être prodigués.

Aussi fut-ce un bien funèbre équipage qui sortit de Tarare le lendemain à l'aube. Les deux cercueils avaient été solidement arrimés sur une première charrette. Quant à Floriane, toujours inconsciente, elle était allongée sur la seconde, garnie à ras bord de fourrage et recouverte d'une toile épaisse sur laquelle un chapelet avait été accroché. Escorté par plusieurs volontaires de la commune, Johanès Landry suivait, monté sur une mule, les yeux fixés sur la croix d'argent du rosaire qui doucement se balançait devant lui.

VII

Myrelingues la Brumeuse

(Octobre 1626 – juin 1628)

JOHANÈS LANDRY RABATTIT SON CHAPEAU de castor noir à boucle d'argent et retint son manteau que la bourrasque soulevait. Il pressa le pas, ses chaussures glissées dans des galoches de cuir qui atténuaient à peine les méfaits de la fange. De longs chéneaux de bois, dépassant des toits, alimentaient le ruisseau bourbeux de la rue. La pluie incessante faisait craindre le débordement des fleuves. Déjà les ports de la Saône baignaient dans l'eau. Reverrait-on, cet automne, les crues terribles de naguère ? Justement, Johanès parvenait à l'angle de la rue Écorche-Bœuf[1] et de la place de Confort[2] où sur une façade une inscription perpétuait le souvenir du désastre : « L'an 1570 et le dimanche troisième jour de décembre, environ onze heures du soir, le Rhône et la Saône se sont assemblés en la place de Confort au coin de la maison appelée la Tour de l'Ange. » Johanès renifla comme pour chasser ses visions pessimistes. Le drame de Tarare avait ébranlé son naturel placide et fait naître en lui une amitié croissante à propos de la jeune inconnue.

1. Rue Port-au-Temple.
2. Actuelle place des Jacobins.

— Il me faudra bien oser lui demander son nom, murmura-t-il en traversant la place.

Elle était presque déserte. D'ordinaire, les bateleurs s'agitaient et s'époumonaient autour de la pyramide qui rappelait les mérites d'Henri IV, où les inévitables « bavards » de Confort aimaient à échanger les derniers ragots. Aujourd'hui, seuls quelques fidèles dont la foi savait braver les intempéries sortaient de l'église du couvent des Jacobins [1] que l'on s'obstinait à nommer Notre-Dame de Confort, bien que la véritable eût été détruite durant les guerres de Religion.

Ces guerres atroces avaient néanmoins engendré quelques effets bénéfiques, témoin cette rue que suivait maintenant Johanès Landry où, parmi des maisons hautes et étroites, se devinaient des arbres et des jardins et à sa toute extrémité la place Bellecour.

Pour frayer un chemin à ses troupes huguenotes, le sinistre baron des Adrets n'avait en effet pas hésité à percer les enclos des moines. Il en résultait quelques voies verdoyantes et tranquilles, appréciables bouffées d'oxygène à côté des artères étriquées et sales du reste de la ville. Dans cette petite rue Saint-Dominique [2], Johanès Landry avait sa maison.

Une fort belle demeure en vérité, bien qu'elle possédât l'inévitable austérité lyonnaise. Toute en hauteur, le temps n'y avait pas encore mis sa patine ; sa pierre s'enorgueillissait de l'écusson de la famille, un ours superbe. Une petite niche creusée au-dessus de la porte cloutée abritait une statue de la Vierge près de laquelle, le soir, on plaçait une veilleuse. Enfin, chaque fenêtre était munie de vitres ou de vitraux de couleurs alors que beaucoup de maisons ne possédaient encore que de simples papiers huilés.

Blotti contre la porte arrondie de bois blond, un Suisse monumental cherchait à éviter la pluie. Il ouvrit à Johanès.

1. Ou Dominicains. Elle fut démolie en 1808.
2. Rue Émile-Zola.

— Der Teufel ! Quel temps ! jura-t-il d'une voix légèrement pâteuse.

Le goulot d'un flacon sortait de ses basques. Comme tous ses semblables, le « Tarteifle [1] » occupait plus ses journées à boire qu'à bien veiller sur la maison.

Un domestique à demi chauve, sans âge, accueillit le jeune homme. Il lui ôta sa cape et ses galoches.

— Tout va bien, Gilbert ?

— Certainement, monsieur, certainement.

Johanès ne voulut en demander davantage. D'une porte ouverte sur le grand vestibule, lui parvenait le bruit d'une querelle.

— Tricheuse ! Fausse et enragée femelle !

— Menteur ! Tricheur vous-même !

Une pluie de cartes bariolées vola dans la pièce à l'entrée du jeune homme. Il se pencha et ramassa le valet de cœur, objet du litige.

— Je constate que la santé est bonne, railla-t-il gentiment en saluant ses grands-parents.

Étienne et Catherine Borde, les parents de sa défunte mère, laissant là provisoirement leur dispute, firent front à l'insolent :

— Quoi ? Bonne ? Comme tu y vas, mon garçon, grommela le vieil homme faussement outré.

— Avec ce temps, mes pauvres os craquent de partout. Ces rhumatismes sont ma croix, se plaignit Catherine. Mes « plaisances » n'y font même plus rien.

Ainsi nommait-elle les peaux de cygne et de vautour qui enveloppaient ses membres et dont le duvet était réputé soulager les douleurs.

— Elle a même essayé l'onguent que fabrique messire Carême, le bourreau, ricana son mari.

— La graisse humaine qu'il emploie est bénéfique, répliqua Catherine avec hargne, mais je suis trop vieille, voilà tout.

---

1. Surnom donné aux concierges suisses à cause de leur juron. Leur honnêteté douteuse aurait inspiré *Tartuffe* à Molière.

— Eh oui ! soupira Étienne. Ah ! pour moi, une bonne partie de boules et toute la machine repartirait. Mais avec ce temps !

— Attendez le printemps, grand-père. La belle saison chassera les brumes des étangs de la Dombes et celles du Rhône. En attendant, la ville entière baigne dans une humidité dense et tenace.

Johanès parlait d'une voix forte car il savait les vieillards durs d'oreille. Tous les deux habitaient le rez-de-chaussée de la demeure qu'ils avaient eux-mêmes fait construire près d'un demi-siècle auparavant. S'ils ne se chamaillaient pas, ils épiaient les mouvements de la rue, tyrannisaient les domestiques, et couvaient leur Johanès. Rien n'échappait à leur sagacité, et surtout pas l'air absent qu'avait leur petit-fils depuis son retour.

— Elle s'est levée.

— Pardon ?

— Est-ce toi maintenant qui es sourd ? cria Catherine. Je dis : la baronne s'est levée. Mariette dit même qu'elle a bien mangé. Enfin… un peu mieux.

Le visage du jeune homme s'éclaira d'un seul coup.

— Ah ? Elle… c'est une très bonne nouvelle.

— Va donc la voir au lieu de te tortiller sur place ! lança Étienne avec malice.

Dans son état, le bas crotté, le cheveu emmêlé, c'était impossible ! Johanès grimpa quatre à quatre à sa chambre, au second, prit le temps de changer de chemise, de mettre de l'ordre à sa coiffure, de peigner sa frange blond cendré ; il essuya également son visage toujours rasé de près et frotta ses yeux bruns. Il n'était ni beau ni laid mais jeune, sain et paisible et découvrait dans son miroir, pour la première fois de sa vie, la banalité de son apparence à laquelle il n'avait jamais jusqu'alors prêté attention.

Au premier étage, au-dessous de lui, Floriane, connue sous le seul nom de baronne de Daphnis, occupait depuis son arrivée l'ancienne chambre des parents de Johanès, la plus grande, la plus belle de la maison, jouxtée d'un cabinet où s'était installée Mariette, chargée de veiller sur elle. Le docteur Pancrace Marcellin, doyen du collège des médecins de Lyon, assisté du meilleur chirurgien de l'Hôtel-Dieu, prodiguait avec dévouement et persévérance tout son savoir. Sur les conseils de sa grand-mère, Johanès avait aussi fait venir discrètement deux sages-femmes, et les soins conjugués des uns et des autres avaient pu arracher peu à peu à la mort sa mystérieuse protégée dont l'état cependant demeurait toujours précaire.

— Il lui faut du repos, beaucoup de repos, prescrivait inlassablement le docteur Marcellin, recommandation qu'approuvaient entièrement les matrones, considérant comme miracle le fait que la jeune femme eût gardé son enfant.

Prostrée, silencieuse, absente, très pâle et amaigrie, Floriane était restée longtemps immobile dans son vaste lit. Elle avait pourtant repris connaissance quelques jours après son arrivée à Lyon et Mariette affirmait qu'elle avait désormais tout son entendement, même si elle ne parlait pas. Par discrétion, par timidité aussi, Johanès n'avait pas encore franchi le seuil de sa porte. Estimant toutefois le moment venu, il décida ce jour-là de surmonter sa retenue habituelle et d'aller par lui-même se rendre compte du véritable état de la malade. Mariette lui ouvrit, eut un signe entendu en désignant Floriane, pour la première fois assise dans un fauteuil, et sortit de la pièce pour les laisser seuls.

Le jeune homme hésita, les yeux fixés sur la silhouette mince, blottie au fond d'un siège à haut dossier, frileusement enveloppée d'une courtepointe fourrée de chat d'Espagne. Floriane ne le regardait pas, tournée vers la fenêtre d'où l'on apercevait les toits des Jacobins et, un peu plus loin, les branches jaunies des tilleuls et des ormes de la place Bellecour. La croyant assoupie, il voulut aussitôt se retirer mais une voix douce qui fit battre plus vite son cœur, le retint :

— Approchez, monsieur Landry. Venez vous asseoir près de moi.

Alors il vit son beau visage, tout pâle entre deux nattes sombres, un délicat, un attendrissant visage de petite fille, illuminé par des yeux immenses, cernés de mauve. Elle lui tendit la main et lui sourit.

— Madame, je suis heureux…

Johanès cherchait ses mots, ne sachant comment lui exprimer sa joie de la voir renaître.

— Merci, murmura-t-elle. Je sais tout ce que je vous dois.

Elle pressa légèrement les doigts du jeune homme et sa main, en se retirant, fut pour lui une troublante caresse.

— Non, non, je vous en prie ! protesta-t-il. Sans ce petit Malemouche…

— Racontez-moi ce qui s'est passé, monsieur Landry, demanda-t-elle alors, en tournant de nouveau les yeux vers la fenêtre.

Il le fit, non sans grand embarras car les souvenirs étaient pénibles, sans parler de la découverte relative à son sexe, à sa situation de future mère ! Lorsqu'il eut terminé son récit, elle eut un soupir qu'il prit pour un sanglot.

— Mon pauvre la Musette…

Les paysans qui avaient découvert le drame s'étaient en effet chargés d'enterrer à la hâte les corps des valets et du cocher. Johanès, revenu sur les lieux, n'avait pas trouvé trace de la Musette.

— Avez-vous une famille, quelqu'un à prévenir ? On doit se tourmenter en attendant de vos nouvelles, demanda Johanès redoutant à l'avance la réponse.

— Non, personne. Maintenant, je suis seule au monde.

Paradoxalement, cet aveu comblait de joie le jeune homme qui s'en voulut presque aussitôt d'éprouver un tel sentiment, sans pouvoir pour autant museler l'exaltation qu'il ressentait à se découvrir son unique protecteur. Des plaintes et des larmes n'auraient pu être pour lui plus pathétiques que cette brève affirmation. Profondément bouleversé par les paroles de Floriane, Johanès n'insista pas. Seule ! Ainsi elle était seule, cette si jeune femme, tellement éblouissante qu'on ne pouvait l'imaginer autrement qu'entourée, qu'adulée ! Et le père de son enfant ?

Mort peut-être… Il n'osa poser aucune question, se bornant à la regarder, éperdu, envahi par une compassion infinie.

— Cette maison est la vôtre, restez-y tant que vous le voudrez, tant que vous ne serez pas tout à fait remise. Je vous ferai porter tout ce dont vous pouvez avoir besoin. Mes grands-parents et moi-même sommes heureux de vous offrir notre hospitalité.

— Je l'accepte avec reconnaissance, monsieur Landry.

Johanès comprit qu'il lui fallait maintenant se retirer. Il la salua avec dévotion :

— Madame…

— Baronne Floriane de Daphnis, fit-elle avec un gracieux signe de tête.

— Floriane, Floriane…, balbutia-t-il en remontant chez lui, croisant dans l'escalier, sans la voir, Mariette qui retournait auprès de sa maîtresse.

Dans la chambre qu'il venait de quitter, Floriane attendit que sa servante eût bassiné son lit pour se recoucher.

— Vous allez prendre un peu de bouillon, madame ?

— Un peu, si tu le veux, Mariette…

— Il le faut, madame, pour vous et votre enfant.

Le front lisse de la brave fille, brune, fortement charpentée, reflétait la plus grande sollicitude. Floriane appréciait son efficacité autant que sa discrétion. Mariette avait été découverte par Johanès à l'Aumône générale de l'Hospice de la Charité, où les plus démunis de la ville se pressaient, secourus par les bourgeois de Lyon.

Le bouillon avait un fumet de perdrix et de clou de girofle. Sentant le goût de vivre lui revenir malgré elle, Floriane le but jusqu'à la dernière goutte.

— Mariette, laisse-moi seule maintenant. Je voudrais me reposer.

Le lit était chaud et la chambre paisible. Les meubles de noyer, les étains, le grand crucifix d'ébène au-dessus de sa tête lui étaient devenus familiers. Elle regarda le jour s'éteindre derrière la vitre. Il pleuvait encore.

— La Musette, je t'ai donc perdu, toi aussi ?…

Elle n'avait menti qu'à peine tout à l'heure en affirmant à Johanès qu'elle était seule au monde. Il ne lui restait plus rien désormais, excepté cet enfant qui s'accrochait à elle, fardeau qui deviendrait de jour en jour plus pesant. Pour elle, le bonheur était fini, l'amour aussi. Sa vie ancienne reculait, s'éloignait à jamais dans l'ombre du passé. Oui, il valait mieux qu'Alix, que sa sœur Anthonie, que ses amis la crussent morte…

— J'aurais dû réellement mourir, répéta-t-elle en pleurant doucement. Mourir écrasée, au fond d'un ravin, dans ce coche maudit. Artus ! Oh ! Artus, mon cher amour…

*

Johanès revint chaque jour, lui apportant des livres, un luth, des friandises. Sur sa demande, il fit venir un prêtre avec lequel elle parla longuement sans pour autant trouver consolation et réconfort. Plus futile, mais tout aussi utile, elle reçut la visite d'un tailleur qui prit ses mesures, s'enquit de ses goûts, et lui confectionna en quelques jours un début de garde-robe. Quant à Étienne et Catherine, ils se cantonnaient dans leur domaine du rez-de-chaussée, se contentant de faire régulièrement demander de ses nouvelles et lui faire porter liqueurs et fruits confits. Aussi, dès que Floriane fut assez solide sur ses jambes et convenablement vêtue, sollicita-t-elle une entrevue pour les remercier de vive voix de toutes leurs attentions.

Ils l'accordèrent sur-le-champ. Bien qu'ils ne l'eussent avoué pour rien au monde, ils brûlaient tous deux d'une curiosité qui n'avait d'égale que leur méfiance. Quelle était en effet cette jeune femme qui tournait complètement la tête de leur petit-fils ? Était-ce par ailleurs bien convenable de se hasarder sur les routes avec un seul valet pour toute escorte ? Être aristocrate, bien sûr, expliquait certaines extravagances que n'en réprouvait pas moins profondément leur esprit bourgeois. Qu'en aurait-il été, s'ils avaient de surcroît appris que Floriane voyageait sous un habit masculin, ce que Johanès s'était bien gardé de leur révéler ?

Elle leur apparut, donc, toute fragile dans sa robe de chambre de gros drap bleu, bordée de petit-gris au col et au bas des manches. Ses cheveux étaient sagement tirés en « comète », c'est-à-dire qu'ils tombaient librement sur sa nuque, dégageant parfaitement l'ovale d'un visage pur et sans fard. Floriane fut avec eux d'une grâce et d'une courtoisie extrêmes. Johanès l'ayant présentée comme la veuve du baron de Daphnis, sa jeunesse, son malheur émurent Catherine. Étienne fut touché lui aussi, mais par un sentiment d'une tout autre nature, ses allures dignes et bourrues de vieil ours qui était son emblème, dissimulant un goût prononcé pour les jolies femmes dont il avait jadis beaucoup goûté les faveurs.

« Quelques rondeurs en plus, se dit-il, et tudieu ! la bougresse serait divine ! »

— Holà, Johanès ! cria-t-il à son petit-fils qui rentrait justement. Viens donc ici ! je veux que nous buvions en l'honneur de Mme de Daphnis.

Une servante s'empressa. On apporta du vin d'Alicante et des coupes de raisin de Damas. Johanès approcha son verre de celui de Floriane puis ils burent ensemble, leurs regards quelques secondes unis. La jeune femme détourna la tête la première, pas tout à fait indifférente à ce muet et très fervent message. Johanès semblait plus intimidé encore qu'à l'ordinaire, ignorant complètement les coups d'œil narquois de son diable de grand-père qui se réjouissait fort de son trouble.

Annoncée par Gilbert, la visite impromptue de Mlle Bonvisi arriva à point.

— Ah ! Lucrèce ! Entre vite ! s'exclama avec enjouement Mme Borde qui adorait voir du monde.

Une blonde élancée, au maintien fier et quelque peu provocant, toute vêtue de velours vert, paraissant environ dix-huit ans, fit son apparition. Ayant salué rapidement Johanès et les époux

Borde, elle s'avança résolument en direction de Floriane comme si seule l'intéressait la baronne de Daphnis. Johanès fit les présentations.

— Mlle Bonvisi est la filleule de mon oncle Dangon. Presque une cousine, par conséquent.

— À vous entendre, cher cousin, vous aviez ramené de Tarare une demi-morte ! Je suis heureuse de constater qu'il n'en est rien.

Étienne et Catherine voulurent protester mais Floriane les interrompit doucement :

— Sans doute M. Landry a-t-il exagéré.

— Ah, ce cher Johanès ! soupira Lucrèce. On ne le changera jamais : toujours inquiet, scrupuleux à l'extrême…

Elle toisa avec insistance son cousin, feignant une indulgence attendrie qui contrastait avec sa voix acerbe, accepta la coupe que lui tendait maître Borde. Floriane en profita pour mieux la détailler.

Lucrèce Bonvisi était d'une beauté altière, soulignée par des yeux noirs, veloutés, une carnation parfaite de blancheur, une luxuriante chevelure blonde, une gorge enrobée : le type même de la Lyonnaise, masquant un tempérament de feu sous des airs de vertu.

Lucrèce appartenait à l'une des plus anciennes familles italiennes établies à Lyon au siècle précédent, avec les Gondi, les Salviati, les Gadagne. Elle devait donc emprunter à des origines transalpines ce regard de braise, cette ardeur couvant sous une apparente froideur.

— Eh bien, que pensez-vous de notre bonne ville, madame la baronne ? questionna-t-elle avec une insolence apparemment perçue de Floriane seule et peut-être d'Étienne qui ricana en sirotant son vin d'Espagne.

— Il ne m'a guère été possible jusqu'à présent, vous l'imaginez bien, de découvrir Lyon. Mais, bientôt, peut-être…

— Je serai volontiers votre guide, si vous le voulez.

— Comme ce serait gentil à vous, Lucrèce ! s'exclama Johanès avec reconnaissance, embrassant du regard les deux jeunes femmes, l'une brune, fragile, émouvante, l'autre blonde, orgueilleuse, dressée sur ses ergots en feignant l'innocence.

Cette rivalité inattendue amusa Floriane une seconde, mais sa fatigue présente la détourna bien vite d'un petit duel qu'en d'autres circonstances elle aurait pris plaisir à prolonger.

— Pardonnez-moi, dit-elle, mais je me sens très lasse. Permettez que je me retire. Merci encore à tous de m'avoir accueillie si chaleureusement.

La tête lui tournait un peu. Sa faiblesse d'abord, le vin d'Alicante sans doute, le bavardage des deux vieillards, l'audace de cette Lucrèce, les yeux de Johanès, tout contribuait à son malaise. Il y avait aussi cette grande maison un peu trop solennelle, si calme, sombre et encaustiquée ainsi qu'un oratoire. Dans ses murs, dans la grande cité qui la cernait, palpitait une vie inconnue qui l'oppressait inexorablement.

« Ici, je ne suis qu'une étrangère, pensa-t-elle avec découragement. Une étrangère qui ne sait même pas où elle va. »

Parvenue à sa chambre, elle en chassa Mariette, s'effondra sur son lit et s'abandonna à une apaisante somnolence pour tenter d'oublier.

Des coups discrètement frappés à sa porte la tirèrent d'une torpeur sans rêves. La porte s'entrouvrit, laissant apparaître la silhouette de Johanès.

— Vous dormiez ? Pardonnez-moi…

— Non, je ne dormais pas, murmura Floriane en se redressant. J'essayais seulement…

— Vous ne voulez pas un peu de lumière ?

— Si vous voulez…

Elle le laissa allumer un chandelier, fit quelques pas vers sa toilette pour arranger sa coiffure. La chambre s'étoila d'un grand cercle lumineux. Un peu d'or sembla se fondre dans les meubles et les objets. Johanès se retourna et vit alors le visage défait de Floriane.

— Madame ! Comme vous êtes pâle ! Faut-il que j'appelle Mariette ?

— Non, monsieur Landry, ne vous inquiétez point. Dans mon état, c'est assez naturel.

Le jeune homme avait l'air si franchement désolé que Floriane voulut le rassurer, s'efforçant de son mieux de raffermir son maintien et sa voix. Elle lui devait bien ça.

— Pardon ? Que disiez-vous ? demanda-t-elle, s'apercevant qu'elle n'avait même pas écouté sa dernière phrase, toute perdue qu'elle était dans ses réflexions.

— Je disais..., je voulais savoir, simplement, si vous aimeriez venir avec nous, dans mon domaine de Mirieu ? Nous avons coutume de nous y rendre à cette saison, celle de la pêche des étangs.

— Mais oui... Je ne sais... Pourquoi pas ?

Floriane se sentait prise au dépourvu. Depuis son accident, elle n'avait plus de but, se laissait vivre – ou plus exactement survivre – au jour le jour, sans avoir ni la force, ni le goût de faire un quelconque projet. Johanès s'anima.

— J'en ai parlé au docteur Marcellin. Il n'y voit aucune objection, bien au contraire. Un changement d'air ne pourrait que vous être bénéfique. Vous iriez en litière avec ma grand-mère Catherine. Mirieu n'est guère éloigné et c'est une si jolie campagne !

Floriane comprit qu'un refus décevrait son généreux sauveur.

— Évidemment, si vous préférez rester ici, je n'insisterai pas. Mes grands-parents sont en ce cas tout disposés à vous tenir compagnie.

— Je m'en voudrais de modifier leurs habitudes, assura-t-elle avec grâce. C'est entendu, j'irai avec vous.

Il n'était pas dans les manières de Johanès Landry de se montrer démonstratif. Mais son sourire radieux prouva, s'il en était besoin, la joie que l'acquiescement de Floriane venait de provoquer en lui. Avec ferveur, il lui baisa la main et ne pouvant contenir davantage son allégresse se retira sans demander son reste.

Le surlendemain, Floriane s'installait dans une litière portée par deux mules, auprès de Catherine et d'Étienne Borde qui l'obligèrent à se couvrir comme eux de capes et de couvertures, tous trois disparaissant sous un véritable rempart protecteur qui ne laissait visibles que leurs yeux et leurs nez.

— Gare au brouillard ! avertit Étienne, en s'enfouissant encore davantage sous sa fourrure.

Johanès suivait à cheval.

Derrière les rideaux tirés de l'attelage il fut difficile pour Floriane de découvrir Lyon. Ayant réussi cependant à dégager une main, elle souleva un pan de cuir et fut déçue. Dans la rue qu'ils suivaient, se succédaient, tassées les unes contre les autres, des façades anonymes et hautes, de maçonnerie grossière, d'une morosité désolante. Une odeur d'excréments et de détritus envahit alors toute la litière. Catherine eut un grognement dégoûté ; Floriane laissa retomber précipitamment le rideau.

— Cramponnez-vous ! Nous attaquons la colline de la Croix-Rousse !

Floriane fit comme les vieux époux : elle s'accrocha aux courroies fixées aux parois de la litière qui avait pris une inclinaison plutôt inconfortable.

— Ça monte ! ça monte ! plaisanta Étienne aussi agité qu'un gamin.

Parvenus cahin-caha en haut de la Grande Côte, on s'arrêta quelques minutes pour laisser les bêtes reprendre leur souffle avant de repartir d'un pas tranquille. À cette heure matinale, l'équipage fut l'un des premiers à franchir la porte des remparts. Sur le plateau de la Croix-Rousse, l'air était fort vif et sentait l'humus. Ce n'était pas pour le simple plaisir de grimper la rude côte, mais bien pour en respirer les souffles purs, que les Lyonnais, même ceux qui n'avaient pas le bonheur de posséder dans les parages une maison de campagne, aimaient venir se promener les dimanches ou les jours de fête.

Ce jour-là, les cloches tintaient aux chapelles des couvents ; auberges et boutiques ouvraient déjà le long de la Grande Rue.

Étienne Borde fit arrêter la litière devant l'une d'elles et se fit apporter un verre de vin de Bourgogne pour lui et Johanès.

— Ce vin est bien meilleur qu'en bas ! dit-il avec malice à l'adresse de sa femme et de Floriane qui avaient refusé de boire avec eux. Celui-ci au moins n'a pas payé de taxes !

Situé en effet sur la seigneurie de Cuire, commune du Franc-Lyonnais, le faubourg de la Croix-Rousse bénéficiait de certaines mesures fiscales aussi appréciées des boutiquiers que de leur clientèle !

La fameuse croix, elle, dressée à un carrefour, resplendissait, toute blonde et toute dorée dans sa pierre de Couzon que réchauffaient les premiers rayons du soleil [1]. Laissant à gauche la route de Vimy [2], l'attelage prit sur la droite le chemin de Bresse lui aussi généreusement inondé par la clarté de l'aube naissante.

Ils traversèrent ensuite deux ou trois villages, croisèrent des voitures débordantes de légumes et de volailles ébouriffées, des charrettes transportant des ballots de chanvre que la région produisait en abondance. Puis ils s'engagèrent sur un chemin boueux, conduisant à la « maison forte » du seigneur des lieux. Un logis de briques roses, à deux étages, épaulé d'une tourelle et coiffé de tuiles sombres, se dressait devant eux, fier et solide dans sa noble et rustique simplicité. Floriane eut pour lui un coup de cœur immédiat et ne put retenir un cri admiratif :

— La ravissante maison !

Au-dessus des toits, une couronne rousse et orangée d'arbres encore feuillus répondait aux couleurs vives des murs où un rosier fané s'accrochait. Autour de la cour, s'ordonnaient les écuries, le fenil et le bûcher. Non loin, s'apercevaient le toit trapu d'une église, son clocher à trois étages et les tuiles du petit village de Mirieu-en-Bresse. Bâti sur un « poype » ou butte légère,

1. Située à la jonction des rues de Margnolles et de la montée de la Boucle, cette croix fut détruite à la Révolution.

2. Nom de Neuville jusqu'au milieu du XVIIe siècle.

l'ensemble était cerné de prés et de bosquets, par une rivière où tournait un moulin, une campagne grasse, sereine, empiétée peu à peu par les étangs de la Dombes voisine, aux jeux mouvants et métalliques.

Johanès Landry avait acheté huit mille livres le fief de Mirieu, dépendant des moines de l'abbaye de l'Île-Barbe. Il pouvait faire valoir quelques droits de justice, porter aussi le titre de seigneur qui lui revenait légalement, en tirer maints avantages et surtout considération pour sa noblesse toute neuve.

Avec fierté, il fit à Floriane les honneurs de sa demeure. À sa suite, elle traversa des salles hautes, jeta un œil aux plafonds sculptés, aux cheminées imposantes où rougeoyaient des flammes hospitalières. Elle visita les étages et prit possession de sa chambre que Gilbert et Mariette, envoyés en avant-garde, avaient garnie de panneaux de tapisserie et de deux « archebancs » de chêne encaustiqué, contenant son linge et ses hardes. Bien que provinciale et simple, il régnait dans toute la maison un parfum de quiétude, de noblesse discrète et charmante que Floriane retrouva avec un plaisir non dissimulé.

Tout de suite, elle se sentit bien à Mirieu, au cœur d'une nature qui semblait encore ignorer la venue prochaine de l'hiver. Pendant que Johanès surveillait la pêche des étangs, dame Borde s'affairait dans les cuisines à la préparation de quenelles de brochets et de terrines de poissons dont Floriane suivait les recettes d'une oreille distraite. Toute la maison embaumait les mousserons séchés, les châtaignes grillées et les fruits rangés sur des claies. Étienne, lui, taquinait les servantes à l'insu de son épouse. Parfois, une querelle éclatait et Floriane était prise à témoin. Elle préférait alors s'esquiver et s'en aller toute seule dans la campagne, au gré de son humeur et de sa fantaisie.

Contre l'avis des Borde qui craignaient pour elle l'humidité malsaine de la Dombes, elle en pénétra le monde aquatique, caché derrière de grandes herbes brunes. Johanès lui avait expliqué que venaient s'y poser beaucoup d'oiseaux, la plupart migrateurs. En novembre, seuls canards et sarcelles peuplaient l'univers de silence et d'effluves limoneux. Confusément, Floriane sentait qu'elle aussi n'était que de passage. Un jour, elle en était certaine, elle rouvrirait ses ailes, reprendrait son vol interrompu.

S'aventurant un après-midi plus loin que de coutume, elle parvint au bord d'un plateau et découvrit, à ses pieds, le Rhône qui serpentait entre des îles teintées de rose. Puis, relevant les yeux, elle vit surtout, barrant tout l'horizon, le rempart majestueux et altier de la chaîne des Alpes qui, bientôt, se couvrirait de neige. Alors, les routes seraient fermées. Trop faible encore pour affronter ce difficile voyage, Floriane se demanda quand elle pourrait gagner l'Italie, retrouver Olyvette. Au printemps ? Impossible ! Elle serait sur le point d'accoucher ! Elle soupira et, songeuse, reprit à pas très lents la direction de Mirieu.

Venise lui paraissait bien loin, Venise dont elle avait souvent voulu connaître les beautés décadentes, le charme trouble, les brillances sensuelles et qu'elle redoutait maintenant. Quel pourrait être là-bas le destin d'une fille de seize ans, sans fortune, seule surtout pour élever un enfant ? Olyvette serait-elle pour elle un refuge ? Olyvette et sa soif de plaisirs, happée sans doute par tous les pièges de la volupté ?

« Ne pense plus à rien, se dit-elle sur le chemin du retour. Respire, regarde autour de toi ces arbres, ces prés, ce manoir rose là-bas, où t'attendent des êtres simples et bons. »

Mais que pouvait-elle faire pour vaincre son désarroi, pour oublier l'enfant qu'elle portait, pour oublier Artus dont le lancinant souvenir lui donnait, nuit et jour, l'envie irrésistible de mourir ?

L'enfant ! Ah, chaque fois qu'elle y pensait, chaque fois qu'elle prononçait le mot, Floriane sentait comme un nouveau coup la poignarder ! L'enfant de Bassompierre ! Sa trahison envers Artus était-elle si grande pour en être si durement châtiée ?

Toutefois, elle ne regrettait rien.

« Tout est arrivé malgré nous, en dépit de notre volonté profonde », pensa-t-elle.

Que d'insouciance ! Que d'inconstance ! Que de vertiges, de joies, d'élans surtout, d'appétits insatiables malgré les larmes, malgré les drames qui pourtant n'ont pas manqué !

« Je suis repartie chaque fois plus enflammée, plus exaltée. Mais j'étais libre alors, non pas une créature pitoyable, affligée de toutes les servitudes féminines. »

À Angers, en découvrant, horrifiée, son état, quelque chose s'était brisé en elle.

L'enfant ! Encore et toujours lui ! Il la tenait à jamais enchaînée !

Floriane était si bouleversée en arrivant à la maison qu'elle préféra ne pas rentrer tout de suite. Afin d'échapper à la curiosité d'Étienne et de Catherine, elle gagna le jardin qui s'étendait derrière, cerné par des murs de brique. Quadrillé de buis, il offrait en son centre une vasque où s'éclaboussait un dauphin de pierre. Floriane s'aperçut trop tard que Johanès s'y trouvait. Elle n'osa faire demi-tour. Le jeune homme vint à sa rencontre.

— Vous êtes partie longtemps aujourd'hui. Je m'inquiétais un peu…

— Il ne fallait pas. Marcher me fait du bien.

L'air, il est vrai, lui donnait un teint de fleur. Johanès voulut le lui dire, lui dire aussi que les traces qu'il voyait sur ses joues le rendaient malheureux, très malheureux. Mais il n'osa pas.

— Vous êtes triste ? se contenta-t-il de lui demander.

— Mais non, personne ici ne peut l'être. J'aime Mirieu.

Il tourna vers elle un visage rayonnant comme si l'aveu lui était destiné.

Sous le soleil pâle, des mèches plus blondes éclaircissaient sa frange. Floriane remarqua combien le bonheur seyait à ses traits d'ordinaire sans éclat. Elle prit le bras qu'il lui offrait.

Leurs pas glissèrent sur le sable de l'allée aussi silencieusement que le long manteau noir de Floriane. Ils s'assirent sur un banc, face au dauphin de pierre qui continuait, imperturbable, de lancer son mince filet d'eau. Le parfum du buis, âcre et vert, se concentrait dans l'air frais de novembre. Sensible à la quiétude, à la qualité de l'instant, Johanès s'enhardit :

— J'espère que cet arrêt forcé chez nous, que cette étape, ne contrarie pas trop vos projets ?

Devinant qu'il ne pousserait pas sa curiosité plus avant si elle ne l'y aidait pas, Floriane pensa qu'il méritait bien quelque confidence.

— Lorsque nous nous sommes rencontrés à Roanne, je me rendais en Italie, à Venise plus précisément. Je devais y rejoindre une amie.

— Votre amie a dû s'inquiéter en ne vous voyant pas arriver ?

Floriane baissa le front et répondit :

— Elle ignorait ma décision d'aller la retrouver. Je vous l'ai dit : personne ne se soucie de moi.

Johanès la regarda avec une intensité trahissant son trouble intérieur. Ce profil qu'il dévorait des yeux, comme sculpté au burin dans le marbre le plus pur, entouré des plis harmonieux d'un capuchon de velours, était celui d'une madone penchée sur un très douloureux secret.

— Je voudrais vous aider, murmura-t-il.

Floriane redressa la tête et surprit dans son regard une telle adoration, une telle tristesse aussi, qu'elle fut profondément émue.

— Vous avez tant fait déjà, lui dit-elle.

— Je voudrais faire plus, beaucoup plus.

— Johanès…

Elle prononçait son prénom pour la première fois. Le jeune homme tressaillit, entoura Floriane de ses bras et doucement la serra contre lui.

— Floriane, laissez-moi veiller sur vous, sur l'enfant que vous attendez. Je vous en prie, ne répétez plus que vous êtes seule. Je suis là, près de vous, pour vous.

Immobile, le cœur battant, Floriane l'écouta sans manifester la moindre surprise. Elle pensait simplement avoir retrouvé quelque chose depuis longtemps perdu, oublié, et n'osait pas bouger de crainte que ne se dissipât l'irremplaçable impression. Depuis combien de temps n'avait-elle pas été tenue ainsi enlacée, n'avait-elle pas senti la solide et chaude protection que seuls peuvent procurer les bras d'un homme ? Ce contact aujourd'hui ne la troublait en rien. Bien au contraire. Il allait au-delà du bien-être physique éphémère.

Se méprenant sur le silence de Floriane, Johanès crut qu'il l'importunait et voulut la libérer. Elle le retint.

— Non ! Restez encore.

C'était si bon de n'être soudain que faiblesse, d'écouter une voix qui vous réconfortait, de sentir une volonté qui endossait vos peines. Enivré, Johanès exauça la douce supplique :

— Floriane, Floriane..., balbutia-t-il.

Elle devina qu'il luttait éperdument contre le désir de l'étreindre encore plus passionnément et que sa bouche posée sur sa joue ne demandait qu'à rejoindre la sienne. Alors, elle s'écarta un peu de lui, le faisant lâcher prise, ne gardant qu'une de ses mains, serrée très fort entre ses doigts.

Il détourna la tête, fuyant les yeux qui le brûlaient. D'où venait-elle, si délicate, si envoûtante et forte à la fois, si lointaine, issue, il en était certain, d'une famille dont le rang le maintenait en retrait derrière elle ?

Effaré par son audace mais résolu malgré tout, il demanda :

— Floriane, voulez-vous m'épouser ?

Dans le jardin, traînait une fin de jour claire et fraîche. Un souffle d'éternité parut frôler les rangs de buis, les murs de brique, la petite fontaine. Floriane et Johanès, la main dans la main, semblèrent se figer, silhouettes pathétiques dans ce crépuscule rose.

— Vous ne savez rien de moi, dit-elle enfin.

— Je vous aime.

Elle n'en doutait plus. Cet amour, ce dévouement, cette vénération qu'il lui portait et qu'elle savait sincères étaient pour elle en cet instant ses seules richesses au monde. Il l'avait rendue à la vie. Il faisait mieux : il lui apportait l'offrande d'un cœur pur et surtout l'abri dont elle avait tellement besoin pour l'enfant à venir.

— Et mon enfant ?

— J'accepte tout de vous, dit-il sans l'ombre d'une hésitation, tout. Mais vous-même, avant de me donner votre réponse, réfléchissez, Floriane. Vous m'avez fait comprendre que vous aviez tout perdu, que vous vous retrouviez seule avec ce petit être que vous portez : ne croyez pas que je veuille profiter de la situation. Je serais au désespoir si vous songiez, ne serait-ce une seconde, que je veuille abuser de votre malheur. Si ma proposition vous a froissée, eh bien, oubliez-la…, restez seulement mon invitée, mystérieuse, miraculeuse, qui enchante notre maison.

Foncièrement honnête, dépourvu de tout lyrisme excessif mais non de cœur, jamais Johanès n'avait si longuement parlé et avec une telle flamme. Sa passion pour Floriane n'était que lumière et simplicité. Que lui offrait-elle en échange ? L'oubli d'un monde qu'elle avait fui, d'un passé dont il ne subsistait que des cendres.

Elle ne possédait plus rien. Rien que le souvenir d'un amour auquel elle s'accrochait encore, envers et contre tout, un amour qu'elle devait effacer puisqu'il était à jamais perdu, par sa faute. Toute amarre rompue, ballottée entre vents et tempêtes, Floriane n'était plus qu'un esquif fragile, désemparé, quêtant un havre, une main secourable. Alors elle n'hésita plus. Très vite, comme on lance un défi, elle murmura :

— J'accepte, Johanès. Je serai votre femme.

*

Sa décision prise, Floriane voulut que tout fût fait rapidement et sans apparat, ce que désirait aussi Johanès. Il était transformé. Personne encore ne lui avait vu une telle assurance. La jeune femme le laissa s'occuper de tout, depuis le contrat notarié jusqu'au choix de sa toilette. L'autorité du futur mari réjouissait fort ses grands-parents qui, devant la métamorphose, regrettaient moins la rapidité du mariage et l'absence de fête qui eût regroupé parents et amis. Outre leurs filles, leurs gendres et leurs petits-enfants, Étienne et Catherine connaissaient tant de monde ! Mais puisque Johanès et sa fiancée préféraient une cérémonie intime, ils n'avaient qu'à s'incliner.

Avec les époux Borde, ne devaient assister au mariage que Jacques Landry, l'oncle de Johanès, et son épouse Louise. Jacques avait hérité du commerce de la soie sur lequel s'était bâtie la fortune de la famille et possédait une « campagne » à Nioney [1], non loin de Mirieu.

Les témoins choisis étaient le docteur Marcellin, qui avait soigné Floriane, et un ami de Johanès, le capitaine des deux cents arquebusiers de Lyon, Nicolas Grolier.

On expliqua aux autres membres de la parenté que le veuvage et le récent accident de la baronne de Daphnis n'incitaient pas à organiser des noces grandioses ; les présentations seraient remises à plus tard. Tous, morfondus dans une curiosité légitime, furent donc bien obligés de se conformer aux souhaits des époux. On disait la future mariée noble dame et, surtout, fort belle. Il fallait croire qu'elle l'était et que Johanès en était subjugué, pour expliquer une telle précipitation !

Quelqu'un cependant, ignorant les consignes de discrétion, vint de Lyon tout exprès, un après-midi où justement Johanès s'était absenté.

Floriane vit un carrosse s'arrêter dans la cour et Lucrèce Bonvisi en descendre dans une grande envolée de lingerie et de velours vert.

« Tiens, tiens, se dit-elle. Le vent soufflerait-il en tempête ? »

Puis elle entendit la voix coupante de la visiteuse écourter les politesses d'usage prodiguées par Catherine :

— Où est la baronne de Daphnis ? C'est elle que je veux voir.

— Comme c'est aimable à vous, dit Floriane en descendant à sa rencontre, opposant une douceur courtoise aux rudesses impératives de la jeune fille. Entrons ici, voulez-vous ?

1. Mionnay.

Lucrèce la suivit dans la grande salle, se retourna aussitôt la porte refermée et tout de suite attaqua :

— Ainsi vous allez épouser Johanès ! Votre décision est irrévocable ?

Floriane prit un temps pour répondre :

— Tout à fait, chère demoiselle Bonvisi.

— Oh ! Je vous en prie, trêve de politesses ! explosa l'autre excédée. Vous ne l'épouserez pas ! Cela ne se peut !

— Et pourquoi donc, je vous prie ?

Floriane gardait un calme souverain. Loin de la contrarier, cette scène de jalousie imprévue l'amusait, fouettait de façon salutaire son instinct combatif qu'elle avait imaginé pourtant définitivement émoussé.

— Mais enfin, ne sentez-vous pas que votre place n'est pas ici ?

Un éclat de rire répondit à l'affirmation de la belle Lyonnaise.

— Ma place ? Et où donc se trouve-t-elle, selon vous ?

— Allons, baronne, vous êtes une grande dame, grinça Lucrèce, sarcastique. Votre place est à la cour et non parmi de simples bourgeois comme nous.

La cour ? Le palais des Déités ; la retraite de toutes les beautés du royaume ; le temple de la gloire, des honneurs ; le théâtre de tous les orages ; l'océan de tous les écueils. Floriane elle-même en avait été la victime. Non ! La cour, ses charmes, le chant dangereux et souvent mortel de ses sirènes ne lui manquaient pas. C'était de tout autre chose qu'elle était privée et qu'une vie entière ne parviendrait jamais à lui faire oublier.

— Ne soyez pas si humble et si modeste, très chère, s'entendit-elle répondre réussissant à cacher son trouble. Votre société ne manque nullement d'attraits.

D'un coup sec de son éventail, Lucrèce fouetta le dossier d'une chaise. Le flegme de Floriane, c'était visible, la mettait hors d'elle.

— Ah non ! Cessez de finasser. Vous savez parfaitement ce que je veux dire.

Floriane lui décocha un sourire angélique :

— Je l'entrevois, chère Lucrèce. La vérité est que vous n'admettez pas que je prenne la place à laquelle vous prétendiez.

Prête à mordre, l'autre se cabra. Sous son collet brodé, sa gorge ronde se gonflait de fureur.

— La place qui me revient, en effet ! Oh ! ne faites pas cette moue ! Depuis toujours, je sais, vous m'entendez, je sais que je serai maîtresse de cette maison, comme de celle de la rue Saint-Dominique. Ma place est auprès de Johanès Landry et ce n'est pas une intrigante qui l'usurpera indignement !

— Intrigante ? Peste ! Le dépit vous égare ! Chercheriez-vous à m'offenser ?

— Peu importe ce que vous pensez ! Quittez vos grands airs, voulez-vous ? cracha Lucrèce dans un état de surexcitation totale. Une intrigante, oui ! Qu'êtes-vous d'autre ! Que cherchez-vous auprès des Borde et de Johanès si ce n'est à profiter de leur fortune ? Baronne de Daphnis ? Laissez-moi rire ! Qui prouve que vous n'êtes pas en fait une simple aventurière, que votre nom n'est pas un nom d'emprunt ?

— Rien en effet, répondit Floriane avec un air impassible qui déchaîna son adversaire :

— Ah ! J'ai percé vos manigances, baronne ! Je vais ouvrir les yeux à Johanès pendant qu'il en est encore temps.

— Faites donc ! Nous verrons bien ce qu'en pensera mon fiancé.

Le mot « fiancé », employé à dessein, mit un comble à l'emportement de sa rivale.

— Prenez garde, baronne de Daphnis ! Je ne laisserai personne se mettre en travers de ma route.

— Ma chère, vous ferez comme bon vous semblera !

Le fragile éventail se brisa d'un coup entre les doigts de Lucrèce. S'étranglant de colère, incapable de prononcer une parole de plus, elle toisa Floriane avec des yeux de haine et, du pas résolu d'un fantassin en guerre, regagna sans se retourner son carrosse.

— Tudieu ! La délicieuse harpie ! se contenta de murmurer Floriane encore tout ébahie de la scène à laquelle elle venait d'assister, mais ne parvenant pas à prendre réellement ses menaces au sérieux.

Elle avait trouvé tant de plaisir à la narguer ! Et dire que Johanès ne soupçonnait nullement ce volcan prêt à fondre sur lui.

La pensée du jeune homme l'apaisa aussitôt. Elle s'y attarda un instant, évoqua son bon regard et le baiser reçu le matin même, si fervent, si respectueux. Maintenant, elle regrettait un peu son attitude envers Lucrèce. L'ardente Lyonnaise n'avait rien fait d'autre que défendre un bonheur auquel elle pensait avoir droit.

— Lucrèce, balbutia-t-elle en regardant le carrosse s'éloigner sur le chemin, tu as raison. Ma place n'est pas ici. Elle est auprès de celui que j'aimerai toujours. Pourquoi, mon Dieu, pourquoi tant de souffrances et de gâchis ?

Une larme roula jusqu'au bord de ses lèvres.

Au même moment, la voiture emportant Lucrèce disparut derrière l'église de Mirieu. Floriane eut alors le sentiment étrange qu'elle-même venait d'atteindre un point de non-retour et qu'il allait falloir désormais malgré elle, contre elle, apprendre à suivre une nouvelle route.

— Les dés sont jetés, fit-elle à mi-voix.

Constatant son absence de révolte, sentant même pointer en elle la sournoise tentation d'aller encore et toujours plus avant dans son renoncement, Floriane se demanda si, après tout, ce n'était pas cela la véritable résignation.

La veille du mariage, on livra à Floriane un coffret d'ivoire et d'étain, divisé à l'intérieur en petites cases capitonnées de velours incarnat. Elle y découvrit plusieurs parures de perles et de saphirs montées sur bagues et pendants d'oreilles, deux colliers à multiples jaserans [1] d'or, une montre en nacre et vermeil, un

1. Chaîne à plusieurs rangs. La dot d'une épousée se devinait au nombre de rangs.

crucifix d'ébène et de cristal, mille petits riens, boîtes, éventails, épingles à cheveux, et encore diverses broches et bracelets d'or ou d'argent, piquetés de turquoises, de grenats, véritable trésor jetant dans la chambre rustique un faisceau insolite et fugace d'éclairs somptueux. Outre sa générosité déjà appréciée, le choix de chaque objet prouvait le goût très sûr, discret et sans extravagance du jeune homme.

L'entendant dans la cour s'apprêter à partir, elle courut le rejoindre. Johanès allait passer sa dernière soirée de célibataire chez son ami Nicolas Grolier qui possédait entre Miribel et Montluel la seigneurie du Soleil.

— Johanès, Johanès, attendez ! Vous me quittez sans rien me dire ?

« Hé, ma belle, couina pour lui-même Étienne derrière sa fenêtre entrouverte, patiente un peu jusqu'à demain ! »

— Johanès, je voudrais vous parler.

Depuis qu'elle avait accepté de l'épouser, le jeune homme avait évité toute intimité avec elle, son activité, ses préparatifs ayant été un excellent alibi et le moyen de donner libre cours à une euphorie qu'il n'avait jamais imaginée possible.

— Vous m'avez comblée, souffla-t-elle. Merci !

— Vraiment ? Je suis si peu compétent en colifichets.

— Colifichets ? Êtes-vous fou ? Tout est parfait, ravissant ! C'est trop, trop beau pour moi ! mais ce que je voulais surtout vous dire…

Elle regarda autour d'elle, vit les valets traverser la cour et devina l'œil des grands-parents, à l'affût derrière leurs carreaux. Elle prit Johanès par le bras, l'entraîna dans le jardin, se mit à lui parler tout bas malgré les protestations du jeune homme qui dès ses premiers mots voulut l'arrêter.

— Non, vous avez le droit de savoir, affirma-t-elle.

Elle lui raconta alors la part qu'elle-même et son frère avaient indirectement prise dans l'affaire Chalais, la mort de Charles, sa fuite afin de ne pas compromettre le gentilhomme auquel elle s'était donnée et dont elle attendait un enfant…

Il sut en somme ce qu'elle voulut bien dévoiler mais son récit n'était-il pas la vérité dépouillée du superflu ?

— Ce gentilhomme… vous l'aimiez ? demanda-t-il en détournant les yeux comme s'il avait peur de ce qu'elle allait dire.

C'est à peine si le regard bleu de Floriane se voila. Elle répondit avec une sérénité qui aurait pu tromper tout autre que lui :

— Oui, je l'aimais.

Puis elle ajouta avec véhémence, comme si elle voulait se persuader elle-même autant que Johanès :

— Mais c'est fini maintenant. Vous me croyez, n'est-ce pas ?

Il secoua la tête avec une pauvre et douloureuse expression.

— Voulez-vous encore de moi ? fit-elle d'une voix hésitante.

D'un mouvement brusque il la prit dans ses bras, la serra à l'étouffer.

— Floriane, Floriane… Vous ? Mon inaccessible, mon rêve ? Ne dites rien, plus rien, je vous en supplie. Vos secrets vous appartiennent. Essayez seulement de m'aimer, un peu…

— Cela, je vous le promets, mon ami. Ce ne sera pas très difficile, ajouta-t-elle, tentant de le réconforter de toute la douceur de son sourire.

*

« Au nom de la Sainte Trinité, Père et Fils et Saint-Esprit, moi, Johanès Landry, seigneur de Mirieu, te prends pour femme qui te nommes Floriane de Daphnis et je te recommande mes aumônes comme Dieu a dit, saint Paul a écrit et la loi romaine confirme. Que l'homme ne sépare ce que Dieu a conjoint. Donné à Mirieu-en-Bresse, l'an 1626 de Notre-Seigneur, le vingt-cinquième du mois de novembre. »

Ainsi avait été établie en bonne et due forme la charte de mariage.

La petite église Saint-Denis de Mirieu, si modeste à l'extérieur, recelait en fait, dans ses murs, une chaude et paisible harmonie d'or et de couleurs qu'idéalisaient encore les flammes des bougies. Semblaient s'animer le bois doré du retable, les ciboires et les coupelles d'étain, la soie brodée des chasubles et des nappes d'autel. L'encens se mêlait au parfum des fleurs. Leurs bouffées s'envolaient en offrande chaleureuse tout comme les voix des enfants de chœur.

Dans sa robe de satin aux reflets d'ivoire rosé, Floriane avait la simplicité précieuse d'une Vierge gothique. Tant de paix lumineuse ne pouvait que l'aider à vivre un moment qu'elle n'avait pas réellement voulu, qui n'était qu'une nouvelle facette d'un destin rétif. Elle s'efforça de prier et accepter en toute sincérité l'époux que Dieu lui envoyait. Regrets, chagrin devaient à tout prix être écartés si, à défaut du vrai bonheur, Floriane voulait trouver la paix du cœur et de l'âme.

Au moment où le curé de Mirieu les bénissait, Johanès se tourna vers elle. Aucun fantôme, devant le regard du jeune homme si empreint d'amour et de confiance, ne devait avoir place entre eux deux.

Ce fut un très beau mariage. Des Bressanes en habits de fête surchargés, le ruban de velours noir au cou retenant une croix d'or, vinrent complimenter les nouveaux époux à la sortie de l'église et offrirent des paniers de fleurs.

Un véritable banquet eut lieu à la « maison forte », qui dura tout le jour. Bien qu'intime, il ne fut pas morose. Étienne y alla de ses refrains, de ses complaintes sur l'homme marié, décrivant à Johanès les géhennes et les infortunes qui l'attendaient. On plaisanta avec Nicolas Grolier qui, en qualité de seigneur du Soleil, avait sur ses terres droit de cuissage sur les jeunes épousées, droit, s'il fallait en croire la rumeur, que le fier capitaine ne méprisait pas totalement.

— Mon pouvoir féodal s'arrête hélas à Mirieu ! Rassurez-vous, cher Johanès, plastronna-t-il, hilare, je ne vous volerai pas votre nuit de noces.

Bref, ce fut une journée réussie, qui se déroula sans aucune fausse note, dans une atmosphère bon enfant. Comme tout le monde, Floriane fit bonne chère et se sentit un peu grise, pas assez, cependant, pour ne pas envisager avec appréhension la nuit qui approchait, moment définitif où elle appartiendrait à un autre.

— Êtes-vous bien, mon amie ?

Près d'elle, Johanès parut soudain deviner ses réticences ; les plaisanteries de la tablée le gênaient lui aussi. La tendresse et la timidité de son regard allèrent droit au cœur de Floriane. Reconnaissante, elle lui tendit une main qui tremblait.

*

Quelques jours plus tard, ils regagnaient Lyon. Décembre était toujours un mois d'intense activité.

La réunion de la municipalité lyonnaise ou Consulat avait lieu le dimanche précédant le 21, fête de saint Thomas, patron des édiles et jour où se proclamait le résultat des votes. Le prévôt des marchands, les échevins, au nombre de quatre, le procureur, un clerc-secrétaire, accompagnés des terriers [1], se retrouvaient en présence du gouverneur et des électeurs, en l'occurrence les maîtres des métiers de la ville.

Les robes violettes, fourrées d'hermine, les chapeaux à plumes et les toques de velours, les compagnies d'arquebusiers, les discours et les compliments, la grand-messe en l'église Saint-Nizier, les agapes en l'Hôtel de Ville de la rue de la Poulaillerie [2], toute cette pompe, toutes ces festivités cachaient mal un certain malaise. Lyon n'était plus la grande ville forte, riche, indépendante du siècle précédent. Henri IV avait réduit le nombre des échevins, s'était mêlé de choisir les prévôts et Louis XIII suivait l'exemple de son père. Le Consulat, accroché à ses dernières prérogatives, malgré les exemptions d'impôts et les privilèges de

1. Conseillers sortants.

2. Maintenant Musée de la banque et de l'imprimerie. L'actuel Hôtel de Ville de la place des Terreaux sera construit au milieu du XVIIe siècle.

noblesse accordés par le roi à ses membres, n'était plus qu'une force lézardée face au pouvoir royal qui avait droit de regard sur la cité, par l'intermédiaire surtout de son gouverneur. S'en résultait, avec ce dernier, Charles de Neufville de Villeroy, marquis d'Alincourt, une lutte sournoise qui tournait souvent à la franche querelle.

Le candidat officiel n'était pas toujours celui que les notables désiraient. Deux camps se formaient alors où s'entrecroisaient mots aigres-doux, injures, mesquineries, brouilleries et réconciliations, qui occupaient une bonne part de l'année un petit monde susceptible, pointilleux et jaloux de ses droits.

Au demeurant, le climat de la ville était assez calme, aucun grand seigneur ambitieux, pas de parlement chicanier pour songer à se rebeller contre le roi et Richelieu. Seules les dépenses publiques étaient un souci permanent : travaux de voirie, entretien des ponts et des ports, approvisionnement, aide aux déshérités, subsides de guerre dus au service du roi. Où était la cité florissante de naguère, Lyon la magnifique ? Les édits somptuaires, réprimant le luxe, avaient porté un rude coup au travail de la soie, principale richesse de la cité. Et puis, le fisc se faisait de plus en plus pesant. Pour remonter la vallée du Rhône et parvenir à Lyon, les marchands avaient à affronter désormais la lourde et impitoyable douane de Valence, rétablie depuis quelques années. Le commerce s'en ressentait et donc les finances. Point de gaspillage, un labeur constant ; le Consulat se devait de rester vigilant et tenace. Il occupait un cas à part dans le royaume. Dominés par nul parti politique, représentant aussi bien le clergé que la noblesse et la bourgeoisie, les magistrats du Consulat constituaient véritablement le corps commun de la ville et œuvraient uniquement pour la prospérité de Lyon, obstinés, laborieux, un rien pompeux, un rien austères, dans l'exercice de leur fonction, le bien-vivre par ailleurs restait loi sacrée. Le zèle et l'intérêt apportés aux préparatifs de Noël sitôt la Saint-Thomas passée illustraient, s'il en était besoin, l'équilibre et la pondération d'une population tout aussi attachée à ses devoirs qu'à ses délassements.

La grande maison de la rue Saint-Dominique s'apprêtait elle aussi à fêter le Sauveur. Toute la famille, et elle était nombreuse, devait s'y réunir comme chaque année. Étienne et Catherine n'auraient renoncé pour rien au monde à la Sainte Ripaille qui rassemblait autour d'eux parents et amis. En ce Noël 1626, la présence de la nouvelle épouse de Johanès offrait à la fête un attrait supplémentaire. Riz aux sauces « orientales », choux fourrés aux olives, cardons baignant dans la moelle et plusieurs services de poissons, tanches, lamproies, tortues et anguilles que l'on avait garnies d'anchois, dindes et poulardes de Bresse, dodues et juteuses, ainsi qu'un choix varié de compotes, furent servis dans une vaisselle somptueuse qui fit l'admiration de Floriane. Scènes bibliques, tableaux de la mythologie avaient inspiré les potiers de Lyon, au siècle dernier, et porté au sommet l'art de la faïence émaillée à la « maïolique [1] », ou encore à la façon de Venise.

Les bougies enfin, allumées à profusion dans les chandeliers d'étain, le linge épais, éclatant de blancheur, les bassins et les drageoirs débordant de fruits et de confitures, la succulence de la cuisine donnaient à la fête une note de luxe et de raffinement d'autant plus remarquable qu'elle contrastait complètement avec le mobilier lourd et sombre et la sobriété du décor.

Floriane avait assisté à la messe en l'église de Confort auprès de Johanès et de ses grands-parents. Elle avait aimé l'air nocturne, humide et froid et tous les mouvements de la rue qui s'ordonnaient autour des lanternes. Les voix, le bruit des pas, les cloches des églises, les chants qui glorifiaient la Nuit heureuse avaient été comme un appel, une chaleur revenue. À leur retour les attendaient déjà quelques invités auxquels s'était joint peu à peu le reste de la famille.

Les Landry, comme les Borde, dotés d'une ribambelle d'enfants, devaient leur position sociale au commerce de la soie.

1. Majolique.

Ils avaient été les premiers à saisir l'occasion de s'enrichir lorsque Louis XI, à la fin du XVe siècle, voulant mettre fin à l'importation des soieries italiennes, avait créé à Lyon les premières manufactures. Le développement de la sériciculture dans le Languedoc et le Dauphiné, l'importance des foires, l'arrivée massive d'ouvriers expérimentés d'Italie avaient grandement aidé au succès de l'entreprise. Jacques Landry, reprenant le négoce familial – quelques centaines d'ouvriers et artisans œuvraient pour lui –, était à la fois acheteur, producteur et vendeur. Jacques et sa femme Louise étaient entourés de leurs cinq enfants dont deux déjà pourvus d'époux. La famille Borde, elle, était représentée par les trois filles d'Étienne et de Catherine, toutes trois également mariées à des fabricants d'étoffes, les frères Neyret et Claude Dangon, ce dernier n'étant autre que l'inventeur fameux du « velours turqué », un tissu damassé de taffetas ou de satin appelé lampas, procédé qui avait pratiquement doublé sa fortune.

Un invité était arrivé bon dernier, un jeune moine franciscain du couvent Saint-Bonaventure, en robe de bure brune ceinte d'un épais cordon blanc [1], dont les yeux et l'air doux rappelaient Johanès.

C'était Julien Landry, son frère, dont le « bénédicité » avait donné le signal des agapes, tous s'étant groupés selon les affinités ou les âges, les plus jeunes en bout de l'immense table dressée sur des tréteaux, une trentaine de personnes qui, les compliments d'usage échangés, ne songeaient plus maintenant qu'à bien festoyer.

Comme ils semblaient lointains pour Floriane tous ces bourgeois, compagnons d'un hasard capricieux ! Vêtements cossus mais coupes simples, visages colorés, riches de santé, gestes emplis d'assurance et d'autorité, chez les épouses comme chez les maris, maintien calme et retenu comme si chacun continuait mentalement à traiter ses affaires, compter ses écus, la table étant

1. Cordon qui valait à ces religieux le surnom de Cordeliers.

chose sérieuse où l'on ne tolérait aucune faute, où chaque plat devait être en somme la conclusion heureuse d'un marché. Sitôt les présentations faites et les politesses effectuées, tous avaient semblé ignorer Floriane placée entre Étienne Borde et Claude Dangon. Indifférence ? Manque de courtoisie ? Ou, au contraire, excès de tact ? Une certaine réserve plutôt, à en juger par les regards que la jeune femme surprenait et les attentions de ses voisins de table qui ne laissaient pas longtemps son assiette vide. « Leur arrive-t-il seulement de se laisser aller ? » se demanda Floriane, légèrement agacée par tant de componction.

Décidément les frères Landry tranchaient dans l'assemblée. Eux étaient différents : le jeune moine, en bout de table, tout empreint d'une douceur mystique, et Johanès assis en face d'elle, si près par le regard chaleureux et discret. Tous deux s'étaient écartés de la voie traditionnelle du négoce, leur père, en acquérant une charge de conseiller du roi, ayant déjà franchi le premier pas qui séparait la bourgeoisie de la noblesse. Johanès assurait quant à lui les fonctions de Commissaire au Bureau de Santé [1] dont les membres, nommés par les échevins, étaient responsables de la salubrité de la ville. Tirant de confortables revenus de ses parts dans le commerce de son oncle, d'un héritage venu de sa mère et de rentes fournies par son domaine de Mirieu, Johanès n'avait par conséquent jamais couru, de grand matin, pour remplir sa cassette. Une éducation soignée chez les Jésuites du Collège de la Trinité [2] avait achevé de lui donner une certaine souplesse d'allure et de pensée, particularité assez exceptionnelle, les bourgeois se méfiant en général de l'enseignement des « Loyolites [3] ».

Cependant, la conversation avait pris un tour plutôt grave pour une nuit de fête, alimentée par les potins du Consulat divisé par une nouvelle querelle avec M. d'Alincourt, les revendications des ouvriers en soie dont les emplois diminuaient, le prix

1. Créé en 1577.
2. Actuel lycée Ampère.
3. Nom donné aux jésuites disciples d'Ignace de Loyola.

du blé, les manœuvres des protestants qui infestaient la vallée du Rhône et gênaient le commerce, les commentaires n'étant entrecoupés que par de brèves appréciations sur les mets et leurs accommodements.

La fin du repas apporta tout de même une relative euphorie. Les enfants l'annoncèrent à leur manière de leurs voix pointues :

— « Nouel pour l'amour de Marie, nous chanterons joyeusement… » Les plus petits se mirent à jouer avec un chien qui sortit de sous la table : « À minuit, cette nuitée, la douce Vierge eut enfant. Sa robe n'était pas fourrée… »

Aux côtés de Floriane, Étienne émit un râle de béatitude et réclama un autre verre de beaujolais.

— Ma chère, vous ne buvez pas ?

Il appela ses gendres à la rescousse.

— Il lui faut des forces, n'est-ce pas, Johanès ? Que trouver de meilleur que ce sang divin ?

— Grand-père ! Grand-père !…

Frère Julien rappela gentiment le vieil homme à plus de bienséance chrétienne.

— « Fratres mei, bonum est mon métier.

Je ne fais rien que boire et que manger. »

Sa femme et ses filles essayèrent vainement de le faire taire. Le contentement d'Étienne gagnait maintenant ses gendres et Jacques Landry. Ils entonnèrent en chœur les derniers vers :

— « Si je ne bois, toute joie perdrai.

Et tantôt finirai. Je vous dis vérité. »

Le ton était changé.

Des bienfaits du beaujolais, on glissa insensiblement sur des pentes de moins en moins sévères pour atterrir en pleine gaudriole. Floriane se surprit à s'en amuser malgré elle.

— Le vin… Je ne connais que l'amour pour en égaler les ivresses, soliloquait Étienne.

Les hommes présents, à l'exception des jeunes frères Landry, pour différentes raisons, approuvèrent chaleureusement le doyen de la tablée. Venimeuse, Catherine apostropha son mari :

— Vieux héron desséché ! Laissez donc l'amour et le vin aux jeunes !

— C'est bien parce que je ne peux plus faire l'un, hélas ! que je me rattrape sur l'autre, ma bonne amie ! railla sarcastique le vieillard. Et puis ne me harcelez point, horrible démone ! Il y a cinquante ans que je supporte vos cris de cerbère, que vous me cisaillez le cœur d'un éternel trépas ! Le Purgatoire ! Ah, voilà ce que vous nous offrez, femelles irascibles, alors que nous ne demandons que douceur, constance, obéissance à nos désirs. Qui dénoncera enfin au monde les affres du Purgatoire d'un homme marié ?

Emporté par son thème favori, il pointait maintenant son doigt sec de vieux grigou et, guettant Floriane avec malice pour la prendre à témoin, savourait son rire de tous les sens qui lui restaient.

Comme il allait poursuivre, Lucrèce en se levant mit un terme à sa verve. Quittant sa place parmi les jeunes, la tenue sage et modeste, elle s'approcha de Floriane.

— Alors, comment trouvez-vous votre nouvelle famille, ma chère ? demanda-t-elle doucereuse.

— Fort aimable, en vérité.

La vindicative Lucrèce avait-elle décidé de mettre bas les armes ? Autant faire semblant de le croire. Elles échangèrent un coup d'œil aussi pointu que leur sourire, échange que surprit Johanès. Mais l'honnête garçon n'en comprit pas le sens.

— Ah ! Lucrèce, comme c'est gentil à vous de vous occuper de Floriane ! Je crains tellement que notre société ne l'ennuie.

— Mais non, mon cousin, vous vous inquiétez bien à tort, répondit-elle avec suavité.

— Cette soirée était vraiment très agréable, renchérit Floriane du même ton.

Leur rivalité féminine évidente, leur beauté les rapprochaient plus sûrement qu'une amitié que Johanès, ravi, croyait voir naître entre elles.

— Si Floriane le veut bien, Lucrèce, vous pourriez peut-être venir la voir plus souvent, lui tenir compagnie.

— Ce sera en effet un plaisir.

— J'y compte bien !

— Allons, allons, les enfants ! Venez tous boire encore !

Qui pouvait résister à l'entrain d'Étienne Borde ?

Dans la maison, rires et chants reprirent de plus belle :

— « Devers le soir, est bon le vin vermeil... Noël, Noël... »

Dehors, des collines aux cabarets à bateliers, des ruelles et des places, dans toute la ville illuminée, s'envolaient des actions de grâces, de la musique et des chansons. Bacchus, ce soir, dans l'allégresse générale, participait insidieusement à la plus grande gloire de l'Enfant Jésus.

*

À l'invite de Johanès, Floriane et Lucrèce se revirent souvent. En fait, il se passait rarement une journée sans que la jeune blonde vînt rue Saint-Dominique. La plupart du temps, elles sortaient aussitôt pour courir la ville et les boutiques. Floriane ayant besoin de mille choses pour monter une garde-robe complète, Lucrèce la guidait, jouant avec une amabilité feinte son rôle de conseillère avisée en matière d'élégance et de coquetterie. En dépit de sa jalousie toujours vive, la jeune fille pouvait ainsi rencontrer Johanès plus souvent et par conséquent se mêler un peu à la vie du jeune couple. Floriane, qui n'était point dupe, observait son manège avec une indifférence amusée, trouvant même à Lucrèce un entrain et un esprit qui la distrayaient, Johanès ayant mis à sa disposition une somme d'argent qu'elle avait reçue sans mauvaise grâce.

Rien d'ailleurs pour elle n'avait de réelle importance. Elle acceptait le dévouement de son époux comme elle s'accommodait de la jalousie de sa rivale, sans se sentir vraiment concernée.

Floriane s'ingéniait pourtant à chasser avec courage les souvenirs blessants, à faire taire cette voix obsédante qui sans fin répétait : « Artus, Artus ! » Espérant que la découverte d'un nouveau décor l'y aiderait, elle s'efforçait de s'imprégner de l'âme d'une ville particulière, sa ville maintenant.

Si l'on s'en tenait à la vision première, ce n'était au cœur même de la cité que laideur, saleté, tristesse, accrochées aux façades élevées, tapies dans des « gaillots » ou cloaques sans nom, puits obstrués aux remugles puants. Indéniablement, les quartiers du nord, entre Rhône et Saône, dépassaient ce que Floriane avait vu de plus excessif à Paris ou à Nantes. Sur l'ancien marais des Terreaux, traversé par une sorte de canal embourbé qui joignait les deux fleuves [1], avaient lieu les exécutions publiques. C'était là que se tenaient aussi, chaque jour, les marchés aux porcs et aux mulets avec ce que cela comportait d'odeurs tenaces, de bruits et de tumulte. Tout autour, grouillaient les porchers qui parquaient leurs bêtes rue des Oches [2], les muletiers de la Bresse qui rangeaient leurs chariots, des filles et des truands, toute une faune qui s'enivrait dans des cabarets borgnes. Dans le voisinage, les artisans en soie et leurs familles s'entassaient dans de petits logements sans air et sans clarté. Une file incessante de malheureux, infirmes et orphelins, errait à la recherche de l'Hôpital des mendiants qui les accueillait place Neuve-des-Carmes [3]. C'est à peine si, dans ce hourvari, l'on entendait s'élever les prières des Dames bénédictines de Saint-Pierre dont l'abbaye voguait comme un antique vaisseau sur la fange du monde.

Côté Saône, les maisons de bois s'enfonçaient dans le sable bourbeux d'une longue plage où accostaient les bateaux, les coches d'eau et les barges. Les bateliers aux voix claironnantes, appelés « culs de piau » à cause de leurs culottes de cuir, baissaient pavillon devant la jactance des marinières. Vêtues de grosse toile blanche, un chapeau de paille solidement arrimé sur

1. Emplacement des rues Puits-Gaillot, Sainte-Catherine et d'Algérie.
2. Auges. Actuellement, rue Louis-Vitet.
3. Rue Terme.

le crâne, ces fortes femmes se chargeaient de passer les gens d'une rive à l'autre, leurs poignes et leurs gueules n'ayant pas de rivales sauf peut-être chez les harengères du quai de la Pêcherie, de vraies mégères qui soulevaient comme de rien leurs barils de poissons.

Les quartiers de Saint-Jean et de Saint-Georges, de l'autre côté de la Saône, s'enfonçaient peu à peu dans la décrépitude, même s'ils gardaient leur élégance ancienne autour de la place du Change. On ne construisait plus de beaux hôtels à la mode italienne et nombre de riches familles préféraient émigrer vers la presqu'île ou habiter sur les pentes de la colline. Restait un lacis de venelles, hantées par les chats errants et les ribauds. Rue Ferrachat, à deux pas de la cathédrale Saint-Jean, rôdaient les filles de joie que distinguait un brassard rouge. Mieux valait ne pas se hasarder dans ces parages lorsque le soir venait. Et puis… et puis il y avait des visions miraculeuses qui faisaient oublier tout cela : la vue des collines où régnaient encore la campagne et la vigne, ponctuées de couvents, de maisons claires et charmantes que dévoilaient les arbres de l'hiver. Il y avait des dizaines d'églises, des jardins cachés, la place Bellecour et ses belles demeures. Il y avait surtout la présence de l'eau et de son monde, flottilles, grands moulins à vent soutenus par des radeaux, ponts de pierre, un sur chaque fleuve, celui du Rhône surtout qui était bien le pont-forteresse [1] le plus majestueux du royaume. Avec deux chapelles encadrant l'entrée, dix-neuf grandes arches séculaires, massives, inébranlables, il reliait la ville au faubourg de la Guilhotière, là où commençait le Dauphiné. Il y avait aussi, à chaque pas, le rappel de la grandeur romaine. Pas une ville ne pouvait offrir plus d'antiquités, colonnes, arcs, portiques, statues, mosaïques, médaillons. La plus grande cité des Gaules était restée, malgré tout, la plus imposante cité de France. La force de ses remparts percés de six portes et de ses trois bastions en témoignait : Pierre-Scize au-delà de la Saône,

1. Ce pont, chef-d'œuvre de l'art médiéval, fut détruit en 1954 !

Saint-Sébastien sur la colline de la Croix-Rousse et Saint-Clair au bord du Rhône.

Si jeune, Lucrèce n'en était pas moins, comme tous les Lyonnais, d'une fierté sans égale à l'égard de sa ville. Elle ne fit grâce d'aucun détail à Floriane qui courait à sa suite, de places en églises, d'hôpitaux tout neufs en boutiques alléchantes, de marchés grouillants en cloîtres paisibles. Une atmosphère insolite baignait l'ensemble. Elle émanait d'abord d'une foule bigarrée et cosmopolite. Allemands, Suisses et gens du Nord y côtoyaient les Provençaux et les Italiens. Rocailleuses ou chantantes, les voix et les langues se mêlaient. Floriane alors se sentait totalement dépaysée. Où donc était son clair, son paisible Anjou natal à la douceur mesurée ? Elle était exilée à des lieues et des lieues de ses racines, dans une ville où se confrontaient les âges et les nations, un mélange unique, baigné par un brouillard qui s'effilochait dans une lumière diffuse et jaune. Elle se souvenait des pages de Rabelais qui avait longtemps séjourné à Lyon, « Myrelingues la Brumeuse [1] » cette grande cité au-delà de la Loire, la ville des mille langues et des brumes. Il était écrit, de toute éternité, qu'un destin fantasque attirerait Floriane dans ce lieu magique, chargé de toute la force des siècles, de toute la superbe du lion qui, depuis César Auguste, était son emblème.

Accaparée par Lucrèce, happée par les époux Borde pour jouer aux cartes ou bavarder autour d'une des nombreuses collations que s'octroyaient les deux vieillards, Floriane s'obligeait à ne pas penser. Il en allait autrement le soir, lorsqu'elle se retrouvait dans sa chambre, auprès de Johanès endormi.

Au clocher de Saint-Jean, les sonneurs donnaient le signal de la fermeture des portes en mettant en branle l'une des énormes cloches du carillon, « la chasse-ribaude ». En écho, lui répondait l'église Saint-Nizier qui tintait le « séral » – le couvre-feu. Les clefs de la ville, gardées par le Consulat le jour, étaient alors remises au gouverneur ou, à défaut, à son lieutenant, M. Mitte

1. Rabelais, le *Tiers Livre.*

de Chevrières. Les gardes tendaient de lourdes chaînes en amont et en aval du Rhône et de la Saône afin d'en clore l'accès. Seuls des nageurs fous pouvaient pénétrer clandestinement dans la ville. Peu s'y risquaient.

Lyon devenait étrangement calme. C'était alors que les visages du passé revenaient assaillir Floriane et les voix ; surtout les voix, mêlées en une même plainte, un chant triste et torturant. Pour ne pas les entendre, elle s'efforçait de guetter le bruit de la rue où le capitaine-pennon [1] et sa milice faisaient leur ronde. C'était ensuite au tour des hommes du guet. Parfois, la clochette du crieur des morts appelait les bienheureux vivants à la mémoire et à la prière.

Réveillez-vous, gens qui dormez !
Priez Dieu pour les Trépassés !
Pensez à Mort ! Pensez à Mort !

Des échos lugubres prolongeaient les cantiques qui troublaient les sommeils et les âmes. Les nuits du dimanche au lundi, le clochetier ou « réveille-matin » hantait la ville, sa robe violette fondue dans l'ombre. Mais tous les matins, à huit heures en hiver – une heure plus tôt l'été – toujours au son de sa cloche, il enjoignait aux habitants de balayer devant leurs portes ou leurs boutiques, précédant les asniers chargés de ramasser les immondices, déchaînant l'infernal vacarme de leurs tombereaux et de leurs cris.

À l'écoute des bruits et du silence, Floriane, peu à peu, s'accoutumait aux mystères de cette vie nocturne. Elle imaginait aussi la course sans fin, sombre et moirée des deux rivières qui l'enserraient. Sources vives, si différentes, auxquelles la ville devait sa gloire, elles la retenaient prisonnière de leurs brumes et de leurs sortilèges.

*

1. La ville était divisée en 36 quartiers ou pennonages. Chaque quartier avait sa milice bourgeoise.

— Madame la baronne est très belle.

— Merci, Mariette.

Floriane étudia avec attention le reflet du miroir. Sa robe de velours noir troussée laissait chatoyer une jupe, un corsage, et des manches de gros tabis couleur safran sorti tout droit de la boutique de Jacques Landry. Ses cheveux, soigneusement frisés au petit fer par Mariette, étaient en leur milieu sagement divisés par une raie et retenus par des épingles à tête de couleur. Aucun bijou. Au ruban qui ceignait la taille haute, étaient accrochés un éventail et un mouchoir de dentelle. Le profond décolleté, pris dans un collet blanc, commençait à retrouver ses rondeurs de naguère tout comme les joues que voilait un soupçon de poudre et de rouge.

Sa grossesse ne se devinait même pas sous l'ampleur des jupes. D'ailleurs, la famille ignorait cette future naissance. Pour le moment, seuls Johanès et les grands-parents Borde étaient dans la confidence.

Une maturité nouvelle, due peut-être à l'ombre triste de ses yeux, de son sourire, se dégageait de Floriane, la rendait plus séduisante encore. Qui pouvait rester de marbre devant sa grâce triomphante, sa jeunesse meurtrie ?

En tout cas pas les époux Borde qu'elle retrouva dans l'antichambre voisine, ni surtout Johanès qui s'avança pour lui baiser la main.

Prise par ses achats et ses promenades, elle l'avait peu vu ces dernières semaines. Lui-même, de son côté, avait été fort occupé. Durant quinze jours avait eu lieu la première des quatre foires annuelles, ouverte le lundi suivant l'Épiphanie, occasionnant au Bureau de Santé un surcroît de travail pour contrôler le bon état des marchandises, ainsi que la tenue des nombreux marchands et acheteurs étrangers qui envahissaient alors toutes les auberges de la ville et des faubourgs.

Lucrèce avait bien sûr entraîné Floriane sur les lieux de négoce et d'échanges, parmi le déferlement de denrées venues de France et de toute l'Europe faisant de Lyon l'un des points forts du commerce : d'Angleterre, les étains, les plombs, les tissus de serge ; d'Allemagne, les jouets de Nuremberg, les jambons de Mayence ; d'Italie, les tissus et les dentelles ; de Suisse, les plus beaux fleurets de Zurich. Mais on trouvait aussi, pêle-mêle, les émaux de Limoges, les tapisseries de Rouen et mille autres « gentillesses de mode », fanfreluches dont les jeunes filles aimaient faire provision.

— Je « les » entends. « Ils » doivent être du côté de la rue Mercière !

Penchée de son fauteuil à la fenêtre ouverte, Catherine faisait le guet. Un bruit de foule grondait, encore lointain. Au même instant, Lucrèce, suivie de trois jeunes cousins, fit son entrée, vêtue de bleu, le rose aux joues. Avec excitation, ils confirmèrent les paroles de Mme Borde :

— « Ils » seront bientôt là. Un peu plus et nous ne pouvions pas passer.

« Ils », c'était le défilé de la Mâchecrouste, la principale attraction du Carnaval. Un son fringant de fifres et de tambourins attira tout le monde aux fenêtres.

— Regardez ! Le cortège débouche sur la place Confort !

Lucrèce trépignait à côté de Floriane. Derrière elles, se tenait Johanès, si près qu'elles pouvaient deviner sa chaleur et sentir son souffle sur leurs cous.

— Lorsque j'étais petit garçon, murmura-t-il comme pour lui-même, j'avais une peur bleue du monstre.

Le « monstre » n'était pas encore en vue mais déjà apparaissait l'avant-garde du cortège, en l'occurrence la cavalcade des imprimeurs. S'ils n'étaient plus la puissante corporation du siècle passé – celui qui avait fait la gloire de Jean Grolier ou de Sébastien Gryphe, ces maîtres dans l'art du beau livre –, les imprimeurs restaient toutefois respectueux de leurs traditions et gardaient le sens du prestige. Vêtus de soie vive, bannière au vent, le « Seigneur de la Coquille » et sa troupe dansaient et saluaient à la ronde, au rythme des tambourins. La plupart des corps de métier les suivaient. Et chacun de s'égosiller :

— « Compagnons, faisons bonne trogne ! »

Certes, les leurs étaient fleuries au-dessus de leurs oripeaux rutilants, copieusement arrosées le long du chemin par tous les cabaretiers rencontrés. Justement, apparaissaient Bacchus en personne et Mme Dimanche Grasse, sa corpulente épouse. Ils avaient avec eux une suite de courriers et de tambours, des ribambelles de gardes et de silènes, de pages et de saltimbanques jouant à qui mieux mieux du hautbois ; une cohorte de bêtes inquiétantes, loups et boucs mais aussi d'inoffensives tortues, limaces et enfin tous les astres, tout l'univers scintillant de la voûte céleste. Tous chantaient la gloire du dieu, son pouvoir de transformer l'eau en hypocras, les arbres en jambons, les blés en saucisses.

— « Je ne pisse que vin de Malvoisie », avouaient en chœur des bacchantes échevelées.

Tant d'ardeur à clamer la vie et ses délices, les désordres de la table et de l'amour, échauffait la foule tout autant que les acteurs qu'elle applaudissait. Février déversait généreusement sur une ville en délire un soleil éblouissant de Carnaval qui titillait les désirs endormis de l'hiver, éveillait de délicieuses tentations.

Johanès se rapprocha des jeunes femmes et s'appuya contre elles avec une familiarité contrôlée. Écartant sournoisement Floriane, Lucrèce profita de l'occasion pour jouir au maximum de la présence momentanée de son cousin.

« Elle n'a pas abdiqué, constata Floriane, et semble bien sensible au déchaînement du Carnaval… »

— Elle arrive ! Je la vois ! cria un jeune Neyret.

Et chacun de se pencher davantage pour apercevoir se profiler à l'entrée de la rue Saint-Dominique l'effigie de la Mâchecrouste.

Posée sur un char sur lequel tremblotaient des andouilles géantes, une tête monstrueuse, de bois, de cuir et de chiffon, ouvrait et refermait une bouche édentée, sanguinolente, fêtée par une véritable marée humaine, piaillant, hurlant, jusqu'à la frénésie. Flattée, entourée, tirée, poussée, elle progressait le long de la rue, arrivait lentement près de la maison des Borde. Les deux vieillards la saluèrent avec enthousiasme. À une autre fenêtre, les jeunes cousins ajoutèrent leurs clameurs au charivari ; Lucrèce éclata de rire, en frappant des mains.

— Johanès ! Floriane ! Regardez ! Les petits acrobates vêtus de rouge !

Mais Floriane, déroutée par ces palpitations sensuelles, assourdie par tout ce tintamarre, ne voyait plus que l'énorme face grise et sanglante, les deux yeux ronds sans âme, la mâchoire béante qui s'approchait plus près, toujours plus près. La Mâchecrouste parvenait maintenant à la hauteur de leur fenêtre, et planait telle une menace hideuse, une ombre prophétique au-dessus du déferlement vulgaire des passions. Soudain, elle se tourna du côté des jeunes femmes, la bouche ouverte comme pour les happer. Horrifiée, Floriane regarda la dévoreuse se pencher vers elle. Cette fois, elle allait être mutilée, broyée ! Elle disparaîtrait pour de bon, comme disparaîtrait, dans une marée divine et vengeresse, cette foule débridée !

— Ah !

Voulant fuir l'horreur, elle se détourna en poussant un cri, un voile devant les yeux, une nausée dans la gorge. Johanès la reçut dans ses bras.

Ils restèrent ainsi, l'espace d'un instant, mêlant les battements de leurs cœurs, aussi pâles l'un que l'autre. Les mains crispées sur le velours noir de la robe de sa femme, Johanès semblait pétrifié.

— Mais enfin, qu'y a-t-il ? s'exclama Lucrèce, dominant le tumulte, sa voix aigre tirant le jeune homme de son effarement.

— Floriane se trouve mal.

— Eh bien, appelez Mariette ! Ne restez pas planté comme un piquet !

Floriane se dégagea des bras de son mari et fit quelques pas jusqu'à une table à laquelle elle s'appuya.

— Ce n'est rien, rien…, réussit-elle à dire.

— Si vous buviez un peu de vin…, proposa Étienne.

— Allons, du calme tout le monde ! intervint Catherine. Quoi de plus normal qu'un petit étourdissement pour une femme enceinte ! Allez vous allonger, ma fille.

Mariette accourut et soutint sa maîtresse.

— Ce n'est rien, répéta Floriane, adressant un pâle sourire à la ronde.

Elle vit les airs confus et étonnés des jeunes cousins, brutalement arrachés à leur bruyant plaisir ; elle vit la mine tourmentée de Johanès. Et surtout, elle vit Lucrèce, foudroyée par les paroles lancées étourdiment par Catherine, les yeux noirs et froids comme ceux d'un serpent, des yeux tels que, la porte refermée, Floriane en sentait encore le venin.

*

Vite revenue de son malaise, Floriane n'en resta pas moins assez ébranlée par la vision de la Mâchecrouste. Elle comprit que l'équilibre et la sérénité du présent si durement acquis étaient bien précaires. Aussi, lorsque Johanès lui proposa de l'emmener à Mirieu, accepta-t-elle avec empressement.

Un beau temps précoce entraînait les Lyonnais dans leurs campagnes où la plupart n'étaient pas retournés de tout l'hiver. Il faisait un temps céleste. Le bleu limpide du ciel renvoyait une lumière de cristal sur les champs en labours et les prés humides.

Le dimanche, après la messe, on vit la famille se réunir à Mirieu. Égaillés autour de la maison, les enfants ajoutaient au babil incessant des oiseaux. La bande des cousins Dangon, Neyret et Landry décida de pousser jusqu'à la petite cité fortifiée de Pérouges, guère éloignée de Mirieu.

Johanès retrouva Floriane dans le jardin. En casaque de velours rouge bordée de fourrure noire, une plume noire au chapeau, elle arpentait l'allée en fouettant avec impatience le buis de sa cravache. Le sixième mois de sa grossesse s'achevait. Nullement incommodée, elle éprouvait au contraire, après ces longs mois inactifs, un besoin vital de mouvement et de plein air.

— Tenez-vous vraiment à faire cette promenade ? s'inquiéta Johanès. Dans votre état, ce n'est peut-être pas raisonnable.

Elle se retourna et lui sourit, toute de clarté, de vivacité.

— Je suis encore valide, ce me semble. Ne vous alarmez pas, mon ami. J'ai fait seller Frisure. Vous m'avez dit vous-même combien cette bête était douce. Je ne la forcerai pas.

Elle prit son bras, approcha sa tête de la sienne. Comme l'amour qu'il lui vouait le rendait vulnérable ! Mais Floriane n'en éprouvait aucun agacement, aucun mépris. Leur couple, au contraire, n'était jamais aussi soudé que dans ces moments intimes où le jeune homme avouait lui-même sa propre faiblesse.

— Floriane, vous m'êtes plus précieuse que tout.

Un bruit de pas les sépara. Sans un regard, Lucrèce passa près d'eux achevant de fixer une épingle sur sa toque de velours et de rubans. Puis elle se mit à courir en direction des autres jeunes gens qui se mettaient déjà en selle.

— Allons, Johanès, venez ! décida vivement Floriane, entraînant d'un air enjoué son mari par la main.

À Pérouges, ils dégustèrent des fouaces exquises, galettes cuites avec la fleur de farine sous des cendres chaudes. Ils burent aussi du vin des Chevalières, un cru léger au goût de fruits poussé sur les coteaux voisins, un vin de printemps, distillant non l'ivresse mais une juvénile euphorie.

Le retour s'égaya de chansons. Bien plus bas, à l'est, le Bugey et ses monts recevaient toute la lumière du jour qui s'étirait. En regardant avec attention, on pouvait même distinguer les reflets intermittents de la rivière d'Ain qui fuyait rejoindre le Rhône.

L'une devant l'autre sur le sentier étroit, Floriane et Lucrèce chevauchaient lentement. À leur gauche, dégringolait le versant d'une ravine couvert de broussailles et de grosses pierres blanches. Johanès et les cousins les avaient légèrement distancées, mais elles entendaient leurs voix et les refrains qu'ils entonnaient en chœur.

De la vallée montait l'écho des angélus se répondant de clocher en clocher.

Docile au pas berceur de son cheval, Floriane captait images et parfums avec le plaisir intense qu'elle éprouvait toujours au sein de la nature. Mais cette randonnée lui en rappelait d'autres, plus fougueuses celles-là, auprès du plus ardent des cavaliers... Floriane se pencha, flatta Frisure en étouffant un soupir.

— Au fait, très chère, je ne vous ai pas encore félicitée pour votre prochaine maternité. Vous êtes allée vite en besogne, bravo !

C'était la première fois que Lucrèce lui adressait la parole de la journée. Au moins, cette explosion de jalousie avait-elle l'avantage de libérer momentanément la mémoire de Floriane d'obsédants souvenirs.

— Voilà donc ce qui vous chiffonnait tant, répondit-elle avec bonne humeur.

— Vous vous sentez invulnérable, n'est-ce pas ? repartit Lucrèce d'une voix discordante. Vous triomphez grâce à toutes vos intrigues. Pauvre Johanès !

Floriane n'eut pas besoin de se retourner pour deviner dans son dos le coup d'œil haineux que l'autre lui lançait. Lucrèce s'agitait sur sa selle et secouait ses rênes avec humeur. Surprise, sa monture renâcla et toucha du naseau la croupe de Frisure.

— Du calme, chère Lucrèce, ou nous allons toutes deux être précipitées dans le ravin.

— Me calmer, alors que vous ne cessez de me provoquer !

— Lucrèce, moi qui croyais que nous étions devenues les meilleures cousines du monde !

Son rire léger eut sur sa compagne l'effet déplaisant d'une piqûre de guêpe.

— Espèce de sainte-nitouche ! glapit-elle furieuse.

Brusquement Floriane en eut assez. Cette gaupe n'allait tout de même pas lui gâcher sa promenade. Mieux valait la semer tout de suite et rejoindre là-bas le groupe joyeux des garçons qu'elle apercevait maintenant couper à travers champs. D'un petit coup de talon, elle encouragea Frisure.

Que se passa-t-il alors exactement ? Elle sentit aussitôt le cheval accuser le coup, se cabrer comme sous la pointe d'un dard puis s'élancer en flèche, droit devant lui. Elle voulut le retenir mais, n'y parvenant pas, elle tenta de tourner bride sur la droite, là où s'ouvrait un passage, et gagner la longueur du pré où Frisure pourrait sans risque donner libre cours à sa folie. En vain !

Le placide animal ne se laissait plus maîtriser. Telle une comète, il bondissait sur l'étroite sente, frôlant dangereusement la ravine. Maintenant Floriane ne cherchait plus à freiner son galop éperdu. Il lui fallait seulement rester à tout prix accrochée à sa selle en évitant de regarder du côté de l'à-pic, espérer que le cheval se calmât de lui-même. Entraînée dans une cavalcade infernale, ballottée en tous sens comme un fétu de paille emporté par un ouragan, elle sentait la peur la gagner, devenir panique, la paralyser.

Soudain, sur le bord du sentier, les sabots de Frisure effritèrent le petit remblai de terre et de cailloux. Le cheval trébucha ; dans un effort de tous ses muscles que Floriane ressentit, il voulut se reprendre, dérapa sur le sol friable et bascula dans le vide. Alors, il sembla que les buissons, les amas de pierres, tout le versant abrupt montaient à leur rencontre. Floriane eut le réflexe de lâcher bride, de vider l'étrier et glisser de l'arçon. Les bras sur le visage, le corps replié, elle alla d'elle-même au-devant du choc et du chaos.

— Mon Dieu, qu'est-il arrivé ? Où est-elle ?

Alertés par les cris de Lucrèce, ses cousins avaient fait demi-tour. Penchés au bord du chemin, ils aperçurent d'abord le grand corps inanimé de Frisure, sans discerner celui de sa maîtresse !

— Miséricorde ! Si elle est en dessous…

Le visage de Johanès avait pris la pâleur de la craie. Sautant de cheval, il dévala la pente, suivi de ses cousins.

— Johanès ! Prenez garde !

Lucrèce, elle, était restée en selle, blême et roide, observant sans bouger la scène, pressant sur sa bouche une main nerveuse.

— Floriane ! Floriane ! Où êtes-vous ? haletait Johanès, fouillant les fossés autour de Frisure.

Des traînées brunes de terre fraîche, des herbes et des brindilles arrachées, des lambeaux de tissu accrochés aux branches attestaient de la violence de l'accident.

— Où êtes-vous ? Où êtes-vous ? répétait le jeune homme éperdu.

Enfin, ils la découvrirent, allongée sur le dos, immobile, le visage maculé de terre et de sang, les cheveux épars, projetée à plusieurs mètres de sa monture. Une seconde, ils n'osèrent s'approcher.

— Floriane ! murmura Johanès.

La mort avait-elle finalement réussi à lui voler celle qu'il avait déjà arrachée à ses griffes ?

— Je crois bien qu'elle respire, dit enfin l'un des garçons. Venez !

Avec précaution, ils soulevèrent alors la jeune femme inerte, la remontèrent lentement jusqu'au sentier où attendait Lucrèce.

— Le Ciel soit loué ! Elle vit ! Nous l'avons trouvée coincée entre des buissons. Ils auront amorti le choc. Une chance pour elle.

— Frisure est mort. Il s'est brisé la nuque sur un rocher, annonça un jeune Dangon en les rejoignant.

— Dieu Tout-Puissant ! murmura Lucrèce, regardant fixement Johanès à genoux sur le bord du chemin devant Floriane qui, maintenant, gémissait faiblement, gisant à même la terre sous le manteau de son mari.

Le corps pantelant de Floriane fut transporté à Mirieu presque aussitôt.

Le chirurgien-barbier, accouru en toute hâte de Montluel, puis le lendemain le docteur Marcellin lui-même, venu de Lyon à la demande de son jeune ami Landry, émirent le même diagnostic. Après l'avoir consciencieusement examinée, palpée avec minutie, ils affirmèrent que rien n'était cassé, qu'aucun organe ne paraissait lésé. Toutefois, ils ne purent empêcher la fausse couche. Floriane était sauve mais n'aurait pas d'enfant. Il était même à craindre que ce terrible accident ne la rende à jamais stérile. Pancrace Marcellin l'annonça à Johanès avec tout l'embarras qui convenait.

On la saigna. Catherine et Mariette se relayèrent à son chevet, pansèrent ses plaies, lui firent boire des mélanges de vin et de plantes. Parfois elle semblait souffrir beaucoup et gémissait comme un animal blessé, n'ayant qu'une vague notion des choses. L'ombre et le jour se succédaient dans sa chambre, mais le rythme du temps n'avait plus de signification pour elle. Seul le lancinant besoin de la présence d'Artus la harcelait sans répit, mêlé au sentiment confus et cependant tenace qu'elle était entraînée, toujours, dans une chute sans fin, volontairement provoquée. Oui, on l'avait poussée, précipitée dans le vide ! Poussée ?...

Qu'était-il en effet arrivé au paisible Frisure pour qu'il se transformât d'un seul coup en cavale du diable ? Avait-il été brusquement effrayé ? Un insecte l'avait-il piqué ? Un insecte, ou quelque aiguillon planté dans sa croupe par une main assassine ? C'était Lucrèce, elle en était certaine. Sa jalousie lui avait fait perdre la tête, avait dicté son geste criminel. Lucrèce, ah ! Lucrèce !...

— Lucrèce est repartie, mon enfant. Votre chute l'a bouleversée. Elle a préféré regagner Lyon.

La voix de Catherine venait de très loin. Lucrèce bouleversée ? Non ! Elle n'avait pas eu le courage d'affronter sa victime, voilà tout. Floriane maintenant revivait l'accident avec la précision d'une visionnaire. Lucrèce en fureur, Lucrèce excédée, se penchant vers sa rivale triomphante, une épingle à chapeau entre les doigts, l'enfonçant enfin dans le pauvre Frisure, envoyant ainsi cheval et cavalière à la mort ! Par quel prodige était-elle encore vivante ?

— Floriane, ma chérie, vous sentez-vous mieux ?

Une voix anxieuse et voilée l'accueillit à son réveil. Près d'elle se tenait Johanès qui ne cherchait même pas à lui dissimuler son chagrin.

— Oh ! c'est vous, murmura-t-elle faiblement.

Et elle referma les yeux.

Qu'avait-elle donc cru dans son délire ? Retrouver au réveil l'homme aimé et rire avec lui du cauchemar évanoui ?

Elle sentit que Johanès lui prenait la main, baisait ses doigts. Soulevant les paupières, elle s'obligea à le regarder.

— Floriane, il faut que vous sachiez. L'enfant… l'enfant n'est plus…

— Je sais. Je l'ai compris.

Depuis des jours, elle souffrait un tel martyre qu'il ne lui restait plus guère de forces pour se révolter contre cette nouvelle déchirure. Elle aurait dû même se réjouir d'être libérée d'une grossesse à l'origine de ses malheurs. Néanmoins, un peu d'elle-même se sentait paradoxalement dépossédé d'une attache précieuse, d'un souvenir vivant de sa liaison avec Bassompierre, ultime témoignage des jours heureux. Maintenant, une seule réalité s'imposait : avec cette perte, disparaissait la raison de son union avec Johanès et ce dernier devait avoir la même pensée, elle en était certaine. Les sanglots étouffèrent la jeune femme ; l'absurdité de sa vie prenait soudain un goût mortel.

— Floriane, j'ai eu si peur…

— Taisez-vous, je vous en prie, réussit-elle à dire.

Sans doute l'avait-il entendue crier dans sa fièvre le nom d'un autre ? Sans doute savait-il qu'elle ne serait jamais tout à fait à lui ? Elle tenta pourtant de lui faire comprendre qu'elle avait malgré tout besoin de sa présence, de son amour, de sa générosité, afin d'y puiser tout le courage et le goût de vivre qui brutalement la fuyaient.

Le destin avait placé cet homme sur son chemin, cet homme que, quelques mois auparavant, elle n'aurait même pas remarqué. Aujourd'hui, elle s'accrochait à lui, désespérément, mêlant ses larmes aux siennes. Envers et contre tout, cet homme était son mari. Avec l'aide de Dieu, elle ne devait plus l'oublier.

*

Arrivé au faîte de la citadelle Saint-Martin, Artus salua les gardes en faction et huma l'air chargé d'embruns. Toute difficile qu'était la situation présente avec ses rudes privations et son danger permanent, le chevalier la préférait à la quête folle et vaine de l'hiver et du printemps derniers.

À Londres, il s'était vite remis de sa blessure. L'ambassade s'était heureusement terminée. Bassompierre était revenu d'Angleterre en triomphateur et ceux qui l'avaient suivi dans sa mission étaient, tout comme lui, dans les bonnes grâces de Louis XIII. Le roi avait très largement accordé ses faveurs et, entre autres, le pardon de Floriane de Saint-Évy. Reconnue innocente du meurtre de Melchior de Pontvallain, elle pouvait reparaître à la cour, la tête haute et épouser qui bon lui semblerait. Seulement voilà… Où se cachait l'ingrate, l'oublieuse ? Quelle impérieuse raison l'avait-elle incitée à s'enfuir ? Bien décidé à la retrouver coûte que coûte, à découvrir les motivations profondes de son geste, Artus s'était résolument lancé à sa recherche.

Des mois, il avait battu le pays en tout sens, allant jusqu'en Lorraine où Mme de Chevreuse lui avait dit, l'air navré, tout ignorer de sa disparition. Artus avait quitté Nancy, la mort dans l'âme. En vain, il avait également questionné la sœur de Floriane, sa famille à Saint-Évy et Mme de Flosnes. Il avait même galopé chez lui en Normandie, dans l'espoir fou que, peut-être, la jeune femme avait trouvé refuge auprès de sa mère, espérance là aussi vite déçue.

Le chagrin, la colère, l'incompréhension, l'inquiétude l'avaient donc ramené, inlassable, sur les chemins au sortir d'Angers, voulant explorer une dernière fois toutes les pistes susceptibles d'avoir été empruntées par Floriane. Hélas, il n'avait pu recueillir aucun indice précis, aucune trace sérieuse ! Mais, en revanche, de nombreux récits d'actes de brigandage, de mauvais coups lui avaient été faits, qu'il n'avait pas voulu prendre en considération, se refusant obstinément à croire au pire, persuadé que Floriane était toujours vivante. Alors ? Pourquoi cette incroyable absence, pourquoi ce mystère ? Pourquoi, surtout, n'avait-elle pas cru en l'amour qu'il lui portait, un amour assez fort pour tout accepter d'elle, même l'inacceptable ?

La gloire, l'honneur, avait-elle écrit en manière d'excuse ! Que valait donc sur terre tout cela sans une femme, choisie entre toutes les femmes ?

Les jours, les semaines, les mois passant, le jeune homme, accablé, avait dû renoncer peu à peu à comprendre et s'était efforcé d'oublier. Il était reparti en quête d'aventures, s'étourdissant comme les autres de ruelles en antichambres, festoyant, l'air absent, naviguant du cabinet du roi à celui du cardinal. Un douloureux chapitre de sa vie s'était clos. Il fallait vivre ! Mais tout au fond de lui-même, revenant souvent lui érafler le cœur, une douleur lancinante lui rappelait l'inoubliable.

À ce chagrin, s'était ajoutée la disgrâce d'un ami. Artus avait perdu François de Barradas. Le mauvais caractère du favori avait fini par lasser Louis XIII qui n'avait pas du tout apprécié le voir se mêler de politique, les sentiments que portait Barradas à la belle Cressia, devenus flagrants, ayant mis le comble à sa jalousie. Trop heureux de pouvoir éliminer un homme devenu encombrant et sur lequel il n'avait pas de prise, Richelieu en avait rajouté. Les scènes entre le roi et le jeune homme s'étaient faites de plus en plus violentes et avaient pris un jour, lors d'une partie de chasse, un tour irréversible : le chapeau de Louis XIII s'était envolé et horreur ! le cheval de Barradas avait pissé dessus sans vergogne, crime de lèse-majesté suffisant pour effacer d'un coup des années d'intimité royale. Barradas avait donc dû quitter ses charges sans tambour ni trompette, la tête basse et le cœur gros. Où était-il maintenant ? À Malte, disaient certains. Ou bien ailleurs. Sa brusquerie et sa franchise manquaient en tout cas terriblement à Artus qui ne goûtait guère les manières de son remplaçant à la charge de Premier Écuyer de la Petite Écurie, un rustre sans intérêt si ce n'était son habileté à souffler sans baver dans un cor de chasse. Le roi ne jurait plus que par ce Claude de Saint-Simon [1] que poussait également le cardinal mais que Bassompierre surnommait, c'était tout dire, le petit punais.

Ce même printemps 1627, Monsieur, Gaston d'Orléans, était devenu père ! Longtemps le roi et la reine avaient tremblé à l'idée que la jeune Madame allait mettre au monde l'héritier de la couronne. Mais heureusement pour eux, une petite fille était née [2] !

— Tout est fendu ! avait jubilé le roi en apprenant le sexe de l'enfant.

Hélas ! Madame était morte aussitôt, elle dont le mariage avait fait verser tant de sang et de larmes, laissant Monsieur inconsolable. La cour portait le deuil. S'était ajoutée à cet événement tragique la condamnation de deux duellistes, MM. de Boutteville et des Chapelles, des amis d'Artus eux aussi. Bravant les interdits, ils s'étaient battus en place Royale et le roi s'était opposé à signer leur grâce. Ils avaient eu la tête tranchée.

Très mal à l'aise dans ce climat fort sombre, profitant de la conjoncture – la menace d'une intervention anglaise sur nos côtes pour soulager leurs alliés protestants s'avérant imminente –, le chevalier d'Ivreville avait vu alors l'occasion rêvée de changer d'air et d'idées. Il était parti volontaire, comme beaucoup de gentilshommes, sous le commandement de M. de Toiras, prendre position dans l'île de Ré.

Sous prétexte de protéger les protestants, que voulaient au juste Charles Ier et le gouvernement anglais ? Tout simplement

1. Père du mémorialiste.
2. La future Grande Mademoiselle.

empêcher la France de devenir une puissance maritime et commerciale. Richelieu avait de vastes projets en ce domaine et s'intéressait au Nouveau Monde et à ses terres. Il lui fallait une flotte digne de ce nom. Riches en vaisseaux, maîtres sur mer, les huguenots de La Rochelle entendaient bien conserver leur apanage. Refusant les offres du cardinal, La Rochelle, puissante et farouche, était donc comme un « nid de guêpes » accroché au pays. Il fallait le détruire.

Charles Ier avait nommé le duc de Buckingham Grand Amiral de la flotte. La fougue et le romanesque du beau duc masquaient heureusement une incompétence qui allait être la chance de Louis XIII. Les préoccupations du Bouquinquant étaient assez éloignées des intérêts huguenots. En fait, il voulait revenir en France, retrouver la cour, et revoir celle qu'il aimait d'une passion insensée, la reine Anne ! Tant pis, ou tant mieux, si pour cela il fallait faire la guerre : il allait triompher, s'auréoler pour la reine d'une victoire étincelante, rien ne pouvant arrêter sa course de preux chevalier !

La flotte anglaise était parvenue devant l'île de Ré le 20 juillet 1627. Supérieure en nombre, en navires, en canons, elle avait eu raison des Français qui s'étaient repliés dans la citadelle de Saint-Martin, laissant le bourg aux mains de l'ennemi. Toiras cependant pouvait être fier de ses hommes. L'immortalité leur avait été acquise après un combat héroïque, sacrifice glorieux offert au roi de France !

Artus, frottant pensivement son bras blessé par un coup de pique, soupira au souvenir de tant de compagnons disparus. Maudits Anglais ! grogna-t-il, observant leurs canons pointés sur les murailles de Saint-Martin. L'escadre ennemie ayant mouillé avec ses vaisseaux et ses barques reliés par d'énormes câbles, s'étendait loin sur la mer, couvrant tout le Pertuis breton. À sa droite, le chevalier pouvait apercevoir, à une lieue, le fort de la Prée que tenait encore un Français, M. de La Barrière, avec une centaine d'hommes, et tout là-bas, au loin, les côtes de France, la « Grande Terre », où les troupes du roi avaient pris position devant La Rochelle. Là se trouvaient les secours, si proches et pourtant !… La citadelle semblait coupée du monde, sur cette terre sablonneuse où miroitaient à l'ouest les marais salants. Combien de temps tiendraient-ils encore ? Les provisions de farine et de beurre, les tonneaux de blé, de biscuits, de vin, de viande salée avaient été bien vite épuisés. Enlevant toutes les Françaises de l'île, les Anglais les avaient forcées à coups de bâton et de mousquet à chercher refuge dans le fort, contraignant ses défenseurs à ouvrir leurs portes aux malheureuses. D'où l'inévitable augmentation de bouches inutiles. Il avait fallu rationner. Le premier, M. de Toiras avait donné l'exemple, méprisant la fièvre et les privations, encourageant ses hommes. Sa tâche était rude. Plus de munitions, ou si peu ; les puits empoisonnés ; les médicaments inexistants ; la promiscuité, bref une position intenable. Les officiers volontaires étaient venus là pour se battre, non pourrir comme des rats dans une trappe ! Quoi d'étonnant, dans ces conditions, que beaucoup de soldats aient choisi de s'esquiver, de nuit, par les brèches de la muraille ?

Début septembre, douze pinasses envoyées d'Oléron par Richelieu avaient pourtant réussi à les atteindre. Mais il y avait déjà un mois de cela et, depuis, plus aucun secours ne leur était parvenu. Les hommes désormais en étaient réduits à manger les chevaux. Inlassablement, les officiers avaient beau leur parler d'honneur et de la gloire du roi, tout le monde était à bout ! Allait-on, dans ces conditions, bientôt devoir se rendre ?

Sous le soleil d'octobre, Artus s'attarda à regarder les mâts ennemis se balancer doucement sous la brise. Des bribes de conversations, des airs de musique parvenaient jusqu'à lui. Les Anglais festoyaient et, pensa-t-il, sûrement en premier, leur beau duc endiamanté, trônant dans son vaisseau plus doré qu'un palais entre des buissons de bougies et le portrait de la reine de France !

Artus cracha de mépris.

Buckingham avait envoyé des melons à Toiras. Celui-ci, en échange, lui avait fait transmettre poudre de Chypre et fleur d'oranger. C'était à qui se montrerait le plus courtois, le plus galant en attendant ou en repoussant la défaite ! L'inaction rongeait de plus en plus Artus. Il médita encore un instant, embrassant du regard l'horizon teinté de garance puis, d'un pas décidé, descendit rejoindre Toiras.

Le lendemain soir, trois hommes quittaient furtivement la citadelle et longeaient la côte en direction du fort de la Prée. Ils marchaient d'un pas vif et discret sur le sable de la plage, plongeant dans les vagues lorsqu'ils avaient à passer un corps de gardes anglais. Chacun portait au cou, attachée à un lien de cuir, une charge de mousquet soigneusement enduite de cire, contenant également une lettre de Toiras, véritable message de détresse annonçant notamment qu'il ne restait en tout et pour tout comme vivres qu'un seul boisseau de blé. La mission des trois hommes était de gagner à la nage, coûte que coûte, la « Grande Terre » et de remettre ensuite la missive au roi : de la rapidité des secours dépendait le salut. Ayant pris quelque repos à la Prée, chez M. de La Barrière, ils se glissèrent au petit matin, nus dans les vagues, leur chemise roulée sur la tête comme un bonnet. Ils avaient plusieurs milles à franchir, les bateaux anglais à éviter, la marée à combattre. Mais les hommes étaient téméraires, bâtis en athlètes et nageurs émérites. Deux d'entre eux appartenaient au régiment de Champagne et le troisième n'était autre que le chevalier Artus d'Ivreville.

Artus s'était mis à nager sans hâte mais en coulées régulières qui ménageaient son souffle. L'automne naissant n'avait pas eu le temps de refroidir l'eau qui conservait une température agréable. Au début, il apprécia ce bain qui le soulageait des fatigues et lui servait de toilette matinale. Comme il flottait la tête vide, il aperçut soudain une barque ennemie faisant voile dans sa direction. Il avait été vu ! Plongeant sans hésiter, il nagea sous les flots, reprit souffle à l'air libre, replongea plus loin, ressortit. Tel un dauphin se jouant de la vague, il bondissait puis disparaissait entre deux eaux avant de resurgir toujours plus loin. Les Anglais, croyant à quelque animal farceur, abandonnèrent leur poursuite. Ouf ! Artus, allongé sur le dos, reprit des forces et se remit à nager calmement.

Le temps passa. Il lui semblait que les côtes de France devenaient de plus en plus lointaines. Sous l'effort sa blessure se réveillait. Tous ses muscles lui faisaient mal. Un bourdonnement lui envahissait la tête. Des courants froids, brusquement, cherchaient à l'éloigner de sa route et surtout, plus sournois, plus cruels, des frôlements, des piqûres, des morsures d'une faune marine, jalouse sans doute de cet étrange et vaillant intrus. Les yeux brûlés par le sel, Artus ne voyait plus rien maintenant de la mer et de la côte mouvantes.

Un visage avait pris la place de l'horizon, un visage au teint de rose où scintillaient deux yeux d'azur ; un visage aimé et perdu qu'il aurait tant voulu atteindre encore.

— Floriane, mon amour… Je vais mourir.

Il avait atteint la limite de lui-même. La mort ne l'effrayait pas. Il songea vaguement à la citadelle dont le sort dépendait de lui. Une brasse encore. Tout se brouilla. Aussi, il ne sentit même pas le sable raboter son ventre et ses cuisses. Il avait échoué sur la plage, sans connaissance. Un paysan du moulin de la Leu le découvrit un peu plus tard, se traînant à quatre pattes comme une bête, incapable de marcher. Il l'aida à se vêtir de sa chemise et l'emmena au Fort Louis.

Artus avait réussi sa mission ! Quant aux deux autres nageurs, il apprit que l'un avait été retrouvé noyé et que le second avait été capturé par les Anglais.

Louis XIII avait toujours aimé Artus. Les exploits physiques fascinaient ce monarque, homme d'action, mais de santé fragile. Il versa des larmes de joie et de fierté en accueillant le jeune homme. La terre d'Ivreville érigée en baronnie, une pension généreuse, un brevet de capitaine de régiment : le courage d'Artus fut largement récompensé. Il put repartir vaillamment secourir Toiras et ses compagnons.

— « Vive le roi ! Passer ou mourir ! »

Et ils passèrent, ces Français empanachés et tumultueux qui se bousculaient pour être de la partie. Un beau matin, Buckingham et ses hommes virent apparaître, piqués en haut du fort Saint-Martin, jambons, saucissons, chemises et brodequins tandis que M. de Toiras faisait allégrement tonner le canon. L'île de Ré resterait au roi. Les Anglais n'avaient qu'à rentrer chez eux à coups d'épée, avec pertes et fracas.

— Et maintenant, à nous, messieurs de La Rochelle !

Pour la ville et l'armée de Louis XIII s'annonçait un siège rude et sans quartier.

*

— Ce siège de La Rochelle sera proprement la ruine du pays, marmotta l'échevin Bayle.

Le Consulat lyonnais venait en effet de fournir à l'État une aide importante en hommes et surtout en argent, ce qui n'avait pas arrangé les finances municipales.

— Il ne faut pourtant pas ménager nos efforts pour écraser la Bête de l'Hérésie, elle a déjà fait trop de mal, répliqua M. de Chaponay, seigneur de Feyzin, que l'on tenait pour le prochain prévôt en remplacement du vieux Balthazar de Villars décédé au printemps. Vous êtes trop jeune pour avoir connu les guerres civiles !

— Des efforts ? Il nous en sera encore demandé et bientôt. Le prince de Condé sera à Lyon le mois prochain. Il veut mettre sur pied un corps de 2 000 hommes pour nettoyer les passages du Rhône des bandes de huguenots. Le roi lui-même a écrit pour demander à la ville de fournir au prince tous les moyens nécessaires.

— Évidemment ! Et nous paierons, une fois de plus. Comme si nous fabriquions l'or !

La municipalité tout entière s'insurgeait contre ces exigences, sans cesse réitérées et de plus en plus lourdes pour un budget ayant bien d'autres charges.

— Vous avez vu le prix du blé ! Augmenté de près de cinquante pour cent ! gémit Claude Noyrat qui était « commis » à la Grenette.

Dans les halles de la rue de la Grenette, le Consulat venait effectivement d'engranger à grands frais d'importantes réserves de blé et de céréales, prévoyant que les récentes mauvaises récoltes allaient fatalement entraîner une pénurie. Chacun y alla donc de nouvelles lamentations, la conjoncture étant, il est vrai, préoccupante, l'hiver qui s'annonçait précoce et rigoureux ne pouvant qu'amplifier les problèmes soulevés par les demandes royales, la rareté des blés, le chômage des ouvriers en soie qui surchargeaient hospices et asiles. Et puisqu'il était dans la nature humaine de chercher un fautif, un bouc émissaire, on en venait à accuser les protestants d'être la cause de tous les maux qui survenaient.

— Ces maudits de Dieu ! Ces bouffis de malheur et de blasphème ! entendait-on clamer partout.

L'un d'eux n'avait-il pas osé mettre en pièces la croix qui se dressait sur le pont du Rhône ? Pendu et brûlé, ses cendres jetées au fleuve empestaient encore dans toute la ville.

On supportait de moins en moins la présence de leur temple, dressé à Oullins, leurs prêches et leurs chants du dimanche. Les garde-pennons avaient de plus en plus de mal à empêcher la foule de saccager leurs boutiques à la moindre occasion ou de troubler leurs enterrements pourtant uniquement autorisés la nuit.

— Vous verrez ! Les protestants vont finir par nous apporter la male mort, prophétisa quelqu'un, en cette fin d'après-midi d'automne.

Les dames se signèrent. Il circulait depuis quelques mois des bruits fâcheux de peste. Floriane savait par Johanès que le Bureau de Santé obligeait que toutes les marchandises en provenance de Normandie, d'Alsace et de Suisse, soient placées en quarantaine avant de pénétrer dans Lyon, la terrible maladie ayant été signalée dans ces régions.

Un homme au cheveu rare hocha la tête d'un air résigné :

— Point n'est besoin des huguenots pour voir poindre le malheur.

— Maître Demant, qu'allez-vous nous prédire ?

Le vieux notaire avait une manie : la contemplation des étoiles. Il en retirait des ivresses de poète mais aussi des visions du futur et celles-ci avaient de quoi faire trembler les âmes.

— De grands changements se préparent pour les deux ans à venir. Mais nous ne les verrons pas tous, vaticinait-il en embrassant la compagnie d'un œil lugubre.

Mme de Sève, la maîtresse des lieux, s'approcha de lui vivement, tenant une assiette de ces savoureux biscuits que fabriquaient les Ursulines, et sans cérémonie elle lui en fourra d'autorité un dans la bouche. Le vieil original n'allait tout de même pas assombrir sa réunion d'intimes avec la noirceur de ses augures ! Ses invités réunis ici, dans sa magnifique demeure des hauteurs de Fourvière, bâtie jadis par Pierre Sala et nommée le « Château des Antiquités » en raison des vestiges romains nombreux que recelait le sol alentour, voulaient se distraire, jouir des jeux de l'esprit, s'égayer, en écoutant de la musique, de la poésie, un aimable badinage. Fallait-il donc après les jérémiades – justifiées certes – de ces messieurs du Consulat subir, sous son propre toit, les prophéties d'un illuminé ? Régulièrement, était annoncée la venue de comètes, de conjonctions astrales néfastes à l'humanité. La vie n'en continuait pas moins. Mme de Sève, d'un optimisme à toute épreuve, eut tôt fait de rendre à son salon le ton qui convenait. Allégrement, trois jeunes personnes, le luth en main, préludèrent à une chanson à la mode. Les visages s'éclairèrent ; du vin épicé circula à la ronde.

— Ah ! Mme Landry joue divinement ! s'exclama Nicolas Grolier.

Enjoué, omniprésent, inévitable, le seigneur du Soleil promenait sa mine fleurie et sa voix de stentor dans toutes les demeures bourgeoises de la ville. S'il agaçait souvent les époux, les dames ne dédaignaient pas sa compagnie car lui savait les apprécier.

Visiblement, son faible le portait vers la belle Floriane Landry. Et comment l'en blâmer ? Elle était de toutes la plus séduisante, la plus racée, la plus mystérieuse. On la jalousait bien sûr énormément et l'envie le disputait à l'admiration et à la curiosité. Objet de toutes les convoitises, Floriane était en même temps adorée et haïe, Johanès, depuis son surprenant mariage, faisant, lui, presque figure de héros.

Entouré des plus jeunes, le trio des musiciennes – Claire, la fille de la maison, la petite Mme de Silvecanne et la belle Floriane – acheva son interprétation en se laissant aller à un vertigineux envol de notes improvisées.

— Bravo ! Bravo !

Nicolas Grolier s'empressa dès le dernier accord.

— Bienheureux instrument ! chuchota-t-il à l'oreille de Floriane. Serré contre un cœur que je convoite en vain…

— En vain ! vous le dites vous-même, mon cher, répliqua la jeune femme en riant.

— Cruelle !

Sa main aux doigts courts et épais – « une main de reître », pensa-t-elle –, caressa le corps renflé et brillant du luth à défaut d'autres rondeurs. Ses yeux seuls trahissaient son dépit de mâle éconduit. Mais ces passions vulgaires n'étaient point de mise céans. Tout bourgeois qu'on était, frotté aux dures réalités du négoce, un certain raffinement prévalait, dû à la douceur lyonnaise et aux coutumes italiennes depuis longtemps connues et acceptées, Lyon ayant toujours eu, avec l'Italie, des rapports étroits. Chaque maîtresse de maison avait donc à cœur de maintenir chez elle cet air de galanterie si justement définie par M. de Vaugelas, seigneur de Pérouges et grammairien réputé :

— « Cette galanterie faite de je-ne-sais-quoi, de bonne grâce et d'esprit, de courtoisie et de gaieté, le tout sans contrainte, sans affectation, sans vice. »

Chacun s'y soumettait plus ou moins de bon gré, les pulsions du fougueux seigneur du Soleil n'étant évidemment pas uniques. Mais, bah ! Dans l'ensemble, les apparences conservaient un ton de paisible civilité. Ces messieurs oisifs du Parlement de Dombes, venus en voisins de Trévoux, les membres du Consulat, leurs épouses, tous les grands noms du commerce et des affaires, les chanoines de l'archevêché, des ecclésiastiques fin lettrés, aimaient à se retrouver sous le regard des muses. Ils évoquaient les œuvres des poètes passés, celles de Louise Labé, la Belle Cordière, ardente et généreuse, dont le souvenir semblait impérissable ; celles de Maurice Scève et de son égérie, Pernette du Guillet ; tout en rimant eux-mêmes à l'occasion.

Ainsi Floriane retrouvait-elle, sous une autre forme, l'atmosphère cultivée de Paris.

À Lyon cependant, nul ne songeait à imiter la capitale et à singer l'air de cour. Ici, on gardait une simplicité bon enfant, un amour sincère des arts, non dénué de gaillardise.

Un invité de marque, l'évêque de Belley, se lançait maintenant dans la déclamation passionnée de ses propres vers :

— « Ô mon luth… ô cher compagnon, je voudrais seulement adoucir tant soit peu la douleur qui me blesse si tu ne peux chasser mon rigoureux tourment. »

Le tourment en question, nul ne l'ignorait, était un sentiment que le digne prélat portait – platoniquement – à l'abbesse de Saint-Pierre. On en riait sous cape tout en écoutant poliment, avec l'admiration qui convenait. Floriane avait cependant bien du mal à maintenir à distance raisonnable Nicolas Grolier qui reprenait à son compte les épanchements de l'orateur. Jetant un coup d'œil à la fenêtre, elle aperçut la colline qui s'enveloppait d'ombre. L'obscurité venait vite en ces jours de novembre. Ayant promis à Johanès de rentrer avant la nuit, elle se leva pour prendre congé. Mme de Sève donna un ordre : des valets vinrent renouveler les bougies qui brûlaient en permanence.

Dans l'antichambre, un jeune homme brun d'une trentaine d'années, de tournure avenante quoique un brin délicate, aida Floriane à s'envelopper de son manteau de velours doublé de martre. Ses mains s'attardèrent un peu plus qu'il n'était nécessaire sur la douceur de l'étoffe.

— Puis-je vous raccompagner ?

— Inutile, Jacques. Une chaise m'attend. Nous nous verrons un autre jour.

— Mais... Et votre portrait ?

— Ah, oui, c'est vrai. Eh bien, venez demain, voulez-vous ? Après dîner.

Elle accepta de bonne grâce le baiser passionné que Jacques Stella déposa sur sa main. Timide, certes, le jeune peintre l'était. Aussi, devant le monde, évitait-il de l'approcher. Mais il en allait tout autrement lorsqu'ils étaient seuls. Dès la première séance de pose, Jacques Stella s'était déclaré un admirateur fervent que Floriane tolérait avec indulgence. Passionné par son art, il savait parler avec enthousiasme et chaleur de ses séjours à Florence et à Rome. En outre, le jeune homme ne manquait ni de charme ni de talent et n'avait pas les exigences brutales d'un Nicolas Grolier. Bref, elle trouvait dans cette gentille amourette de quoi se distraire sans grand danger.

Installée dans sa chaise, elle le salua une dernière fois d'un signe de la main, se cala contre la banquette et s'accrocha fermement aux poignées de cuir. Les deux porteurs s'engagèrent dans la raide descente du Gourguillon. Floriane sentait, à leur démarche saccadée, qu'ils se retenaient de tous leurs muscles pour ne pas dévaler la pente trop vite. Derrière les murs se cachaient des couvents et des jardins de résidences somptueuses souvent bâties sur les fondations d'anciennes villas romaines. Floriane avait laissé les rideaux de la chaise ouverts. Elle ne se lassait pas d'humer les exhalaisons douces, un peu amères des feuilles mortes, montant du sol à la rencontre des fumées que le vent rabattait des toits. Dieux celtes, divinités antiques, martyrs chrétiens, était-ce par-delà le temps, la ferveur, l'adoration, la foi, la grandeur attachées à leur souvenir qui enveloppaient la colline de Fourvière d'une telle suavité, d'un charme mystique aussi vaporeux et beau que les nuages et les pans de ciel où se fondaient les ors et les ombres du couchant ?

Le chemin du Gourguillon descendait presque à pic rejoindre le quartier de la cathédrale Saint-Jean, ses ruelles enchevêtrées autour du cloître, du palais de l'archevêque et de la maison des chantres. Le bourdon de la « grosse Anne » se mit à carillonner comme pour mieux souligner le mouvement décuplé de la foule qui s'affairait avant la fermeture des boutiques. Soudain une silhouette féminine attira l'attention de Floriane. À son pas décidé, à sa tournure élégante et fière, elle reconnut aussitôt Lucrèce Bonvisi.

Leur dernière rencontre remontait à quelques mois déjà. Affrontement était un terme plus exact puisque les deux jeunes femmes avaient tout simplement bien failli s'écharper.

Floriane se rappelait l'arrivée de Lucrèce, un après-midi, rue Saint-Dominique. Depuis son accident, elle ne l'avait pas revue et avait fini par penser que l'arrogante blonde s'était fait une raison. Elle avait même essayé de faire taire ses soupçons quant aux circonstances de l'emballement de Frisure. La frayeur, la douleur, la fièvre seules avaient pu engendrer pareilles accusations. Aussi, s'était-elle persuadée que Lucrèce n'avait pu commettre un acte si grave, si insensé. En revanche, il était bien dans sa manière de débarquer chez elle l'écume et l'insulte à la bouche, toutes griffes dehors. Comme elle avait dû se contenir, l'impétueuse Lyonnaise, pour ne pas se manifester plus tôt !

Mais ce jour-là, elle avait fait éclater, dès son entrée, sa jalousie et sa hargne. Renonçant à la calmer, Floriane n'avait eu d'autre ressource que de rendre coup pour coup.

Ah ! la mémorable empoignade ! Roulant à terre, jupes retroussées, cheveux défaits, dents, becs et ongles dans la mêlée, elles s'étaient mutuellement étrillées avec une telle vigueur que des semaines plus tard elles en portaient encore les marques. Mariette et Gilbert avaient eu toutes les peines du monde à les séparer et Lucrèce était repartie, chez elle, hagarde, griffée, meurtrie. Floriane, tout aussi malmenée, n'avait nullement regretté l'incident. Elle y avait même trouvé un secret et troublant plaisir, découvrant en elle une ardeur, une joie à frapper et à blesser qu'elle n'aurait jamais imaginées. Comme si, sur les chairs tendres de Lucrèce, ses mains nerveuses et sans pitié, ses coups sauvages s'acharnaient à vaincre le sort contraire qui depuis si longtemps la poursuivait. Mettant ses bleus et ses estafilades sur le compte d'une chute dans l'escalier et de la vindicte du chat de Catherine, Floriane n'avait pas jugé utile de se confier à Johanès. Lucrèce, de son côté, sans doute matée, s'était depuis faite invisible.

Et voici qu'elle la voyait traverser le parvis de Saint-Jean, dissimulée entre plis et capuche d'un manteau noir. Par curiosité, elle décida de la suivre et en intima l'ordre à ses porteurs. Quelques pas plus loin, ils s'arrêtèrent. Lucrèce venait de pénétrer dans la petite chapelle de Saint-Étienne qui voisinait avec la cathédrale. Sans plus réfléchir, Floriane y entra à sa suite.

L'église était fort sombre, tout empreinte de mystère. L'odeur des bougies, les relents d'encens ne parvenaient pas à chasser les souffles froids de cave et de moisissure accumulés depuis des siècles. Un petit mendiant, posté à l'entrée, psalmodiait plaintes et litanies pour obliger le visiteur à glisser une pièce dans le tronc accroché au mur. Machinalement, Floriane mit son obole. Ne voyant pas Lucrèce parmi les rares fidèles en prières, elle se glissa de pilier en pilier et la découvrit enfin, non sans stupeur. Bien droite, les mains tendues devant elle, tenant une chandelle allumée et un petit bouquet de ces ultimes roses d'automne, Lucrèce s'approchait lentement, semblant obéir à un rite, de la statue d'une femme, vêtue à l'antique, qui se dressait non loin de celle de saint Étienne. Aucune empreinte spirituelle ne se lisait sur les traits de son visage taillés dans un bois polychrome aux tons éteints. Seule une force sauvage, presque païenne, s'en dégageait. La même expression se lisait sur le visage de Lucrèce qui, à la stupéfaction de Floriane, se dirigeait maintenant vers la statue à reculons ! Retenant son souffle, la jeune femme vit alors l'officiante se retourner doucement, tomber à genoux et déposer ses offrandes.

— C'est Copia, la déesse de l'Abondance, expliqua à Floriane le jeune mendiant de l'entrée. Elle exauce les vœux de ceux qui savent l'implorer.

Un certain malaise accompagna Floriane jusqu'à son retour chez elle. Que Lucrèce sollicitât la protection d'une déesse et mêlât superstitions et foi chrétienne, elle le comprenait, cela même ne la gênait pas. Mais Dieu ! Quelle dureté dans la bouche qui marmonnait ses incantations ! Quel fanatisme dans le regard ! Quelle détermination dans ses gestes !

Mariette, à qui elle ne put s'empêcher de raconter la scène, exprima-t-elle ce que Floriane n'osait personnellement formuler ?

— Cette fille-là a quelque chose de démoniaque. Passent encore ses simagrées auprès de Copia, bien que je ne croie pas aux pouvoirs de cette païenne et préfère, moi, une bonne prière à sainte Blandine, à saint Irénée ou à saint Pothin, nos vénérés martyrs. Mais je ne serais pas étonnée d'apprendre que Mlle Bonvisi fréquente aussi les sorciers du quartier Saint-Georges. On dit qu'il y rôde le fantôme du pape noir, Simon de Pharès [1]. Là-bas, astrologues, alchimistes, faiseurs de sorts se mêlent aux truands. Chacun y trouve son compte. Méfiez-vous, madame !

— N'exagère pas, Mariette.

Sérieusement, qu'avait-elle à voir, elle, Floriane, avec les distractions, même coupables, d'une fille frustrée dans ses amours et dans ses ambitions ? Sa vie présente l'éloignait des pulsions et des passions inquiétantes voire dangereuses. Elle avait pour l'instant réussi à trouver la paix et l'équilibre dans le sentiment pur et solide que lui portait Johanès. Peut-être n'était-ce là qu'une pose dans sa vie tumultueuse mais elle l'en appréciait d'autant mieux.

Lorsqu'ils ne recevaient pas quelque collègue du Bureau de Santé, quelque parent, quelque notable ami, ou qu'ils ne

1. Médecin-astrologue de la fin du XVe siècle.

soupaient pas chez les uns et les autres, tous deux aimaient le soir à se retrouver en tête-à-tête, plaisir qui leur était refusé durant la journée. Sa charge de Commissaire accaparait en effet de plus en plus le jeune homme. Il était donc rare qu'il pût rejoindre l'après-midi son épouse dans les réunions où elle était très demandée. Le succès de Floriane l'emplissait de fierté, d'une sorte d'étonnement permanent comme s'il avait encore peine à croire que cette beauté, cet être incomparable fût réellement à lui. Il semblait toujours craindre que le rêve ne s'arrête, de se réveiller un matin, sans sa femme à ses côtés.

Après les réserves et les retenues du début de leur mariage, elle se donnait maintenant à lui avec plus d'abandon. Dans son amour infini, il répondait avec une sorte de maladresse, heureusement compensée par toute la délicatesse dont il était pourvu. Si, avec le temps, il avait acquis un peu d'aisance, il n'en demeurait pas moins limité dans ses élans, vite satisfait de l'acte physique lui-même, bien que jamais rassasié de ses doux prolongements. Floriane avait fini par s'en contenter, même si souvent l'absence de fougue dans leurs étreintes la laissait malgré elle mélancoliquement insatisfaite. Cher Johanès ! Comment aurait-elle pu le lui faire comprendre sans le blesser inutilement ?

Elle aimait d'ailleurs son corps blanc, robuste et sain, était émue par les mots qu'il lui murmurait, par son adoration caressante. Sans compter, elle lui octroyait tout ce que son cœur contenait de tendresse. Le passé lui avait tant donné ! Tout lui ayant été brutalement repris, elle aurait été bien ingrate de ne pas accepter désormais ce que lui offrait si généreusement un mari !

— Je vous aime…

Il ne se lassait pas de le lui répéter, quêtant toujours dans ses grands yeux le reflet, même fugitif, de son ardente passion.

— Je vous aime aussi, répondait-elle, toute fondante sous sa bouche égarée.

Docile, elle se laissait aller, consentante, prête à tout, même à ce qui n'était pas demandé, esclave d'un maître trop ébloui pour être véritablement exigeant. Ainsi, peu à peu, le corps de Floriane s'assagissait, s'habituait au contact d'un homme dont elle avait bien vite percé tous les secrets. Les nuits les retrouvaient sagement lovés l'un contre l'autre, unis dans un sommeil qui avait quelque chose d'innocent, d'enfantin.

— Viendrez-vous demain à la fête de la Saint-Thomas ? lui dit-il un soir dans leur chambre.

— Volontiers, si cela vous est agréable, mon ami.

Johanès l'entoura de ses bras, posa un baiser sur ses cheveux nattés pour la nuit.

— Agréable ? Tellement plus que cela, ma Floriane ! Je ne vous imposerai cependant que la cérémonie à l'église et vous ferai grâce du banquet qui va suivre. Nos discours, compliments et parlotes vous assommeraient. Avec cela il fait toujours un froid de loup dans la grand-salle de l'Hôtel de Ville malgré tout le bois qui s'y consume.

— Comme vous voudrez, Johanès, c'est vous qui décidez.

Le jeune homme soupira, un demi-sourire au coin des lèvres :

— Ah, vous êtes toujours si accommodante ! Parfois, je me demande si votre humeur égale ne cache pas un ennui profond.

Floriane se récria :

— Johanès ! Pourquoi une telle idée ? Ai-je vraiment l'air de m'ennuyer ?

— Non. Mais j'ai si peur parfois que la vie que je vous offre ne soit un peu… un peu terne à vos yeux.

— Fou ! Cher fou ! fit-elle, se pendant à son cou.

Aucun soupçon, ni inquiétude, ni chagrin, ne devait s'insinuer entre eux. En aucun cas, leur entente ne devait être ternie. De tout son poids, elle l'entraîna au milieu de leur lit, l'attira en elle, précipita sa défaite, ce qui était encore le moyen le plus sûr d'apaiser ses craintes.

Contre sa gorge, Johanès gémit comme un enfant. Le plaisir le laissait toujours ainsi, vulnérable, désorienté par le bienfait reçu. En cet instant précis, encore inondée par sa chaleur d'homme, Floriane, une fois de plus, savourait, malgré elle, son emprise sur lui.

La flèche de l'église Saint-Nizier [1] était tout emmêlée de brume et la nuit s'attardait encore lorsque les cloches annoncèrent le jour de la Saint-Thomas. Le froid avait durci l'eau et la boue du pavé. Sous de longs rubans argentés et des zébrures couleur de perle, le gel avait effacé les fangeuses flétrissures de la chaussée. Les lumières qui brillaient aux fenêtres achevaient la métamorphose. Or et argent, le 21 décembre se diaprait de couleurs de fête.

L'habituel marché aux légumes avait déserté la place Saint-Nizier. Les herboristes et les orfèvres qui y tenaient boutique avaient laissé leurs volets fermés. De tous les coins de la ville, les gens commençaient à affluer. Ils se massaient le long du chemin qu'emprunterait le cortège ou se regroupaient sur le parvis de l'église, regardant d'un œil envieux ceux qui avaient le droit d'y entrer sur invitations.

Pendant ce temps, le procureur du roi, accompagné d'une compagnie d'arquebusiers, s'était rendu dans le quartier Saint-Georges, quérir chez lui le héros du jour, « l'orateur de la Saint-Thomas », celui qui tout à l'heure aurait le privilège – en plus de trente livres tournois et divers présents – de lire publiquement les résultats des dernières élections. L'orateur désigné pour cette année 1627 était maître Meyssonnier, docteur en droit.

À l'Hôtel de Ville de la rue de la Poulaillerie, les attendaient pour former le cortège magistrats, prévôt, échevins, commissaires, maîtres des métiers, toute la fleur des notables. Jusqu'au dernier moment, on avait craint l'absence du gouverneur d'Alincourt tant ses relations avec le Consulat étaient tendues. À un point tel que l'on redoutait même d'en venir aux coups après les injures qui s'étaient échangées. Heureusement, il était là, élégant et fier, accompagné de M. de Villeroy, son fils, dont l'habit avait un air de cour plein d'insolence.

1. Le second clocher ne sera ajouté qu'au XIXe siècle.

Dans leurs robes de velours violet, aux grandes manches brodées aux armes de Lyon, les « mandeurs » prirent la tête du cortège, suivis du maître des requêtes, M. Turquant et du lieutenant criminel, M. de Liergues. Le prévôt Chaponay et ses échevins cédèrent ensuite le pas au gouverneur et à son fils, puis chacun prit sa place soigneusement prescrite à l'avance. Le plus grand calme était de mise.

La même couleur violette – couleur de la cité – se retrouvait dans la plupart des costumes, tuniques, manteaux, et couvre-chefs rehaussés de dorures, de fourrures, de galons ou de plumes, frissonnantes sous la bise mordante venue du cours de la Saône. Déjà, sous les yeux des badauds éblouis, le cortège chatoyant émergeait lentement de la grisaille du petit jour telle une vision féerique, surnaturelle, qui réchauffait les yeux autant que l'âme. On en oubliait le froid et le vent, tant en imposaient l'allure, la dignité, la richesse des maîtres de la ville.

Afin d'éviter les désordres, Nicolas Grolier avait très tôt disposé de chaque côté de la rue ses arquebusiers qui discrètement battaient la semelle, en songeant au revigorant hypocras et aux bonnes rôties qui tout à l'heure récompenseraient leurs services et leur réchaufferaient la panse et le cœur. De désordre, il n'y en eut d'ailleurs point, un petit incident tout au plus, sans aucune gravité. Passant trop près d'une maison fraîchement repeinte, quelques magistrats virent leur habit gâté par quelques traînées claires de fâcheux effet qu'ils dissimulèrent tant bien que mal.

Un léger roulement de tambour, quelques notes de fifre s'élevèrent place Saint-Nizier à l'arrivée du cortège qui lentement pénétra dans l'église. Floriane y était depuis longtemps, auprès des Landry, des Neyret, des Dangon, assis comme tous les invités sur de petits bancs disposés partout dans la nef et dans les douze chapelles latérales. L'assistance était nombreuse et s'était proprement bousculée pour avoir les meilleures places. Contrairement à la cathédrale Saint-Jean, où se célébraient les événements marquants du royaume, l'église Saint-Nizier était depuis longtemps le théâtre des cérémonies officielles de la municipalité. Tentures, bannières, bougies en myriades, dais frangés, coussins de velours : la vieille église, encaustiquée, parée, enluminée, était méconnaissable.

Face au public, le gouverneur prit place sous un grand portrait du roi ; les notables s'assirent et l'orateur, Étienne Meyssonnier, gagna la chaire qui lui était destinée. Parmi tout ce monde, le sieur du Soleil allait, venait, veillant à tout, l'œil ne laissant rien au hasard, arrogant sous son panache blanc et violet. Il salua Floriane de loin mais ostensiblement, et elle le devina ravi de parader dans tous ses avantages, paré des plumes du paon.

L'orateur eut un magistral effet de manches. Il jeta sur l'assistance un regard grave, légèrement condescendant et se racla la gorge. Le discours commença. En fait, il y en eut plusieurs, une longue, une interminable série d'éloges, de commentaires, d'apologies, un savant mélange de français et de latin dans lequel tout le monde eut droit à son panégyrique : le roi bien sûr et le gouverneur, mais aussi l'archevêque et les comtes de Saint-Jean, le maître des requêtes, le prévôt, bref, tous ceux qui possédaient une charge importante. Il ne fallait blesser personne.

Floriane retenait ses bâillements. En face d'elle, elle apercevait Johanès et admirait son sérieux, ne pouvant s'empêcher de penser aux moqueries de Bassompierre à l'encontre des bourgeois et de leur goût trop prononcé pour les discours et les harangues. La tête rejetée en arrière, le verbe sonore et catégorique, Étienne Meyssonnier se gargarisait de mots devant un auditoire subjugué. Mais il ne seyait pas à une dame Landry de se laisser aller à la raillerie, encore moins d'évoquer, même en secret, un maréchal de France si cher à son cœur fût-il – surtout d'ailleurs à cause de cela. Pour se distraire de ses souvenirs, Floriane chercha donc à découvrir Lucrèce. N'était-ce pas elle, là-bas, sur la gauche qui semblait écouter l'orateur avec tant d'attention ? Si, c'était elle. La belle avait pris soin de ne pas se mêler au reste de la famille, mais Floriane devinait ses regards dès qu'elle tournait la tête.

Après les compliments, vint la publication attendue des résultats des élections, puis commença une messe basse qui clôtura enfin la cérémonie. La musique et les chants du chœur tirèrent l'assistance d'une torpeur qui, malgré tout, commençait à la gagner.

Alors le cortège se reforma pour rejoindre l'Hôtel de Ville où les mêmes discours, les mêmes compliments allaient reprendre mais cette fois autour d'une table garnie en abondance. La fête de la Saint-Thomas coûtait une fortune à la ville.

Floriane sourit à Johanès lorsqu'il passa près d'elle. Elle laissa sortir tout le monde, répugnant à se mêler à la foule.

— Viendrez-vous dîner à la maison ? lui proposa Louise Landry.

Elle refusa aimablement. Étienne et Catherine l'attendaient, impatients d'entendre le récit détaillé des festivités. Elle avait également demandé à Jacques Stella de venir dans la journée mettre la dernière touche à son portrait dont elle voulait faire présent à Johanès, pour les étrennes de janvier.

Maintenant la nef était presque déserte. Seuls quelques garçonnets en chasuble blanche mouchaient encore les cierges. Le sacristain et son équipe enlevaient les bancs. Le froid s'engouffrait par la grand-porte, balayant l'odeur épaisse des fumées. Des groupes clairsemés s'attardaient sur la place. Les badauds qui n'avaient pas suivi le défilé jusqu'à l'Hôtel de Ville s'étaient égaillés dans les cabarets environnants ou tout bonnement étaient rentrés chez eux.

Dehors Floriane ne retrouva pas la chaise qu'elle avait retenue. La bise tombée, un brouillard givrant s'était peu à peu insinué dans les rues. Elle fit quelques pas, chercha encore. C'est à peine si elle distinguait la moitié du pont sur la Saône. Les voix des bateliers montaient de très loin, cristallisées dans la brume et le froid. Allait-elle geler sur place en attendant cette chaise maudite ? Les porteurs avaient sans doute été retardés par une autre course ou avaient préféré aller vider une chopine, bien au chaud, à moins qu'ils n'aient embarqué avant elle un client pressé. Il ne lui restait donc plus qu'à regagner la maison à pied.

Elle ne reconnaissait plus du tout la rue Mercière pénétrée par la lente buée blanche qui voilait les maisons, les enseignes armoriées, les écus taillés dans la pierre des façades, sphinges, Toison d'or, griffons, navires, témoignant de la richesse et de l'ancienneté des demeures. Pourtant l'avait-elle parcourue cette rue ! Il y traînait toujours un parfum d'encre et de papier, le parfum des imprimeurs et des libraires, installés depuis plus d'un siècle et dont le rayonnement avait gagné la France et l'Europe. Son goût pour les livres ne l'ayant jamais quittée, Floriane avait été attirée maintes fois au fond de ces boutiques obscures et odorantes qui s'ouvraient sous des arceaux de pierre. S'y trouvaient aussi les meilleurs joailliers, les drapiers, modistes et merciers, renommés autant pour leurs marchandises que pour la joliesse de leurs vendeuses. Mais aujourd'hui tout était fermé. Personne ne devisait, assis sur les bancs des galeries. Même les voix criardes des camelots et des bateleurs s'étaient tues. Floriane marchait dans le silence, compagnon du brouillard qui faisait de la plus vivante, de la plus bruyante, de la plus gaie des rues, une voie insolite et étrange, aux rares silhouettes furtives, aux mouvances de rêve.

Un trottinement heurta le pavé derrière elle puis la dépassa. C'était l'un des porcelets des frères Antonins dont le couvent était proche et qui, seuls, avaient le droit de laisser aller leurs bêtes à la recherche de leur nourriture parmi les détritus et les immondices des rues. Le cochon disparut aussi vite qu'elle l'avait vu venir, englouti par la nappe laiteuse. Floriane s'arrêta, le cœur battant.

Toutes les aventures traversées, les malheurs qui ne l'avaient pas épargnée avaient aiguisé ses sens et son instinct. Soudain, sans pouvoir justifier cette crainte, elle devinait qu'un danger imprécis la menaçait ; elle « savait ».

D'un pas ferme, elle reprit sa marche, consciente de l'imprudence qu'il y avait pour une jeune femme à s'aventurer seule dans une ville désertée. Le froid, le givre et le brouillard ne suffisaient pas à éloigner les tire-laine. Tous les mauvais garçons n'étaient pas occupés à suivre les admirateurs du cortège ou à boire dans quelque cabaret. Quoi de plus facile, en effet, que de fondre dans l'invisible sur un passant isolé ? Floriane se mit à courir.

Elle ne s'était pas trompée. Derrière elle, on courait aussi. En se retournant, elle put distinguer une silhouette, puis deux, qui sans nul doute la poursuivaient. Sa chance ? Courir très vite. Disparaître à leurs yeux. Grâce au Ciel, la rue Saint-Dominique n'était pas éloignée.

Ils firent plus vite encore et tombèrent sur elle, comme deux fantômes noirs. Elle se sentit saisie par chaque bras, et tandis qu'une main appliquée sur sa bouche étouffait un cri, entraînée, malgré sa résistance, vers l'une de ces traboules [1] qui débouchaient sur le Port du Temple.

— Aïe ! La garce ! Elle m'a donné un coup de pied.

— Un petit plongeon dans la Saône va vite la calmer. Allons, viens !

Sous le bâillon qui l'étouffait, Floriane poussait des grognements de bête prise au piège.

— C'est tout de même dommage de s'en débarrasser sans en profiter un peu, chuinta l'un des compères. Elle m'a l'air gironde.

De sa main libre, il empoigna ses hanches, lui malaxa les fesses, la meurtrissant malgré l'épaisseur de ses vêtements.

La traboule n'était qu'un boyau noir aux relents d'urine qui s'ouvrait plus loin sur une clarté blanchâtre et les bruits assourdis du quai.

— Alors, faisons vite et tiens-la bien.

---

1. Du latin *transbulare.* Passages typiquement lyonnais qui, entre des maisons, relient une rue à une autre.

Plaquée contre le mur, maintenue par l'un des malandrins, Floriane sentit avec terreur son compagnon s'appuyer contre elle, s'empêtrer dans ses jupes et ses jupons. Elle ne pouvait voir son visage car le scélérat le pressait contre le sien, lui râpant les joues de sa trogne mal rasée. Une véritable panique, un dégoût sans nom la firent vaciller. Renversant la tête, elle poussa un cri qui se répercuta longuement sous la voûte de pierre tandis que de plus belle elle lançait de toutes ses forces des coups de pied désordonnés dans les tibias de son agresseur.

— Quelle diablesse ! grogna l'homme furieux de ne pouvoir plus vite parvenir à ses fins.

De rage, il lui décocha son poing dans le menton et tout s'assombrit pour Floriane. Le mur même, derrière son dos, parut s'effondrer comme un grand pan de sable ; ses jambes se dérobèrent sous elle. D'un seul coup, elle se sentit glisser, sombrer dans le néant.

— Hé là ! Hé là ! Vous vous sentez mieux ?

Comme par miracle, le cocon froid et tonique de la rue l'enveloppait à nouveau. Elle n'était plus prisonnière dans le boyau malodorant, tunnel horrible, image de cauchemar. Surtout, elle n'était plus la proie des deux canailles qui avaient voulu abuser d'elle avant de la faire disparaître. Un bras secourable la soutenait ; une voix rude, à l'accent indéfinissable, s'inquiétait d'elle avec bienveillance. Elle ouvrit les yeux, entrevit un homme très grand, de forte carrure, penché sur elle et eut un choc. Elle pensa s'évanouir de nouveau : l'espace d'une seconde, elle avait cru reconnaître Artus.

— Qui… Qui êtes-vous ? parvint-elle enfin à dire.

— Bah ! Mon nom ne vous dirait pas grand-chose, belle dame. La Providence, si vous voulez !

Un joyeux rire termina sa réponse.

Elle remarqua alors sous une cape noire, passablement râpée, une vieille tunique fermée par des lacets de cuir, des mains puissantes et brunes aux ongles mal soignés, et glissé dans une large ceinture, un long fouet enroulé comme un reptile. Cocher ?

Conducteur de mulets, de chevaux, de charrois ? Elle captait une odeur caractéristique de crin, de sueur et de paille. Mais qu'importait ! Son regard revint sur le visage de son sauveur, hâlé et rieur, ombré d'une barbe de deux jours, les yeux sombres et le nez arrogant. Un feutre étroit, allongé en pointe sur le front, d'où s'élançait une plume rousse et effilée, de longs cheveux noirs tombant sur les épaules, achevaient de donner à l'inconnu l'aspect d'un diable vigoureux, mais un diable gai, rassurant, dont le maintien à la fois insouciant et fier avait même un court instant évoqué Artus.

— Je vous ai entendue crier comme je passais sur le quai.

Il la dévisageait sans vergogne avec une admiration non dissimulée et un sourire… Floriane se sentit mal à l'aise.

— Et mes agresseurs ?

— Occis ! L'un assommé. L'autre… étranglé avec ça, répondit-il simplement.

Il tâta son fouet. Visiblement, la mort des coupe-jarrets ne l'affectait pas le moins du monde.

Floriane voulut le remercier, mais en fut incapable. Les mots ne venaient pas. Encore commotionnée, s'insinuait en elle autre chose, un trouble indéfinissable.

— C'est à vous ça ?

Il lui montrait deux petites bourses jumelles, de velours vert précieux, pleines d'or, qu'il avait trouvées dans les poches des deux crapules. Elle fit « non » de la tête.

— Apparemment, ils ne m'ont rien dérobé.

Oui, curieusement, elle avait toujours son mouchoir de dentelle, son miroir et sa propre bourse accrochée à la taille.

— Ils en voulaient à autre chose, dit-il, accentuant son sourire.

Ses mains n'avaient pas quitté ses épaules, et elle perçut à travers ses vêtements la chaleur de son bras se communiquer à sa peau.

— Gardez cet argent, monsieur, balbutia-t-elle, ne pouvant détacher son regard des yeux qui la fixaient. Vous m'avez sauvée. Je vous remercie.

La piètre phrase ! Mais elle ne trouvait rien d'autre à dire. L'homme cependant ne parut guère s'en formaliser. Il empocha les deux bourses sans manières et resserra son bras sur ses épaules.

— Bon ! Où alliez-vous comme ça ? Je vous accompagne. Ah ! Pardieu, le beau cadeau que m'a fait ce temps de chien ! Une fleur née du brouillard…

Il rit de nouveau. Floriane le devinait prêt à cueillir les heureux imprévus de la vie, à mordre les plaisirs de ses dents carnassières, à boire toutes les ivresses. Contre lui, elle se sentait trembler, incapable de refouler un émoi qu'elle ne reconnaissait que trop, d'autant plus confuse de se savoir devinée par son compagnon de fortune. Que restait-il à faire au bord d'une si piteuse défaite ? La fuite, bien sûr, une fuite vite décidée, vite exécutée, au débouché sur la place Confort. Se libérant brusquement de la dangereuse étreinte, elle s'esquiva dans la brume, se tapit comme une voleuse sous l'encorbellement protecteur d'une maison, put voir vaguement l'inconnu tournoyer sur lui-même, la héler, faire quelques pas et disparaître, happé lui aussi par le brouillard opaque. Floriane attendit un instant, afin d'être bien sûre qu'il se fût éloigné réellement, pour repérer aussi la bonne direction. Espérant l'avoir discernée, elle détala alors comme une folle, fonça à l'aveuglette vers la rue Saint-Dominique où l'attendait, tel un refuge, sa maison.

*

De son aventure, elle ne souffla mot à personne et s'efforça de l'oublier. Elle n'eut guère de mal en ce qui concernait l'agression elle-même tout horrible et désagréable qu'elle avait été. Seul un menton douloureux la lui rappela quelques jours. Une rencontre salvatrice avait effacé en elle les autres traces bien qu'elle cherchât par des efforts méritoires à chasser l'impression que lui avait causée l'inconnu.

« Un homme du peuple ! Un rustre mal dégrossi et sans scrupules ! » se répétait-elle.

N'avait-il pas empoché sans broncher l'argent trouvé sur ses victimes ? Et puis, avec quelle familiarité l'avait-il détaillée elle, dont la pudeur venait d'être si rudement offensée ! Sa vague ressemblance avec Artus ne justifiait en rien son trouble. Il avait en fait brisé une coquille où elle ronronnait sans réels désirs, dans un confort douillet ; il avait éveillé en elle des sensations lointaines, oubliées, soigneusement écartées.

Il eût été facile, cependant, de les satisfaire. Jacques Stella n'attendait qu'un mot pour lui témoigner son ardeur fiévreuse, quotidiennement exaltée par son tempérament d'artiste. Son portrait achevé, chacun pouvait désormais admirer dans l'antichambre le visage pensif, absent et à la fois si charnellement présent, d'une jeune femme vêtue de bleu aux cheveux noirs et bouclés laissant entrevoir deux petites perles nacrées luisant aux lobes de ses oreilles.

— Ma femme, s'extasiait Johanès, faisant admirer à tous ses visiteurs la peinture célébrant la beauté de Floriane, vantant également le talent du peintre qui n'avait nullement interrompu ses visites et se nourrissait – espérant mieux peut-être – des miettes que son modèle lui accordait : une main à baiser, une taille à soutenir, quelques pages à lui lire, des paquets à porter au sortir d'une boutique.

Tout aussi assidu, mais dans une gamme différente, Nicolas Grolier n'avait lui non plus aucunement modéré ses assauts.

— Quand viendrez-vous seule visiter ma maison ? la pressait-il à la moindre occasion.

Il habitait sur les hauts de Fourvière une luxueuse demeure perdue dans les vignes dont le vin était renommé. Floriane s'imaginait, aussitôt le seuil franchi, besognée hardiment par un sieur du Soleil que l'amour devait transformer en un Priape jouisseur et combatif. Dans sa crudité, l'image la faisait rire et chassait vite en elle de troublantes pensées. Allons, mieux valait hiverner dans une engourdissante torpeur, se lover au creux des frimas qui se prolongeaient et affermissaient leur emprise. Sous la neige et le gel, chacun désespérait de voir un jour revenir le printemps. Jamais la ville n'avait compté autant de miséreux. On les voyait lamentablement se traîner dans leurs guenilles aux portes des hôpitaux. Mais il n'y avait pas que les pauvres qui attendaient le retour de la belle saison. Ces longs mois de froidure, de privations parfois pénibles, des nouvelles alarmantes de guerre, de famine et de peste avaient affaibli les corps tout autant que les âmes, chacun sentant en soi un besoin éperdu de plaisir, de chaleur, de soleil.

Et soudain, il fut là. En quelques jours, le printemps, un printemps hâtif, pressé, brutal – mais qui pouvait s'en plaindre ? – envahit de verdure jardins et brotteaux [1] des bords du Rhône, bouscula les ruelles glaciales, éparpilla ses lueurs, ses dorures sur les toits, inonda de clarté les murs et le courant glauque des deux rivières. Son exubérance joyeuse stimulait toutes les fleurs, toutes les ramures graciles, tous les bourgeons. Les fumées s'élançaient drues des cheminées dans un azur aux reflets d'iris. Les maisons s'ouvraient ; la ville réanimée sortait régénérée de sa longue léthargie.

Au pied des remparts d'Ainay ou dans les fossés de la rue Lanterne, des bandes d'enfants avaient repris leurs jeux habituels. Piaillant aussi fort que les moineaux et les mouettes, ils couraient à toutes jambes autour d'un ballon ou bien, l'arc tendu, flèche pointée, visaient leurs « papegeais », oiseaux de bois, peints de couleurs vives, fichés en haut de perches. Sous les arbres de la place Bellecour, leurs aînés, pendant ce temps, retrouvaient auprès des jeunes filles élans et divertissements d'une nature plus subtile. Badineries, amourettes, liaisons éphémères, passions plus profondes, chacun célébrait le renouveau selon son goût, selon sa chance.

1. Bandes de terrains incultes.

— Je ne sais ce qui se passe, déclara chez les Borde le très sérieux M. de Silvecanne, les gens semblent avoir la tête à l'envers.

— Et le reste ! commenta Étienne d'un air entendu. Et le reste !…

L'autre ne releva pas le propos et continua :

— Les artisans ouvrent leurs boutiques quand cela leur chante. Les domestiques flânent et ne vous obéissent plus. Jusqu'aux gardes qui négligent leurs postes. Je rentrais hier par la porte Saint-Just : eh bien, ils étaient assis, à battre le carton, vidant verre sur verre. N'importe qui pouvait pénétrer dans Lyon. Je finirai par croire que les seuls endroits où l'on travaille sans ménager sa peine sont les « Académies de Galanterie ». Elles ne désemplissent pas !

— Hé ! Hé ! que vous disais-je ? recommença Étienne en clignant de l'œil vers Floriane. Vous me paraissez fort renseigné, mon bon Silvecanne.

Il était difficile d'imaginer le jeune et digne conseiller hanter de tels lieux de plaisir où ces dames, entre des rouelles de veau à la lyonnaise et des tourtes à la frangipane, dispensaient le meilleur d'elles-mêmes à une clientèle choisie.

Johanès jugea charitable de venir au secours de son collègue et ami, tout en nuançant d'indulgence son approbation.

— Oui, il y a un relâchement certain des mœurs et des esprits. Mais ce rude hiver a mis les courages à l'épreuve.

— Vous verrez ! Tant de paresse et de licence engendreront des catastrophes, marmotta Silvecanne d'un ton de vieux prêcheur. Vous verrez !

Le Vendredi saint, il était de tradition de monter le Gourguillon pour rendre visite aux moines franciscains, de l'ordre des Minimes. Leur monastère était bâti tout près des ruines du Grand Théâtre romain et l'on murmurait que le Veau d'or de la déesse Cybèle, adorée jadis en ces lieux, était enterré dans les jardins de leur couvent.

Sans doute pour cette raison, en mémoire aussi de la déesse de la Fécondité, de l'ambiance trouble, voire licencieuse qu'entraînait son culte, le peuple attachait à l'endroit un pouvoir magique et régénérant, pouvoir qu'il disait retrouver dans le vin d'absinthe, fabriqué par les moines. Superstitions ? Vertus réelles ? Une fois de plus, en tout cas, les rites chrétiens s'accompagnaient volontiers de souvenirs païens, les Minimes retirant quant à eux de substantiels bénéfices de leur saint négoce. Toujours est-il que ce vin aux indéniables qualités thérapeutiques, disait-on, était un peu amer mais pas du tout désagréable, surtout lorsqu'on avait peiné pour grimper la côte. Il complétait alors avec bonheur l'air de la colline, agitée par les souffles d'avril.

Aussi avait-il été convenu que Johanès, Floriane et les époux Borde dîneraient rue de la Juiverie chez l'oncle Jacques et que, tous ensemble, ils monteraient ensuite chez les bons moines. Mais au dernier moment, Catherine refusa de les accompagner, ses douleurs l'ayant reprise, l'empêchant de se déplacer.

— Tu as tort, déclara son mari, le vin des Minimes, bon pour les rhumatismes, t'aurait complètement requinquée !

Mais l'idée de se hisser en haut du Gourguillon rebutait trop la vieille dame. Elle persista dans son refus.

— Faites comme vous l'entendez. Nous vous rapporterons une bouteille de l'élixir, promit Floriane en l'embrassant.

Elle-même se réjouissait de la sortie. Elle éprouvait une telle impatience à bouger, à respirer l'air nouveau. Et puis la compagnie de ses jeunes cousins, leur vitalité, leur insouciance finissaient toujours par gagner Johanès, elle l'avait remarqué.

Ce dernier s'était-il aperçu que depuis leur mariage Lucrèce se faisait rare dans les réunions familiales ? La jeune fille avait toujours une bonne raison pour s'y soustraire. Aussi Floriane fut-elle fort surprise de la rencontrer ce jour-là. Plus encore de retrouver une Lucrèce polie, presque aimable. Il est vrai qu'ils étaient si nombreux qu'il leur fut facile de s'éviter sans contrevenir à la courtoisie.

De retour de leur escapade, Étienne entra le premier dans la maison en brandissant deux bouteilles cachetées de cire.

— Oh là ! ma bonne amie, voici le remède-miracle !

La promenade avait coloré ses rides. Ses yeux brillaient plus qu'à l'accoutumée mais l'air de Fourvière et les prières chez les moines n'en étaient pas les seules raisons.

Un pas glissa sur les dalles noires et blanches de l'entrée. Mariette sortait de la chambre de Catherine, un doigt sur les lèvres.

— Chut ! Dame Borde est malade.

— Malade, malade, toujours malade, grommela Étienne. Qu'a-t-elle donc encore ?

Négligeant le commentaire du vieil homme, Mariette se tourna vers Floriane et Johanès qui rentraient à leur tour en se tenant le bras.

— Dame Borde n'est pas bien, leur annonça-t-elle, l'air soucieux.

— Que lui arrive-t-il ?

— On dirait une indigestion.

Ensemble, ils pénétrèrent dans la chambre. Sur son lit, Catherine gémissait, un peu de mousse aux commissures des lèvres. Sous la sueur, son visage avait une vilaine teinte verdâtre et l'atmosphère de la pièce était irrespirable.

— Dame Catherine n'a fait que rendre depuis ce tantôt, ajouta Mariette, désignant une servante occupée à nettoyer le parquet tandis qu'une autre emportait des linges souillés.

— Elle a encore trop mangé, bougonna Étienne.

Les bras ballants, n'ayant toujours pas lâché ses bouteilles, il contemplait sa femme avec rancune. Cette indisposition gâchait trop brutalement une journée de plaisir.

— Il faut appeler un médecin, décida Johanès.

— C'est fait, répondit Mariette, Gilbert vient justement de partir quérir maître Marcellin.

— Que s'est-il donc passé ? questionna Floriane.

Mariette raconta qu'elle avait accompagné la vieille dame à la messe, que tout allait bien à ce moment-là mais que les malaises avaient commencé dès leur retour.

— Sûrement à cause de vos dragées, dit-elle à Floriane.

— Mes dragées ?

— Oui. Enfin, celles qui vous ont été livrées. Vous connaissez la gourmandise de dame Borde. Elle n'a pas pu résister à ouvrir la boîte et, l'ayant entamée, l'a finalement avalée tout entière. Quand je le lui ai reproché, elle m'a recommandé de n'en rien vous dire tant elle était honteuse. « Dieu me punit », m'a-t-elle dit ensuite, se sentant mal à l'aise.

Ce n'était pas la première fois que Catherine mangeait ce qu'elle aimait à s'en rendre malade. Floriane s'était d'ailleurs à plusieurs reprises demandé comment un corps si menu pouvait ingurgiter tant de nourriture à la fois. Il n'était donc pas difficile de l'imaginer goûtant d'abord quelques dragées, picorant ensuite à la hâte, savourant pistaches, avelines, pignons, prunes et citrons confits dans leur sucre qui fondait sur la langue. Un plaisir décuplé parce que défendu. Pourtant, combien de fois Pancrace Marcellin l'avait-il mise en garde contre un péché mignon dangereux à son âge !

Arrivé dans la soirée à son chevet, le médecin ne put soulager la pauvre Catherine.

Il lui fit cependant préparer un émétique puissant, des onces d'eau chaude additionnées d'huile d'olive qu'elle rejeta sans être pour autant apaisée. Saignées, lavements de séné, rien n'y fit. Aux malaises s'étaient ajoutées de violentes douleurs d'entrailles que ne put calmer une infusion de genévrier et de gentiane. Aussi s'avéra-t-il bientôt indispensable d'appeler un prêtre de toute urgence.

Catherine Borde reçut l'extrême-onction et mourut dans la nuit, brisée par d'atroces souffrances, laissant tous les siens – ses filles accourues en hâte, ses gendres, ses petits-enfants – consternés sous le choc.

— Peut-être que le vin des Minimes…, commença Étienne.

Mais il ne termina pas sa phrase. La fin brutale de sa femme le laissait hébété, incrédule. Il entendait ses plaintes depuis tant d'années qu'il avait fini par n'y plus prêter attention, persuadé qu'elle était plus solide qu'il n'y paraissait, sa santé soi-disant fragile n'étant qu'un prétexte pour empoisonner son mari. Or, voici qu'elle s'en allait la première, le laissant seul, le reproche à la bouche : quel mauvais tour elle lui jouait !

Johanès éprouvait une peine sincère. Floriane était désolée elle aussi : pauvre Catherine ! Pour quelques douceurs de trop… La boîte de dragées, vide, était là sur la table, une jolie boîte de maroquin rouge où ne restait plus qu'un peu de poudre blanche et sucrée.

— Qui l'a apportée ? demanda Floriane à Mariette.

— Un gamin. En précisant que c'était pour vous.

— Il n'y avait pas un mot, ni le nom de celui qui me l'a envoyée ?

— Non.

Sans doute était-ce un soupirant voulant garder l'anonymat, Jacques, Nicolas Grolier ou un autre. Floriane n'en manquait pas et recevait, presque chaque jour, un présent, des fleurs, des vers, témoignages habituels et banals de l'admiration qu'elle suscitait. Tout cela d'ailleurs était bien dérisoire devant la perte d'une présence amie.

« Pauvre Catherine ! » se répéta-t-elle.

Plus tard, lorsque se seraient dissipées les ténèbres qui si longtemps recouvriraient la ville, lorsqu'ils auraient traversé, tel un fleuve insondable, un flot d'horreurs et de souffrances et regagné des rives humaines, Floriane se demanderait plus d'une fois si la disparition soudaine de Catherine n'avait en fait pas été un avertissement. Sa mort, survenue un soir fleuri, prometteur et allègre, alors que chacun ne songeait qu'à cueillir à pleines brassées le printemps, ne rappelait-elle pas à tous que seule une main divine donne ou reprend les bienfaits de ce monde et qu'un jour d'avril peut se voiler de noir ? Ils avaient tous été si légers, si inconséquents, menant aveuglément leurs existences comme si le divin pouvoir appartenait à chacun d'eux.

Et pourtant ! Ne pouvaient-ils de bon droit le penser tant la belle saison, si attendue, tant réclamée, répondait à leurs espérances ? De l'aube au crépuscule, c'était un rayonnement, un jaillissement de couleurs, un feu d'artifice, de fleurs, de feuilles et de lumières. « Lyon, plus doux que cent pucelles », avait écrit Clément Marot ; doux certes, mais vif, actif, bariolé, ses rivières pointillées de voiles multicolores, ses étals regorgeant de denrées, ses habitants courant les rues en coiffes claires, une chanson aux lèvres.

Rue Saint-Dominique, la vie reprit son cours habituel avec les occupations multiples de Johanès, les plaisirs mondains de Floriane. Étienne parut vite remis de la perte de sa femme. Physiquement, il semblait même plus gaillard que jamais, un peu trop peut-être au goût des servantes qui évitaient de rester seules avec lui. Dans les vives chicanes qui l'opposaient à Catherine, ses ardeurs séniles avaient jusque-là trouvé compensation. Cette dernière disparue, sa surveillance avec elle, le vieil homme désœuvré rôdait dans la maison, tel un lutin chenu, espiègle et un rien malfaisant, toujours à la recherche d'une niche à jouer. Même Floriane n'était pas à l'abri de ses farces, de ses mimiques, de ses doigts prompts à pincer une taille, de ses plaisanteries douteuses.

Elle s'obligeait pourtant à l'indulgence, calmait Mariette, ne prenait pas au sérieux les plaintes des chambrières. Que pouvaient-elles craindre d'un pauvre satyre usé, essayant pitoyablement de ranimer des flammes depuis longtemps éteintes ?

Des travaux étaient en cours à Mirieu qui retardaient leurs séjours campagnards. Floriane le déplorait. À cette saison, le jardin devait crouler sous les lilas. Quant aux étangs, ils devaient être en plein éveil, bruissant d'une symphonie caquetante et chantante parmi les roseaux verts et les trèfles d'eau.

*

Floriane reposa son livre, s'étira sur son lit, rêva un instant devant la fenêtre grande ouverte. Un parfum de jacinthe et de lis, des senteurs plus tenaces de plantes rares qui parvenaient à croître dans le jardin abrité – petites fleurs pourpres d'adonis, gattiliers et lentisques – envahissaient sa chambre. Le dimanche, la maison se tapissait d'un silence feutré. Retiré dans son antre, Étienne faisait la sieste. Les domestiques pour la plupart étaient sortis. Johanès, désolé, venait de partir : une affaire pressante réunissait le Bureau de Santé.

Floriane, à vrai dire, redoutait un peu ses rares moments de solitude. Les souvenirs ne manquaient pas alors de tarauder son cœur et sa mémoire. Elle s'étira encore une fois puis se leva, brusquement décidée. Fouillant dans sa garde-robe, elle y trouva une tenue de léger burail de fil et de coton, d'un rouge sombre, qu'elle portait souvent à Mirieu. Elle l'enfila par-dessus son jupon. Le corps de cotte, aux manches larges et courtes, au décolleté profond, laissait bouffer un fin corsage de quintin blanc. Floriane se coiffa d'un minuscule bonnet de taffetas noir, enfila des chaussures cirées également noires, à talons plats, puis jugea de l'effet dans son miroir.

Qu'était devenue Floriane de Saint-Évy, jadis parure de la cour ? Où était la grande bourgeoise, un brin hautaine, qui charmait aujourd'hui la capitale lyonnaise ? Sans maquillage, dans sa robe sans apprêt, lui faisait face une jeune personne inconnue, n'ayant pour tout éclat que sa fraîcheur et sa simplicité, une jeune boutiquière, une accorte artisane à l'air résolu, prête à s'en aller muser en ville, par ce beau dimanche de printemps.

La chaleur du dehors la surprit et elle se félicita d'avoir adopté une tenue légère et pratique. Au bout de quelques pas, une moiteur lui collait déjà la peau et elle se prit à rêver de rives ombreuses, d'onde courant sur la mousse. Faisait-il plus frais au bord de l'eau ?

Floriane s'arrêta au milieu du Pont de Pierre et regarda en dessous d'elle glisser les eaux vertes et tranquilles de la Saône. Une humidité apaisante, une odeur de limon luttant contre les fortes émanations des quais avoisinants, montaient par bouffées à son visage. Le dimanche, les bateaux marchands faisaient trêve mais il restait les barques et les bêches plates naviguant sans cesse entre l'île Barbe et la Mulatière. Des voix, des rires s'en échappaient. Les grands chapeaux de paille des batelières semblaient d'immenses goélands, palpitant dans la brise. Floriane admira l'adresse des femmes qui se riaient du courant. Elle savait qu'aux abords du pont, l'eau en apparence languissante de la Saône cachait un remous dangereux, voire mortel, appelé par les gens du fleuve la « mort qui trompe ». Une tour et une petite chapelle marquaient le milieu du pont ; des maisons, souvent fort belles comme celle de « l'arche merveilleuse », se dressaient à pic au-dessus de l'eau. Floriane passa devant le gibet. Il s'y balançait une tête racornie, rongée par les oiseaux, où s'effilochaient encore des mèches noires.

Tout au bout, la place du Change offrait elle aussi un semblant de calme. Toute la semaine s'y activait la Bourse des marchands. Elle y avait drainé, pendant plus d'un siècle, des flots d'or venus d'Europe et, malgré le ralentissement du commerce, toutes les transactions financières continuaient à s'y traiter. Ce dimanche, des vendeurs de brioches et des bateleurs avaient investi la place. Floriane s'offrit un cornet de macarons et, tout en flânant, poursuivit son chemin.

À partir du port Saint-Paul, les abords du fleuve se clairsemèrent. Entre les vieilles maisons vermoulues, on découvrait mieux le tournant de la Saône, la pente arrondie de la colline de la Croix-Rousse qui hérissait, en face, l'épine crénelée de son rempart. Au-dessus de Floriane, la forteresse médiévale de Pierre-Scize dressait maintenant sa masse de rocs et de pierre et allongeait son ombre gigantesque jusqu'au ras de l'eau.

Jamais Floriane ne s'était aventurée si loin.

Elle était arrivée aux confins de la ville, vers la porte de Vaize [1], aux abords d'une petite place ombragée de tilleuls. Un

1. Vaise.

but de promenade fort goûté si elle en jugeait par les couples nombreux et les enfants qui déambulaient sous les frondaisons. L'endroit avait un charme indéniable dû à la proximité de la Saône et de sa plage de sable blond, à l'amphithéâtre vert et fleuri des collines, au parfum des tilleuls. Et surtout, au milieu de tout cela, attirant les regards, un curieux édifice – quatre colonnes soutenues par un stylobate de forme vaguement antique, mi-temple, mi-mausolée – apportait une note insolite et charmante. Le tombeau des Deux Amants, disait justement quelqu'un tout près de Floriane.

Bien sûr, elle avait entendu parler de ce tombeau célèbre [1]. Personne ne savait très bien qui il renfermait. Le roi Hérode chassé de son pays et l'une de ses concubines ? Deux amants siciliens égarés ? Deux jeunes Gaulois aux amours funestes ? « Amandus, Amanda, Amantissima » : l'inscription, anonyme, n'en référait qu'à l'amour. Les récits, les légendes étaient oubliés, ne laissant que l'impalpable mais envoûtant souvenir d'une grande et énigmatique passion. Personne ne résistait à l'atmosphère troublante et romanesque qui nimbait le tombeau et son voisinage. L'on disait que les moines eux-mêmes, en leur couvent tout proche de l'Observance, n'y avaient pas échappé et qu'il avait fallu très fermement resserrer la discipline. Les imaginations – les sens – se bridaient sous la règle et la foi. Aux autres, le rêve, la mélancolie, les désirs confus. Floriane, charmée elle aussi, laissa ses pensées vagabonder, trouvant un écho dans la chanson de quelques jeunes filles qui passèrent près d'elle :

Me dira qui voudra
Gentille batelière.
C'est Pierre, oui, toujours Pierre
Que mon cœur aimera.

Un brouhaha venait de la rive. Floriane s'avança vers un groupe qui applaudissait et riait aux exploits d'une dizaine de

1. Détruit au XVIIIe siècle.

fous qui s'ébattaient dans la rivière. Quelques planches, s'avançant dans la Saône, leur servaient de plongeoir. C'était à qui se jetterait le plus loin dans l'eau, gagnerait l'entrée du port Saint-Paul et reviendrait le premier au point de départ. C'étaient des jeunes gens, à demi nus, qui joyeusement éclaboussaient à qui mieux mieux l'assistance. Ils filaient, nageant à peine tant le courant les entraînait. Mais, au retour, il leur fallait lutter fort pour fendre la puissante nappe fluide.

— Plus vite ! Plus vite ! criait la foule.

— Hamelin va encore gagner. Vas-y, Hamelin ! Bravo !

Une tête aux longs cheveux noirs, deux bras vigoureux émergèrent de l'eau. Le vainqueur se hissa sur la jetée de bois et salua ses admirateurs.

À le voir se dresser hors de l'onde, on eût dit l'une de ces statues antiques qui faisaient la richesse de la cité : un corps lisse, satiné par les jeux du soleil sur la peau mate où glissait l'eau ; des muscles longs, noueux, harmonieux, un torse étroit sous l'admirable moulure des épaules. Hamelin, la tête rejetée en arrière, souriait, savourant son triomphe sans aucune modestie, les femmes, parmi les badauds, étant sans conteste les plus enthousiastes.

— Par saint Pothin ! le beau mâle !

Une forte personne venait d'exprimer là un avis unanime.

— Si ce qu'il cache est à l'avenant…, murmura une autre en gloussant.

Hamelin ne cachait pas grand-chose, juste de quoi faire rêver les honnêtes promeneuses, Floriane tout comme les autres, qui, stupéfaite, venait de reconnaître, sous les traits de ce beau garçon, l'inconnu, rencontré à point un jour de brouillard.

« C'est vrai qu'il ressemble à Artus », pensa-t-elle.

Alors brusquement elle tourna les talons et s'éloigna bien vite de la berge.

Non loin du tombeau des Deux Amants, juste à côté de l'atelier d'un forgeron, se tenait un cabaret où elle entra se réfugier et commanda distraitement un pichet de bière. Floriane eut du mal à trouver une place. Tous les « gens de rivière » semblaient avoir ici leur quartier général : passeurs, mariniers, batelières, crocheteurs, lavandières buvaient sec un beaujolais tout frais accompagné de fromages de chèvre et de saucisson. S'y mêlaient également des ouvriers et leurs compagnes ainsi que quelques gardes du pennonage qui ajoutaient leurs voix aux conversations et aux raclements incessants des souliers sur le plancher couvert de sciure.

Un jeune garçon, vêtu à la paysanne, le visage recuit par le soleil, se faufila entre les tables un panier au bras empli de bottes d'asperges qu'il proposait aux clients.

— Voyez comme elles sont belles, comme elles sont fraîches, cueillies ce matin dans les jardins de Vaize…

Elles étaient en effet blanches et charnues, leurs pointes drues et violettes à peine touchées de vert.

— Combien la botte ? demanda près de Floriane un caporal-pennon avec un air entendu à ses camarades pour mieux retenir leur attention.

— Huit sols.

— Vouais ! Je t'en offre quatre et tu m'en donnes la moitié.

— Soit ! accepta le garçon qui sortit une botte du panier et entreprit de la partager en deux.

— Te donne pas tant de mal, petit ! fit le garde. Je vais te simplifier la besogne.

Hilare, sous l'œil narquois de ses compères, il sortit son épée et trancha les asperges par le milieu.

— Voilà ! Le blanc pour toi. Moi, je garde les pointes : moitié-moitié. Voici tes quatre sols !

Un grand éclat de rire salua la bonne farce, le pauvre garçon, tout déconfit, regardant, sidéré, l'argent et les queues d'asperges jetés dans son panier.

— Mais… mais…, répétait-il.

— Comment, fiston, tu bêles ? Notre marché ne te convient plus ?

Le caporal, apparemment, entendait bien que tout le monde appréciât son humour. Le naïf n'osa donc protester davantage.

Floriane eut pitié de lui.

— Tiens, lui dit-elle, glissant quelques sols dans sa poche. À l'avenir, sois moins confiant.

Tout heureux de l'aubaine, le petit remercia et fila sous les quolibets sans demander son reste.

— Belle âme et belle main charitables, susurra le garde en se penchant vers Floriane.

Sur un visage rouge et large était plantée une énorme moustache piquetée de sueur et de vin. Elle détourna la tête avec dégoût. Mais il en fallait plus pour décourager le bélâtre. Il prit le bras de Floriane.

— Allez, la belle, pas d'histoires ! Joignez-vous à nous. Il n'est pas bon de boire seule quand on est jeune et jolie, mon belin, ma coque, mon petit boson...

— Lâchez-moi ! je vous prie !

Mais l'autre insistait, bredouillant ses fadaises.

— Lâchez-moi ! répéta-t-elle excédée, n'arrivant pas à se défaire de la poigne qui la retenait sur le banc.

Alors, tandis qu'une main se posait sur le bras du caporal-pennon, une voix, au-dessus de Floriane, intima :

— T'as entendu ! La demoiselle te demande de la laisser tranquille.

Floriane leva les yeux. Solide, sûr de lui, fort calme, Hamelin s'interposait, avec un sourire de loup. Mais sa placidité apparente ne trompa nullement l'autre qui devina qu'il était bon de ne pas insister. Mieux valait pour lui s'en prendre seulement aux filles ou aux benêts de la campagne. Il grommela quelques mots incompréhensibles et lâcha Floriane.

— Venez ! dit Hamelin commandant deux autres bières et l'entraînant dans un coin tranquille au fond de la salle. À nos retrouvailles ! fit-il en levant son pichet.

— Vous m'aviez donc reconnue ?

— Pour moi, le plus épais brouillard ne pourra jamais masquer un minois comme le vôtre.

Le drôle savait manier le compliment ! Floriane daigna sourire et répondit gracieusement à son toast.

— Encore une fois merci, messire Hamelin !

Il parut surpris qu'elle sût son nom.

— J'ai assisté à vos exploits tout à l'heure.

Il avait revêtu de longues chausses qui s'arrêtaient à mi-mollets et une simple chemise de futaine blanche, largement échancrée sur la poitrine. Ses cheveux étaient encore humides. Floriane remarqua qu'il avait toujours son fouet glissé à la ceinture.

Hamelin se mit à rire et elle se sentit confuse qu'il l'associât à toutes ces femmes qui l'avaient lorgné et admiré sans vergogne. Déjà, elle sentait renaître entre eux un trouble dont elle ne parvenait pas à se défendre.

La chaleur, le bruit, l'incident qui venait de survenir, les effets de la bière, fraîche et traîtresse, ses rêveries engendrées par le tombeau des Deux Amants, l'image attirante et virile d'un séduisant nageur, la présence de ce même homme à ses côtés, tout concourait à accroître en elle une insidieuse et irrépressible tension, l'étrange sensation aussi de ne plus se contrôler tout à fait. Mais pour Floriane le pire était encore de se sentir devinée par un œil rieur.

— Il se fait tard. Je dois rentrer.

Hamelin se leva en même temps qu'elle.

— Je vous accompagne et, cette fois, je ne vous perdrai pas.

Ils sortirent mais non par la grand-porte qui faisait face au tombeau et à son îlot d'arbres. Hamelin la guida vers une sorte de passage de bois et de crépi, servant de remise au cabaret, au bout duquel un portail à demi ouvert laissait entrevoir la place toute vibrante de soleil et de va-et-vient. Floriane s'y engagea mais elle n'avait pas fait trois pas qu'elle se trouvait le dos plaqué au mur avec, face à elle, tout près d'elle, Hamelin qui se penchait.

— Que voulez-vous ? murmura-t-elle.

— Un baiser. Vous me le devez bien.

Impossible d'éviter les yeux noirs qui la dévisageaient en maître. Hamelin prenait son temps. Ses mains appuyées sur le mur, il l'encerclait de ses bras, la retenait en son pouvoir. Floriane recevait son odeur où l'eau et le soleil avaient exacerbé sa chaleur virile. Une faiblesse la saisit tout entière. Prise au piège, fascinée, elle comprit qu'elle ne refuserait pas ce baiser.

Avec une lenteur étudiée, Hamelin jouait avec son visage, frôlait son front, ses joues, son nez, sa bouche, retardait avec volupté l'instant où leurs lèvres s'uniraient. Il buvait, humait sa peau, ses yeux, effleurait de ses dents ses oreilles, prolongeait à plaisir leur attente, précipitant leurs souffles dans une impatience aussi cruelle que délicieuse. Enfin, la bouche d'Hamelin prit celle de Floriane. Dès lors, elle se sentit vaincue, submergée par une houle violente contre laquelle elle ne pouvait se défendre. C'est à peine si elle s'entendit balbutier quelques mots pitoyables :

— Laissez-moi maintenant…

… si elle esquissa un mouvement de fuite. La pressant contre lui, étouffant ses protestations sous une bouche affamée, il parcourait tout son corps d'une main fébrile et impérieuse, fouillant ses cheveux, renversant son cou, dénouant son corsage pour mieux atteindre sa poitrine dont il éveillait la moiteur. Comment lutter contre un assaut aussi brutal, aussi dominateur ? Comment se dérober quand faiblissent toutes les résistances, lorsque les unes après les autres s'effondrent toutes les défenses d'une femme ?

Elle sentit qu'il relevait sa jupe, caressait à peine ses jambes, la soulevait sans effort, pour mieux s'en saisir et la pénétrer. Elle eut un petit cri de douleur autant que de surprise. Mais, bien vite, un plaisir aigu, indicible, la noya, la fit basculer dans le champ infini des ivresses confondues.

Un peu de lucidité lui restait malgré tout, assez pour la faire souffrir. Elle se voyait, les jambes nouées autour de la taille d'Hamelin, le torse dénudé renversé en arrière, retenu par des bras qui contrôlaient le rythme de leur étreinte. Elle se voyait, elle, Floriane de Saint-Évy, pâmée dans une remise de cabaret, troussée comme une fille par un inconnu et risquant à tout moment d'être surprise par un gêneur. La honte s'ajouta au plaisir, l'accrut, accompagna la jouissance de celui qui la portait en vainqueur. Retrouvant alors d'un seul coup ses esprits, elle s'abattit en sanglotant contre l'épaule de l'homme qui l'étreignait.

Ils furent quelques instants sans bouger.

— Tu pleures, petite fille ? fit-il avec étonnement.

N'était-ce point en effet une enfant que maintenant Hamelin tenait serrée contre lui après avoir goûté aux secrets d'une femme ? Dérouté par ce chagrin inattendu, énigmatique, il berçait indécis son corps frissonnant. Qui était donc cette fille fougueuse aux manières de princesse qui se donnait ainsi avec désespoir ?

— Viens, lui dit-il. Tu mérites mieux que ça.

Il l'emporta comme une plume. Floriane aperçut, vaguement, qu'ils traversaient une cour ensoleillée où couraient des volailles. Puis, elle devina qu'Hamelin poussait une porte d'un coup de pied, la refermait soigneusement derrière eux et, avec douceur, la déposait sur un grand tas de paille.

Ils étaient dans une petite écurie, occupée au fond par un âne. Filtrés par des planches grossièrement jointes, des rayons de soleil entrecroisaient leurs zébrures où dansaient des poussières pailletées. Il faisait chaud et tranquille. Le bois, la paille, le foin atténuaient les bruits de l'extérieur comme dans un cocon.

Floriane s'étira et sourit à son compagnon. Son émotion se dissipait, la honte et l'humiliation aussi d'avoir été dominée par la force et le désir d'un homme qu'elle n'avait pas réellement choisi.

« Tu mérites mieux que ça », avait dit Hamelin.

Avait-il donc compris, lui, un garçon du peuple habitué aux conquêtes faciles, ce qui l'avait profondément blessée ?

Elle se laissa cette fois dévêtir sans résistance, regarda Hamelin en faire de même, savourant la manière prévenante de chacun de ses gestes. Ce fut donc elle maintenant qui, la première, rouvrit les bras, s'offrant non en victime mais en maîtresse avide de donner comme de recevoir. Toutes les audaces, les raffinements trop longtemps délaissés, elle les prodigua, acceptant pour elle-même les joies qu'en parfait amant, Hamelin sut lui offrir.

Les heures passant, il leur fallut pourtant se séparer et quitter leur refuge. Ils remontèrent la rue des Albergeries et la rue des Flandres en se tenant le bras, sans un mot, un peu tristes, conscients d'avoir volé un moment rare que jamais plus, peut-être, ils ne revivraient avec une telle intensité.

Parvenue à l'entrée du pont sur la Saône, Floriane lâcha la main d'Hamelin. Habillée comme elle l'était, les cheveux tirés à la diable, sous sa coiffe, elle ne craignait pas d'être reconnue. Cependant, à mesure qu'elle approchait de chez elle, l'angoisse l'étreignait. Dans la sage maison de la rue Saint-Dominique, il allait falloir vite oublier cet après-midi de folie. Hamelin la regarda relever son fin profil avec défi. Il essayait de percer son mystère, devinant avec amertume et colère qu'elle lui échappait déjà. Que savait-il d'elle au juste ?

Des maîtres tyranniques et jaloux, prétendait-elle, ne lui autorisaient jamais la moindre escapade. Ils allaient donc devoir se quitter sans que lui, Hamelin, cherchât à la suivre, à connaître l'endroit où elle vivait. Devait-il vraiment la croire, lui obéir ?

Près du couvent des Célestins, Floriane s'arrêta et se tourna vers lui.

— Hamelin, tu as promis. Séparons-nous maintenant.

Il la prit aux épaules, la serra contre lui avec force :

— Je veux te revoir.

Il avait plus que jamais l'air d'un grand diable volontaire, habitué à ne vivre qu'à sa guise, à mater les bêtes, à séduire ses semblables. Comment allait-il accepter de la perdre après l'avoir si pleinement possédée ? Floriane secoua la tête :

— Je te l'ai dit : cela m'est impossible.

— Je le veux, tu m'entends ? Je serai chaque jour à vêpres en l'église de Confort. Puisque tes maîtres logent dans ce quartier, tu pourras sûrement te libérer, même un moment et me rejoindre. Dis, dis-moi que tu viendras !

Il la secouait avec une brusquerie dont elle ne put lui faire grief. Son insistance cependant accroissait sa peine et son désarroi. Elle aurait voulu fuir sans un mot, sans un regard d'adieu. Il fallait se soustraire à l'attrait dangereux, à l'envoûtement dont elle venait d'être victime.

Son silence exaspéra Hamelin. Ses éclats de voix commençaient à attirer sur eux le regard des passants.

— Enfin ! On ne peut pas se quitter comme ça, après ce qui vient de se passer entre nous ! Ça n'a donc rien été pour toi ?

— Si, murmura-t-elle en baissant les paupières.

— Alors, dis-moi que tu viendras. Dis-le !

— Oui, je viendrai, souffla-t-elle, ayant hâte maintenant d'en finir.

Il la lâcha enfin, la laissa s'éloigner aussi vite qu'elle le pouvait.

— Je t'attendrai ! cria-t-il encore.

Comme une voleuse, Floriane se faufila dans le jardin et rentra chez elle par une porte d'ordinaire empruntée par les servantes. Par chance, elle ne croisa personne mais en arrivant à sa chambre, elle trouva Mariette. Celle-ci semblait d'ailleurs faire le guet et la vue de sa maîtresse lui arracha un cri de surprise et de soulagement.

— Ah ! C'est vous ! Enfin !

— Monsieur est-il rentré ? demanda Floriane.

— Il y a plus d'une heure. Il est en bas avec maître Borde. Je leur ai dit que vous étiez souffrante et que vous dormiez.

— C'est bon.

Mariette restait les bras ballants, fixant la jeune femme assise devant sa toilette, en train de remettre un peu d'ordre dans ses cheveux.

— Eh bien, sotte ! Qu'as-tu à me dévisager ainsi ? Aide-moi donc à me dévêtir. Apporte-moi de l'eau, une robe…

Floriane ressentait soudain un violent besoin de libérer sa nervosité. Mariette était l'exutoire parfait. Son silence, l'efficacité de ses gestes pour l'aider à se rafraîchir, à se changer, augmentaient son exaspération, l'empressement de la bonne fille masquant sûrement une désapprobation rentrée.

Mariette retira quelques brins de paille encore mêlés aux boucles noires. Dans le miroir, ses yeux croisèrent ceux de Floriane. Aucun reproche ne s'y lisait.

— Comme j'ai eu peur, madame !

Un haussement d'épaules ne la découragea pas.

— Oui, j'ai cru que… enfin, oui, j'ai eu très peur, répéta-t-elle.

Quelque chose dans sa voix intrigua Floriane et lui fit oublier sa mauvaise humeur.

— Peur ? Pourquoi ?

— Parce que…, commença Mariette.

Un bruit à la porte interrompit ses confidences : Johanès venait aux nouvelles.

— Dis-lui que je descendrai plus tard, souffla Floriane en se jetant sur son lit.

Floriane ne revit pas Hamelin. Pendant une dizaine de jours, elle se cloîtra chez elle tant elle craignait de le rencontrer à nouveau. Son choix était fait : intrigues, cachotteries, ruses basses et plaisir clandestin n'étaient pas faits pour elle. Un Hamelin tout séduisant qu'il fût, ne devait pas avoir de place dans l'existence de Floriane de Saint-Évy. Certes, elle ne parvenait pas à regretter ce dimanche et ses voluptueux vertiges. Cependant, il ne pouvait rester dans sa mémoire qu'un incident de parcours, brève aventure sensuelle, sans conséquence et sans lendemain.

« Devrais-je m'amender ? Faire pénitence ? »

Floriane n'en sentait même pas la nécessité. En revanche, elle puisa dans cette expérience un regain d'ardeur dont elle fit bénéficier son époux. Envolées, pudeurs et retenues ! Elle éprouvait soudain jubilation et orgueil à surprendre son mari. Folie tout humaine que de croire le monde et ses dons tout à soi ! Floriane, comme les autres, gouvernait son plaisir et croyait en sa toute-puissance.

VIII

Le fléau des dieux

(Juin 1628-janvier 1629)

— CE QUE L'ON RACONTE EST-IL VRAI, mon ami ? La peste sévirait en Bourgogne ?

Johanès soupira :

— Que trop vrai, hélas ! Mes collègues Mizauld et Mellier en reviennent : Autun, Paray-le-Monial, La Clayette, entre autres, sont touchées. Le mal progresse à une allure inquiétante. La faute en est à tous ces gens de guerre qui s'en vont servir le duc de Mantoue. Beaucoup sont atteints. Il ne suffisait pas que leur troupe pillât les pays traversés. Elle y sème aussi le germe mortel.

— Ces soldats ne doivent-ils pas passer par chez nous ?

— Si fait ! – Johanès sourit à Floriane. – Mais rassurez-vous. Nous avons pris les précautions d'usage avec un maximum de sévérité.

En effet, le Bureau de Santé faisait mettre en quarantaine marchandises et bagages suspects. Les voyageurs venant des régions contaminées subissaient le même sort. Ils étaient déjà nombreux de l'autre côté de la Saône, dans le vieil hôpital Saint-Laurent que les commissaires entreprenaient de rénover à leurs frais. Certains quartiers, particulièrement sales et malodorants, avaient reçu l'ordre de curer les puits et les fosses d'aisances ; les bouchers et les tripiers se devaient d'enlever les peaux et les abats séchant à l'air des rues. Il était demandé à chacun de tenir propres maisons et cours et de jeter aux fleuves les ordures et les eaux usagées. Les capitaines-pennons veillaient à faire respecter ces mesures.

Sous le ciel, d'une immobilité parfaite, le jardin des Landry s'adoucissait à l'approche du soir. Floriane regardait au-dessus du toit trembler une nuée d'insectes, pareille à une gaze mouchetée. Elle entendait crier et rire dans la rue. L'été était venu. Les lys foisonnaient.

La jeune femme frissonna. S'imposait en elle, tout soudain, la face hideuse de la Mâchecrouste, entrevue l'année précédente, menaçante comme un péril imminent au milieu de la foule inconsciente et débridée. De nouveau elle avait peur, mais ne voulut pas le montrer à Johanès.

Grâce au Ciel, l'armée du duc de Mantoue, signalée aux portes de Lyon, finalement s'éloigna. Sous l'œil de deux compagnies de la milice, les soldats conduits par le marquis d'Uxelles embarquèrent en amont de la ville et par Rhône et Saône, la traversèrent sans y aborder. Avec hostilité et soulagement, les habitants les virent dépasser les chaînes et filer au diable.

*

— Vous pourriez aller à Mirieu. La maison est enfin prête.

— Pas sans vous, mon ami.

— Il me sera difficile de m'absenter ces prochains jours, dit Johanès.

Floriane remarqua son air soucieux.

— Qu'avez-vous, Johanès ? Ces maudits mercenaires sont loin maintenant. Tout s'est bien passé.

Le jeune homme prit doucement sa main, caressa chacun de ses doigts avant de répondre :

— Autant que vous le sachiez, Floriane. Plusieurs cas de peste se sont déclarés à Vaux [1]…

— Graves ?

— Toute une famille vient de succomber. Elle avait hébergé des soldats. L'un d'eux, mort sans aucun doute du terrible mal, a été enterré sans plus de précautions dans leur jardin. Il a plu, sur un terrain déjà marécageux. Nous venons d'envoyer là-bas M. Ébert, un chirurgien compétent et deux capucins afin de soigner les personnes atteintes et d'endiguer la contagion. Ce sont pour le moment des cas isolés.

Quelques jours plus tard, hélas, on apprit la mort des deux moines. Déjà toutes relations avec les Dauphinois – ceux de Vaux ou de Jonage – étaient interdites, de même que celles avec les habitants du faubourg de la Guilhotière qui commerçaient avec eux. La ville, peu à peu, se fermait à la contagion et organisait ses défenses. Sans affolement, cependant. Lyon avait confiance en la protection de ses murs, en l'organisation de sa municipalité.

Mais de solides murailles, de sages précautions, un soleil resplendissant pouvaient-ils à eux seuls freiner la progression d'une maladie implacable ? Quelques miasmes mortels traînant dans les casaques de brutes mercenaires allaient avoir raison de l'orgueil d'une ville. « Ce n'est pas le thym mais le chêne que renversent les orages. » Lyon la superbe allait être victime d'une impitoyable tempête déchaînée par une volonté surnaturelle : la peste ravageuse et cruelle, l'ennemie terrible, la terreur des âges, la peste, le fléau des dieux !

Malgré les menaces d'amendes ou de peines très sévères, des imprudents fréquentèrent néanmoins les lieux « infects ». Certains poussèrent même l'inconscience jusqu'à héberger des réfugiés des campagnes atteintes. Dans le quartier Saint-Nizier, quelques meubles et objets de provenance suspecte furent vendus à la sauvette. Le lendemain, le premier malade fut déclaré.

1. Vaulx-en-Velin.

Pourtant, la plupart se refusaient encore à croire au péril. Cette fièvre, ces douleurs de tête, cette somnolence ne pouvaient-elles avoir d'autres causes que le poison tant redouté ? Aussi faisait-on taire ceux qui parlaient de constellations malignes gagnées par les vapeurs putrides de la terre, ceux qui affirmaient avoir vu des sarabandes de chats noirs, ou pis encore, ceux qui avaient perçu le martèlement des chevaux de l'Apocalypse. La Peste, l'un des sinistres cavaliers maudits annoncés par les Écritures, ne pouvait être déjà là pour semer la mort ! Non ! Il était absurde de croire à ces visions.

Las ! Lorsqu'un autre décès fut annoncé près de Saint-Georges, lorsque le même jour, l'épidémie se faufila rue Neuve et rue Bellecordière, il fallut bien se rendre à l'évidence. Ces bubons noirs, ces crachats épais, ces diarrhées n'étaient pas le fait d'une vulgaire fièvre maligne. Il fallait bel et bien donner désormais son nom véritable au fléau qui d'heure en heure affirmait sa puissance.

Déjà, sur la Saône, les bêches mises en service par les commissaires de santé ne cessaient leur navette, chargées de malades transférés à l'hôpital Saint-Laurent. Déjà, dans les rues passait le tombereau qui ramassait les premiers corps ; le bruit de ses roues, heurtant le pavé, était appelé à résonner longtemps dans les mémoires.

D'un seul coup, une panique folle gagna la ville entière, se propagea telle une traînée de poudre dans ses moindres recoins. Après avoir espéré contre toute raison, les gens voulaient maintenant fuir dans le plus grand désordre le mal qui s'abattait sur eux. Les apothicaireries étaient prises d'assaut. Pillés les pots de camphre, de benjoin, de baume du Pérou ! Pillées les réserves de vinaigre, de vif-argent [1], de poudre de licorne [2], de bézoard [3] ! Pillés les sachets de fines herbes, thym, romarin, lavande et

1. Mercure.
2. Ivoire.
3. Calculs ou sécrétions calcaires de certains animaux.

marjolaine ! Il fallait, à tout prix, se procurer un peu de thériaque, ce mélange subtil de vipère séchée, de miel, d'opium, d'une infinité de plantes et autres poudres, préparé en public, place du Change, une fois l'an, par les maîtres-apothicaires.

Ceux-ci ne chômaient pas. Aidés de leurs apprentis, ils prescrivaient purges, saignées, lavements et sudorifiques, tout ce qui purifiait les corps. La propreté ! Médecins et chirurgiens la recommandaient avant tout sur soi-même et autour de soi. Les maisons devaient être époussetées et parfumées, le linge changé chaque jour. Il fallait traquer sans relâche la moindre impureté, la moindre souillure. Mais existait-il un remède miracle ?

Floriane, un matin, surprit Étienne Borde penché sur une bassine d'où s'échappait une vapeur épaisse et malodorante. Le vieil homme semblait pourtant la humer avec délectation.

— Vieux dégoûtant ! s'exclama Mariette. Et dire qu'il croit sa mixture efficace !

— Mais qu'est-ce donc ? demanda Floriane.

— De la pisse de bouc mélangée à sa propre urine. Comme si lui-même ne sentait pas assez mauvais sans cela !

Étienne tenait à sa médecine personnelle comme il se riait de ces messieurs de la Faculté qui recommandaient de boire de l'eau. Sa consommation de vin augmentait au même rythme que l'épidémie.

Floriane, elle, s'était confiée aux soins de Mariette, qui lui donnait quotidiennement ce qu'elle nommait le « chasse-peste », des compresses de scabieuse et de graisse de porc. Si leur odeur était certes moins nauséabonde que les fumigations d'Étienne, Floriane cependant trouvait plus agréables les sachets de senteurs cousus dans ses jupes : violette, iris, rose musquée. Les parfums chassaient les vapeurs nocives. Les moins riches se contentaient de garnir leurs vêtements de plantes officinales. De même, ceux qui ne pouvaient porter, pour se protéger, bagues et anneaux de pierres fines, serraient sur leur cœur une petite bourse d'arsenic, afin de s'accoutumer au venin.

Mais le moyen le plus sûr d'échapper à la contagion était encore de la fuir. Entassés dans voitures ou carrioles, montés sur chevaux ou mulets, emportant ce qu'ils avaient de plus précieux, les heureux possesseurs de manoirs ou de maisons de campagne n'attendirent pas pour s'y réfugier. Ils furent suivis de beaucoup d'autres qui se souvenaient d'un parent, d'un ami, pouvant les accueillir et d'une foule de petites gens qui, simplement, partaient vers des cieux plus cléments. Bref, au sortir de Lyon, un véritable exode commençait.

Johanès fit montre d'autorité. Floriane devait elle aussi quitter la ville. Elle s'y était refusée jusqu'à présent, répugnant à se séparer du jeune homme, ne craignant pas vraiment la maladie pour elle-même. La peste, on le savait, frappait les plus démunis dans leurs taudis, les loqueteux, la lie des venelles puantes. Mais le mal – la Faculté elle-même le précisait –, « quoique couvé dans les recoins putrides, né de la saleté des corps et de la corruption des humeurs, finissait par infecter les airs et se propager. Il pouvait alors toucher les uns et les autres, suivant qu'ils étaient plus ou moins disposés à lui donner entrée ». Bien que la complexion humide et froide des femmes les fît plus résistantes que les hommes, Johanès ne voulait prendre aucun risque pour son épouse.

— Faites donc comme le Grand Maître des médecins, Galien lui-même, qui, ne pouvant expliquer ce mal si différent des autres, a pris le parti de n'en rien dire, décréta Étienne. Quant à moi, je vais aller à Mirieu non par crainte de tomber malade en restant ici mais parce que j'aime le changement.

— Pourquoi vous laisserais-je seul exposé à la maladie ? objecta Floriane à Johanès.

— Je ne la redoute pas pour l'avoir déjà subie naguère, lors d'un voyage à Rome. Je suis donc immunisé. Il n'en est pas de même pour vous. Je veux vous savoir à l'abri. Partez, pour l'amour de moi.

Devant une telle insistance, Floriane finit par céder, bien que la perspective de se retrouver seule à Mirieu auprès d'Étienne ne fût guère engageante.

Au moment du départ, Johanès lui remit une chaîne portant une curieuse médaille. D'un côté, un scorpion et une araignée cernés par des mots mystérieux : « Senexton Paracelsi », de l'autre, un serpent dressé, le caducée de Mercure, avec l'inscription : « Contra pestem ». Le talisman de Paracelse, le médecin célèbre mais aussi l'alchimiste réputé, versé dans les sciences occultes et la pratique des métaux nobles, l'or, l'argent et le mercure !

— C'est plus qu'une simple amulette, expliqua Johanès en accrochant l'insolite bijou au cou de sa femme. À travers lui, Paracelse continue à exercer son pouvoir. Les forces de son art et de son génie perdurent dans cette médaille. Gardez-la toujours sur vous.

— D'où vient-elle ? demanda Floriane.

Le jeune homme eut un sourire énigmatique.

— Qu'importe ! Elle vous protégera.

En quelle officine mystérieuse s'était-il procuré ce talisman vieux d'un siècle ? Johanès, le sage, croyait donc au merveilleux, à l'alchimie, à ses arcanes bénéfiques ?

— Ne me laissez pas longtemps seule loin de vous, lui dit-elle à l'oreille en l'embrassant.

Sortir de la ville prit du temps. Les équipages piétinaient les uns derrière les autres pour franchir les portes. Les rues étriquées forçaient à la patience : pas question de dépasser. Les gens évitaient de trop regarder autour d'eux de peur d'apercevoir des têtes connues comme si leur départ avait quelque chose de honteux, comme s'il y avait risque à communiquer avec autrui. Il leur suffisait de supporter leur propre angoisse sans avoir à la découvrir dans les yeux des autres ni même la partager.

À l'entrée de la Grande Côte, une statue de saint Roch et de son chien se nichait dans un coin de mur. Des chandelles y brûlaient, allumées nuit et jour. Saint Roch et saint Sébastien !

Vers eux montaient toutes les prières, toutes les implorations. N'étaient-ils pas, avec la Bonne Vierge, les meilleurs protecteurs, n'offraient-ils pas les plus grandes chances de salut ?

*

Devant les sabots du cheval, une petite bête fila dans l'herbe et se mussa près du ruisseau. C'était une belette, brune et menue, en rupture de nichée. Des galopades furtives, des éclaboussures, des couinements brefs agitaient les bords de l'eau. Floriane aimait à y surprendre les loutres fourrées et joueuses, les grenouilles, les grosses écrevisses dérobant aux cailloux leurs teintes grises, pointillées de rouge, tout un monde, un univers actif et ombrageux. Pour sortir, elle avait attendu que s'estompât la chaleur du jour. Quelques gouttes de pluie avaient assaini l'air. Des nuages, aussi impalpables qu'une poignée de flocons, semblaient aspirés vers le haut du ciel. Des prés voisins, venait l'odeur des vaches à demi pâmées dans l'herbe ; l'heure douce appelait tous les êtres à un laisser-aller voluptueux.

Floriane, elle, menait son cheval d'un trot nerveux. Si encline d'ordinaire à communier avec la nature, elle demeurait songeuse : comment oublier en effet qu'à quelques lieues seulement toute une ville se voilait de cendres ?

Dans la matinée, lui étaient parvenues des nouvelles de Johanès. Il s'excusait de ne pas écrire plus souvent et plus longuement. Rares étaient désormais les personnes autorisées à sortir de Lyon entièrement gagnée par le mal. Il avait fallu au Commissariat de Santé engager très vite médecins, chirurgiens, barbiers, hospitaliers pour visiter tous les malades, charretiers, bateliers pour les transporter, fossoyeurs pour inhumer les morts. La crainte de la contagion rendait l'embauche difficile. Tout retombait sur les commissaires : l'approvisionnement en vivres et en médicaments, l'organisation des visites à domicile et de la désinfection des maisons pour lesquelles ils avaient dû aussi recruter des équipes de « parfumeurs » ; l'entretien des hôpitaux et – ceux-ci ne suffisant plus – la construction hâtive de cabanes et d'abris. Il leur fallait surtout faire respecter les ordonnances et les règles de prudence élémentaires. Le plus dur, se plaignait Johanès : « Personne ne nous sait gré des soins que nous apportons pour remédier au mal. Mes amis Silvecanne, Mélier, Marcellin, Mizauld, Luc de Sève sont, comme moi-même, souvent découragés. Notre collègue Collabaud vient de mourir : la peste bien sûr ! Notre peine, notre fatigue ne sont payées que par l'ingratitude. Heureusement, le Consulat nous soutient et nous donne pleins pouvoirs. Nous avons pu obtenir quelque argent et disposer des capitaines-pennons et de leurs hommes. Nous continuons donc, ne pouvant pas faillir au vœu fait à Saint-Roch, ne pouvant abandonner notre ville à la désolation. Priez pour elle, Floriane mais ne vous mettez pas en souci pour moi. Dieu m'a donné force et santé. Votre amour me protège. »

Johanès enfin se disait soulagé de la savoir éloignée et lui apprenait aussi que toute la famille Landry avait gagné ses terres de Nioney. « Dites à mon oncle Jacques qu'une assemblée aura lieu samedi prochain. Le Consulat lance un emprunt aux notables. Chacun doit apporter sa contribution. Il faut de l'argent. Il y va de la survie de la cité. »

Floriane allait donc transmettre son message, se demandant si l'oncle aurait le même civisme que le neveu. Le courage des uns rachetait la petitesse des autres. Beaucoup avaient fui leur poste et non des moindres, le gouverneur en tête. L'un des premiers, il s'était retiré dans sa maison de Vimy. La plupart des comtes de Saint-Jean, les chanoines, certains officiers et conseillers avaient agi de même, « indisposés de rhume », prétendaient-ils, se terrant au fond de leur campagne. D'autres encore...

Un galop tout proche interrompit ses pensées. Ralentissant l'allure de son cheval, elle se retourna. N'était-ce pas justement Nicolas Grolier, le sieur du Soleil qui arrivait caracolant, les joues vermeilles sous un feutre emplumé ?

— Ho ! Holà ! Madame Landry ! Floriane !

Elle le gratifia d'un coup d'œil dédaigneux :

— Je ne m'attendais pas à vous trouver dans les parages, messire !

— Partout où vous serez, je vous suivrai, fit-il en rapprochant sa botte de la jambe de Floriane.

— Pourtant, la tâche ne manque pas en ville. Johanès vient de me l'écrire. Une tâche très rude, tout à la gloire de ceux qui l'acceptent.

L'attaque, à peine voilée, n'affecta nullement l'officier. Il se mit à rire.

— L'indignation vous va bien, ma belle ! Avouez donc que vous vous souciez comme d'une guigne du salut de notre bonne ville et que seule compte votre précieuse santé ! Vous aussi aimez trop la vie et ses plaisirs. Nous nous ressemblons tous les deux !

Au risque de la faire tomber et sans qu'elle pût prévoir son geste, Nicolas Grolier l'avait saisie d'un bras et l'embrassait avec voracité. Il mit longtemps avant de la lâcher. Révoltée, furieuse de s'être laissée surprendre, Floriane lança son cheval au galop.

La vie et ses plaisirs ! Oui, elle les aimait ! L'ignoble individu devinait juste, mais elle détestait tout autant la veulerie et la lâcheté !

— Belle hypocrite, je t'aurai…, rumina messire Grolier en se passant la langue sur sa moustache. Hé ! Attendez-moi !

Il la suivit jusqu'à Nioney. La maison des Landry était au bord de la grand-route, à la sortie du village, une bâtisse longue et trapue en pierres dorées. Floriane poussa le portail et vit la façade aux portes et aux volets intérieurs fermés. Elle descendit de cheval. La cour était vide et silencieuse.

— Il n'y a personne ici, constata Nicolas Grolier, ayant lui aussi mis pied à terre.

Cependant, d'un bûcher voisin, un bruit léger parvint. Prêtant l'oreille, ils comprirent que c'était un sanglot étouffé. Floriane ouvrit la porte. Un pan de soleil éclaira le sombre appentis où bûches et fagots bien rangés avaient conservé leur odeur de mousse et de forêt. Une petite forme, recroquevillée sur un tronc d'arbre, était agitée de soubresauts convulsifs.

— Qui est là ? demanda Floriane, s'approchant d'elle.

Un pauvre visage blafard, défiguré par le chagrin et la douleur, se tourna vers elle et elle reconnut avec peine Jeanne Landry, la plus jeune des cousines.

— Jeanne, mon enfant, que se passe-t-il, que faites-vous là ?

Incapable de répondre, la jeune fille redoubla de sanglots.

— Où sont vos parents ? M'entendez-vous, mon petit ? Où sont-ils ?

D'un doigt tremblant, Jeanne désigna la maison puis enfouit à nouveau son visage dans ses mains.

— Venez avec moi. Vous ne pouvez pas rester toute seule ainsi. Pourquoi ce désespoir ?

Floriane questionna doucement et peu à peu se précisa pour elle l'affreuse vérité. Elle fut glacée d'horreur.

Morts ! Ils étaient tous morts, tous les habitants de cette maison ! La peste qu'ils fuyaient les avait rejoints. Ou plutôt... sournoisement dissimulée parmi eux, tel un venimeux reptile, elle les avait frappés, alors qu'ils se croyaient sauvés. Tous ! L'oncle Jacques et la tante Louise, leurs enfants, leurs servantes et le valet. Tous ! Sauf la petite Jeanne, cette brune et douce gamine de quinze ans, miraculeusement épargnée, terrée dans ce réduit depuis deux jours, n'ayant osé aller quérir de l'aide. Floriane sortit spontanément un mouchoir de sa poche et essuya les larmes de Jeanne. Mais une poigne violente la tira sans ménagement en arrière.

— Êtes-vous folle ? Voulez-vous, vous aussi, attraper la mort ? Cette fille porte le poison ! hurlait Nicolas Grolier.

Floriane porta instinctivement la main à son cou et serra fort le talisman de Paracelse.

— Mais Jeanne n'est pas malade !

— Qu'en savez-vous ? Allons, filons d'ici et vite !

Déjà en selle, la face blême, le poltron ne cherchait même pas à masquer sa panique. Floriane ne put contenir son mépris :

— Nous ne pouvons pas laisser ainsi ces morts dans la maison ! s'indigna-t-elle.

— Vous ne voulez tout de même pas que nous nous en chargions, vous et moi !

— Il faut faire quelque chose en tout cas ! Vous êtes officier, que diable ! Agissez en homme d'honneur !

Du haut de son cheval, le cavalier cracha à terre :

— L'honneur ? Que me vaudra l'honneur quand j'aurai la peste ?

Ses yeux soutinrent un instant l'œil bleu de Floriane, mais devant sa colère, sa détermination, il finit par céder.

— C'est bon. Allons prévenir le curé puisque vous y tenez.

Il fallut ensuite trouver des volontaires pour se charger des corps. Mais personne, malgré l'argent offert par Floriane, ne voulut pénétrer dans la maison maudite. Seul le curé y entra, un linge imbibé de vinaigre sur le nez et la bouche.

Ses prières furent brèves. Il ressortit quelques minutes plus tard devant une haie de curieux restant à distance prudente. Floriane demanda du lait pour Jeanne qui tenait à peine debout. Quelqu'un consentit à en apporter un pot mais le posa près du portail sans s'approcher davantage.

Le jour baissait. L'ombre entourait la maison. Tous la contemplaient, de loin, hypnotisés à la pensée de son macabre recel. Floriane avait renoncé à trouver assistance. Elle-même, d'ailleurs, n'avait pu se résoudre à suivre le prêtre. Ce dernier la persuada de rentrer chez elle. Quant au sieur du Soleil, il s'était purement et simplement volatilisé !

Floriane hissa Jeanne en croupe et reprit au trot le chemin de Mirieu. Là-bas, elle essaierait de prévenir Johanès qui, lui, ferait le nécessaire.

Au bout d'un moment, un cri de Jeanne arrêta sa course :

— Floriane, regardez !

Elle se retourna. Derrière elles, vers Nioney, montaient de rouges lueurs qui ne devaient rien au couchant.

— C'est la maison, s'exclama Jeanne, d'une voix étranglée.

Sans nul doute. Au mépris de leurs devoirs de chrétiens, les villageois avaient résolu à leur manière le problème des sépultures. Le feu, en purifiant les lieux, effacerait la mort et leur terreur. N'était-ce, en fin de compte, pas mieux ainsi ?

*

Où êtes-vous allées, mes belles amourettes ?
Changerez-vous de lieu tous les jours ?

Une broderie à la main, Jeanne chantait d'une voix triste. Autour d'elle, le jardinet se diaprait d'or cuivré à l'exception des buis immuables. Floriane marchait au soleil, le nez levé vers le ciel où des bandes d'oiseaux migrateurs lançaient leurs flèches noires.

— « Où êtes-vous allées, mes belles amourettes ? » fredonna à son tour la jeune femme.

Oui, où s'étaient donc enfuies ses amours de jadis ? La ronde des souvenirs était toujours présente. Roger de Pontgibault était mort et elle avait du mal à présent à retrouver ses traits. En revanche, elle voyait toujours le visage viril et malicieux d'un grand seigneur dont elle regrettait tellement l'inaltérable gaieté. Et aussi…

Floriane soupira. Malgré tous ses efforts pour les chasser de sa mémoire, revenaient aussi, sans cesse, pour la tourmenter, une silhouette haute et nerveuse, un rire insolent et tendre. François de Bassompierre ? Artus d'Ivreville ? La guerre les avait-elle épargnés ? Floriane savait que le roi et son armée assiégeaient toujours La Rochelle. Elle avait appris, comme tout le monde, les combats contre les Anglais, les difficultés du siège, la construction de la digue sous les ordres de Richelieu, travail de Titans qui n'était pas de trop pour dompter la cité rebelle. Le service du roi pouvait-il laisser place au souvenir, aux grands chagrins d'amour ? Floriane en doutait.

« Ils m'ont oubliée, c'est certain, se dit-elle, cherchant plus à se persuader qu'à y croire véritablement. Le désœuvrement, la solitude engendrent toujours regrets et peines. Et puis, ai-je le droit d'évoquer mes amours d'hier quand aujourd'hui une ville endure un véritable martyre ? Quand mon mari s'y dévoue au péril de sa vie ? »

La pressentant désorientée, Jeanne leva la tête de son ouvrage et lui sourit. Vaillamment, elle surmontait son deuil. Jamais on ne l'entendait se plaindre.

— Tiens, voici Mariette !

La servante n'était pas seule. Un homme assez mal vêtu la suivait, tenant son bonnet d'une main et de l'autre, portant une lettre.

— Un message pour vous, madame.

— Qui l'envoie ?

— Messire Landry, votre époux.

Le messager la salua avec ostentation.

Depuis des semaines, pas une nouvelle n'était parvenue à Mirieu. On savait, bien sûr, par les rares villageois qui s'étaient risqués aux portes de Lyon avec les produits de leurs fermes, qu'il s'y livrait là-bas une lutte infernale. Personne n'en sortait maintenant. Ceux qui tentaient de le faire clandestinement étaient impitoyablement refoulés à coups de pierres par les gens des campagnes.

— Pas de pesteux ici ! Retournez d'où vous venez !

Aux abords de Lyon, le long des chemins, égarés dans les champs, gisaient çà et là des cadavres de fuyards lapidés ou que la mort avait saisis brutalement. Les corbeaux et autres friands de charogne œuvraient vite à les faire disparaître.

— Vous avez donc pu sortir sans difficultés ? demanda Floriane à l'homme qui lui tendait la lettre.

— J'ai un certificat de bonne santé, répondit-il. Les gardes vous le demandent aux portes. Sinon, pas moyen de les franchir.

— Comment est-ce là-bas ?

— Bien mieux, dame Landry. Votre mari doit vous le dire. Grâce à Dieu, le fléau régresse chaque jour un peu plus.

Avec fièvre, Floriane décacheta le pli tandis que Mariette reconduisait le messager.

Ce n'étaient que quelques mots tracés à la hâte, une hâte bien excusable si l'on pensait au soulagement immense qui devait s'ajouter au harassement de ces mois interminables.

« Bientôt la peste ne sera plus qu'un cauchemar. Nous avons vaincu l'épidémie et dès maintenant vous pouvez sans danger me rejoindre. Je me languis de vous… »

— Jeanne ! Nous partons ! Johanès m'attend.

Surprise, la jeune orpheline eut quelque mal à comprendre son enthousiasme.

— Êtes-vous sûre, ma cousine ?

Floriane agita joyeusement sa lettre :

— Il me l'écrit. Là ! Mariette ! Mariette ! Prépare les bagages, nous rentrons.

Une tête plissée de renard apparut à la fenêtre.

— Que de tapage ! grinça maître Borde. Que se passe-t-il, fillettes ?

— Je viens de recevoir un mot de Johanès. Le Ciel soit béni ! Ils sont venus à bout de la peste. Nous pouvons rentrer.

Mariette tout comme Jeanne restait incrédule. Elles voulurent intervenir mais Étienne d'un geste les fit taire.

— Si mon petit-fils le dit, nous pouvons le croire. Je connais mon Johanès, ce n'est pas un écervelé.

C'était aussi l'avis de Floriane, tout heureuse à l'idée de le revoir.

Le vieillard se réjouissait, ouvertement :

— Je commençais à m'ennuyer. À Lyon, j'ai du spectacle et de la compagnie.

Ceux des servantes et des jeunes femmes par exemple qu'il regardait passer dans la rue, les paysannes de Mirieu présentant beaucoup moins d'attraits.

« Pauvre Catherine ! songea Floriane. Ce fieffé satyre ne l'a pas pleurée longtemps. »

Malgré les réticences de Jeanne et de Mariette, les bagages furent vite prêts et tout le monde se mit en route un clair matin d'octobre.

En traversant Rillieu-en-Bresse, ils reconnurent, attablés devant l'auberge, Nicolas Grolier et une poignée d'amis portant comme lui pourpoints de chasseurs et grosses bottes de campagne.

— Hé, messire du Soleil, bonjour ! fit Étienne qui l'avait reconnu en se penchant à la portière.

Le cocher s'arrêta. Floriane se rencogna dans l'ombre de la banquette.

— Où donc allez-vous ? demanda l'officier.

— Mais à Lyon. Nous rentrons.

— À Lyon ? Et… la peste ?

— La peste ! Il n'y a plus de peste, mon bon !

— Plus de peste !

Les compagnons de Nicolas s'étaient levés et s'approchaient, le verre à la main. Étienne s'en fit offrir une rasade.

— Puisque je vous dis que mon petit-fils nous l'a écrit.

Nicolas passa alors la tête dans la voiture et agrippa le bras de Floriane.

— Êtes-vous bien sûre que ce retour n'est pas prématuré ?

Floriane se dégagea et répondit avec hauteur :

— J'obéis à mon époux en qui j'ai toute confiance, messire.

Nullement disposée à converser avec lui, elle lança un ordre péremptoire :

— Allons, cocher ! En route !

Le carrosse repartit si brusquement que le fier Nicolas Grolier faillit tomber à la renverse, et que le verre de vin que sirotait Étienne se répandit sur son rabat.

Le vieillard fusilla du regard Floriane. La hâte d'une péronnelle à retrouver un époux après quelques semaines d'abstinence n'excusait en rien la perte d'un verre de beaujolais. Mais tiraillé soudain par des évocations gaillardes, il oublia sa gourmandise frustrée, émit quelques gloussements peu amènes et s'endormit bientôt avant que la voiture n'arrivât à la Croix-Rousse.

C'était un temps d'automne où le soleil lui-même empruntait la rousseur ambiante : les chatoiements vénitiens de la lumière réchauffaient les champs et les collines, s'attardaient sur les toits et avaient accompagné les voyageurs tout au long du trajet. Comment était-il possible que disparût tout à coup cette tiédeur blonde ? Suffisait-il de franchir une muraille pour basculer dans un monde différent ? Sans doute. Malgré l'air et le soleil inchangés, Floriane et ses compagnons pénétraient dans les ténèbres. Mais ce ne fut que progressivement qu'ils en prirent conscience.

Visages las, comme indifférents, les gardes-pennons demandèrent leur identité, d'où ils venaient, ce qu'ils transportaient.

— Quelques produits de notre jardin, répondit Floriane.

Un commis du Consulat l'ayant reconnue sortit de son guichet.

— Dame Landry ! Où allez-vous ?

— Bonjour !

La jeune femme agita la main sous le nez ébahi du brave homme sans plus l'écouter.

— Quelle piètre mine ont tous ces gens ! constata Étienne lorsqu'ils eurent franchi la porte.

Au bas de la Grande Côte, les chandelles brûlaient toujours autour de saint Roch et de son chien.

Une odeur insolite de fumées très âcres, de chaux et d'herbes mélangées pénétra dans la voiture.

Pourtant, autre chose intriguait les voyageurs. Que se passait-il au-dehors qui mettait malgré soi les sens en alerte et éveillait une indéfinissable angoisse ? Étienne à une portière, Floriane, Jeanne et Mariette à l'autre, découvraient la métamorphose de leur ville. Son silence surtout.

En effet, la rumeur qui de l'aube au crépuscule, incessante, bourdonnait au long des rues, coupée de cris, d'appels, du bruit des bêtes et des attelages, émaillée d'injures et de chansons, la rumeur d'une cité vivante et affairée s'était complètement tue !

Mais où étaient passés bourgeois et laquais, portefaix et gamins, porteurs courant livrer colis ou ballots de soie, marchands ambulants, chevaux, mulets, bovins et porcs ? Évanouie la foule de tous les jours, vide le marché des Terreaux, fermés volets, boutiques et cabarets. La disparité des costumes, leur bigarrure, leur mouvement, toutes les physionomies familières s'étaient effacés pour faire place à de bien inquiétantes figures.

Des silhouettes informes de guenilleux traînaient sur le pavé. Enfouis sous de vastes manteaux, se protégeant le nez d'un mouchoir, de rares passants rasaient les murs tels des fantômes prenant bien soin d'éviter leurs semblables. Un être bizarre, mi-homme, mi-oiseau, marchait en tête d'un petit groupe. Il se mouvait, dans une robe ample et noire, aux manches agitées comme des ailes. Un chapeau rond aplati et un masque de maroquin sombre dissimulaient entièrement sa tête et son visage au beau milieu duquel pointait un long bec recourbé. Des cabochons de cristal enfin qui abritaient ses yeux, achevaient de lui donner l'allure de quelque oiseau de proie maladroit et aveugle : fantasmagorie de cauchemar, fabuleuse apparition, c'était un médecin allant visiter ses malades.

Un confrère parisien inventif, le docteur Delorme, avait naguère imaginé cet accoutrement. Il s'enfilait par-dessus une chemise, des culottes et des bottines de cuir ; le bec était bourré de drogues balsamiques et de parfums. Ainsi celui qui l'endossait se trouvait-il protégé des piqûres de puces porteuses de peste et des miasmes redoutés.

Un chirurgien et un barbier, leurs trousses sous le bras, vêtus d'une cagoule et d'une casaque de toile cirée marquée devant et derrière d'une croix blanche, encadraient le médecin. Tous trois tenaient une baguette également blanche à la main, longue de trois pieds, attestant qu'ils étaient mandatés par les commissaires. Deux gardes armés de carabines les accompagnaient. Ces

« carabins [1] » n'étaient pas superflus pour les défendre des violences de certains pestiférés, la haine seule étant encore assez puissante pour étouffer la peur du mal. Refuser le médecin était en effet pour certains refuser l'idée d'être atteint soi-même. La terreur parfois se muait en folie, comme si frapper cet oiseau de malheur pouvait faire oublier sa propre fragilité.

Une croix blanche sur les portes signalait les maisons touchées par la peste. Il était obligatoire de déclarer les malades au Bureau de Santé qui pour cela offrait récompense. Qu'importe alors si les dénonciations servaient souvent une animosité personnelle ou une rivalité de voisinage !

Une clochette tinta ; des roues sautèrent sur le pavé. À l'angle de la rue Grenette apparut le chariot des hospitaliers, encadré de trois forts gaillards que suivait un carabin.

— Arrête ! Y en a un ici !

La voix troua le silence de plomb de la rue, un croassement guttural qui donna le frisson. Les « corbeaux » vêtus de treillis noir sillonnaient la ville, en quête de leur butin. Une perche terminée par un croc [2] de fer harponna sous une fenêtre un long colis blanc et raidi.

— Ho ! Hisse ! Attention, les gars !

Le paquet crocheté s'envola dans les airs et retomba lourdement avec un son mat et macabre sur le chariot où s'entassaient déjà des formes semblables.

— Doux Jésus !

D'un même mouvement, les trois occupantes du carrosse se signèrent, épouvantées par l'affreux chargement, un amoncellement de corps figés sous leur linceul, d'autres pétrifiés dans leurs vêtements, ou simplement couverts d'une chemise, tête rejetée en arrière, bouche ouverte sur un dernier cri d'agonie, membres, visages déformés, chairs blafardes ou violacées. La mort n'était pas chiche. Sous sa faux, la moisson tombait dru, jonchait rues

1. Par extension, ce mot aurait pris le sens actuel d'étudiant en médecine.
2. D'où l'origine du mot croque-mort.

et venelles sillonnées matin et soir par le sinistre convoi funèbre. Le bruit seul de leur arrivée faisait trembler les vivants, tapis chez eux, précipitait le trépas des mourants, leurs cœurs cessant de battre dès que le son aigrelet de la clochette annonçait leur venue. La peur pouvait tuer aussi sûrement que la peste. Mais pouvaient-ils s'en émouvoir ces rudes hospitaliers confrontés quotidiennement à cette mort hideuse ? Un soupçon de pitié pouvait-il atteindre ces hommes recrutés pour quelque argent parmi la racaille la plus démunie, voire chez des criminels, trop heureux d'échapper ainsi à leur geôle ? Imperturbables, ils ramassaient les corps abandonnés sur la chaussée, entraient dans les maisons, enlevaient par la force, et sous la menace des armes, les cadavres d'une femme, d'un époux, d'un enfant, indifférents aux larmes et aux supplications des familles éplorées.

— Allez ! En route !

Le carrosse des Landry semblait pétrifié, laissant passage au convoi brimbalant. C'est alors qu'une silhouette menue se détacha d'un mur et se mit à suivre le chariot en sautillant.

— « La veux-tu vertueuse et douce ?

Va-t'en la prendre à la Croix-Rousse ! »

C'était un filet de voix clair et frais comme une source au printemps. Pieds nus, chemise et chausses trouées, cheveux en broussaille sur une frimousse pâlotte, un petit garçon battait la mesure derrière la charrette des défunts.

— Qu'est-ce qui te prend, gamin ? Allez, file !

Mais l'enfant poussait toujours sa chansonnette. Un « corbeau » leva son croc et l'en menaça sans réussir à l'effrayer.

— Ta place n'est pas ici, moustique ! Retourne chez ta mère !

— Ma mère, ma mère ! Vous venez de la mettre dans votre tombereau avec les autres.

Il parlait sans émotion particulière mais faillit néanmoins désarçonner les brutes qui l'écoutaient. Ce ne fut qu'un léger flottement.

— Bon ! Eh ben, suis-nous si ça te chante. Tu peux même monter.

Le conducteur se pencha et hissa le petit près de lui. Puis il tira une bonbonne de dessous son siège.

— Bois donc un coup ! Le reste est sans importance.

Ah ! Comme ils se sentaient forts, bien vivants, indestructibles, lorsque les flammes du vin couraient dans leurs veines ! Aux brancards du chariot pendaient d'autres flacons et une dinde accrochée par les pattes. Les corps qui seraient tout à l'heure jetés dans la fosse et arrosés de chaux vive n'étaient rien. Mieux valait rire, chanter et narguer la mort qui demain peut-être viendrait les prendre.

Floriane entoura les épaules de Jeanne qui s'était blottie contre elle, agitée d'un tremblement nerveux. Mariette elle, marmottait de confuses incantations. Quant à Étienne, il grimaça de mépris :

— Ne vous laissez pas impressionner par ces déchets de gueux, fillettes ! Puisque maintenant l'épidémie faiblit !

« Que Dieu l'entende », songea Floriane. Mais Lyon ainsi dévastée pourrait-elle seulement renaître un jour ?

— « Nous mourrons tous ! Ô ville opulente et belle ! En quel état t'ont réduite les crimes de tes habitants ? Que la volonté de Dieu soit faite ! »

Une femme criait dans la rue. Elle courait, au hasard, bras étendus, s'arrêtant parfois pour tourner sur elle-même puis reprenait sa course. Elle semblait jeune et convenablement vêtue, mais le désespoir avait fait de son visage un miroir sans âge et sans expression. Ses yeux immenses étaient démesurément ouverts sur l'infini de l'enfer. Floriane la vit disparaître derrière l'église Saint-Jacquême [1].

— Que la volonté de Dieu soit faite ! se prit-elle à murmurer.

Dieu ? Dieu avait-il donc voulu cela ? Tant de malheur était-il réellement un châtiment du Ciel ? N'était-ce pas plutôt un jeu monstrueux imaginé par la Bête ?

Connaissaient-ils la réponse, ces religieux qu'elle apercevait justement, crucifix et bâton blanc en main, marchant d'un pas

1. Cette église jouxtait l'église Saint-Nizier.

rapide dans leur froc noir de toile grossière ? Les « Pères de la Mort », les appelait-on, certains venus de Rouen ou d'Orléans au secours des Lyonnais, habitués à combattre la peste. Ils en connaissaient les ruses mais aussi les sources et sa raison d'être. Entre les hommes et Dieu, ils s'avançaient très loin, aux avant-postes de la vie. Beaucoup atteignaient la Lumière. L'un d'eux que croisait le carrosse se distinguait des autres par la robe des Cordeliers qu'il portait et aussi par une tournure qui parut aussitôt familière à Floriane.

— Frère Julien !

Le prêtre se retourna, hésita d'abord à reconnaître la jeune femme dont la tête s'encadrait dans la portière, puis s'approcha. Comme il était maigre et hâve et comme son regard ardent faisait mal !

— Est-ce possible ? demanda-t-il suffoqué, découvrant son grand-père et sa cousine. Que faites-vous ici ? Je vous croyais à Mirieu.

— Johanès nous a envoyé un mot hier nous demandant de revenir. Il dit que tout danger est écarté maintenant.

— Mon frère ne peut avoir écrit cela ! souffla Julien.

— C'est pourtant ce qu'il a fait. S'il l'affirme…

Le jeune moine secoua la tête :

— Écoutez, Floriane. Johanès est hélas bien placé pour savoir que, loin de nous lâcher, le mal est en recrudescence depuis début octobre. Le travail des commissaires n'a d'égal que leur dévouement. C'est pourquoi je ne comprends pas.

Il y eut un silence que maître Borde rompit :

— Tu as toujours exagéré les choses, mon garçon.

Frère Julien sourit avec indulgence au vieil homme et posa sa main sur celle de sa jeune belle-sœur :

— Johanès a sans doute ses raisons de vous avoir fait revenir mais quelle imprudence ! Allez directement chez vous et n'en sortez pas. L'on court un danger mortel dans ces rues.

— Mais vous-même…

— N'est-ce pas mon rôle ? Jamais les hommes n'ont eu un tel besoin de secours spirituels même si certains d'entre eux, dans leur douleur, renient la parole de Dieu.

— Comment les en blâmer ? soupira Floriane. Dieu me paraît dans cette tragédie cruellement absent. Le diable seul peut être la cause de ces ravages.

— Non, Floriane ! Le diable n'a nullement ce pouvoir !

Le jeune moine s'animait.

— La peste est une maladie qui a pour origine l'ire de Dieu, c'est la verge de Sa Divine Justice ! Souvenez-vous de la punition infligée à David. C'est l'Ange du Seigneur qui mène le mauvais ange frapper ceux qu'Il a désignés. Les hommes paient leurs vices, leurs idolâtries, leurs superstitions. Un repentir, un retour à la vraie foi apaiseront le divin courroux. Ah ! Floriane, Jeanne et vous, grand-père ! ne perdez pas espoir. Priez, priez pour eux, pour nous !

D'un grand cercle tracé dans l'espace avec son bâton blanc, il désigna la ville muette, puis ses compagnons qui l'attendaient. Sa confiance, la bonté inébranlable qui l'habitait le faisaient vibrer comme un arc à la fois mince et robuste, tout entier tendu vers l'espérance. Entièrement dévoués aux malades, soignant les âmes, les corps avec un zèle, un dévouement absolu, lui et ses frères rachetaient la couardise de nombre de religieux terrés dans leurs couvents.

— Gagnez vite votre demeure, je vous en conjure ! Je passerai vous voir dès que je pourrai.

Tournant les talons, le jeune Cordelier rejoignit en hâte les Pères de la Mort. Le carrosse se remit en route. Sur la place de Confort brûlaient des branches de genévrier d'où s'échappait une fumée odorante. Les cloches des églises sonnaient midi lorsqu'ils parvinrent rue Saint-Dominique. Chacun songeait encore aux paroles de Frère Julien.

Comme toutes les autres façades aveugles et muettes, la maison était fermée, sans toutefois paraître à l'abandon. Les cheminées fumaient ; la petite veilleuse était allumée dans la niche de la Sainte Vierge et surtout se pressaient devant la porte d'entrée des hommes, jeunes et vieux, des femmes accompagnées d'enfants, tout un groupe d'assez misérable apparence. Gilbert, le Suisse et une servante procédaient à une distribution d'écuelles de soupe et de morceaux de pain, non sans afficher un air condescendant. Chacun attendait patiemment son tour.

En reconnaissant les voyageurs, Gilbert resta pantois, sa louche à la main.

— Eh bien, mon bon Gilbert ! Que font ici tous ces mendiants ? demanda Étienne en descendant de voiture.

De sa canne, il tâta quelques hardes :

— Place ! Place ! Laissez-nous au moins rentrer chez nous, pendards !

Suivi des trois jeunes femmes, il s'engouffra dans le vestibule. Des dizaines de paires d'yeux, dévorés par la lassitude et la faim, les suivirent du regard. Une fillette baisa au passage le manteau de Floriane.

— Merci ! Soyez bénie !

— Monsieur n'est pas là ?

— Mais non, madame, répondit Gilbert qui s'affairait autour d'eux. Monsieur part le matin, rentre très tard. Je le vois à peine. Il a tant de tracas.

Bien sûr, Johanès passait ses journées au Bureau. Floriane le savait mais ne put s'empêcher de ressentir une légère déception.

— Notre arrivée a l'air de te surprendre, mon garçon, questionna Étienne.

— Heu… oui. Un peu, monsieur. Nous ne vous attendions pas du tout maintenant.

— Mon petit-fils a tant à faire. Il aura omis de te prévenir. Aucune importance. Dis-nous plutôt ce que fait cette engeance devant chez nous.

— Ce sont nos pauvres, fit Gilbert d'un ton à la fois fier et résigné. Notre maître nous a demandé de le seconder.

La ville, repliée sur elle-même, avec des marchandises raréfiées, avait en effet rapidement vu cesser toutes ses activités :

artisanat, tissage de la soie, petits métiers ; la plupart de ses boutiques avaient fermé. Aux mendiants habituels s'ajoutaient de multiples chômeurs. L'Aumône générale n'avait déjà que trop de peine avec ses quatre mille indigents qu'elle nourrissait et employait à diverses besognes. Que faire de tous les autres – environ seize mille – traîne-haillons, malheureux errants qui ne pouvaient qu'aider à propager l'épidémie ? La municipalité, elle-même, n'était plus de force à supporter d'autres charges. Elle avait donc recours à la générosité de bourgeois bénévoles, d'ecclésiastiques, de tous possesseurs de quelque bien. Pas sans mal d'ailleurs. Les notables se faisaient tirer l'oreille. Il avait même fallu menacer de saisie ceux qui refusaient de nourrir les plus affamés, mettre en garde ceux qui s'obstinaient à rester dans leur campagne et à se dérober à leurs devoirs civiques. Tant pis pour eux, ils seraient déchus de leurs privilèges, leurs maisons ouvertes aux mendiants, leurs caves et leurs réserves mises à la disposition du Consulat. La menace avait eu quelque effet, et tant bien que mal, les bourses, à défaut des cœurs, avaient dû s'ouvrir aux nécessiteux.

— Monsieur Johanès a lui-même à sa charge une centaine de pauvres par jour. À raison de trois sols de nourriture par tête, comptez ! Bien sûr, c'est pas mal de travail pour nous, les domestiques. Mais monsieur Johanès le répète : si l'on veut s'en sortir, chacun doit y aller de sa poche et de sa peine.

Visiblement, l'excellent Gilbert ne puisait pas outre mesure de satisfaction dans la pratique de la charité à laquelle on le contraignait.

— Eh bien, je vois ! Il va falloir se résoudre à supporter cette graine de misère, soupira Étienne. Mon petit-fils est trop bon !

Floriane et Jeanne s'enquirent de la famille. Les Neyret étaient dans leur terre de Chaponay, sauf maître Neyret revenu à Lyon cette semaine. Claude Dangon était resté en ville avec sa femme et Lucrèce Bonvisi qui n'avaient pas voulu les laisser seuls. Aux dernières nouvelles, aucun n'était malade.

— Il faut dire qu'on se voit peu, précisa Gilbert. Tout le monde est confiné chez soi en attendant des jours meilleurs. Vrai, vous n'auriez pas dû quitter Mirieu.

C'était ce que Floriane, un peu inquiète tout à coup, commençait à croire et aussi Mariette qui ne cessait de s'agiter. Il n'y avait que la petite Jeanne pour ne rien dire. Après toutes ses épreuves, être là ou ailleurs n'avait pour elle qu'une relative importance.

De la cave au grenier, la maison avait été aspergée d'eau de rose et de vinaigre ; les pièces étaient toutes jonchées d'herbes et de fleurs séchées. Il s'en dégageait des senteurs confuses et une fine poussière qui irritait un peu la gorge. Il aurait fallu ouvrir grands volets et fenêtres, renouveler l'air. Hélas ! Au-dehors, la brise d'automne n'apportait que souffles mortels.

Bien décidé à reprendre sa thérapeutique personnelle, Étienne réclama aussitôt, à cor et à cri, son bouc qui avait disparu.

— Un peu de bon sens ! ne cessait-il de clamer. Pour chasser la peste, une bonne odeur de bouc vaut mieux que tous vos parfums et inventions d'apothicaires !

En fin d'après-midi, comme son concert de jérémiades perdait de son intensité, un homme se présenta, porteur d'un court billet destiné à Floriane : Johanès, retenu par son devoir, lui demandait de bien vouloir venir le retrouver dans le quartier Saint-Paul.

— Floriane, vous n'allez pas ressortir ? s'effara Jeanne. Ce serait folie.

— Vous faire courir les rues en ce moment est insensé ! renchérit Mariette. Cela m'étonne beaucoup de la part de M. Landry.

Il est vrai que se rendre à Saint-Paul dans les circonstances présentes n'avait rien d'une promenade. Johanès devait avoir d'impérieuses raisons de lui demander de venir. Aussi Floriane n'hésita-t-elle pas un instant.

— Enfin, qu'avez-vous toutes deux ? Mon mari est un homme sage. Il n'agit jamais à la légère. J'irai donc. Et puis, n'est-il pas naturel qu'il ait hâte de me revoir après une séparation de plus de trois mois ?

— Dans ce cas, je vais avec vous, décida Mariette.

— Non, ma fille. Tu vas aider Mlle Jeanne à remettre un peu d'ordre et de vie dans cette maison. Elle ressemble à un tombeau ! J'avoue n'être pas mécontente de m'évader quelques instants.

— Sucez au moins cette racine d'angélique, recommanda Mariette, empaquetant littéralement sa maîtresse dans un manteau à capuchon. Et tenez bien votre mouchoir sous le nez ! Non, vraiment, ce n'est pas raisonnable, grommela-t-elle une dernière fois, sachant pourtant que rien au monde n'entamerait la détermination de sa maîtresse.

Floriane ne tarda pas à regretter sa décision. À pied, les rues étaient encore plus lugubres et désolées. Elle marchait vite, redoutant de croiser à nouveau les « corbeaux » et leur horrible cargaison. Elle évitait surtout de regarder par terre les corps qui, près d'une porte, au coin d'une ruelle, attendaient d'être ramassés, tels cet homme et cette femme, terrassés ensemble, enlacés à jamais, à quelques mètres d'elle.

Soudain elle eut envie de faire demi-tour mais elle se reprit aussitôt. Johanès l'attendait. Peut-être même avait-il besoin d'elle ? Poursuivant son chemin, elle croisa des passants, tout aussi pressés qu'elle, aux abords d'une des rares boulangeries demeurées ouvertes sur ordonnance du Consulat. Des gens entraient, sortaient en silence, emportant de gros pains qu'ils serraient contre eux comme un véritable trésor, la disette régnant dans la ville de plus en plus cruellement.

En atteignant la rue Mercière, Floriane constata que l'artère était encore plus déserte que les autres. Pas même un chat ne s'y aventurait. Les animaux domestiques n'avaient d'ailleurs nulle part droit de cité et leurs maîtres les tenaient enfermés avec eux.

Débouchant d'une venelle, elle aperçut pourtant un Jésuite qu'elle connaissait, le Père Grillot. Le son de cristal d'une clochette annonçait qu'il portait les sacrements à un malade. Décharné, sombre et droit comme un if, le prêtre allait du pas tranquille de celui que rien ne peut plus effrayer. Durant quinze jours, il avait combattu la fièvre, seul, avec pour uniques moyens tisanes et prières. Deux petits charbons noirs sur sa jambe avaient marqué sa victoire. Sitôt sorti des griffes de la peste, il était vaillamment reparti soulager ses semblables. Floriane s'agenouilla sur son passage.

Un vent soudain agita des feuilles mortes et fit grincer une girouette sur un toit voisin. La jeune femme se releva. La soutane noire du Jésuite avait disparu. Elle se retrouvait seule et néanmoins avait le sentiment d'être épiée. Elle regarda autour d'elle. Derrière ces volets ou ces rideaux tirés, des yeux sans doute devaient observer tous ses gestes, guettant dans la longueur désespérante des jours le moindre signe de vie extérieur.

La Saône était elle aussi d'un calme impressionnant. Une bêche filait en direction de l'hôpital Saint-Laurent. Mais les bateaux-lavoirs, les bateaux-moulins, les bateaux-bains n'étaient plus que des carcasses vides. De petites barques, arrimées en amont, oscillaient au gré de l'eau. Des familles entières s'y étaient réfugiées, confiant leur salut au courant et au vent de la rivière.

Des nuages masquèrent le soleil qui lentement glissa derrière la colline. Dans l'enchevêtrement des ruelles du quartier Saint-Paul, Floriane eut du mal à trouver l'endroit où l'attendait Johanès. De nouveau, elle ne put s'empêcher de se dire que son mari lui avait fixé un bien étrange rendez-vous. Aussi, sans pouvoir en formuler la raison, se sentit-elle de plus en plus inquiète.

Elle finit par trouver dans une voie étroite qui donnait rue de Lasnerie [1] l'adresse qu'il lui indiquait. Dans un fouillis de maisons et de cours, reliées par des traboules ou des venelles sans lumière, le logis du Ganivet dont parlait le billet n'était pas le plus reluisant. Beau, il l'avait certainement été autrefois avec sa

1. Rue Lainerie.

tourelle florentine, ses fenêtres à meneaux et, à chaque étage, une belle galerie à arcade. Mais, aujourd'hui, la crasse, les taches humides, les traînées noires de fumée voilaient sa splendeur ancienne. D'un puits montait une bouffée d'eau corrompue qui n'était rien auprès des violentes exhalaisons des latrines situées au fond de la cour. De toute évidence, elles avaient échappé au nettoyage ordonné par les commissaires. D'ailleurs, tout l'endroit avait un air d'abandon, recoin d'ombres inquiétantes, oublié entre la rue de la Juiverie et la rue des Flandres pourtant si animées en temps ordinaire.

Qu'avait donc à faire ici Johanès ? Un air de musique, inattendu, couvert à demi par des voix fortes, descendait dans la cour où la nuit s'insinuait. Intriguée, de plus en plus mal à l'aise, Floriane s'engagea néanmoins dans un escalier assez large sous une belle voûte en ogive et grimpa jusqu'à une porte de bois nervuré. Là, le bruit s'amplifia. Derrière la cloison, filtraient des rires et des chansons. Sous une petite ouverture grillagée, une main de fer servait de heurtoir. Floriane frappa deux coups.

Quelques secondes passèrent puis le judas s'ouvrit et un œil brun l'examina sans complaisance.

— Que voulez-vous ?

— Voir mon époux, M. Landry. Il…

L'autre lui coupa aussitôt la parole :

— Ah ! ouais. Vous êtes dame Landry.

Floriane, croyant entendre ricaner, sentit croître son alarme. Clef et targette grincèrent : apparemment, la maison était plus verrouillée que la forteresse de Pierre-Scize. Enfin, le battant s'ouvrit et Floriane pénétra dans un couloir étroit, de pierre nue, où se tenait un petit homme tout rond, vêtu de futaine crasseuse.

— M. Landry est-il là ? demanda-t-elle d'une voix mal assurée.

La réponse fut indistincte. L'homme poussa une seconde porte et s'effaça pour la laisser passer.

Floriane ne mit pas deux secondes pour comprendre où elle se trouvait et la surprise la cloua sur le seuil.

— La maison de Ganivet ? Ah, merdieu ! Si vous voulez attraper le mal de Naples [1], allez-y sans barguigner. L'endroit est complètement pourri.

Le Ganivet ! Mon Dieu ! Le nom éveillait brusquement sa mémoire. Elle entendait encore Étienne Borde plaisanter avec ses gendres sur les lieux de plaisir qui se pouvaient trouver en ville. Les avait-il écumés, le coquin, en cachette de sa femme ! La description qu'il avait faite de celui-ci n'était que trop exacte, repaire sordide du menu peuple en mal de grossières sensations.

Quelques chandelles éclairaient pauvrement des tentures lourdes à la pourpre passée ; deux ou trois tableaux étaient accrochés aux murs, des scènes sans équivoque où ondoyaient des corps charnus. Des corps bien réels, en revanche, se vautraient sur des banquettes. Des « demoiselles », à peine vêtues de jupons défraîchis, dévoilaient leurs charmes douteux, lutinées par un ramassis de vauriens ivres et hilares trinquant à perdre haleine. L'une d'elles jouait d'un hautbois tandis que dans une pièce voisine des couples se relayaient. Mais certains ne prenaient même pas la peine de s'éloigner, sous l'œil acerbe d'une vieille femme énorme, de rouge vêtue, trônant dans un fauteuil à haut dossier. Sur un signe, un mot d'elle, un gratte-papier, installé derrière une table, agitait frénétiquement sa plume d'oie. Chaque mouvement, chaque ébat, chaque verre bu, était scrupuleusement comptabilisé : rien n'échappait à Mme La Majeure, la monstrueuse tenancière.

Dieu sait qu'en l'occurrence, la tâche ne manquait pas ! Jamais la débauche ne fleurissait autant qu'en période d'épidémie, les hommes ne trouvant rien de mieux pour oublier la peste et ses horreurs. Du vin, des filles : qu'importe si l'ivresse était fugace, si l'amour gangrenait les corps ! Ils se gorgeaient de volupté, s'adonnaient à toutes les dépravations, éclataient de jouissance.

1. Maladie vénérienne.

Une véritable frénésie les entraînait vers la luxure où les accompagnaient des femmes tout aussi déchaînées. Le monde en proie au terrible fléau ne se sentait plus lié par aucune règle. Les âmes apeurées, à la dérive, laissaient libre cours aux instincts les plus bas.

Pendant que celui qui l'avait fait entrer glissait quelques mots à La Majeure, Floriane, stupéfaite mais ne pouvant plus reculer, se demandait avec effroi ce que Johanès pouvait bien faire dans un endroit pareil. Pour calmer son angoisse, elle voulait encore croire qu'elle s'était trompée d'adresse. Pourtant, c'était bien par son nom que l'homme l'avait reçue. Alors, que signifiait donc tout ceci ?

Son entrée avait évidemment éveillé la curiosité. Deux filles s'approchèrent d'elle et voulurent lui ôter son manteau. La jeune femme s'y cramponna comme pour défendre sa vertu, ce qui fit crouler de rire les « demoiselles », tournoyant autour d'elle avec des ondoiements lascifs.

— Bas les pattes, vous autres ! tonna La Majeure qui agita l'index en direction de Floriane. Vous êtes Mme Landry, hein ? grasseya-t-elle avec un fort accent provençal, la détaillant avec l'acuité d'un maquignon à l'achat d'une bête.

— Je ne comprends pas, rétorqua Floriane en se raidissant avec morgue. Je suis pressée et souhaite voir mon époux. Où est-il ?

Les lèvres de La Majeure, découvrant des gencives épaisses et quelques chicots clairsemés, grimacèrent un sourire qui glaça Floriane d'épouvante.

— Alors, la belle, t'as pas encore compris ? Té ! un peu de patience. Claudius va te conduire.

Poussée par Claudius, Floriane, le cœur battant, s'avança un peu plus dans le couloir, puis l'homme souleva une tenture masquant une autre porte. Il l'ouvrit. Elle donnait sur une pièce obscure. Une bougie unique, posée sur un tabouret, dispensait une faible lueur jaune.

— La voilà, glapit Claudius. N'oubliez pas ce qu'a dit la patronne : pas de dégâts ! N'abîmez pas la marchandise.

La porte se referma derrière Floriane comme un couperet. Elle était seule, face à de nouveaux visages et se mit à trembler.

Deux d'entre eux appartenaient à ces « culs de piau » qui sillonnaient Rhône et Saône, ces hommes de rien qui ne savaient que manier leur perche d'une rive à l'autre et brailler dans les tavernes des ports. Lourds, trapus, tout en poils et en muscles, leur peau était cuite et tannée par le vin et le grand air. Quant au troisième… À sa vue, Floriane eut un sursaut. Dans la pénombre, il n'était qu'une grande ombre, Hercule véritable, sans traits et sans couleurs hormis un regard blanc. Puis l'Hercule bougea et Floriane comprit qu'elle était en présence d'un Maure. Autrement qu'en peinture, elle n'avait jamais vu une face si sombre, si lippue, une telle toison de laine noire. Quel navire barbaresque l'avait donc débarqué de sa lointaine Afrique et que faisait-il dans les brouillards de Lyon ? Que faisait-elle surtout elle-même dans un tel lieu face à lui et aux deux mariniers ?

Voulant une dernière fois se persuader qu'elle était victime d'une stupide méprise, luttant de toute sa volonté pour ne pas céder à la panique, Floriane rassembla son courage et demanda aux inconnus – bien que sans illusions – s'ils étaient envoyés par Johanès Landry.

Un marinier se mit à rire. L'autre avala un verre et s'essuya la bouche d'un revers de main.

— Oublie ton mari, petite. T'es là pour nous, pas pour lui !

Floriane n'attendit pas davantage pour faire demi-tour et essayer d'ouvrir la porte. Mais elle savait déjà que sa tentative serait vaine.

— Ouvrez ! Je vous l'ordonne.

Elle s'était retournée et toisait les trois hommes goguenards.

— Elle ordonne, la princesse ! s'esclaffa l'un d'eux, l'attrapant par le bras.

— On t'a déjà dit que t'étais là pour nous. Pour qu'on s'amuse un brin ensemble. Faut pas repartir si vite, mignonne.

Acculée contre le mur, elle leur faisait face crânement, malgré sa peur affreuse, cherchant désespérément à échapper à cette odieuse farce, à cet invraisemblable piège.

— Écoutez. Il s'agit d'une méprise… Je suis venue ici retrouver mon époux. Je ne vous connais pas…

— Mais nous on te connaît. On sait que t'es la dame Landry !

La voix de basse du grand Maure se voulut rassurante :

— T'as 'ien à c'aind'e. T'as entendu ce qu'a dit le Claudius : La Majeu' veut pas qu'on te fasse du mal.

— Juste te mignoter un moment, précisa l'un des deux « culs de piau ».

— Laissez-moi partir, je vous en prie ! Je vous donnerai… Je vous donnerai tout ce que vous voudrez, de l'argent, beaucoup d'argent…

Mais de l'argent les rustres n'en avaient cure. Du moins, le sien ne les intéressait pas pour l'instant.

Seigneur ! Comment, comment se trouvait-elle là, seule, abandonnée à ces brutes crasseuses, qui ne cachaient même pas leur exigence, leurs yeux plissés de convoitise ? Une main massive s'avança, s'abattit sur son cou, arracha d'un coup sec le talisman de Paracelse qui ornait son corsage.

Le dépouillement commença.

Elle se défendit pourtant, avec ses ongles, ses dents, ses pieds et toutes les forces qu'elle recelait, criant à l'aide, insultant ses agresseurs, combat inutile qui ne faisait qu'exciter leur vile concupiscence. En un instant, Floriane se trouva nue, allongée à même le sol, maintenue par des bras forts comme des colonnes. Elle sentait des doigts enserrer ses chevilles, entrevit, atterrée, au-dessus d'elle, le visage épais de l'Hercule d'ébène. L'horreur l'étouffait. Un marinier, maintenant, dénouait fébrilement ses chausses, se dégageait, apparaissait, énorme, dans son impitoyable virilité. Victime trop tendre, trop fragile, elle n'était qu'une proie sans défense livrée en holocauste à la brutalité du mâle.

— Moi d'abord ! haleta le marinier.

Comme une bête, l'homme s'affala sur elle. Pour Floriane, le pire était arrivé. Elle cria. Son corps se raidit en un dérisoire sursaut ; elle souhaita vraiment mourir.

Hélas ! La vie ne vous quitte pas ainsi, même sous l'effet du plus affreux tourment. Seule la raison, parfois, abandonne les suppliciés. Celle de Floriane, comme un oiseau meurtri, tournoya dans sa tête et s'envola loin de son corps malmené.

Tout autour d'elle se diluait dans un douloureux tintamarre. À ses gémissements, à ses sanglots, s'ajoutait le choc brutal et répété, assené par son tourmenteur qui s'escrimait sur elle. Il était impossible que la terre entière n'entendît point l'écho de son calvaire. Les voix des brutes, leurs ricanements ignobles, leurs ahans frénétiques devenaient un grondement énorme qui se heurtait aux murs, rebondissait en d'immondes résonances, explosait en un obscène tourbillonnement.

Un coup plus fort que les autres accrut encore le vacarme. Un trait vif et noir fendit l'air en sifflant. Une fois. Une fois encore. Floriane sentit des mains la lâcher. Elle vit le Maure lutter, bouche ouverte, contre un implacable serpent qui s'enroulait autour de son cou, serrant, serrant au point de voir le blanc de ses yeux prêt à jaillir de ses orbites. Le Maure, enfin, eut un râle, puis inclina la tête. À ses côtés, ses comparses, stupéfaits, tentaient de se défendre. Le « cul de piau » avait quitté Floriane. Debout, il tentait d'esquiver le fouet de l'homme qui venait de surgir, mettant ainsi un terme à leur forfait.

Avec une lenteur étudiée, le nouveau venu ajustait déjà un autre coup. Son regard de jais n'était que haine et inflexible détermination.

— Non, non, pitié ! hurla le marinier en repliant son coude pour protéger son visage.

Mais l'inconnu leva le bras. Prête à mordre et à étrangler, la lanière de cuir siffla au-dessus de sa tête.

— Attention !

Le cri de Floriane l'avertit juste à temps. Son troisième agresseur avait dégainé un poignard et menaçait sournoisement l'homme au fouet.

Rapide, celui-ci réussit à faire dévier la lame, retournant sur la poitrine du marinier l'arme qui le visait. Frappé au cœur, ce dernier s'écroula tandis que son complice, lui-même atteint en plein front par le manche du fouet, roulait à terre, inanimé.

Hébétée, incapable de bouger, un brouillard devant les yeux, Floriane regardait les trois hommes qui gisaient autour d'elle. Puis, elle sentit des doigts effleurer ses épaules, l'envelopper dans un manteau, des bras la soulever. Tout près de son visage, elle reconnut un visage familier.

— Viens, entendit-elle à son oreille.

L'homme maintenant courait dans le couloir, bousculait Claudius qui cherchait à s'interposer, renversait La Majeure dont la grosse masse rouge tentait aussi de barrer le passage.

— Vite ! Vite, par ici !

Une femme cria à leur côté et leur ouvrit la porte. Dehors, c'était la nuit, l'humidité douce de l'automne, un petit vent frais que Floriane, dans sa demi-conscience, reçut comme une caresse. C'était un ciel bleu d'encre, quelques étoiles qui passèrent très vite au-dessus de ses yeux, au rythme endiablé d'Hamelin, courant à perdre haleine, l'emportant dans ses bras comme une biche blessée.

*

Floriane s'éveilla dans une chambre basse de bois et de pisé. D'une fenêtre, le soleil entrait avec vigueur. Il mettait en évidence un mobilier succinct et éclairait, endormi dans un coin, un curieux homme, presque immatériel à force de pâleur, menu et sans âge, avec des cheveux blancs et un visage de jeune garçon, semblant tombé tout droit d'un rayon de lune. Par contraste, ce tableau rappelait à Floriane la pièce obscure et le grand démon noir de son cauchemar passé. Elle n'avait pourtant pas rêvé, hélas ! Tout son corps, avec honte, le lui rappelait douloureusement.

Se mettant à pleurer, Floriane se leva. Entre deux fenêtres, était une porte qu'elle ouvrit. Elle ne marqua aucune surprise en découvrant l'eau qui coulait au bas de quelques marches. Comment aurait-elle encore eu la faculté de s'étonner ? La maison, comme toutes ses voisines, était bâtie à même la Saône. De temps en temps, un escalier perçait la lignée des façades pour permettre d'accéder à un petit embarcadère ou une portion de berge. De l'autre côté de la rivière, Floriane reconnut le clocher de Saint-Vincent, le port et plus à droite la flèche de Saint-Nizier avec le pont, tout proche. Ainsi elle était donc dans un logis de la rue des Flandres.

L'eau était rapide et boueuse. Précautionneusement, Floriane descendit une marche, puis une autre. Une vague frôla ses orteils mais ne l'arrêta pas. Bientôt, elle eut de l'eau à mi-cuisses. Son manteau, déjà trempé, pesait sur elle comme une armure de fer et l'entraînait plus loin. Elle avança encore. Insensiblement, le froid de la Saône l'arrachait à son hébétement.

— Holà ! Attention ! Eh, Hamelin, viens m'aider !

L'homme pâle avait attrapé sa capuche et la tirait à lui. Elle se retourna. Hamelin dévalait l'escalier et la saisissait à bras-le-corps.

— Tu es folle. Tu veux donc te noyer !

Ils la ramenèrent à l'intérieur de la maison. Elle grelottait et secouait la tête. Non, elle ne croyait pas avoir voulu cela, elle ne savait pas, elle ne savait plus… Le courant frais de la rivière avait simplement évoqué en elle des baignades d'autrefois, des baignades heureuses dans l'Aune, en son cher Saint-Évy. Et puis elle se sentait si sale…

— Hamelin, je veux me laver.

— Qu'est-ce qu'elle dit ? demanda le petit bonhomme aux yeux pareils à deux diamants rosés.

— Lucas, dis à Lise d'apporter un baquet d'eau chaude. Dépêchez-vous !

Hamelin avait compris. Quelques instants plus tard, Floriane se plongeait dans une grande bassine aidée par la dénommée Lise, une jolie blonde qui, manifestement, ignorait pour sa part les bienfaits d'un bain.

Lise n'était pas très bavarde. Elle n'aurait su que dire, d'ailleurs, à cette belle jeune femme, dont la détresse faisait peine à voir. Lorsque Floriane fut recouchée, vêtue d'une chemise à peu près propre, qu'elle eut bu un peu de bouillon de légumes, Hamelin revint.

Il était si grand qu'il était obligé de courber légèrement la tête sous le plafond. Floriane remarqua qu'il hésitait à s'approcher. Il paraissait gêné.

— Tu ne veux rien d'autre ? demanda-t-il tout bas.

Elle fit non de la tête.

— Tu n'as pas mal ?

Cette fois, il avait osé tendre une main et d'un doigt tendre, il dégageait les mèches de son front. Si, elle avait mal, mais ses meurtrissures physiques n'étaient rien auprès de ce qu'elle souffrait, dans son âme, dans son cœur. Jamais elle ne pourrait détruire le souvenir de l'abjection dont elle venait d'être victime. Comment retrouverait-elle maintenant les douceurs et les délicatesses de l'amour vrai, les gestes prévenants d'un homme qui, loin de vous avilir, à chaque baiser nouveau faisait de vous une reine ? Il eût fallu pour cela que l'amour n'eût pas déserté définitivement son horizon.

Hamelin la regardait d'un air triste et anxieux. Toute sa passion pour elle se lisait dans ses yeux. Plus que jamais il lui rappelait Artus. À cette pensée, insupportable, elle se remit à pleurer.

— Oublie tout, ma belle, ma fenotte, murmura Hamelin. Repose-toi. Tu n'as plus rien à craindre.

Il lui caressait toujours les cheveux. Sa voix un peu rocailleuse se voilait sous l'émotion. Sa mystérieuse, son amante, perdue et retrouvée en de telles circonstances… Ah ! il aurait volontiers hurlé de rage et de douleur.

— Tu m'aimes, dis, Hamelin ? demanda-t-elle comme une imploration.

— Tu le sais bien, répondit-il simplement.

Elle lui tendit les bras, se pressa contre lui avec violence.

— Aide-moi, Hamelin. Aide-moi. Efface tout. Tout…

Auprès de lui, les heures s'enfuirent alors sans qu'elle s'en aperçût. Entre deux sommes, elle retrouvait contre elle sa chaleur d'homme, s'y blottissait comme un animal apeuré. Et lui la flattait de sa grande main puissante, lui murmurait tout bas des mots qu'on trouve pour calmer une jument rétive.

— Là, là, ma douce, ma rebelle. Apaise-toi. Tout ira bien. Laisse-toi aller.

Elle se faisait confiante, se libérant peu à peu de son obsession, s'abandonnant les yeux fermés aux attentions réconfortantes d'Hamelin.

Lorsqu'elle s'éveilla à l'aube, il était déjà levé. Près du lit, il avait approché un tabouret sur lequel elle découvrit du pain, une assiette de charcuterie et un pot de vin. Bien qu'il y eût deux jours qu'elle n'eut pas mangé, c'est à peine si elle accepta de grignoter une ou deux rondelles de saucisson. En revanche, elle but à grands traits un verre de vin nouveau, sous l'œil approbateur d'Hamelin tout heureux de la voir s'animer, s'intéresser à ce qui l'entourait.

— Est-ce là ta maison ? lui demanda-t-elle.

— Oui et non. C'est surtout mon frère Lucas qui l'habite. Moi, je suis souvent dehors, dans les campagnes. J'y achète des chevaux, des ânes, des mulets que j'achemine aux marchés de Lyon.

Lucas était son frère. Il était difficile d'imaginer deux êtres physiquement plus dissemblables. Elle le lui dit. Hamelin se mit à rire.

— Je ne sais pas où ma mère l'a pêché celui-là. Elle a oublié de lui mettre des couleurs.

— Que fait-il ?

— Il est commis d'un passementier mais la boutique a fermé en septembre. Tu sais, Lucas est un peu simplet. Allez, prends de ce gras-double.

Elle se força à y goûter et redemanda à boire. Leur petite collation avait quelque chose d'intime et de très rassurant. Mais son odieuse aventure était encore trop proche pour que Floriane se retînt davantage de parler.

— Hamelin, je te dois tout. C'est un miracle que tu te sois trouvé dans cette horrible maison.

— Miracle, si on veut. Je te suivais.

— Tu me suivais ?

À vrai dire, se souvenant des bruits de pas qu'elle avait cru entendre dans la rue, du sentiment d'être épiée, elle ne s'en montra guère surprise. Son impression n'avait pas été fausse.

— Oui, continua Hamelin. Depuis la rue Saint-Dominique. Ce n'était pas tout à fait un hasard. Depuis le printemps, chaque fois que j'ai pu, je t'ai cherchée dans ce quartier. Toutes les maisons, je les ai faites, demandant partout s'il n'y avait pas une jeune servante qui te ressemblait. Toutes les femmes croisées, je les ai avidement dévisagées, espérant comme un fou te reconnaître dans l'une d'elles, hélas toujours en vain. J'ai même assisté à nombre de messes à Notre-Dame de Confort, sans davantage de succès. Je t'ai attendue, les jours après les jours, comme une âme en peine.

— Pardon, Hamelin. Je ne pouvais pas venir.

— Ne t'excuse pas, ma fenotte. Une dame Landry n'avait rien à faire avec moi, murmura-t-il amèrement.

— Tu sais donc qui je suis ?

Il hocha la tête, la regarda d'un air pensif.

— Depuis avant-hier.

En la reconnaissant, avoua-t-il, sa rancune avait été aussi forte que sa joie. Qui donc était cette femme dont le souvenir était en lui comme une plaie ? Où allait-elle d'un pas aussi allègre dans les rues dévastées, si fraîche, si élégante, apparemment heureuse ? Décidé à ne pas se montrer et à découvrir ses secrets, il l'avait alors suivie, de ruelle en ruelle, jusqu'au logis du Ganivet où il l'avait vue s'engouffrer avec stupéfaction. N'était-ce donc qu'une garce, qu'une traînée, qui s'était jouée de lui, qui lui avait mangé le cœur, sous des allures de madone ? Le Ganivet n'était pour lui pas inconnu. Il y connaissait une fille, un peu simple, appelée Lise que son frère visitait parfois. Y pénétrant ce jour-là quelques instants derrière Floriane, il avait d'abord questionné à son propos La Majeure qui avait feint une totale surprise.

— Une femme ? Quelle femme ? Personne ne vient d'entrer. Je n'en vois d'autres que mes « filles ».

Intrigué par ce mensonge évident et persuadé qu'il ne tirerait rien de plus de la vieille gaupe, il avait alors cherché Lise pour l'interroger. Ses explications avaient épaissi le mystère : oui, une femme venait d'arriver, une bourgeoise. Elle avait demandé son époux, un sieur Landry. Claudius l'avait amenée dans une pièce reculée où l'avaient devancée trois hommes assez louches, traînant toujours où se tramaient les mauvais coups.

Soudain alarmé, trompant Claudius et La Majeure, il avait aussitôt fait mine d'emmener la fille dans une chambre et s'était précipité dans le couloir à la recherche de Floriane pour la délivrer.

— Hélas ! c'était trop tard ! Ah ! Comme je me maudis ! s'écria-t-il, terminant son récit.

— Mais non ! Une fois encore tu m'as sauvée, balbutia-t-elle en lui prenant la main.

— Tes ennemis sont bien enragés contre toi, ma belle.

Oui, elle avait des ennemis ! Pour la première fois, Floriane prenait conscience d'une réalité certaine. Jusqu'alors, elle avait cru à de malencontreux hasards, à de tragiques méprises. Des ennemis !... Mais lesquels, mon Dieu, et pourquoi ?

— Je suis retourné voir La Majeure ce matin. Elle et Claudius ouvrent le Ganivet assez tard. Je savais les trouver seuls. Je les ai interrogés à ton sujet.

— Tu as pu les faire parler ?

Hamelin ricana.

— Avec mon fouet, je fais beaucoup de choses, tu sais ! Contrainte et forcée, La Majeure a avoué qu'elle avait été payée pour te recevoir comme elle l'a fait. Il n'a, bien sûr, jamais été question que ton mari te retrouve chez elle.

— Payée ? Mais par qui ?

— Par l'un des mariniers qui lui-même tenait ses ordres et son argent de quelqu'un d'autre.

— Mais qui, voyons ? C'est impossible !

Avec effarement, Floriane découvrait toute la machination montée contre elle.

— Ça, petite, La Majeure n'a jamais pu me le dire. Le marinier ne lui en a pas fait confidence. La seule consigne était de te laisser malmener un peu, de t'enivrer, puis au matin d'appeler le sergent du guet en clamant ton nom haut et fort et en t'accusant de semer le désordre.

Mme Landry trouvée ivre dans un bordeau, en compagnie de racaille et même d'un Maure ! Tout Lyon en aurait frémi. Le scandale eût été énorme et Johanès… Elle n'osa songer à lui, à son accablement. Devant l'opprobre général, il n'aurait eu d'autre alternative que de se séparer de son épouse indigne. C'eût été alors pour elle le couvent ou bien pire, la prison pour filles pierreuses.

En pensant au désastre qu'elle venait de frôler, Floriane se mit à frissonner. De nouveau, elle se sentit très mal.

— Tu devrais te recoucher, dit Hamelin la voyant chanceler, au bord de la nausée. Tu auras bien le temps de penser à tout ça plus tard. Pour l'instant, dors encore un peu.

Il aurait fallu qu'elle retournât chez elle bien vite. Tous devaient être éperdus d'inquiétude, rue Saint-Dominique, Johanès surtout. Lui pourrait peut-être l'aider à démêler ce terrible écheveau, même si certains détails de son épreuve devaient absolument lui être cachés.

Mais la fièvre montait et Floriane se sentait trop faible pour bouger.

— J'ai bu beaucoup de vin, murmura-t-elle.

— Sûrement, dit Hamelin, en remontant délicatement une couverture sur ses épaules. Dors maintenant.

Anéantie, Floriane abaissa ses paupières. Aussi ne vit-elle pas l'air soucieux d'Hamelin. Elle tâta machinalement son cou, à la recherche de son amulette.

Puis elle se souvint que les brutes la lui avaient arrachée. Une crainte imprécise se glissa en elle.

D'heure en heure, la migraine s'intensifia jusqu'à devenir insupportable. Floriane vomit à deux reprises et se retrouva sans forces, plongée dans une sorte de somnolence qui ouatait chaque pensée. Elle n'avait plus d'idées précises. Sauf… À tant réclamer la mort, dans l'antre du Ganivet, l'ombrageuse était venue mais sous quelle forme ! La plus hideuse, un germe fatal, une déchéance physique irrémédiable, une agonie terrifiante : Floriane, souillée, avilie, Floriane avait la peste ! Elle aussi allait devoir expier son orgueil, sa légèreté, ses folles imprudences. Déjà tout son corps se révulsait. Elle chercha ses prières, trembla, puis sombra dans un coma profond.

— Floriane, Bon Dieu ! Non ! C'est impossible ! Ma fenotte, réveille-toi !

Hamelin hurlait presque. Lui, il refusait l'inacceptable. Non, il ne laisserait pas le monstre lui ravir son aimée ! Il se battrait, la tirerait de ses griffes. Lucas, terrorisé, s'agrippait à son frère :

— Ne garde pas cette fille ! Elle va nous faire mourir. Cette nuit, écoute, Hamelin, cette nuit, j'ai entendu gémir le grand chien écorché. Tu sais, celui qui court le long de la Saône à la recherche des cadavres. Celui qu'on n'attrape jamais. Lise l'a même aperçu. Il rôde. Il nous guette. Il sait que notre heure va venir.

D'une bourrade, Hamelin projeta son frère sur le plancher.

— Arrête tes sornettes ! Ce grand chien n'existe que dans vos deux cerveaux malades. Quant à cette fille, elle ne sortira d'ici que guérie, tu m'entends ? Va tout de suite chercher un médecin.

— Un médecin ! Pour qu'il nous envoie tous à Saint-Laurent ou à la quarantaine de la Fleur de Lys [1] ? Sans compter ce qu'on risque pour n'avoir pas déclaré au capitaine-pennon qu'on hébergeait une inconnue suspecte. Ce sera cinquante livres d'amende, à moins qu'on nous mette au pilori de la place du Change.

Lucas désigna du menton la porte qui donnait sur la Saône. La peur teintait de gris son épiderme laiteux.

— Il est un moyen de s'en débarrasser.

De sa grande main, Hamelin le souleva comme un chiffon.

— Espèce d'avorton ! Vas-tu filer ou veux-tu tâter de mon fouet toi aussi ?

La crainte que lui inspirait son frère fut la plus forte. Une heure après, Lucas revenait avec un homme, le visage à demi couvert d'un masque de tarlatane. C'était un jeune barbier dont l'ambition, comme celle de tous ses semblables, était d'acquérir le titre de maître en chirurgie, ce qui lui permettrait de se hisser dans la hiérarchie bourgeoise. Le Consulat avait promis la maîtrise à ceux qui sauraient la mériter sans autre examen que leur dévouement aux malades, sans autre exigence que de bonnes mœurs et la foi catholique. Pour le reste, les barbiers savaient en principe manier lancettes, clystères et bistouris. Cette promesse faisait bien sûr diablement enrager les chirurgiens-jurés qui se jugeaient supérieurs mais elle encourageait les zèles et attirait toutes les bonnes volontés bien utiles dans des circonstances où les médecins du Collège de Lyon et les maîtres-chirurgiens ne savaient plus où donner de la tête pour couvrir les besoins sanitaires de la ville.

Le barbier que ramenait Lucas était venu de Macon, ni plus ni moins ignare que les autres. Imitant les médecins, il usait beaucoup de mots d'hébreu, de grec ou de latin dont il ne connaissait probablement pas le sens mais qui impressionnaient sa pratique. La conversation avec lui était assez ardue, car il

1. Située près de l'hôpital Saint-Laurent.

débitait son charabia avec une gousse d'ail dans la bouche et des boules résineuses dans les oreilles. Néanmoins, Hamelin put en comprendre le sens.

— « La peste est l'altération des quatre humeurs, une vapeur mortelle et contagieuse qui entre par les pores pour s'emparer du cœur et du cerveau. Il convient de libérer le malade de son venin. »

Le barbier, tout d'abord, demanda à rester seul avec la patiente à qui il administra un lavement de séné, emplissant tout un grand clystère d'étain. L'opération terminée, il rappela Hamelin afin de lui expliquer les différents traitements à suivre et lui fournit quelques drogues nécessaires, sudorifiques, contre-poisons, peu malheureusement, car au fil des semaines les réserves se raréfiaient.

— Je reviendrai si je peux dans deux ou trois jours. Il faut que les bubons apparaissent. C'est le seul espoir. Sinon… À la grâce de Dieu, soupira-t-il. La médecine n'est rien sans la prière.

— Inutile de revenir, barbier, dit Hamelin. Et pas un mot aux commissaires de ta visite ici.

— Mais… Mais vous savez ce qu'il m'en coûterait de cacher une malade ? Trois cents livres d'amende et ma carrière de chirurgien !

— Je m'en fous !

Hamelin dépassait le barbier d'une tête. Il le toisa d'un air si farouche que l'autre recula d'un pas. Cependant, ce fut une petite bourse d'écus qui eut raison de ses derniers scrupules. Il fila sans tarder.

Hamelin n'avait besoin de personne pour se colleter avec la maladie. En avait-il maté des bêtes indociles, voire dangereuses ! Malgré les supplications et l'effroi de Lucas et de Lise, il s'enferma avec Floriane, bien décidé à la sauver par sa seule volonté.

Avec un oignon, un bulbe de lys et quelques feuilles d'oseille, cuits sous la cendre, ensuite broyés avec du miel, un jaune d'œuf et de la graisse de porc, il fit des cataplasmes qu'il posa brûlants sur le corps de la malade avant d'envelopper celle-ci de toutes les couvertures qu'il possédait. Pour aider encore à la sudation, il fit boire à Floriane de l'eau bouillie et sucrée où trempaient des tranches de citron, patiemment, par petites cuillerées, forçant sa bouche close. Sans cesse, il rajoutait des bûches dans la cheminée, renouvelait les cataplasmes, guettait les premières marques de charbon sur la peau.

— Je saurai bien te faire sortir, maudit foutre du diable ! jurait-il sans cesse.

Puis il réconfortait Floriane avec des mots très tendres et scrutait anxieusement son visage fermé où ruisselait la sueur. Jamais, il le savait, il ne l'aurait mieux toute à lui qu'en ces heures dramatiques où il luttait pour elle contre les forces ténébreuses.

Jour et nuit, il ne la quitta pas, envoyant Lucas acheter du bois et les drogues qui lui manquaient, acceptant tout juste pour lui-même la nourriture que Lise lui préparait et que, d'un bras timide, elle lui tendait par la porte entrebâillée. Le matin, après le lever du soleil, il ouvrait grand la porte sur la Saône et laissait entrer un instant les pâleurs de l'aube. Il savait qu'il fallait se garder des rayons de la lune et de ceux du soleil. Par chance, à cette époque, celui-ci s'entourait d'une gaze brumeuse et froide qui descendait jusqu'au ras de l'eau. Hamelin respirait à larges coups puis refermait vite la porte et revenait près de Floriane.

Pendant ce temps, Lise et Lucas, tapis dans un réduit à côté, avalaient des bouillies d'orge et d'araignées pilées avec leur toile. Lise n'était pas retournée au Ganivet. Pauvres esprits dérangés, ils guettaient les bruits, les signes et les créatures d'ailleurs, croyant voir apparaître à tout instant Charles Grenier, dit le Chat, l'homme-corbeau, le loup-garou. Naguère brûlé vif, il revenait hanter les airs agitant sa clochette. Mais pour les deux malheureux, les vivants étaient encore plus redoutables que les fantômes. Ainsi, en Vivarais, l'armée des huguenots, commandée par le duc de Rohan, menaçait d'investir Lyon trop faible pour se défendre. Et puis, il y avait surtout – mais n'étaient-ils pas aussi des protestants ? – les bandes d'engraisseurs, ces engraisseurs qui s'en allaient souiller la ville. Partout, sur les murs, les ferrures des portes, les bancs des églises, les vêtements, ils laissaient les traces puantes de l'onguent qu'ils fabriquaient eux-mêmes, un mélange immonde de graisse et de pus pesteux dont le simple contact donnait la mort. Comme Lucas et Lise s'étaient réjouis lorsque la foule terrorisée avait massacré plusieurs de ces envoyés de Satan, pris sur le fait ! Comme ils se réjouiraient maintenant si on venait leur dire que leur pauvre Hamelin n'était plus envoûté par la dangereuse inconnue !

Ce fut la douleur qui tira Floriane de sa léthargie, une douleur intense qui irradiait partout, de la tête jusqu'aux pieds, sur chacun de ses membres, une morsure semblable à des milliers de crocs. Son corps livrait un combat sans merci pour expulser le monstre qui s'agrippait et répandait son fiel. Toute sa chair criait mais elle, Floriane, ne pouvait que gémir, cramponnée aux doigts d'Hamelin, les oreilles emplies d'un bourdon de cathédrale. Elle était au cœur de la bataille, de ses clameurs, de ses tirs, de ses feux et recevait tous les coups.

— Entends-tu hurler les démons, Hamelin ? Vois-tu les flammes de l'enfer ?

— Chut ! ma douce. N'aie pas peur. C'est le feu d'artifice sur le pont de la Saône. Notre roi a pris La Rochelle. Tout le monde fête son triomphe.

Le roi… La Rochelle… Elle crut voir caracoler, tout auréolés de gloire, le roi, le cardinal, leurs gentilshommes et puis Artus, Artus qu'elle ne reverrait jamais plus… Mais qu'étaient auprès de la grandeur du royaume et de la liesse populaire les souffrances de Floriane, dernière descendante des Saint-Évy, terrassée au fond de la chambre modeste d'un marchand de chevaux ?

Par lettre, Louis XIII avait effectivement demandé à ses bonnes villes que fût dignement saluée la fin du siège de La Rochelle. À Lyon, le Consulat était réduit de plus de sa moitié. Messire Bayle, échevin, resté à peu près seul en place, venait d'organiser le *Te Deum*, célébré à Saint-Jean et le feu d'artifice. Ni gouverneur, ni archevêque n'y avait assisté, chacun semblant avoir atteint les limites du supportable. Néanmoins, en ce lundi 8 novembre 1628, on but, on alluma des feux de joie. L'ivresse pour un temps balaya le malheur.

Lorsque, le lendemain, Hamelin enleva les compresses de Floriane, il découvrit des taches charbonneuses sur sa poitrine et ses bras et vit un ganglion énorme, plein d'un liquide trouble, juste au creux de l'aine où tout le mal se trouvait concentré. Il fallait l'en extirper à tout prix. Le salut de Floriane en dépendait. Dehors, avec un roucoulement grave, quelques pigeons s'étaient posés et picoraient des miettes qu'Hamelin avait éparpillées à dessein sur les marches. Doucement, la porte s'ouvrit. Il y eut un claquement sec comme un coup de mousquet, un grand froissement d'ailes, un envol précipité. Le fouet venait de tuer net le pigeon le plus dodu. Avec son poignard, Hamelin le fendit en deux et, rentrant dans la chambre, appliqua sur le bubon le cadavre tout chaud et encore palpitant de l'oiseau.

— Courage, courage, ma fenotte. Tout sera bientôt fini.

Floriane alors ne retint plus ses cris. Poussée par une boule de feu qui incendiait ses entrailles en brûlant cruellement sa cuisse, la peau se tendait et, sous la chaleur sanglante du pigeon, le bubon atteignait maintenant la grosseur d'un œuf d'autruche.

Hamelin jugea que le moment était venu. Ayant pris soin de revêtir son manteau, d'enfiler des gants de cuir, de se couvrir la tête et le visage d'un linge qui ne laissait voir que ses yeux, il tint un instant son poignard au-dessus de la flamme puis lentement s'approcha du lit. La chemise, relevée sur Floriane, dévoilait la boursouflure hideuse. Leurs regards se croisèrent. N'ayant pas le courage de parler mais celui de ne pas faiblir en un tel instant, Hamelin ajusta rapidement la pointe de son coutelas, et d'un seul coup précis frappa la grosseur immonde, faisant aussitôt crever le bubon.

Floriane hurla, marquée au fer. De l'abcès jaillit un liquide noirâtre et sanguinolent, toute une masse de poison que rejetait le corps enfin soulagé. Hamelin n'eut bientôt plus assez de linge pour étancher le flot de pus et les éclaboussures. Arrachant sans hésiter sa chemise, il entreprit de la déchirer en morceaux pour en faire de la charpie. Quand enfin l'écoulement eut presque cessé, il appliqua un cérat [1] sur le cratère béant de la plaie et fit un pansement.

— Seigneur ! Voilà, c'est fini, ma pauvre belle. Je t'ai fait mal, n'est-ce pas ?

Mais Floriane, évanouie, ne pouvait lui répondre, Floriane ne pouvait davantage voir des larmes briller dans les yeux de jais, des yeux qui n'avaient jusqu'ici jamais encore pleuré.

Lorsque enfin elle reprit connaissance, Hamelin se pencha vers elle, lui fit boire un peu de vin à la cannelle où macéraient des feuilles de scabieuse.

— Tu es sauvée !

— Je remercie Dieu de t'avoir rencontré, Hamelin.

— Chut ! Ne dis rien. Repose-toi.

Lui-même, à bout de forces, s'allongea doucement près d'elle, chercha sa main, et put enfin sombrer dans le sommeil quelques heures.

— Hamelin ! Hamelin !

Un sanglot déchirant le réveilla. La silhouette de son frère s'encadrait dans la porte. En contre-jour, ses cheveux blancs auréolaient sa tête d'une lueur d'opaline. Il hoquetait.

— Lise est morte.

En voyant la pâleur de Floriane endormie auprès de son frère, Lucas se méprit :

— Elle aussi ! s'écria-t-il avec une joie mauvaise. Tant mieux ! Tout ça, c'est de sa faute.

— Non, Lucas. Elles ont sans doute trouvé toutes deux la peste dans cette pourriture de Ganivet. Mais regarde : Floriane, elle, n'est pas morte. Elle va guérir.

*

Le cimetière paroissial étant comble depuis longtemps, le chariot emporta Lise à la fosse commune du brotteau d'Ainay.

1. Emplâtre cicatrisant fait d'huile et de cire.

Les « corbeaux » ayant prévenu de son décès le Bureau de Santé, celui-ci envoya une équipe de parfumeurs désinfecter la maison. Ils vinrent à quatre, un ordonnateur de parfums, deux parfumeurs et un maçon, accompagnés d'un religieux chargé de les surveiller, les « purgeurs de peste » étant en effet réputés pour leur manque de scrupules et leur malhonnêteté.

L'ordonnateur montra à Hamelin le billet de permission que lui avait signé le Commissaire Mellier et demanda :

— C'est bien ici qu'est morte la dénommée Lise Coquet ?

— Oui.

— Veuillez nous conduire à la chambre de la défunte.

Hamelin leur ouvrit la porte de la pièce dans laquelle il avait soigné Floriane. Celle-ci s'était levée et, vêtue d'une robe de Lise, avait rejoint Lucas dans le réduit à côté, sachant que seule la peur de représailles empêcherait le pauvre garçon de la dénoncer. Assise contre le manteau de la cheminée, elle se sentait aussi faible qu'un oison, mais la présence d'Hamelin lui donnait le courage de faire bonne figure. Elle ne pouvait risquer d'être suspectée et envoyée en quarantaine. Près d'eux, le religieux s'était endormi dans ses prières.

Pour entrer dans la chambre, les parfumeurs allumèrent des flambeaux imprégnés de cire et d'herbes sèches. Avec de grands gestes, ils en promenèrent les flammes dans les airs afin d'en combattre les miasmes. Lorsque le maçon eut blanchi murs et plancher à la chaux, les parfumeurs ouvrirent le placard, le coffre et le tiroir de la table, les débarrassèrent de leur contenu et arrosèrent chaque objet de vinaigre. Le matelas fut vidé de ses plumes, les couvertures étalées sur des fils, les draps, le linge et les vêtements jetés dans une marmite d'eau bouillante où ils macérèrent un bon quart d'heure avant d'être étendus à leur tour. Enfin, les désinfecteurs passèrent au parfumage proprement dit.

Une botte de foin humide d'environ trois livres fut mise dans la cheminée et imbibée de parfum. Celui-ci était, en fait, une pâte, dont la recette avait été soigneusement mise au point par le docteur Marcellin et ses collègues de la Faculté. Le mélange en était subtil : myrrhe et encens, pin et cyprès, genièvre et saule, laurier et aloès, lavande et romarin, thym et serpolet, une infinité de plantes, de feuilles, de bois et d'écorces broyés, tout ce que la nature offrait d'arômes pénétrants dont l'alliance, en se consumant au-dessus du foin qui crépitait, dégageait une fumée si épaisse, si puissante qu'il était impossible de rester dans la pièce sans suffoquer.

Leur travail terminé, les hommes rejoignirent Floriane et les deux frères. Ils leur conseillèrent de brûler aussi dans la chambre du parfum qu'ils leur fournirent et de ne pas rouvrir la pièce d'à côté avant vingt-quatre heures.

— N'oubliez pas de balayer avec soin la suie et la poussière qui vont se déposer partout. Puis, brûlez le balai et jetez vos équevilles [1] à la Saône, recommanda l'ordonnateur.

Il fit les comptes. L'opération revenait assez cher mais Hamelin paya sans sourciller. Il ne comptait pas parmi les pauvres. « Je lui revaudrai cela », songea Floriane.

L'équipe prit congé. Le religieux bénit la maison et ses occupants d'un doigt distrait. Revenant sur ses pas, l'un des parfumeurs s'attarda à regarder la jeune femme.

— Il me semble que je vous ai déjà vue, marmonna-t-il, écarquillant les yeux.

— Je ne crois pas.

Le bonhomme l'avait-il aperçue auprès de Johanès ?

— En tout cas, poursuivit-il, vous me semblez plutôt mal en point. J'ferai p't-être ben de vous envoyer un médecin.

Le parfumeur avait l'air sournois, l'allure de celui qui flaire la bonne piste. Sûr, cette fille couve la peste ou l'a eue ! pensa-t-il, se voyant déjà récompensé par les commissaires.

Réduisant en fumée ses espérances, une poigne d'airain s'abattit sur sa nuque.

— De quoi te mêles-tu, l'ami ? Montre-nous plutôt ce que tu as dans tes poches.

---

1. Détritus.

— Mais…

Les doigts d'Hamelin serrèrent davantage. Le parfumeur dut s'exécuter de mauvaise grâce.

— Mais c'est à moi ! cria Lucas. Voleur !

Galons d'or, rubans tressés, morceaux de dentelle, fils de soie que Lucas employait dans ses travaux de passementerie avaient été raflés par le filou. Il les restitua tout penaud.

— Veux-tu que je rappelle tes amis et leur dise ce que tu as fait ? dit Hamelin.

— Non, surtout pas ! J'risquerais le fouet.

— Alors file et boucle-la !

L'homme, effrayé, détala comme un diable.

Floriane était livide. Hamelin lui tendit les bras. Sans un mot, il la soutint avec précaution, la mena à petits pas jusqu'à la paillasse de Lucas, la réconforta d'un sourire. Puis, lentement, il alla fermer la porte.

*

— Tu ne repartiras pas seule !

— Si ! Je ne crains plus rien maintenant.

Rien ni personne. Floriane revenait de trop loin pour trembler désormais devant quiconque. Elle ne voulait pas qu'Hamelin la raccompagnât rue Saint-Dominique. Il n'était pas prudent pour l'instant de rompre la quarantaine à laquelle lui et Lucas étaient tenus. Ils n'avaient déjà que trop bravé les ordonnances.

— Crois-tu donc que tes ennemis aient baissé pavillon ? À être cachés ils n'en sont que plus dangereux. Il faut les démasquer et les détruire. C'est pas pour toi, fillette. Laisse-moi faire.

— Non ! Je me débrouillerai seule.

Hamelin soupira et flatta la tête brune posée sur son épaule.

— Bourrique ! As-tu une idée seulement ?

— Oui, répondit Floriane sans plus de confidences.

— Tu ne veux rien dire, bon ! Mais promets de m'appeler si tu as besoin d'aide.

— Merci, Hamelin. Mais on m'a provoquée, injuriée, je riposterai seule. Pour une… – elle allait dire Saint-Évy, mais se ravisa – c'est une question d'honneur.

Hamelin prit son visage entre ses fortes mains :

— Qui es-tu, ma fenotte ?

— Tu le sais à présent.

— Dame Landry ! Laisse-moi rire. La digne épouse du plus jeune et du plus zélé de nos commissaires, messire Johanès. Allons ! Avec sa tête d'abbé, sait-il seulement t'aimer, hein ?

— Tais-toi ! je t'en prie.

Les doigts d'Hamelin glissèrent sur ses oreilles, emprisonnèrent son cou. Son sourire se fit méchant.

— Ne dis pas qu'il sait faire l'amour, je ne te croirai pas. Et pourtant tu vas le retrouver. Tu vas coucher avec lui et reprendre ta bonne petite vie de bourgeoise.

Hamelin serrait, serrait la gorge fragile.

— D'y penser me donne des envies de meurtre !

Sous son regard d'encre, Floriane ne cilla pas. Elle savait pourtant Hamelin capable de l'étrangler, quitte à se supprimer lui-même après.

— Tu sais ce qui me retient ? C'est de savoir que tu n'es pas plus à ton mari qu'à moi et que lui aussi tu le quitteras un jour.

Il la lâcha brusquement. Floriane se frotta le cou d'un air pensif.

— Je ne sais pas, Hamelin. Ma vie est si étrange.

— Je maudirai jusqu'à ma mort le jour où je t'ai rencontrée.

— Tu n'es qu'une brute, dit-elle doucement.

Elle se rapprocha de lui, l'entoura de ses bras, s'entortilla à lui comme un lierre, forçant sa mauvaise rancune. Elle savait maintenant comment détourner sa violence, comment l'obliger à la lutte sauvage qu'ils savaient si bien mener ensemble.

Floriane s'était vite rétablie. Sa plaie se cicatrisait. Elle préparait elle-même ses emplâtres, s'enduisait de benjoin, s'obligeait à manger et à boire les tisanes qu'Hamelin lui préparait. Pendant trois jours, ils avaient fait des fumigations puis un nettoyage soigneux des deux pièces de la maison. Lucas les avait aidés en rechignant, en bougonnant, remâchant sans cesse d'incompréhensibles monologues. Au bout d'une quinzaine de jours, se jugeant assez forte, Floriane avait donc décidé de retourner chez elle.

Chez elle ? L'était-elle davantage rue Saint-Dominique que rue des Flandres ? Quitter Hamelin était cruel. Un pacte d'amour, de mort et de sang les liait à jamais. En rendant la joie à Johanès, elle l'ôtait à un homme qui lui avait redonné la vie et le goût de vivre. Mais Johanès était son époux.

Et puis il y avait la vengeance ! La vengeance… Floriane n'avait plus que ce mot-là en tête : se venger des souffrances, des humiliations, de l'horreur subies.

— Va-t'en ! lui dit Hamelin.

Floriane se détacha de lui. Elle était prête mais s'attarda un instant sur le seuil. La dureté du jeune homme augmentait sa peine. Il avait ouvert la porte sur la rivière et lui tournait le dos.

— Puisqu'il vous dit de partir ! siffla Lucas, sorti de son coin, ne pouvant masquer sa jubilation.

— Tu as raison, soupira-t-elle. Je m'en vais. Adieu !

Dehors il faisait jour à peine. Une petite bruine glacée patinait chaque chose. Les églises sonnaient le premier office mais la ville semblait dormir encore. Bientôt, le chariot glanerait ses cadavres. Le capitaine-pennon crierait le nom des habitants du quartier et ceux qui le pourraient encore lui répondraient à leur fenêtre. Indifférente, Floriane glissa comme une ombre rapide et résolue sur le pavé brillant.

Rue Saint-Dominique, le Suisse n'était pas à son poste. Floriane apprendrait plus tard que les « corbeaux » l'avaient ramassé dans la rue ivre mort et, le confondant avec un « infect », l'avaient envoyé à l'hôpital où le malheureux avait ensuite trépassé pour de bon.

Elle tapa à la porte. Ce fut Jeanne qui ouvrit.

— Mon Dieu, c'est vous ! s'écria la jeune fille se jetant en pleurant dans les bras de Floriane.

Son cri attira Gilbert, Mariette et toute la maisonnée.

— Madame ! Par saint Pothin !

Ce furent durant de longues minutes exclamations et larmes de joie. Le remue-ménage tira maître Borde de son lit. Il apparut, son bonnet de coton de travers sur la tête, en chemise et pieds nus.

— Morbleu ! C'est vous !

Il s'approcha en sautillant, traînant son odeur de vieillard, d'urine et de vieux bouc. Glissant une main rapace sous le manteau de Floriane, il lui pinça la taille, l'attira à lui pour un baiser.

— La maigreur ne vous va pas, mon enfant. Eh bien, vous autres ! lança-t-il à la cantonade. Ne restez pas plantés comme des ahuris ! Elle est revenue. Je vous l'avais bien dit. Rien ne sert dans la vie à se lamenter. Elle n'est pas morte. Une femme comme elle ne disparaît pas sans bruit, ne se volatilise pas comme un fantôme. Et dire que ce benêt de Johanès court tous les hôpitaux !

— Floriane ! Johanès ne vous a jamais écrit de revenir de Mirieu. Il ne vous a pas envoyé de billet, dit Jeanne, d'une petite voix, se remettant à peine de sa stupeur. On a imité son écriture !

— Je le sais maintenant. Où est-il ?

— Vous l'avez manqué de peu. Il vient de partir à la Guilhotière où on lui a signalé une jeune fille vous ressemblant.

— Mon Dieu ! murmura Floriane, se rendant compte qu'elle avait volontairement évité d'imaginer ce qu'avait dû être l'existence de son mari depuis sa disparition.

— Chaque jour, poursuivit Jeanne, Johanès a interrogé sans relâche les hospitaliers, les médecins, les religieux, tout le monde, dans l'espoir de retrouver votre trace. Il a même accompagné les chariots des morts, donné votre signalement aux « corbeaux ». Si vous saviez ! Il est comme fou depuis un mois. Méconnaissable ! Tout ce mystère le ronge. Pourtant, il s'est toujours refusé à perdre espoir.

— Ah ! Vous pouvez vous vanter d'être aimée, ma fille, ricana Étienne. Un vrai chevalier errant à la recherche de sa dame.

Jeanne prit la main de Floriane.

— C'est vrai, ma cousine. Nous ne savions que faire pour le calmer, pour adoucir son désarroi. Même Lucrèce n'a pu y parvenir.

— Lucrèce ?

— Oui, Mlle Bonvisi. Ah ! On peut dire qu'elle s'est démenée, renchérit Mariette d'un ton fort peu amène.

Floriane n'en doutait pas.

— Que vous est-il arrivé ? demanda Jeanne la couvant d'un air de compassion. Vous paraissez si lasse ! Vous n'êtes pas malade au moins ?

La jeune fille n'osa poursuivre et Floriane dut l'assurer qu'elle allait très bien. Elle demanda alors à tous de patienter, promettant qu'elle expliquerait son absence un peu plus tard. Pour l'instant, elle avait besoin de Mariette et de ses soins.

— Mon Dieu ! Dans quel état vous êtes ! se lamenta Mariette quelques instants plus tard en faisant chauffer un grand drap de toilette devant la cheminée tandis que Floriane, plongée jusqu'au cou dans un cuveau d'eau chaude, goûtait son bain avec délices. Je ne voulais pas que vous sortiez ce jour-là, rappelez-vous ! Je flairais le traquenard.

— Oui, ma bonne Mariette. Tu avais raison.

Floriane avait succinctement raconté son aventure à la servante.

— Je m'en veux d'autant plus de vous avoir laissée partir qu'il y avait déjà longtemps que je soupçonnais quelqu'un d'en vouloir à votre vie.

— À ma vie ? Explique-toi, Mariette.

Floriane sortit de l'eau et se laissa frotter avec plaisir par l'énergique brune.

— Oui, j'ai voulu vous en parler une fois et puis, au dernier moment, j'ai eu peur de vous affoler à tort. Les choses semblaient d'ailleurs calmées. Dame Catherine…

— Dame Catherine ?

— Elle n'est pas morte d'indigestion, chuchota Mariette. On l'a empoisonnée.

— Empoisonnée ? En es-tu sûre ?

Mariette tendit une chemise de linon, des bas à jarretières garnies de roses, des jupons.

— Parfaitement. Mais c'était vous qui étiez visée ! Souvenez-vous, la jolie boîte de maroquin rouge, un cadeau pour vous comme vous en receviez presque chaque jour de vos admirateurs, des fleurs, des livres, des bonbons. Ce jour-là, les fruits confits avaient été apportés à votre intention mais personne n'y a pris garde sauf dame Catherine, restée seule à la maison. Eh bien, elle en est morte comme le chat. C'est la mort de cette bête qui m'a alertée. Je l'avais vu lécher le sucre qui restait dans la boîte. Il a crevé une heure après.

— Bien sûr, personne n'a pu savoir qui avait livré ces fruits ?

— Non. La seule chose que je sais, c'est qu'ils ont été faits rue du Bœuf, au « Maillet d'or ». J'ai gardé la boîte.

Les deux femmes se regardèrent un instant.

Floriane était très calme mais ses traits amaigris donnaient à son visage une dureté qui la transfigurait. Un soigneux maquillage lui redonna plus de couleurs et de douceur.

— Passe-moi cette robe, Mariette.

Floriane désignait une toilette somptueuse qu'elle avait peu portée en raison de son éclat : une robe de velours rouge foncé, troussée sur une jupe de soie armoisinée [1], garnie de petites chiquetades [2]. Parmi ses bijoux, elle choisit ensuite des pendants qui ornèrent ses oreilles de deux larmes sanguines. Enfin, sur un bonnet de velours noir, elle piqua une enseigne d'or et de rubis. Évoluant dans un halo de pourpre flamboyant, Floriane subitement se métamorphosait en quelque étrange et superbe prêtresse vouée à un sombre et redoutable culte, ses yeux dissimulés par un grand voile de mousseline qui retombait sur son visage.

1. Rouge.
2. Découpes dans le tissu.

— Donne-moi mon manteau, Mariette, demanda-t-elle sous l'emprise évidente d'une froide détermination.

— Madame ! Que mijotez-vous ? Où allez-vous ? Attendez au moins Monsieur !

Sans répondre, Floriane entra dans le cabinet de Johanès. D'un coup d'œil, elle repéra ce qu'elle était venue chercher, dissimula l'objet sous son manteau. Mariette l'avait suivie.

— Cette fois, je ne vous laisserai pas seule.

— Floriane ! Que faites-vous ? dit Jeanne en la voyant descendre l'escalier ; vous ressortez !

— Tranquillisez-vous, ma cousine, je ne serai pas longue, Mariette m'accompagne.

*

Tout en marchant à bonne allure, Floriane passait en revue chaque détail des événements dont elle avait été victime et une fois encore parvint à la même conclusion. Mais qui la croirait ? Aucune preuve ne venait étayer une conviction qui ne devait qu'à l'instinct. Elle n'avait préparé aucun plan mais avait décidé d'agir vite et seule.

Derrière elle, Mariette s'essoufflait, ne pouvant avoir la même insensibilité que sa maîtresse devant le spectacle de désolation que présentait la ville. Rue du Pet Estroit [1], tout était calme. À l'exception de l'une d'entre elles, toutes les échoppes des bourreliers et des bâtiers étaient fermées, l'odeur de leurs cuirs étant remplacée comme ailleurs par celle du soufre et du bois brûlé.

Parvenue devant une maison haute et patricienne, Floriane s'arrêta et actionna le heurtoir de la porte avec énergie. Elle dut insister pour qu'un domestique vînt ouvrir. Il parut surpris en la voyant. En ces temps de calamité, les visites étaient rares et ses maîtres retirés en leurs chambres respectives. Ce n'était pas ce qui pouvait arrêter Floriane. Laissant Mariette à l'entrée,

1. Rue du Bât-d'Argent.

ignorant le valet, elle monta seule l'escalier. Connaissant la maison, l'antichambre et le couloir obscur qui menait aux appartements, elle fut bientôt devant une porte de bois ciré. Tout était silencieux. Ne prenant pas la peine de frapper, elle entra sans bruit.

Lucrèce, assise devant sa toilette, se contemplait dans un miroir de Venise. La pièce entière était dans la pénombre. La cheminée éclairait un grand lit aux draps ouverts. La lumière dispensée par deux hauts chandeliers disposés de chaque côté du miroir se concentrait sur le reflet d'un visage, sur des cheveux blonds et crantés, sur un buste opulent que découvrait généreusement le damas vert d'une robe de chambre. Dans un vase à parfums se consumaient quelques pastilles de musc. L'atmosphère, bien que lourde, avait un air de volupté feutrée, flattant insidieusement les sens. Lucrèce s'admirait. Il est vrai qu'elle était belle, rose et dorée sous la touche mouvante des bougies, un duvet aussi fin qu'une poussière d'or ourlant sa joue dans le clair-obscur. Floriane, en esthète, admira le tableau. Ici, on ignorait la peste, le malheur, la violence des hommes. Dans ce temple raffiné, Lucrèce, orgueilleuse vestale, adorait son image.

Un bruissement discret la fit se retourner brusquement. Apercevant à deux pas d'elle cette femme au visage voilé, surgie comme un spectre de l'ombre et du silence, elle tressaillit.

— Qui êtes-vous ? demanda-t-elle d'une voix rauque, portant la main à sa gorge dénudée.

Lentement, Floriane leva son voile, fit glisser son manteau, apparut, elle aussi séduisante dans sa robe magnifique. Elle souriait.

Pour Lucrèce, la surprise se changeait en stupeur.

— Floriane !

— Moi-même, chère cousine. Comment allez-vous ?

L'arrogante Lyonnaise s'était déjà reprise.

— Mais c'est à vous qu'il faut le demander ! Tout le monde vous a cru morte. Où étiez-vous passée ?

— Cousine, n'en auriez-vous pas une petite idée ?

— Moi ? dit Lucrèce, la main sur le cœur. Vous plaisantez ! Je vous pensais repartie chez les vôtres, à la cour, que sais-je ? Sous des cieux plus cléments, lassée par les malheurs de notre ville, par les médiocrités de notre société.

— Vous me prêtez là de bien viles intentions. Ainsi, vous m'avez cru capable d'abandonner tous mes amis, de quitter mon mari surtout ?

Remise de son émotion, sentant la haine de nouveau l'envahir, Lucrèce haussa les épaules et répliqua :

— Votre mari, ou bien la fortune qu'il possède ?

Allons, l'adversaire n'avait pas attendu longtemps pour décocher ses flèches. Floriane la toisa hardiment. Se pouvait-il que cette fière, cette belliqueuse amazone fût la responsable de crimes aussi lâches qu'odieux ? Était-ce elle – une seule et même personne – qui avait excité Frisure d'un coup d'épingle, elle qui avait distillé un poison dans des fruits confits, elle enfin, Lucrèce, la fière et dédaigneuse, qui avait comploté bassement avec d'ignobles mariniers ? Non, ce n'était pas possible. Et pourtant qui d'autre sinon elle ?

Voyant Floriane silencieuse, Lucrèce crut avoir fait mouche et continua avec mépris :

— Ah ! J'aurais dû me douter que vous ne lâcheriez pas si facilement le morceau.

Mais Floriane écoutait à peine. Ses yeux faisaient le tour de la chambre, fouillant activement la demi-obscurité, cherchant une preuve, un indice au moins, pour balayer ses derniers doutes.

— Et comme toujours, vous ignorez tout le monde. Rien ne vous atteint, tout vous indiffère, poursuivit Lucrèce avec rage. Les morts peuvent se compter par milliers, l'horreur frapper à notre porte, madame continue à se farder, à se parer comme si la peste était une faribole.

Floriane ne l'entendait même plus. Diverses choses posées sur la toilette captaient son attention. Elle détaillait, en connaisseuse, le désordre féminin : pots et flacons de cristal, brosses et peignes à manche de corne, coupelle débordante de bijoux, papier à lettres, mouchoir de dentelle, bourse de velours vert et brodé… Soudain, elle eut en mémoire une rue, envahie par un brouillard d'hiver et la grande silhouette d'Hamelin qu'elle ne connaissait pas encore mais qui venait de la sauver de l'agression de deux assassins. Ce jour-là aussi, elle avait failli mourir et ce n'était pas un hasard. Oui, la preuve était là, dans cette scène oubliée, que la vue d'un objet dans cette chambre venait de lui rappeler.

Son sourire s'accentua. Elle s'approcha de Lucrèce.

— La peste et moi sommes de vieilles connaissances, fit-elle d'un ton négligent. Elle m'a même visitée et j'avoue avoir eu quelques difficultés à m'en défaire.

D'un bond, Lucrèce mit de la distance entre elle et sa rivale comme si la maladie traînait encore dans la belle robe rouge.

— Vous avez eu la peste ! Et vous n'en êtes pas morte !

Floriane se mit à rire :

— Mon Dieu ! Est-ce un reproche ?

— Sortez de chez moi immédiatement ! Qui me dit que vous n'êtes pas encore contagieuse, que vous ne m'apportez pas le mal ?

— Et quand bien même ? Je ne ferais que rendre ce que je vous dois.

Lucrèce avait pris un mouchoir et s'en protégeait nerveusement le nez et la bouche :

— Je ne comprends pas…

— Chère cousine, je vous dois tant de choses, il est vrai ! D'abord, une chute dans un ravin ; ensuite, une agression rue Mercière, puis des fruits empoisonnés – là, c'est dame Borde qui en a profité –, enfin, la visite d'un bouge infâme du quartier Saint-Paul. Je peux remercier Dieu et tous les saints du paradis d'avoir réchappé à tout cela. Eh bien, très chère, qu'en dites-vous ?

Les yeux de Lucrèce flamboyaient comme deux tisons ardents. La haine déformait ses traits. Elle fut plus forte que la prudence et la peur de la contagion.

— Remerciez plutôt le diable, votre maître ! cria-t-elle en jetant son mouchoir. Il faut en vérité que vous soyez de ses démones pour être encore en vie, pour venir me narguer, chez moi, dans ces atours, avec cette morgue et votre sourire damné !

La froide carapace craquait de toutes parts ; la chaire pulpeuse s'animait ; les cheveux accrochaient des luisances ; la digne Lucrèce, la vierge hautaine, lançait ses flammes. Floriane ne put s'empêcher d'admirer sa combativité.

— Vous avez voulu me tuer, dit-elle avec calme.

— Oui, j'ai voulu vous tuer. Dès le premier jour, dès le premier instant où je vous ai vue, tout miel mais si distante avec nous tous, une étrangère adroitement faufilée chez nous, chez moi !

Étrangère, certes ! Sur ce point, Floriane ne pouvait que lui donner raison.

— Était-ce suffisant pour vouloir ma mort ?

— Oubliez-vous Johanès ? Vous me l'avez volé !

— Mais Johanès ne vous appartient pas !

— Taisez-vous donc ! Vous ne savez rien, rien ! Je connais Johanès depuis toujours. Nous avons tous les deux grandi ensemble. Nous étions heureux. Je l'ai toujours aimé.

La voix de Lucrèce se brisa. Sous la violence, apparaissait le désespoir sincère d'un cœur brisé.

— Enfin, Lucrèce, répliqua Floriane suavement, Johanès, lui, ne vous aime pas.

— Si ! hurla Lucrèce. Il m'aurait épousée si vous n'étiez pas venue l'ensorceler. J'aurais été sa femme, j'aurais eu avec lui des enfants au lieu de me retrouver aujourd'hui seule ! Oh ! Si vous saviez comme je vous hais !

Elle serra les poings, rajusta son vêtement glissant sur son sein lourd, très blanc, soyeux comme une aile de colombe. La vestale frémissante n'était qu'un être de chair et de sang que les mains d'un homme n'avaient pas éveillé. Son cœur et son orgueil avaient souffert, mais ces souffrances n'étaient rien auprès des déchirures d'un corps frustré. Floriane le devinait. Dans un milieu bourgeois, aux règles rigides, les désirs inassouvis et la haine poussés à leur paroxysme mais soigneusement dissimulés pouvaient totalement faire basculer une âme.

— Que dira Johanès en apprenant ce que vous avez fait ? murmura Floriane impassible.

Lucrèce rejeta ses cheveux en arrière :

— Parce qu'en plus vous comptez l'en informer ? explosa-t-elle d'un ton railleur. Il ne vous croira pas ! Vous n'avez aucune preuve.

— Détrompez-vous.

Floriane, alors, leva le bras, dégagea de ses jupes la longue rapière qu'elle avait empruntée dans le cabinet de son époux et embrocha sur la toilette la petite bourse de velours vert qu'elle avait reconnue.

— C'est avec deux bourses semblables à celle-ci que vous avez soudoyé les spadassins qui ont failli me précipiter dans la Saône. Mais j'ai aussi la soi-disant lettre de Johanès que vous m'avez envoyée à Mirieu. Il fallait que ce fût quelqu'un connaissant parfaitement son écriture pour l'imiter si habilement. J'ai enfin conservé la boîte où se trouvaient les fruits : elle vient du « Maillet d'or », l'excellente rôtisserie de la rue du Bœuf où l'on pourra nous dire sans peine qui l'a achetée.

— Allons, l'imagination vous égare, chère Floriane, ricana Lucrèce, essayant de conserver son sang-froid. Johanès vous traitera de folle. Tout ceci ressemble à un mauvais roman.

— Non ! Mariette détient la preuve formelle que les confiseries étaient empoisonnées. Quant au reste, j'ai un témoin.

— Votre amant, sans doute ?

D'un geste vif, Floriane posa la pointe de son épée sur la gorge de Lucrèce, remonta doucement le long du cou, effleura le menton et la joue. Ah, pourquoi ne faisait-elle pas taire pour toujours cette fille ? Mais la vengeance n'était pas si aisée. Il était plus facile de tuer pour se défendre que d'exécuter froidement une rivale même si celle-ci était une ennemie mortelle.

Une ennemie qui ne manquait pas de cran. Vaillamment Lucrèce tentait de lui tenir tête, de maîtriser la peur qui la vrillait intérieurement. Avec un plaisir cruel, Floriane prolongea à dessein le jeu de son arme sur la peau tendre.

Voulant fanfaronner, cracher encore son fiel, Lucrèce se cabra dans une dernière provocation :

— Surtout, n'oubliez pas, dans tous vos témoignages, de citer ceux de vos galants du Ganivet !

Le Ganivet ! C'était un mot de trop. Personne ne devait jamais plus évoquer ce cauchemar abhorré ! Personne n'avait le droit de connaître l'ignoble flétrissure, surtout pas cette chienne impudente, responsable de cette infamie ! La riposte de Floriane fut instantanée. D'un simple mouvement du poignet, sa lame traça un long sillon sanglant sur la joue de son adversaire.

Poussant un cri, Lucrèce porta la main à sa blessure, regarda, incrédule, ses doigts tachés de sang, courut à son miroir. Comme frappée par la foudre à la vue de son visage défiguré, elle se mit alors à hurler comme une démente.

Sans un geste de regret, imperturbable, Floriane, sa vengeance accomplie, quitta la chambre sans se retourner.

Dehors, Mariette était toujours à l'attendre. Un rayon de soleil, ténu, animait un peu cet après-midi de décembre et avait sorti de leur retraite quelques passants. Deux hommes examinaient des harnais avec un bourrelier, sur le pas de sa boutique. Un couple s'en allait vider dans le Rhône des seaux d'eau sale. D'autres se rendaient à l'office du couvent des Cordeliers. Floriane soudain était très lasse. Elle s'appuya un instant contre la maison et pensa à Frère Julien. Une confession complète achèverait peut-être de lui rendre la paix.

C'est alors que des cris stridents retentirent au-dessus d'elles. Floriane et Mariette levèrent la tête et virent Lucrèce penchée à sa fenêtre.

— Arrêtez cette femme ! Arrêtez-la !

Dans la rue chacun se figea.

— C'est une engraisseuse ! poursuivit Lucrèce, agitant les bras en tous sens et ne cessant de crier : Arrêtez-la ! Je vous dis qu'elle a mis de l'onguent puant sur le mur !

Les gens cherchèrent du regard celle que l'on accusait du pire des crimes et aperçurent Floriane. Elle n'avait pas remis son voile. La lumière accusait sa maigreur et son maquillage. Son manteau ne recouvrait pas entièrement sa robe rouge, toilette rutilante, provocante en la circonstance aux yeux de ces petites gens. Oui, quelle était donc cette femme à l'air étrange, accompagnée d'une servante paraissant mal à l'aise ?

— À l'engraisseuse ! Sus aux maudites !

Les cris de Lucrèce commençaient à trouver un écho. Des valets sortaient de sa maison, bientôt rejoints par leur maîtresse elle-même, apparaissant sur le pas de sa porte, rameutant les curieux dont le nombre croissait.

Floriane et Mariette, d'abord surprises, voulurent poursuivre leur chemin mais elles en furent vite empêchées. Les badauds s'assemblaient, barrant la voie dans la rue resserrée. Leurs murmures se transformèrent peu à peu en exclamations et menaces, amplifiées par l'angoisse latente qui rongeait depuis trop longtemps toute la population.

Les deux femmes se retrouvèrent donc bientôt le dos au mur, face à un groupe agressif, encouragé par Lucrèce. Floriane, l'arme au poing, était prête à se battre.

— À mort les engraisseuses ! hurla quelqu'un.

— À mort les huguenotes ! hurla un autre, mettant le feu aux poudres.

Dès lors, tout se passa très vite. Galvanisée par ces dernières vociférations, la foule se rua sur Floriane et Mariette. Il y eut une forte bousculade, des cris. Puis, aussi brusquement qu'ils s'étaient précipités sur les jeunes femmes, les gens reculèrent : l'épée de Floriane avait déjà frappé.

— Laissez-nous passer ! cria-t-elle. Nous ne sommes pas des engraisseuses. N'écoutez pas cette folle !

— Folle, moi ? Une Bonvisi !

Tenant Mariette par le bras, Floriane fit un pas, l'épée toujours tendue, prête à pourfendre de nouveau.

— Sus ! Sus !

— Mais que se passe-t-il ?

Claude Dangon et sa femme qui entrouvraient prudemment une fenêtre eurent du mal à en croire leurs yeux : Lucrèce, en robe de chambre sur le pavé, gesticulait comme une possédée, défigurée par une monstrueuse balafre !

La jeune fille se baissa, ramassa une pierre, la lança sur Floriane mais atteignit Mariette qui tomba de tout son long sur le trottoir. Cette fois, le signal était donné. Aussitôt les projectiles se mirent à pleuvoir comme grêle. Se protégeant la tête d'un bras, Floriane maniait l'épée avec fureur, blessant au hasard la populace déchaînée, la voix hystérique de Lucrèce dominant le tumulte.

— Désarmez-la ! Désarmez-la !

Ce fut alors, pour Floriane, le gouffre noir. Atteinte à la tempe, elle s'effondra à son tour.

Sa syncope fut de courte durée. Des mains essayaient de la soulever de terre, de l'extraire d'une forêt de jambes et de pieds qui voulaient l'écraser. Elle s'agrippa à deux bras, réussit à se relever, reconnut l'homme qui la serrait contre lui.

— Johanès...

La clameur s'assourdissait. S'y ajoutaient maintenant un cliquetis d'armes et des ordres brefs :

— Arrière, vermine ! Ou nous faisons feu !

Au-delà de la foule, Floriane vit briller l'acier des arquebuses et aperçut un plumet blanc sur une toque violette. Le sieur du Soleil et ses hommes marchaient sur les émeutiers, les forçaient à reculer. Soutenue par Johanès qui avait également secouru Mariette, Floriane gagna l'abri d'une porte cochère où Nicolas Grolier vint les rejoindre, apparemment bien aise de la voir en si fâcheuse posture.

Floriane le défia du regard sans sourciller.

— Merci, messire, vous êtes arrivé à point. Et vous aussi, cher Johanès. Par quel prodige vous êtes-vous trouvés ici ?

Elle se sentait comme ivre, agitée tout entière d'un tremblement incoercible. Tout s'était déroulé si vite.

— Vous devez le salut à grand-père. Il a couru tout essoufflé à l'Hôtel de Ville nous avertir que vous étiez en grand danger.

Étienne Borde, le rusé vieillard si curieux des affaires des autres surtout lorsqu'il y était question d'amour, avait en effet mené son enquête tambour battant. Tant de mystères autour de Floriane, le retour à Lyon, sa disparition l'avaient hautement intrigué. Connaissant Lucrèce depuis longtemps, il avait finalement percé à jour la vierge folle qu'elle était. Seule, une rivale acharnée avait pu tendre des pièges aussi mortels à l'intention d'une autre femme. Et c'est pour affronter une rivale irréductible, pour mieux en triompher, que Floriane, sitôt réapparue chez elle, était repartie, parée de ses plus beaux atours. Il l'avait donc suivie et avait pensé judicieusement que du renfort pouvait lui être utile en la voyant entrer chez les Dangon.

— Ce n'était que trop vrai, hélas ! murmura Johanès, ébahi par la perspicacité de son aïeul et par toutes les péripéties de cette lamentable aventure.

Jamais, bien entendu, il n'avait soupçonné la passion funeste que lui portait sa cousine. Lucrèce, Floriane qu'il avait failli perdre une fois de plus et qu'il tenait toujours dans ses bras, toutes les femmes étaient pour lui d'insondables mystères !

Encore Étienne et Johanès ne savaient-ils pas tout. Plus tard, Floriane leur expliquerait la véritable cause de la mort de Catherine, et comment, grâce au dévouement à toute épreuve d'un inconnu, elle avait elle-même échappé à plusieurs tentatives d'assassinat et à la peste. Le reste devait à jamais demeurer son secret.

Mais qu'était devenue Lucrèce Bonvisi ? Ceux-là mêmes qu'elle avait excités, privés de leur victime expiatoire, s'étaient retournés contre elle. Elle fut retrouvée lapidée, piétinée par la foule qui, se sentant bernée, avait pu ainsi assouvir impunément ses bas instincts de vengeance et de mort.

Une chape de silence s'abattit d'ailleurs sur les circonstances exactes de son décès, la peste, aux yeux de tous, ayant été la véritable cause de sa folie.

Et puis sa disparition ne coïncidait-elle pas avec une régression évidente du mal ? Il semblait que le Ciel s'ouvrait enfin aux prières. Les Augustins du couvent de Brou, en Bresse, avaient envoyé des pains bénits à la ville. Des religieux étaient partis en pèlerinage à Notre-Dame de Lorette [1] et à Notre-Dame du Puy. Une procession eut lieu le 8 décembre en l'église de Confort à la gloire de la Sainte Vierge. À la messe, on aperçut des visages longtemps disparus de notables ou de membres de l'archevêché. Nicolas Grolier était de retour, pour les beaux yeux de Floriane, affirmait-il. Mais elle savait bien que, s'il était à Lyon, c'est que le danger s'éloignait.

Johanès et Floriane s'étaient retrouvés mais ils avaient du mal à renouer les fils de leur entente. Le Bureau de Santé accaparait entièrement le jeune homme. Contre vents et marées, il était de ceux qui continuaient à sauver la cité du naufrage. Dans le fond de lui-même, Floriane lui paraissait plus lointaine, plus mystérieuse que jamais.

Noël enfin attira des fidèles nombreux, des revenants, des ressuscités, chacun se félicitant de voir tous les jours diminuer les morts, les malades, les convois de chariots ou de barques. Malheureusement il y eut des imprudences. Malgré les menaces d'estrapade ou – en cas de récidive – d'arquebusade, des « infects » entrèrent dans les églises, se faufilèrent dans la foule. La peste n'attendait que cette promiscuité pour renaître.

Un matin, Gilbert annonça à Floriane qu'un curieux petit homme, chenu comme un vieillard, la demandait. Le visiteur était si agité que le serviteur jugea bon de prévenir Étienne.

1. Située en Italie.

Postés dans le vestibule, les deux hommes se tinrent prêts à intervenir en faveur de la jeune femme. Celle-ci entra dans l'antichambre et aussitôt reconnut Lucas.

À la vue de la jeune femme, son visage transparent s'enflamma. Il l'apostropha sans préambule :

— « Ils » l'ont emmené à cause de vous ! Il est malade !

— Hamelin !

— Oui, Hamelin. S'il meurt, soyez maudite, ce sera votre faute ! Je n'avais plus rien pour le soigner. Vous nous avez tout pris, poursuivit-il, éclatant en sanglots.

— Où l'a-t-on conduit ? demanda Floriane, bouleversée.

— À Saint-Laurent.

— Tu as bien fait de venir. Je comprends ton désarroi. Gilbert ! appela-t-elle. Gilbert, donne de l'argent à ce garçon.

— Mais vous ne comprenez rien ! cria Lucas, son corps chétif secoué de spasmes. Lise est morte. Hamelin va mourir et après ça sera moi. Le chien écorché rôde encore. Ah ! pourquoi ne vous a-t-il pas emportée !

Consternée, comprenant que rien n'écarterait le malheureux de ses hantises, Floriane le laissa divaguer. Gilbert revenu une bourse à la main, Lucas la lui arracha et s'enfuit en courant, hurlant comme un fou son désespoir dans la rue.

— Tout va bien, petite ? vint s'enquérir Étienne, pointant son nez derrière la porte.

Violemment troublée par la nouvelle qu'elle venait d'apprendre, Floriane, machinalement, acquiesça de la tête et remonta, le regard fixe, dans sa chambre.

Hamelin avait la peste ! Certes, elle l'avait définitivement quitté ; ils ne devaient plus se revoir. Mais l'imaginer lutter seul contre la mort, lui à qui elle devait tout ! L'idée était insupportable. Elle ne pouvait l'abandonner. Elle devait aller à son secours. Mais comment se rendre à Saint-Laurent ?

Par-delà les remparts, sur la rive droite de la Saône, peu avant l'endroit où ses eaux rejoignent le Rhône [1], s'élevait l'Hôpital.

1. Vers la montée de Choulans.

Bâti à la fin du XVe siècle, Saint-Laurent des Vignes, agrandi plus tard par l'Hospice de Gadagne du nom d'un généreux donateur, était un édifice de fière allure, mirant dans la rivière ses galeries superposées, sa tour carrée coiffée d'un campanile, ses bâtisses anciennes qui, au fil des ans, s'étaient dégradées.

L'Hôpital n'était destiné qu'aux malades contagieux et servait d'entrepôt aux marchandises suspectes. De longues années sans épidémie l'avaient fait sombrer dans la décrépitude. Tant bien que mal les commissaires avaient donc dû l'aménager sommairement. Ces messieurs de l'Hôtel-Dieu et de l'Aumône générale, quoique de mauvaise grâce, avaient finalement consenti, sous la pression des événements, à prêter des lits, du linge, du matériel et des chirurgiens. Des dons privés avaient permis d'accroître les fournitures sans pour autant assurer l'indispensable. Il manquait toujours quelque chose. Saint-Laurent était un gouffre. Floriane le savait, comme elle savait que personne n'y avait droit de visite, à l'exclusion des médecins et des religieux. Elle était cependant bien décidée à y accéder et quelqu'un pouvait l'aider à le faire. Le jour même, elle rencontrait son beau-frère.

— Voilà. Vous savez tout, Frère Julien, lui dit-elle, achevant son récit. Comprenez-vous maintenant pourquoi je dois absolument aller là-bas ?

Avec fébrilité Floriane attendait la réponse du jeune moine. Il avait écouté sa confession sans l'interrompre et hochait la tête d'un air doux et triste.

— Frère Julien, je vous en prie.

— Oui, je comprends. Tout ici-bas n'est que chaos, fureur, désespérance. Mais grâce à Dieu le dévouement et l'amour brillent et nous guident dans ces ténèbres. Ils nous empêchent de sombrer. C'est pourquoi, je ne vous juge pas, Floriane. Il y a eu faute, mais vos souffrances l'ont effacée. Oui, je vous aiderai. Plus pour cet homme que pour vous-même.

— Merci, mon frère, merci.

— Je connais le directeur de Saint-Laurent, Michel de Fontanys, le Père de la Mort que vous avez vu en ma compagnie. J'ai souvent l'occasion de lui rendre visite.

Floriane le chargea de divers achats, devinant que l'accueil à l'Hôpital dépendait aussi des dons que l'on y apportait.

Le matin suivant, dans un froid de janvier, Frère Julien vint donc prendre la jeune femme. Le moine tirait une charrette où s'entassaient des couvertures, des oreillers, une provision de bois et de chandelles couverts d'une bâche. Personne dans la maison n'était bien entendu au courant de leur véritable projet, Floriane ayant simplement prévenu de son intention de visiter les indigents de Notre-Dame de la Charité.

Rue Écorche-Bœuf, à l'abri d'un mur, Frère Julien prit un paquet dans la charrette et le tendit à sa belle-sœur.

— Mettez ceci.

C'était une robe de Cordelier : une coule de bure épaisse, un cordon, un chapelet de buis. Floriane hésita. La mansuétude du jeune moine prenait un tour inattendu et singulier.

— Gardez votre capuchon baissé et ne craignez rien. Dieu ne jugera que moi, dit-il non sans malice.

Ils trouvèrent un passeur au port du Temple. La charrette et ses deux Cordeliers furent embarqués. Ils prirent le courant. Çà et là de petits glaçons dérivaient sur la Saône. En face, sur la colline toute grise, la neige s'accrochait par endroits. Au milieu du fleuve sifflait un air glacial et plus qu'ailleurs pesait le silence. La barque allait vite. Déjà elle dépassait les maisons de Saint-Jean puis de Saint-Georges, atteignait les limites de Lyon. À gauche, venaient à leur rencontre la porte de Neufville et le quartier d'Ainay, à droite, la porte Saint-Georges et son rempart. Par dérogation spéciale du gouverneur, les chaînes d'Ainay restaient ôtées jour et nuit afin de laisser libre l'accès de l'Hôpital.

Soudain Floriane aperçut son clocheton puis les bâtiments eux-mêmes. Le batelier aborda la plage étroite d'où s'élançait l'escalier. Il voulut bien aider Frère Julien à monter sa charrette. Un portier accueillit les deux moines et voyant leur chargement, appela l'économe, sieur Griphius.

C'était un homme replet. Les difficultés de sa tâche n'avaient pas réussi à lui ôter ses rondeurs que le sentiment de son importance, justifié certes, gonflait encore. Il eut en tout cas le bon goût de ne pas s'étonner devant la largesse de ces Cordeliers dont l'ordre, pourtant, pleurait toujours misère et les fit entrer sans difficulté. Frère Julien lui exposa l'objet de leur visite, la recherche d'un parent malade, nommé Hamelin, supposé être soigné ici même.

— Hamelin, dites-vous ? Oui, il est arrivé il y a quelques jours mais savoir où il est, ce qu'il est devenu, ça, je ne peux vous renseigner. Voyez plutôt Roland, notre maître-chirurgien.

— Où peut-on le trouver ?

Sieur Griphius fit la grimace. Visiblement, il n'aimait pas le sieur Roland.

— À son travail, j'espère. S'il n'est pas en train de voler des médicaments ou de boire la ration de ses collègues. Ah ! Celui-là ! Tôt ou tard, je le pincerai.

— N'accusez pas à la légère, mon fils, murmura Frère Julien benoîtement.

— Écoutez, il a pourtant ici pain et vin à volonté, maugréa Griphius pour qui la vie se résumait à un cahier de comptes. Et du vin vieux, s'il vous plaît, alors que nous, nous devons nous contenter de trois pots d'ordinaire et seulement de deux livres et demie de pain. Idem pour la viande : deux livres par jour pour monsieur, une livre et demie pour nous. Mais il n'est jamais rassasié.

Les malades, eux, avaient moins encore et pourtant les quantités de viande, de blé, de vin et de fromages, consommées par l'Hôpital étaient impressionnantes et un véritable cauchemar pour les commissaires, qui manquaient surtout d'argent pour régler toutes ces denrées.

Sur ces entrefaites, le Père Michel de Fontanys entra dans le bureau et voulut bien conduire les deux visiteurs dans leur recherche.

La peine, la maladie et les épreuves avaient durci le cœur de Floriane. Pourtant, ce qu'elle découvrit ce jour-là la glaça d'effroi. Le seuil de la première salle franchi, c'était un autre monde, au-delà de l'enfer, car celui-ci, elle l'imaginait flamboyant, crépitant, brasier immense où tournait la danse folle des démons et des damnés. Or les malheureuses créatures échouées entre ces murs gris et lépreux n'étaient que mornes épaves, larves lamentables aux chairs blafardes, tordues par la douleur, dont les râles et les gémissements s'étiraient en une interminable plainte répétée sans fin le long des salles et des corridors. Les lits, environ deux cents, où ne pouvaient dormir que quatre personnes à la fois, ressemblaient à des radeaux en perdition où s'accrochaient de véritables grappes humaines, aux multiples tentacules. Chaque place était âprement convoitée. Des centaines de malades couchés par terre, gisant dans les couloirs et les galeries, attendaient des heures, des jours pour se hisser aux emplacements libérés par les morts. À chaque pas, Floriane et les religieux heurtaient un corps, en enjambaient un autre. Les plus vaillants essayaient de les retenir par leurs habits, quêtaient un mot, un réconfort. Les autres, trop faibles, ne pouvaient que geindre dans un incompréhensible et pitoyable murmure.

Floriane, dans cet océan de souffrance, bénissait donc le capuchon qui cachait son visage et dont la bure atténuait la virulence de l'atmosphère. Les fenêtres perpétuellement fermées entretenaient une touffeur à peine respirable. Dans les crachats, les déjections, les souffles putrides, des hommes, des femmes, des enfants, jeunes et vieux, atteignaient les plus noires profondeurs. Ils auraient pu se croire abandonnés. Il n'en était rien pourtant. Autour d'eux, s'activaient avec abnégation les chirurgiens et les aides-malades. Les Pères de la Mort se penchaient sur les plaies, recueillaient une confession, absolvaient un mourant. Sous l'administration du Père de Fontanys, l'Hôpital faisait face avec des trésors d'ingéniosité à la pénurie des drogues, de l'approvisionnement, à la précarité des installations.

Pour l'instant, les hospitaliers achevaient de distribuer les écuelles de potage qui constituaient le premier repas de la journée, après la prière matinale. Vers dix heures, les malades recevraient leur ration de viande et de vin. Préparés dans d'énormes marmites, les bouillis de bœuf et de veau étaient déjà prêts, ainsi que les petits pains d'une livre, cuits à l'aube par les « panetiers ». Une vingtaine de personnes travaillaient à nourrir plus de cinq mille bouches, personnel, malades et convalescents.

En dépit de la bonne odeur des viandes, du pain sorti du four, des tonneaux de vin des coteaux du Lyonnais, qui s'échappait des cuisines, en atténuant les miasmes, Floriane ne respira vraiment qu'une fois parvenue dans la cour. Parmi malades et mourants, elle n'avait pas identifié Hamelin. Devait-elle s'en réjouir ? Qu'aurait-elle en effet ressenti à découvrir sa déchéance ?

Les salles de l'Hôpital ne suffisant plus, des cabanes de fortune avaient été hâtivement construites dans la cour et les jardins, assemblages branlants de planches, calés contre les murs. Mais si grossières que fussent les constructions, elles restaient acceptables en regard des trois abris qui suivaient. Floriane, tout d'abord, leur trouva un aspect insolite sans pouvoir en définir exactement la cause.

— C'était le seul moyen d'abriter plus de monde, expliqua le Père Michel, devinant son trouble. Nous manquons de bois. Vous avez vu combien nos locaux sont bondés. Dès que nous le pourrons, « ils » auront une fosse chrétienne.

« Ils »… Ainsi étaient désignés les étranges madriers, couverts de toile, composant les trois cabanes ! « Ils », c'étaient des cadavres raidis entassés les uns sur les autres sous lesquels s'abritaient malades et moribonds ! Les morts protégeaient ceux qui ne l'étaient pas encore ! Grelottant sous leurs couvertures, les malheureux regardaient venir les trois religieux avec des yeux égarés de solitude. Le spectacle était insoutenable. Floriane détourna la tête. Le Père Michel s'assura qu'Hamelin n'était pas parmi eux.

— Courage ! chuchota Frère Julien.

— Non, votre parent n'est pas ici, dit pour sa part le père hospitalier.

Floriane sentit le froid la pénétrer malgré ses vêtements. Tout était gris, brun, gelé, aux couleurs d'abandon.

— Il est donc mort, n'est-ce pas ? demanda-t-elle d'une voix tremblante.

Les traits sévères du Père de Fontanys s'adoucirent.

— Ne désespérez pas, mon frère. Peut-être est-il guéri ? Dans ce cas, il doit être à la Quarantaine. Allons-y.

Lorsqu'un chirurgien avait reconnu la guérison d'un malade, celui-ci devait encore passer vingt jours sous surveillance, plus une « probation » de cinq jours avant de pouvoir repartir chez lui. Ladite quarantaine s'effectuait en l'occurrence dans le logis de Gadagne, mais le nombre des convalescents augmentant, quelques cabanes avaient été dressées à la « Blancherie [1] » et dans le jardin de la Ferratière. Appelés « Fleur de Lys », les locaux de la Quarantaine dépendaient entièrement de l'autorité de Michel de Fontanys.

Sous un auvent, de grosses cuves posées sur des braises crachaient une vapeur dense à l'odeur de lessive. Montés sur des pierres, les blanchisseurs remuaient le linge et les vêtements dans l'eau bouillante, longuement, pour que la désinfection fût complète. Manches retroussées, visages écarlates, ils riaient et plaisantaient mais s'interrompirent en voyant le Père de la Mort.

— Le sieur Sainte-Luce ? firent-ils en réponse à sa question. Il vient d'entrer là dans cette cabane. Ça diminue, n'est-ce pas, mon Père ? Il en part tous les jours.

Le jeune chirurgien Sainte-Luce confirma la tendance. Beaucoup de quarantains étaient rentrés chez eux avec leur certificat de guérison et des conseils de prudence. On pourrait même envisager bientôt de débaucher du personnel.

— Hamelin, ce nom vous dit-il quelque chose, Sainte-Luce ? Ces deux moines Cordeliers sont à sa recherche.

Le chirurgien eut l'air surpris :

— Que voulez-vous donc à ce mécréant, mes frères ?

— Vous le connaissez ? Il est ici ?

Floriane sentit renaître l'espoir. Sainte-Luce opina :

1. Blanchisserie.

— Bien sûr. Si vous voulez le voir, vous le trouverez là-bas, dit-il en désignant la cour.

Entourée de cabanes, la cour de la Blancherie était un vaste quadrilatère de boue et d'herbes piétinées avec, en son milieu, un pilori. On y attachait les voleurs, les fortes têtes et ceux qui insultaient la religion. Floriane n'y avait pas encore prêté attention, pas davantage à l'homme qui y était exposé. Fallait-il conclure que…

— Et ce n'est pas la première fois, soupira Sainte-Luce d'un air désolé. Il blasphème à longueur de temps.

C'était donc Hamelin, la tête et les mains emprisonnées, sa haute silhouette courbée en posture infamante, exposé au froid et aux injures de ses semblables ?

« Il ne me pardonnera jamais de l'avoir vu dans cette situation », pensa aussitôt Floriane. Mais comment se dérober maintenant ?

Devinant ce qu'elle devait ressentir, Frère Julien demanda comme une grâce de faire détacher l'homme.

— C'est bon, je vous l'accorde, accepta le Père de la Mort, les yeux posés sur Floriane.

Un ordre fut donné, Hamelin se trouva libéré. Il s'étira, se massa lentement le cou et les poignets. Il paraissait immense dans sa tunique de toile grise. Floriane s'approcha suivie de près par son beau-frère.

— Tiens ! On m'envoie deux moines aujourd'hui. Qu'espérez-vous, Cordeliers ? Ramener au bercail l'agneau perdu ?

La maladie n'avait laissé que la peau sur ses os mais pas plus que le pilori, elle ne lui avait ôté son insolence.

— Eh bien, que veux-tu, frère moinillon, parle ! demanda-t-il, pressant Floriane qui ne savait comment se faire reconnaître.

Doucement elle releva la tête. Dans la bure sombre, un bref instant, son visage apparut, lisse comme un ivoire, d'une pureté douloureuse, les yeux embués de larmes.

— Toi !

— Prenez garde, fit derrière elle Frère Julien. On nous épie. Allons un peu plus loin, poursuivit-il, les entraînant tous deux derrière la blanchisserie pour se mettre à l'abri des regards indiscrets. Soyez brefs, recommanda encore le jeune Cordelier en s'éloignant de quelques pas.

Floriane et Hamelin restèrent face à face. Au-dessus d'eux, leur haleine dessinait une légère buée blanche. Hamelin, l'air dur et moqueur, la dévisageait en silence. Floriane, elle, était incapable de parler.

— Décidément, à chaque rencontre tu me réserves une surprise, finit-il par articuler avec morgue. Un froc de moine, compliment ! Et celui-ci, est-il vrai ?

Il désignait Frère Julien.

— Oui, c'est mon beau-frère. C'est grâce à lui que j'ai pu pénétrer ici.

Hamelin se mit à rire.

— On a le sens de la famille chez toi. Ton mari aussi est au courant ?

Il avait son cruel sourire de carnassier, l'œil méchant, le sarcasme à la bouche. Floriane le retrouvait tellement égal à lui-même que, loin de déplorer sa dureté, elle joignit les mains et balbutia sa joie et son soulagement qu'il fût resté si vivant dans ce royaume de la mort.

— Hamelin, Dieu soit béni ! J'ai eu si peur, si peur pour toi.

— Peur ? Tu as été bien sotte de t'inquiéter, petite. Je suis aussi solide que toi. Ma mort, je la choisirai. Je la veux propre, rapide. Tu me vois, râlant auprès des autres, rampant comme une vermine parmi tous ces déchets ?

— Tais-toi, implora-t-elle, levant sur lui un regard encore chargé d'horreur.

— Tu n'avais pas besoin de voir tout ça, reprocha-t-il toujours acerbe. C'est cet imbécile de Lucas qui t'a prévenue, je parie ? Pourtant, il savait bien que tout est fini entre nous deux.

— Hamelin…, murmura-t-elle.

— Mais oui ! Il était inutile de te donner tant de mal pour venir.

— Après tout ce que tu as fait pour moi, n'était-ce pas normal ?

— Je sais, madame a ses délicatesses. Allons, repars la conscience en paix, poursuivit-il durement. Je suis guéri. La peste ne m'a pas vaincu. Je peux encore jurer et, s'il le faut, endurer le pilori comme tu as pu le voir.

Tant d'amertume devenait très pénible. Découragée, Floriane baissa les yeux.

— Tu as raison, Hamelin, je n'aurais jamais dû venir.

Sa voix était résignée, une voix jeune et émouvante où tremblait le chagrin. Il s'en aperçut et se pencha vers elle.

— Ne sois pas triste, ma fenotte. Tout est bien fini, non ?

Oui, c'était vrai. Tout était bien fini. Dieu ! Que le monde était désespérant !

Il vit son émotion et lui prit les mains. Ses doigts la serrèrent à lui faire mal. Elle-même enfonça ses ongles dans les paumes d'Hamelin sans y prendre garde.

— Alors, tu m'aimes encore un peu ? souffla-t-il, moins âpre. Écoute, Floriane, dans deux semaines je serai sorti. Rejoins-moi. Nous quitterons cette ville de malheur. Une nouvelle fois, je t'aimerai. Tu seras toute à moi, rien qu'à moi. Nous serons libres, si tu le veux.

Plus que les mots, leurs résonances rauques, dominatrices, déchirèrent Floriane qui baissa la tête, sans chercher à retenir ses pleurs. Comme la tentation était grande de rompre le carcan qui l'étouffait, de mordre avec Hamelin les mêmes joies, d'une même gourmandise, de libérer d'un même élan leurs corps et leurs sens ! Floriane fléchit, fut à deux doigts d'accepter mais la raison lui revint brusquement. Elle pensa au chagrin, à la blessure qu'elle ferait à Johanès, pensa surtout, paradoxalement, qu'elle ne pouvait trahir sa passion pour Artus, que ni le temps, ni l'éloignement, ni son mariage même, n'étaient jamais parvenus à éteindre.

— Alors, c'est oui, tu viendras ? Dis-moi que tu veux bien me suivre, la pressa-t-il encore.

Doucement Floriane retira ses mains des siennes. Son visage défait, son regard implorant, ses larmes furent sa seule réponse. Il comprit et, contrairement à ce qu'elle redoutait, il parut d'un seul coup admettre sa défaite.

— As-tu au moins trouvé ton mystérieux ennemi ? dit-il en changeant aussitôt de propos.

— Oui, je l'ai trouvé. Il ne me nuira plus.

— Tant mieux, j'en suis heureux pour toi.

L'un comme l'autre semblaient n'avoir plus rien à ajouter. La cloche de la chapelle sonna dix heures. Tout l'Hôpital se mettait en prières avant le dîner. Le ciel avait les teintes endeuillées d'une soie grise et mauve. Les corbeaux et les freux croassant tournoyaient au-dessus de l'enclos du cimetière. Tout comme en face, sur les fosses du brotteau d'Ainay, ils guettaient les cadavres pour les disputer aux chats. L'amour avait-il une place dans ce tableau de fin du monde ? Floriane était à bout de nerfs. Après la vision des malades, de leurs souffrances abominables, cette entrevue avec Hamelin achevait de la briser. Soudain, elle voulut partir.

Avec en face de soi un homme auquel elle aurait pu offrir sa compassion, c'eût été plus facile. Mais Hamelin n'implorait pas. Seuls, ses yeux la dévoraient, des yeux où bouillonnait une passion exacerbée, presque mauvaise. Au fond, il ne renonçait pas à elle.

— Adieu ! murmura-t-elle, la gorge nouée, pressée maintenant d'en finir.

Elle se retourna pour appeler Frère Julien. Alors, Hamelin fondit sur elle, lui arracha son capuchon ; ses lèvres sur les siennes, il chercha à la posséder une fois encore. Que lui importait son incognito, son habit de moine, les autres qui pouvaient les surprendre ! Hamelin clamait ainsi dans ce lieu de misère et d'affliction qu'il était vivant, indestructible, prêt à défier le monde entier pour cette femme qui le quittait. Elle l'abandonnait pis que mort, rongé jusqu'à l'âme. Pourtant, il la dominait toujours. Il n'était que de voir ses larmes, la sentir frissonner contre lui. Rien au monde ni personne ne parviendrait jamais à l'abattre.

— Vous êtes fou ! Pour l'amour du Ciel, lâchez-la !

Frère Julien s'était interposé et tentait de les séparer. Mais Hamelin tenait sa proie. Il fallut les efforts conjugués du Père de Fontanys et de Sainte-Luce, accourus en hâte, pour lui enlever de haute lutte Floriane qu'ils entraînèrent précipitamment dans le jardin de la Ferratière en verrouillant la porte derrière eux.

— Mon père, je voudrais vous expliquer..., bredouilla Frère Julien tout essoufflé.

— Inutile ! coupa sévèrement le Père Michel. Sans doute aviez-vous une raison impérieuse pour amener une femme en ces lieux, même si le subterfuge employé est un grave manquement à vos devoirs, mais je souhaite tout ignorer.

— Je suis la seule fautive, mon Père. N'incriminez pas Frère Julien. C'est moi qui l'ai supplié de venir ici.

Floriane désigna le mur qui les séparait de la Blancherie, d'Hamelin.

— Cet homme un jour m'a sauvé la vie. De grâce, ne soyez pas trop dur envers lui. C'est un être généreux, courageux. Pardonnez-lui un instant d'égarement.

Elle joignit les mains, intimidée par le visage impassible du Père de la Mort. Cependant, celui-ci ne semblait pas outre mesure courroucé, désolé tout au plus.

— Je vous l'ai dit : je ne veux rien savoir. Nous ne sommes pas ici pour châtier mais pour apaiser les souffrances. Allons, il faut partir maintenant.

Floriane et son beau-frère voulurent maladroitement remercier Michel de Fontanys. Il les fit taire d'un geste.

— Non ! Il suffit. Souvenez-vous seulement d'une chose : nous sommes tous dans la main de Dieu.

Si épais que fussent les murs de Saint-Laurent, si grande la discrétion du Père de la Mort et du personnel, si courte que fût la scène entre Floriane et Hamelin, l'affaire s'ébruita. Les langues allèrent leur train. On murmura le nom de Mme Landry sans être vraiment sûr. On trouva l'idée de s'habiller en moine pour mieux approcher les plus démunis ou sacrilège ou admirable. Certains insinuèrent bien sûr que la seule charité chrétienne n'était pas à l'origine d'une pareille extravagance et que l'audacieuse n'avait usé du froc que pour mieux retrouver son amant. Comme au fond on savait peu de chose, on broda sur tous les thèmes, on échafauda les hypothèses les plus abracadabrantes.

Le supérieur des Cordeliers octroya un blâme à Frère Julien.

Un moine Cordelier, une jeune femme, le jour coïncidant avec la sortie de Floriane et de son beau-frère, Étienne Borde ne tarda pas à en tirer ses propres conclusions. Quant à Johanès, il devina évidemment qu'il s'agissait de son épouse mais n'y fit pas la moindre allusion, ayant une trop haute opinion d'elle pour la soupçonner de mal faire. Pour lui, Floriane restait irréprochable mais devenait à l'évidence de plus en plus énigmatique.

Les jours passèrent. On oublia l'incident d'autant plus aisément que l'espérance renaissait.

— « Rendons grâces ! L'ange exterminateur remet son glaive dans son fourreau. »

Aux carrefours, en effet, les prédicateurs apostrophaient un auditoire attentif et fervent. Par précaution, on évitait encore les rassemblements trop importants de fidèles dans les églises, mais l'épidémie décroissait. Depuis fin janvier, les roues lugubres du chariot des morts s'étaient tues et c'est à peine s'il restait six malades dans toute la ville. Tous les autres, convalescents compris, étaient à Saint-Laurent où les lits disponibles se faisaient bien moins rares, au point que même les protestants, jusqu'ici refusés, y trouvaient désormais refuge.

— « Dieu a rabattu notre orgueil, nous a appris à nous soumettre à ses lois, à tenir bride aux mouvements qui nous emportent au-delà du devoir et de la raison. »

L'épreuve avait été trop grande pour que les Lyonnais ne fussent pas ivres de joie et de reconnaissance devant la fin de leur calvaire. Ils admettaient leurs fautes et l'équité du châtiment, disaient leur repentir et leur bonne volonté. Il ne se passait pas un jour sans une procession, une messe, l'offrande d'un cierge géant, la distribution de petites médailles frappées par les Frères Minimes. Au Bureau de Santé, était exposée la copie d'une lampe d'argent portée à la Santa Casa de Lorette par deux religieux de cet ordre. L'original, fabriqué à Venise, avait coûté plus de six cents livres au Consulat mais Notre-Dame n'avait-elle pas montré sa gratitude en chassant le mal ? Les Pénitents blancs, les Jésuites, les chapitres des églises et les confréries allaient de par les rues, louant la Vierge, saint Roch, saint Sébastien, la gloire des saints rejaillissant sur eux. Combien de gens d'église avaient-ils fait sacrifice de leur vie ? On ne le savait pas. Combien de Capucins, de Récollets, de Carmes déchaussés, d'Augustins, de Franciscains, de simples prêtres – vingt-quatre pour la seule paroisse de Saint-Nizier – étaient-ils morts pour que les autres vivent ? Chaque congrégation en tout cas avait eu sa part de martyrs.

Devant la faiblesse physique de la population, le vicaire général de Saint-Jean, M. de Vitré, venait de supprimer le jeûne du Carême et d'autoriser la viande. De même, il déconseillait formellement aux fidèles de baiser les crucifix des églises et des chapelles. L'euphorie, le soulagement ressentis à la disparition de la peste ne devaient pas pour autant faire oublier les mesures de prudence et les indispensables règles d'hygiène. Ainsi les cadavres enterrés à la sauvette dans les caves et les jardins étaient-ils ramassés et brûlés à la chaux.

Toute la cité, soumise à une désinfection sévère, embaumait d'un nouveau parfum, celui de maître Rochas, médecin de la princesse de Conty, dont la recette était gardée jalousement secrète. Les commissaires le lui payaient assez cher, dix-huit sols la livre, et le revendaient un prix plus élevé encore, tirant ainsi un bénéfice dont ils avaient grand besoin.

L'argent ! Il fallait le pleurer auprès du roi et de son surintendant des finances, demandant le rétablissement de certains octrois et des droits de douane sur les marchandises pénétrant dans Lyon et supprimés naguère par l'État. Il fallait le pleurer auprès des notables, quitte à instaurer des emprunts obligatoires afin de mieux faire s'ouvrir les cassettes. Il fallait surtout relancer le commerce, rompre la réticence du voisinage à renouer avec la ville. La Bourgogne, ainsi que la Bresse, le Bugey et le Dauphiné voulaient être certains que tout danger de contagion était définitivement écarté, ce qui dura des mois pendant lesquels le Consulat dut expédier lettre sur lettre, pour certifier qu'il n'existait plus le moindre péril.

L'épidémie avait fait des ravages ; des années allaient être nécessaires pour rétablir la confiance et des finances saines.

— Bah ! s'exclama un soir Étienne Borde à l'adresse de Johanès rentré soucieux de l'une de ses réunions. Qu'importe si les caisses sont vides puisque nous sommes en vie ! L'argent part et revient. L'instant qui passe n'a pas de prix. Savourons-le comme un présent inestimable !

Certes, le vieil homme n'avait pas toujours parlé ainsi, tant s'en faut. Toute sa vie durant, il n'avait même songé qu'à arrondir son patrimoine. Mais la vieillesse lui conférait une allégresse de damoiseau et l'inconséquence d'un seigneur, tout heureux et très fier d'avoir traversé cette calamiteuse année sans même un jour de fièvre.

Il est vrai que les victimes – la moitié de la ville, affirmait Johanès [1] – se comptaient surtout parmi les pauvres, les artisans et les ouvriers en soie, ce qui confirmait les dires de maître Borde. La peste était bien une maladie populaire.

La grande bourgeoisie, elle, ne dénombrait que huit disparus.

— Les tempêtes nettoient la mer ! claironnait l'impossible vieillard. Le feu ôte la rouille au fer, épure l'argent, raffine l'or. Lyon vient d'être déchargée et nettoyée de ses miséreux et souffreteux inutiles. Réjouissons-nous, mes enfants, de voir gambader filles et jeunes gens sains et robustes !

1. Le chiffre est variable. Environ 60 000.

Avis partagé par la municipalité tout entière, se félicitant de constater partout une énergie nouvelle avide d'être utilisée. Or, du travail, il y en avait pour tous puisque chômeurs et mendiants s'étaient trouvés décimés. Quant à l'amour ? Chacun se l'offrait. Et bien des ventres s'arrondissaient déjà sous les cottes et les tabliers. Allons, la relève serait faite. L'idée émoustillait énormément maître Borde qui s'amusait, de sa fenêtre, à interpeller les jeunes passantes. Il fut un jour surpris par Johanès, en compagnie d'une jolie luronne agenouillée devant lui. Ce fut, dans toute la maison, un tollé général, un fameux scandale que Floriane eut toutes les peines du monde à ramener à de justes proportions, invoquant l'âge irresponsable du fautif et l'euphorie générale qui régnait actuellement. Jeanne, avec sa douceur, l'aida à calmer Johanès.

— De figurer parmi nos héros te rend bougrement ennuyeux, mon garçon, grogna Étienne.

Pauvre Johanès ! Il avait, il est vrai, bien d'autres soucis en tête, ayant œuvré avec une compétence extraordinaire aux côtés de ses collègues et amis : Jean de Silvecanne, Pierre Mellier, Jean Yon, Pancrace Marcellin, Luc de Sève, François Mizauld, Antoine de Codeville.

N'attendez pas un prix égal à vos courages,
Aux dangers méprisés, aux vices combattus.
Les hommes courageux, les justes et les sages,
Ne trouvent rien d'égal sur terre à leurs vertus.

Ainsi, par la plume du Père Grillot, les Lyonnais leur manifestaient-ils leur reconnaissance. Ils n'oubliaient pas non plus le prévôt de Chaponay et les échevins Gonin du Bourg, Charles Bayle, Jacques Prost et les autres, tous ces hommes qui, loin de songer au repos, n'avaient maintenant qu'un but en tête, rendre à leur ville salubrité, puissance et prestige.

IX

Le grand retour
(Janvier 1629-juillet 1630)

APRÈS LE LONG, LE RUINEUX, le douloureux siège de La Rochelle, le roi avait un impérieux besoin de prendre du repos. Ces deux dernières années avaient vu se raviver ses accès de fièvre et ses troubles intestinaux. Le bon Héroard, le médecin qui l'avait suivi depuis son enfance, était mort au début de l'année 1628. Ses successeurs héritaient d'une lourde tâche.

Pourtant, à peine étaient-ils rentrés à Paris que Louis et Richelieu s'attaquaient à un problème politique resté en suspens et mettaient au point leur prochaine campagne.

Le duc de Mantoue, Vincent de Gonzague, avait en mourant laissé ses biens à son parent, Charles de Gonzague, duc de Nevers, prince français. Outre le duché de Mantoue, l'héritage comportait le marquisat de Montferrat dont la capitale, Casal, marquait un important point stratégique, guigné bien évidemment par la Savoie et l'Espagne. Profitant de ce que le roi de France était occupé à La Rochelle, les Espagnols avaient investi la place.

Une fois encore, il s'agissait pour Louis XIII d'empêcher la Maison d'Autriche d'avoir les coudées franches en Italie et de contrôler les passages des Alpes. Il s'agissait aussi de freiner les prétentions de Charles-Emmanuel de Savoie et bien sûr de venir en aide à un sujet du roi de France. Mais ce projet, loin de faire l'unanimité, mettait en lumière les divergences des deux partis qui désormais s'opposeraient avec âpreté, jusqu'à l'extrême.

Regroupés autour de la reine mère, Marie de Médicis, « les Bons Chrétiens », les dévots de la cour – parmi lesquels le Père de Bérulle et le garde des Sceaux, Michel de Marillac –, clamèrent qu'il y avait mieux à faire que d'entreprendre une guerre contre la très catholique Espagne. La misère, les rébellions un peu partout en France contre la lourdeur fiscale, ne rendaient pas ce conflit souhaitable. Mieux valait anéantir définitivement les huguenots qui, en Languedoc, gardaient leur puissance et où leur chef, Rohan, parlait même d'établir une République protestante ! Marie de Médicis ajoutait à son désaccord une autre raison. Elle se refusait d'aider Charles de Nevers tout comme elle refusait à Gaston d'Orléans, son fils préféré qui s'était amouraché de Marie de Gonzague, qu'il épousât la jeune péronnelle.

Bien qu'il n'y eût presque personne à la cour comme à la ville qui comprît ses visées, l'avis du cardinal l'emporta néanmoins, le roi partageant sa soif de gloire et d'indépendance nationale. Pour la grandeur de son royaume, il se sentait capable de surmonter ses faiblesses, sa jalousie, ses soupçons, ses rancunes. Moyennant la forte somme, Gaston dut renoncer à ses projets matrimoniaux mais, vexé de ne pas avoir été nommé commandant de l'armée d'Italie, il planta là son frère et s'en fut bouder dans son apanage.

Maintenant il fallait décider, et vite :

— « Je crois pouvoir assurer Votre Majesté que, ne perdant point de temps, vous aurez fait lever le siège de Casal et donné la paix à l'Italie dans le mois de mai, prophétisa Richelieu. Et revenant dans le Languedoc vous réduirez tout sous votre obéissance et y donnerez la paix. De sorte que Votre Majesté pourra retourner victorieux à Paris dans le mois d'août [1]. »

Au milieu de janvier 1629, dans cette perspective, à la tête de trente-cinq mille hommes, flanqué de ses « deux coquins », les maréchaux Créqui et Bassompierre, de Schomberg, de Montmorency, de Toiras, accompagné de son favori Saint-Simon et de son fidèle Ivreville, Louis prit la direction des Alpes. Le cardinal, bien sûr, était de l'expédition.

Même leurs ennemis s'accordaient à reconnaître aux Français un enthousiasme, une insouciance qu'on ne trouvait nulle part ailleurs. Louis XIII n'était pas en reste. Qui l'eût cru capable d'une telle endurance ? À dos de mulets, sur de petits traîneaux légers, à pied même, dans un froid intense, dans la neige, grimpant et descendant, la nuit, le jour, pendant des lieues, pics et chemins tortueux, le roi, suivi du cardinal et de sa troupe, passa le Mont Genèvre début mars et parvint devant le défilé de Suse. Un défilé étroit, coupé de barricades et de bastions au bout duquel la ville semblait inaccessible. Pourtant, par un combat épique, la « Furia Francese » en vint très rapidement à bout. Le 6 mars, en effet, précédant ses gardes et ses Suisses, entouré de ses hommes ardents et batailleurs, le roi de France gagna ce « Pas de Suse » avec un panache qui éblouit le monde : « Il était Hannibal ! C'étaient les Argonautes ! Le roi de la belliqueuse nation gauloise pouvait arborer la fleur de lys et l'oriflamme jusqu'au Palatin et aux rives du Nil ! » Les louanges s'envolaient, ne craignant pas le dithyrambe.

La France, Venise, le pape et le duc de Savoie signaient alors un traité d'alliance contre l'Espagne. Toiras entrait dans Casal. Le duc de Nevers s'installait à Mantoue. Sans perdre un instant, les troupes royales partaient pour le Languedoc mater les Réformés.

---

1. Propos authentiques de Richelieu.

Privas, assiégée, se rendit en mai et après elle toute une chaîne de forteresses huguenotes jusqu'à Alais[1] où les rebelles acceptèrent de conclure la paix. La paix d'Alais, véritable Édit de Grâce, mettait fin à la lutte fratricide. Désormais, n'existeraient plus de places fortes protestantes. Leurs remparts seraient détruits, leurs munitions confisquées. Mais la liberté du culte et les clauses non politiques de l'Édit de Nantes étaient maintenues. Bref, il n'y avait plus de « huguenots », de « parpaillots », mais des Français comme tous les autres. Quitte à compromettre son salut de chrétien, le roi avait voulu se montrer magnanime et tolérant.

Le duc de Rohan ayant été exilé, non sans avoir reçu réparation en espèces, les Cévennes, Montauban restaient désormais à soumettre. Richelieu et Bassompierre s'en chargèrent, Louis XIII, épuisé par la chaleur du Midi, reprenant pour sa part la route de la capitale. En juillet, il fit étape à Lyon mais n'y séjourna pas. La cité avait trop souffert de la peste pour qu'on s'y attardât. Le roi et sa suite couchèrent à Bully[2] et dès le lendemain reprirent la route de Paris.

Louis tenait le triomphe prédit par Richelieu. Mais à quel prix ? Un corps épuisé, une âme en péril. Pour l'éclat de la France, il ne cesserait plus de souffrir.

*

Floriane avait revu Artus !

Non qu'elle eût recherché cette rencontre, au contraire. Déjà, lorsqu'au printemps Monsieur avait séjourné à Trévoux et visité sa principauté de Dombes, elle s'était terrée chez elle de peur de se retrouver nez à nez avec Gaston ou l'un de ses étourdis. Le passé était mort. Il n'y fallait plus revenir.

Mais le destin en avait décidé autrement, le roi, lors de son court passage à Lyon, ayant brièvement reçu les notables.

1. Alès (Gard).
2. À l'ouest de Lyon.

Le Consulat avait promis aux ouvriers des manufactures de toiles et de futaines de plaider leur cause auprès du souverain. Il s'agissait d'expliquer leur comportement lors de l'envoi par le Conseil royal d'une équipe de maltôtiers [1] venue réclamer des droits sur la marque des futaines, ce qui avait provoqué une véritable émeute sur la place des Terreaux. Le prévôt avait alors eu recours aux arquebusiers pour la disperser tout en comprenant la colère des gens réduits à la misère.

L'orateur avait donc insisté dans ce sens :

— « Sire, les artisans ont souffert tous les malheurs qu'engendrent la peste et la famine. Lorsque par la grâce de Dieu on commence d'en voir la fin, que le peuple se repaît d'espérance, il s'en voit privé par ce nouvel impôt. Nous supplions Votre Majesté de leur pardonner et de leur donner quelque soulagement… [2] »

Touché par le plaidoyer, le roi avait fléchi. La « maltôte » serait abrogée. Néanmoins, la ville devait payer ses arriérés, l'État ayant lui aussi grand besoin d'argent.

Invitée de même que toutes les épouses des consuls et des commissaires à la réception offerte au roi qui avait suivi, Floriane n'avait pu se dérober. Elle y avait accompagné son mari, se promettant de se faire aussi discrète qu'il était possible sans savoir cependant que le hasard contrarierait ses projets.

Ce jour-là, la paisible rue de la Poulaillerie était méconnaissable. Les gens du roi l'avaient envahie, parlant haut et fort, arborant leurs visages hâlés par le grand air des campagnes d'Italie et du Languedoc parmi les mines moins florissantes des Lyonnais à peine sortis de leurs épreuves, « pennaches », épées, éperons cliquetants, troublant la tranquille ordonnance de tout le quartier.

Arrivée à l'Hôtel de Ville, Floriane fit à son tour sa révérence parmi les autres dames conviées, sans même oser lever les yeux

1. Collecteurs d'impôts.

2. Historique.

sur Louis XIII, puis s'esquiva dans un coin de la grand-salle en compagnie de la timide Alice de Silvecanne, avec la furieuse envie de disparaître derrière l'une des tapisseries pendues aux murs. Cependant – pourquoi le cacher ? –, elle devinait aux battements précipités de son cœur, à sa nervosité extrême, qu'elle désirait ardemment, tout autant qu'elle le redoutait, apercevoir, ne fût-ce qu'un instant, le visage qu'elle n'était jamais parvenue à oublier. Au fond, n'était-ce pas dans ce secret et fol espoir qu'elle avait aujourd'hui accepté, sans la moindre résistance, d'accompagner son époux ?

On servit des verres de vin de Chardonnay et des confitures. Le prévôt, messire de Chaponay, entama un petit discours. Dans son encoignure, lentement Floriane se décida à lever la tête, regarda l'assemblée et manqua s'évanouir. Il était là, à quelques pas. Un poing sur la hanche, une main à la garde de l'épée, avec sa manière bien à lui de toiser l'assistance de sa haute taille. Artus ! Artus d'Ivreville… Comme il avait changé, mûri, plus mâle encore, plus séduisant avec son fier visage et ses cheveux cuivrés !

On croit que la fuite des ans, les chagrins, d'autres amours, d'autres folies, la solitude, la vie de tous les jours caparaçonnent le cœur, émoussent les sentiments, vous gardent de certaines émotions. Ô Artus…, se murmurait Floriane, les yeux noyés de larmes, Artus, je te retrouve, tout comme au premier jour.

Bouleversée, marquée par tant d'épreuves, elle tressaillait de bonheur, de douleur à le voir à la fois si présent et lointain. Non, le temps n'avait rien modifié. Face à Artus, elle était toujours la jeune fille de la rivière, surprise et éblouie jadis par un beau cavalier. Son amour pour lui renaissait aussi pur, aussi fort, aussi indestructible qu'à leur première rencontre.

— Qu'avez-vous ? s'inquiéta Mme de Silvecanne. Floriane, êtes-vous souffrante ?

Floriane était livide, les yeux démesurément ouverts comme à la vue d'un spectre. Elle se retint à son amie pour ne pas tomber.

— Je… je ne me sens pas très bien, réussit-elle à balbutier. Ce monde, la chaleur sans doute… Sortons, voulez-vous ?

Rester une minute de plus et elle s'évanouirait à coup sûr. Pire encore. Elle perdrait la raison, se jetterait dans ses bras. Artus ! Il avait suffi de le voir une seconde et tout était balayé, emporté, oublié !… Elle eut peur d'être soudain si vulnérable.

— Bien sûr, je vous accompagne, approuva Alice de Silvecanne. Moi-même, je ne suis pas très à l'aise au milieu de cette foule.

Elle passa son bras sous celui de son amie et toutes deux tentèrent discrètement de gagner la porte. Mais quelqu'un leur barra la route.

Nicolas Grolier, dans sa tenue violette des grands jours, pérorait au milieu d'un groupe de gentilshommes. Il avait dû abuser du vin blanc… La toque de travers, les joues plus rouges que jamais, il se rengorgeait comme un paon faisant la roue.

— Je gage, messeigneurs, que pas une belle de Paris n'a le teint et la gorge de nos Lyonnaises.

Des protestations moqueuses saluèrent son enthousiasme.

— Mais si ! Mais si ! Regardez autour de vous ! Tenez, voici justement deux de nos plus ravissants fleurons. Mesdames, je vous en prie, claironna-t-il en désignant Floriane et sa compagne, venez vous faire admirer !

Reculer était impossible. Les jeunes femmes, prises au piège, se trouvèrent aussitôt entourées d'une nuée de galants qui se rendirent à l'évidence : Fichtre ! le fanfaron n'avait pas menti. Les compliments fusèrent. Elles étaient toutes deux délicieuses, adorables, ensorcelantes…

— Messire Grolier, faites-moi l'honneur d'être présenté. Je suis le baron d'Ivrevrille, fit soudain une voix sarcastique.

Floriane voulut fuir. Trop tard ! Artus s'inclinait devant elles tandis que ce gros buffle de Nicolas clamait avec emphase :

— Mesdames, le baron d'Ivreville. Baron, dame Alice de Silvecanne et Mme Landry.

Le regard doré d'Artus était impénétrable tout comme son attitude, parfaitement courtoise.

— Vous aviez raison, messire capitaine. Les dames de Lyon ont la délicatesse des perles de l'Orient. Qui ne rêverait d'être l'heureux gardien de ces trésors ?

Les autres renchérirent, un peu surpris tout de même que ce sauvage d'Ivreville s'essayât lui aussi au madrigal. On se resserra autour d'elles.

— Holà, messieurs, holà ! intervint Nicolas. Bas les pattes ! Ces dames sont mariées à des hommes de mérite. Leurs époux sont de ceux qui ont sauvé Lyon de la peste, des héros de la ville en somme.

Artus s'inclina de nouveau, fort galamment :

— L'héroïsme est le juste prix de vos appâts, mesdames.

Cette fois, son propos se teintait indubitablement d'ironie ; Floriane en fut blessée au cœur. Se retrouver ainsi était trop stupide ! Elle s'aperçut que Nicolas la regardait avec curiosité. Un instant encore et elle se trahirait tout à fait. Elle réussit à murmurer un vague merci, et laissant la pauvre Alice de Silvecanne faire, seule, face aux assauts de leurs admirateurs, elle fit demi-tour et sortit.

— Madame ! S'il vous plaît, attendez !

Elle se retourna. Artus avait dévalé l'escalier à sa suite et la rejoignait dans la cour. Il y avait beaucoup de mouvement autour d'eux, ce qui obligeait à baisser le ton, à se dominer. Non sans mal. Artus grondait plus qu'il ne parlait. D'emblée il attaquait, incapable de feindre l'indifférence plus longtemps.

— Vous ! C'est donc vous ! Je ne rêve pas. Floriane !

— Je voulais vous dire…

Elle hésita… S'expliquer parmi tout ce monde était impossible.

— Par quel prodige je vous retrouve ici ? Et vous êtes mariée ?

— Oh, Artus ! C'est une si longue histoire.

Il ne l'écoutait pas, vibrant de colère et de toutes les peines, de toutes les rancœurs, les jalousies que par sa faute à elle il avait endurées et combattues si douloureusement.

— Vous êtes partie un beau matin. Envolée, disparue, sans vous soucier un seul instant des autres. Et je vous retrouve aujourd'hui par hasard, sous l'aspect respectable et prospère d'une bourgeoise !

— On ne choisit pas toujours, Artus. Le destin est parfois très cruel…

— Cruel ? La bonne fable, en vérité, la coupa-t-il avec un rire sec. Ainsi, vous avez quitté Angers contre votre gré ? Et ce billet que vous m'avez écrit, n'était-il que mensonge ? Vous êtes-vous mariée sous la contrainte ? Vous retient-on de force dans cette ville ? Avouez ! Avouez donc sans détour !

— Avouer ? Avouer quoi, mon Dieu ? murmura-t-elle avec effort.

Soudain un désespoir immense envahissait Floriane. Ces gens autour d'eux dressaient d'insurmontables barrières, semblaient prendre un plaisir démoniaque à les séparer davantage.

— Vous reconnaissez vous-même avoir épousé librement ce Landry ?

— Oui, mais…

— Une personne, j'en suis sûr, respectable et éminente au plus haut point.

— Oui, en effet…, dit-elle encore.

— N'ajoutez rien, Floriane. Je ne veux pas en savoir davantage. Vous êtes à un autre homme et semble-t-il très heureuse. Tant mieux. Oublions tout ce qui a existé entre nous.

Non, ce n'était pas possible ! Ils n'allaient pas se séparer ainsi, sur un malentendu ! Leur bonheur perdu ne méritait pas cette ombre intolérable, ce quiproquo stupide, indigne de leur amour !

— Artus ! supplia-t-elle d'un ton déchirant. Écoute-moi ! Laisse-moi t'expliquer !

Affolée, elle regarda autour d'elle comme un animal traqué :

— Nous devons nous revoir ailleurs qu'ici.

Mais blessé, figé dans son orgueil et sa jalousie, Artus ne pouvait, ne voulait plus l'entendre. L'aveu de son mariage lui suffisait. Elle était à un autre qui, apparemment, n'était ni une brute, ni un gueux. Que pouvait-elle lui apprendre de plus ? Comment cet homme l'avait séduite ? Comment, bafouant ses serments, elle s'était donnée à lui ? Il en savait désormais assez pour souffrir en silence comme un damné.

D'un geste à la fois navré et désinvolte, Ivreville s'inclina, salua respectueusement la jeune femme de son feutre, toute expression de colère évanouie.

— Non, madame, adieu ! Je ne pense pas que nos chemins se croiseront à nouveau. J'y veillerai pour ma part.

Floriane comprit qu'elle ne le fléchirait pas, que les cris, les larmes, les prières ne le convaincraient pas. Elle avait tout brisé. L'esprit et le cœur en déroute, elle ferma les yeux. Lorsqu'elle les rouvrit, Artus n'était plus là.

*

— Madame Landry ! Floriane !

Floriane sursauta, sourit à la ronde. Une fois encore, elle s'était égarée à revivre la torturante rencontre de juillet.

— Comme vous êtes songeuse !

— Moi ? Nullement ! Enchantée, tout simplement.

On en doutait. Floriane Landry était étrange. Enjouée, certes, toujours prête pour un air de luth, une chanson italienne, un badinage et tout à coup, plus rien ! La belle s'échappait. Se pouvait-il réellement que ce pauvre Johanès fût corné ?... Elle n'avait aucune excuse de se montrer distraite aujourd'hui. Philibert de Nerestang, conseiller du roi, faisait les honneurs de son château de la Duchère, un château somptueux dominant la Saône. Après les jardins et la longue avenue bordée d'arbres fruitiers, il menait ses hôtes le long des galeries ornées de bustes romains, faisait admirer son jeu de mail, ses peintures d'animaux sauvages, ses cours intérieures, la source qui jaillissait d'un tonneau chevauché par un Bacchus rieur. La chapelle, comme les appartements, s'ornait de tentures et de tapisseries brodées d'or, des portraits des grands rois. Toutes ces richesses, tout ce luxe et ces raffinements agencés avec goût et mesure n'étaient pas sans éveiller quelques envies qu'une sage maxime, inscrite sur un mur, dissipait vite :

Tant de peine pour bien amasser.
Puis mourir et tout laisser...

La lecture de cette inscription retint un instant Floriane. Sa vie n'avait-elle pas été aussi une longue suite d'efforts et de tourments, les richesses – le bonheur en l'occurrence – âprement conquises ayant toujours fini par lui échapper ?

— Jusqu'au grand départ final, dit-elle à mi-voix, au comble de la nostalgie.

— Ma chère, je ne peux supporter de vous voir cet air triste, lui souffla Philibert de Nerestang. Venez dans mes appartements. Je vous montrerai un splendide crocodile empaillé.

Un rire juvénile et moqueur salua l'ambiguïté de la proposition.

— Je vous remercie, mon ami, ce sera pour un autre jour. Vous savez, je ne suis pas triste, mais seulement un peu lasse. Une tasse de « chocolata » va me remettre promptement.

— Floriane a raison, intervint Mme Mellier qui s'était approchée. C'est le meilleur des remèdes. Voyez notre archevêque. Seul, le « chocolata » apaise les vapeurs de sa rate.

Philibert de Nerestang avait promis d'en régaler ses invités. En boire était devenu une véritable folie depuis l'arrivée d'Alphonse de Richelieu – le frère aîné du cardinal –, nommé archevêque de Lyon et Primat des Gaules, en fonction depuis juillet dernier. Les Lyonnais s'étaient tout de suite entichés de ce sombre breuvage aux vapeurs et aux succulences inhabituelles, douces, parfumées, dont usait et abusait leur archevêque.

Des religieux apportaient d'Espagne, tout exprès pour lui, la précieuse poudre de cacao additionnée de sucre, de vanille et de cannelle. Bien entendu, certains médecins accusaient le « scocolato » ou « chocolata » d'être à l'origine de fièvres et de palpitations ; pis encore, de tuer ou de rendre fou. Or, pour ce qui était de la folie, il fallait bien reconnaître que le nouvel archevêque n'était pas dépourvu de certaines bizarreries. Destiné par ses parents à l'ordre de Malte, il avait dû, tout jeune, en abandonner le projet n'ayant jamais pu apprendre à nager. Handicap de taille pour un chevalier de Malte, appelé à sillonner la mer ! Un séjour de vingt ans à la Grande Chartreuse n'avait ensuite fait qu'accentuer son côté taciturne, ses manies. Il avait par exemple une répulsion incontrôlable pour les gens laids et contrefaits à un point tel qu'il avait refusé un jour d'accepter dans les ordres un jeune bossu qui lui était recommandé. Bref, Monsieur de Lyon [1] était fantasque, inattendu, timide et se prenait parfois pour Dieu le Père. Floriane cependant savait que le chocolat n'y était pour rien. L'ombre de la folie était malheureusement un héritage de famille. À petites ou moyennes doses, chaque membre en était atteint ; même le cardinal qui dirigeait la France n'échappait pas à certaines crises nerveuses. À part cela, l'archevêque qui ressemblait physiquement à son frère – Floriane en avait été fort troublée la première fois qu'elle l'avait rencontré – était un homme spirituel, pieux, généreux, affable, ne méprisant nullement la compagnie des dames et avait déjà offert à la bonne société des soirées charmantes. Habillé en berger, on l'avait vu en de telles occasions aimablement deviser avec ses belles invitées, costumées en bergères. Mme Landry, en particulier, lui avait fait grande impression.

Floriane accepta donc avec empressement un second bol de chocolat.

— Saviez-vous que c'est au Mexique que les Espagnols ont découvert cette boisson ? expliqua Philibert de Nerestang, tout

1. Titre donné à l'archevêque.

heureux de pouvoir faire étalage de sa science. Je le tiens de notre archevêque en personne. Ce n'était alors qu'un brouet noirâtre où se mêlaient maïs et piment. Cortès et ses hommes ont eu la judicieuse idée d'en changer les épices.

— On raconte que les dames espagnoles en sont toquées, pouffa Mme de Sève. Elles boivent, dit-on, du chocolat même à l'église, dans l'ombre d'un confessionnal, avec tout le secret qui entoure un plaisir défendu.

— Cela y ressemble peut-être, plaisanta l'incorrigible sieur du Soleil. Ce nectar velouté glissant dans leur gorge doit leur évoquer certaines jouissances.

Offusquées, les dames présentes protestèrent avec véhémence.

— Voulez-vous bien vous taire, capitaine ! fit le digne Silvecanne. Ménagez au moins la pudeur féminine.

L'œil allumé, Nicolas ricana en regardant Floriane vider son bol comme une chatte gourmande. Sans la moindre honte, elle s'adonnait au chocolat comme elle se serait mise à boire, une façon pour elle de tromper sa souffrance, ce que bien sûr il ignorait.

Jacques Stella n'était plus là pour la distraire. Découragé dans son amour pour elle, le peintre avait regagné Rome juste avant l'épidémie de peste. Quittant une passion malheureuse, il ne vivrait désormais que pour l'autre, jamais ingrate celle-là, nourrie à l'exemple des grands Maîtres, comme son cher Poussin, abreuvée à la source de la lumineuse Italie.

Et Hamelin ? Il s'était par la force des choses lentement, lui aussi, éloigné de son esprit. Qu'avait-il fait en sortant de la Quarantaine ? Elle l'imaginait parfois courant l'aventure, libre comme il en avait exprimé le désir, fuyant, la rage au cœur, un amour impossible.

Restait Artus. Lui, bien sûr, depuis leur malheureuse rencontre occupait constamment ses pensées. Minée par les regrets, prisonnière d'une destinée apparemment paisible mais sans issue, Floriane s'étiolait, se désespérait secrètement, se réfugiait derrière des faux-semblants, affichait une sérénité entièrement artificielle.

Au mois d'août, quelques cas mortels de peste avaient fait craindre le pire : le retour du fléau. Bureau de Santé et Consulat avaient aussitôt réagi et s'étaient préparés à la riposte. Mais grâce au Ciel, cela n'avait été qu'une alerte, et quelques jours plus tard tout rentrait dans l'ordre. Floriane avait alors décidé Johanès à prendre un peu de repos.

Mirieu, à l'automne, se gorgeait de chaleurs finissantes. Le gibier d'eau et de halliers y pullulait. Les étangs se vidaient, découvrant leur trésor argenté, des tonnes de poissons que des charrettes emportaient en boisseaux. Les jeunes gens avaient passé deux semaines à la campagne, profitant de cette trêve champêtre pour se remettre doucement d'une longue année de lutte et d'effroi. Mais le souvenir de feu d'Artus n'avait cessé de hanter Floriane. La jeune femme avait eu beau essayer de paraître gaie, détendue, disponible, Johanès l'aimait beaucoup trop pour ne pas avoir senti qu'elle lui échappait chaque jour un peu plus. Lui avait-elle d'ailleurs jamais appartenu ? Depuis qu'il l'avait rencontrée, le jeune homme vivait son bonheur comme un songe, aussi puissant qu'immatériel.

À Lyon, les habitudes avaient repris. Les affaires n'empêchaient pas de courir aux concerts du gouverneur ou au jeu de paume de la rue du Bœuf, écouter les propos lestes des comédiens italiens. On félicitait l'archevêque pour son nouveau chapeau de cardinal. Il en avait reçu la pourpre malgré une ordonnance datée de Sixte Quint interdisant que deux frères en détiennent le titre. Mais à Paris, la puissance de Richelieu, qui n'avait cure des lois, ne faisait qu'augmenter. Louis XIII venait de le nommer Principal Ministre. Il était question qu'il vînt prochainement à Lyon. Qu'en était-il au juste ?

M. de Chaponay, qui avait préféré au chocolat le vin de M. de Nerestang, en tant que prévôt, put confirmer la nouvelle à ses amis.

— Nous attendons le cardinal en janvier. Nous le recevrons au titre de Lieutenant général du roi et Commandant des armées. Puisque les Espagnols veulent la guerre, je crois qu'ils l'auront. Jusqu'à la gueule !

— Pourquoi le roi ne prend-il pas la tête de l'expédition ? demanda-t-on.

— Vous savez bien que le roi ne peut quitter le royaume tant que son frère – et héritier – n'y réside pas. Or, pour l'instant, Monsieur fait mille folies en Lorraine. Sa Majesté espère le voir bientôt revenir assagi.

Floriane retint un sourire. La sagesse de Gaston n'était qu'une utopie, hélas ! Tout de même, ce passage du cardinal à Lyon la contrariait. Pourquoi fallait-il donc que ces maudits Espagnols remettent en question les succès du début de l'année ! L'empereur d'Autriche, Ferdinand, avait refusé l'investiture du duc de Nevers et laissait le général espagnol Coltato assiéger Mantoue tandis que Spinola envahissait le Montferrat. Casal était de nouveau menacée. Le duc de Savoie – ce fourbe, ce faux allié – ne savait qu'inventer pour semer le désordre. Mais pour Floriane, le plus grave dans la perspective d'une nouvelle campagne était de savoir exposés à nouveau en première ligne Bassompierre et surtout Artus.

*

Le 18 janvier 1630, le cardinal de Richelieu arriva à Lyon. Le cardinal La Valette, les maréchaux Schomberg et Montmorency, beaucoup de gentilshommes et tout un train royal l'accompagnaient.

Les consuls lyonnais l'accueillirent avec des sentiments mitigés, car ils savaient le ministre désireux de s'ériger en arbitre dans leur éternel conflit avec le gouverneur. Cependant, ils se sentaient en position de force, Richelieu ne manquant pas en effet de flatter le Consulat de peur que celui-ci ne s'alliât à la turbulente noblesse.

Depuis l'affaire Chalais et la découverte de la conspiration qui avait menacé la vie de son ministre, personnage sans nul doute le plus haï de France, Louis XIII avait, par brevet, autorisé ce dernier à disposer d'une garde personnelle. Recrutée parmi de jeunes gentilshommes courageux, voire intrépides, fidèles à sa personne et fort disciplinés, cette garde à cheval – privilège et faveur insignes – suscitait les rancœurs des ennemis de l'Homme rouge et l'admiration mêlée de crainte du peuple.

Avec leurs casaques flottantes de couleur incarnat, bordées de blanc, frappées aux quatre pans de grandes croix grecques de galon également blanc, leurs panaches neigeux, leurs bottes luisantes, bardés de baudriers et de bandoulières de cuir, ces hommes, sous les ordres de M. de Saint-Georges, avaient vraiment très fière allure. Entretenus et payés à l'aide de fonds pro venant de la cassette personnelle du cardinal, ils étaient même beaucoup plus reluisants que leurs homologues de la garde du roi dont les gages d'ailleurs étaient bien souvent sacrifiés.

Ils firent donc sensation dans les rues étroites et austères de Lyon, assombries par l'hiver, rutilants dans leurs uniformes, suivis d'une multitude de pages et de laquais aux chausses et aux souquenilles écarlates, également attachés au service du tout-puissant prélat.

L'arrivée de tant de monde comblait évidemment les hôtelleries prises d'assaut et réveillait la ville, une commande de plusieurs milliers de brodequins destinés aux hommes de troupes ayant notamment remis les savetiers à l'ouvrage.

Quant à Floriane, elle se perdait en conjectures sur les véritables sentiments que nourrissait le cardinal à son égard, ignorant si ses vieux griefs étaient oui ou non enterrés. Un après-midi, alors qu'enfermée chez elle, Floriane essayait vainement de se soustraire à son passé, évoquant toutes les larmes qu'elle devait au ministre, Mariette vint annoncer qu'un homme la demandait.

— Qui est-ce ?

La fidèle servante l'ignorait.

Voulant en savoir davantage, Floriane descendit interroger l'inconnu. Ce dernier, qui avait bonne mine et se disait au service d'un gentilhomme, l'invita à le suivre chez son maître.

— Qui est ton maître ? demanda-t-elle étonnée.

— Je ne puis vous le dire mais seulement vous assurer qu'il s'agit d'un homme de bien et que vous n'avez rien à redouter de ce rendez-vous. Bien au contraire, ajouta-t-il avec déférence.

— Que de mystères ! s'exclama Floriane tout à la fois impatientée et amusée par les manières sympathiques du garçon.

— Prenez garde, madame, murmura Mariette à son oreille.

— Et où loge ton maître ? continua Floriane sans l'écouter.

— Au faubourg de la Guilhotière, à l'hôtellerie de la Table Ronde.

L'endroit était fort réputé.

— Est-ce une invitation galante ? fit Étienne apparaissant sur le pas de sa porte, tel un lutin espiègle.

— Je ne sais, grand-père, mais j'ai bien envie d'aller m'en assurer.

Sa curiosité piquée, sa hardiesse se réveillait. Persuadée qu'il ne pouvait rien lui arriver de fâcheux à la célèbre Table Ronde, désireuse d'échapper à ses oppressantes nostalgies, toujours prête surtout à braver le destin, Floriane ne pouvait éluder l'aventure. Après ce qu'elle avait vécu ces dernières années, qu'aurait-elle pu craindre ? Même la possibilité d'une entrevue avec Richelieu ne l'effrayait pas véritablement. Et puis l'espoir secret que ce mystérieux gentilhomme était peut-être l'homme dont elle rêvait sans cesse la décida à accepter.

— Madame ! Floriane !

Jeanne s'était jointe à Mariette pour lui faire entendre raison.

— Et Johanès qui n'est pas là ! gémit-elle.

Johanès, en effet, était à sa réunion du mardi. Il rentrerait tard.

— Ne vous tourmentez pas, dit Floriane avec un peu d'agacement dans la voix. Gilbert va m'accompagner.

Gilbert s'arma jusqu'aux dents. Elle-même glissa prudemment une dague à sa ceinture mais, par un instinct féminin, elle se recoiffa et se maquilla avec soin. Vêtue d'une chaude robe de velours turqué bleu et safran, son manteau fourré d'écureuil sur les épaules, elle fut bientôt prête à suivre son guide. Dehors, une mule joliment caparaçonnée l'attendait. Elle affronterait pour elle la boue malodorante. Floriane apprécia l'attention.

Rapidement, le trio suivit la rue Neuve Confort où flottait encore le souvenir de Louise Labé, la Belle Cordière qui y avait vécu, léguant à sa mort sa maison aux pauvres ; puis il parvint aux abords de l'hôpital du Pont du Rhône [1] gardé par des Suisses. Tout était calme. Un peu plus loin, la rue Bourchanin se transformait en un chemin qui aboutissait à l'entrée du pont, entre la chapelle Saint-Nicolas et la chapelle du Saint-Esprit.

Floriane avait rarement l'occasion de traverser le Rhône et connaissait peu le faubourg de la Guilhotière qui prenait de plus en plus d'importance, les maisons gagnant chaque année sur les landes et les brotteaux des bords du fleuve. Çà et là les planches qui avaient servi à la construction des cabanes lors de la peste s'entassaient encore, tristes vestiges qu'on préférait oublier. Sur le Rhône, le vent agitait les moulins dont l'activité avait plus que jamais repris. L'air était froid. De légers flocons de neige étaient violemment aspirés par le fort courant du Rhône. Une grosse tour, bâtie sur le pont, en marquait le mitan.

L'origine du nom de la Guilhotière [2] était contestée. Le devait-on à un Dieu celtique, l'ancien Guilhou ? Ou au fait que les druidesses y avaient entreposé autrefois leur récolte de gui ? Peu importait ! L'hostellerie de la Table Ronde [3], sa façade ornée de deux anges portant l'écu de France, était une belle maison qui se flattait d'avoir un jour hébergé Louis XI.

1. Hôtel-Dieu.
2. Actuellement : Guillotière.
3. Démolie en 1845.

Comme trois heures sonnaient à l'église voisine, Floriane mit pied à terre dans la cour. Son guide lui ouvrit la porte. Gilbert s'empressa à leur suite.

L'intérieur de l'auberge était celui dont rêvait tout voyageur transi et affamé : chaude, lumineuse dans l'odeur de chapons braisés, de bois et de cire, c'était une grande salle patinée par le temps et les soins de ses propriétaires successifs.

Deux hommes accueillirent Floriane à son entrée, un jeune écuyer au franc visage et un petit homme au teint bistre qu'elle reconnut avec un cri de joie :

— Théodoric des Étangs ! Et vous, mon bon Malleville ! s'écria-t-elle en leur tendant les mains. Mes amis ! Quelle heureuse surprise !

Mais alors ? S'ils étaient là tous deux, l'écuyer et le secrétaire, le maître ne devait pas être très loin.

Malleville hocha la tête en souriant avant qu'elle ne posât sa question et lui désigna du menton une porte. Gilbert, médusé, vit alors la jeune femme y bondir comme un feu follet.

— François !

— Floriane !

Ce fut un instant de bonheur.

Bassompierre avait fermé les yeux, enfoui son visage contre le cou de Floriane. Laquelle était la plus douce ? La fourrure d'écureuil ou la peau satinée dont il reconnaissait l'enivrant parfum, retrouvant aussitôt le printemps de ses amours ?

— Violette, ma petite fille…

Morbleu ! Quelle était donc cette émotion qui lui nouait la gorge ? Avait-il oublié les pouvoirs de sa diablesse ? Avec émerveillement et douceur, ses yeux dans ses yeux, le maréchal s'écarta de Floriane, lui ôta son manteau, la fit asseoir devant lui.

— Floriane, c'est donc bien vous. Je ne m'étais pas trompé.

— François, c'est merveilleux… Mais comment… ? Comment êtes-vous à Lyon ? et depuis quand ?

Sa joie, rayonnante, rosissait encore son visage mordu par le froid.

— Je suis arrivé hier, murmura-t-il tout à son ravissement, découvrant une femme radieuse, plus épanouie, plus grave que dans le passé.

Elle aussi le regardait intensément. Il avait changé. Ses cheveux étaient devenus argent, son visage était plus ridé, un peu fatigué sous le hâle, la taille légèrement épaissie.

Bassompierre devina ses pensées :

— Hé oui, ma violette, tu as devant toi une vieille barbe qui a dépassé maintenant le demi-siècle [1].

— Ne dites pas cela. Vous ne serez jamais vieux !

— Hélas ! Les années se font lourdes. – Il soupira : – Trop de guerres, trop de courses par monts et par vaux. Et puis le froid, vois-tu, l'humidité du siège de La Rochelle ; les tracasseries des officiers jaloux de votre réussite ; les ripailles entre deux assauts. Les rivalités de cour aussi ; le manque de sommeil ; les voyages ; une blessure au siège de Privas ; une éprouvante dysenterie près d'Alais. Mais ne t'inquiète pas trop. J'ai encore un bon coffre qui peut encaisser les fatigues et mon cœur est solide. Même s'il bat un peu plus vite depuis que tu es là.

Floriane secoua la tête. L'aveu de ses faiblesses le rendait plus cher à son cœur. Il avait toujours, pour plaire encore, cet œil moqueur et tendre à la fois, cette bouche sensuelle et gaie, cette allure de grand seigneur. Et ce pourpoint ! Dieu ! si l'étoffe était lyonnaise, la coupe ne pouvait être que de Paris, soie et velours brodés, tailladés aux reflets changeant gris et prune. Bassompierre apportait avec lui l'air unique de la cour, la morgue naturelle, l'incomparable aisance, la familiarité d'un véritable gentilhomme.

« Comme nous nous sommes aimés ! » songea-t-elle avec élan. Puis elle fit taire sa mémoire trop fidèle :

— Eh bien, vous ne me dites pas comment vous m'avez retrouvée ?

— Ce fut relativement facile. À l'automne dernier, à mon retour du Midi, j'ai revu le baron d'Ivreville. Oui, le roi lui

1. François de Bassompierre est né le 12 avril 1579.

en a donné le titre pour le récompenser de sa bravoure à Ré, expliqua-t-il.

Le maréchal fit une pause, observa Floriane avec malice. Mais elle ne cilla point. Il poursuivit :

— Un Ivreville maussade et renfermé. À la cour, on murmurait qu'il vivait un malheureux amour sans savoir qui était la fautive. Sachant les sentiments qu'il vous porte encore – malgré sa discrétion –, j'ai donc pensé tout de suite qu'il avait eu de vos nouvelles et l'ai interrogé.

— C'est donc par lui…

— Non ! Je n'en ai rien tiré. Mais il y a huit jours, son valet Lubin, sachant que je devais rejoindre le cardinal à Lyon, m'a avoué que son maître était dans cet état depuis son passage dans la ville en juillet dernier. J'en ai évidemment tiré mes conclusions. En arrivant ici, j'ai fait votre portrait à mon ami Alincourt. Une dame Landry correspondait exactement à ma description. Et vous voici donc ma violette, encore plus belle que lors de nos adieux. J'espère que vous ne me tenez pas rigueur de la façon cavalière dont j'ai usé pour vous conduire ici ?

Il se leva, visiblement heureux de son exploit et emplit deux verres de vin de Xérès. Avec lui, les événements paraissaient toujours s'enchaîner avec aisance et bonheur.

— Fêtons nos retrouvailles, Floriane ! Je ne les espérais plus.

Ils burent, une nouvelle fois les yeux dans les yeux. Bassompierre se fit plus grave.

— Maintenant expliquez-moi. Qu'avez-vous fait, petite fleur ? Pourquoi cette disparition ? Cette si longue absence ?

— François, faut-il vraiment que nous en parlions ?

— Vous pouvez tout me dire, vous le savez.

C'est vrai, elle avait en lui une totale, une immense confiance. Et pourtant, comment lui parler de l'enfant, son enfant à lui, qu'elle avait tragiquement perdu ?

— Pourquoi as-tu quitté Angers, l'hospitalité de cette vieille dame ? Tu aimais Ivreville ?

Floriane baissa la tête.

— J'ignorais si le roi me ferait grâce. Je ne voulais pas être une entrave, une tache dans l'existence d'Artus…

— Petite sotte ! Ton procès, révisé sur l'intervention du roi, a tourné en ta faveur. Tu as été déclarée non coupable. Et quand bien même… Le baron t'aimait assez pour t'épouser contre l'avis de Sa Majesté.

Bassompierre se pencha et, d'un doigt sous le menton, obligea Floriane à le regarder :

— Ce n'est pas la vraie raison de ta fuite.

Il était impossible de jouer contre le perspicace maréchal. Mais Floriane préféra ne pas répondre.

— C'est bon ! soupira Bassompierre. Gardez donc vos mystères, jolie madame, et racontez au moins le reste.

— Bigre ! fit-il, l'ayant écouté sans l'interrompre, remplissant à nouveau leurs verres. Des brigands, la peste, les fureurs meurtrières d'une jalouse, un époux : rien n'y manque, rien ne t'aura été épargné !

Mis à part l'horreur vécue au Ganivet et ses véritables relations avec Hamelin, Floriane avait tout dit en détail, raconté toute sa vie.

— Et ce… Comment l'appelles-tu déjà ? Ah oui, Hamelin… Il n'est rien qu'un ami ? Pas davantage ?

Il riait, le monstre, en voyant Floriane rougir et vider son verre avec une désinvolture feinte.

— Très bien. Je me garderai d'insister. Ah ! ce Johanès a de la chance d'avoir su te conquérir. Il ne doit pas manquer de qualités.

— Il en possède.

— Vous rendent-elles heureuse au moins, mon ange ? demanda-t-il, cette fois très sérieusement.

La jeune femme n'eut pas à répondre. L'aubergiste, fort à propos pour elle, toquait à la porte pour servir un repas commandé à l'avance par le maréchal. Rien n'était laissé au hasard sous les directives d'un pareil enchanteur : candélabres d'argent, bougies, linge fin, mets délicats, meilleurs crus de Bourgogne apportaient dans la chambre un joyeux air de fête. L'hôtelier se retira sur la pointe des pieds, les laissant poursuivre à table leurs confidences.

— Si je comprends bien, ma chère, dit Bassompierre en goûtant à l'oie rôtie, vous voici une fois encore dans une situation impossible. Vous avez pour époux un honnête garçon et pour amant un obstiné qui ne veut rien entendre, avec en plus des lieues entre vous deux.

— Ah, François, s'il n'y avait que la distance ! se lamenta Floriane. Mais vous venez de le dire : j'ai aussi un époux. Ma vie est ici maintenant. Artus a raison.

— Croyez-vous ?…

Pour François de Bassompierre, il n'y avait jamais de cas désespérés.

— Vous l'aimez toujours, n'est-ce pas ?

— Hélas ! Mais assez parlé de moi. À votre tour, monsieur le Maréchal.

Floriane n'était pas de nature à se laisser longtemps abattre. L'espoir, toujours, revenait vite. Elle n'avait plus à se cacher. Elle pouvait sans crainte reparaître au milieu des siens et se promit d'écrire le soir même à sa sœur. Tout en faisant honneur à la cuisine de la Table Ronde, elle voulut tout savoir de la cour et de leurs amis.

Après avoir séduit le duc de Lorraine et intrigué plus résolument que jamais, Mme de Chevreuse venait d'obtenir la permission de rentrer en France sans pouvoir toutefois quitter son château de Dampierre. Le Grand Prieur de Vendôme – le Cadet Pisseux – était mort, comme M. d'Ornano, dans le donjon de Vincennes. M. de Buckingham lui aussi n'était plus, tombé sous les coups d'un fanatique, Felton. La reine Anne le pleurait encore en cachette ; le bonheur la fuyait. Mais pouvait-on véritablement être heureux sur le trône de France ? Le roi pour sa part y avait renoncé bien qu'il espérât toujours un dauphin. Monsieur continuait à faire mille facéties, promettant à son frère à chaque nouvelle sottise de s'amender définitivement pour oublier aussitôt ses promesses. Louis XIII n'avait pas plus de satisfactions avec sa mère qui le harcelait d'éternelles criailleries. Marie de Médicis ne supportait plus Richelieu dont elle avait pourtant fait la fortune. Désormais son protégé avait pris son essor, la dédaignant, elle, la reine mère, son ancienne bienfaitrice. L'ingrat n'avait que faire de ses conseils et poursuivait une politique qu'elle désapprouvait entièrement. Partagé entre une mère qu'il aimait malgré le peu d'affection qu'elle lui témoignait et un ministre qui avait toute sa confiance, le roi passait la plupart de son temps à apaiser leurs brouilleries.

— Le roi néglige ses véritables serviteurs, fit Bassompierre avec amertume. Le cardinal est en fait le seul seigneur et maître. À preuve cette guerre contre l'Espagne et l'Autriche. Richelieu ne veut même pas négocier. Je sais pourtant que le pape doit envoyer un émissaire auprès de lui pour tenter de trouver un arrangement. Sera-t-il seulement reçu ?

Quelle honte, en effet y avait-il à discuter avec l'ennemi ? François de Bassompierre, comme les partisans de la reine mère, pensait qu'une guerre n'était pas opportune.

— Ici vous avez eu la peste, continua-t-il, mais d'autres villes aussi l'ont subie et se trouvent au bord de la ruine. Les gens ont faim. Les provinces se soulèvent, le roi est malade. Ah, violette, je me demande parfois où nous mènera cette soif de grandeur !

— Mais vous la servez tout de même.

— Le roi est le fils de mon Henri [1]. Je lui obéis donc sans discourir et par la même occasion, obéis au cardinal malgré l'antipathie que nous éprouvons l'un pour l'autre. Aujourd'hui, pour ne plus voir ma tête, il m'expédie en Suisse. Nous avons besoin d'hommes. Les cantons doivent nous en fournir et ne point s'allier aux Impériaux [2]. L'éternel problème. Plaignez-moi, ma chère, car vous le savez les ambassades en Suisse sont tout à

1. Henri IV.
2. Autrichiens.

fait funestes à mon estomac. On y mange et boit beaucoup trop. Mais foin de la politique ! Savez-vous que je viens de faire une folie ?

C'en était une, en effet, que l'achat d'une superbe demeure, ancienne propriété de Catherine de Médicis, sur la colline de Chaillot [1]. Son prix était faramineux : quatre-vingt mille quatre cent vingt-cinq livres et quinze sols ! Mais la maison surplombait la Seine du haut de ses terrasses et de ses jardins magnifiques. Comment résister dans ces conditions ?

— C'est la plus fastueuse campagne aux portes de Paris. Vous y viendrez, j'espère ?

Le visage de Floriane s'assombrit. Bassompierre repoussa la table et rapprocha son fauteuil du sien.

— Allons ! quelle est cette mine de Carême ? Vous refusez mon invitation ?

— Je ne pourrai jamais venir. Je suis mariée !

Elle avait appuyé sur le mot avec un accent presque désespéré.

— Ah non, violette ! Seriez-vous devenue l'une de ces ennuyeuses bourgeoises qui ont bon bec dans leur maison, tyrannisent leur mari mais se gardent de faire sans lui un seul pas ? Que diable ! Le mariage n'est pas le couvent ! Je vous ai connue il n'y a pas si longtemps autrement indépendante. Vous ne voulez tout de même pas que j'invite aussi votre Johanès, tout digne et laborieux qu'il soit ?

Bassompierre vit alors qu'il contrariait la jeune femme. Il rectifia le tir sur-le-champ.

— Pardonnez-moi. Je n'ai de mépris pour personne.

De mépris, non, il n'en avait pas mais sûrement une profonde indifférence. Ce monde de notables n'était pas le sien. Quel gâchis ! Dire que si Floriane l'avait voulu, elle serait à cette heure l'une des dames les plus enviées de la cour, que sa beauté serait chantée aux quatre coins de l'Europe et lui, maréchal de Bassompierre, le plus fier, le plus heureux des hommes.

1. À l'emplacement du palais de Chaillot.

Il eut un rire triste, inhabituel.

— Floriane, puisque nous parlons mariage, je vous annonce le mien.

Elle fit les yeux ronds.

— Vous allez vous marier, vous ?

— C'est déjà fait, ma chère. Beaucoup s'en doutent, mais l'union est secrète. Ma femme y tenait et cela me convient également.

Ainsi, après des années de liaison, Bassompierre avait fini par épouser la princesse de Conty.

— C'est une femme parfaite, admirable. Une amie de trente ans.

Ils avaient même un fils, François de la Tour Roquelaure, du nom d'une tour du Louvre où la princesse l'avait mis au monde dans la plus grande discrétion. L'enfant d'ailleurs était déjà grand.

— Violette, ma petite violette, regarde-moi. Tu as l'air chagrinée. Ne me dis pas que tu es jalouse ?

— Si, avoua Floriane sans pouvoir le dissimuler.

— Mais enfin, c'est toi qui n'as pas voulu m'épouser ! Tu en aimais un autre. Te voici maintenant l'épouse d'un troisième et tu es jalouse ! Ah ! la logique féminine est insondable !

Comme jadis, sa bonne humeur chassait les ombres, ramenait dans les cœurs une omniprésente gaieté.

Floriane, rires et pleurs mêlés, jeta ses bras au cou de Bassompierre, lui picora les joues et les moustaches de baisers pointus.

— Vilaine gamine, fit-il ému, l'attirant sur ses genoux.

Sa main, malgré lui, se faisait caressante. Gêné par la robe et les jupons, il retroussa le tout avec son adresse et son expérience de galant. Floriane sentit sur ses jambes découvertes, au travers de ses bas de soie, la chaleur des flammes de l'âtre lui effleurer les cuisses. Dehors, la nuit était tombée depuis longtemps ; la neige tourbillonnait d'abondance dans un froid feutré. La petite pièce où ils se trouvaient n'en était que plus tiède et dorée, son atmosphère plus moelleuse. Insensiblement, tous deux retrouvaient les gestes de leur amour passé. Leurs bouches s'étaient rejointes, leurs mains réunies.

François de Bassompierre tenait Floriane renversée sur son bras. Les longs cheveux défaits coulaient sur le dallage comme une source noire. Ses lèvres couraient et s'enivraient sur sa peau. La jeune femme gémissait faiblement. À mesure qu'augmentait la plainte, croissaient la joie, la fierté du maréchal. Elle était donc toujours à lui, cette petite fille qu'il avait éveillée à l'amour et qu'il portait en lui comme un tourment, une punition peut-être pour ses passions volages, éparpillées ?

— Non !

Soudain, il interrompit ses caresses, obligea Floriane à se redresser, lui recouvrit hâtivement la poitrine. Et comme elle ne comprenait pas son attitude, il ajouta dans un souffle :

— Non, mon petit, c'est impossible. Il ne faut pas.

Il avait l'air vieilli et douloureux. Pour la première fois, il refusait le corps d'une femme et découvrait le prix de la vertu.

— Vous êtes une Lyonnaise connue et respectable. Que dirait messire Landry s'il apprenait que sa femme court la débauche dans les auberges ?

Sa plaisanterie avait un ton forcé que Floriane ignora :

— Il y a quelques minutes, vous me reprochiez mon respect du mariage. Quel inconstant vous faites ! soupira-t-elle toute décontenancée, vaguement honteuse aussi de s'être abandonnée si vite.

Récupérant des épingles tombées à terre, elle renoua ses cheveux.

— Il faut savoir parfois être raisonnable, fit sentencieusement Bassompierre à voix haute, tout en songeant qu'il valait mieux se garder de retomber dans d'inutiles errances. Dix ans de moins, poursuivit-il en lui-même, et tu aurais vu, ma belle, comment, malgré toi, malgré les autres, j'aurais su te reprendre !

Mais non, décidément, la sagesse l'emportait, le sens de la mesure prenait le pas sur une passion perdue qui ne pouvait qu'assombrir une route amoureuse jusqu'à présent étincelante.

Floriane devina sa mélancolie. Elle ne lui était pas coutumière.

— Vous avez sans doute raison. Mais au moins, vous reverrai-je ? demanda-t-elle toute désenchantée tandis qu'il l'aidait à remettre son manteau.

Ainsi, lui aussi la fuyait. Comme Artus. Comme Artus, il la renvoyait gentiment à la place qu'elle avait délibérément acceptée.

— Bien sûr, promit-il d'une voix chaude. La cour va sans doute se fixer à Lyon pendant le temps que durera cette nouvelle expédition en Italie. N'ayez crainte. Maintenant que je vous ai dénichée, je garde un œil sur vous et vous protège. C'est l'unique faveur que je réclame.

Il embrassa Floriane sur le front avec une douceur toute paternelle. Leurs yeux se sourirent. Le souvenir de ce qui les avait si puissamment unis – et qui ne demandait qu'à revivre – ne parvenait pas à gâter longtemps le présent. Une tendresse réciproque, une inclination commune à apprécier le charme de l'instant chassaient vite en eux deux regrets et nostalgie.

— À très bientôt, François.

— À bientôt, ma violette.

*

Deux soirs de suite, dans les salons du gouverneur, le duc de Montmorency et le maréchal de Bassompierre donnèrent un bal aux dames de Lyon.

Après la collation, furent offerts à chacune, présentés sur des grands plats d'argent, des gants de Vendôme en « cuir de poule », une peau de chevreau d'une extrême finesse. La munificence des deux seigneurs, leur galanterie ravirent ces dames. Mais elles durent constater qu'une fois encore, Floriane Landry était la reine de la fête. Au mépris des usages qui eussent voulu que Bassompierre ouvrît le bal avec Mme de Chaponay, l'épouse du prévôt, le maréchal avait invité Floriane. Et tous de constater que cette dernière brillait d'un éclat qui n'était pas le leur, rayonnant du charme inné des gens de cour dont ils se sentaient, eux, désagréablement privés. Qui était-elle vraiment pour accaparer seule toutes les lumières, tous les hommages, tous les sourires ?

Dehors, la nuit d'hiver était glaciale. Soudain, s'avançant d'un air décidé sous la tiédeur des lustres, Nicolas Grolier réussit à saisir par le bras Floriane à la fin d'une sarabande.

— Vous n'avez pas dansé une seule fois avec moi ! maugréa-t-il.

— Désolée, mon cher, répondit-elle avec ironie, mais ces messieurs de la cour ne m'en ont pas laissé le temps.

L'autre lui décocha un regard venimeux :

— Je vois. Nous ne sommes sans doute pas assez bien pour madame, n'est-ce pas ?

La soirée s'achevait. Ne prenant pas même la peine de lui répondre, Floriane s'approcha de Bassompierre pour prendre congé. Le gentilhomme partait le lendemain pour la Suisse.

— Mais je serai vite de retour, lui glissa-t-il d'un ton complice. En attendant, soyez sage !

Il eut encore un regard malicieux à l'adresse de Johanès qui attendait patiemment sa femme près de l'entrée.

— Recommandation inutile si j'en juge par l'air qu'arbore votre époux. Dis-moi, mon cœur, ajouta-t-il d'une voix faussement confidentielle, dans l'intimité de l'alcôve, le sieur Landry garde-t-il cette mine de vieux censeur ?

Comment se défendre d'être ému auprès de sa violette retrouvée, ému et jaloux ? Pour Bassompierre, la raillerie était encore la meilleure arme pour se protéger des autres et de lui-même. Sa plaisanterie, pourtant, ne fut pas du goût de Floriane.

— François ! protesta-t-elle.

Le farceur se mit à rire :

— Patience ! Cet entêté d'Ivreville finira par se rendre.

Pour la première fois, elle en voulut au maréchal. Profondément. Son ironie la blessait. Ce soir, elle en voulait à tout le monde. À Johanès pour sa bonté, à Artus pour son entêtement, à la vie de se montrer si ingrate, si généreuse en fausses promesses.

*

Après le faubourg de la Guilhotière, les habitations se faisaient rares ; çà et là des chaumières, de petits manoirs fermés pendant l'hiver, des villages espacés, de rares bouquets d'arbres ponctuaient une longue plaine prise par le gel. Il avait neigé faiblement, juste assez pour uniformiser le paysage. Mais le ciel gris et pesant promettait d'autres flocons. Galopant à brides abattues pour tenter de dissiper ses contrariétés de la veille, chaudement vêtue de chausses et d'un pourpoint afin d'être mieux à son aise, Floriane n'en sentait pas moins le vent glacé figer son visage et s'infiltrer peu à peu sous sa cape. C'est alors qu'ayant soudain envie d'un chocolat brûlant, pris avec Johanès, Jeanne et Étienne, imaginant les plaisanteries qui allaient fondre sur elle, leurs manières simples, bon enfant, elle décida de rentrer.

Ayant ralenti l'allure, comme elle longeait au trot un bosquet, quelques bribes d'un son aigu vinrent frapper son oreille. Intriguée par ces notes insolites, modulées dans le silence, Floriane retint son cheval et prêta davantage l'attention. Était-ce le vent, une voix, une plainte ? Non, cela ressemblait plutôt au son d'une flûte, toute mélodie absente, son répété par un novice qui ne manquait pas de souffle, s'échappant à intervalles réguliers d'un groupe de chênes dépouillés et de buissons aux feuilles racornies, enserrés par un lierre vivace.

Floriane fit faire demi-tour à sa monture et s'approcha. Plus distinct maintenant, le bruit en s'amplifiant indiquait mieux son origine. À quelques mètres, elle distingua une silhouette massive affalée le long d'un tronc d'arbre abattu, d'où s'envolait l'appel désespéré de la flûte. Le cœur de Floriane bondit. N'osant encore y croire et pourtant presque certaine de ce qu'elle allait découvrir, elle mit pied à terre. Là, à deux pas, entortillé dans son manteau, un bonnet enfoncé sur le front, gonflant ses joues rouges et poupines, Jean la Musette, c'était lui, soufflait dans son instrument comme un forcené !

Paraissant sortir d'un rêve, émerger d'un état de prostration intense, Jean tourna alors la tête vers elle et croisa son regard. Ses yeux s'illuminèrent. D'un coup, il lâcha sa flûte et resta bouche ouverte, pétrifié par l'apparition quasi céleste de sa maîtresse.

— Jean !

Floriane tomba à genoux et s'abattit, riant, pleurant sur l'énorme garçon qui essayait de se redresser.

— Mademoiselle Floriane ! Mademoiselle Floriane…

Sa voix était tout enrouée. Il pleurait lui aussi en étreignant maladroitement la cavalière. Des heures durant, il avait vainement appelé à l'aide à s'en user les cordes vocales, puis en désespoir de cause, n'ayant plus un filet de voix, il s'était rabattu sur sa flûte. Et le miracle s'était produit ! Floriane était là ! Ils se retrouvaient tous les deux comme dans un conte de fées dans cette plaine désolée, lui, tremblant, à demi mort de froid dans ses bras !

— Aïe ! gémit-il malgré lui.

— Qu'y a-t-il, mon pauvre la Musette ? Es-tu blessé ?

— Ma jambe… Je ne peux plus me lever. Des brigands nous ont assaillis ce matin. Ils ont volé nos chevaux. Je crois que le cocher est mort. La voiture est renversée, là-bas…

Il tendit la main en direction des fourrés.

— Je n'ai pas osé m'y traîner, avoua-t-il piteusement. Je crains un malheur !…

— Tu n'étais donc pas seul ? demanda Floriane.

— Non ! J'accompagnais votre amie Olyvette…

Dieu du Ciel ! Olyvette était là, elle aussi ! Mais où ? Floriane se releva d'un bond et regarda autour d'elle. Juste derrière un taillis, des traces de roues et de sabots étaient visibles, et un peu plus loin, sur la neige piétinée, des herbes et de la terre écrasées, gisait le corps d'un homme à côté d'un carrosse couché sur le flanc, les brancards vides. Floriane se précipita.

Elle essaya d'ouvrir la portière mais elle était bloquée et les rideaux de cuir fermés empêchaient de voir à l'intérieur de la voiture d'où s'échappaient de faibles gémissements.

— Jean, as-tu un couteau ?

Il en avait un. Elle courut à lui, revint aussitôt, taillada avec difficulté le cuir, s'acharna de toutes ses forces, réussit à agrandir la déchirure, passa enfin la tête dans le carrosse. Banquette, coussins, bagages, tout était sens dessus dessous.

— Olyvette ? c'est moi, Floriane !

Au milieu du chaos, on remua.

— Est-ce possible ! s'exclama une voix étouffée. Oh, mon Dieu ! vite, vite, je t'en prie, je n'en peux plus !

Une main se tendit vers la portière. Floriane l'attrapa, tira, vit briller soudain des mèches rouquines. Un visage émergea de la pénombre.

— Toi ! Toi ici, c'est impossible…

En larmes, Olyvette attira son amie par le cou, la dévora de baisers.

— Olyvette, ne t'inquiète pas ! je vais te sortir de là, souffla Floriane.

— Mais comment ? J'ai les jambes coincées et je n'ai jamais pu ouvrir la portière.

— Essayons encore, proposa Floriane. Je tire de mon côté, toi tu pousses. Et fort. Allons-y !

Cela leur prit bien cinq longues minutes mais la porte finit par céder. En fait, la jeune femme était à demi écrasée par un gros sac de voyage qu'elles eurent toutes les peines du monde à repousser. Enfin, Olyvette put se jeter dans les bras de Floriane, avec un tel élan qu'elles roulèrent toutes deux dans la neige.

— Ma Floriane ! Sans toi, j'étais perdue ! Je mourais, gelée, étouffée, paralysée, je ne sais. Ah ! les monstres !

— Mais que s'est-il passé ?

— Nous avons été attaqués à l'improviste. Des bandits ont fondu sur nous comme un vol de corneilles, jetant à terre notre cocher. Nous n'avons pas eu le temps de dire un Ave qu'ils s'enfuyaient déjà avec nos chevaux, l'argent et les bijoux qu'ils ont pu trouver. Je dis qu'ils ont pu trouver car pour les autres, je les avais heureusement bien cachés. Tiens, touche là.

Olyvette guida la main de Floriane sous ses jupes. On y devinait un véritable trésor.

— Les imbéciles n'ont même pas eu l'idée d'aller chercher là-dessous, fit-elle. Ils se sont contentés de mes bagues, d'un collier et de mes pendants d'oreilles. En verre de Venise !

En dépit de la situation tragique, elles ne purent s'empêcher de rire et reprirent un court instant leurs effusions.

— Olyvette, tu es une vraie diablesse.

— Et toi un ange. Un ange salvateur. Ah ! chérie, embrasse-moi encore.

— Au secours ! À l'aide !

Du fond du carrosse une voix affaiblie leur parvint.

— Je suis mort.

Floriane repoussa Olyvette.

— Qui est-ce ? Il y a encore quelqu'un là-dedans ?

Olyvette pouffa nerveusement :

— Mon Dieu, je l'avais complètement oublié !

— Mais qui est-ce ?

— Un ami. Viens m'aider.

Leurs efforts conjugués, elles purent voir apparaître de l'amas de bagages qui restaient une botte de cuir, suivie bientôt d'une autre, puis d'un corps mince, vêtu de velours, celui d'un homme d'environ trente ans, très brun, à la moustache fine, au visage mat et séduisant. Tout éberlué, le rescapé se massa le crâne avec une grimace de douleur.

— Comment vous sentez-vous, Giulio ? demanda Olyvette. Moi-même, à demi morte, je vous ai un instant oublié.

— Mieux, cara mia. J'étais évanoui, proprement assommé. J'ai cru mourir. Quel coup !

— Floriane, je te présente le signor Giulio Mazarini. Giulio, mon amie Floriane de Saint-Évy qui, par un hasard miraculeux, une chance invraisemblable dont elle nous donnera l'explication, j'espère, nous a sauvés d'une mort certaine.

Le jeune homme s'inclina avec grâce :

— Voici sans nul doute le plus charmant cavalier qu'il m'ait jamais été donné de rencontrer. Merci infiniment, madame.

Il s'exprimait en un français irréprochable, quoique avec un fort accent italien.

Tant bien que mal, car Giulio et Olyvette courbaturés, endoloris, marchaient avec peine, tous trois rejoignirent et essayèrent de relever la Musette. Mais le bon garçon ne pouvait décidément bouger. Comme il était de toute façon impossible de rester davantage dans cette glaciale solitude, Floriane proposa de se rendre aussitôt au plus proche village pour y chercher secours et ramener des chevaux. Le malheureux cocher, lui, était hélas bien mort.

Elle n'eut pas à aller trop loin. Très vite, elle trouva une ferme et le paysan accepta de la suivre avec sa charrette et un mulet. L'homme ayant promis de revenir s'occuper ensuite du cadavre du conducteur, la Musette fut hissé dans la carriole. À ses côtés s'installa Olyvette et le signor Mazarini enfourcha la mule. En cet équipage on gagna la première auberge. Lyon n'était pas à une lieue mais tous pour l'instant avaient impérieusement besoin de se réconforter.

Une attelle de fortune fut placée contre le tibia de la Musette. L'aubergiste leur servit du vin chaud, du lard et des matefaims [1]. Assis près du feu, ils racontèrent alors en détail leur mésaventure. Puis, Floriane, Olyvette et la Musette voulurent revivre leurs années de séparation, remonter le fil de l'incroyable hasard qui venait de les réunir.

— La Musette, mon bon la Musette ! Et moi qui te croyais mort dans ce ravin de Tarare…

— Ça a été à deux doigts, soupira l'éclopé en se bourrant de matefaims. J'ai erré des jours sans savoir qui j'étais. La chute

1. Crêpes épaisses.

m'avait à moitié tué. Je n'avais plus de tête, plus de mémoire, rien, un grand vide et une idée fixe : aller à Venise.

— Tu te souvenais de notre projet, s'émerveilla Floriane tout attendrie.

— Oui. Puis des gens m'ont recueilli, soigné, gardé tout l'hiver. J'ai travaillé pour eux et au printemps, hop ! j'ai pris la route de l'Italie.

La Musette ne l'avait pas faite en solitaire. En chemin, il avait, dans la cour d'une hostellerie, retrouvé Bois d'Ennemets, un ami de Floriane, l'un des favoris de Gaston d'Orléans. Le jeune homme venait d'être remercié par son maître. Sa disgrâce l'affectait beaucoup mais sa présence avait été providentielle pour le gros musicien. Grâce à Bois d'Ennemets, ses questions, son rappel du passé, il avait peu à peu retrouvé la mémoire.

— C'est ainsi que je les ai vus arriver à Venise, continua Olyvette. Inutile de te dire notre inquiétude folle à ton sujet. Pourtant nous avons toujours refusé d'imaginer le pire, nous n'avons jamais cessé de t'attendre. Que t'est-il arrivé ?

— Et Bois d'Ennemets ? demanda Floriane, éludant encore la question.

Olyvette et la Musette échangèrent un regard. Jean soupira et cacha sa gêne dans un verre de vin mais la jeune femme se décida à parler.

— Il est mort peu de temps après son arrivée, tué en duel par Henri de Ruvigny. Une affaire stupide.

Jacques-Daniel de Bois d'Ennemets, l'ami de son frère Charles, son amoureux fidèle et discret. Le cœur de Floriane se serra. Elle éprouvait une peine profonde, silencieuse.

— Il est mort en prononçant ton nom, poursuivit doucement Olyvette.

Une main longue et souple, blanchie par de subtils onguents, se posa sur celle de Floriane. Giulio Mazarini, avec délicatesse, lui exprimait sa compassion. Sa présence ne gênait nullement les confidences des deux amies. Pour dissiper son chagrin et satisfaire enfin la curiosité légitime que suscitait son propre sort,

Floriane résuma de son mieux les quelques années qui venaient de passer, ne parvenant pas cependant à faire comprendre à Olyvette pourquoi elle avait quitté Artus et s'était volontairement emprisonnée dans un mariage apparemment peu fait pour elle.

Son amitié, doublée de la faculté bien féminine de deviner ce qu'on voulait cacher, avait fait tout de suite entrevoir la faille à la jeune femme : Floriane n'était pas heureuse. Belle, riche, fantasque comme toujours, provocante sous son costume d'homme, mais le regard triste, lointain, sans flammes ni éclats, un regard qui démentait totalement son apparente et désinvolte insouciance.

— J'aurais souhaité te retrouver différemment, regretta-t-elle seulement, avant de parler à son tour, sachant que Floriane ne dirait rien de plus.

Même à Venise, confia la jolie rousse, une passion finit par s'émousser. C'est pourquoi la nostalgie de Paris, puis la nouvelle de la mort de son père l'avaient finalement décidée. L'héritage de maître Arnoullet menaçant de lui échapper, elle était rentrée en France défendre son bien. Sans se soucier de la guerre et des montagnes enneigées, elle s'était lancée dans l'aventure, avait pris des traîneaux et couru des chemins impossibles. En Savoie, elle avait ensuite rencontré le signor Mazarini qui se rendait lui-même à Lyon pour une importante mission. Ils avaient sympathisé et avaient poursuivi ensemble leur voyage.

Giulio souriait. Tout son visage reflétait l'homme d'esprit.

— Notre ami doit rencontrer le cardinal de Richelieu, chuchota Olyvette à voix basse. Mais c'est confidentiel : secret diplomatique !

Le jeune homme toutefois consentit à donner quelques explications. Il n'était autre que le secrétaire du Nonce [1], le cardinal Barberini. Son éducation, sa culture acquises chez les Jésuites, grâce aux riches Colonna, les protecteurs de sa famille et son habileté surtout, l'avaient fait remarquer en haut lieu. Nul mieux

1. Ambassadeur du pape.

que lui, avait-on pensé au Vatican, en Savoie, comme chez les Espagnols, n'était susceptible d'affronter Richelieu. Il avait donc été envoyé proposer sinon la paix, à défaut un accord, au puissant ministre de Louis XIII.

— Je crains que la partie ne soit rude pour vous, soupira Floriane se rappelant les propos de Bassompierre. Richelieu veut la guerre. Vous avez donc sans doute inutilement entrepris ce voyage qui aurait pu de plus vous être fatal.

Giulio Mazarini ne perdit nullement son sourire :

— Vous le voyez, madame, le Ciel en a décidé autrement. Pour le reste, je pense que rien ne peut m'arriver de fâcheux en France. Un astrologue m'a prédit jadis qu'honneurs et réussite m'attendaient dans votre beau pays. La chance est ma compagne. Et puis, ne suis-je pas né coiffé ?

Olyvette le taquina gentiment :

— Pour l'instant, en tout cas, vous voici pauvre comme Job, mon cher ami. Les bandits vous ont tondu. Mon Dieu ! Qu'est-ce donc ? s'exclama-t-elle voyant des pièces d'or et un anneau d'oreille serti de brillants luire dans le creux de la main de l'envoyé du Nonce.

— Vous ne pensiez tout de même pas que j'avais laissé ces malandrins me dépouiller entièrement. Pendant qu'ils me dévalisaient sans vergogne, j'ai aussitôt récupéré une partie de mon or dans un chassé-croisé manuel, de leurs poches aux miennes, qui leur a totalement échappé. Hélas ! ils m'ont assommé trop vite. Mais qu'importe ! Une soirée au jeu et je serai renfloué. Sans argent ni amour, la vie est terne et stupide. N'est-ce point votre avis, mes toutes belles ?

Ses yeux noirs allaient de la rousse à la brune. La cheminée pétillante, bien nourrie, le vin chaud aux épices, le bien-être après l'épreuve, le côté extravagant de leur rencontre, tout contribuait à créer autour d'eux une atmosphère presque folle, irréelle.

— Comment vous remercier, jolie Floriane ? conclut Giulio en veine de galanterie. Sans votre aide, nous serions encore dans ce fichu carrosse.

Olyvette opina en caressant les mains de son amie.

— Je suis prêt à vous offrir tout ce que vous me demanderez. Rien pour vous ne peut être impossible, continua Mazarini avec une emphase toute romaine.

Olyvette se pencha vers lui et lui glissa quelques mots à l'oreille. Il lui répondit de même, tous deux regardant Floriane qui s'agaçait de leur manège.

— Que complotez-vous donc ? Eh bien, Olyvette, que dis-tu ?

— Nous croyons simplement savoir ce qu'il vous faut, pontifia le signor Mazarini avec de grands airs de mystère.

Floriane eut beau essayer d'en savoir davantage, rien n'y fit. Ils gardèrent leur secret. On ne pouvait d'ailleurs s'attarder. Le paysan voulait bien les accompagner jusqu'à Lyon mais tenait à rentrer avant la nuit. On partit donc.

En route, Giulio s'arrêta à l'auberge de la Table Ronde.

— Demain, j'irai voir le cardinal de Richelieu à l'abbaye d'Ainay. Les gens de ma suite envoyés pour préparer mon arrivée doivent déjà m'y attendre et s'inquiéter.

Floriane insista par politesse :

— Êtes-vous bien sûr de ne plus avoir besoin de rien, vraiment ?

— Merci, bellissima ! Je trouverai ici, j'en suis certain, tout ce qu'il me faut : des cartes à jouer et des partenaires.

Sur le pas de la porte, il les salua une dernière fois.

Olyvette Arnoullet ne resta rue Saint-Dominique que le temps de recomposer un équipage grâce à Johanès.

— Je dois reconnaître qu'il est charmant, concéda-t-elle, en faisant ses adieux à Floriane, mais quand on a aimé un homme comme Ivreville, comment se contenter d'un sieur Landry ?

— Veux-tu te taire, gronda Floriane, lui bâillonnant les lèvres de sa paume.

— Ma mie jolie, je ne voulais pas te faire de peine.

Elle tenait son amie enlacée, baisant son cou, ne pouvant s'empêcher de palper, de presser ses rondeurs.

— Olyvette, tu es insupportable. Arrête ou j'appelle mon mari à l'aide ! menaça Floriane, s'échappant en riant de son étreinte. Allons, il faut nous séparer maintenant. Adieu, et bonne chance !

Olyvette n'insista pas. Elle affirma seulement en quittant sa compagne qu'elles se reverraient bientôt. Quant à Giulio Mazarini, il repartit aussi, non sans être venu saluer la jeune femme. Il n'avait pas réussi sa mission. Par trois fois, il était revenu à la charge, avait, pendant des heures, palabré, plaidé fougueusement la cause qu'il défendait. En vain ! Richelieu avait dit non, d'emblée, laissant parler le jeune Italien à sa guise, conquis par son charme et sa subtilité. Pour la première fois de sa vie, le ministre avait été subjugué, reconnaissant d'instinct au jeune diplomate le génie, l'ambition qui étaient les siens. L'astrologue avait vu juste. La fortune attendait Jules Mazarin en France. En eut-il prescience en cette fin de janvier 1630 ? Sa mine satisfaite, sa démarche assurée purent le faire penser. Il redit en tout cas à Floriane la confiance qu'il avait en sa bonne étoile.

— Et ne doutez point de la vôtre non plus, ajouta-t-il, baisant sa main.

— Oh ! mon ami, je ne cherche pas la puissance. Avoir le cœur en paix me suffirait tellement.

— Carissima, c'est une chose très difficile lorsqu'on possède votre beauté. Espérez cependant, espérez toujours !

*

La maison des Landry vivait maintenant au rythme des chansons que la Musette improvisait généreusement sur sa flûte. Ce déluge de notes était sa manière de remercier chacun pour les soins et l'amitié qu'on lui prodiguait. L'après-midi, Jeanne et Floriane s'asseyaient près de lui avec leurs ouvrages. Tout en brodant, elles l'écoutaient. Étienne se joignait à eux. S'il ne jouait pas, la Musette évoquait Venise. Alors les aiguilles s'arrêtaient un moment au-dessus des canevas. Les yeux se faisaient rêveurs, suivaient des gondoles parées comme des châsses sur l'eau glauque et frissonnante des canaux, imaginaient des masques et des silhouettes étranges, courant à des fêtes brillantes entre deux venelles ténébreuses. La Musette, en conteur chevronné, captivait son auditoire. Auprès d'Olyvette et d'une société volage, vouée tout entière aux plaisirs, il avait côtoyé tous les fastes de la cité des doges sans méconnaître pour autant l'envers sordide, la sombre réalité du décor.

— J'aurais bien aimé y aller ! soupirait parfois Floriane.

Mais son chemin s'était arrêté à Lyon. À quoi bon revenir sur ce qui était ? D'ailleurs, maintenant la Musette était là, et c'était bien. Pour elle, il était tellement plus qu'un simple domestique ! Tant de souvenirs, bons et mauvais, les rattachaient l'un à l'autre !

Inactif, gavé de friandises et de sucreries, Jean la Musette, déjà fort gras, devenait énorme, prenait des airs d'eunuque oriental vautré sur les coussins que les deux cousines remontaient sans cesse sous son cou, glissant sous son dos ou sa jambe malade.

— Ce garçon va éclater ! se moquait maître Borde, hilare.

Johanès venait parfois, lui aussi, écouter un peu de sa musique. Comme il l'avait fait auprès d'Olyvette, il questionnait alors le garçon sur les brigands dont ils avaient été victimes. Ce n'était pas leur premier méfait mais on savait peu de chose sur eux, seulement qu'ils étaient une dizaine d'hommes vêtus de manteaux gris, pour mieux se dissimuler et se fondre dans le paysage, vraisemblablement aux ordres d'un seul chef. Pour l'instant, ils sévissaient autour de Lyon. Certains affirmaient les avoir même vus rôder en ville. Pour le Consulat, c'était inadmissible. Mais pour un peu, Floriane aurait béni ces « Grisons », nom que l'on commençait à leur donner.

— Des bandits m'ont pris la Musette à Tarare, disait-elle. Grâce à des brigands il m'a été rendu à Lyon. Ne faut-il pas y voir une certaine justice ?

Ne voulant pas la contredire, Johanès regarda sa femme avec un amusement attendri.

— Votre logique m'émerveille, répondit-il un jour. Il est vrai que moi aussi je dois beaucoup à cette engeance. Sans eux, vous aurais-je aujourd'hui près de moi ?

Floriane vint se blottir contre lui.

— Je fais pourtant une bien piètre épouse, mon ami. J'accumule les frasques et… ne vous donne même pas d'enfants.

Pour la première fois, elle abordait ce délicat sujet. Elle savait en effet que parents et amis s'étonnaient qu'après plusieurs années de mariage, ils fussent sans héritier. Mais pour eux deux, ce n'était pas une surprise. Le docteur Marcellin, après son accident, n'avait guère laissé d'espoir. Elle resterait probablement stérile. Peu affectée elle-même, Floriane craignait cependant qu'à la longue Johanès n'en vînt à déplorer le fait.

— Ne vous en préoccupez nullement, s'empressa de la rassurer son époux. Il me suffit de vous savoir heureuse et surtout sans regret.

Son embarras pourtant était visible et Floriane savait bien ce qui le tourmentait : la crainte terrible qu'elle ne finisse par voir dans leur union qu'une servitude inutile. Sans mettre en doute la loyauté et la tendresse de sa femme, il n'ignorait évidemment pas que seul, l'enfant disparu l'avait contrainte à l'épouser, évidence qui le minait à petit feu.

Dans un élan de tendresse sincère, Floriane posa sa joue contre la sienne. Puis, évitant de le regarder dans les yeux, elle murmura tout bas :

— Johanès, je suis heureuse. Croyez-moi.

*

Pour un temps, Lyon retrouva un semblant de calme : Richelieu était parti à la tête de l'armée. Le froid ne les avait pas empêchés de franchir le Mont-Cenis et n'avait en rien altéré l'allure et la combativité du cardinal. Ce n'était plus un homme d'Église, drapé dans sa pourpre, mais un véritable chef de guerre, en habit couleur « feuille-morte » sous une cuirasse aux reflets argentés, la plume conquérante, l'épée à la ceinture, les pistolets accrochés à l'arçon de la selle. Que pouvaient donc les manœuvres du prince de Savoie devant un homme aussi retors que décidé ? Ainsi, en mars, donnait-il l'ordre au maréchal de La Force d'attaquer Pignerol, action couverte de succès, livrant au roi de France une place forte essentielle du Piémont.

Pendant ce temps, Bassompierre exhortait les Suisses à s'allier à Louis XIII. L'argent nécessaire avait été mis à sa disposition pour lever une troupe. Ce n'était pas sa première ambassade en Helvétie et il savait fort bien comment amadouer les députés des Cantons. Dans des lettres pleines d'humour, écrites à Floriane, il insistait sur l'imparable efficacité des banquets et beuveries, l'emportant et de loin sur tous les beaux discours. Pour la gloire de son roi, le maréchal se résignait donc à souffrir de gastrite tout en réussissant à rassembler six mille mercenaires. Cela valait bien quelques maux d'estomac.

À Troyes enfin, le roi surveillait la frontière de l'est où s'agitaient les Impériaux. Non, il n'y aurait pas de négociations ni de paix douteuse. Le duc de Savoie ne continuerait pas plus longtemps ses manigances avec l'Espagne. Lorsque Gaston d'Orléans, apparemment assagi, fut enfin de retour, le roi le nomma lieutenant général du royaume et partit rejoindre le cardinal. Marie de Médicis, le garde des Sceaux Marillac, tous les « dévots » durent alors le suivre mais cette nouvelle campagne était loin cependant de faire l'unanimité.

Début mai, Louis XIII, les deux reines, le Conseil et toute la cour arrivèrent à Lyon. Envahie, débordante, la ville pour de longs mois allait devenir le cœur de la France. Les Lyonnais devaient-ils s'en réjouir ou faire le gros dos en attendant que passe la tornade chamarrée ?

*

Perdue dans la foule, Jeanne et Alice de Silvecanne pendues à ses bras, Floriane assista à l'entrée de Louis XIII. Plus de huit mille personnes comme elles se pressaient dans les rues. Le roi arriva par bateau et accosta derrière la cathédrale Saint-Jean. Le prévôt, à genoux, fit un discours assez bref mais d'une grande humilité.

— Je vous remercie de vos bonnes volontés. Continuez à me bien servir et je vous aimerai toujours [1], répondit le roi qui supportait comme une corvée la pompe des réceptions.

Le souverain était également accueilli par le gouverneur, les échevins, les corps de métiers et le sieur du Soleil à la tête de ses arquebusiers. Étaient présents aussi les trente-six pennonages de la ville, armés de mousquets et de piques, les porte-enseigne ployant sous les immenses bannières à croix blanche.

Le cortège se forma. Ce n'était qu'un long serpentin de couleurs vives, d'or, d'argent et d'acier, tout frissonnant d'étendards et de plumes, ondoyant au son des tambours et des fifres perçants.

Fifres, soufflez ! Frappez, tambours !
Tournez, virez, faites vos tours,
Soufflez, jouez, frappez toujours !

Des vivats accueillaient chaque compagnie. Les mousquetaires du roi passèrent, cent cinquante gentilshommes à cheval, casaques bleues, à croix d'argent, un régiment créé en 1622, lors de l'invention du mousquet et déjà réputé pour son audace et sa turbulence. Tout autre était les cent Suisses, en permanence auprès du roi. Avec leurs barbes d'un autre âge sur de grosses fraises à godrons, leurs pourpoints à crevés, mi-partie vert, mi-partie blanc rayé de rouge, leurs toques noires piquées d'une plume, ils allaient d'un pas compassé, en deux files, avec leur capitaine à cheval au milieu d'eux. Caracolaient enfin les quatre cent cinquante gardes du corps qui ne quittaient jamais le souverain, dans un tourbillon bicolore, leurs casaques écarlates découvrant leur fameux habit bleu à parements rouges.

1. Historique.

Dans sa litière, Louis XIII avait l'air fatigué. Négligemment, ses doigts jouaient avec la longue écharpe de soie blanche qui se croisait sur sa poitrine avec le cordon bleu de l'ordre du Saint-Esprit. Mais il souriait, l'accueil qui lui était réservé rosissant légèrement ses joues pâles. Un roi de France se devait à son peuple. Maintenir avec lui ce contact quelquefois familier était une tradition et un devoir. Sa personne appartenait corps et âme à ses sujets, union très ancienne où le trône puisait sa légitimité et sa puissance.

Puis venaient les reines accompagnées de leur garde personnelle et de leur suite, cavaliers, carrosses et litières fermant le cortège en une file interminable.

Du pavé montait le bruit cadencé des roues et des sabots ; les armes cliquetaient ; les chevaux hennissaient ; les spectateurs criaient leur enthousiasme. À la tiédeur de l'air ensoleillé de la rue s'ajoutaient la moiteur des montures, l'odeur des crottins frais, celle, plus tenace encore, des harnachements de cuir. La foule était comme ivre, ivre de couleurs, de bousculades et de vivats, agitation bruyante et joyeuse que Floriane, ballottée dans la marée humaine, partageait quant à elle avidement, guettant de toute son âme la silhouette tant aimée.

Enfin, elle le vit ! Il chevauchait avec désinvolture et une maîtrise parfaite, superbe, l'œil attentif à la tenue du cortège royal. Artus d'Ivreville ! Ainsi, une fois de plus, le destin le ramenait près d'elle, aussi inaccessible qu'un dieu de l'Olympe, avant qu'il ne s'éloignât, hélas, vers un nouveau champ de bataille.

Cette idée qui ne cessait de la ronger, en refaisant brusquement surface, ternissait sa joie éphémère. Reviendrait-il de la guerre ? Le Ciel permettrait-il alors que se croisent à nouveau leurs chemins, qu'ils ne se perdent pas l'un et l'autre tout à fait ?

Pour l'instant, elle voulait le revoir, lui dire, lui crier que sans lui la vie était intolérable, qu'elle avait vainement tout fait pour l'oublier, reniant tout, acceptant tout… allant jusqu'au mariage ! Un sanglot l'oppressa, ses yeux se brouillèrent mais une voix, tout au fond d'elle-même, lui souffla de ne pas perdre espoir.

Marie de Médicis s'était installée à l'abbaye d'Ainay. Anne d'Autriche logeait chez le richissime sieur de Mascrany dans sa maison de la place Bellecour dite Maison Rouge ou Petit Louvre. Le roi, lui, était à l'Archevêché. Le reste de la cour s'était éparpillé ici et là. Les hostelleries étaient bondées. Il ne restait plus une chambre à louer en ville. Chaque famille lyonnaise hébergeait au moins une ou deux personnes. Les Landry recevaient M. de Lavau-Irelan dont l'épouse était femme de chambre de la reine Anne. Chacun était suivi de domestiques, de valets, de chevaux. Lyon grouillait véritablement. Les boutiquiers y trouvaient leur compte et aussi le badaud de la rue qui se grisait de spectacle. Dans cette effervescence, le souci était grand pour les consuls qui voyaient croître considérablement leur tâche et les dépenses publiques. Mais qu'importe ! La population, dans son ensemble, profitait largement des circonstances. Même si tout le monde n'était bien sûr pas convié aux dîners, bals et réceptions qui se succédaient, l'euphorie générale, l'atmosphère de fête, les affaires à saisir, étaient, du moins, le lot de tous.

*

L'après-midi du 7 mai, François de Bassompierre qui était arrivé de Suisse l'avant-veille, vint chercher Floriane pour assister à la montre des gendarmes et des chevau-légers du roi, magnifique parade ayant lieu place Bellecour, sous des ombrages tout neufs. Le maréchal fit remarquer l'air heureux de Louis XIII, assis au milieu des reines et des dames de leur suite.

— Le spectacle n'y est pour rien. Je vous le dis en confidence : le roi est amoureux.

Floriane avait appris l'exil de Barradas et la faveur de Saint-Simon, mais ignorait qui remplaçait ce dernier.

— Vous n'y êtes pas ! s'esclaffa Bassompierre. Ce petit punais de Saint-Simon, cette ombre de favori, est toujours en place, hélas ! Non, il ne s'agit nullement de cela. Notre Louis, cette fois, a fait meilleur choix. L'Aurore personnifiée ! Une blonde aux yeux d'azur. Avec ça, une réelle fierté, beaucoup de bonté. Elle s'appelle Marie de Hautefort, et est âgée de quatorze ans.

Floriane fit la moue. Quatorze ans ! Une gamine pour elle qui allait en avoir vingt la semaine prochaine. Elle se sentit désagréablement reléguée dans la catégorie des femmes d'expérience.

Louis XIII avait découvert Mlle de Hautefort parmi les filles d'honneur de la reine mère. Soucieux du protocole, il avait demandé à Marie de Médicis la permission de faire sa cour à la jeune fille.

— Le roi est transformé, continua Bassompierre. Regardez son pourpoint. Il en porte rarement d'aussi élégants. C'est à coup sûr pour plaire à la petite.

— Ont-ils déjà consommé ? demanda Floriane qui imaginait mal une telle jouvencelle dans les bras d'un souverain, au poil et à l'humeur si sombres.

Le maréchal partit d'un grand éclat de rire :

— Vous plaisantez ! Pour ça, Hautefort ne craint rien. Notre galant ne l'entretient que de chasse, de chevaux et d'oiseaux. Il est follement jaloux mais ne passera aucunement aux actes.

— Au fond, le roi est une sorte de saint.

Bassompierre fit une moue restrictive :

— Non ! Certes, il est pieux, mais je dirais plutôt que ses penchants secrets l'attirent ailleurs. En vérité, il craint les femmes.

— Je plains la reine Anne, murmura Floriane.

— Eh bien, détrompez-vous. Curieusement, ce nouvel amour du roi l'a rapproché de son épouse. Il fait mettre le « chevet [1] » chez elle presque chaque soir. Il paraît même que la reine est enceinte, chuchota-t-il en confidence.

— Jamais dauphin n'aura été plus espéré, renchérit Floriane du même ton, tout en suivant les évolutions des officiers et de leurs troupes.

Sous le soleil, le ballet des uniformes était flamboyant. Gênée par la réverbération, elle détourna un instant la tête et aperçut

1. Préparer le lit du roi.

non loin Nicolas Grolier qui semblait la guetter. Il avait dû la reconnaître en dépit du masque de velours de Gênes qu'elle portait. Pour le narguer, elle se rapprocha du maréchal. Il avait grossi. Elle ne manqua pas de lui en faire malicieusement la remarque.

— Je sais. J'ai besoin d'exercices, reconnut-il. Mais si je ne me trompe, nous n'allons bientôt pas en manquer. Dans deux jours, nous serons partis. À nous alors la Savoie, ses montagnes et ses escarmouches !

Instantanément, Floriane ne vit plus, dans le spectacle qui continuait à se dérouler sur la place, qu'un prélude à des manœuvres guerrières et dangereuses où risquaient de périr ceux qu'elle aimait. Devinant son angoisse, François de Bassompierre tenta de la calmer sans y parvenir.

— Il faut que je le voie ! fit-elle soudain tout haut en pensant à Artus, avec cette inconscience cruelle de toutes les amoureuses.

Bassompierre soupira. Le rôle de confident et de protecteur qu'il s'était assigné lui réservait fatalement quelques pincements de cœur. Il s'efforçait pourtant de n'en pas trop souffrir, s'obligeait même à s'en amuser. Alors des bouffées de tendresse balayaient de leur fraîcheur les lassitudes d'une vie de plaisirs.

« Petite violette, sauras-tu jamais le bonheur que tu m'as donné et la reconnaissance éternelle que j'en ai ? » se dit-il en la caressant des yeux.

Puis il ajouta à voix haute, désignant l'extrémité de la place où se tenaient la plupart des gentilshommes :

— Vous trouverez sûrement Ivreville là-bas.

Floriane pinça ses jupes d'un mouvement décidé.

— J'y vais. François, soyez gentil, attendez-moi !

— Mais oui. Va, va, ma violette !

Puis il continua son soliloque :

« Va, cours donc vers ton susceptible baron, cet âne bâté, ce veinard éhonté ! Pour moi... »

Demain il achèverait ses préparatifs, dînerait avec un ou deux compagnons, souperait avec la princesse de Conty. Entre-temps se présenterait sûrement quelque occasion de badiner, d'oublier…

« Quelle douce erreur, quelle vanité qu'aimer avec constance ! » pensa-t-il encore, constatant qu'entre son jeune amour et sa vieille amie-épouse lui restait heureusement l'aiguillon de la paillardise.

Déjà Floriane se faufilait, tel un oiseau dans une charmille, parmi les spectateurs et se trouvait près d'Artus qui commentait avec MM. de Canaples et de Montmorency la bonne ordonnance des hommes de parade. Discrètement, elle fit un signe pour attirer son attention. Artus, l'ayant aussitôt reconnue, tressaillit en croisant son regard, hésita une seconde, puis s'excusa auprès de ses amis pour venir la rejoindre, l'entraînant à l'écart des curieux.

Ils se trouvaient contre le mur des écuries du gouverneur. Non loin commençaient les jardins de M. d'Alincourt, les plus beaux des riches demeures qui entouraient la place. À l'ombre de ces frondaisons éclatait le chant des merles, rivalisant d'ardeur avec le son des fifres. Artus toisa Floriane d'un air indifférent, fermé, parvenant presque à lui faire croire que ce tête-à-tête impromptu l'ennuyait profondément.

— Que voulez-vous ? dit-il enfin.

Sa voix sèche, peu amène, la tira brutalement de l'attendrissement qui l'avait envahie en retrouvant l'embrasement de ses yeux fauves.

— Artus, vous allez repartir bientôt, n'est-ce pas ? murmura-t-elle avec douceur.

— En effet. Mais que vous importent donc mes déplacements ?

— Artus…

— Nous n'avons plus rien à nous dire. Croyez que je déplore le hasard qui me ramène dans cette ville.

— Ainsi, sans ce hasard vous n'auriez pas cherché à me revoir ?

— Pourquoi l'aurais-je fait ? s'emporta-t-il, ignorant délibérément le tremblement de sa voix.

Floriane eut une crispation douloureuse. Elle détacha son masque, découvrant son visage blême.

— Mais enfin, que voulez-vous donc ? cria-t-il presque, ne pouvant, malgré lui, supporter de la voir soudain désemparée. Vous êtes ici chez vous, mariée volontairement à un homme de mérite. Bravo ! Je ne peux que vous féliciter.

— Mais nous pourrions…

— Nous pourrions quoi ? répéta-t-il avec rancœur. Être amants, c'est cela ? Croyez-vous que je sois de ceux qui se contentent des restes d'un époux ?

— Artus…, protesta douloureusement Floriane.

Mais il l'empêcha de poursuivre.

— À moins peut-être que vous ne me proposiez votre amitié ?

Il eut un rire amer.

— Dans ce cas, ma chère, je suis navré mais je n'en veux pas, soit dit bien sûr sans vous porter offense.

Si, elle était offensée, au-delà de toute expression, meurtrie, désorientée comme un faucon brutalement privé de son chaperon et aveuglé par la lumière. Artus avait raison. De nouveau, tout s'écroulait autour d'elle. Qu'avait-elle espéré ? Faire renaître une passion qu'elle-même avait fuie ? Tout était mort désormais entre eux deux, détruit, à jamais saccagé !

— Je serai franc, Floriane, ajouta-t-il d'une voix différente, chargée d'une émotion qu'il ne cherchait plus cette fois à contenir. Votre abandon m'a déchiré au point de croire que jamais je ne pourrais vous oublier. Puis le temps, mon engagement auprès du roi, d'autres rencontres, d'autres visages m'ont aidé peu à peu à le faire. Maintenant, pour moi c'est bien fini. Je ne vous en veux même plus. Mieux : je souhaite vraiment que vous soyez heureuse dans votre nouvelle existence.

Ravalant ses larmes, Floriane brusquement réajusta son masque.

— Merci, vous êtes trop bon, dit-elle avec rage. Ah ! je vous reconnais bien là, messire d'Ivreville : au fond, vous n'êtes qu'un égoïste forcené, un orgueilleux, un invétéré misogyne. Allons, soyez rassuré. Je ne vous importunerai plus. Plus jamais. Adieu !

— Floriane ! s'écria Bassompierre l'apercevant se frayer un passage dans la foule et le frôler sans même le voir, sa jolie bouche frémissant sous le velours noir, une larme glissant tout au long de sa joue.

— Ah ! François ! gémit-elle, se retournant à son appel et s'accrochant à son bras. Cette fois, c'est bien fini…

— Venez, je vous raccompagne chez vous, dit simplement le maréchal, s'abstenant en la circonstance de tout commentaire superflu.

Arrivée rue Saint-Dominique, aussitôt la porte refermée sur elle, Floriane respira longuement. Elle n'avait qu'une hâte : se retrouver loin des regards, seule dans sa chambre pour pouvoir y pleurer à son aise. Johanès et Étienne, accompagnés par Jeanne, étaient sortis. La maison était tranquille ; c'était pour l'instant son unique souhait.

Elle fit quelques pas dans le vestibule sombre. Cette brève entrevue avec Artus pesait soudain de tout son poids sur ses épaules, l'accablait de désespérance et de désillusion.

C'est alors qu'au bas de l'escalier, une silhouette se dressa tout à coup devant elle, lui barrant le pas, et sans lui laisser le temps de réagir, se jeta littéralement sur elle, l'étreignant avec frénésie.

— Nicolas ! Vous êtes fou ! s'exclama-t-elle, ayant reconnu sur-le-champ son agresseur. Soudard répugnant ! Un geste de plus et j'appelle toute la maison à mon aide, poursuivit-elle, dégageant un bras et le giflant à toute volée.

Nicolas Grolier porta la main à sa joue. Il n'était qu'une face rubiconde, luisante de sueur, un souffle précipité d'homme en rut. Depuis des jours, des mois, il ne cessait de la guetter, de l'épier en toutes occasions, cherchant un stratagème pour se trouver seul à seule avec elle, et assouvir sa concupiscence.

Bravant toutes les règles de prudence, il s'était aujourd'hui glissé dans sa demeure, attendant son retour pour se précipiter sur elle comme un satyre sur sa proie.

— Je vous dégoûte, hein ? éructa-t-il. Vous préférez ces messieurs de la cour, un maréchal ou un baron !

— Taisez-vous ! cracha-t-elle avec colère. Oui, vous me dégoûtez. Je ne vous supporte plus, vous et vos sales pattes toujours prêtes à traîner sur les femmes, votre cou de taureau en mal de génisse, vos babines humides, votre bedaine d'ivrogne. Je ne les ai que trop vus. Je vous méprise, Nicolas Grolier, et vous somme de déguerpir d'ici à l'instant même !

Humilié jusqu'à l'âme par sa rebuffade, furieux, penaud, le sieur du Soleil gagna la porte à petits pas mal assurés. Mais avant de sortir, il grogna en sourdine une ultime menace :

— Tu ne perds rien pour attendre, catin. Crois-moi, par tous les diables, je te revaudrai ça. Au centuple !

*

Au cours des fêtes officielles où elle avait été conviée avec Johanès, Floriane avait entr'aperçu la reine mais sans pouvoir l'approcher. Grâce à M. de Lavau-Irelan, elle obtint une audience privée chez Anne d'Autriche et fut reçue avec une simplicité et une gentillesse qui l'emplirent de gratitude.

Elle revoyait encore la scène : sa jupe de satin bleu gonflée autour d'elle comme une énorme campanule, sa tête brune, tressée de galons d'or respectueusement inclinée, sa révérence et son baiser au bas de la robe de la souveraine.

— Madame, avait-elle murmuré, mon cœur n'a cessé de vous être fidèle, au long de ces dernières années.

— Je n'en doute pas, avait répondu la reine. L'on m'a dit que vous viviez ici, mariée. Je savais que le roi vous avait fait grâce. Ah ! que de souvenirs !

Une ombre fugace était alors passée dans le regard vert d'Anne d'Autriche. Nantes ! Les intrigues autour du mariage de

Monsieur ; cet été un peu fou. Nantes ! La fin tragique d'un complot, l'amitié de la Chevrette… Puis se penchant un peu, elle avait ajouté tout bas, avec un sourire complice :

— Dès ce soir, j'écrirai à Mme de Chevreuse que je vous ai retrouvée. Elle en sera, je sais, infiniment heureuse.

Comme la reine avait l'air jeune quand elle prenait cet air espiègle que tant de fois Floriane lui avait vu, auprès de la duchesse ! Elle n'avait semblé pas même fatiguée par sa récente fausse couche, bien que l'espoir d'un dauphin se fût encore envolé ! Cette fois était tenu pour responsable un emplâtre qu'une sage-femme trop zélée avait cru avisé de prescrire, malencontreuse initiative qui remettait tout en cause.

Toujours est-il que Floriane avait retrouvé non sans plaisir la cour, ce « délicieux et méchant pays que la raison pouvait faire haïr mais que l'on aimait toujours naturellement », paradis indiscutable des dames, en tout cas, surtout en période de guerre où la majorité des gentilshommes était au loin.

Dans l'entourage d'Anne d'Autriche et dans celui de Marie de Médicis, on lui fit bon accueil. Après des années de relations tendues, belle-mère et belle-fille avaient enfin fait la paix. Mieux : elles faisaient alliance contre le cardinal que la reine mère avait de plus en plus de mal à supporter. Il devenait leur ennemi commun. Mme du Fargis, dame d'atours de la reine Anne, chargée des bagues de la couronne, n'était pas étrangère à leur réconciliation.

La trentaine, un visage grêlé par la petite vérole mais vif et rieur, Magdeleine du Fargis collectionnait les amants en méprisant avec superbe les ragots qui couraient sur son compte. Pour l'heure, elle était la maîtresse d'Henry de Béringhen, premier valet de chambre du roi, et s'en cachait à peine. C'est dire si la fougueuse intrigante entretenait une ambiance libre et joyeuse autour d'elle, même si personne ne pouvait remplacer dans ce domaine l'inoubliable et turbulente Mme de Chevreuse. Floriane avait également retrouvé la princesse de Conty, toujours rayonnante malgré l'assaut des ans et la couche généreuse de fard sur son visage et, avec elle, tout le clan des Guise, sans oublier la vieille du Tillet, sa perruque de travers, sa peau jaunasse, son squelette ratatiné de vieille fille, spirituelle, rompue comme personne aux pièges de la vie de cour, à ses débordements, dispensant autour d'elle les indéfinissables effluves propres à toute Célestine [1]...

M. de Lavau-Irelan, quant à lui, avait un jour présenté son épouse à Floriane qui, cette fois, avait eu du mal à cacher sa surprise en voyant une jeune naine lui sourire gentiment. La reine Anne l'avait reçue en cadeau de sa tante l'Infante d'Espagne, cadeau malicieusement expédié dans une cage, recouverte d'un tapis, censée abriter un perroquet capable de parler une demi-douzaine de langues. Quand la reine et ses dames avaient questionné l'oiseau, ses réponses savantes les avaient quelque peu laissées perplexes. Aussi avait-on soulevé le tapis et découvert avec stupeur l'aimable naine ! M. de Lavau-Irelan s'était rapidement laissé séduire et l'avait épousée sans manières, sous l'empire d'un mutuel contentement.

L'agrément de la cour était que l'on ne s'y posait pas trop de questions. Un visage apparaissait puis disparaissait, un mois, un an, des années. Puis on le revoyait sans qu'on y prenne garde apparemment. Chacun savait que la disgrâce pouvait subitement le frapper à son tour, personne n'étant à l'abri d'un caprice royal ou d'une malchance politique. La roue était hasardeuse. Personne ne s'étonna donc de revoir Floriane même si les potins ne l'épargnèrent pas plus qu'une autre. Il n'y eut que la Combalet pour lui faire grise mine. La nièce de Richelieu ne lui pardonnait pas d'avoir, dans le passé, refusé son amitié un peu particulière. La puissance du cardinal tournait toujours la tête de la belle et opulente fille, plus orgueilleuse qu'une princesse, qui entretenait une garde personnelle et méprisait tout le monde. Marie de Médicis, dont elle était fille d'honneur, la suspectait de l'espionner pour le compte de son oncle et se plaignait de son service négligé.

1. Entremetteuse.

Allons, rien n'était donc changé même si les Vendôme, les Chalais, les d'Ornano avaient disparu, si Monsieur et ses amis restaient à Paris, si la duchesse de Chevreuse se morfondait à Dampierre. D'autres noms avaient pris le relais avec le même but : débarrasser la France du cardinal de Richelieu.

Cette fois pourtant, Floriane était bien résolue à se tenir à l'écart des intrigues. Officiellement, elle n'était d'ailleurs rien à la cour. En revanche, tous ses amis lyonnais se l'arrachaient afin qu'elle leur contât, par le menu, les derniers cancans à la mode. Ces futilités avaient au moins un avantage : l'empêcher alors de trop penser à Artus. Plus tard peut-être, lorsque la cour se serait éloignée de la ville, pourrait-elle secrètement, douloureusement, laisser parler son cœur.

Le lundi de Pentecôte, un important cortège accompagna Anne d'Autriche sur les hauts de Fourvière. Une modeste chapelle consacrée à la Vierge s'élevait sur l'emplacement de l'ancien forum romain, parmi les vestiges du prétoire d'Auguste. Une dizaine de chanoines vivaient à proximité, dans une maison charmante aussi fleurie que le reste de la colline. Ainsi, en ce jour de fête, les dévotions de la jeune reine et de sa suite leur permirent de découvrir un peu mieux la grande ville.

Elle était là, tout en bas de la pente où s'accrochaient encore quelques colonnes d'un ancien aqueduc, majestueuse et sereine, orgueilleuse et paisible, offrant la vision de son site unique où la puissance virile rivalisait avec un charme tout féminin, remparts impressionnants, bastions rigides, ceignant la fantaisie des toits et des clochers. La Saône, elle, surpiquée de bateaux, ondulait avec des langueurs d'amante à la rencontre du Rhône. Fier et impétueux, le fleuve entraînait fougueusement leurs flots mêlés en direction du sud. Les pierres et les eaux, les arbres et la campagne ceinturant les murailles étaient baignés d'une symphonie de lumière qui éveillait suavement tous les parfums des fleurs.

Longtemps Floriane savoura ce panorama printanier. Puis elle leva les yeux, son regard vola par-dessus la ville, courut sur la plaine et les coteaux verdoyants du Dauphiné, s'arrêta sur la ligne d'horizon barrée par les Alpes aux cimes enneigées. Artus était là-bas, dans cette fin du monde visible. Alors, spontanément, une prière ardente lui vint aux lèvres :

— Ô Vierge Marie, je vous en prie, ne l'abandonnez pas !

*

Pour l'instant, la fortune des armes souriait à la France. Dix jours après que le roi eut quitté Lyon, Chambéry avait capitulé, puis, peu après, Annecy et Rumilly. Seule maintenant la présence du prince savoyard, Thomas de Carignan, dans la petite place forte de Conflans [1] d'où il commandait les passages de la Tarentaise et de la Maurienne, freinait l'irrésistible progression de l'armée. Le prince se croyait invulnérable au creux de ces pics et de ces cols impraticables. Aussi fallait-il une manœuvre audacieuse pour le prendre à revers. Le roi et le cardinal la confièrent à François de Bassompierre.

À la tête de l'avant-garde du roi, des hommes de pied et de la plupart des gentilshommes qui s'étaient portés volontaires, le maréchal s'enfonça dans les montagnes. Évitant Conflans, lui et ses hommes dormirent à Ugine, franchirent à l'aube le difficile col de la Forclaz et, le 30 mai, prirent position à Beaufort.

De là, Bassompierre envoya trois détachements de deux cents hommes chacun, respectivement sur les cols de la Balme, de la Louze et du Cormet, trois points stratégiques tenus par l'ennemi qui empêchaient d'aller plus avant.

Pour les Savoyards, il était impensable qu'on pût les déloger de leurs nids d'aigle. De fait, pour les atteindre, point de chemin, à peine quelques sentiers devinés sous la neige qui achevait de fondre et une poignée de guides dont personne n'était sûr. Néanmoins, une patrouille envoyée de nuit reconnaître le col de la Louze sous commandement du baron d'Ivreville,

1. Près d'Albertville (Savoie).

voulant risquer le tout pour le tout, s'avança aussi agile et silencieuse qu'un troupeau de chamois et fondit brusquement sur le poste ennemi. Chez les Savoyards, ce fut la débandade et les Français n'eurent à déplorer que quelques morts et un blessé, leur chef, Artus d'Ivreville, atteint à la jambe. Aussitôt alerté, le prince Thomas déguerpit de Conflans et s'enfuit vers Moustiers.

La voie était libre pour Bassompierre et ses sept mille hommes, qui se mirent en marche, l'un derrière l'autre, courageusement.

Or, du courage, il en fallut, car à mesure qu'ils avançaient, il leur sembla à tous qu'ils allaient disparaître dans un univers de fantasmagories, la nuit rendant encore plus inquiétants, plus farouches, à-pics et ravins sans fond, versants abrupts dressés soudain sur leur passage, rocs et sapins noirs où mugissait le vent. C'était à peine s'ils pouvaient distinguer où ils mettaient leurs pas, glissant dangereusement sur les dernières plaques de neige ou des cailloux verglacés. Mais le pire intervint à la pointe du jour quand un soleil rapide et piquant de montagne transforma le chemin en un redoutable magma, la chaleur de plus en plus pesante s'insinuant sous les cuirasses et les étoffes rudes des casaques. Alors, sur les épaules, les bagages et les armes prirent la lourdeur du plomb. Et pourtant dans les rangs personne ne faiblit. Mieux, les soldats entraînés par l'indomptable et joyeux maréchal forcèrent l'allure avec un entrain renouvelé.

Diable d'homme ! Alerte, gaillard, il allait l'humeur imperturbable, infatigable à la tête de sa troupe. Messieurs de Nesle, du Hallier, de Valençay, tous riaient de son entrain et de ses plaisanteries. Ivreville, qui les avait rejoints, marchait lui aussi avec vaillance, exhortait ses hommes, ayant refusé, malgré sa blessure, de rester à Beaufort. Il affirmait d'ailleurs n'être que très légèrement touché. D'heure en heure pourtant, les efforts qu'il faisait pour masquer sa douleur devenaient plus visibles. Mâchoires crispées, il maintenait l'allure, mais personne n'osait lui demander s'il souffrait.

Une seule volonté animait la troupe engagée dans un touret infernal dévidant montées et descentes, chaque sommet atteint en annonçant un autre : Arèche, la Louze, Naves. Le sol glissait, on trébuchait sur des pierres coupantes, le souffle semblait à chacun vouloir manquer à tout instant, et pourtant, serrant les dents, tous d'un même élan continuaient.

À Naves, enfin, on fit halte : le hameau était accueillant, le vin revigorant, assez pour aider les soldats à repartir bientôt à l'assaut de deux cols ardus, le Petit et le Grand Cœur, avant d'atteindre dans un dernier effort Aigueblanche puis Moustiers qu'ils prirent sans trop de mal. À leur approche, le prince Thomas avait fui. Harassées, à demi mortes, mais victorieuses, les troupes du roi de France purent alors souffler.

Elles venaient de parcourir douze lieues [1] dans les pires conditions ! François de Bassompierre ne pouvait plus mettre un pied devant l'autre et s'écroula tout habillé sur son lit. Quant à Artus d'Ivreville, on dut couper sa botte pour la lui ôter. Sa jambe apparut alors, boursouflée, sanguinolente. N'étant plus maintenue par la gaine de cuir, elle lui causait une véritable torture. Lorsque le chirurgien voulut l'examiner, il s'évanouit aussitôt de douleur.

Le lendemain, dans la soirée, Bassompierre fit appeler le chirurgien.

— Comment se présente sa blessure aujourd'hui ? demanda-t-il.

— Mal, monsieur le maréchal. Malgré les saignées et les compresses, la jambe ne désenfle pas. Il va falloir sans doute amputer. Mais le baron s'y oppose. Sa Majesté est prévenue. Elle souhaite l'avis de M. Bouvard qui est resté à Chambéry. Nous allons donc y transporter le blessé.

Bassompierre retint une grimace désobligeante. Il avait une piètre opinion du sieur Bouvard, premier médecin du roi, homme certes probe mais timoré, indécis, comme tant d'autres de son espèce, à l'opposé des chirurgiens, véritables bouchers, toujours un bistouri ou un tranchoir à la main.

1. Environ cinquante kilomètres.

— Je vous remercie, monsieur, dit-il simplement. Je veillerai personnellement au transfert du baron.

Puis il s'assit devant une table, prit une feuille de papier, tailla une plume, regarda par la fenêtre ouverte. Les toits de Moustiers, dans la transparence de l'air alpin, se teintaient des couleurs du couchant. Quel mal avaient-ils eu pour atteindre cette petite cité paisible qui s'endormait avec indifférence, lovée autour de sa cathédrale et de l'archevêché ! Seules, les sentinelles et leurs rondes troublaient maintenant le silence. Reposant son regard sur sa table, François de Bassompierre réfléchit un instant puis sa plume se mit à courir sur la feuille. Une demi-heure plus tard, un courrier quittait Moustiers au grand galop.

Floriane prit des mains de Mariette la lettre de Bassompierre. Elle la décacheta, la lut avec avidité. Son visage changea de couleur :

« Je préfère que vous le sachiez tout de suite, mon petit : Ivreville est blessé, gravement. Inutile de vous dire qu'il ne me pardonnera pas de vous avoir prévenue mais je sais que vous-même ne m'auriez jamais pardonné de ne l'avoir point fait. Un coup de mousquet reçu dans la montagne l'a atteint à la jambe mais notre ami ne serait pas dans l'état où il est s'il n'avait pas méprisé sa souffrance au-delà des limites… »

Au-delà des limites… Floriane ferma les yeux. Elle imaginait tellement ce qui s'était passé, le devinait à travers les mots employés par le maréchal, instinctivement alertée par sa passion, dévorée par l'angoisse.

« On peut considérer comme un exploit cette marche qu'il a accomplie avec une décharge de mousquet dans les chairs, poursuivait Bassompierre. Il n'y aurait eu pourtant aucun déshonneur pour lui à rester à Beaufort et à s'y faire soigner. Non ! Il a voulu tenter l'impossible, aller au-delà de sa résistance physique, comme si se surpasser était devenu pour lui une idée fixe, un but primordial. Un tel mépris de la mort malgré tous les soins dont nous l'entourons, nous ses amis, sans parler de ces ânes de médecins, et même du roi qui le tient en très grande estime, fait présager le pire. Je crains en effet que dans ces conditions il soit bien mal aisé de lui venir en aide. Sa véritable blessure est-elle celle-là, petite fille ? »

Que voulait donc dire Bassompierre ? Se pouvait-il qu'Artus l'aimât encore, bien qu'il eût affirmé le contraire ? Se pouvait-il qu'il souffrît tant à cause d'elle, que ses tourments du corps ne fussent qu'un exutoire à sa peine ? D'ailleurs, dans de telles circonstances, qu'importait qu'Artus l'aimât ou non ! Il était blessé, grièvement. Il avait besoin d'elle. Bassompierre ne lui aurait pas écrit sans raison. Il la connaissait assez pour savoir ce qu'il faisait en lui envoyant ce message.

Sa place était à Chambéry auprès d'Artus. Il fallait sur-le-champ voler à son secours, tout faire pour le sauver si, grâce à Dieu, il en était encore temps !

— La Musette ! Où est-il donc ? Mariette, cours le chercher. Vite !

Floriane s'agitait comme une abeille que rien ne pouvait détourner de son élan.

— Ah ! te voilà ! Selle immédiatement trois chevaux et prépare-toi ! Nous partons. Allez ! dit-elle en tapant du pied car Jean la Musette, tout comme la servante, la regardait avec ahurissement.

Elle était en chemise, jambes nues, et penchée sur un coffre, triait fébrilement vêtements, chausses, pourpoint, bottes et chapeau, avant de les lancer pêle-mêle sur son lit.

— Madame, madame ! Vous n'allez pas mettre ça, protesta Mariette.

— Aide-moi plutôt, au lieu de rester plantée à ne rien faire.

— Mais où allons-nous ? demanda la Musette.

— À Chambéry. Il faut faire vite. Il est blessé, ajouta-t-elle sans juger bon de nommer Artus devant sa servante, tant elle savait que la Musette comprendrait aussitôt.

En effet, il avait compris. Ainsi, les anciens démons étaient revenus visiter sa maîtresse. Vouloir s'y opposer était inutile.

— Et messire Johanès ? se risqua toutefois le gros garçon.

Floriane qui nouait les ferrets de son pourpoint arrêta une seconde son geste. Johanès ! Dieu ! Toute à son angoisse et à son désir de rejoindre Artus, elle l'avait oublié, comme la maisonnée tout entière, comme toute sa vie et sa place dans la ville. C'est vrai, elle avait un mari et justement elle l'entendait rentrer et parler à Gilbert. L'ignorer, l'éviter était impossible.

— Fais ce que je t'ai dit, fit-elle à la Musette en achevant de s'habiller. Je te rejoins dans un instant.

— Johanès, je voudrais…

Le jeune homme la regarda hésiter sur le pas de la porte. Des souvenirs affluèrent. Il retrouvait tout à coup cet aimable cavalier qui, rencontré un soir dans une auberge de Roanne, avait bouleversé sa vie. Visiblement pressée, Floriane semblait prête à prendre la route. Johanès sentit son cœur se serrer.

— Floriane, que se passe-t-il ?

— Je dois m'absenter.

Et devant la pâleur de son mari, elle ajouta bien vite :

— Rassurez-vous. C'est l'affaire de quelques jours.

— Quelques jours ! Où allez-vous ?

— En Savoie. J'ai reçu des nouvelles de M. de Bassompierre, un intime de ma famille, vous le savez. Le maréchal m'apprend que l'un de mes parents est blessé. Je dois me rendre à son chevet.

— Non !

Le cri échappa à ses lèvres. Non, il ne voulait pas ! Il ne lui permettrait pas de partir, de retrouver ses anciens amis, un ancien amour peut-être ? Il n'était point dupe. Il ne la laisserait pas l'abandonner, plus seul, plus démuni qu'un condamné. Déjà, depuis l'arrivée de la cour à Lyon, il la voyait, la sentait lui échapper chaque jour davantage. Il devait la retenir, la garder de force même, s'il le fallait. Elle était sa femme après tout !

Johanès la prit par le bras :

— Non, vous ne partirez pas ! s'écria-t-il.

La passion le transformait. Jamais Floriane ne lui avait connu pareille violence. Mais pouvait-elle lui en tenir rigueur ? Elle comprenait sa peine sans pouvoir y remédier. Rien ni personne ne l'empêcherait de rejoindre Artus.

— Johanès… protesta-t-elle avec douceur mais fermeté.

— Qu'y a-t-il ? Johanès, lâche-la, voyons !

Étienne s'interposait. Attiré par les voix, il avait du mal à reconnaître Floriane dans sa tenue, mais sans chercher à comprendre, il volait au secours de sa préférée.

Tout pâle, comme s'il vivait un mauvais rêve, Johanès lâcha Floriane mais ce n'était pas pour obéir au vieillard. Le regard empreint de pitié de sa femme qui répondait à sa révolte le rendait à lui-même.

— Je vais faire atteler, dit-il simplement.

— C'est inutile. Nous irons à cheval. La Musette m'accompagnera. Un carrosse nous retarderait.

Son impatience mit son époux au comble du désarroi.

— Je ne serai pas absente longtemps, je vous le promets.

Elle s'éloigna sans ajouter un mot, laissant les deux hommes pareillement frustrés. Aussi insaisissable qu'une hirondelle, elle leur échappait totalement. Un sentiment de vide semblait s'appesantir soudain sur toute la maison.

— Allons, elle reviendra, puisqu'elle l'a promis, marmotta Étienne sans grande conviction.

Floriane rejoignit la Musette. Par crainte des Grisons, ou autres mauvaises rencontres, il s'était muni de pistolets. Fin prêt, il l'attendait, les trois chevaux sellés.

— Pourquoi trois ? demanda-t-il, en lui tendant la bride d'un hongre robuste.

— Tu verras. Pour le moment, suis-moi.

Dans son message, Bassompierre avait eu l'air de douter de la compétence des médecins. Floriane sur ce point ne partageait pas entièrement son avis. Tous n'étaient pas ignares. Lors de la peste, elle les avait vus à l'épreuve, souvent efficacement. La faculté de médecine de Lyon était, avec celle de Montpellier, la plus réputée du royaume. Son doyen, le docteur Marcellin, l'avait à deux reprises soignée avec perspicacité et rendu à la Musette l'usage de sa jambe. C'était donc lui qu'il fallait emmener au chevet d'Artus.

À l'Hôtel-Dieu, elle trouva le praticien seul dans son cabinet, et sans ambages elle sollicita son aide. Mais le médecin refusa tout net de suivre la jeune femme quand il sut que le blessé était à Chambéry. Décidément, l'extravagance de Mme Landry dépassait les bornes ! Et cet accoutrement ! Cette familiarité avec son valet bien étonnante elle aussi !... Pauvre Johanès ! Soupçonnait-il seulement quelque chose ?

Pancrace Marcellin, en tout cas, ne douta plus de la démence de Floriane lorsqu'il vit celle-ci tirer soudain une dague de sa ceinture et lui poser la pointe sur son cou replet.

— Mais enfin, que faites-vous ? C'est insensé !

Il ne reconnaissait plus la jeune femme belle, douce, tout sourire, qu'il avait soignée naguère. Aujourd'hui, il la sentait prête à tout, le regard meurtrier, la main crispée sur son arme.

— Prenez votre trousse, maître Marcellin, prenez tout ce qui vous est nécessaire et suivez-moi sans rechigner, menaça-t-elle. Sinon, sur mes aïeux, je vous transperce la gorge !

Impassible, les bras croisés, la Musette barrait la porte de toute sa stature. Pancrace Marcellin comprit qu'il n'avait pas le choix. D'ailleurs, la scène s'était déroulée si vite et était si invraisemblable, si inattendue, qu'il aurait été bien en peine d'opposer la moindre résistance.

En peu de temps, il fut prêt. La Musette se chargea de son sac, gonflé de pots et de fioles. À pas précipités, ils traversèrent l'hôpital, Floriane maintenant la pression de sa dague contre les côtes du médecin. Dehors, le pont du Rhône à peine franchi, ils prirent le galop.

*

— Plus vite ! Plus vite !

Floriane n'avait que ce mot à la bouche. Plus habitué au pas tranquille d'une mule qu'aux allures fougueuses de sa monture. Pancrace Marcellin suivait avec peine ce train d'enfer et redoutait à tout instant de se rompre le cou. Au relais de La Verpillière, il était hors d'haleine. Ayant dû attendre qu'il se remît un peu pour repartir, à Bourgoin, n'y tenant plus, Floriane le laissa derrière elle sous la garde de la Musette et continua sa route seule.

L'air était très doux mais ne parvenait pas à tempérer sa fièvre. À mesure qu'elle avançait, elle voyait se rapprocher les cimes. La route se faisait plus sinueuse. Après le pont de Beauvoisin, elle devint si escarpée que Floriane jugea bon de s'arrêter quelques heures pour la nuit. Elle venait de passer la frontière entre France et Savoie. Le plus difficile restant à accomplir entre les Échelles et Chambéry, elle préféra attendre le jour, allongée à l'abri d'un rocher, ignorant complètement en la circonstance la peur. Pour Floriane l'Angevine, née dans l'harmonie des bords de la Loire, le silence des montagnes était pourtant impressionnant. Leur présence si proche était presque palpable, inquiétante, malgré la légèreté du vent et l'insouciante modulation des criquets. Toute à son inquiétude, elle dormit assez mal et bénissant la brièveté des nuits de juin, dès l'aube, s'étant rapidement rafraîchie à l'eau d'un torrent, elle repartit à toutes brides.

Les uniformes envahissaient Chambéry. Les rues grouillaient de monde. Sur le château, claquaient les oriflammes aux armes du roi qui était arrivé la veille. Un officier des gardes indiqua à Floriane l'adresse de Bassompierre, une maison proche du couvent des Franciscains. Elle y fut en quelques minutes et trouva le maréchal qui s'apprêtait à sortir.

Harassée, Floriane se laissa glisser de son cheval et serait tombée si le gentilhomme ne l'avait retenue.

— Où est-il ?

— Ainsi vous êtes venue ! Si vite ! Dans quel état êtes-vous ?

— Vous saviez bien que je viendrais en m'écrivant. Qu'importe mon état ! Je veux voir Artus !

— Bien sûr, vous allez le voir. Mais avant, remettez-vous. Vous êtes exténuée. Avez-vous seulement mangé quelque chose ?

Elle n'avait rien pris depuis la veille et ne s'en souciait guère. Bassompierre insista, la fit entrer chez lui et demanda qu'on lui servît du pain trempé dans du lait.

— Vous n'allez pas débarquer chancelante chez Ivreville, sans plus de forces qu'un chaton.

Il se garda bien sûr d'ajouter qu'il lui faudrait tout son sang-froid pour affronter l'épreuve, mais elle le comprit à son regard. Devant son insistance à connaître la vérité, Bassompierre lui apprit l'essentiel.

La gangrène avait fait des progrès effrayants. M. Bouvard avait examiné la blessure et, comme les chirurgiens, jugeait lui aussi inévitable d'amputer. C'était ça ou la mort à très courte échéance.

— Non, ce n'est pas vrai…, gémit Floriane accablée.

— Courage, ma violette. Tu vois, c'est bien que tu sois là, fit doucement Bassompierre. Toi, tu réussiras peut-être à le convaincre. Car il refuse absolument l'opération. Perdre la vie lui importe beaucoup moins que perdre la jambe, répète-t-il sans cesse. C'est un point de vue que je ne partage pas. Vivre, tudieu ! Vivre ! L'existence est un perpétuel miracle dont nous devons jouir jusqu'au bout. Même le roi s'est déplacé en personne à son chevet. En vain. Impossible de lui faire changer d'avis. Le maréchal de Créqui qui a récemment perdu au combat son fils Charles de Canaples, a lui aussi passé plus d'une heure à le chapitrer. Canaples et Ivreville avaient le même âge. Ils étaient très liés. Créqui a donc parlé à Artus, comme s'il était son propre père. J'étais présent. Je te l'affirme, nous avions tous les larmes aux yeux. Pourtant, malgré son émotion, Ivreville s'est refusé à en démordre.

Opiniâtre, certes, Artus l'était et le serait toujours. Floriane le savait, ô combien ! Qu'allait-elle pouvoir faire là où ses compagnons d'armes, le roi lui-même avaient échoué ? Des images insoutenables lui déchirèrent le cœur : Artus mutilé, son corps d'athlète, rompu à tous les exercices, estropié à vie, sa prestance de cavalier émérite réduite aux servitudes d'une définitive infirmité. N'était-ce donc pas pour lui, c'est vrai, une manière de mourir, peut-être plus cruelle, plus lente que toutes les autres ? Désespérée, Floriane sentit soudain sa détermination fléchir. Peut-être Artus avait-il raison.

— Théodoric va te conduire auprès de lui. Le roi m'attend. Nous nous verrons plus tard.

Bassompierre saisit les mains de la jeune femme. Sa détresse lui fit mal. Mais cette fois, il ne pouvait, hélas, rien pour elle…

— Tu as fait cette route toute seule, petite violette ?

— En partie. La Musette va me rejoindre avec un médecin de Lyon très expérimenté, enfin, je crois… François, j'ai peur !

— Tiens bon, Floriane ! Le découragement te va mal.

Dans une rue voisine, Ivreville occupait le logis cossu d'un conseiller du duc de Savoie, réfugié à Turin avec sa famille. Théodoric des Étangs montra le chemin à la jeune femme.

Une tête blonde, un museau pointu : Lubin leur ouvrit et reconnut Floriane avec un étonnement inquiet. Elle était liée pour lui à trop de déconvenues de son maître. À contrecœur il la guida donc jusqu'à la chambre d'Artus. Des éclats de voix s'échappaient de la porte entrouverte.

— Mais laissez-moi, vous dis-je ! Suppôts du diable, voulez-vous donc tous me damner ?

— C'est vous qui vous damnez en vous condamnant à une mort certaine !

— Refuser cette amputation est un véritable suicide. Dieu ne vous le pardonnera pas !

La gorge nouée par l'appréhension, Floriane poussa la porte et resta pétrifiée. Artus gisait sur un lit de repos, en simple camisole et haut-de-chausses dont la partie gauche avait été complètement découpée afin de ne pas comprimer un énorme bandage qui enveloppait la jambe de la cheville au genou. Deux moines

Récollets de chaque côté du lit maintenaient le patient, l'exhortant à accepter l'opération.

De leur côté, M. Bouvard, un chirurgien et un aide préparaient leurs ustensiles, tout un arsenal, reposant déjà sur une table : charpie, poudres astringentes, emplâtre composé de myrrhe, d'aloès et de poils de lièvre brûlés, destinés à endiguer le sang des artères sectionnées. Et aussi des crochets, des pincettes « en bec de grue », des maillets, de grandes aiguilles, droites ou recourbés, du fil de soie… Enfin et surtout – Floriane en frémit d'horreur – deux scies dentelées, une grande et une plus petite, dont elle imaginait déjà le grincement sur les os.

— Et d'ailleurs, qui m'assure que je n'endurerai pas cette torture pour rien ? Que ce n'est qu'un sursis inutile ? reprit Artus avec une violence accrue.

— Nous devons tout tenter, risqua le chirurgien, ne sachant visiblement plus à quel saint se vouer.

— Allons, monsieur, intervint à son tour maître Bouvard. Soyez raisonnable. Deux heures de souffrance à peine et vous serez sauvé !

— Deux heures de souffrance et une éternité à traîner ma misère, vous voulez dire ! Non ! Je préfère mille fois la mort ! cria-t-il à nouveau essayant d'échapper aux mains des Récollets.

La scène était vraiment insupportable. Bouleversée, Floriane ne put retenir ses sanglots. Les têtes se tournèrent dans sa direction : elle joignait les mains sur ses lèvres qui tremblaient. Artus la reconnut aussitôt.

— Non ! Pas vous ! Pas vous ici maintenant… Allez-vous-en !

Cette fois, la folie semblait égarer ses esprits pour de bon et les moines eurent toutes les peines du monde à le maintenir étendu sur son lit. Des mèches de cheveux collées au visage par la sueur, les traits décomposés par la souffrance et la fièvre, Artus continua de crier :

— Que faites-vous ici ? Vous êtes comme les autres, c'est cela ? Trop heureuse de me torturer vous aussi, de m'amoindrir, de faire de moi une moitié d'homme ! Disparaissez ! Je ne veux plus vous voir !

Voilà, il la rejetait désormais ! Même en ce moment d'infortune extrême, il refusait sa présence, tout l'amour qu'elle lui apportait !

Pour ne plus voir, ne plus entendre surtout, Floriane titubante sortit dans le couloir, s'agrippa au mur pour ne pas tomber. Lubin, à trois pas, se tordait lui aussi les mains de chagrin et d'impuissance.

— Calmez-vous, mon fils, calmez-vous, répétaient les moines dans la chambre tandis qu'après un court conciliabule, M. Bouvard et le chirurgien décidaient de passer outre à l'avis du blessé et de le sauver malgré lui.

— Ah ! les bourreaux ! s'écria-t-il, les voyant s'approcher. Vous voulez donc m'ôter plus que la vie ! Floriane ! Floriane ! Je ne veux pas…

Frappée au cœur, Floriane s'élança dans la chambre.

— Laissez-le ! Par pitié !

Le protégeant de tout son corps, elle faisait face aux médecins et aux moines médusés, le visage presque contre celui d'Artus, l'entourant de ses bras, répétant tout en pleurs :

— Ne crains rien ! Ils ne te toucheront pas. Ne crains rien ! Je suis là, Artus. Mon pauvre amour. Je suis avec toi. Je t'aime !

Il y eut un flottement, puis M. Bouvard, le premier, répliqua sèchement :

— Je ne sais si vous vous rendez compte, monsieur… ou mad… – il n'osait dire madame bien qu'il eût d'emblée identifié le sexe du trouble-fête – M. d'Ivreville est en danger de mort. Il faut le délivrer de ce membre corrompu.

— Je me tue à vous dire que je refuse de vous laisser ma jambe, haleta le blessé à bout de souffle.

— Messieurs et vous, mes bons Frères, pourquoi vous obstiner à contrarier le vœu formel de M. d'Ivreville ?

Floriane s'était dressée de toute sa taille, bravant ses interlocuteurs, serrant la main fiévreuse d'Artus dans la sienne.

— Mais il s'agit de sauver sa vie, insista l'un des moines.

— Et son âme, ajouta l'autre.

— Dieu ne commande pas d'attenter au libre arbitre de ses créatures. En forçant la volonté d'un homme brave et sain d'esprit, ne risquez-vous pas justement d'égarer son âme sans retour ? La folie n'est-elle pas un enfer tout aussi redoutable que les feux de Satan ?

La voix douce mais vibrante de Floriane, son argumentation parurent impressionner les Récollets.

— Quant à sa vie, continua-t-elle, cette fois à l'adresse de Bouvard et du chirurgien, n'est-il pas possible de la sauver sans recourir à une barbarie ?

— Nous avons tout essayé, hélas, soyez-en sûre !

Abandonnant leur court instant d'hésitation, les deux hommes échangèrent un regard outré. De quel droit l'impertinente doutait-elle de leur science, de leur art ?

— Je suis sûre, messieurs, qu'un espoir subsiste de le sauver. Je ne cherche nullement à vous offenser, soyez-en certains. Mais de nouveaux remèdes vous sont peut-être inconnus. J'attends, venant de Lyon, un médecin de grande renommée. Son savoir, joint au vôtre, peut être à l'origine d'un miracle.

Cette offre de collaboration était, à dire vrai, plutôt insultante. Mais devant l'air profondément ému de la jeune femme, la flamme qu'elle mettait à défendre l'homme qu'elle aimait, il était de toute évidence difficile de passer outre. Se gardant d'exprimer leur dépit, les praticiens s'inclinèrent, accordèrent un sursis, persuadés d'ailleurs qu'un autre ne pourrait faire autrement qu'eux, la jambe de l'infortuné Ivreville étant d'ores et déjà perdue.

M. Bouvard fit donc boire à ce dernier une potion calmante et les quatre hommes se retirèrent, laissant les jeunes gens seul à seul dans la chambre.

— Pourquoi ? Pourquoi êtes-vous venue ? demanda lentement Artus, levant les yeux vers Floriane. Qui vous a avertie ?

— C'est sans importance. Ma place était auprès de vous.

— Non, il ne fallait pas, non. Rentrez chez vous !

Il parlait d'un ton las. Ses forces le trahissaient, la potion commençant à produire son effet soporifique.

— Plus tard, plus tard, si tu le veux encore, murmura Floriane, lui épongeant le front.

À nouveau il la repoussa faiblement, ferma les yeux, toujours retranché dans son entêtement et son orgueil. Puis le sommeil le gagna. Dire qu'un quart d'heure à peine auparavant, il l'avait, dans son désespoir, appelée au secours !

Il faisait très chaud dans la chambre. Floriane tira le volet intérieur, entrouvrit la fenêtre. Le soleil s'insinua aussitôt avec un air plus frais apportant avec lui le carillon léger d'un couvent sonnant vêpres. Les secondes, les minutes, les heures passèrent. Que faisait donc la Musette ? Tout était à craindre sur les routes, surtout avec un cavalier aussi médiocre que le pauvre docteur Marcellin ! Floriane envoya Lubin chez Bassompierre guetter leur arrivée. Le petit valet était désormais plus aimable. L'attitude énergique de la jeune femme effaçait ses griefs et l'idée de retrouver bientôt son ami la Musette lui faisait revenir le sourire aux lèvres.

Restée seule, Floriane s'employa à mettre un peu d'ordre autour d'elle, trouvant un plaisir sensuel à toucher les vêtements d'Artus, son feutre, son épée, ses objets personnels. Puis elle aperçut sur une table une feuille de papier où quelques lignes étaient tracées :

« Je suis un homme de parole, mon doux cœur. Je ne voulais vivre que par votre amour. Vous me l'avez ôté. Pourquoi ? Il y a longtemps que j'ai renoncé à comprendre. Oui, j'ai cherché la mort. Aujourd'hui, elle m'attend. Enfin ! Elle est le seul remède qui, à jamais, me guérira de vous… »

La lettre était inachevée, sans nom et sans adresse. Floriane la laissa retomber et regarda Artus. Le jeune homme entrouvrait les paupières. Elle courut à lui.

— Cette lettre m'était-elle destinée ? Est-ce vrai ? Je t'en supplie, dis-moi la vérité !

— Oui… elle était pour toi.

— Artus ! Tu m'aimes donc ? Tu m'aimes ! répéta-t-elle, l'étreignant avec emportement.

— En as-tu seulement douté un jour, répondit Artus en l'entourant à son tour de ses bras.

Alors, un grand vent joyeux balaya les ombres et les nuages qui depuis si longtemps masquaient l'horizon de Floriane. Tout n'était soudain que clarté et allégresse. La blessure d'Artus, le danger qu'il courait, plus rien au monde n'existait hormis ce doux aveu qui effaçait ses larmes, toutes ces années d'absence et de renoncement, hormis ce grand amour perdu et retrouvé dans les bras de celui qu'elle n'avait, pas un instant, cessé d'aimer.

L'arrivée du docteur Marcellin escorté de Lubin et la Musette rompit brusquement leur intimité mais non le fil qu'ils venaient de renouer éperdument.

M. Bouvard et le chirurgien suivaient, tenant à observer de près leur rival à l'œuvre. D'emblée, Pancrace Marcellin, tout crotté, poussiéreux, en nage comme il l'était, avec ses habits froissés enveloppant un corps ventripotent, leur avait fait la plus piètre impression. Floriane se précipita vers lui à son entrée :

— Vous, enfin ! J'ai cru que vous n'arriveriez jamais ! Ces messieurs sont décidés à couper la jambe de…

Un regard noir l'arrêta.

— Je sais, madame, je sais ce qu'il y a lieu de faire, dit d'une voix grinçante Pancrace Marcellin.

Visiblement, il entendait reprendre toute son autorité et ne pardonnait pas à Floriane l'éprouvante équipée qu'il venait d'accomplir. Il ne lui pardonnait surtout pas de le rendre complice d'une trahison vis-à-vis d'un époux qu'il estimait beaucoup.

Le Lyonnais demanda une cuvette d'eau à Lubin, se lava les mains sans hâte puis se mit à défaire le pansement d'Artus. La jambe, au-dessous, avait une vilaine teinte sombre ; la chair était gonflée. Imperturbable, Pancrace Marcellin la tâta, la renifla brièvement de même que le linge imprégné d'onguent :

— De la térébenthine, n'est-ce pas ?

Le chirurgien acquiesça :

— Et aussi un mélange de résine, de cire jaune et d'huile d'olive, précisa-t-il. Ce « basilicon » est d'ordinaire un bon suppuratif.

— Certes, concéda Marcellin. Mais dans ce cas, il est insuffisant. Sous les chairs, il y a l'os, brisé par la balle. Un emplâtre « ad fracturas ossium » est nécessaire en plus d'un détersif.

Il demanda alors à ce que la chambre fût évacuée, ne conservant près de lui que Lubin, pour l'aider. Tous sortirent donc à contrecœur, Bouvard et le chirurgien spécialement mortifiés, et attendirent dans le couloir.

Créqui et Bassompierre avec M. du Hallier, envoyé par le roi, vinrent bientôt les rejoindre. Ils venaient aux nouvelles. Apparut ensuite le petit La Meilleraye, un jeune parent et protégé de Richelieu, ce dernier voulant ainsi manifester son intérêt envers Artus malgré le peu de sympathie qu'ils éprouvaient l'un pour l'autre, Ivreville ayant toujours gardé prudemment ses distances. Floriane se tint discrètement à l'écart, rongée par l'angoisse, évitant même de s'adresser à Bassompierre.

Enfin, la porte se rouvrit. Artus reposait avec un nouveau pansement. Marcellin daigna donner quelques explications :

— J'ai posé un autre « appareil » sur la jambe de monsieur. Nous l'enlèverons demain et, selon l'état, aviserons. Maintenant, permettez-moi de me retirer. J'ai besoin de repos. Toi, conduis-moi, dit-il à Lubin.

Il n'y avait plus qu'à attendre. Floriane refusa l'invitation de Bassompierre qui voulait la ramener chez lui. Il n'insista pas. Elle reprit sa place au chevet d'Artus.

— Tu sais, je ne change pas d'avis, dit le jeune homme en prenant la main de Floriane. Jamais je ne les laisserai me mutiler. Peux-tu m'imaginer infirme ?

— Je t'aimerais tout de même.

— Avec pitié ? Non, merci !

La colère le reprenait. Floriane l'aida à boire un peu de potion.

— Jure-moi que tu ne soutiendras jamais ces bouchers.

— Je te le jure, Artus, puisque telle est ta volonté.

Penchée sur ses yeux dévorés par la fièvre, Floriane prenait conscience de l'étendue de sa passion. Ainsi l'avait-elle aimé assez fort pour le quitter voici près de quatre ans et maintenant, elle était prête à accepter sa mort plutôt que de l'entrevoir diminué. Lorsqu'il fut assoupi de nouveau, elle se mit à prier. À Fontevrault, quand elle était pensionnaire, elle se tournait souvent vers sainte Agathe. Avec ferveur, montèrent à ses lèvres les prières de jadis.

Le lendemain, éveillée dès le petit jour, elle attendit avec impatience le docteur Marcellin. Elle fut terriblement déçue et son inquiétude augmenta : le médecin jugeait le résultat incertain, préférait remettre son diagnostic au soir. Un nouvel emplâtre fut posé sur la jambe. Bouvard et son compère eurent un sourire sceptique et presque triomphant.

Une longue journée d'attente s'annonçait. Floriane envoya la Musette quérir pour elle du linge et des vêtements propres. Il y avait deux jours qu'elle avait quitté Lyon, dormant et se nourrissant à peine. Elle fit sa toilette, grignota du poulet froid et des pêches puis revint vite auprès d'Artus. Comme le jeune homme s'était assoupi, elle prit un fauteuil et bientôt fit de même.

— C'est bon ! dit doucement Pancrace Marcellin, ménageant ses effets.

Tout le monde était suspendu à ses lèvres. Le médecin leva la tête, jeta un coup d'œil à la ronde, s'attarda sur Floriane qui n'osait presque plus respirer et déclara, s'adressant à Artus :

— Monsieur, désormais je réponds de votre guérison.

— Dieu soit loué !

— C'est extraordinaire !

— Laissez-moi regarder…

Bouvard se penchait. D'un doigt, il effleurait la jambe du blessé, se tournait tour à tour vers le chirurgien et le médecin, ne cessant de répéter :

— Incroyable ! C'est incroyable !

À dire vrai, même pour un non-initié, le doute n'était pas permis. La boursouflure avait diminué de moitié. La chair avait changé de couleur, avait pris un rose violacé presque plaisant après les noirceurs de la veille. Floriane, transportée, avait toutes les peines à retenir sa joie, à ne pas voler dans les bras du jeune homme devant tout le monde.

— Mon maître..., balbutiait Lubin de son côté, tandis que la Musette commençait, en action de grâces, à exécuter l'un de ses airs favoris.

Les Récollets quant à eux criaient au miracle et le premier médecin du roi reconnaissait volontiers qu'il existait des secrets qu'il ignorait encore tout en manifestant la plus grande déférence à l'égard de son confrère.

— Qu'avez-vous donc mis à M. d'Ivreville ? demanda-t-il avidement, prêt à toutes les bassesses pour connaître la composition de l'emplâtre miraculeux, composition que Marcellin, grand seigneur, consentit à livrer. Son « mundicatif[1] » était simple mais audacieux car, dans un mélange traditionnel de plantes et de substances, entrait du vert-de-gris qui n'avait pas son égal pour ronger la pourrissure et nettoyer les plaies mais dont l'usage pouvait s'avérer extrêmement dangereux s'il n'était pas exactement dosé. Artus en serait quitte pour une longue cicatrice et un peu de chair en moins. Mais il ne boiterait pas et retrouverait toute la souplesse de ses muscles.

— Baron, remerciez le Seigneur de vous avoir donné une complexion saine et robuste. Mon remède ne peut rien sur des humeurs viciées.

La fortune du médecin était faite. Ce voyage forcé à Chambéry s'avéra sur-le-champ bénéfique. Louis XIII, prévenu et

1. Remède détersif.

pressé par Bouvard, paya, fort bien, l'étonnante recette et promit de surcroît de faire une donation à l'Hôtel-Dieu de Lyon. Pourtant, le bon docteur négligea de saluer Floriane avant de s'en aller et regagna sa ville avec la suite du roi qui s'y rendait aussi. Pancrace Marcellin avait la rancune tenace.

François de Bassompierre vint en fin de soirée se réjouir avec ses amis.

— C'est vous qui avez prévenu Floriane, n'est-ce pas ? lui demanda Artus.

— M'en voulez-vous ?

— J'aurais mauvaise grâce à le faire.

— « Sois juste et droit et en toute saison… »

Ivreville ne laissa pas le maréchal achever sa phrase, il le fit pour lui :

— « … de l'innocent prends en main la raison. »

Il connaissait ce précepte de Guy de Pibrac dont tout gentilhomme, digne de ce nom, avait lu les *Quatrains*[1], code d'honneur et de morale.

— Je ne pense pourtant avoir jamais perdu la raison, protesta Artus en souriant.

— Ah… En êtes-vous certain ?

Puis, glissant prudemment à autre chose, Bassompierre dit à Floriane qu'il mettait une voiture à sa disposition pour rentrer chez elle.

— Quant à vous, cher baron, rétablissez-vous vite ! Nous aurons encore besoin de vous. Le roi ne va pas s'éterniser à Lyon. Je pars demain pour la Maurienne. La guerre n'est pas finie.

*

Floriane ne parvenait pas à s'arracher aux bras d'Artus. Bouches et souffles mêlés, leurs baisers ne finissaient pas comme s'ils craignaient tous deux qu'ils fussent les derniers. Et ils l'étaient, peut-être…

1. Recueil paru en 1584.

— Pars maintenant, ma douce, pars, il le faut.

— Je ne peux pas, Artus, je ne peux pas…

Elle s'accrochait à lui, sans honte, refusant d'abandonner si vite son fragile bonheur revenu.

— Ne rends pas plus cruelle notre séparation. Pense à tout ce que nous avons dit.

La voix d'Artus était voilée ; ses yeux limpides brillaient comme de l'or. Fallait-il encore augmenter son désespoir, lui, qui souffrait, immobile sur son lit, déchiré de ne pouvoir la garder près de lui, de ne pouvoir proclamer à la face du monde qu'elle était sienne ?

Cette douloureuse pensée rendit à Floriane son courage. Elle se redressa, musela tout d'un coup son tourment et ses larmes.

Dehors, les chevaux du carrosse piaffaient, frappant le pavé de leurs sabots. On entendait aussi la Musette se prendre vivement de bec avec un passant gêné par la voiture qui bouchait le passage. S'éterniser ne pouvait que rendre la situation plus pénible. Un baiser encore et Floriane prit la fuite.

Ainsi, il la laissait partir ! Le courage lui était facile à lui qui retournerait bientôt se battre, retrouverait le roi et l'odeur de la poudre, la vie de camps et de hasards, si chère au cœur des hommes ! L'héroïsme et la gloire, les meilleurs baumes pour une passion meurtrie ! Tandis que Floriane, elle…

Bouleversée, elle faillit rebrousser chemin, retourner se jeter dans ses bras, brève et folle tentation aussitôt repoussée ! Ne savait-elle pas qu'un amant ne pouvait d'un coup d'épée magique la libérer d'un mari librement accepté ? Dans l'histoire d'*Amadis*, dans les romans de M. de Nervèze, le héros avait toujours à surmonter de plus nobles épreuves pour gagner sa dame. L'adorer de loin, consentir au sacrifice suprême était souvent son lot… Artus allait-il ignorer Johanès, ne conserver d'elle, Floriane, qu'une image idéalisée, une image de rêve ? Comme dans l'histoire de *L'Astrée*, la vertu allait-elle prendre le pas sur la passion, l'étouffer, offrir uniquement le renoncement, l'apaisement ?

Resté seul, Artus lui aussi menait rude bataille contre son cœur et ses pensées, méditant de grandes et belles résolutions, n'arrivant pas à éloigner de son esprit le souvenir de son père, un ancien protestant converti, à l'intransigeante moralité. Non, on ne convoite pas la femme d'un autre ! croyait-il l'entendre répéter à son oreille…

Désorienté, en nage, Artus refermait alors les yeux, pour tenter de mieux voir le carrosse qui s'éloignait, à chaque tour de roue, irrémédiablement de lui.

Le silence maintenant enveloppait toute la ville et sa chambre. Et pourtant il avait l'impression que Floriane était là, près de lui, qu'elle allait tendrement toucher son front, dissiper sa peine, doux miracle d'amour pour ceux qui aiment vraiment…

Soudain, Artus bondit de sa couche. Sa jambe malmenée le fit hurler de douleur mais le rendit tout entier à la réalité. Oubliés le cavalier et ses soupirs courtois, les amours platoniques d'un autre âge ! Le jeune homme retrouvait ses pulsions de grand fauve et saccageait rageusement tout ce qui l'entourait.

— Monsieur ! Par pitié, que faites-vous ?

Lubin accourait. Ah, cela n'avait pas traîné. Elle était venue, la diablesse, la poison ! et le résultat était là : un désastre comme d'habitude. Dans quel état était son maître !

— Apporte-moi plutôt à boire ! cria Artus au comble de l'excitation. Du vin ! Vite ! Et du meilleur !

Pour oublier, pour revoir le visage de Floriane, sa Floriane qu'il venait peut-être de perdre une seconde fois !

*

Comme elle le redoutait ce retour de Chambéry ! Tout le long de la route, Floriane pleura, recroquevillée au fond de son carrosse, si folle de chagrin qu'elle aurait voulu ne jamais voir finir le voyage. À La Tour du Pin, elle passa une nuit cauchemardesque à tel point qu'au matin la Musette eut de la peine à la reconnaître tant elle avait les traits bouffis.

À quelques lieues de l'arrivée, il fit donc arrêter la voiture et admonesta doucement sa maîtresse :

— Vous n'allez pas rentrer chez vous avec ce visage ?

— Rentrer chez moi est un calvaire, mon bon la Musette ! Si tu savais ! D'ailleurs, je n'ai pas de « chez-moi ». Loin de M. d'Ivreville, je suis une vagabonde, une sans-logis.

Le brave garçon tendit sa grosse patte et flatta sa maîtresse avec une gaucherie émouvante.

— Dans ce cas, pourquoi rentrer à Lyon ? Gagnons l'Anjou, allons revoir votre sœur ou rejoindre Mlle Olyvette à Paris. On peut aussi, si vous voulez, aller trouver Mme de Chevreuse, ou sillonner tout simplement les routes, rien que nous deux, vous et moi, libres comme le vent, prêts de nouveau à toutes les aventures.

Dans son enthousiasme soudain, Jean la Musette forçait la note. Oubliait-il que les grands chemins, l'aventure, menaient souvent au pire et que lui-même appréciait davantage le confort douillet d'une maison bourgeoise que les dangereuses incertitudes d'une vie errante ? Toutefois, sa proposition généreuse et spontanée eut au moins le mérite de dérider Floriane qui lui sourit avec reconnaissance. En de telles circonstances, c'était un grand progrès !

— Tu sais bien que c'est impossible. Je dois à M. Johanès et maître Borde de revenir.

Elle les imaginait déjà l'attendant, rongés par l'angoisse de ne pas la revoir, tout empêtrés de pudeur et de dignité. Non, elle n'avait pas le droit de revenir la mine ravagée par un chagrin dont ils n'étaient en rien responsables.

— Vous avez raison, approuva la Musette, qui ne l'avait d'ailleurs jamais contrariée, sa volonté étant la sienne. En revanche, il aurait donné cher pour lui rendre sa gaieté, mais ne pouvait que la couver de ses grands yeux séraphiques sans rien oser lui dire.

— Comment ai-je pu me passer si longtemps de toi ? fit-elle en réponse à sa gentillesse. Mais tu vois, ça va mieux. Tu vas me verser maintenant un peu d'eau sur ce mouchoir et le poser là, sur mes yeux. Merci, mon précieux la Musette, merci. Comme cela, d'ici Lyon, ils auront le temps de dégonfler.

Le chaleureux accueil qu'on leur fit rue Saint-Dominique facilita grandement les choses. La maisonnée vécut une journée de folle effervescence, Étienne Borde ayant du coup décidé de réunir le lendemain pour ses quatre-vingts ans toute la famille autour de lui, une occasion rêvée de montrer aux Neyret, aux Dangon et à Frère Julien la paisible harmonie qui régnait dans le foyer de Johanès.

De la cave au grenier se coulait le fumet des cuisines. Le vieil Étienne était partout, insupportable comme un enfant. La belle fête qu'on lui offrait là ! Avec des charcuteries en pyramides, des volailles braisées, tous les vins qu'il aimait et personne pour lui reprocher son intempérance ! Les verres seraient haut levés, toute la parenté lui ferait carousse [1]. Une atmosphère rabelaisienne dans ce qu'elle avait de meilleur accompagnerait le repas, le plaisir y étant cueilli avec une santé, une simplicité, mais aussi une mesure que n'eût pas reniées un philosophe humaniste. L'abondance et le raffinement, les audaces culinaires qui jamais ne heurtaient la raison et le goût, voilà qui justifiait la renommée de Lyon colportée depuis plus d'un siècle par tous les voyageurs.

C'est pourquoi Floriane, à l'instar de Rabelais lui-même, qui pensait qu'un vin frais, un bon pain et de bonnes viandes, véritables dons du Ciel, pouvaient « guérir des perturbations du corps et de l'âme », se promit quant à elle, pour apaiser son cœur, d'apprécier pleinement les effets lénifiants de la fête. Pour oublier, pour s'étourdir, elle abuserait des mets et des vins, et ouvrirait le soir même la porte de sa chambre à son époux. Ainsi, tout rentrerait dans l'ordre.

Mais pour combien de temps ?

*

1. Porter des toasts.

À Lyon, le parti de la reine mère et du garde des Sceaux souhaitait la fin de la guerre. Pour tenter de convaincre Marie de Médicis, Louis XIII était donc revenu près d'elle avec Richelieu. Ils avaient eu beaucoup de mal à la fléchir mais elle avait fini cependant par admettre qu'il ne pouvait être question de négocier une paix infamante. Ni de renoncer à secourir Toiras assiégé dans Casal par Spinola et ses hommes. Malgré tout, elle persista à penser que le cardinal conduisait son fils à sa perte.

Le roi avait alors pu repartir sur les routes, chevauchant tout le jour, sous son armure fleurdelisée et son grand manteau rouge. De Lyon il était allé à Grenoble, de Grenoble à Chambéry, puis il avait passé une nuit à La Roquette, une autre à Aiguebelle, la suivante à Argentine, et gagné enfin Saint-Jean-de-Maurienne, laissant le cardinal se diriger vers l'Italie. Le gîte était souvent précaire et il n'était pas rare que l'on dormît dans les champs, à la belle étoile, car beaucoup de petites villes et bourgades étaient touchées par des fièvres, appelées souvent peste mais qui n'étaient que typhus ou dysenterie. Infatigable, Louis XIII continuait malgré tout. Avec simplicité et courage, il assumait pleinement toutes les servitudes de la vie militaire et de ses hautes fonctions.

*

À califourchon sur son tonneau, le Bacchus accueillait d'un rire silencieux le filet de la source qui coulait dans le bassin de marbre. Dans l'air brûlant, alourdi par le parfum des roses et des œillets mignardise, l'eau chantait une illusoire fraîcheur. Ses résonances de cristal accompagnaient discrètement la conversation des invités de Philibert de Nerestang, assis à l'ombre de la galerie. La ville n'était qu'à cent pas, mais ici, on oubliait ses rues étouffantes, ses recoins méphitiques et le vol harcelant des mouches amenées par l'été. Lyon était invivable pendant les grandes chaleurs. Aussi valait-il mieux, si l'on pouvait, s'en éloigner et attendre, dans sa retraite des champs, une saison meilleure. Mais cette année, la cour étant présente, tout le monde avait voulu rester au risque de fondre dans la fournaise. Grâce au Ciel, il y avait les jardins des maisons amies où l'on pouvait se réfugier, comme ce soir, au château de la Duchère.

Des valets allaient de groupes en groupes proposant des tranches de melon glacé et des sorbets à la framboise. Johanès prit une coupe et l'offrit à son épouse qui le remercia gracieusement, chacun, sans avoir l'air d'y prendre garde, remarquant la bonne entente du couple. Or l'image apparente de ce ménage heureux ne manquait pas de dérouter les âmes. La conduite de la jeune femme avait, bien entendu, fait jaser des langues fourchues, comme celle de Nicolas Grolier entretenant à l'envi l'indiscrétion selon laquelle Floriane était allée à Chambéry retrouver un amant.

Le sieur du Soleil qui venait justement de mordre dans une tranche de melon avec l'appétit d'un silène, s'adressa tout à coup au prévôt :

— Et vous, monsieur de Chaponay, que pensez-vous du retour du roi ?

— C'est une bonne chose mais c'est la fin de l'avancée en Italie. Sans le roi à leur tête, les soldats n'ont plus le cœur vaillant. Beaucoup d'entre eux désertent, et l'on dit que les Impériaux viennent de reprendre Mantoue !

— Tout de même, quel rude coup pour le cardinal ! Tous ses projets s'écroulent, intervint M. Mellier.

Ce que Mellier venait de dire à haute voix, tout le monde le pensait en silence, se réjouissant de l'échec subi par Richelieu. Sa politique de grandeur était ruineuse pour la France. Lyon, comme tant d'autres cités, avait connu plusieurs émeutes soulevées par les exigences du fisc. Sans encourager, bien sûr, les séditieux, les magistrats se gardaient toutefois de les condamner, leur sympathie allant même ouvertement au vieux Marillac, le garde des Sceaux, qui ne cessait de rappeler les misères et l'affliction du peuple. Mais cela, le cardinal n'en avait cure : pour lui, le trop d'aise pourrissait le peuple qui ignorait complètement les besoins impérieux de l'État. La renommée, la puissance du roi de France et, à travers lui, du pays tout entier, valaient bien quelques maux supportés par ses sujets. Que pouvaient en effet savoir du prestige nécessaire à la conduite de l'Histoire des gueux repliés sur leur petitesse et leur contentement personnel ? Le bonheur mesquin, la destinée des pauvres n'avaient jamais illuminé la route flamboyante des siècles.

— La reine mère triomphe et avec elle tous les mécontents de la cour, constata à son tour Philibert de Nerestang.

Ces derniers, il est vrai, n'avaient pas les soucis philanthropiques de Marillac mais détestaient de toute leur âme Richelieu. En première ligne, se trouvaient surtout les Guise et leurs amis, le duc s'étant vu réclamer sa charge de Grand Amiral du Levant par l'Homme rouge. Aussi, sa sœur, la princesse de Conty, prenait-elle également parti pour lui et pour Marie de Médicis, tous deux ayant l'audace et la prestance qui avaient fait le charme du Balafré, leur père, poussant jusqu'à l'extrême l'orgueil de leur maison et leur haine méprisante pour le parvenu. Mépris partagé par la duchesse d'Elbeuf et la duchesse d'Ognano, leurs parentes ; par le duc de Bellegarde, lui aussi un ami de trente ans de la reine mère ; et par beaucoup d'autres liés par des souvenirs, des intérêts communs, une grande naissance, une certaine conception des choses. À cause de lui, le roi les ignorait, tout à son admiration et sa confiance inexplicables pour l'intrigant, un moins que rien lorsqu'il était arrivé à la cour. Sa réussite, il la devait d'ailleurs entièrement à Marie de Médicis, ulcérée comme une vieille maîtresse négligée, quand elle mesurait le chemin parcouru par son ancien protégé et son ingratitude actuelle.

— Sa Majesté n'aurait jamais dû entreprendre cette expédition. Elle peut en tout cas remercier la Vierge de ne pas y avoir laissé la vie, renchérit Mme de Chaponay, une très pieuse femme, reflétant en fait l'opinion générale.

Car, au fond, seule importait pour tous la santé du roi. Or il avait bien failli périr dans l'évêché de Saint-Jean-de-Maurienne. Bains, saignées, purges, rien n'y avait fait ; des maux de tête et de dents, des frissons, une angoisse irrépressible avaient persisté, transformant son séjour en calvaire. M. Bouvard avait eu beau se démener, affirmer que l'air des cimes était excellent pour lui, la fièvre tierce qui traînait en Savoie avait eu raison de la fragilité de Louis XIII.

Toujours est-il qu'à Lyon, où le roi était enfin revenu début août, les deux reines étaient dans tous leurs états. Cette maladie est la faute du cardinal, répétaient-elles, de son imprévoyance, de sa stupide témérité !

— L'avez-vous vu depuis son retour ? demanda Alice de Silvecanne.

— Oui, acquiesça M. de Chaponay. Il est encore bien las.

— Vous verrez, il ne passera pas l'année, croassa sentencieusement maître Demant. Les astres l'annoncent sans équivoque.

Le vieil oiseau de malheur, qu'à son gré on oubliait trop souvent dans son coin, ne laissait jamais passer l'occasion de se venger de l'indifférence affichée à son égard. Ses prédictions avaient du moins le don de refroidir l'atmosphère, le pire étant que, bien souvent, les événements lui donnaient raison. N'avait-il pas prédit la peste et son cortège de malheurs ? Aujourd'hui, il confirmait en fait ce que beaucoup d'astrologues annonçaient aussi, de même qu'un certain nombre d'almanachs vendus par les colporteurs dans toute la France.

— Mieux vaut ignorer les astres et s'en remettre à la Providence, déclara calmement Johanès Landry.

Parole de sage à laquelle ses amis se rallièrent.

Maître Demant pourtant ne désarma pas et s'en fut ricanant de plus belle.

— Mes prédictions à moi sont beaucoup moins fumeuses, annonça pour conclure le prévôt non sans malice. Nous allons sous peu, vous verrez, avoir une ambiance tendue. Le cardinal revient à la fin du mois. Son intérêt est de ne pas lâcher le roi. J'en connais quelques-uns qui vont lui mijoter un accueil choisi.

La soirée s'avançait et l'on sentait venir des bouffées orageuses. Ces dames, aiguillonnées par ces intrigues, avaient à peine la force d'agiter leur éventail mais ne perdaient pas une miette de la conversation de leurs époux. Quelques-unes pourtant, plus volages, babillaient, évoquant la dernière folie à la mode, ces petits rubans plissés à la « Lanturlu », nom tiré d'un refrain en vogue, chanté à Dijon lors d'une révolte des vignerons de Bourgogne, raillant une nouvelle taxe sur les vins réclamée par les commissaires royaux à l'instigation de Richelieu, une fois de plus ! Pour narguer l'Éminence, la chanson était maintenant claironnée partout à Paris comme en province.

— Décidément, on n'échappe jamais à la politique, n'est-ce pas, mes amies ? plaisanta Mme de Sève.

— Comment l'ignorer, en effet ? approuva Floriane.

Pour sa part, malgré tous ses efforts, elle n'y parvenait pas. Elle avait trop d'amis à la cour et Artus… Artus, qu'elle s'interdisait cependant de revoir mais dont la présence dans les murs de la ville la mettait au supplice.

— Je vois que notre chère Floriane s'intéresse toujours de très près à la politique.

Le commentaire, bien sûr, ne pouvait être que celui du sieur du Soleil, qui, de ses petits yeux porcins, ne cessait de l'épier, plus désirable que jamais, dans sa robe de soie rouge modelant délicatement ses épaules et ses bras, laissant deviner les rondeurs et les courbes d'un corps lisse et moelleux comme un fruit mûr d'été.

— Oh, vous, vous feriez mieux de vous occuper des Grisons qui menacent les honnêtes gens ! lança comme une pique Mme de Chaponay.

Comme si elle n'avait rien entendu, languissamment, Floriane se leva, ondula devant lui, passa sans un regard, laissant dans son sillage flotter derrière elle un parfum enivrant, senteur troublante qu'amplifiait encore la moiteur de l'air.

— Il se fait tard, mon ami, dit-elle simplement en se penchant vers Johanès. Rentrons, voulez-vous ?

X

Les adieux à Bellecour

(Août-octobre 1630)

FRANÇOIS DE BASSOMPIERRE avait lui aussi quitté la Savoie mais il n'avait pas l'intention de s'attarder à Lyon. Avant de repartir pour Paris, il vint chercher Floriane, lui proposa une promenade en carrosse.

Grimpant la côte Saint-Sébastien, ils gagnèrent la colline de la Croix-Rousse puis redescendirent doucement par le chemin de Vimy jusqu'aux bords de la Saône.

Il leur semblait plonger au creux du Pays vert. Entre ses rives herbues et boisées, la rivière glissait en silence et se divisait tout à coup, pour entourer de ses deux bras fluides l'île Barbe, posée sur l'eau comme un gros navire d'arbres et de verdure. Du gréement de ses frondaisons s'échappaient, tels des mâts effilés, la flèche de l'église Notre-Dame, celle de Saint-Loup et le clocher de la chapelle Saint-André. Excepté la présence des bateaux sur la Saône, l'endroit était tranquille, troublé seulement par le chant des oiseaux.

Le carrosse s'arrêta. Floriane et Bassompierre s'avancèrent vers la berge. Les valets étendirent sur l'herbe une couverture, y posèrent deux bouteilles de vin et une corbeille de pêches, de ces petites pêches qui poussent dans les vignes, velues et sanguines, dont raffolait le maréchal.

— Ouf ! s'exclama-t-il en s'asseyant près de sa jeune amie. Un peu de paix ! Quel bonheur ! Ces derniers mois ont été épuisants. Si ce n'était de te quitter si vite, mon menon, je te dirais que je suis enchanté à l'idée de retrouver Paris.

— Dites-le quand même.

— Je vais au moins m'occuper de ma maison de Chaillot, voir où en sont les arrangements que j'avais ordonnés, remplir ma cave aussi.

— Et la vider bien vite, se moqua Floriane.

— Certes ! C'est fait pour ça. Quelque temps loin de l'armée, loin de la cour, ne pourra que me faire du bien.

— Auriez-vous des soucis ? lui demanda Floriane en lui présentant la corbeille de fruits.

— Des soucis ? Non, pas véritablement.

Toutefois, Bassompierre reconnut qu'il était las des mesquineries, de Richelieu. Tout le mal qu'il s'était donné en Savoie avait profité à d'autres. Le cardinal ne manquait jamais une occasion de l'évincer tant il était jaloux de lui. Le roi, en effet, gardait son affection au vieux compagnon de son père Henri IV qui lui rappelait le temps béni de son enfance, affection dangereuse pour le ministre dont le pouvoir dépendait de l'humeur changeante du souverain.

— Pourtant, soupira le maréchal, je n'ai jamais contrarié sa politique. Au contraire. Tu connais mon principe. Il a guidé toute ma vie : se tenir éloigné des intrigues et mépriser les compromissions. Je me suis toujours conduit honnêtement et n'ai jamais failli au service du roi. Or qu'ai-je retiré de tout cela ? Des coups fourrés, des injustices ! Je ne parle même pas de la question financière. Si je n'avais pas quelque habileté au jeu, il y a beau temps que je serais ruiné ! Aussi, parfois, je me demande si je ne ferais pas mieux de rejoindre ma chère Conty dans la cabale des Guise !

D'un geste nerveux, qui traduisait son agacement, Bassompierre lança un noyau dans la Saône puis se versa un verre de vin. Floriane se tut. C'était la première fois qu'elle le voyait irrité, même franchement mécontent et elle préférait ne rien dire. Le silence ne dura pas longtemps. La regardant peler sa pêche avec une application de petite fille, il se mit à rire :

— Pourquoi enlèves-tu la peau ? C'est bien meilleur avec. Ah, violette, tu as encore beaucoup à apprendre !

D'un seul coup, l'amertume l'avait quitté. Il retrouvait son entrain. Avec béatitude, il s'étendit sur le dos, les bras repliés sous la tête et ferma les yeux, tandis que Floriane, d'un air distrait, entreprenait de cueillir de longues herbes pour en faire des tresses. Un moment, ils furent à nouveau sans parler, tout à la quiétude ombreuse des buissons et des arbres. Loin d'être une gêne pour eux, leur passé les liait maintenant d'une attache précieuse, un sentiment plus tranquille que l'amour, plus sensuel que l'amitié. C'était une complicité d'anciens amants que ni haine, ni brouilleries n'avaient divisés, une chance rare, bien sûr confortée par leur différence d'âge mais aussi par leur même nature généreuse, encline aux curiosités du cœur et de ses raffinements.

— Dis-moi, demanda soudain Bassompierre, tu m'avais caché ta rencontre avec le signor Mazarini ?

— Giulio ?

— Peste ! Elle l'appelle Giulio, déjà ! fit en riant le gentilhomme. Oui, Giulio, le bel Italien, le grand fourbe, comme le dit Richelieu qui l'admire pourtant.

— Je le trouve très sympathique, se défendit Floriane.

— Je n'ai pas dit le contraire : il l'est en effet. Et lui aussi a de la sympathie pour toi, je dirais même un peu plus. En fait, tu l'as complètement ébloui. Il te compare à une œuvre d'art, à une Madone de Raphaël.

— Vous le connaissez donc ? Où l'avez-vous vu ?

— Mais partout ! Nous n'avons vu que lui ! Il n'a cessé de se démener entre France et en Savoie dans l'espoir de pouvoir négocier. Il veut la paix. Tâche difficile, mais l'homme est rusé et c'est un ambitieux.

— Il ne s'en cache pas.

— Non, et rien ne l'arrêtera, soyons-en sûrs. Bref ! Apprenant incidemment que je te connaissais, notre sémillant diplomate m'a chargé de te transmettre ses compliments et de te dire qu'une bonne surprise se préparait pour toi, un heureux tour de roue de dame Fortune selon lui, précisa le maréchal avec emphase.

— Une surprise ? s'étonna Floriane.

— Oui, une surprise, quelque chose qu'il aurait manigancé avec ton amie Olyvette.

— Mais quoi donc ? Dites-le-moi.

— Je l'ignore !

Bassompierre s'amusait franchement :

— Tu leur as sauvé la vie, paraît-il. Il veut t'en remercier. Vraiment, il n'y a qu'à toi qu'arrivent de pareilles aventures.

— Vous, je suis certaine que vous savez quelque chose, n'est-ce pas ? Soyez gentil. Pas de cachotteries entre nous.

Appuyée sur un coude, Floriane se penchait au-dessus du maréchal et le secouait par son pourpoint.

— Non ! Quand bien même je saurais quelque chose, je resterais muet comme une carpe. Un peu de patience.

— Ah ! Traître !

Elle lui jeta un regard furibond et tendre qui le fit fondre. Chez elle, les bouderies d'enfant succédaient à d'adorables attitudes de femme avertie et coquette, tempérées par beaucoup de sagesse et de philosophie. L'amalgame en était délicieux. Jugeant la situation périlleuse, propice à toutes les tentations, Bassompierre se releva d'un bond, non sans regret, rappela ses gens et, feignant crânement la bonne humeur, proposa à Floriane de rentrer.

— Peut-être à bientôt, lui dit-il lorsqu'ils furent parvenus rue Saint-Dominique.

Elle se serra un instant contre lui.

— À bientôt, François, murmura-t-elle de même. À bientôt ! Faites bon voyage.

Toute la journée, d'un accord tacite, ils avaient l'un et l'autre évité de parler d'Artus mais Bassompierre savait qu'il n'avait pas quitté l'esprit de la jeune femme un instant.

— Tu verras, ma violette, tout finira par s'arranger…

— Des mots, songea Floriane tandis que le carrosse s'éloignait, des mots !…

Cette fois, même François de Bassompierre n'arrivait pas à lui redonner confiance en l'avenir.

*

Les jours s'enfuyaient sans plus de consistance qu'une fine poussière. Un an avait passé et Lyon, sans oublier ses épreuves, avait pansé ses plaies, effacé les traces visibles de la peste. Sur Rhône et Saône, sur tous les chemins rayonnant vers les villages d'alentour, s'activaient, dans un incessant mouvement, embarcations, hommes et chariots apportant à la ville vivres et fourrage. Dès l'aube, on entendait les bêtes piaffer dans les rues, les palefreniers les conduire pour boire aux rivières. La ville vivait au rythme de la cour et, le soir venu, les ateliers des manufactures fermés, ouvriers, artisans et curieux, attirés par les fêtes, se pressaient çà et là dans le quartier de Bellecour. De loin, ils voyaient les lumières, entendaient la musique. Et comme il n'était pas dans leur tempérament de béer longtemps devant le plaisir d'autrui, ils s'amusaient eux-mêmes, à leur manière, joyeusement, buvant le bon vin de Mornant : « Rire, chanter, danser et coqueter, désirons fort, nous autres de Lyon… »

Ce soir-là, après toute une journée de vent soufflant du midi, il se mit à pleuvoir. Déjà l'automne s'annonçait.

À la Maison Rouge, chez M. de Mascrany, la reine recevait la cour et la ville. C'est dire qu'un monde fou bruissait dans les salles chatoyantes ornées de tapis et de tentures de Beauvais, sous le faisceau de multiples flambeaux de cire.

D'abord, il y eut un ballet, contant, au son des hautbois et des mandores, l'histoire d'Endymion et de Diane, déesse de la lune. Le divertissement s'adressait à un public parfaitement averti car tous, Lyonnais comme gens de cour, avaient lu le petit livre de M. Gombaud d'où était tiré l'argument du ballet. C'est donc avec délectation qu'on reconnut les personnages, Diane et Endymion le trop beau mortel ; qu'on admira les nymphes et les lévriers de la déesse, qu'on vit Ismène la magicienne hanter les grottes et les bois témoins de leurs amours, tandis qu'Iris, la messagère des dieux, apparaissait dans le prisme coloré de ses voiles.

Le choix d'Anne d'Autriche n'était pas innocent. Gombaud était un poète protégé de Marie de Médicis. En montrant sa volonté de plaire à sa belle-mère, la jeune reine proclamait ainsi publiquement son alliance avec elle. Personne ne s'y trompa et surtout pas Richelieu qui préféra se retirer sitôt le ballet fini, accusant l'escarmouche, une de plus dans la lutte engagée.

Les dernières notes envolées, tout le monde se précipita pour complimenter les reines.

Marie de Médicis avait encore grossi. Son teint était couperosé. Plus que jamais, elle abusait des friandises, de charcuteries surtout, et des fromages italiens, péchés mignons de sa jeunesse toscane. Ses atours heureusement, et ses bijoux donnaient de la majesté à son embonpoint qui sans cela eût plus évoqué la tournure d'une matrone que celle d'une reine. Ce soir, elle était très enjouée ; pas de mine revêche mais au contraire un contentement serein qui la poussait à évoquer d'attendrissants souvenirs avec le prévôt et M. Mitte de Chevrières, qui bien jeunes en ce temps-là l'avaient accueillie avec tous les édiles, en décembre 1600, alors qu'elle rencontrait pour la première fois celui qui allait devenir son époux, le roi Henri. Lyon avait été le berceau de sa lune de miel, elle ne l'avait pas oublié.

— Et neuf mois plus tard, poursuivit respectueusement M. de Chevrières, l'heureux assemblage des lys de France et des lys de Florence nous donnait un dauphin [1].

---

1. Paroles historiques.

— Ah ! Lyon est un territoire fertile [1], s'écria lyrique et fier M. de Chaponay.

Chacun rivalisant de compliments et de civilités, M. de Mascrany, à la satisfaction générale, ne voulut pas être en reste ; bref l'euphorie engendrait l'emphase.

— Madame, ce fut un bonheur et un honneur pour notre cité que d'avoir été, en quelque sorte, le marchepied de votre lit nuptial [2] !

Un peu plus loin, le roi conversait avec Mlle de Hautefort sous l'œil bienveillant de son épouse. La petite – Floriane la reconnut – ne manquait pas d'allure.

— Vous avez vu le roi ? lui glissa à l'oreille Mlle du Tillet. Jouer au galant lui va bien. Il a l'air d'un veau. Décidément, avec son frère qui n'est qu'un étourneau, notre bon roi Henri nous a légué une bien sotte couvée.

L'indulgence, on le voit, n'était guère la première vertu de la vieille Tillet mais Floriane, ce soir, n'avait nullement envie de sourire à ses piques. La soirée était pour elle un calvaire car Artus était lui aussi présent dans les salons. Elle n'avait donc rien vu du ballet ou presque car, profitant de la pénombre où se trouvaient les spectateurs, elle n'avait cessé de le dévorer des yeux, debout derrière le roi, à quelques pas de son fauteuil.

Depuis Chambéry, pas une seule fois ils ne s'étaient parlé, tous deux mettant un point d'honneur à s'éviter quand le hasard les mettait en présence.

Artus, mon aimé… mon cher amour… La musique d'*Endymion* avait bercé sa peine, tout en la ravivant, son espoir s'envolant sur les notes frivoles des mandores. Elle s'était laissé griser, chancelante sous les flèches acérées de sa propre souffrance.

— Eh bien, ma mie, eh bien, roucoula la Tillet, vous me semblez rêveuse ! Ne voyez-vous donc pas qu'on cherche à vous parler ?

1. Paroles historiques.
2. Paroles historiques.

— Pardon, madame, vous dites..., bredouilla Floriane sortant de son nuage.

— Mais voyons, regardez ! Monsieur d'Ivreville est là ! chuchota l'incorrigible Célestine.

Toute à l'idée d'Artus, Floriane ne l'avait même pas vu s'approcher. Guillerette, la vieille Tillet s'éloigna, les laissant seuls dans la cohue. Se comprenant sans dire un mot, ils s'en écartèrent jusqu'à l'embrasure d'une fenêtre entrouverte sur les jardins. Côte à côte, en silence, ils regardèrent un instant le flot des invités insouciants puis Floriane se décida à parler la première :

— Vous allez maintenant tout à fait bien, j'espère ?

Elle avait remarqué qu'il ne boitait qu'à peine.

— Oui, merci. Ma blessure n'est qu'un lointain souvenir. Ma jambe est comme neuve, grâce à vous, ma Floriane.

Sous ses lèvres, son prénom se chargeait de tous les mots d'amour qu'il ne pouvait lui dire. Elle secoua doucement la tête !

— Mais non, ce n'est pas moi. C'est grâce au docteur Marcellin. Regardez-le là-bas. Votre guérison l'a rendu célèbre. Depuis, il fait figure de sommité.

Dans un coin de la salle, devisait en effet doctement un petit groupe de personnages : M. Bouvard et M. Citois, le médecin du cardinal, M. Vautier, un Méridional à la cinquantaine suffisante, un comploteur fini, médecin de la reine mère et enfin Pancrace Marcellin. Plus encore peut-être que les confesseurs, ils partageaient tous les secrets des grands.

Artus et Floriane se tournèrent l'un vers l'autre. S'intéresser à autre chose qu'à eux-mêmes leur était impossible. Leur tête-à-tête, tout relatif, était trop précieux pour qu'il fût gaspillé.

— Floriane, écoutez-moi. Nous avions pris ensemble la dure résolution d'éviter de nous rencontrer. Je n'ai rompu le pacte que pour vous dire adieu.

— Vous allez donc partir ?

Elle n'avait pu s'empêcher de réagir vivement. Aussi lui fallut-il faire preuve d'une grande maîtrise pour se reprendre.

Tant de monde les entourait. Johanès peut-être n'était pas loin, et sûrement des envieux, toujours prêts à la malveillance, se trouvaient à l'affût pour les observer. Il fallait donc que leur entretien gardât l'apparence d'un bavardage mondain, attitude cruelle, insupportable ! Ainsi Artus allait partir ! Si, ces dernières semaines, ils s'étaient peu vus et jamais seuls, au moins le savait-elle là, dans la même ville, respirant le même air qu'elle.

— Quand partez-vous ? murmura-t-elle.

— Après-demain, sans doute. J'ai demandé congé au roi. Il y a longtemps que je n'ai vu ma mère.

Contrairement à Floriane, le jeune homme trouvait en fait intolérable de vivre si près d'elle sans pouvoir réellement l'approcher. Après ce qu'ils avaient vécu ensemble, se contenter d'échanger un mot, un regard, feindre l'indifférence au milieu des autres était au-dessus de ses forces.

Pour Floriane, le décor se troublait soudain. Les lumières, l'éclat des cristaux, des chandeliers d'argent, les bijoux et les parures des robes et des pourpoints, toute l'harmonie lumineuse de la fête, pâlissaient au travers de deux larmes pointant au bord de ses yeux. Elle tourna le dos à la salle. Par la fenêtre, la nuit pluvieuse lui envoya un souffle d'air frais qui la fit frissonner.

La main d'Artus se crispa sur son épée. Ah, comme en cet instant il se serait damné pour pouvoir la serrer dans ses bras, pour oublier le monde dans la mousse de ses longs cheveux noirs, pour réchauffer sous ses baisers ces épaules de nacre qui tremblaient.

— Dieu ! Que pouvons-nous faire d'autre ?...

Sa voix vibrait de rage contenue.

— Partir ensemble ? Fuir comme des coupables avec la justice à nos trousses ? Non, ce n'est pas cette vie-là dont je rêve pour vous.

Floriane pensait comme lui. Oh, bien sûr, il lui eût été bien égal de vivre éternellement en fuite avec Artus. Mais elle connaissait trop son attachement au roi et son sens de l'honneur pour lui demander de braver le scandale et de tout sacrifier à leur folle chimère, n'imaginant que trop les conséquences de leur acte s'ils partaient tous les deux. Non qu'elle crût que Johanès réagirait violemment de lui-même. Mais parce qu'elle savait qu'autour de lui, ses amis les notables ne manqueraient pas de le rappeler à ses devoirs d'époux bafoué. La toute-puissante bourgeoisie lyonnaise serait trop heureuse de faire bloc contre le baron d'Ivreville et même la protection du roi ne pourrait aller à l'encontre des lois les plus élémentaires du royaume. Un mari avait tous les droits. Surtout celui de punir l'infidèle. Il y avait des couvents pour cela.

Floriane inspira profondément.

— Je sais, Artus, je sais, balbutia-t-elle. Je comprends… Oubliez-moi.

Alors, tout à coup, ce fut trop. Ivre de douleur, elle s'élança dans le salon, se faufila entre les invités, dévala l'escalier au risque de se rompre le cou. En bas, elle aperçut la Musette parmi les domestiques qui attendaient leurs maîtres. Il vint à sa rencontre.

— Jean ! Rentrons ! Rentrons vite !

— Déjà ! Vous n'attendez pas messire Johanès ?

— Tais-toi, tu m'entends ! Je ne veux personne, plus personne ! cria-t-elle presque, d'un ton désespéré.

Il la retint d'un bras. Elle paraissait à bout mais ne voulut pas qu'il appelât la voiture. Très vite, la pluie transperça sa toilette de soie. Elle avait l'air d'une noyée sous ses cheveux défaits et ruisselants. Accrochée à la Musette, éperdue, Floriane rentra rue Saint-Dominique. Elle n'avait même plus la force de pleurer.

Le lendemain, des nuées basses s'accrochaient aux toits de la ville, crachant une petite pluie fine sans discontinuer. Floriane se déclara souffrante et ne sortit pas de sa chambre. Rarement le temps s'était aussi bien accordé à ses sentiments. Derrière sa fenêtre elle regardait, de temps à autre sans la voir, la rue déserte envahie d'une grisaille qui engloutissait toutes choses. Que faisait Artus en cet instant ? Ainsi donc, faudrait-il à chaque heure de sa vie demander comme une âme perdue : Où est-il ? Que fait-il ? Ainsi chaque jour, chaque nuit, son absence se ferait plus lourde, plus douloureuse.

Pour Artus d'Ivreville, cette journée aussi parut sonner le glas de sa jeunesse. Indifférent, tel un automate, il acheva ses préparatifs. Encore quelques heures et il s'éloignerait à jamais de celle qui était toute son espérance. Il fallait maintenant en finir. Vite. Irrémédiablement.

La pluie dehors continuait de tomber. Sous les rafales, les étendards royaux hissés sur les bastions et les portes des remparts s'enroulaient misérablement autour de leur hampe. Pauvres lys de France ! Ils ne se distinguaient même plus sur le toit de l'archevêché où résidait Louis XIII. Un crépuscule précoce les enveloppait d'une ombre humide, funèbre.

Oui, à Lyon ce soir, la fin d'un grand amour colorait tristement et le ciel et la terre. Mais ceux qui ignoraient la séparation de Floriane et d'Artus crurent discerner une autre signification dans la morosité ambiante : l'annonce d'un malheur.

À l'abbaye d'Ainay, chez la reine mère, le roi tenait conseil. Richelieu et tous les ministres y assistaient. L'air étrange, le roi semblait absent. Il luttait en fait contre une forte migraine qui, loin de s'apaiser, croissait à chaque instant, accompagnée de frissons. Louis demanda son carrosse. Une barque le fit passer sur l'autre rive de la Saône. En toute hâte, il gagna l'archevêché et s'alita. Pour les deux reines aussitôt accourues, pour Richelieu, les médecins tentèrent de se faire rassurants. Ils saignèrent le malade et déclarèrent que le plus sage était d'attendre. Néanmoins, l'inquiétude rôdait. Sa Majesté avait une mine à faire peur. Prévenu, Artus vint à son chevet. Pour lui, il n'était plus question de partir.

Les deux jours qui suivirent n'apportèrent aucun changement notable, tout le monde guettant le verdict des médecins. Pour beaucoup déjà, le destin s'était prononcé. Chez les Landry, comme dans chaque maison lyonnaise, la santé du roi devint le principal sujet de préoccupation. Par M. de Lavau-Irelan,

Floriane et les siens avaient tous les détails de l'évolution du mal. Le mercredi, la fièvre s'étant déclarée le dimanche précédent, le roi appela le père Suffren, son confesseur, et lui demanda de l'avertir quand il l'estimerait en danger. La mort ne l'effrayait pas. Il voulait simplement avoir le temps de s'y préparer.

— Diable ! marmotta Étienne. Le roi doit se sentir bien mal en point pour parler ainsi. Pour ma part, je voudrais être sûr de n'avoir aucun espoir d'en réchapper avant de réclamer un prêtre.

— Au risque de mourir sans viatique ! s'indigna son petit-fils. Le roi, lui, est prévoyant et bon chrétien avant tout.

— Il est si jeune, murmura Jeanne avec compassion. Vingt-neuf ans dans deux jours ! Le même âge que vous, Johanès.

Cette similitude semblait l'affliger encore davantage.

— Comment va la reine ? demanda à son tour Floriane à M. de Lavau-Irelan.

— La reine est admirable. Elle n'a pas un instant quitté l'appartement du roi depuis le début de sa maladie. La reine mère s'est elle aussi installée dans une chambre de l'archevêché. La cour n'ose bouger. Elle est suspendue aux nouvelles. On attend. C'est le désarroi le plus total. Quant à Richelieu, il est dans un état indescriptible : un cerf aux abois…

D'un geste désinvolte, Floriane montra sans ambiguïté combien peu lui importaient les états d'âme du ministre, puis elle dit simplement :

— Dites à la reine Anne que je reste nuit et jour à sa disposition.

Perplexes quant à la durée de cette « fièvre tierce », les médecins à l'archevêché restaient cependant optimistes et, chaque jour, continuaient à saigner leur patient. C'est alors que soudain, le 27 septembre, la fièvre empira brusquement. Le père Suffren accourut en hâte. L'anniversaire de Louis XIII lui servit de prétexte : il lui proposa la confession et la communion, mais ce dernier ne fut point dupe. Conscient de son état, il l'accepta avec sérénité.

Les deux reines, des proches, Richelieu et son frère l'archevêque étaient dans la chambre. M de Lyon avait envoyé quérir le Saint-Sacrement dans la cathédrale Saint-Jean. Un aumônier alla chercher le cœur de saint François de Sales conservé au monastère Sainte-Marie. Le roi baisa la relique. Il tremblait, baigné de sueur, mais sa voix était ferme :

— *Confiteor, deo omnipotenti...*

Cette fois, Lyon parut se figer. Dans toutes les églises fut exposé le Saint-Sacrement et commença la prière des quarante heures. Ce n'était partout qu'une longue et fervente oraison.

Le roi gravement malade, tout son peuple était atteint. Lien vivant entre ses sujets, beaucoup plus qu'un arbitre, qu'un protecteur ou un père, il était l'âme de la France, un peu de la présence de Dieu sur terre. À Reims, lors de son sacre, il en avait reçu la lumière et quelques-uns de ses pouvoirs. Louis XIII était d'ailleurs très aimé de ses sujets. Il savait se montrer simple, se mêler avec sollicitude aux gens, leur parler sans façons. Il était aussi courageux, dur à la peine et fier de sa mission ici-bas. Qu'apporterait sa disparition, sans dauphin après lui ? Le règne de Gaston Ier ? Monsieur était populaire, certes, mais s'il était jovial, il était inconstant et jugé guère sérieux.

Profondément affligés, les Lyonnais dans un dernier recours se tournèrent vers Dieu et la Vierge Marie. Les prières et l'émotion de la cour n'étaient pas moins sincères. Pour tout le monde en tout cas il n'y avait qu'une seule raison à cette fièvre : le voyage en Savoie, et un seul responsable : le cardinal de Richelieu.

— Voilà le résultat de ce beau voyage à Saint-Jean-de-Maurienne ! s'écria précisément Anne d'Autriche en accueillant Floriane prévenue par M. de Lavau-Irelan que la reine la demandait.

Jamais Floriane n'avait vu une telle foule aux abords de la cathédrale et de l'archevêché. C'était pis que les jours de grand-messe. Les passants s'arrêtaient et, la mine désolée, interrogeaient ceux qui piétinaient là en permanence, à l'affût des dernières nouvelles. Les gardes étaient obligés de repousser les plus audacieux qui gênaient le passage de tous ceux qui, ayant un nom ou une charge à la cour, entraient et sortaient, de jour comme de nuit. Le palais de l'archevêque, si tranquille à son ordinaire, était devenu une ruche bourdonnante.

Floriane trouva la reine bouleversée, son délicat visage marqué par les larmes et les nuits sans sommeil. Elle sourit à Floriane et lui tendit les mains, ses célèbres mains d'albâtre, aujourd'hui dépouillées de tous bijoux.

— Je n'ai pas trop de tous mes vrais amis auprès de moi. Avec vous, mon petit, c'est un peu comme si ma Chevrette était revenue.

Anne ne masquait plus sa rancœur contre Richelieu. Son tourment était sincère pour son époux. Mais Floriane savait aussi combien la situation de la jeune souveraine était précaire. Veuve sans enfant, elle ne serait plus rien. À moins que…

Mme du Fargis y avait songé. À peine le roi s'était-il alité que l'avisée dame d'atours avait envoyé un message à Gaston d'Orléans, lui proposant la main de sa belle-sœur. Le chagrin ne devait pas faire oublier la politique. De la vie ou de la mort du roi dépendaient trop de bonnes ou de mauvaises fortunes.

Sentant la reine désemparée, Floriane fit prévenir Johanès qu'elle demeurait auprès d'elle. L'appartement était contigu à celui du roi. Mmes du Fargis et de Lavau-Irelan lui firent une place sur le matelas qu'elles occupaient dans la chambre même de la souveraine. Tout le monde était logé à la même enseigne, c'est-à-dire que l'on campait, prenant quelques heures de sommeil çà et là, dans un coin, sur une paillasse, sur un fauteuil ou tout bonnement roulé par terre, dans son manteau. C'était sans importance.

— Monsieur de Saint-Simon !

Le petit brun au visage renfrogné la toisa. Ah ! Le présent favori était loin d'avoir la prestance de l'ancien, le séduisant et irascible François de Barradas !

— Que voulez-vous, madame ?

— M. d'Ivreville est-il là ?

Floriane désignait la chambre du roi d'où sortait le gentilhomme.

— Ouais, marmotta-t-il de façon peu amène, ne pouvant cacher le dépit que lui procurait l'amitié de Louis XIII pour Ivreville.

— Je vous remercie, monsieur.

Saint-Simon éloigné, Floriane regarda autour d'elle. Dans cette petite antichambre, c'était un défilé de médecins, de confesseurs, d'aumôniers auquel s'ajoutait le ballet des valets, gardes et chambrillons, sans compter, bien sûr, les visites à toute heure de la reine mère et du cardinal.

Justement, un jeune page tout habillé de rouge apparaissait dans le fond de la pièce. Floriane vit les gens s'écarter de la porte. Un froissement soyeux glissa sur le parquet. Le cardinal de Richelieu s'avançait, impassible et hautain, drapé dans la pourpre romaine qui soulignait sa maigreur et sa grande pâleur mais également une distinction glacée qui renforçait la crainte qu'il inspirait. Le cardinal passa à deux pas de Floriane, si près qu'elle put voir battre la veine bleutée qui serpentait sur sa tempe gauche. L'avait-il vue ? L'avait-il reconnue ? Déjà il entrait dans l'appartement du roi et la porte se refermait sur lui.

Floriane frissonna. Tant de souvenirs tragiques étaient liés à l'implacable silhouette rouge. Elle repensa à son procès honteux, à Mme de Chevreuse, à la mort de son frère surtout.

Dans la pièce voisine, le cardinal attendait les médecins. Il ne manquait jamais d'assister à leurs consultations. Floriane de Saint-Évy ! Oui, il l'avait reconnue. C'était elle. Comment oublier ses yeux, deux amandes précieuses ? Avec quelle dureté les avait-elle posés sur lui ! Comment oublier cette enfant, tout à la fois naïve et rouée, qui lui avait filé entre les mains, l'un de ses rares échecs et d'autant plus cuisant ? Floriane, Marie de Chevreuse, la reine Anne… Trois rêves, trois convoitises, trois déceptions.

D'une sensibilité le menant trop souvent à la douleur, il ressentait comme une véritable injustice la haine que ces femmes lui portaient. Une haine qui s'ajoutait à toutes les autres. Lui faudrait-il toujours marcher sur un chemin jonché de vipères prêtes à mordre ? Ses ennemis, là, tout autour, n'attendaient que la mort du roi pour fondre sur lui et l'étouffer de leur venin. Ah, si tous les princes d'Europe qui le traitaient en égal le voyaient tel qu'il était vraiment sous l'intraitable apparence, lui qui n'était que plaies et souffrances, accablé de rhumatismes et d'autres misères beaucoup plus humiliantes, de migraines qui ne le lâchaient pas, d'insomnies, de crises nerveuses où lui semblaient rôder parfois les ombres de la folie !

Être seul, se dit-il submergé par un flot d'amertume, connaître le silence, la retraite définitive dans quelque monastère. Et pourtant, il fallait tenir, continuer jusqu'au bout. Hors de France, en son nom, son fidèle père Joseph négociait présentement la paix avec l'Empereur. Dans le royaume, dans Lyon, des espions guettaient et l'informaient de tout. Sans donc négliger de se préparer au pire, ne pas lâcher le roi, lutter contre l'influence des deux reines qui réclamaient son renvoi, demeuraient les plus impérieuses nécessités. La présence de Floriane de Saint-Évy était un signe supplémentaire pour l'inciter à demeurer vigilant. Il en était certain, elle portait malheur. Restait à espérer qu'elle n'annonçait pas, comme tous les faiseurs d'horoscopes, la fin prochaine de Louis XIII !

De nouveau la porte s'ouvrit. Artus vit Floriane. Il vint vers elle. Ils se sourirent furtivement. Des gens les bousculèrent en passant, ce qui les rapprocha encore l'un de l'autre. Artus retint Floriane par les épaules. Le bonheur de se revoir, de se toucher, leur fut une même brûlure.

— Si le roi n'était pas si mal, je bénirais cet instant, chuchota le jeune homme à son oreille.

Puis, il recula d'un pas.

Floriane lui trouva un visage mal rasé, tiré par la fatigue. Elle connaissait l'attachement qu'il portait à son souverain, un sentiment sincère, absolu, peut-être aussi profond que l'amour qu'il éprouvait pour elle.

— Venez, ne restons pas ici, dit-il.

Elle le suivit le long de corridors étroits, coupés de portes, d'escaliers, de recoins, de tentures. Le palais épiscopal était une vieille demeure tortueuse. Sur ses murs couraient des frises de lys et de roses et au-dessus des portes, curieusement, sculptures récentes en regard des autres, figuraient des abeilles, emblèmes du pape Urbain VIII qui, jeune nonce, avait naguère séjourné sous son toit.

Dans le jardin où l'entraîna Artus, Floriane ne vit ni lys, ni rose, ni insecte butinant. Seul, le vent d'automne avait composé sur le sol des arabesques de feuilles mortes oubliées par les jardiniers. Un pâle soleil de saison enlevait aux statues les dernières gouttes laissées par une averse. Une odeur de vase et d'eau remuée montait de la Saône qui coulait en contrebas. Floriane, ne pouvant croire à la présence réelle d'Artus à son côté, essayait de contenir sa joie en se répétant que ce n'était là qu'un sursis dû à la plus grave des circonstances : le péril que courait le roi.

— Pensez-vous que les médecins pourront le sauver ? demanda-t-elle, tout étourdie par leur tête-à-tête imprévu.

L'air soucieux, Artus, en soupirant, lui exprima ses doutes :

— Vous connaissez ces oiseaux. Ils ne comprennent rien à cette fièvre. Même votre Pancrace Marcellin auquel M. Bouvard et ses deux collègues, Seguin et Privas, ont fait appel avec, il faut le reconnaître, une louable humilité, n'a pu qu'avouer son incapacité.

Artus lui saisit les mains :

— Floriane, je suis inquiet ! Cet après-midi, le roi était brûlant. Son ventre est gonflé et dur comme de la pierre. Il souffre et beaucoup plus, j'en suis sûr, qu'il ne le dit et qu'il ne le laisse paraître. Je le connais trop bien pour être dupe. Quel courage ! Tout à l'heure encore, c'est lui qui réconfortait sa mère, lui affirmant qu'il valait mieux à tout prendre être roi au Ciel que régner sur terre. Pour lui peut-être. Mais pour nous tous ? Imaginez-vous un instant Monsieur sur le trône de France ?

— Ne désespérons pas, Artus, le roi est jeune. Ne croyez pas qu'il soit si pressé de mourir. Il lutte de toutes ses forces, quoi qu'il en dise.

— Et moi qui donnerais ma vie pour le sauver. En être réduit à le regarder se battre seul contre la mort et ne pouvoir rien faire ! Mon impuissance me ronge.

— Je le sais, mon amour.

Sa peine et son dévouement chevaleresque aussi fervent que ceux des anciens âges la bouleversaient, le lui rendaient en cet instant plus cher. Dieu, le roi et sa dame ! Artus, comme les preux d'antan, ne concevait pas que la vie pût offrir meilleurs choix.

— Un miracle est toujours possible, dit-elle tendrement.

Un sourire étira son visage maigre et hâlé :

— Oui, vous avez raison, il faut croire aux miracles. N'en est-ce pas un que vous soyez aujourd'hui près de moi ?

Brièvement, Floriane l'informa de sa présence à l'archevêché. À défaut de cueillir le bonheur, au moins leur serait-il permis de traverser ensemble ces heures d'épreuves.

Des nuages coururent en direction du sud. Le soleil glissa derrière la colline. Tous deux quittèrent le jardin et remontèrent vers les appartements royaux. Juste comme ils y parvenaient, ils croisèrent Bassompierre. Le maréchal était en tenue de voyage. Le manteau fripé, les bottes poussiéreuses, il avait exceptionnellement un air négligé et, lui aussi, une mine inquiète et lasse.

— Ah ! mes amis, s'exclama-t-il en les apercevant. Quelle tristesse ! Je viens de voir le roi. Dans quel état se trouve-t-il !

— Quand êtes-vous arrivé ?

— Il n'y a pas une heure. J'ai quitté Paris dès que les courriers nous ont apporté la nouvelle.

— Quelle promptitude !

— Un voyage infernal ! Quatre jours ou presque en chaise de poste ! Je suis brisé mais grâce à Dieu, je ne suis pas arrivé trop tard.

Jamais, leur avoua-t-il, il ne se serait pardonné de n'être pas présent aux derniers instants du roi comme il l'avait été à la mort d'Henri IV. Quant aux événements politiques qu'allait impliquer sa disparition, il comptait bien y prendre part.

— Savez-vous où je puis trouver la princesse de Conty ? On me dit qu'elle est là. M. de Guise doit être également arrivé de Paris. Mais ce palais est un tel labyrinthe que j'avoue m'y perdre.

— Je vais vous y conduire, proposa Floriane, sachant qu'Artus devait retourner près du roi.

Ils trouvèrent la princesse dans l'aile où s'était installée Marie de Médicis. Elle n'était pas seule. M. de Guise était près de sa sœur avec plusieurs personnes de connaissance, leur réunion ayant tout l'air d'un véritable conseil de guerre. Les rideaux étaient tirés. Des bougies éclairaient faiblement la chambre et lui donnaient un côté clandestin assez mystérieux. Bassompierre ne s'y trompa pas une seconde.

— Diantre ! Dans quel antre de conspirateurs sommes-nous ?

— Vous tombez bien, François, assura avec un sourire grave Mme de Conty en lui tendant sa main à baiser.

— Cette pénombre convient en tout cas à ravir à votre teint de pêche, lui dit galamment Bassompierre.

— Dites plutôt qu'elle masque mes rides, n'est-ce pas ? répliqua la princesse en lui donnant une tape sur le bras. Si vous êtes venu pour débiter vos insolences, il est inutile de rester. Nous nous passerons de vous.

— Madame, vous le savez, ce n'était là que compliment sincère. Je ne farde jamais la vérité.

Anciens amants terribles, époux assagis, incapables de vivre ensemble comme de rester très longtemps sans se voir, leurs chamailleries étaient en fait un jeu, qu'ils se seraient, l'un comme l'autre, bien gardés d'interrompre.

— Bonjour, mon cher !

— Heureux de vous voir parmi nous.

M. de Guise, le duc de Bellegarde et ses grâces de vieux beau, M. d'Alincourt, la duchesse d'Elbeuf, Mme d'Ognano, tous faisaient assaut d'amabilités autour de Bassompierre. Parmi eux, Floriane, restée sur le pas de la porte, reconnut également le médecin de la reine mère, Vautier, Mme du Fargis tenant un aparté avec Henry de Béringhen, M. de Lavau-Irelan et enfin M. de Tréville, un jeune Gascon, officier des gardes.

Mme du Fargis qui venait de l'apercevoir lui adressa un petit signe de connivence.

— Mais entrez, Floriane, lui dit le maréchal.

— Mais oui, venez, belle Floriane, nous ne vous mangerons pas, renchérit en riant M. d'Alincourt.

— Il faut dire que vos mines de comploteurs ont quelque chose d'inquiétant, plaisanta Bassompierre.

À son tour, la princesse de Conty souhaita la bienvenue à Floriane :

— Nous vous connaissons, mon enfant, et nous savons où vont vos sympathies, dit-elle d'un air aimable. Comme nous tous ici, vous avez des raisons bien précises de détester celui dont l'avenir nous préoccupe.

— Ah, c'est donc cela, fit Bassompierre en hochant la tête.

— Mais enfin ! s'écria M. de Guise. Vous avez vu le roi. À mon avis, il n'en a plus que pour un ou deux jours. Nous devons donc prendre toutes mesures appropriées quant à sa probable disparition, hélas !

— Le sort du cardinal doit être décidé ce soir même, précisa M. Vautier.

Vautier était né à Aix-en-Provence. Sa voix avait un timbre d'une chaleur et d'une séduction toutes méridionales ; mais son air de suffisance était un peu irritant. Bassompierre quant à lui ne l'appréciait que très modérément.

— Nous prenons part à une sorte de tribunal, si je comprends bien, ironisa-t-il, son œil clair faisant tranquillement le tour de l'assemblée.

— Exactement, lui répondit la duchesse d'Elbeuf.

— Nous n'attendons plus que le garde des Sceaux et son frère, le maréchal de Marillac, ajouta Mme de Conty. Bien sûr, vous êtes des nôtres, n'est-ce pas ? Et vous aussi, Floriane.

Floriane remercia la prestigieuse compagnie pour tant de bienveillance. Elle lui demanda toutefois de bien vouloir l'excuser : la reine l'attendait.

C'était la vérité. Et puis, à quoi bon dire que cette réunion secrète lui en rappelait d'autres où, tout comme aujourd'hui, on avait débattu de la meilleure façon d'exterminer Richelieu. Or, quel avait été le résultat ? Un échec terrible pour tous les conjurés, des gens bannis de la cour ou emprisonnés, et la tête d'un trop beau gentilhomme roulant sur l'échafaud de Nantes. Troublée par cette réminiscence du passé, Floriane prit congé rapidement.

Dans le couloir, elle croisa les deux frères Marillac qui arrivaient. Si le garde des Sceaux était un vieil homme d'apparence discrète, voire rébarbative, son cadet, un officier portant fort beau sa cinquantaine et réputé pour son franc-parler, la salua civilement.

C'est alors, comme elle s'apprêtait à poursuivre son chemin, qu'elle sentit soudain se détacher sa jarretière, réussissant heureusement à la rattraper au travers de sa jupe. Comme il lui était difficile de marcher dans cette posture incommode, risquant à tout moment de perdre son bas, d'un geste preste, elle retroussa sa robe mais la lâcha aussitôt : des laquais vêtus de la livrée de Marie de Médicis venaient en sens inverse. Prise de court, elle poussa la première porte venue, jetant un coup d'œil rapide dans la pièce avant de s'y faufiler : à première vue c'était un cabinet fort sombre servant sans doute de débarras, encombré de meubles oubliés et poussiéreux, lieu tout à fait propice pour remettre de l'ordre à sa toilette.

Comme elle s'employait à rajuster son bas, des voix toutes proches lui parvinrent parmi lesquelles elle reconnut celle de M. de Guise puis celle de M. de Bellegarde. Ce petit cabinet où elle se trouvait desservait donc la chambre qu'elle venait de quitter et n'en était séparé que par une mince cloison. Entendre ce qui s'y passait n'était pas difficile. Approchant son oreille du mur, Floriane ne s'en priva pas.

— Surtout, il nous faudra ne pas perdre un instant !

— Dès le dernier soupir du roi, je prends dix de mes mousquetaires et cours sus à l'animal.

Cette fois, c'était la voix de M. de Tréville avec cet accent de Gascogne que, depuis l'avènement d'Henri IV, on entendait très souvent à la cour.

— Non, objecta à son tour le duc de Bellegarde. Dix mousquetaires ne sont pas suffisants pour s'assurer du cardinal. Il est trop bien gardé et sa ruse est trop grande.

— Dans ce cas, laissez-moi l'arrêter avec une compagnie de gardes suisses, intervint avec véhémence le gouverneur de Lyon. Il ne pourra rien contre elle.

— Ah ! Il me tarde de voir la bête prise au piège ! tonna le duc de Guise.

— Il pleurera, comme à son habitude, fit le chœur des dames présentes, dans un ensemble irréprochable.

— Des larmes de crocodile, précisa la princesse de Conty. Il a une faculté de larmoyer sur commande tout à fait remarquable.

— J'imagine déjà la joie de Marie de Médicis en apprenant l'arrestation de cette vermine, lança de son côté M. de Bellegarde. Depuis bien trop longtemps il nargue ma reine !

— Nos reines, précisa Mme du Fargis, elle aussi enflammée.

— Oui, tous nous pourrons allumer des feux et pavoiser…

— Tout cela est parfait, coupa la duchesse d'Elbeuf. Mais que comptez-vous faire du cardinal une fois maître de sa personne ?

Un silence se fit. Floriane retint son souffle, n'osant bouger de peur que de l'autre côté ne fût devinée sa présence, le hasard l'ayant mise dans la délicate situation d'épier ses propres amis.

Le maréchal de Marillac qu'elle venait de croiser à la porte tint le premier à donner son avis.

Il n'y alla pas par quatre chemins :

— La meilleure manière de se débarrasser du monstre est encore de le tuer. Je suis prêt quant à moi à accepter la charge de connétable.

— Non ! Pas la mort ! s'interposa tout net son frère. Bien décidé à prendre la tête de l'État à la place de son ennemi, le garde des Sceaux était néanmoins trop dévot pour vouloir que son gouvernement fût entaché du sang d'un homme d'Église. Il avait d'autres grands et pieux projets : la Compagnie du Saint-Sacrement, l'écrasement de tous les huguenots, une alliance étroite avec l'Espagne. Bref, il s'imaginait déjà maître d'une France ardente et catholique, programme louable, certes, mais qui enthousiasmait peu des hommes comme Bassompierre au passé turbulent, voire libertin.

— Le cardinal doit être conduit en résidence surveillée, trancha en conclusion Michel de Marillac, souhait qui ne contentait personne, à l'évidence.

Tout le clan des Guise, M. de Lavau-Irelan et Mme du Fargis – et donc Béringhen – pensaient eux que le mieux était d'envoyer Richelieu en exil :

— Nettoyons à jamais le pays de sa présence !

— Eh bien, François, vous ne dites rien ? demanda Mme de Conty. N'approuvez-vous pas nos projets ?

— Ils me semblent prématurés, finit par répondre Bassompierre qui s'était abstenu jusqu'ici de prendre position. L'exiler en tout cas n'est pas la solution idéale. En exil, on peut renouer des alliances, rameuter des forces étrangères. La résidence surveillée n'est pas davantage satisfaisante. Des petits malins parviennent toujours à s'infiltrer. Partout où sera Richelieu, se créera un centre d'opposition vite dangereux. Quant à l'exécution pure et simple, là, mon cher Marillac, vous allez un peu fort. Nous ne sommes tout de même pas des tueurs !

— Mais alors, dit une voix dans l'assistance, que proposez-vous ?

— La prison, simplement, répondit Bassompierre. De solides murailles, bien épaisses, des barreaux comme ceux de la Bastille.

— Je partage cet avis, approuva Vautier.

À cet instant, Floriane perçut un léger bruit, non loin d'elle. Soudain, elle avait l'impression de n'être point seule dans la pièce. Scrutant la pénombre, elle devina une silhouette tapie dans l'angle opposé du réduit, crut d'abord qu'il s'agissait d'une femme puis, distinguant mieux la forme, reconnut la capuche d'un moine. Ce dernier, qui lui tournait le dos, écoutait et épiait par une fente de la cloison tout ce qui se passait dans la pièce voisine, surprenant comme elle la discussion et les projets des conspirateurs.

Réalisant aussitôt qu'il s'agissait sûrement d'un des nombreux espions à la solde du cardinal, mettant ses amis en grave danger, elle se glissa hors de la pièce aussi furtivement qu'elle était entrée et courut à la porte de la princesse de Conty. L'ouvrant sans crier gare, restant sur le seuil où ne pouvait l'apercevoir le moine, elle fit un signe impératif d'une main, l'index de l'autre posé sur la bouche, afin de faire comprendre à tous qu'ils devaient immédiatement se taire. Interloquée, la compagnie se figea un instant tandis que Bassompierre venait la rejoindre sur la pointe des pieds.

— Qu'y a-t-il, mon petit ? chuchota-t-il près d'elle.

— On vous écoute. Un moine est là, derrière le mur, dit-elle en désignant le fond de la chambre.

— Comment ? En êtes-vous certaine ?

— Vous expliquer serait trop long…

À son tour, le maréchal enjoignit donc par gestes à toute l'assemblée de garder le silence. M. de Guise s'approcha.

— Quelqu'un nous espionne dans la pièce voisine, l'avertit Bassompierre.

— Allons vite voir.

Floriane et les deux gentilshommes se ruèrent dans le cabinet. Trop tard ! Il était vide. Mais au bout du couloir, ils virent, disparaissant en toute hâte, deux silhouettes drapées, l'une d'étoffe brune, l'autre de velours clair.

— Il y avait bien un moine, souffla le duc de Guise.

— De l'ordre des Minimes, d'après le bout de froc qu'on vient d'apercevoir. Et il était avec une femme.

— Mme de Combalet, affirma Floriane qui avait entre mille reconnu la robe de la plantureuse et vénéneuse Junon.

— La nièce de Richelieu ! Ainsi vous ne vous êtes pas trompée, chère amie. Ce moine travaille pour leur compte. Inutile de les poursuivre et de faire un scandale.

Revenant dans la chambre, ils mirent rapidement au courant la princesse de Conty et les autres comploteurs.

— Tout cela est fâcheux, murmura Marillac consterné. La plupart, cependant, ne partageaient nullement son anxiété.

— Bah ! fit M. de Bellegarde. Qu'avons-nous dit après tout que Richelieu ne sait déjà ? Nous voulons sa perte, c'est vrai, et ne lui ferons pas de cadeau.

— La preuve, renchérit le duc de Guise, que le renard a déjà assuré ses arrières pour le cas plus que probable où le vent tournerait mal pour lui, c'est qu'il songe à se réfugier en Avignon [1] sous la protection du pape. Je sais de source sûre qu'il y a déjà envoyé de l'argent, des bijoux et certains papiers compromettants.

— Garce de Combalet ! Hypocrite lesbienne ! rugit la princesse de Conty. Je n'ai jamais pu la souffrir et j'avais bien raison ! Vous, en revanche, vous êtes un amour, ma chère Floriane. Merci. Ne vous inquiétez pas ! Nous finirons bien, je vous le jure, par nous débarrasser de toute cette clique de parvenus.

Bassompierre raccompagna alors Floriane chez la reine.

— Vas-tu m'expliquer maintenant, diablesse, ce que toi-même tu faisais dans ce méchant réduit ?

Elle le lui dit et il s'esclaffa.

— François, vous êtes impossible ! L'incident pourtant est sérieux, songez-y !

— Oui et non. Que peut le cardinal contre nous tous ? Rien, même en admettant – et je veux le souhaiter – que le roi guérisse et que lui reste ministre. Les racontars d'un moine trop curieux ne peuvent constituer des preuves irréfutables. Pour ma part, je pense être, en tout cas, à l'abri des soupçons. Chacun sait que je ne suis pas homme de brigues et d'intrigues et que le roi m'aime.

— Ah ! Vous êtes d'un optimisme exaspérant ! s'emporta d'un seul coup Floriane. Croyez-vous donc que vous pourrez toujours louvoyer entre deux courants ? Être à la fois ami des

1. La ville était alors territoire pontifical.

uns et des autres ? Vous tirer de tous les mauvais pas sans y laisser des plumes ?

Floriane était très sincèrement furieuse. Non sans quelque amusement, le maréchal l'apaisa :

— Eh bien, voyez-moi ce petit coq en colère ! Vous m'accusez d'un machiavélisme que je n'ai pas, ma chère enfant. Je vois les choses beaucoup plus simplement que vous. Si la volonté du roi est de conserver le cardinal, je respecterai cette volonté sans pour autant renier mes amitiés de jeunesse.

— Ainsi continuerez-vous à servir un homme que vous n'aimez pas, qui vous jalouse et que vous emprisonneriez volontiers à la première occasion ? Je ne comprends pas.

— Et si c'est une manière de servir le roi ? Oui, Floriane, je vous l'assure. D'ailleurs, que fait d'autre votre Artus malgré ses goûts d'indépendance et son antipathie foncière pour Richelieu ? Ne pas s'opposer à un homme ne signifie nullement que l'on rampe à ses pieds !

Floriane eut un soupir de découragement :

— Je vois ! Si Dieu prête vie au roi, nous ne sommes pas près d'être débarrassés du cardinal.

Bassompierre lui sourit avec tendresse !

— Finalement, petite violette, malgré tes airs frivoles, tu serais plutôt encline à la gravité.

Il la quitta devant la porte de la reine pour se rendre lui-même place Bellecour chez le gouverneur qui l'hébergeait. Floriane retrouva Mme de Lavau-Irelan. Elles soupèrent ensemble de tranches de pâté et d'œufs durs. C'était tout ce que Stéfanille, la femme de chambre, avait pu leur trouver.

— Ce soir, tout est à l'envers, dit tristement la gentille naine. Le roi est plus mal que jamais.

Peu avant minuit, Anne d'Autriche vint les rejoindre. Depuis une heure, une dysenterie tout à fait alarmante accablait le malade. Ne cessant de faire la navette entre sa chaise percée et son lit, ployé en deux tant sa douleur aux intestins s'était accrue, Louis XIII perdait du sang mais l'ignorait encore.

— Que faire, mon Dieu ? s'écria la reine. Le mal empire d'heure en heure.

— Madame, il faut vous reposer.

— Il n'en est pas question, ma chère Floriane. La reine mère est partie s'allonger un moment. Le roi est seul. Je dois retourner auprès de lui.

— Mais Votre Majesté va elle aussi tomber malade ! plaida Mme de Lavau-Irelan.

La reine semblait à bout de forces. Maintenant que son époux ne pouvait la voir, elle laissait aller ses larmes et ne masquait plus son découragement.

— Ma santé à moi ? dit-elle avec lassitude. Quelle importance !

Toutefois, elle ne s'opposa pas aux soins et aux attentions de ses dames. Magdeleine du Fargis qui était de retour parmi elles, usa de toute son habileté pour lui faire accepter un peu de bouillon aux épices. Déshabillée, rafraîchie par Stéfanille qui lui passa une éponge imbibée de vinaigre rosat sur tout le corps, la reine changea de linge, mit une robe de chambre de velours vert-de-gris. Puis elle confia ses cheveux à Floriane qui les natta et les enroula en un gros chignon sur la nuque.

Se sentant un peu mieux, Anne d'Autriche, avant de regagner le chevet du roi, conseilla à ses dames de dormir un peu. Tant bien que mal ces dernières s'installèrent pour la nuit. En apparence le calme s'était fait dans l'archevêché mais si l'on prêtait attentivement l'oreille, le silence n'était que relatif, troublé sans cesse de craquements, de chuchotements, de portes qui s'ouvraient sur des pas furtifs. Malgré l'heure tardive, le palais ne dormait qu'à demi, dans une attente fiévreuse.

*

Floriane ouvrit les yeux. Auprès d'elle, Mme du Fargis dormait encore, leurs autres compagnes également. Les bougies continuaient à se consumer en douceur. Tout était paisible dans la chambre mais des bruits étouffés, de plus en plus distincts, des voix, une soudaine agitation provenaient de l'appartement voisin. Bientôt, la porte s'ouvrit et la reine apparut accompagnée des trois médecins du roi. Les dames se levèrent précipitamment, comprenant aussitôt que les choses s'aggravaient.

— Stéfanille, dites à M. d'Ivreville d'aller réveiller le père Suffren. Qu'il nous rejoigne ici ! Oh ! Mesdames…

Anne d'Autriche se laissa tomber dans un fauteuil et se cacha la tête dans les mains.

— Que se passe-t-il, monsieur Bouvard ? demanda Floriane à voix basse.

Le médecin la reconnut sans surprise. Cette nuit, tout changeait de sens puisque le roi avait atteint ces rivages inconnus où lui, Bouvard, Seguin, Privas et tous les autres ne pouvaient plus l'atteindre.

— Le flux de sang n'arrête pas, expliqua-t-il. Un sang clair et pur qui fait craindre que toute la vie de Sa Majesté ne s'écoule, là, sous nos yeux. Le roi n'a même plus la force de se lever.

Le père Suffren ne fut pas long à accourir. Les médecins lui apprirent que leurs remèdes s'avéraient inutiles, qu'ils n'en connaissaient, hélas, pas d'autres. La reine le pria donc d'avertir le roi selon sa volonté.

Le prêtre gagna la chambre royale. Avec tout le ménagement dont il était capable, il annonça à Louis XIII qu'il valait mieux, pour son salut, à tout hasard, préparer son âme… Pauvre père Suffren ! Tout empêtré dans ses mots et ses phrases vagues, incapable de dire franchement au malade ce qu'il en était réellement, de le prévenir des risques que lui faisait courir son mal, des chances aussi, bien minces, de guérison. Mais le roi voulait savoir. Il était prêt à entendre le pire de la bouche même des médecins. Artus d'Ivreville alla donc les quérir. Sommés de ne plus farder la vérité, ils finirent par apprendre à Louis qu'il perdait du sang depuis la veille au soir, que leur science désormais se révélait vaine et qu'ils s'effaçaient derrière la volonté de Dieu.

— C'est bien de me le dire, murmura le roi sans manifester le moindre trouble. Maintenant, mon père, je voudrais me confesser à nouveau et communier. Il est temps de penser à l'extrême-onction, ne croyez-vous pas ? Vous irez aussi trouver la reine. Je voudrais qu'elle me pardonne toutes les querelles et les malentendus qui ont empoisonné notre mariage mais je préfère que ce soit vous qui le lui demandiez.

Le roi était perdu ! La nouvelle vola le long des corridors, s'échappa hors de l'archevêché. Des galopades en tous sens de valets courant prévenir leurs maîtres s'ensuivirent. Le cardinal Alphonse de Richelieu, Monsieur de Lyon, arriva en toute hâte pour dire la messe que réclamait le roi. Dans la pièce à côté, aux premiers mots du père Suffren transmettant le message dont il était chargé, Anne d'Autriche éclata en sanglots. Une véritable crise de nerfs la mena aux bords de la syncope. Mme du Fargis lui fit respirer du vinaigre.

— Non ! Non, c'est impossible ! Je ne peux croire que tout sera bientôt fini. Santa Maria, Madre de Dios…

Dans son chagrin, elle réutilisait d'instinct sa langue natale, faisant écho, au travers du mur, à la voix de Monsieur de Lyon, ronronnement monocorde de mots latins.

Anne d'Autriche n'était plus qu'une femme comme les autres, un être désemparé, ballotté dans une tempête de l'Histoire, qui se moquait bien du cœur et des rêves brisés d'une petite infante romanesque.

C'est alors que les portes s'ouvrirent toutes grandes : aux quatre coins du lit, les rideaux étaient relevés, découvrant le roi, étendu sous un drap brodé à son chiffre. Sur l'oreiller, son visage était d'une pâleur terrifiante, accusée par la blancheur des dentelles et ses longs cheveux noirs, épars autour de sa tête comme une coiffe funèbre. Les valets avaient rallumé tous les chandeliers. Une lumière chaude et vive ne laissait pas un pouce d'ombre dans la chambre qui s'emplissait peu à peu d'une foule silencieuse. La naissance et la mort d'un roi échappaient aux us ordinaires. Ces événements devenaient spectacles, points culminants d'une vie où toute réelle intimité était absente.

Ceux qui ne purent entrer restèrent dans l'antichambre, dans le couloir et dans l'appartement de la reine. Une centaine de personnes, prises d'une émotion intense, s'étaient ainsi regroupées et attendaient.

Floriane était un peu en retrait, auprès de la souveraine qui essayait de cacher ses larmes à son époux. Ivreville et Saint-Simon étaient près du lit ainsi que le père Suffren qui ne cherchait même pas à dissimuler son chagrin. Le roi leva la main. Visiblement, ce geste lui coûtait. On le sentait épuisé, son corps n'était plus rien, une misérable apparence qu'avait désertée jusqu'au plus faible élan de vitalité.

— « Je suis bien marri de n'avoir la force de pouvoir parler. Le père Suffren vous parlera pour moi et vous dira ce que je voudrais vous dire, me trouvant ici au lit de la mort. Je vous demande pardon à tous de tout ce en quoi je puis vous avoir offensés et ne mourrai pas content si je ne sais que vous me pardonniez. Je vous prie de dire de ma part de même à tous mes sujets [1]. »

Sa voix ne parvint qu'aux personnes des premiers rangs. C'était un filet ténu, entrecoupé. Louis avait toujours eu des difficultés d'élocution. Son extrême lassitude accentuait son défaut.

Le père Suffren essaya de répéter ce qu'il venait de dire. En vain. Les larmes l'étouffaient.

— C'est à nous à vous demander pardon.

— Pardon, Sire !

Dans l'assistance, beaucoup sanglotaient. Certains s'étaient mis à genoux et priaient pour ce roi souvent si mal aimé ou mal compris mais dont le courage devant l'heure dernière forçait l'admiration, touchait le cœur des plus indifférents. La cour si volage, si encline aux petitesses, la cour pour un temps devenait

1. Paroles historiques.

grave. Tous s'émerveillaient d'un si noble comportement et souhaitaient atteindre, le moment venu, pour eux-mêmes, semblable résignation.

À l'exception de Marie de Médicis qui après des heures passées auprès de son fils se reposait chez elle et que personne n'avait osé réveiller, ils étaient tous là, les fidèles, les compagnons de son père, Guise, Bassompierre, Créqui, Chevreuse, le demi-frère de Louis, Henry de Verneuil, le duc de Montmorency, le cardinal de La Valette, les jeunes Soissons, Longueville, La Rochefoucauld et les frères Marillac, le gouverneur de Lyon et le prévôt, les dames et les officiers de sa garde, Vitry, du Hallier, Tréville, les prêtres, les médecins et Richelieu, bien sûr, effondré, agrippé à son frère, Richelieu qui voyait s'écrouler sa puissance en même temps qu'il pleurait la mort d'un maître bien-aimé.

— Cet enfant est à tout le monde, avait dit jadis Henri IV en présentant son dauphin nouveau-né, un jour de septembre, dans le château de Fontainebleau.

Louis avait toujours donné plus qu'il n'avait pris. La royauté, pour lui, avait été une servitude de tous les instants. La mort, cette nuit, allait l'en délivrer. Il avait été faible, indolent et pourtant jamais roi n'avait davantage payé de sa personne, guerroyant, chevauchant au travers du royaume, inlassablement. Il avait été tenaillé par des désirs troubles et jamais roi n'avait été plus vertueux, d'une austérité véritablement monacale et étonnante en regard des mœurs qui l'entouraient. On s'en était moqué. Maintenant, on pleurait de découvrir une telle grandeur d'âme chez un être si jeune. Pas une seule fois il ne s'était plaint. Il avait tout accepté avec constance. Il avait eu une pensée pour chacun, jusqu'aux officiers pauvres auxquels il léguait un peu de ses biens. Dieu l'avait fait roi, il en avait accepté la charge. Dieu le rappelait. C'était Sa Volonté.

D'un signe, Louis fit comprendre qu'il voulait que la reine s'approchât. Anne s'essuya les yeux furtivement, fit quelques pas avec une dignité de maintien qu'elle ne put conserver bien longtemps. Elle se laissa aller sur le lit, dans les bras de son époux, sanglotant, balbutiant des mots sans suite et pour la première fois, on vit le roi pleurer. Personne ne sut ce que se dirent ces deux êtres si dissemblables, mariés par raison politique, brouillés par cette même politique où tant d'intérêts contraires s'entremêlaient. Peut-être, si d'autres ne s'y étaient pas opposés, auraient-ils pu malgré tout s'aimer, comme ils l'avaient cru, espéré un trop court moment ? Aujourd'hui, en tout cas, tout était oublié, pardonné : l'ombre du séduisant Buckingham, les complots et les têtes fantasques qui entouraient la reine, la jalousie de Richelieu, les exigences d'une trop envahissante belle-mère. Enlacés, mêlant leurs pleurs, bouche contre bouche, les mots qu'ils disaient avaient moins d'importance que l'élan de leurs cœurs. Jamais, en vérité, ils n'avaient été aussi proches qu'à l'heure de l'ultime séparation.

Lorsque la reine se fut retirée, le roi appela le cardinal de Richelieu, lui parla tout bas. Puis ce fut le tour de Saint-Simon, d'Ivreville et de quelques proches qui recueillirent ces derniers et précieux gages d'amitié.

« Artus, songeait Floriane. Comme tu dois souffrir ! »

Lèvres serrées, Artus essayait de dominer son chagrin mais lorsque son regard croisa celui de Floriane, elle vit que lui aussi avait les larmes aux yeux.

Lentement, la chambre se vidait. Les médecins chuchotaient dans un coin. Ils avaient du mal à s'avouer vaincus. Monsieur de Lyon administra l'extrême-onction au roi qui parut apaisé, presque souriant. Alors, Bouvard s'approcha de lui.

— Sire, permettez-nous de tenter une dernière saignée au bras droit. Avec l'aide de Dieu, peut-être…

Une saignée ? Cela ne ferait que la septième en une semaine. Aucun soulagement n'était venu confirmer leurs bienfaits mais cela ne décourageait pas les médecins persuadés qu'aucun traitement n'égalait celui-ci.

Le roi ne répondit pas. Il n'en avait plus la force. Le bon Bouvard prit donc son silence pour un consentement et

Louis XIII resta seul avec les hommes de science et les hommes de Dieu.

— Madame ! Madame ! s'écria le père Suffren.

La reine se leva. Elle regarda le confesseur et se mit à trembler. Ainsi, était donc venu le moment fatal où le roi la quittait, laissant sa vie à elle basculer dans le triste univers des reines relictes [1]. Le Ciel avait voulu que fût vain et stérile son passage ici-bas.

— Madame, venez vite ! répéta le père Suffren.

Anne s'avança jusqu'à la chambre du roi. Toutes ses dames la suivaient. À genoux devant le crucifix placé près du chevet, Monsieur de Lyon s'abîmait en prières.

Se relevant à leur entrée, il tourna vers elles un visage rayonnant, illuminé d'une joie mystique.

— Mon Dieu, mon Dieu, nous croyons en Votre Infinie Bonté ! s'exclama-t-il faisant un pas vers elles, tandis qu'Henry de Béringhen et Artus d'Ivreville soutenaient le roi qui regagnait son lit.

Les trois médecins, quant à eux, s'agitaient autour de la chaise percée que le souverain venait de quitter et Bouvard, ayant pris le pot, se penchait au-dessus, en montrait le contenu à ses collègues avant de le remettre à un laquais.

M. Seguin s'approcha de la reine dans un état d'indescriptible excitation :

— Ah ! Madame, madame, il arrive quelque chose d'extraordinaire !

— Eh bien, qu'y a-t-il ? le pressa-t-elle. Dites ! Dites vite !

— Les « affaires [2] » du roi ! expliqua M. Seguin. Leur aspect a changé. Certes, il s'y mêle toujours un peu de sang mais surtout de vilaines matières qui devaient empoisonner l'intestin et dont l'écoulement soulage Sa Majesté.

— Louis ! Est-il possible que vous vous sentiez mieux ?

---

1. Veuves.
2. Selles.

Personne, excepté l'archevêque, n'osait encore se livrer à un optimisme excessif. Mais l'espoir renaissait devant une évidence : le ventre royal diminuait à vue d'œil à mesure que s'évacuaient les intestins. La reine demanda que fût prévenue Marie de Médicis.

— Pourquoi m'avoir laissée dormir ? fit celle-ci en arrivant en pleurs à son chevet. Louis, tout le monde était auprès de vous sauf votre mère !

— Vous aviez besoin de repos, dit le roi doucement.

— Que Dieu, la Sainte Vierge et le bon saint Claude vous viennent en aide ! Et dès que vous serez guéri, chassez le responsable de vos souffrances et de toutes nos alarmes, n'est-ce pas ?

C'était plus fort qu'elle. Lorsque Marie de Médicis avait une idée en tête, il lui était impossible de ne pas l'exprimer. Hantée par Richelieu et son désir de le voir disparaître, elle revenait à la charge, harcelant cette fois un malade qui se mourait une heure auparavant.

Pour les médecins en tout cas, aucun doute n'était permis : la saignée de la dernière chance, faisant crever un abcès interne – que pas un seul d'entre eux n'avait seulement soupçonné –, cette saignée avait sauvé le roi, et de spectaculaires progrès s'affirmaient d'heure en heure.

Louis XIII désormais était hors de danger ! En début de soirée, il déclara même à sa mère et à sa femme qu'il avait faim. Cette fois, on osa prononcer le mot :

— C'est un miracle !

C'en était un en effet. Il réjouissait tout le monde. Après les larmes de deuil, venaient les larmes d'allégresse. Résumant le soulagement général, le père Suffren cita le roi David :

— *Ad matutinam demoratus et fletus et ad vesperam laetitia* [1].

Et chacun de reprendre en chœur les paroles bénies du Psalmiste.

---

1. « Le matin, dans l'attente et dans les larmes, le soir, dans la joie. »

La cité tout entière avait ces derniers jours suspendu son souffle, attendant les nouvelles du palais de l'archevêché et plus précisément celles en provenance de l'appartement du roi et de la reine. À peine savait-on le temps qu'il faisait dehors, entendait-on la pluie sur les toits et les jardins, le vent agiter les arbres. Les yeux, les esprits et les cœurs étaient obstinément restés tournés vers le lit où la vie et la mort menaient un si âpre combat.

Aussi la certitude que le roi allait maintenant guérir souleva-t-elle une immense vague d'enthousiasme qui chassa vite, tel un mauvais songe, la tension nerveuse d'une semaine entière passée en veilles et en alarmes.

Cette nuit-là à l'archevêché, quelqu'un frappa discrètement à l'appartement d'Anne d'Autriche. Prévenue à l'avance, Stéfanille ouvrit. Dans l'ombre du corridor, se détachait la haute silhouette d'un gentilhomme que Floriane attendait avec émotion. Distinguant mal son visage, elle s'approcha d'Artus, sentit sa main prendre la sienne, entendit sa voix lui dire simplement :

— Viens !

Sans prononcer un mot, sans chercher à savoir où il l'emmenait, elle le suivit.

Dix heures sonnaient à la cathédrale lorsqu'ils franchirent la porte Saint-Étienne, percée dans la muraille qui ceignait l'enclos épiscopal. La nuit était douce quoique imprégnée de vapeurs humides, plus sensibles encore quand Artus et Floriane eurent gagné les rues voisines. Le jeune homme avait posé une cape sur les épaules de sa compagne. Il la tenait contre lui, réglant son pas sur le sien, la soulevant comme une paille au passage des rigoles et des pavés déchaussés. Ils ne parlaient ni l'un ni l'autre, conscients de leur folie mais sûrs d'eux-mêmes, de leur dévorante passion, tremblants de désir à l'idée de se retrouver seuls.

Ils firent quelques pas dans la grand-rue Saint-Jean, traversèrent une cour, suivirent une traboule noire et nauséabonde, parvinrent rue des Trois-Maries. Peu de monde croisait leur chemin. Aux fenêtres, quelques lumières brillaient encore.

Soudain, Artus leva les yeux sur l'une d'elles puis guida Floriane en haut d'un escalier s'enroulant comme un limaçon autour de sa vis de pierre. Assis sur la dernière marche, Lubin attendait, dans une galerie ouverte sur une cour intérieure. Il se leva en voyant approcher son maître, désigna une petite porte.

— Monsieur, j'ai fait comme vous me l'avez dit sauf que j'ai pas pu trouver de roses…

Il n'acheva pas sa phrase. Artus ne l'écoutait même pas. Déjà, il avait disparu à la suite de sa compagne.

Non, il n'y avait pas de roses dans la pièce où Artus venait d'entrer avec elle, mais un gros bouquet rustique et touffu, tout coloré de blanc, de rose et de mauve, des reines-marguerites dont la rondeur et la simplicité égayaient les jardins à l'automne.

C'était une chambre dépouillée du superflu. Une table, une chaise, un grand lit aux entours de calicot, une cuvette et un pot d'étain composaient tout l'ameublement. En la louant, Ivreville n'avait pas recherché le luxe, mais le simple nécessaire. Il ne l'avait d'ailleurs que fort peu occupée. Tous ses bagages, étuis, mallettes de cuir, s'entassaient dans un coin tels qu'il les avait laissés le jour où le roi était tombé malade. Le décor eût donc semblé un peu spartiate sans les soins de Lubin qui, outre les fleurs, avait garni la table d'une nappe blanche, de plats et de bouteilles et allumé un feu pétillant dans la cheminée.

Chambre de prince ou de bergère, d'ailleurs Artus et Floriane s'en moquaient tout à fait. Ils ne voyaient qu'eux-mêmes, que la flamme de leurs yeux, que leurs lèvres offertes dans un sourire radieux.

Debout, bouches soudées, ils oublièrent et le monde et le temps, savourant chaque seconde d'éternité, assoiffés d'eux-mêmes après ces quatre années d'errance, d'angoisses, de faux-semblants.

Toute à sa joie intense, Floriane bénissait son amant de ne pas la brusquer, de ne pas lui ravir dans une hâte fruste un plaisir qu'ils attendaient pourtant de partager ensemble depuis si longtemps. Par touches délicates, délicieuses, ses mains tendres, ardentes, l'effleuraient, la prenaient, l'envahissaient tout entière. Heureuse d'être si sûrement, si doucement conquise, elle se laissait avec volupté peu à peu effeuiller, dénuder, caresser. Sa chemise tombée, elle frissonna mais davantage de se deviner totalement offerte et vulnérable que de sentir l'air envelopper sa peau nue.

— Viens ! haleta Artus à son oreille. Viens…

Le lit les accueillit tous les deux éperdus de bonheur, Floriane serrée comme un trésor contre le cœur d'Artus, happée fougueusement pour un vertigineux voyage sur ce grand lit qui devenait écrin, navire, nef magique et lumineuse, voguant vers d'indicibles rivages.

Beaucoup plus tard, grisés de joie et de reconnaissance mutuelle, ils se décidèrent enfin à reprendre souffle et à s'intéresser à la table préparée par Lubin.

— Diable, le drôle a un appétit de moineau mais heureusement, il ne soumet pas nos estomacs au même régime que le sien, s'exclama Artus rayonnant. Nous pourrions soutenir un siège de huit jours, ma chérie !

Il éclata de rire, souleva les couvercles, huma le vin et les coupes de raisin, si enjoué, si vibrant d'allégresse qu'il paraissait plus grand qu'à l'ordinaire, le torse nu doré à la lueur du feu et des chandelles. Floriane ferma les yeux, toute à un souvenir, celui d'une chambre à peine moins modeste que celle-ci, une chambre d'auberge qu'ils avaient autrefois partagée tous les deux sans se connaître.

— Allons, lève-toi, ma jeune paresseuse, dit-il en se penchant vers elle, effleurant sa tempe d'un baiser léger. L'alouette n'a pas encore fredonné, le rossignol n'a pas jargonné mais un vrai régal nous attend.

— Ainsi, vous connaissez aussi les poètes, monsieur ? demanda Floriane mutine, enfilant à la diable la chemise d'Artus posée sur une chaise.

— J'ai au moins retenu quelques vers de Ronsard, comme tu le vois, ma chère, badina le jeune homme, tandis que ses doigts s'insinuaient dans l'échancrure de la chemise et s'emparaient d'un sein plus doux qu'un pétale de rose. N'y est-il pas aussi question de tétin ? « Ça, ça, que je le baise, cent fois pour vous apprendre à vous lever matin. »

Et comme la bouche se faisait plus ardente, plus précise que les souvenirs poétiques, le repas attendit quelques instants de plus le bon vouloir des amants.

— Maintenant, soyons sérieux, décida enfin Artus, passant à son tour ses chausses. Que désirez-vous, madame ? Un peu de truite en gelée ? De la salade de cresson ? Du chapon farci ? Ou bien ces saucissons et cervelas plus rustiques mais avenants, cette marinade de champignons, ces fromages et ces tartelettes aux amandes ? À moins que…

— Pitié, Artus ! Je ne pourrai jamais goûter à tout ! protesta Floriane avec un rire de cristal. Vous voulez donc ma mort ?

Ils s'esclaffèrent ensemble, piquèrent à leur choix dans tous les mets avec une réconfortante gourmandise, buvant de grandes rasades de Brouilly.

— Et dire qu'on accuse le beaujolais d'être corrosif, dit Artus, se délectant visiblement du vin, mirant sa robe à la clarté de l'âtre.

— C'est une pure invention de Bourguignon jaloux, décréta avec conviction Floriane qui, grâce à Étienne Borde, savait désormais apprécier les ressources méconnues du Lyonnais.

Grignotant avec des sourires complices, se volant des baisers, ils prolongèrent leur festin jusqu'aux premières lueurs du jour. Un somme très court, encore quelques caresses, puis ce fut le temps de se préparer, de se vêtir. Il fallait retourner au palais. Avant de quitter la chambre, Artus posa dévotement un long baiser sur la joue de Floriane. Leurs visages étaient pareillement graves et sereins. Sans se l'avouer, ils n'avaient qu'une pensée : puisque, malgré leur droiture, leurs fermes résolutions, ils s'étaient retrouvés, rien, jamais, ne pourrait désormais les séparer. De toutes leurs forces, de toute leur âme, ils y veilleraient.

Artus trouva Louis XIII déjà levé, parlant du jour prochain où il remonterait à cheval. Sa résistance physique s'avérait prodigieuse. En attendant, il avait décidé de quitter la rive droite de la Saône pour gagner le quartier de Bellecour plus aéré, plus salubre que celui de Saint-Jean. M. et Mme de Chaponay, propriétaires de l'une des plus belles demeures de la place, la mettaient à sa disposition pour toute la durée de sa convalescence.

Chez la reine, on s'apprêtait aussi, dans la bonne humeur, à regagner la Maison Rouge. La présence de Floriane n'était plus vraiment nécessaire et son escapade était passée inaperçue dans l'euphorie qui avait suivi la brusque guérison du roi. Anne d'Autriche lui permit donc de rentrer chez elle.

— Revenez quand vous voudrez, lui dit-elle simplement au moment des adieux.

Le plus pénible pour Floriane de retour rue Saint-Dominique fut de faire face aux questions de toute la famille.

« S'ils savaient combien j'ai peu pensé à eux ! Comme j'étais loin, loin d'ici… »

Cette maison, qu'elle avait peu à peu appris à aimer et à considérer comme sienne, ces visages familiers pour lesquels elle avait une sincère affection, lui paraissaient soudain totalement étrangers. Plus encore, ils s'estompaient, s'éloignaient d'elle, rejoignaient définitivement un monde révolu qui n'était plus que souvenirs vagues sans importance. Aussi, ce soir-là, assise dans la grande salle, se mit-elle à pleurer, sans savoir exactement pourquoi. Johanès lui prit la main.

— Avons-nous, mon amie, quelque pouvoir pour tarir ces larmes ?

Elle fit non de la tête, incapable d'ouvrir la bouche.

— Vous ne voyez donc pas que Floriane tombe de fatigue, intervint Jeanne avec la douce autorité des timides. Elle vient de passer trois jours à veiller et à soutenir la reine dans son épreuve ! Elle a bien mérité de prendre un peu de repos. Je vais aider Mariette à lui donner un bain. Venez, ma cousine, je vous emmène.

Johanès et Étienne les regardèrent monter l'escalier.

— C'est ça, Jeanne, vous avez raison ! Requinquez-nous cette enfant ! marmotta le vieil homme d'assez méchante humeur. Il est inutile et stupide de se rendre malade pour les autres. Même pour le roi !

*

Le 1er octobre 1630, Louis XIII s'installa chez le prévôt. Sous les branches des tilleuls et des ormes, de Bellecour flottait l'odeur forestière de l'automne, celle des cèpes et de la terre mouillée. Sur la place, leurs feuilles rondes ou dentelées offraient aux passants un grand tapis de cuivre qui craquait sous les pas.

Les deux reines passaient leurs journées auprès du roi. L'heure était à l'harmonie, aux effusions, aux attendrissements. Marie de Hautefort aidait Louis à reprendre goût à l'existence. Constatant ces heureuses dispositions, belle-mère et belle-fille, poussées par leur entourage, revinrent à la charge. Un matin, Marie de Médicis dénonça l'importance que se donnait Richelieu et les conséquences déplorables de sa politique en Savoie.

— Vous avez failli en mourir, mon fils ! Je ne supporte plus que vous accordiez tant d'autorité à un homme qui en use si mal. C'est simple, vous devrez choisir : ce sera lui ou moi !

Le roi n'en pouvait plus. Il avait vu la mort de si près que pour la première fois il souhaitait oublier un peu l'État et ses querelles intestines. Il temporisa :

— Oui, oui. C'est entendu. Nous verrons à mon retour à Paris, finit-il par répondre de guerre lasse.

Ce fut suffisant pour mettre les reines et toute la cabale en joie. La partie, crurent-ils, sans doute un peu trop tôt, était gagnée…

Prétextant ses obligations vis-à-vis d'Anne d'Autriche, Floriane s'échappa de chez elle à plusieurs reprises et revit Artus.

Pour plus de commodité, il avait loué une chambre dans le quartier de Bellecour, rue Sainte-Hélène.

— Savez-vous ce que m'a dit le roi, la nuit où il fut si près de mourir ? lui confia-t-il un jour en la retrouvant.

— Je n'aurais pas osé vous le demander, Artus, dit Floriane en effleurant rêveusement sa joue d'un doigt câlin.

Le jeune homme ne se rasait plus à la « royale » et ne conservait qu'une fine moustache. Ne sacrifiant pas encore à la mode des cheveux longs qui commençait à faire des adeptes chez les muguets, les siens aux reflets de châtaigne bouclaient le long du cou et des oreilles.

« Tu as l'air d'un beau brigand, mon amour », se disait-elle, ne se lassant pas de le contempler.

— Eh bien, poursuivit Artus, il m'a recommandé de veiller, aussitôt sa mort constatée, à ce que rien de fâcheux n'arrivât au cardinal, le plus grand serviteur, selon lui, que jamais la France ait compté. Nous devions l'escorter, Montmorency et moi, jusqu'à Brouage où il aurait été en sûreté.

— Vous auriez eu sans doute du mal, commenta Floriane. Plus d'un se serait mis en travers de votre route.

— Je sais, fit simplement Artus. Mais qu'importe. C'est du passé. Pensons à nous, ma mie, ma belle !

Une fois, ils avaient eu la force de rompre et avaient cruellement éprouvé le poids de la séparation, abîme sans fond de solitude et de désespérance. Ni l'un ni l'autre ne souhaitait donc y replonger, ni revivre leur chute vertigineuse, aspirés dans un gouffre insondable. Puisqu'il n'était pas question pour Artus de rester à Lyon et de continuer à voir Floriane clandestinement, il l'enlèverait tout simplement. Le scandale redouté naguère ne l'inquiétait plus. Il parlerait au roi, se retirerait avec elle dans ses terres normandes, quitterait la France s'il le fallait. De par le vaste monde, il trouverait pour eux le refuge où ils pourraient enfin vivre ensemble, librement.

— Nous partirons dans quelques jours. Cette fois, je ne te laisserai pas derrière moi. Je t'emmène pour toujours.

— Artus, c'est impossible !

— Impossible ? Je t'emmènerai de force s'il le faut ! répliqua-t-il en la secouant avec une sorte de rage.

— Artus, comprends-moi ! Tu dois partir seul. Je te rejoindrai plus tard.

— Plus tard ou jamais. Avec toi, il faut s'attendre à tout !

— Je ne peux tout de même pas m'enfuir comme une voleuse ! Certains devoirs…

Elle n'acheva pas. Dès que la moindre allusion était faite à son mariage et à son époux, à quoi que ce fût de son existence lyonnaise, Artus devenait comme fou, s'embrumait de désespoir et de fureur.

— Tu m'attendras à Paris, mon amour, murmura-t-elle avec tendresse, venant se lover contre lui. Aimerais-tu d'ailleurs que je voyage avec toute la cour, que l'on me considère comme un bagage supplémentaire ?

Ne pouvant réfuter le bien-fondé de ses arguments, Artus se dérida, la gardant toutefois prisonnière dans ses bras. Avec Floriane, desserrer l'étau était risqué. Une fois l'oiseau envolé, reviendrait-il au nid ?

— Soit, acquiesça-t-il enfin, avec un grand soupir de résignation. Une fois de plus il faut me rendre à la raison. Mais je te préviens, je n'attendrai pas longtemps. Tu ne m'échapperas plus. S'il le faut, c'est en fanfare que je reviendrai te prendre et tant pis pour tous ceux qui se trouveront sur mon chemin !

*

De plus en plus, les brouillards d'automne s'attardaient sur la ville. Certes, à chaque éclaircie, le soleil n'en réapparaissait que plus triomphant mais une humidité sournoise traînait désormais tout le jour. Beaucoup en étaient incommodés et la reine mère souffrait de plus en plus de ses rhumatismes. Il s'avérait donc préférable que le roi ne prolongeât pas davantage son séjour. L'imminence de son départ désolait tout particulièrement son hôtesse, Mme de Chaponay. Ils avaient eu ensemble des conversations de la plus édifiante portée sur l'influence de la Vierge Marie sur sa guérison. Déjà, depuis le passage de la peste, Lyon rendait un culte particulier à la Mère de Dieu. Pourquoi ne pas placer la ville sous Sa Bienheureuse Protection ? pensait l'épouse du prévôt. Pourquoi Louis XIII ne lui confierait-il pas son auguste personne et même le royaume tout entier ? Le roi débordant de gratitude et de ferveur religieuse se garda bien de la décourager. Bien au contraire, il lui laissa entendre qu'il n'était pas du tout indifférent au projet.

Pour Artus et Floriane, l'heure de la séparation approchait également. Afin de ne pas sombrer dans la tristesse, ils se répétaient qu'elle ne serait bien sûr que provisoire et aussi courte que possible.

— Avec le roi voyageant en litière, le parcours se fera lentement, prévoyait Artus. Mettons que nous soyons à Paris début novembre ; je veux que vous y arriviez vous-même vers le milieu du mois, au plus tard.

— C'est promis, répondit-elle avec ferveur.

Ivreville n'avait d'ailleurs rien laissé au hasard, l'obligeant à accepter de l'argent et lui indiquant l'adresse du Cheval bardé, une hostellerie où s'était installé Gaspard, un homme en qui il avait toute confiance.

— Il veillera sur vous jusqu'à Paris avec une escorte que nous avons soigneusement recrutée. Dès que vous serez prête, ou bien au moindre ennui, faites-lui signe.

— Oui, c'est promis, répéta-t-elle. Embrasse-moi. Serre-moi fort, mon amour.

En cet instant, ce dernier soir, elle ne se souciait ni de l'heure, ni de l'obscurité qui envahissait leur chambrette, tout empreinte déjà d'un air d'abandon. Ils n'y reviendraient plus.

Dans la rue, ils croisèrent une bande de gamins s'en revenant du brotteau d'Ainay où ils avaient couru tout l'après-midi. Son bras sous le bras d'Artus, Floriane luttait contre l'envie de pleurer. La vie lui avait joué tant de tours qu'elle n'osait croire tout à fait à leurs projets.

« Ô nuit, jalouse nuit »… Quelqu'un chantait le refrain d'une chanson en vogue. Puis la voix se fit lointaine et s'estompa. Un voile gris effaçait les dernières maisons avant les jardins fermés de murs et les berges du Rhône. Le pavé semblait gras sous le pied. Il luisait doucement recouvert par une bruine fine qui sentait le bois brûlé. Artus et Floriane, serrés l'un contre l'autre, marchaient silencieux dans la ruelle obscure.

Tout à coup, ils s'arrêtèrent. Sans que rien ne les eût avertis d'une présence, trois silhouettes se dressaient, barrant leur route, ne dissimulant pas leurs mauvaises intentions, trois hommes armés de longues rapières. Les jeunes gens se retournèrent : dans leur dos, trois autres spadassins venaient à leur rencontre. Aucune retraite n'était possible. Dégainant son épée, protégeant Floriane de son corps, Artus, tel un fauve prêt à bondir, fit face aussitôt.

— Eh bien, messieurs, on cherche l'estocade ? Avec l'avantage du nombre, bien sûr. C'est plus prudent pour les poltrons !

Des ricanements lui répondirent. À six contre un, en effet, la partie était belle et allait être, selon leur plan, rondement expédiée. Mais c'était sans compter avec l'habileté d'Ivreville : à l'épée, il était un démon. Ayant de plus dans la main gauche une dague prise à sa ceinture, il défiait hardiment ses assaillants, muscles et esprit galvanisés par la présence de Floriane qu'il fallait coûte que coûte mettre à l'abri des coups. Le combat s'engagea. Parant ici et là, ses deux lames se multiplièrent, devinrent faisceau d'argent vif comme la foudre et aussi redoutable. Bientôt un homme s'écroula. Sans effort apparent, avec une agilité élégante, Artus se jouait des attaques et des feintes. Qui eût cru à le voir que cet homme était le blessé condamné quelques mois plus tôt à une infirmité irréparable ? Subjuguée et tremblante, Floriane l'admirait, se demandant comment intervenir pour lui prêter main-forte. Mais que faire les mains nues ? Même appeler à l'aide était inutile. L'endroit était désert. Le mur contre lequel elle s'appuyait était celui d'un clos. Le guet-apens avait été bien préparé. « Les Grisons ! » songea-t-elle soudain, depuis l'hiver dernier, leurs méfaits ne se comptant plus. Oui, c'étaient sûrement eux.

Elle s'aperçut bien vite de son erreur. Une voix impatiente exhortait les adversaires d'Artus à montrer plus de pugnacité.

— Allons, bande de fainéants, qu'on en finisse !

Ses sens ne la trompaient pas. Elle connaissait la voix : c'était celle de Nicolas Grolier ! Mais c'était impossible, il s'agissait d'une méprise. Elle cria :

— Nicolas ! Par ici ! À l'aide !

Mais quelle ne fut pas sa stupeur en entendant sa réponse :

— Ne vous inquiétez pas, j'arrive ! Mais pas avant d'avoir expédié votre capitan, ma jolie !

— Viens toi-même t'y frotter, lança Artus, continuant à tenir en échec ses agresseurs. Eh bien, Floriane ! Vous avez là de bien curieuses relations…

La jeune femme demeurait éberluée. Ainsi Grolier était de mèche avec ces assassins !

— Si c'est une plaisanterie, elle est grotesque, tenta-t-elle de répliquer encore incrédule. Rappelez ces hommes, Nicolas ! Ce gentilhomme est l'un de mes amis.

— Un ami ? C'est peu dire…, railla vulgairement le sieur du Soleil.

— Ne vous fatiguez pas à parlementer, Floriane, reprit Artus poursuivant le combat avec rage, stimulé par ce qu'il devinait, un coup monté par quelque jaloux insensé.

Il avait hâte maintenant d'expédier les comparses et d'affronter leur chef. Une nouvelle botte envoya un deuxième sabreur à terre. Mais il restait les autres, les plus adroits bretteurs de la bande, et bien que rien dans son allant ne trahît un début de fatigue, Artus commençait à sentir un peu de gêne lui venir dans sa jambe blessée.

Imperceptiblement Floriane tenta alors d'esquisser un pas de côté, puis un autre, dans l'espoir de pouvoir, à la faveur de la pénombre et de la fébrilité du combat, gagner les abords de l'hôpital tout proche, où la Musette et Lubin les attendaient, et donner l'alarme. Il leur serait sûrement facile de trouver quelque renfort occasionnel parmi tous les pendards traînant autour de l'Aumône générale. Floriane était d'ailleurs prête à ameuter la ville entière pour secourir Artus et déjouer les visées criminelles de l'horrible Grolier qu'elle apercevait maintenant, se protégeant derrière un petit muret d'un éventuel coup de lame perdu.

Quelle folie lui avait donc traversé la tête ? Certes, depuis longtemps, il ne cessait de tourner autour d'elle, de l'espionner, de guetter tous ses gestes, mais avoir imaginé, organisé minutieusement un attentat ignoble pour se saisir traîtreusement d'elle dépassait l'entendement. Elle aurait dû savoir cependant qu'un homme fat pardonne rarement à une femme de l'avoir éconduit. Chez Nicolas Grolier, la vanité blessée, la rancune, la concupiscence avaient dû mijoter longuement, son dépit de la voir si bien en cour attisant encore sa jalousie mauvaise. Oui, elle le réalisait soudain, il avait dû jurer de rabattre l'insupportable morgue d'une femelle qui le narguait et le diable lui avait inspiré la mise au point de son misérable guet-apens, après avoir appris sa liaison avec un gentilhomme du roi.

Dès lors, le plan de Nicolas Grolier n'était pas difficile à percer. S'étant débarrassé de l'amant encombrant, il se saisirait de sa maîtresse que la peur d'un scandale mettrait à sa merci, soumise à ses plus inavouables caprices. Elle pourrait crier grâce, le supplier, elle ne serait plus qu'une proie sans défense livrée à son seul plaisir, à toutes ses volontés. Au moindre écart, à la moindre résistance, il dénoncerait son adultère à son mari et à toute la ville. Sous la menace de l'odieux chantage, la belle Mme Landry n'oserait regimber. Elle serait son esclave ! C'était mal connaître Floriane dont la fureur s'ajouta à l'angoisse.

Non loin d'elle, cependant, le sieur du Soleil, qui n'avait pas imaginé que ses tueurs auraient la tâche si difficile, s'impatientait.

— Merdieu ! Plus vite, vous autres ! grogna-t-il, rongeant son frein.

Floriane en profita pour se glisser le long du mur. Mais si Nicolas, inquiet de voir le combat s'enliser, n'avait pas pris garde à sa manœuvre, en revanche, quelqu'un d'autre n'avait pas cessé de surveiller ses gestes et, au moment où elle s'élançait, une poigne nerveuse la retint par le bras. Plaquée brutalement, le dos au mur, elle sentit alors le froid d'une lame s'appuyer sur sa gorge.

— Si tu bouges, je te saigne !

Un visage s'était approché du sien. Il émergeait de l'ombre comme une portion de lune, blafard, sans âge, sous des mèches hirsutes échappées d'un bonnet. Floriane reconnut Lucas. La tourmente qui avait emporté Lucrèce, Lise, Hamelin et tant d'autres avait donc épargné ce fantôme qui venait d'un seul coup ressusciter des souvenirs enfouis dans sa mémoire.

— Eh bien, Lucas, que veux-tu ? murmura-t-elle.

Se rappelant combien le garçon était farouche, elle s'efforça de parler doucement, de rester calme. Les faibles et les poltrons, elle le savait, pouvaient tuer pour un mot, un regard, un geste un peu trop brusques.

— Garce, je te tiens, cracha-t-il. Enfin tu vas payer.

Oui, elle payerait cette femme responsable de tous ses malheurs, de la disparition de Lise et de celle de son frère. Pendant longtemps, il s'était contenté de la suivre de loin en loin. Il avait perdu son métier de passementier, errant, désœuvré, tout à son obsession. Lorsque par hasard il avait appris qu'un mauvais coup se préparait contre celle qu'il voulait justement frapper, il avait proposé de faire partie de l'embuscade dans l'espoir d'assouvir sa vengeance.

Lucas s'appuyait contre Floriane. En cet instant, il en était le maître ! Mieux encore que s'il l'avait réellement prise car l'arme avec laquelle il la soumettait pouvait donner la mort. Sa jouissance s'enflait du désir d'aller encore plus loin. Bien sûr, il avait promis à Grolier de ne point toucher à la dame, mais comme il était tentant en cette minute d'enfoncer la lame, peu à peu, dans le cou fragile, d'entendre supplier, râler la gueuse ! Comme il était tentant, quand on a beaucoup souffert, de devenir bourreau à son tour.

L'instinct de Floriane lui faisait pressentir le terrible danger. Les ongles enfoncés dans le poignet de Lucas, elle essaya lentement d'écarter sa main, puis de toutes ses forces, le repoussa, éloignant la lame de sa peau. Mais qu'avait-elle gagné ? Quelques centimètres peut-être, pas davantage, car il lui était toujours impossible de se dégager complètement.

— Floriane, tout va bien ? demanda à ce moment la voix d'Artus dominant l'entrechoquement des épées qui poursuivaient leur ballet infernal.

— Oui, oui…, parvint-elle à articuler faiblement tout en continuant de lutter contre Lucas.

Nicolas, lui, vociférait toujours, ajoutant au vacarme des armes ; mais le lâche se gardait bien de se jeter personnellement dans la mêlée.

Un événement imprévu l'y obligea pourtant.

On entendit deux coups de sifflet brefs. En haut du mur des têtes apparurent, puis des formes agiles sautèrent dans la rue et vinrent grossir la rixe.

« Cette fois, Artus est perdu », songea Floriane avec désespoir.

Coûte que coûte, elle voulut alors se débarrasser de Lucas. Lui aussi avait été surpris par l'apparition des nouveaux venus. Sa poigne se relâcha une seconde suffisamment pour permettre à Floriane de s'échapper en le déséquilibrant d'un coup violent à l'estomac.

Maintenant elle courait aussi vite que le lui permettaient sa robe et les talons de ses fines chaussures qui se tordaient sur le pavé. Sans s'arrêter, au risque de se rompre le cou, elle se retourna et chercha à apercevoir Artus parmi toutes les silhouettes qui s'agitaient. Elle crut alors que ses yeux lui jouaient un tour car loin de voir un homme se battre seul contre une dizaine d'enragés, il lui sembla que les forces s'étaient réparties plus équitablement. Les hommes de Nicolas avaient maintenant à se défendre contre de nouveaux adversaires. Nicolas lui-même avait été obligé de s'y mettre et Artus… Floriane rêvait : Artus s'était dédoublé !

— Sus ! Sus aux Grisons ! hurlait Nicolas, fou de rage.

Ainsi les Grisons étaient ces bras secourables et inattendus ! Les Grisons sans doute trop heureux de donner une leçon au vindicatif capitaine des arquebusiers ! Grâce à eux, en tout cas, Artus était hors de péril ! L'immense soulagement qu'elle ressentait fit oublier qu'un ennemi personnel la menaçait. Revenu de sa surprise, Lucas s'était en effet lancé à sa poursuite. L'apercevant, elle se remit à courir, gagna, affolée, le bord du Rhône, vit sur sa gauche la longue étendue à franchir pour atteindre les arrières de l'hôpital de la Charité. Des bateaux étaient amarrés un peu plus bas. Des voix s'en échappaient mais il n'y avait personne en vue. L'eau semblait repousser une légère buée grise. Un pont de bois menait à un moulin en plein milieu du fleuve et à proximité tremblotait une petite lumière. Comme elle paraissait lointaine à Floriane traquée dans la nuit diffuse, seule, avec à ses trousses un dément dont les pas se rapprochaient inexorablement. N'en pouvant plus, à bout de souffle, sachant qu'incessamment il la rattraperait, elle préféra lui faire face et se retourna tout d'une pièce.

Dans sa course, Lucas avait perdu son bonnet et ses cheveux décolorés trouaient l'obscurité d'une tache blême. Tous deux haletaient. Elle recula de quelques pas ; il avança de même, son couteau pointé vers Floriane. Comme s'il voulait s'assurer que cette fois elle ne pouvait lui échapper, il prit son temps, leva lentement son bras, ajusta bien son coup et abattit sa main.

— Arrête !

L'ordre, comme un coup de fouet, résonna dans la nuit, puis tout se déroula très vite : tout à sa rage déjà triomphante, Lucas n'eut pas le temps d'achever son geste. Au moment où la lame allait l'atteindre, Floriane fut violemment rejetée en arrière par un homme très grand, surgi de l'ombre, bondissant comme un diable pour désarmer son adversaire.

« Artus ! » se dit-elle en les voyant lutter l'un contre l'autre.

Malgré sa petite taille, Lucas savait se défendre. Véritable boule de nerfs, sa folie meurtrière en se décuplant ne faisait que changer d'objet.

— Donne-moi ce couteau, ordonna une voix qui fit tressaillir Floriane.

— Hamelin ! bredouilla-t-elle, clouée sur place.

Tout à sa fureur, Lucas, lui, n'avait pas identifié son frère. D'une détente imprévisible, poing tendu, il se rua sur lui et enfonça jusqu'à la garde la lame dans sa poitrine, hurlant comme un damné.

— Ah ! tu la veux ! Tiens donc ! Je te la donne, prends-la !

Floriane et Hamelin poussèrent un cri en même temps.

Alors seulement Lucas reconnut celui qu'il venait de frapper. Avec horreur, il jeta son couteau, tomba à genoux près de lui, l'air hagard, tremblant, en proie au plus atroce des désespoirs :

— Hamelin, Hamelin, mon frère, je deviens fou. C'est impossible, impossible, répétait-il d'une voix atone. Hamelin… Mon Dieu, qu'ai-je fait ? Pardon, pardon, mon frère… Ah ! je suis maudit…

Les mains accrochées au pourpoint qui se teintait de rouge, il se mit alors à proférer des sons et des paroles incohérents, entrecoupant ses lamentations de grognements n'ayant plus rien d'humain. Puis, soudain, il se redressa, jeta autour de lui un regard de bête traquée, se remit sur ses pieds en vacillant, et détala en hurlant en direction du Rhône, happé tout aussitôt par les eaux ténébreuses.

Glacée d'effroi et de stupeur par la violence et la rapidité de la scène à laquelle elle venait d'assister, Floriane s'approcha d'Hamelin et à son tour s'agenouilla près du grand corps étendu, souleva doucement sa tête. Penchée sur lui, elle comprit alors pourquoi elle avait cru voir double en regardant Artus se battre, pourquoi elle avait cru d'abord que c'était lui qui arrêtait le bras de Lucas. Comme les deux hommes se ressemblaient !

Avec une hâte maladroite, elle voulut ouvrir le pourpoint ensanglanté et découvrir la plaie. Une main se posa sur la sienne et arrêta son geste.

— Laisse !

— Hamelin, je vais chercher du secours. L'hôpital n'est pas loin. Je ferai vite.

— Non !

Comme elle essayait de se relever, il la retint.

— Non ! C'est inutile.

Il reprit sa main. Elle retrouva le toucher de sa paume calleuse et ne put qu'obéir à la poigne autoritaire qui, malgré sa faiblesse, la clouait près de lui.

— Tu ne peux pas rester comme ça. Il faut te soigner. Laisse-moi t'aider ! supplia-t-elle.

— Non ! As-tu donc peur de voir mourir un ignoble Grison ?

— Tais-toi, Hamelin. Ne te fatigue pas à parler…

— Tu veux aussi me refuser la confession, dit-il encore avec le ton moqueur et tendre qui naguère l'avait tant émue. Écoute, c'est la dernière fois… Après la Quarantaine, comment reprendre une vie normale ? Je t'avais perdue, rien ne pouvait redevenir comme avant. J'ai formé une petite troupe de Grisons, j'ai nargué les hommes et leurs lois… Il fallait tôt ou tard en finir de manière brutale… Alors, ici ou ailleurs, qu'importe… En te sauvant, je reçois ma récompense… Floriane… quel bon temps nous avons eu tous les deux !

La gorge nouée, Floriane de sa main libre caressait le front et les cheveux du jeune homme.

— J'ai toujours gardé un œil sur toi, tu sais…

Il eut un petit mouvement du menton en direction de la rue Sainte-Hélène.

— Cet homme, là-bas, celui qui se bat si bien, j'ai voulu le tuer, à cause de toi et puis… Va savoir pourquoi, je n'ai pas pu. Ça a été tout de même plus drôle de taper sur Grolier et ses sbires…

Son rire s'étouffa sur ses lèvres. Il fut pris d'un hoquet. Floriane comprit qu'il allait mourir, qu'il ne l'ignorait pas mais qu'il bravait jusqu'au bout la peur et la douleur. Alors elle ne put retenir ses larmes.

— Tu pleures, ma fenotte… Tu ne m'avais donc pas oublié ?

— Non, je ne t'ai pas oublié, mentit-elle dans un élan irrépressible.

C'était faux pourtant, elle le savait. Hamelin était sorti de sa vie et de sa mémoire aussi brutalement qu'il y était entré. Volontairement, elle avait chassé son image attachée à trop de souvenirs affligeants. Mais en cet instant, elle lui devait bien ce mensonge.

Il la crut. Pour lui, qui n'avait jamais pu extirper Floriane de ses pensées, il ne pouvait en être autrement.

— J'en étais sûr, murmura-t-il…

Sous ses doigts, le drap du pourpoint était de plus en plus poissé de sang. Entre eux, la mort achevait de tisser sa trame inéluctable. Leur liaison n'avait été que violences, souffrance, sang et larmes. Hamelin lui tenait la main comme s'il voulait l'entraîner dans ce monde sans retour qui, pour lui maintenant, entrouvrait ses portes. Floriane n'essayait même pas de résister. Une faiblesse proche de la douceur étreignait son cœur. Même infime, une part d'elle-même lui appartenait.

Tout à coup, dans un soupir, il la lâcha.

— Floriane ! Floriane ! Où êtes-vous ?

Dans la nuit, Artus l'appelait. Fou d'inquiétude, le jeune homme scrutait les alentours. Un bruit de pas résonna. Lubin et la Musette, qui avaient vainement attendu leurs maîtres près de la Charité, s'étaient mis à leur recherche.

— Dieu ! Où est-elle ? leur cria Ivreville.

— Elle n'est pas avec nous. Nous ne l'avons pas vue !

Les trois hommes s'approchèrent de la berge. À deux pas du Rhône, Artus vit une forme agenouillée auprès d'un corps inerte. Il reconnut Floriane, cria son nom. Étonné de ne pas avoir de réponse, il s'avança vers elle et s'aperçut qu'elle priait.

— Floriane, ma mie, qu'avez-vous ? Vous n'êtes pas blessée ?

Elle se retourna et tendit la main dans sa direction. Dieu merci, lui était vivant !

— Non, je n'ai rien, finit-elle par dire.

Il la releva, l'étreignit passionnément, puis l'emporta dans ses bras jusqu'à la place Bellecour, éclairée çà et là par les reflets des chandelles brillant derrière quelques fenêtres. Alors Floriane glissa à terre et le regarda avec passion.

— Vous n'avez rien, Artus ?

— Non ! Pas une égratignure. Mais vous ? Que s'est-il passé ? Tout à coup, je ne vous ai plus vue. Si vous saviez comme j'ai eu peur ! On ne vous a pas brutalisée ?

— Non ! Tranquillisez-vous. Deux hommes se sont battus entre eux. L'un est mort ; l'autre a disparu. Ne vous tourmentez pas.

Un léger malaise s'insinua entre eux sans qu'Artus en saisisse réellement la cause. Était-ce sur le cadavre d'un Grison que Floriane priait avec tant de ferveur lorsqu'il l'avait retrouvée ? Quoi qu'elle fît ou qu'elle provoquât, même involontairement, sur ses pas surgissait toujours un voile de mystère. Artus en ressentit une brève irritation.

— Jurez-moi au moins que ce Grolier n'a jamais été votre amant !

— Artus ! Comment pouvez-vous imaginer seulement une telle ignominie ? Ce pourceau ? L'avez-vous regardé ? C'est justement parce que j'ai repoussé ses avances indignes qu'il nous a tendu ce piège. Jamais je ne lui pardonnerai sa lâcheté !

— Sur ce plan-là soyez pleinement satisfaite, enchaîna Artus avec un large sourire. J'ai accommodé ce drôle d'une façon dont il se souviendra longtemps et qui risque en tout cas de l'empêcher un bon moment d'approcher des dames.

Cette perspective détendit très nettement l'atmosphère et les deux valets mêlèrent leurs rires à ceux de leurs maîtres.

— Ah ! Quand il s'agit de rire, pendards, vous êtes toujours là ! Mais pour le reste ! Il faut donc maintenant compter sur des brigands pour se défendre !

Lubin baissa le nez comme la Musette et prit l'air penaud qui s'imposait tout en se gardant d'exprimer sa pensée. Les ennuis que lui faisait redouter la réapparition de Floriane ne s'étaient guère fait attendre !

Tout en parlant, ils étaient arrivés rue Saint-Dominique. Ils s'arrêtèrent devant la porte des Landry. Une rafale de vent fit s'envoler quelques feuilles des arbres qui retombèrent en pluie autour d'eux.

— N'oublie pas : Gaspard, hostellerie du Cheval bardé, souffla Artus à l'oreille de Floriane. Viens vite !

Une pression vive et furtive de la main de Floriane sur celle de son amant rendit toute réponse superflue. Puis elle grimpa les trois marches du perron et, d'un geste décidé, frappa à la porte.

Johanès lui ouvrit. Depuis plus d'une heure, il guettait son retour, luttant contre l'envie ridicule, il le savait, d'aller à la recherche de sa femme chez M. de Mascrany ou chez le prévôt.

« La cour part demain, se répétait le jeune homme, cherchant à se rassurer. Notre vie va enfin reprendre son train paisible. » Mais tapie au fond de lui-même, persistait la quasi-certitude d'avoir irrémédiablement perdu Floriane.

Elle lui souhaita bonsoir avec un sourire désarmant, prête à exposer tout naturellement la raison de son retard : ses adieux prolongés à la reine. L'air effaré de son mari l'arrêta dans ses explications et lui fit prendre conscience, trop tard, de l'état plus que désordonné de sa toilette.

— Floriane ! Dieu du Ciel !

L'exclamation de Johanès attira dans l'entrée Jeanne et Étienne qui jouaient aux cartes dans la chambre du vieil homme.

— Mon Dieu, qu'est-il donc arrivé ? s'écrièrent-ils ensemble.

— Rien, rien, rassurez-vous.

Rien ? Jamais ils n'avaient vu Floriane dans cet état, elle toujours si coquette, si raffinée, si soucieuse de son apparence. Elle avait l'air bouleversé, les cheveux défaits, de la boue, du sable et des graviers accrochés à son manteau, au bas de sa robe. Ses chaussures n'avaient plus ni forme, ni couleur. Quant à ses mains…

— Floriane ! Vous êtes blessée ! insista Johanès au comble de l'anxiété.

— Mais non, vous dis-je. Que d'histoires pour si peu de chose ! Vous connaissez les rues de Lyon quand il a plu…

— Voyons, vous êtes blessée. Regardez vos mains…

Elle les regarda, vit les traces de sang, sentit son cœur se serrer en pensant à Hamelin qui était mort à cause d'elle.

— Jeanne, allez chercher un verre d'eau-de-vie pour cette petite, lança avec autorité le vieillard. Toi, Johanès, aide-moi à la faire asseoir. Elle va nous glisser entre les doigts dans une seconde.

Pour un retour discret, c'était tout à fait réussi ! Étienne était le seul à garder son sang-froid :

— Eh bien, racontez-nous maintenant ce qui vous est arrivé, mon enfant.

— Grand-père, Floriane n'a peut-être pas envie de parler pour l'instant. Laissons-la se reposer un peu, protesta Johanès.

— Mais nous voulons savoir ce qui l'a mise dans cet état ! répliqua le vieillard avec humeur.

— Bien sûr, grand-père a raison, dit Floriane avalant à petites gorgées le cordial apporté par Jeanne. Je ne voulais pas vous inquiéter inutilement… Voilà : au sortir de chez la reine mère à Ainay, des Grisons m'ont agressée, heureusement vite mis en fuite par l'arrivée inopinée de Nicolas Grolier et de ses hommes.

— La Musette n'était pas avec vous ?

— Que pouvait faire le malheureux contre tous ces barbares ?

— C'est effrayant ! Ces brigands font preuve d'une audace incroyable. Il faut à tout prix en délivrer la ville.

— Et Nicolas ?

— Il est blessé.

— Brave garçon !

Il n'en fallait pas plus pour forger aussitôt une réputation usurpée. Bientôt tout Lyon applaudirait à ses exploits, et les couleurs du héros s'ajouteraient à l'éclat du sieur du Soleil. En fait, louant son courage et son esprit chevaleresques, Floriane piégeait insidieusement le balourd. Comment pourrait-il maintenant la démentir sans tomber du piédestal où sa malice le clouait ?

Floriane avait vu juste. Si l'épée d'Artus avait porté un fâcheux coup à sa virilité, la blessure, certes douloureuse, ne lui parut bientôt que peccadille lorsque Johanès Landry vint le lendemain le remercier d'avoir si noblement secouru son épouse. Ravalant, en s'étouffant de rage, le fiel d'une gloire si soudaine, Nicolas Grolier crut en mourir de dépit.

Le 19 octobre 1630, Louis XIII quitta Lyon avec la reine et le cardinal. Un peu souffrante, Marie de Médicis ne les suivit que trois jours plus tard. En ville, l'agitation et l'effervescence disparurent et les Lyonnais, non sans plaisir, se retrouvèrent entre eux.

Un refroidissement que Floriane jugea providentiel, car il lui accordait un répit, la condamna à garder la chambre près d'une semaine. L'attaque de la rue Sainte-Hélène l'avait profondément affectée. Tant d'êtres, en effet, s'étaient déjà affrontés par sa faute, quelques-uns même en étaient morts ! Hamelin rejoignait Charles, Henri de Chalais, Louvigny, Roger de Pontgibault, Melchior de Pontvallain dans le sinistre cortège qui suivait son destin. De quelle fatalité était-elle donc frappée pour mener à leur perte la plupart des hommes qui l'approchaient ? Et maintenant voici qu'elle allait faire souffrir Johanès.

Dès lors elle passa des heures à préparer ce qu'elle allait lui dire afin d'en atténuer le choc.

Bassompierre était parti peu après le roi sans avoir eu la possibilité de la revoir, mais il lui avait envoyé un message affectueux. Devinant ses projets – à moins qu'il ne fût renseigné par un tiers –, le maréchal laissait son écuyer, Théodoric des Étangs, à la disposition de sa jeune amie, « afin, écrivait-il, que si l'idée d'un voyage te venait, violette chérie, tu ne le fisses pas seule. Chaillot t'attend et surtout, son seigneur. À bientôt ! ».

Quelques dames du voisinage lui rendirent visite. À chaque fois il fallut donc, à sa manière, relater de nouveau sa mésaventure. Beaucoup pensèrent qu'elle n'avait récolté que ce qu'elle méritait et plaignirent Nicolas Grolier, ce galant homme, empêché pour longtemps de « naturer ». Bref, la malveillance enrobait soigneusement toutes ces mielleries et à part Alice de Silvecanne et Mme de Chaponay, qui vinrent toutes deux lui témoigner leur sympathie sincère, Floriane ne reçut que conseils et vœux pieux tombés de bouches pétries d'orgueil et de préjugés, l'opulence de ces dames leur tenant avant tout lieu de gloire... Aussi demanda-t-elle bientôt à Mariette de fermer sa porte à tous les importuns, la douce compagnie de Jeanne lui suffisant amplement. À propos d'elle d'ailleurs, elle projetait quelque chose...

Floriane prêta l'oreille. Elle venait d'entendre la porte d'entrée s'ouvrir puis se refermer, une voix répondre à Étienne puis un pas dans l'escalier. C'était Johanès qui rentrait. Elle devina que le jeune homme parvenu à la hauteur de sa chambre hésitait un instant à gagner le second étage où il avait son cabinet. Mais les marches craquèrent à nouveau et le silence se fit. Allait-elle choisir cette fin d'après-midi pour lui parler ? À quoi bon lui servirait d'attendre maintenant ?

« C'est une vraie tempête que je vais déchaîner », se dit-elle, un peu effrayée par ce pouvoir d'anéantir un univers paisible, elle-même possédant si peu d'atouts en main.

En demandant à son mari de mettre un terme à leur union, Floriane ne disposait en effet d'aucun droit, d'aucun pouvoir légal, elle ne l'ignorait pas. Tout dépendait de Johanès. Pour obtenir la séparation de corps qu'elle désirait, elle ne pouvait fournir aucune des raisons reconnues par les autorités. Elle ne pouvait prétendre s'être mariée sous la contrainte. Elle n'avait eu à subir aucune violence de la part de son mari. Elle n'avait pas eu à lui disputer sa dot puisqu'il l'avait prise sans un sou. Non, aucun reproche ne pouvait lui être opposé. Quant au motif invoqué en désespoir de cause par une femme malheureuse pour recouvrer sa liberté, y songer était totalement exclu : l'impuissance ! Bien qu'elle n'eût pas l'humeur badine, Floriane ne put s'empêcher de sourire en imaginant le tableau qu'ils offriraient tous deux devant le

« congrès » chargé de déterminer oui ou non si le jeune homme était capable de remplir ses devoirs conjugaux.

Le congrès, un tribunal ecclésiastique auquel s'ajoutaient médecins, chirurgiens et sages-femmes, convoquerait les époux dans une maison de bains, comme le voulait l'usage. Floriane serait au préalable visitée. Puis le couple laissé seul, devrait passer aux actes. Floriane serait ensuite une nouvelle fois examinée, pour constat. Anéantir, dans de telles circonstances, toute virilité chez Johanès serait un jeu d'enfant. Le recours à des lotions ou des potions spéciales, comme le faisaient certaines rusées, n'aurait même pas à être envisagé. Des yeux, des doigts inquisiteurs, la présence d'austères personnages derrière le rideau, suffisaient à nouer la plus ardente des aiguillettes. Plus difficile serait sans doute de faire croire à sa propre virginité bien qu'il existât maints charlatans habiles à recoudre un pucelage.

« Pauvre Johanès ! Il ne se remettrait jamais d'une pareille épreuve. »

Non, leur pudeur bafouée, leur intimité déballée devant les rieurs et les quolibets étaient une perspective impensable !

Sachant aussi que Johanès répugnerait à la déclarer publiquement adultère, qu'en aucun cas il n'userait de lettre de cachet pour l'envoyer chez les Filles repenties, qu'elle ne risquait ni le pilori, ni le carcan, réservés aux épouses parjures, connaissant tout ce qu'elle lui devait, il lui fallait user de franchise, s'en remettre honnêtement à sa magnanimité. Finalement, la seule chose qu'il pouvait faire sans que ni l'un ni l'autre pût y trouver offense, était de déclarer sa femme stérile. Puisqu'elle ne pouvait remplir sa mission première – avoir des enfants –, infirmité que la Faculté confirmerait sans peine, peut-être pourrait-il obtenir leur séparation ? Beaucoup de ses amis l'y aideraient mais lui-même y consentirait-il en fin de compte ? Et dans ce cas, combien de temps faudrait-il aux experts, aux médecins, aux juges pour conclure un arrêt favorable ? Plusieurs mois au moins seraient nécessaires, alors qu'Artus ne voulait plus attendre au-delà de la mi-novembre. Songeant à tous les examens à subir, aux tracas de la procédure, Floriane sentit le découragement l'envahir. Mon Dieu, comme le bonheur, sans cesse entrevu, savait se dérober !

Un joueur de vielle remontait la rue en direction de Bellecour. Il faisait beau. L'automne flamboyait dans toute sa plénitude. Encore quelques jours et la place aux arbres à demi défeuillés, tout comme les petits quartiers assombris, seraient sans trêve la proie des brouillards, de la pluie, de la bise. La sérénité de la ville redeviendrait tristesse ; la noble patine des murs se changerait en lèpre hideuse ; sa grandeur pèserait comme du plomb. À Lyon, Floriane avait appris le silence et la retenue. Les épreuves qu'elle avait traversées, les heures noires de la peste, l'agonie du roi, s'étaient gravées en elle en trempant son âme. Que guettait donc Floriane, en cette belle soirée, derrière sa fenêtre où lézardait un soleil doré, sinon une nouvelle fois un signe du destin ? Croire, en ces heures de décision, de toutes ses forces à son étoile, affronter de plein fouet l'adversité, c'était ça le courage, la véritable liberté.

Alors, étrangement, comme pour répondre à son élan, se profila dans la ruelle une silhouette qu'elle reconnut aussitôt : moustache aiguë, œil vif, air de malice sur des traits fins, un visage lui souriait comme par miracle, au travers de la vitre, celui de Giulio Mazarini, sylphe amical, porté par les airs, délivrant de sa voix chantante un réconfortant message :

— Carissima, espérez, espérez toujours…

Aussi furtivement qu'elle était apparue, la vision s'effaça. Incrédule, Floriane garda longtemps les yeux fixés sur la fenêtre, carreau magique entre elle et le monde des signes. Puis, brusquement, elle se sentit prête à aller dire la vérité à Johanès.

Au moment où elle s'apprêtait à sortir de sa chambre, elle se trouva nez à nez avec la Musette. Il soufflait d'avoir trop vite monté l'étage. D'ordinaire, il prenait son temps ; sa hâte surprenait. Il tenait un gros pli soigneusement fermé de plusieurs sceaux de cire qu'il tendit à Floriane. La jeune femme le prit, regarda soigneusement l'écriture. Ces caractères élégants, décidés, lui étaient inconnus. D'un doigt, elle fit sauter les cachets, trouva une seconde enveloppe et une lettre qui l'accompagnait, chercha vite la signature et fut à peine étonnée en la découvrant. L'émotion toutefois l'obligea à s'asseoir sur le bord de son lit.

L'apparition de tout à l'heure n'avait donc pas été une simple illusion : elle se concrétisait de manière tangible sous la plume de Giulio Mazarini.

— Mademoiselle Floriane ! Qu'avez-vous ? Ça ne va pas ? Parlez-moi !...

La Musette s'affolait. Sa maîtresse était devenue aussi blanche que la collerette de son corsage. Elle leva vers lui un regard brillant, un peu exalté, puis elle se fit volubile :

— Et dire, mon Jean, que je l'ai vu, là, derrière cette fenêtre, il n'y a pas cinq minutes ! Oui, c'était bien lui, le signor Giulio ! Et maintenant tu m'apportes sa lettre !

Des couleurs revenaient à ses joues.

— Mais que vous dit-elle ?

— Si tu savais ! C'est extraordinaire !

En cherchant bien, Floriane se souvenait tout à coup du petit conciliabule tenu en sa présence, du complot, sans qu'elle le devinât, de Mazarin et de son amie Olyvette. Bassompierre lui aussi avait fait allusion à une surprise heureuse ! Quelle surprise, en effet ! Elle dépassait toutes ses espérances.

Libre, elle était libre grâce à l'habile diplomate, ses relations, le nonce Barberini pour lequel il travaillait. Mme Landry n'existait plus, il n'y avait plus de mariage, plus rien qui la retenait à Johanès : accompagnant la lettre de Giulio, se trouvait l'annulation pure et simple de leur union, signée par le pape en personne !

— Comment cela a-t-il été possible ? demanda la Musette éberlué ?

Certes il savait l'entregent du bel Italien mais une telle promptitude, une telle facilité à effacer des liens indissolubles, aussi forts, aussi sacrés que ceux existant entre époux, dépassaient son propre entendement. Giulio, lui, s'en expliquait, tout à fait clairement :

« Ce malencontreux accident aux abords de Tarare n'a pas seulement affecté votre corps, bellissima, écrivait-il. Sous le choc, votre esprit s'est égaré jusqu'à vous faire accepter, inconsidérément, une union mal assortie, une mésalliance – alors que vous étiez déjà promise à un gentilhomme. Non ! Non ! Vous n'aviez pas toute votre tête, ajoutait-il avec malice. Vous ne saviez même plus qui vous étiez. La preuve ? La baronne de Daphnis qui épousa, en novembre 1626, le sieur Landry de Mirieu, n'existe dans aucun registre. En conséquence de quoi, les Pères de l'Église n'ont fait aucune difficulté pour annuler votre mariage. Les saintes autorités ecclésiastiques de Lyon en sont averties par même courrier. Mettez donc à profit votre liberté reconquise pour suivre le juste et véritable penchant de votre cœur. Je sais qu'un jour prochain, nous nous reverrons et qu'alors vous serez plus belle encore que dans mon souvenir. »

— Il a raison. Je n'étais que Floriane de Daphnis. Je l'avais oublié.

L'acte précieux était marqué du sceau papal. Les abeilles d'Urbain VIII l'attestaient. Comme tout prenait un merveilleux aspect, léger, facile ! Ah, comme la vie, en dépit de tous les abandons, de tant de deuils, de drames, était belle et généreuse. Pourtant Floriane en était certaine, Giulio avait dû se démener comme un diable pour obtenir l'annulation. La peine qu'il s'était donnée était sans doute à la mesure du plaisir qu'il avait pris à intriguer. Les scrupules ne lui pesaient guère. Il raffolait des menées secrètes, autant que des grands gestes théâtraux. Œuvrer pour une jolie femme était pour lui tout aussi exaltant que s'interposer entre Français et Espagnols se disputant Casal. Mazarin montrait la même compétence. Il irait loin !

Floriane se mit à rire et tapota la manche de la Musette avec le pli libérateur.

— Si tu n'avais pas tant soufflé dans ta flûte, ce jour de neige, quelle amitié inestimable aurais-je perdue, n'est-ce pas ? mon gros Jeannot ?

— N'oubliez pas Mlle Olyvette, fit-il d'un air qu'il s'efforça de rendre modeste, se rengorgeant de pouvoir s'attribuer, lui qui déplorait si souvent son inutilité, une part certaine dans l'heureux événement.

— Non. Car je suis sûre que c'est elle qui a eu la première l'idée de cette annulation. Jean, si tu savais combien m'est cher votre dévouement à tous !

Floriane ouvrit doucement la porte. Johanès était assis derrière son écritoire. Devant lui s'empilaient des feuilles de vélin, une liasse de beau papier d'Ambert, des livres de comptes. Deux encriers de plomb, une série de plumes de corbeau et d'oie du Nivernais, des canifs, une coupelle pleine de sable de rivière pour poudrer les lettres s'alignaient dans un ordre soigneux, presque tatillon. Une bougie éclairait le travail dont le jeune homme s'arracha en sursautant, car il n'avait pas entendu frapper. Sous son bonnet drapé de velours marron, il avait l'air d'une hulotte brutalement éblouie par la lumière. Revenu de sa surprise, il se leva pour accueillir sa femme en resserrant la ceinture de sa robe de chambre.

— Floriane, quelle surprise ! Asseyez-vous.

Il était rare qu'elle montât à son appartement, encore moins ces temps-ci où ils s'étaient peu vus. De prime abord, Floriane trouva Johanès changé, légèrement mûri. Encore quelques années et l'imperceptible embonpoint de la trentaine alourdirait sa taille.

Mal à l'aise, Floriane prit place au bord du fauteuil comme une dame en visite pressée de s'en aller. Johanès enleva son bonnet, fit le tour de la table et approcha un siège du sien.

— Je suis heureux de vous voir rétablie.

— Merci. Je venais…

Dieu ! Qu'il était pénible de lui parler !… Quatre ans de vie conjugale, avec ses drames mais aussi ses petits bonheurs quotidiens partagés sans la moindre anicroche, la moindre querelle, ne se balayaient pas aisément d'un mot. Pour en avoir le courage, il fallait que sa passion pour Artus fût immense, invincible pour renverser tous les obstacles, pour toujours refleurir, malgré le sang, malgré les larmes. Floriane inspira fortement, planta son regard dans le doux regard brun et lança tout à trac :

— Johanès, je vais partir…

— Partir ? Pour toujours ?…

— Oui, pour toujours.

Le plus dur était fait. Mais le voyant accuser le coup, Floriane eut mal pour lui et détourna les yeux.

Les doigts du jeune homme se crispèrent sur l'accoudoir du fauteuil. Puis, très pâle, il finit par se lever et arpenta la chambre, cherchant à contenir la grande vague de douleur qui le submergeait, raz de marée si longtemps refoulé derrière une digue de faux espoirs.

— Johanès, mon ami, pardonnez-moi. L'idée de vous quitter ne m'aurait pas même effleurée si je n'avais… si une circonstance fortuite…

Dieu ! Comment expliquer à un homme qu'un autre, chéri depuis toujours, était venu pour la reprendre ?

Mais Johanès avec la clairvoyance des êtres profondément sensibles et habitués à la souffrance lui facilita ses aveux :

— Vous aimez quelqu'un d'autre, n'est-ce pas ?

— Oui, avoua Floriane en baissant la tête.

— S'agit-il de ce gentilhomme que vous avez connu autrefois ? Celui dont vous m'avez parlé à Mirieu ?

— Oui, c'est lui.

Le « oui » s'était fait plus faible.

— Votre voyage à Chambéry, c'était aussi pour lui ?…

Floriane acquiesça en silence, puis ajouta :

— J'avais appris qu'il était blessé, très gravement. Je vous demande pardon.

Johanès se tut à son tour.

— L'un et l'autre nous avons lutté, je vous le jure. Tout a été plus fort que nous.

Ah ! Comme ce « nous » qu'elle répétait cruellement sans le vouloir faisait mal à Johanès ! À lui seul, il déchirait son cœur affreusement.

— Taisez-vous, taisez-vous, je vous en supplie ! s'écria-t-il, se couvrant le visage des mains pour masquer ses larmes.

Floriane se leva, alla à lui, l'obligea à la regarder.

— Johanès, pardon ! Mes sentiments pour vous sont toujours les mêmes. On ne peut résister au destin. Vous n'êtes responsable en rien de mon départ.

Il fallait qu'il soit sûr que, sans cette passion ancienne, elle serait restée près de lui ; il fallait à tout prix qu'il s'accroche à cette satisfaction d'amour-propre pour ne pas s'effondrer tout à fait.

— Vous n'avez pas à me demander pardon. Vous aviez cru oublier le passé, mais c'était impossible. Vous ne m'avez d'ailleurs jamais fait croire que vous éprouviez un amour passionné à mon égard.

— Mais une profonde tendresse, une amitié sincère, je vous le jure !

— Je ne les mérite même pas !

— Vous n'avez pas le droit de dire cela ! protesta-t-elle. C'est vous, vous seul, qui avez su me redonner le goût et la force de vivre lorsque tout s'écroulait autour de moi. Auprès de vous j'ai été heureuse.

Un bref instant, le visage de celui qu'elle allait quitter s'éclaira. Puis il lâcha les mains de Floriane et retourna s'asseoir derrière son écritoire comme pour se protéger d'effusions inconvenantes.

— Je ne ferai rien pour vous empêcher de partir, vous le savez. Nous engagerons toutes les actions nécessaires pour que vous soyez libre tout à fait.

Au fur et à mesure qu'il parlait, au prix d'un grand effort, sa voix reprenait le ton pondéré du notable, l'assurance du commissaire compétent, habitué aux contrats et aux lois, aux multiples arcanes d'une société parfaitement réglementée.

Floriane s'était elle aussi rassise.

— Justement…, commença-t-elle.

Johanès l'interrompit :

— Inutile de vous cacher que ce sera peut-être difficile et sûrement long, même si je me charge de tous les torts, cela va sans dire.

— Non ! C'est inutile.

— Vous savez qu'il existe peu de moyens d'obtenir un divorce légal. Mais une séparation peut être envisagée.

Il faisait preuve d'un cœur si généreux, d'une âme si noble que Floriane hésita à lui présenter l'annulation déjà prononcée, dûment enregistrée et signée par qui de droit. Johanès n'allait-il pas avoir toutes les raisons de croire qu'elle avait elle-même et depuis très longtemps combiné son affaire ? Avant de tendre au jeune homme les papiers établis par Mazarin, elle préféra lui conter l'histoire depuis son début.

— Je vous jure, mon ami, n'avoir rien demandé, rien tramé à votre insu, affirma-t-elle lorsqu'elle eut terminé. Je ne vous ai pas caché mon nom par calcul. Pour moi, le passé et ce qui s'y rattachait étaient morts…

Les yeux pleins de larmes, les mains pressées sur la poitrine, elle mettait toute sa sincérité en jeu. Mais la droiture de Johanès ignorait les soupçons et leurs poisons.

— Soyez tranquille, je vous crois, Floriane de Saint-Évy.

Johanès prononça son nom avec un sourire un peu triste. Il déplia les parchemins, hocha la tête en les parcourant, les replia avec soin.

— Tout est réglé, je vois. C'est bon. J'écrirai demain à mon notaire. N'ayez crainte, vous pourrez partir sans la moindre entrave, sans le moindre regret…

Pour ne pas montrer sa souffrance, il tourna la tête.

— Johanès !

Elle se précipita vers lui, le prit tendrement par les épaules :

— Ne soyez pas malheureux par ma faute, je vous en prie ! Vous m'oublierez. Je n'étais pas l'épouse qu'il vous fallait. Non parce que je suis d'une autre naissance que la vôtre bien sûr, mais parce que je ne mérite ni votre bonté, ni votre indulgence. Parce que nos regards sur la vie ne sont pas les mêmes, qu'il vous faut une famille que je ne peux vous donner. Vous méritez meilleure épouse, Johanès. Je vous en prie. Oubliez-moi !

Il fit non de la tête :

— Je connais toutes nos différences, celles-ci et d'autres encore que votre délicatesse n'a pas évoquées. C'est bien pour cela que notre mariage m'est toujours apparu comme un rêve dont je me félicite encore. Vous oublier, Floriane chérie, non. Ne me demandez pas l'impossible.

Il eut alors un geste inattendu. Il prit la jeune femme dans ses bras et l'étreignit avec une violence jamais manifestée durant leur vie commune. Puis il la relâcha aussitôt et parut honteux de son emportement.

— Je partirai à Mirieu dès ce soir, dit-il d'une voix mal assurée. Ainsi aurez-vous tout loisir de vous préparer. Je vous ferai tenir une litière. C'est plus commode qu'un carrosse sur nos routes de montagnes. Emportez tout ce qui est à vous, tout l'argent dont vous aurez besoin. Je préviendrai maître Borde.

— Non, Johanès, c'est trop…

— Vous ne pouvez me refuser cela !

Elle attendit quelques secondes, cherchant les mots vrais et justes, capables d'exprimer sa peine et sa reconnaissance. Mais elle ne trouva rien à ajouter, se sentit tout d'un coup misérable, ne put que murmurer simplement :

— Comme vous voudrez. Que Dieu vous garde, Johanès, mon ami !

Il ne la vit pas sortir. Tournant le dos, il s'était approché de la fenêtre. Il était calme, envahi d'une sorte de paix, celle qu'on éprouve ayant le sentiment d'avoir accompli son devoir. Sa rigueur, son sens de l'honneur, sa droiture, la sagesse espérait-il, effaceraient peut-être avec le temps, peu à peu, sa douleur. De ses sentiments piétinés, ne subsisterait alors en lui, il le fallait, que le doux scintillement d'un ineffable souvenir.

— Adieu, Floriane, adieu, mon âme, chuchota-t-il seulement en caressant d'un doigt la vitre que le crépuscule, lentement, teintait de bleu.

*

— Que voulez-vous ? grommela Étienne du fond de son fauteuil.

— Excusez-moi, grand-père, je pensais que vous aviez terminé votre sieste.

Floriane fit quelques pas prudents à travers la chambre aux rideaux tirés. Un souffle d'air frais n'eût pas été superflu tant la pièce enfermait d'odeurs aigres et pénibles.

— Vous êtes au courant…, commença-t-elle.

— Je le suis. Johanès m'a laissé un mot avant de filer à Mirieu.

— Nous ne pouvions continuer à vivre ensemble, vous le comprenez, n'est-ce pas ?

— Qu'importe mon avis ! Partez si bon vous semble.

Elle vit s'agiter deux pieds chaussés de pantoufles de velours.

— Vous paraissez fâché, grand-père. Votre contrariété augmente la peine que j'ai de vous quitter.

À ces mots, maître Borde se dressa hors de son fauteuil, le bonnet de guingois, l'œil en courroux, comme s'il se préparait à jouer un mauvais tour.

— Fâché ? Vous voulez dire furieux ! Mais pas du tout contre vous.

De son poing fermé, il se frappa la cuisse.

— C'est ce bêta de Johanès qui me met en rage. Je vous jure qu'à sa place, j'aurais trouvé moyen de vous retenir ! Quitte à vous enfermer et à vous administrer une correction avec les enjolivures appropriées ! Pas une femme normalement constituée n'y résiste.

— Grand-père !

— Oui, ma fille ! C'est sur un oreiller, toujours, que se règlent les différends d'un ménage. Et quand on a la chance d'avoir une épouse comme vous, on fait en sorte de la garder !

Il s'agitait comme un pantin au bout de ses ficelles.

— Et moi qui espérais que vous comprendriez, regretta Floriane.

Étienne d'un seul mouvement se leva, trottina jusqu'à la jeune femme :

— Mais qui vous dit que je ne vous comprends pas, espèce de petite sotte ?

Sous ses cheveux blancs ébouriffés autour de sa coiffe, son visage n'était que rides malicieuses.

— Mais alors…

— Alors, je vous dis bravo ! Partez vite vous amuser ailleurs avec un autre qui vous conviendra beaucoup mieux !

Étienne leva la main pour arrêter Floriane dans ses protestations :

— Je dis un autre. Ne me prenez pas pour un imbécile. Je connais finalement pas mal de vos petits secrets.

C'était probable, à l'affût des uns et des autres comme l'était le coquin. Floriane se mit à rire bien qu'un peu tristement et l'embrassa de tout son cœur.

— Cher grand-père ! Vous allez me manquer !

Elle avait appris à l'aimer, à lui pardonner aussi ses manies, ses petits vices de vieillard.

— Toi aussi, tu me manqueras, bougresse, dit-il familièrement. Je vais me sentir bien seul désormais. Tu étais pour moi un rayon de soleil.

— Vous avez vos petits-enfants. Ils ont tous beaucoup d'affection pour vous.

— Ouais ! On dit ça et puis…

— Grand-père, confia Floriane à demi-voix. Je voulais vous dire aussi… c'est au sujet de Jeanne : je me suis aperçue qu'elle aimait Johanès ; vous aussi, j'en suis sûre, l'avez deviné. Elle est tout à fait l'épouse qu'il lui faudrait. Si vous pouviez faire en sorte que tous les deux s'en rendent compte, les aider à trouver le bonheur ! J'en ai parlé ce matin à Frère Julien lorsque je suis allée lui faire mes adieux. Il approuve totalement ce projet.

— C'est vrai. Ces jeunes benêts se ressemblent…

— Ils vous donneront des arrière-petits-enfants qui égaieront la maison.

— Charmante perspective ! protesta Étienne. Je déteste entendre hurler la marmaille.

— Vous jouez au mauvais diable, grand-père. Mais je connais votre cœur d'or.

— Mais non, balivernes ! Je n'ai qu'un cœur racorni. Tu vas l'emporter avec toi, ma belle. Beau cadeau, inestimable présent, n'est-ce pas ?

— Je le considère comme tel.

Elle l'embrassa encore et il en profita pour lui pincer la taille. Une dernière fois.

— Soignez-vous bien, grand-père, et ne faites pas trop de folies, lui recommanda-t-elle, en riant comme si elle s'adressait à un gamin farceur, voulant surtout masquer leur chagrin mutuel.

— Ça me regarde, dit-il en regagnant son fauteuil. Mais déjà Floriane avait disparu et il était à nouveau seul.

Jeanne et Mariette pleurèrent toutes les larmes de leurs corps en l'aidant à faire ses malles, n'osant la questionner sur les véritables raisons de son départ. Floriane avait toujours eu une conduite si originale, si imprévisible, si opposée à la leur ! Elles l'avaient simplement aimée telle qu'elle était sans chercher à comprendre.

— Ma petite Jeanne, séchez vos larmes. C'est vous qui maintenant allez veiller sur la maison, sur maître Borde… sur Johanès. Eux vous expliqueront pourquoi je suis partie. Mariette, ma dévouée Mariette, voyons, tu m'avais habituée à plus de sérénité !

Ah ! Comme elle détestait les séparations ! Comme elle aurait voulu être loin déjà, au galop sur son cheval, suivie de la Musette, libre à nouveau et sans bagages !

Elle finit d'emballer quelques robes, un peu de linge, et de menus objets sans importance : elle avait fait don de tous ses bijoux à l'Aumône générale.

— Qu'est-ce que c'est ? demanda-t-elle à Jeanne, lui désignant un grand paquet enveloppé de toile.

— Votre portrait. D'après grand-père, Johanès a bien recommandé que vous l'emportiez avec vous.

— Soit ! Il est en effet plus sage de ne pas laisser derrière soi trop de souvenirs. Les tableaux retiennent souvent des images si précises, si fidèles…

Pensive, Floriane considéra Jeanne qui passait un mouchoir sur ses yeux. Sans être belle, elle avait le charme et la fraîcheur de la jeunesse, la simplicité d'un être pur et généreux. Floriane lui prit la main.

— Jeanne, promettez-moi une chose : dès demain, aussitôt après mon départ, allez vite rejoindre Johanès à Mirieu.

— Mais, je…

— Ne rougissez pas, ma chérie. Vous savez bien qu'il a besoin de vous.

— Oh ! Floriane !…

Elles se jetèrent dans les bras l'une de l'autre, pleurant ensemble et cependant heureuses, apaisées, libres désormais toutes deux de suivre la véritable inclination de leur cœur.

Le lendemain, de très bonne heure, une litière à laquelle avaient été attelés des mulets, s'arrêta rue Saint-Dominique.

La place Bellecour, les maisons, la rue encore somnolente, émergeaient de l'aube grise, doucement, presque avec effort. Floriane embrassa une dernière fois Jeanne et Mariette, regarda la porte obstinément close de la chambre d'Étienne et s'engagea sur le seuil où elle s'arrêta interdite :

— Mon Dieu ! Tout ce monde et cet équipage pour moi ?

— Avec une telle escorte nous n'aurons plus à craindre les bandits ! s'exclama la Musette, heureux de la surprise de Floriane.

Certes elle serait bien protégée ! Entourant la litière, attendaient Théodoric des Étangs et les valets de Bassompierre, Gaspard à la stature impressionnante, au visage buriné par le soleil et la poussière des grands chemins et plusieurs cavaliers, choisis soigneusement par Artus, tous piaffant et joyeux, la saluant comme une reine.

— Avec vous, messieurs, la route sera belle ! lança-t-elle gaiement, répondant à leur ovation d'un geste gracieux de la main.

Elle offrait à ces hommes son sourire de princesse, ses yeux pétillants d'émotion, ses joues teintées de rosé par l'air vif du matin. Tous déjà se sentaient capables d'ouvrir pour elle les portes de tous les royaumes, d'écarter de sa route, en les exterminant, jusqu'aux derniers brigands de la terre.

L'enthousiasme de son escorte l'empêcha en tout cas, en cet instant si difficile, de penser à tout ce qu'elle laissait à jamais derrière elle.

Théodoric l'aida à prendre place dans la litière abondamment pourvue en la circonstance de coussins et rabattit respectueusement sur ses jambes une couverture moelleuse fourrée d'écureuil.

— Tout le monde est prêt ? claironna alors la voix rocailleuse de Gaspard.

— En avant ! clamèrent en chœur les cavaliers.

S'ébranlant aussitôt, l'équipage traversa rapidement la ville qui s'éveillait progressivement à leur passage. Rues et quais défilaient sous leurs yeux, le pont sur la Saône était franchi, déjà résonnait sous leurs pas impatients la route menant à Vaize. Des feuilles mortes jonchaient le tombeau des Deux Amants et son pourtour. Des gardes avaient enlevé les chaînes de la rivière et saluaient par des cris gaillards les premiers bateaux qui arrivaient, tandis que d'autres donnaient de l'herbe aux lapins dont les clapiers tapissaient le mur intérieur des remparts.

— Adieu, Lyon ! murmura Floriane penchée à la portière, regardant la grisaille se transformer en brume d'or qui noyait l'appel assourdi des cloches des églises semblant curieusement venir, non pas du ciel, mais de la terre, du sol même de la ville, de ses fleuves, de ses ruelles secrètes et mystérieuses.

« Un Dieu, un roy, une foy, une loy » : sur la porte de Vaize, elle lut l'inscription à la fois humble et orgueilleuse datée de

1591, époque à laquelle Lyon s'était ralliée à la Ligue. Au-delà commençait la grand-route montant à l'assaut du coteau et des vignes, quelques feuilles jaunes et rouges, des pampres desséchés, des sarments nus.

La porte franchie, Floriane ne se retourna pas. Elle était loin déjà. Loin de Lyon, de son embrasement automnal. Bientôt à Roanne, elle retrouverait la Loire chargée pour elle de tant de souvenirs. Ils la descendraient en bateau jusqu'à Briare. Puis ce serait de nouveau la route, Montargis, Nemours, Fontainebleau, sa forêt, hantée elle aussi par les ombres nostalgiques du passé…

Aujourd'hui, cependant, elle ne voulait penser qu'à l'avenir, elle ne voulait que croire à son prochain bonheur.

— Ah, vite, vite, s'impatienta-t-elle, que s'éloignent collines et bois, plaines et rivières, que viennent, qu'approchent enfin les rives de la Seine !…

Parmi les ombres et les clartés de ce matin d'octobre, le mirage se précisait. Floriane imaginait, croyait voir réellement le cavalier triomphant et joyeux qui l'attendait, là-bas, tout au bout du voyage.

Caressant voluptueusement les fourrures qui la recouvraient, elle ferma les yeux.

Qu'avait donc Artus pour l'entraîner toujours plus fort, toujours plus loin, sur les chemins de l'aventure ?

Elle eut alors un petit rire allègre, aussi doux qu'un sanglot : « Il est toute ma vie », murmura-t-elle simplement.

Sur la route grimpante l'allure était décidément beaucoup trop laborieuse.

« À Briare, se promit-elle avec exaltation, je demanderai un cheval, je brûlerai les étapes, je galoperai à perdre haleine vers toi Paris, vers toi Artus, mon amour ! »